# 方樹梅

# 藏民国文士手札集

【上】

赵天华◎编著

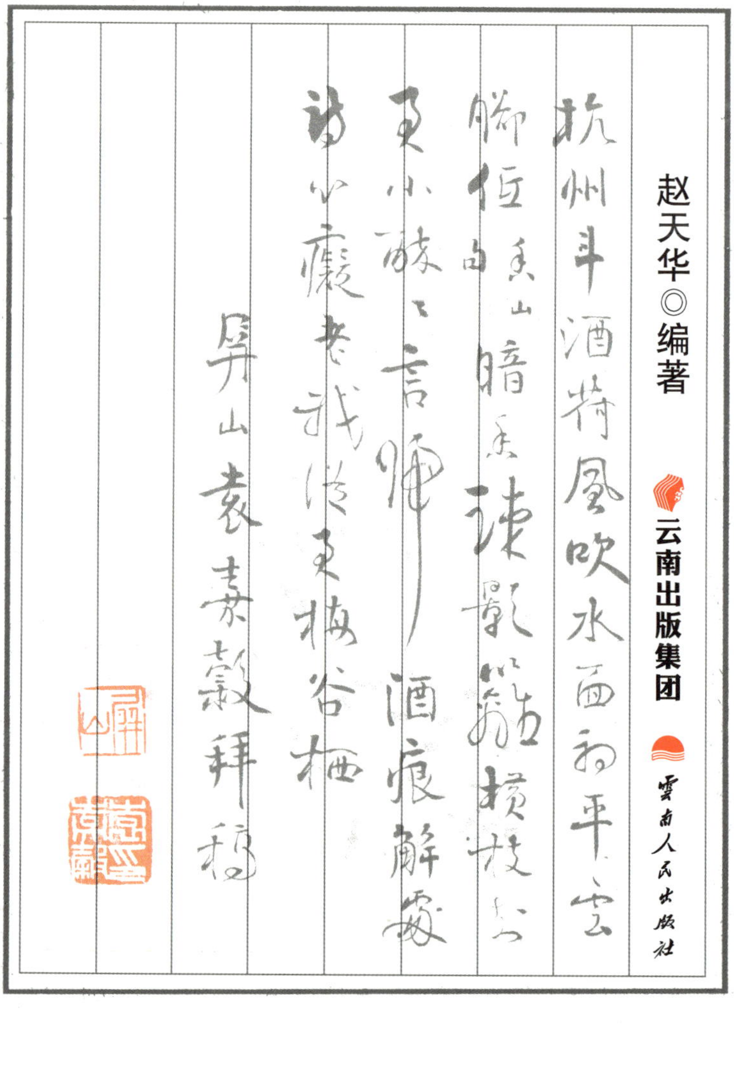

云南出版集团
雲南人民出版社

**图书在版编目（CIP）数据**

方树梅藏民国文士手札集 ： 全二册 / 赵天华编著. --
昆明 ： 云南人民出版社, 2021.11
ISBN 978-7-222-15712-5

Ⅰ. ①方… Ⅱ. ①赵… Ⅲ. ①书信集－中国－民国
Ⅳ. ①I266.5

中国版本图书馆CIP数据核字(2018)第255401号

**出 品 人：赵石定**
**责任编辑：王 韬 闵艳平 郑燕燕**
**装帧设计：马 滨 熊小熊**
**责任校对：崔同占**
**责任印制：李寒东**

**方树梅藏民国文士手札集（上、下）**

赵天华 编著

出版 云南出版集团 云南人民出版社
发行 云南人民出版社
社址 昆明市环城西路609号
邮编 650034
网址 www.ynpph.com.cn
E-mail ynrms@sina.com
开本 787mm×1092mm 1/16
印张 66.75
字数 940千
版次 2021年11月第1版第1次印刷
印刷 云南出版印刷集团有限责任公司国方分公司
书号 ISBN 978-7-222-15712-5
定价 600.00元（全二册）

如需购买图书、反馈意见，请与我社联系
总编室：0871-64109126 发行部：0871-64108507 审校部：0871-64164626 印制部：0871-64191534


云南人民出版社微信公众号

# 序

在纸未出现之前的相当长的一段时间，华夏先人在木简（南方多用竹）上书写，木简和绳构成了札这种文字载体。文字从先前的刀凿刻写进化到毛笔书写后，人们书写起来更为得心应手，书写者的性情亦得以通畅表达，甚至达到了书如其人的化境。不同人的墨迹如同指纹和面部特征一样具有唯一性。笔迹的唯一性得到了法律的认可，成为司法鉴定的证据之一，人们订立文书合同要签字画押，哪怕是签一个简单的“十”或“〇”，都代表了当事人自己。不同人书写具有唯一性，而且，同一人在不同情境下书写时，又能呈现异样神采，形同加密。

手札最基本的功能是承载文字本身的信息，但又往往通过艺术化的书写被附加了更多的情感概念，使其成为实用性、艺术性和情趣性突出的书写样式。手札一般是写给亲朋好友，对象特定，感情比较亲近，对其文化水平比较了解，书写时无拘束、无顾忌，轻松、率意，释放真性情，在确保辨识的前提下，尽力把文字书写得优美、精致，充分展现笔墨情趣，愉悦对方，当然也是尊重对方的表现。使对方赏心悦目、爱不释手、百看不厌，有的长期收藏，视为拱璧。事实上，东晋以来传世的书法名作，大多是手札，如王羲之《十七帖》《快雪时晴帖》，王献之《鸭头丸帖》等。稍微广义一点看，《兰亭序》《祭侄文稿》亦属于手札。

世间变化日新月异，然静心细数今夕，除了科技进步与物质丰富程度迥异外，人们的喜怒哀乐、爱恨恩仇、待人接物、生离死别的情感表达，还是一样存在；老子、孔子来自远古的说道，仍是那样句句入耳；李白、杜甫的诗歌照样打动现代人的心扉。记得金庸先生在一次访谈中说过，两千年来，中国人的爱情表达大致没什么变化。由此看来，虽然当代打字机、电脑、电话和手机短信、电子邮件、QQ、微信等新载体的应用，置换了传统实体书信的大部分空间，从理论上来说，这也只是“新瓶装旧酒”的差异，手机短信的内容即是简短形式的传统书信内容，手札的核心内涵应该大致不变。王献之《鸭头丸帖》也像是一条手机短信，其文字内容为：“鸭头丸，故不佳。明当必集，当与君相见。”

民国时期由于民众读写能力的普及和邮局的普遍开设，民间信函量快速上升，迎来了纸质书信手札的空前鼎盛。足以支持这一观点的依据是这一时期出版过一大批关于信札的专著，这些出版物有的是信札范本，教人如何写信、如何写好信的著作，又有标榜介绍能以写作规范严谨的信札为自豪者，自称不完全统计的《民国书信版本经眼录》就收录了130多种此类著作。当时“荣宝斋制”的五彩缤纷的彩图信笺、诗笺在一般城市均能买到，文人雅士更是以自制美术笺相互寄递诗词唱和，信札融入社会时尚。民国手札的重要性正在不断被人们认知，逐渐成为收藏中的热门品种。在现代人通信生活亟需向传统手札文化汲取营养的当下，赵天华先生通过精心收集解读的这本《方树梅藏民国文士手札集》，无疑能帮助读者找回传统书信手札的纯正味道。

谨为序。

马寅生

二〇一八年九月五日于北京

# 前　言

民国时期，国内众多文士致方树梅的手札，有幸保存至今。透过这些手札，可以直击当时的社会细节，拥抱时代情怀，拼接历史画卷，承纳国学熏染。

## 一

文士不同于武士那样冲锋陷阵，却能以思想武装武士们冲锋陷阵；手无缚鸡之力，却能凭智慧化暴虐为和谐；足不出户，决胜千里之外；谈笑之间，改变历史进程。时势造就文士，文士亦造就时势。

十九世纪末二十世纪初，中华大地爆发了两千年一遇的文化大震荡，中国又一个文化高峰悄然降临。中西方文化从长期相对温和的互惠往来，进入到清末民国时期，在中国发生了强烈的碰撞，各方要素矛盾激化、跌宕起伏，民族危机空前加剧，无数爱国人士、知识分子的民族责任感被唤醒。科举制度逐渐散架，新学日益兴起，引发了文化大裂变、大转型。学科的引入、嫁接与孕育，人们的思想如火山炙热喷涌，似彩云当空信步，文士并起，百家争鸣，宗师林立，文化秩序重新整合，对社会产生了深远的影响。在民主主义革命先行者孙中山的推动下，终结了秦朝以来延续至清朝的封建帝制，建立了新型的中华民国。

特别值得一提的是，由于众多文士的参与，智慧与文明之花绽放，把传统的必然选择演绎为多种可能的思维，促成水与火的握手，武力加对话实现了清王朝到中华民国的政权交接，紫禁城中的皇室予以保留和过渡，避免了传统朝代更迭的大面积血腥杀戮，亿万生灵免遭践踏。

方树梅所在的云南，进入清末民国时期，风云际会，众多因子开始发酵，一改之前颓势，一度成为中国文化的重要承载地。自一九一〇年滇越铁路全线通车后，云南丰富的物产有了便捷的跨国出海通道，特别是个旧优质大锡出口，换回大量白银，铸成半开银圆，流通至内地省份，云南经济实力骤然大增。同时，借助滇越铁路通道，外界文化涌入云南，云南学子纷纷留学东洋、西洋，甚至62岁的云州（现云县）周霞都不远万里到日本留学，滇省文化跨越式发展。在经济和文化的推动下，云南的政治、军事在全国的影响力不断提升，一九〇九年创办云南陆军讲武堂；一九一五至一九一六年，唐继尧、蔡锷、李烈钧等在云南首发护国运动，袁世凯被迫宣布取消帝制；后云南成为抗战大后方，大量文化精英聚集昆明，并与云南当地文士相互交融，带来了云南文化的空前繁荣。

大时代伴随大文士群体。文士群体由若干文士圈构成，与方树梅相往还的这个文士圈（以下简称“梅文士圈”），由若干名贤大儒所统领，是当时社会精神文化的璀璨明星，民族的脊梁。鸦片战争和甲午海战的败局激发了他们的社会责任感，他们饱学修身，以齐家治国平天下为己任，积极投身社会实践，又通过著书立说来泽润世人心智。他们大多出生于清末，成名于清末民国，相见于民国，留手札于民国，少数到中华人民共和国成立后才辞世。他们中的相当一部分，在清末取得进士身份，忠实守护着传统文化，并在西学的冲击和洗礼中不断升华；另一部分在具备传统国学根基后，通过公费或自费出国留学，成为融汇中西文化的新文士，成就十分突出，如新儒家学派的代表人物马一浮等。从职业或研究领域看，涉及政界、教育界、史学界、收藏界、美术界、音乐界、诗词界、思想界、佛教界等。

“梅文士圈”涵盖全国，书信手札是联系他们的重要媒介，记录了他们重要的活动情况。他们交流情感、探讨学术、品鉴书画、处理时事、圈点未来。这些手札呈现了当时文士社会的生活细节，笔墨线条，似跳动不息的脉搏，表达着他们高尚的情操、儒雅的风度、渊博的学识，内心深处也有平日光环中的苦痛和同于常人的秉性；像秦汉遗简一样逐一串联，同史前陶片一样持续拼接，解读其蕴含信息，一段段鲜为人知的故事展现眼前，一篇篇历史画面在这里回放，扣人心弦、波澜壮阔。再以这些画面为支点多方推演，当时社会生活的方方面面逐渐清晰。走进手札的通道，与文士们为伍，与文士们对话和交流，耳濡目染，近朱亦赤；涤荡浊尘，涤荡凡尘浊气；养正毓德，优化文化生理的DNA。

## 二

方树梅（一八八一至一九六七年），字臞仙，号师斋，又号雪禅、滇癖、梅居士、盘龙山人、红豆老人。云南晋宁人。文献学家、藏书家。一九一三年拜赵藩门下受业。曾在《云南日报》、云南通志馆、云南丛书处任编辑，又在昆华女中、云南大学任教。嗜好藏书，既藏古籍善本，又收中外近代书籍，尤留心云南地方文献，遍迹于昆明书肆；又受官方派遣，于一九三四年北游十二省，一个人的文化长征，搜访到大量云南文献的同时，亦结识了各地文士，德才远播。一生编著数十种，其中《笔记二种》为北游访书日记和自撰笔记体年谱，为后人留下了难得的方树梅本人研究资料。

方树梅家学深淳、为人忠厚、嗜古如命，经名师点化，学术作风硬朗，好吟诗品画诸风雅，喜结交文人雅士，北游时还在苏州专门拜见了章太炎。国内名贤大儒如马一浮、顾颉刚、朱师辙、刘文典、柳诒徵、姜亮夫、朱希祖、向达、尚钺、陈槃、蔡哲夫、丁槐、李根源、袁嘉谷、楚图南等常与其诗信往来。晋宁县为古滇都邑，曾出土“滇王之印”。滇池的外轮廓像一个大番薯，昆明城在番薯的一头，晋宁在番薯的另一头。由昆明出发，所居方家营经滇池水路半日即到，上得岸，良田万顷、耕夫放歌、古木参差、庭院错落、民风淳朴、怡然自乐，俨然是一幅文人心目中世外桃源的画卷。方树梅居住在赵藩题写匾额的“南荔草堂”，收集文人雅士书法于院内刻石，供人观摩拓印，名曰“南荔草堂石刻”；自建“学山楼”，由傅增湘题写匾额，藏书3万卷，多为云南珍稀志书文献。常邀文人雅士到此雅集，游览附近的盘龙山胜境，于南荔草堂里，学山楼下，南荔草堂石刻前，考经辨典、泼墨挥毫、把酒当歌、吟诗唱和，甚至连方家的其余4个农民弟兄均能作诗词参与其间，其乐融融，大有兰亭雅集意韵。国学家顾颉刚、名士赵藩、诗人金松岑、考古学家徐炳昶、史学家方国瑜、北京图书馆馆长袁同礼、状元袁嘉谷等都在这里钤上了足迹。晋宁雅集有的形成了专门的手札册页，如一九三三年七月《赵弢父宋镜澄两先生游盘龙诗册》。

方树梅除日常交往中收到师友们的手札和注意收集清代先贤手札外，还多次发起专题活动，集得诗文手札。一是《梅林觅句图》征题。一九三二年，方树梅函请岭南蔡哲夫、谈月色夫妇作《梅林觅句图》长卷，得诸师友题诗。二是北游访书。一九三四年十二月十四日至一九三五年七月十一日历时大半年，云南诸师友为其饯行赠诗，以及北游期间省外师友为《龙池校书图》题词。三是学山楼征题。一九四一年夏，方树梅建成学山楼，征诗助兴，得诗编为《学山楼题词录》。四是《滇南红豆集》征题。一九四六年岭南蔡哲夫因考证王维《相思》红豆诗，函托方树梅搜访滇中红豆。一日，方树梅遇北平静生生物调查所研究员俞德浚，知云南顺宁县有产。恰方树梅好友张问德出任顺宁县长，托访，很快邮来数十粒，爱不释手。遂以二粒种晋宁学圃，其余分赠知交，作诗4首、撰《红豆考》(上、下）和《红豆赋》，征题诗词表扬滇产，佳作联翩而至，留下了一段文坛佳话。至一九六二年，总得诗词230余首，成《滇南红豆集》，编为二卷。五是六十、七十、七十五、八十大寿众师友题词贺诗，得诗编为《寿梅集》。

## 三

世事变幻，运道无常。一九五五年，方树梅捐出学山楼藏书，云南省图书馆派人到方村，搬运了十马车。这批手札、纸品有幸作为极少的私人物品被保存下来。晚年（主要集中在83岁至85岁），方树梅对所收藏的手札、纸品进行了装裱整理，并在封面题签、钤印，珍爱有加，作传家之宝。如其中一册拓本题：“褚河南、颜鲁公、米南宫三家合册皆极精，不易得。学山楼珍弆。臞仙识，时癸卯［一九六三］立秋日，八十有三书”；《续滇文丛录删稿》抄本题有：“此怀民儿所手抄者，文多可存，为余近编主旨所割爱，怀民书法秀润可玩，子孙当永保之。甲午［一九五四］嘉平月东坡生日臞仙识于文史研究馆之住室。”

相传，我祖上由南京柳树湾来，落籍云县晓街四百年。高祖赵公（讳贵）于同治年间从军，光绪年间先后在大理鹤庆、思茅磨黑盐井任赋税官员，而我又恰从事税收工作。为了多一些了解先祖情况，期盼有一天能发现有关他们的文献记载或留下的墨迹资料，于是20余年来利用业余时间潜心收集各类税票、故纸。二〇一二年，经昆明友人转让，有缘得此方树梅旧藏。此批藏品素材重要，体系性强，弥足珍贵。还有可感之处是，藏品到手后细读才发现，方树梅征诗所寄发给师友的红豆，竟出自我现在的居住地，何以茫茫人海，因缘聚合回归故土。它们成功逃过“文化大革命”劫难，又挺过八十年代的收藏低迷期，实属万幸。八十年代初，改革开放刚起步，人们从物资极度匮乏中出来，鼻子四处搜寻食物，眼盯着舶来的洋玩意儿，传统文化在常人的脑海中被清洗干净，或者只有噩梦般的记忆，对不能当饭吃的故纸残简均嗤之以鼻，“文化大革命”抄家返还品相当部分又在该时期湮灭。这些手札完全可以让孩童随意涂抹、流散，甚至烧火做饭，无声息地化为灰烬。抚阅着这些方树梅旧藏，深有同感于方树梅北游访书归来的“多少先贤伴我归”之句。

收到这批方树梅旧藏后，为便于研究，按册以英文字母用铅笔编号，加以分类整理。总体可分为四部分。

第一部分是“梅文士圈”致方树梅手札原件册页。A册～L册和R册、S册、T册共15册，计425通。具体为：A册为袁嘉谷手迹，附周钟岳、宋嘉俊、赵式铭、赵芹、缪尔纾、王用予等；B册为北游搜访云南文献师友赠诗，包括陈荣昌、周钟岳、由云龙、袁嘉谷、赵式铭、何秉智、郭之桢、王人文、戴振声、蔡哲夫、曾传韶、郭燮熙等；C册为外省文士信札，包括宋联奎、顾颉刚、袁同礼、张宗弼、高步瀛、柳诒徵、姚光、容肇祖、王献唐、郑鹤声、陈裕菁等；D册多为外省文士信札，包括沙彦楷、任凤苞、朱希祖、汪己文等；E册为省内外文士信札，包括由云龙、徐旭、李根源、钱良骏、陈诒恭等；F册为金天羽信札；G册为赵式铭、宋嘉俊两先生游盘龙诗册；H册为学山楼题词，包括刘楚湘、孙乐、张学智、覃宝珖、王灿、唐继鳞、谢显琳、胡商彝等；I册为日常信札及部分滇南红豆集诗稿，包括周钟岳、赵藩、方国瑜、徐炳昶、楚图南、张问德、李鸿祥、张宗弼等；J册为滇南红豆集诗稿，包括丁中立、马一浮、朱师辙、秦瓒、邢端、叶锟生、巨赞、宋庚荫、何振镛、钱南扬、冯若飞、陈器伯、胡伦清、陈枚功、陆维钊、曾昭燏、陶秋英、胡士莹、王铨济、黄君坦、谈月色、张仲浦、靳志等；K册为寿梅诗册，包括孙树礼、李根源、诸祖耿、王代之等；L册为寿梅集，包括赵鹤清、李广平、汤鹤逸、马絜、李鸿祥等；R册为石禅老人诗翰；S册为石禅师翰墨；T册为赵石禅师翰墨。

在有关方树梅的记录中，谈到曾编成《学山楼题词录》《滇南红豆集》《寿梅集》未能印行，稿本也未见下落。经查，其资料底本应该就在这批手札中（至少是其主体部分）。《学山楼题词录》的底本即应是H册；《滇南红豆集》的底本即应是I册的后半部分和J册；《寿梅集》的底本即应是K册和L册。

第二部分是方树梅收藏的清代先贤手札、书法原件册页。M册～Q册共5册，计19通91页。M册包括史昺、马之龙、黎讷、吴存义、陈鹍、黄膺、田亮勋、秦树声、苏忠廷等；N册包括冯承恩、张道渊、黄庆临、杨琼等；O册为徐元礼楷书册；P册为江川万华、晋宁苏鳌两解元书心经合册；Q册为成亲王书进学解（成亲王款，张鹏升钤印）。

第三部分是方树梅收藏的石刻原拓册页。褚河南（遂良）《枯树赋》、颜鲁公（真卿）《述张长史笔法十二意》、米南宫（芾）《蜀素帖三家合册》（计3通52页）、《孟孝琚碑》（计19页）、《淳化阁帖》（十卷5册）、《南荔草堂石刻》（三卷本，计45通161页）、《南荔草堂石刻》（精选本，计14通54页）。

第四部分是抄件。《晋宁方氏家藏手札》（三卷）抄本、《南荔草堂石刻汇抄》、《续滇文丛录删稿》抄本、《金刚般若波罗蜜经》抄本、《般若波罗蜜多心经》抄本等。《晋宁方氏家藏手札》（三卷）抄本，共抄录了民国信札149通，从内容看是有选择的抄录，主要目的是为了满足回信的需要，侧重于书信、事札，至少不包括诗札。书信中对第一部分原件内容有的未抄录，有的又超出了第一部分原件的内容。

结合《晋宁方氏家藏手札》（三卷）抄本和方树梅笔记等资料与手札原件比对分析，该批手札原件应该是方树梅所藏全部手札中的大部分，少数可能流散于其他地方，如刘文典滇南红豆题诗、赵朴初红豆题词、姜亮夫书札等。

## 四

为反映方树梅旧藏的状况，突出重点，兼顾体系，本书共收入169位文士的509通手札（其中入选图片474通）。内容除正文外，加一附录。正文中，对第一部分藏品全部收录；第二部分藏品全部收录；第三部分藏品采取部分收录，具体是《南荔草堂石刻》有些内容与前两部分重复，故只选取有代表性或内容关联的部分藏品，而对《孟孝琚碑》和《淳化阁帖》没有收录；第四部分采取部分收录，有些内容也与第一部分重复，故只选取有代表性或内容关联的部分。附录收录了13件非方树梅旧藏的藏品，除蔡锷签批信封一件为马寅生先生收藏外，其余均为编者收藏，这13件藏品有的是民国大儒，如章太炎、吴稚晖，有的是与本书的其他手札内容有直接关联的人物，如汪定执、邹鲁、熊庆来，还有的是民国传奇人物，如蔡锷。

为便于研究，本书对每一手札均进行编号并标注规格尺寸。如“C14（2-1　2-2）G17cm×24.5cm”，其中“C14”表示C册中的第14通手札；“2-1”表示该通手札共2页，此为第1页；“2-2”表示该通手札共2页，此为第2页；“G”为汉语拼音字头，表示“规格”；“17cm×24.5cm”表示该通手札的每一页宽为17厘米，高为24.5厘米。由于对第二部分和非方树梅旧藏的藏品只选取精要，故将该部分及其他非册页的收录品，统归为Z字头编号；第四部分的《晋宁方氏家藏手札》（三卷）抄本使用ZC字头编号。

本书原则上采取原件图片和释文相互对照，但由于篇幅所限，对内容过多的手札酌减篇幅，如成亲王书进学解，共计42页，仅选取有代表性的5页展示。为区别原文和阅读方便，对人名、年代、误字校正等简捷性注释，直接以“[ ]”插入原文。

# 目录

## 第一部分　001



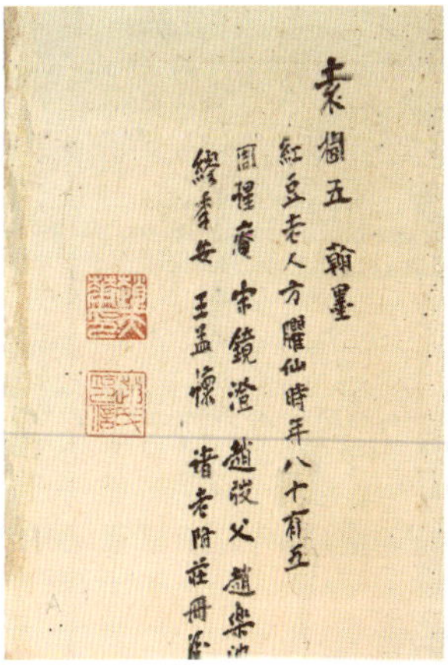

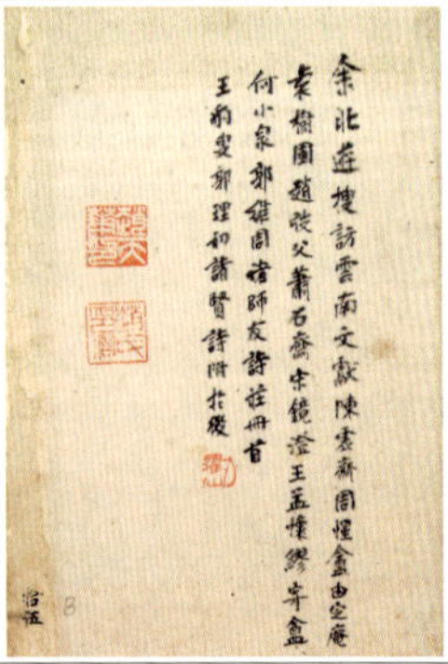

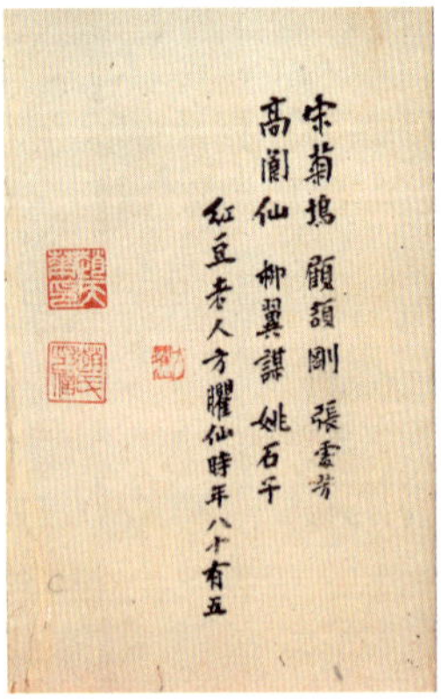


**C 册：宋菊坞等信札　/ 128**

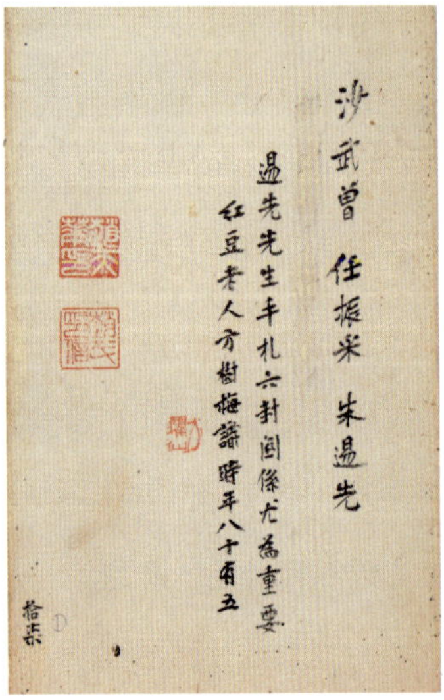
沙武曾　任振采　朱遏先
遏先先生手札六封阅係尤為重要
紅豆老人方樹梅識時年八十有五

## E 册：由定庵等诗信札 / 238

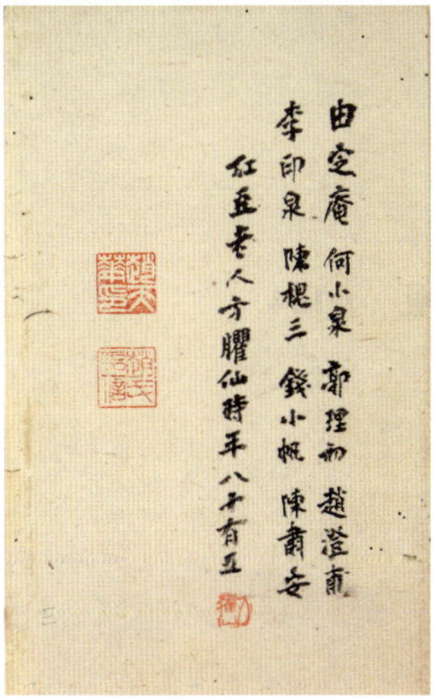

金松岑
紅豆老人方曜仙署於詩境軒
拾陸

## I册：宋镜澄等诗信札　/ 433

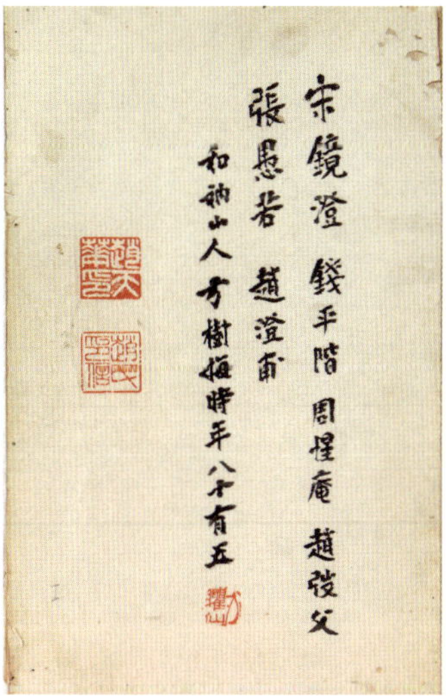

滇南红豆集詩稿

壽梅詩册
自六十至八十
老梅署於文史研究館

**L 册：寿梅集　/ 669**

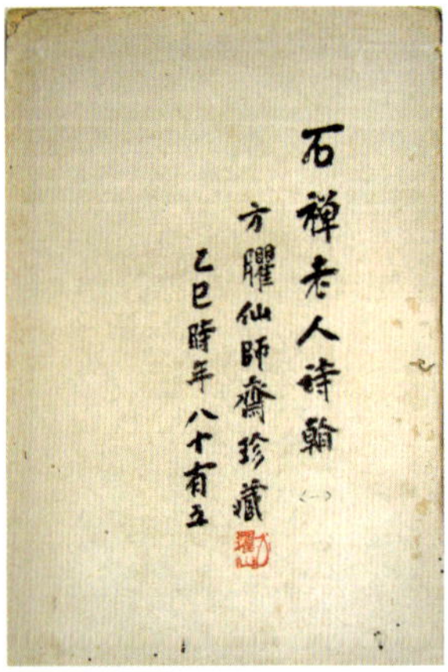
石禪老人詩翰（一）
方矅仙師齋珍藏
乙巳時年八十有五

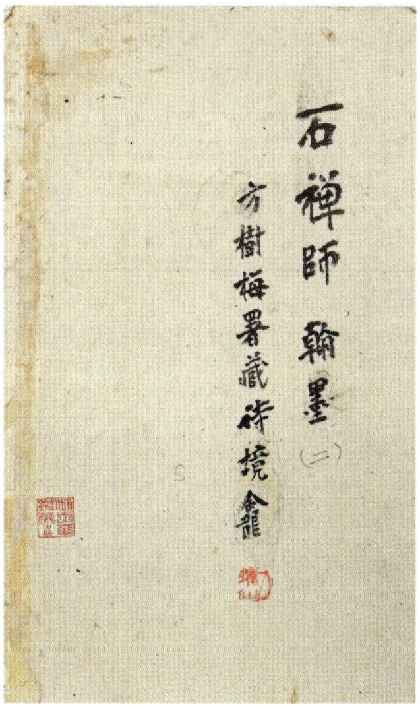
石禪師翰墨（二）

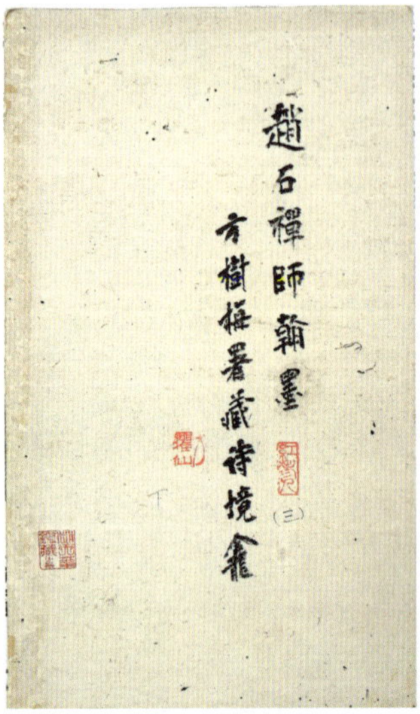
趙石禪師翰墨
(三)
方樹梅署藏詩境龕

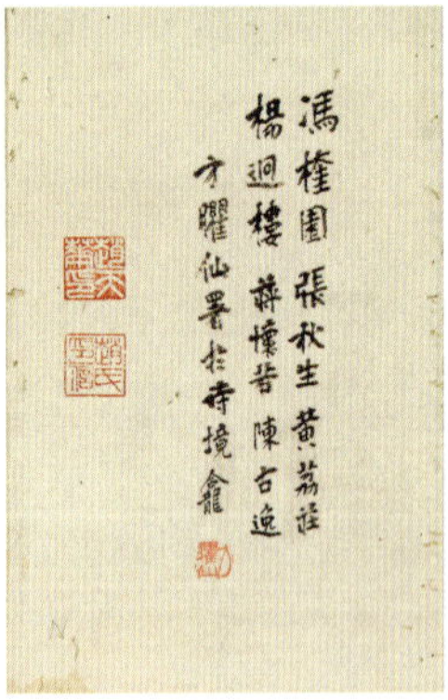



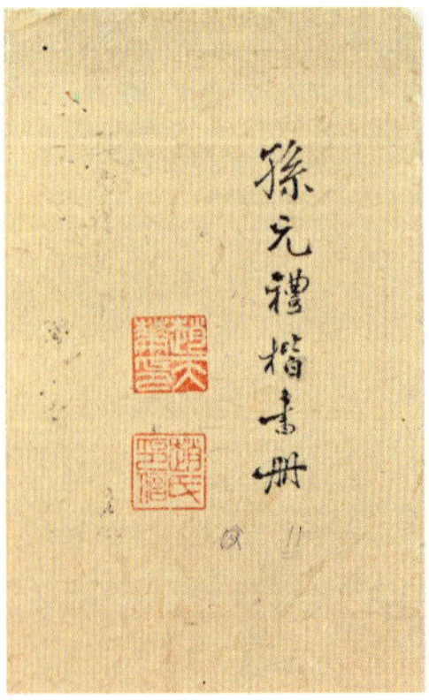
孫元禮楷書册

## 第四部分　/ 961

### ZC 册：晋宁方氏家藏手札（三卷）　/ 962

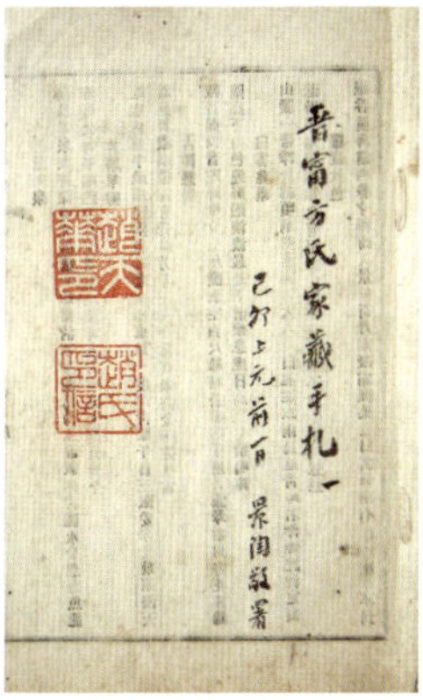
晋甯方氏家藏手札一
乙卯上元前日　景阑敬署

晋甯方氏家藏手札二
庚辰九日　景阑钞存

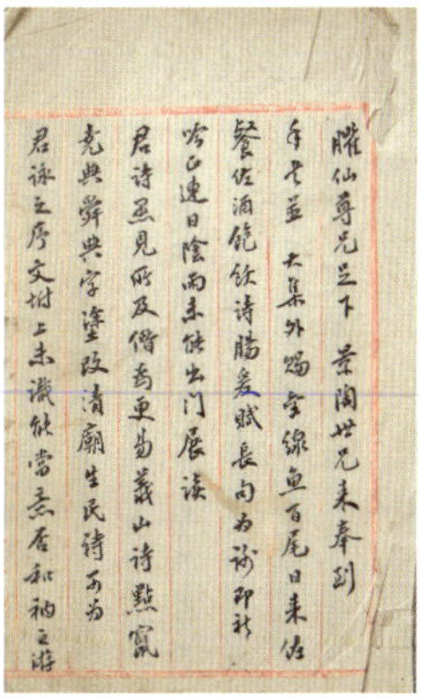
臞仙尊兄足下　景阑世兄来奉到
手书并　大集外编　家录鱼百尾日来佐
餐佐酒饱饮诗肠差赋长句为谢即行
吟正连日阴雨未能出门展读
君诗每见所及僭为更易义山诗点窜
尧典舜典字涂改清庙生民诗句为
君咏之序文对上未识能当意否和袖之游

# 第一部分

# 【A册：袁树五　翰墨】

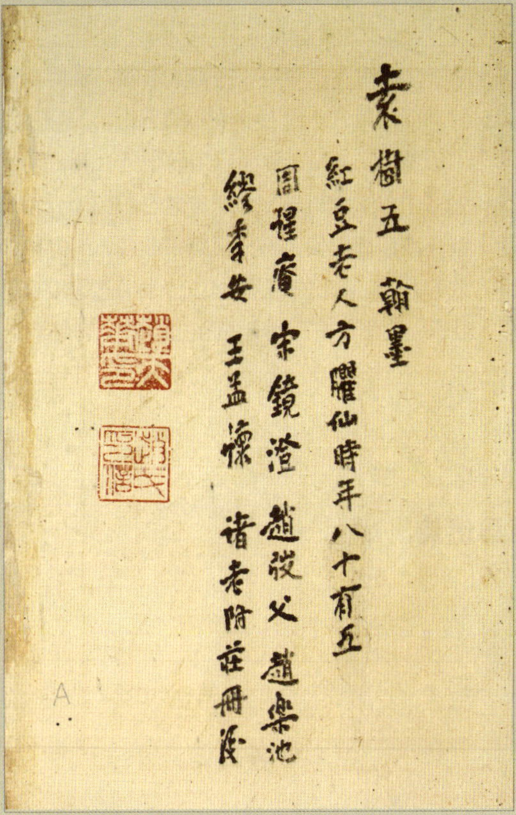


〖录文〗

袁树五翰墨。红豆老人方矐仙时年八十有五。周惺庵、宋镜澄、赵弢父、赵乐池、缪季安、王孟怀诸老附庄［装］册后。

〖解读〗

该册页以袁树五［袁嘉谷］手札为主。因篇幅尚余，附以周惺庵［周钟岳］、赵弢父［赵式铭］、缪季安［缪尔纾］、宋镜澄［宋嘉俊］、赵乐池［赵芹］、王孟怀［王用予］、赵石禅［赵藩］先生手札。

# 袁嘉谷　一一通

袁嘉谷（一八七二～一九三七），字树五、南耕、树圃、澍圃，晚年自号屏山居士。云南石屏人。光绪二十九年（一九〇三）殿试位列二甲第六十二名，同年闰五月，改翰林院庶吉士。在随后的经济特科考试中，获一等第一名，称为"袁状元"。先在清朝京师任学务处副提调，领导教育改革，随后担任学部编译图书局局长，负责主持编写中小学教科书、大学参考书和翻译介绍外文图书工作，开国内编写统编教材之先河。一九〇九年，调任浙江提学使，不久又兼布政使，兴办教育、整理文献典籍。辛亥革命后回到云南，先后担任云南省政府顾问、省图书馆副馆长、省通志馆编纂等职，还在东陆大学（今云南大学）执教十五年。在史学、经学、文学等方面都有很高的造诣，著有《卧雪堂文集》《卧雪堂诗集》等。

## 一、袁嘉谷抄示荔扉遗诗

〖录文〗

忠义天之经，洞明乃贤哲。读书期致用，岂愿立名节。遭时既迍邅[①]，此心无曲折。悲哉杨少卿，往迹著芳烈。壮年贡太学，武事亦究切。驻马来孤城，苗蛮肆攘窃[②]。能战复能守，惨淡寸衷血。一木焉足支，况乃内奸结。竹筒书可达，跳梁群丑灭。天意不好生，遂令机事泄。有谋竟无成，时势难具说。城亡与俱亡，大经义无别。独怜十三人，同口尽永诀。更有难弟贤，效命动呜咽。丈夫值死难，慷慨原明决。计竭心从容，志意立高洁。睢阳城尚存，毕节守如铁。成败何足论，生气凛冰雪。先生真明经，研义穿洞穴。表忠发幽光，但与殉国列。岂知老经生，智虑抱夐绝。读传扬其芳，休掉腐儒舌。

辛酉［一九二一］冬雨，阅路南杨光禄《忠节录》[③]，金碧之灵，奕奕如生，与《明史》本传并传矣。中有方梦亭先

①迍邅：处境不利；困顿。

②攘窃：盗窃；抢夺。

③《忠节录》：张汉征诗，以表扬光禄，其后人续征以成书。张汉，字月槎。云南石屏人。康熙五十二年（一七一三），登进士，改翰林院庶吉士，授翰林院检讨，后升任河南府知府，因得罪官吏而被免职。乾隆二年（一七三七），补试博学鸿词科，复授检讨，迁山东道监察御史。著有《月槎集》。

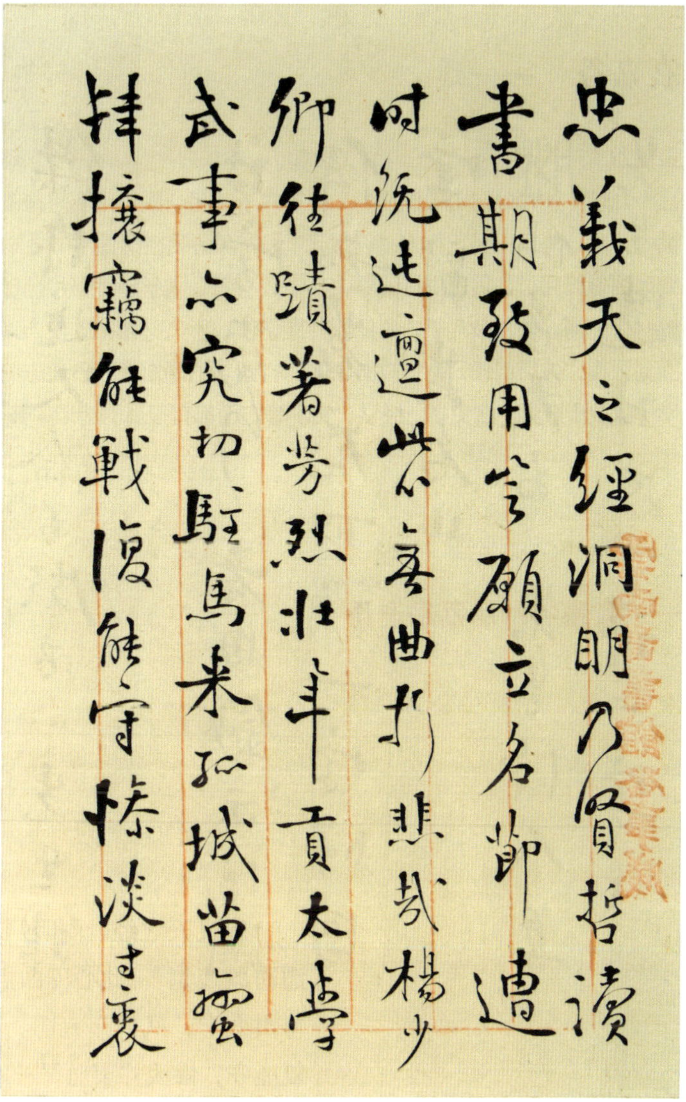

忠義天之經，洞明乃賢哲。讀
書期致用，亦願立名節。遭
時既迍邅，豈無曲折悲。哉楊少
卿，往蹟著勞烈。壯年貢太學，
武事亦究切。驅馬來孤城，苗蠻
肆擾竊。能戰復能守，[illegible]淡寸衷

A01（5-1） G17cm×27.5cm

生五古，笔笔逆挽④，可谓杰作。近人论古，颇有以先生非诗家当行者，因钞示同调⑤。俾知荔扉⑥所谓一字师，固实副其名也。臞仙吾友为先生后人，集先生遗诗成册，谨以寄之。

树圃嘉谷

〔钤印：嘉谷长寿〕

〔笺纸：云南图书馆启事笺〕

④逆挽：是指几句话中，后面的句子逆前面句子的风格特点而挽向相反的一方，从而使前后句子的风格大异其趣。它虽可由奇、雅挽向平、俗，实际上却几乎全是由平、俗挽向奇、雅。作诗要有妙句，但如果句句皆工稳守旧，便不奇妙。有一种逆挽诗，前头不像诗，在平淡之后却迭出佳句，化腐朽为神奇。

⑤同调：音调相同。比喻志趣或主张相同的人。

⑥荔扉：即师范，字端人。云南赵州（今大理凤仪）人。

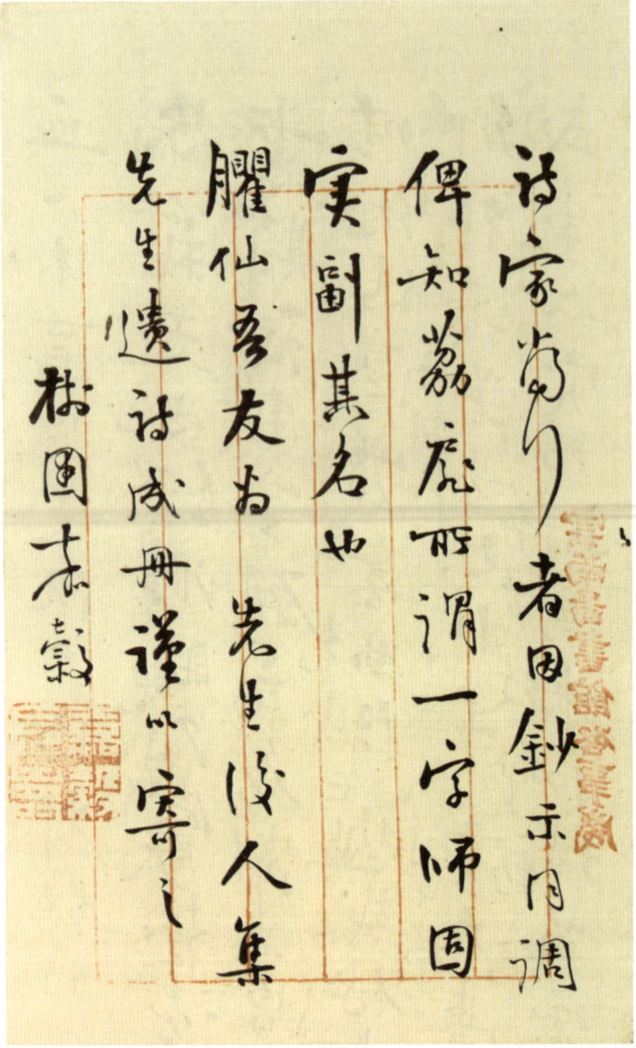

A01（5-5） G17cm×27.5cm

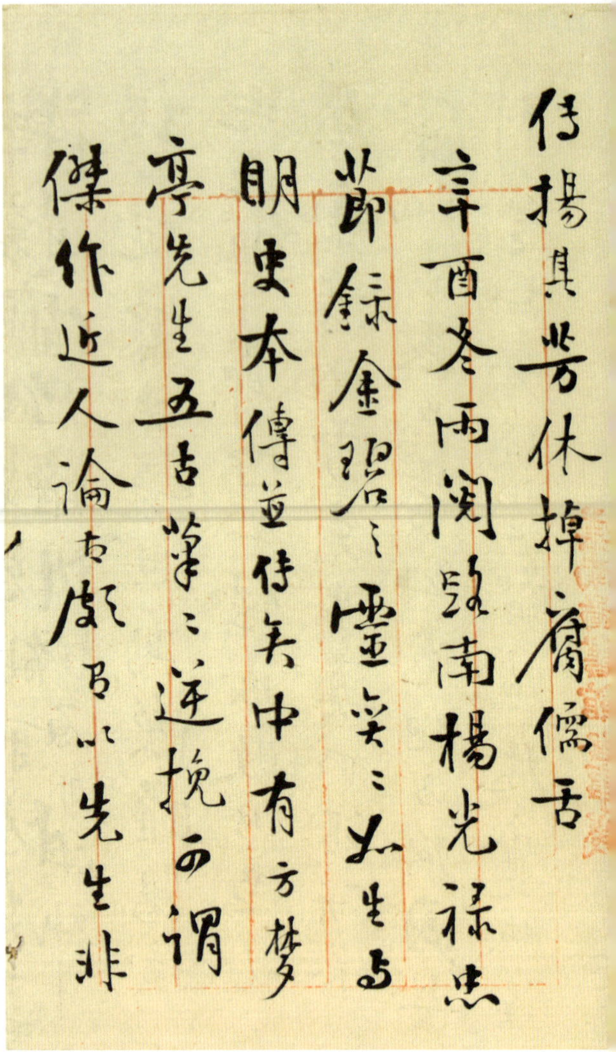

A01（5-4） G17cm×27.5cm

〖解读〗

此札为袁嘉谷抄录方梦亭长诗，并加跋语赠送方树梅。方梦亭乃方树梅先祖。

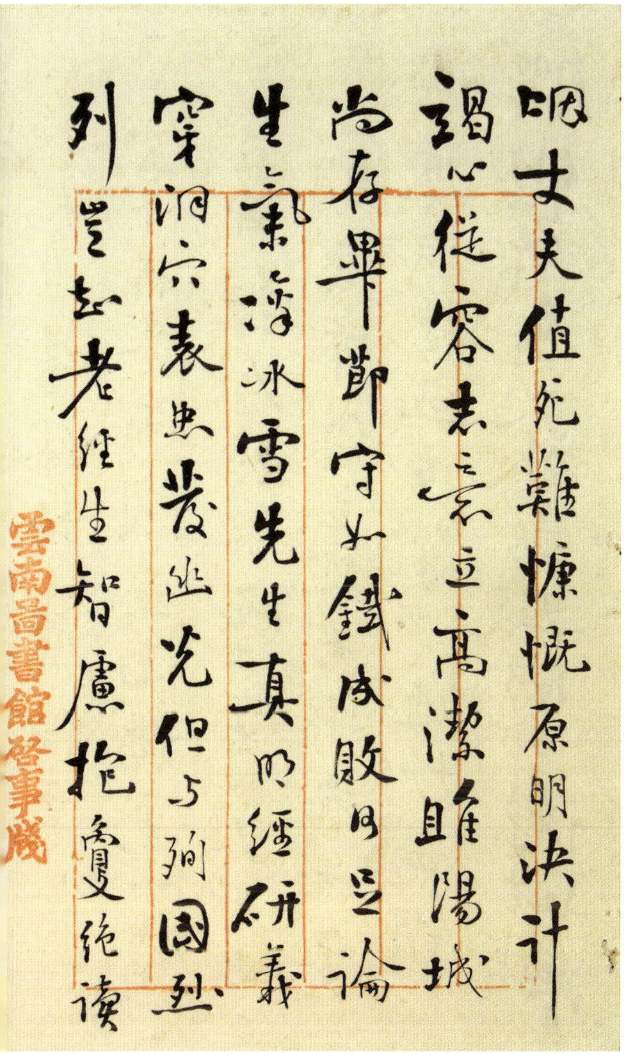

A01（5-3） G17cm×27.5cm

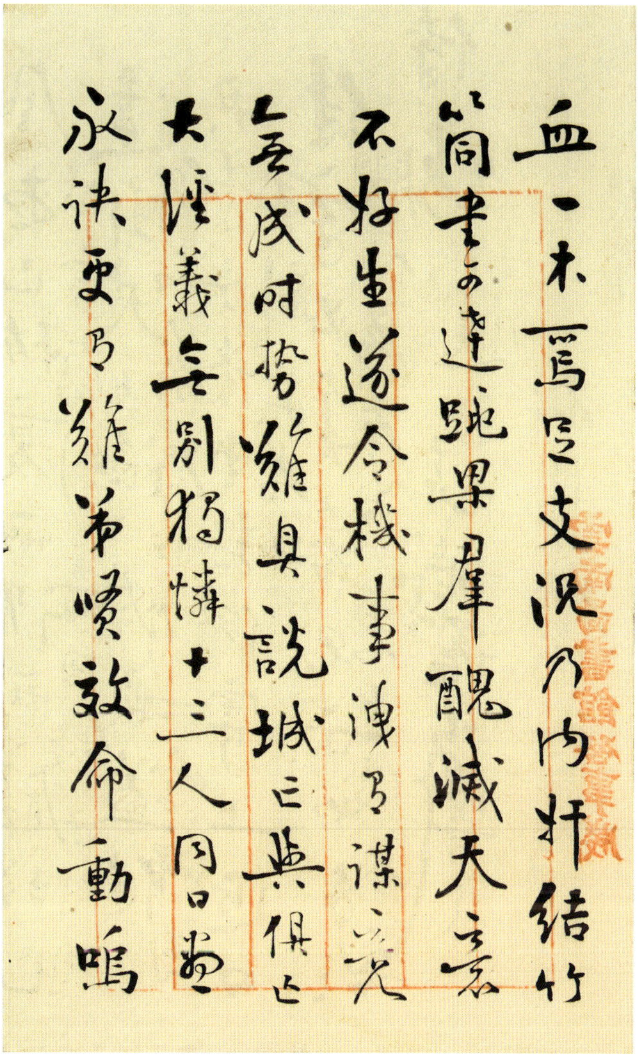

A01（5-2） G17cm×27.5cm

## 二、索书事致方树梅

〖录文〗

臞仙吾友：

一别万思，何可说也。学风想已恢复，所谓两厅，均已达到。天下滔滔，吟兴益健。君索予书，书数纸寄上。近日佳章必多，希见示也。

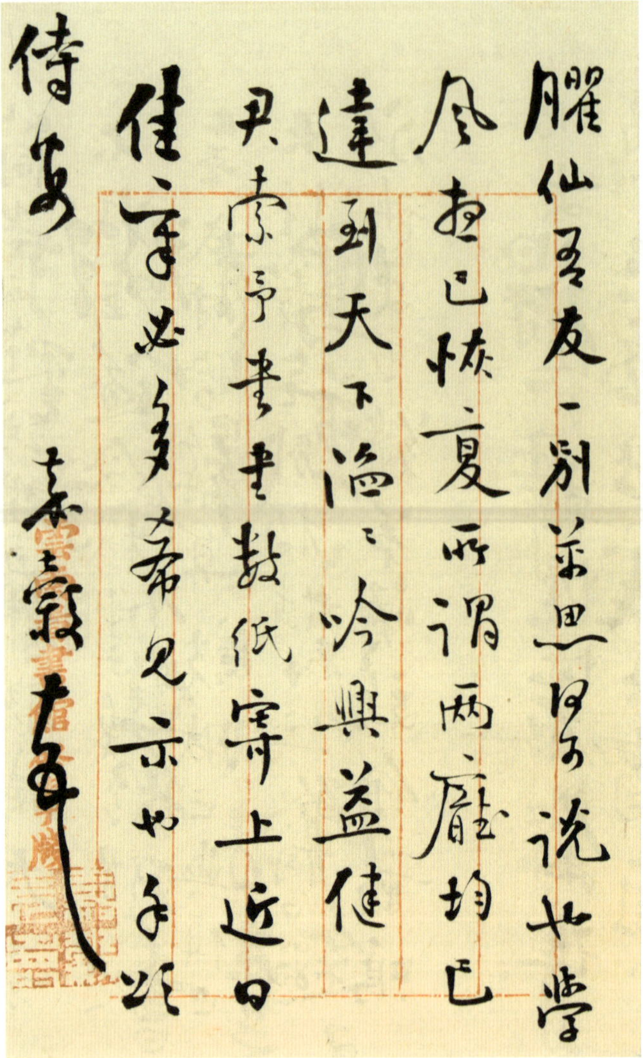

A02 G17cm×27.5cm

手颂侍安。

嘉谷　顿首

〔钤印：嘉谷长寿〕

〔笺纸：云南图书馆启事笺〕

〖解读〗

“君索予书，书数纸”，包括类似像 A01 的写件。

## 三、立夏致方树梅

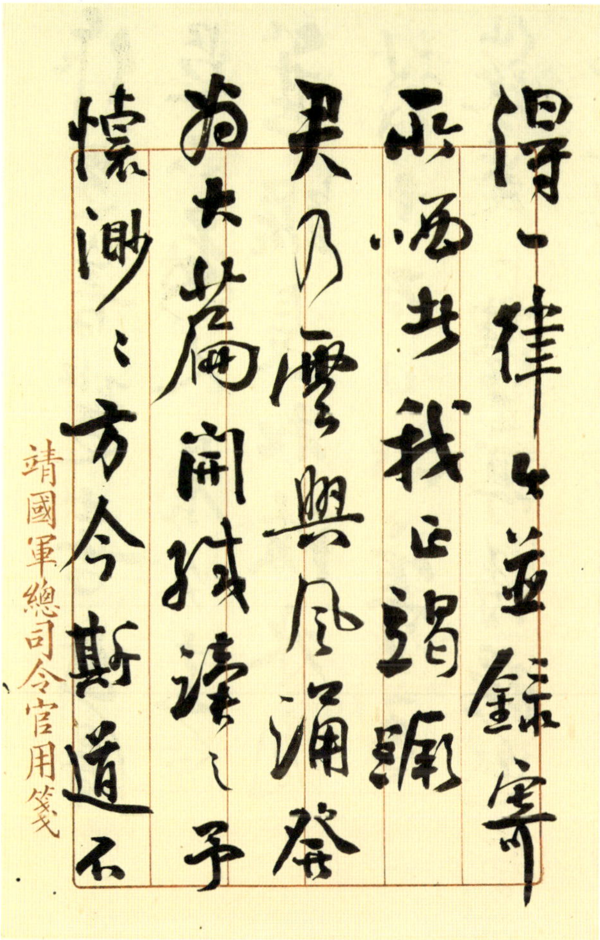

得一律今並錄寄
所哂者我正竭蹶
君乃雲興風涌發
為大篇開緘讀之予
懷渺渺方今斯道不
靖國軍總司令官用箋

A03（4-2） G18.5cm×28cm

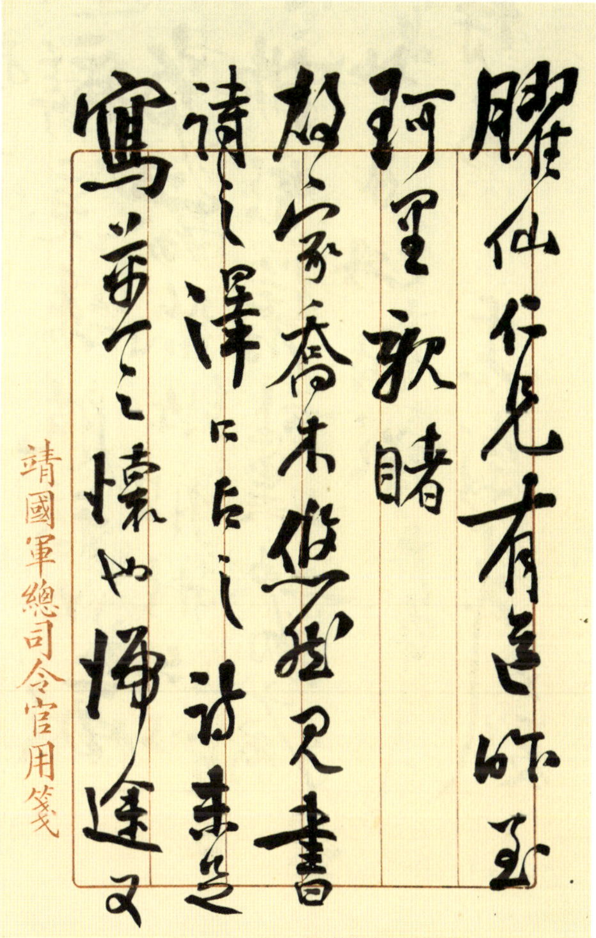

耀仙仁兄有道昨至
珂里親睹
故家喬木悠然見書
詩之澤口占之詩未足
寫萬一之懷也歸途又
靖國軍總司令官用箋

A03（4-1） G18.5cm×28cm

〖录文〗

耀仙仁兄有道：

昨至珂里，亲睹故家乔木悠然。见书诗之泽，口占之诗，未足写万一之怀也。归途又得一律，今并录寄。所哂者，我正竭蹶。君乃云兴风涌，发为大篇，开缄读之，予怀渺渺。方今斯道，不作是音跫喜，安得足下数人，晨夕素心箕踞[1]，长松流水，闲谈十百日，以寄

①箕踞：两脚张开，两膝微曲地坐着，形状像箕。这是一种不拘礼节的坐法，比喻轻慢傲视对方的姿态。

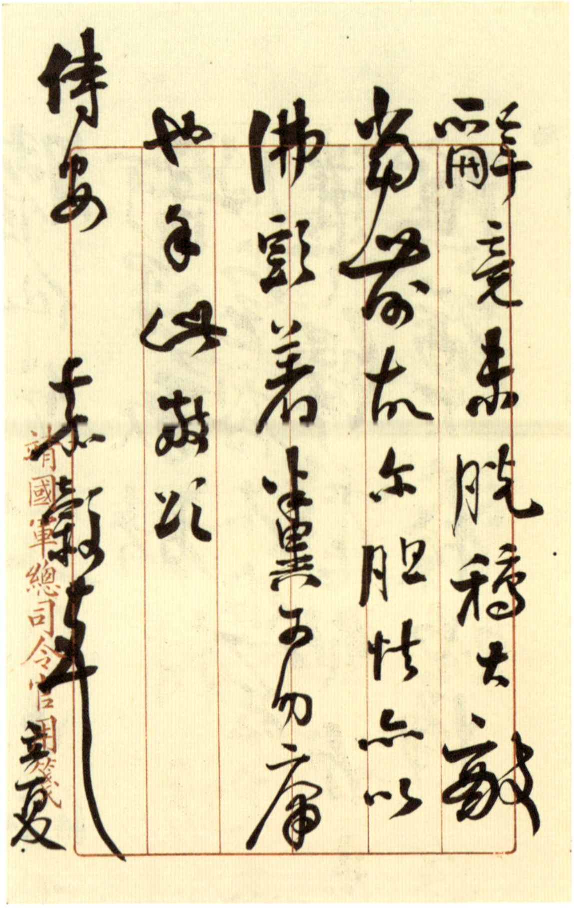


A03（4-4） G18.5cm×28cm

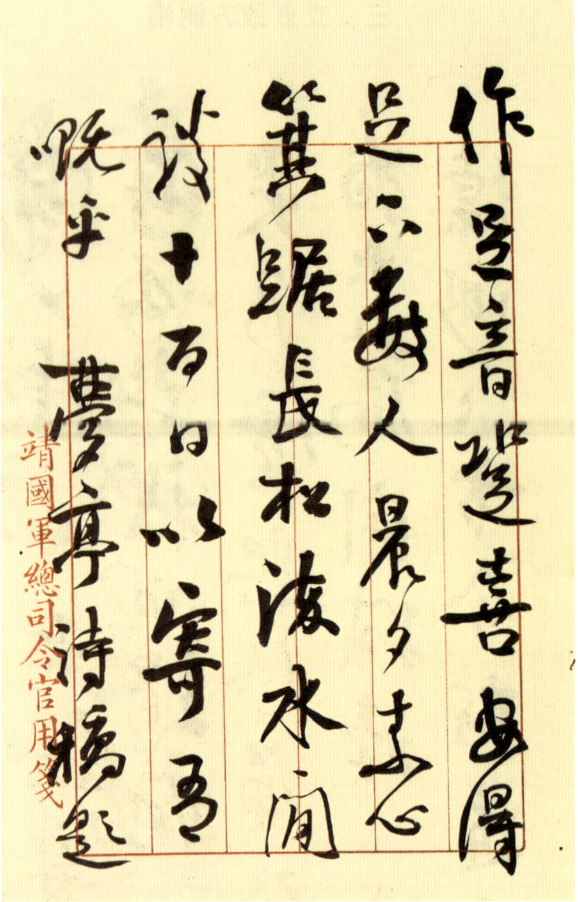


A03（4-3） G18.5cm×28cm

吾慨乎？《梦亭诗稿题辞》竟未脱稿，大敌当前，故尔胆性，亦以佛头着粪[2]，可勿庸也。

手此。敬颂侍安。

嘉谷 顿首 立夏

〔笺纸：靖国军总司令官用笺〕

〖解读〗

在一九二二年，袁嘉谷拜访方树梅家乡。故从“昨至珂里”可知，此札应成于该年。

② 佛头着粪：成语。原指佛性慈善，在他头上放粪也不计较。后多比喻不好的东西放在好东西上面，玷污好的东西。

## 四、晋宁吟咏

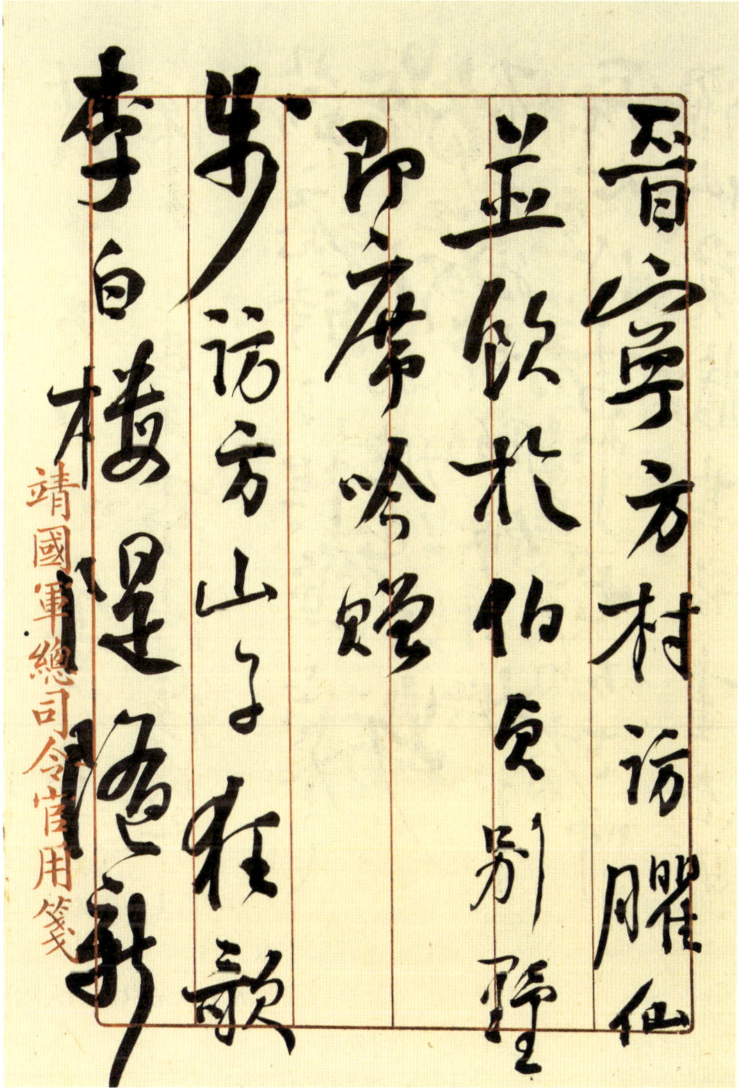
晋宁方村访臞仙
并饮于伯贞别墅
即席吟赠
步访方山子狂歌
李白楼堤随新
靖國軍總司令官用箋

A04（5-1） G18.5cm×28cm

〖录文〗

**晋宁方村访臞仙并饮于伯贞别墅，即席吟赠**

步访方山子，狂歌李白楼。堤随新树长，河傍老城流。烟火高低屋，春云上下畴。荔扉［师范］旧游地，欣见两溟洲[①]。

①溟洲：即张鹏升。

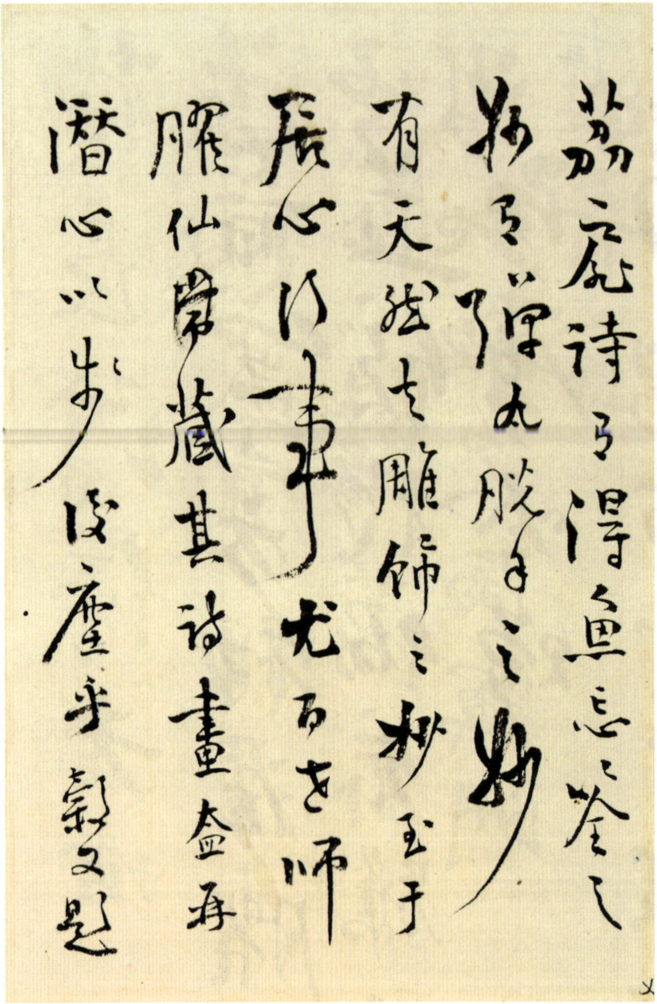

A04（5-5） G18.5cm×28cm

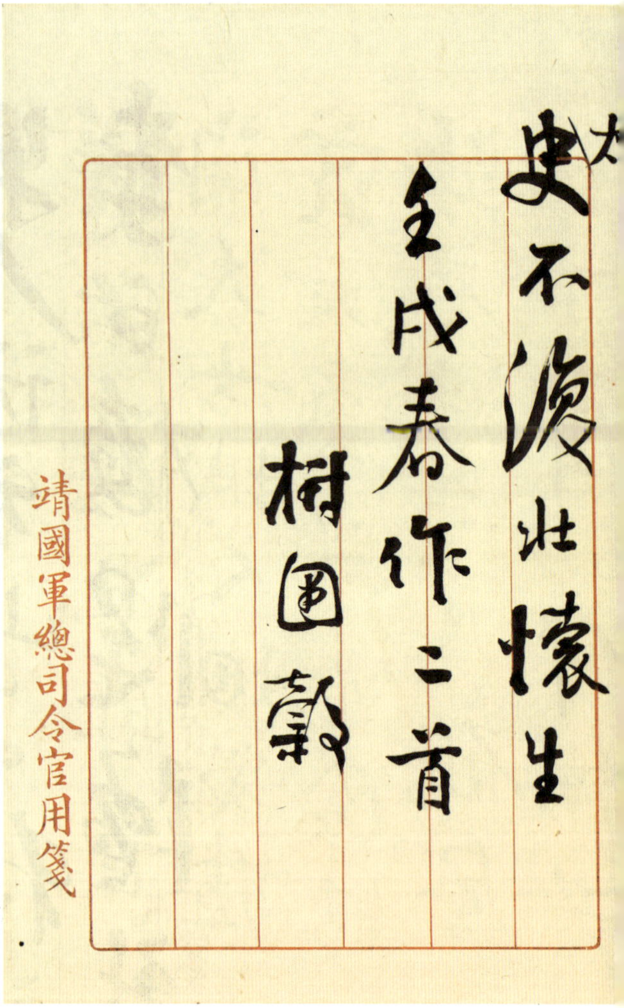
太
史不復壯懷生
壬戌春作二首
樹圃穀
靖國軍總司令官用箋

A04（5-4） G18.5cm×28cm

**游晋宁**

汉治滇池县，晋开天女城。人烟几墟落，天气半阴晴。醉酒呼明月，观风听市声。却惭老太史，不复壮怀生。

壬戌［一九二二］春　作二首　树圃谷

〔笺纸：靖国军总司令官用笺〕

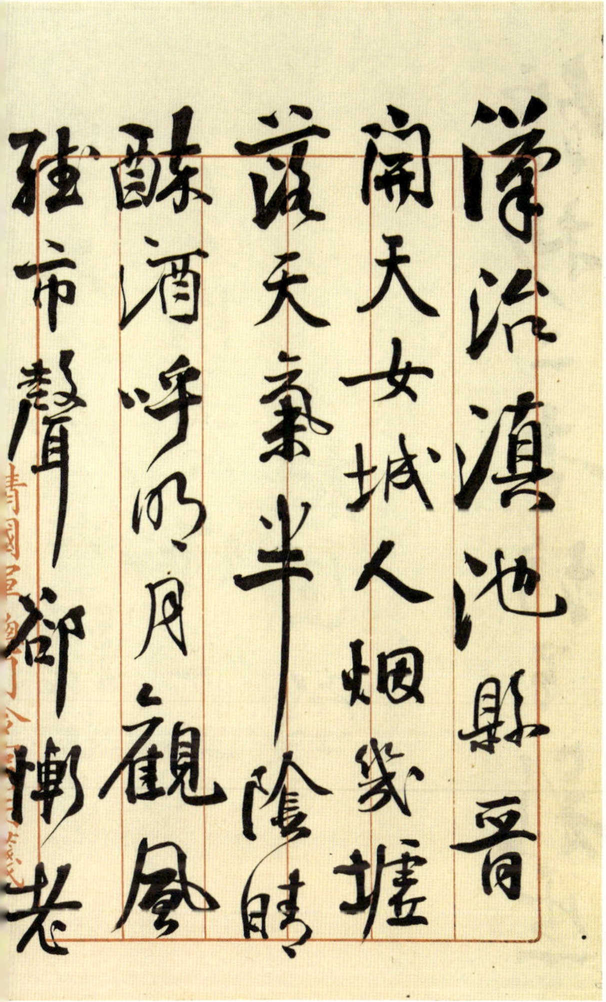

A04（5-3） G18.5cm×28cm

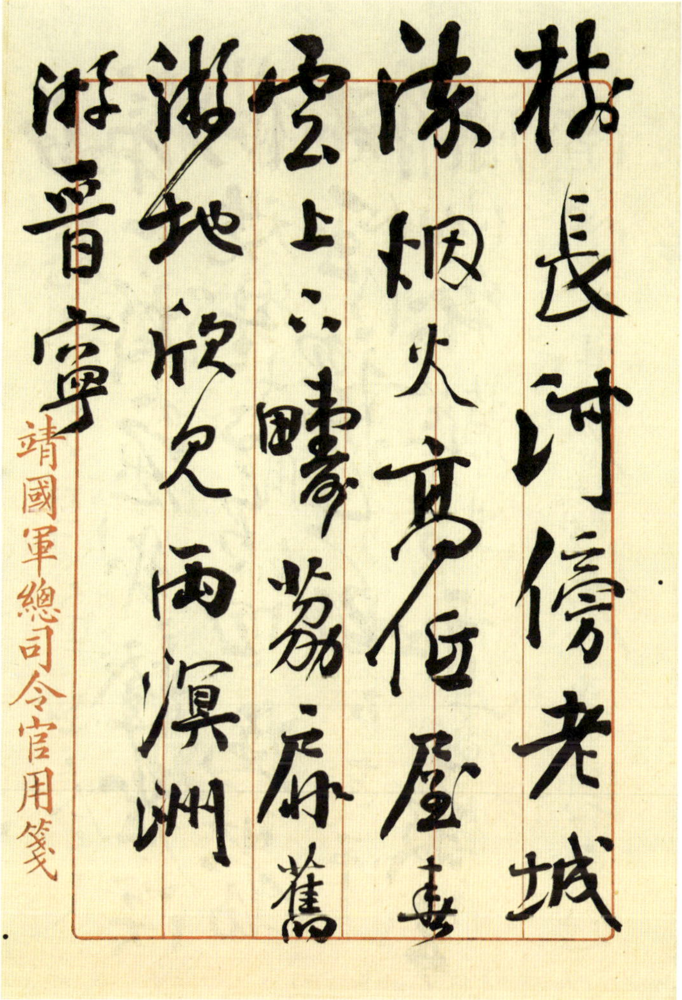


A04（5-2） G18.5cm×28cm

荔扉诗有得鱼忘筌之妙，有弹丸脱手之妙，有天然去雕饰之妙。至于居心行事，尤百世师。臞仙藏其诗画，盖再潜心以步后尘乎？

谷　又题

〔笺纸：宣纸〕

## 五、馆抄二书事致方树梅

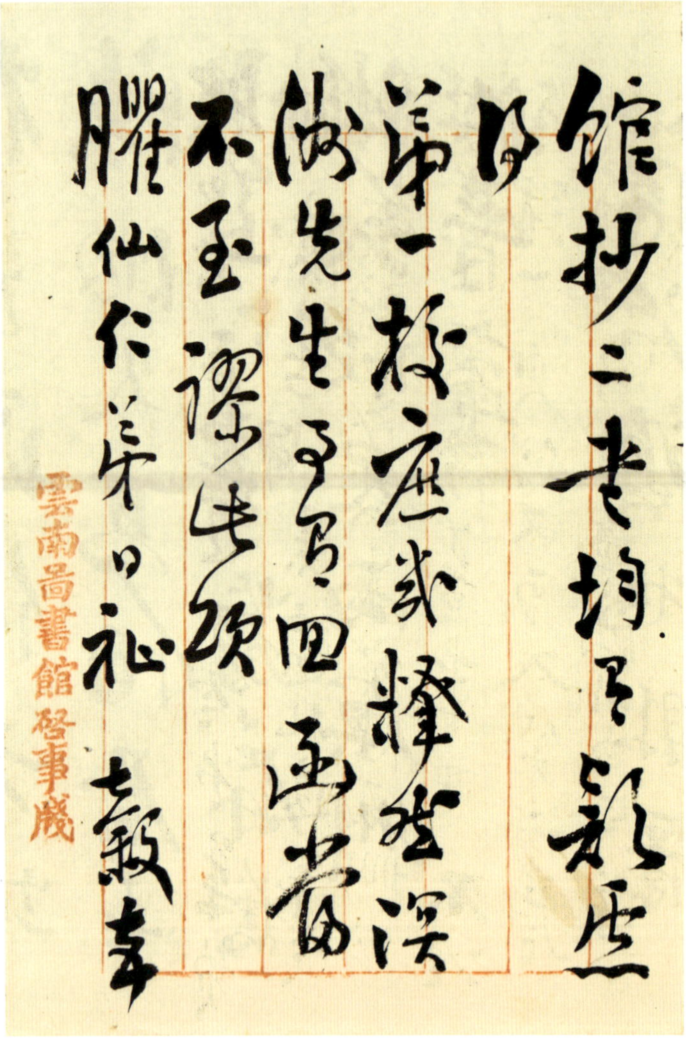

A05 G17cm×25.5cm

〖录文〗

馆抄二书，均有疑虑。得第一校，庶几释然。溟洲［张鹏升］先生事，有回函，当不至谬。

此颂。臞仙仁弟日祉。

谷 顿首

［笺纸：云南图书馆启事笺］

## 六、《不冷堂集》事致方树梅

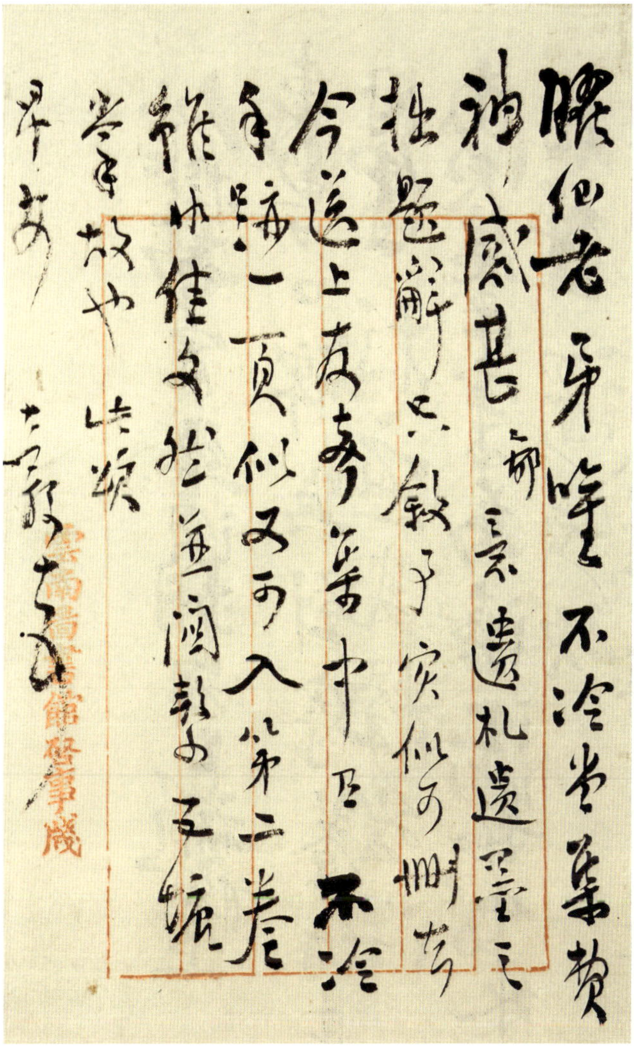

A06 G17cm×25.5cm

〖录文〗

臞仙老弟鉴：

《不冷堂集》[1]费神感甚。鄙意：遗札、遗墨之拙题辞，只叙事实，似可删去。今送上《友声集》，中有不冷［张舜琴］手迹一页，似又可入第二卷。虽非佳文，然并关系五塘[2]掌故也。

此颂，早安。

谷　顿首

〔笺纸：云南图书馆启事笺〕

①《不冷堂集》：指《不冷堂遗集》，四卷木，民国年间，袁嘉谷整理其岳父张舜琴的遗作而成。张舜琴（？～一九一一），字竹轩。云南石屏人。举人，选昆明县训导。其堂曰“不冷”。为前清殉节而死者。

②五塘：或指许印芳。许印芳（一八三二～一九〇一），字茚山、麟篆，号五塘山人。云南石屏人。教育家、文学家。

## 七、晋宁张溟洲先生祠联

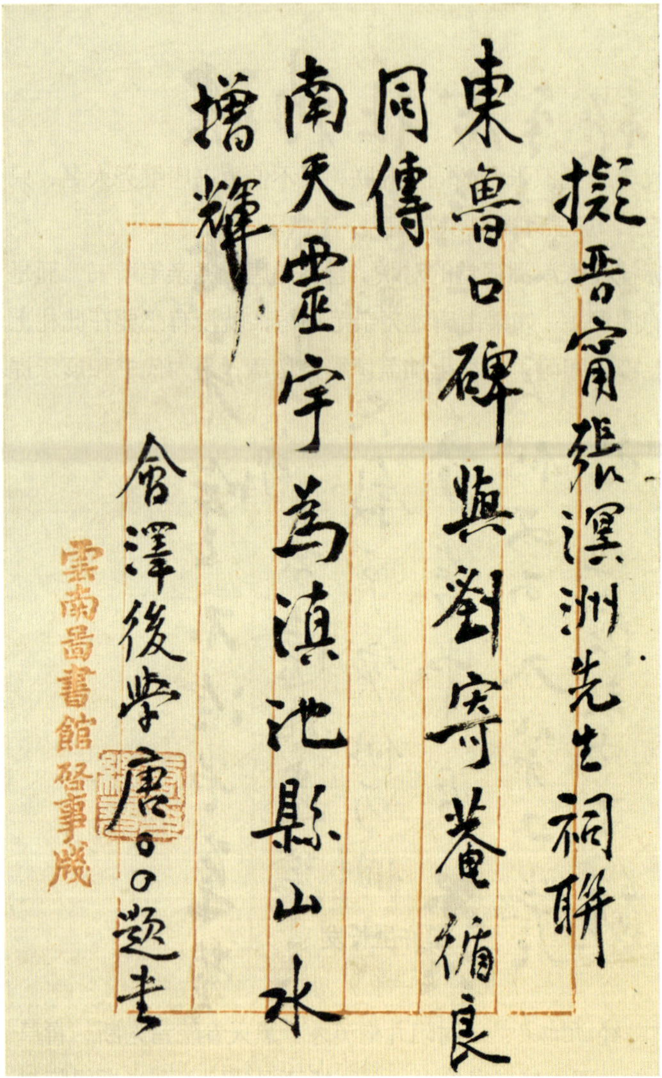
擬晉甯張溟洲先生祠聯
東魯口碑與劉寄菴循良同傳
南天靈宇為滇池縣山水增輝
會澤後學唐〇〇題書
雲南圖書館啓事箋

A07 G17cm×25.5cm

〖录文〗

**拟晋宁张溟洲先生祠联**

东鲁口碑，与刘寄庵循良同传；南天灵宇，为滇池县山水增辉。

会泽后学唐〇〇　题书

〔钤印：唐继尧印〕

〔笺纸：云南图书馆启事笺〕

〖解读〗

根据笔迹判断，此札为袁嘉谷代唐继尧拟张溟洲祠堂对联，又不便直书唐继尧大名，只能署“唐○○”。经唐继尧过目审定后，加盖印章以示郑重。

根据此札的落款信息判断，实际挂在张溟洲祠堂的对联，也不是唐继尧亲笔所书，而是由他人代笔（这也是一般官员题书的惯例）。如果由唐继尧亲笔书写，就没有必要在此札上加盖唐继尧私章，而是直接在字符上钤印即可。此札上加盖唐继尧私章，是为代书和展示提供依据，要求书法的落款也同此札。

## 八、抄录明滇诗致方树梅

〖录文〗

**赠许生长发**

张一甲[①]

鼙鼓曾经动地来，一时阳九构英才。黑天春院音为断，青草池塘梦与陪。那见焚书秦焰火，曾闻持节汉廷回。观光指日陈封事，执笔董狐旧谏台。

**答张箓君［张一甲］**

许长发

鸡鸣野客脱函关，双拔芒鞋度水山。架上龙笺经废久，池中凤箨正看闲。老亲涕泗凡千落，稚子声音又一般。何幸先生勤教诲，敢歌云远性绵蛮。

许陷于沙定洲，归日有此二诗，皆明季之作也。臞仙补辑

①张一甲：字退叔，号箓君。云南石屏人。明崇祯庚辰（一六四〇）二甲第二名进士。曾任礼部郎中。

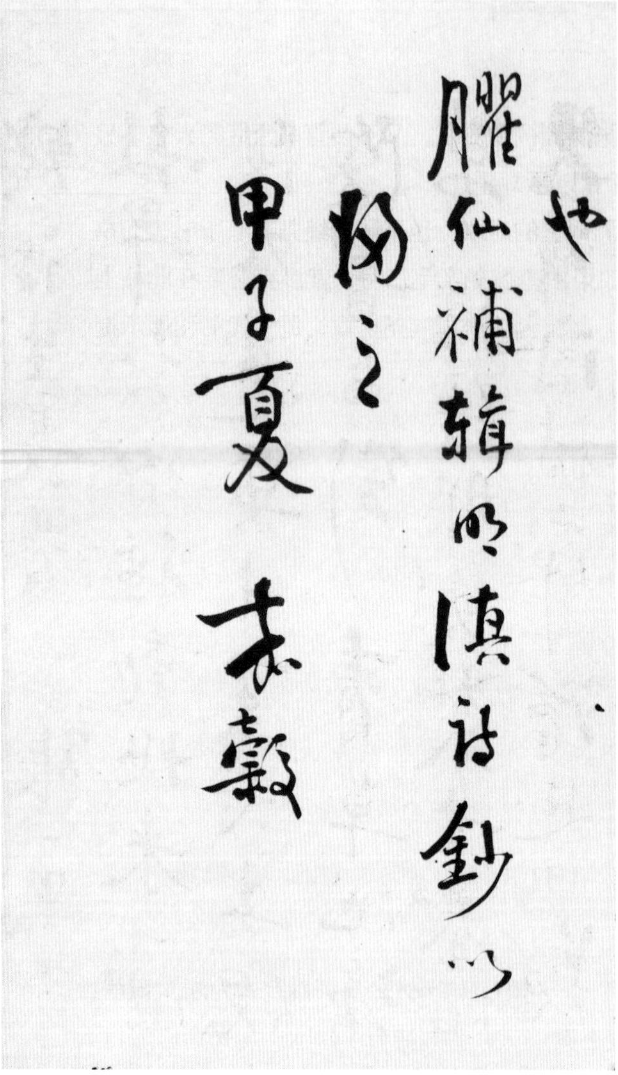

A08（4-4） G15cm×25.5cm

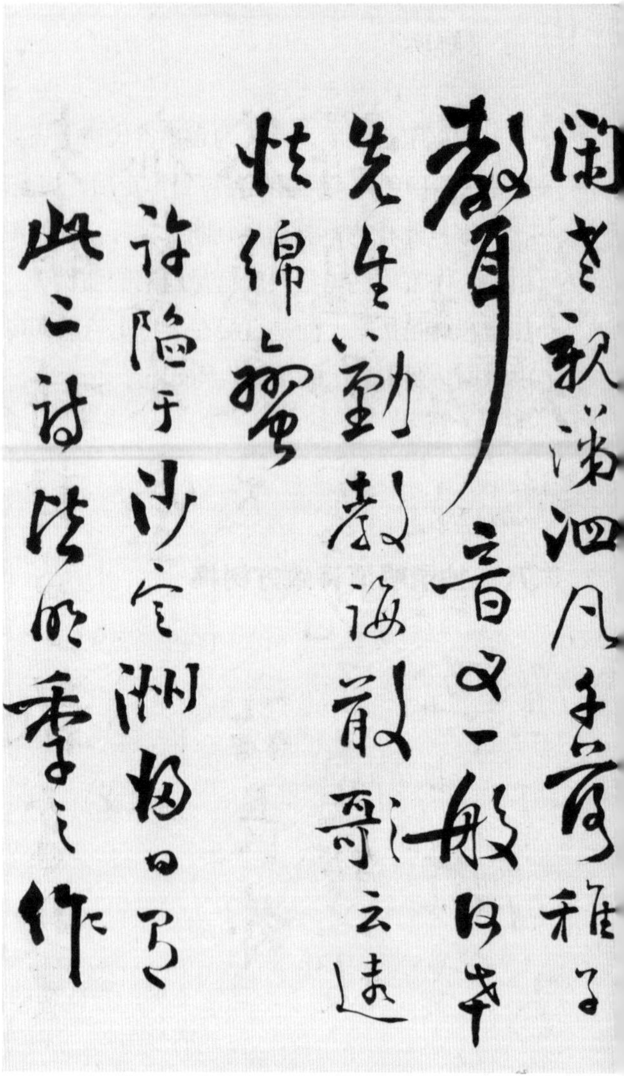

A08（4-3） G15cm×25.5cm

《明滇诗钞》以归之。

甲子［一九二四］夏　嘉谷

〔笺纸：宣纸〕

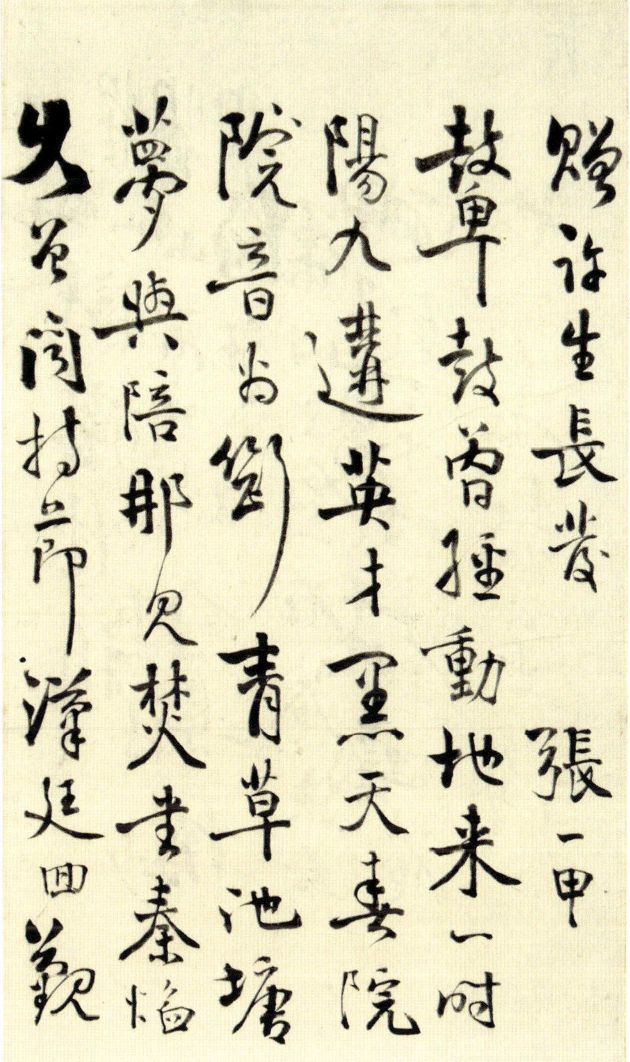
贈許生長發　張一甲
鼙鼓番搖動地來一時
陽九遘英才黑天妻院
院音尚劉青草池塘
夢與陪那見焚書秦焰
只有閣揚部澤廷四觀

A08（4-1）　G15cm×25.5cm

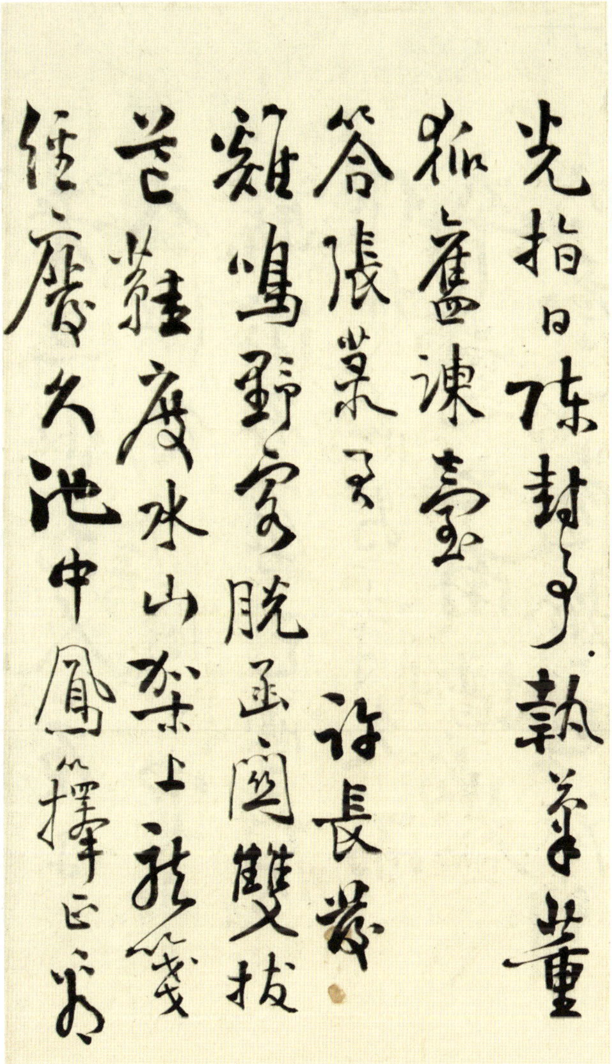
光指日殊封手執華董
稱廬諫臺
答張棠子　許長發
雞鳴野寒院丞圖雙拔
芒鞵度水山崇上雜箋
經歷久池中鳳擇正字

A08（4-2）　G15cm×25.5cm

## 九、录担当赠刘维则诗并识致方树梅

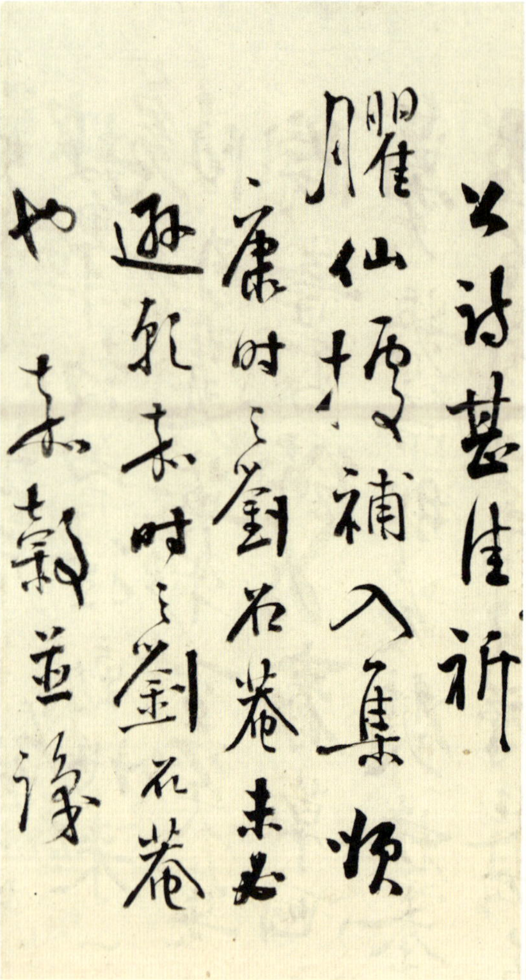

A09（4-4） G15.5cm×25.5cm

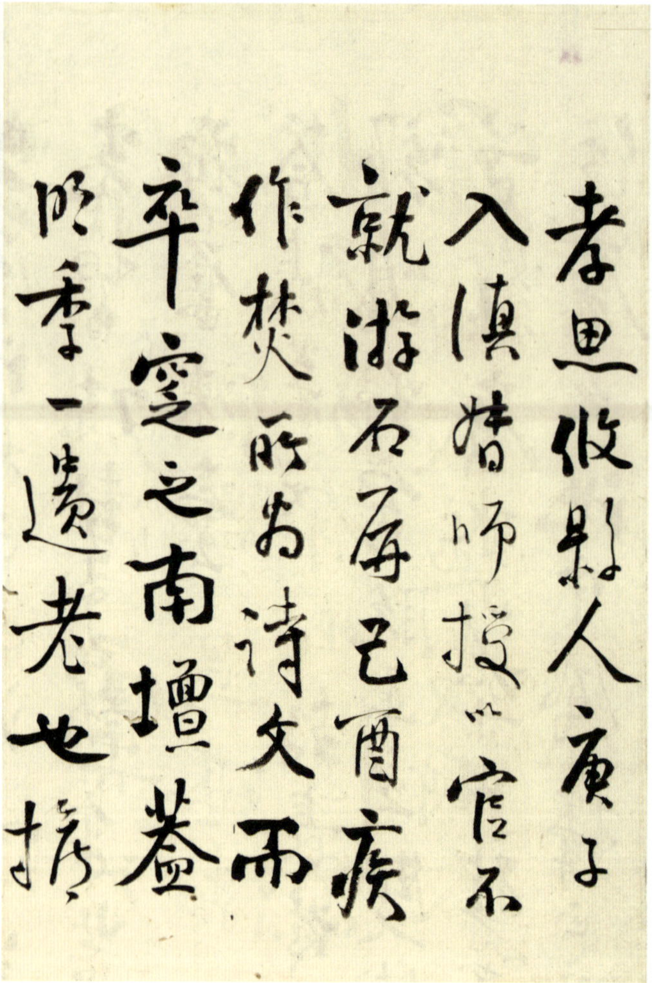

A09（4-3） G15.5cm×25.5cm

〖录文〗

### 赠刘维则

担当

才接风骚便欲仙，开尊正好在花前。气吞八九曾雄楚，路绕三千又入滇。帝子怨深云可吊，贾生赋就鸟堪怜。逃名别有幽栖处，屈指天边几洞天。

按：维则，号石庵，名孝思。攸县①人，庚子［一六〇〇］入滇督师。授以官不就。游石屏。己酉［一六四五］疾作，焚所为诗文而卒。窆之南坛，

①攸县：现属湖南株洲。

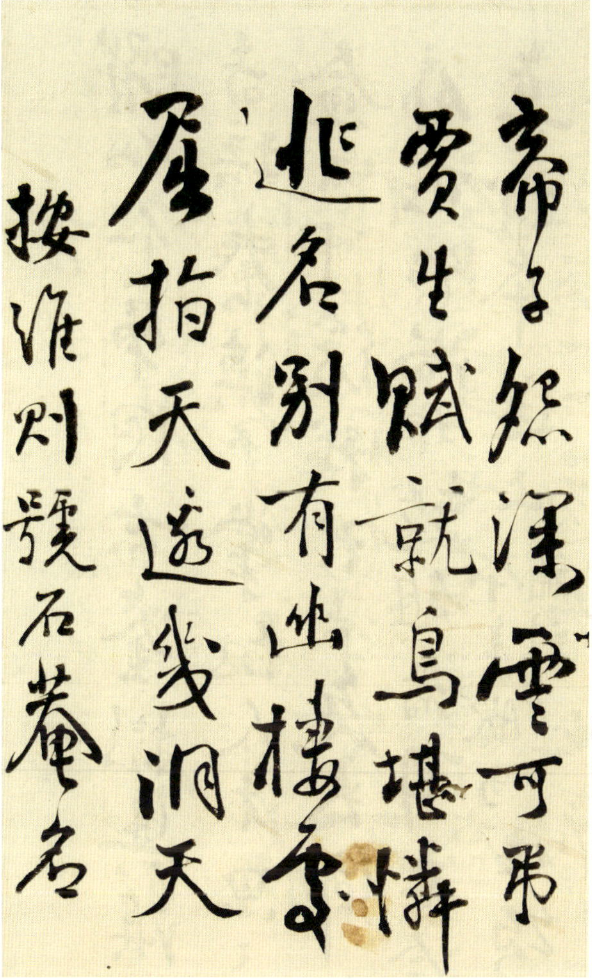

A09（4-2） G15.5cm×25.5cm

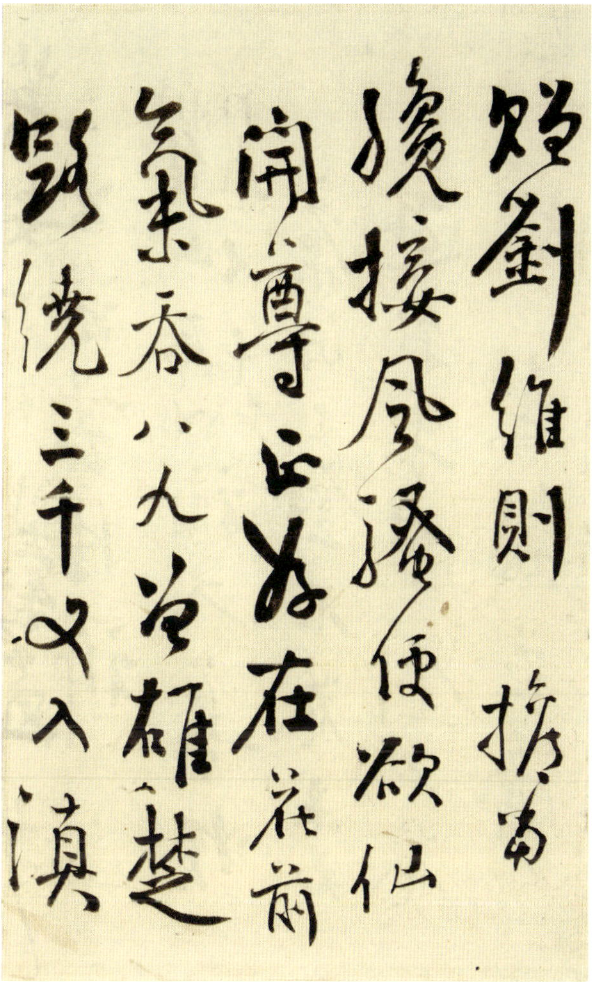

A09（4-1） G15.5cm×25.5cm

盖明季一遗老也。担公诗甚佳。祈臞仙据补入集。顺康时之刘石庵未必逊乾嘉时之刘石庵也。

嘉谷 并识

〔笺纸：宣纸〕

〖解读〗

担当此诗，见《担当诗文全集》二〇六页。名为《赠湘潭刘维则》。

## 一〇、兴滇学社事致方树梅

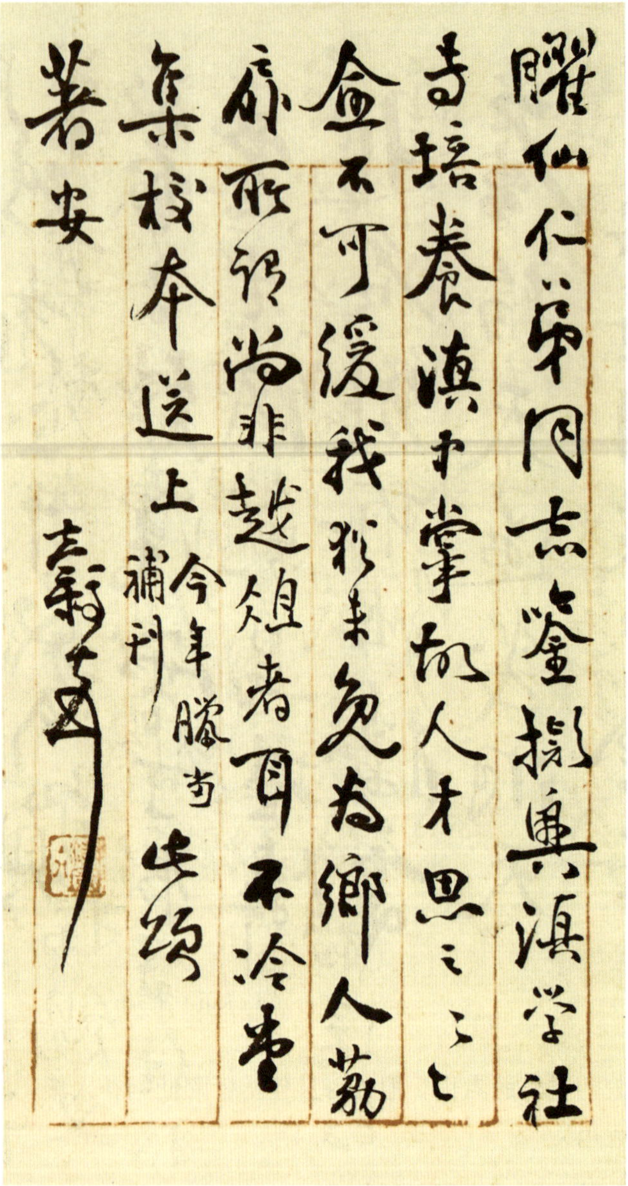

A10 G13.5cm×25.5cm

〖录文〗

臞仙仁弟同志鉴：

拟兴滇学社，专培养滇中掌故人才，思之思之，愈不可缓。我犹未免为乡人荔扉所谓“尚非越俎者耳”。《不冷堂集》校本送上（今年腊当补刊）。

此颂著安。

谷　顿首

〔钤印：澍圃□〕

〔笺纸：竖行朱丝〕

## 一一、华亭梵文石事致方树梅

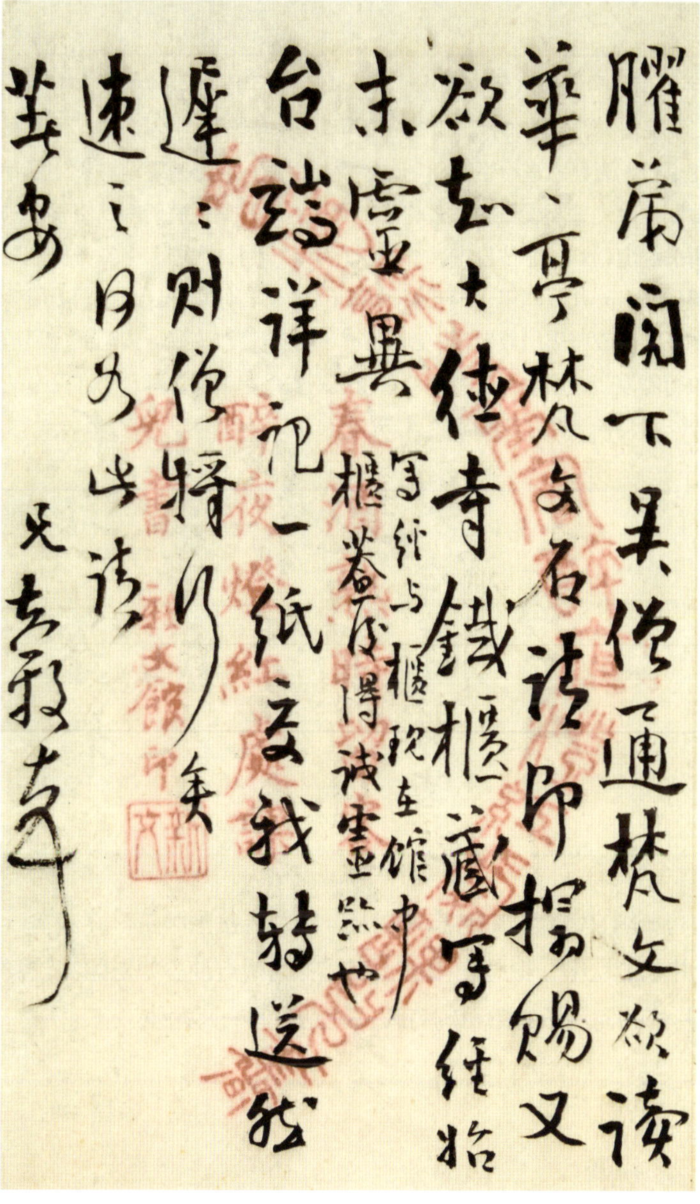

A11 G14cm×23.5cm

〖录文〗

臞弟阁下：

吴僧通梵文，欲读华亭梵文石，请即拓赐。又欲知大德寺铁柜藏写经始末灵异（写经与柜现在馆中，柜盖后得识灵迹也）。台端详记一纸交我转送，然迟迟则僧将行矣。速之何如。

此请著安。

兄谷　顿首

〔笺纸：诗笺。文：“春酒熟时留客醉，夜灯红处课儿书。”“新文馆印”〕

## 周钟岳　六通

周钟岳（一八七六～一九五五），字生甫，号惺庵。云南剑川人。一九〇三年应癸卯科乡试，中第一名（解元）。一九〇四年至日本弘文学院留学，肄业师范。一九〇五年复进早稻田大学习法政。蔡锷离滇入京任经界局督办，周钟岳随任秘书长，袁世凯进行帝制活动，蔡潜行赴天津，秘密筹划讨袁，周专程把重要文电及密电本转移到津，复回北京，等候蔡登船东渡的密电到达，才替蔡托病请假，使袁世凯措手不及，周随即改名易装，出山海关绕道朝鲜，避往日本。一九一九年十一月，代理云南省省长，至一九二〇年六月正式被任命为云南省省长。一九三九年，出任国民政府内政部长，兼任县政计划委员会主任委员。一九四四年十一月后，调任国民政府委员兼考试院副院长、总统府资政等职。曾汇编《师范丛编》十卷，辑译松村介石《中国教育制度变迁通论》一卷，著有《法占安南始末记》等。周钟岳书法精湛，南京总统府大门上的"总统府"三大字，便出自其手。

### 一、初五日致方树梅

〖录文〗

臞仙弟鉴：

前日，弟到舍间，原拟托代聘一国文教读，临时忘未提及，随及入法国医院疗养。本日过节方归也。小儿女等进小学，并未能认字，拟聘一教员，夜间补习两点钟。如得国文较好者，则大小儿亦令其补习也。至月修约需若干？弟日内有暇，能到舍间一商尤佳。

此颂教安。

钟岳　顿首　初五日

〔笺纸：云南内务司用笺〕

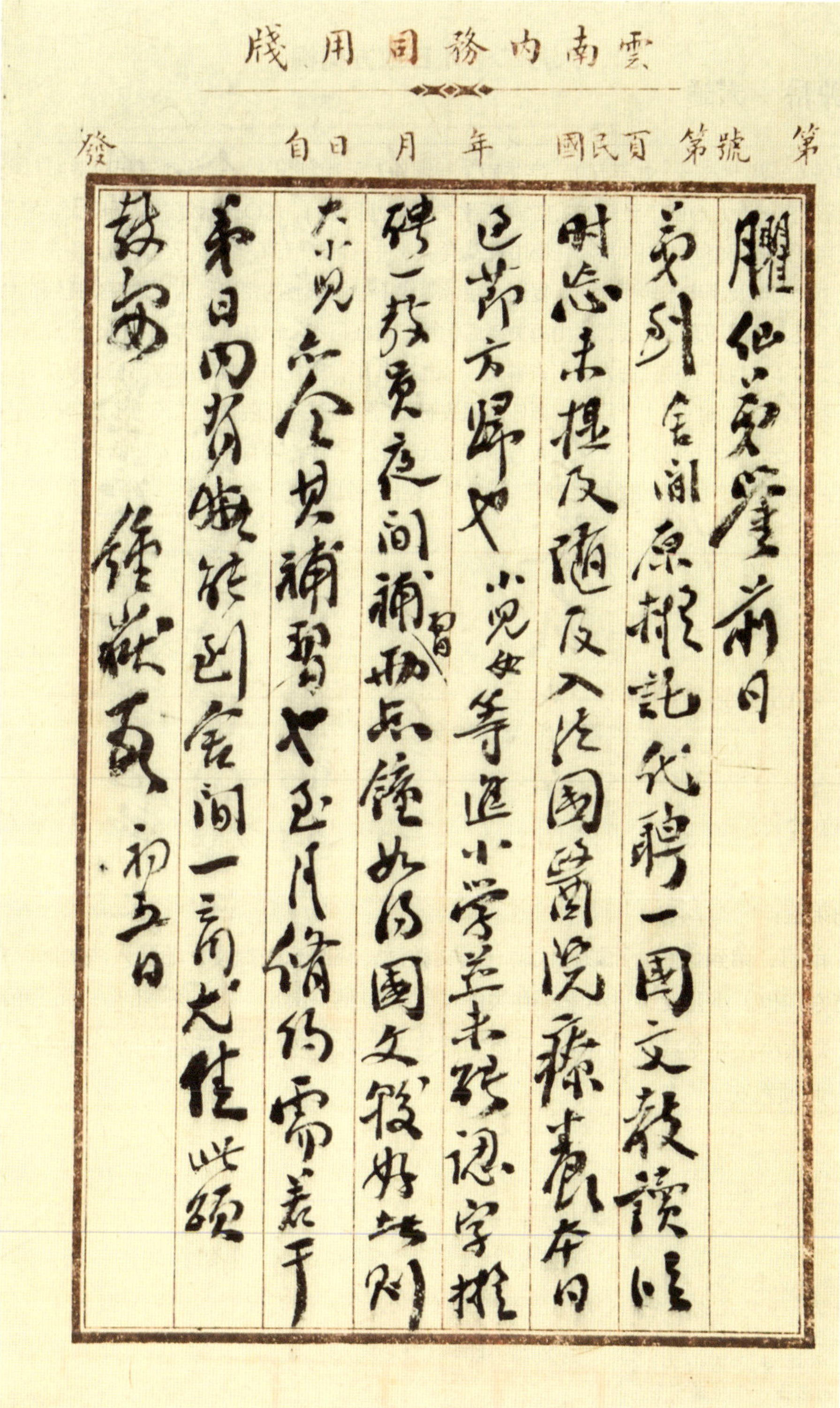
雲南內務司用箋

第　號第　頁民國　年　月　日自　發

臞仙吾兄鑒：前日蒙到舍間，原擬託代聘一國文教讀，唯時忽未提及，隨即入法國醫院療養，本日已節方歸也。小兒女等進小學，並未能認字，擬聘一教員，夜間補習兩點鐘如何。國文較好些，則大小兒亦令其補習也。至月脩約需若干，乞日內費神轉到舍間一商，尤佳。此頌

敬安

鍾嶽啟　初五日

A12 G14.5cm×23.5cm

## 二、六月二十九日致方树梅

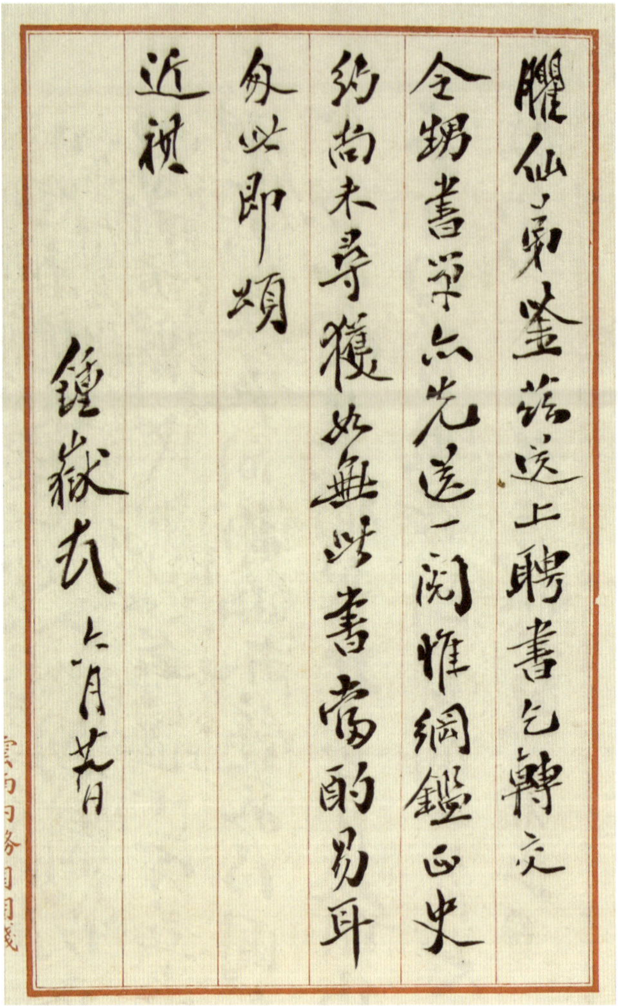
臞仙弟鉴：茲送上聘書乞轉交令甥。書單亦先送一閱，惟綱鑑正史約尚未尋獲，如無此書當酌易耳。匆此即頌近祺。
鍾嶽頓首 六月廿九日

A13 G14cm×23cm

〖录文〗

臞仙弟鉴：

兹送上聘书，乞转交令甥。书单亦先送一阅，惟《纲鉴正史约》[1]尚未寻获。如无此书，当酌易耳。

匆此。即颂近祺。

钟岳　顿首　六月廿九日

〔笺纸：云南内务司用笺〕

①《纲鉴正史约》：明顾锡畴撰。上起唐尧，下迄元代。顾锡畴，字九畴，号瑞屏。昆山人。明万历进士。崇祯末官至礼部侍郎。

## 三、初九日致方树梅

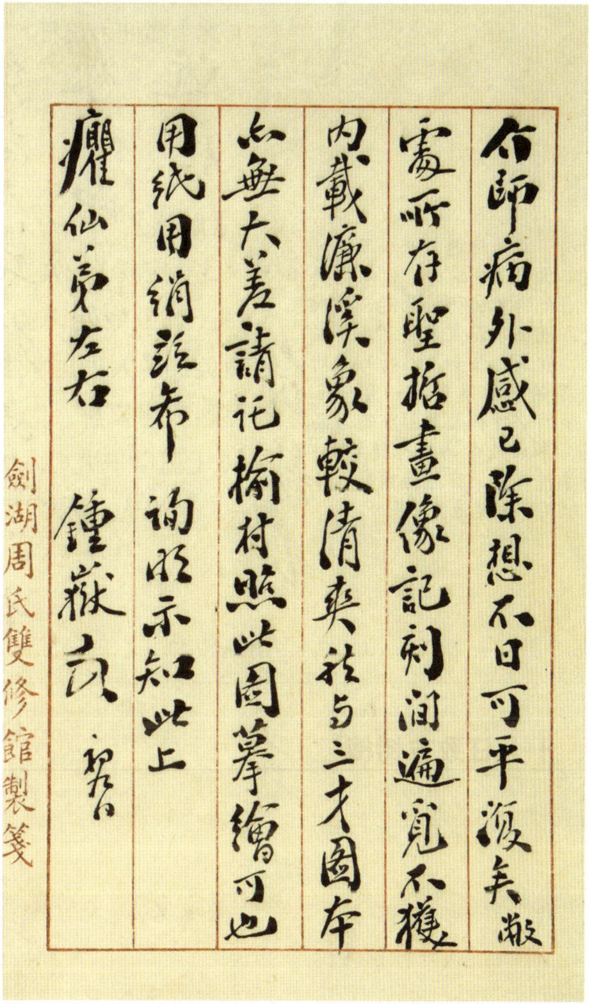

介師病外感已除想不日可平復矣敝
處所存聖哲畫像記刻間遍覓不獲
內載濂溪象較清爽然與三才圖本
亦無大差請託榆村照此圖摹繪可也
用紙用絹請示布 詢明示知此上
癯仙吾弟左右 鍾嶽頓首
劍湖周氏雙修館製箋

A14 G14.5cm×24cm

〔录文〕

介师［赵藩］病，外感已除，想不日可平复矣。敝处所存《圣哲画像记》，刻间遍觅不获。内载濂溪[1]象较清爽，然与《三才图》[2]本亦无大

①濂溪：应指周敦颐（一〇一七～一〇七三），字茂叔，号濂溪。道州营道县（今湖南道县）人。以母舅龙图阁学士郑向任分宁（修水）主簿，调南安军司理参军，移桂阳令，徙知南昌，历合州判官、虔州通判。熙宁初知郴州，擢广东转运判官，提点刑狱。北宋理学家，北宋宋明理学创始人。

②《三才图》：明王圻、王思义辑。分天文、地理、人物、时令、宫室、器用、身体、衣服、人事、仪制、珍宝、文史、鸟兽、草木等十四个门类，每一事物写其图像，加以文字说明。

差，请托榆村[3]照此图摹绘可也。用纸用绢端希询明示知。

此上癯仙弟左右。

钟岳　顿首　初九日

〔笺纸：剑湖周氏双修馆制笺〕

〖解读〗

此札应成于一九二七年之前。

云南虽地处南疆，但绘画亦颇具人才。宋时即有美轮美奂的《大理国张胜温梵画长卷》。清末有慈禧太后的御用画家缪嘉惠，代慈禧太后写字画画赐予大臣。缪嘉惠（一八七五～一九〇八），女，字素筠，人称缪姑太。云南昆明人。工翎毛、花卉，秀逸清雅，小楷亦佳。

③榆村：即杨应选（一八五三～一九二九），字榆村。云南昆明人。自他的曾祖杨毓兰起，数代都是职业画家。家学渊源，其画山水、花鸟、仕女、人物写真均有较高的艺术造诣。一九一五年，他的《竹林七贤图》等国画作品，参加巴拿马国际博览会，荣获金质奖章，声闻海内外。曾为方树梅作《龙池校书图》。

## 四、十七日致方树梅

〖录文〗

石师［赵藩］《采芝图》衣褶稍嫌板滞，而象则较云龛[1]所绘者为真。已如属将拙稿题上。外有对联一付，直幅一张，端希察收。

臞仙弟鉴。

钟　顿首　十七日

〔笺纸：剑湖周氏双修馆制笺〕

①云龛［kān］：即胡应祥（一八六五～一九五一），字云龛。云南昆明人。云南著名画家。

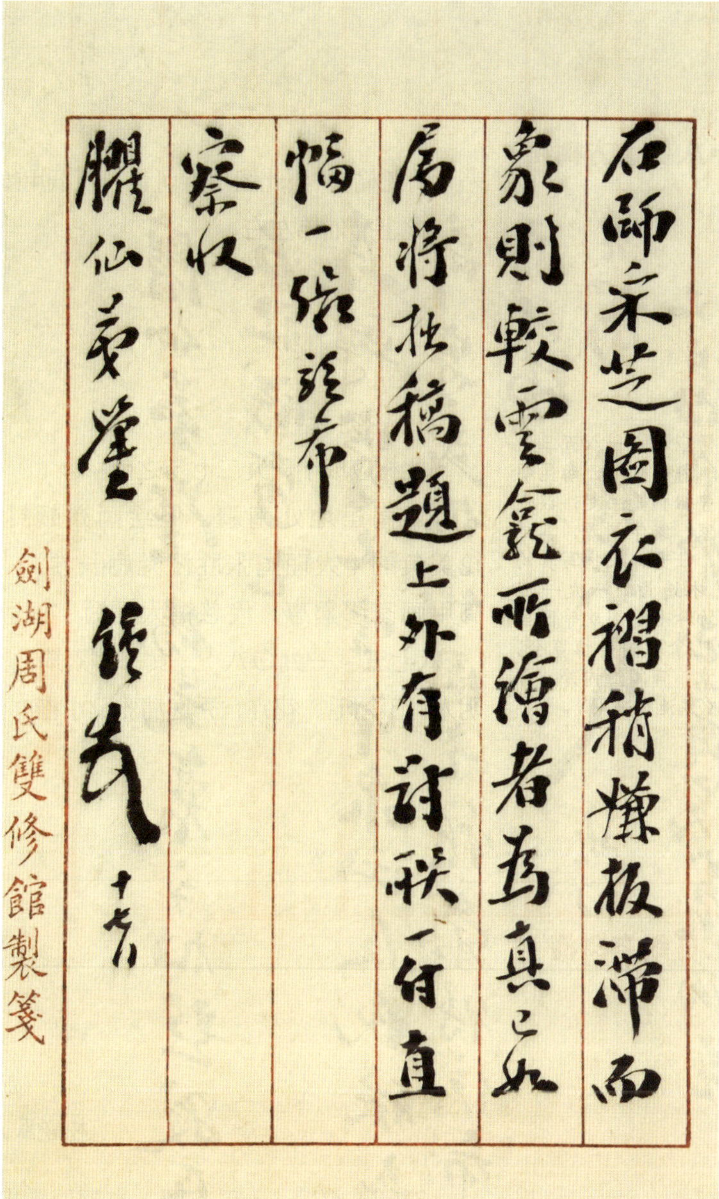

右師宋芝圃衣褶精爆板滯而
象則較雲鐘所繪者為真已如
局將拙稿題上外有詩稿一付直
幅一併請布
察收
儷仙吾兄
鍾岳 十六

劍湖周氏雙修館製箋

A15 G14.5cm×24cm

〖解读〗

周钟岳自幼研习书法，勤学苦练，得到赵藩等老师的传授，笔法雄浑，端凝厚重，求书者络绎不绝，得之者以为荣。

一九四八年四月十九日，蒋介石登上了总统宝座，周钟岳被任命为总统府资政。决定将“国民政府”四个字换成“总统府”三字。时年七十二岁的周钟岳受蒋嘱咐，用浑厚有力的颜体书写了“总统府”三字立于大门头上。

## 五、二十八日致方树梅

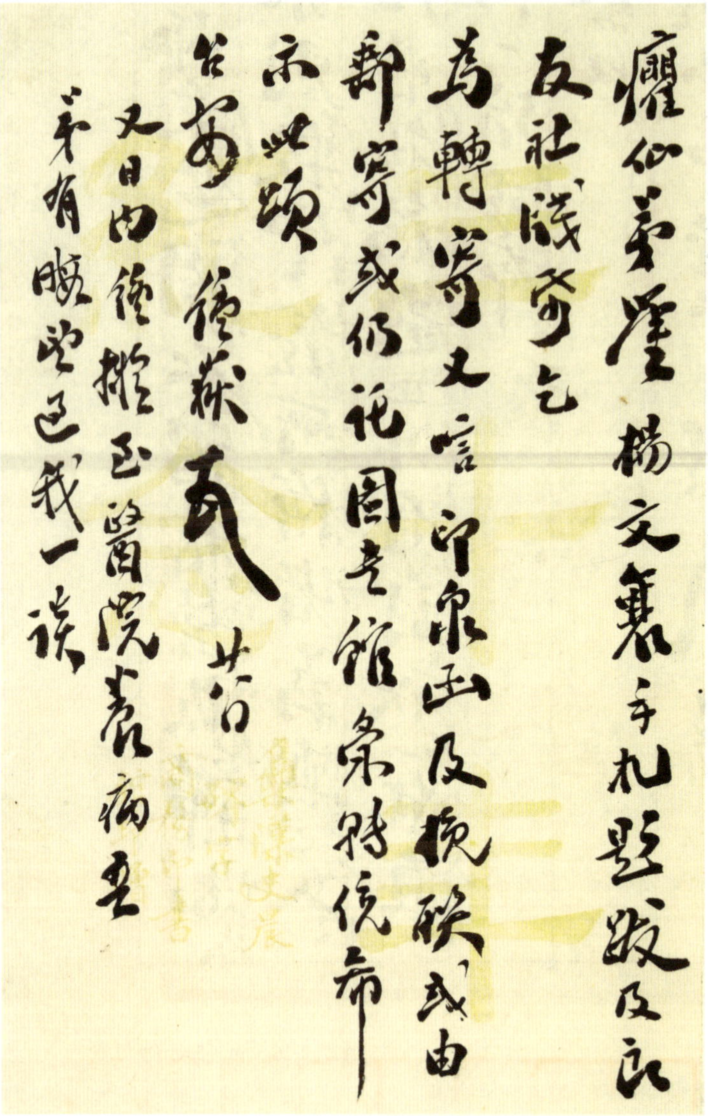

A16 G16.5cm×25cm

〖录文〗

瞿仙弟鉴：

杨文襄［杨一清］手札题跋及良友社笺纸乞为转寄。又言印泉［李根源］函及挽联或由邮寄，或仍托图书馆汇转。统希示。

此颂台安。

钟岳　顿首　廿八日

又，日内钟拟至医院养病，吾弟有暇，望过我一谈。

〔笺纸：三十年纪念笺。文：“商务印书馆”〕

## 六、游盘龙事致方树梅

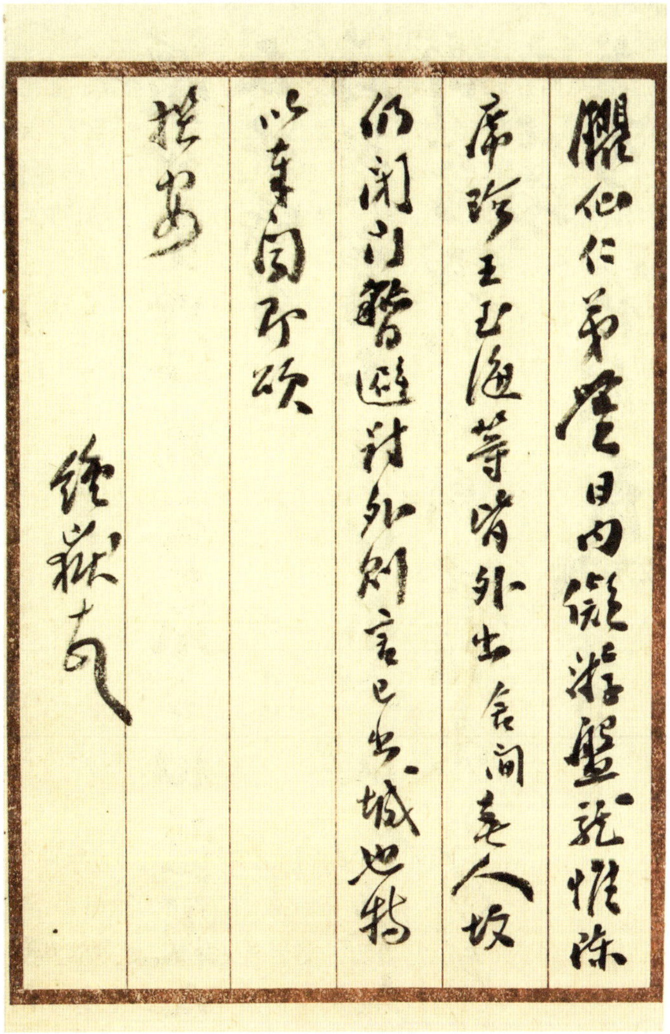

A17 G16.5cm×25cm

〔录文〕

臞仙仁弟鉴：

日内拟游盘龙，惟陈席珍[1]、王玉海等皆外出，舍间无人。故仍闭门暂避。对外则言已出城也。特以奉闻。

即颂撰安。

钟岳　顿首

〔笺纸：竖行朱丝〕

①陈席珍：云南通志馆事务员。

## 赵式铭　一通

赵式铭（一八七二～一九四二），字星海，号韬父、弢父、弢夫、弢甫、窘翁。云南剑川人。六岁起，随父赵宗湖到丽江甸尾坪、剑川河东村攻读。后师从段野史先生，向赵藩学诗、古文词之学。十七岁应童子试，拔置第一，称"龙首"。一九〇三年癸卯秋闱应试，在经文答卷中涉及时务，引近事解故训，被主考官以"违背部章"为由，不准取录。后创办了中国第一份白话文报纸《丽江白话报》以及《永昌白话报》，是白话文运动的先驱者。也曾参与《云南日报》的创办。曾参加南社、苏州国学会。一九三九年任云南通志馆馆长，与周钟岳等编纂《新纂云南通志》。著有《白文考》《云南光复志》《汉书传补注》等。

### 九月十四日致方臞仙

〖录文〗

臞仙先生同门大鉴：

一别五六载，思仰不可为怀。自石禅［赵藩］师没后，意尤凄切，文字道义之感，想彼此同之也。先师遗箸［著］，前得涤园书，谓由兄提议，由图书馆锓板印行，持论甚正。近时四方交好，致函皆欲蚤读以为快，望执事及时著［着］手用慰人士之思，师灵榇闻定于十月启旐归葬，未审能成行否？念念。兹敬浼[①]者，敝友江苏姚石子光［姚光］绩学能文，所辑刻其乡先正书，无虑数十种，昨来函征集倪蜕诗文稿，意甚肫挚，蜕翁［倪蜕］书，弟见《滇云历年传》叙次永历帝[②]逊荒事綦详，余如剑鸣阁诗之属未得一读，舍间旧少藏编，愧无以应故人之命，吾滇图书馆中当有其集，拟恳择其卷帙少者，代购数册，交邮寄江苏金山县张堰镇张堰图书馆姚石子先生收，当可交到，其书价邮费乞劳清神开示，

①浼［měi］：恳托。"浼"：古同"浼"。

②永历帝：即朱由榔（一六二三～一六六二），南明末代皇帝，在位十六年。于一六四六年在广州称帝，年号永历，史称永历帝。

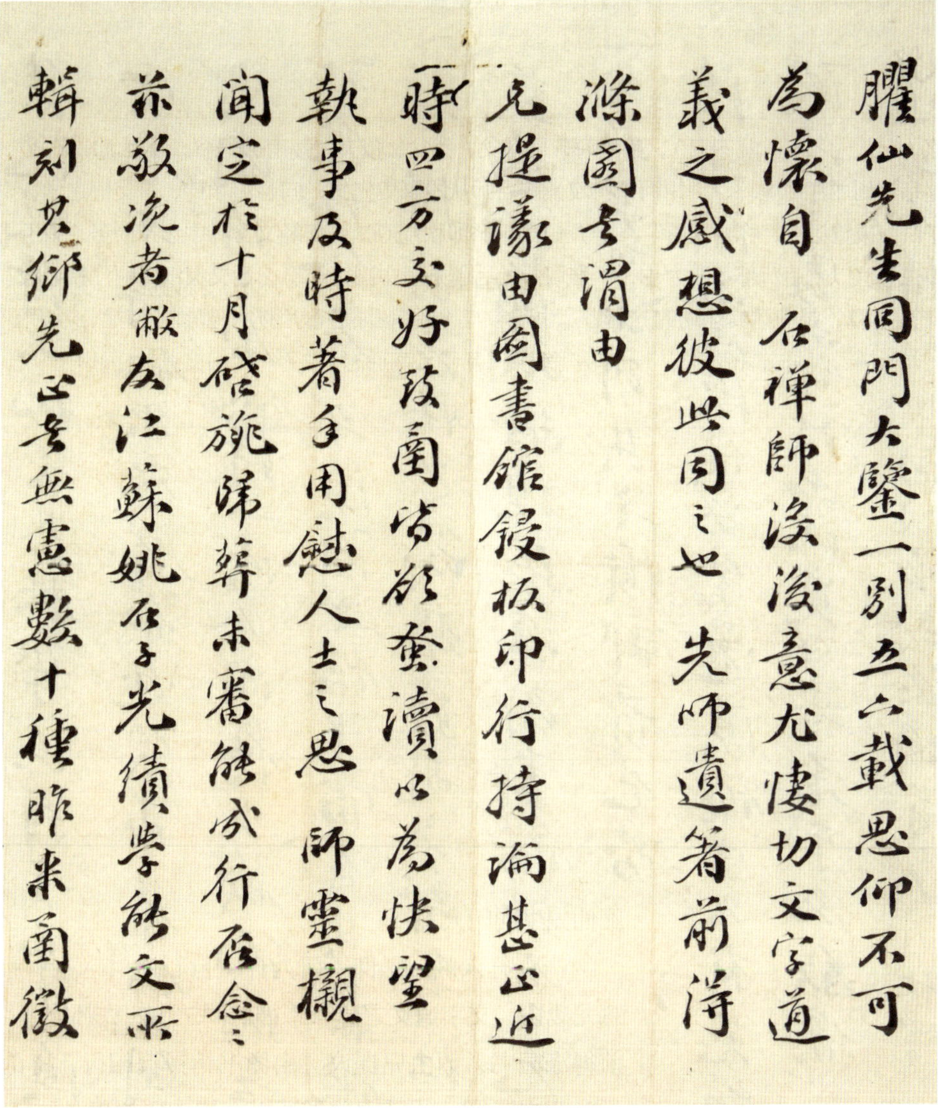


A18（2-1） G24cm×27.5cm

以便付妥奉还，滇馆中如有搜辑阙遗之处，亦可致函托觅也。

专肃奉浼，敬候道安。不备。

同门弟 式铭 顿首 九月十四日

〔钤印：赵式铭印〕

〔笺纸：宣纸〕

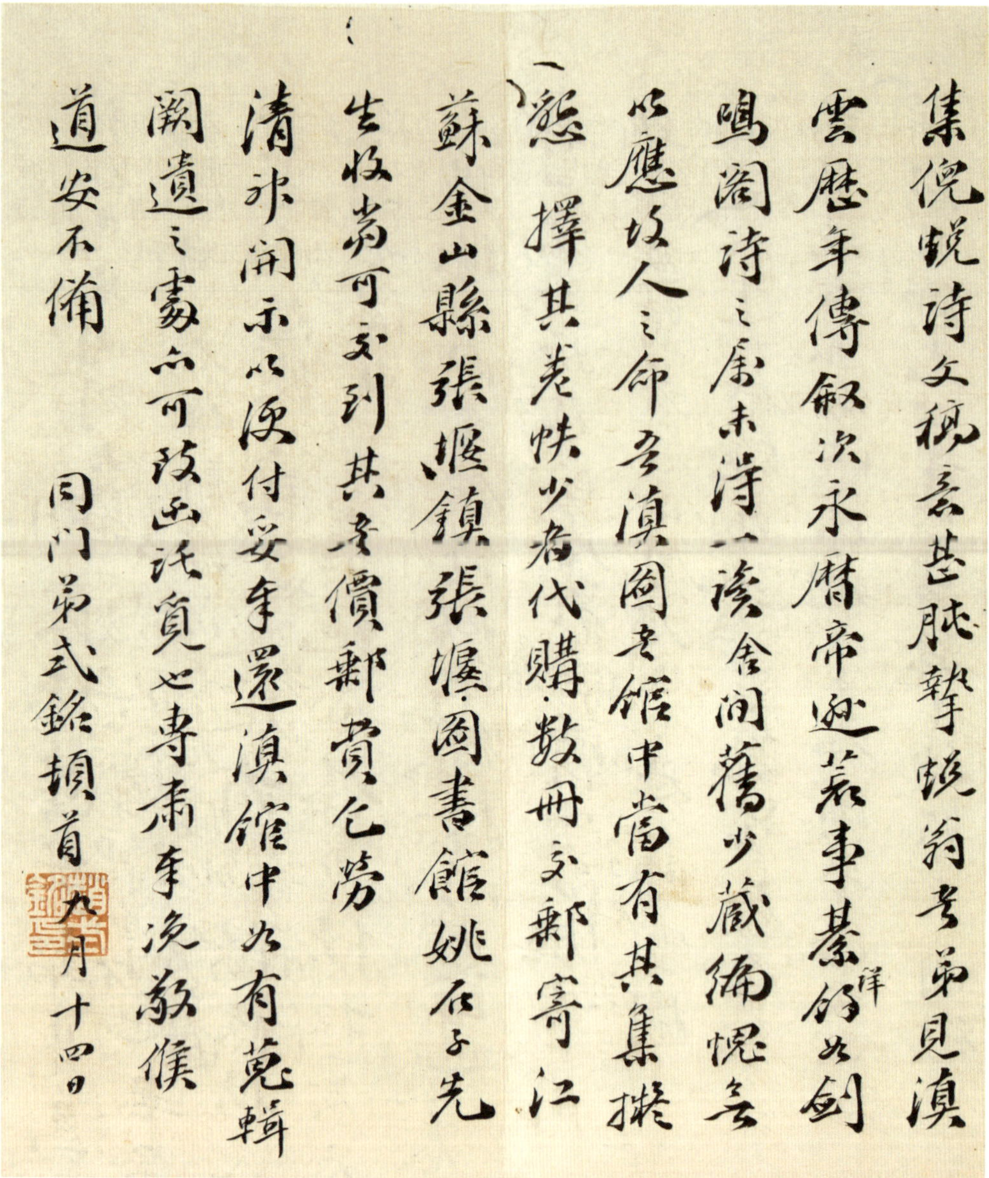
集倪蛻詩文稿意甚肫摯蛻翁老弟見滇
雲歷年傳敘次永曆帝迎蕤事甚詳以劍
鳴閣詩之屬未得一讀舍間舊少藏編愧無
以應故人之命吾滇圖書館中當有其集揔
一懇擇其善佚少者代購數冊交郵寄江
蘇金山縣張堰鎮張堰圖書館姚石子先
生收爲可交到其書價郵費乞勞
清神開示以便付妥奉還滇館中如有蒐輯
闕遺之處亦可設函託覓也專肅奉浼敬候
道安不備
同門弟式銘頓首 九月十四日

A18（2-2） G24cm×27.5cm

〖解读〗

一九二七年九月二十六日，赵藩病殁昆明，归葬剑川金华山万松岗。黎元洪题墓额“滇南一老”。

# 缪尔纾　三通

缪尔纾（一八八三～一九六一），字季安、寄庵，自号吐云山人。云南宣威人。云南优级师范学堂毕业。在昆明各中等学校任国文教员多年。后历任云南省立昆华女子中学校长，云南省政府秘书，晋宁县县长，云南省立教育学院和云南大学讲师、教授，云南通志馆分纂、编审，《新纂云南通志》审订委员会委员。著有《老子新注》《〈论语〉书中之孔学》《锦谷遗稿》《吐云山人诗文集》等。

## 一、奉和介庵惺甫两师

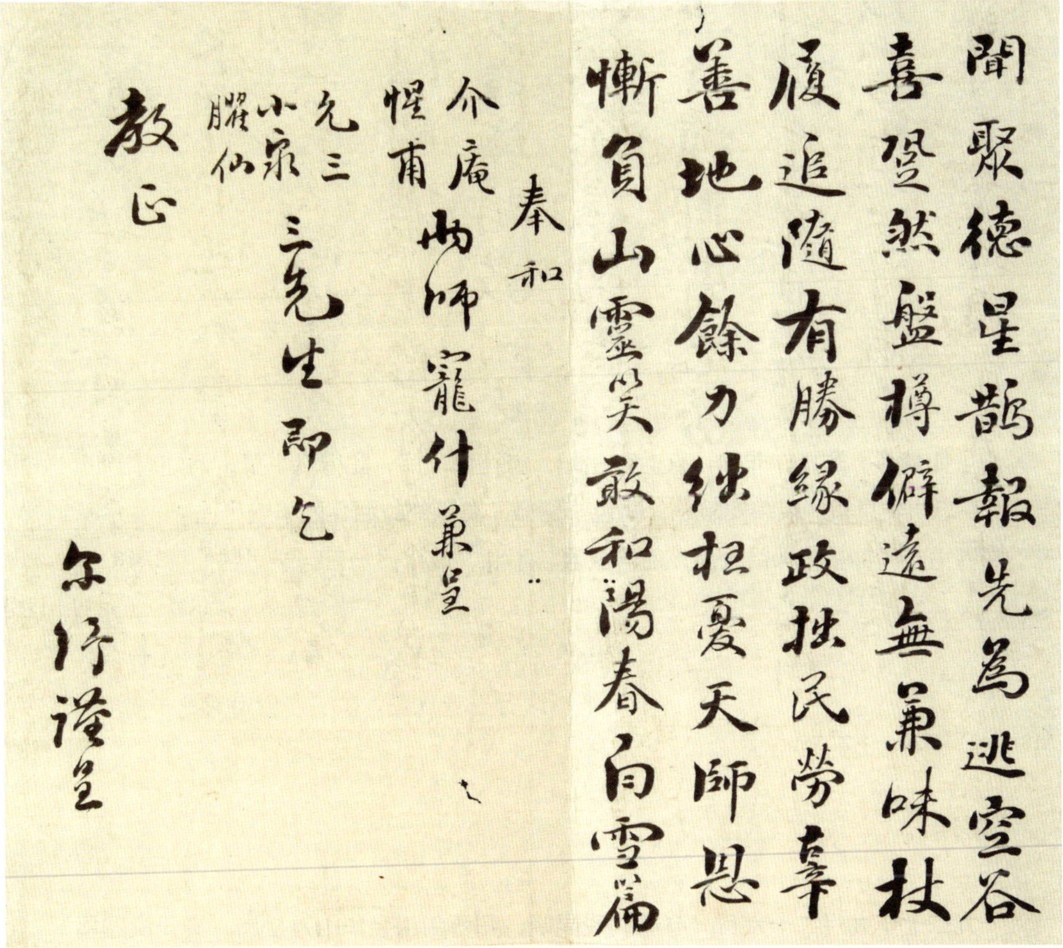

聞聚德星鵲報先，為逃空谷喜跫然。盤樽僻遠無兼味，杖履追隨有勝緣。政拙民勞辜善地，心餘力絀杞憂天。師恩慚負山靈笑，敢和陽春白雪篇。

奉和
介庵
惺甫 兩師寵什兼呈
允三
小泉
臞仙 三先生即乞
教正
爾紓謹呈

A19 G30.5cm×26.5cm

〖录文〗

闻聚德星鹊报先，为逃空谷喜跫然。盘樽僻远无兼味，杖履追随有胜缘。政拙民劳辜善地，心余力绌枉忧天。师恩惭负山灵笑，敢和阳春白雪篇。

奉和介庵［赵藩］、惺甫［周钟岳］两师宠什。兼呈允三［华世尧］、小泉［何秉智］、矅仙三先生。即乞教正。

尔纾　谨呈

〔笺纸：宣纸〕

## 二、感事

〖录文〗

**感事**

吾生如梦耳，非是亦非非。直道宜三黜，穷官只一挥。此行真小草，何处有当归。入世能游世，忘机便息机。夜涛安险恶，曙色辨熹微。莫洒临歧泪，亡羊或可追。

奉惺甫［周钟岳］师召入昆，前一夕辗转不寐，成排律一首，录呈矅仙诗坛斧政。

季安弟　缪尔纾　五月初十日呈

〔钤印：寄庵〕

〔笺纸：六行竖波纹笺。文：“云南新亚书社申庄制”〕

感事

吾生如夢耳　非是亦非非　真道宜三點　窮官只一揮　世行甚小草　何必有肯歸　入世能將世　忘機便息機　夜濤安險惡　曙色辨毫微　奠酒臨歧淚　正筆或可追

奉懷甫師居士入蜀前一夕擬將不寐成排律一首錄呈

臞仙詩壇吟政

季安弟衍手上

五月初十日呈

A20 G15cm×23cm

## 三、柏叹

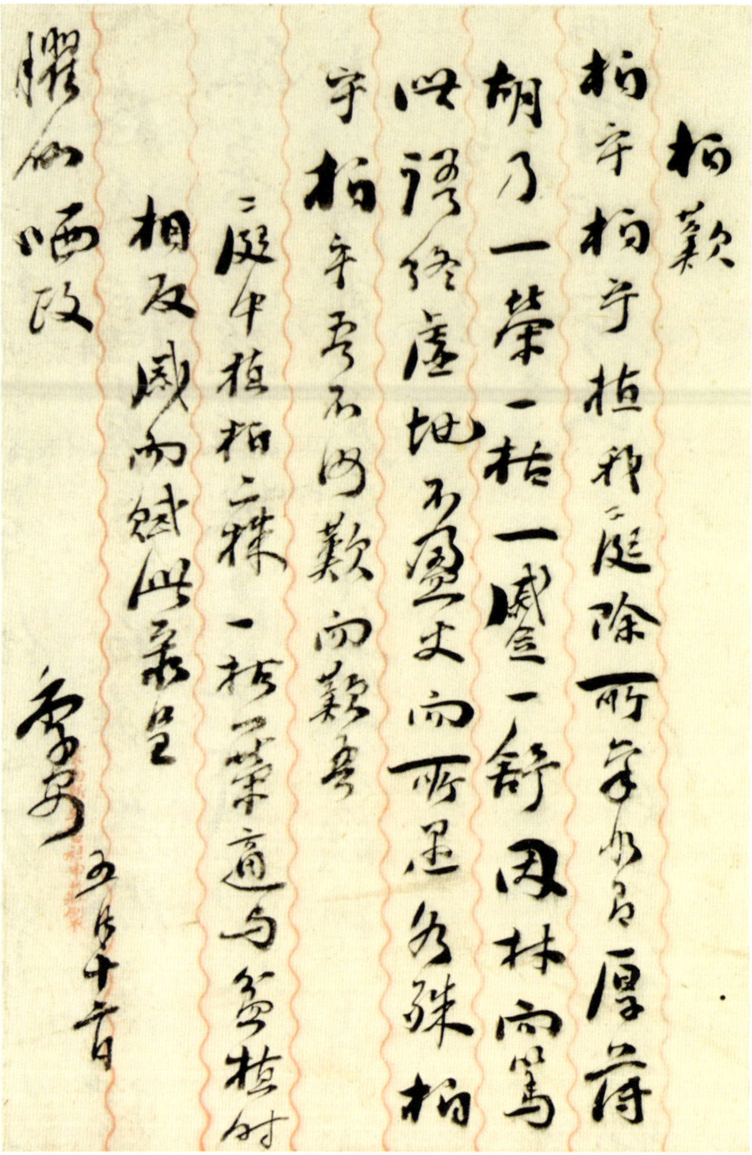
柏歎
柏乎柏乎植我庭除所奉那有厚薄
胡乃一榮一枯一蹙一舒因林而篤
此語終虛地不盈丈而所遇各殊柏
乎柏乎吾不汝歎而歎吾
庭中植柏二株一枯一榮適與盆植時
相反感而賦此錄呈
耀仙哂政
季安 五月十二日

A21 G15cm×23cm

〖录文〗

**柏叹**

柏乎柏乎，植我庭除。所奉那有厚薄，胡乃一荣一枯？一蹙一舒？因林而笃，此语终虚，地不盈丈而所遇各殊。柏乎柏乎，吾不汝叹而叹吾。（庭中植柏二株，一枯一荣，适与盆植时相反，感而赋此）

录呈耀仙哂政。

季安　五月十二日

〔笺纸：六行竖波纹笺。文：“云南新亚书社申庄制”〕

# 周钟岳　一通

## 题《滇中茶花小志》

〖录文〗

**臞仙《滇中茶花小志》[1]题词**

玉斧轻挥大渡河，剩教炎德[2]益州多。已从异域移优钵，更喜漫天雨曼陀。照殿名传滇海艳，看花人带酒颜酡。南中待补嵇含[3]状，合与虞衡志[4]不磨。

惺庵周钟岳　初稿

〔钤印：周钟岳印〕

〔笺纸：周氏竖大行专用笺。文："周氏静寄轩制"〕

〖解读〗

方树梅《滇南茶花小志》印行于一九三〇年。故此札也应成于此时段。

①《滇中茶花小志》：指方树梅所著《滇南茶花小志》。

②炎德：犹火德。《楚辞·远游》载："嘉南州之炎德兮，丽桂树之冬荣。"姜亮夫校注："阴阳家旧说，南于五行属火，故曰炎德也。"

③嵇含（二六二～三〇六）：字君道，自号亳丘子，西晋文学家。谯国铚县（今安徽濉溪）人，嵇康的侄孙。举秀才，除郎中，曾任征西参军、骠骑记室督、尚书郎等职位。

④虞衡志：即《滇海虞衡志》，清檀萃撰。成书于嘉庆四年（一七九九），书中记载了云南草木风物。檀萃（一七二四～一八〇一），安徽望江人。乾隆时曾任云南禄劝知县。

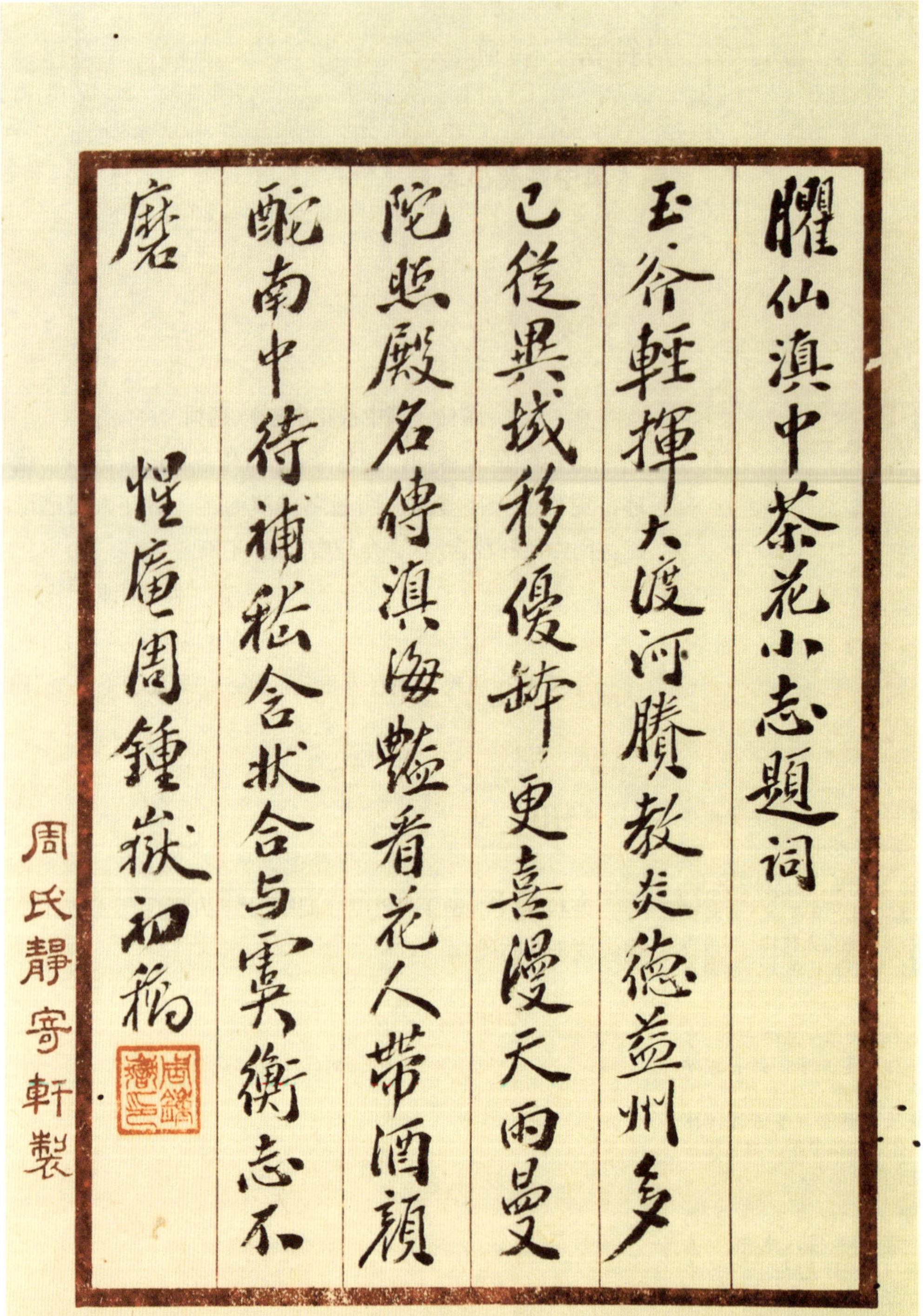

耀仙滇中茶花小志題词

玉斧輕揮大渡河，賸教炎德益州多。已從異域移優鉢，更喜漫天雨曼陀。照殿名傳滇海艷，看花人帶酒顏酡。南中待補嵇含狀，合與雲衡志不磨。

惺庵周鍾嶽初稿

周氏靜寄軒製

A22 G18.5cm×27.5cm

## 宋嘉俊　二通

宋嘉俊（一八六四 ~ 一九四四），字镜澄、俊臣。云南晋宁人。一八九八年登进士三甲六名。同年五月，授刑部主事。后由京外放，先后做过四川纳溪、江津两县知县。在江津两年，针对诉讼繁多的现实，亲自主持审理，秉公裁决，洁己爱民，受到群众的赞颂，称他为“宋青天”。在他离任后，还为他修建了生祠。一九一一年调任返回云南。民国时期，曾出任过昆阳县知县和磨黑盐井场知事。一九二七年云南省政府改组后，他弃官返昆，时已六十三岁。工诗文，尤长于五律，著有《落落轩诗钞》三卷。

### 一、题《滇南茶花小志》

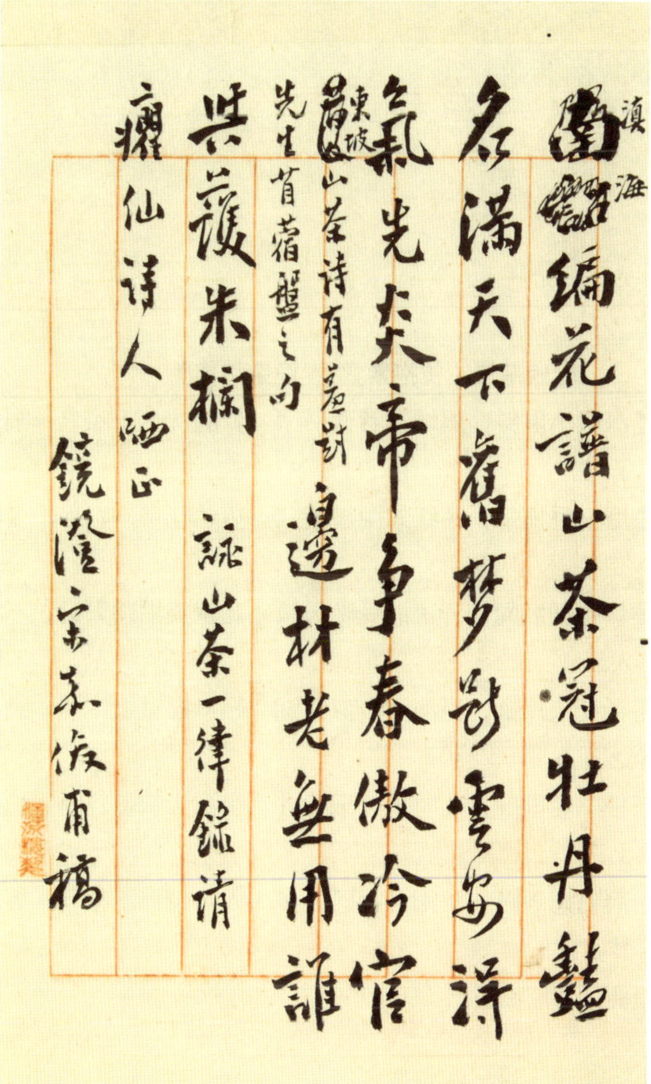


A23 G17cm×27.5cm

〖录文〗

滇海编花谱，山茶冠牡丹。艳名满天下，旧梦断云安。得气先炎帝，争春傲冷官（东坡山茶诗有“羞对先生苜蓿盘”之句）。边材老无用，谁与护朱栏。

咏山茶一律录请癯仙诗人哂正。

镜澄宋嘉俊　甫稿

〔笺纸：朱丝八行。文：“涵芬楼制”〕

## 二、春晚杂诗

〖录文〗

**春晚杂诗（仿抱素堂[①]春晚杂诗体）**

曲巷深藏小屋斜，隔城春老读书家。梦醒枕上听啼鸟，唱绝声声栀子花。

客去庭空昼掩扉，落红如雨过墙飞。莫愁花事一春尽，婪尾尚开金带围。

饭罢炉香细细闻，开帘消受晚风薰。儿童笑指碧天远，不料纸鸢高入云。

风落杨花夹岸铺，昆池烟景似西湖。轻舟摇过近华浦，画出一张春泛图。

灯下拟书老眼开，儿时风味记犹才。夜深犬吠莫轻睡，怕有小偷梁上来。

七十衰翁感逝波，夕阳虽好已无多。人生荣悴不须问，等是一场春梦婆。

录呈癯仙诗家哂正。

镜澄甫　草

〔笺纸：朱丝八行。文：“涵芬楼制”〕

①抱素堂：疑指《抱素堂诗存》，孙清元著。孙清元，字亨甫，又字仲初，号菊君。云南呈贡人。道光甲辰（一八四四年）举人，候选同知。

春晚雜詩

仿范素吏春晚雜詩體

曲巷深藏[illegible]屋斜隔城真老讀書家

夢醒枕上聽啼鳥唱絕聲聲梔子花

客去庭空晝掩扉落紅如雨過牆來莫

悲花事一春盡婪尾猶開金帶圍

飯罷鑪香細細潤閒簾消受晚風薰兒

童笑指碧天遠不料紙鳶高入雲

風底楊花夾岸鋪昆池煙景似西湖輕

A24（2-1） G17cm×25cm

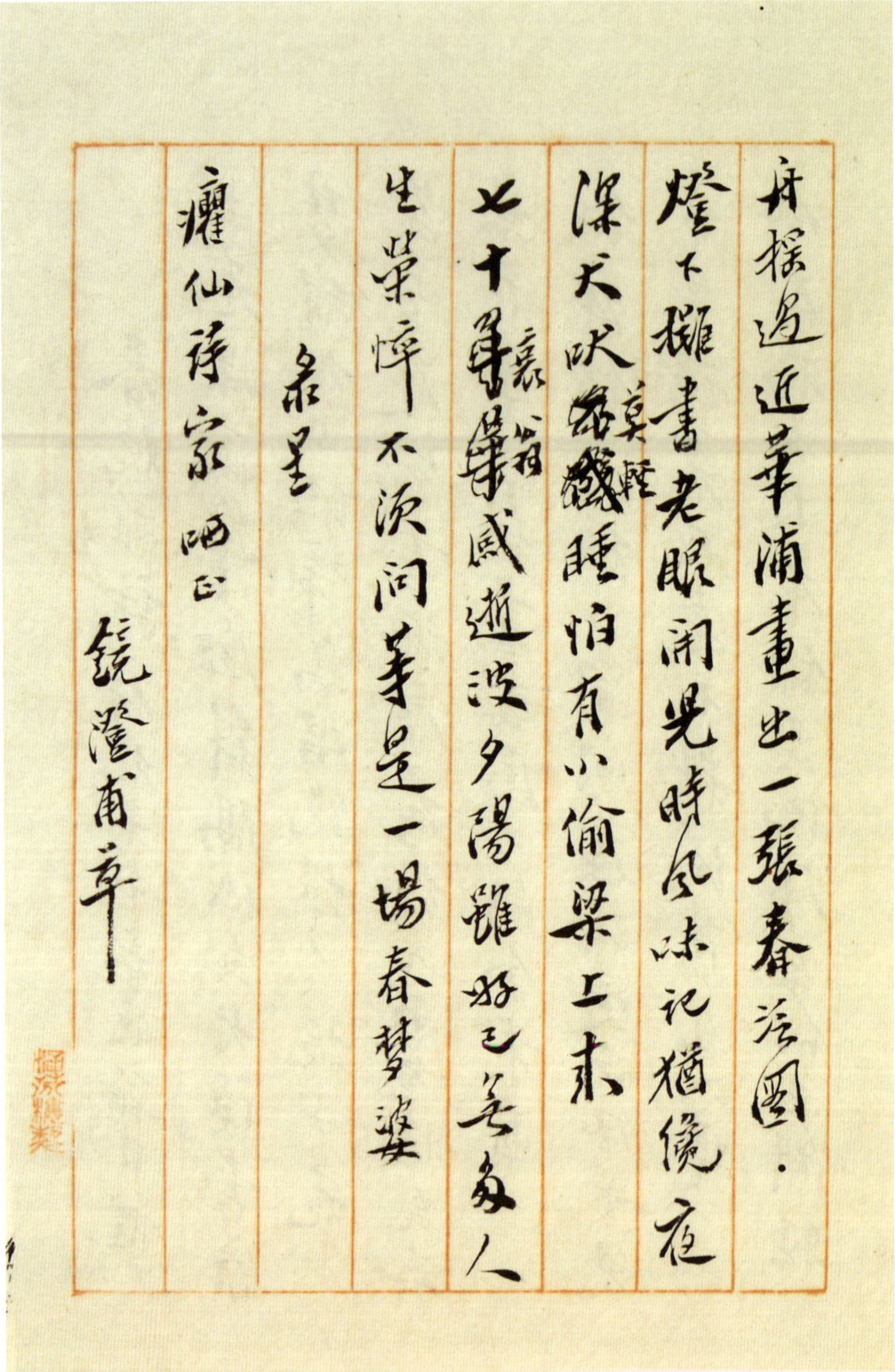
舟採遊近華浦畫出一張春泛圖・
燈下擁書老眼閑兒時風味記猶饒夜
深犬吠莫輕睡怕有小偷梁上來
七十衰翁感逝波夕陽雖好已無多人
生榮悴不須問算是一場春夢婆

錄呈

灑仙詩家哂正

鏡澄甫草

A24（2-2） G17cm×25cm

# 周钟岳　一通

## 苏州九龙坞谒李鹤峰先生墓

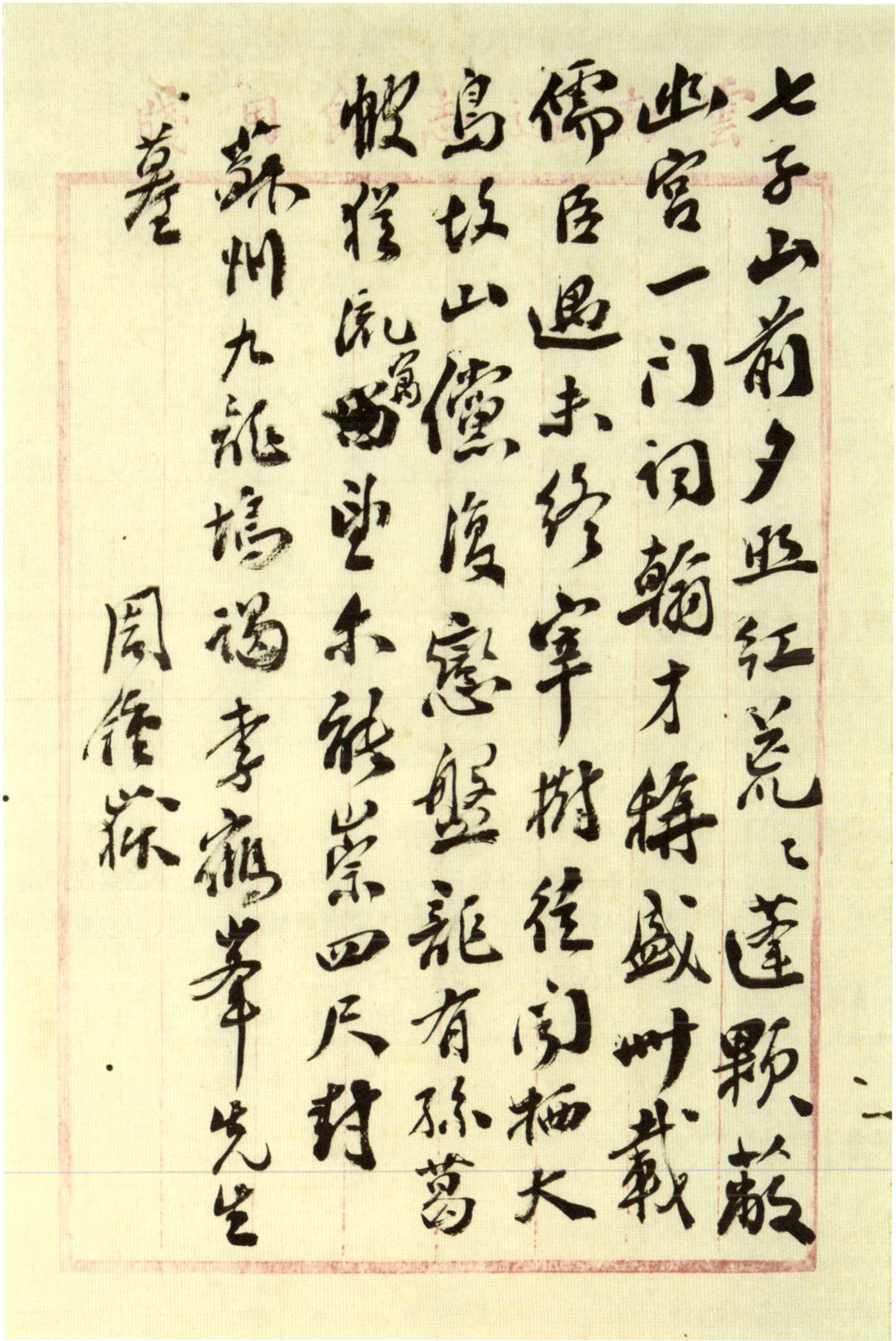

七子山前夕照紅，荒荒蓬顆蔽幽宮。一門同輔才猶盛，卅載儒臣遇未終。宰樹往聞棲大鳥，故山僊復戀盤龍。有孫葛帔猶流寓，坐未能崇四尺封。

蘇州九龍塢謁李鶴峰先生墓

周鍾嶽

A25 G19cm×27.5cm

〖录文〗

七子山前夕照红，荒荒蓬颗蔽幽宫。一门词翰才称盛，卅载儒臣遇未终。宰树徒闻栖大鸟，故山傥复恋盘龙。有孙葛岐犹流寓，望尔能崇四尺封。

苏州九龙坞谒李鹤峰［李因培］先生墓。

周钟岳

〔笺纸：云南通志馆用笺〕

## 赵芹　一通

赵芹，字雪棱、乐池。云南剑川人。赵藩族弟。书法受赵藩影响较大。

### 题《滇南茶花小志》

〖录文〗

朱天南诏开荒日，丹顶东坡泼墨时。七十二品滇产富，百千万朵艳称奇。芳名独占《虞衡志》，雅韵争传月节词[1]。我献小诗君制谱，寸心遐契古人知。

壬申新春。方臞仙先生辑《滇南茶花谱》[2]成，敬题一律。即希哂正。

赵芹

〔钤印：剑川赵芹〕

〔笺纸：雪棱用笺〕

①月节词：应指杨升庵的《滇南月节词》。

②《滇南茶花谱》：即指方树梅所著《滇南茶花小志》。

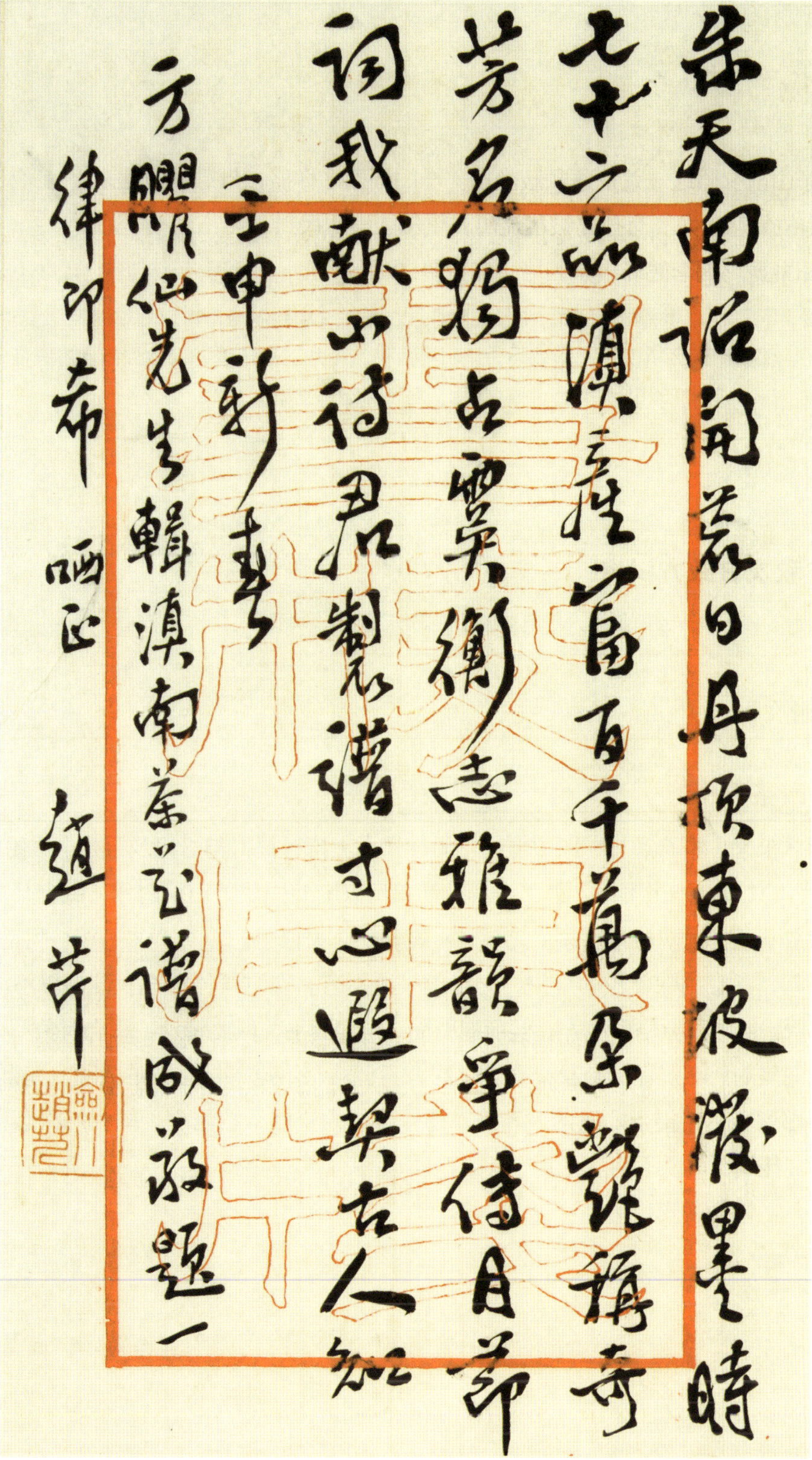

朱天南詔鬧叢日
丹頂東坡潑墨時
七十二詠滇茶富
百千萬朵靚稱奇
芳名獨占古霙衛志
雅韻爭傳月節詞
我獻山詩君製譜
寸心遙契古人知

壬申新春

方臞仙先生輯滇南茶花譜成以詩題一律即希哂正 趙藩



A26 G16cm×28cm

## 王用予　二通

王用予（一八八二～一九四三），字孟怀。云南泸西人。七岁入塾，二十一岁中广西直隶州州学附生。一九一〇年毕业于云南省优级师范选科博物类，回乡任广西直隶州高等小学校长。次年创办优级师范广西传习所，任所长，兼各科教授，不支俸，义务传授所学。后被云南都督府学政司委为省视学，接着被举为省教育会会长。主编云南《教育杂志》。一九二四年，云南省督军兼省长唐继尧聘王用予为仕学馆教授，奉命培训自治预备人员，讲授自治课程。草拟《新县制与市村自治章程》，建立全新的县村自治组织，深为唐继尧赏识。次年被委为昆明县县长。一九二八年受龙云邀请回到省府任秘书，继代理省府秘书长。后调任罗平县县长。能诗善文，有《孟怀诗文稿》二卷。

### 一、立秋次日致方树梅

〔录文〕

腥仙仁兄惠鉴：

手教祗悉。纂修通志，既得惺师［周钟岳］主持，复得与吾兄及平公［钱用中］、季安［缪尔纾］共事，才虽不逮，谊不可辞。惟弟自去腊旋里后，旧疾时作，眠食几废，精神气力俱疲敝不堪。诵陶诗养疴茅庐之句，不觉黯然。纂修邑志至今尚未着笔，目前大病两次，几乎不起，幸愈后眠食较前增进，为半年来所不有。现时气体渐充，惟神思不清，偶一展卷，即昏昏欲睡。拟略事休养，俟精神稍复，再为着手，似此牵延，深恐有负乡人，每一念及，无任焦灼。今吾兄又有纂修通志之约，不但才有不逮，抑且力难兼顾，前得季安来示，已请将鄙意转达，望于师座婉为转陈。杨娥事烦为查抄，敝邑志局同人均深感谢。唐志无书，且非佳本，可以不购。

专函。顺颂著安。

弟　王用予　顿首　立秋次日

〔钤印：用予私印〕

〔笺纸：民国瓦楞竖行笺〕

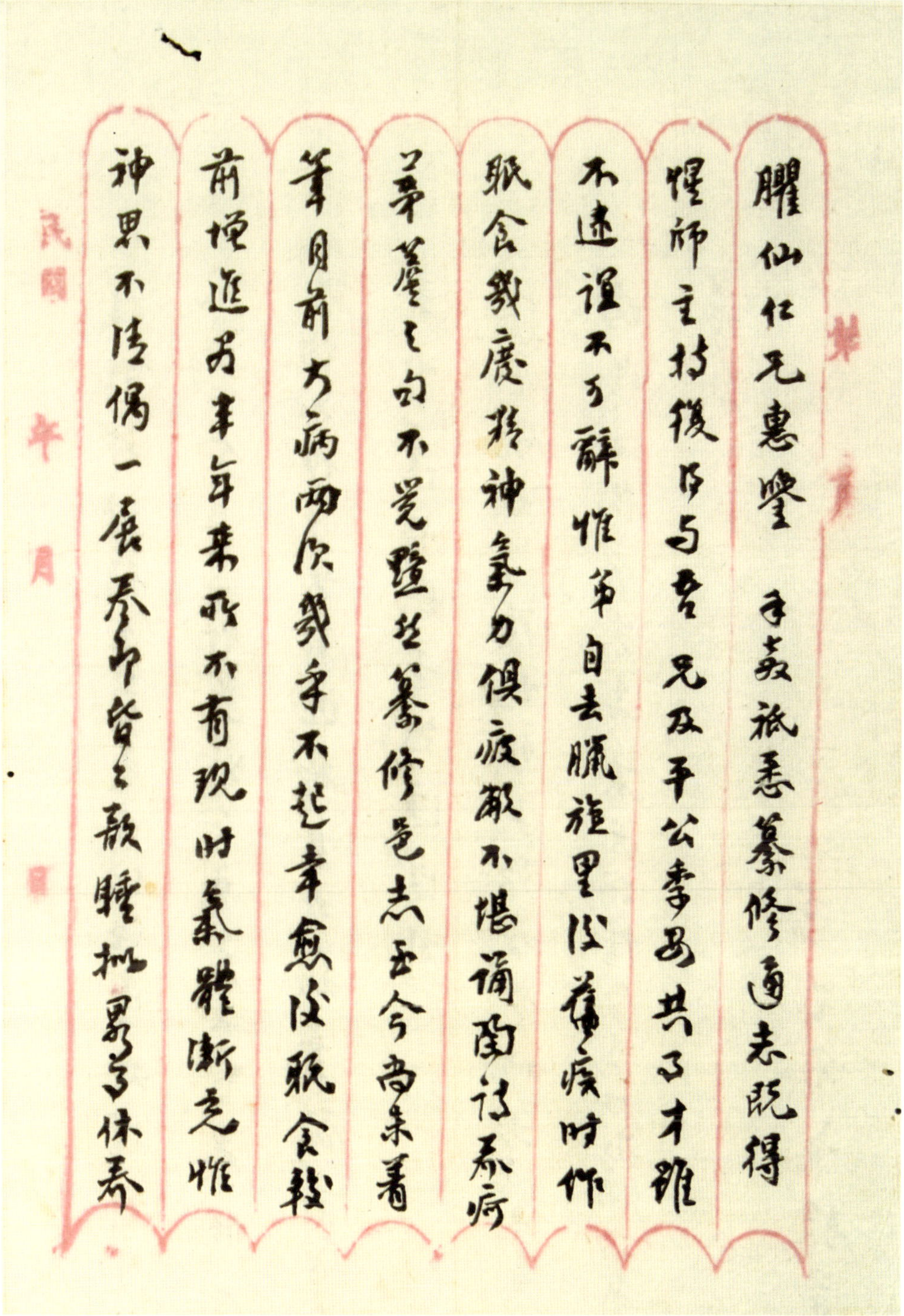
臞仙仁兄惠鉴：手教祗悉。纂修通志，既得
惺师主持，复与吾兄及手公季安共事，才难
不远，谊不可辞。惟弟自去腊旋里，以旧疾时作，
眠食几废，精神气力俱疲敝不堪，诵阅诗书，
弟屡之而不觉。暨兹纂修邑志，至今尚未着
笔。月前大病两次，几乎不起，幸愈后眠食较
前增进，为年来所不有。现时气体渐充，惟
神思不济，偶一展卷即昏昏欲睡，拟暂为休养

第　页
民国　年　月　日

A27（2-1） G18cm×26cm

〖解读〗

王用予根据自己的实际情况，分事情轻重缓急，而委婉谢绝到云南通志馆的邀请，让人同情都来不及。这些仁兄处理事情，总是那样温文尔雅、从容不迫、密不透风，佩服。

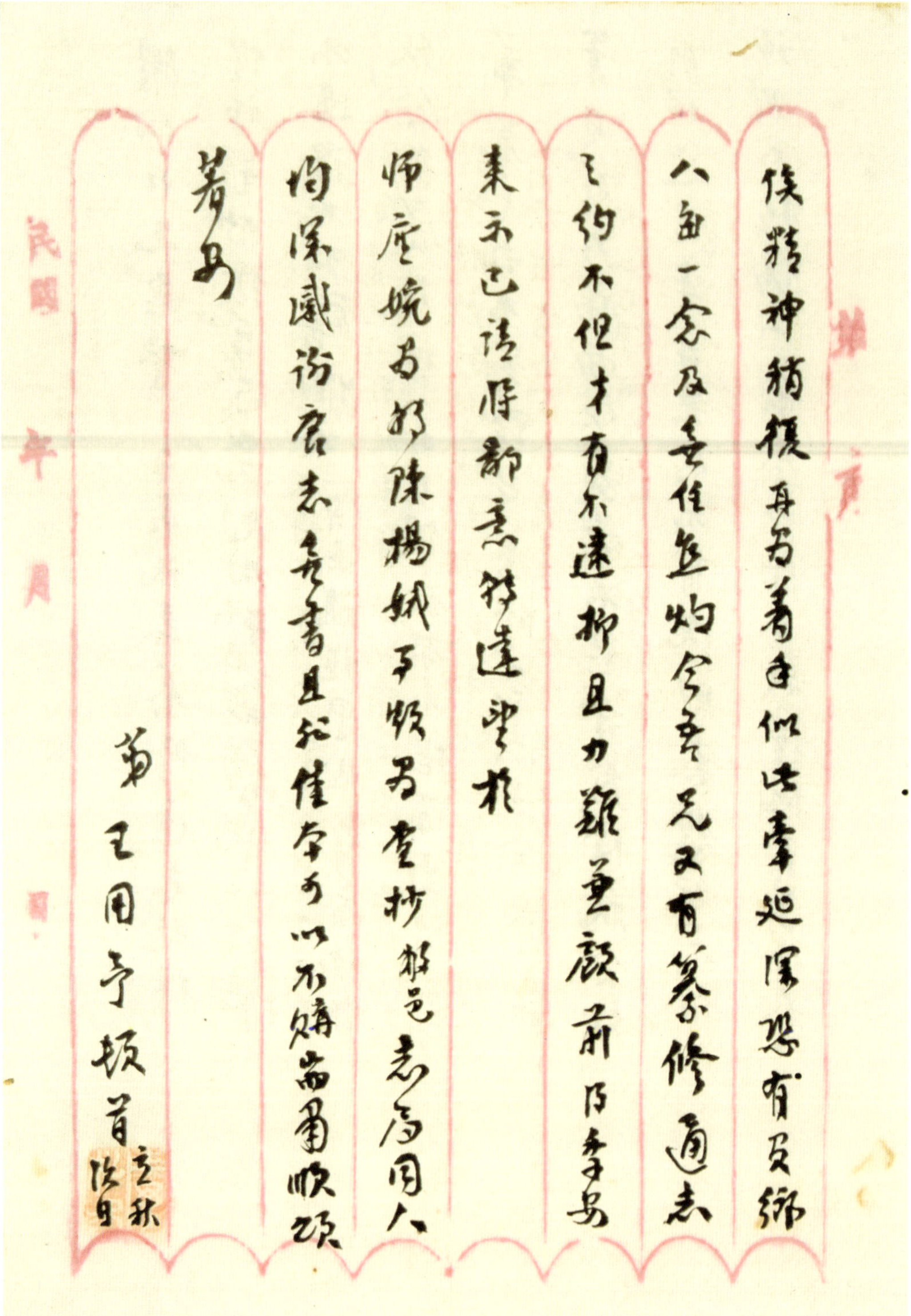

使精神稍復，再爲着手，似此牽延，深恐有負鄉
人。每一念及，無任焦灼。今春又有纂修通志
之約，不但才有不逮，抑且力難兼顧，前乃辭去。
來示已請府部惠轉達，望於
師座婉爲轉陳，揚賦予假，另查抄郡邑志爲同人
均深感謝。府志無書，且於佳本可以不購，尚希鑒諒。順頌
著安
弟王用予頓首

第 頁
民國 年 月 日

A27（2-2） G18cm×26cm

## 二、五月十四日致方树梅

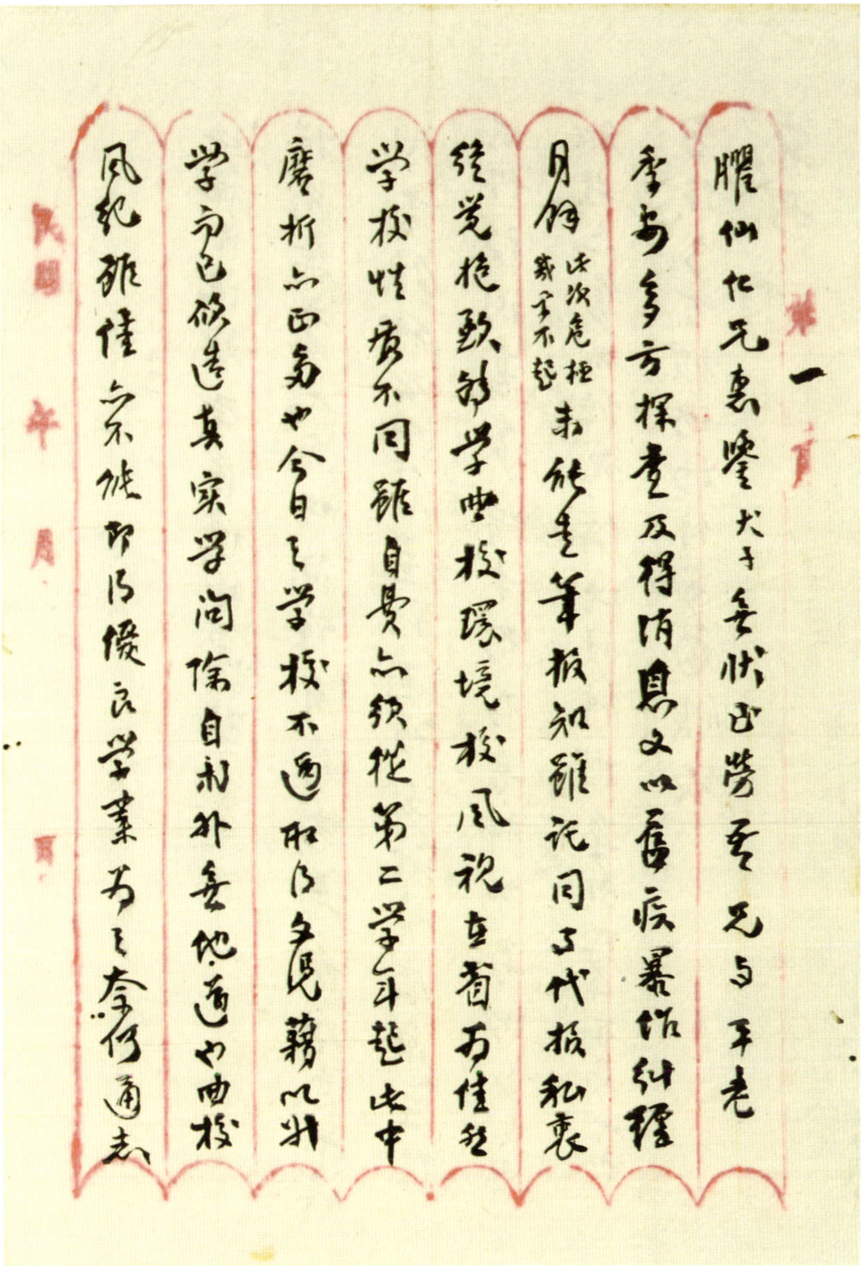

A28（3-1） G18cm×26cm

〖录文〗

臞仙仁兄惠鉴：

犬子无能，至劳吾兄与平老［钱用中］、季安［缪尔纾］多方探查，及得消息，又以旧

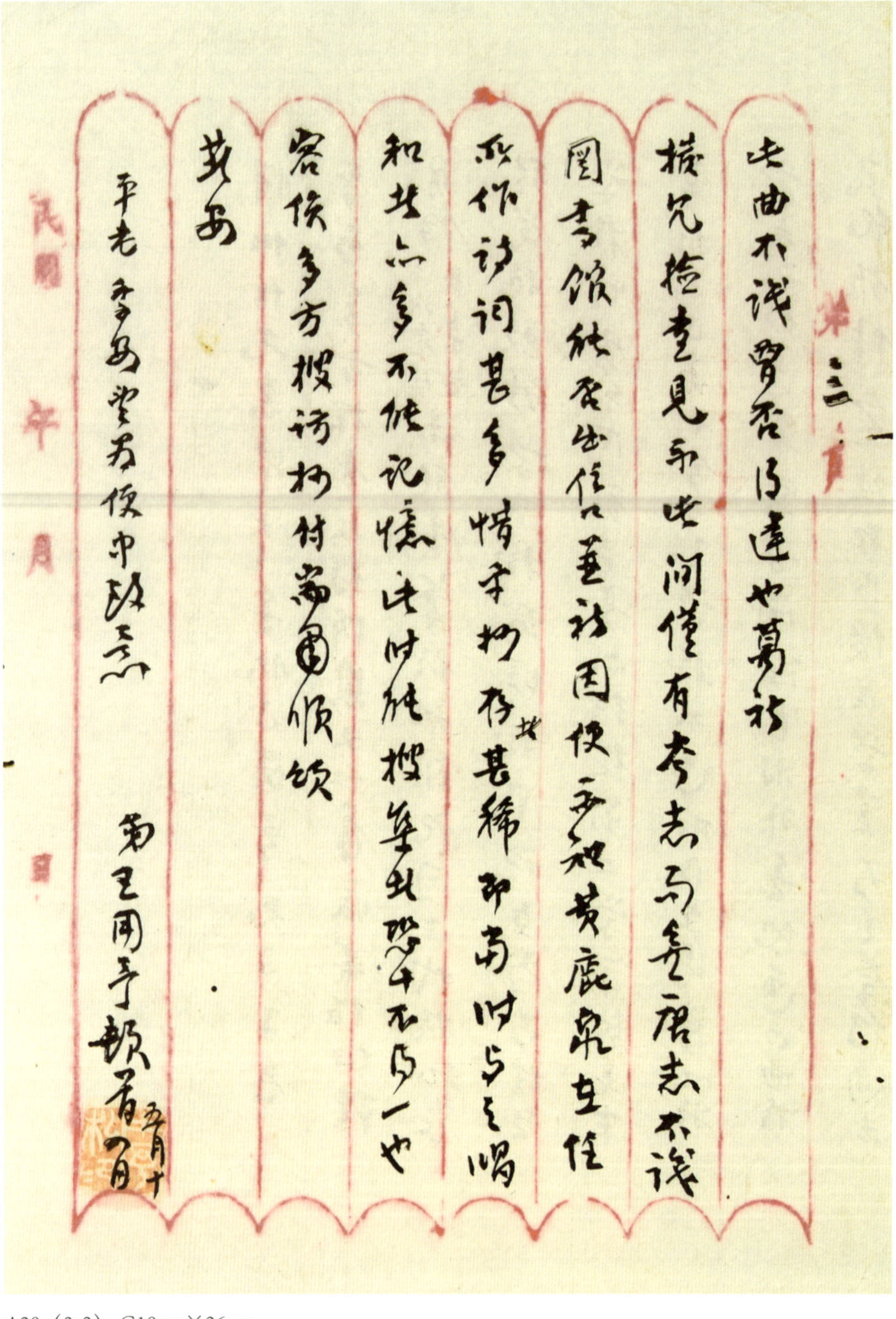

A28（3-3） G18cm×26cm

疾暴作纠缠月余（此次危极，几乎不起），未能专笔报知，虽托同事代报，私衷终觉抱歉。转学曲校，环境校风视在省为佳，然学校性质不同，虽自费亦须从

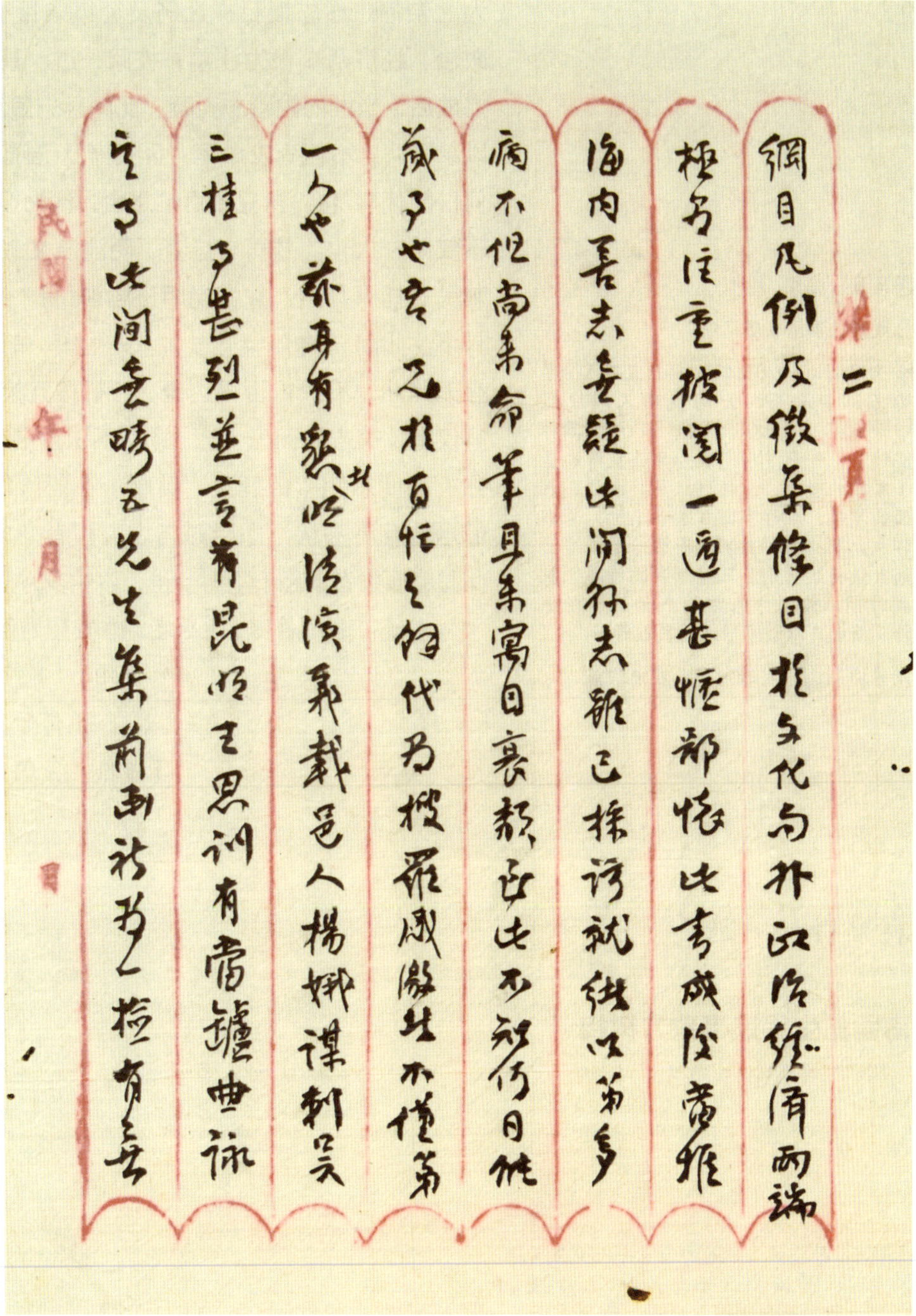


A28（3-2） G18cm×26cm

第二学年起，此中磨折亦正多也。今日之学校，不过取得文凭，借以升学而已。欲造真实学问，除自求外，无他道也。曲校风纪虽佳，亦不能即得优良，学业为之奈何。通志纲目、凡例及征集条目于文化而外，政治、经济两端极为注重，披阅一过，甚惬。鄙怀此书成后，当推海内善志无疑。此间县志虽已采访就绪，以弟多病，不但尚未命笔，且来寓目[①]衰颓，至此不知何日能蒇事[②]也。吾兄于百忙之余，代为搜罗，感激者不仅弟一人也。兹再有恳者，明清演义载邑人杨娥谋刺吴三桂事甚烈，并言昆明王思训[③]有《当垆[④]曲》咏其事。此间无畴五［王思训］先生集，前函祈为一检有无此曲，不识曾否得达也。万祈拨冗检查见示，此间仅有《夷志》而无《唐志》，不识图书馆能否出售，并祈因便示知。黄鹿泉［黄膺］在任所作诗词甚多，惜示抄存者甚稀，即当时与之唱和者亦多不能记忆，此时能搜集者，恐十不得一也，容俟多方搜访抄付。

专函。顺颂著安。（平老、季安望为便中致意）

弟　王用予　顿首　五月十四日

〔钤印：用予私印〕

〔笺纸：民国瓦楞竖行笺〕

①寓目：过目。

②蒇事：事情办理完成。

③王思训（一六七二～一七五五）：字畴五，号永斋。云南昆明人。康熙四十五年（一七〇六）进士，曾任翰林院编修，并做过后来成为雍正皇帝的皇子胤禛的老师，出任过江苏、浙江、江西的学政。后辞官回乡奉养老母，著书作文。有《当垆曲》，是第一篇描写云南女侠杨娥刺杀吴三桂故事的诗篇。抗战时期，被剧作家改编成话剧《杨娥传》演出，以激励国人的民族气节。

④当垆［lú］：对着酒垆；在酒垆前。

## 袁嘉谷　一通

### 南园先生手迹事致方树梅

〖录文〗

示件（原件附还）决为南园[①]［钱沣］先生手迹，

①南园：即钱沣（一七四〇～一七九五），字东注，号南园。云南昆明人。乾隆二十六年（一七六一）进士，改庶吉士，授检讨，官至御史。曾疏言和珅为军机，办事不遵制度，因授稽察军机处之任。和珅知其家贫裘薄，凡劳苦事多委之，积劳成疾死。书法逼近平原（颜真卿），尝兴酣画马识者珍之。有《南园先生遗集》。

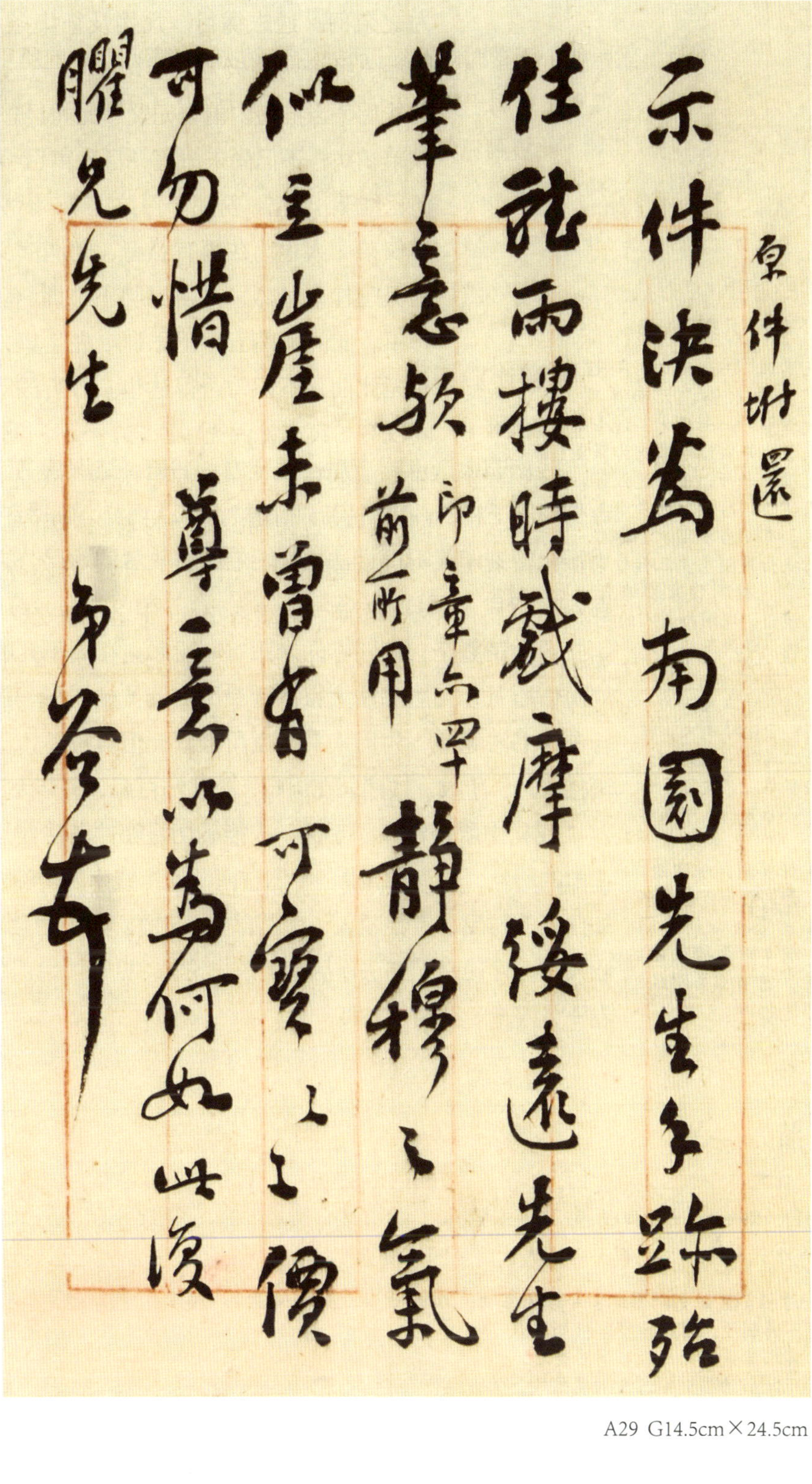

原件附還

示件決為南園先生手跡殆佳話雨樓時戲摹綏遠先生筆意歟 印章亦翠前之所用 靜穆之氣似王山崖未曾有 可寶之之價可勿惜 尊意以為何如 此復
臞兄先生
弟谷年

A29 G14.5cm×24.5cm

殆住听雨楼时戏摩绥远②先生笔意欤（印章亦四十前所用）。静穆之气，似立崖［周于礼］未曾有。可宝！可宝！价可勿惜。尊意以为何如？

此复臞兄先生。

弟 谷 顿首

〔笺纸：竖行朱丝〕

**〖解读〗**

钱南园入选庶吉士后，倾全力于书道，结识善书的同乡前辈大理寺少卿周于礼，并寓居周府听雨楼，得以观览、临摹许多珍贵的法帖。周于礼曾刻印《听雨楼法帖》四卷，将收藏的珍品公之于世，其第一卷为褚遂良、颜真卿、蔡襄三家；第二卷为苏洵、苏轼、苏辙父子；第三卷为黄庭坚；第四卷为米芾、赵孟頫。在周于礼的藏品中，以北周庾信所著，初唐书法大家褚遂良所书的《枯树赋》最为珍贵，帖为行书，书法绝佳，为历来书法家所推崇，但真迹不传于世，而为《听雨楼法帖》所收。钱南园在周府，临此帖百遍，书艺大进。

此札中所谈钱南园手迹，未能确切是哪件书法作品。方树梅是钱南园的粉丝，“南荔草堂”中的“南”就指钱南园。若方树梅买下评价如此高的作品，定会收入《南荔草堂石刻》。查《南荔草堂石刻》，仅收入有一件钱南园书法作品是《乐志论》，见于《南荔草堂石刻》全本卷一，四十二至四十九页。

②绥远：即周于礼（一七二一～一七七九），字绥远，号立崖，又号亦园。云南峨山人。乾隆十二年（一七四七）丁卯科举人，乾隆十六年（一七五一）辛未科进士。官至大理寺少卿。好收藏，曾取唐、宋、元、明几代著名书法家的墨迹，钩摹刻石，成《听雨楼法贴》十卷和楷书《金刚经》一部传世。

## 赵藩　一通

赵藩（一八五一～一九二七），字樾村，一字介庵，别号蝯仙，晚号石禅老人。云南剑川人。白族。清光绪元年（一八七五）中举人，官至四川按察使。一九一三年被选为众议员，入京主持临时议会。一九一七年代表云贵总督唐继尧赴任广州护法军政府的交通部部长，一九二〇年辞职回滇，任云南省图书馆馆长。曾编纂《云南丛书》，共收古今云南人著述二百一十一种、一千六百三十一卷及不分卷五十一册。著有《向湖村舍诗初集》《向湖村舍诗二集》《向湖村舍杂著》等。长书法，曾书“大观楼长联”。

## 四月朔致允三

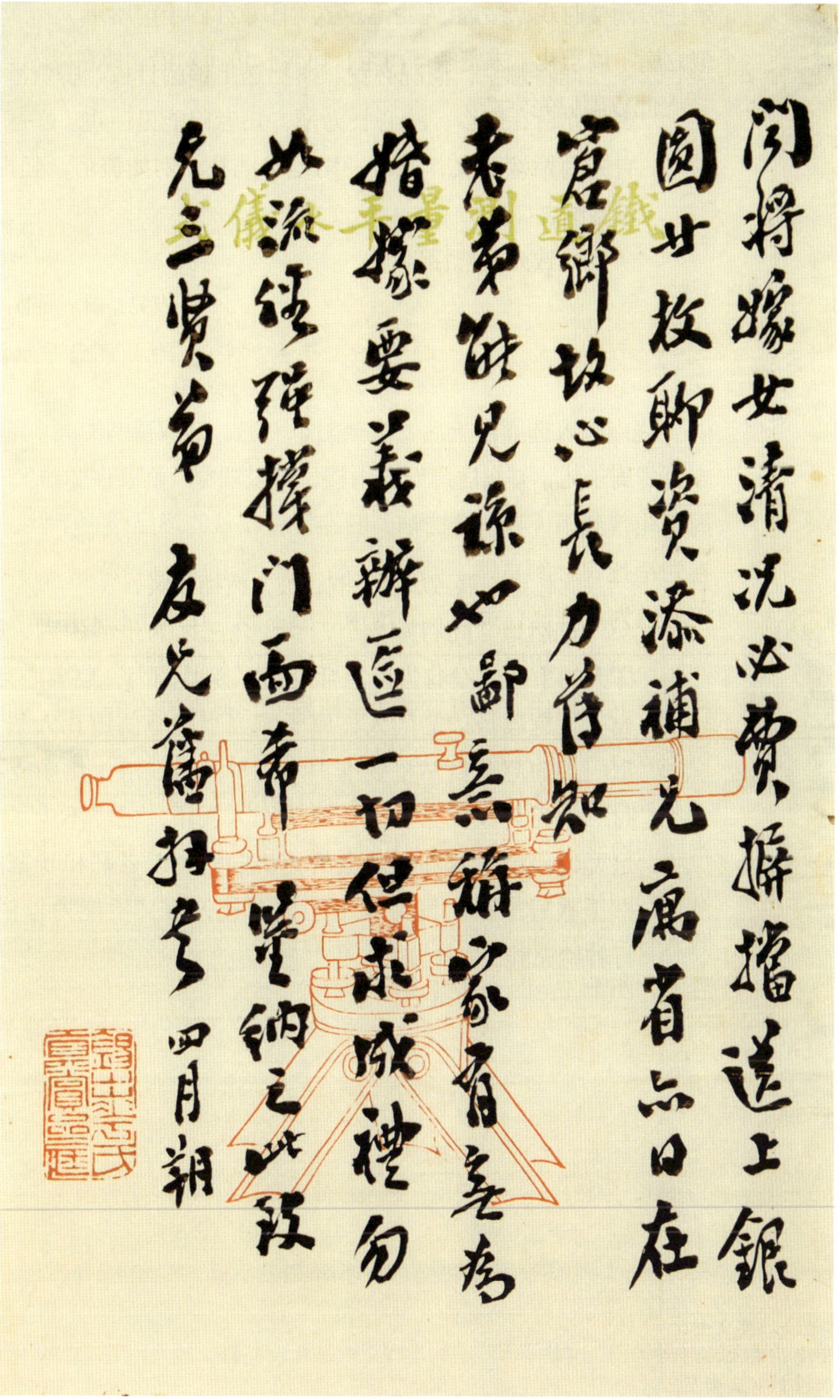
聞得嫁女清況，必費擘擂，道上銀圓廿枚，聊資添補。兄扁首亦日在宦鄉，故必長力昔知老弟難兄諒如鄙意，稍盡寸衷為婚嫁要義，辦匠一切，但求成禮，勿如流俗强撑門面，希望納之。此致
允三賢弟
友兄蔭拜上 四月朔

A30 G15cm×25cm

〖录文〗

闻将嫁女，清况必费。摒挡送上银圆廿枚，聊资添补。兄寓省亦日在窘乡，故心长力薄，知老弟能见谅也。鄙意，称家有无为婚嫁要义，办奁一切但求成礼，勿如流俗，强撑门面。希鉴纳之。

此致允三①贤弟。

友兄　藩　拜书　四月朔

〔笺纸：诗笺。文："铁道测量平水仪式"〕

〖解读〗

此札是赵藩致华世尧的，被方树梅收藏。

竟然是"闻将嫁女"。或许允三因为生活困难，嫁女这样大的事情也没有告诉恩师赵藩，躲躲闪闪，赵老心存不爽。允三是赵藩身边的门人，属于响当当的尊儒重礼大派，作为掌门人的赵藩自然是要维护本门尊严。经济上给予支持，当时二十元至少相当于现在两千元人民币，已经不少了，但还是要说自己不容易啊之类的话。同时，以老师和长辈的身份郑重教导一番。再穷也不能失了礼，但又不能为世俗所困，打肿脸充胖子。

①允三：即华世尧，字文安，一字允三。云南昆明人。赵藩门人。任职辑刻《云南丛书》处。喜收藏云南文献。

## 赵式铭　一通

### 承惠珍物并示近作奉赠长句

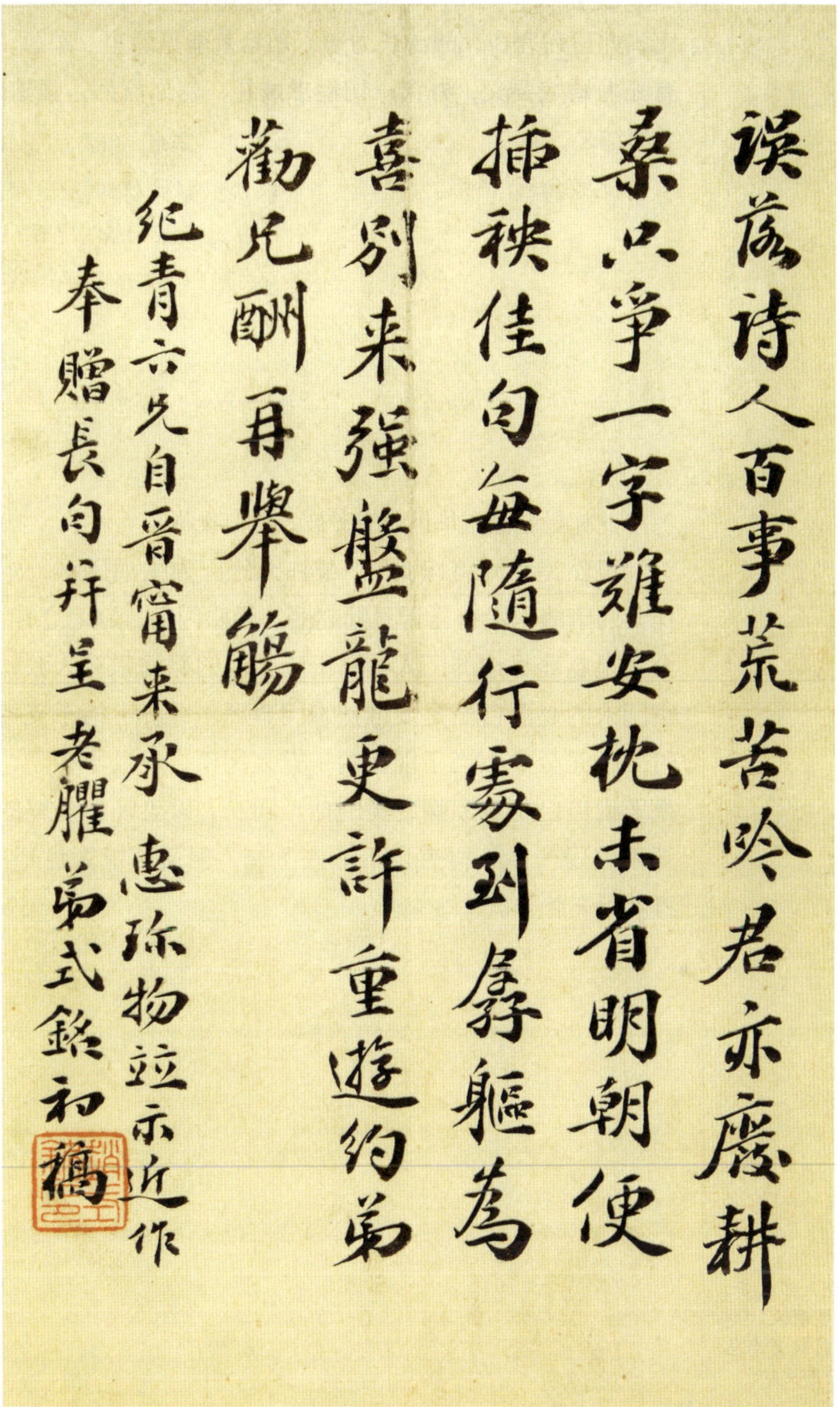

誤落詩人百事荒苦吟君亦廢耕
桑只爭一字難安枕未省明朝便
插秧佳句每隨行處到身軀為
喜別來強盤龍更許重遊約弟
勸兄酬再舉觴
紀青六兄自晉甯來承惠珍物並示近作
奉贈長句拜呈老臞弟式銘初稿

A31 G16cm×26cm

〖录文〗

误落诗人百事荒，苦吟君亦废耕桑。只争一字难安枕，未省明朝便插秧。佳句每随行处到，孱躯为喜别来强。盘龙更许重游约，弟劝兄酬再举觞。

纪青六兄自晋宁来，承惠珍物并示近作奉赠长句，并呈老臞。

弟　式铭　初稿

〔钤印：赵式铭印〕

〔笺纸：宣纸〕

# 【B册：北游搜访云南文献师友赠诗】

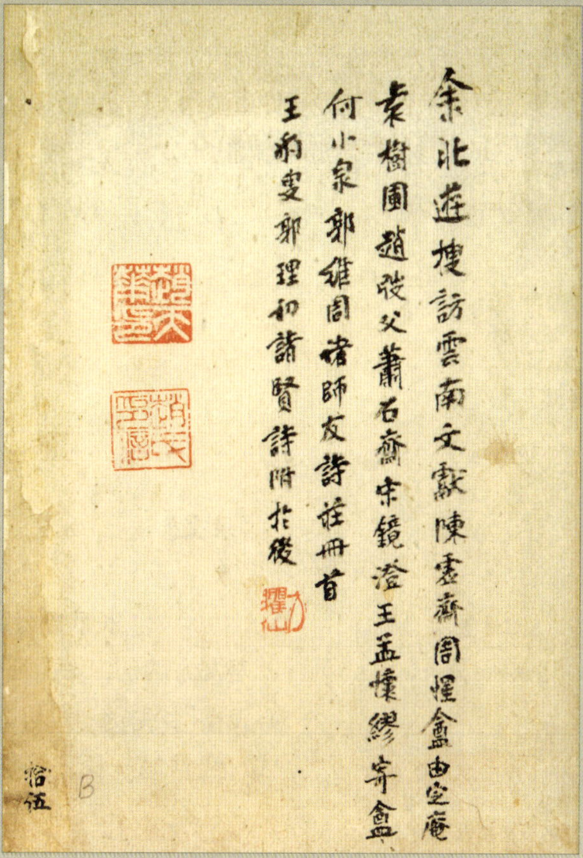
余北遊搜訪雲南文獻陳虛齋周惺盦由定庵
袁樹圃趙弢父蕭石齋宋鏡澄王孟懷繆寄盦
何小泉郭維周諸師友詩莊冊首
王豹叟郭理初諸賢詩附於後
拾伍
B

〖录文〗

余北游搜访云南文献，陈虚斋、周惺庵、由定庵、袁树圃、赵弢父、萧石斋、宋镜澄、王孟怀、缪寄庵、何小泉、郭维周诸师友诗庄［装］册首，王豹叟、郭理初诸贤诗附于后。（加盖方臞仙印章）

〖解读〗

一九三四年十二月十四日至一九三五年七月十一日，历时大半年，方树梅北游十二省搜访云南文献，陈虚斋［陈荣昌］、袁树圃［袁树五、袁嘉谷］、周惺庵［周钟岳］、秦璞安［秦光玉］、萧石斋［萧瑞麟］、宋镜澄［宋嘉俊］、赵弢父［赵式铭］、由定庵［由云龙］、王孟怀［王用予］、缪寄庵［缪尔纾］、何小泉［何秉智］、郭维周［郭之桢］、王豹叟［王人文］、戴鹤皋［戴振声］、郭理初［郭燮熙］等赠诗。因篇幅尚余，孙踽庵［孙树礼］、李印泉［李根源］、蔡哲夫［蔡守］、曾传轺［曾云ν］等诸友诗附于后。

该册页封面左下角有“拾伍”二字，似方树梅所作册页编号。

## 陈荣昌　一通

陈荣昌（一八六〇～一九三五），字筱圃，号虚斋，又号铁人、困叟、逊农、桐村。门人私谥文贞。云南昆明人。一八八三年进士，授编修，督学贵州，迁山东提学使，归主讲经正书院，赴日本考察教育。辛亥革命后，一度任福建宣慰使，岑毓春参赞。工书法，自始即摹颜真卿、钱南园，晚更变而学米、龙门十九品。其仿颜书《孔明庙古柏行》，草书飞动，号为杰作。著作《虚斋文集》《虚斋诗集》《桐村骈文》《西学杂记》等。

### 长歌行赠别方臞仙

〖录文〗

**长歌行赠别方臞仙**

吾友方臞仙，本为滇产知爱滇。生世六十年，一心表襮①乡先贤。摭拾诗文作珍玩，网罗书画挥金钱。经营越十稔，采访穷三边。送归宏文馆②，裒辑成丛编。六诏③零珠碎玉都搜尽，或者犹有麟毛凤羽飘零散落天地间。平生足迹未尝出闾里，而今老矣翻思一着祖生鞭④。问君此行将安往，君为屈指一一言：发轫先经桂管道，探梅直上罗浮巅；便从珠江之流域，乘轮冲破海中天；东望泰岳入齐鲁，北渡桑干走幽燕；闲访故宫吊禾黍⑤，只恐沾襟涕泪难为澌；回车奔驰向南去，看尽江南江北好山川；一尊夜酹瓜步月，一棹晨泛秣陵烟；京口杨相曾营浣花宅，望江师令曾奏武城弦⑥；不独钱唐明圣湖，玉峰祠宇孤山边。前辈流风余韵之所庇，宁无世家旧族收遗篇。惜哉洪杨⑦乱后几兵燹，几番沧海变桑田。藏楹藏壁之书子孙且不守，谁复守尔万里边徼彩云笺⑧。吾曹痴人作痴梦，安知皇天不假缘。汲冢遗文古固有，燉［敦］煌故籍今方传。

①表襮：亦作“表暴”。显露之意。

②宏文馆：清代嘉兴府考试秀才之处。这里借指汇聚文化的场所。

③六诏：唐初，分布在洱海地区的众多少数民族部落经过相互兼并，最后形成蒙巂诏、越析诏、浪穹诏、邆赕诏、施浪诏、蒙舍诏六个大的部落。这里借指云南及其历史。

④祖生鞭：典故名。典出《晋书》卷六十二《刘琨列传》。晋朝时期，年轻有为的刘琨胸怀大志，想为国家出力。当好友祖逖被选拔为官后，他发誓要像祖逖那样为国分忧。后来他当官从司隶一直做到尚书郎。他曾经对亲友写信说：“吾枕戈待旦，志枭逆虏，常恐祖生先吾著鞭。”后遂用“祖生鞭”表示勉人努力进取的典故。亦作“祖逖鞭”。

⑤故宫吊禾黍：旧时宫殿成了农田，长满禾黍。这里指凭吊、感慨国家从强盛到破败的景象。

⑥武城弦：《论语·阳货》有“子之武城，闻弦歌之声”。朱熹集注：“弦，琴瑟也。时子游为武城宰，以礼乐为教，故邑人皆弦歌也。”后借指礼乐教化。

⑦洪杨：指太平天国农民起义领袖洪秀全、杨秀清。

⑧彩云笺：这里指有关云南的文献。

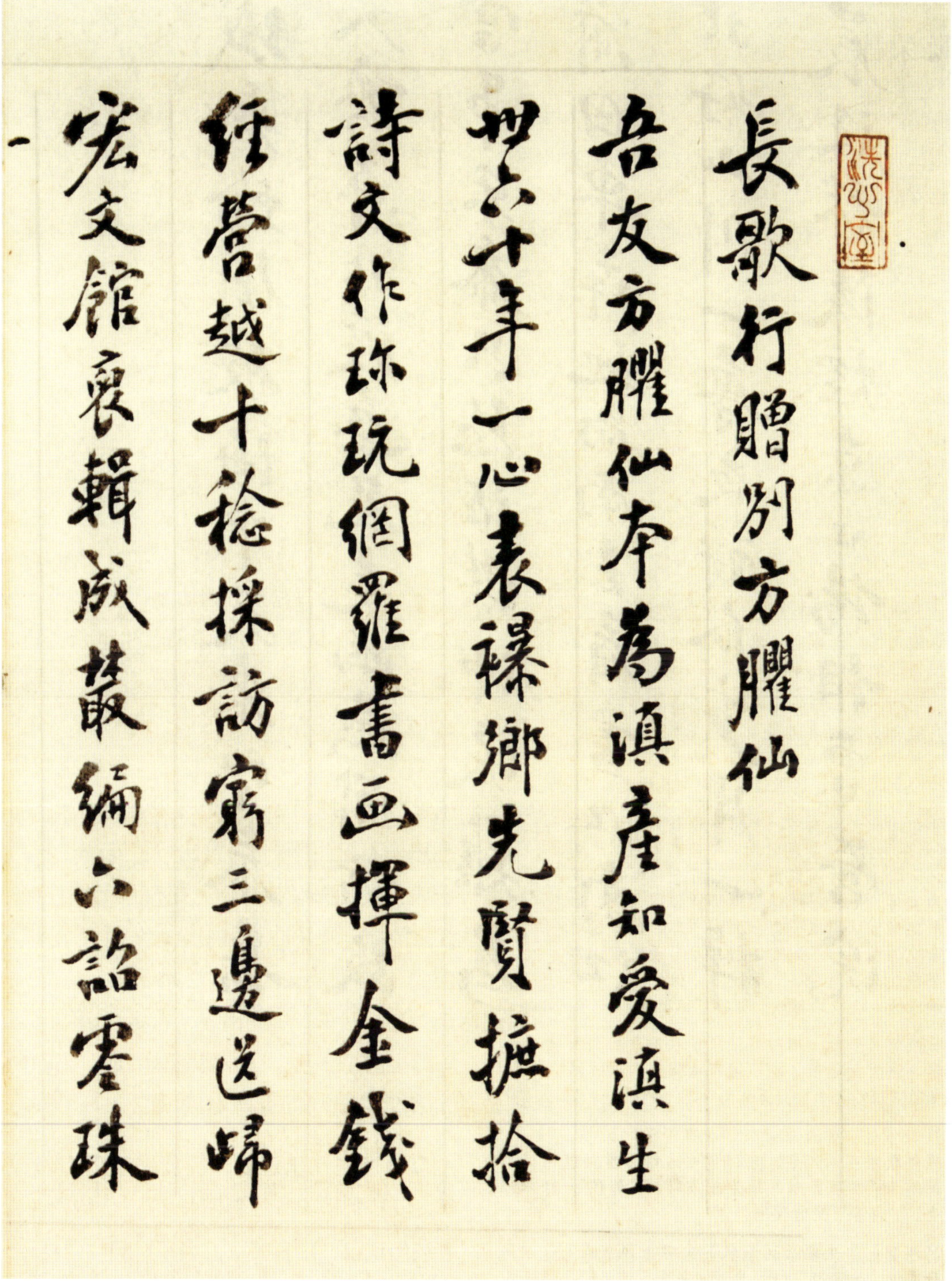

長歌行贈別方臞仙

吾友方臞仙本爲滇產知愛滇生

垂六十年一心表彰鄉先賢摭拾

詩文作珎玩網羅書畫揮金錢

經營越十稔採訪窮三邊送歸

宏文館裏輯成叢編六詔零珠

B01（6-1） G17cm×21.5cm

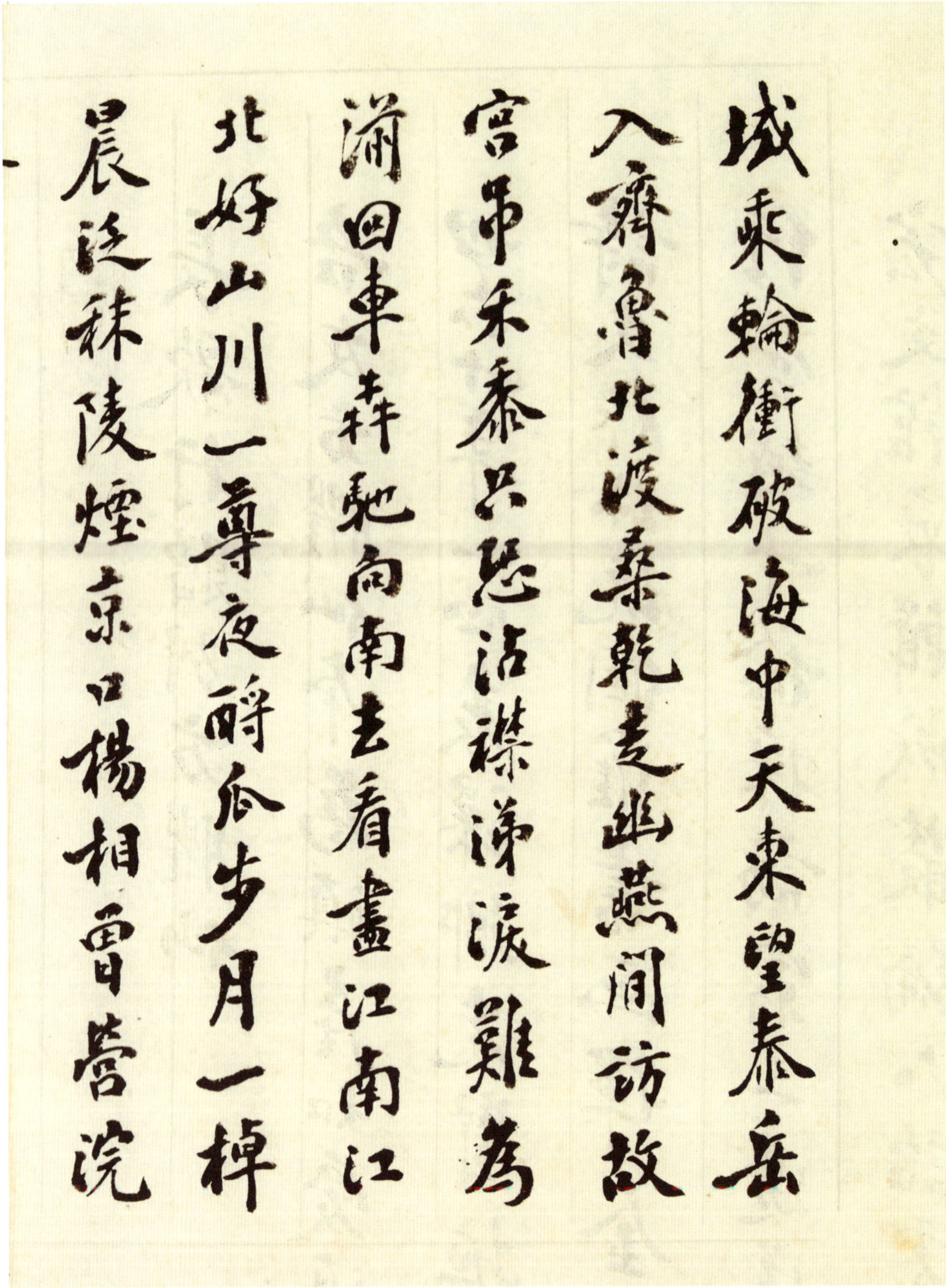


B01（6-3） G17cm×21.5cm

古今奇逢往往出意表，况复先哲阴相理或然。安排邺侯架[9]、料理米家船[10]，待子归来解装出瑰宝，定有文章光焰辉星躔。

右俚诗一篇即呈臞仙老友粲正。

⑨邺侯架：同邺架。唐韩愈《送诸葛觉往随州读书》诗：“邺侯家多书，插架三万轴。”邺侯，即李泌。后以“邺架”比喻藏书处。

⑩米家船：北宋书画家米芾常乘舟载书画游览江湖。后常以“米家船”借指米芾的书画。这里指书画。

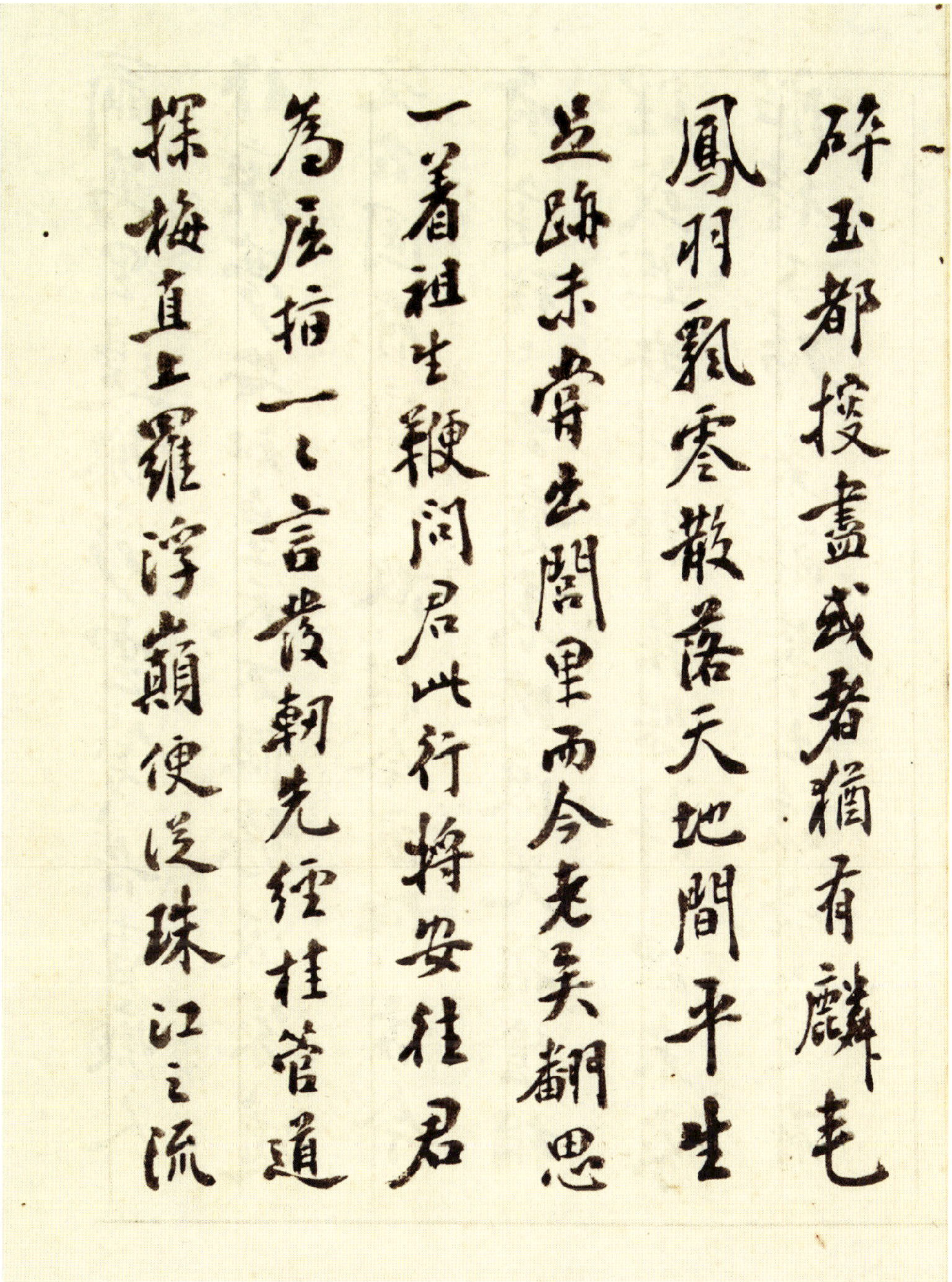
碎玉都搜盡或者猶有麟毛
鳳羽飄零散落天地間平生
足跡未嘗出閭里而今老矣翻思
一著祖生鞭問君此行將安往君
為屈指一一言發軔先經桂管道
探梅直上羅浮巔便從珠江江流

B01（6-2） G17cm×21.5cm

甲戌［一九三四］十月，陈囦叟书稿于翠湖旧庐之洗心室[11]，时年七十有五。

〔钤印：洗心室、铁人、陈四〕

〔笺纸：宣纸〕

⑪洗心室：陈荣昌的卧室名。

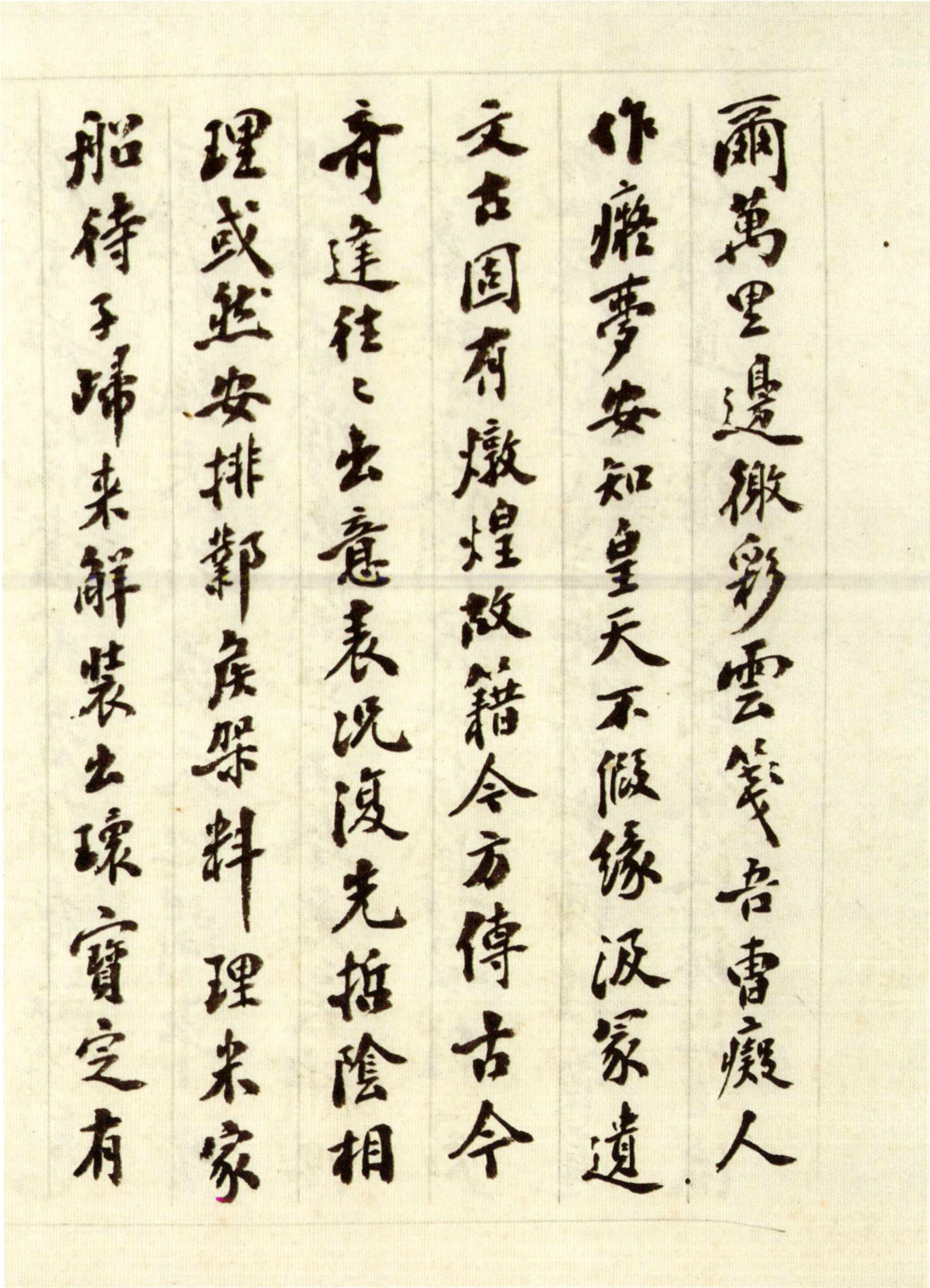

爾萬里邊徼彩雲箋吾書癡人
作癖夢安知皇天不假緣汲冢遺
文古國有燉煌故籍令方傳古今
奇逢往往出意表況復先哲陰相
理或然安排鄴侯架料理米家
船待子歸來解裝出瓌寶定有

B01（6-5） G17cm×21.5cm

〖解读〗

方臞仙将该手札刻石，并将拓片收入册页《南荔草堂石刻》。

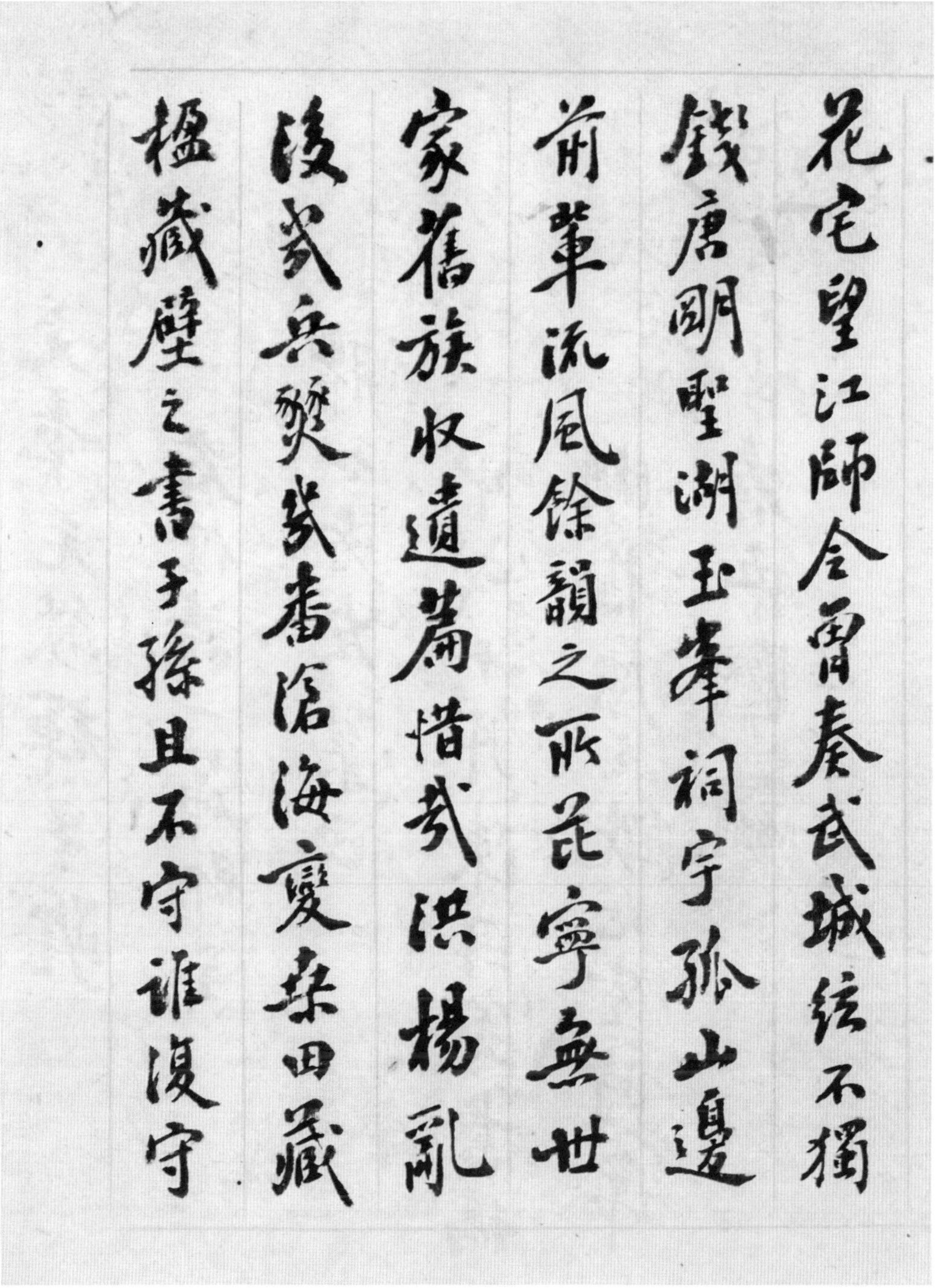
花宅望江師合曾奏武城絃不獨
錢唐明聖湖玉峯祠宇孤山邊
前輩流風餘韻之所在寧無世
家舊族收遺篇惜哉洪楊亂
後寇兵燹幾番滄海變桑田藏
楹藏壁之書子孫且不守誰復守

B01（6-4） G17cm×21.5cm

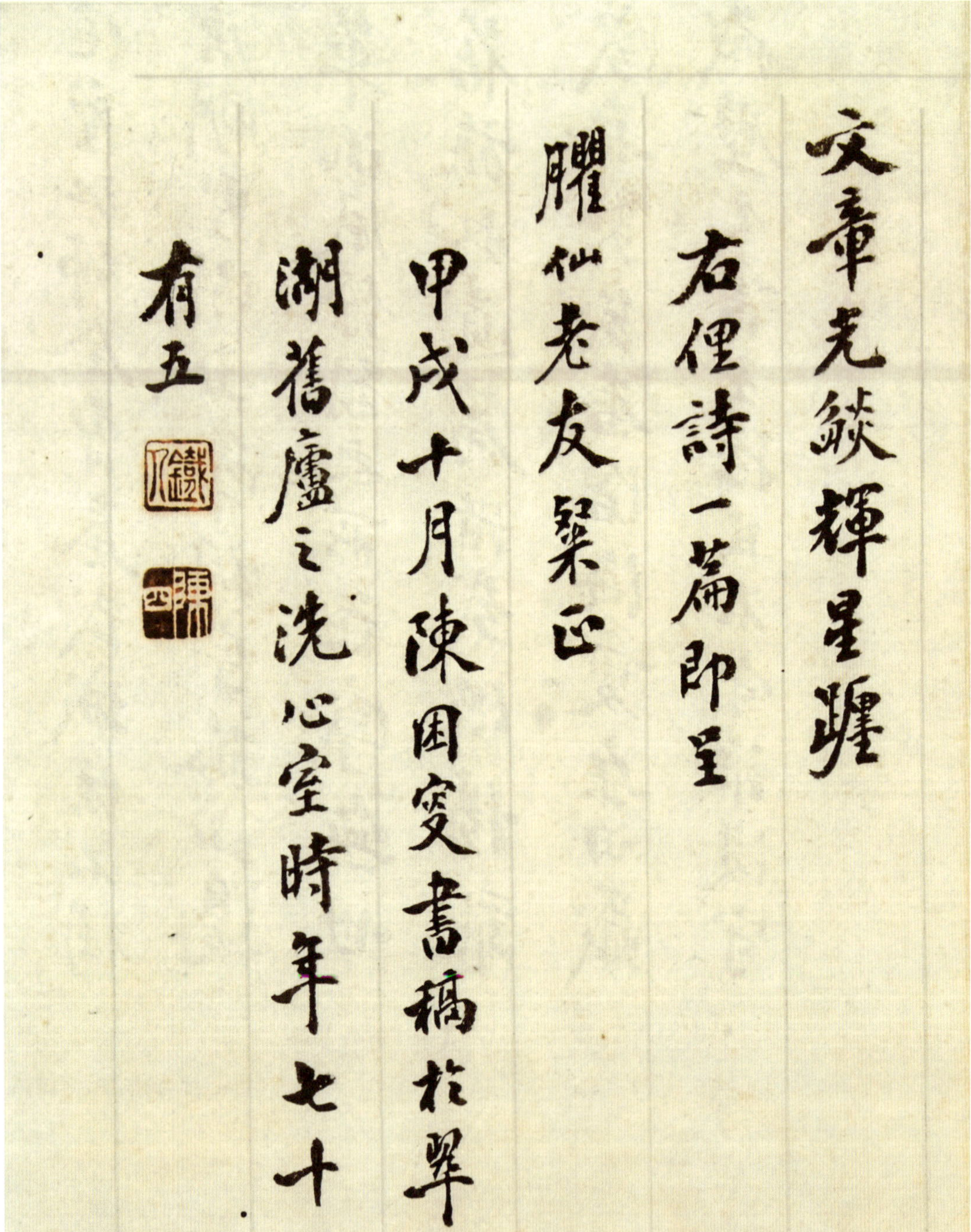
文章光燄輝星躔
右俚詩一篇即呈
臞仙老友粲正
甲戌十月陳因寫書稿於翠
湖舊廬之洗心室時年七十
有五

B01（6-6） G17cm×21.5cm

## 袁嘉谷　一通

### 题《梅林觅句图》

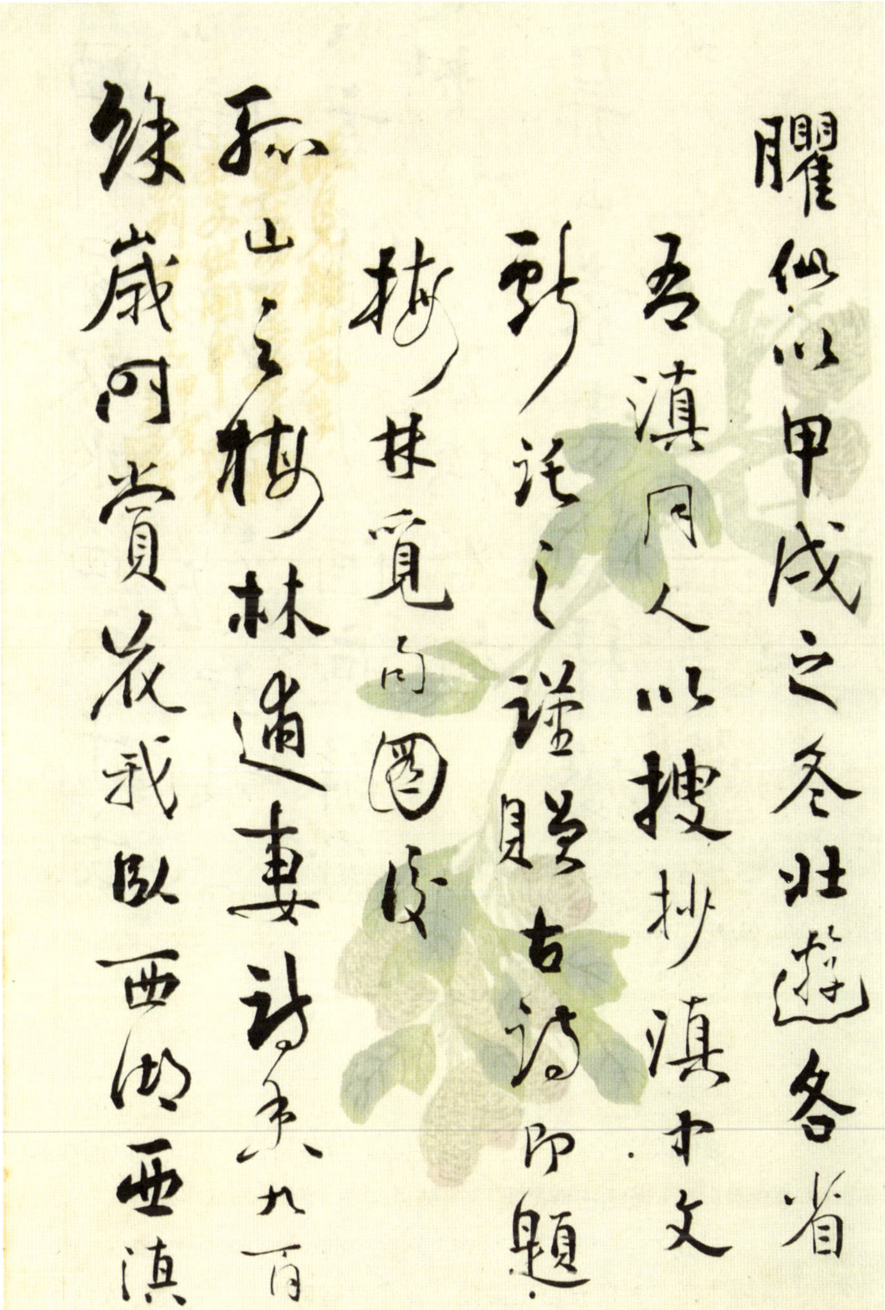
臞似以甲戌之冬壯遊各省，吾滇同人以搜抄滇中文獻託之，謹賦古詩即題梅林覓句圖後：

孤山之梅林逋妻，詩來八九百餘歲，同賞花我臥西湖西滇

B02（3-1） G16.5cm×26cm

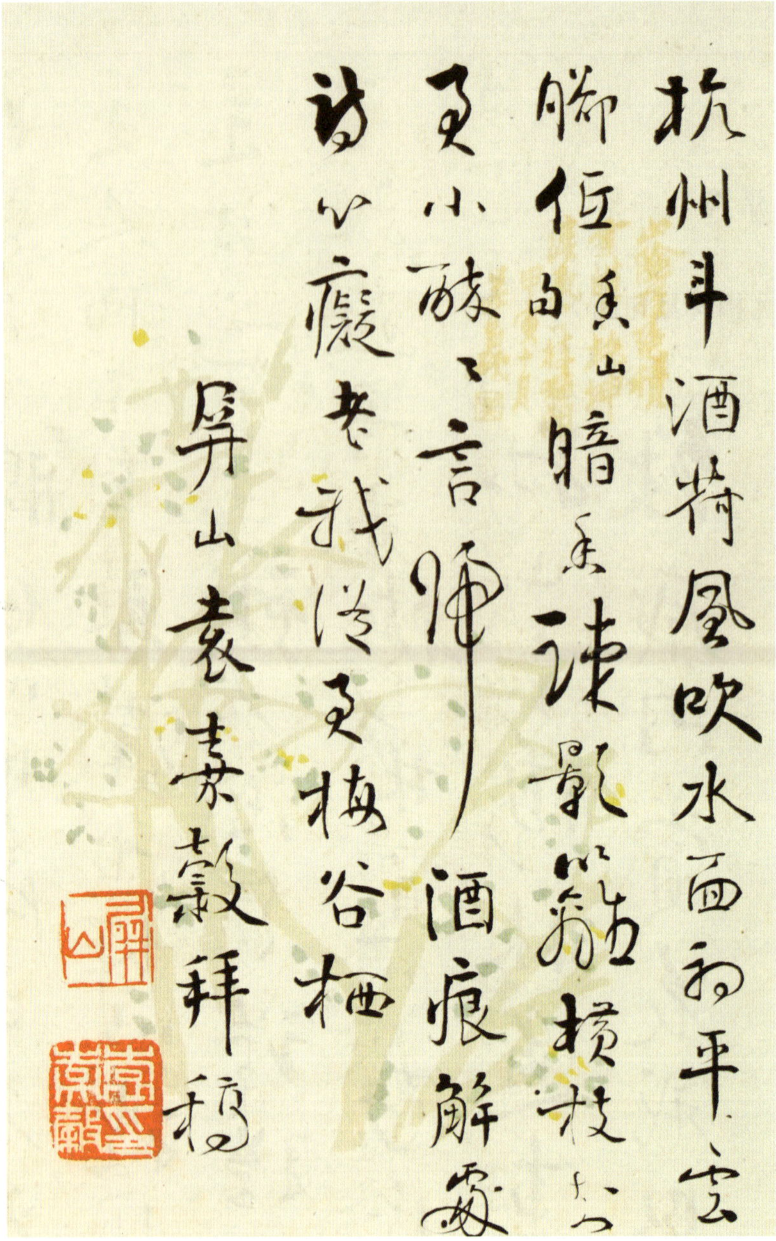

B02（3-3） G16.5cm×26cm

**〔录文〕**

臞仙以甲戌［一九三四］之冬北游各省，吾滇同人以搜抄滇中文献托之，谨赠古诗即题《梅林觅句图》后。

孤山之梅林逋[1]妻，诗香九百余岁时，赏花我卧西湖西。滇山之梅臞仙师，高视五百里滇池，爱花君有诗人诗。是花是人两不知，是今是古浑忘之，是诗是画我能题。题罢送君万里驰，燕晋秦楚吴

①林逋（九六七～一〇二八）：字君复。浙江大里黄贤村人（一说杭州钱塘）。北宋著名隐逸诗人。

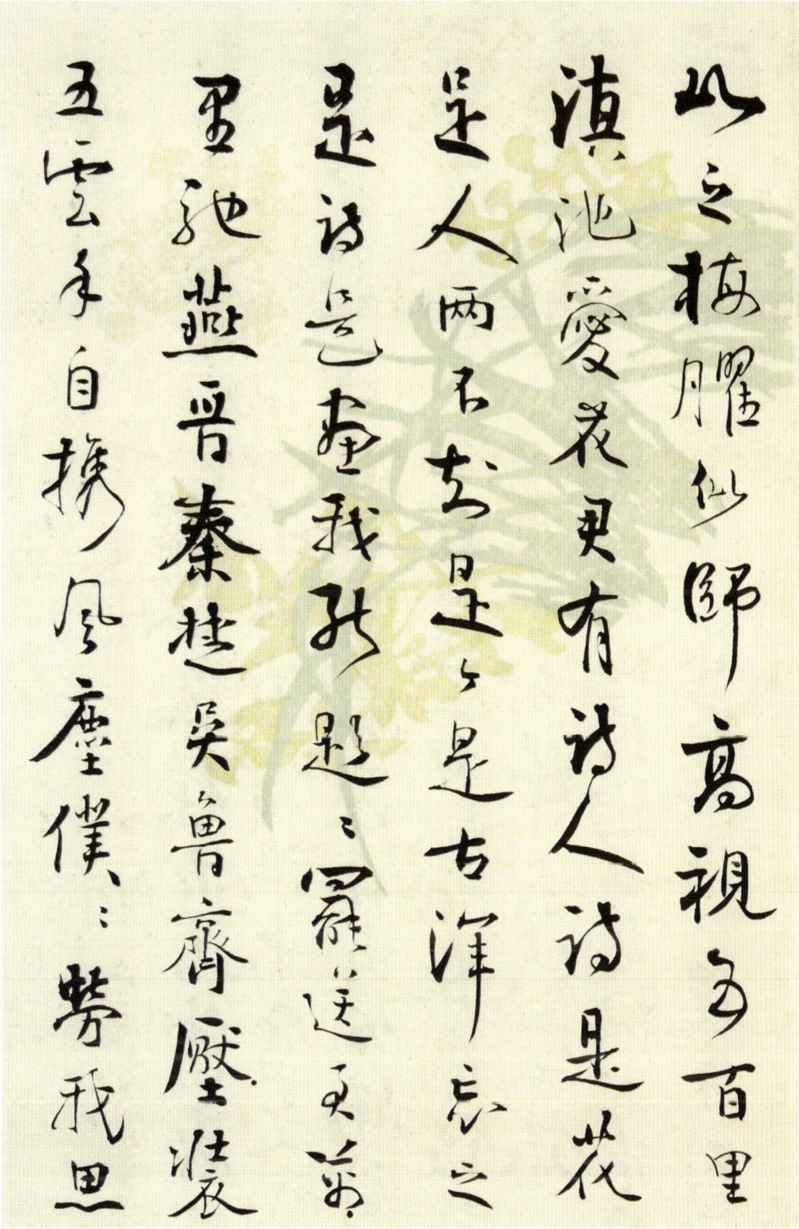

B02（3-2） G16.5cm×26cm

鲁齐，压装五云手自携。风尘仆仆劳我思，杭州斗酒荷风吹，水面初平云脚低（香山句[2]）。暗香疏影篱横枝，知君小醉醉言归，酒痕解处诗心痴，老我从君梅谷栖。

屏山袁嘉谷　拜稿

〔钤印：屏山、袁嘉谷〕

〔笺纸：兰花诗笺〕

②香山句：“水面初平云脚低”是《钱塘湖春行》中的一句。该诗作者白居易。

## 周钟岳　一通

### 臞仙将赴各省搜求滇贤遗书，作此送之

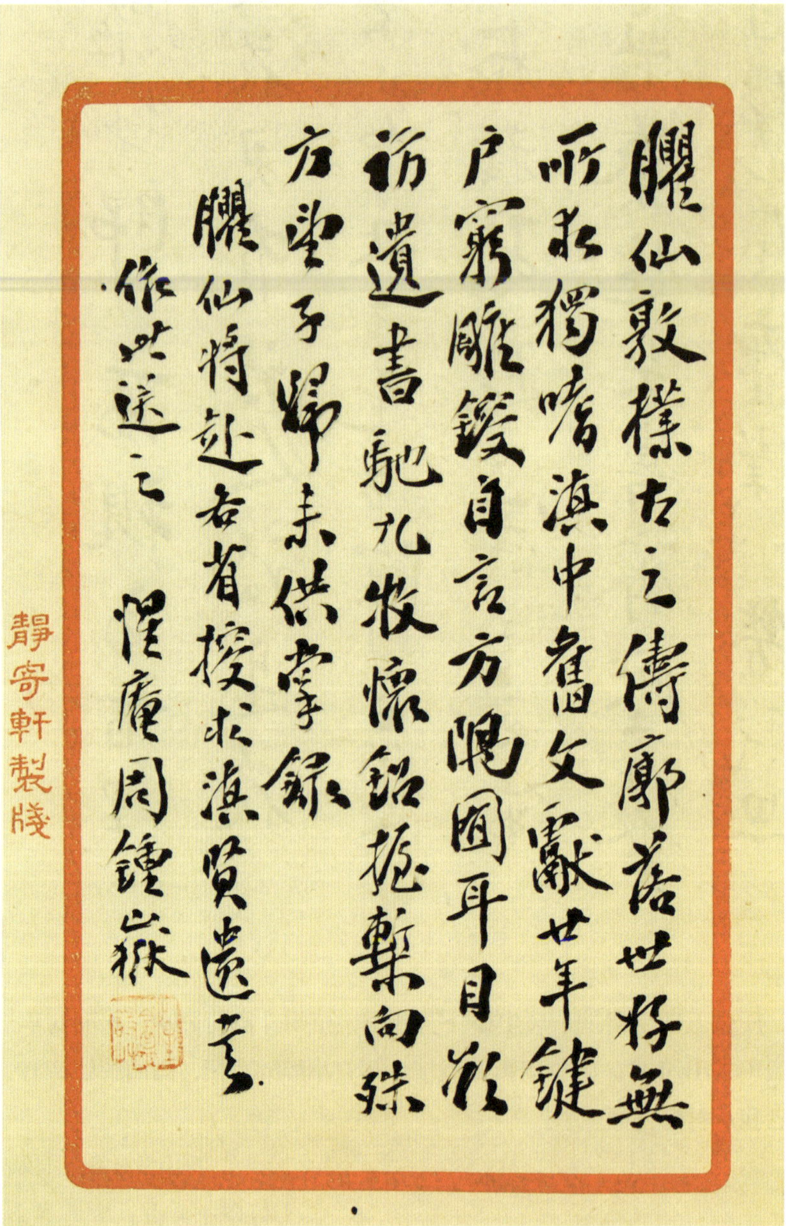

臞仙敦樸古之儔廓落世好無
所求獨嗜滇中舊文獻廿年鍵
户窮雕鎪自言方隅圊耳目欲
訪遺書馳九牧懷鉛握槧向殊
方望子歸來供掌録
臞仙將赴各省搜求滇賢遺書
作此送之
惺庵周鍾嶽
靜寄軒製牋

B03 G17cm×26cm

〖录文〗

臞仙敦朴古之俦，廓落世好无所求。独嗜滇中旧文献，廿年键户穷雕锼。自言方隅圊耳目，欲访遗书驰九牧。怀铅握椠向殊方，望子归来供掌录。

臞仙将赴各省搜求滇贤遗书，作此送之。

惺庵周钟岳

〔钤印：惺庵诗草〕

〔笺纸：静寄轩制笺〕

〖解读〗

此札应成于一九三四年底。

# 秦光玉　一通

秦光玉（一八六九～一九四八），字璞安，号瑞堂，别号罗藏山人。云南呈贡人。一九〇三年任云南高等学堂教习，次年派赴日本学习师范兼考察学务。历任云南学务公所普通科科长、教育馆练习所所长、两级师范学堂监督兼教务长。辛亥革命后，历任学政司图书科科长、图书博物馆馆长、教育司科长、巡按使署教育科佥事、辑刻《云南丛书》处编纂、总经理、通志馆编撰、云南文献委员会主任、云南国学专修馆教员、云南省教育厅厅长等职。辑著有《续云南备征志》《滇文丛录》《明季滇南遗民录》《尚书郄说》《论语郄说》《孟子郄说》《滇南名宦传》《滇谏官传》《呈贡县志》《云南历代名人事略》《名将事略》等。

## 赋别矐仙北游访书

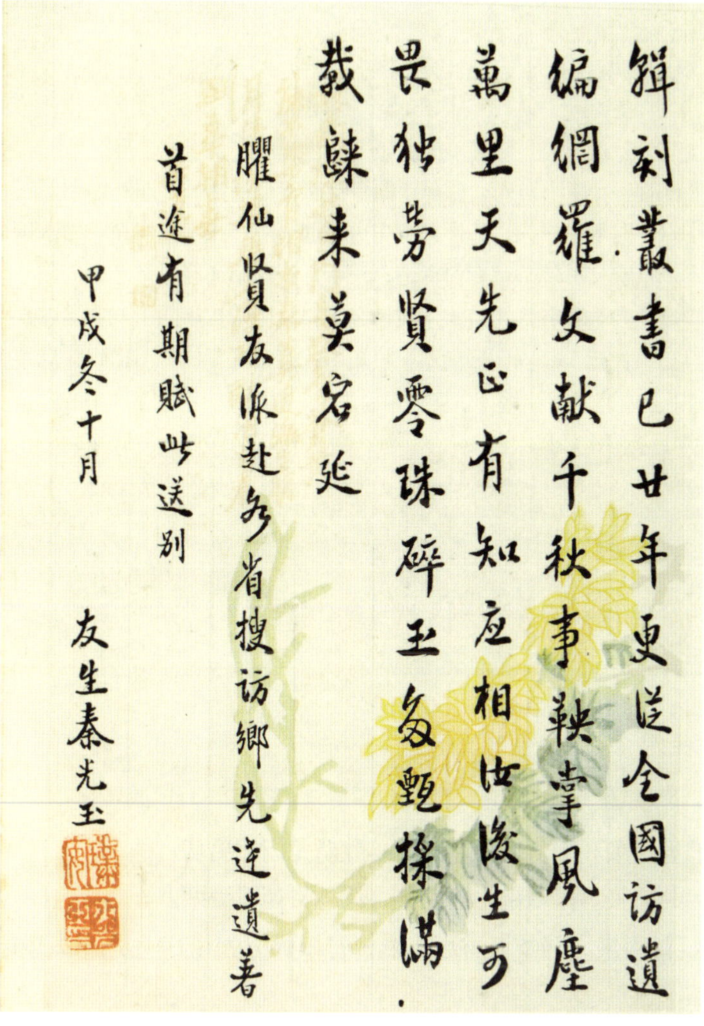
輯刻叢書已廿年，更從全國訪遺編。網羅文獻千秋事，鞅掌風塵萬里天。先正有知應相汝，後生可畏獨勞賢。零珠碎玉多甄採，滿載歸來莫宕延。

矐仙賢友派赴各省搜訪鄉先達遺著，首途有期，賦此送別

甲戌冬十月

友生秦光玉

B04 G16.5cm×26cm

〔录文〕

辑刻丛书已廿年，更从全国访遗编。网罗文献千秋事，鞅掌风尘万里天。先正有知应相汝，后生可畏独劳贤。零珠碎玉多甄采，满载归来莫宕延。

臞仙贤友派赴各省搜访乡先达遗著，首途有期，赋此送别。

甲戌［一九三四］冬十月　友生　秦光玉

〔钤印：璞安、秦光玉印〕

〔笺纸：花卉诗笺〕

## 萧瑞麟　一通

萧瑞麟（一八六九 ~ 一九三九），字石斋。云南昭通人，祖籍江西吉安府安福县。二十四岁以第二名的优异成绩考入云南五华书院；二十六岁时考中举人；二十九岁主讲凤池书院；三十三岁被聘为永善县玉笋书院山长；三十七岁选送日本东京宏文书院师范专科深造；三十九岁在昭通府科举考棚内创办昭通五属师范传习所，附设两所小学堂；四十岁考入北京大学攻读经史科；民国初年四十五岁当选众议院议员；四十八岁任四川省彰明县知事；五十一岁任云南顺宁县知事；五十五岁任普洱道尹兼思茅关监督、普防警备司令。卸任后受聘于云南通志馆编修《新纂云南通志》，专撰《土司志》成书二十余卷。著有《左微》三卷、《通鉴小志》二卷。

### 赠别臞仙北游访书四章

〔录文〕

兵燹中原夕照红，秦皇烈焰更南东。掇将煨烬留文献，胜凿龙门纪禹功。

搜来奇秘压归装，金碧辉辉继盛张。再辑南中耆旧传，儒林文苑写缣缃。

自添活火煖新醅，老友敲门冒雨来。蜀黍饭香豆羹熟，春田犹记豆花开（是日以玉麦饭豆腐羹饷客）。

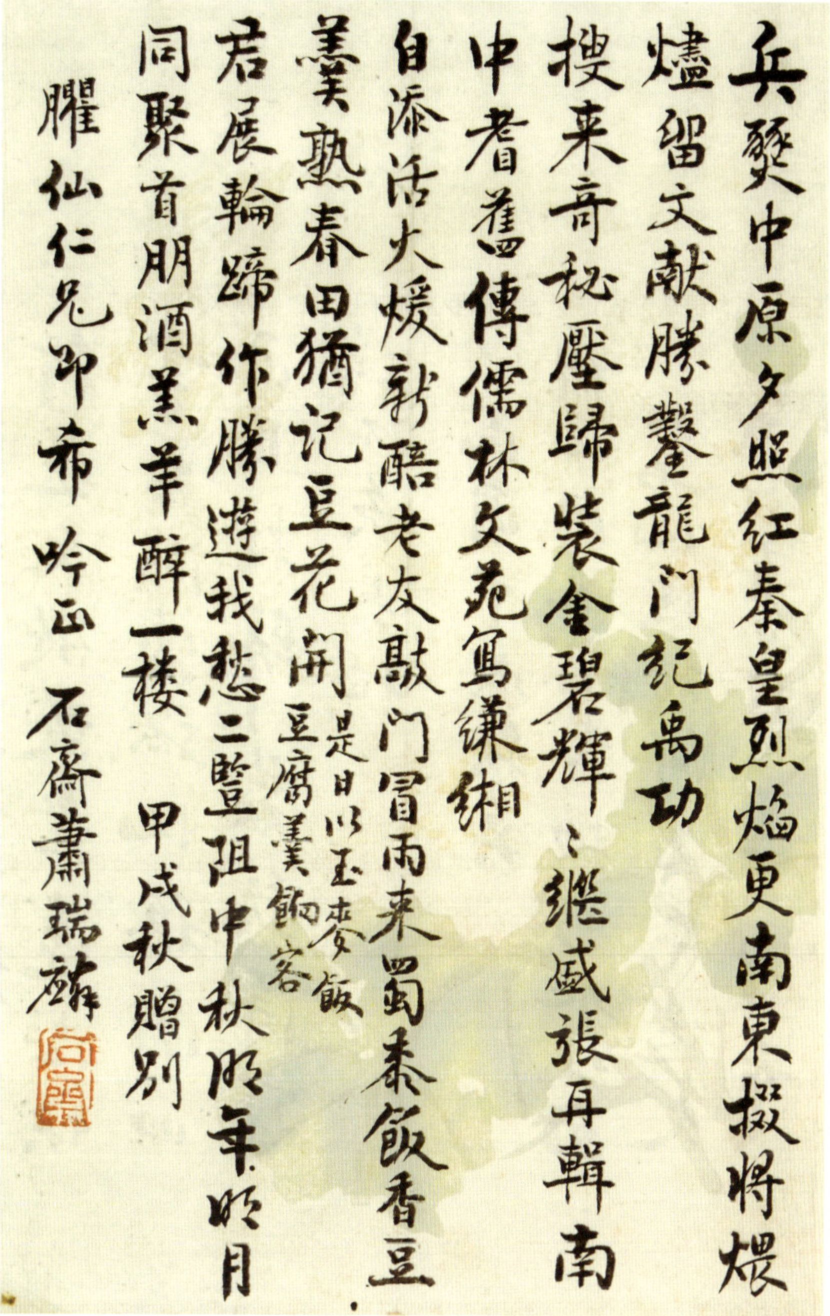
兵燹中原夕照紅秦皇烈焰更南東掇將煨
燼留文獻勝鑒龍門紀禹功
搜來奇秘壓歸裝金碧輝〻繼盛張再輯南
中耆舊傳儒林文苑寫縑緗
自添活火煖新醅老友敲門冒雨來蜀黍飯香豆
羹熟春田猶記豆花開 是日以玉麦飯豆腐羹餉客
君展輪蹄作勝遊我愁二豎阻中秋明年明月
同聚首朋酒羔羊醉一樓 甲戌秋贈別
臞仙仁兄即希吟正 石齋蕭瑞麟

B05 G16.5cm×26cm

君展轮蹄作胜游，我愁二竖阻中秋。明年明月同聚首，朋酒羔羊醉一楼。

甲戌［一九三四］秋赠别臞仙仁兄，即希吟正。

石斋萧瑞麟

〔钤印：石斋〕

〔笺纸：花卉诗笺〕

# 宋嘉俊　一通

## 诗送臞仙北游访书

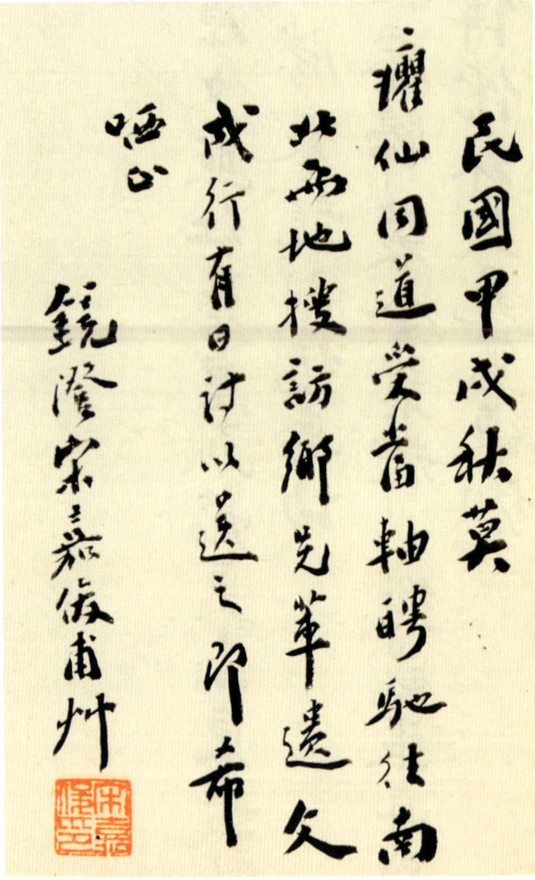

B06（2-2）G13.5cm×22cm

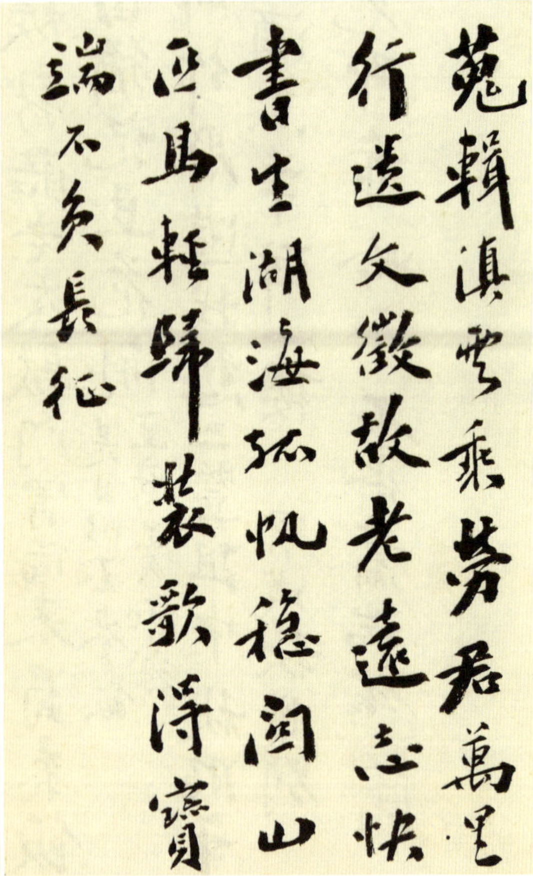

B06（2-1）G13.5cm×22cm

〖录文〗

搜辑滇云乘，劳君万里行。遗文征故老，远志快书生。湖海孤帆稳，关山匹马轻。归装歌得宝，端不负长征。

民国甲戌［一九三四］秋莫，臞仙同道受当轴聘，驰往南北两地，搜访乡先辈遗文成行有日，诗以送之，即希哂正。

镜澄宋嘉俊　甫草

〔钤印：宋嘉俊〕

〔笺纸：宣纸〕

## 赵式铭　一通

### 赋赠矅仙北游访书

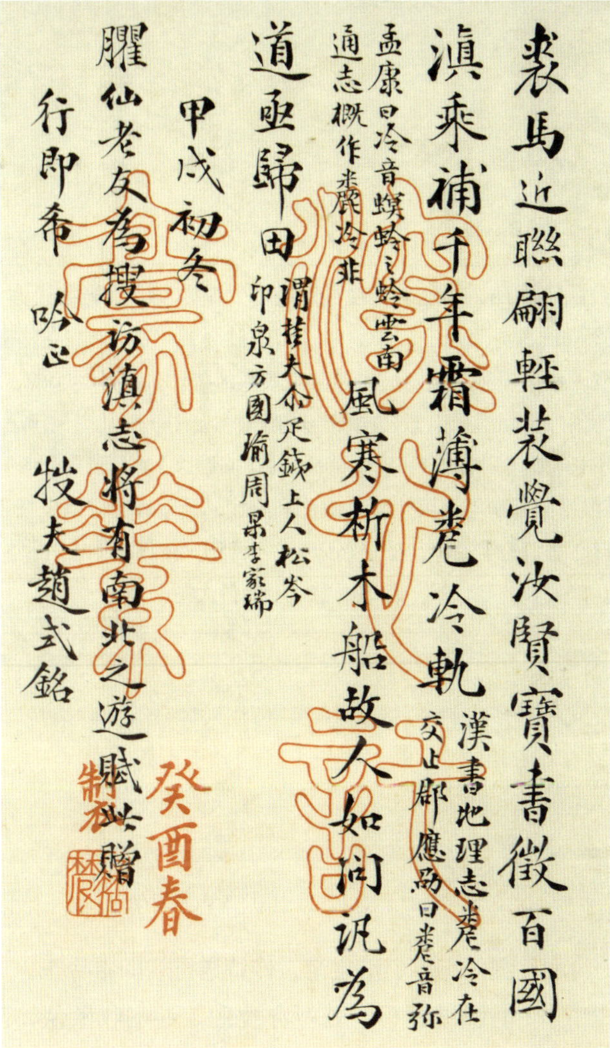
裘馬近聯翩，輕裝覺汝賢。寶書徵百國，滇乘補千年。霜薄麊冷軌（漢書地理志麊冷在交止郡應劭曰麊音彌孟康曰冷音螟蛉之蛉雲南通志概作麓冷非），風寒析木船。故人如問訊，為道亟歸田。（謂哲夫尒疋鐵上人松岑印泉方國瑜周杲李家瑞）

甲戌初冬

矅仙老友為搜訪滇志將有南北之游賦此贈行卽希吟正

牧夫趙式銘

癸酉春

B07　G16.5cm×26cm

〖录文〗

裘马近联翩，轻装觉汝贤。宝书征百国，滇乘补千年。霜薄麊冷轨（《汉书·地理志》：麊冷在交止郡。应劭曰麊，音弥。孟康曰冷，音螟蛉之蛉。《云南通志》概作麓冷，非），风寒析木船。故人如问讯，为道亟归田。（谓哲夫尔疋、铁上人松岑、印泉［李根源］、方国瑜、周杲、李家瑞[1]。）

①李家瑞（一八九五～一九七五）：原名辑五。著名民间文艺学家、文物考古专家。

甲戌［一九三四］初冬，臞仙老友为搜访滇志将有南北之游，赋此赠行，即希吟正。

弢夫赵式铭

〔笺纸：诗笺。文："深心托豪素"〕

## 由云龙　一通

由云龙（一八七七～一九六一），字程孙，号夔举，晚号定庵。云南姚安人。光绪丁酉（一八九七）科举人，京师大学堂毕业，曾留学日本。一九〇八年创办《云南日报》，曾任唐继尧秘书长、滇西军政协理大理等五府一厅自治总理、永昌知府、保山县事、云南教育司司长、政务厅厅长、省议会议长、代理省长等职。倡导实业，参与创办昆明耀龙电力公司和昆明自来水公司。一九二七年后，潜心著述。历七年编成《姚安县志》，著有《越缦堂读书记》《定厂诗话》《定庵题跋》《石鼓文汇考》《楹联录存》《定庵楹联》等。一九五〇年被推举为云南省人民代表、政协副主席，云南省文史馆主任委员，协助周恩来总理处理中缅划界事宜。善书法，初学颜柳，篆摹石鼓文，隶临《石门颂》《华山碑》。间写墨梅、山水。酷爱收藏，除先贤书画，有图书十二万册，后均捐赠给云南各大图书馆。

### 臞仙有平沪之游作诗送行

〖录文〗

臞仙有平、沪之游，作诗送行，即希吟正。

旧学沉冥日，兹行亦要图。遗书收散佚，吾道辟榛芜。铅椠[①]同扬子，滕缠似贾胡。余情在山水，得句付奚奴。

定厂由云龙　初稿

〔钤印：深心托豪素〕

〔笺纸：宣纸〕

〖解读〗

此札应成于一九三四年底。

①铅椠[qiàn]：《西京杂记》卷三："扬子云好事，常怀铅提椠，从诸计吏，访殊方绝域四方之语。"铅，铅粉；椠，木简。皆书写用具。后遂以"握铅抱椠"为勤于写作、校勘的典故。

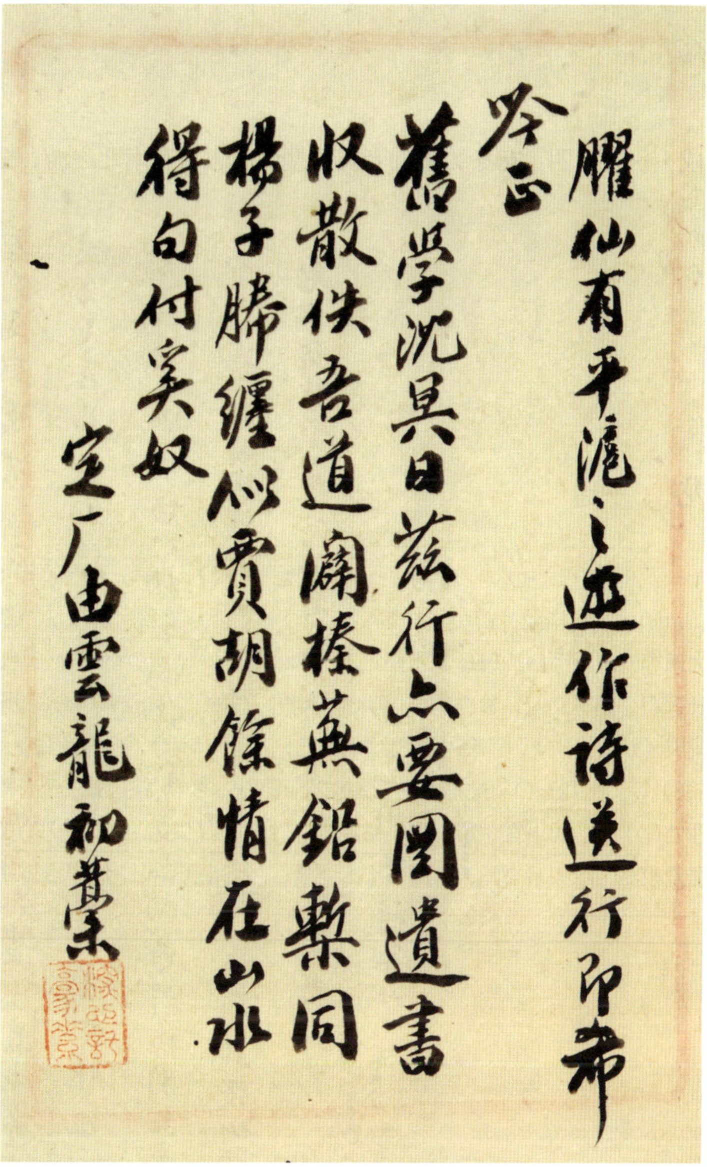
臞仙有平滬之遊作詩送行即希
吟正
舊學沉冥日茲行亦要圖遺書
收散佚吾道闢榛蕪鉛槧同
楊子縢纏似賈胡餘情在山水
得句付奚奴
定厂由雲龍初稿

B08 G15.5cm×25cm

## 王用予　二通

### 一、别臞仙北游访书七律二首

〖录文〗

臞仙北上搜访文献宜有赠言，勉成七律二首，录呈吟坛。即祈郢政。

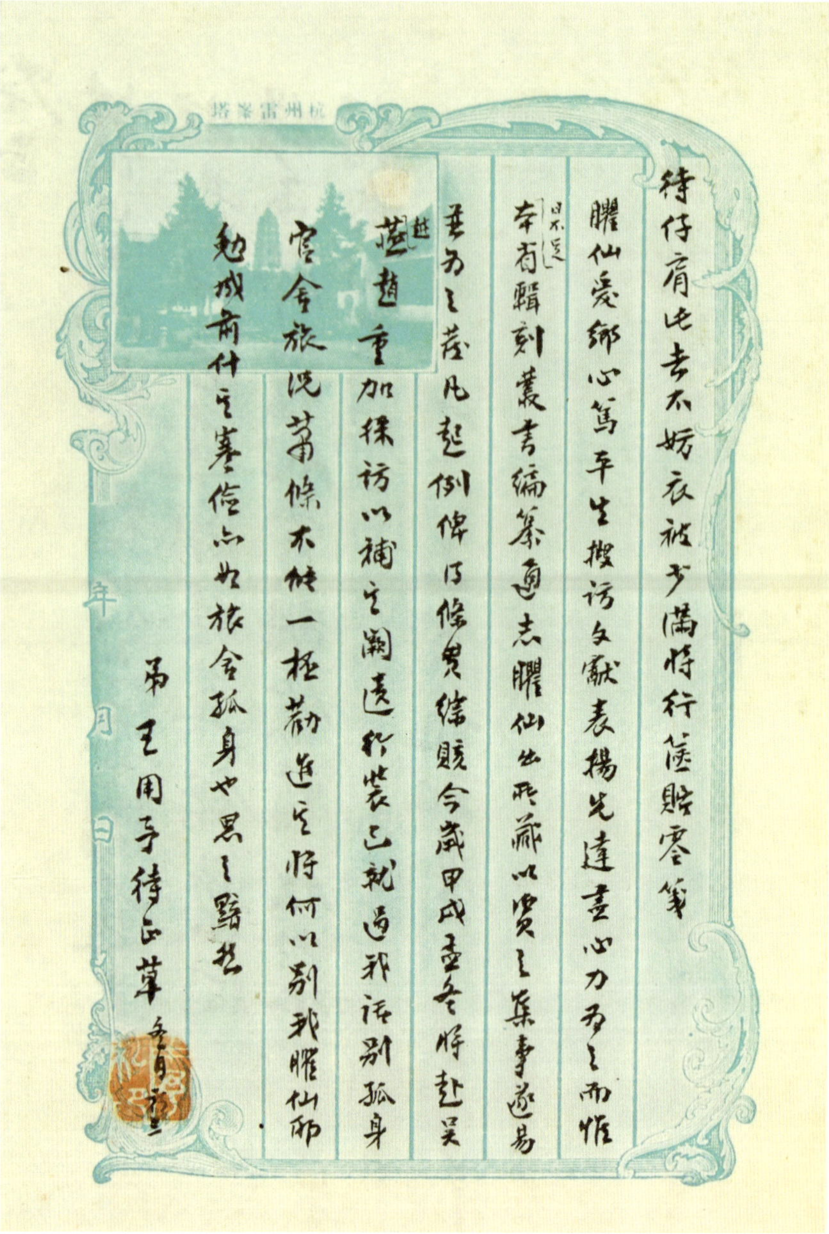


B09（2-2） G16.5cm×24cm

搜剔丛残数十年，乡邦文献费重编。又携珊网从云下，更采遗珠到日边。卷轴几端横画舫，江山万里壮吟鞭。相期归后重相晤，蠹简虫函载满轩。

远从云岭下幽燕，蓟水滇山路八千。卅载光阴黄卷里，一生心事彩云边。遗文残缺资搜补，坠绪①微茫待仔肩。此去不妨衣被少，满将行箧贮零笺。

①坠绪：往下掉的丝端（头），比喻失落的线头、湮没的源头。坠，落也，下掉也。绪，丝端也。

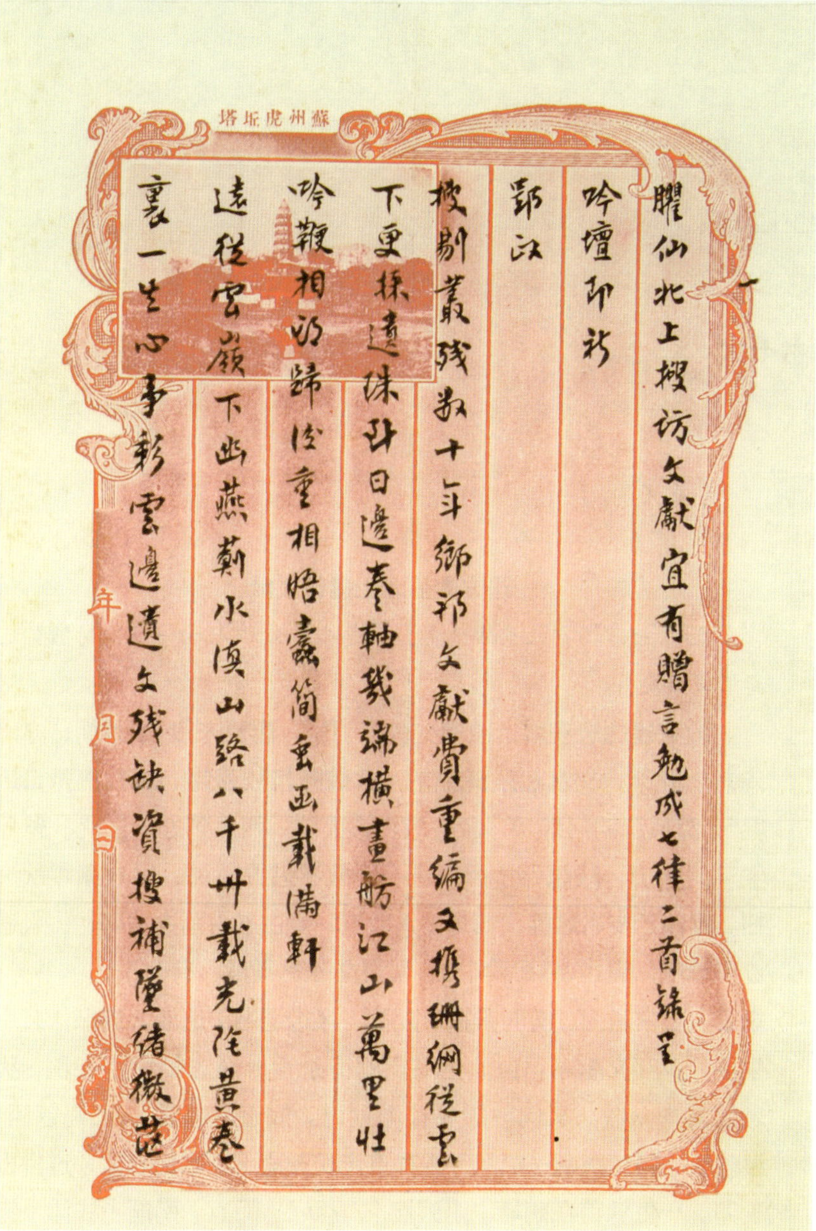
蘇州虎丘塔

臞仙北上搜訪文獻宜有贈言勉成七律二首録呈

吟壇印衿

郢政

搜剔叢残數十年鄉邦文獻賞重编文携珊網從雲

下更採遺珠斗日邊卷軸幾端横畫舫江山萬里壯

吟鞭相訪歸從重相晤囊簡重函載满軒

遠從雲嶺下幽燕蓟水滇山路八千卅載光陰黄卷

裏一生心事彩雲邊遺文残缺資搜補墜緒微茫

年 月 日

B09（2-1） G16.5cm×24cm

臞仙爱乡心笃，平生搜访文献，表扬先达，尽心力为之，而惟日不足。本省辑刻丛书，编纂通志，臞仙出所藏以贯之，集事遂易。并为之发凡起例，俾得条贯综赅。今岁甲戌孟冬，将赴吴、越、燕、赵，重加采访，以补其阙遗。行装已就，过我话别，孤身官舍，旅况萧条不能一极劝进，其将何以别我臞仙耶。勉成前什，其寒俭亦如旅舍孤身也，思之黯然。

弟　王用予　待正草　冬月初三

〔钤印：用予私印〕

〔笺纸：花式美术笺。文：“杭州雷峰塔”〕

〖解读〗

该手札应成于一九三四年底。

## 二、别臞仙北游访书七古

〖录文〗

### 送方臞仙北上搜访文献

已作七律二首录呈臞仙矣，余思未尽续作七古一章，时臞仙已离滇数日矣。

滇池建国思庄蹻，滇南文教昌明早。唐蒙宋段[1]虽荒朝，亦以诗书化群獠。文章礼乐侪中州，希踪齐鲁敌燕赵。声教南暨自唐虞[2]，流风遗韵何绵渺。忽失故步效邯郸，西风到处皆云扰。斧斤牛羊满秋山，故国乔木风声杳。厌故不惜毁黄钟，国故飘零秋风扫。臞仙老友古之徒，惟与古人敦夙好。古书古画古残碑，古人遗迹皆珍宝。囊中有钱尽买书，留资文献备征考。有时逡巡古书摊，蠹简虫函常盈抱。有时踽踽翠湖滨，怀抱遗书访遗老。编摩什袭尽生平，乡邦文献赖君保。丛书辑刻待杀青，通志纂编将脱稿。犹恐遗文未全收，又向胜国名都勤搜讨。假道古越裳[3]，买舟苍梧[4]渡岭表。吴楚东南一帆风，驱车直走长安道。临水忆石淙，过桥思丁卯。一生低首在鹤峰［李因培］，荔扉［师范］南园［钱沣］皆倾倒。前朝才女旧同乡，关心最是虋香草[5]。寻墓披蒙密访碑，穿丛筱泰华，千寻不厌高，鸟道蚕丛不嫌小。图书万卷不厌多，行李半肩不嫌少。驴背诗成细推敲，新都可有韩京兆？记言度岁客姑苏，除夕祭诗思贾岛。故宫游罢理归装，零笺碎简行囊饱。更拟归后读君诗，满目琳琅看不了。古香古艳古书堂，古拙朴厚不伤巧。有子复能读父书，诵芬述德抒鸿藻。

孟怀　待正稿　乙亥［一九三五］中秋

〔笺纸：宣纸〕

①唐蒙宋段：指唐代蒙化南诏时期和宋代段氏大理国时期。

②唐虞：唐尧与虞舜的并称。亦指尧与舜的时代，古人以为太平盛世。

③越裳：越裳为中国南方古老民族名称，其民族发源于中国金沙江流域一带。

④苍梧：原是百越民族一个大部落的名称，后以区域名称延用下来，称为“古苍梧”。苍梧的地名可追溯到虞舜时期。

⑤虋香草：参见由云龙E01手札。这里代指才女李含章。

送方曜仙北上搜訪文獻

已作七律二首錄呈曜仙兄，倚思未盡，續作七古一

章。時曜仙已離滇數日矣。

滇池建國思莊蹻，滇南文化昌明畢。唐蒙宗叚

雖荒朝，心以詩書化群獠。文章禮樂倚中州，希

踪齊魯敵燕趙。考義南詔自唐虞，流風遠韻

何綿渺。忽先故步效邯鄲，西風卧變皆雲擾。斧

斤牛羊滿秋山，故國喬木風聲杳。厭故不惜毀

B10（3-1） G17cm×26.5cm

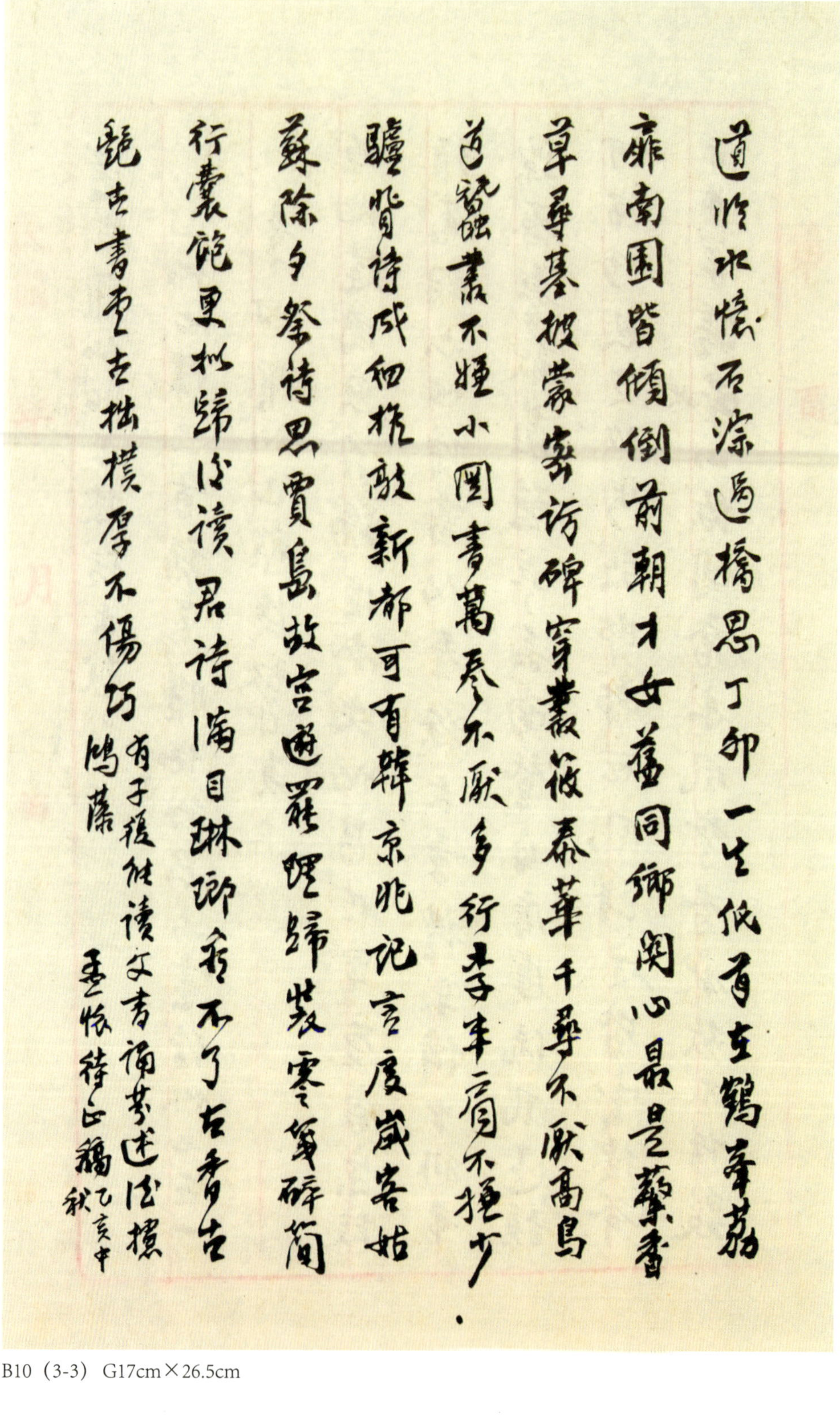

道傍水榭石淙過橋思丁卯一生低首是鶴峰荔
扉南園皆傾倒前朝才女舊同鄉閒心最是蘩香
草尋碁披蒙寄詩碑穿叢筱泰華千尋不厭高鳥
道躐叢不礙小園書萬卷不厭多行李半肩不掛步
驢背詩成細推敲新都可有韓京兆記言度歲客姑
蘇除夕祭詩思賈島故宮遊羅浮歸裝零箋碎簡
行囊飽更擬歸仍讀君詩滿目琳瑯看不了古香古
艷古書更古拙樸厚不傷巧
鴻蓀 有子復能讀父書誦其述作讀 垂悵待正稿 乙亥中秋

B10（3-3） G17cm×26.5cm

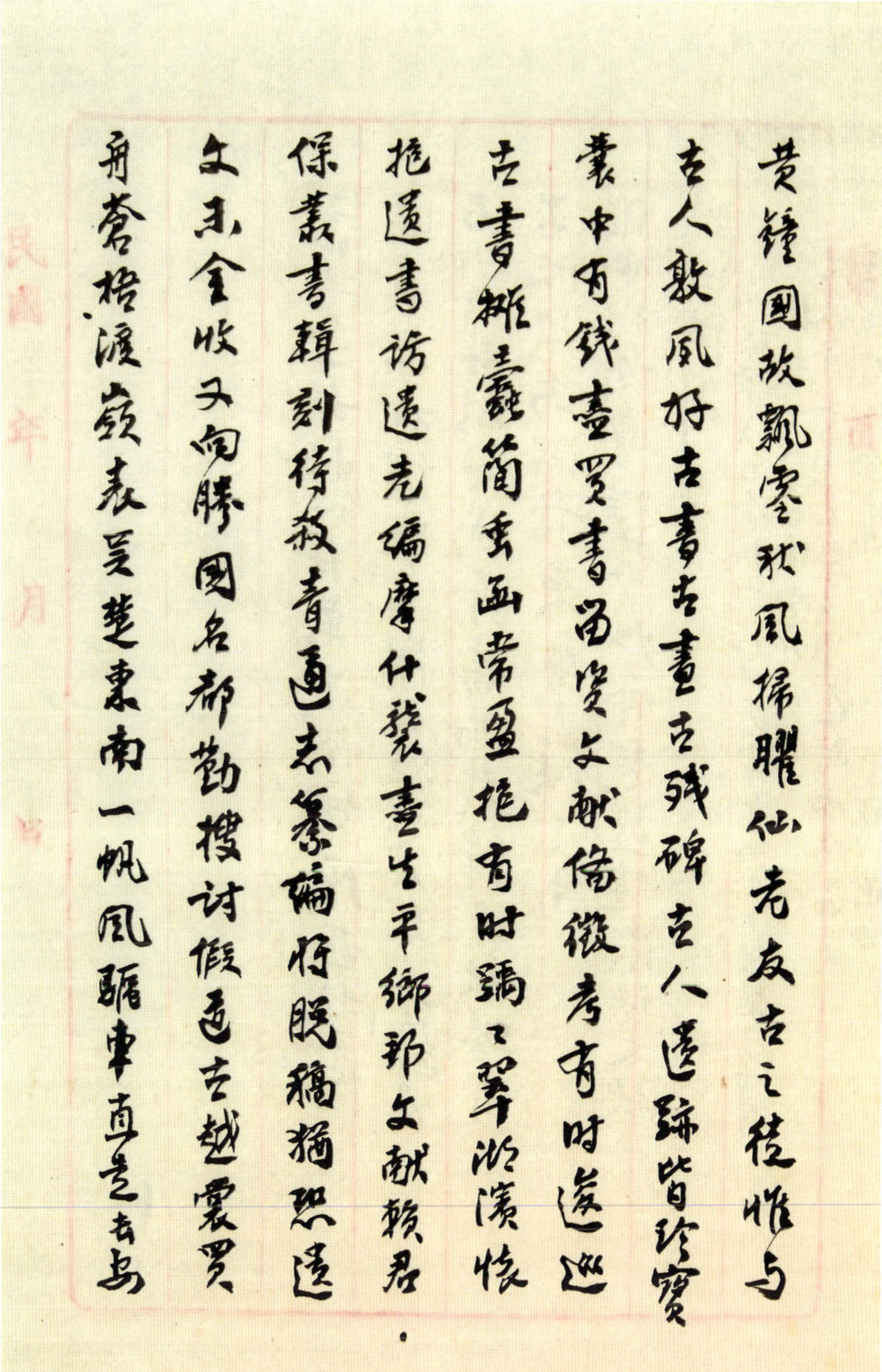
黄鐘國故飄零秋風掃臞仙老友古之徒惟與
古人敦風好古書古畫古殘碑古人遺跡皆珍寶
囊中有錢盡買書留貲文獻借徵考有時逡巡
古書攤蠹簡香函常盈抱有時踽踽羣游濱懷
抱遺書訪遺老編摩什襲盡生平鄉邦文獻賴君
保叢書輯刻待敘青箱志纂編將脫稿猶恐遺
文未全收又向勝國名都勤搜討假道古越還買
舟蒼梧渡嶺表吳楚東南一帆風驅車直走長安

民國　年　月　日

B10（3-2） G17cm×26.5cm

# 缪尔纾　一通

## 赠别臞仙北游访书

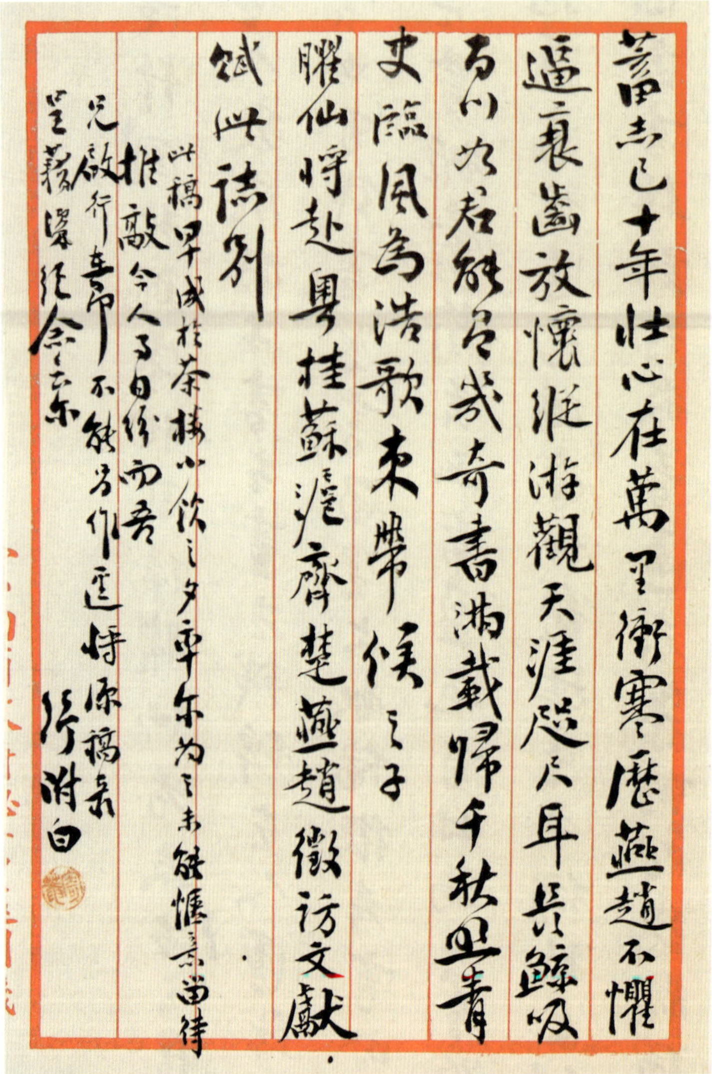
蓄志已十年壮心在萬里衝寒歷燕趙不懼逼衰齒放懷縱游觀天涯咫尺耳長鯨吸百川如君能有幾奇書滿載歸千秋照青史臨風為浩歌束帶候之子

臞仙將赴粵桂蘇浙齊楚燕趙徵訪文獻

賦此誌別

B11 G17cm×26cm

〖录文〗

蓄志已十年，壮心在万里。冲寒历燕赵，不惧逼衰齿。放怀纵游观，天涯咫尺耳。长鲸吸白川，如君能有几。奇书满载归，千秋照青史。临风为浩歌，束带候之子。

臞仙将赴粤、桂、苏、沪、齐、楚、燕、赵征访文献，赋此志别。此稿早成于茶楼小饮之夕，率尔为之，未能惬意，留待推敲。今人事日纷，而吾兄启行在即，不能另作，径将原稿录呈，借资纪念云尔。

纾　附白

〔钤印：寄庵〕

〔笺纸：朱丝八行〕

〖解读〗

该手札应成于一九三四年。

## 何秉智　一通

何秉智（一八八七～一九六四），字筱泉、小泉。云南昆明人。清光绪后期入京师大学堂攻读博物，毕业后回滇。一九一〇年，农商部在南京举办南洋劝业博览会，被调入云南图书馆制造参赛标本。云南图书博物馆成立，任总务员，兼任昆明师范学校教员。一九一五年，任《国是日报》编辑。龙云执政期间，任省秘书处科长、主任秘书等职。一九三〇年冬，云南通志馆筹备处成立，任常务干事。通志馆正式成立后，任《新纂云南通志》分纂，编写《历代贡举征辟表》《历代职官表》，与由云龙合纂《盐务考》，并参与《续云南通志长编》的编纂工作，一九三七年六月改任编审员。一九三九年随周钟岳离滇赴渝，任内政部秘书，后请假回滇。一九四六年任云贵监察使署主任秘书。著有《滇事拾遗》《龙池吟草》等。

### 别臞仙北游访书

〖录文〗

初冬好天气，万里乘长风。河朔人文盛，江南景物丰。快游酬素愿，博采竟全功。葑上

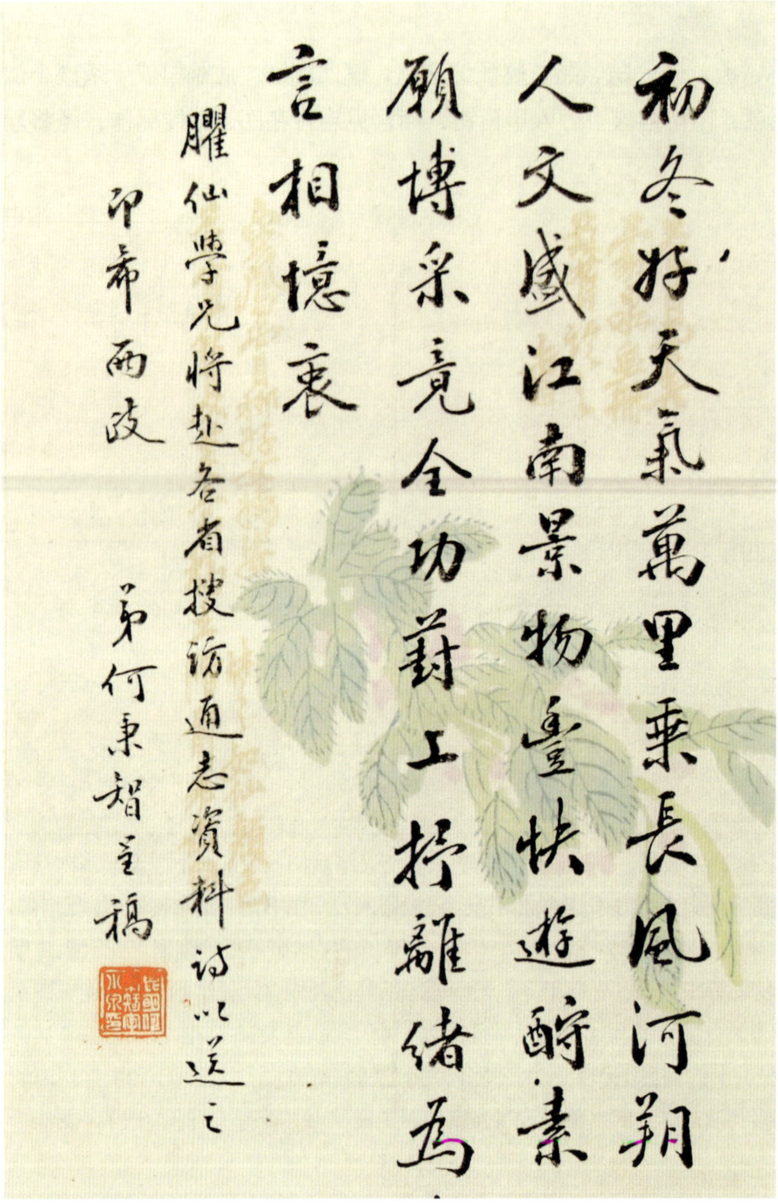
初冬好天氣萬里乘長風河朔
人文盛江南景物豈快遊酧素
願博采竟全功藉工抒離緒為
言相憶衷
臞仙學兄將赴各省搜訪通志資料詩以送之
即希哂政
弟何秉智呈稿

B12 G16.5cm×25cm

抒离绪，为言相忆衷。

臞仙学兄将赴各省搜访通志资料，诗以送之。即希哂政。

弟　何秉智　呈稿

〔钤印：昆明何秉智字小泉印〕

〔笺纸：花卉图诗笺〕

## 郭之桢　一通

郭之桢，字维周，号岩樵。云南晋宁人。诸生。教授乡塾数十年，持身不苟，以困卒。著有《螺髻山房诗抄》。

### 送别臞仙北游访书

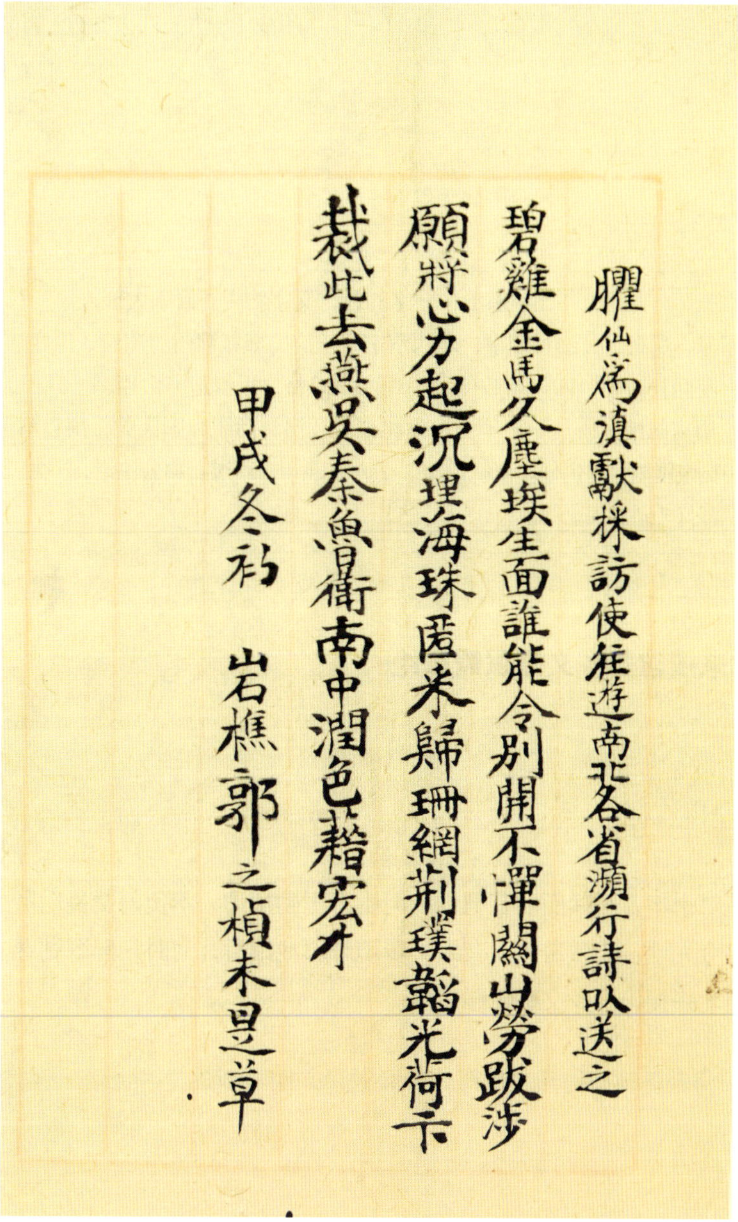
臞仙為滇獻採訪使往遊南北各省瀕行詩以送之
碧雞金馬久塵埃生面誰能令別開不憚關山勞跋涉
願將心力起沉埋海珠匿采歸珊網荊璞韜光荷卞
裁此去燕吳秦魯銜南中潤色藉宏才
甲戌冬初　岩樵郭之楨未是草

B13　G15.5cm×24.5cm

〖录文〗

臞仙为滇献采访使往游南北各省濒行，诗以送之。

碧鸡金马久尘埃，生面谁能令别开。不惮关山劳跋涉，愿将心力起沉埋。海珠匿采归珊网，荆璞韬光荷卞裁。此去燕吴秦鲁卫，南中润色借宏才。

甲戌［一九三四］冬初　岩樵郭之桢　未是草

〔笺纸：竖行信笺〕

## 王人文　一通

王人文（一八六三～一九三九），字采丞，一字豹君，又字豹叟。云南大理人。一八八三年癸未科进士。历任贵州湄潭、贵筑、开泰县知事，广西南宁平乐府、奉城锦州府知府，广西桂平梧道，广东按察使、提学使，陕西布政使，四川布政使，护理四川总督，川滇边务大臣。一九一二年加入国民党，同年四月，任川滇宣慰使。一九一三年当选为参议院议员。后脱离国民党。国会解散后，离开北京。一九二二年第二次恢复国会时仍任参议院议员。王人文晚年一直过着寓公生活，一九三九年病逝于天津英租界福顺里。著有《遁隐集》等。

### 臞仙自滇北来搜访吾乡文献赋赠二绝

〖录文〗

寒暑书丛二十年，石禅而后有臞仙。河山万里勤搜访，不负前贤畏后贤。

旧京古物今无地，边徼奇才大有人。梦境瑯環池馆月，何时归醉翠湖春。

臞仙自滇北来搜访吾乡文献赋赠二绝。

人文

〔钤印：古稀豹叟〕

〔笺纸：诗笺〕

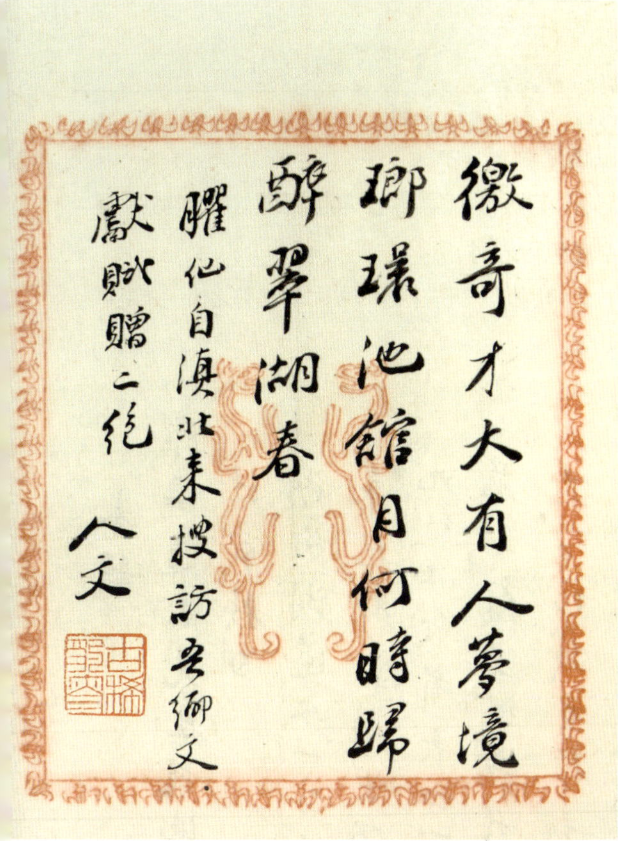
徼奇才大有人
夢境
瑯環池館月何時歸
醉翠湖春
臞仙自滇北來搜訪吾鄉文獻賦贈二绝
人文

B14（2-2） G17cm×22.5cm

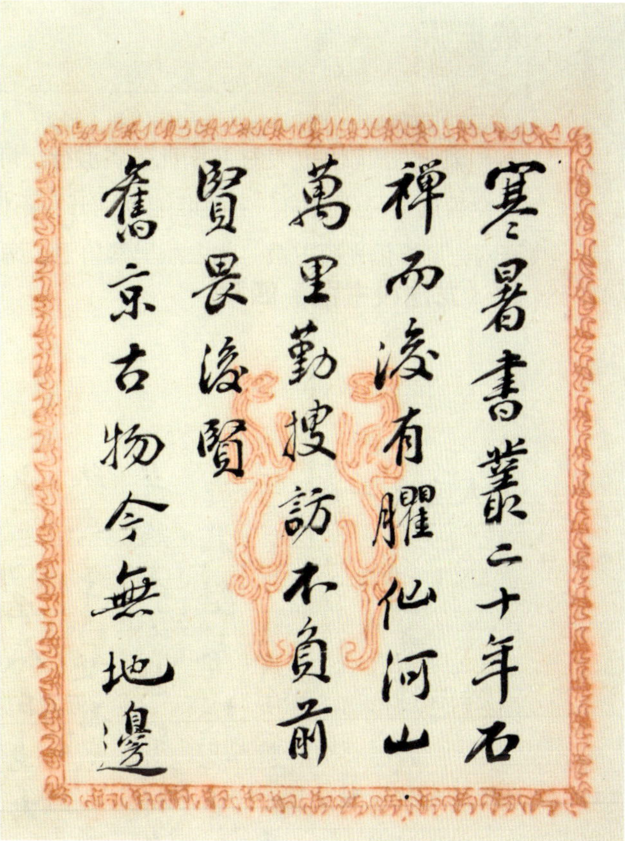
寒暑書叢二十年石
禪而後有臞仙
河山
萬里勤搜訪不負前
賢畏後賢
舊京古物今無地邊

B14（2-1） G17cm×22.5cm

〖解读〗

方树梅《笔记二种》记：北游访书期间，一九三五年四月八日，“午后一时，到英租界福顺里访大理王采老，年七旬有三”。次日，“正午十二时，王采老招饮于法租界之蜀通酒店，同席有周善培昆季，昭通谢太史履庄之子谢仲奇名珍，其令公子王眉午恕方，由南京请假归来，眉午为写山东、陕西介绍函”。再次日，“午后四时往辞王采老，书赠联一，并诗二。书法得庙堂碑笔意，又为书介绍函与秦中宋菊邬［应为坞］”。“谢太史履庄”即谢崇基（一八六一~一九二二），字履庄。云南昭通人。光绪十二年（一八八六）进士，入翰林院为国史馆协修。宣统元年（一九〇九）简放天津兵备道。充日本留学生监督。辛亥革命后，侨寓天津，以书画自娱。居家时尝主凤池书院讲席。著《两汉洗斋诗文集》《恩波楼续记》等。

该手札即为当时王人文所书赠的诗二首。后方树梅将此手札收入《南荔草堂石刻》。

# 戴振声　一通

戴振声，字鹤皋。江苏丹徒人。清季以县令仕浙，袁嘉谷提学浙江与之相识。善诗文，有《吴山汪王庙志略续编》等。

## 题《龙池校书图》四章

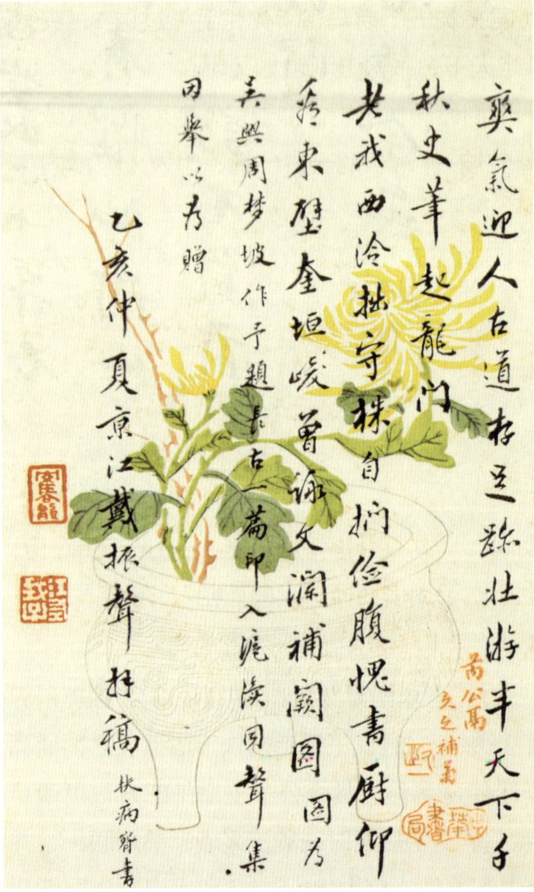

爽氣迎人古道存，足跡壯游半天下，千秋文筆起龍門。其我西泠拙守株，自捫儉腹愧書廚。仰看東壁奎垣峻，曾派文瀾補闕圖。圖為吳興周夢坡作，予題長古一篇，即入《潯溪同聲集》，因舉以爲贈。

乙亥仲夏京江戴振聲拜稿　秋病猶書

B15（2-2）G15.5cm×26cm

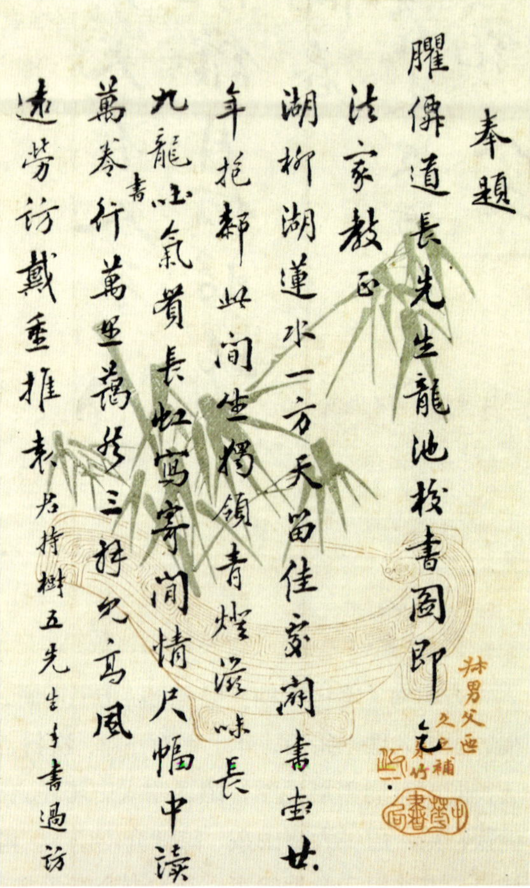

奉題

耀僊道長先生龍池校書圖，即乞

法家教正

湖柳湖蓮水一方，天留佳處闢書堂。廿年把郡此間住，獨領青燈滋味長。

九龍山氣貫長虹，寫寄閒情尺幅中。讀萬卷書行萬里，兼於三者見高風。

遠勞訪戴垂推表　君持樹五先生手書過訪

B15（2-1）G15.5cm×26cm

〖录文〗

奉题臞仙道长先生《龙池校书图》。即乞法家教正。

湖柳湖莲水一方，天留佳处辟书堂。廿年抱膝此间坐，独领青灯滋味长。

九龙吐气贯长虹，写寄闲情尺幅中。读万卷书行万里，蔼然三拜见高风。

远劳访戴垂推袁（君持树五［袁嘉谷］先生手书过访），爽气迎人古道存。足迹北游半天下，千秋史笔起龙门。

老我西泠拙守株，自扪俭腹愧书厨。仰看东壁奎垣峻，曾咏文澜补阙图（图为吴兴周梦坡[1]作，予题长古一篇，印入《沪渎同声集》，因举以为赠）。

乙亥［一九三五］仲夏　京江戴振声　拜稿　扶病腕书

〔笺纸：诗笺〕

①周梦坡：即周庆云（一八六六～一九三四），字景星，号湘龄，别号梦坡。浙江吴兴南浔人。附贡授永康教谕，例授直隶知州，均未就任。为南浔巨富，近代有名的民族资本家。精于书画、金石和收藏。

〖解读〗

方树梅北游访书期间，一九三五年六月二十八日访戴鹤皋，下午"六时，戴鹤皋先生招饮于湖滨西园，大醉而归"。该手札即为此次拜访，戴鹤皋题赠。

## 郭燮熙　一通

郭燮熙（一八六八～一九四三），字理初，自号梅花老人。云南南华县人。清朝光绪戊子（一八八八）科举人。在任鲁甸县、盐丰县县长期间，曾先后编修《鲁甸县志》和《盐丰县志》，晚年编修了《镇南县志》（稿本）。一九二一年，任《光复史》编纂局的编纂官，著有《援黔篇》《建设篇》等。所画梅花清瘦骨立、傲雪凌霜，颇受世人的好评和珍爱。

## 题《滇南书画录》

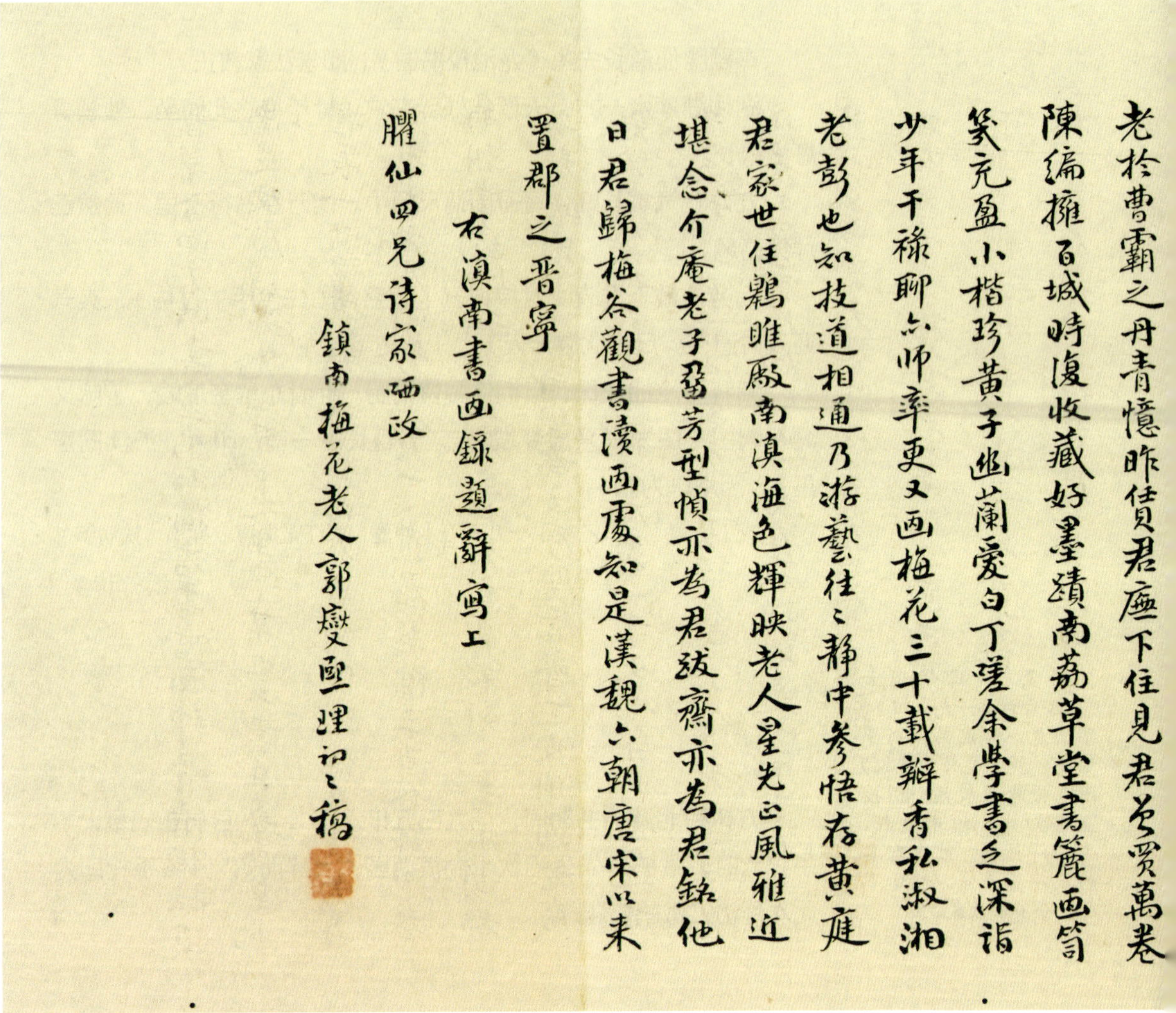
老於曹霸之丹青憶昨賃君廡下住見君苦買萬卷
陳編擁百城時復收藏好墨蹟南荔草堂書簏畫笥
篋充盈小楷珍黄子幽蘭愛白丁嗟余學書乏深詣
少年干祿聊亦師率更又畫梅花三十載辨香私淑湘
老彭也知技道相通乃游藝往〻静中参悟存黄庭
君家世住鷂雎廠南滇海色輝映老人星先正風雅近
堪念介庵老子發芳型憤亦為君跋齋亦為君銘他
日君歸梅谷觀書讀畫處知是漢魏六朝唐宋以來
置郡之晉寧
右滇南書畫録題辭寫上
耀仙四兄詩家哂政
鎮南梅花老人郭燮熙理初〻稿

B16（2-2） G30.5cm×25cm

〖录文〗

晋宁方四不以书画鸣，而独嗜书嗜画神骨清。捃摭滇南足文献，得知先正某某之生平，某也工书且善画，某也擅长一艺专以精。爰自搢绅介胄薄宦迂儒及遗老，与夫布衣方外闺秀寓贤一一罗群英。综三百人录四卷，两朝掌故清和明，最是品行不高屏不列，列者风韵都芳馨。吾观翠湖困叟为之序，双管齐

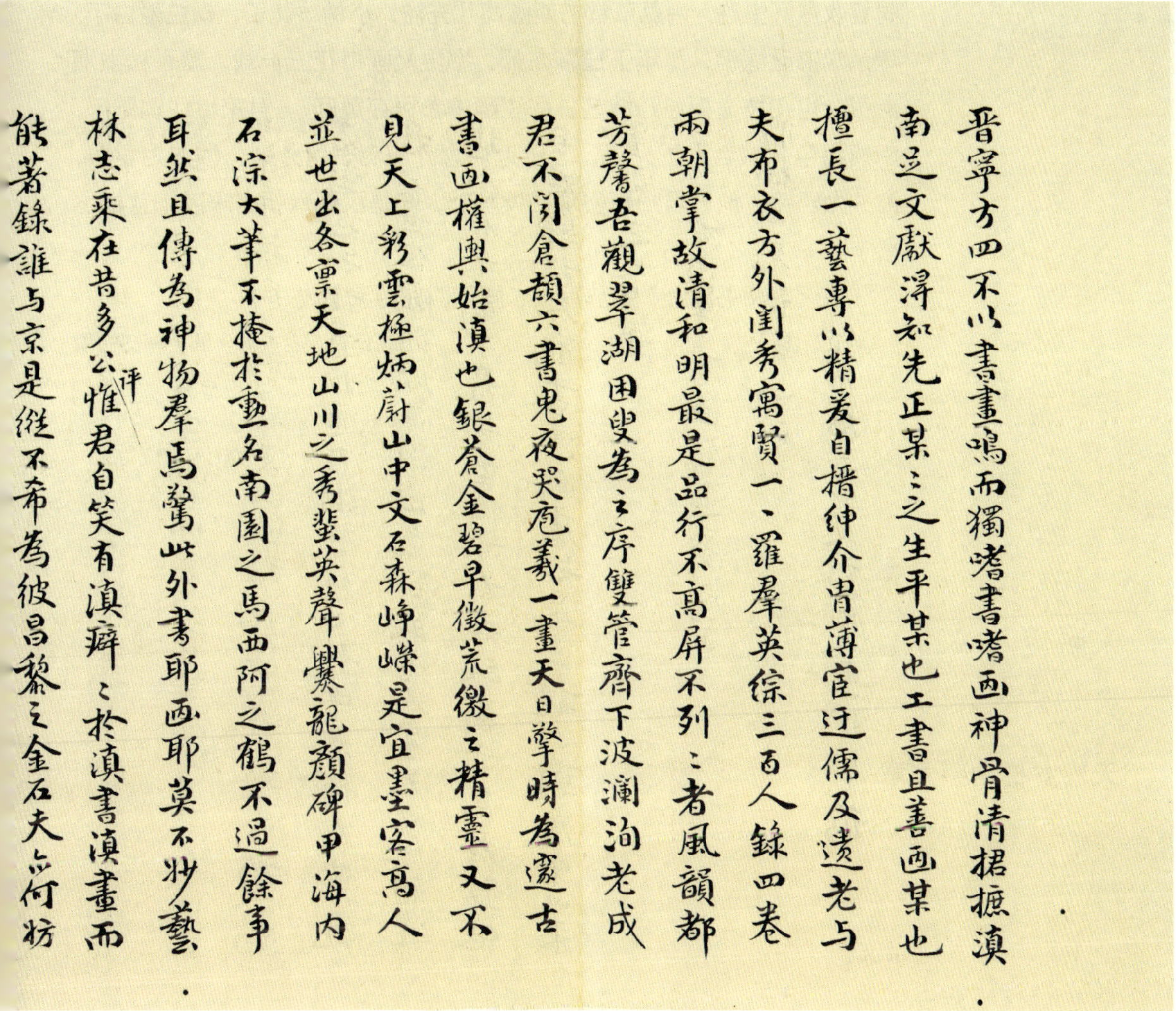
晋寧方四不以書畫鳴而獨嗜書嗜画神骨清挹摭滇
南足文獻得知先正某某之生平某也工書且善画某也
擅長一藝專以精爱自揺紳介胄薄宦迁儒及遗老与
夫布衣方外闺秀寓賢一一羅羣英综三百人録四卷
兩朝掌故清和明最是品行不高屏不列列者風韻都
芳馨吾觀翠湖困叟為之序雙管齊下波瀾洵老成
君不問倉頡六書鬼夜哭庖羲一畫天日擎時為邃古
書画權輿始滇也銀蒼金碧早徵荒徼之精靈又不
見天上彩雲極炳蔚山中文石森崢嶸是宜墨客高人
並世出各禀天地山川之秀蜚英聲爨龍顏碑甲海内
石淙大筆不掩於勳名南園之馬西阿之鶴不過餘事
耳然且傳為神物羣馬驚此外書耶画耶莫不妙藝
林志乘在昔多公評惟君自笑有滇癖癖於滇書滇畫而
能著録誰与京是縱不希為彼昌黎之金石夫亦何妨

B16（2-1） G30.5cm×25cm

下波澜洵老成，君不问仓颉六书鬼夜哭，庖羲一画天日擎。时为邃古书画权舆始滇也，银苍金碧早，征荒徼之精灵又不见，天上彩云极炳蔚，山中文石森峥嵘，是宜墨客高人并世出，各禀天地山川之秀蜚英声，爨龙颜碑甲海内，石淙大笔不掩于勋名。南园［钱沣］之马西阿之鹤不过余事耳，然且传为神物群焉。惊此外书耶画耶莫不妙，艺林志乘在昔多公评，惟君自笑有滇癖，癖于滇书滇画而能著录谁与京[①]。是纵不希为彼昌黎之金石，

①京：大。这里有相比之意。

夫亦何妨老于曹霸之丹青。忆昨赁君庑下住，见君曾买万卷陈编拥百城，时复收藏好墨迹，南荔草堂书簏画笥几充盈，小楷珍黄子，幽兰爱白丁。嗟余学书乏深诣，少年干禄聊亦师，率更又画梅花三十载，瓣香私淑湘老彭，也知技道相通乃游艺，往往静中参悟存黄庭[2]。君家世住鷄睢厂，南滇海色辉映老人星光正，风雅近堪念介庵老子留芳型，帧亦为君跋，斋亦为君铭。他日君归梅谷观书读画处，知是汉魏六朝唐宋以来置郡之晋宁。

右《滇南书画录》题辞写上，臞仙四兄诗家哂政。

镇南梅花老人郭燮熙　理初初稿

〔笺纸：宣纸〕

②黄庭：亦名规中、庐间，一指下丹田。

## 宋嘉俊　一通

### 天寒岁暮杂感九章

〖录文〗

天寒岁暮杂感横生，兀坐无聊作此自遣。

岁暮天寒静掩门，围炉闲话弄诸孙。午餐炊熟黄粱饭，团坐家人咬菜根。

邻巷舂声次弟连，几家捣米拥争先。团成饵块［饫］携归去，准备来春饱过年。

中庭木叶落纷纷，独让枇杷秀绝伦。晚翠饱经冰雪炼，树犹如此况于人。

雪压屋檐风撼门，御寒无计夜开樽。老来血气衰颓甚，睡入重衾久不温。

自怜白首拥青毡，喜得侯芭[1]志学坚。浊世难寻佳子弟，亭林空著广师篇。

今年穑事说丰收，千万仓箱不得求。谁信哀鸿仍四野，嗷嗷犹为稻粱谋。

①侯芭：又名侯辅，西汉巨鹿人，著名文学家。

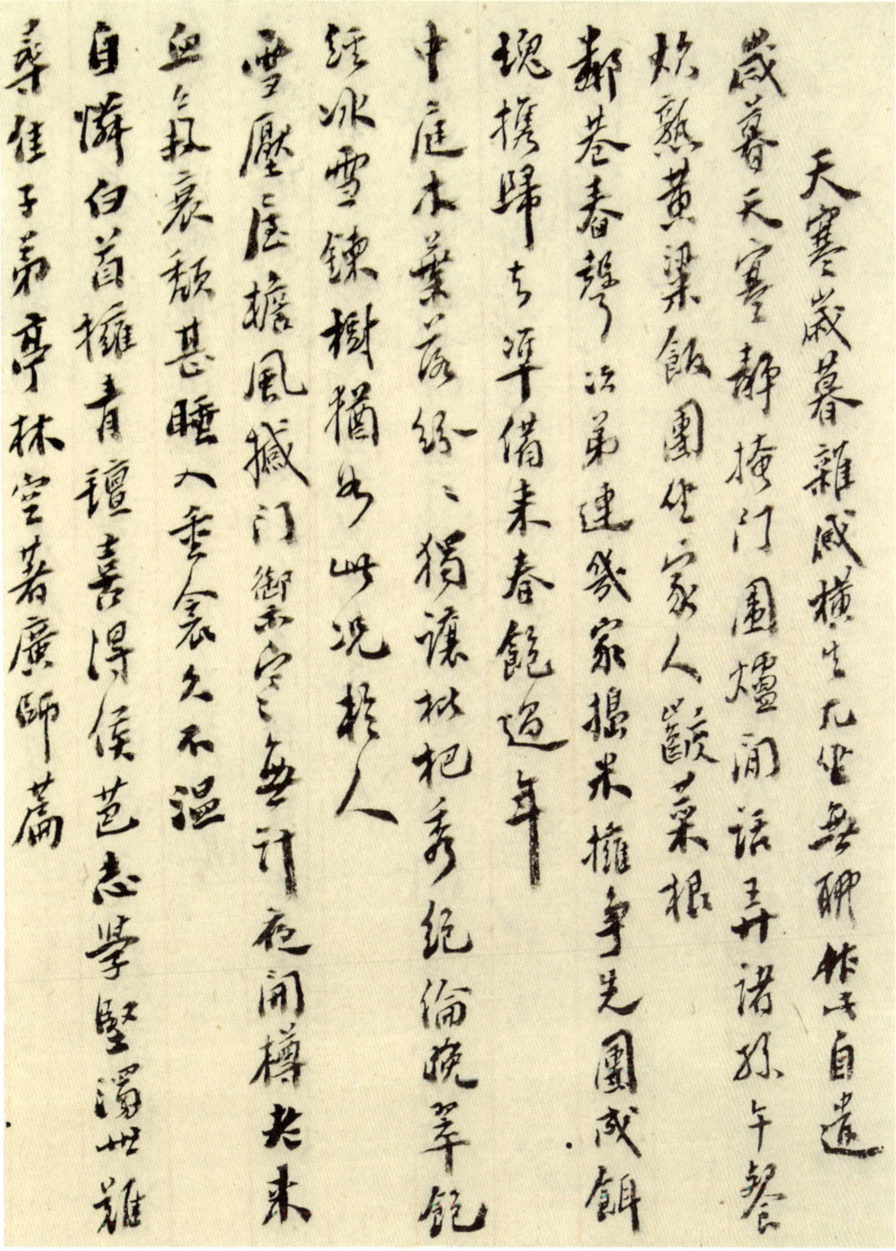

B17（2-1） G18cm×24cm

京滇戏曲闹春台，更有明星电影开。掷罢金钱归去晚，道旁贫妇乞声哀。
平生从不厌清贫，物外萧然自在身。寄语皇皇名利客，世间几见百年人。
游戏尘寰数十年，不堪回首问青天。何时扫却身心累，镇目蒲团静坐禅。
近作小诗，书请癯仙仁兄哂正。

乙亥［一九三五］大寒　镜澄　初稿

〔笺纸：竖行信笺〕

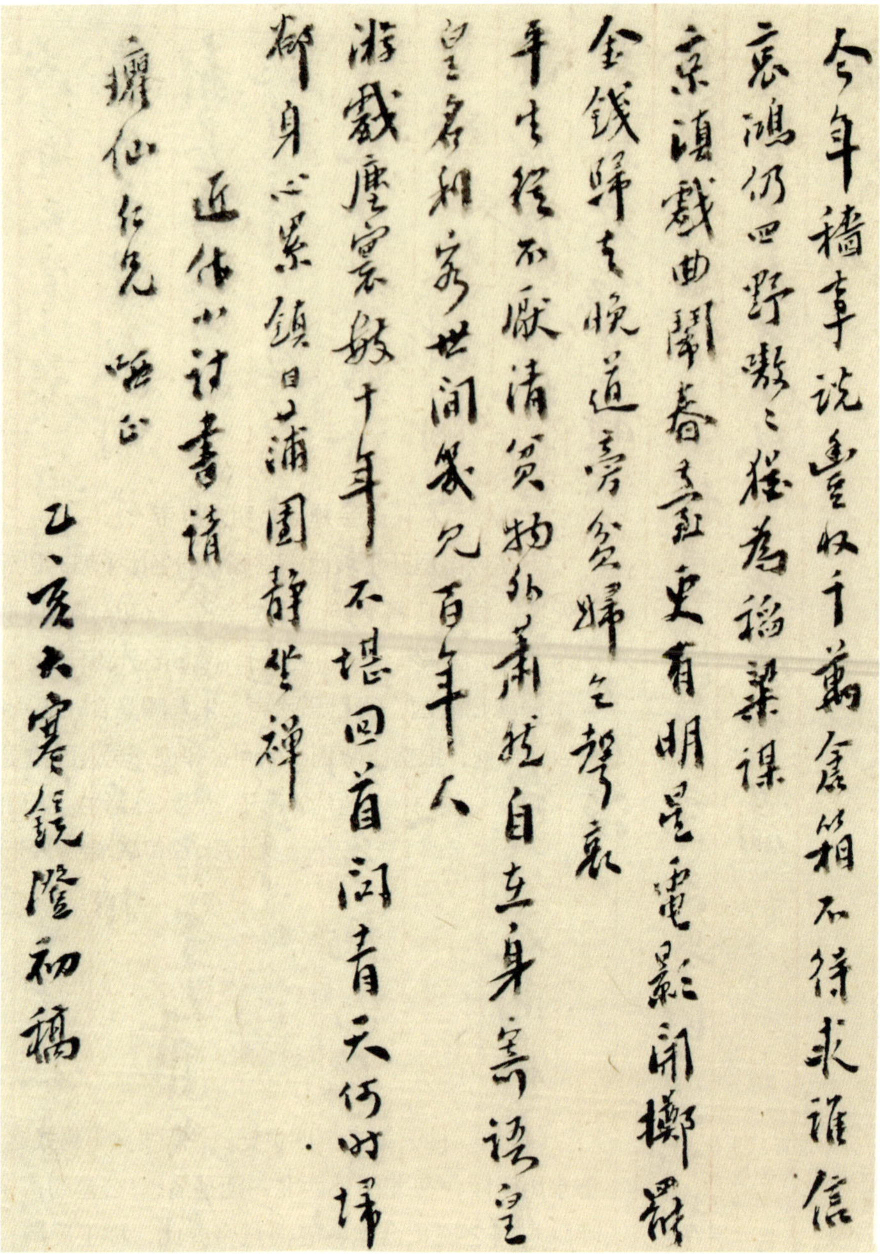

今年積穀說豐收千萬倉箱不待求誰信
哀鴻仍四野嗷嗷猶為稻粱謀
京滇戲曲鬧春臺更有明星電影開擲罷
金錢歸去晚道旁貧婦乞聲哀
平生總不厭清貧物外蕭然自在身寄語皇
皇名利客世間幾見百年人
游戲塵寰數十年不堪回首問青天何時掃
卻身心累鎮日蒲團靜坐禪
近作小詩書請
臞仙仁兄 晒正
乙亥大寒鏡澄初稿

B17（2-2） G18cm×24cm

〖解读〗

一位老进士，从政一生，一口气写下九首诗，记下了一九三六年初身边所见、所闻、所感，笔锋直指民间疾苦，让人不免想到了杜甫；而“树犹如此况于人”句，又联想到《枯树赋》中的“树犹如此，人何以堪”。这样“不合时宜”的诗作，恐怕也就只有寄给像方树梅这样的老朋友看看罢了。其实，当时的很多诗家（包括赵藩）都有类似的“压箱底”之作，一般秘不示人。

# 赵式铭　六通

## 一、金蝉寺吊明永历帝

〖录文〗

**金蝉寺吊明永历帝**

寺在今昆垣升平坡西深巷底，旧名比子坡，以帝故讹为逼死坡，后以其名不祥，乃改今名。秋初与臞仙同学访之，则为人所赁居者有年也。归馆有作，录呈诗家正之。

惊魂归故国，犹自恶弦声。朱鸟噣乌食，碧鸡喑不鸣。瓦当薶草棘，银榜压柴荆。欲问金蝉迹，居人已数更。

腹联拟改为："遁荒孱帝子，投水烈诸生。"请酌定。

癸酉［一九三三］秋六月　弢甫赵式铭　吟于希夷微室

〔笺纸：美术诗笺〕

〖解读〗

《笔记二种》第二二四页记："偕弢父［赵式铭］同门，访永历帝陵，在北门外西北，距孙清愍[①]公墓约百余武，俗呼陈圆圆之梳妆台也，老濞弑帝葬此，称王反清，曾叩陵建享殿，率其党徒哭之，明季遗老，当大清平滇后，惧为官平毁，乃托名梳妆台。清愍墓相距匪遥可证，与弢父各有诗吊之。"

①孙清愍：即孙继鲁（一四九八～一五四七），字道甫，号松山，谥清愍。在元以前入居钱塘（今杭州）；明初，孙氏随征南右副将军沐英进军云南，大挫元军而镇守定居，遂为云南右卫人。嘉靖二年（一五二三）进士，官至右副都御史、陕西按察使，为官清正，有"孙青天"之誉，后遭人陷害入狱而死。有《松山文集》。

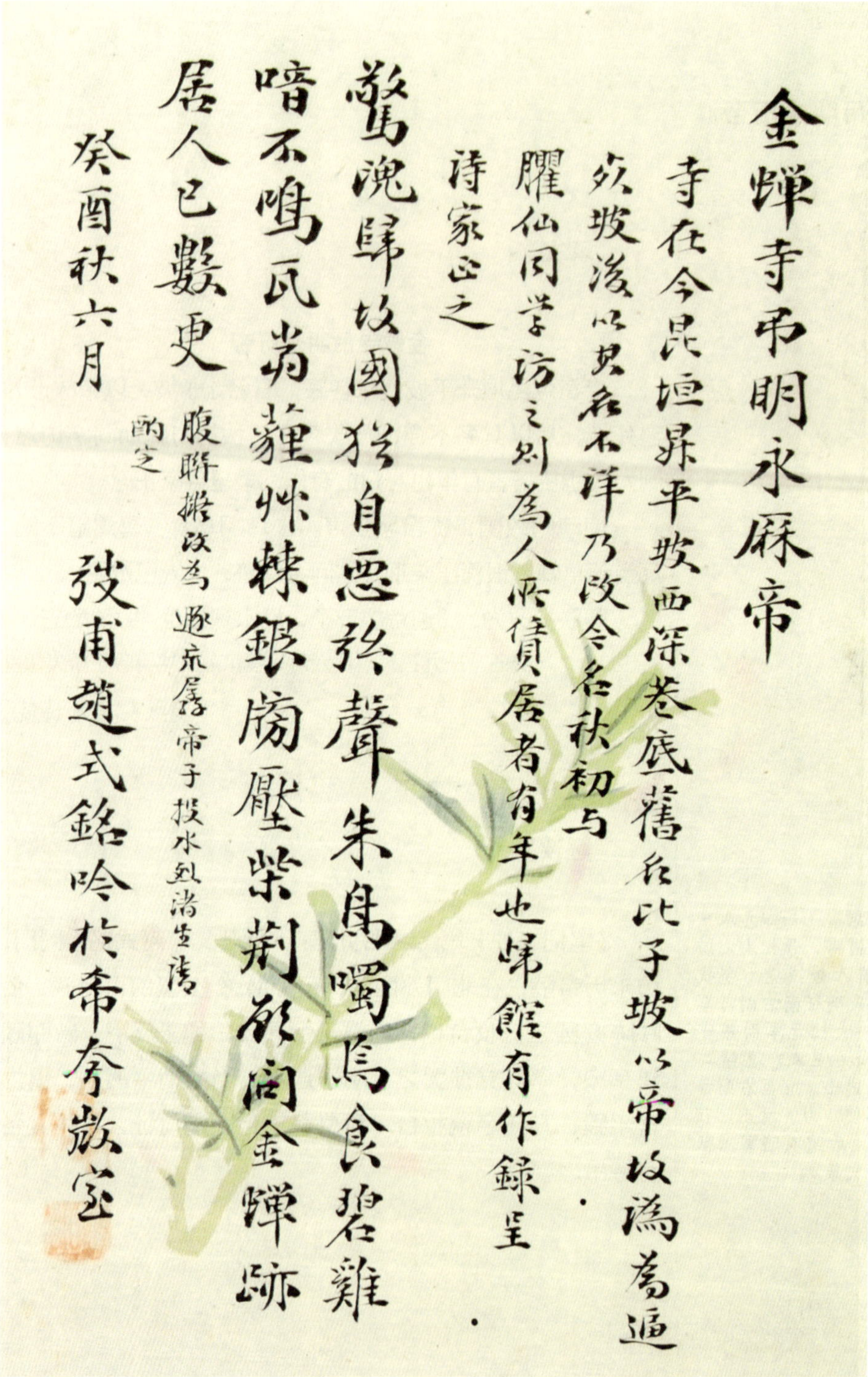


B18 G16.5cm×26.5cm

## 二、与臞仙访三圣庵

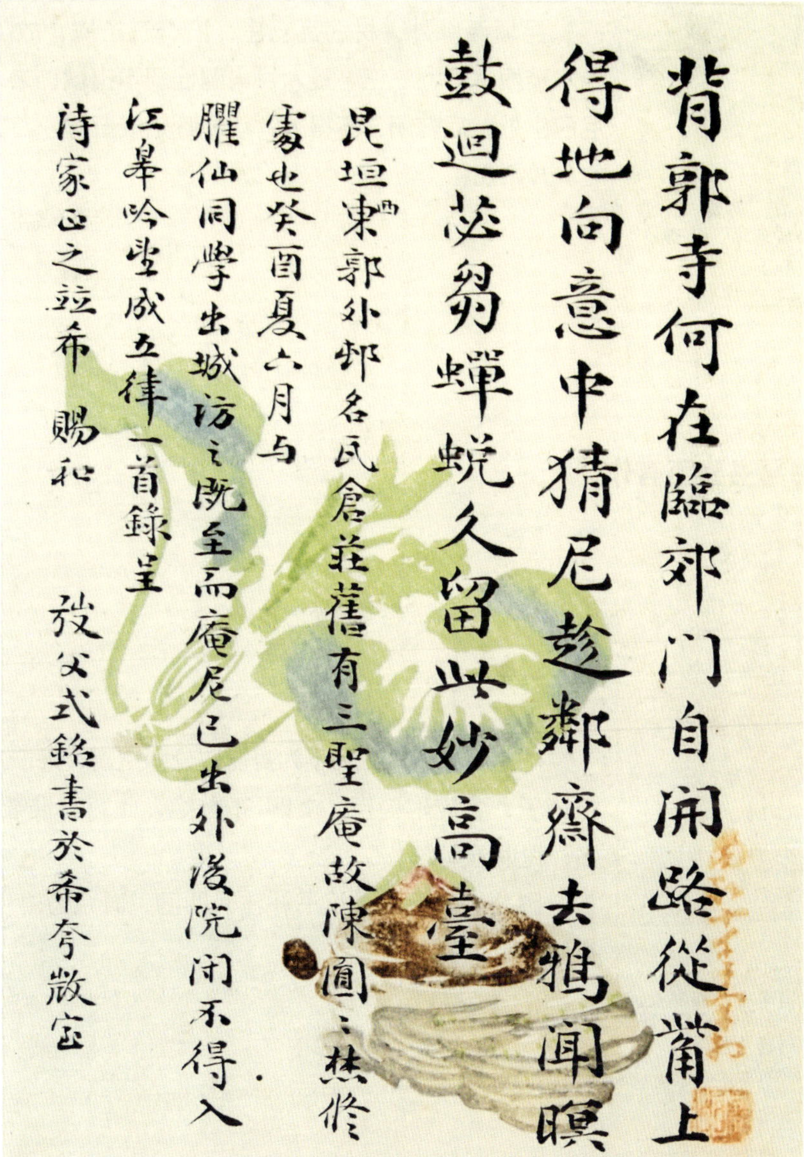

B19 G16.5cm×26.5cm

〖录文〗

背郭寺何在，临郊门自开。路从嘴上得，地向意中猜。尼趁邻斋去，鸦闻暝鼓回。苾刍[1]蝉蜕久，留此妙高台。

昆垣西郭外，村名瓦仓庄，旧有三圣庵，故陈圆圆焚修处也。癸酉［一九三三］夏六月与臞仙同学出城访之，既至，而庵尼已出外，后院闭，不得入，江皋吟望成五律一首，录呈诗家正之。并希赐和。

弢父式铭　书于希夷微室

〔笺纸：朱丝八行〕

①苾刍：亦作"苾蒭"。即比丘，本西域草名，梵语以喻出家的佛弟子。

## 三、觋书纂书喜而有作

〖录文〗

嗜古真如命，藏书不为身。数分师室富，来馈睫巢贫。注欲雠诸子，名应附史臣。虞卿[1]正愁绝，此意索谁亲（师斋[2]君室名，睫巢予室名）。

臞公近又觋余《汉书补注》四函，时余方纂《汉书纪传注补》，喜而有作。

式铭

〔笺纸：花鸟图诗笺〕

①虞卿：战国名士，邯郸人。

②师斋：方树梅号师斋。

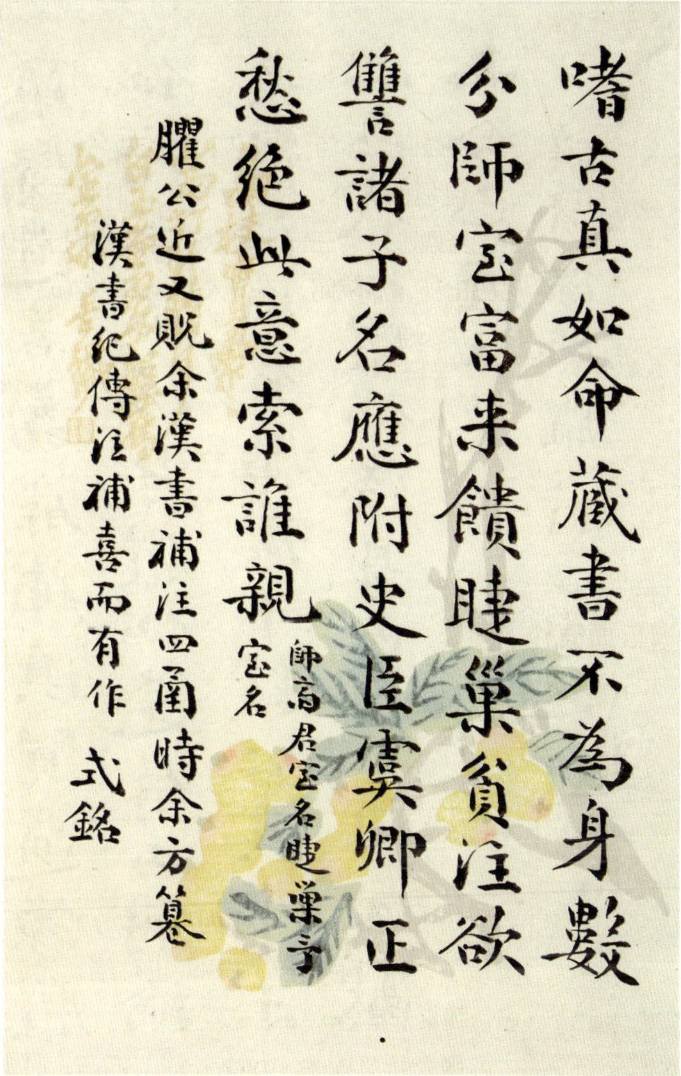
嗜古真如命藏書不為身數
分師宧富来饋睫巢貧注欲
讎諸子名應附史臣滇卿正
師高君宧名睫巢予
宧名
愁絕此意索誰親
矔公近又貺余漢書補注四函時余方纂
漢書紀傳注補喜而有作
式銘

B20 G16.5cm×26.5cm

## 四、题滇贤遗像传

〖录文〗

滇贤遗著荔扉补，滇贤遗像矔仙谱。荔扉后身矔仙是，屏山创论吾能语。须眉历落十数公，其中未必无我汝。矔仙后身更有谁，文献而今已尘土。

滇贤像传，矔公同学属题。

赵式铭

〔笺纸：花鸟图诗笺〕

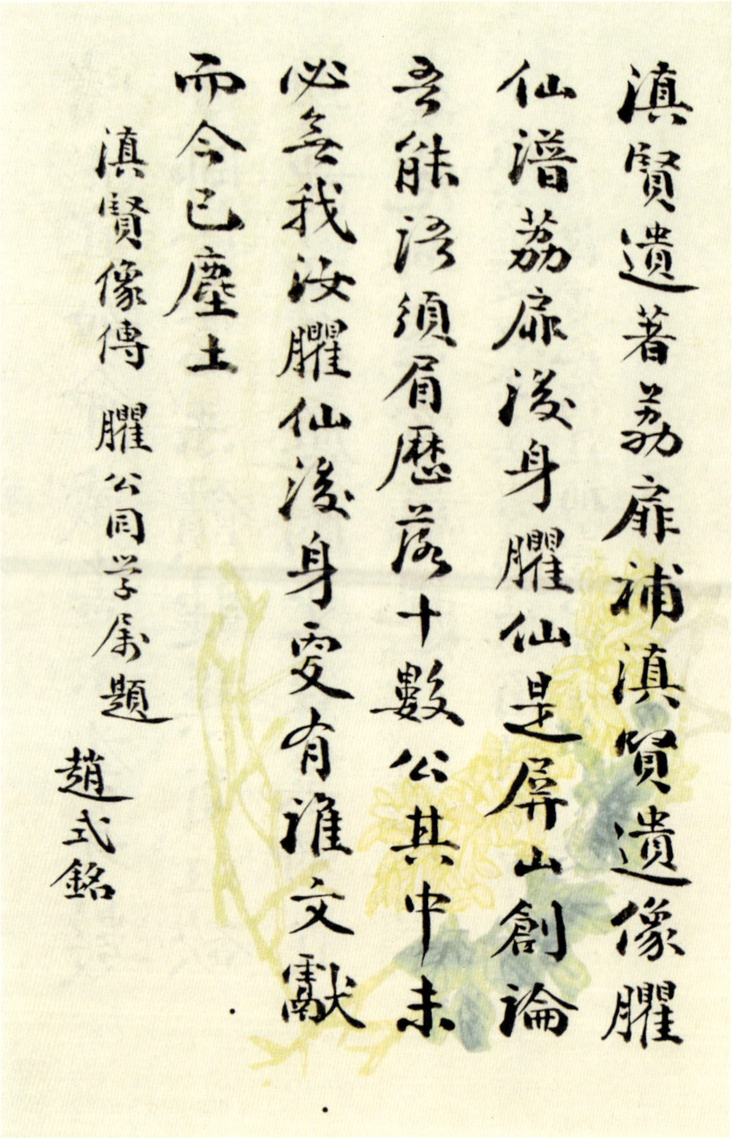
滇賢遺著荔扉補滇賢遺像耀
仙潛荔扉後身耀仙是屛山創論
吾儕諸須眉歷歲十數公其中未
必爲我汝耀仙後身要有誰文獻
而今已塵土
滇賢像傳 耀公同學屬題
趙式銘

B21 G16.5cm×26.5cm

## 五、题《历代滇游诗钞》

〖录文〗

耀仙同门纂《历代滇游诗钞》成，属题于首，窃喜附名，篇末作此应之。

滇山极大大倒泷，汇为沧怒连金江。悬绳度笮心慄慄[1]，芦笙月黑

①慄慄：恐惧。“慄”；古同“悚”。

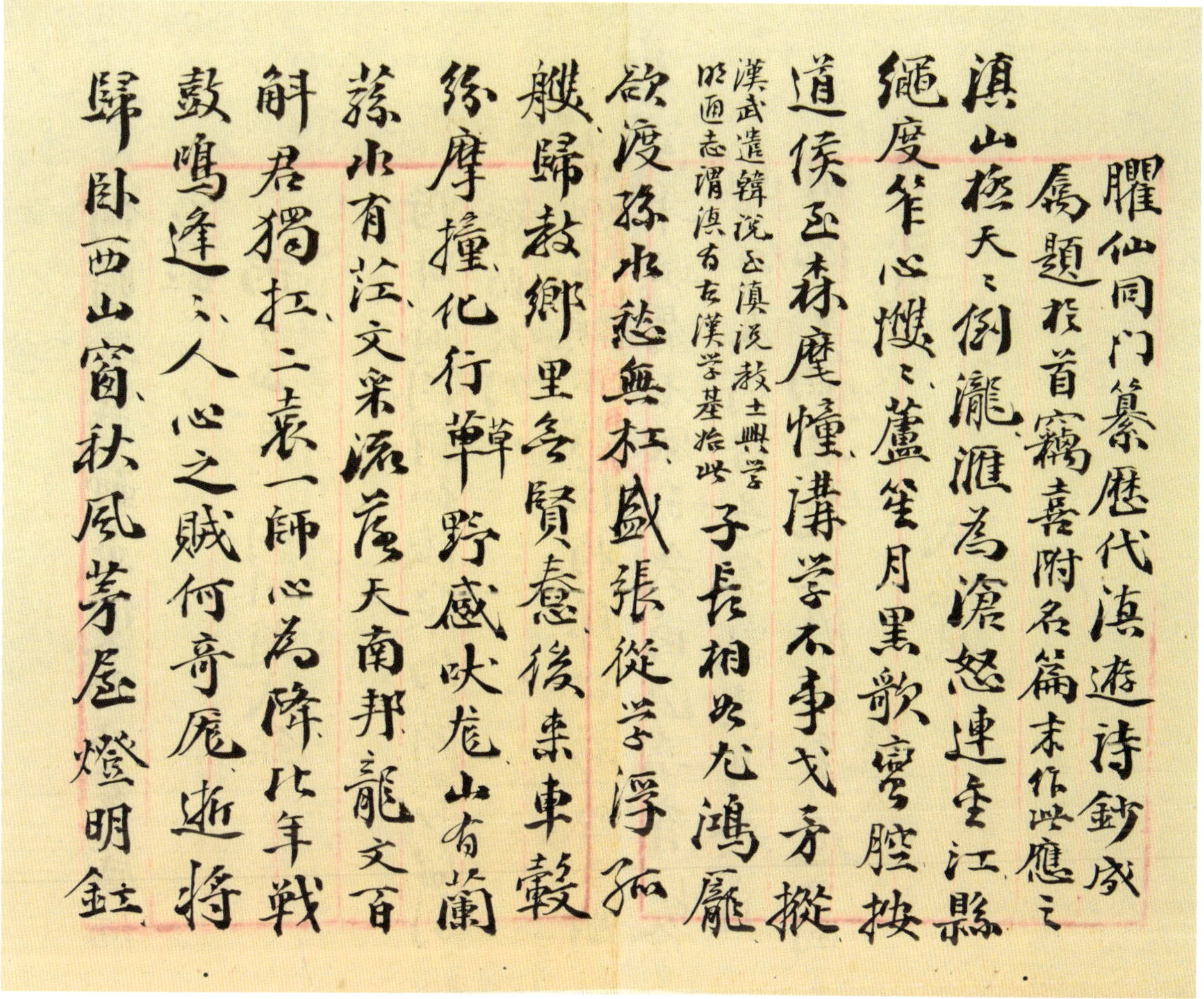
臞仙同門纂歷代滇游詩鈔成
屬題卷首竊喜附名篇末作此應之
滇山極天天倒瀧滙為滄怒連金江縣
繩度笮心擺擺蘆笙月里歌蠻腔按
道侯至森麾幢講学不事戈矛摐
漢武遣韓說至滇說教士興学明通志謂滇有古漢学基始此
子長相如尤鴻龎
欲渡孫水愁無杠盛張從学浮舡
艭歸教鄉里無賢惷後來車轂
紛摩撞化行草野感吠尨山有蘭
蓀水有茳文采流落天南邦龍文百
斛君獨扛二袁一師心為降比年戰
鼓鳴逢逢人心之賊何奇龎逝將
歸卧西山窗秋風茅屋燈明釭

B22（2-1） G30cm×24cm

歌蛮腔。按道侯至森麾幢，讲学不事戈矛摐（汉武遣韩说，至滇说，教士兴学，明通志谓滇有古汉学基始此）。子长相如②尤鸿庞，欲渡孙水③愁无杠。盛张从学浮舡艭④，归教乡里无贤惷。后来车毂纷摩撞，化行草野感吠尨⑤。山有兰荪水有茳⑥，文采流落天南邦。龙文百斛君独扛，二袁一师⑦心为降。比年战鼓鸣逢逢，人心之贼何奇庞。逝将归卧西山窗，秋风茅屋灯明釭。何时寄我鲤鱼双，助以家藏酒盈缸。

丙子［一九三六］正月　剑川赵式铭

②子长相如：子长，司马迁的字。相如，司马相如。

③孙水：一名白沙江，又名长河水。

④艭：古书上说的一种小船。

⑤尨［máng］：多毛的狗。

⑥茳：香草。

⑦二袁一师：指袁文典、袁文揆弟兄和师范。清嘉庆时，收辑自古迄清乾隆时云南著名文人的诗文，编成《滇南诗略》和《滇南文略》。清嘉庆时，师范搜集有关云南史料，分类汇编成《滇系》。

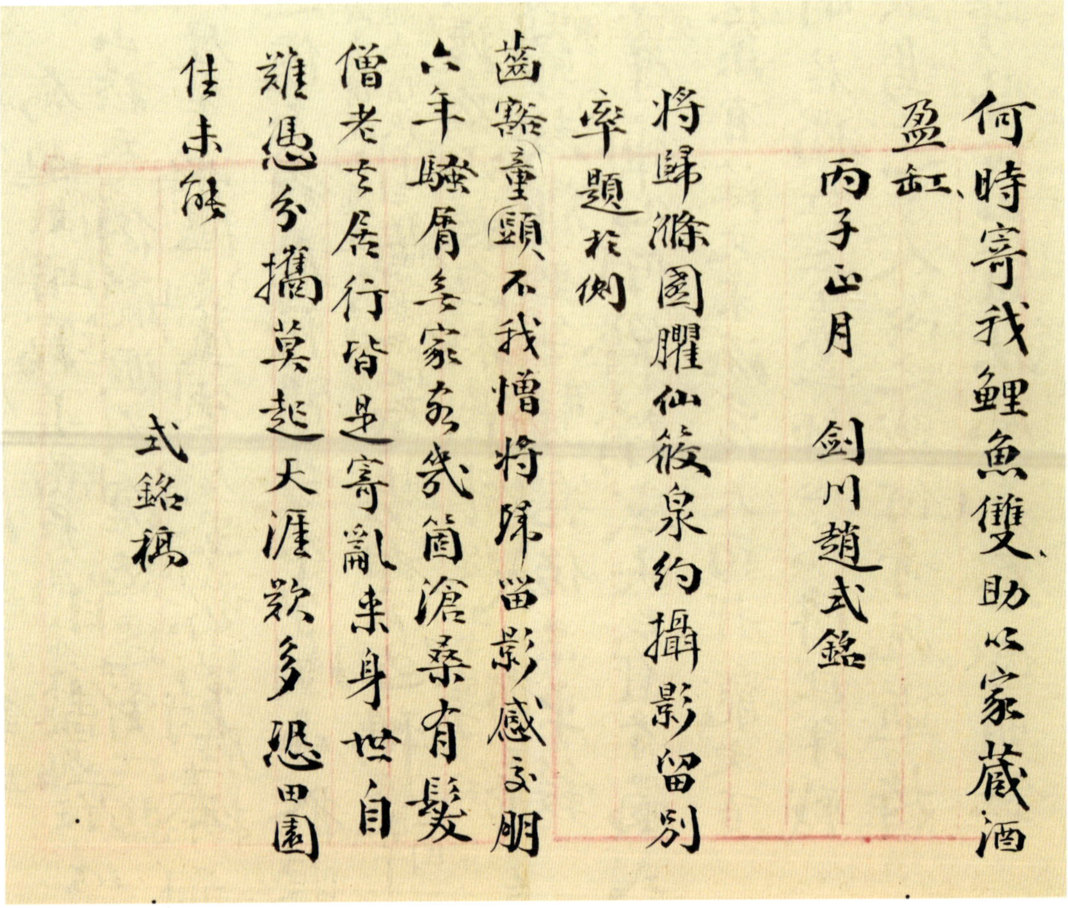
何時寄我鯉魚雙、助以家藏酒
盈缸、
丙子正月　劍川趙式銘
將歸滌園臞仙筱泉約攝影留別
率題於側
齒豁童頭不我憎將歸留影感交朋
六年騷屑無家客幾箇滄桑有髮
僧老去居行皆是寄亂來身世自
難憑分攜莫起天涯歎多恐田園
住未能
式銘稿

B22（2-2）G30cm×24cm

将归滌园，臞仙、筱泉［何秉智］约摄影留别，率题于侧。

齿豁头童不我憎，将归留影感交朋。六年骚屑无家客，几个沧桑有发僧。老去居行皆是寄，乱来身世自难凭。分携莫起天涯叹，多恐田园住未能。

式铭　稿

〔笺纸：竖行信笺〕

## 六、见赠白铜大压条奉谢

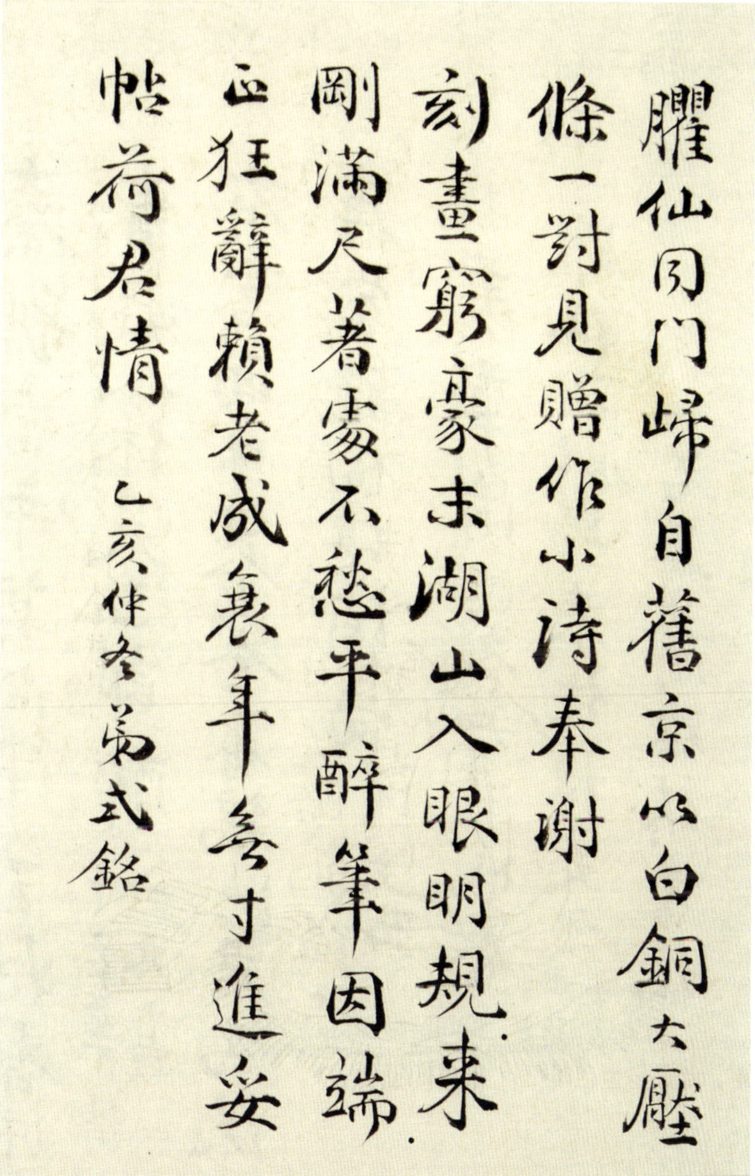
臞仙同门帰自舊京以白銅大壓
條一對見贈作小詩奉謝
刻畫窮豪末湖山入眼明規來
剛滿尺著處不愁平醉筆因端
正狂辭賴老成衰年無寸進妥
帖荷君情
乙亥仲冬弟式銘

B23 G16.5cm×26.5cm

〖录文〗

臞仙同门归自旧京，以白铜大压条一对见赠，作小诗奉谢。

刻画穷毫末，湖山入眼明。规来刚满尺，著处不愁平。醉笔因端正，狂辞赖老成。衰年无寸进，妥帖荷君情。

乙亥［一九三五］仲冬

弟 式铭

〔笺纸：宣纸〕

## 萧瑞麟　一通

### 吟华清池二章

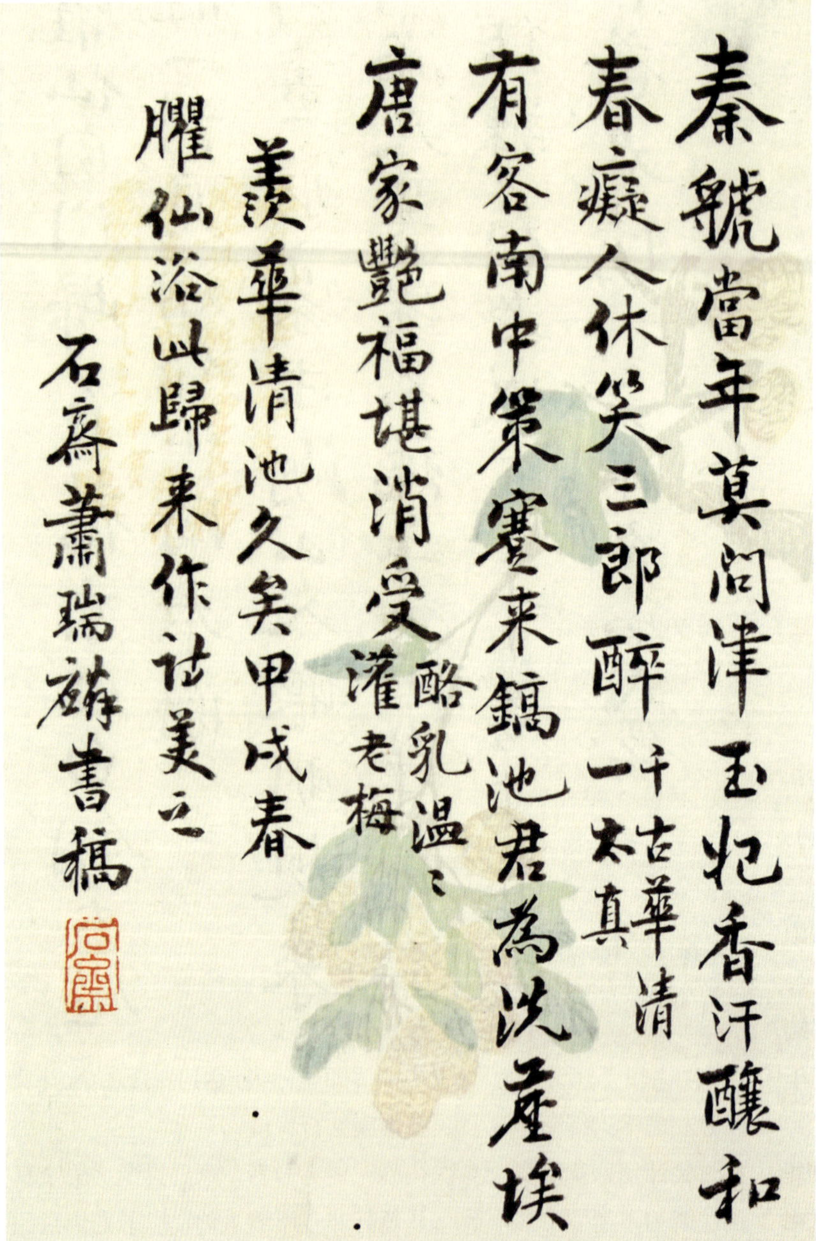


B24　G16.5cm×26.5cm

〖录文〗

秦虢[①]当年莫问津，玉妃香汗酿和春。痴人休笑三郎醉，千古华清一太真。有客南中策蹇来，镐池君为洗尘埃。唐家艳福堪消受，酪乳温温灌老梅。羡华清池久矣，甲戌［一九三四］春臞仙浴此归来，作诗美之。

石斋萧瑞麟　书稿

〔钤印：石斋〕

〔笺纸：花卉诗笺〕

①秦虢：唐明皇时，秦国夫人和虢国夫人的并称。

## 孙树礼　一通

孙树礼（一八四五～一九三六），字和叔，又字公履，号踽庵。袁嘉谷好友。浙江余杭人，寓居杭州乌龙巷，又曾寓居北京，终老上海。曾就读诂经精舍，光绪十一年（一八八五）浙江乡试第三十四名，候选教谕，十四年（一八八八）入文澜阁任书阁董事。著有《文澜阁志》（与孙峻合撰）、《杭女表微录》、《樊公祠录》、《踽叟诗稿》等。其诗富于典册，工于对偶，巧于选韵，诗功特深。

### 诞辰后抒怀

〖录文〗

**诞辰后书怀**

我生倏过三万二千日，男女居室十五六七人。女主中馈暇即压针线，男工书算负米并负薪。晨出夕归未得须臾闲，谋忠友信不染纤毫尘。贫贱患难夷狄行素位，是非羞恶辞让存天真。锱铢积累所入可屈指，岁时会计负逋犹满身。乡饮礼废无复老吾老，家庭具馔犹思亲其亲。烹肥击鲜恒劝我加餐，我性淡泊不愿罗八珍。熊掌及鱼甚非我所欲（伯棠以予为伊营□生，返里腼熊蹯独招予饮，其味不堪，不下咽，以私出而哇之。鱼亦多刺）。但愿世皆安饱，

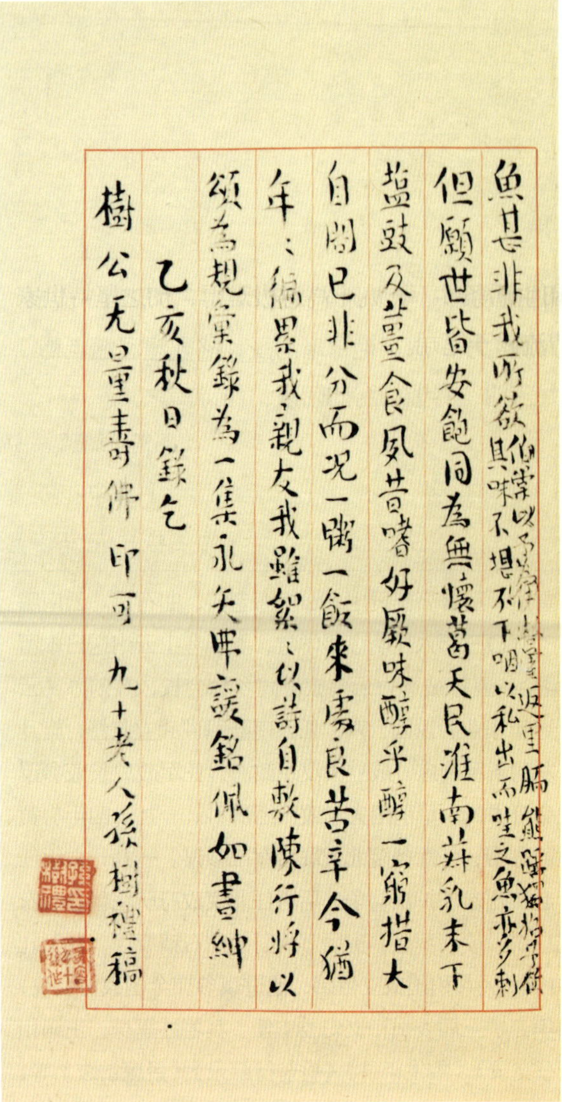

B25（2-2） G15cm×28.5cm

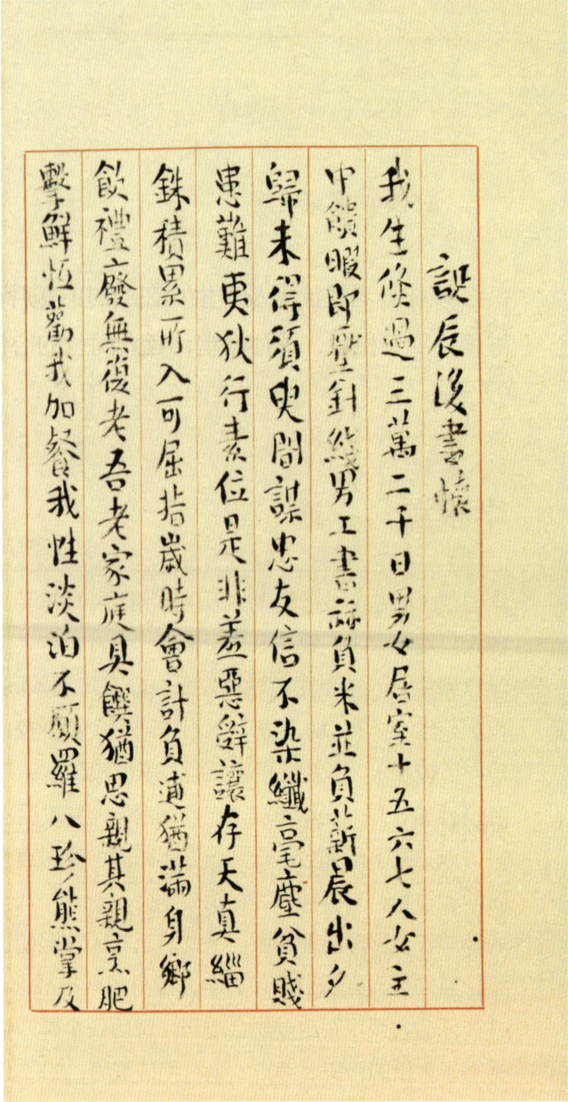

B25（2-1） G15cm×28.5cm

同为无怀葛天民。淮南菽乳、末下盐豉及姜食，夙昔嗜好厥味醇乎醇，一穷措大自问已非分。而况一粥一饭来处良苦辛，今犹年年遍累我亲友，我虽絮絮以诗自敷陈。行将以颂为规汇录为一集，永矢弗谖铭佩如书绅。

乙亥［一九三五］秋日录乞。

树公无量寿佛　印可　九十老人孙树礼　稿

〔钤印：孙树礼印、踽庵九十后作〕

〔笺纸：朱丝八行〕

〖解读〗

该札孙老述治家及养生。在当时的医疗和生活条件下，九十高寿极难得，加之坚持世家耕读，平安和睦，子孙满堂，老人满意的心情流露于笔端。

## 李根源　一通

李根源（一八七九～一九六五），字印泉、养溪、雪生，别署高黎贡山人、松海老人、曲石等。云南腾冲人。爱国人士，政治家、军事家、学者、诗人。一九〇三年入昆明高等学堂，翌年考上云南送日本留学官费生，入东京振武学校。一九〇五年加入同盟会，翌年被选为云南旅日同乡会会长，并创办《云南》杂志。一九〇八年初，入日本陆军士官学校，翌年毕业后返回云南，任云南陆军讲武堂监督，旋升总办（校长）。辛亥武昌起义后，李根源与蔡锷等发动新军响应，成立大汉军政府，任军政总长兼参议院议长。一九一三年参加“二次革命”，失败后亡命日本，入早稻田大学政治经济科。一九一四年与黄兴等成立欧事研究会。一九一五年归国，反对袁世凯称帝，任军务院北伐联合军部参谋。一九一六年任陕西省省长，与谷钟秀等组织政学会。一九一八年赴广州参加护法斗争。后历任北京政府航空督办、农商部总长、署理总理等职。一九二三年因曹锟贿选总统，愤而辞职，寓居苏州葑门曲石精庐。一九三九年，被委任为云贵监察使，全力投身滇西抗战。中华人民共和国成立伊始，他进京参加全国政协会议，并被任命为西南军政委员会委员，曾历任全国政协第二、三届委员和文史委主任。其著述等身，主编和撰写了大量的历史、考古、金石和诗歌等，如《曲石文录》《雪生年录》《叠翁行踪录》《景邃堂跋》等，编纂有《永昌府文征》、“曲石丛书”等，并负责编纂了《新纂云南通志》中的金石考、《吴县志》中的冢墓志，还参与编纂了《腾冲县志稿》等。

### 一九二三年寒食节祭威丹墓

〖录文〗

英雄造时势，宇宙垂大节。我来吊荒冢，桃花共泣血。

癸亥［一九二三］寒食①祭威丹②墓　李根源　稿

〔钤印：李根源〕

〔笺纸：宣纸〕

①寒食：即“寒食节”，亦称“禁烟节”“冷节”“百五节”，在夏历冬至后一百零五日，清明节前一二日。是日初为节时，禁烟火，只吃冷食。并在后世的发展中逐渐增加了祭扫、踏青、秋千、蹴鞠、牵勾、斗鸡等风俗。寒食节前后绵延两千余年，曾被称为“民间第一大祭日”。

②威丹：即邹容（一八八五～一九〇五），原名绍陶，又名桂文，字蔚丹（威丹），留学日本时改名邹容。中国近代著名革命宣传家，《革命军》一书的作者。

〖解读〗

一九二四年春，章太炎、蔡元培、章士钊、于右任、张继等二十余人，专程前往华泾举行公祭邹容墓，并推刘三[③]和李根源主持修墓立碑事宜。此札说明李根源于此前的一九二三年就组织祭拜邹容墓，手札的内容是李根源当时的祭词。“英雄造时势”，两词置换，将英雄对时势的作用给予了充分肯定。

③刘三（一八七八~一九三八），其原名宗龢，一名钟龢，字季平，号江南，别署江南刘三。南社诗人。早年留学日本，入成城学校习陆军，加入兴中会。一九〇三年学成归国，任浙江陆军学堂教官。一九〇五年，邹容著《革命军》，触犯清廷，入狱病亡，刘三为其埋骨。

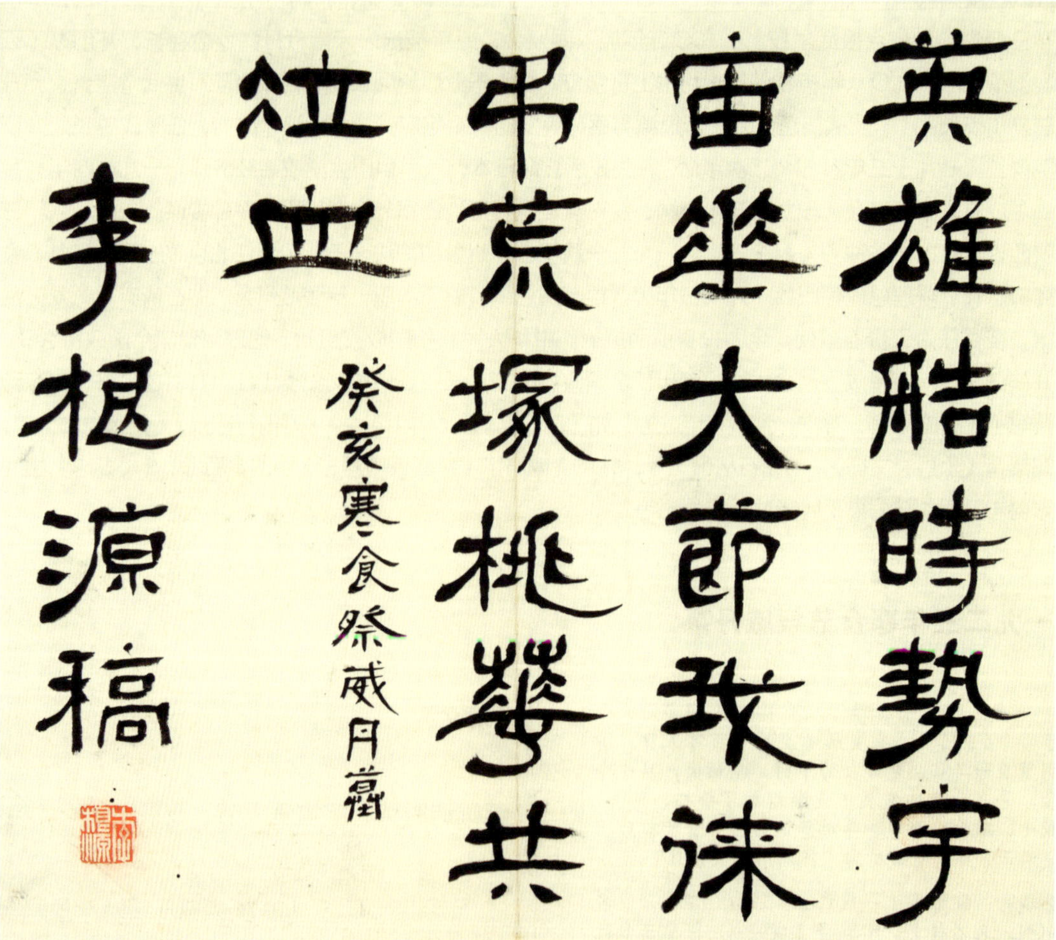


B26 G32.5cm×27.5cm

# 袁嘉谷　一通

## 抄咏茶诗致方树梅

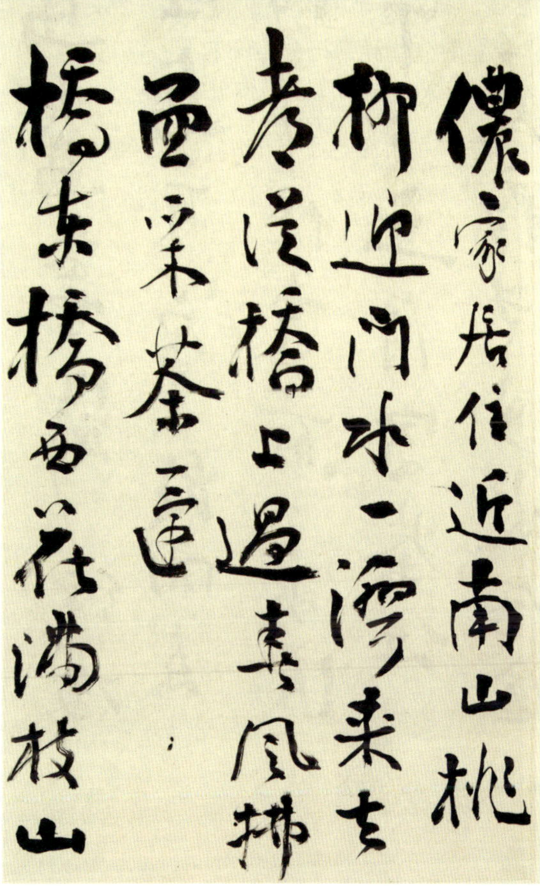

B27（6-2）G16cm×26cm

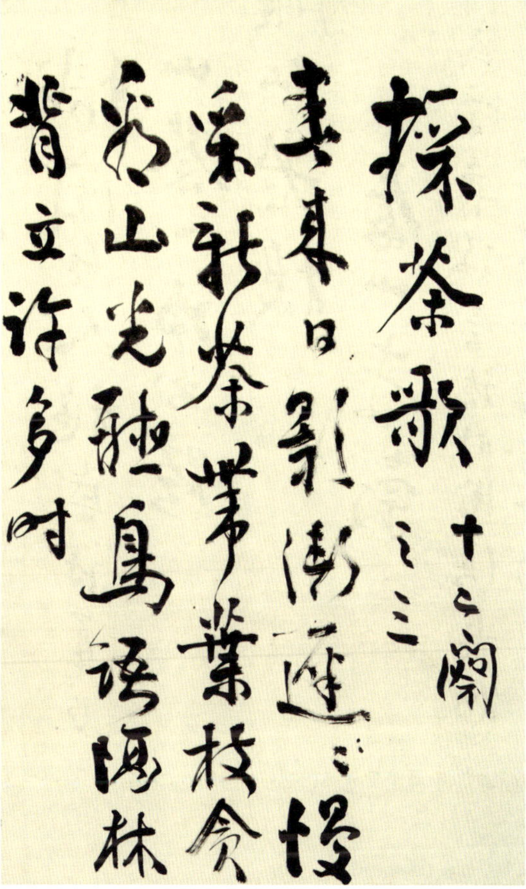

B27（6-1）G16cm×26cm

〖录文〗

**采茶歌**

（十二阕之三）

春来日影渐迟迟，慢采新茶带叶枝，贪看山光听鸟语，隔林背立许多时。

侬家居住近南山，桃柳迎门水一湾，来去都从桥上过，春风拂面采茶迟。

桥东桥西花满枝，山南山北采茶时，今朝侬自当先采，莫管他人来早迟。

节庵姚钟　咸丰二年［一八五二］点苍山下七十四老人

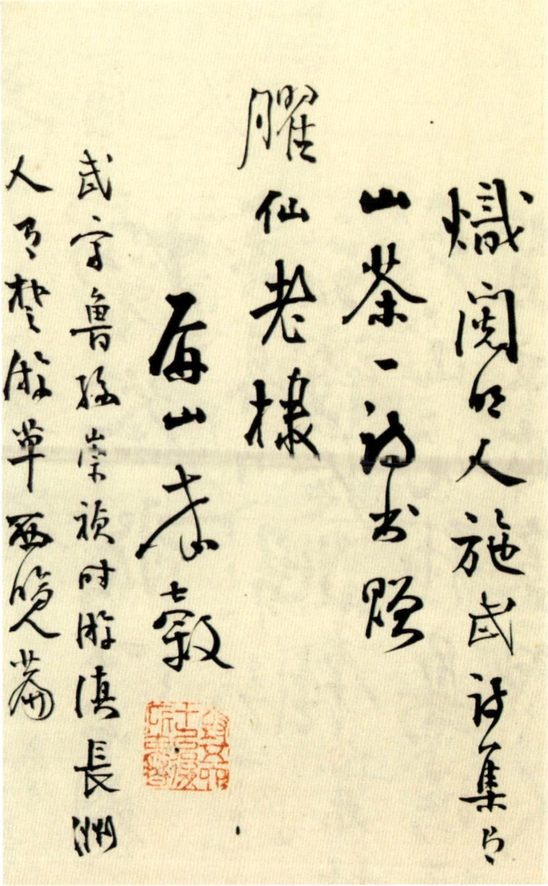

B27（6-6） G16cm×26cm

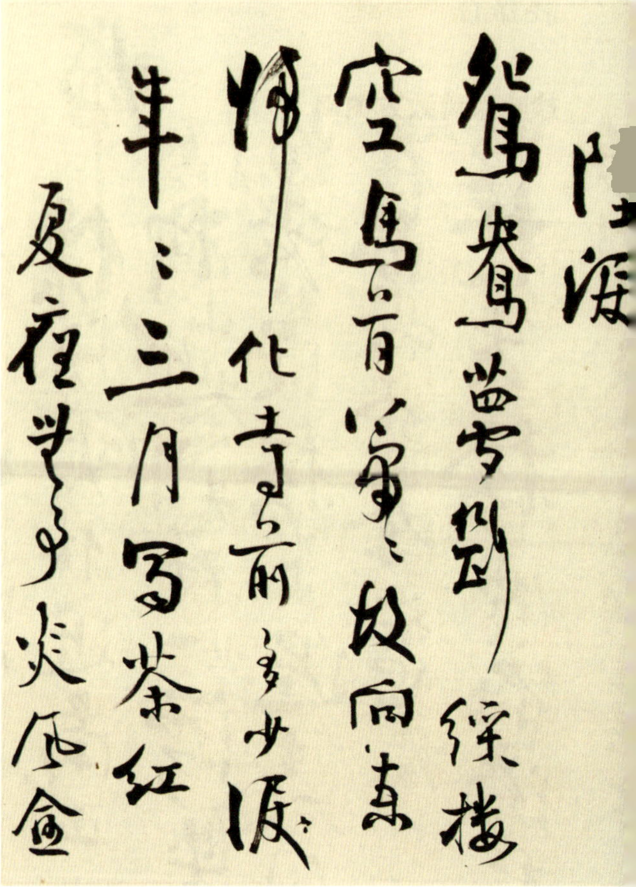

B27（6-5） G16cm×26cm

**归化祠**

滇中山茶天下第一，唯归化寺者其本合抱，花大如盂，国初以前物也，往来宦游羁客，留别交好，至此莫不堕泪。

鸳鸯梦断彩楼空，马首萧萧故向东。归化寺前多少泪，年年三月写茶红。

夏夜无事，炎风愈炽，阅明人施武诗集有山茶一诗，书赠臞仙老棣。

屏山嘉谷

武，字鲁骏，崇祯时游滇，长洲人，有《楚游草》《西览篇》。

〔钤印：树五六十以后所书者〕

〔笺纸：宣纸〕

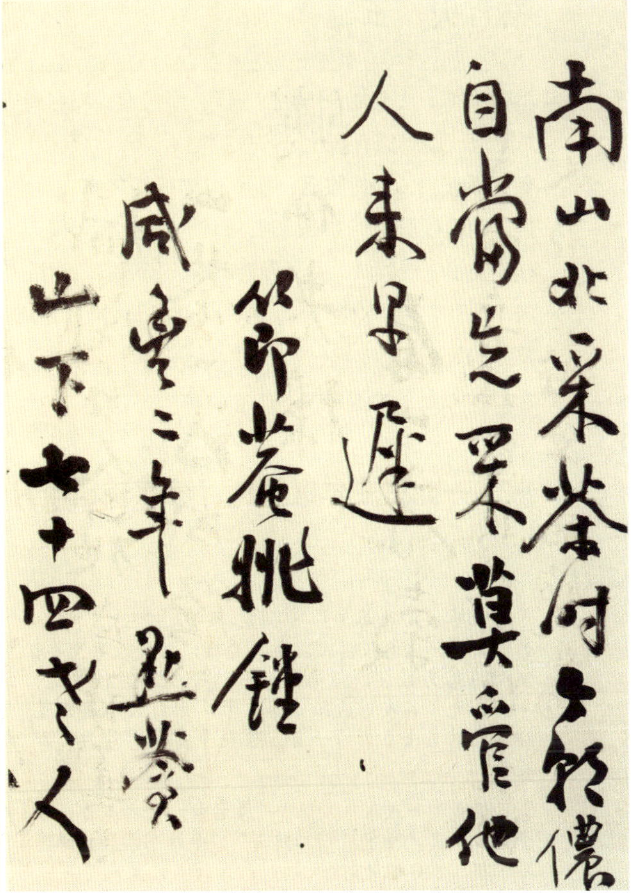

B27（6-3） G16cm×26cm

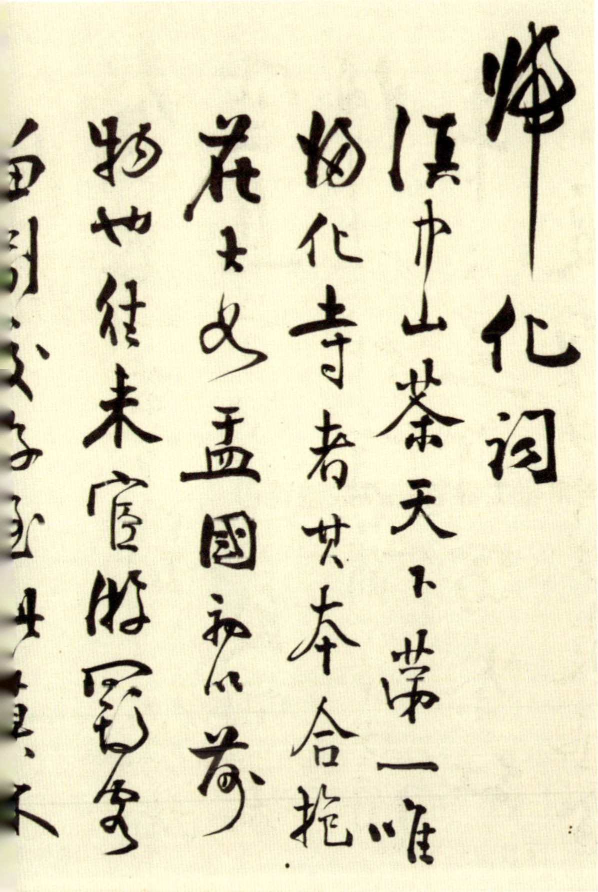

B27（6-4） G16cm×26cm

〖解读〗

归化寺，原在昆明城东南十里铺附近，现已消失。由驻守云南的黔国公沐琮奉敕修建于明宪宗成化年间。

归化寺是昆明的一座名寺，大门的外形近似大观楼公园的老大门，三个拱形门洞的上方正中镌刻有“敕赐归化寺”五个大字。由于归化寺地处省城昆明通往京城古驿道的路边，与昆明城位置适中，是省城迎送官员和文人迎来送往之地。为方便过往之人和送行之人，寺外的路边还修建有一座专供送别的长亭，昆明人称之为“凉亭”。尽管归化寺的周边很热闹，寺内却十分清幽，亭台楼阁和殿宇间种植有古茶树数株，是达官显宦和文人墨客休息、停驻的理想场所。

# 蔡哲夫　五通

蔡哲夫（一八七九～一九四一），原名绚，易名有守，再改名守，号寒琼、寒翁、寒道人、折芙，别署成城子，晚号茶丘居士。广东顺德人。一代名士。多才艺，书函、诗词、金石、考据、博物、碑版、篆刻无不涉猎，极喜收藏，搜罗古物种类之富，冠绝一时。长于文物古董的鉴别，亦善交际，神交遍宇内。南社社员。平生嗜品茶，有馈赠佳茗者，辄以书画、篆刻为回报，自比杜茶村。抗战初移居南京鼓楼，发妻张氏倾城，后又娶谈十娘，名溶溶。斋堂有“茶丘”“寒庐”“有奇堂”“味雪庵”“砖镜斋”“二条一廛”“寒琼水榭”等。著有《寒宬碑目》《寒宬金石跋续》《说文古籀补》《宋锦》《宋纸考补》《缪篆分韵》《漆人传》《瓷人传》《画玺录》《印雅》等。

## 一、一九三三年区梦良、蔡寒琼、谈月色吊张二乔百花冢故迹诗

〖录文〗

癸酉［一九三三］五月十一日，偕寒琼、月色，得赐吊张二乔[①]百花冢故迹。

区梦良[②]：

鬲宵商略通牟轩，齐挈朝云展墓门。幼妇独寻扪碧落，美人同对感黄昏。风情色艺空能道，文宋笙箫已弗存。莫向旗亭重画壁，短歌明月更谁温。

和作（蔡寒琼）：

结言吊古并鱼轩，买夏双双出郭门。续写莲香残本足（借汪兆镛[③]、黄佛颐[④]、潘和[⑤]三家藏《莲香集》缺本，方抄成完本），重寻梅坳（仄）断碑昏（释大訢[⑥]《游蒋山[⑦]》诗，《吊古断碑昏》）。花栽玄友姓同署（《山中捐植记》，有蔡玄友），年刻弘光字半存（弘光年号仅见此碑）。搔首人天五癸酉（二乔逝于崇祯癸酉，迄今三百年），妆台石上有

①张二乔：即张乔（一六一五～一六三三），字乔婧、二乔，又名张丽人。先本吴籍，其母入粤生乔，随母沦落为歌伎，与南园诗社诸子交厚。惜早逝，年仅十九，其友彭孟阳等葬之于广州白云山麓梅花坳，当时名士各为诗一首，植花于墓旁，号为“百花冢”。

②区梦良（一八八八～？）：原名赉，又名庞赉，号梦园、梦宬。斋室名“二鹤斋”“金蜂书屋”“麟德石佛堪”“南越双竟斋”。广东南海人。篆刻家、收藏家。

③汪兆镛（一八六一～一九三九）：字伯序，号憬吾、微尚居士、清溪渔隐。广东番禺人，祖籍浙江山阴县。晚清民初政治人物。

④黄佛颐（一八八五～一九六四）：字慈博。广东香山（今中山）人。历任广东通志局分纂、香山县修志局分纂。

⑤潘和（一八七三～一九二九）：字至中，号抱残。广东南海人。博览群书，家中藏书处名“万卷楼”。早年即以画山水名于时。中年转学石涛笔法，气势雄浑。一九二五年与李凤廷等人改癸亥合作画社为国画研究会。精文物鉴别，擅书画，能诗文，并工治印。著有《抱残室诗文集》《抱残室笔记》。

⑥释大訢（一二六八～一三四四）：号笑隐，与天隐、觉隐共称“诗禅三隐”。元代诗人。自幼出家，拜永嘉江心一山了万禅师为师，后又参诲机熙禅师，在永嘉江心、杭州灵隐寺做住持。

⑦蒋山：即今江苏南京紫金山。汉末秣陵尉蒋子文葬于此，被视为山神，故称“蒋山”。

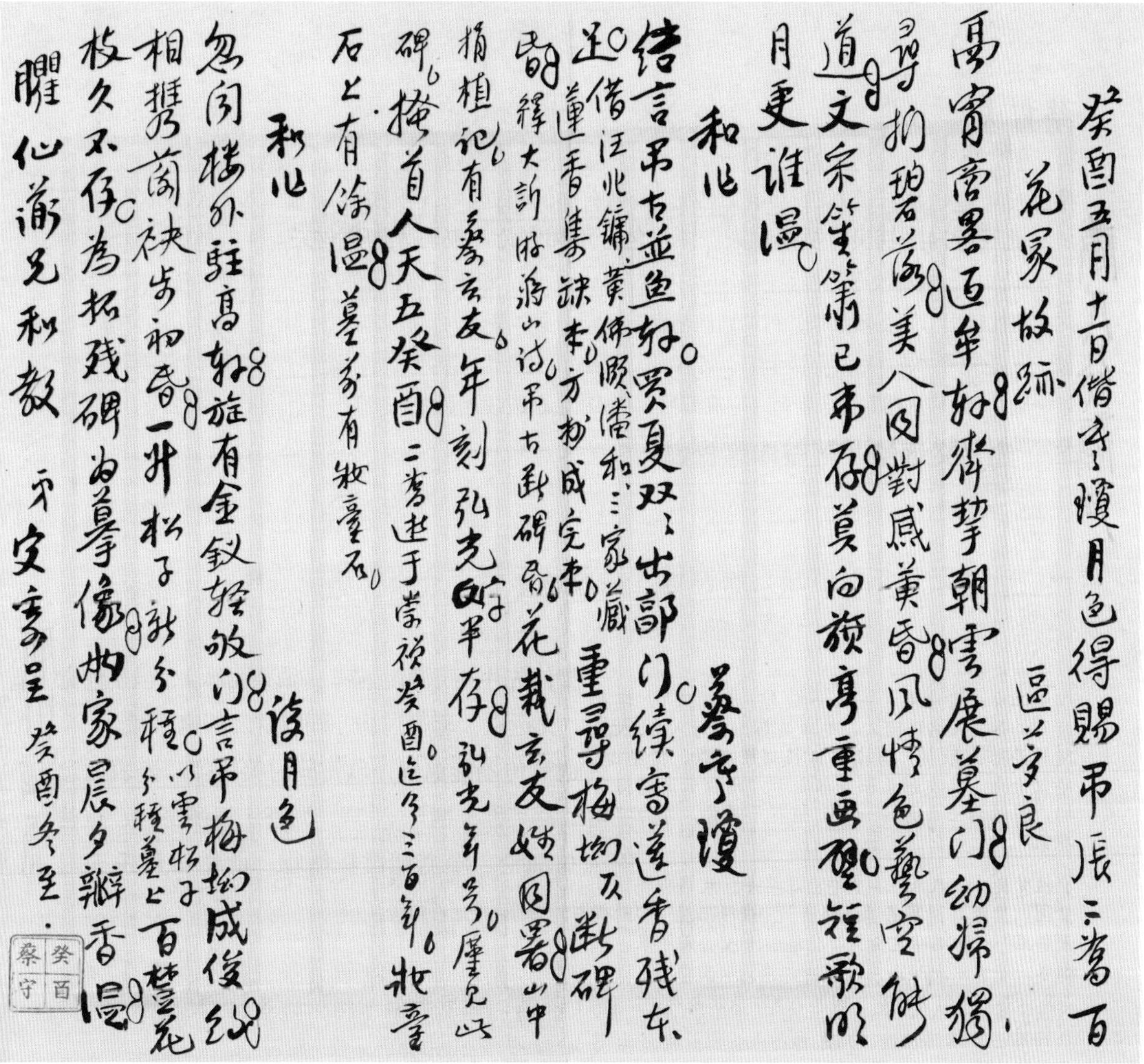

B28 G37cm×23.5cm

余温（墓前有妆台石）。

和作（谈月色）：

忽闻楼外驻高轩，旋有金钗轻叩门。言吊梅坳成后约，相携兰袂步初昏。一升松子新分种（以云松子分种墓上），百楚花枝久不存。为拓残碑为摹像，两家晨夕瓣香温。

臞仙道兄和教。

弟　守　寄呈　癸酉［一九三三］冬至

〔钤印：癸酉蔡守〕

〔笺纸：专用诗笺〕

〔解读〕

此三诗为区梦良诗及蔡哲夫、谈月色分别和作诗。书写人为蔡哲夫。

## 二、赏“文远堂”茗壶即席喜赋

〔录文〕

臞仙先生寄示邓远游[①]《滇茶百咏》，邑子何觉夫携“文远堂”茗壶过访，同欣赏。即席喜赋。

遗诗传器能遥集，欣赏同时笑语喧。壶表孤忠三百载，茶称十德[②]一千言。为苍宏气多奇句，煮茗招魂与细论。漫道精霞托微物，此中日月乐无垠（一作：须弥芥子[③]有乾坤）。

〔钤印：蔡哲夫〕

〔笺纸：鳌轩夫妇同用笺。文：“蔡文卿”“汉蔡文卿陶壶广州东山出土”〕

〔解读〕

李景康、张虹先生一九三七年合著的《阳羡砂壶图考》载：“昔何觉夫藏紫泥小壶一具，底刻‘文远堂’三字楷书。”此次何觉夫访蔡哲夫府上所携之壶，应即此壶。

①邓远游：即邓渼（一五七三~一六四四），字远游、虚舟，号箫曲山人。江西新城人。万历二十六年（一五九八）进士，官至佥都御史。著有《大旭山房文稿》二卷、《南中集》六卷、《留夷馆集》四卷、《红泉馆集》四卷等。

②茶称十德：唐代刘贞德曾经总结说，茶有十德：以茶散郁气；以茶驱睡气；以茶养生气；以茶除病气；以茶利礼仁；以茶表敬意；以茶尝滋味；以茶养身体；以茶可行道；以茶可养志。

③须弥芥子：“须弥”一词原是梵文音译，相传是古印度神话中的名山，在佛经中也称为“曼陀罗”。据佛教观念，它是诸山之王，世界的中心，为佛家的宇宙观。而“芥子”是芥菜的种子，极其微小，有白、黄、黑之品种。“须弥芥子”，意为偌大的须弥山纳于芥子之中，暗喻佛法之精妙无处不在。

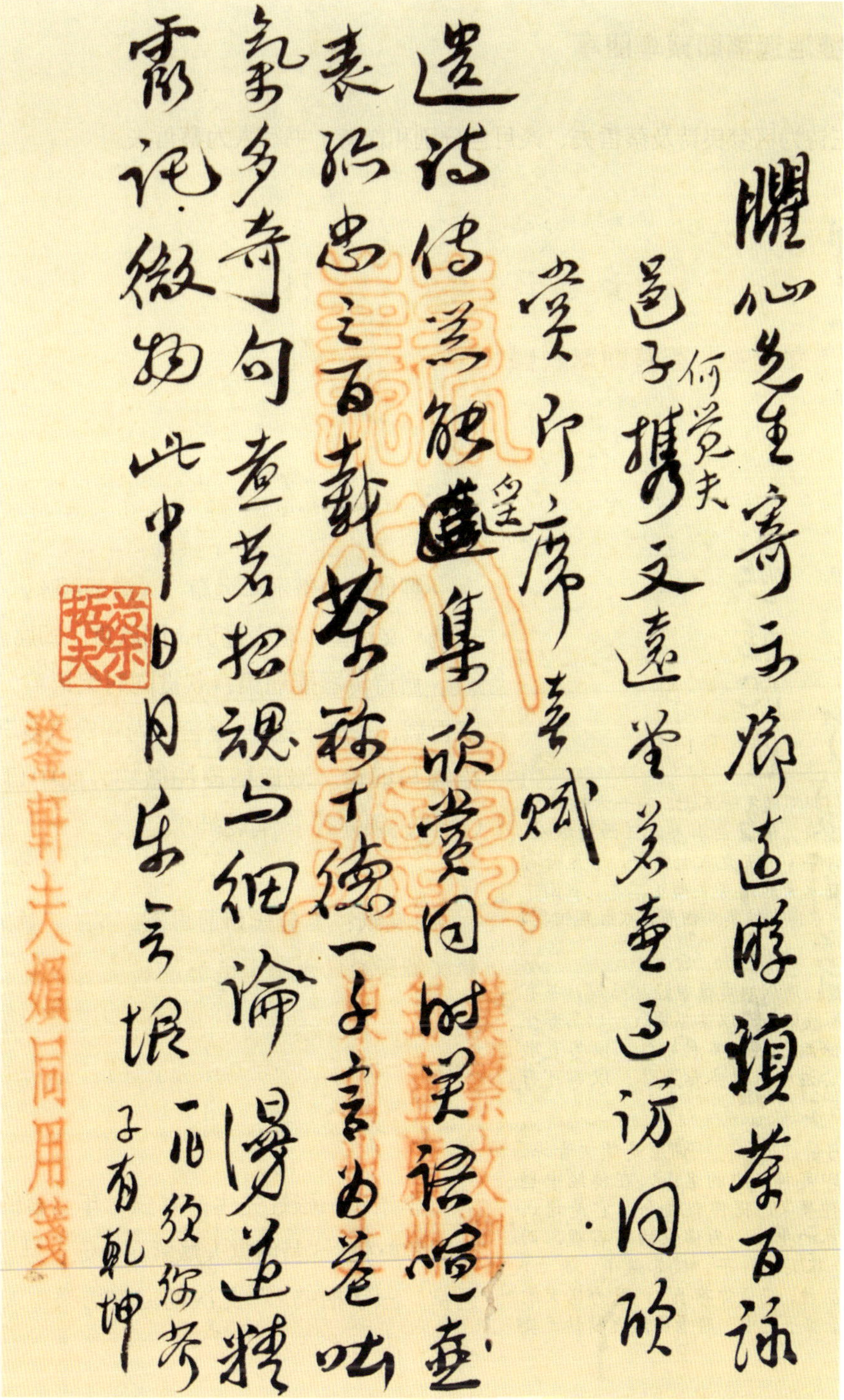
臞心先生寄示鄭遠陽墳菜百詠
邑子何覺夫攜文遠堂叢書過訪同閱
賞所序並賦
遺詩傳並能望集欣賞同時吳諸唱疊
表張忠之百載其稱才德一子言由道吐
氣象多奇句意若招魂與細論憑道精
霞詭微物此中日月長云根一飛欲你吝
子有乾坤
蔡拓夫
鎣軒夫婦同用箋

B29 G15.5cm×25.5cm

## 三、题桂池遗稿即柬李朋亭

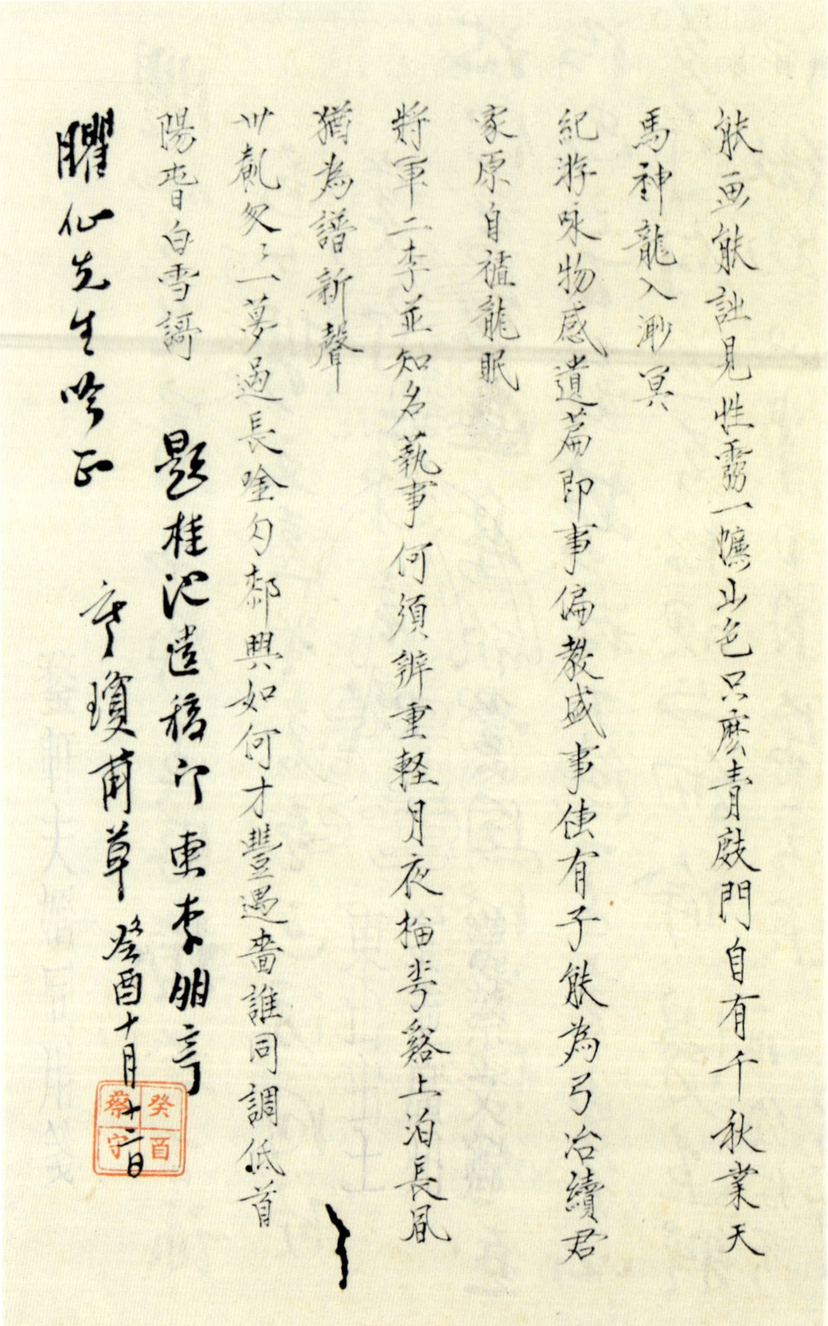


B30 G15.5cm×25.5cm

〖录文〗

能画能诗见性灵，一帘山色只麽青。戢门自有千秋业，天马神龙入渺冥。

纪游咏物感遗篇，即事偏教盛事传。有子能为弓冶续，君家原自禮龙眠。

将军二李并知名，艺事何须辨重轻。月夜榴花溪上泊，长风犹为谱新声。

世乱匆匆一梦过，长吟抱膝兴如何。才丰遇啬谁同调，低首阳春白雪歌。

题桂池遗稿即柬李朋亭，臞仙先生吟正。

寒琼　甫草　癸酉［一九三三］十月十二日

〔钤印：癸酉蔡守〕

〔笺纸：鳌轩夫妇同用笺。文："蔡文卿""汉蔡文卿陶壶广州东山出土"〕

〖解读〗

该手札前部分为月色夫人代笔，后部分为蔡哲夫亲笔。

## 四、和马小进丰湖小住原句

〖录文〗

和马小进[1]丰湖小住原句：

梦寐丰湖卅载强，妒君三宿似空桑。不合时宜同满肚，相怜状况各牵肠。峰思白鹤宁无句，墓访朝云酹一觞。书院先人有遗迹（先太史春帆

①马小进：即马骏声（一八八七—？），字小进，号退之，别署不进、梦寄。广东台山人。一九〇九年赴美留学哥伦比亚大学。同年加入孙中山组织领导的革命同盟会。一九一〇年回国，在沪结识了柳亚子，并参加南社。同年七月，重赴美国，入纽约大学。曾任众议院议员、袁世凯大总统府秘书、广州大元帅府参事、广东督军府参谋、香港华侨学院中文系主任、广州大学教授、广州大学文学院院长。

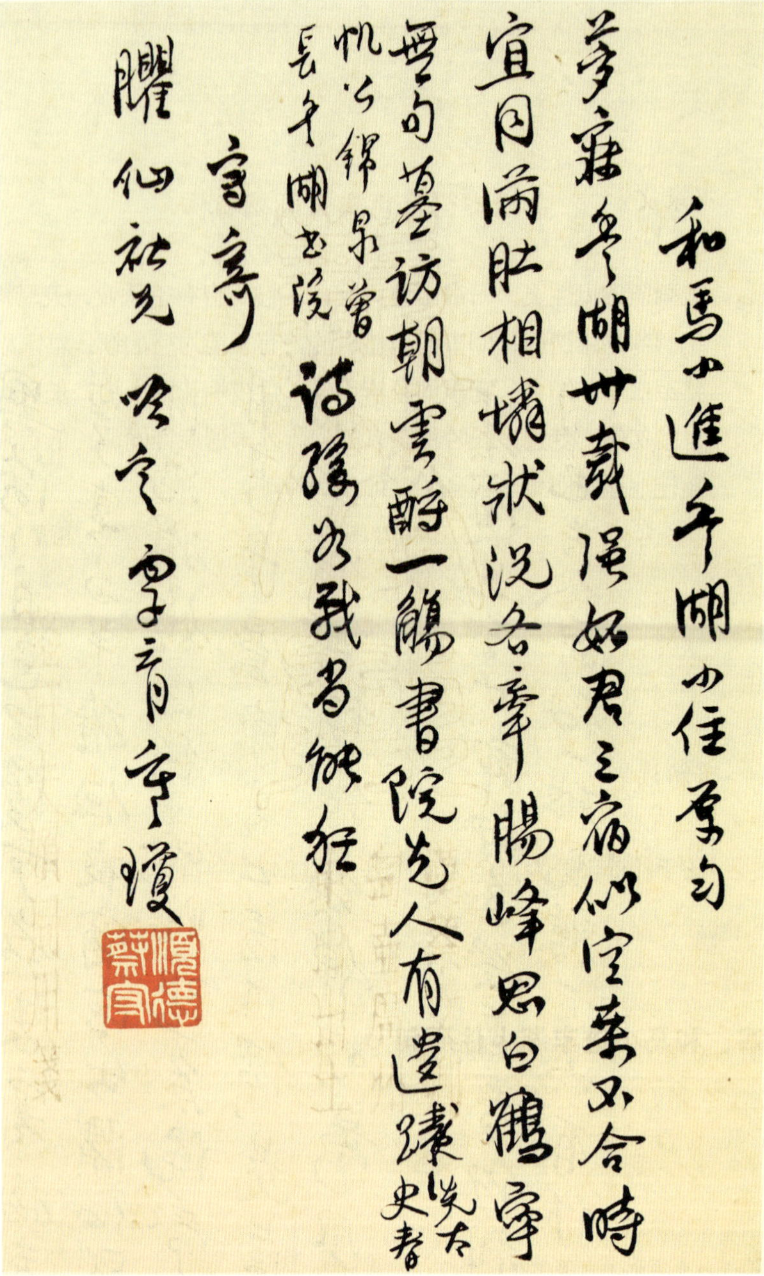

B31 G15.5cm×26cm

公锦泉[2]，曾长丰湖书院），诗缘如我当能狂。

守寄臞仙社兄吟定。

丙子［一九三六］六月　寒琼

〔钤印：顺德蔡守〕

〔笺纸：蟄轩夫妇同用笺。文："蔡文卿""汉蔡文卿陶壶广州东山出土"〕

②锦泉：即蔡锦泉（一八〇九~一八五九），字文渊，号春帆。广东顺德人。道光十一年（一八三一）解元，道光十二年（一八三二）进士，官编修，督学湖南，至内阁中书。通经史，工诗文，能山水。著《听松山馆集》《春帆诗钞》等。

## 五、金松岑得月色夫人画梅有作

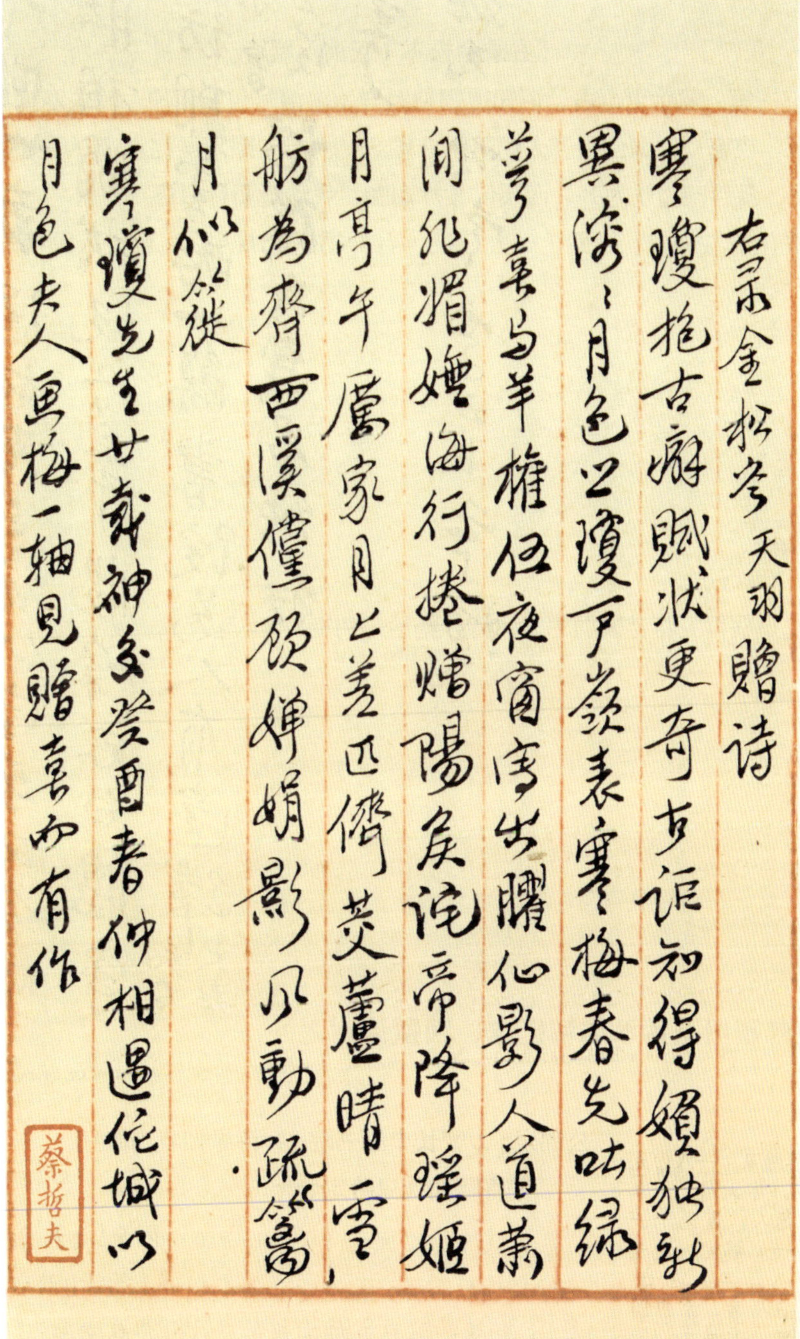
右呈金松岑天羽贈詩

寒瓊抱古癖賦狀更奇方詑初得鏡獨新

異談談月色以瓊戶嶔表寒梅春先吐綠

萼嘉與羊權但夜窗寒出臞仙影人道蕭

閒絕眉嫵海行捲燈陽庚詑帝降瑤姬

月亭午屬家月上若匹儔芙蘆晴雪

舫為齊西溪僊賦媲娟影風動疏篇

月似簁

寒瓊先生廿載神交癸酉春仲相遇佗城以

月色夫人畫梅一軸見贈喜而有作

蔡哲夫

B32 G15.5cm×26cm

〖录文〗

**右录金松岑（天羽）赠诗**

寒琼抱古癖，赋状更奇古。讵知得妇独新异，溶溶月色照琼户。岭表寒梅春光呟，绿萼喜鸟羊权伍。夜窗写出臞仙影，人道萧闲非媚妩。海行卷赠阳侯诧，帝降瑶姬月亭午。厉家月上差匹侪，茭芦晴雪舫为齐。西溪傥顾婵娟影，风动疏篱月似筵。

寒琼先生廿载神交，癸酉［一九三三］春仲相遇佗城，以月色夫人画梅一轴见赠，喜而有作。

〔钤印：蔡哲夫〕

〔笺纸：竖行朱丝〕

〖解读〗

该手札是蔡哲夫将金天羽的答谢诗抄赠给方树梅。

## 曾传轺　一通

曾传轺（一九一〇～一九三五），字云䢵。广东番禺人。陈洵高足。年少才高，惜英年早逝。著有《曾传轺遗稿》。

### 臞仙先生邮赠旧藏孟孝琚精拓本，回赋诗谢之

〖录文〗

一纸流传星凤稀（碑在昭通边地，窎远难得精拓），西京石刻本来微（西汉石刻现存者仅赵廿二年石刻一、五凤一、朱博一、麃孝禹一及此碑而矣）。拟将孝禹遥相比，南海从来未寄归（麃孝禹碑同治年间费县出土，方药雨[1]《校碑随笔》云：

①方药雨：即方若（一八六九～一九五五），本名城，字药雨、楚卿，号劬园，别号古货富翁，小名谒宝。浙江定海城关镇人。曾任知府、永定河工委员、北洋大学堂教授、《国闻报》主笔。为古钱界著名收藏家。著有《校碑随笔》等。

归南海李氏，然山农实未尝辇归粤东也。近闻已归山东莒州庄式如②（钰），此后流寓一门，少却一石矣>。

刺史碑全付劫灰（梁晋书目有《广州刺史碑》十二卷，见《隋书·经籍志》，其碑其书皆不存），三隋艳说粤中魁（刘猛进立于开皇十七年，宁贙③立于大业五年，徐智竦立于大业八年，此皆吾粤现存碑刻之最古者）。何须更比河平刻（此碑罗雪堂、吕长术考为河平四年立），已是滇南爨下材（爨宝子刻于晋太享四年，爨龙颜刻于宋大明二年，其年代均高丁粤之三隋碑）。

桂阳太守周君充（宋蒋之奇《武溪深》诗自跋云：李君曰：《神汉太守周府君功勋纪铭》为示，碑尾云大和九年五月重修。欧阳永叔④《集古日录》跋云：此君检《汉书》无之，今碑石缺亡其名，惜乎，遂不见于世也。南人纪其所修泷水，即韩文公所谓昌乐泷是也，至今曰为利，祠宇甚严云。余读《韶州图经》云：周史君庙在乐昌县西北一百八十里武溪上。旧经云：后汉桂阳太守周君充开永泷，故立庙，武溪惊湍激石，流数百里），旧刻如今已尽亡。撑住南天金石气，西京文字在黄肠（共和第一丙辰［一九一六］，广州东山龟岗发见南越冢，得大木十四章，有文曰：甫五、甫六、甫七、甫九、甫十、甫十□一、甫十二、甫十三、甫十亖⑤、甫十五、甫十□、甫十八、甫廿，盖黄肠木也）。

蔡侯岭外专驰简，方子滇南远答笺。篋衍不辞投赠我，感君为结墨华缘。（予近治碑版之学，知云南昭通有西汉石刻，辄语哲夫先生，欲得之，先生即驰书云南省立圕⑥长，方臞仙君索之，旋蒙赠，曰旧藏精拓本，持校雪堂汉晋石刻墨影双钩本，殊不多让。二君高谊，良可感也！）

②庄式如：名钰，字式如。著名收藏家，擅长收藏名碑、刻石、瓦当等，所得皆藏于他的“两汉石斋”。藏有“汉平邑侯麃孝禹刻石”。此石为费县平邑出土，虽字迹漫漶，仍被世人追捧为珍品，泰州宫子行初得此石，后归南海李山农观察大人，五十年后始归庄氏收藏。

③宁贙［xuàn］：隋朝正议大夫宁贙。其墓碑为宁贙碑。

④欧阳永叔：即欧阳修（一〇〇七～一〇七二），字永叔，号醉翁、六一居士。江西吉安永丰人，自称庐陵人，因吉州原属庐陵郡，出生于绵州（今四川绵阳）。北宋时期政治家、文学家、史学家和诗人。

⑤亖［sì］：同“四”。

⑥圕［tuān］：“图书馆”一词的缩写形式。由我国近代著名图书馆学家杜定友于一九二四年发明。

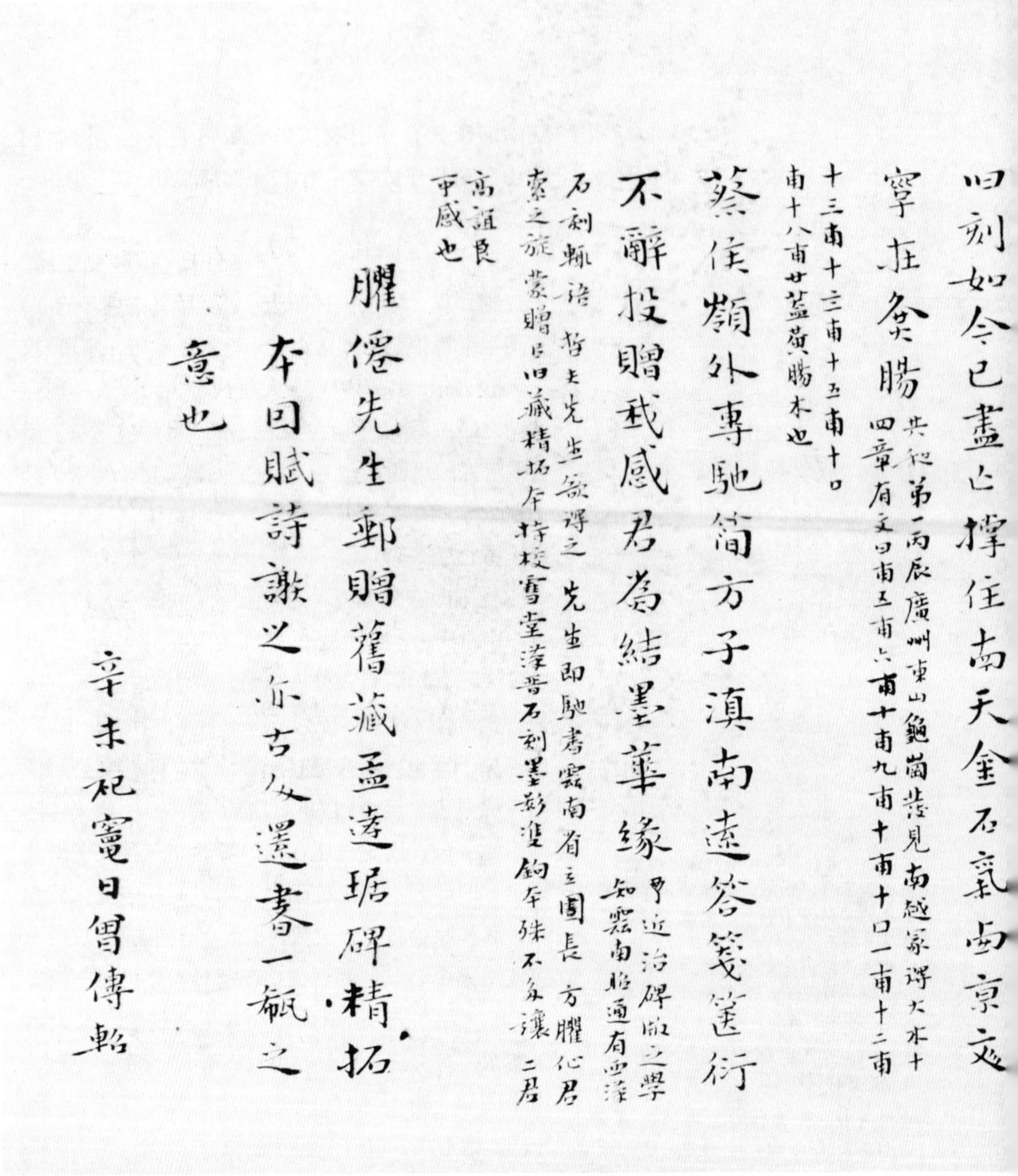
旧刻如今已尽亡撑住南天金石气西京文
字在黄肠共和第一丙辰广州东山龟岗发见南越冢得大木十
四章有文曰甫五甫六甫十甫九甫十甫十口一甫十二甫
十三甫十三甫十五甫十口
甫十八甫廿盖黄肠木也
爨侯类外专驰简方子滇南远答笺行
不辞投赠感君为结墨华缘予近治碑版之学
知云南此道有西泽
石刻辄语哲士先生欲得之先生即驰书云南省立图长方臞仙君
索之旋蒙赠以旧藏精拓本持校宝堂藏晋石刻墨彩复饷本殊不多让二君
高谊良
可感也
臞仙先生邮赠旧藏孟孝琚碑精拓
本回赋诗谢之亦古人还书一瓻之
意也
辛未祀灶日曾传轺

B33（2-2）G36.5cm×21.5cm

臞仙先生邮赠旧藏孟孝琚碑精拓本，回赋诗谢之。亦古人还书一瓻[⑦]之意也。

辛未［一九三一］祀灶日　曾传轺

〔笺纸：宣纸〕

⑦还书一瓻：古人有“借书一瓻，还书一瓻”之说。即古人借书还书时以酒相谢的礼仪，借时以一瓻酒为谢，还时以一瓻酒为谢。

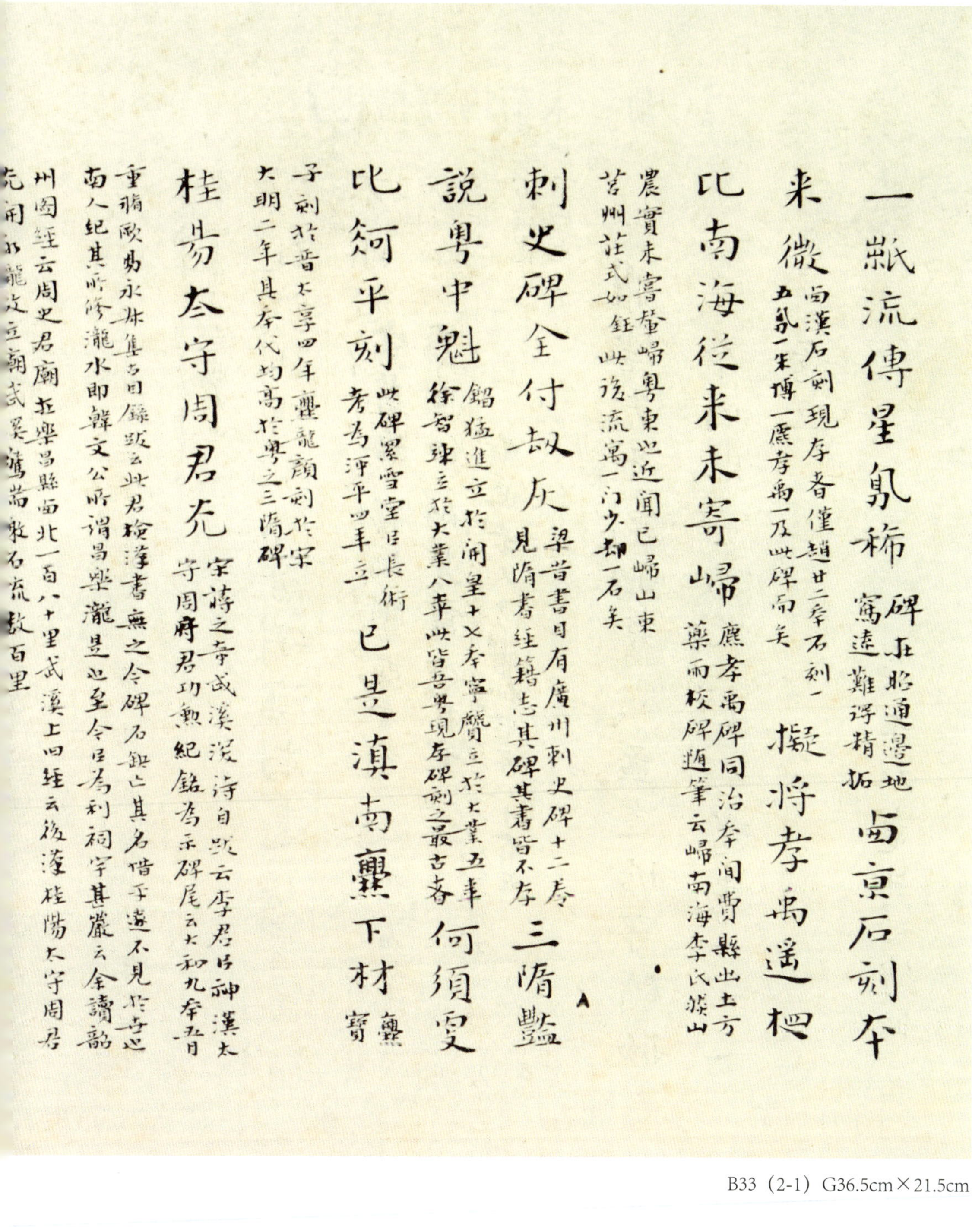

一瓶流傳星鳳稀碑在昭通邊地窩遠難得精拓 西京石刻本来微西漢石刻現存者僅趙廿二年石刻一五鳳一朱博一麃孝禹一及此碑而矣 擬將孝禹遥相比南海從来未寄歸麃孝禹碑同治年間肥城縣出土方藥雨校碑隨筆云歸南海李氏山農實未嘗歸粵東也近聞已歸山東莒州莊氏如鈺此後流寓一門少却一石矣

刺史碑全付劫灰梁昔書目有廣州刺史碑十二卷見隋書經籍志其碑其書皆不存 三隋豔說粵中魁鉛猛進立於開皇十七年寧贙立於大業五年徐智竦立於大業八年此皆吾粵現存碑刻之最古者 何須更比河平刻此碑寧雪堂日長衙考為河平四年立 已是滇南爨下材爨寶子刻於晉太亨四年爨龍顏刻於宋大明二年其年代均高於粵之三隋碑

桂陽太守周君允宋詩之帝武溪深詩自跋云李君昉神漢太守周府君功勳紀銘為宋碑尾云大和九年五月重脩歐易永叔集古目錄跋云此君據漢書無之今碑石缺亡其名惜乎遠不見於世也南人紀其所修瀧水即韓文公所謂昌樂瀧是也至今呂為利祠宇甚嚴云余讀韶州圖經云周史君廟在樂昌縣西北一百八十里武溪上回經云後漢桂陽太守周君允開永龍泷立廟武冬鑿嵩敷石流數百里

B33（2-1）G36.5cm×21.5cm

〖解读〗

曾传轺以方树梅赠云南《孟孝琚碑》精拓本为由头，作诗四首，一口气将云南、广东古代碑刻说了个遍，其才高可见。

# 【C 册：宋菊坞等信札】

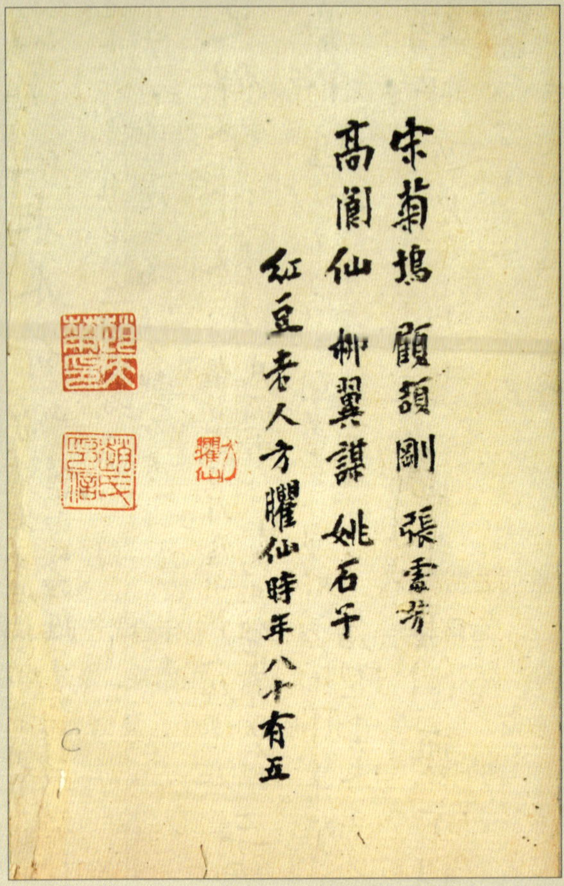
宋菊塢 顧頡剛 張處芳
高閬仙 柳翼謀 姚石子
紅豆老人方臞仙時年八十有五

〖录文〗

宋菊坞、顾颉刚、张处芳、高阆仙、柳翼谋、姚石子。红豆老人方臞仙时年八十有五。（加盖方臞仙印章）

〖解读〗

实际包括宋菊坞［宋联奎］、袁守和［袁同礼］、金松岑［金天羽］、顾颉刚［顾铭坚］、陈树棠、张处芳［张宗弼］、柳翼谋［柳诒徵］、任振采［任凤苞］、容元胎［容肇祖］、高阆仙［高步瀛］、姚石子［姚光］、王卓亭［王健］、王献唐［王凤生］、郑萼荪［郑鹤声］、陈南屏［陈裕菁］先生信札。

# 宋联奎　一通

宋联奎（一八七〇～一九五一），字聚五，亦作菊坞，晚号菊叟。祖籍云南，生于陕西西安宋家花园。少年时代曾经在西安、兰州等地求学。一八九五年入甘军董福祥部任文案，兼理奏牍事务。后因军功升直隶州知州，加四品衔。一八九九年后，在富厂（自流井）盐务局、江巴盐务局、井研票厘局任职。民国时期任陕西民政长及陕西巡按史。任陕西通志馆馆长时，主持编修了《续修陕西通志稿》，咸宁、长安两县续志，“关中丛书”等。抗日战争时期，他在西安的寓所宋家花园，成了抗日进步人士经常聚会的地方，周恩来常到宋家花园做客，并在这里会见各界知名人士；李根源在宋家花园内住时，朱德曾两次前往看望。

## 八月十六日致方树梅

### 〖录文〗

臞仙先生左右：

远隔椁晖，至为驰仰。上年台旆到陕，适值弟赴燕都[①]，未能把晤。然对于执事搜罗文献，万里西来，令人钦佩不已，闻信后当即驰函敝馆，嘱其妥为招待而已，望尘弗及矣，中［忠］心耿耿，何日忘之，顷与李印公［李根源］跋敬悉。先生勤劳著述，《滇志》将成，名山事业甚盛甚盛。弟虽侨陕，本是滇人。翘首天南，尤为神往。惟窃愿有所请者，先祖玉门公以道光庚戌进士出宰甘肃，历任凡八州县，皆有去思。回乱用兵，多所捍卫。生平政迹，已见于《甘肃通志》及《阶州直隶州[②]志》。又，先曾祖母昆明杨太夫人、先母保山刘太夫人，两世苦节抚孤，亦见《陕西省志》。兹值《滇志》新编，谨将墓志事略汇钞一册，交由李季邺[③]世兄转寄。左右如蒙甄采，则世世子孙感且不朽矣。

手肃奉恳。敬颂撰祺。不一一。

弟　宋联奎　拜启　八月十六日

周申老［周钟岳］处，乞道企慕，容一并通候。

〔钤印：宋联奎印〕

〔笺纸：风景图诗笺〕

①燕都：即北京。

②阶州直隶州：雍正七年（一七二九），阶州升为直隶州，州治阶（今甘肃陇南市武都区）。直隶于甘肃布政使司，领文、成二县。一九一三年，阶州直隶州改为武都县，并分置出西固县；一九二九年二月，又从武都县划出白马关警察所辖地，分设永康县，同年四月改为康县。

③李季邺：指李希泌（一九一八～二〇〇六），字季邺。李根源第五子。中国国家图书馆研究馆员。

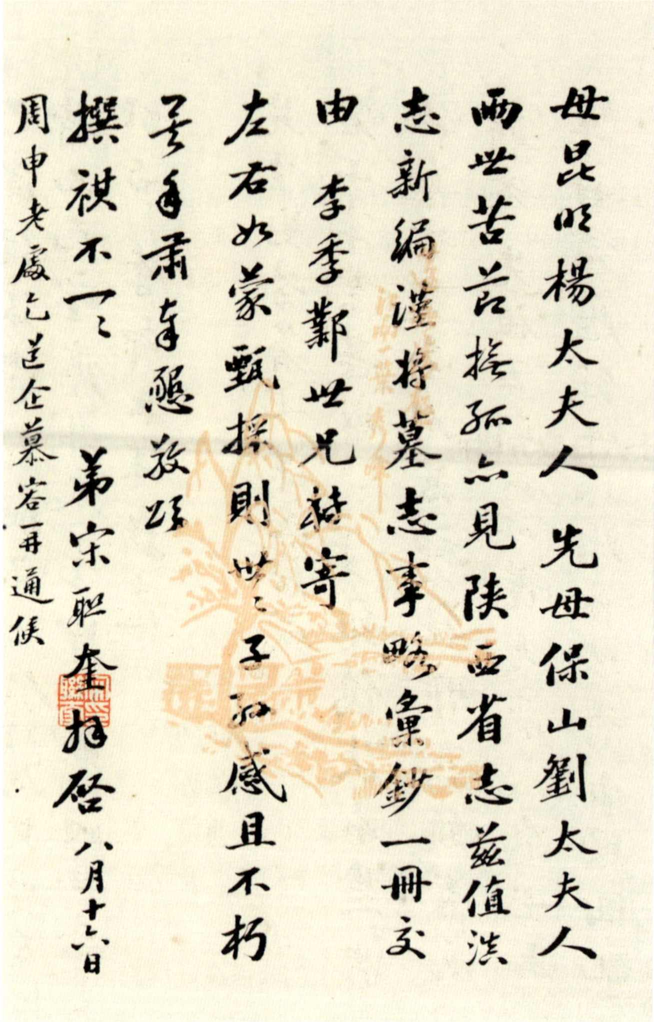
母昆明楊太夫人 先母保山劉太夫人
兩世苦節撫孤亦見陝西省志茲值洪
志新編謹將墓志事略彙鈔一冊交
由 李季鄰世兄轉寄
左右如蒙甄採則世世子孫感且不朽
專函肅布虔懇敬頌
撰祺不一一 弟宋聯奎拜啓 八月十六日
周申老處乞送企慕客一冊通候

C01（3-3） G17cm×26cm

〖解读〗

结合高步瀛 C17 的书写格式讨论。此札在书写格式上又是一个突出的例证。

对照此札原件可以看出，凡是提到受信人方树梅的地方都会另行抬头顶格。如：“臞仙先生左右”“台旆”“执事”“先生”“名山”“左右”“撰祺”。凡是提到自己尊重的人时都会空一个字。如：“李印公”“先祖”“先曾祖母”“先祖母”“李

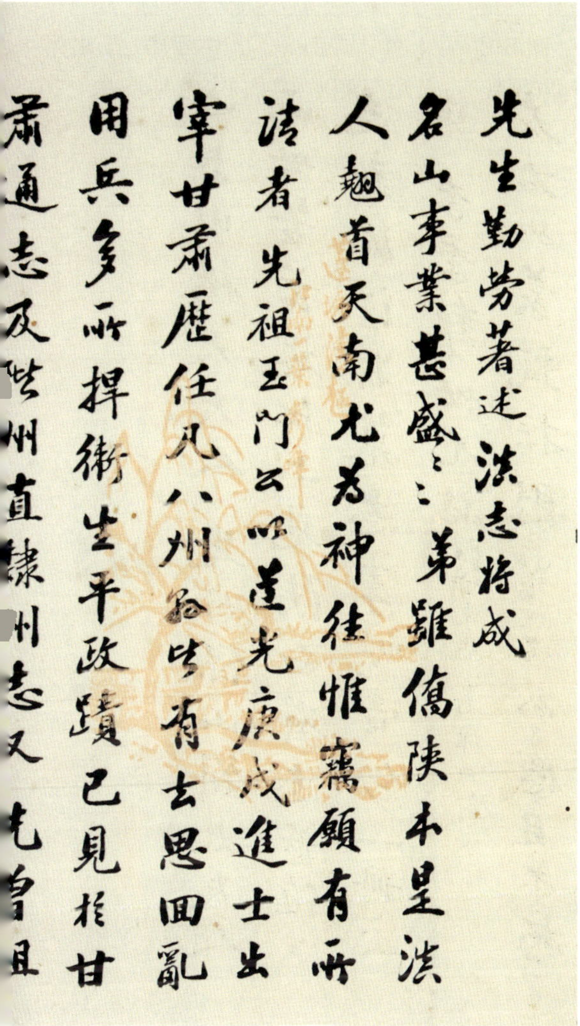
先生勤勞著述洪志將成
名山事業甚盛〻〻弟雖僑陜本是洪
人翹首天南尤爲神往惟竊願有所
請者 先祖玉門公以道光庚戌進士出
宰甘肅歷任凡八州縣皆有去思回亂
用兵多所捍衛生平政績已見於甘
肅通志及階州直隸州志又 先曾祖

C01（3-2） G17cm×26cm

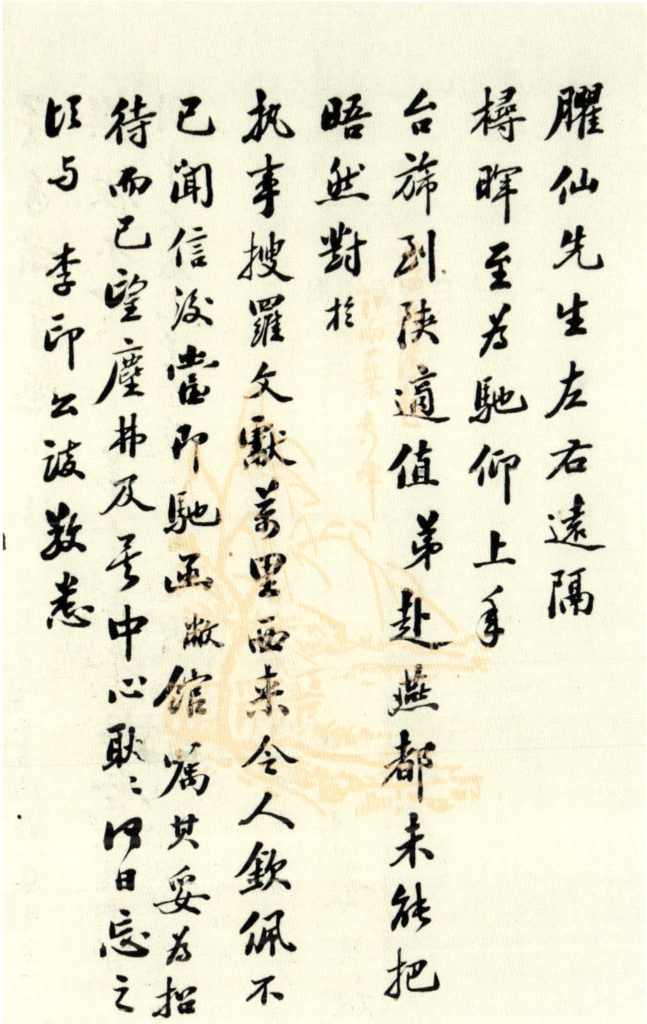
臞仙先生左右遠隔
檮暉至爲馳仰上年
台旆到陜適值弟赴燕都未能把
晤並對於
執事搜羅文獻著里西來令人欽佩不
已聞信後當即馳函敝館備具妥爲招
待而已望塵弗及至中心耿耿何日忘之
昨与 李印公談數次

C01（3-1） G17cm×26cm

季鄉世兄”。相反，为表示自己的谦卑，提到和自己有关的字眼时，缩小字体，占半个位置，靠右书写。如：“弟”“敝”。

## 袁同礼　一通

袁同礼（一八九五～一九六五），字守和。河北徐水人。图书馆学家、目录学家。一九一六年毕业于北京大学预科班。一九四二年任北平图书馆馆长。一九四九年赴美，先后在美国国会图书馆和斯坦福大学研究所工作。他是中国文化交流的使者，中国现代图书馆事业的先驱。著有《永乐大典考》《宋代私家藏书概略》《明代私家藏书概略》《清代私家藏书概略》《中国音乐书举要》《西文汉学书目》等。

### 一月十日致方树梅

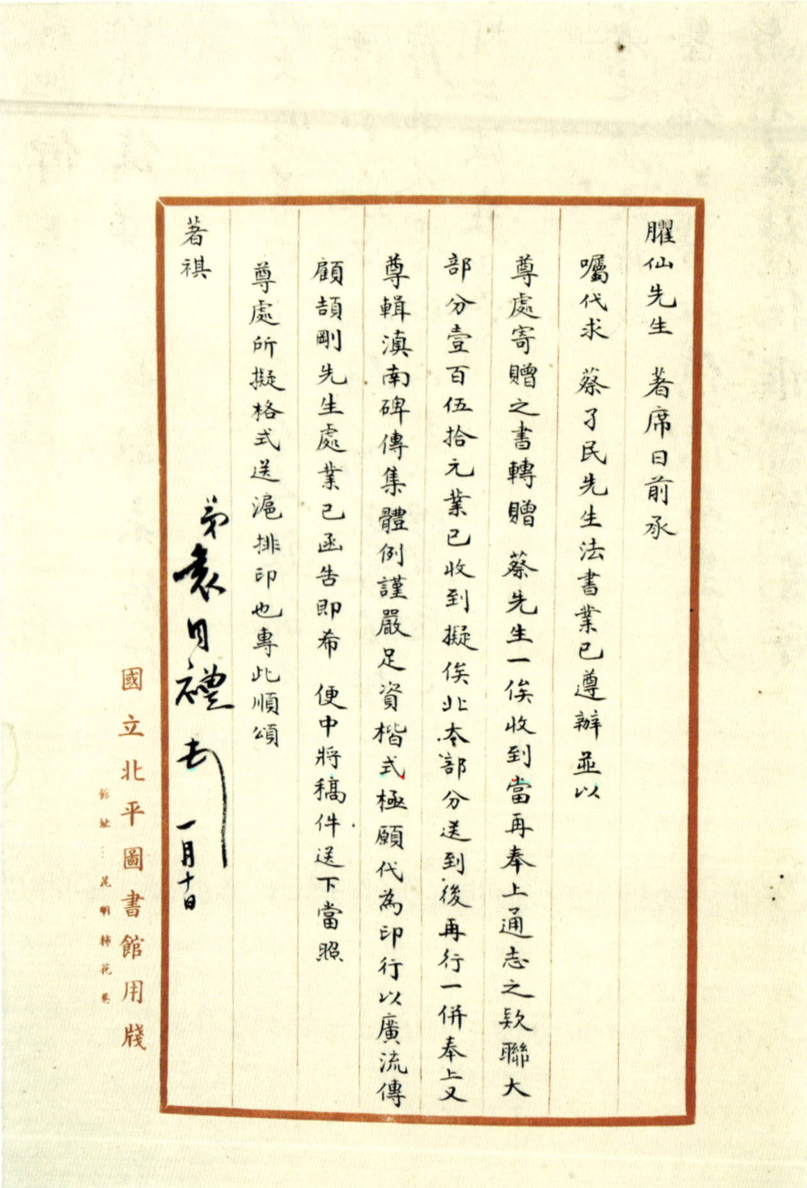
臞仙先生著席：日前承
囑代求蔡孑民先生法書，業已遵辦，並以
尊處寄贈之書轉贈蔡先生，一俟收到，當再奉上。通志之款，聯大
部分壹百伍拾元業已收到，擬俟北大本部分送到後再行一併奉上。又
尊輯滇南碑傳集體例謹嚴，足資楷式，極願代為印行，以廣流傳。
顧頡剛先生處業已函告，即希便中將稿件送下，當照
尊處所擬格式送滬排印也。專此，順頌
著祺
弟袁同禮[illegible]
一月十日

國立北平圖書館用牋
館址：昆明柿花巷

C02 G22cm×29.5cm

【录文】

腥仙先生著席：

日前承嘱代求蔡孑民[1]先生法书，业已遵办，并以尊处寄赠之书转赠蔡先生，一俟收到当再奉上。通志之款联大部分，壹百伍拾元业已收到，拟俟北大部分送到后再行一并奉上。又，尊辑《滇南碑传集》[2]，体例谨严，足资楷式，极愿代为印行，以广流传。顾颉刚先生处业已函告，即希便中将稿件送下，当照尊处所拟格式送沪排印也。

专此。顺颂著祺。

弟　袁同礼　顿首　一月十日

〔笺纸：国立北平图书馆用笺。文："馆址：昆明柿花巷"〕

①蔡孑民：即蔡元培（一八六八～一九四〇），字鹤卿，号孑民，并曾化名蔡振、周子余。浙江绍兴人。教育家。民国时期首任教育总长，一九一六～一九二七年任北京大学校长，革新北大，开学术自由之风。一九二八～一九四〇年专任中央研究院院长。

②《滇南碑传集》：方树梅纂辑。二十世纪四十年代初，由北京图书馆与哈佛燕京学社资助出版，开明书店印刷。辑入明清时期云南四〇六名著名人物的传记、志表、碑铭，共三十二卷六册。后方树梅又纂辑《续滇南碑传集》，以民国时期的云南著名人物为主，当时编成而尚未印行，共九卷。

## 金天羽　一通

金天羽（一八七四～一九四七），初名懋基，又名天翮，后改天羽，字松岑，号壮游、鹤望，别署有麒麟、爱自由者、金一等。江苏吴江（今苏州）人。肄业于江阴南菁书院，师顾询虞、袁东篱等。甲午战争后，他与陈去病组织雪耻学会，意图维新救国雪耻。一八九九年，在同里创办自治学社和理化音乐传习所，传授新文化。一九〇二年，创办同川学堂。翌年，应蔡元培之邀赴沪参加中国教育会和爱国学社，创办中国教育会同里支部。资助《革命军》出版。翻译出版了《三十三年落花梦》等书籍。一九三一年，云南通志馆聘请金天羽为《新纂云南通志》人物列传分纂。一九三二年，与陈衍、李根源等组织中国国学会，邀章太炎到苏州，与章太炎在国学会讲学。一九三八年任上海光华大学中文系教授。主要著述有《天放楼诗集》（正续季集）、《天放楼文言》（正续遗集）、《鹤舫中年政论》、《孤根集》、《皖志列传》、《词林撷隽》、《女界钟》、《自由血》、《孽海花》（部分）等。

## 五月十一日致方树梅

〖录文〗

臞仙先生阁下：

久不通问，甚念。兹有友人得鹤峰［李因培］先生与吾吴江迮鹤寿[①]（即注《蛾术篇》者）长函，装成手卷，可以赠人，不需金钱。以相当之品为交换。其撮奉上，恨太小耳。筱泉［何秉智］先生函言，汇会费及《卫星》[②]费来，久不至，望询之。

手颂大安。（附照片一）

翩　顿首　五月十一

〔笺纸：国学会用笺〕

〖解读〗

此札应成于一九三三年至一九三五年。

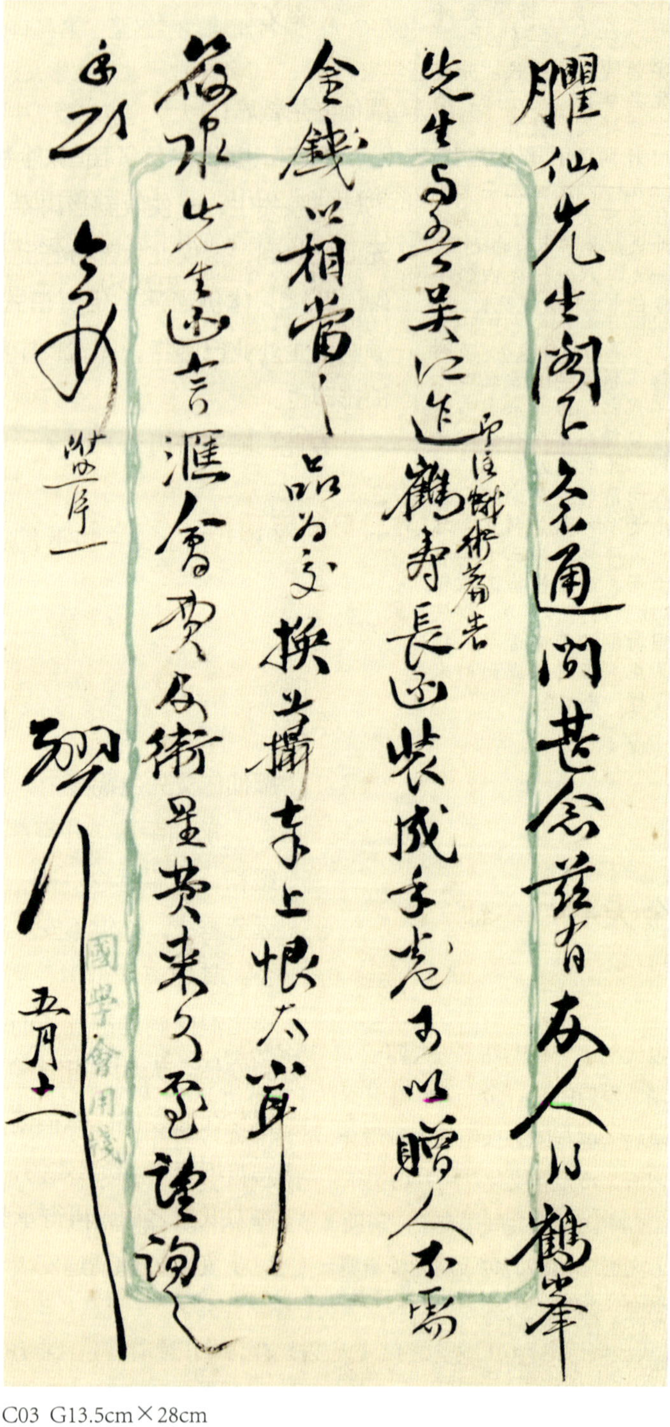


C03 G13.5cm×28cm

①迮鹤寿（一七七三～？）：字清崖，号阑宫。江苏吴江人。道光六年（一八二六）进士。官池州府教授。长于考证之学。著述主要有《蛾术编注》《夏殷周九州经界疏证》《九州分土疏证》《齐诗翼氏学》《韵字急就篇》等。

②《卫星》：苏州国学会会刊。

## 顾颉刚 四通

顾颉刚（一八九三～一九八〇），原名诵坤，字铭坚。笔名有余毅、铭坚等。苏州人。中国历史学家、民俗学家、民间文艺学家。一九二〇年毕业于北京大学文科中国哲学门。后历任中山大学、燕京大学、北京大学、云南大学、中央大学、复旦大学等校教授，中央研究院院士。早年从事民俗学研究。一九二〇年开始考辨古史传，一九二三年提出“层累地造成的中国古史观”。一九二七年创办民俗学会和《民俗周刊》。以民俗资料印证古史传说，进而考辨历史地理，创办《禹贡》半月刊和禹贡学会、中国边疆学会等。中华人民共和国成立后，任中国科学院历史研究所研究员和学术委员。著有《古史辨》、《秦汉的方士和儒生》（原名《汉代学术史略》）、《三皇考》、《史林杂识初编》、《中国历史地图集》（古代史部分）、《吴歌甲集》等。

### 一、一九四〇年七月三日致方树梅

〖录文〗

臞仙仁丈先生赐鉴：

前诵手诲，并寄尊著《滇南碑传集》序目，借谂道履绥和，足慰远念。刚，不幸一病半年，久欲执笔而不得。远劳垂注，弥觉不安。近为彻底养疴计，已于疏散声中下乡，其地离城卅里，离镇亦五里。但听鸟鸣，不闻人语，较之浪口尚为静谧。而一灯如豆，催人早眠，因此睡眠亦尚安适。大约在此休息半年，血压可以减低。序文之作，日夕在心，俟此体稍健，即当报命也。去年此时，正吾上导游珂里[①]，贤主之情，盘龙[②]之胜，梦寐所不能忘。甚望体力恢复之后，再得承教耳。

匆上，敬请道安。

晚 顾颉刚 顿首 七月三日

〔笺纸：私立齐鲁大学国学研究所用笺〕

①珂里：对他人家乡的敬称。清周亮工《复高念东》：“两过珂里，俱以急行，不得作竟夕之饮。”

②盘龙：指方臞仙的家乡晋宁县盘龙山。

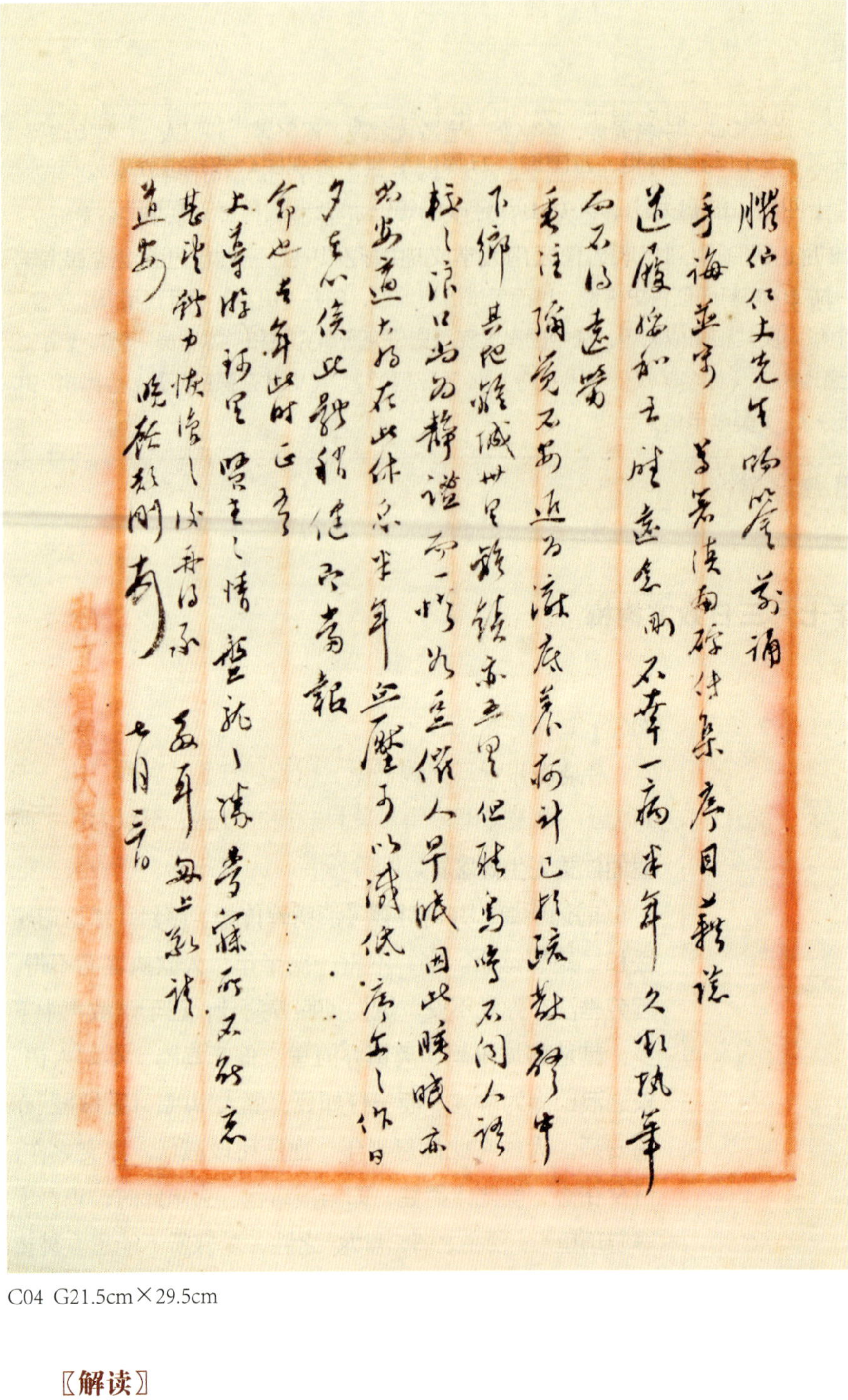

C04 G21.5cm×29.5cm

〖解读〗

此札为顾颉刚亲笔。《顾颉刚日记》（第四卷）记录：一九四〇年七月三号星期三，写耀仙信。所指即为该札。

由“去岁此时”可知，此信应写于一九四〇年七月三日。《顾颉刚年谱》（增订本）：一九三九年“七月二十一日与徐炳昶、方国瑜、方臞仙至晋宁参观民众教育馆等处，宿方臞仙家。二十二至二十四日，游盘龙山、天女山、金砂山等处。二十五日，返昆明”。

一九三八年十月，顾颉刚到昆明，任云南大学文史教授。一九三九年九月，至成都任齐鲁大学国学研究所主任。

## 二、十一月四日致方树梅

〔录文〕

臞仙先生道鉴：

拜读四月十三日赐书就。审起居佳胜，著作日丰，无任欣慰。尊著《碑传集》总目一册亦收到，至以为快。刚入春以来，一病数月，呻吟殊苦，比来托庇，痊愈矣。拙序随后当草就奉上，以求察正。翘首停云，临池神往。

专颂著安。不一。

晚　顾颉刚　拜上　十一月四日

开明书店[1]印刷事，已有商量妥当。足念。又及。

〔笺纸：私立齐鲁大学国学研究所用笺〕

〔解读〕

此札落款以后部分为顾颉刚亲笔。正文为他人代笔。

从北京图书馆开明书店版《滇南碑传集》看，书中并没有顾颉刚之序。最有可能的原因是顾颉刚与北京图书馆袁同礼对《滇南碑传集》的出版权之争，而使顾颉刚之序变得敏感。

①开明书店：二十世纪上半叶在中国开设的一个著名出版机构。出版的图书包括茅盾《子夜》，巴金《家》《春》《秋》，林语堂《开明英文读本》等。

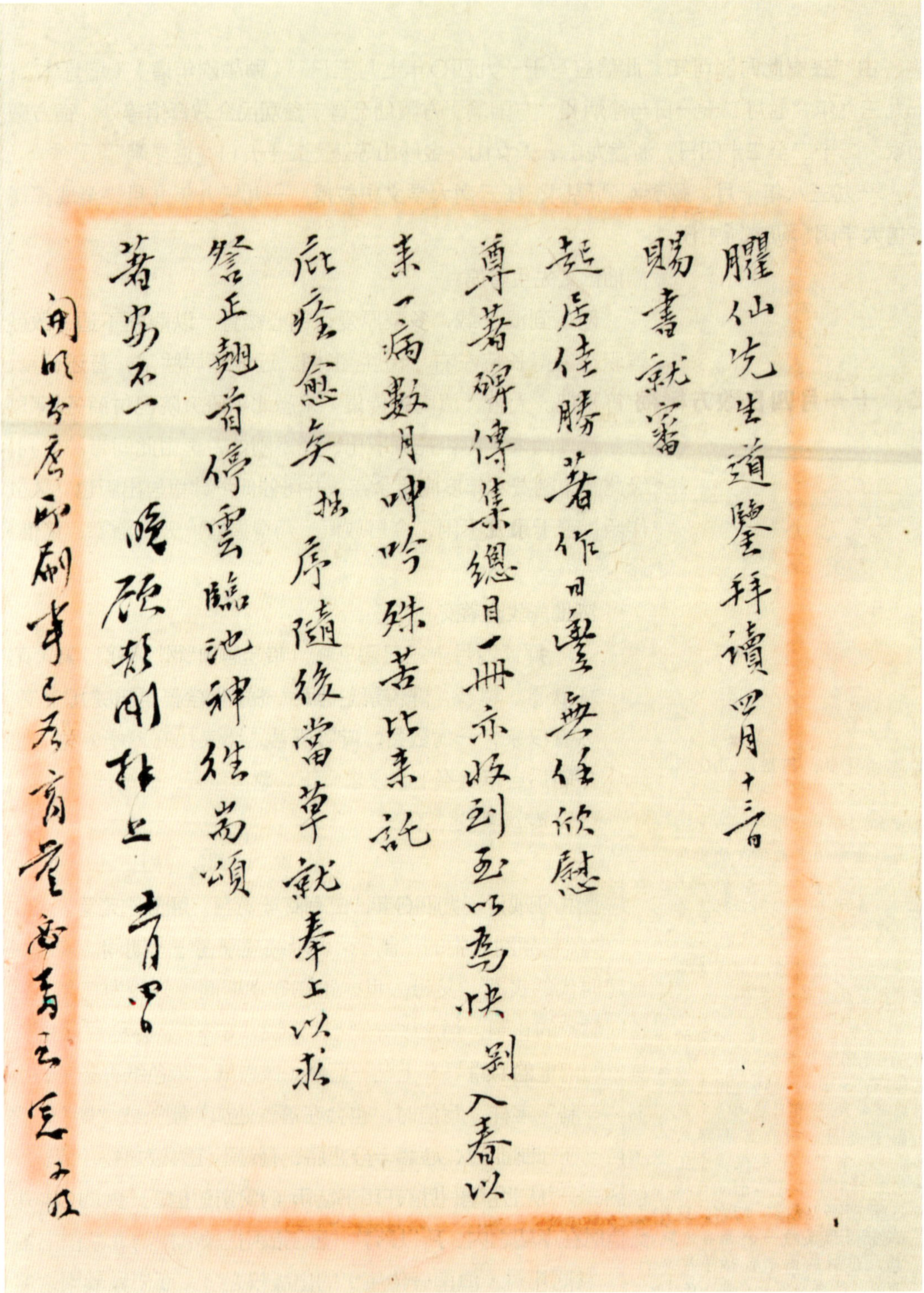
臞仙先生道鑒：拜讀四月十三日
賜書，敬審
起居佳勝，著作日豐，無任欣慰。
尊著碑傳集總目一冊亦收到，至以為快。剛入春以
來一病數月，呻吟殊苦，比來託
庇痊愈矣。拙序隨後當草就奉上，以求
誨正。翹首停雲，臨池神往。耑頌
著安不一
晚顧頡剛拜上 十月四日
聞名古屋所刷書已有實覆否，寄青島否？又及

C05 G21cm×29.5cm

## 三、复兴节致方树梅

〖录文〗

臞仙仁丈先生著席：

刚，到滇一载，多蒙厚爱，铭心镂骨。以贱躯不适，改就蓉职，未得长侍左右，曷胜[①]怅惘。近惟起居胜常，著述日富，定符鄙祝。大著《滇南碑传集》未悉北平研究院已付商务[②]印刷否？若其尚未，可否托词取出，径寄刚处，再由此间带沪付刊。缘此间印刷费本年度尚有余存，并可催促沪肆早日出版也。久欲作函，苦于事冗不闲，今日放假，乃得握管。天气渐寒，诸惟[③]珍卫。

匆此，敬请道安。

山学　顾制颉刚　顿首　复兴节[④]

〔笺纸：私立齐鲁大学国学研究所用笺〕

〖解读〗

此札似成于一九四〇年十二月二十五日。顾颉刚亲笔。

“顾制颉刚”中的“制”，表示顾颉刚在守孝期间。守制是封建时代的丧礼，父母去世，正在守孝期间（一般为三年）须遵守儒家的礼制，谓之“守制”，俗说“守孝”，亦称“读礼”。其家门门框的“堂号”上贴一蓝纸（或白纸、米色纸）条子，上书“守制”字样。写信时，也会在落款处加“制”或“期”，表示自己在守制期间，心情十分悲痛，有对不住大家之处，请多多包涵。一九三九年一月八日，顾颉刚的父亲逝世，一九四〇年写此信时在孝期之内，所以落款“顾制颉刚”。

①曷［hé］胜：何胜。用反问语气表示“不胜”。

②商务：指商务印书馆，是中国出版业中历史最悠久的出版机构。一八九七年创办于上海。商务印书馆的创立标志着中国现代出版业的开始。

③诸惟：书信用语。谓诸多事宜中希望注意某一件事。

④复兴节：全称“民族复兴节”，是国民党定的一个节日，流传不广，比较隐讳。据支念慈编著《纪念节日史略》（新夏图书公司，一九三七年八月版），该节日是庆祝蒋中正一九三六年十二月二十五日从西安事变中“脱险”回京。这一天也是行宪纪念日。

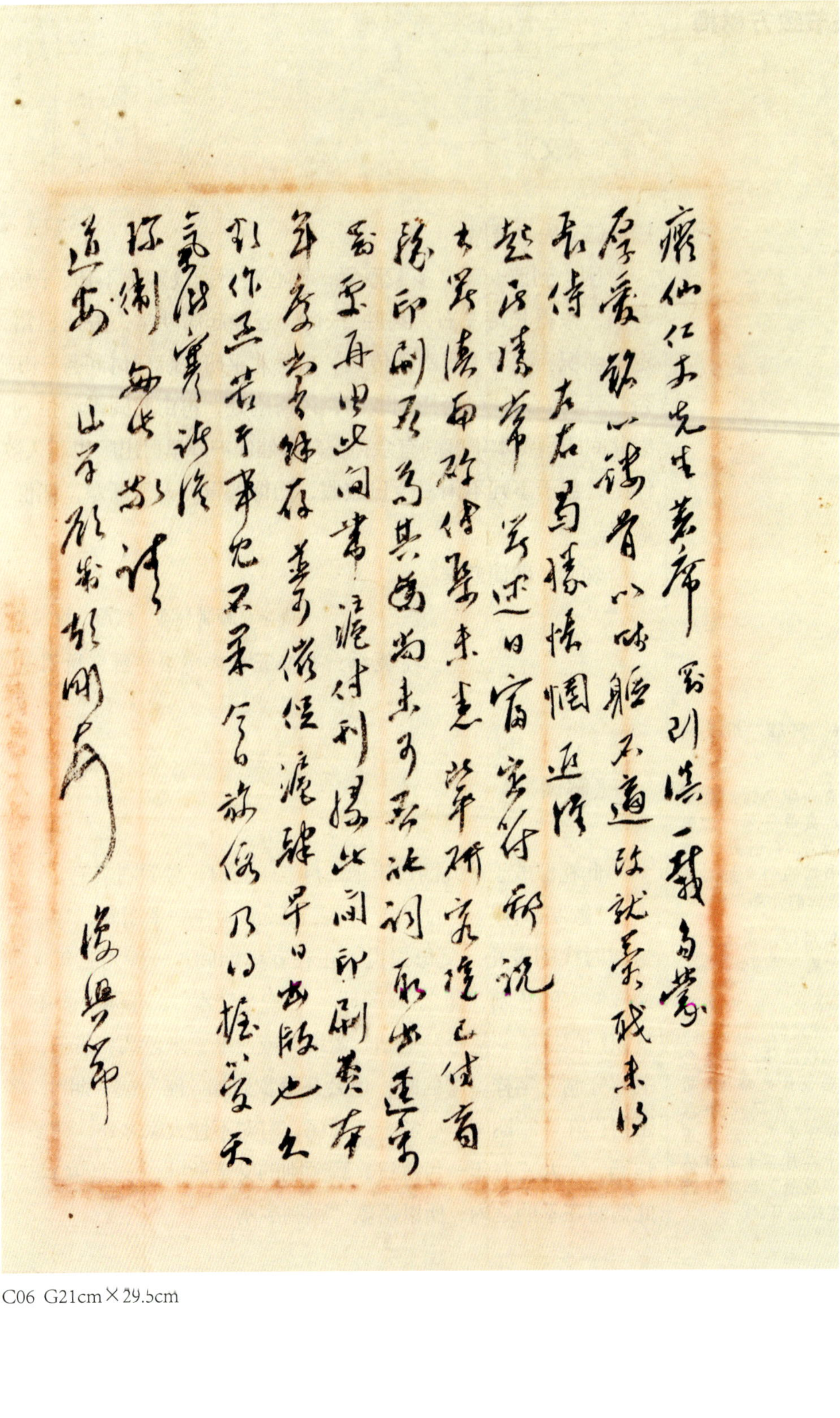
癡仙仁兄先生惠席：前月曾上一箋，當蒙
厚愛。敬以[illegible]首，以時躬不適，致稽箋牘，未得
承侍左右，曷勝悵惘。近維
起居清嘉，藉述日前寄付所說
先[illegible]遺稿，前付梓未竟，業經研究，擬正付首
聽印刷，承為其籌畫，未可[illegible]詞取出，遂寄
尊稟再思，此間書法浼付刊，據此間印刷費本
年秋當錄存，[illegible]係付梓，排早日出版也。今
刊作正若干本，兌不果，今冬[illegible]係乃以核發承
氣候寒冷，諸維
珍衛，無任幸禱。
道安。山草頓首，[illegible]
[illegible]

C06 G21cm×29.5cm

## 四、一九四〇年二月二十八日致方树梅

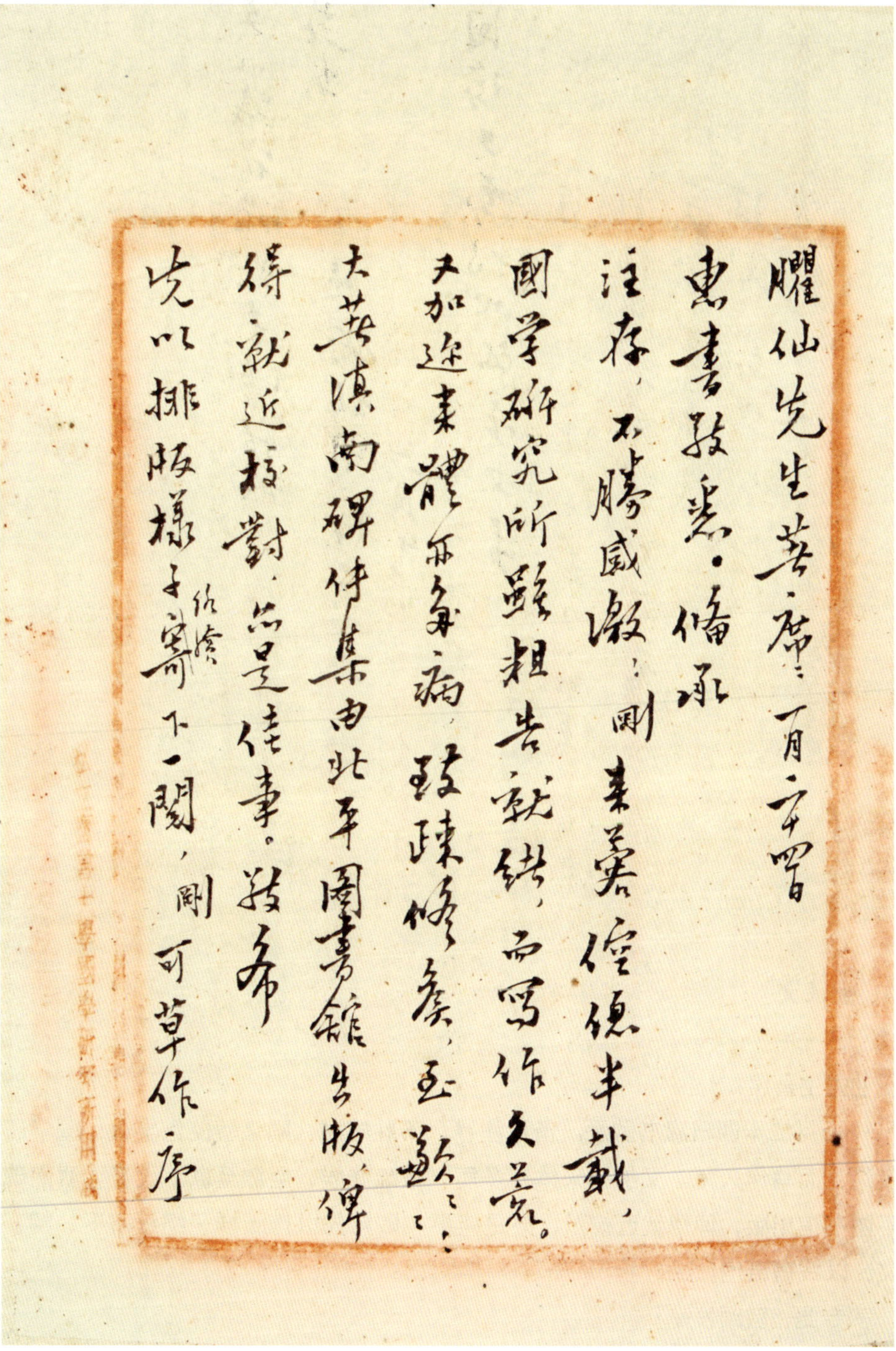

臞仙先生著席：兩月前曾惠書，敬悉。備承注存，不勝感激。剛來蒙倏忽半載，國學研究所雖粗告就緒，而寫作久荒。又加近來體亦多病，致疏修候，至歉至歉。大著滇南碑傳集由北平圖書館出版，俾得就近校對，亦是佳事。敬希先以排版樣子仍請寄下一閱，剛可草作序

C07（2-1） G21cm×29.5cm

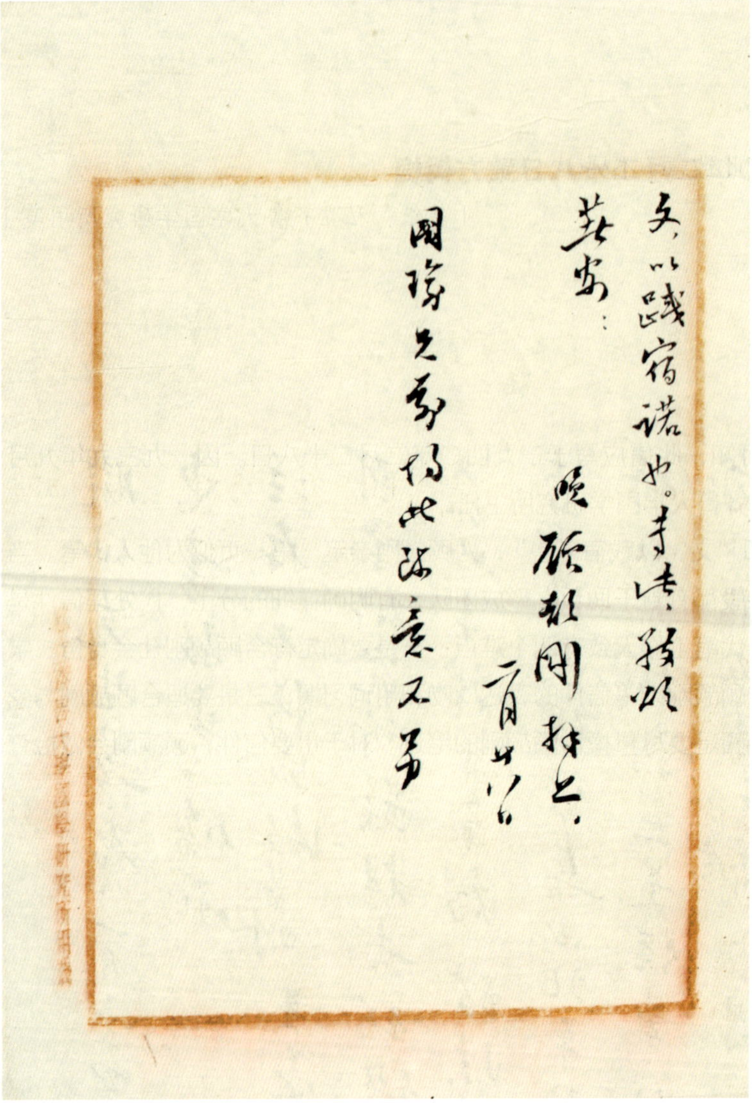
文，以践宿诺也。专此，敬颂
著安
晚 颉刚 拜上
二月廿八日
国璋先生嘱此致意不另

C07（2-2） G21cm×29.5cm

〖录文〗

臞仙先生著席：

一月二十四日惠书敬悉。备承注存，不胜感激。刚来蓉倥偬半载，国学研究所虽粗告就绪，而写作久荒。又加迩来体亦多病，致疏修候，至歉至歉。大著《滇南碑传集》由北平图书馆出版，俾得就近校对，亦是佳事。敬希先以排版样子络续寄下一阅，刚可草作序文，以践宿诺也。

专此，敬颂著安。

晚 顾颉刚 拜上 二月廿八日

国瑜［方国瑜］兄前均此致意。不另。

〔笺纸：私立齐鲁大学国学研究所用笺〕

〖解读〗

从“来蓉倥偬半载”可知，此信应写于一九四〇年二月二十八日。因一九三九年九月初，顾颉刚由昆明至成都任齐鲁大学国学研究所主任。

此札共两页，第二页即“文，以践宿诺也”，为顾颉刚亲笔。第一页似为他人代笔。当时如顾颉刚这样的大家，一般都有若干助手，形成团队，有明确详细的分工，代处理信件是助手重要的工作之一。信件代笔工作大致有四个难点：一是要确定符合顾颉刚社会身份、学识的文字内容；二是要模仿顾颉刚亲笔信件的表达口吻和用词习惯；三是要适合顾颉刚与受信者个人关系的文字表达；四是要尽量模仿顾颉刚的笔迹。对于重要信件，顾颉刚会做检查修改，一般信件则免。

## 陈树棠　一通

陈树棠（一八九三～一九八五），四川岳池县人。现代藏书家。一九一七年毕业于成都高等学堂，任岳池女子师范学校教务长、国文教员，教书三十余年。后任县修志局局长。其祖父陈瑶圃，嗜书，喜收藏图书，藏书楼名为“朴园书藏”。林森曾为朴园书藏题“缥缃世家”相赠，于右任作有《题岳池陈氏朴园书藏》：“刊书四代睦亲坊，得书万卷士乡堂。堂前玉佩镌遗命，为祝芸编世世香。”另有陈独秀、郭沫若、张澜、胡适、陈寅恪、李根源等亦有题诗。树棠时又增藏书不少，其藏书在一九五〇年被当地政府接收，部分归于川北大学，部分归于岳池县文化馆收藏。

## 二月二十二日致方树梅

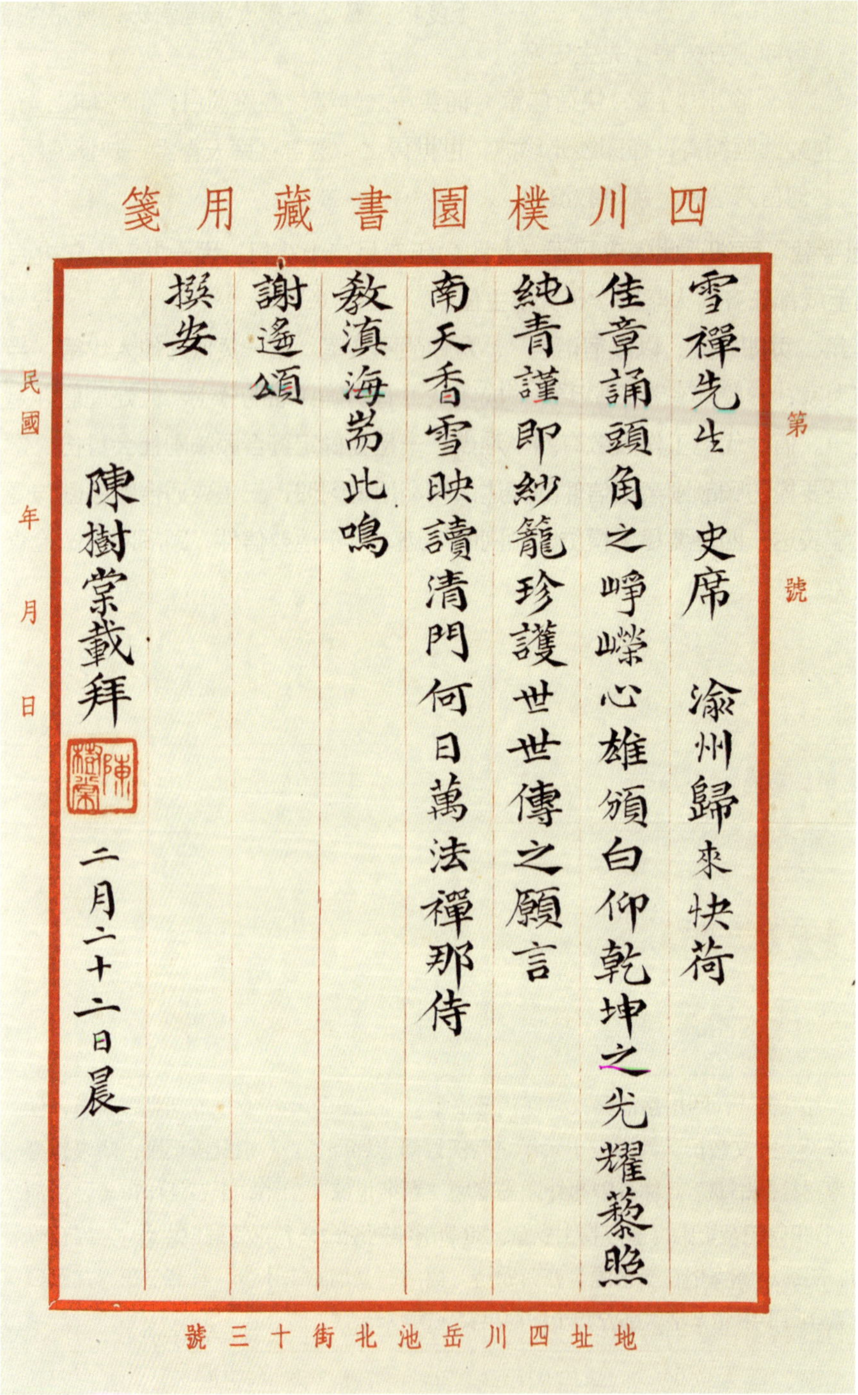
四川樸園書藏用箋

第　號

雪禪先生　史席　渝州歸來快荷
佳章誦頭角之崢嶸心雄頒白仰乾坤之光耀藜照
純青謹即紗籠珍護世世傳之願言
南天香雪映讀清門何日萬法禪那侍
教滇海耑此鳴
謝遙頌
撰安
陳樹棠載拜　陳樹棠　二月二十二日晨

民國　年　月　日

地址四川岳池北街十三號

C08 G19.5cm×29cm

〖录文〗

雪禅［方树梅］先生史席：

渝州[①]归来，快荷佳章，诵头角之峥嵘，心雄颁白，仰乾坤之光，耀藜照纯青，谨即纱笼珍护，世世传之。愿言：南天香雪，映读清门，何日万法禅，那侍教滇海。

专此鸣谢。遥颂撰安。

陈树棠　载拜　二月二十二日晨

〔钤印：陈树棠〕

〔笺纸：四川朴园书藏用笺。文："地址：四川岳池北街十三号"〕

①渝州：隋初改楚州为渝州，治巴县，即今重庆。后遂以渝为重庆的简称。

## 张宗弼　一通

张宗弼（一八七九～？），字处芳，号祇芳。浙江嘉兴人，后籍平湖县。宣统己酉（一九〇九）拔贡。

### 一九四六年一月十日致方树梅

〖录文〗

遥想方夫子，季来定苦哦。旧传佳句富，新铸伟辞多。征献需椽笔（尊辑滇中文献各书，近来想多脱稿），平夷诗凯歌（时日人投降，迤西沦陷各地全行收复，先生应有诗歌咏其事）。天南扶大雅，舍尔更谁何。

臞仙先生滇中有道君子，亦当今绩学之士。庚辰［一九四〇］入滇，曾亲雅教，并读大著诗文，无不造诣高深，至为钦佩。近年旅居重庆，时怀芳躅。谨献五律一章，以志景仰。

軍事委員會國民經濟研究所

字　號（覆函請註明原函字號）第　頁　共　頁

遙想

方夫子年來定當哦舊傍佳句富我

鑄偉義多徵獻需椽筆 昔輯滇中文獻各書近來

想多勝稿 平夷詩凱歌 時日人投降滇西淪陷各地全行收復 先生存有詩稿

歌詠 天南扶大雅舍余更誰何

其事

曜仙先生滇中有道君子而當今績學之士庚辰

入滇曾親雅教並讀 大箸詩文無不造詣高

深至為欽佩近年旅居重慶時懷 芳躅謹獻

五律一章以誌景仰 即呈

大吟壇 賜予 哂正並存以紀念是幸

末浙西張宗和拜稿 卅五年 一 月 十 日

重慶沙坪壩郵政信箱第九號　電報掛號重慶第六一四八號

C09 G20cm×27.5cm

即呈大吟坛赐予哂正，并存以纪念是幸。

弟　浙西张宗弼　拜稿　卅五年［一九四六］一月十日

〔钤印：宗弼、处芳〕

〔笺纸：军事委员会国民经济研究所专用笺。文：“重庆沙坪坝邮政信箱第九号　电报挂号重庆第六一四八号”〕

## 陈树棠　一通

### 十二月二十七日致方树梅

〖录文〗

臞翁先生有道：

平馆移昆，照亭书来。遥审优游林下，南极寿昌。贵省通志，尤仗长才。晋宁原为金碧文化所钟。尊辑诗征弥昭不朽，因念先王父甾楹之藏，受读无状际。兹国破民劳之交，愈觉遗经古朴之重。先芬式阐，名德载瞻，侧身西蜀，伫听南薰，谨以借亲謦欬[1]，永资启迪也。临池无任拳拳之至忱。

此颂撰祺。并候阖潭多福，暨贺新禧。

世愚弟　陈树棠　顿首　十二月廿七日晨

〔钤印：陈树棠〕

〔笺纸：四川朴园书藏用笺。文：“地址：四川岳池北街十三号”〕

①謦欬［qǐngkài］：谈笑。

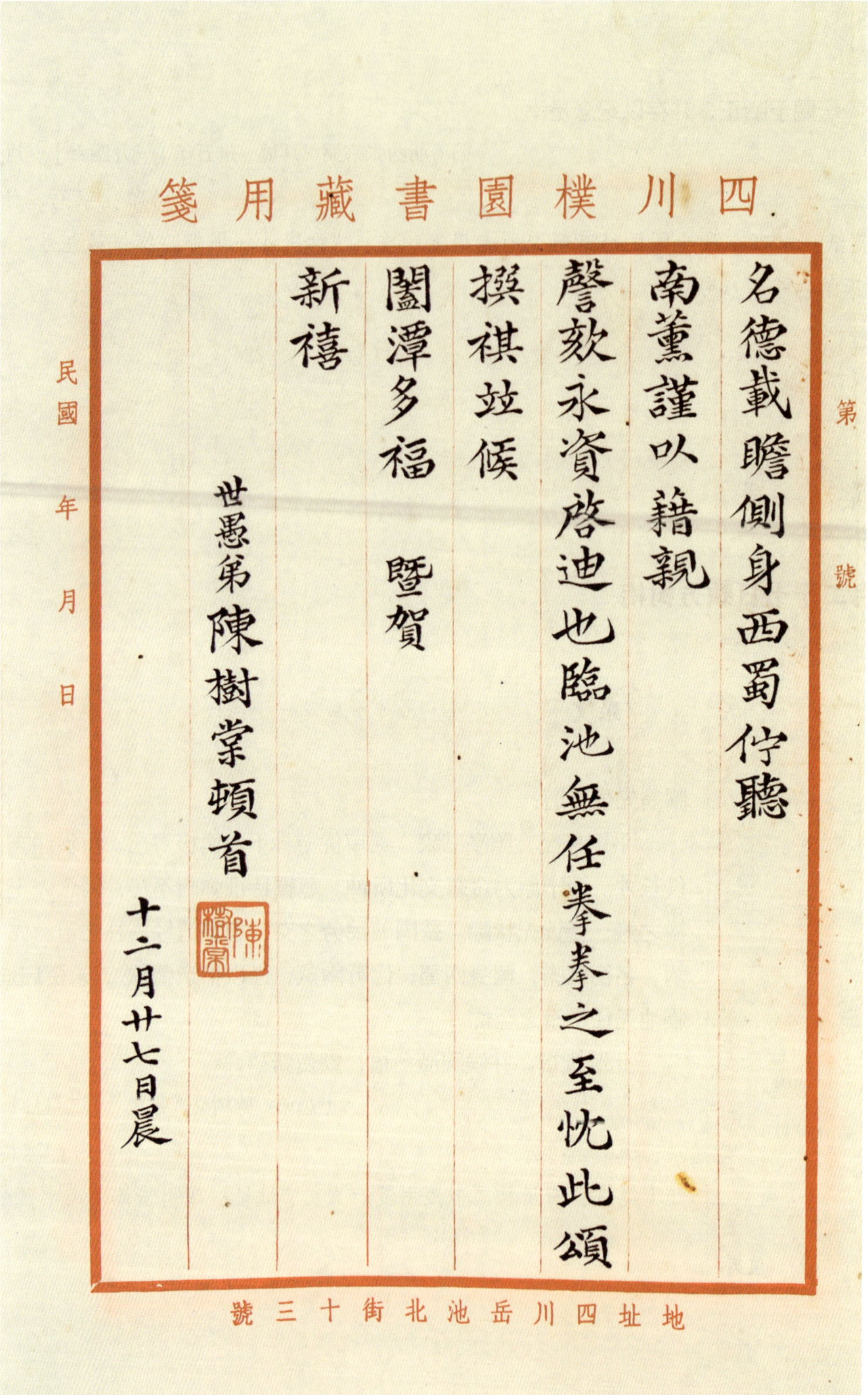
四川樸園書藏用箋

第　號

名德載瞻側身西蜀佇聽
南薰謹以籍親
謦欬永資啓迪也臨池無任拳拳之至忱此頌
撰祺並候
闔潭多福　暨賀
新禧

世愚弟陳樹棠頓首
十二月廿七日晨

民國　年　月　日

地址四川岳池北街十三號

C10（2-2）G19.5cm×29cm

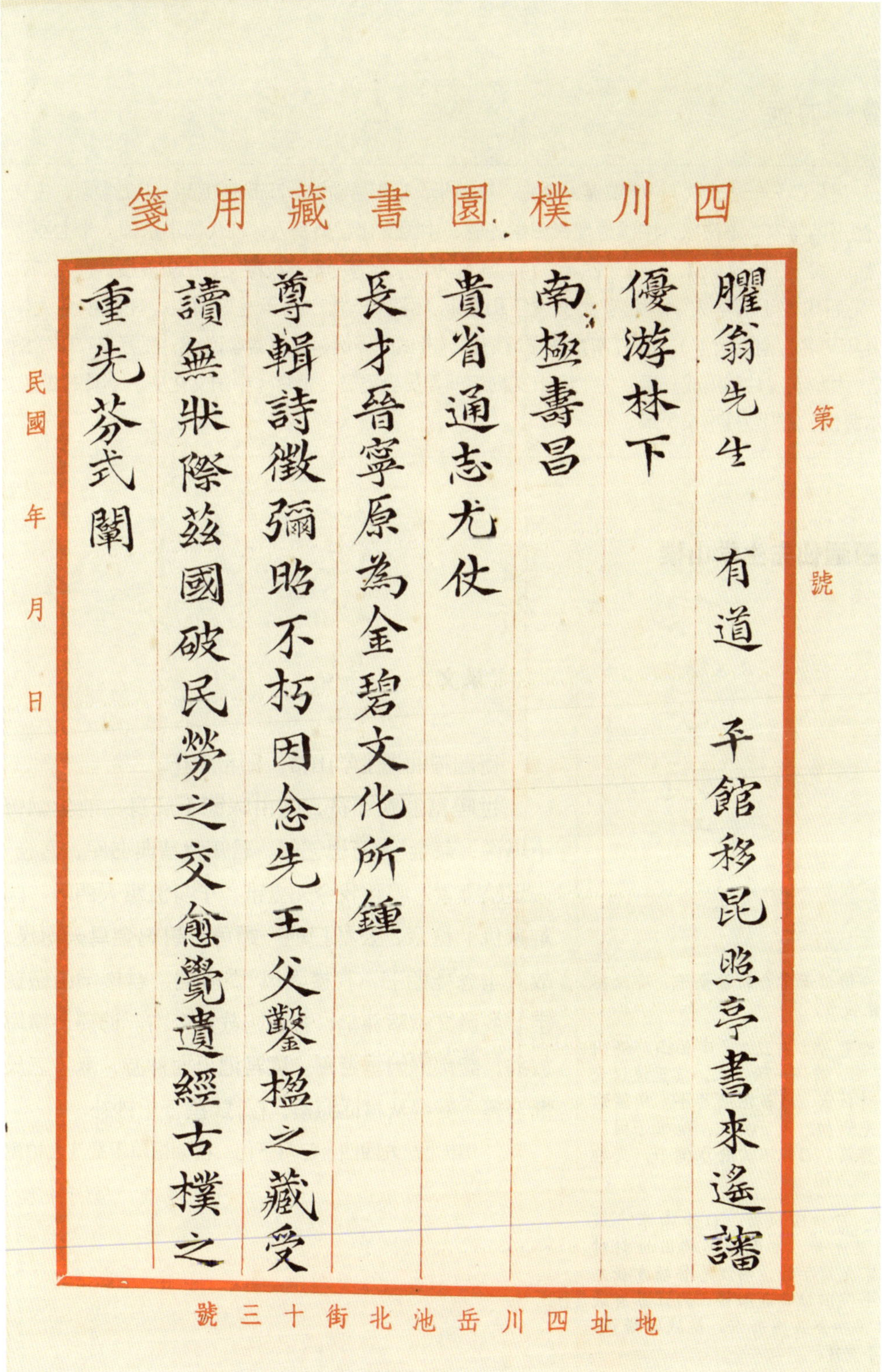

四川樸園書藏用箋

第　號

臞翁先生有道　平館移昆照亭書來遙譒
優游林下
南極壽昌
貴省通志尤仗
長才晉寧原為金碧文化所鍾
尊輯詩徵彌貽不朽因念先王父鑿楹之藏受
讀無狀際茲國破民勞之交愈覺遺經古樸之
重先芬式闌

民國　年　月　日

地址四川岳池北街十三號

C10（2-1） G19.5cm×29cm

# 柳诒徵　四通

柳诒徵（一八八〇～一九五六），字翼谋、希兆，号知非，晚年号劬堂。江苏镇江人。历史学家、古文献学家、图书馆学家、书法家，中国近现代史学先驱，中国文化学奠基人，现代儒学宗师。十七岁考中秀才，后就读三江师范学堂。一九一四年二月，应聘为南京高等师范学校国文、历史教授，一九二五年北上，先后执教于清华大学、北京女子大学和东北大学，一九二九年重返南京，任教中央大学（一九四九年更名为南京大学）。曾任南京图书馆馆长、考试院委员、江苏省参议员、江苏省立国学图书馆馆长。中华人民共和国成立后，任上海市文物管理委员会委员。著有《中国文化史》《国史要义》《中国版本概说》《劬堂读书录》等。

## 一、寄题臞仙先生学山楼

〖录文〗

寄题臞仙先生学山楼。即希教正。

世嗟富翁晚赤贫，端由昧德不庇身。前尘飘瞥不堪说，兼金①大万思乞邻。君知我昔典书库，曹仓②未足较缣素。呜呼我今无立锥，孑身流窜天西陲。国难家仇七稔余，公私扫地一蟫鱼。碧鸡金马天咫尺，故人垂念能贻书。我楼陶风③委豺虎，君楼学山傲寰宇。乡贤文献萃斗车，方志镕裁贯今古。逍遥诗境埒放翁，馥郁庭闲垂老圃。读君记语为神游，涎垂三尺惭吾窭。安得从君话海桑，杨钱④撰著重钞补。

甲申［一九四四］三月下旬　柳诒徵草于蜀江北柏溪

〔笺纸：竖行朱丝〕

①兼金：价值倍于常金的好金子，亦泛指多量的金银钱帛。

②曹仓：即曹曾（东汉），字伯山。济阴（今山东定陶、菏泽一带）人。官至谏议大夫。其家财巨富、收藏图书甚丰，所藏达万余卷。光武初，天下兵乱，他唯恐因战乱而湮没典籍，乃积石为仓以储书，史称“曹氏书仓”。

③楼陶风：应指陶风楼。位于南京市鼓楼区龙蟠里九号，方氏教忠祠旧址斜对面。清德宗光绪年间，两江总督端方在龙蟠里惜阴书院旧址建藏书楼，为江苏省最早设立的官办公共图书馆。抗战时惜毁。一九六二年重建。

④杨钱：似指杨一清和钱汼。

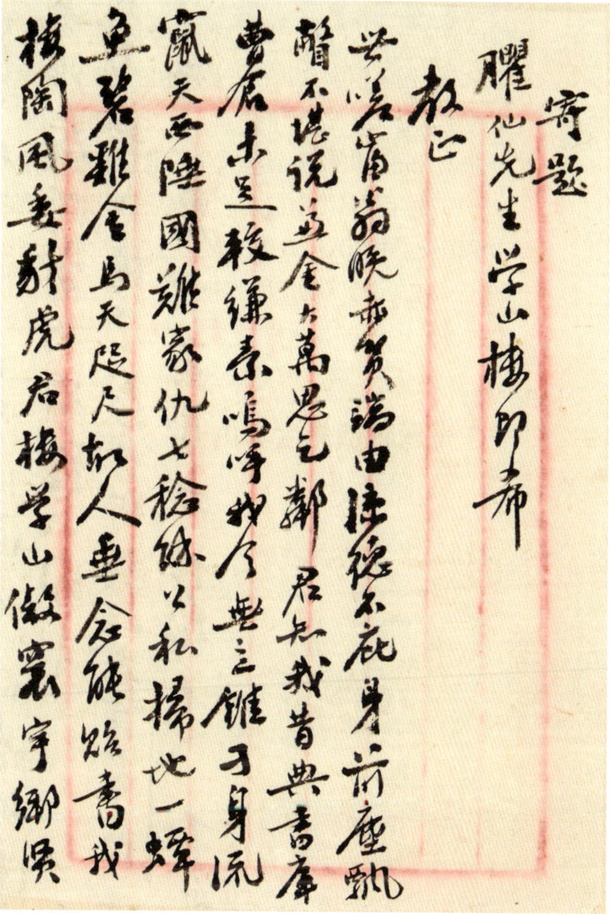

寄题
耀仙先生学山楼即希
教正

C11（2-1） G34cm×24cm

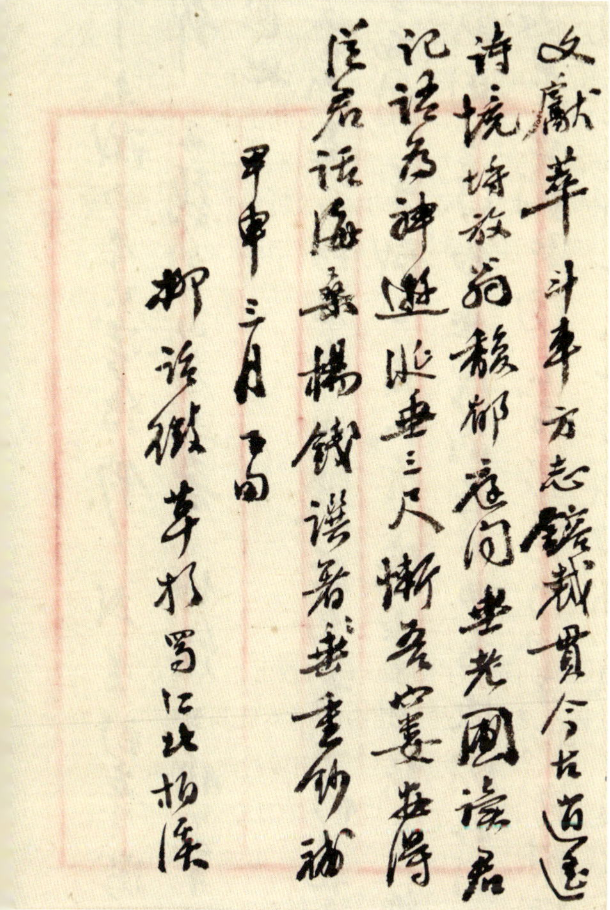

甲申三月下旬
柳诒徵草稿

C11（2-2） G34cm×24cm

〖解读〗

一九四一年夏，方树梅建成学山楼，征诗助兴。此札即为柳诒徵应征之作。但此时已经一九四四年，此札已是诒徵兄迟来的贺诗了。

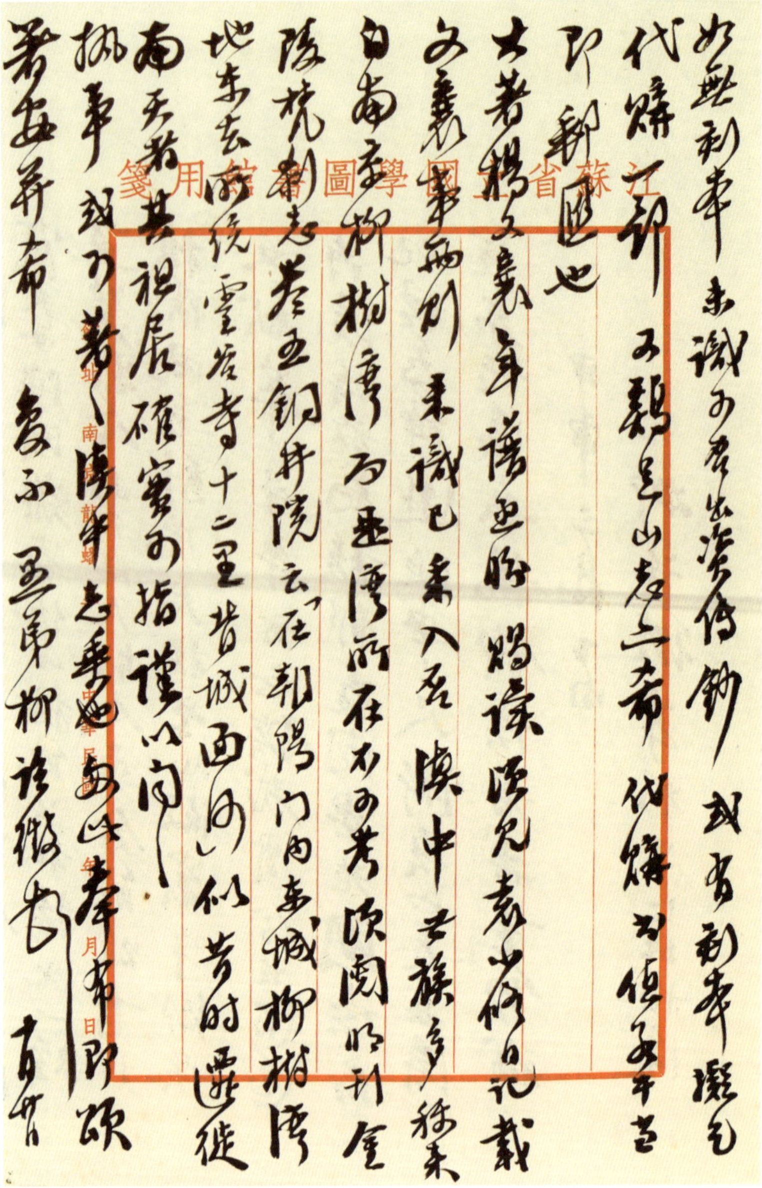


C12（2-2） G19cm×28.5cm

## 二、一九三六年十月二十日复函吴中李寓申谢事

〖录文〗

臞仙先生道座：

前荷惠赐滇刻各种，即复函吴中李寓[1]申谢，未识邀惠阅否。赵刻钱集

①李寓：指李根源苏州寓所。

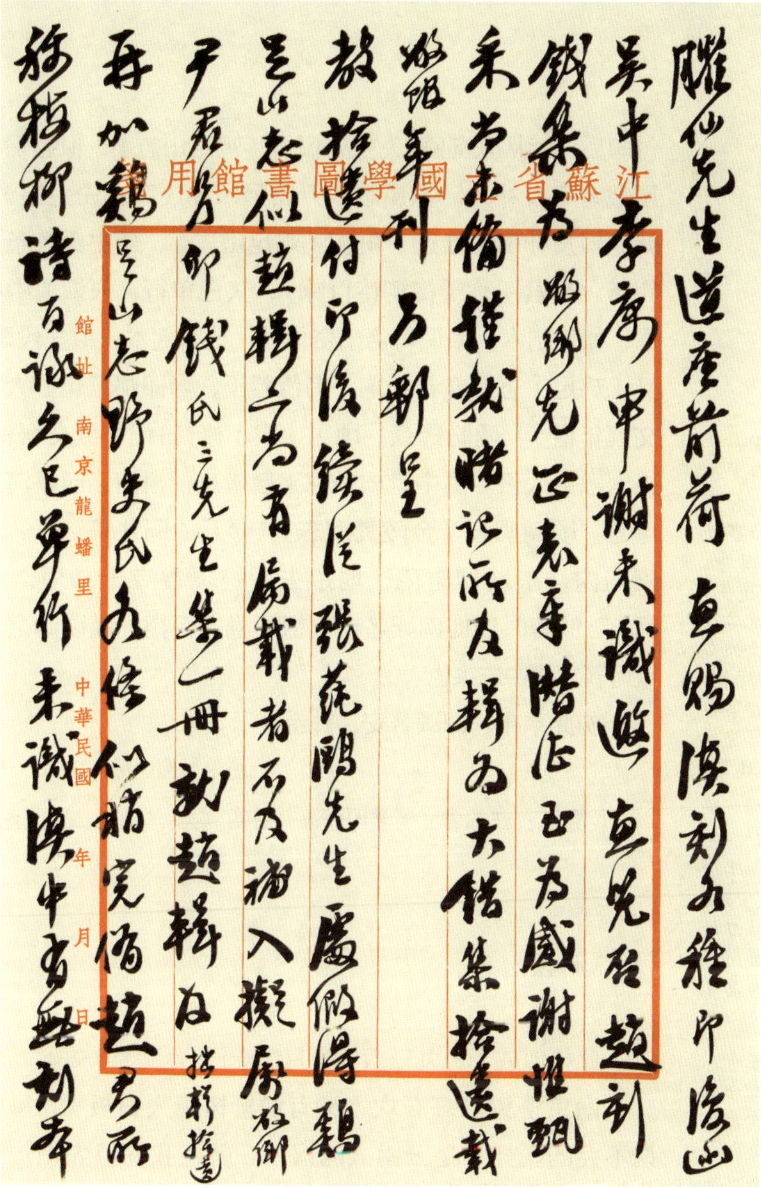


C12（2-1） G19cm×28.5cm

为敝乡先正，表章[②]潜德，至为感谢。惟甄采尚未备，谨就睹记所及，辑为《大错集拾遗》[③]，载敝馆年刊，另邮呈教。《拾遗》

②章："章"同"彰"。

③《大错集拾遗》：疑指《大错和尚集拾遗》。钱邦芑著。大错（一六〇二～一六七三），俗姓钱，名邦芑，字开少。江苏镇江人。南明隆武年间选贡。历任南明政权监察御史、四川巡按兼提学使、右佥都御史、贵州总兵等职。

付印后，续从张莼鸥[4]先生处假得《鸡足山志》，似赵辑亦尚有属载者不及补入。拟属敝乡尹君另印《钱氏三先生集》一册，就赵辑及拙辑《拾遗》再加《鸡足山志》、野史氏各条，似稍完备。赵君所称《梅柳诗百咏》，久已单行，未识滇中有无刻本，如无刻本，未识可否出资传钞，或有刻本，拟乞代购一部。又《鸡足山志》亦希代购，书值若干，当即邮汇也。大著《杨文襄年谱》，亟盼赐读。顷见《袁小修[5]日记》载文襄事两则，未识已采入否。滇中世族多称来自南京柳树湾，而是湾所在不可考。顷阅明刊《金陵梵刹志》[6]卷五“铜井院”云：“在朝阳门内，东城柳树湾，地东去所统灵谷寺十二里，背城面河。”似昔时迁徙南天者，其祖居确实可指，谨以闻之。执事或可著之滇中志乘也。

匆此奉布。即颂著安，并希复示。

愚弟　柳诒徵　顿首　十月廿日

〔笺纸：江苏省立国学图书馆[7] 用笺。文：“馆址：南京龙蟠里”〕

④张莼鸥：即张维翰（一八八六～一九七九），另一字莼沤。云南大关人。早岁毕业于云南法政学堂，参加辛亥革命。后任个旧县知事等职。率部讨袁，后游学日本。一九二二年后，任蒙自道尹、昆明市政公所督办。一九二八年后任云南省政务委员、外交部驻滇交涉员、民政厅厅长、立法委员、政务次长、监察委员等职。去台湾后任监察院副院长等职。辑有《居仁日览》《民初文献一束》等。

⑤袁小修：即袁中道（一五七五～一六三〇），另一字少修。湖广公安（今湖北）人。明代文学家。万历四十四年（一六一六）进士，授徽州府教授，止于吏部郎中。与其兄宗道、宏道并称“三袁”。

⑥《金陵梵刹志》：共五十三卷，明葛寅亮撰，万历三十五年（一六〇七）刊行。内容叙述金陵（南京）诸寺的沿革、制度、诗颂等。

⑦江苏省立国学图书馆：馆名变更繁多。一九〇七年由两江总督端方创办，名江南图书馆。一九二七年，因实行大学区制，易名为第四中山大学国学图书馆。一九二八年五月，复更名为国立中央大学国学图书馆。一九二九年十月，大学区制取消，定名为江苏省立国学图书馆。一九三三年四月更名为国立中央图书馆。一九三七年西迁重庆。一九四六年返南京。

〖解读〗

此札似成于一九三六年十月二十日。

南京柳树湾高石坎（又有说柳树湾大石板），是云南人说不完的牵挂，是云南人的根结。就连我的祖先相传也来自柳树湾。

柳树湾位置在原明故城东或东南，距城不远，临水，有像现在高速公路一样发达的航运，是一个集结、训练、发派云南战场军队、物资的集散地和调度云南开发建设人员、物资的集散地。明朝到云南的内地人可能来自四面八方，但几乎都到过柳树湾，柳树湾成了他们共同的话题，南京的繁华让他们向往，柳树湾的美丽、大气、震撼让他们铭刻于心。柳树湾是他们远征云南的共同起点，是他们内地家园共同的代名词。

## 三、一九三六年三月二日杨文襄事

〖录文〗

臞仙先生道座：

荷手教并惠滇刻多种，细感无既。命钞之件，谨以寄呈。附戴［带］寄宋诗及近印先著及乡先生书，敬希察纳。杨文襄［杨一清］事，近从《明实录》及明人文集中采辑颇夥。拟编一详录，约分五卷：一实录；二列传；三朋僚奏议；四朋僚文诗；五杂记。而文襄诗文在《滇南五名臣集》[①]及《石淙诗钞》十几卷本之外者尚多，拟另为《文襄集拾遗》。借供尊著年谱原料。敝邑故家谱谍，多有文襄所为碑传，不止于寒族谱中所载一文也。

专此布谢。敬颂著安。

愚弟　柳诒徵　顿首　中华民国廿五年［一九三六］三月二日

〔笺纸：江苏省立国学图书馆用笺。文："馆址：南京龙蟠里"〕

〖解读〗

图书馆是一个专门收集、整理、保存、传播文献并提供利用的机构。图书是人类实践活动信息升华和固化的载体，这种信息储存方式超级稳定和成熟，人类在掌握计算机网络技术之前的漫长岁月里，大部分的信息获取只有通过图书来实现，图书馆就是当时的数据库。而图书馆馆长无疑是信息的灵通者，学术资源的掌管者。中国的公共图书馆直到清末才出现，就是普通人都可以去那里看书，之前的皇家藏书如文渊阁只供小范围使用，与普通人无缘。所以为了方便子弟考举人、进士，打造书香门第，一些官宦、富商、大学者，纷纷建立自己的藏书机构（其中也难免有附庸风雅者混入），藏书量达数万至数十万册不等，有的内容比较综合，有的热心收集珍奇孤本，有的具有专业性。方树梅所建

①《滇南五名臣集》：指李根源辑《明滇南五名臣遗集》。辑录了明代安宁杨一清、澄江孙继鲁、弥勒杨绳武、昆明傅宗龙、禄丰王锡衮的诗文。

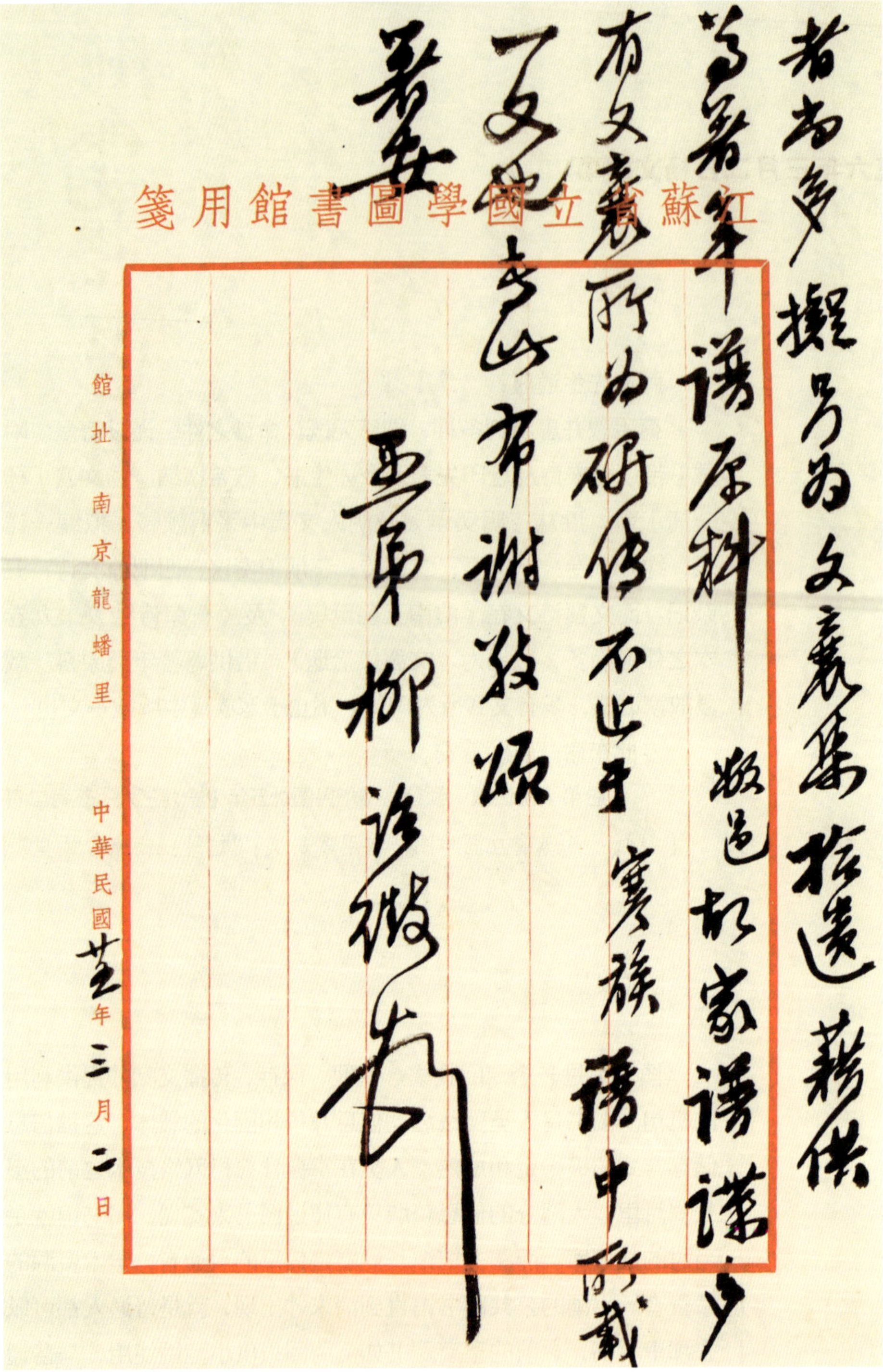

江蘇省立國學圖書館用箋

館址　南京龍蟠里

柳詒徵

中華民國廿三年三月二日

C13（2-2）　G19cm×28.5cm

学山楼，藏书三万卷，多为与云南有关的志书史籍，可以划在专业藏书楼之列。

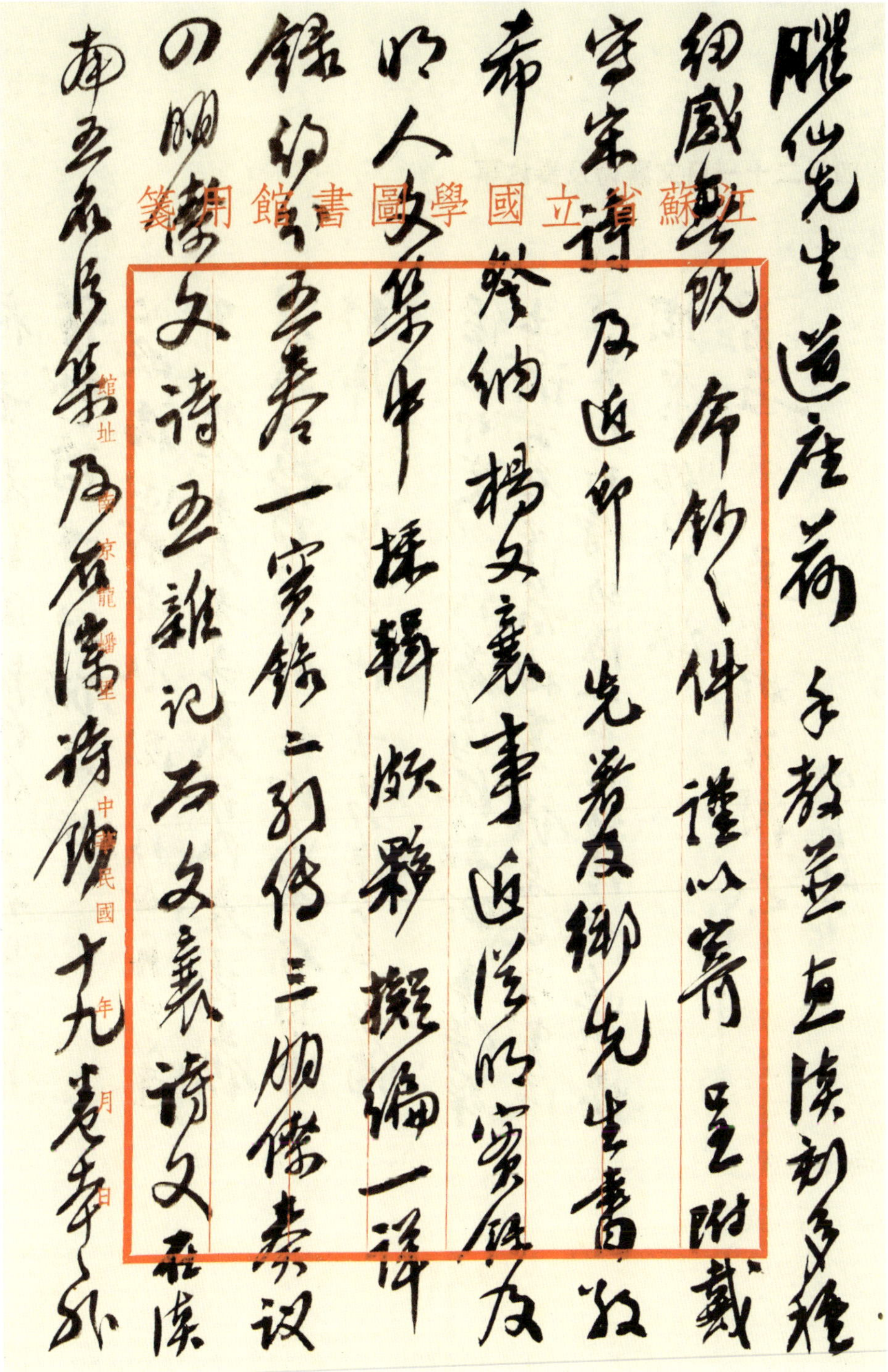


C13（2-1） G19cm×28.5cm

## 四、四月二十一日文襄诗及奏议事

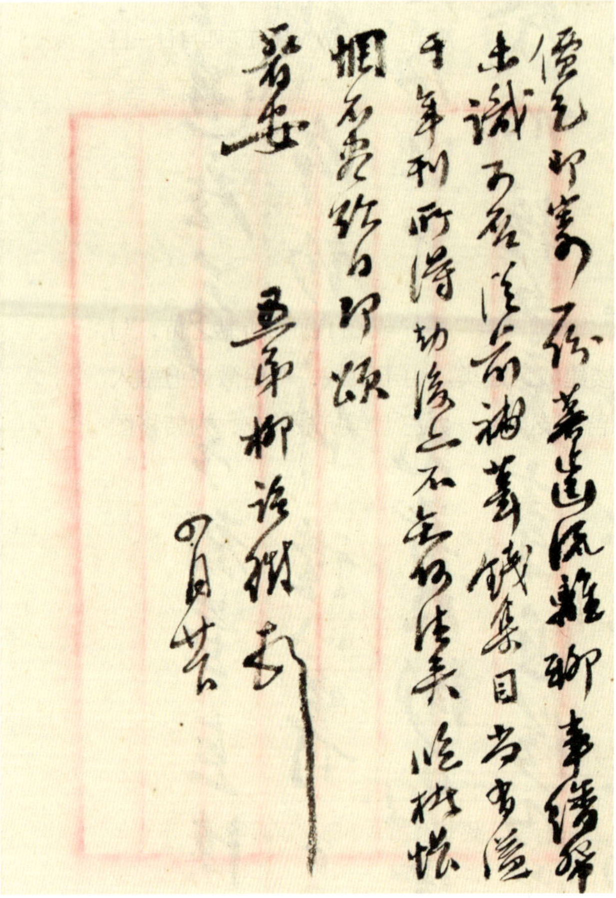

C14（2-2）G17cm×24.5cm

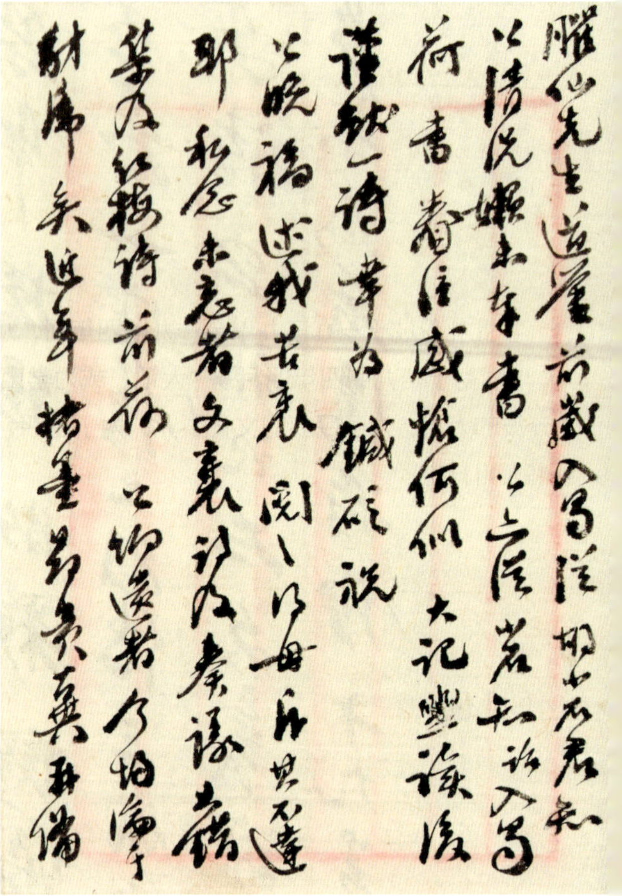

C14（2-1）G17cm×24.5cm

### 〖录文〉

臞仙先生道鉴：

前岁入蜀，从胡小石[①]君知公情况。懒未奉书，公亦从小石知诒入蜀。荷书眷注，感怆何似。大记盥读后，谨献一诗，幸为针砭。祝公晚福，述我苦衷，阅之得毋斥其不达耶。私念未忘者，文襄「杨一清」诗及奏议，大错［钱邦

①胡小石：即胡光炜。中华人民共和国成立后，历任江苏省人民委员会委员、江苏省政协常委、江苏省文物管理委员会主任、南京博物院顾问、江苏省文联副主席、江苏省作协主席、江苏省文联书法印章委员会主席等。

岂］集及红梅诗，前荷公赐遗者，今均沦于豺虎矣。近年楮墨昂贵，翼再备价，乞即寄一份。暮齿流离，聊事翻纸，未识可否。从前补葺钱集目，当有溢于年刊。所得，劫后亦不知何往矣。临楮怅惘，不尽欲曰。即颂著安。

愚弟　柳诒徵　顿首　四月廿一日

〔笺纸：竖行朱丝〕

〖解读〗

此札似成于一九三九年至一九四四年间，从“谨献一诗”看，或 C11 即为所献之诗，与 C11 同寄于一九四四年四月。“大记”或为学山楼建成记之类。由于抗战，柳诒徵被迫融入奔波的人流，为了民族的文化事业，为了生活，苦苦支撑。一九三七年抗战前夕，为转移图书入川奔走。

## 任凤苞　一通

任凤苞（一八七六 ~ 一九五三），字振采。江苏宜兴人。银行家、藏书家。早年随父宦游各地。辛亥革命后，交通银行复业，任协理。一九一五年由梁士诒举荐，任交通银行协理。一九二八年迁居天津，投资于银行业，先后任金城银行、中南银行董事，盐业银行董事长等要职。同时为全国铁路协会评议员。时交行为北洋政府主要金融支柱，获代理国库、发行货币权。协助总理梁士诒积极拓展业务，广设分行，并为袁政府募集公债，一九一四年十月中国、交通两行筹组新华储蓄银行，一九一五年二月开业，任董事。一九一六年袁世凯复辟帝制失败，梁士诒被通缉，交行董事会公举任暂行兼理总理事务。一九一七年曹汝霖任交行总理后，改任协理。一九一七年五月参与发起创立金城银行，为该行董事，并为盐业银行董事。一九一八年一月参与发起中日合办中华汇业银行，为监事。一九一九年四月参与发起中华银公司。抗战爆发后，华北沦陷，盐业银行总经理吴鼎昌任贵州省主席。为了维持盐业银行在沦陷区的局面，由任代理董事长兼总经理。抗战胜利后，继任盐业银行董事长，同时兼四行储蓄会执行委员。喜收藏，搜集方志二千五百九十一种，有“天春园”藏书楼。

## 六月十二日致方树梅

〖录文〗

臞仙先生阁下：

去春枉顾，适值南行，未能延接，缘悭一晤，歉怅至深。月前又以事至沪，由武曾［沙彦楷］兄处交到手示并大著《滇南书画集》一本、阮［阮元］修《通志》三册，拜悉。今阮志正苦残阙，得此可成全璧，皆出我公之赐，感谢感谢。嘱交沅叔［傅增湘］兄之书，业已交去，并为代索书联。前日在旧京相晤又面促之，据言，稍迟必奉报也。鄙藏方志，贵省所阙尚多，不知尚能代为收罗否？从者，于最近期间尚拟北游否？远企音尘，曷胜延伫。

手复并谢。敬颂撰祺。

弟 任凤苞 顿首 六月十二日

〔笺纸：诗笺。文："宝墨斋"〕

〖解读〗

任凤苞积三十多年之功，搜集方志二千五百九十一种。以种类分，包括一统志、省通志、府志、厅志、州志、县志、乡镇志、乡土志，涉及清代全国二十二个省。其收藏志书数量之多，品位之高，举世少见，被史学界人士誉为"私家藏志巨擘"。

方志和国史、家谱，是中国的三大基本历史文献。编修地方志，在中国有着悠久的传统，是中华民族独有的一种地域文化载体。西方没有地方志，受中国影响很深的东方国家如日本、朝鲜、越南也没有地方志。值近代以来，西方才有所谓区域研究，在内容上颇和中国的方志相似。

曜仙先生阁下：去春
枉顧，適值南行，未能延接，緣慳一晤，歉悵至深。月前又以事至滬，由武曾兄交到
手示，并
大箸《滇南書畫集》一本、《阮脩通志》三册，拜悉了。阮志正苦殘闕，得此乃成全璧，皆出我
公之賜，感謝感謝。
囑交付沅樸兄之書業已交去，並爲代索書聯

C15（2-1） G16cm×27cm

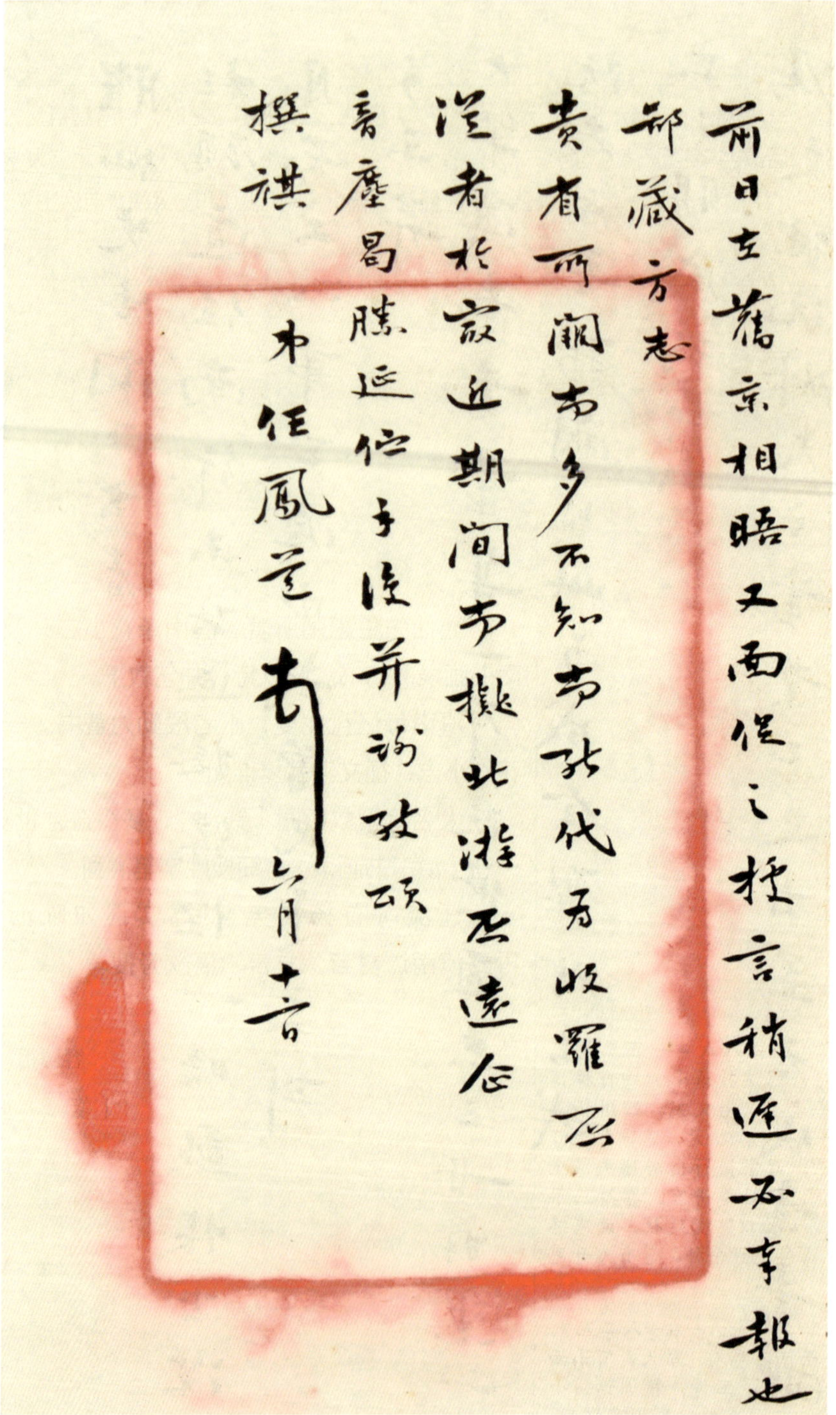

前日在舊京相晤又函促之接言稍遲為幸報也
郡藏方志
貴省所聞者多不知者殆代為收羅否
從者於最近期間者擬北游否遠念
音塵曷勝延佇手復并頌
撰祺　弟任鳳苞上　六月十三

G15（2-2）G16cm×27cm

# 容肇祖　一通

容肇祖（一八九七～一九九四），字元胎。广东东莞人。容庚的三弟。他出生之时，恰逢其祖父去世之日，因而名为念祖，后改名肇祖。著名哲学史家、民间文艺学家。一九二六年，毕业于北京大学哲学系。先后在厦门大学、中山大学、北京大学等著名学府任教。著有《明代思想史》《魏晋自然主义》《韩非子考证》《李贽年谱》等。

## 《滇南茶花小志》及《滇南书画录》谢诗三章

〖录文〗

癯仙先生惠赠所著《滇南茶花小志》及《滇南书画录》二书。谢以诗，并乞教正。

滇南每忆盘龙叟，垂老殷勤为著书。一卷茶花称小志，征文考献复谁如？

大名籍籍数南园［钱沣］，多少奇才世莫论。一卷《滇南书画录》，细搜姓字笔澜翻。

迂流可有杨文宪①，笃实谁如陈海楼②。再到滇南访耆老，方言爨语欲旁搜。

容肇祖　呈稿

〔笺纸：宣纸〕

①杨文宪：即杨慎（一四八八～一五五九），字用修，号升庵，后因流放滇南，故自称博南山人、金马碧鸡老兵。谥文宪。四川新都人。正德六年（一五一一）状元，官翰林院修撰，豫修武宗实录。武宗微行出居庸关，上疏抗谏。世宗继位，任经筵讲官。嘉靖三年（一五二四），因"大礼议"受廷杖，谪戍终老于云南永昌卫。著作达百余种。著有《升庵集》等。

②陈海楼：即陈履和（一七六一～一八二五），字介存，号海楼。云南石屏人。举人。官山西太谷、浙江东阳等知县。工诗，精训诂、小学、金石考据之业。书法秀健，画梅有别趣。有《海楼文集》等。

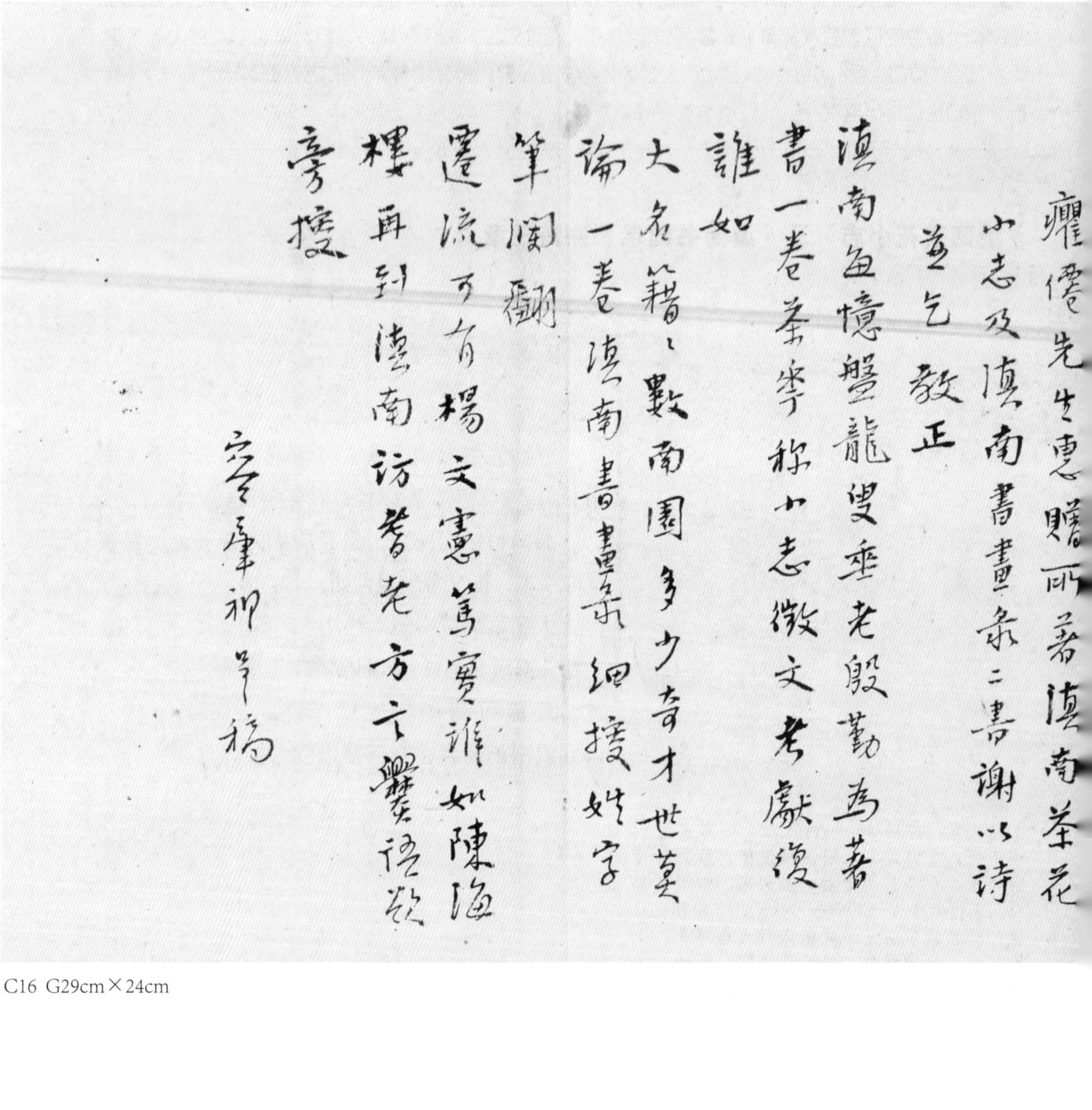

癯僊先生惠贈所著滇南茶花
小志及滇南書畫錄二書謝以詩
並乞教正
滇南每憶盤龍叟垂老殷勤爲著
書一卷茶李稱小志徵文考獻復
誰如
大名籍籍數南園多少奇才世莫
論一卷滇南書畫錄細搜姓字
筆闌翻
還流可有楊文憲篤實誰如陳海
樓再到滇南訪耆老方言爨語款
旁搜
寶峯初草稿

C16 G29cm×24cm

# 高步瀛　一通

高步瀛（一八七三 ~ 一九四〇），字阆仙，又署阆轩，私谥贞文。河北霸县辛店乡北头村人。著名文献学家、历史学家、教育家。师从桐城派古文大师吴汝纶先生。历任畿辅大学堂教席、学部图书局主编、教育部佥事、国立北京高等师范教席、北京女子师范大学教授、辽宁萃升书院教授、北京师范大学教授、保定莲池讲学院教授、辅仁大学教授等职。著有《古文辞笺证》《唐宋诗文举要》《古今辞类要注》《古礼制研究》《史记正义校补》《选学举要》《文选李注义疏》等著作，其中大部分未予刊行。

## 九月六日致方树梅

### 〖录文〗

臞仙先生左右：

昨奉大函，蒙惠《滇系》[①]一部。此书北平甚不易得，且价值尤昂。寒士殊难购取，乃慨然见贶。珍逾拱璧，价重百城。引领南天，再拜登受。坐拥异书，如见良友。肸蠁相通，宁有既邪。查此书凡四十册外，多一册，当是捆束时误行加入，今奉还并希鉴察。

肃此鸣谢，兼颂秋禧。

弟　高步瀛　顿首　九月六日

树五先生、希鲁先生同此。不另。

〔笺纸：清白蔬菜图诗笺〕

### 〖解读〗

从原件看，这封信里凡提及与收信人方树梅相关的地方，均另起一行，抬头顶格。开头时“臞仙先生左右”，因有“臞仙先生”和“左右”自然是首行顶格写了；“昨奉大函”中的“大函”指方树梅写的信，用“大”字以示分量很重，另行抬头；“惠《滇系》一部”中的“惠”指方树梅赠书，用“惠”字以示谢意，且另行抬头；“慨然

①《滇系》：清师范撰。旁征博引四百余种文献资料，于嘉庆十二年（一八〇七）成书。

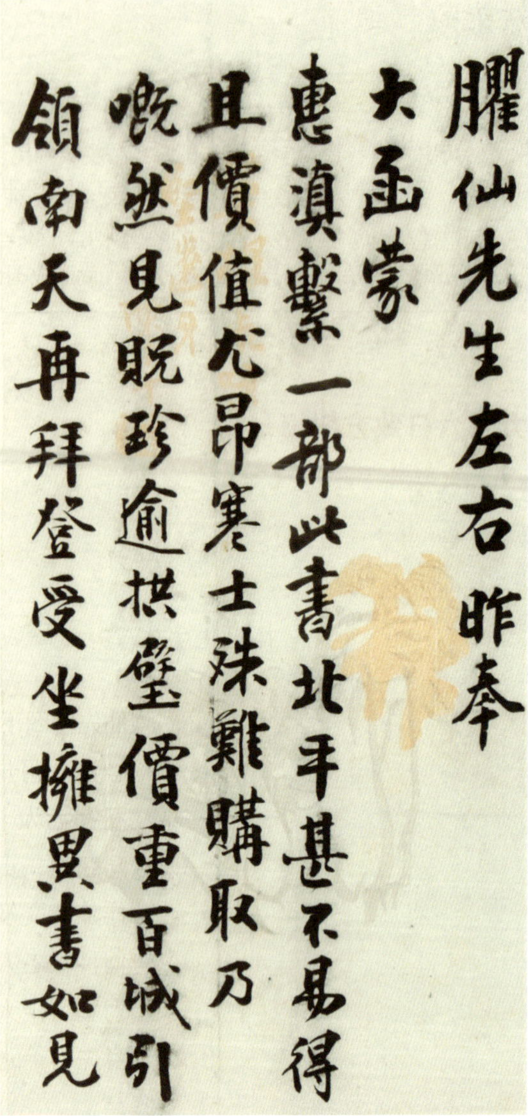

臞仙先生左右　昨奉
大函蒙
惠滇繫一部此書北平甚不易得
且價值尤昂寒士殊難購取乃
慨然見貺珍逾拱璧價重百城引
領南天再拜登受坐擁異書如見

C17（2-1）G11cm×23cm

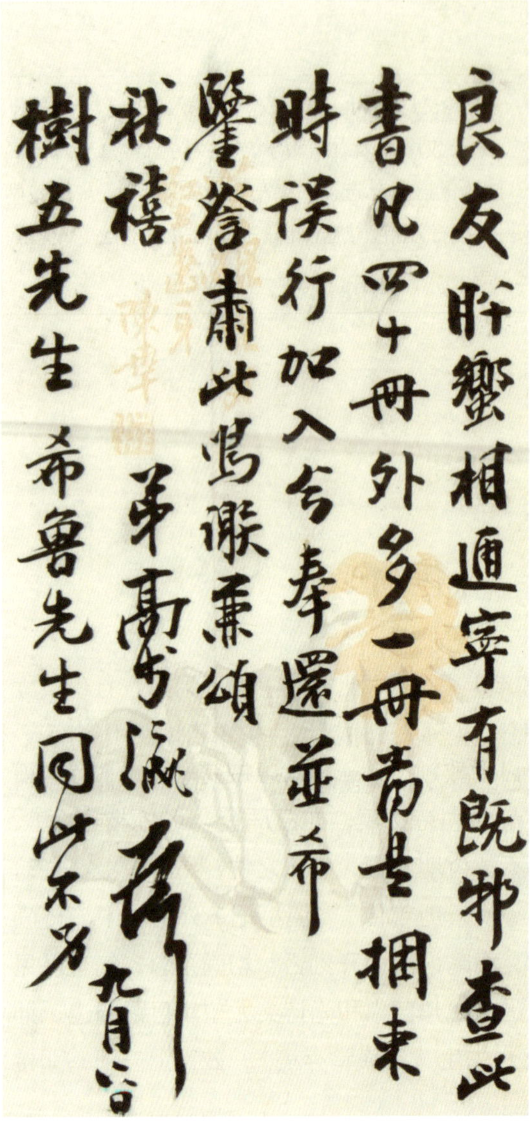

良友肝鑾相通寧有既邪查此
書凡四十冊外多一冊当是捆束
時誤行加入今奉還並希
鑒察肅此鳴謝兼頌
秋禧　弟高步瀛　九月
樹五先生
希魯先生同此不另

C17（2-2）G11cm×23cm

见贶”中的“慨然”指方树梅慷慨赠书令人感动，另行抬头；“鉴察”是请方树梅查对，也应另行抬头。

旧时，在书信的格式礼仪方面，为表示尊重对方或其他自己敬重的人，除上述另行顶格外，还可以空一字（作用差不多），同时，为表示自己的谦卑，提到自己的字眼时缩小字体书写。这三种情况中，后两种情况，参见宋联奎 C01、陈裕菁 C24。

## 姚光　三通

姚光（一八九一～一九四五），一名后超，字凤石，号石子，又号复庐。张堰人。七岁入私塾，十一岁即能文，十五岁入秦山实校学堂，十七岁入上海震旦学校，未数月即因大病辍学，遂乡居自学。一九一二年六月，与高燮等在张堰创办国学商兑会，任理事长，出版《国学丛选》，发表《国学保存论》。加入南社，一九一八年，南社内部发生分歧，柳亚子愤而辞职，经社友推举姚光继任主任。故论南社主政者有“前有柳亚子，后有姚石子”之称。又作《尚武救国论》等。

### 一、十月十三日致方树梅

〔录文〕

臞仙先生阁下：

奉八月卅日手教领悉：一是承惠蜕翁［倪蜕］诗文集及石禅老人［赵藩］诗初集，亦已拜登。此书求之有年，今乃获得，真不啻百朋之锡，感谢之忱，曷其有极。蜕翁著作除诗文及《滇云历年传》《滇小记》外，滇中流传尚有何种？老人文集笔记曾为开刻否？均尚系念，乞有以见示为幸。至大错［钱邦芑］和尚诗文尤望早日赐阅也。拙刻乡先哲徐闇公[①]先生《钓璜堂存稿》，兹寄上一部，即希鉴存。

手此。不尽，敬颂道安。

小弟　姚光　顿首　十月十三日

〔笺纸：竖行信笺〕

①徐闇公：即徐孚远（一五九九～一六六五），字闇公，晚号复斋。江苏华亭人。明末诗人。崇祯二年（一六二九），陈子龙、夏允彝、徐孚远、彭宾、杜麟征、周立勋六人组成文社“几社”，以道义文章名于时。明亡后曾起兵抗清，后追随郑成功到台湾。著有《钓璜堂集》《几社会义集》等。

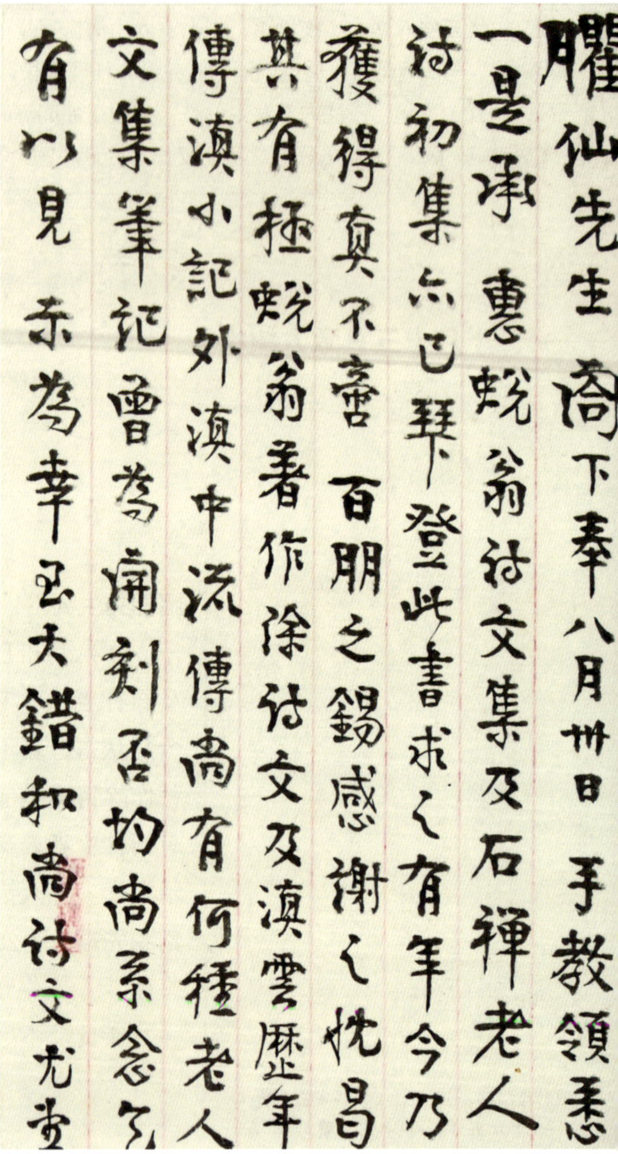
耀仙先生閣下奉八月卅日手教領悉一是承惠蜕翁詩文集及石禪老人詩初集亦已琴登此書求之有年今乃獲得真不啻百朋之錫感謝之忱曷其有極蜕翁著作除詩文及滇雲歷年傳滇小記外滇中流傳尚有何種老人文集筆記曾為開刻否均尚系念乞有以見示為幸丕夫錯和尚詩文尤當

C18（2-1） G15cm×23cm

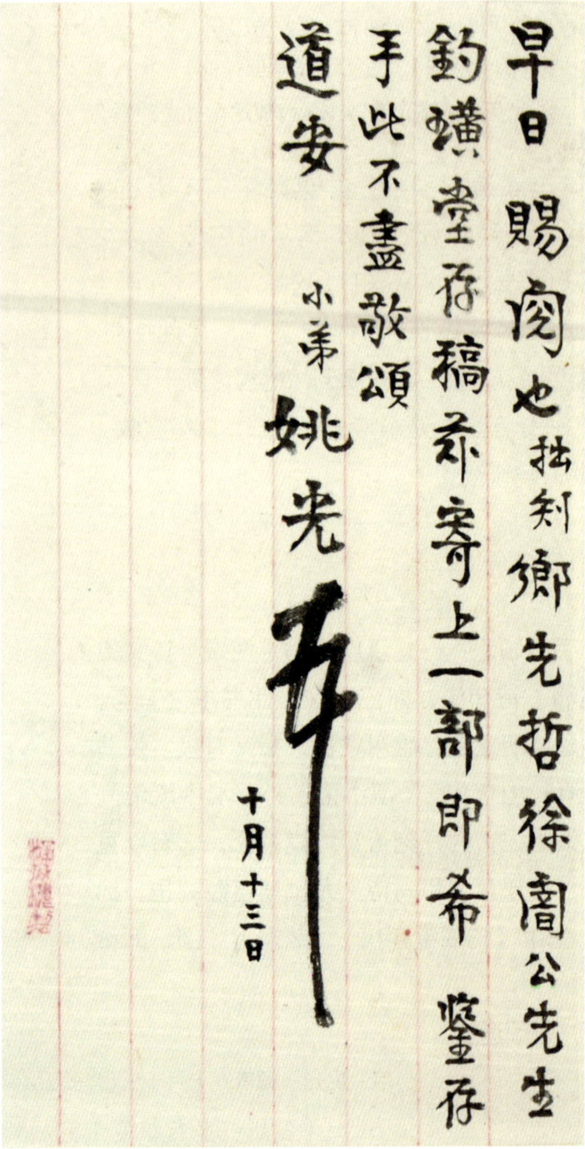
早日賜閱也拙刻鄉先哲徐闇公先生釣璜堂存稿亦寄上一部即希鑒存手此不盡敬頌

道安

小弟姚光

十月十三日

C18（2-2） G15cm×23cm

## 二、四月二十四日致方树梅

〖录文〗

臞仙先生大鉴：

去年年底叠辱损书，并惠以贵省《明遗民集》[①]三种，均经拜领。弟不幸冬间突遭室人之丧，曾以讣告上达，不知得邀鉴及否？兹再上事略一通，倘蒙赐诔[②]，俾光泉壤，曷胜衔感。续颁尊辑《茶花志》，顷亦奉到。所索《顾千里[③]年谱》，兹并钱、汪[④]行述各检一册付邮，即祈察收。

手此。敬颂道安。

弟　姚期光　顿首　四月廿四日

〔笺纸：图文诗笺〕

〖解读〗

"姚（期）光"中有"期"字，可能三年内有父母仙逝，或者就是因为此札中所说的"室人"之丧，按父母之礼相待。若是，可见夫妻情分之笃。

①《明遗民集》：或指《明诗总集》。共十六卷，收录明末遗民诗二千八百六十七首，作者五百零五人，并对每位作者字号行迹做了简单的介绍。清卓尔堪辑。尔堪，字子任，一字鹿墟，别号宝香山人。生于江都（江苏扬州）。约生活于康熙时期，曾投效于浙江总督李之芳部下，参加讨伐耿精忠之役，后隐居终生。

②诔［lěi］：哀悼死者的文章。

③顾千里（一七六六～一八三五）：名广圻，以字行，号涧蘋，别号思适居士，人称"万卷书生"。江苏元和人。清代著名藏书家。其藏书处为"思适斋"。师事尚书学专家江声。顾千里对于经、史、小学、天文、算术、舆地、九流百家、诗、文、词、曲，无所不通。

④钱、汪：指清代学者钱大昕、汪喜荀。钱大昕（一七二八～一八〇四），字晓征，号辛楣，又号竹汀。江苏嘉定人。乾隆十九年（一七五四）进士，选翰林院庶吉士，散馆授编修，历升侍讲学士、少詹事，提督广东学政。汪喜荀（一七八六～一八四七），原名喜孙，字孟慈。江苏扬州人。嘉庆十二年（一八〇七）举人。曾任内阁中书、山东司员外郎、河南怀庆知府。

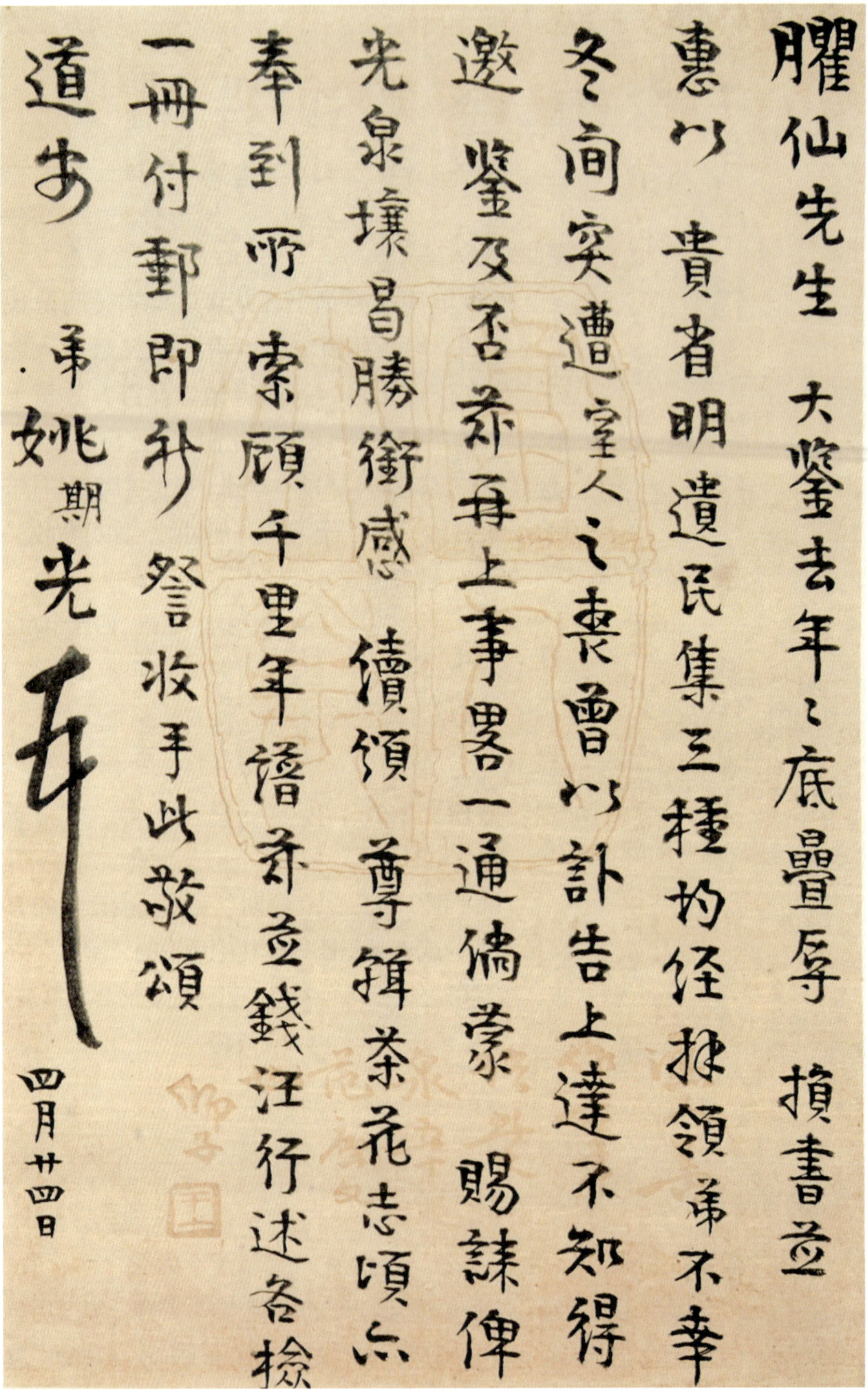
臞仙先生大鑒：去年之底疊辱損書并惠以貴者明遺民集三種，均經拜領。弟不幸冬間突遭室人之喪，曾以訃告上達，不知得邀鑒及否？兹再上事畧一通，備蒙賜誄，俾光泉壤，昌勝銜感。續頌尊輯茶花志頃亦奉到，所索顧千里年譜兹并錢汪行述各檢一冊付郵，即祈詧收。手此敬頌
道安
弟姚期光年
四月廿四日

C19 G16cm×25cm

## 三、八月三日致方树梅

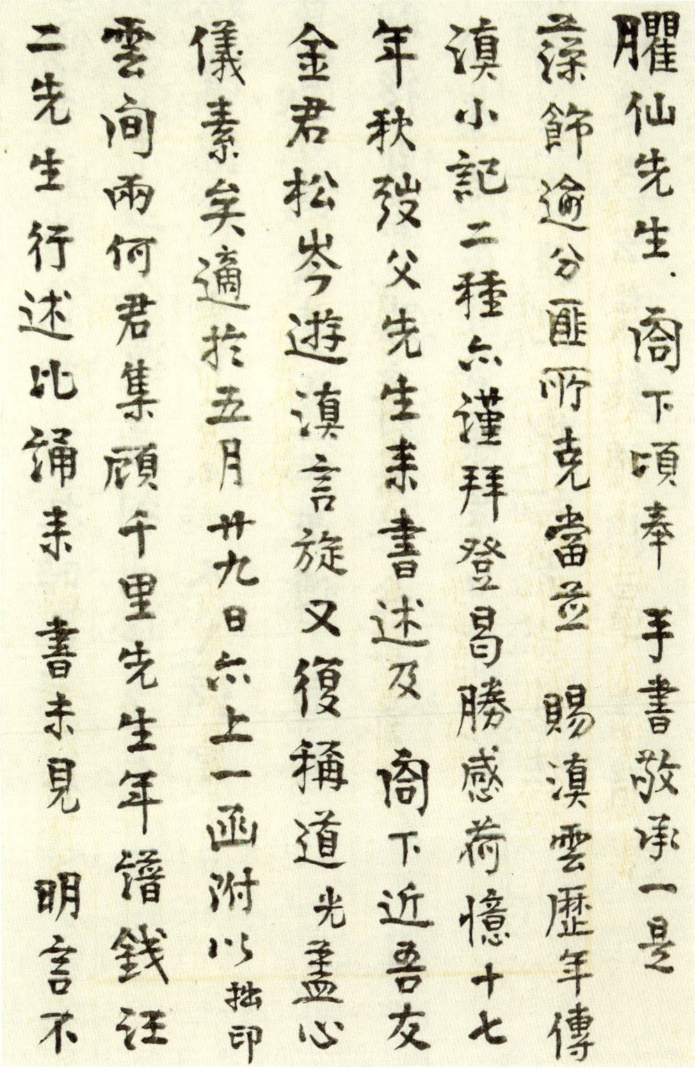
臞仙先生 閣下頃奉 手書敬承一是
藻飾逾分匪所克當並 賜滇雲歷年傳
滇小記二種亦謹拜登曷勝感荷憶十七
年秋弢父先生來書述及 閣下近吾友
金君松岑遊滇言旋又復稱道光盖心
儀素矣適於五月廿九日亦上一函附以拙印
雲向兩何君集顧千里先生年譜錢注
二先生行述比誦來 書未見 明言不

C20（3-1） G16.5cm×25.5cm

〖录文〗

臞仙先生阁下：

顷奉手书敬承：一是藻饰[1]逾分，匪所克当[2]。并赐《滇云历年传》《滇小记》二种，亦谨拜登，曷胜感荷。忆十七年秋，弢父［赵式铭］先生来书述及阁下，近吾友金君松岑游滇言，旋又复称道，

①藻饰：修饰文词。

②克当：能承当；敢当。

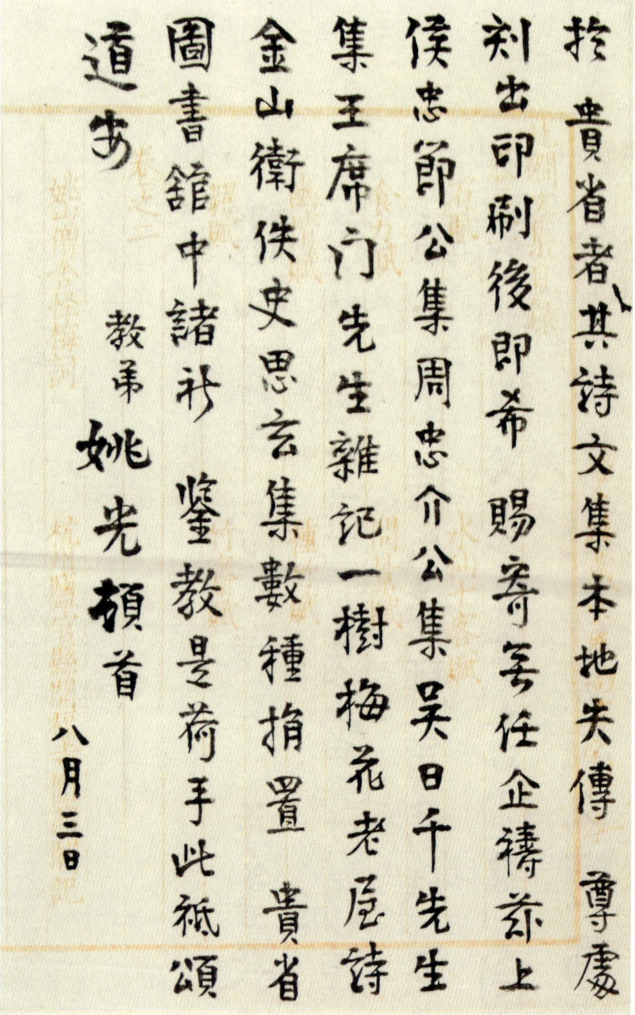
於貴省者其詩文集本地失傳尊處
刻出印刷後即希賜寄無任企禱並上
侯忠節公集周忠介公集吳日千先生
集王席門先生雜記一樹梅花老屋詩
金山衛佚史思玄集數種捐置貴省
圖書館中諸祈鑒教是荷手此祇頌
道安
教弟姚光頓首
八月三日

C20（3-3） G16.5cm×25.5cm

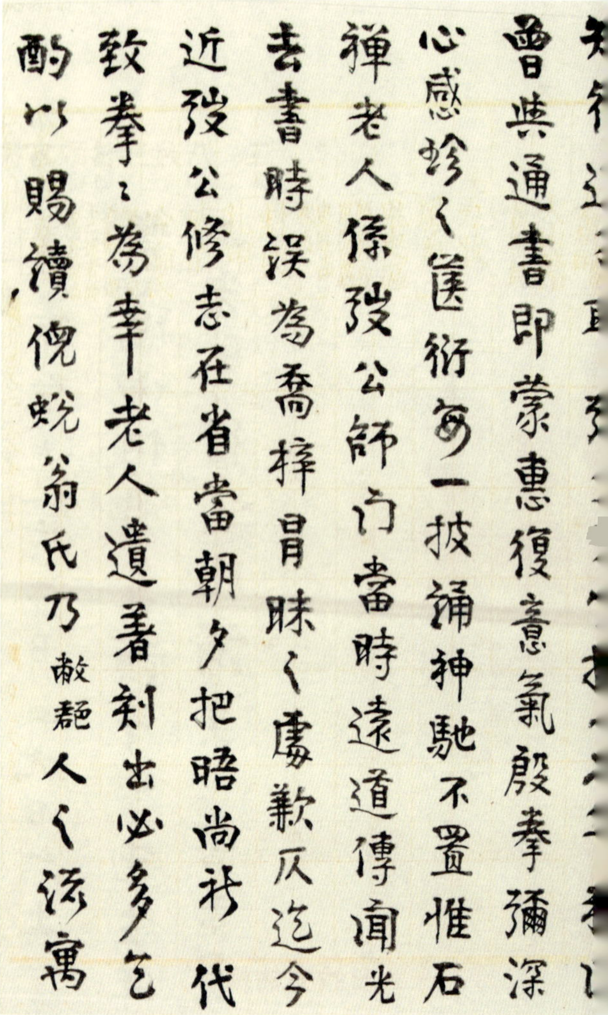
曾與通書即蒙惠復意氣殷拳彌深
心感珍之篋衍每一披誦神馳不置惟石
禪老人係弢公師門當時遠道傳聞光
去書時誤為喬梓冒昧之處歉仄迄今
近弢公修志在省當朝夕把晤尚祈代
致拳拳為幸老人遺著刻出必多乞
酌以賜讀倪蜕翁氏乃敝郡人之流寓

C20（3-2） G16.5cm×25.5cm

光盖心仪素矣。适于五月廿九日亦上一函，附以拙印《云间两何君集》《顾千里先生年谱》《钱、汪二先生行述》[3]，比诵来书未见明言，不知得达否耶？

弢父先生于十七年秋间曾与通书，即蒙惠复，意气殷拳，弥深心感，珍之箧衍[4]，每一披诵，神驰不置。惟石禅老人［赵藩］系弢公师门，当时远道传闻，光去书时误为乔梓[5]，冒昧之处，歉仄迄今。近弢公修志在省，当朝夕把晤，尚祈代致拳拳为幸。老人遗著，刻出必多，乞酌以赐读。

倪蜕翁［倪蜕］氏乃敝郡人之流寓于贵省者，其诗文集本地失传，尊处刻出印刷后，即希赐寄，无任企祷。

③《钱、汪二先生行述》：姚光编辑，一九三二年铅印本一册。

④箧衍［qièyǎn］：方形竹箱，盛物之器。

⑤乔梓：乔木高，梓木低，比喻父位尊，子位下，因称父子为“乔梓”。

兹上《侯忠节公⑥集》《周忠介公⑦集》《吴日千⑧先生集》《王席门先生杂记》《一树梅花老屋诗》《金山卫佚史》《思玄集》数种，捐置贵省图书馆中。诸祈鉴教是荷。

手此。祗颂道安。

教弟　姚光　顿首　八月三日

〔笺纸：雕版印品利用〕

⑥侯忠节公：即侯峒曾（一五九一～一六四五），号广成，字豫瞻。江苏嘉定人。天启五年（一六三五）进士。雅好诗文，能书法。曾任浙江参政。清乾隆追谥侯峒曾为忠节。

⑦周忠介公：即周顺昌（一五八四～一六二六），字景文，号蓼洲。江苏吴县人。东林党人。万历四十一年（一六一三）进士。历官福州推官、文选员外郎。为魏忠贤党迫害，死于狱中。崇祯元年（一六二八）得以昭雪，谥忠介。

⑧吴日千：即吴骐（一六二〇～一六九五），字日千，号铠龙、铁崖、九峰遗黎、培桂桂斋主。江苏华亭人。幼有“神童”之誉，读书过目成诵。崇祯诸生。明亡，绝意仕进。

# 王健　一通

王健，字卓亭（《方树梅年谱》写作卓庭）。陕西蒲城人。陕西通志馆副馆长。

## 二月二十六日致方树梅

### 〖录文〗

臞仙先生硕鉴：

昨承惠寄《滇南书画录》暨《茶花小志》各四册，俱已领讫，当即分致敝馆诸同人，相与欢赏不已。其尤堪钦佩者，《书画录》一编，集两朝之掌故，萃三百之名家，体制严明，搜罗宏富。先生爱滇之心洵可谓不遗余憾矣，谨当什袭藏之。嗣后再有续出佳著，尚祈随时见锡，俾广见闻。再，敝馆编辑《关中丛书》，搜采时感困难，滇中如有流传陕人著作，为市肆所不经见者，还希留心物色，拨冗函示，以便设法抄购，尤为心祷。匆泐奉复。

顺询著祉。维照不戬。（附书目一纸）

弟　王健鞠躬　二月二十六日

〔钤印：卓亭〕

〔笺纸：陕西省通志馆用笺〕

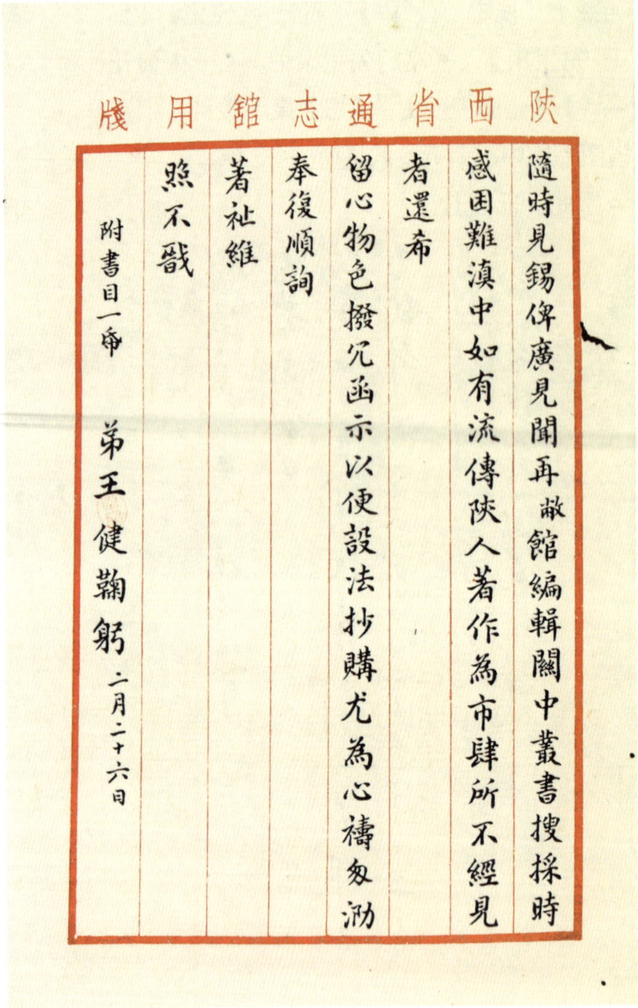

陝西省通志館用箋

隨時見錫俾廣見聞再敝館編輯關中叢書搜採時
感困難滇中如有流傳陝人著作為市肆所不經見
者還希
留心物色撥冗函示以便設法抄購尤為心禱匆泐
奉復順詢
著祉維
照不戩

附書目一帋

弟王健鞠躬 二月二十六日

C21（2-2） G18cm×28cm

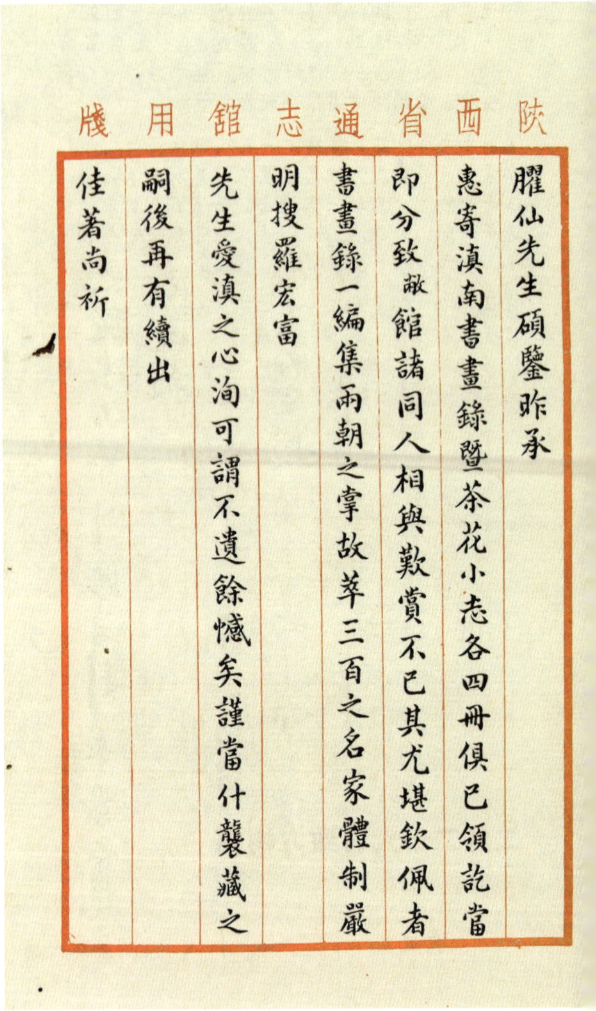

陝西省通志館用箋

曜仙先生碩鑒昨承
惠寄滇南書畫錄暨茶花小志各四冊俱已領訖當
即分致敝館諸同人相與歎賞不已其尤堪欽佩者
書畫錄一編集兩朝之掌故萃三百之名家體制嚴
明搜羅宏富
先生愛滇之心洵可謂不遺餘憾矣謹當什襲藏之
嗣後再有續出
佳著尚祈

C21（2-1） G18cm×28cm

## 王献唐　一通

王献唐（一八九六－一九六〇），字献堂，初名琯，号凤笙，以字行。一九二九年八月出任山东省图书馆馆长。一九四〇年，受聘国史馆总干事，兼任山东大学、武汉大学教授。一九四八年复任省立图书馆馆长，兼国史馆纂修。著述有《炎黄氏族文化考》《中国古代货币通考》《山东古国考》等五十余部，逾千万字。

# 二月二十六日致方树梅

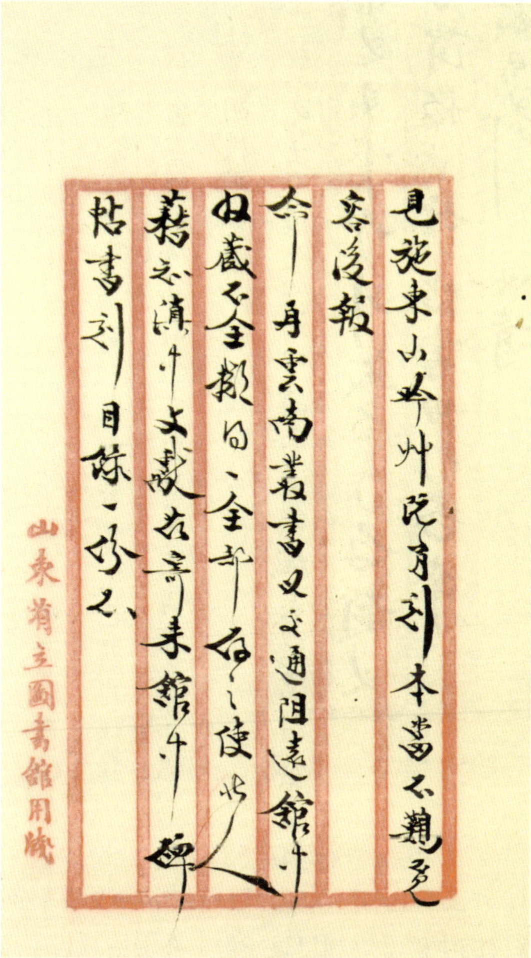

C22（3-2）G15cm×27.5cm

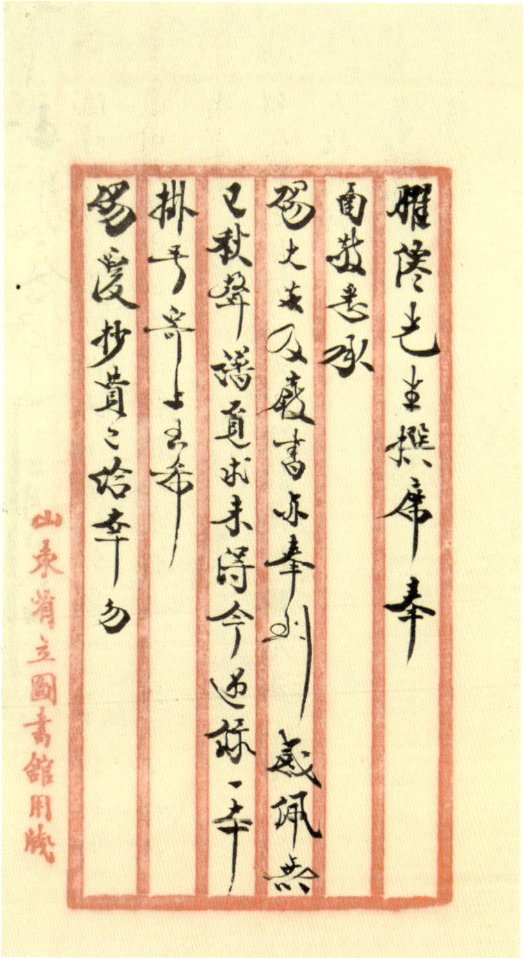

C22（3-1）G15cm×27.5cm

〖录文〗

臞仙先生撰席：

奉函敬悉。承赐大著及声书亦奉到，感佩无已。《秋声谱》①觅求未得。今遇，录一本挂号寄上，至希赐复。抄费已给，幸勿见施。《东

①《秋声谱》：严廷中撰。严廷中（一七九五～一八六四），字古卿，号秋槎，一号岩泉山人，别署秋槎居士、红豆道人。云南宜良人。庠生。性好吟咏，十三岁，诗词便在京华传诵。二十岁，处女作诗集《拈花一笑录》刊刻问世。善制曲，有杂剧《武则天风流案卷》（一名《判艳》）、《沈媚娘秋窗情话》（一名《谱秋》）、《洛阳殿无双艳福》（一名《洛阳殿》），合称《秋声谱》。民国年间，郑振铎将《秋声谱》收入《清人杂剧初集》。

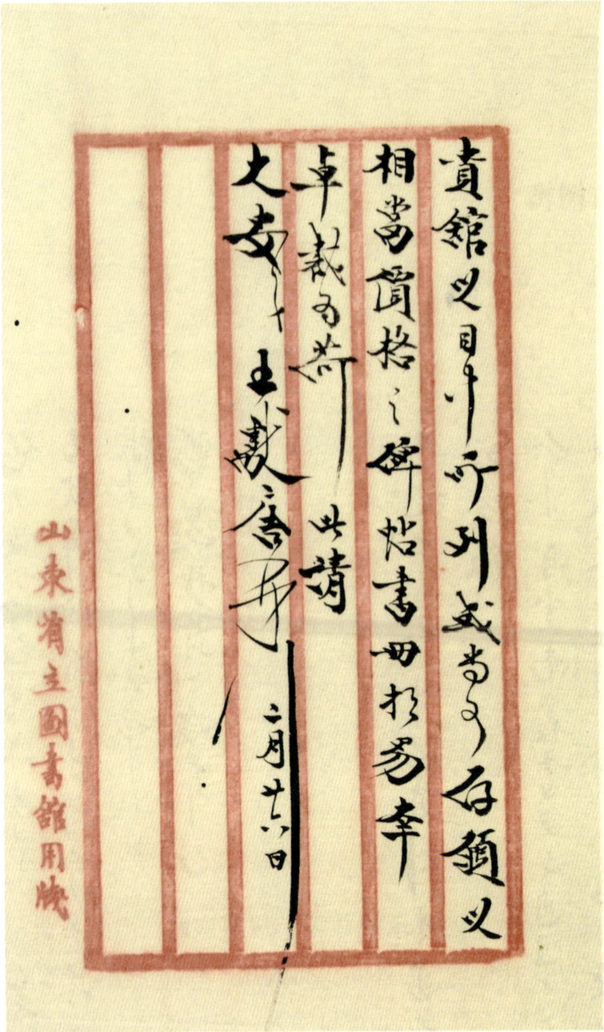
貴館之目中所列或尚可存願以
相當價格之碑帖書冊於易幸
卓裁爲荷　此請
大安
弟王獻唐頓首
二月廿六日
山東省立圖書館用牋

C22（3-3）G15cm×27.5cm

山吟草》既有刻本，当不难觅，容后报命。再，“云南丛书”以交通阻远，馆中收藏不全，拟得一全部存之，使北人借知滇中文献。兹寄来馆中碑帖书刻目录一份，亦贵馆之目中所列，或尚可存，愿以相当价格之碑帖书册于易。幸卓裁为荷。

此请大安。

弟　王献唐　顿首　二月廿六日

〔笺纸：山东省立图书馆用笺〕

〖解读〗

山东图书馆献唐见向云南图书馆发起图书交换，无论结果如何，却是个不错的主意。

# 郑鹤声　一通

郑鹤声（一九〇一～一九八九），原名松表，字萼荪，号鹤皋，后改号萼荪。著名历史学家、文献学家。浙江诸暨人。一九二〇年，考入南京高等师范学堂文史地部，受学于历史学家柳诒徵、地理学家竺可桢。一九二五年毕业后，在云南高等师范任教，并兼课于东陆大学。一九二九年任南京国民政府教育部编审处编审、教育部编译馆专任编译兼人文组主任。国立编译馆转为国史馆后，任纂修兼史料处处长。一九五一年任山东大学历史系教授、中国近代史教研室主任、中西交通史研究室名誉主任、校学术委员会委员等职。

## 二月二十四日致方树梅

〖录文〗

臞公座右：

去岁奉读手教，稽答为歉。两次承赐尊著，殊深钦迟。滇南名贤辈出，得我公为之传述，永不朽矣。茶花殊为南中绝产，惜外间少有人知，经此征集，声价倍增。声虽不得亲承诸员謦欬，重偿名花色香，披读尊著仿如置身南天，快何如之。但缅怀前尘，人事沧桑，殊多感慨耳。

特此奉谢。敬颂台安。

晚郑鹤声　拜上　二月廿四日

〔钤印：郑鹤声印〕

〔笺纸：国立编译馆〕

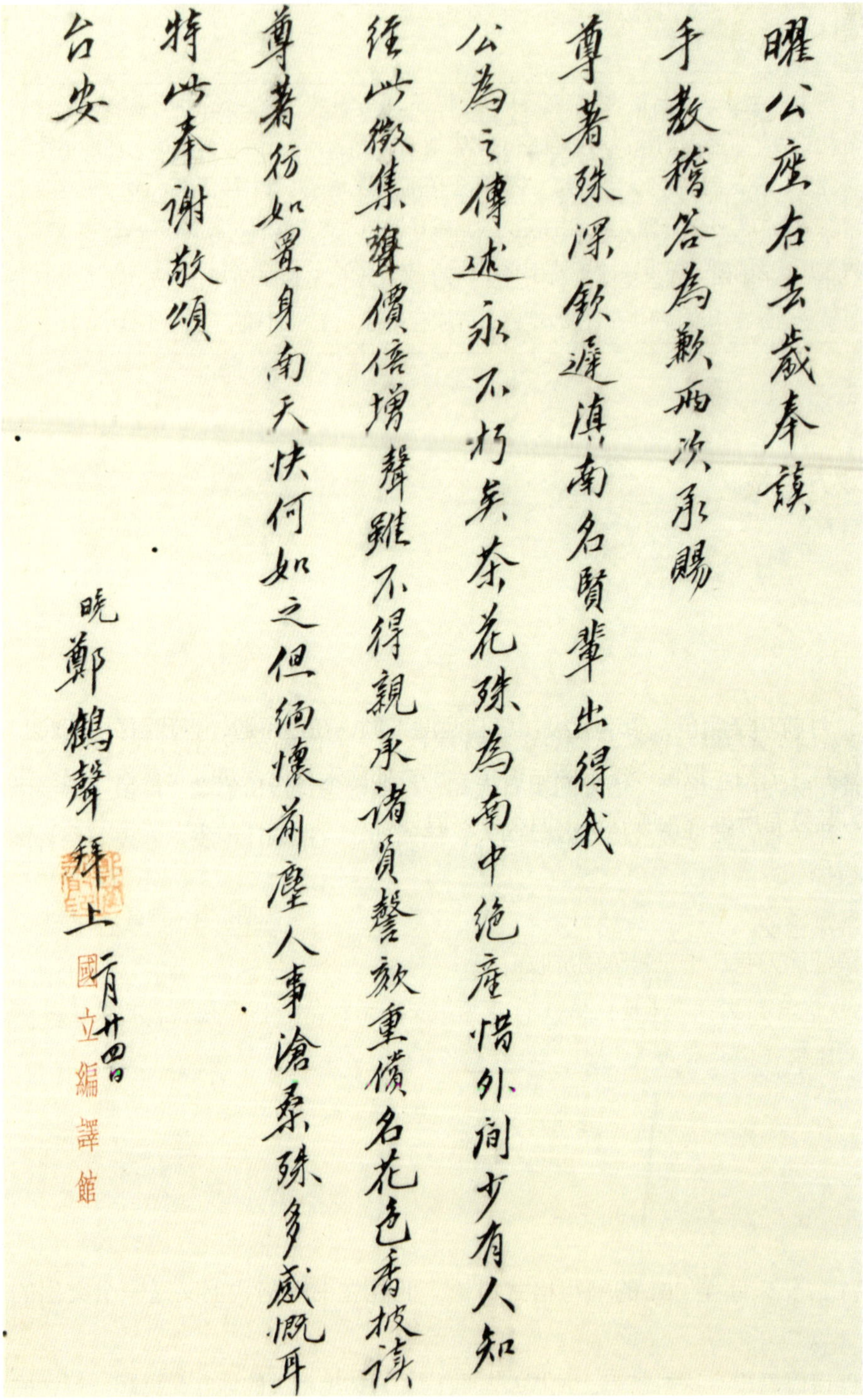
曜公座右去歲奉讀
手教稽答為歉兩次承賜
尊著殊深欽遲滇南名賢輩出得我
公為之傳述永不朽矣茶花殊為南中絕產惜外間少有人知
經此徵集聲價倍增聲雖不得親承諸貭謦欬重償名花色香披讀
尊著彷如置身南天快何如之但緬懷前塵人事滄桑殊多感慨耳
特此奉謝敬頌
台安
晚鄭鶴聲拜上
二月廿四日
國立編譯館

C23 G18cm × 28cm

# 陈裕菁　一通

陈裕菁（一八八九～一九六三），字南屏。江苏丹徒人。早年受家学濡染，有志治史，又曾接受新式教育，兼通外语。一九一一年，据日本人类学杂志所载论文，译出《浙江处州府之畲客》一篇，发表于《东方杂志》第八卷第八号。次年，又在《东方杂志》第九卷第四号上发表《中国的户口问题》一文。曾积极参与南京中国史学会活动。一九二九年南京《史学杂志》创刊之后，陈裕菁陆续发表自撰之《北宋米价考》，辑录之《朝鲜壬午甲申事件之文件》《中法战事文件汇辑》以及翻译日人市村瓒次郎之《岳飞班师辨》等文。抗战爆发后，在上海法租界以任教糊口，抗战胜利后，曾一度任职于上海市社会局。

## 九月七日致方树梅

### 〖录文〗

臞仙先生道座：

闻大名久矣，月前获亲颜色，荣幸何极。尊刊两度下颁，在远不遗，惠我深矣。敬谢。先君曾有“横山丛书”之刻，拟俟今冬再版后寄呈一部，如前未及见，亦可先奉数种也。贵省有否新刊之著，若续有所惠，尤所欣幸，但不敢妄请耳。

专复。敬颂著祺。

陈期裕菁　顿首　九月七日

赐示请寄：镇江磨刀巷二十三号陈南屏收。

〔笺纸：华大号信笺，文：“地址：镇江荷花塘”“电话：第一四〇号”“电报挂号贰零陆贰”“光华火油镇江区总经理处”〕

### 〖解读〗

结合高步瀛 C17、宋联奎 C01 的书写格式讨论。此札在书写格式上又是一个突出的例证。

对照此札原件可以看出，这封信里，凡提及与收信人方树梅相关的地方，另起一行，抬头顶格。开头时“臞仙先生道座”因有“臞仙先生”和“道座”自然是首行顶格写了；“颜

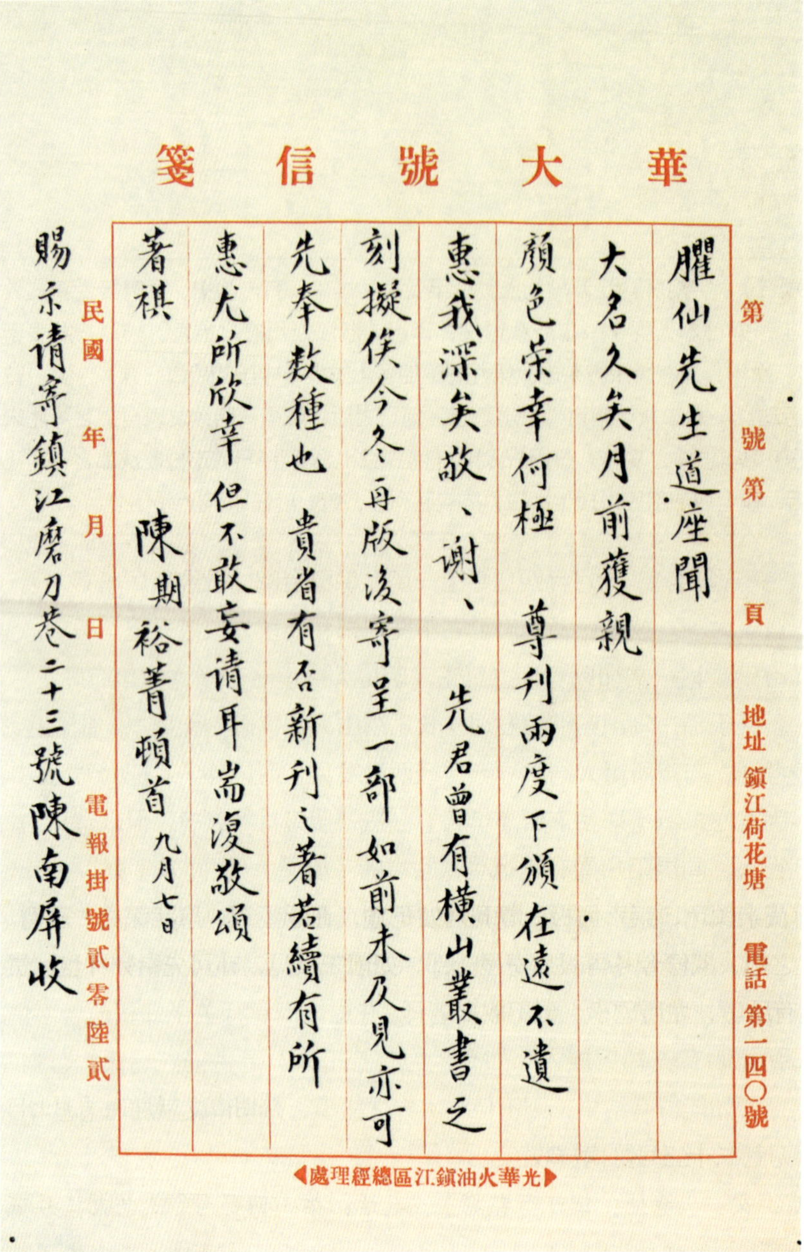

華大號信箋

第　號第　頁

地址 鎮江荷花塘　電話 第一四〇號

耀仙先生道座聞
大名久矣月前獲親
顏色榮幸何極　尊刊兩度下頒在遠不遺
惠我深矣敬、謝、　先君曾有橫山叢書之
刻擬俟今冬再版後寄呈一部如前未及見亦可
先奉數種也　貴省有否新刊之著若續有所
惠尤所欣幸但不敢妄請耳耑復敬頌
著祺　陳期裕菁頓首　九月七日

民國　年　月　日　電報掛號武零陸貳

賜示請寄鎮江磨刀巷二十三號陳南屏收

光華火油鎮江區總經理處

C24　G18.5cm×28cm

色”指方树梅的气色，另行抬头；“惠我”是指方树梅所惠，且另行抬头；“所惠”中的“惠”指方树梅赠书，另行抬头；“著祺”祝福方树梅赠，另行抬头。

同时，为避免过多的抬头顶格浪费纸面，过于琐碎，影响章法布局，欠美观。对一些地方改为空一个字的方式处理。如“尊刊”指方树梅的刊物，空一个字；“贵省”是指方树梅所在的云南省，空一个字。

# 郑鹤声　一通

## 四月二十一日致方树梅

〖录文〗

臞公钧鉴：

径启者。二月廿四日奉上一函，谅蒙台阅。敬维启居康泰，著述日宏为颂。兹有恳者，声于去年发现郑和娄东刘家港天妃宫石刻，通番事迹记一文加以考证，足正《明史》之误者甚多，本年有萨士武[1]君又于福州乌山图书馆发现《长乐东山天妃宫碑刻》拓本一副，亦加考证，与声所撰大同小异。自经两次发见，海内外学者惊为奇宝。声因发愿拟撰《郑和下西洋年表》一书，搜集材料颇多，但以郑氏为贵省人，闻昆阳州尚有其祖墓；阅袁师《滇绎》[2]谓闻宋孝廉说，其家尚有郑和遗著，未悉此事果如何也。现我公方从事编辑“云南丛书”，对于滇中掌故最为熟悉，关于贵省方志杂记，各书中记载郑和及其先世族人文字务恳惠录见示，并恳转问袁师关于郑和遗著事情，并昆明有无郑氏族人？如有，约有若干人？是否仍姓马氏？有祠堂否？如能得有结果，则不但学术界之盛事，亦天南文献之瑰宝也。

专此奉达。敬请著安。

晚郑鹤声　拜肃　四月二十一日

〔笺纸：国立编译馆〕

① 萨士武：即萨兆寅（一九〇二～一九六七），字士武。任福建省图书馆馆长二十四年。在图书馆学、史学、方志学、版本学、金石学等领域多有建树，著述颇丰。

②《滇绎》：袁嘉谷著。作者读《滇志》《滇系》《备征志》诸书，随笔汇而成。

〖解读〗

《娄东刘家港天妃宫石刻通番事迹碑》或《天妃宫石刻通番事迹记碑》，由郑和、王景弘等人于明宣德六年（一四一三）撰镌，立于江苏太仓浏河天妃行宫的墙壁中。后来湮没，下落不明。

当年郑和七次下西洋都在这里祭拜妈祖，场面非常隆重。每次

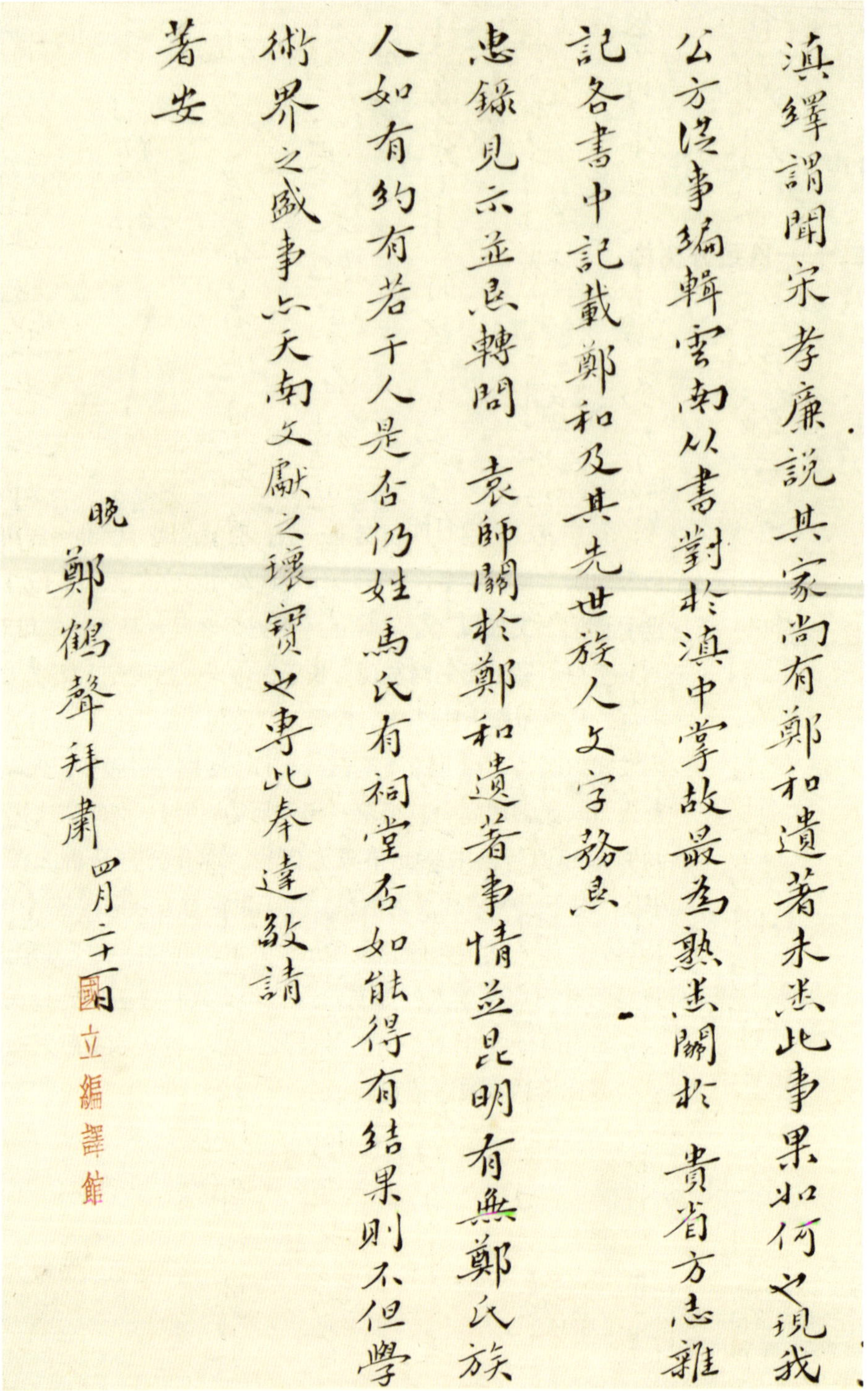
滇繹謂聞宋孝廉說其家尚有鄭和遺著未悉此事果如何也現我
公方從事編輯雲南从書對於滇中掌故最為熟悉關於 貴省方志雜
記各書中記載鄭和及其先世族人文字務懇
惠録見示並懇轉問 袁師關於鄭和遺著事情並昆明有無鄭氏族
人如有約有若干人是否仍姓馬氏有祠堂否如能得有結果則不但學
術界之盛事亦天南文獻之瓌寶也專此奉達敬請
著安
晚 鄭鶴聲拜肅 四月二十日
國立編譯館

C25（2-2） G18cm×28cm

从刘家港出海之前必先率船队官兵把天妃宫修葺一新，在此进香朝拜海神娘娘，祈佑出海平安，而每次平安归航时又要至此朝拜谢神，供奉船模，并将记载七次下西洋经过的

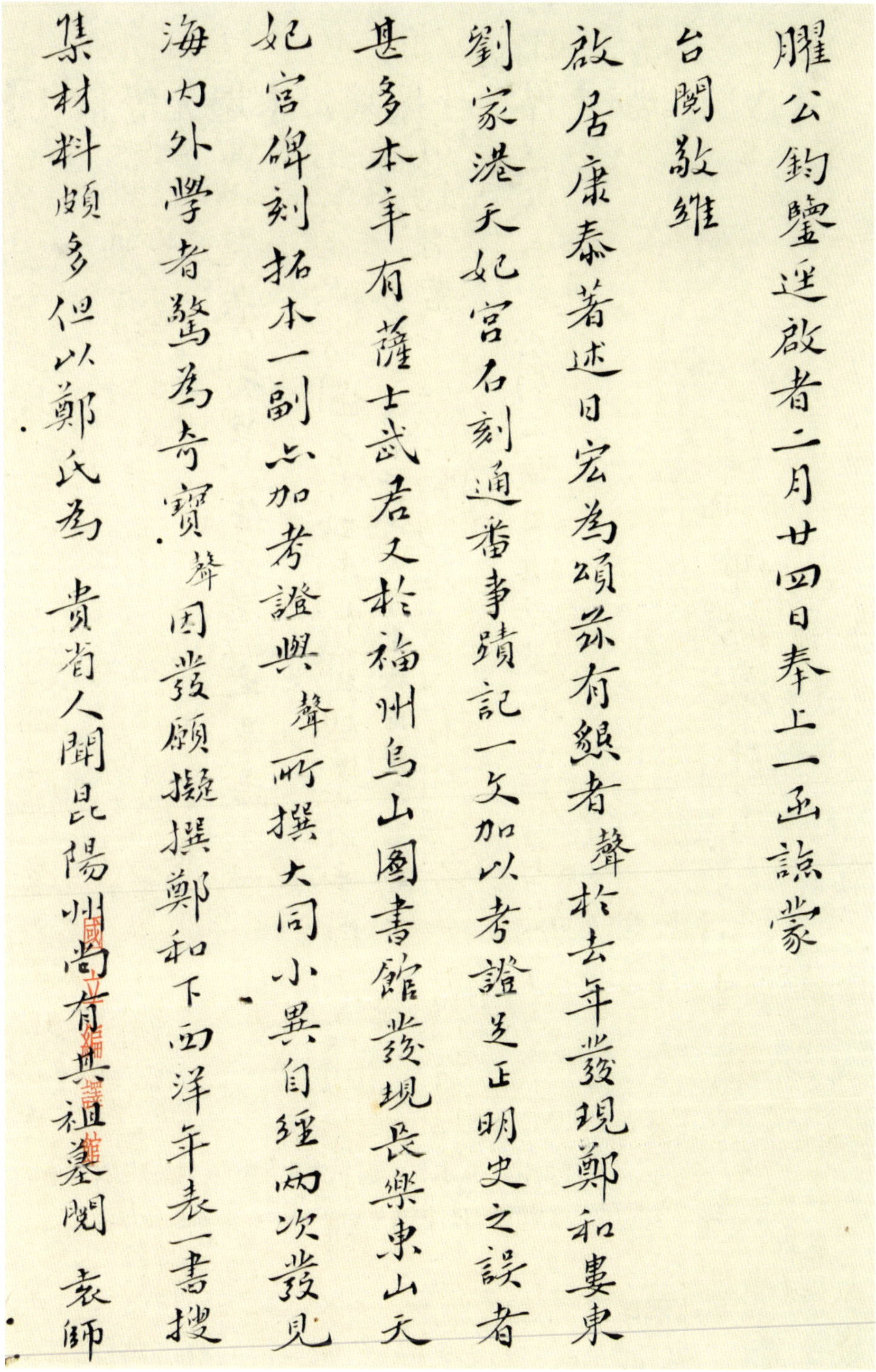
耀公鈞鑒：逕啟者，二月廿四日奉上一函，諒蒙
台閱。敬維
啟居康泰，著述日宏為頌。茲有懇者，聲於去年發現鄭和婁東
劉家港天妃宮石刻通番事蹟記一文，加以考證，足正明史之誤者
甚多。本年有薩士武君又於福州烏山圖書館發現長樂東山天
妃宮碑刻拓本一副，亦加考證，與聲所撰大同小異。自經兩次發見，
海內外學者驚為奇寶。聲因發願擬撰鄭和下西洋年表一書，搜
集材料頗多，但以鄭氏為 貴省人，聞昆陽州尚有其祖墓，闕 表師

C25（2-1） G18cm×28cm

《通番事迹碑》立于天妃宫内。

## 【D 册：沙武曾、任振采、朱逷先等信札】

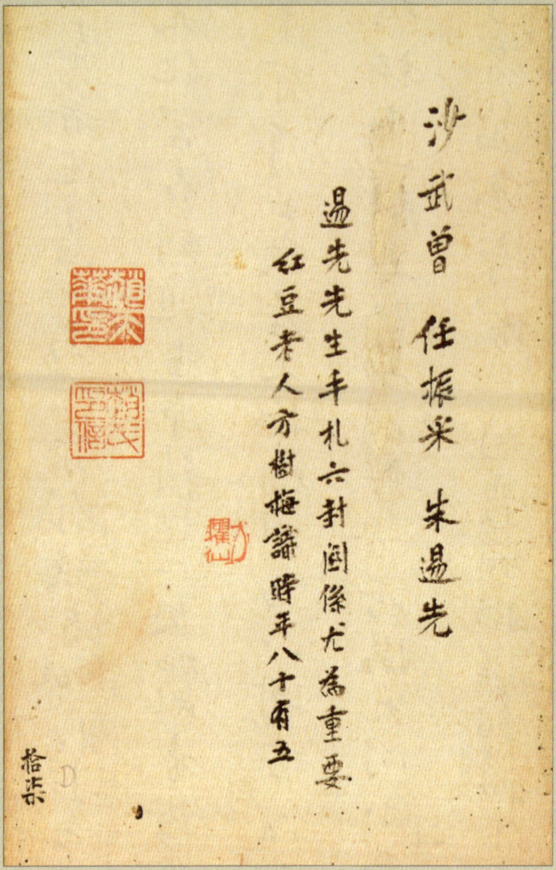

沙武曾　任振采　朱逷先

逷先先生手札六封關係尤爲重要

紅豆老人方樹梅識時年八十有五

拾柒

〖录文〗

沙武曾、任振采、朱逷先。逷先先生手札六封关系尤为重要。红豆老人方树梅识时年八十有五。（加盖方臞仙印章）

〖解读〗

实际包括沙武曾［沙彦楷］、任振采［任凤苞］、汪己文［汪邦录］、朱逷先［朱希祖］等先生信札。

信札内容主要涉及文献收集。该册页封面左下角有“拾柒”二字，似方树梅所作册页编号。

# 沙彦楷　三通

沙彦楷（一八七五~一九七〇），字武曾，又作伯弜，晚年更名客。江苏宜兴人。清光绪举人，中国现代法学家、社会活动家。一九一〇年毕业于京师法律学堂。先后任江苏第一高等审判分庭推事兼民事庭长、北京地方审判厅推事、兼署民事庭长，一九一八年调任京师高等审判厅推事兼任庭长。一九二〇年任国会议员，后为反对曹锟贿选，挂冠到上海。一九二五年同沈钧儒合作设上海律师事务所，执行律师业务。一九三六年蒋介石下令逮捕沈钧儒、邹韬奋、李公朴等七人后，沙彦楷不畏强暴，亲往探监，参与营救工作。上海沦陷后，不为日伪高官厚禄所动，毅然回乡，著书立说。一九四五年抗战胜利后，同周恩来多次会晤，从此积极投身爱国民主运动，曾组建民社党革新委员会，任副主席、主席职。后加入中国民主政团同盟，任民盟中央委员。主要著作有《三江四考》、《南江入太湖故道考》、《陶渊明集注补证》、《洪亮吉传》、《杂忆曹锟贿选》、《迟翁论书》（十篇）、《霜鸣金石考跋》等。

## 一、六月七日致方树梅

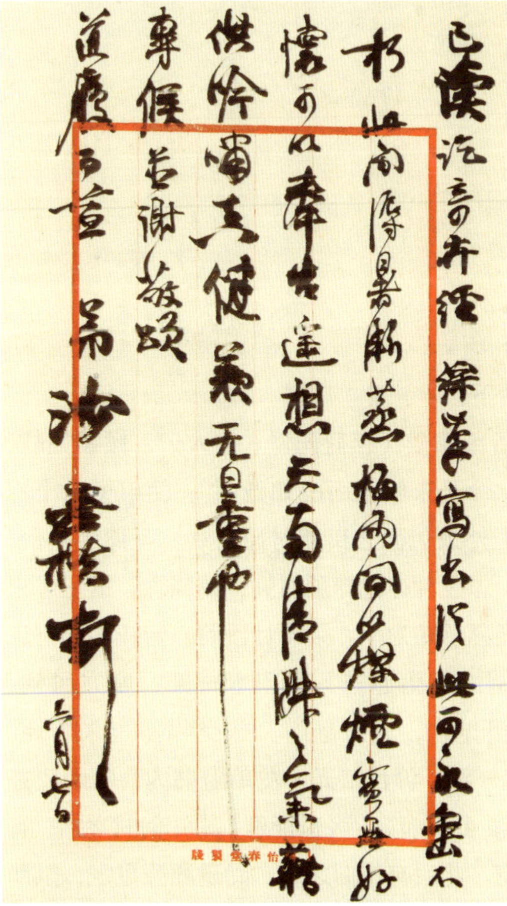

D01（2-2） G15cm×26.5cm

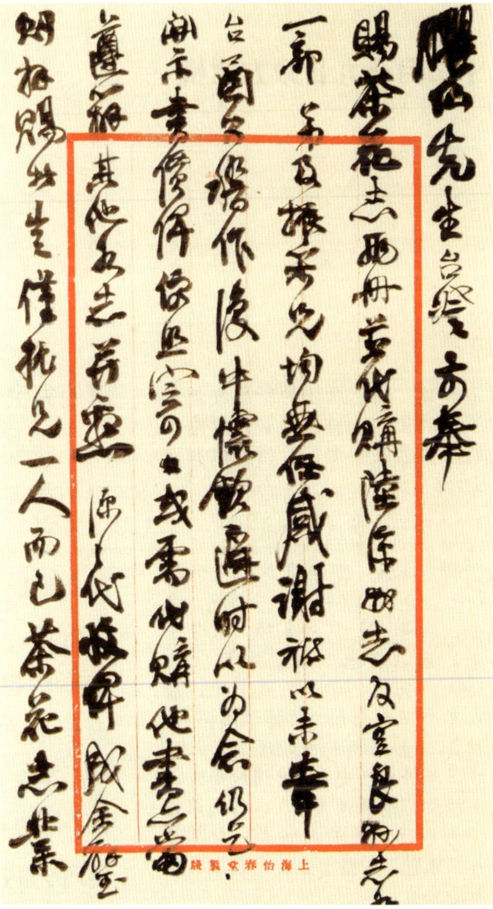

D01（2-1） G15cm×26.5cm

〖录文〗

曜仙先生台察：

前奉赐《茶花志》两册，并代购《陆凉州志》及《宜良县志》各一部，弟及振采［任凤苞］兄均无任感谢，只以未奉台函，久稽作复，中怀钦迟，时以为念。仍乞开示书价，俾便照寄，或需代购他书亦当遵办。其他各志并需源源代收，俾成全璧，则拜赐者，岂仅托兄一人而已。《茶花志》业已读讫，奇卉经彩笔写出，从此可永垂不朽。此间溽暑渐蒸，梅雨间以煤烟，实无好怀可以奉告，遥想天南清淑之气，借供吟啸，真健羡无量也。

专候并谢。敬颂道履百益。

弟　沙彦楷　顿首　六月七日

〔笺纸：上海怡春堂制笺〕

## 二、十二月十九日致方树梅

〖录文〗

曜仙先生阁下：

奉教备承厚爱，感荷无量。古人云，倾盖如故[①]已不易之，今乃未倾盖而已如觌面[②]。使弟于六十岁时，且万里外未见面之良朋时通謦欬，互捧手共聚，讵有限耶？志三种亦已随函俱到，请释念。惟三志未示价目，便恳示知为幸。弟于廿日前亦曾托中国书店寄奉明嘉靖《云南通志》晒印本一部，度亦可到，接到后亦望见告，以慰悬盼。兹交邮寄上朱竹垞[③]《明诗综》一部，价廿二元，发单附书内，收函望并告。《滇系》此间有之，《备征录》未知何时之书，有便可乞购寄。此后有佳旧之志，尚邀源源见贶，以助

①倾盖如故：偶然结识的新朋友却像友谊深厚的旧交一样。倾盖，原意为车上的伞盖靠在一起，后指初次相逢或订交。

②觌［dí］面：见面；当面。

③朱竹垞［chá］：即朱彝尊（一六二九～一七〇九），字锡鬯，号竹垞，又号驱芳，晚号小长芦钓鱼师，又号金风亭长。浙江秀水（今嘉兴市）人。清代诗人、词人、学者、藏书家。康熙十八年（一六七九）举博学鸿词科，除检讨。二十二年（一六八三）入直南书房。与修《明史》。博通经史，诗与王士禛称“南北两大宗”。作词风格清丽，为浙西词派的创始者，与陈维崧并称“朱陈”。精于金石，购藏古籍图书不遗余力。

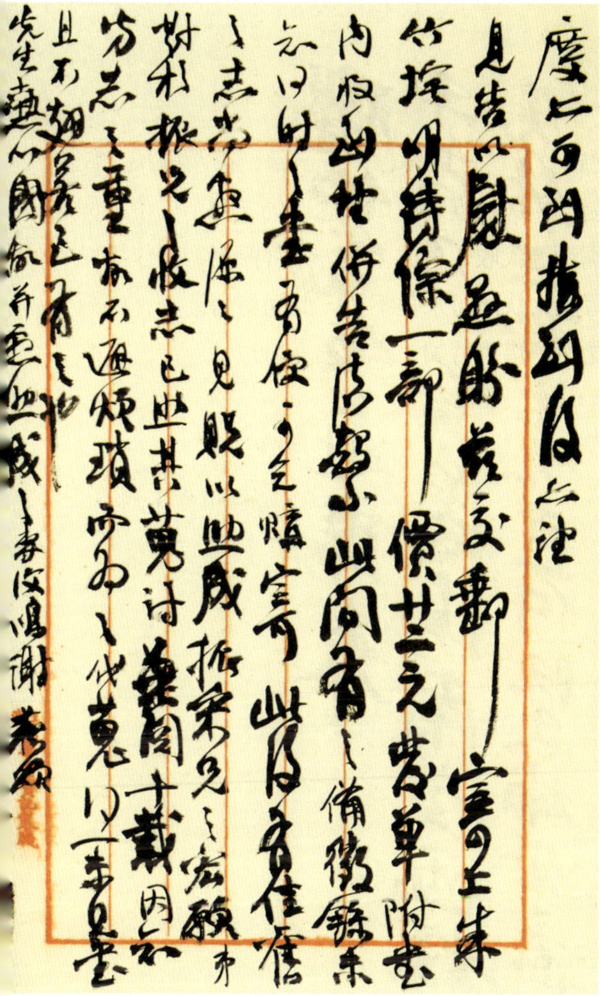

D02（2-2） G17cm×26cm

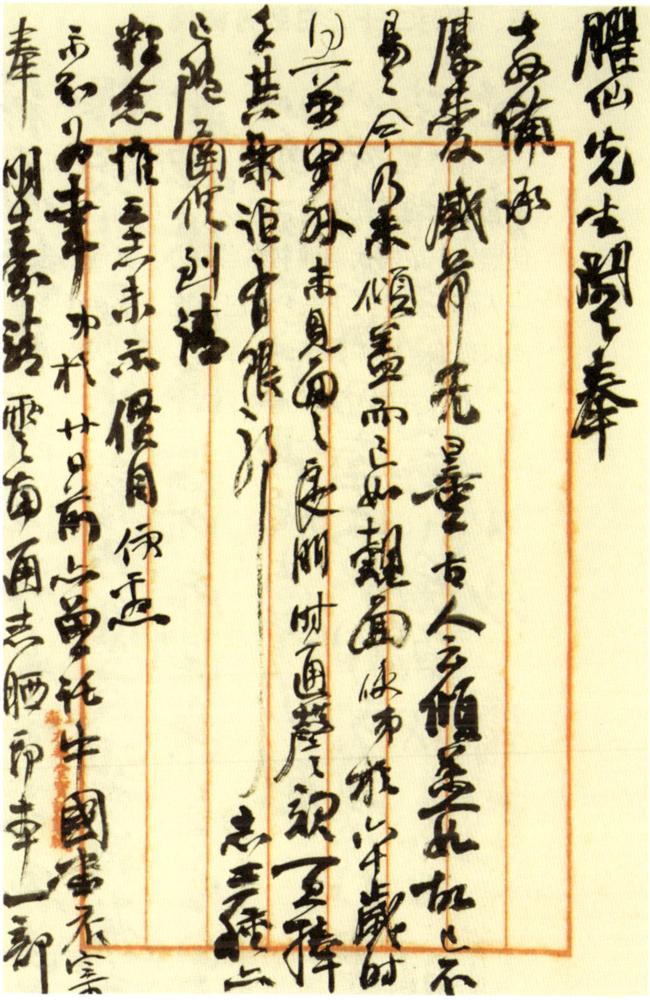

D02（2-1） G17cm×26cm

成振采［任凤苞］兄之宏愿。弟对于振兄之收志，已助其搜讨□阅十载，因知方志之重，故不避烦琐而为之。代搜得采兄书，且不翅[④]若己有之也。先生热心国家，并悉助成之。

专复鸣谢，借颂道祺。

弟　沙彦楷　顿首　十二月十九日午刻

〔笺纸：上海九华堂宝记制笺〕

④翅：通“啻”。

## 三、四月二十二日致方树梅

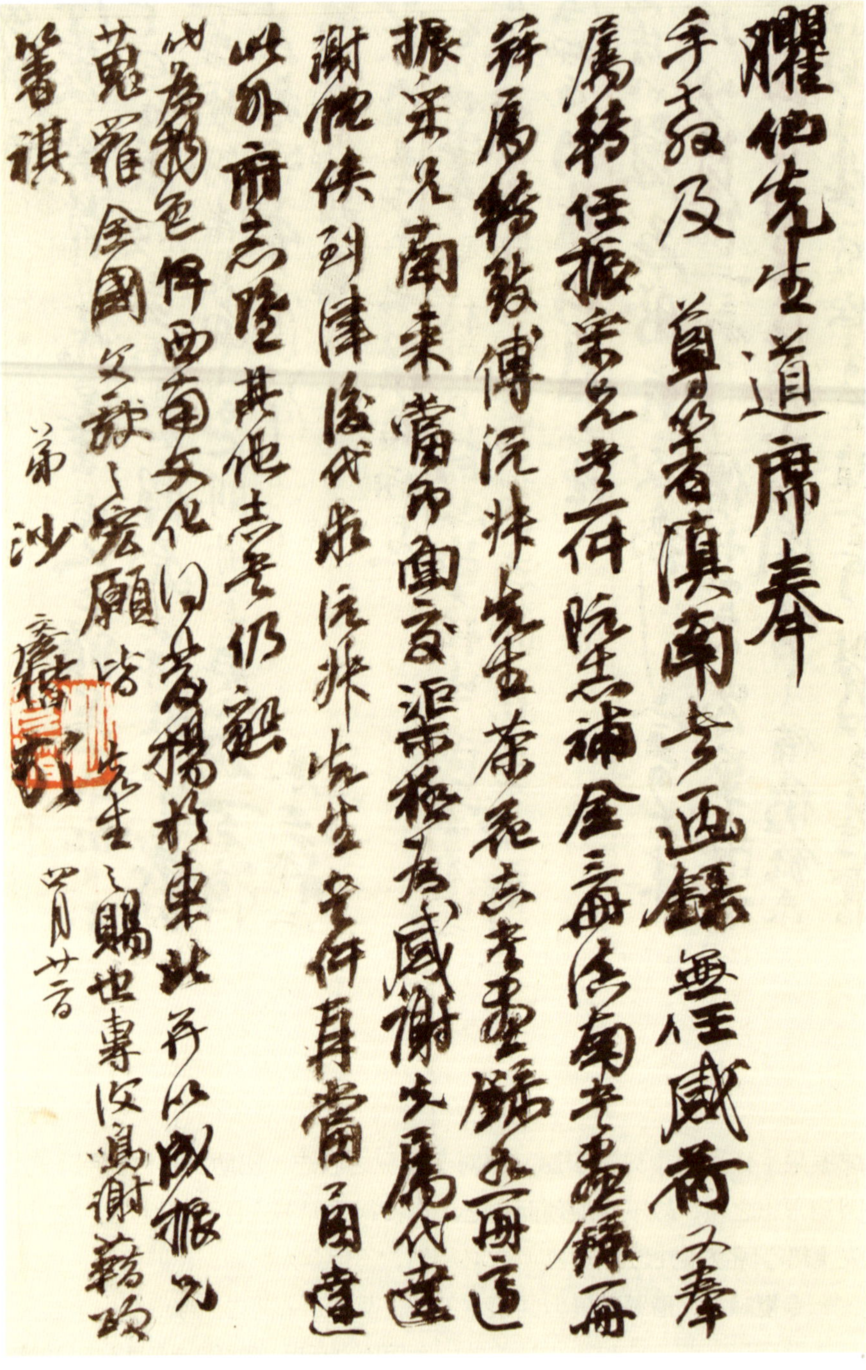
臞仙先生道席：奉
手教及 尊著《滇南古金石録》，無任感荷。又奉
屬轉任振采兄之件，昨已補全《滇南古金石録》一冊
并屬轉致傅沅叔先生《滇南古金石録》一冊，亦已遞
振采兄南來，當面面交。渠極為感謝，又屬代達
謝忱。俟到津後，代致沅叔先生之件，再當面達。
此外府志、隆其他志書仍懇
代為我色保西南文化，以發揚於東北，并以成振興之
蒐羅全國文獻之宏願。諸 先生之賜，世專沒齒謝藉功
箸祺
弟 沙 [illegible]
四月廿二日

D03 G17cm×26cm

〖录文〗

臞仙先生道席：

奉手教及尊著《滇南书画录》，无任感荷。又奉属转任振采［任凤苞］兄书一件、阮[①]志补全三册，《滇南书画录》一册；并属转致傅沅叔[②]先生《茶花志》《书画录》各一册。适振采兄南来，当即面交，渠极为感谢，先属代达谢忱。俟到津后，代求沅叔先生书件，再当函达。此外，府志暨其他志书仍恳代为物色，俾西南文化得发扬于东北，并以成振兄搜罗全国义献之宏愿，皆先生之赐也。

专复鸣谢，借颂著祺。

弟　沙彦楷　顿首　四月廿二日

〔钤印：沙彦楷〕

〔笺纸：宣纸〕

①阮：即阮元（一七六四～一八四九），字伯元，号云台、雷塘庵主，晚号怡性老人，谥号文达。江苏仪征人。乾隆五十四年（一七八九）进士，先后任礼部、兵部、户部、工部侍郎，山东、浙江学政，浙江、江西、河南巡抚及漕运总督、湖广总督、两广总督、云贵总督等职。历乾隆、嘉庆、道光三朝，体仁阁大学士、太傅。在经史、天算、舆地、编纂、金石、校勘等方面都有着非常高的造诣，被尊为三朝阁老、九省疆臣、一代文宗。著纂有《云南通志稿》《十三经注疏》等。

②沅叔：即傅增湘（一八七二～一九五〇），字沅叔，别署双鉴楼主人、藏园居士、藏园老人、清泉逸叟、长春室主人等。四川江安人。光绪二十四年（一八九八）进士，选入翰林院庶吉士。一九一七年十二月至五四运动前，曾入内阁任教育总长。藏书二十万卷。

# 任凤苞　一通

## 一月一日致沙彦楷

〖录文〗

武曾［沙彦楷］吾兄阁下：

手教奉悉，吾邑赈事，名为樾老主持，实则未必尽然，不免令人怀疑。在沪诸公，集款拟交济生会或华洋义赈会散放，用意甚善，但闻集款不多，两会亦未前去。今得红十字会往放冬赈，甚好之。公为此奔走劳苦，造福不浅。弟处尚有四五百元，俟收集当奉寄也。方臞仙君来函读悉，丛书目亦收到，俟酌定再奉托。弟有阮［阮元］修《云南通志》，阙

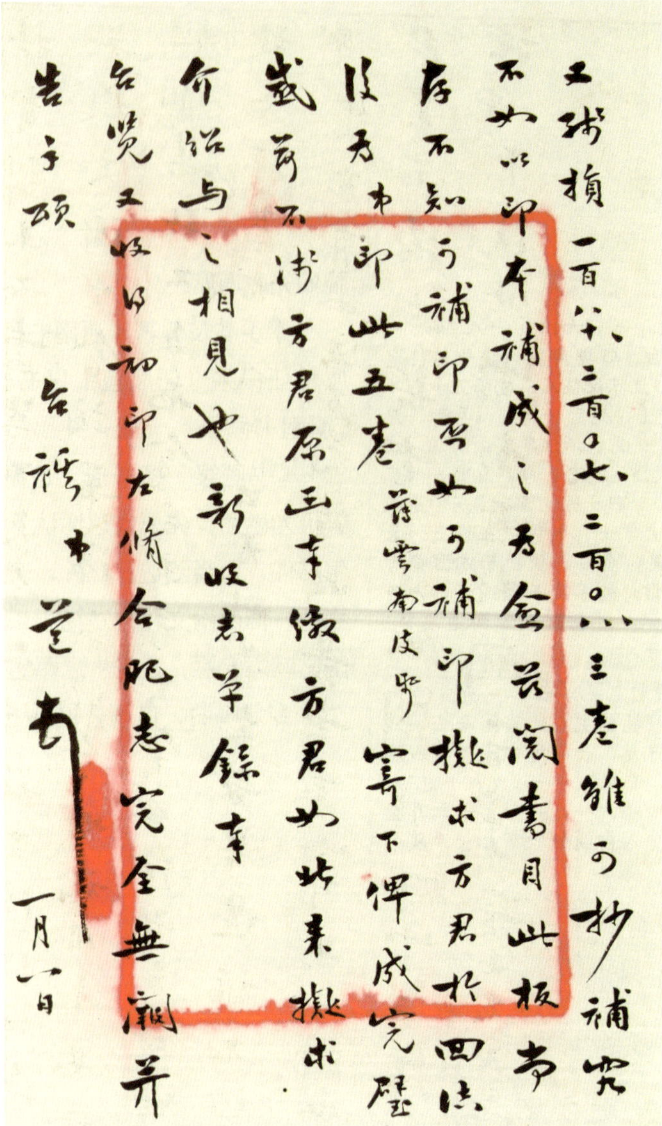

又殘損一百八十、二百〇七、二百〇八三卷雖可抄補究不如以印本補成之為佥茲閱書目此板尚存不知可補印否如可補印擬求方君於回滇後為弟印此五卷（薄雲南皮紙）寄下俾成完璧感荷不淺方君原函奉繳方君如北來擬求介紹與之相見也新收志單錄奉台覽又收得初印左修合肥志完全無闕并告手頌台祺 弟苞 一月一日

D04（2-2） G16cm×27cm

一百七十七、一百七十八二卷，又残损一百八十、二百〇七、二百〇八三卷。虽可抄补，究不如以印本补成之为佥。兹阅书目，此板尚存，不知可补印否？如可补印，拟求方君于回滇后为弟印此五卷（薄云南皮纸）寄下，俾成完璧，感荷不浅。方君原函奉缴，方君如北来，拟求介绍与之相见也。新收志单录奉台览。又收得初印左修《合肥志》①，完全无阙，并告。

手颂台祺。

弟 苞 顿首 一月一日

〔笺纸：诗笺。文：“宝墨斋”〕

① 《合肥志》：疑为嘉庆《合肥县志》。清左辅纂修。从秦朝置县至清嘉庆年间，记录合肥的历史变迁。

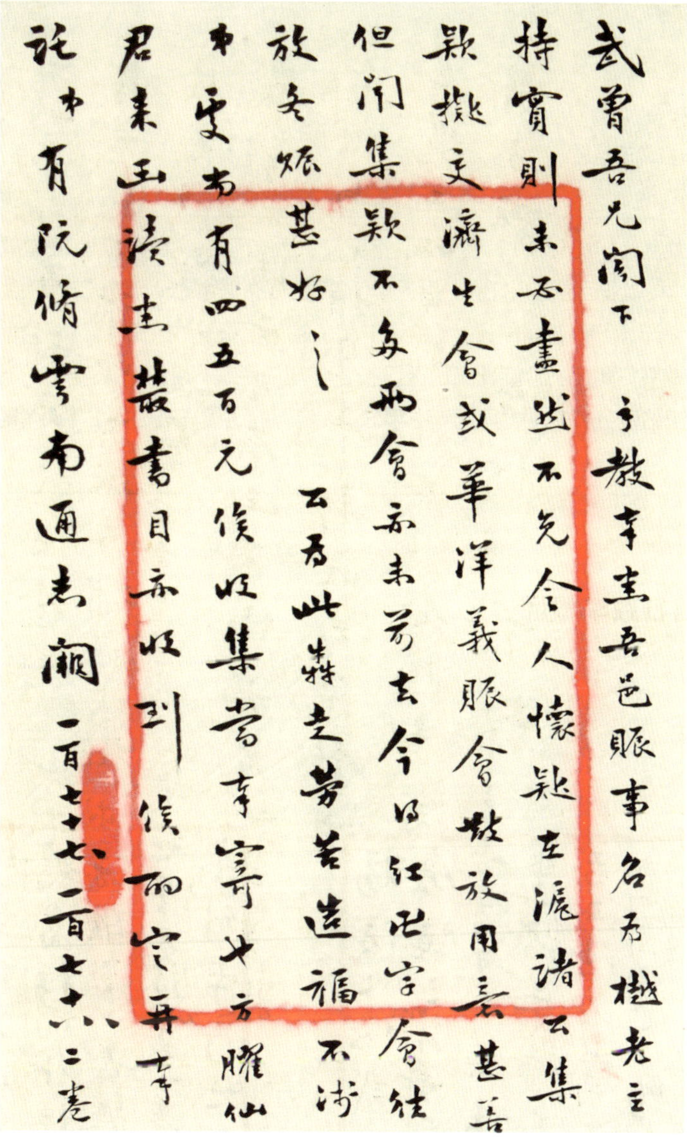

D04（2-1） G16cm×27cm

〖解读〗

此为任凤苞致沙彦楷信札。应由沙彦楷再转给方树梅，以转达任凤苞之意。

## 汪己文　一通

汪己文（一八九九～一九七〇），名邦录，字纪文、后改己文，晚号改庐。安徽歙县人。一九一五年上海中华法律专门学校毕业后去苏州任教，后返里任歙县县立小学校长。一九二七年后，在苏州创办安徽公学和新安小学。编印《苏州新闻周刊》《歙声》和《皖事汇报》。担任歙县旅苏同乡会会长。抗日战争爆发，任歙县战地服务团团长，旋任第三区区长，与汪任民编写《抗日三字经》，进行救亡宣传。一生著述较多，有与王伯敏合著的《黄宾虹先生年谱》，自编的《黄宾虹书简》《课余随笔》《改庐笔记》《新安画苑录》等。

### 十一月十四日致李根源

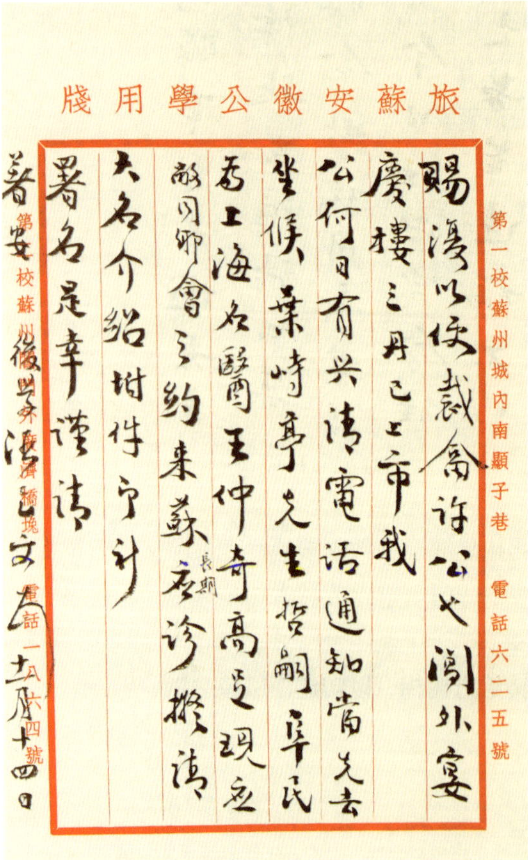
旅蘇安徽公學用牋

第一校蘇州城內南顯子巷　電話六二五號

賜復以便裁答。許公也闊外宴慶樓三月已上市，我公何日有興，請電話通知，當先去坐候。葉恭亭先生哲嗣恭民為上海名醫王仲奇高足，現急欲同郎會之約來蘇長胴應診，擬請大名介紹，附件亦祈署名是幸。謹請

著安

第二校蘇州閶門外廣濟橋堍　電話一八六四號

弟汪己文　十一月十四日

D05（2-2）　G16.5cm×27cm

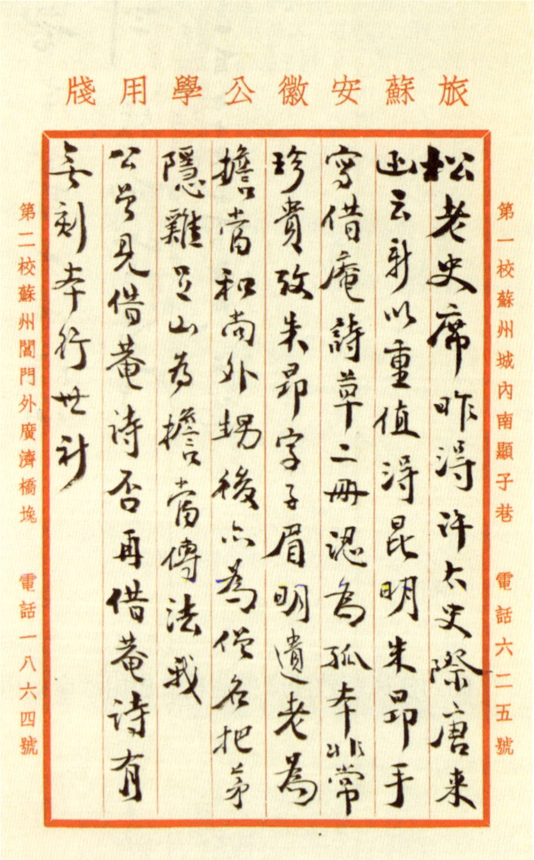
旅蘇安徽公學用牋

第一校蘇州城內南顯子巷　電話六二五號

松老史席：昨得許大史際唐來函，云將以重值得昆明朱昂手寫借庵詩草二冊，恐為孤本，非常珍貴。致朱昂字子眉，明遺老，為擔當和尚外甥，後亦為僧，名把茅，隱雞足山，為擔當傳法弟。公曾見借菴詩否？再借菴詩有無刻本行世？

第二校蘇州閶門外廣濟橋堍　電話一八六四號

D05（2-1）　G16.5cm×27cm

〖录文〗

松老［李根源］史席：

昨得许太史际唐[①]来函云，新以重值得昆明朱昂[②]手写《借庵诗草》二册，认为孤本，非常珍贵。考朱昂，字子眉，明遗老，为担当和尚外甥，后亦为僧，名把茅，隐鸡足山，为担当传法。我公曾见借庵诗否？再，借庵诗有无刻本行世？祈赐复，以便裁答许公也。阊外宴庆楼三丹已上市，我公何日有兴，请电话通知，当先去坐候。叶峙亭[③]先生哲嗣[④]阜民，为上海名医王仲奇[⑤]高足，现应敝同乡会之约来苏长期应诊。拟请大名介绍，附件即祈署名是幸。

谨请著安。

后学　汪已文　顿首　十一月十四日

〔笺纸：旅苏安徽公学用笺。文："第一校苏州城内南显子巷　电话六二五号""第二校苏州阊门[⑥]外广济桥堍[⑦]　电话一八六四号"〕

〖解读〗

此札是汪已文致李根源，李根源又转方树梅答复《借庵诗草》事，故被方树梅收藏。"松老"即"松海老人"李根源。

①许太史际唐：即许承尧（一八七四～一九四六），曾单名芚，字际唐、芚公，号疑庵、婆娑翰林，室名眠琴别圃、晋魏隋唐四十卷写经楼等。安徽歙县人。方志学家、诗人、书法家、文物鉴赏家。光绪三十年（一九〇四）进士，入翰林。辛亥革命后，应皖督柏文蔚聘，任全省铁路督办等职，后随甘肃督军张广建入陇，任甘肃省府秘书长、甘凉道尹、兰州道尹、省政务厅长等职。编著有《歙县志》《歙故》等。

②朱昂：初名源，字子眉。云南昆明人。僧担当外甥。初避难，担当携至鸡足山为僧。释名把茅，后返初服，始易今名。工诗，善画山水，法担当而能变通之。著有《借庵诗草》三卷。

③叶峙亭（一八七八～一九五六）：字德钦。安徽歙县人。清末倡导新学，集资创办学校。民国初商业扩展，先后独资或合资开设歙城"裕大布店"、屯溪"怡裕布店"、衢县"复昶德茂新东店"，与鲍咏松等创设"歙县竞新电气有限公司"。一九三四年，歙地干旱禾枯，叶峙亭时任地方财务委员会委员长，自费往来于京、沪、苏、浙等地，募赈平粜。

④哲嗣：对别人的儿子的尊称。

⑤王仲奇（一八八一～一九四五）：名金杰，号懒翁。安徽歙县人。王氏数代业医，仲奇十五岁随父学医，二十二岁挂牌应诊。以治温热病著称。不数年名扬江、浙。一九二三年移居上海。一生行医四十余年，对中医内、外科别具心得，有丰富的临床经验。

⑥阊［chāng］门：乃苏州古城之西门，通往虎丘方向。

⑦堍［tù］：桥两头靠近平地的地方。

# 朱希祖　一一通

朱希祖（一八七九～一九四四），字逷先，又作迪先、逖先。浙江海盐人。著名历史学家。一九〇九年留学日本，入早稻田大学研究史学，又从章太炎习说文音韵。一九一三年为教育部起草国语注音字母方案，后受聘任北京大学预科教员兼清史馆编修。袁世凯称帝时，辞去编修，专任北大教授，主讲中国文学史，并担任中国文学系史学系主任，是近代中国大学文科中自有历史系以来的首任系主任，并发起成立中国史学会。曾任北京大学、北京师范大学、中山大学、中央大学等校教授。撰有《明季史籍题跋》《伪楚录辑补》《伪齐录校补》《伪齐国志长编》等，及《南明之国本与政权》《南明广州殉国诸王考》《中国最初经营台湾考》《屈大均传》《明广东东林党传》等数十篇论文。

## 一、一九三二年九月九日致方树梅

〖录文〗

臞仙先生左右：

昨日奉上一函并汇奉银五十元，而今日辰刻忽接到华翰[①]，如获亲炙[②]，欣慰之至。来函谓右臂麻木难伸而承赐长函，更觉可感。前托贵省甘铭君奉赠拙著二种，是否未曾收到？八月中旬，寄上康熙《晋州志》[③]抄本二册，又附拙著《后金国汗姓氏考》二册，未知收到否？承代购云南地志，价并不贵。以北平现银三十元换得滇票二百一十三元，书价以滇票计算，骤观之似觉昂贵，折合现银实不贵也。敝友中亦有托购贵省志书者，除云南图书馆所发行之省志及《昆明县志》不必再购外，其余各志每种购两份亦可。云南图书馆出版之书，兹开列一目录，费神祈代购：《云南府志》二十册，《鼎堂金石录》[④]二册，《云南图书馆书目》初编二册、二编一册，《西征日录》[⑤]一册，《北征日记》一册。以上五种各购一部。前寄上之抄本康熙《晋宁州志》拟敬赠先生，故不开列抄书价目，务祈哂收；日后委抄之书自当开具价目，在托购地志中扣除可也。浪穹何星文[⑥]《〈素书〉明解》，遵命觅人代抄。委购各书，自当代为访购，惟须宽以时日，因其中有几种颇不经见也。

①华翰：敬辞，称对方的书信。

②亲炙：亲身受到教益。

③康熙《晋州志》：即康熙《晋宁州志》，五卷。清杜绍先修。

④《鼎堂金石录》：共二卷，吴树声著。

⑤《西征日录》：明杨一清著。

⑥何星文：云南浪穹（今洱源县）人，明崇祯间岁贡。生平著有《〈素书〉明解》一书行世。

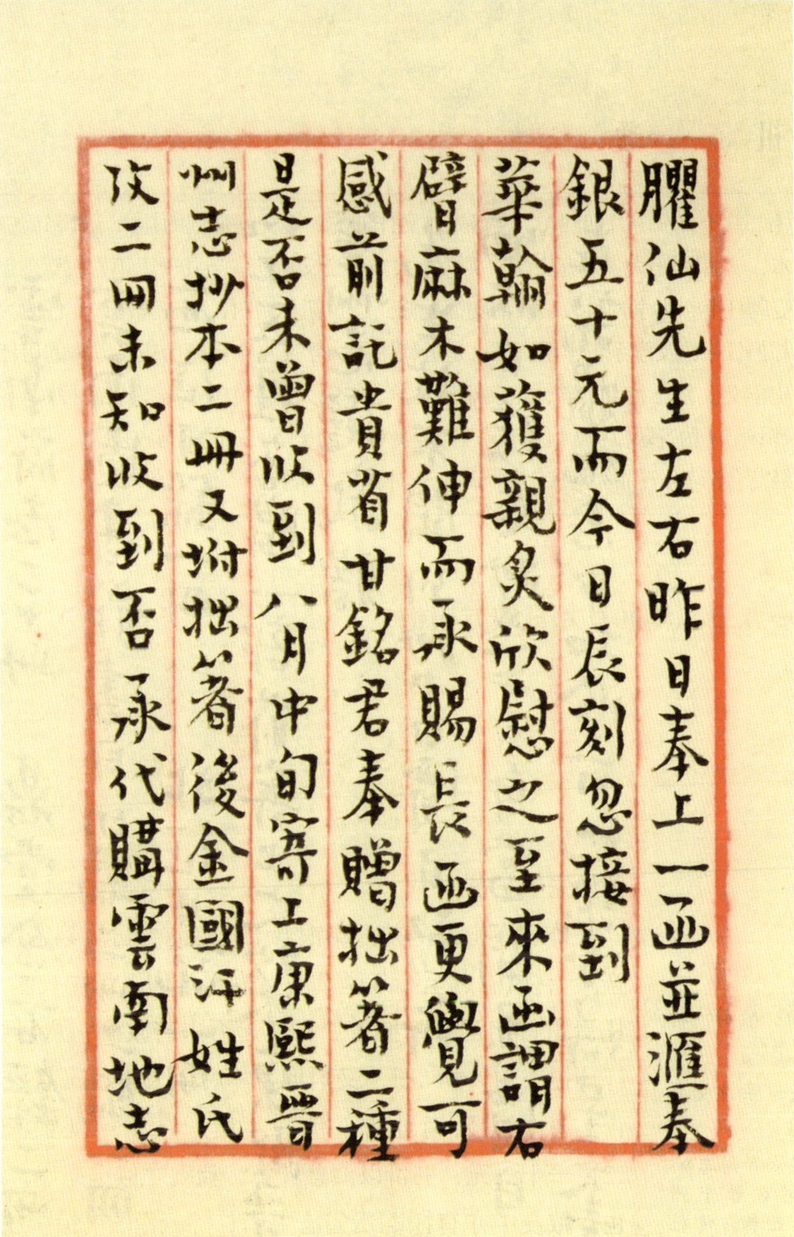

臞仙先生左右：昨日奉上一函，並滙奉銀五十元，而今日辰刻忽接到華翰，如獲親炙，欣慰之至。來函謂右臂麻木難伸，而承賜長函，更覺可感。前託貴省甘銘君奉贈拙著二種，是否未曾收到？八月中旬寄上康熙晉州志抄本二冊，又附拙著後金國汗姓氏攷二冊，未知收到否？承代購雲南地志

D06（5-1） G17cm×27cm

杨文襄《石淙汇稿》[7]，去年曾见明板一部，价甚昂，今，早售去矣。弟颇搜罗南明史料，贵处如有纪载永历之书亦祈代为搜访，开目示知，以便或购或抄。种种费神，无任感谢。

敬颂道安。

朱希祖　敬上　九月九日

⑦《石淙汇稿》：又称《石淙类稿》，四十五卷，明杨一清著。《明史·艺文志》有录，已佚。

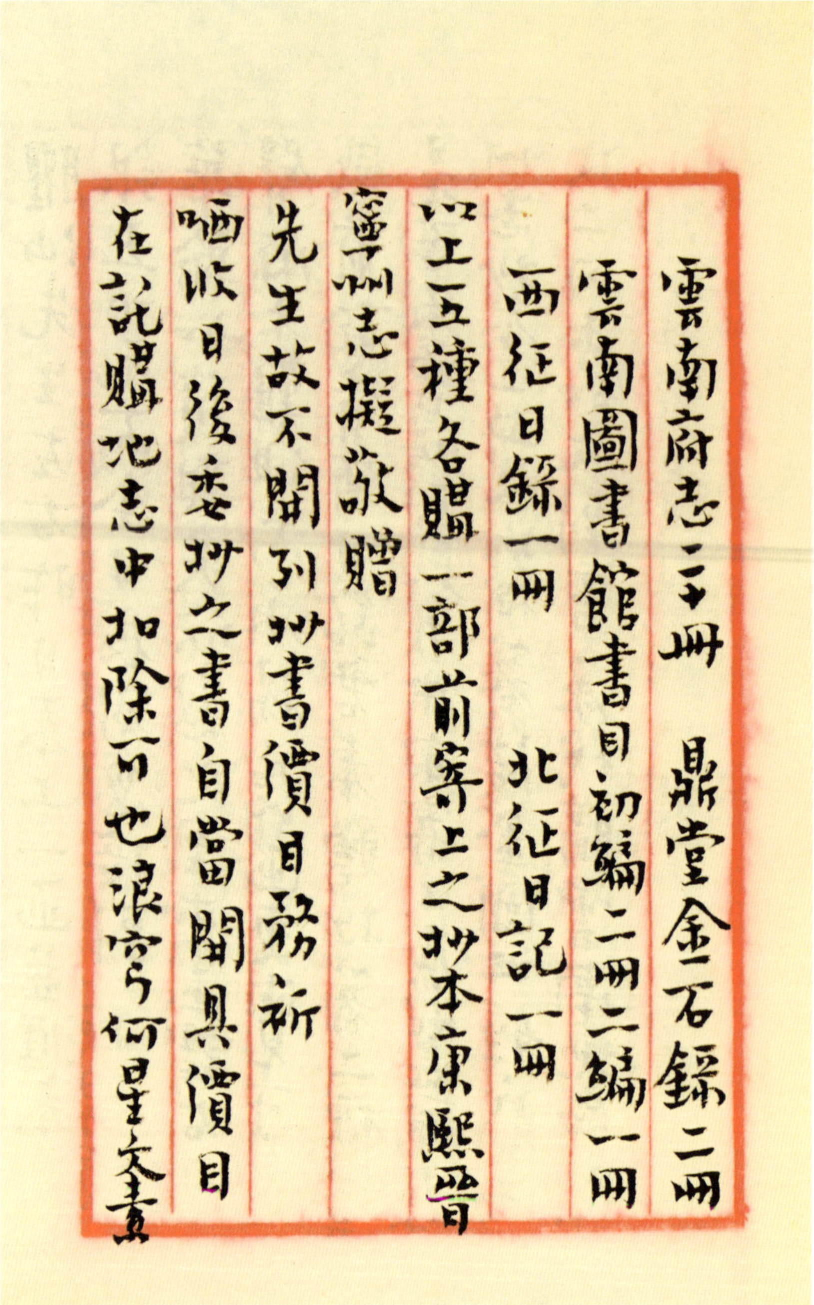
雲南府志二十冊　鼎堂金石錄二冊
雲南圖書館書目初編二冊二編一冊
西征日錄一冊　北征日記一冊
以上五種各贈一部前寄上之抄本康熙晉
寧州志擬敬贈
先生故不開列抄書價目務祈
哂收日後要抄之書自當開具價目
在託贈地志中扣除可也　浪穹何星文書

D06（5-3） G17cm×27cm

闻甘铭君言，先生主编《国学丛刊》，未知已出若干册，可否赐寄一份，以便观摩？

希祖又及

〔笺纸：朱丝八行〕

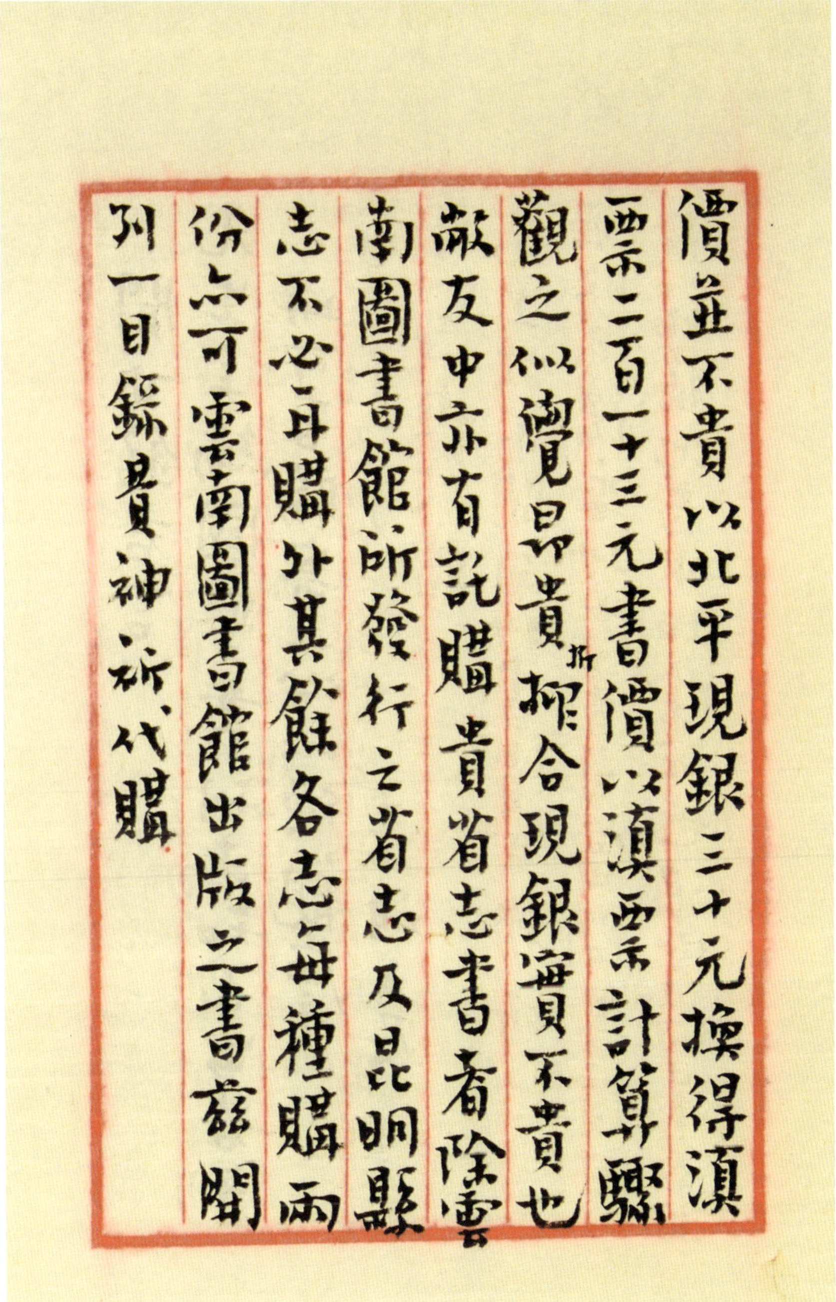

價並不貴以北平現銀三十元換得滇票二百一十三元書價以滇票計算驟觀之似覺昂貴折合現銀實不貴也敝友中亦有託購貴省志書者除雲南圖書館所發行之省志及昆明縣志不必再購外其餘各志每種購兩份亦可雲南圖書館出版之書茲開列一目錄費神祈代購

D06（5-2） G17cm×27cm

〖解读〗

此札应成于一九三二年九月九日。朱希祖所说的“现银”，也就是我们常说的“大洋”“银圆”。由于当时对知识特别尊重，高级知识分子的工资不低，一般大学教授月薪是

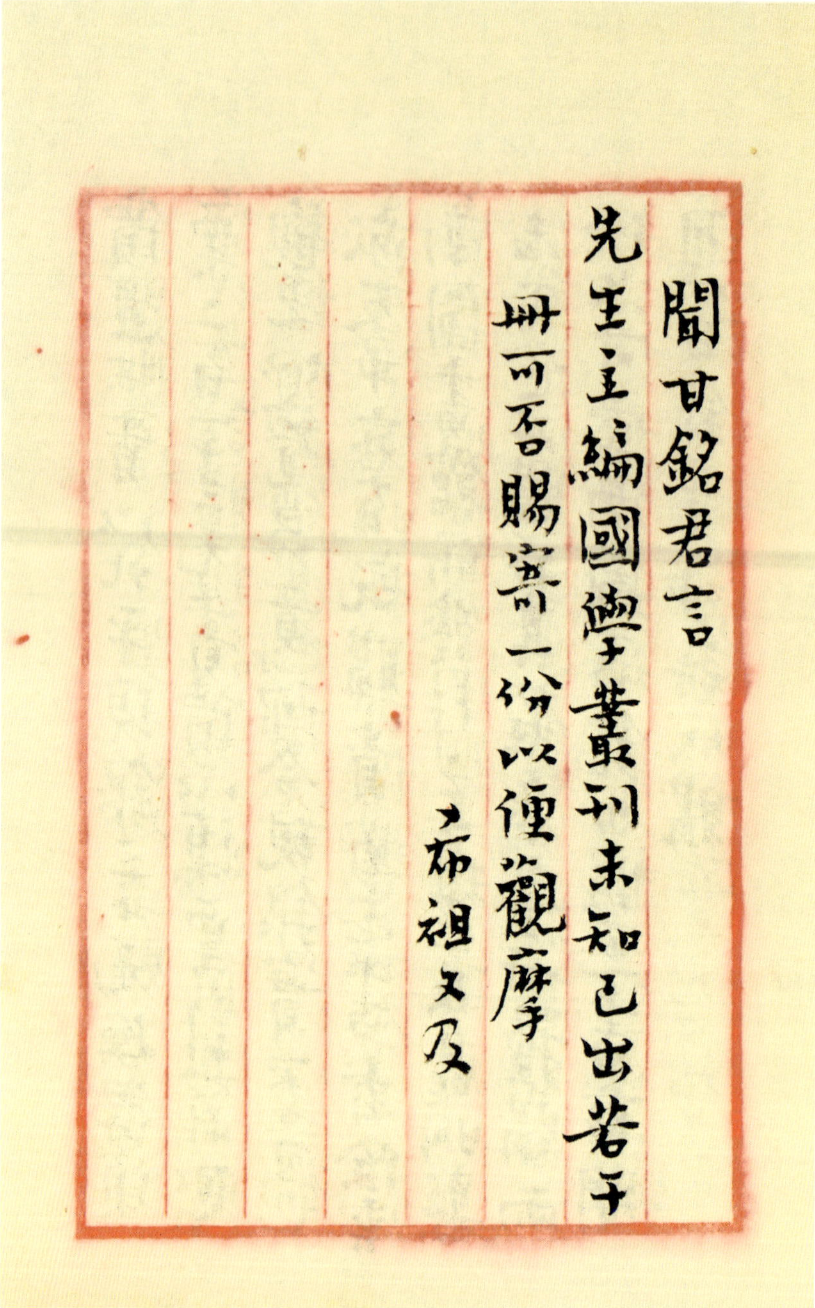

聞甘銘君言
先生主編國學叢刊未知已出若干
冊可否賜寄一份以便觀摩
希祖又及

D06（5-5） G17cm×27cm

二百到三百个大洋，民国初期鲁迅先生在北京师范大学做教授时月薪是三百大洋。所以，我们的著名教授朱希祖出手自然是很大方的。

朱希祖是研究南明史的专家，好收集方志善本，曾捐出《石匮书》《启祯遗诗选》《十愿斋集》《流寇志》等珍贵史料。朱的绰号是“朱胡子”“吾要”。周作人在《知堂回想录》

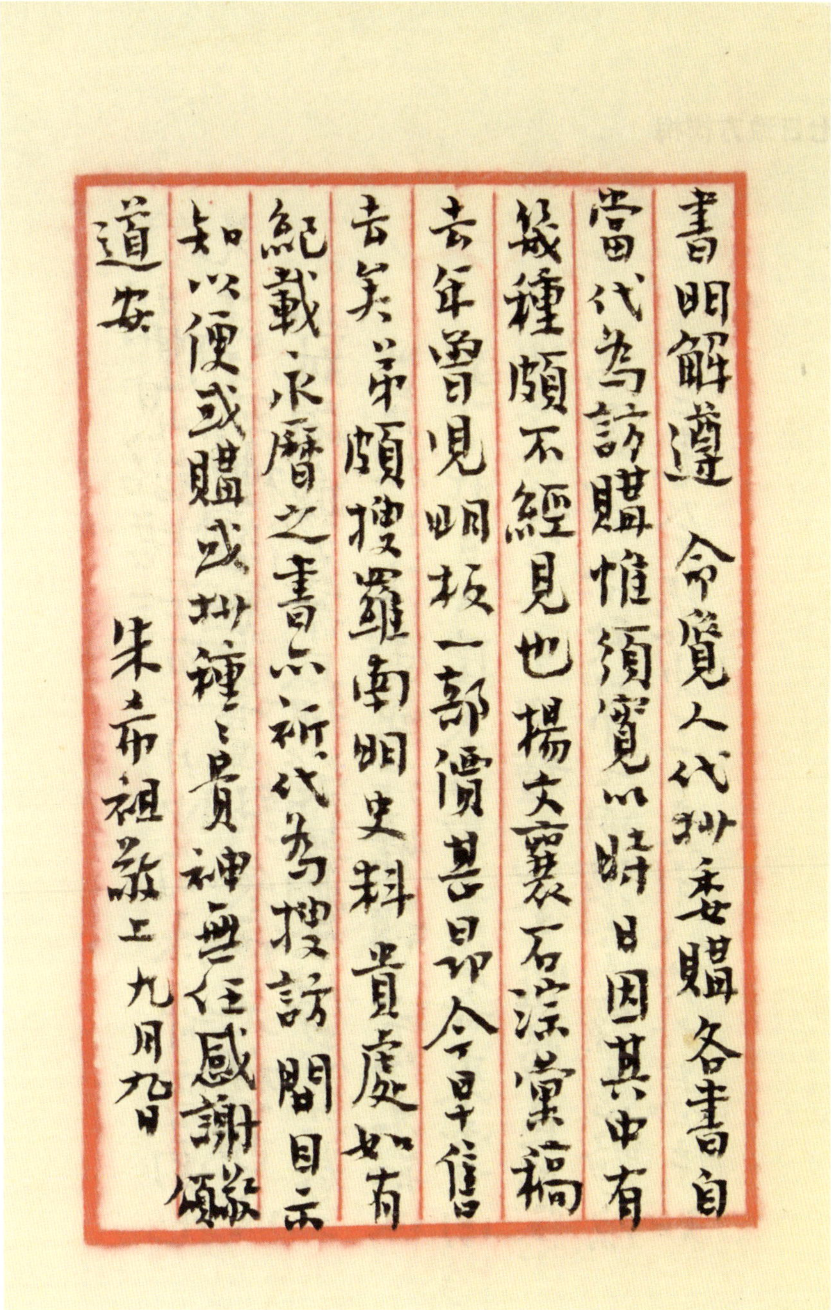


D06（5-4） G17cm×27cm

中曾说及朱希祖：“尤其是在旧书业的人中间，提起‘朱胡子’来，几乎无人不知，而且有点敬远的神气。因为朱君多收藏古书，对于此道很是精明，听见人说珍本旧抄，便揎袖攘臂，连说‘吾要’，连书业专门的人也有时弄不过他，所以朋友们有时也叫他作‘吾要’，这是浙西方言，里边也含有幽默的意思。”

## 二、九月七日致方树梅

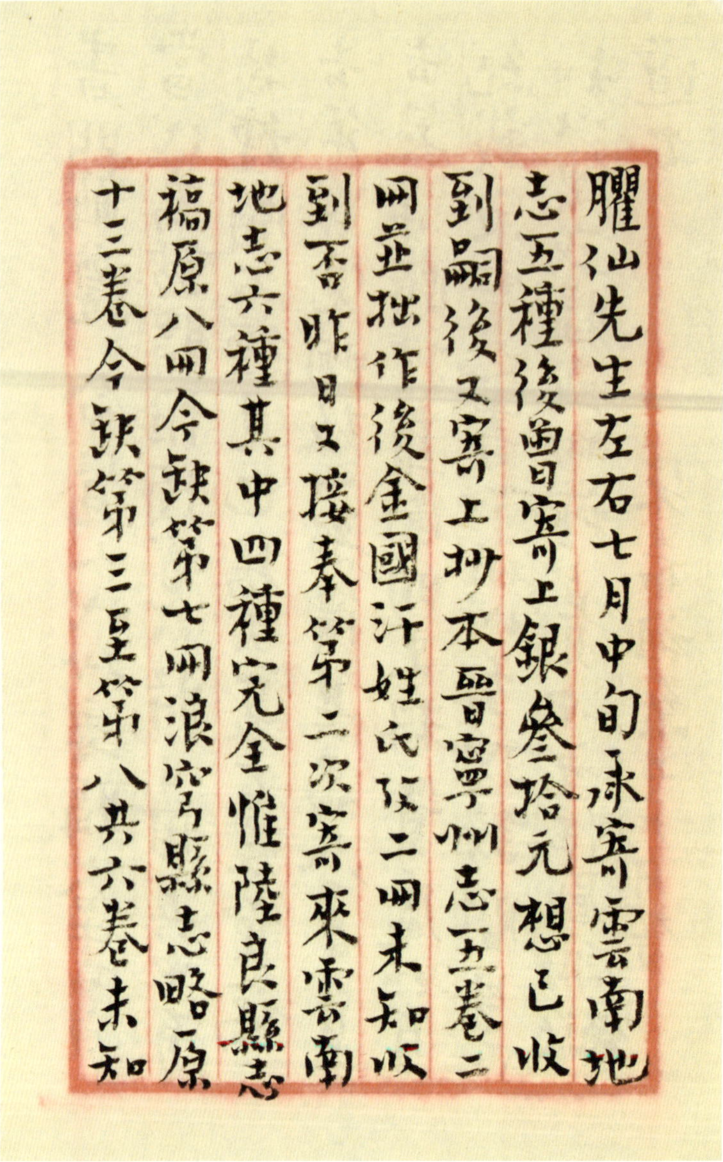
臞仙先生左右七月中旬承寄雲南地
志五種後曾寄上銀叁拾元想已收
到嗣後又寄上抄本晉寧州志五卷二
冊並拙作後金國汗姓氏攷二冊未知收
到否昨日又接奉第二次寄來雲南
地志六種其中四種完全惟陸良縣志
稿原八冊今缺第七冊浪穹縣志略原
十三卷今缺第三至第八共六卷未知

D07（4-2） G17cm×27cm

〖录文〗

臞仙先生左右：

七月中旬承寄云南地志五种，后曾寄上银叁拾元，想已收到。嗣后又寄上抄本《晋宁州

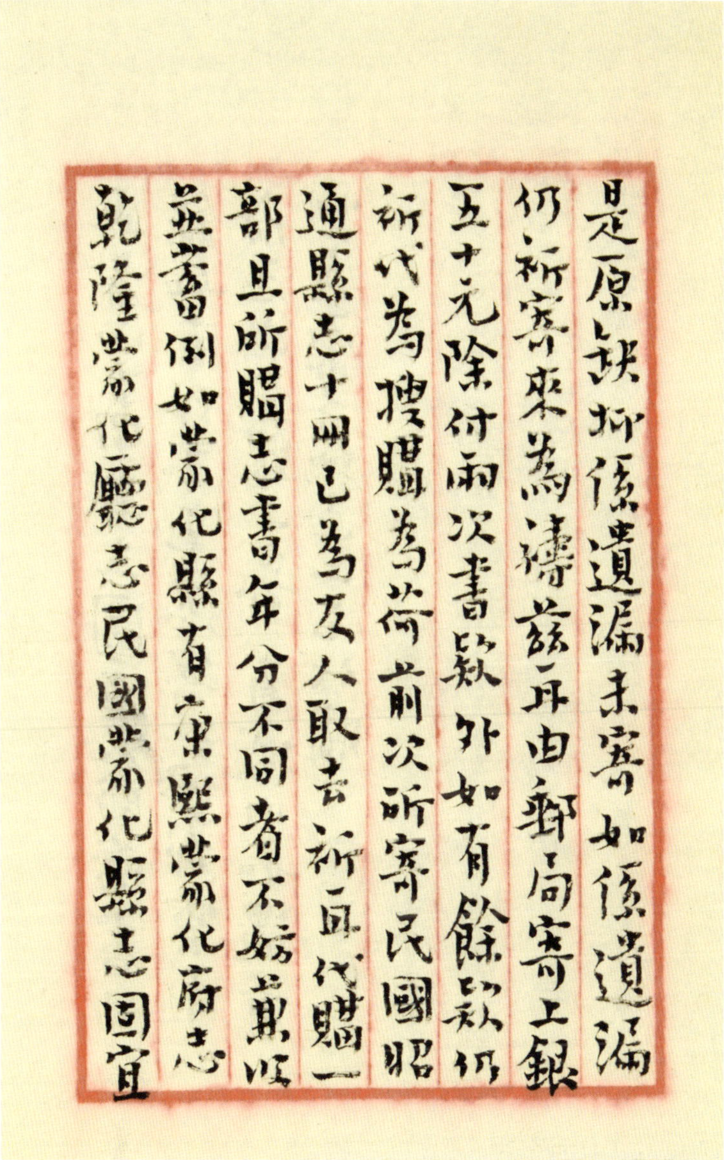

是原缺抑係遺漏未寄如係遺漏
仍祈寄來為禱茲再由郵局寄上銀
五十元除付兩次書款外如有餘款仍
祈代為搜購為荷前次所寄民國
通縣志十冊已為友人取去祈再代購一
部且所購志書年分不同者不妨兼收
並蓄例如崇化縣有康熙崇化府志
乾隆崇化廳志民國崇化縣志固宜

D07（4-1） G17cm×27cm

志》五卷二册，并拙作《后金国汗姓氏考》二册，未知收到否？昨日又接奉第二次寄来云南地志六种，其中四种完全。惟《陆良县志稿》，原八册，今缺第七册；《浪穹县志略》，原十三卷，今缺第三至第八共六卷。未知是原缺，抑系遗漏未寄。如系遗漏，仍祈寄来为祷。兹再由邮局寄上银五十元，除付两次书款外，如有余款，仍祈代为搜购为荷。前次所寄民国

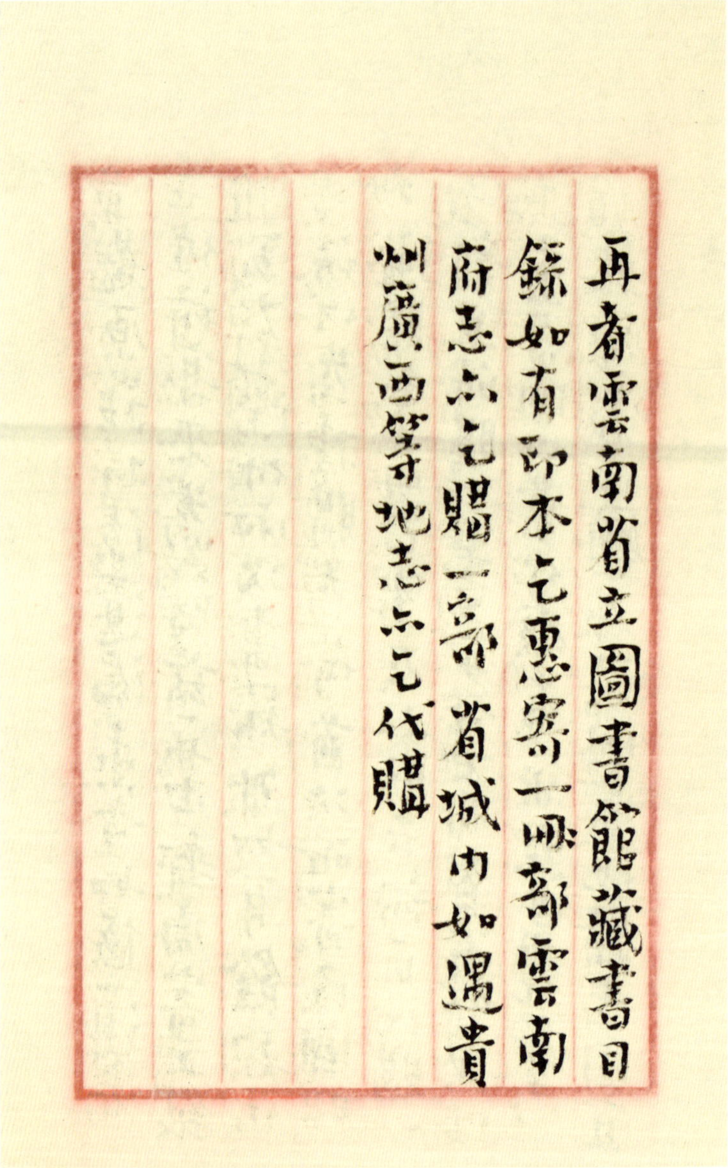
再者雲南省立圖書館藏書目録如有印本乞惠寄一冊雲南府志亦乞賜一部 省城内如遇貴州廣西等地志亦乞代購

D07（4-4）G17cm×27cm

《昭通县志》十册，已为友人取去，祈再代购一部。且所购志书年分不同者，不妨兼收并蓄。例如蒙化县，有康熙《蒙化府志》、乾隆《蒙化厅志》、民国《蒙化县志》，固宜兼购。即如呈贡县，有康熙《呈贡县志》、雍正《呈贡县志》、光绪《呈贡县志》，亦当兼购。惟琐

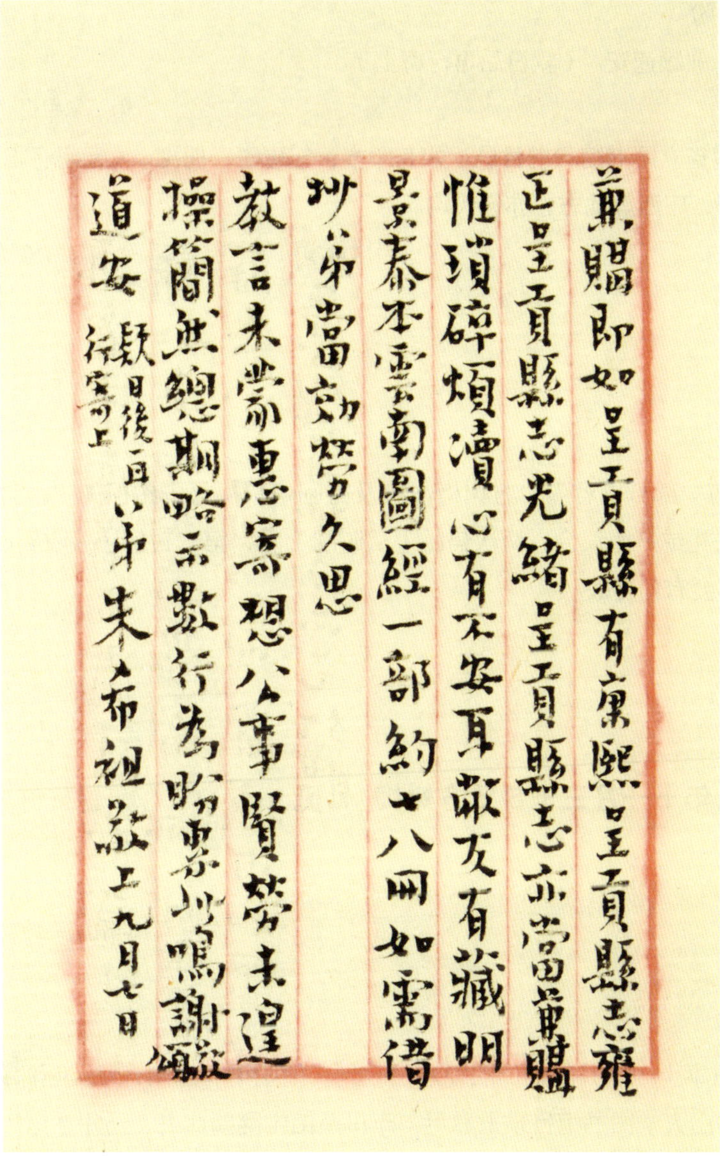
兼賜即如呈貢縣有康熙呈貢縣志雍
正呈貢縣志光緒呈貢縣志亦當兼購
惟瑣碎煩瀆心有不安耳敝友有藏明
景泰本雲南圖經一部約十八冊如需借
抄弟當效勞久思
教言未蒙惠寄想公事賢勞未遑
操簡無總期略示數行為盼要求抄嗚謝敬頌
道安 歲日後百以 弟朱希祖敬上九月七日 行寓上

D07（4-3） G17cm×27cm

①《云南图经》：全称应为景泰《云南图经志书》。为现存明代云南最早的一部省志，是研究云南史志和边疆开发的重要参考资料。明洪武时期虽有两种《云南志》成，惜无传本。清初以来，此书在云南已经失传。清代的几部大型官修《云南通志》中均未著录。二十世纪三十年代初，云南设立通志馆，遍访云南地方文献，由朱希祖先生代抄回滇。一九六二年云南历史研究所油印抄本数十部，得以广布流传。

碎烦渎，心有不安耳。敝友有藏明景泰本《云南图经》①一部，约十八册，如需借抄，弟当效劳。久思教言，未蒙惠寄，想公事贤劳，未遑操简。然总期略示数行为盼。

专此鸣谢。敬颂道安。（款日后再行寄上）

弟　朱希祖　敬上　九月七日

再者，云南省立图书馆藏书目录，如有印本，乞惠寄一册部。《云南府志》亦乞购一部。省城内如遇贵州、广西等地志，亦乞代购。

〔笺纸：朱丝八行〕

〖解读〗

从此札的第一部分内容看，方树梅没有及时回信，搞得朱希祖先生很急，事关文献大事，担心自己失礼或产生误会，两次信函（从时间上看，第二封信应该收到回信了），没有回音，担心会不会有何变故。

## 三、一九三二年十一月三十日致方树梅

〖录文〗

臞仙先生左右：

十一月九日奉上一函并附拙作四篇想已收到。前函谓有嘉靖刊本《石淙诗钞》十五卷，此书系在广州中山大学图书馆目录上看见，昨日至馆中翻阅此书，乃知系嘉庆刊本，非嘉靖刊本，失望之至。《石淙汇稿》一书，前年似在北京见过，日前偶托北京友人再为一访，今日接其回信，据云该书估已遇见，惟谓并非《石淙汇稿》，乃嘉靖原刊《石淙诗钞》十九卷本，内附书牍一卷，初印原装，白棉纸，甚宽大，书面有原存签条，亦系写刊，上署书名，中分署十六类稿名，下署甲乙至壬癸，分十册。此书早已售于湖北张某，大洋叁百元。张某现住北京，敝友与之相熟。探其口气或可出让，惟须略加若干作为息金而已。弟观嘉庆刊本已无十六类稿之分，则作诗时地已不明，且当时仅得抄本，未见原刊，误字甚多，皆未校正，且据其序跋，当时又删去不少，故仅存十五卷。盖删去诗四卷，书牍一卷也，嘉庆本之

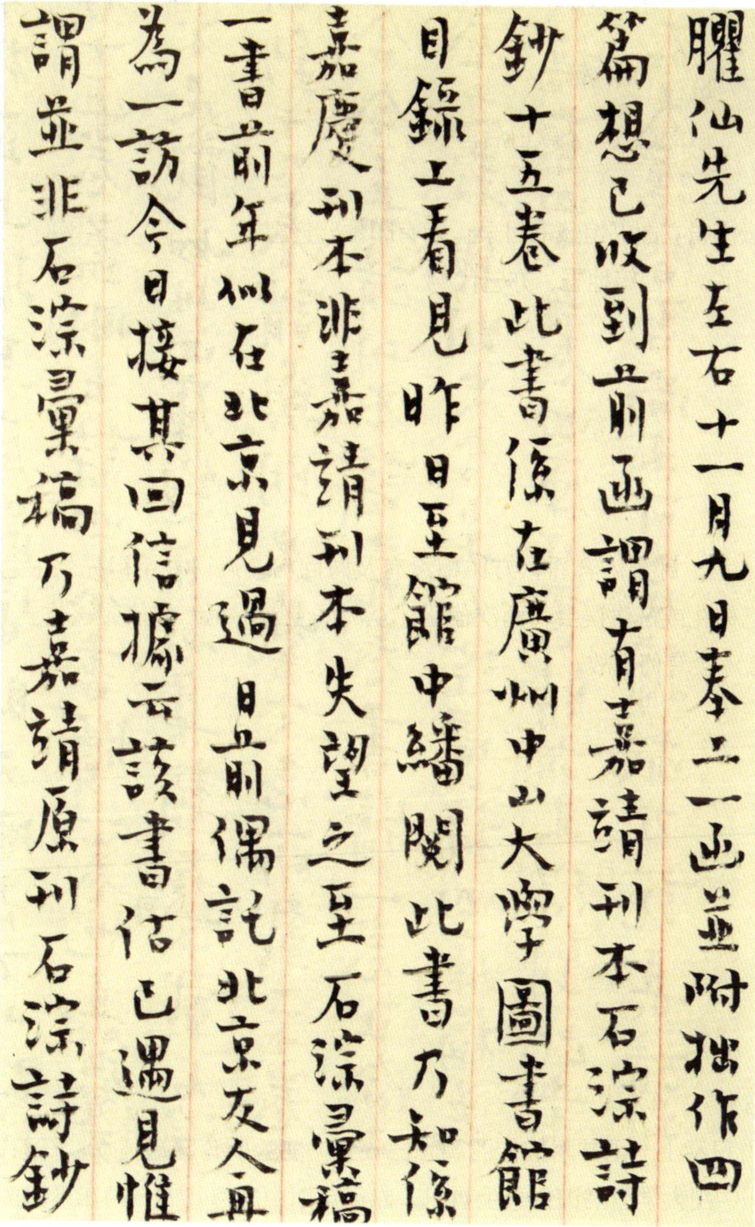

臞仙先生左右：十一月九日奉上一函，並附拙作四篇，想已收到。前函謂有嘉靖刊本《石淙詩鈔》十五卷，此書係在廣州中山大學圖書館目錄上看見。昨日至館中繙閱此書，乃知係嘉慶刊本，非嘉靖刊本，失望之至。《石淙彙稿》一書，前年似在北京見過，日前偶託北京友人再為一訪，今日接其回信，據云該書估已遇見，惟謂並非《石淙彙稿》，乃嘉靖原刊《石淙詩鈔》

D08（4-1） G17cm×27cm

不足观如此。《四库总目》别集类存目亦载：“《石淙诗钞》十九卷，谓与《明史·艺文志》所载二十卷本不合。今嘉靖刊本诗十九卷，书牍一卷正合二十卷之数，与《明史》合矣。”《石淙汇稿》，《四库》称为“类稿”，有四十五卷。《四库》收书时亦未得到此书，尚存天壤间否，尚未可定。据敝友说，嘉靖刊本诗分十六类卷十七，督府类分二卷。第二卷名柬札类。窃谓此即类稿之一部分，与“四库”本之分称为稿者，必非一本，类稿中尚有奏议等亦

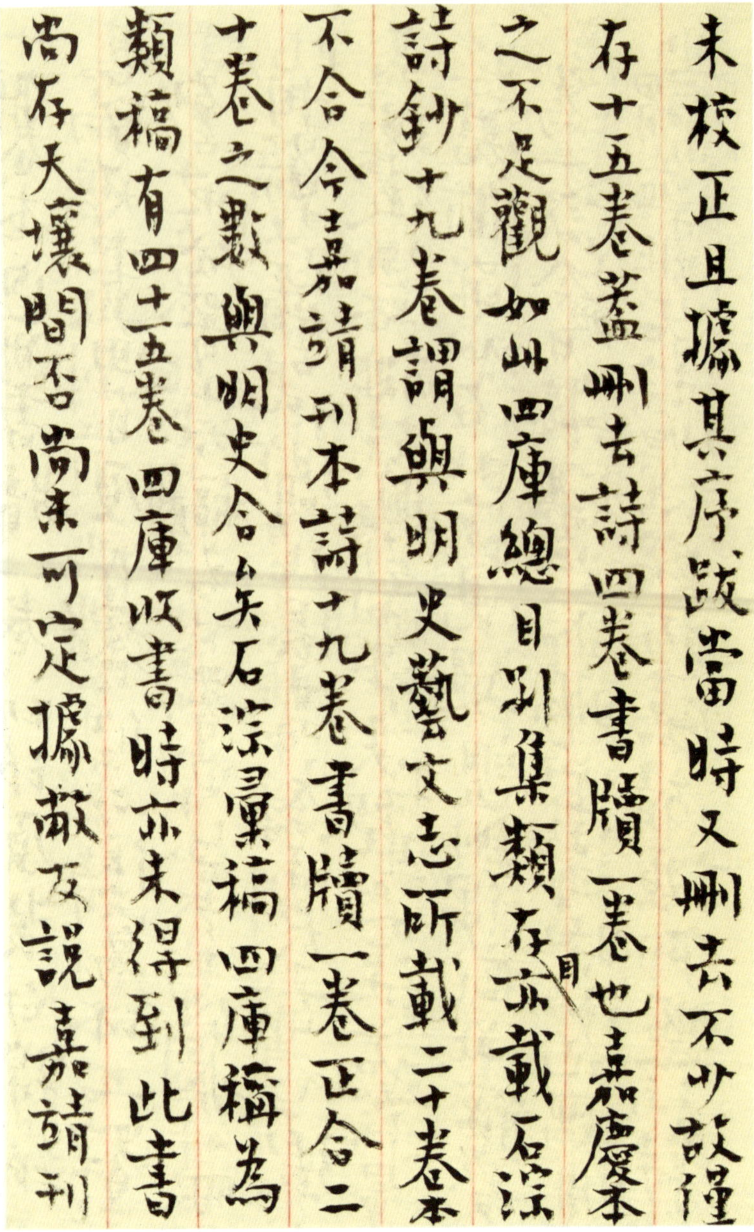
未校正且據其序跋當時又刪去不少詩僅存十五卷蓋刪去詩四卷書牘一卷也嘉慶本之不足觀如此四庫總目別集類存目亦載石淙詩鈔十九卷謂與明史藝文志所載二十卷本不合今嘉靖刊本詩十九卷書牘一卷正合二十卷之數與明史合矣石淙彙稿四庫稱為類稿有四十五卷四庫收書時亦未得到此書尚存天壤間否尚未可定據敝友說嘉靖刊

D08（4-3） G17cm×27cm

必以官分类，今通行之《关中奏议》不过为其一类。今得此嘉靖本，亦可见当时类稿之旧面目矣。转抄一部，敝友商之张君，未见允许。张君现在北平，然彼行踪无定，以速为妙。如欲购刻，乞酌定价目示知转商。

专此，敬颂道安。

景泰《云南图经》已托人代抄。

弟　朱希祖　敬上　十一月卅日

〔笺纸：朱丝八行〕

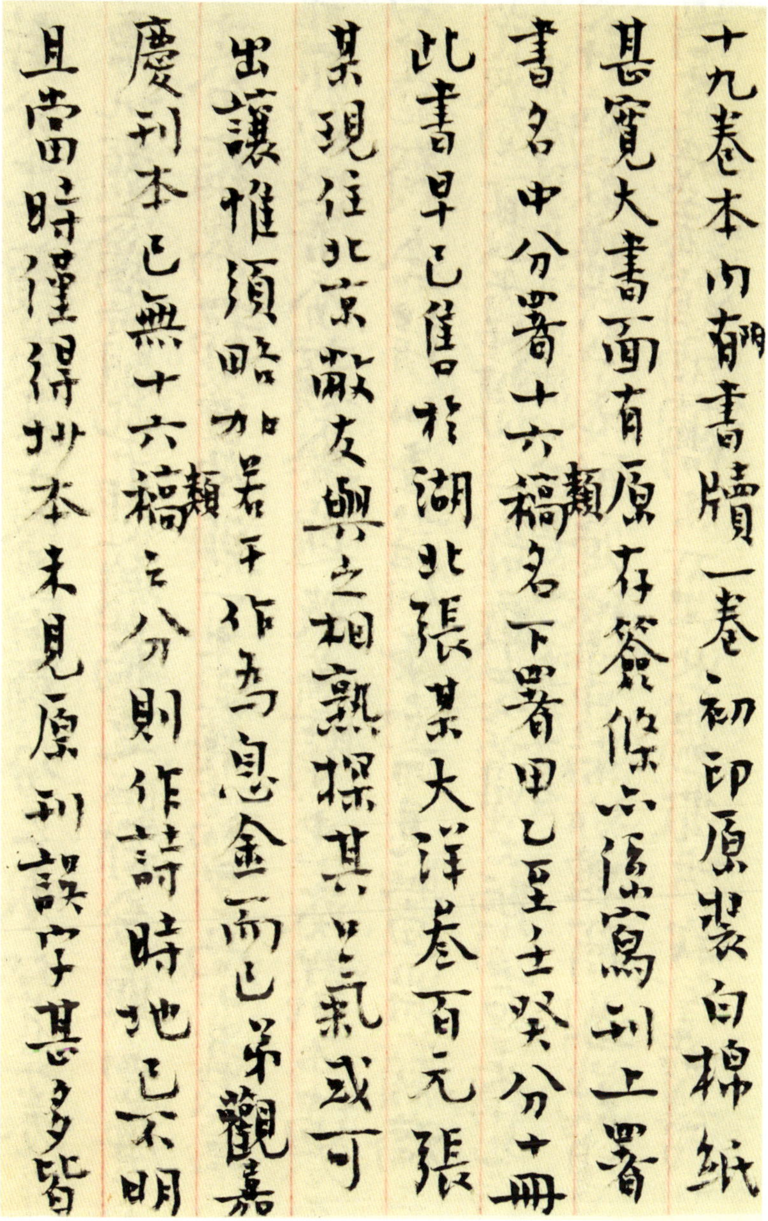
十九卷本内翻書牘一卷，初印原裝白棉紙
甚寬大，書面有原存簽條，亦係寫刊，上署
書名，中分署十六稿類，名下署甲乙至壬癸，分十册。
此書早已售於湖北張某，大洋叁百元。張
某現住北京，敝友與之相熟，探其口氣，或可
出讓，惟須略加若干作為息金而已。弟觀嘉
慶刊本已無十六稿類之分，則作詩時地已不明，
且當時僅得抄本，未見原刊，誤字甚多，皆

D08（4-2） G17cm×27cm

〔解读〕

此札应成于一九三二年十一月三十日。

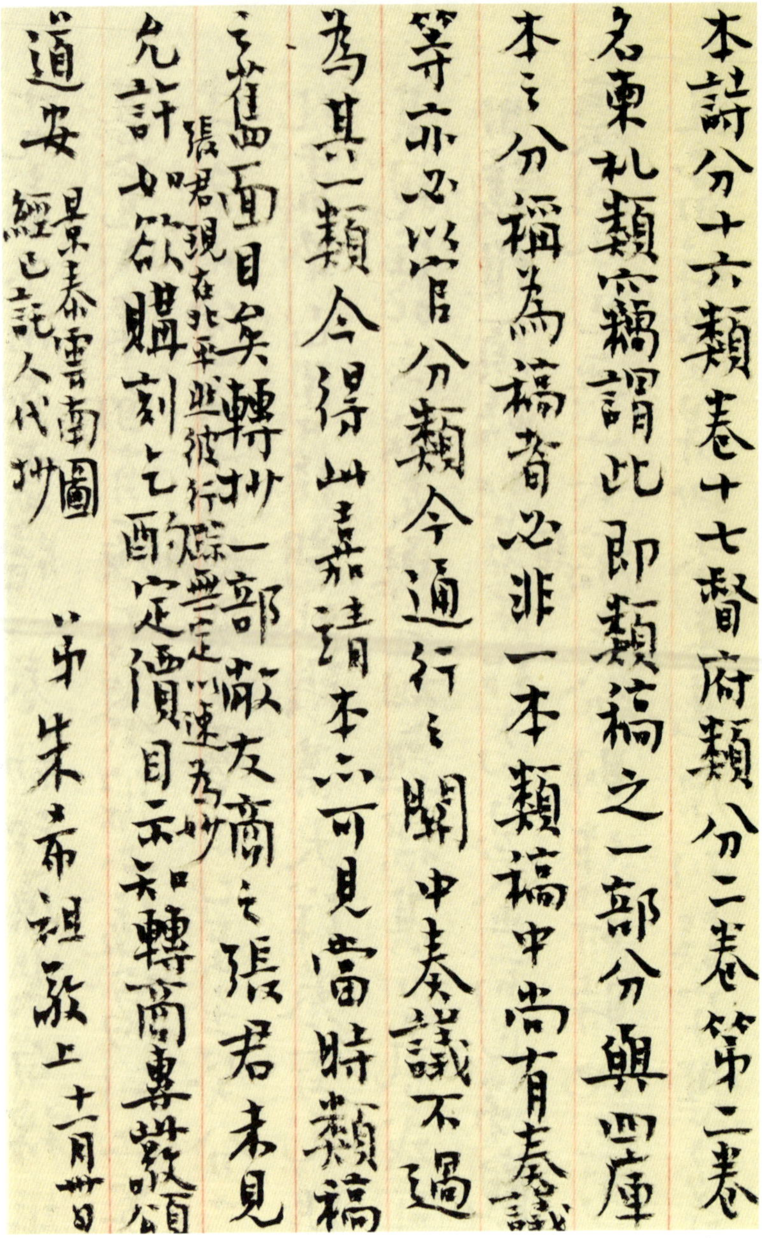

D08（4-4） G17cm×27cm

## 四、七月二十一日致方树梅

〖录文〗

臞仙先生左右：

前日接得六月二十日所发地方志两包，计五种三十三册。展阅之余，不胜欣慰，惟价值若干未蒙示知。兹先由邮局寄上银叁拾元正，收到后祈来回信，并祈示知价目，日后仍求

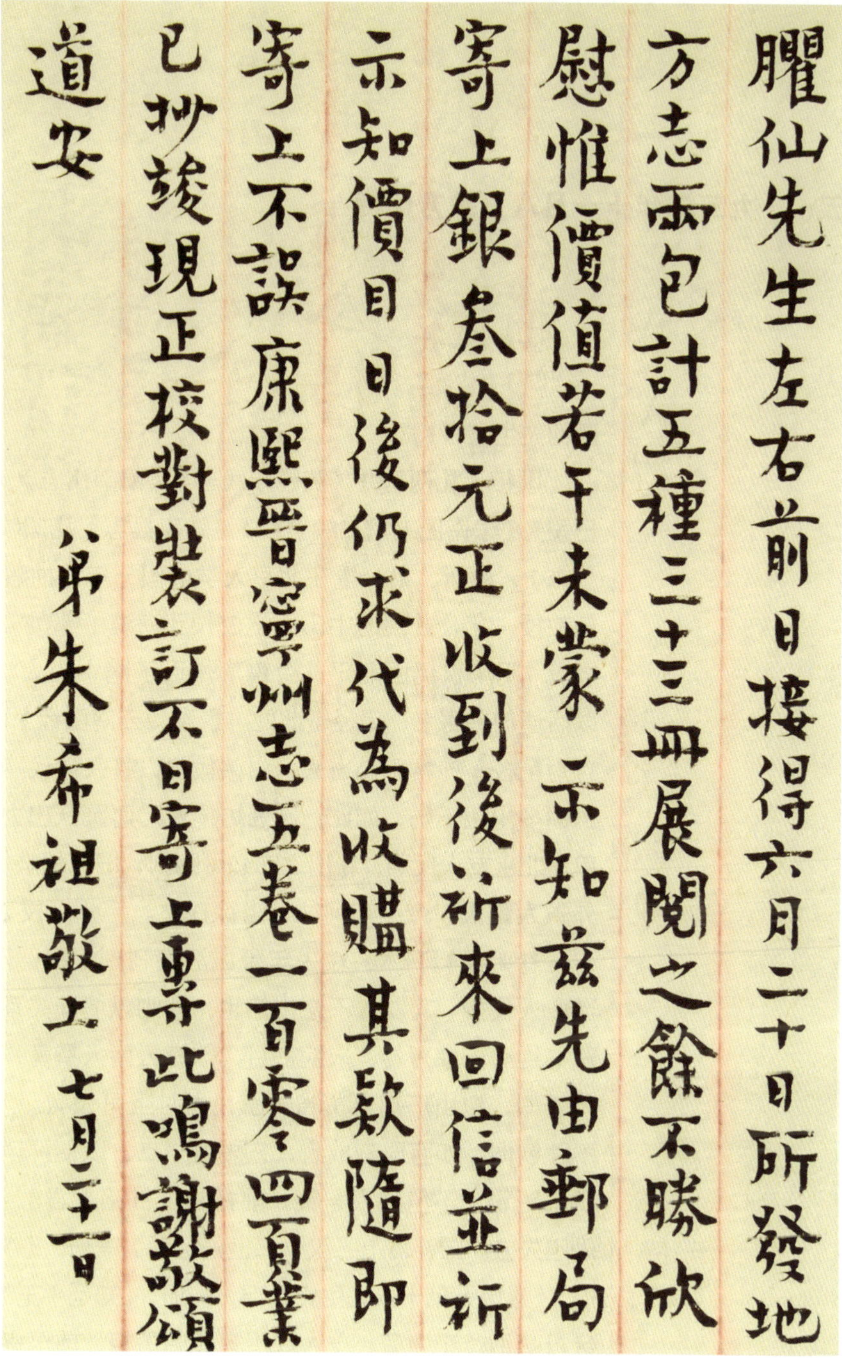
臞仙先生左右：前日接得六月二十日所發地方志兩包，計五種三十三冊，展閱之餘，不勝欣慰。惟價值若干，未蒙示知，茲先由郵局寄上銀叁拾元正，收到後祈來回信，並祈示知價目。日後仍求代為收購，其款隨即寄上不誤。康熙《晉寧州志》五卷，一百零四頁，業已抄竣，現正校對裝訂，不日寄上。專此鳴謝，敬頌
道安
弟朱希祖敬上　七月二十一日

D09 G17cm×27cm

代为收购，其款随即寄上不误。康熙《晋宁州志》五卷，一百零四页，业已抄竣，现正校对装订，不日寄上。

专此鸣谢。敬颂道安。

弟　朱希祖　敬上　七月二十一日

〔笺纸：朱丝八行〕

## 五、一九三二年十一月八日致方树梅

〔录文〕

臞仙先生左右：

顷接大札两函并《腾越厅残志》《镇南州志》《制府杂录》《西征日录》《云南图书馆二编书目》《陆良县志》均照收无误。承赠《昭通县志》，谢谢。弟今夏在北京大学请假一年，抽暇至广州中山大学担任教授一年，并襄助中山大学校长邹海滨［邹鲁］先生纂修《广东通志》，明年秋仍回北平。今寓广州百子路中山大学第一医院校长室，以后通信并寄书，望径寄此处。景泰《云南图经》已托友人雇人代抄，且为精校，抄费不必寄来，由弟代垫，将来请代购云南地志扣除。地志稍多出钱不妨，如此，则书坊搜罗乃可踊跃出力。委购各书，已开单托北平友人代购，新出之书必可购到，旧板稍难。《石淙汇稿》闻为外省人购去，今不知何往，当徐探之。广州一友人家藏《石淙诗抄》十五卷明嘉靖刊本，较去年所见汇稿刊刻尤早，如要抄写，祈示知，当雇人代抄。盖友人不愿出售也，抄则以情面关系，必可商量。弟所藏书约有十余万卷，未编书目，欲查云南人撰著，须俟明年秋矣。明年暑假，拟由广州至贵省一游，届时当可领教。来函开示大作甚富，不胜钦佩。如有已刻成者，乞赐寄一二，以便拜读，奉为楷模。拙作多系短篇，不值通人一笑。前托甘［甘铭］君寄上数册，尚未收到，恐已失去。兹补寄上《汉十二世著纪考》一册、《汉唐宋起居注考》一册、《永历大狱十八先生史料评》一册、《郑延平王[①]受明封爵考》一册，伏祈哂纳斧正为荷。友人广州容元胎肇祖，前至贵省，承题赠永历玉玺拓本一幅。兹拟援例乞题赐一幅，想必慷慨允许也。

专此，敬颂道安。袁树五［袁嘉谷］先生乞代问安不另。

弟　朱希祖　敬上　十一月八日

〔笺纸：朱丝八行〕

①延平王：为南明永历帝于一六五五年敕封郑成功的爵位，为郡王等级。郑成功曾被加封为潮王（亲王等级），但坚辞不受。

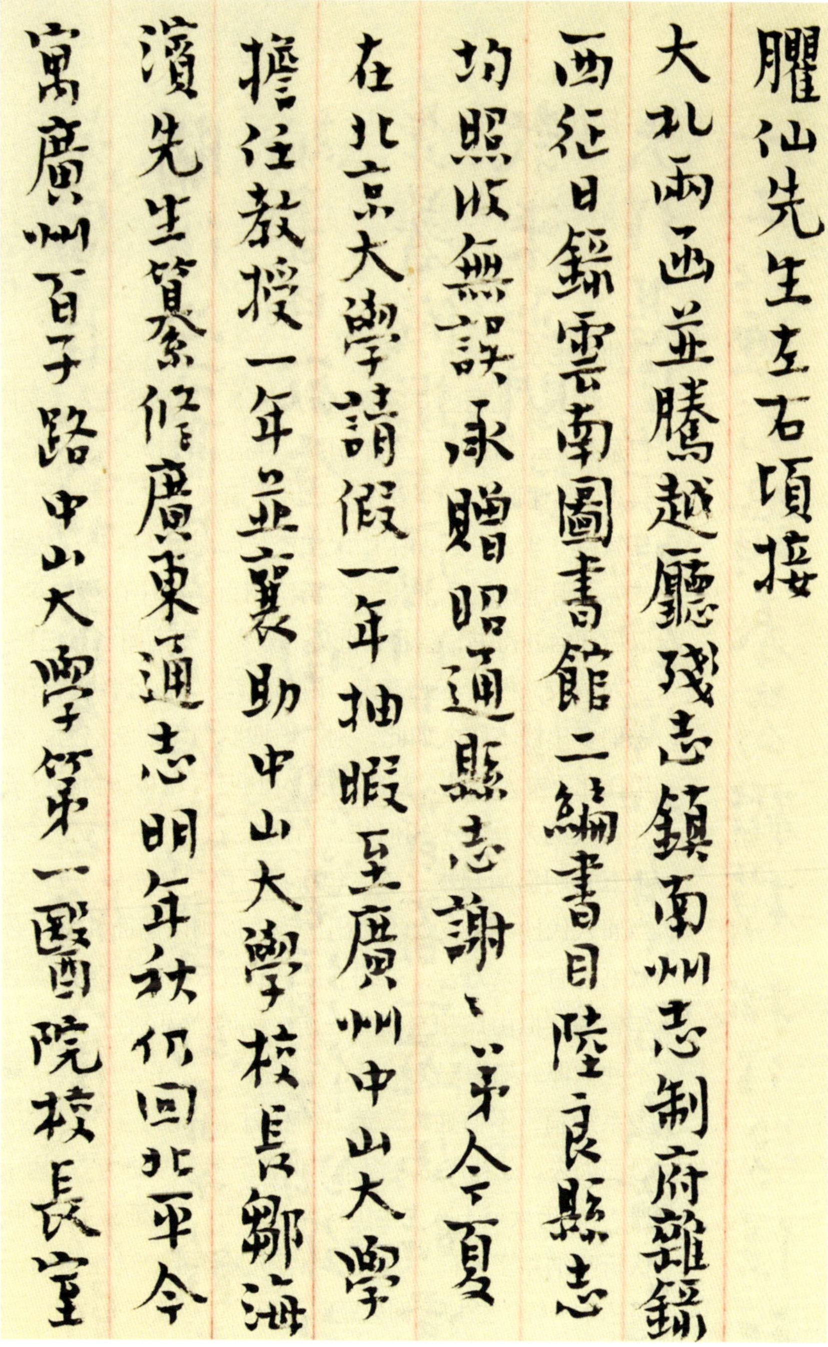

臞仙先生左右頃接
大札兩函並騰越廳殘志鎮南州志制府雜錄
西征日錄雲南圖書館二編書目陸良縣志
均照收無誤承贈昭通縣志謝謝弟今夏
在北京大學請假一年抽暇至廣州中山大學
擔任教授一年並襄助中山大學校長鄒海
濱先生纂修廣東通志明年秋仍回北平今
寓廣州百子路中山大學第一醫院校長室

D10（4-1） G17cm×27cm

〖解读〗

此札应成于一九三二年十一月八日。一九三二年十月，朱希祖应中山大学校长邹鲁之聘，南下广州，任国立中山大学史学系教授、文史学研究所主任，兼任广东通志馆纂修。

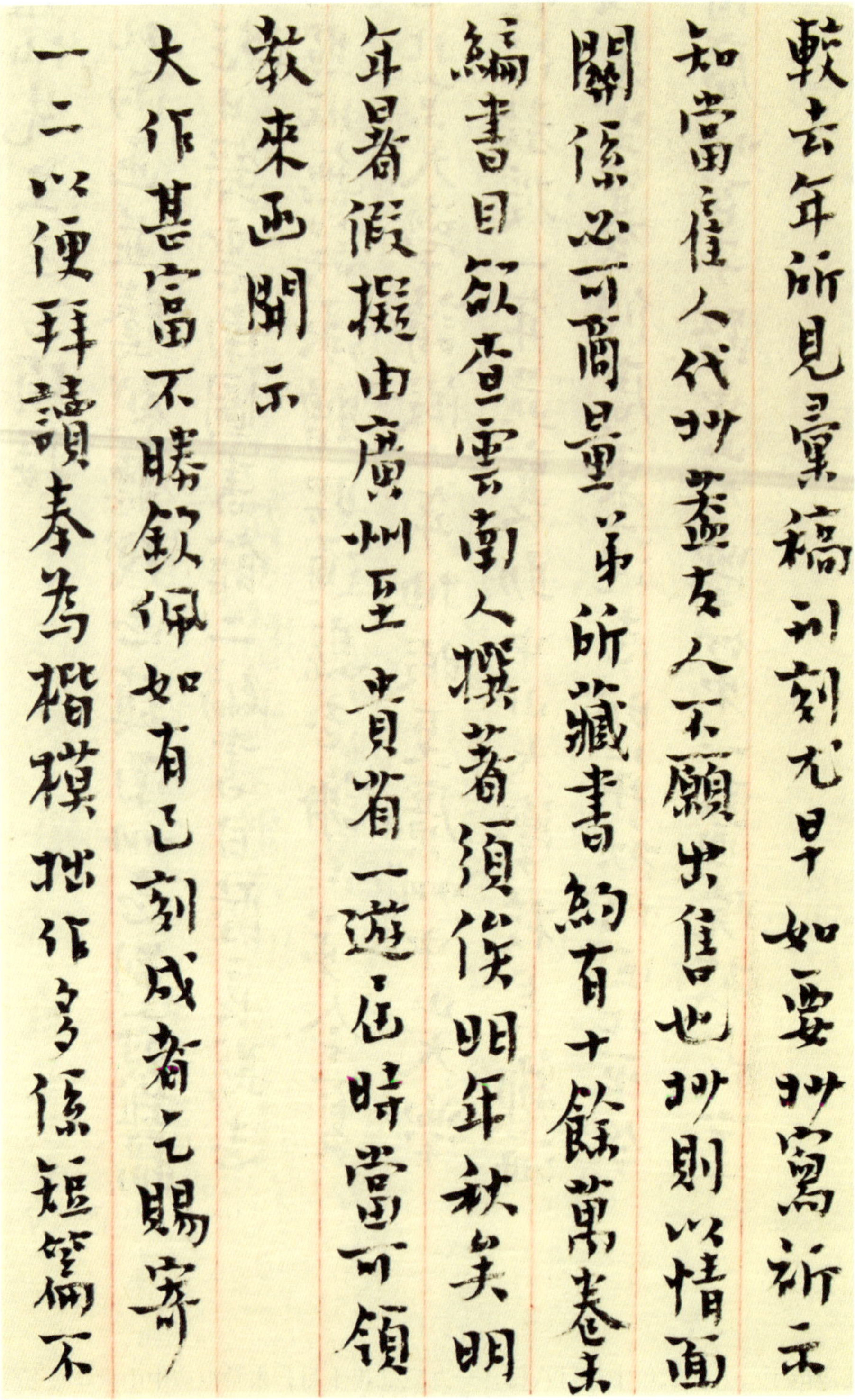
較去年所見稟稿刊刻尤早 如要抄寫祈示
知當遣人代抄 蓋友人不願出售也 抄則以情面
關係必可商量 弟所藏書約有十餘萬卷未
編書目 欲查雲南人撰著須俟明年秋矣 明
年暑假擬由廣州至 貴省一遊 屆時當可領
教 來函閱示
大作甚富 不勝欽佩 如有已刻成者乞賜寄
一二 以便拜讀 奉為楷模 拙作多係短篇 不

D10（4-3） G17cm×27cm

以後通信並寄書望徑寄北京泰雲南圖經已託友人僱人代抄且為精校抄費不必寄來由小弟代墊將來請代購雲南地志如除地志稍多出錢不妨如此則書坊搜羅乃可踴躍出力委購各書已開單託北平友人代購新出之書必可購到舊板稍難石淙彙稿聞為外省人購去今不知何往當徐探之廣州一友人家藏石淙詩抄十五卷明嘉靖刊本

D10（4-2） G17cm×27cm

值通人一笑前托甘君寄上數冊尚未收到恐
已失去兹補寄上漢十二世著紀考一冊漢唐
宋起居注考一冊永曆大獄十八先生史料評
一冊鄭延平王受明封爵考一冊伏祈
哂納斧正爲荷友人廣州容元胎肇祖前呈
貴省承 題贈永曆玉璽拓本一幅兹擬援例
乞 題賜一幅想必慷慨允許也專此敬頌
道安 弟朱希祖敬上 十一月八日
袁樹五先生乞代
問安不另

D10（4-4） G17cm×27cm

## 六、一九三五年十月二十一日致方树梅

〖录文〗

臞仙先生左右：

南京话别，倏已数月。光阴荏苒，世事变幻。譬彼舟流，不知所届[①]，殷忧如何。八月初旬，弟至北平，流连匝月。山川无恙，人事已非。触目警［惊］心，忧怀如沸。聊携旧藏书籍数箱，匆匆回南，适学校开课，俗务羁缠，友朋书札，积累盈寸，皆未奉复，疏懒日甚，庸驽奚辞。承寄南明诗文集六种，快慰之至。钱开少、文介石[②]二先生集尤为重要，其价若干，祈示知奉还。委钞明季滇南史料尚未毕工，将来钞校告成，定当寄上。永历玉玺尊题一纸，迁徙时已失去，可否乞重写一纸赐寄，用作史料。外交日恶，南京甚危，翘首滇南尚堪避乱，颇思乐郊之适，惜无机缘引领曷已。

专谢。敬颂道安。

弟　朱希祖　敬上　十月二十一日

〔笺纸：国立中央大学用笺〕

〖解读〗

从“南京话别，倏已数月”可知，此札写于一九三五年十月二十一日。方树梅北游访书到南京，一九三五年六月十日上午十一时，访朱希祖先生，“畅谈一时，先生赠《杨么故事》一册，示所著《六朝墓志调查报告》二巨册，考据精确，不久将付印”。

①譬彼舟流，不知所届：这是《诗经·小雅》里面名为《小弁》的一首古诗中的两句。意思是我像漂流的小舟，不知漂流到哪里。

②文介石（一五八九～？）：名祖尧，字心传，号介石。云南呈贡人。以贡士授名山训导，寻迁太仓学正。

國立中央大學用牋

之至。錢聞少文介石二先生集尤為重要，其價若干，祈示知奉還。垂鈔明季滇南史料尚未畢工，將來鈔校告成，定當寄上。永曆玉璽篆題一紙，遷從時已失去，可否乞重寫一紙賜寄，用作史料。外交日亟，恐南京甚危，翹首滇南，尚堪避亂，頗思樂郊之適，惜無機緣，引領蜀

已專謝。敬頌

道安

弟朱希祖敬上 十月二十一日

D11（2-2） G18cm×28cm

臞仙先生左右南京話別倏已數月
光陰荏苒世事變幻譬彼舟流不知
所屆殷憂如何八月初旬弟至北平流連
匝月山川無恙人事已非觸目驚心憂
懷如沸聯想舊藏書籍數箱忽忽
回南適學校開課俗務羈纏友朋書
札積累盈寸皆未奉復疏懶日甚屬
篤案辭承寄南眮詩文集六種快慰

D11（2-1） G18cm×28cm

## 七、一九三三年一月四日致方树梅

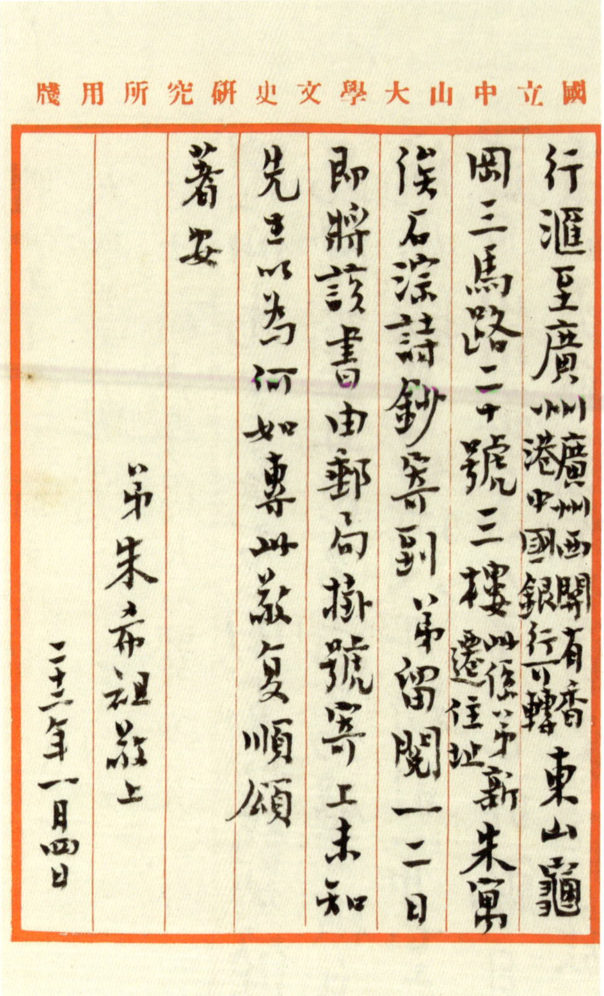


D12（4-4） G19cm×26.5cm

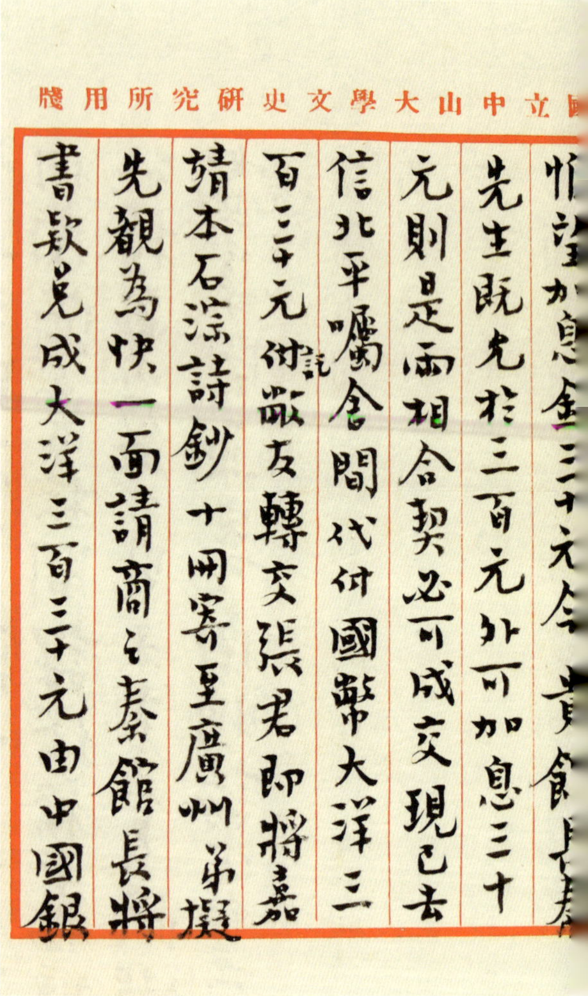


D12（4-3） G19cm×26.5cm

〖录文〗

①孟孝琚：即《孟孝琚碑》。清光绪二十七年（一九〇一）出土于昭通白泥井。现嵌置于凤池书院（今昭通第三中学）“汉碑亭”内。被誉为“滇南瑰宝”“稀世之珍”“古汉碑第一”。

②大、小爨碑：“大爨碑”（《爨龙颜碑》）和“小爨碑”（《爨宝子碑》）。大、小爨碑皆在云南，一在陆良，一在曲靖，均为国家一级文物。

臞仙先生左右：

前日接读大札，并《云南通志》《府志》二十册；《元江志稿》十二册；孟孝琚[①]，大、小爨碑[②]各一分；永历玉玺拓本二分（一分承题大作

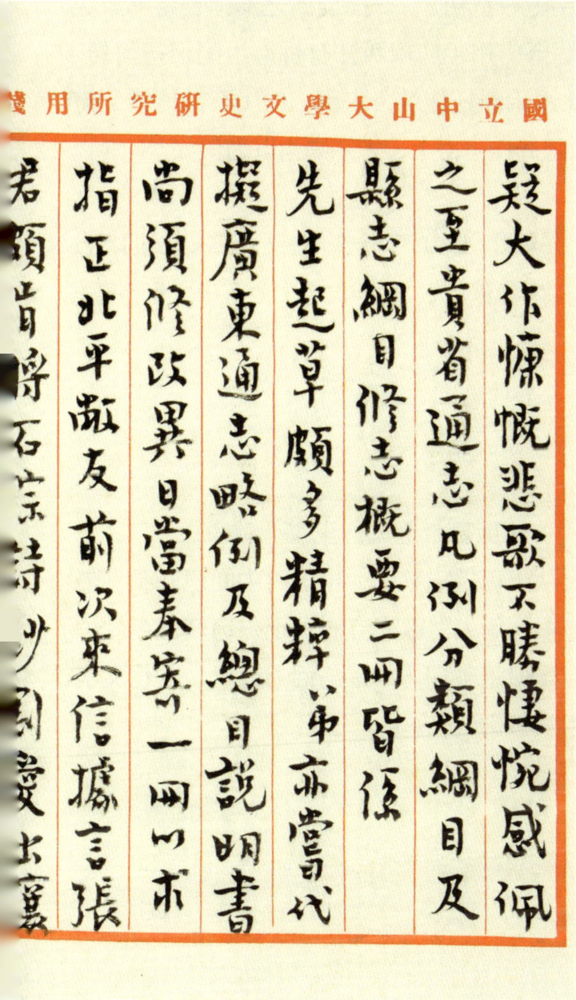
國立中山大學文史研究所用牋

疑大作慷慨悲歌不勝悽惋感佩
之至貴省通志凡例分類綱目及
縣志綱目修志概要二冊皆係
先生起草頗多精粹弟亦嘗代
擬廣東通志略例及總目說明書
尚須修改異日當奉寄一冊以求
指正北平敝友前次來信據言張
君頗肯將石宗詩鈔割愛出讓

D12（4-2） G19cm×26.5cm

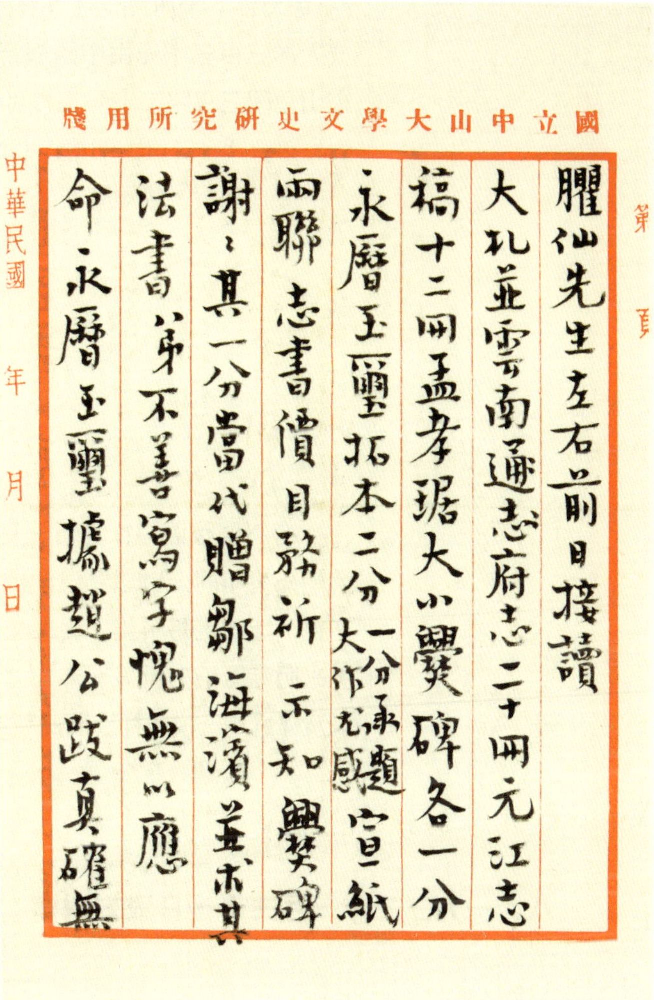
國立中山大學文史研究所用牋

第　頁

臞仙先生左右前日接讀
大札並雲南通志府志二十冊元江志
稿十二冊孟孝琚大小爨碑各一分
永曆玉璽拓本二分（一分大作尤感）宣紙
兩聯志書價目務祈示知爨碑
謝謝其一分當代贈鄒海濱並求其
法書弟不善寫字愧無以應
命永曆玉璽據趙公跋真確無

中華民國　年　月　日

D12（4-1） G19cm×26.5cm

尤感）；宣纸两联。志书价目务祈示知，爨碑谢谢，其一分当代赠邹海滨［邹鲁］并求其法书。弟不善写字，愧无以应命。永历玉玺据赵公［赵藩］跋，真确无疑；大作慷慨悲歌，不胜凄惋，感佩之至。贵省通志凡例、分类纲目及县志纲目、修志概要二册皆系先生起草，颇多精粹。弟亦尝代拟《广东通志》略例及总目、说明书尚须修改，异日当奉寄一册以求指正。北平敝友前次来信，据言张君颇肯将《石淙诗钞》割爱出让，惟望加息金三十元。今贵馆长秦［秦光玉］先生既允于三百元外可加息三十元，则是两相合契，必可成交。现已去信北平，嘱舍间代付国币大洋三百三十元，托敝友转交张君，即将嘉靖本《石淙诗钞》十册[③]寄至广州，弟拟先睹为快，一面请商之秦馆长将书款兑成大洋三百三十元由中国银行汇至广州（广州西开有香港中国银行可转）东山龟冈三马路二十号三楼（此系弟新迁住址）朱寓。俟《石淙诗钞》寄到，弟留阅一二日，即将该书由邮局挂号寄上，未知先生以为何如？

专此敬复。顺颂著安。

弟　朱希祖　敬上　二十二年［一九三三］一月四日

〔笺纸：国立中山大学文史研究所用笺〕

〖解读〗

有赵藩跋语称：明朝（南明）永历皇帝遗失的玉玺“敕命之宝”，是清朝光绪年间云贵总督建学校时从土里挖出来的，出土时中间已开裂。最初也不能断定是玉玺，后来与李根源等人游寂光寺时发现永历帝赐名“护国兴明寺”诏书所盖玉玺与之前疑似玉玺相仿，遂与诏书比对，发现文字以及样式均一模一样，因此断定这方印章确为玉玺无疑。

③ 十册：疑为十九册之笔误。漏“九”。

## 八、一九三三年一月三十一日致方树梅

〖录文〗

臞仙先生左右：

昨接大札，并汇到大洋叁百叁拾元，今日已至邮局领出，已发回单寄来，上钤图章可以代收据矣。《石淙诗钞》十册，已于前三日寄到广州，兹特由邮局挂号寄上，收到后祈来回信为盼。此书寄到后细为察阅，确系嘉靖刻本，白棉纸印，书本宽大，首有呈祥跋文，书中间有彼批语，验其字体亦系清初人书。考康熙中山东霑邑有李呈祥，著有《东村集》十卷，其集刻于康熙五十八年，敝箧藏有此书。然世间同名者甚多，不敢断定即为李呈祥。观

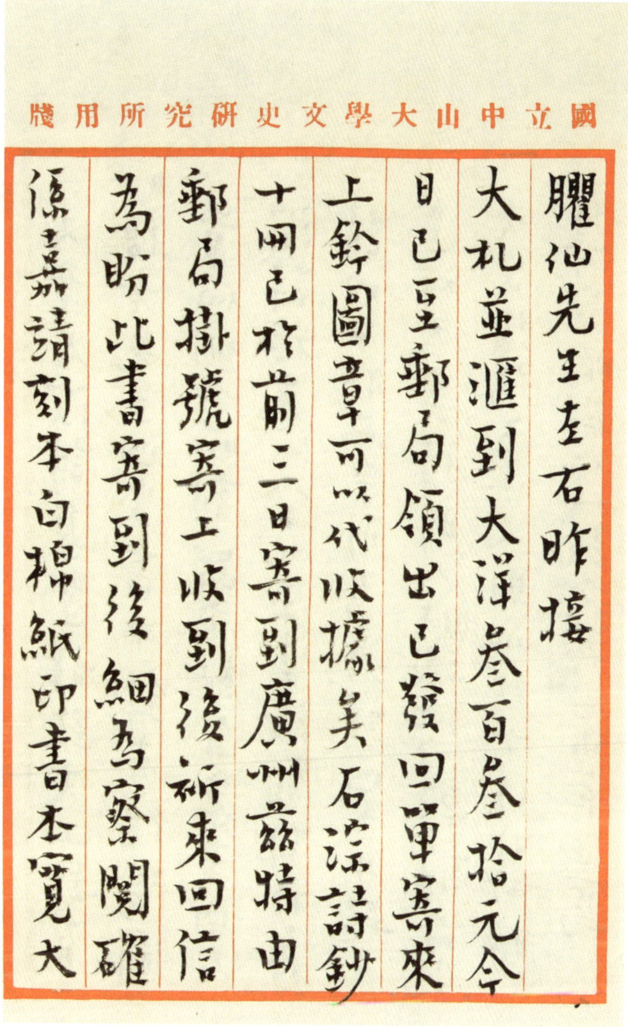

國立中山大學文史研究所用牋

臞仙先生左右：昨接大札並滙到大洋叁百叁拾元，今日已至郵局領出，已發回單寄來，上鈐圖章，可以代收據矣。石淙詩鈔十册已於前三日寄到廣州，茲特由郵局掛號寄上，收到後祈來回信為盼。此書寄到後細為察閱，確係嘉靖刻本，白棉紙印，書本寬大

D13（4-1） G19cm×26.5cm

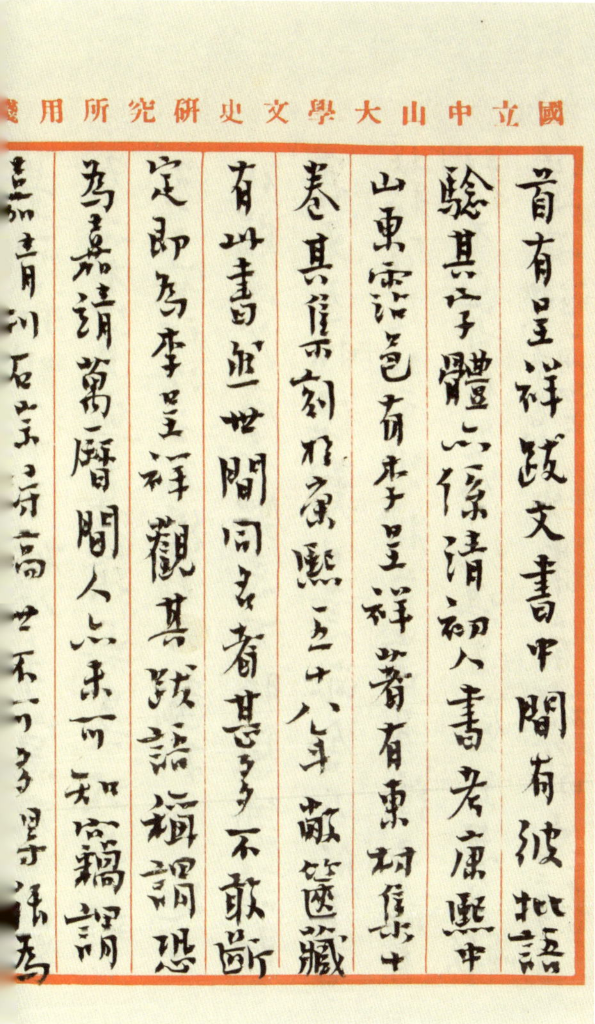

國立中山大學文史研究所用牋

首有呈祥跋文，書中間有彼批語，驗其字體亦係清初人書者。康熙中山東霑化邑有李呈祥，著有東村集十卷，其集刻於康熙五十八年。敝篋藏有此書，並世間罕有者甚多，不敢斷定即為李呈祥。觀其跋語稱謂，恐為嘉靖、萬曆間人亦未可知。竊謂嘉靖刊石淙詩稿世不可多得，能為

D13（4-2） G19cm×26.5cm

其跋语称谓，恐为嘉靖、万历间人亦未可知。窃谓嘉靖刊《石淙诗稿》世不可多得，能为景刊最妙。中有杨公手写序文，虽为刊本，实与真迹无异。故景刊为上，石印次之，不得已乃翻刊耳。近又代购《蒙化府志》《厅志》，不胜感谢，请即寄来为盼。倭难日急，敝舍及所有书籍皆在北平，恐将首当其冲，幸所有精本已寄存安全地，堪告慰耳。

匆复。敬颂道安。（抄本《〈素书〉明解》一册附上。）

弟　朱希祖　敬上　廿二年［一九三三］一月三十一日

又案。《石淙诗集》呈祥跋文上款，有复老先生四字，书中钤有复阳图章，似明人所刻。

国立中山大學文史研究所用牋

呈刊最妙，中有楊公手寫序文跋
為刊本實與真蹟無異故呈刊
為上石印次之不得已乃翻刊耳近又
代購崇化府志廳志不勝感謝請即
寄來為盼倭難日急敝舍及所有書
籍皆在北平恐將首當其衝章所有
精本已寄存安全地堪告慰耳思复敬頌
道安 冊本素書明以解一冊附上 弟朱希祖敬上 廿二年一月三十一日

国立中山大學文史研究所用牋

又案石淙詩集呈祥跋文上款有
復老先生四字書中鈐有復陽圖
章似明人所刻跋文紀年為辛酉石
淙詩稿卷十八十九玉堂後類刻於嘉
靖戊子年而辛酉為嘉靖四十年疑呈
呈祥為嘉靖時人（天啟元年辛酉康熙二十年亦為辛酉）茲擬
考定復陽為何人則此跋文作於何時
乃可定暇擬作一跋文寄上求斧正焉

D13（4-4） G19cm×26.5cm

D13（4-3） G19cm×26.5cm

跋文纪年为辛酉，《石淙诗稿》卷十八、十九《玉堂后类》刻于嘉靖戊子年，而辛酉为嘉靖四十年，疑呈呈［多字］祥为嘉靖时人（天启元年辛酉，康熙二十年亦为辛酉）。兹拟考定复阳为何人，则此跋文作于何时乃可定。暇拟作一跋文寄上求斧正焉。

〔笺纸：国立中山大学文史研究所用笺〕

## 九、《滇南碑传集叙》

〖录文〗

### 滇南碑传集叙

碑传之始，匪特记人。专以记人，则传先于碑。《世本》中已有传（《史记·魏世家》索隐引《世本》曰：“桓子生文侯斯”，其《传》云：“孺子瘨[①]是魏驹之子”），《汉书·艺文志》有《高祖传》《孝文传》，《史记·伯夷列传》引伯夷、叔齐古传，皆在司马。司马迁七十《列传》之前。是传之作，起于先秦，碑则汉始有之，今汉碑传世尚多，蔡邕尤擅斯作，其《集》可征。汉议郎圈称有《陈留耆旧传》二卷，梁元帝有《广州刺史碑》十二卷，地方碑传之作始此。

吾友晋宁方君臞先［仙］撰《滇南碑传集》三十二卷，探厥渊源，虽宪章吾乡钱衎石[②]《碑传集》，然亦祖述圈、萧成法，作述虽殊，其志同也。滇南文化，开于庄蹻[③]，扩于两爨，庄氏楚人，爨人魏人（余别有《云南两爨氏族考》详言之），其部曲及子孙，繁衍南中綦广，功业文章，彪炳南土。惜晋陈寿《益部耆旧传》以及唐袁滋《云南记》、窦滂《云南别录》、徐云虔《南诏录》诸书皆已亡佚，惟晋常璩《南中志》、樊绰《蛮书》仅存，可考见秦汉以来概略。方君据兹二书，旁稽史志碑碣，别成《耆旧传》三卷[④]，可谓勤矣。自明初经营滇南，中原人士从军至其地者，类多随沐氏世居，文化繇是大展，编方志者，急于蒇事，不能多方采访，遗漏滋多，迄今五六百载，方君此书，断自明初，意亦在此。征考积十余年，诹访达十余省，南北名都，足迹几遍，采

①孺子瘨：人名，战国人物。

②钱衎石：即钱仪吉（一七八三～一八五〇），初名逵吉，字蔼人，号衎石、新梧、心壶。浙江嘉兴人。自幼好诗能文，年十二，效选体作《山赋》千言，张问陶见之，极称赏。嘉庆十三年（一八〇八）进士，改翰林院庶吉士。散馆，授户部主事，升刑科给事中。累迁至工科给事中，罢归。著有《碑传集》等。

③庄蹻（?～前二五六）：一说为战国时反楚起事领袖；另一说为楚国将军，楚庄王后裔。

④《耆旧传》三卷：《滇南碑传集》为“《古滇人物考》四卷”。或为方树梅所改动。《朱希祖文存》中，此处与本札同。

获愈多，立例弥严，爰成此书，有功滇南文献匪浅。江淹[⑤]有言：“作史之难，莫难作志。”方志为地方之史，托体甚尊，碑传之集，有裨地方史之传固多，而志则非搜辑旧日省、府、厅、州、县档案不为功（档案宜正名曰“公文案卷”，惟今日已约定俗成，故从此简名），章学诚[⑥]《方志立三书议》，已发其凡，其自为永清等志，能昭示轨范，后之修方志者，多不措意及此。勇于作传，怯于作志；详于功业学艺，略于国典民风，遂致传滥而志疏，其有愧章氏多矣。改革以来，各省署、县署，类将前代档案纷纷遗弃，无人为之保存，始叹章氏卓识为不可及。中华建国垂三十年，不遭兵燹之区，则地方各署档案多未散佚，此后能倡议每省建一档案库，每三年或五年，将各署档案择要聚存于此，分类整理编纂，蔚为地方史之志材，其功用当较碑传集更巨，方君盖亦于滇南为之倡哉！

中华民国二十九年［一九四〇］一月二十四日　海盐朱希祖

撰于行都中央大学

〔笺纸：朱丝八行〕

⑤江淹（四四四～五〇五）：字文通，谥宪伯。南朝著名政治家、文学家，历仕三朝，宋州济阳考城（今河南省商丘市民权县程庄镇江集村）人。武帝时任骠骑将军兼尚书左丞，历仕南朝宋、齐、梁三代。

⑥章学诚（一七三八～一八〇一）：字实斋。清代史学家、文学家。浙江会稽（今绍兴）人。乾隆四十三年（一七七八）进士，官国子监典籍。曾主讲定州定武、保定莲池书院，并为南北方志馆主修地方志。章学诚倡“六经皆史”之论，治经治史，皆有特色。著有《文史通义》等。

〖解读〗

经与《滇南碑传集》和《朱希祖文存》中的《滇南碑传集叙》相校，字词略有出入。

# 滇南碑傳集叙

碑傳之始，匪特記人，專以記人則傳先於碑。世本中已有傳（史記魏世家索隱引世本曰桓子生文侯斯其傳云孺子黚是魏駒之子），漢書藝文志有高祖傳、孝文傳，史記伯夷列傳引伯夷叔齊古傳，皆在司馬遷七十列傳之前，是傳之作起於先秦。碑則漢始有之，今漢碑傳世尚多，蔡邕尤擅斯作，其集可徵。漢議郎圖稱有陳留耆舊傳一卷，梁元帝有廣州刺史碑十二卷，地方碑傳之作始此。吾友晉寧方君臞先撰滇南碑傳集，集三十二卷，探厥淵源，雖憲章吾鄉錢衎石碑

D14（4-1） G15.5cm×23.5cm

不能多方采訪遺漏滋多迄今五六百載方君此書
斷自明初著意亦在此徵考積十餘年諏訪達十
餘省南北名都足跡幾徧采獲愈多立例彌
嚴爰成此書有功滇南文獻匪淺江海有言作
史之難莫難作志方志為地方之史託體甚尊
碑傳之集有裨地方史之傳固多而志則非搜
輯舊日省府廳州縣檔案亦不為功檔案宜正名曰公文案卷惟
今日已約定俗成故從此簡名章學誠方志立三書議已發其
凡其自為永清等志能昭示軌範後之修方
志者多不措意及此勇於作傳恬於作志詳

D14（4-3） G15.5cm×23.5cm

傳集然亦祖述園蕭成法作述雖殊其志同也滇南文化開於莊蹻擴於兩爨莊氏楚人爨人魏人（余別有書論兩爨氏族考詳論之）其部曲及子孫繁衍南中綦廣功業文章彪炳南土惜晉陳壽益部耆舊傳以及唐袁滋雲南記竇滂雲南別錄徐雲虔南詔錄諸書皆已亡佚惟晉常璩南中志樊綽蠻書僅存可考見秦漢以來概略方君據茲二書旁稽史志碑碣別成耆舊傳三卷可謂勤矣自明初經營滇南中原人士從軍至其地者頗多隨沐氏世居文化緣是大展編方志者急於蒐事

D14（4-2）G15.5cm×23.5cm

於功業學藝略於國典民風遂致傳濫而志疏
其有愧章氏多矣改革以來各省署縣署類
將前代檔案紛紛遺棄無人為之保存始歎
章氏卓識為不可及中華建國垂三十年不遭
兵燹之區則地方各署檔案多未散佚此後能
倡議每省建一檔案庫每三年或五年將各署
檔案擇要聚存於此分類整理編纂蔚為地
方史之志材其功用當較碑傳集更鉅方君盍
亦於滇南為之倡哉中華民國二十九年一月二十四日
海鹽朱希祖識於行都中央大學

D14（4-4） G15.5cm×23.5cm

## 一〇、一九三二年三月十一日致方树梅

〖录文〗

臞仙先生史席：

前托陈君际良［陈时策］、甘君君［金］名，奉呈近印拙作并求代购云南地方志，荷蒙复函允许代购，不胜铭感。书中并言，欲抄北平图书馆所藏康熙《晋宁州志》，此事弟当代办。今日特至该馆，托馆员觅善书者代抄，业已接洽妥当。此志共五卷，百二十页，大约二十许日即可抄毕寄上不误。且委托馆员精校，庶鲜误字。闻先生任修《云南通志·艺文考》一门，宏才博学，定必详赡，实堪庆幸，如欲搜访滇贤述作，望开单见示，定必效劳。弟处所藏明、清之际滇中记载颇多，将来修滇志时，如需材料，定可供给一二。近得周二年写本，黄石公《〈素书〉明解》一册，系洱上何星文撰。周为吴三桂国号，二年乙卯当清康熙十四年。徐珂《五藩梼乘》[①]《吴三桂传》云："当时三桂军中颇以黄石公《素书》教诸将子弟及四方宾客，资性颖敏者，以备将帅之选。"故吴军诸将家有其书。本书序言："今振伯潘公总镇元戎执家藏《素书》，托余重加注释，余注之而曰：明解者取其易知易行，愿公持此而佐太平，功纪龙旆。"云云。则此书于贵省历史颇有关系，可以入《艺文考》矣。近故宫博物院亦得吴三桂时建国时官印数方，上亦书周某年。又有公文书数件亦然，北京大学及中央研究院有吴三桂奏疏十余篇。前贵馆书目征书三种，有马君辉《西征纪略》及吴三桂《开疆疏草》，未知已得到否？便祈示知。北平方面如需抄书，弟当代办。贵省地方志不拘新旧，祈代为访购，由邮局径寄舍间，其款不日先

①《五藩梼［chóu］乘》：清巫峡逸人撰，二卷，民国杭县徐珂排印。

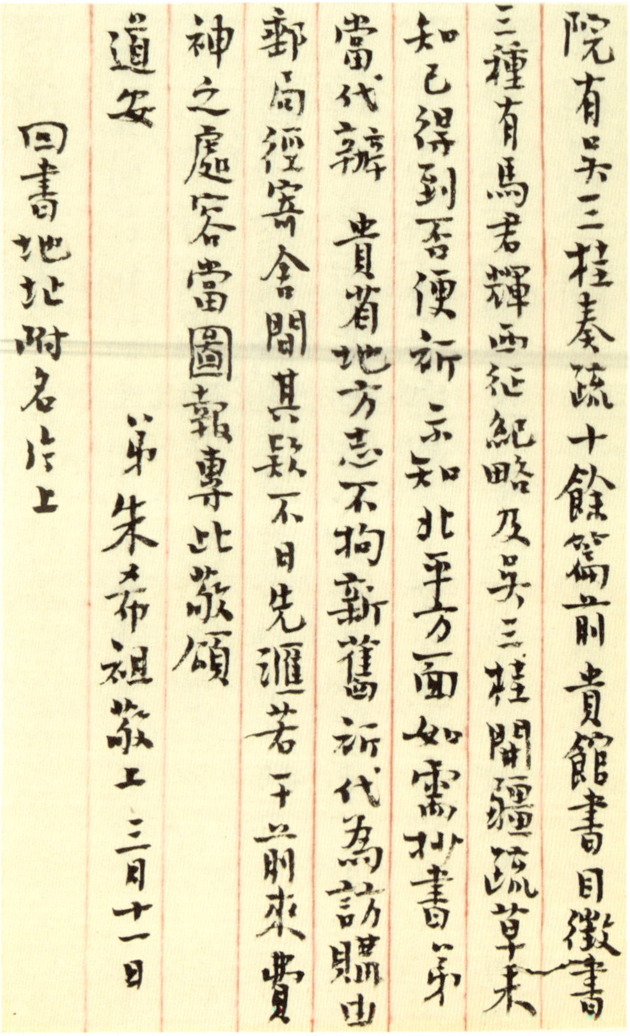

院有吳三桂奏疏十餘篇前貴館書目徵書
三種有馬君輝西征紀略及吳三桂閒疆疏草未
知已得到否便祈示知北平方面如需抄書弟
當代辦 貴省地方志不拘新舊祈代為訪購由
郵局徑寄舍間其款不日先匯若干前來費
神之處容當圖報專此敬頌
道安
弟 朱希祖敬上 三月十一日
回書地址附名片上

D15（4-4） G17cm×27cm

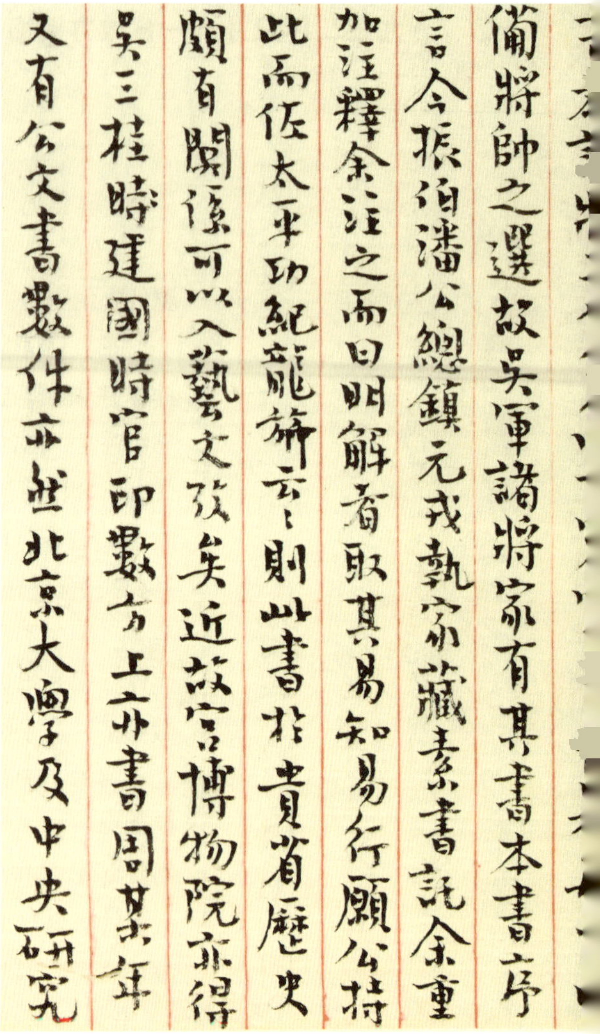

備將帥之選故吳軍諸將家有其書本書序
言今振伯潘公總鎮元戎執家藏叢書託余重
加注釋余注之而日明解首取其易知易行願公特
此而佐太平功紀龍旂云云則此書於貴省歷史
頗有關係可以入藝文攷矣近故宮博物院亦得
吳三桂時建國時官印數方上亦書周某年
又有公文書數件亦然北京大學及中央研究

D15（4-3） G17cm×27cm

汇若干。前来费神之处，容当图报。

专此。敬颂道安。

弟 朱希祖 敬上 三月十一日

回书地址附名片上。

〔笺纸：朱丝八行〕

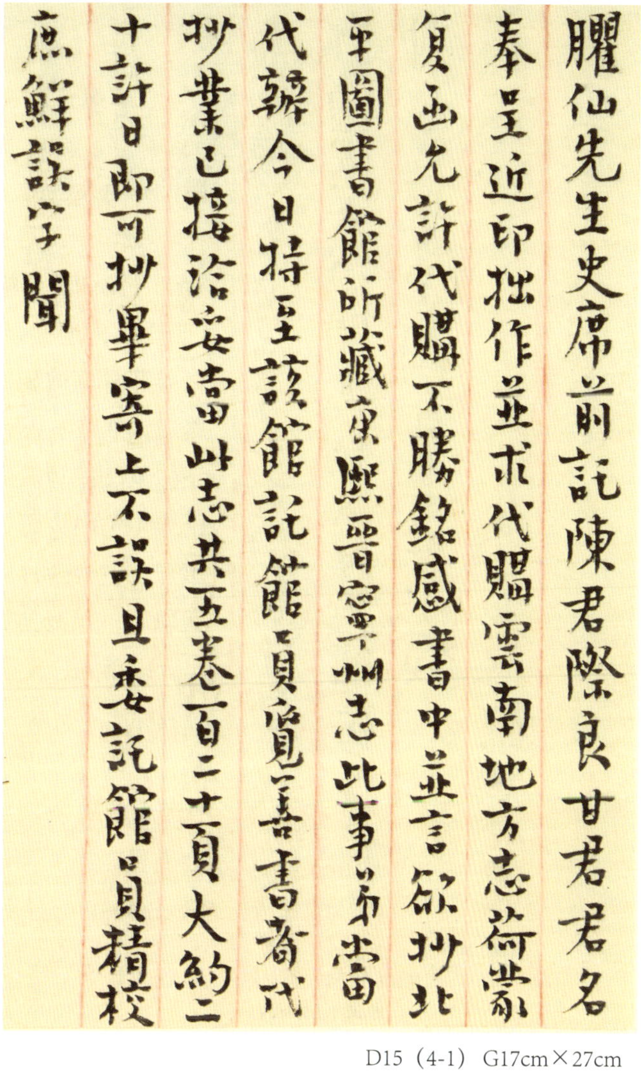
臞仙先生史席前託陳君際良甘君君名
奉呈近印拙作並求代賜雲南地方志蒙
復函允許代購不勝銘感書中並言欲抄北
平圖書館所藏康熙晉寧州志此事弟當
代辦今日特至該館託館員覓善書者代
抄業已接洽妥當此志共五卷百二十頁大約二
十許日即可抄畢寄上不誤且要託館員精校
庶鮮誤字聞

D15（4-1） G17cm×27cm

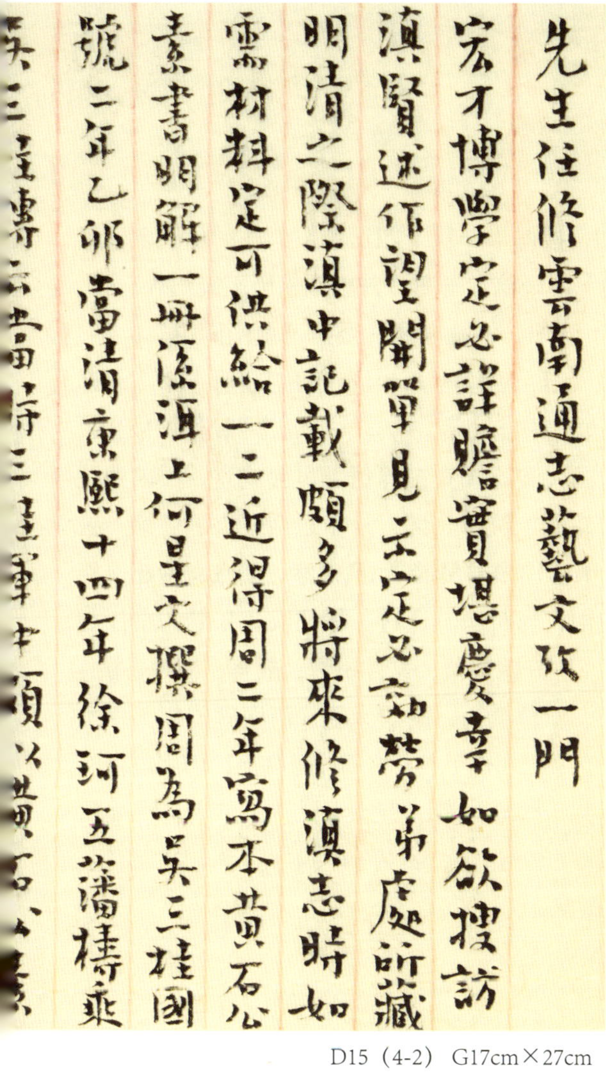
先生任修雲南通志藝文攷一門
宏才博學定必詳贍實堪慶幸如欲搜訪
滇賢述作望開單見示定必効勞弟處所藏
明清之際滇中記載頗多將來修滇志時如
需材料定可供給一二近得周二年寫本黃石公
素書明解一冊係滇上何星文撰周為吳三桂國
號二年乙卯當清康熙十四年徐珂五藩檮乘
吳三桂傳云當時三桂軍中頒以黃石公素

D15（4-2） G17cm×27cm

〖解读〗

此札似成于一九三二年三月十一日。H25 中“朱先生云，三月前曾有函至候”，即应指此信。

## 一一、一九四〇年三月一日致方树梅

〖录文〗

臞仙先生大鉴：

去年十二月初，接得十一月十四日所发大札；越十余日又接到《滇南碑传集》序录稿本一册，并惠赐永历玉玺拓片一张，《明季滇南遗民录》一册，不胜感谢。委撰《滇南碑传集》序，以弟菲才何敢妄序大著，远承不弃，且有宿约在前，亦不敢违雅意，然以岁末务烦，未能动笔。今年一月二十四日草稿始成，正拟笔削缮写。适国民政府国史馆筹备委员会成立，派弟为总干事（仿中央研究院例）统筹一切，一年之后成立国史馆。去年开五中全会时，弟曾代张委员继[①]代撰议案，请政府速建设档案总库，筹设国史馆，当时居然通过。故此次命张继为主任委员，以弟为总干事。因开始筹备，文件纷繁，故将序稿阁［搁］置月余，今始修正，草草缮写，附于大著《滇南碑传集》序录稿本之内（今改附信中稿邮寄），由邮局挂号缴上，可用与否？伏祈酌夺，收到后并祈赐复为荷。近因考试院以弟为考选委员会委员，且又兼国史馆筹备事，只好辞去中央大学主任教授。以后赐书，乞径寄敝寓。

专此，敬颂著安。

弟　朱希祖　敬上　三月一日

〔笺纸：国立中央大学用笺〕

〖解读〗

此札应成于一九四〇年三月一日。

①张委员继：即张继（一八八二～一九四七），原名溥，字溥泉。河北沧县人。一八九九年留学日本。一九〇五年在东京加入同盟会，一九〇八年赴法，一九一一年回国。历任同盟会本部交际部主任兼河北支部部长、国民党参议员、国会第一届参议院议长，孙中山护法军政府驻日代表，国民党南京政府司法院副院长，国民党党史史料编纂委员会主任委员，国史馆馆长等职。

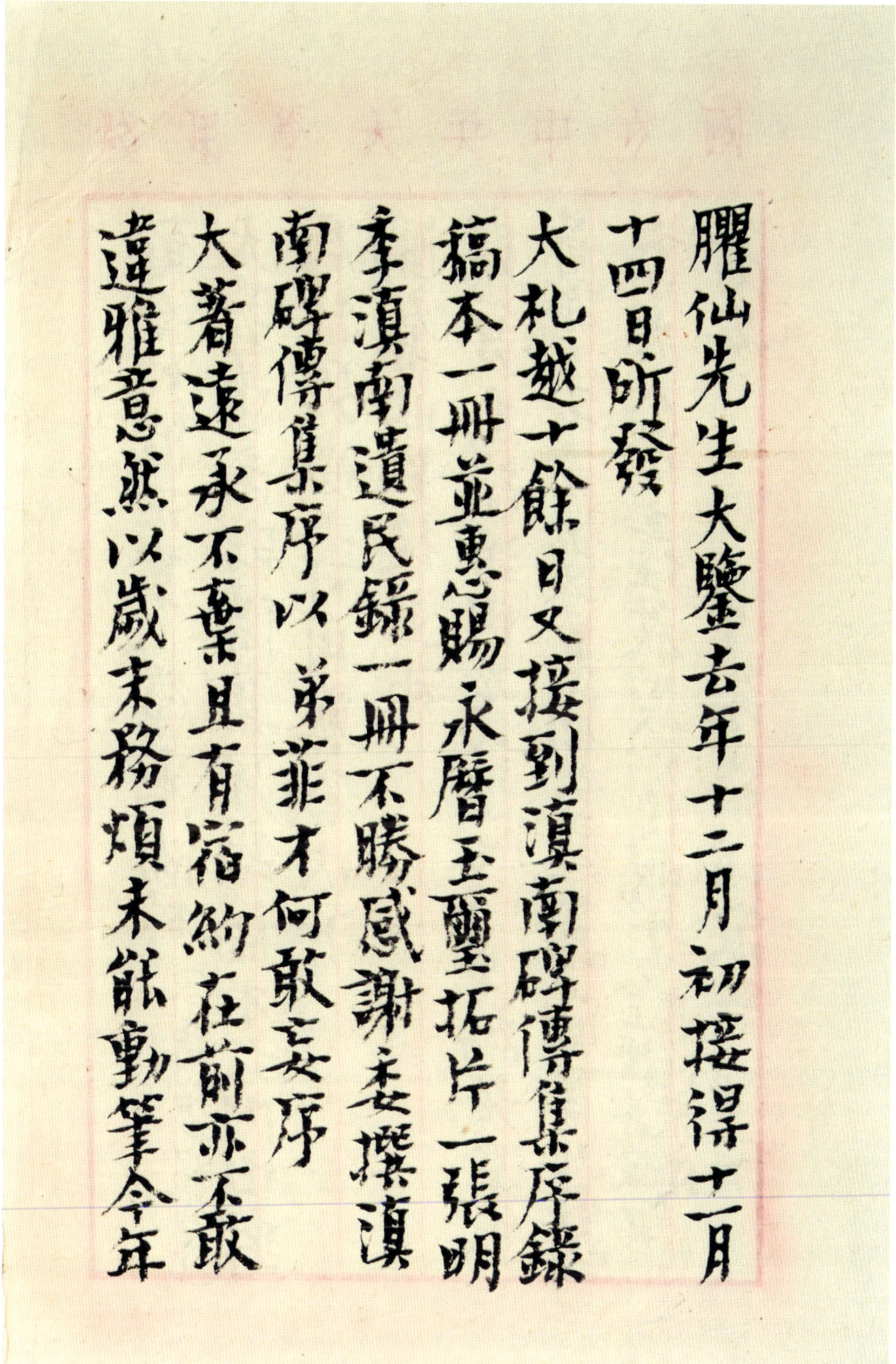
臞仙先生大鑒去年十二月初接得十一月
十四日所發
大札越十餘日又接到滇南碑傳集序錄
稿本一冊並惠賜永曆玉璽拓片一張明
季滇南遺民錄一冊不勝感謝委撰滇
南碑傳集序以 弟菲才何敢妄序
大著遠承不棄且有宿約在前亦不敢
違雅意然以歲末務煩未能動筆今年

D16（3-1） G18.5cm×27.5cm

餘今始修正草草繕寫附於
大著滇南碑傳集序録稿本之（今改附信中稿郵寄）內由郵
局挂號繳上可用與否伏祈
酌奪收到後並祈
賜復爲荷近因考試院以弟爲考選委
員會委員且又兼國史館纂修簡事日日以干擾
去中央大學主任教授以後賜書乞徑寄敝寓專此敬頌
著安
弟朱希祖敬上 三月一日

D16（3-3） G18.5cm×27.5cm

一月二十四日草稿始成正擬筆削繕寫適
國民政府國史館籌備委員會成立派弟
為總幹事仿中央研究院例統籌一切一年之後成立國
史館去年開五中全會時弟曾代張委
員繼代撰議案請政府速建設檔案總
庫籌設國史館當時居然通過故此次
命張繼為主任委員以弟為總幹事因
開始籌備文件紛繁故將序稿擱置月

D16（3-2） G18.5cm×27.5cm

# 罗某　一通

罗某，简介待考。

## 三月二十四日致方树梅

〖录文〗

树梅先生著席：

久切驰慕，未丞瞻仰。拜读《责善》[1]十九期，大著《滇南碑传集》序目，琳琅满目，以不得拜读全书为怅，未审已有出版？可从何处购阅？尤以卷九文苑三碑急欲先睹。如全书尚未脱椠[2]。能否倩[3]书记抄示？抄费当即奉上。因拟集历代文学家传记，故对文苑三碑更视同珍环也。如承抄示，决不隐所从出文踪何止。惟望著述之暇，不我遐弃，时惠指教。春风多属，惟乞盼珍摄[4]。

敬颂著祺。

弟　罗某　顿首　三月廿四日

〔笺纸：宣纸〕

〖解读〗

此札中“罗某”为未能识别出落款名字。

①《责善》：抗战时期，一九四〇年三月，成都的齐鲁大学国学研究所创办，顾颉刚主持，大型文史类半月刊。多由一流学者撰稿，学术性强。责善：劝勉从善。《孟子·离娄下》：“夫章子，子父责善而不相遇也。”

②脱椠［qiàn］：翻刻，翻印。

③倩［qiàn］：请，央求。

④珍摄：保重身体。珍，珍重。摄，保养。

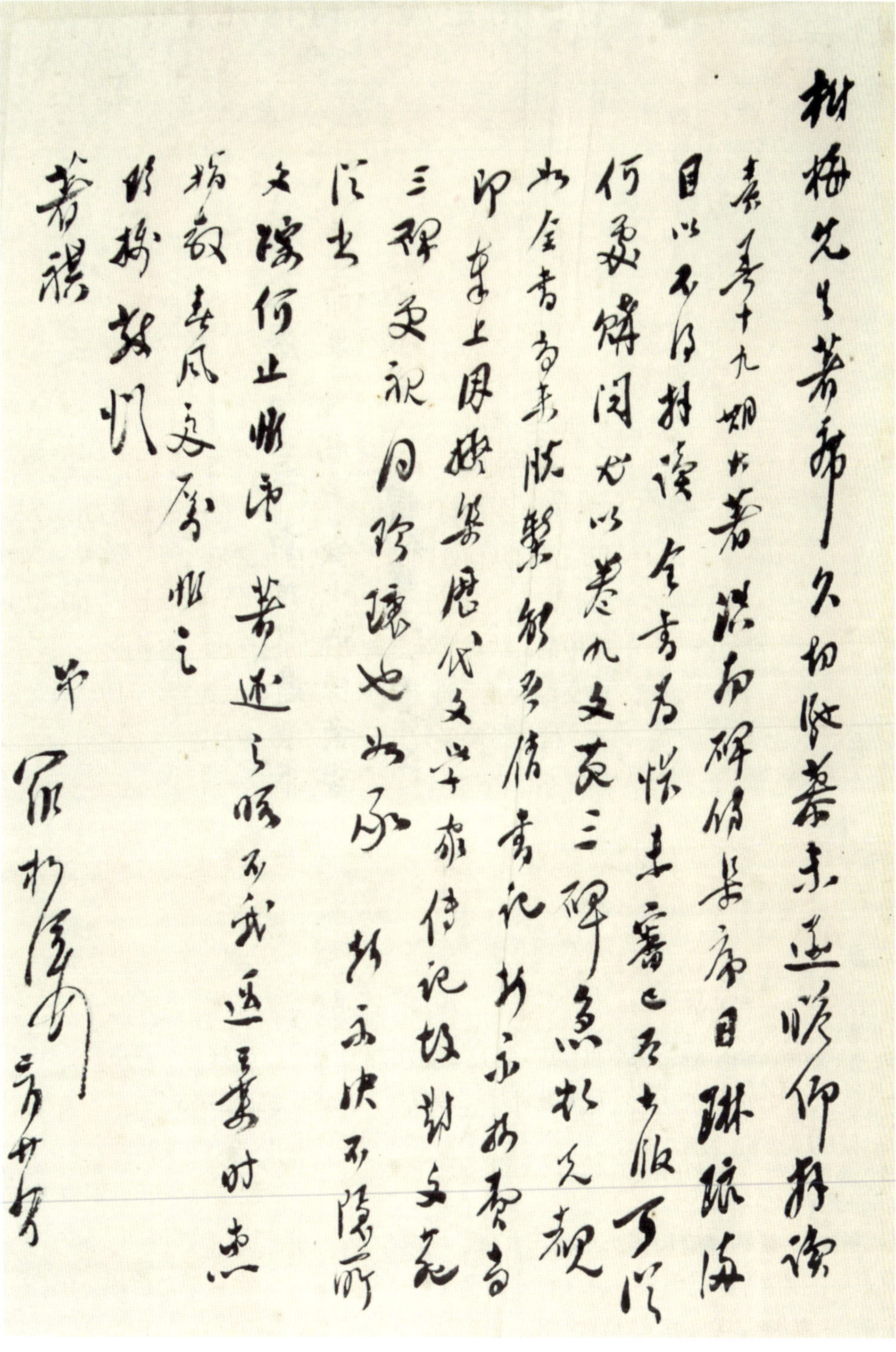

树梅先生著席：久切钦慕，未遂晤仰。拜读
贵著十九种大著，洪而硕博且备，目琳琅满
目，以不得拜读全书为憾。未审已否出版，可以
何处购阅？尤以卷九文苑三释急於先观。
如全书尚未发售，能否借书记折示於贵局
印本上？因撰写历代文学家传记，於对文苑
三释更视同珍瑰也。如承斯示，决不隐所
限也。
文稼何止此耶？著述之暇，不我遐弃，时惠
指教，春风之际，雅之
临按敬颂
著祺
弟 罗根泽 六月廿五

D17 G18cm×25cm

## 【E册：由定庵等诗信札】

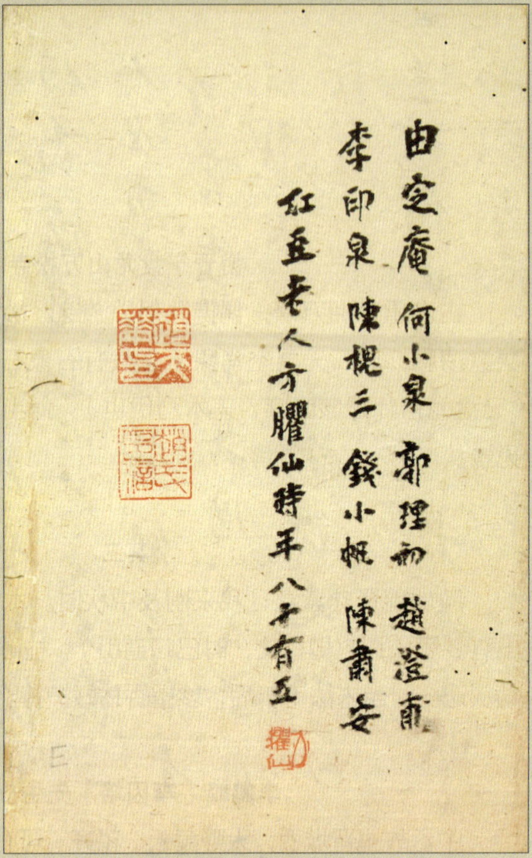


〖录文〗

由定庵、何小泉、郭理初、赵澄甫、李印泉、陈槐三、钱小帆、陈肃安。红豆老人方臞仙时年八十有五。（加盖方臞仙印章）

〖解读〗

实际包括由定庵［由云龙］、何小泉［何秉智］、郭理初［郭燮熙］、赵澄甫［赵宗瀚］、李印泉［李根源］、徐茗樵［徐旭］、陈槐三［陈树］、钱小帆［钱良骏］、陈肃庵［陈肃安、陈诒恭］、陈时策、甘铭［甘金名］诗信札。内容多涉及方树梅家乡人文。

# 由云龙　一通

## 诗四章

〖录文〗

**游晋宁盘龙山万松寺**

古刹重开拥万峰，偶携胜侣憩游踪。松涛阵阵能湔耳，云气层层欲荡胸。顽石无灵空肖象（志载有石象石蛇），火师有骨永盘龙（元盘龙祖师遗骸尚存，盖木乃伊也）。何当再振宗风起，法鼓金幢见景从。

**其二**

胜地前贤咏紫芝，我来刚及中秋时。木樨香味参禅偈，夜雨空山有梦思（谓赵樾村丈，时已归道山）。柱础尚留灵迹在，梵宫已是劫灰遗。时当末法千年后，珍重香林好护持。

**李鹤峰［李因培］先生故里**

中丞故里晋城西，大野黄云一望齐。可有令威来化鹤，早称延祖立群鸡。掌珠无愧蘗香草[1]，疑狱终归落燕泥（先生以文才见忌时主，遂摭他事，罗织罪之）。多是雪君笃乡旧，零丁弱裔赖扶携。

**自盘龙归途，次昆阳旅舍**

耽著烟霞引兴长，不辞舟辙犯星霜。訡[2]痴宁有惊人句，嚼蜡还寻避世方。万壑松篁萦客梦，一宵风雨卧昆阳。骑曹可共从容语，莫学邮亭醉尉[3]狂（邸舍例有逻卒相诘，温语遣之去）。

姚安由云龙夔举　初稿

〔钤印：秦相由余之后〕

①蘗香草：李因培（鹤峰）之女李含章诗文皆精，所作收入《蘗香草集》。

②同“吟”。

③邮亭醉尉：《史记·李将军列传》记载：“（李）广家与故颍阴侯孙屏野居蓝田南山中射猎。尝夜从一骑出，从人田间饮。还至霸陵亭，霸陵尉醉，呵止广。广骑曰：‘故李将军。’尉曰：‘今将军尚不得夜行，何乃故也！’止广宿亭下。”后因以“邮亭醉尉”为官吏干涉夜游者的典故。

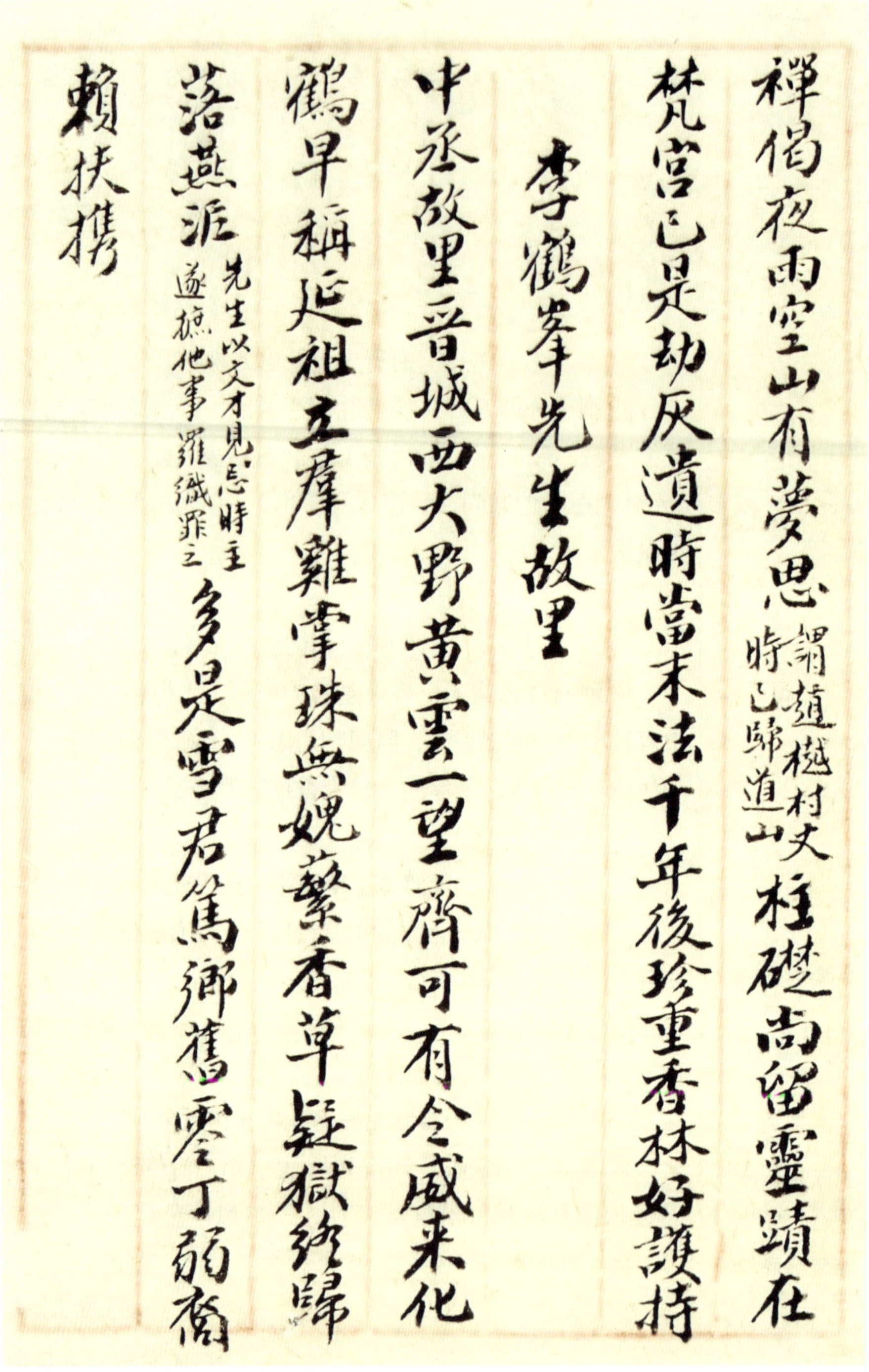

禪偈夜雨空山有夢思謂趙樾村丈時已歸道山柱礎尚留靈蹟在

梵宮已是劫灰遺時當末法千年後珍重香林好護持

李鶴峯先生故里

中丞故里晉城西大野黃雲一望齊可有令威來化

鶴早稱延祖立群雞掌珠無媿蘩香草疑獄終歸

落燕泥先生以文才見忌時主遂摭他事羅織罪之多是雪君篤鄉舊零丁弱裔

賴扶攜

E01（3-2） G13.5cm×21cm

遊晉寧盤龍山萬松寺

古刹重開擁萬峯偶携勝侶憩遊蹤松濤陣陣能
湔耳雲氣層層欲盪胸頑石無靈空肖象（志載有石象石虎）大
師有骨永盤龍（元盤龍祖師遺骸尚存蓋木乃伊也）何當再振宗風起法
鼓金幢見景從

其二

勝地前賢詠紫芝我來剛及中秋時木樨香味參

E01（3-1） G13.5cm×21cm

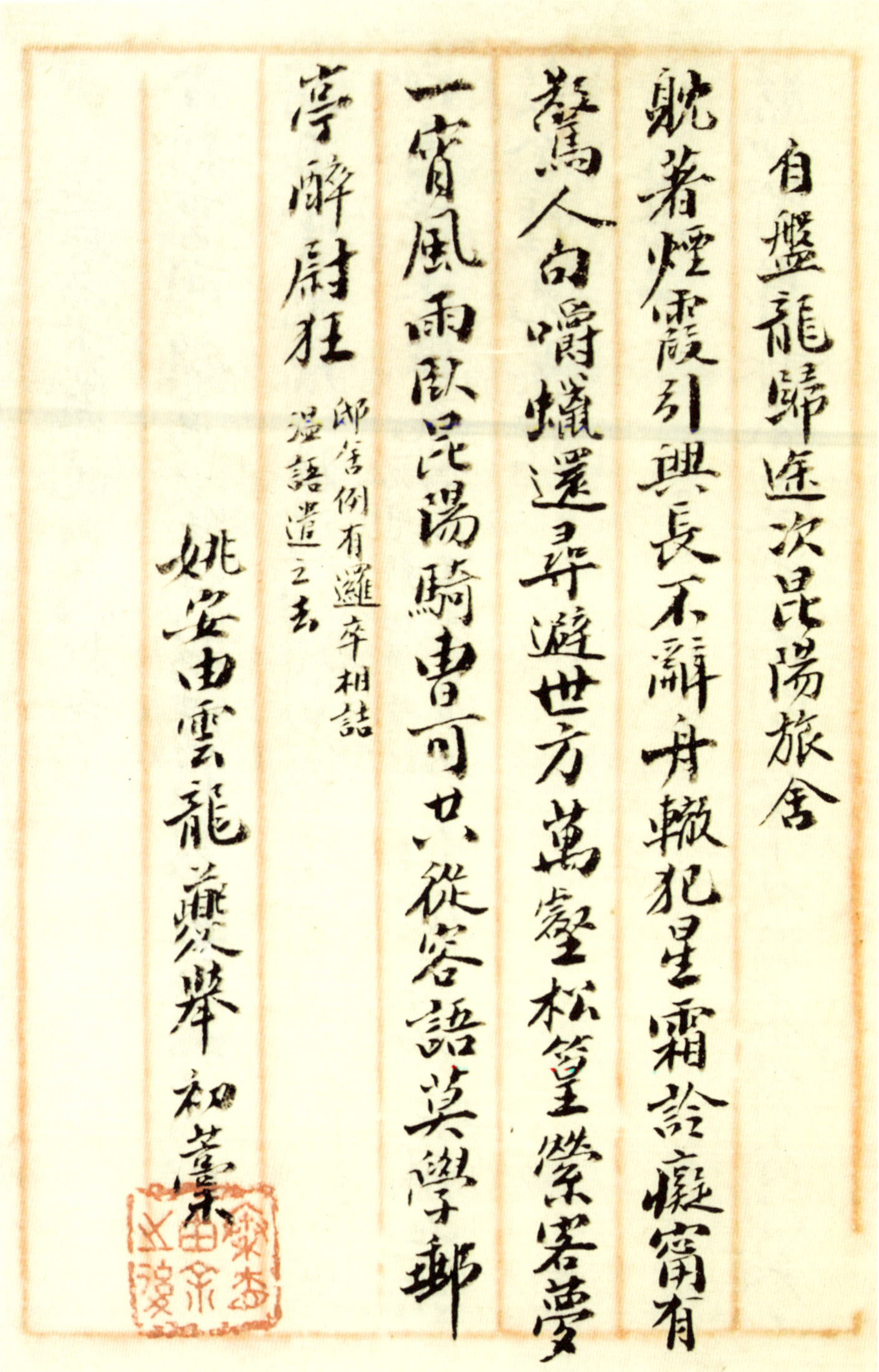

自盤龍歸途次昆陽旅舍

就着煙霞引興長不辭舟轍犯星霜詒癡甯有驚人句嚼蠟還尋避世方萬壑松篁縈客夢一宵風雨臥昆陽騎曹可共從容語莫學鄉亭醉尉狂

郎舍例有邏卒相詰温語遣之去

姚安由雲龍夔舉初藁

E01（3-3） G13.5cm×21cm

# 何秉智　三通

## 一、游盘龙赠方树梅

〖录文〗

方村旧门第，梦亭留楷模。庭前老梅树，我友同清臞。□□［疑为“矍铄”］堂上母，鸠杖[①]不须扶。兄弟率孙曾，含饴母心娱。累代勤耕读，田园美且腴。家学原有自，不愧孔孟徒。藏书盈万卷，满目珍球图[②]。爱敬乡先正，拾坠而搜逋。立身重淳厚，邻里为薰濡。常亲石禅老［赵藩］，霁颜佳士呼。导观宗族社，信知情感孚。诵芬楼上望，滇池白云铺。偕游盘龙胜，松翠沾衣裾。赠处歆古谊，百年盟不渝。

甲子［一九二四］中秋后二日，臞仙道兄约同允三［华世尧］、和甫［赵宗煦］两君奉石禅老人游盘龙。书赠之作，录呈教正。

同学弟　何秉智　拜稿

〔钤印：何秉智印〕

〔笺纸：花卉诗笺〕

〖解读〗

《笔记二种》载：一九二四年“八月十七，柬介庵师暨五公子宗煦（和甫）、华文安、何小泉［何秉智］两同门，游盘龙，乘火车至万灼村，纪青弟先备舆马俟之。至呈贡，饭于三台寺。是日滞雨，二鼓始至方村”。由此可知允三即华文安（华世尧）。

①鸠杖：又称鸠杖首。是在手杖的扶手处做成一只斑鸠鸟的形状。鸠杖在先秦时期是长者地位的象征，汉代更是以拥有皇帝所赐鸠杖为荣。传说鸠为不噎之鸟，刻鸠纹于杖头，可望老者食时防噎。

②球图：指天球与河图，皆古代天子之宝器。

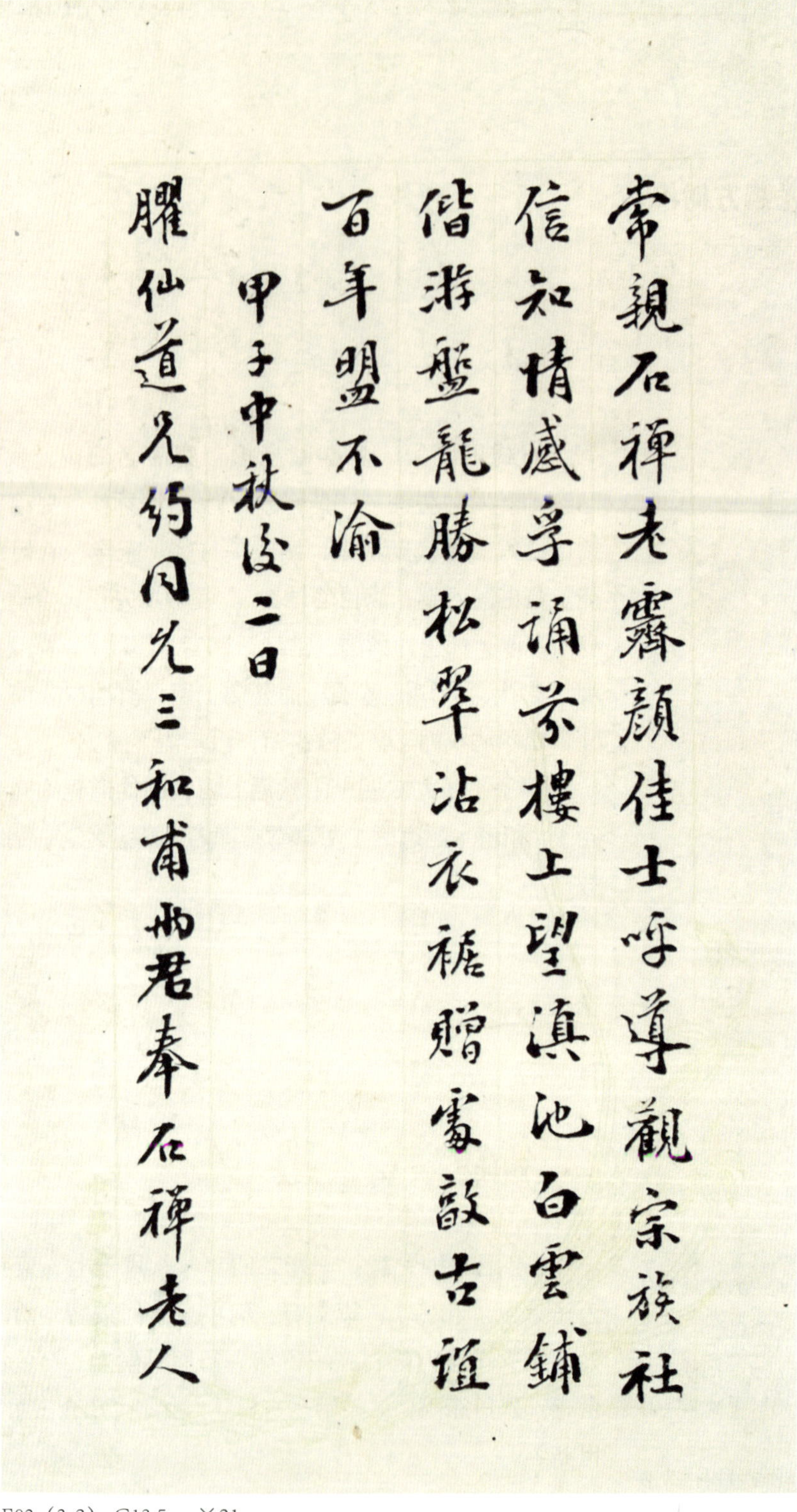
常親石禪老壽顏佳士呼尊觀宗族社
信知情感學誦芬樓上望滇池白雲鋪
偕游盤龍勝松翠沾衣裾贈霉敲古誼
百年盟不渝
甲子中秋後二日
曜仙道兄約同兄三和甫兩君奉石禪老人

E02（3-2） G13.5cm×21cm

方村舊門第夢亭留楷模庭前老梅樹
我友同清耀[illegible][illegible]堂上母鳩杖不須扶
兄弟率孫曾含飴母心娛累代勤耕讀
田園美且腴家學原有自不愧孔孟徒
藏書盈萬卷滿目珍球圖愛敬鄉先正
拾墜而搜逋立身重淳厚鄉里為董濡

E02（3-1） G13.5cm×21cm

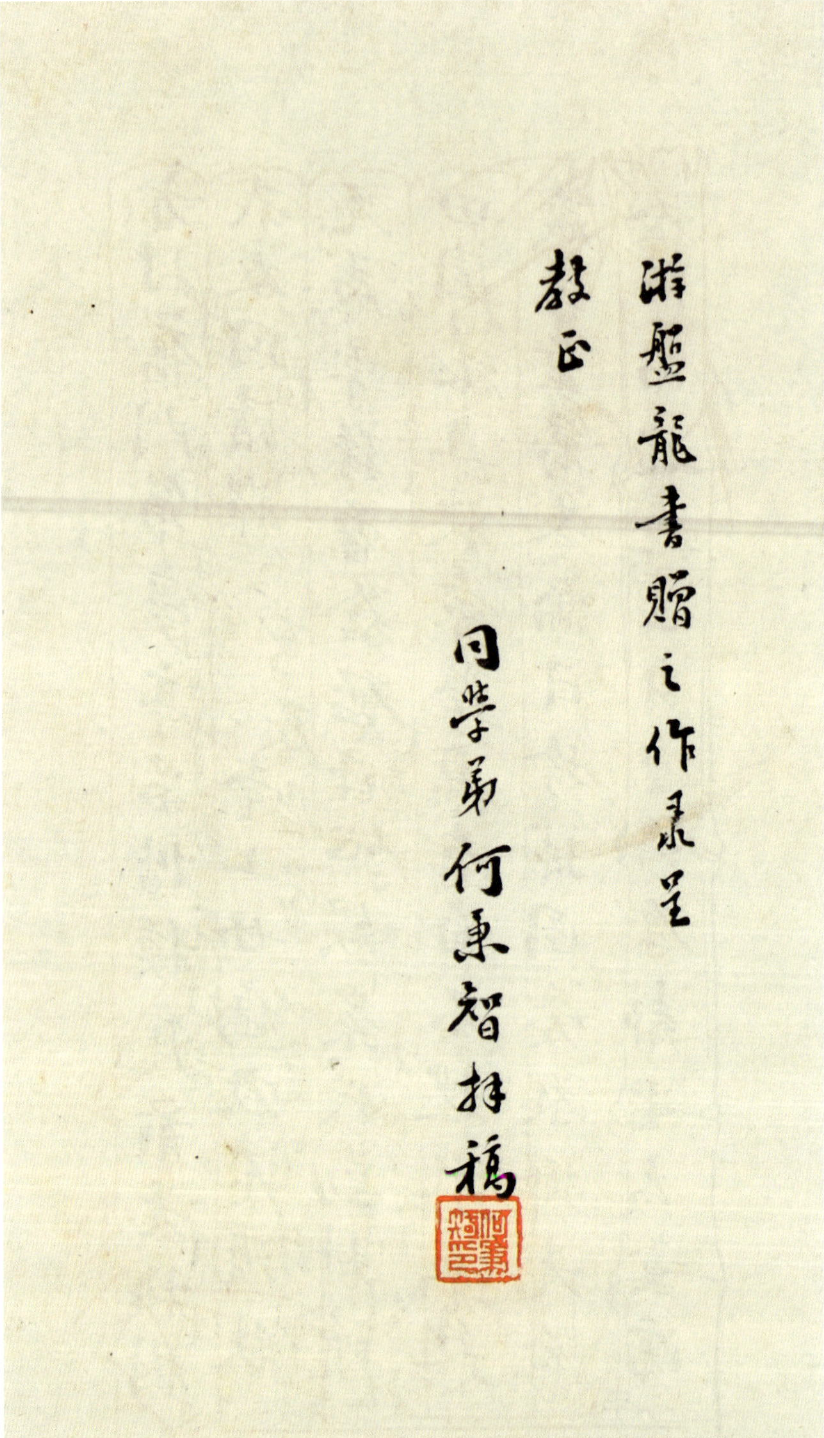
游盤龍書贈之作求呈
教正
同學弟何秉智拜稿

E02（3-3） G13.5cm×21cm

## 二、赋冬海棠

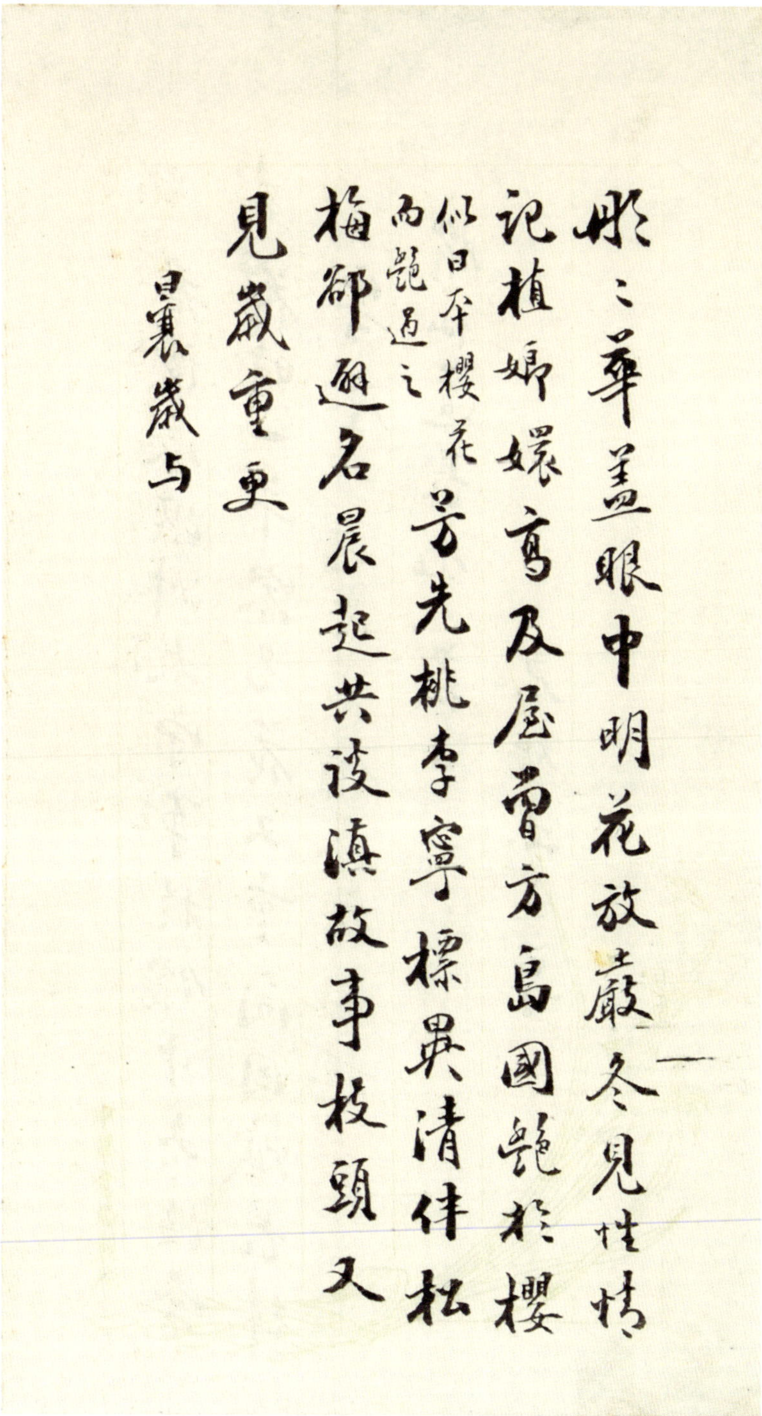
彤彤華蓋眼中明，花放嚴冬見性情。
記植嫏嬛高及屋，曾方島國艷於櫻。
似日本櫻花而艷過之
芳先桃李寧標異，清伴松梅卻避名。
晨起共談滇故事，枝頭又見歲重更。
[illegible]歲与

E03（2-1） G13.5cm×21cm

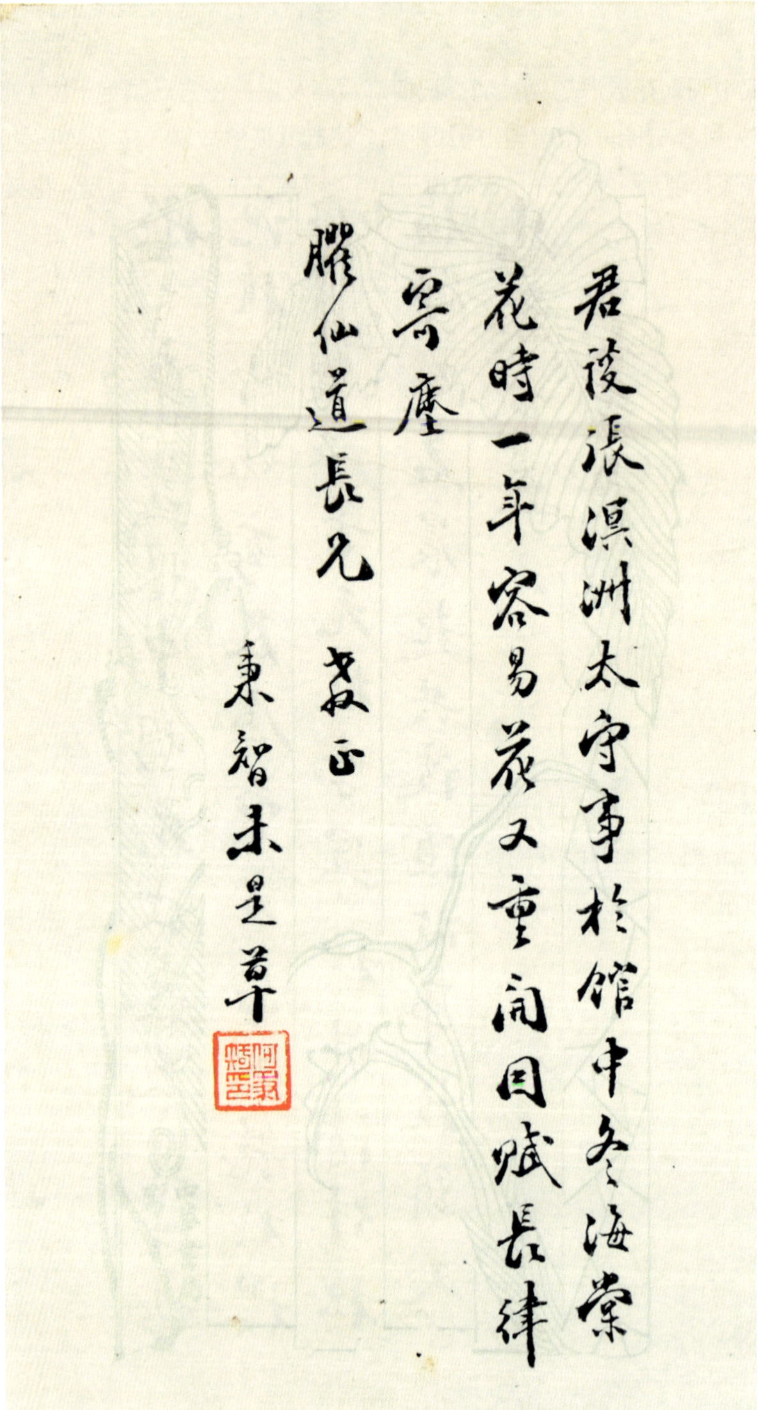
君莜張滇洲太守事於館中冬海棠
花時一年容易花又重開因賦長律
寄塵
腊仙道長兄 教正
東智朱是草

E03（2-2） G13.5cm×21cm

〖录文〗

彤彤华盖眼中明，花放严冬见性情。记植鄉嬛高及屋，曾方岛国艳于樱（似日本樱花，而艳过之）。芳先桃李宁标异，清伴松梅却避名。晨起共谈滇故事，枝头又见岁重更。

曩岁，与君谈张溟洲［张鹏升］太守事于馆中冬海棠花时。一年容易，花又重开。因赋长律寄尘。臞仙道长兄教正。

秉智　未是草

〔钤印：何秉智印〕

〔笺纸：花卉诗笺〕

## 三、山茶一首

〖录文〗

花开岁岁正春阳，佳卉繁荣见地良。别具清操同柏茂，独标幽艳胜梅香。嘉名肇始徽三迤，韵事当年记二芳。到处园林增异彩，万千锦伞不须妆。

山茶一首呈星澥、臞仙先生教正。

秉智　初稿

〔笺纸：花鸟诗笺。文："《孔疏》云，鹰隼取鸟猛捷，故曰征鸟。孙子兵法所谓兵疾如风者，于鸟见之矣。"〕

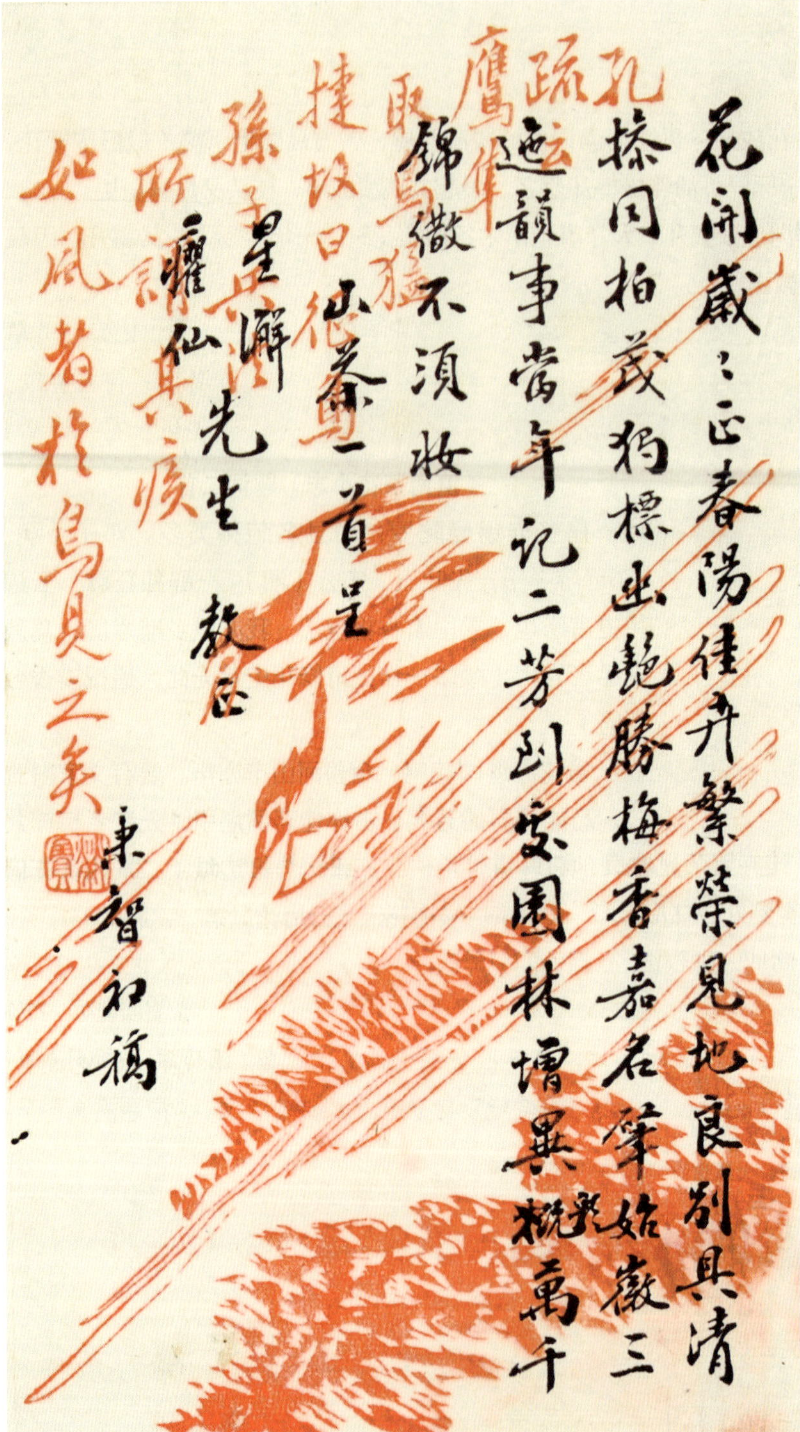
花開歲歲正春陽佳卉繁榮見地良別具清
捺同柏茂獨標出艷勝梅香嘉名肇始徵三
逸韻事當年記二芳到安園林增異彩萬千
錦繖不須妝
山茶一首呈
星澥
耀仙先生教正
秉智初稿

E04 G13cm×23cm

# 郭燮熙　六通

## 一、题《滇南茶花小志》二首

〖录文〗

《滇南茶花小志》题词二首

嘉名谁锡曼陀罗，山县名葩种类多。邓子（渼）［邓远游］千言先吐气，宋公（湘）[1]一醉独狂歌。云边花史甫修也，雪里瓣香将祝那。我亦爱乡兼爱国，莫教真品老岩阿（颈联一作：甫修花史昔无此，遥祝瓣香今若何）。

省花应继国花鸣，金碧河山市亦声。要有文家斟雅故，乃能诗界播芳名。古称佳茗例堪引，天许老梅神共清。他日一编惊海内，连番风信报边城（二十四番花信风，一候山茶二候梅花。或云梅花风第一，最早）。

臞仙四兄斧政。

郭燮熙理初　初稿

〔钤印：郭燮熙印〕

〔笺纸：建筑风景图诗笺。文："花港观鱼[2]"〕

①宋公（湘）：即宋湘（一七五七～一八二六），焕襄，号芷湾。嘉应州（今广东梅县）人。清代中叶著名的诗人、书法家，政声廉明的清官。曾担任过翰林院编修，四川、贵州乡试主考，文渊阁校理，咸安宫、国史馆、文颖馆总纂等。嘉庆十八年（一八一三）秋，出任云南曲靖知府，后又代署或兼任广南、大理、顺宁、永昌、楚雄知府，期间还担任云南迤西、迤南道员和盐法道员，道光五年（一八二五）秋擢升湖北督粮道离开云南。有《重题云安寺茶花》（二首）等。

②花港观鱼：是西湖十景之一，位于苏堤南段以西，在西里湖与小南湖之间的一块半岛上。

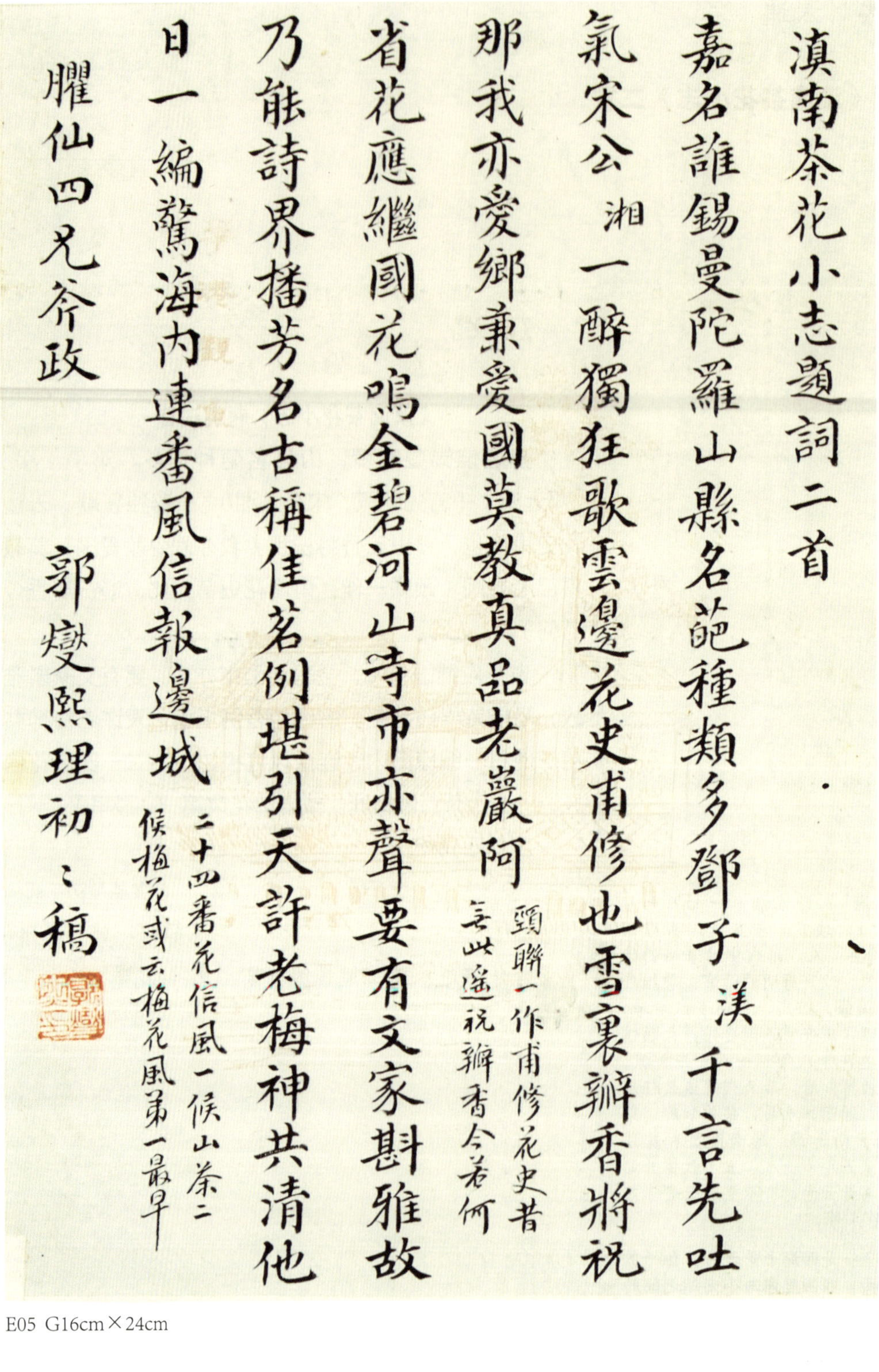
滇南茶花小志題詞二首

嘉名誰錫曼陀羅山縣名葩種類多鄧子渼千言先吐、氣宋公湘一醉獨狂歌雲邊花史甫修也雪裏瓣香將祝那我亦愛鄉兼愛國莫教真品老巖阿 頸聯一作甫修花史昔無此邊花瓣香今若何

省花應繼國花鳴金碧河山寺市亦聲要有文家斟雅故乃能詩界播芳名古稱佳茗例堪引天許老梅神共清他日一編驚海內連番風信報邊城 二十四番花信風一候山茶二候梅花或云梅花風第一最早

臞仙四兄斧政　郭燮熙理初〻稿

E05 G16cm×24cm

## 二、移居二首

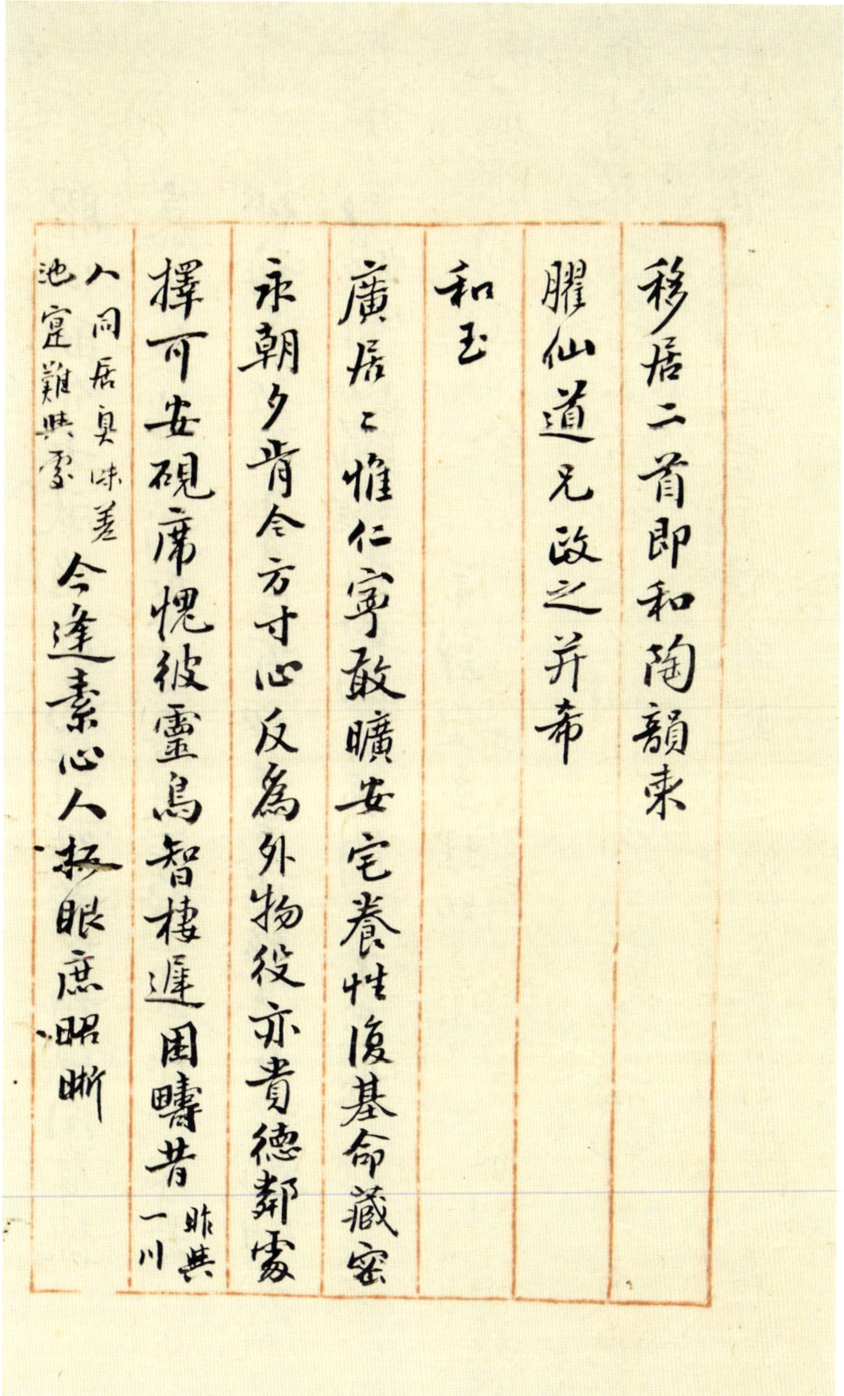
移居二首即和陶韻來

臞仙道兄政之并希

和玉

廣居居惟仁寧敢曠安宅養性復基命藏密

永朝夕肯令方寸心反為外物役亦貴德鄰處

擇可安硯席愧彼靈鳥智棲遲困疇昔非其一川

人同居臭味差池宜難與處今逢素心人拭眼庶昭晰

E06（2-1） G15.5cm×25cm

耀仙耿介士風雅能為詩往者不相識聞聲輒

慕之無端以類聚債春慰所思直作一家春

仙梅花放時素壁有妙墨念茲真在茲先生藏古

名家墨梅不少余学寫梅心焉慕之敢和南村詠陶公不我欺

弟郭燮熙理初之稾

E06（2-2） G15.5cm×25cm

〖录文〗

移居二首，即和陶韵。柬臞仙道兄政之。并希和玉。

广居居惟仁，宁敢旷安宅。养性复基命，藏密永朝夕。肯令方寸心，反为外物役。亦贵德邻处，择可安砚席。愧彼灵鸟智，栖迟困畴昔（昨与一川人同居，臭味差池，实难与处）。今逢素心人，拓眼底昭晰[1]。

臞仙耿介士，风雅能为诗。往者不相识，闻声辄慕之。无端以类聚，赁春慰所思。直作一家春，仙梅花放时。素壁有妙墨，念兹真在兹（先生藏古名家墨梅不少，余学写梅，心焉慕之）。敢和南村咏，陶公不我欺。

弟　郭燮熙理初　初稿

〔钤印：郭燮熙印〕

①昭晰［xī］：清楚；明白。

## 三、百感

〖录文〗

### 百感

百感苍茫乍入诗，万方多难竟安之。极天龙战哀流血，特地狼贪苦剥皮。风鹤传来惊到处，雪鸿飞去定何时。嗟余十载昆华客，赢得新霜满鬓丝。

右近作书上。臞仙先生诗家斧政。

燮熙　初稿

〔钤印：郭燮熙印〕

〔笺纸：朱丝八行纪念笺。图：孙中山像。文："总理遗嘱"〕

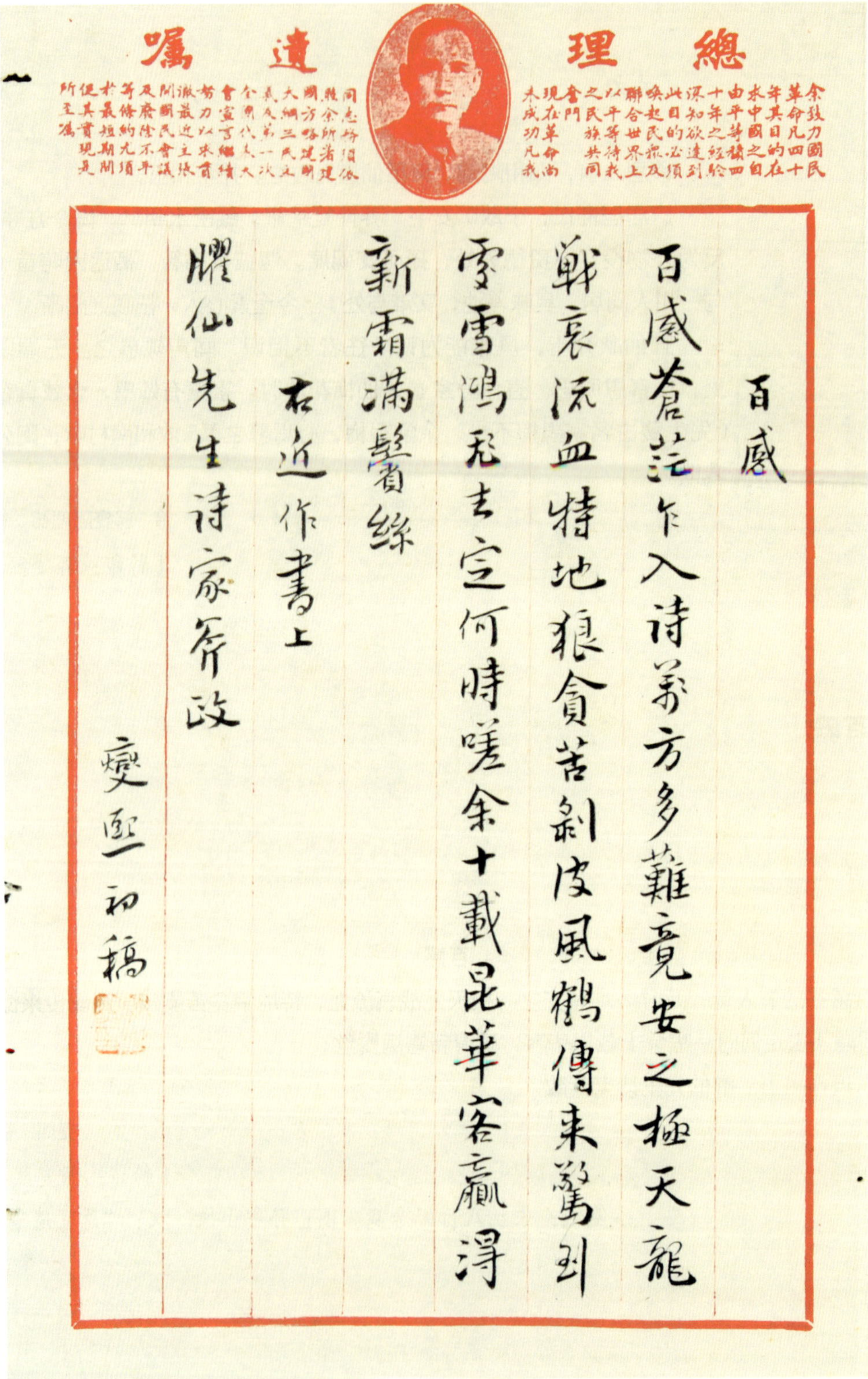
總理遺囑

余致力國民革命凡四十年其目的在求中國之自由平等積四十年之經驗深知欲達到此目的必須喚起民眾及聯合世界上以平等待我之民族共同奮鬥

現在革命尚未成功凡我同志務須依照余所著建國方略建國大綱三民主義及第一次全國代表大會宣言繼續努力以求貫徹最近主張開國民會議及廢除不平等條約尤須於最短期間促其實現是所至囑

百感

百感蒼茫乍入詩萬方多難竟安之極天龍
戰哀流血特地狼貪苦剝皮風鶴傳來驚到
零雪鴻飛去空何時嗟余十載昆華客羸得
新霜滿鬢絲
右近作書上
矅仙先生詩家斧政
燮臣初稿

E07 G16.5cm×27.5cm

## 四、臞仙四兄先生赐和留别诗，再次韵答之

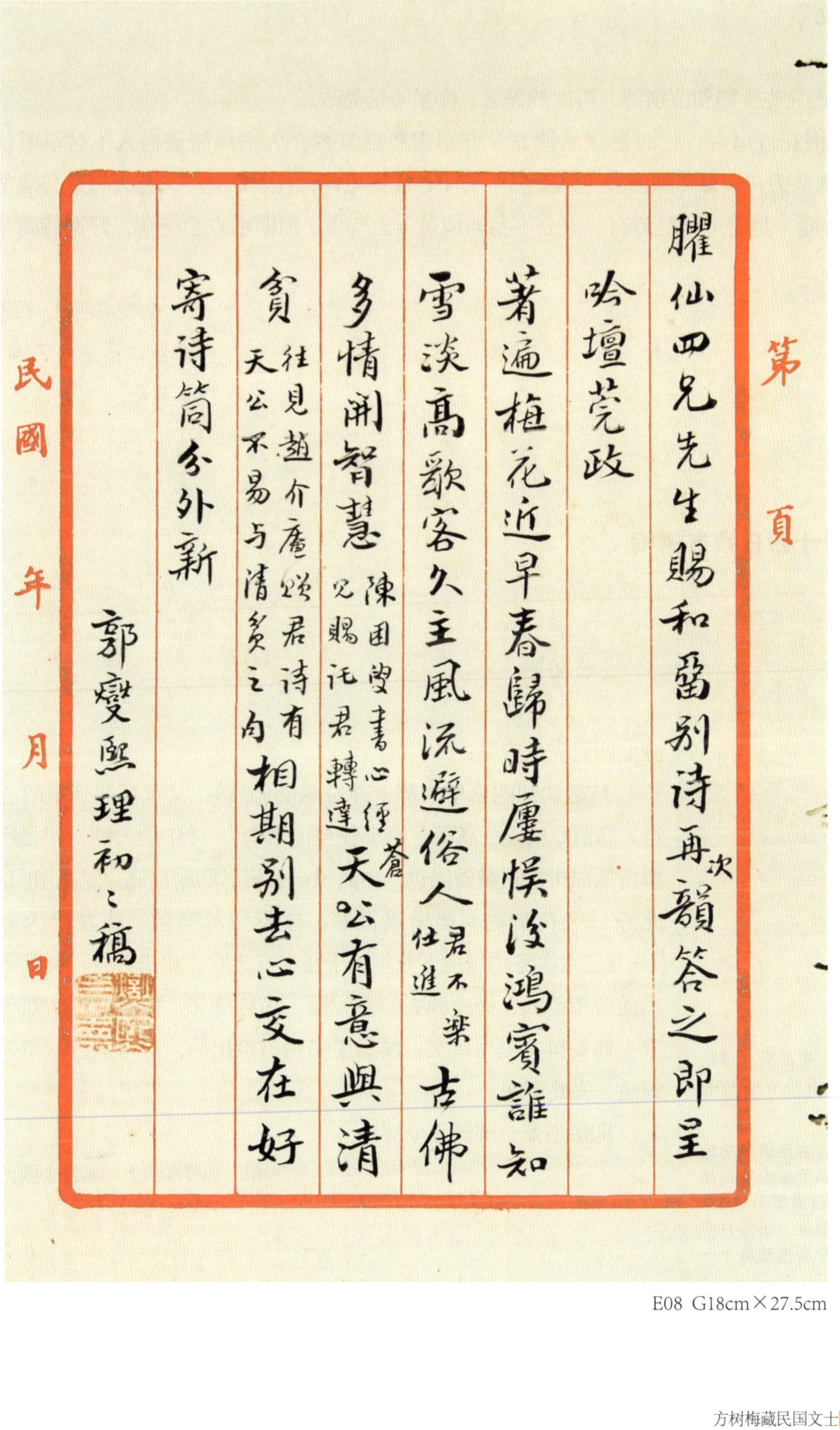
臞仙四兄先生賜和留別詩再次韻答之即呈

吟壇莞政

著遍梅花近早春歸時屢悞後鴻賓誰知

雪淡高歌客久主風流避俗人（君不樂仕進）古佛

多情開智慧（陳因叟書心經兄賜託君轉達）蒼天公有意與清

貧（往見趙介庵贈君詩有天公不易與清貧之句）相期別去心交在好

寄詩筒分外新

郭燮熙理初之稿

第　頁

民國　年　月　日

E08 G18cm×27.5cm

〖录文〗

朧仙四兄先生赐和留别诗，再次韵答之。即呈吟坛莞政。

著遍梅花近早春，归时屡悮后鸿宾。谁知雪淡高歌客，久主风流避俗人（君不乐仕进）。古佛多情开智慧（陈困叟［陈荣昌］书《心经》见赐，托君转达），苍天有意与清贫（往见赵介庵［赵藩］赠君诗有“天公不易与清贫”之句）。相期别去心交在，好寄诗筒分外新。

郭燮熙理初　初稿

〔钤印：燮熙长寿〕

〔笺纸：朱丝八行〕

## 五、腊月十四日致方树梅

〖录文〗

朧仙四兄先生史席：

月之初初四日早，都承尊府惠赐郇①珍，又承枉驾到车站送行。高谊厚情无任感荷。汽车驶至杨老哨②，才午后一钟，即雇肩舆行抵禄丰，正黄昏候也，由此长行五日，叨蒙福庇，安抵里门。此五日天色晴明，虽早霜甚寒，亦不觉其辛苦。犹念自丙寅［一九二六］冬赁居庑下五年，于兹主宾之欢，得未曾有，良以贤梁孟皆福德人，而令郎夫妇亦和顺，古称德邻，信有征也。刘荫堂［刘安科］先生诗文，俟清厘书厨，捡出后，再为函达。知关锦注，先此奉闻。

即颂道安，并阖潭全福！

弟　郭燮熙谨上　腊月十四日

〔钤印：郭燮熙印〕

〔笺纸：朱丝八行。文：“喜报”〕

①郇［xún］：中国周代诸侯国名，在今山西省临猗县西南。

②杨老哨：自古为滇中交通要冲。现隶属于云南省楚雄禄丰县土官镇海田行政村。位于土官镇西边，距离村委会一公里，距离镇政府十一公里。

臞仙四兄先生史席月之初三四日早都承
尊府惠賜鄉珍又承
枉駕到車站送行
高誼厚情無任感荷汽車駛至楊老哨才午后一
鐘即雇肩輿行抵祿豐正黃昏候也由此長行五
日叨蒙
福庇安抵里門此五日天色晴明雖早霜甚寒亦
不覺其辛苦猶念自丙寅冬賃居

E09（2-1） G15cm×26.5cm

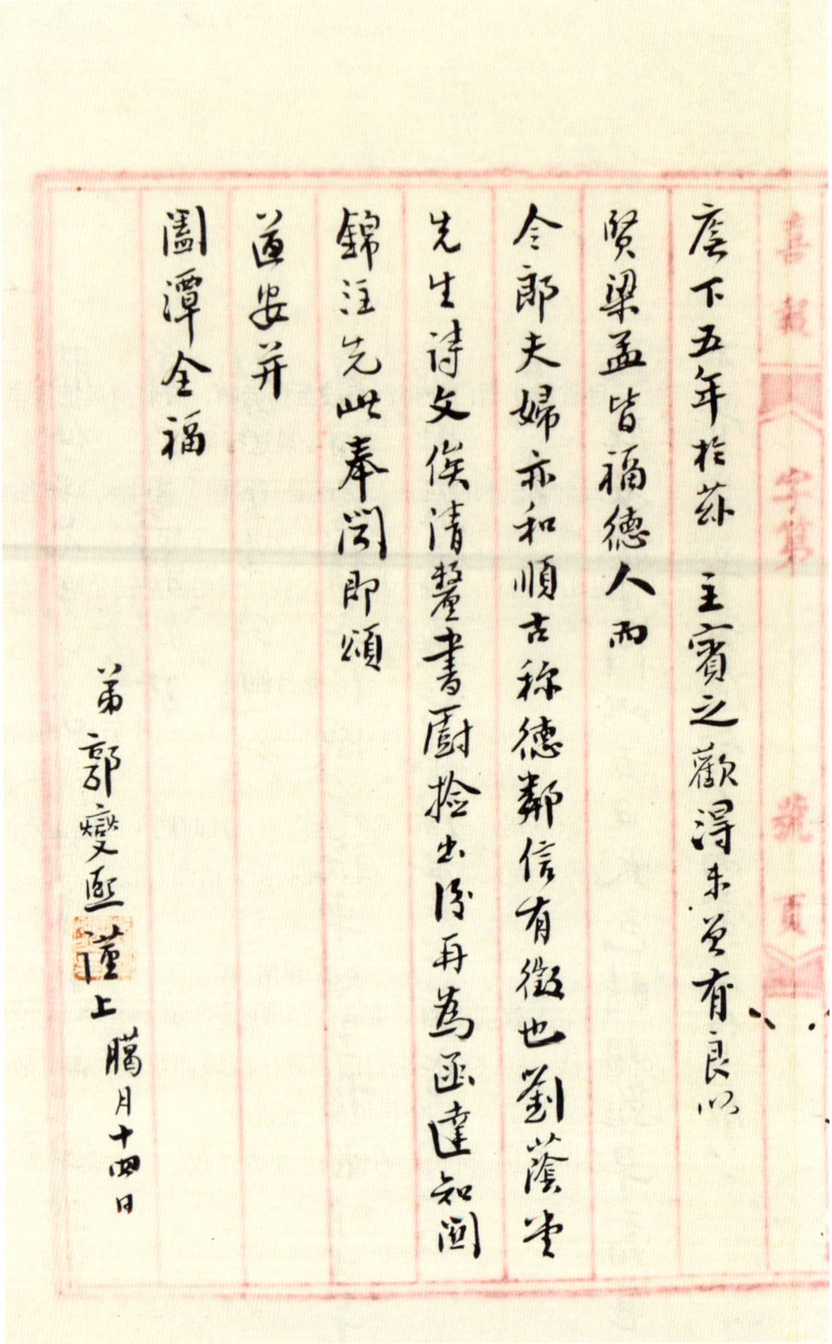

廡下五年於茲　主賓之歡得未曾有良以
賢梁孟皆福德人而
令郎夫婦亦和順古稱德鄰信有徵也劉蓉峰
先生詩文俟清整書厨檢出將再爲函達知閣
錦注先此奉聞即頌
道安并
闔潭全福
弟郭燮熙謹上
臘月十四日

E09（2-2） G15cm×26.5cm

〖解读〗

据“自丙寅［一九二六］冬赁居庑下五年”看，此札约成于一九三一年。郭燮熙在昆明租方树梅房。

## 六、昆明至镇南三首

〖录文〗

**自省城小西门外搭汽车驶至杨老哨，旋雇肩舆抵禄丰县宿，**
**却寄今晨送行诸友**

云车御气利西征，一日遂兼三日程。落叶风干杨老哨，平川烟重禄丰城。石边奇石百层碧（石云庵怪石极多，俗名“撑腰石”），山外远山千叠青。料得诸君还说我，似弓凉月已生明。

**登吕仙阁**

试登高阁望山翠，五楼空仙迹，白云白（五楼山属镇南，所谓山不在高，有仙则名也）。

人家红树红故乡，今日近周道，几时通（西路正修汽车路，惟楚镇交界，尚未著手）。何处闻吹笛，桥西有牧童。

**见镇南[1]城**

嗟余十载别南州，垂老言归散旅愁。象岭日升初未午，龙川烟净尚如秋。横飞石径来青阁，高压山城拥翠楼。得见故乡心辄喜，从今安稳住藏舟（相传邑城如一船形）。

近作书上，师斋［方树梅］主人斧政。

五楼居士燮熙　初稿

〔钤印：郭燮熙印〕

〔笺纸：朱丝八行。文：“喜报”〕

①镇南：即现楚雄州南华县。原名镇南，乃“南中之一重镇也”，一九五四年六月三十日，县第一届人民代表大会报经政务院批准，将镇南县改为南华县。

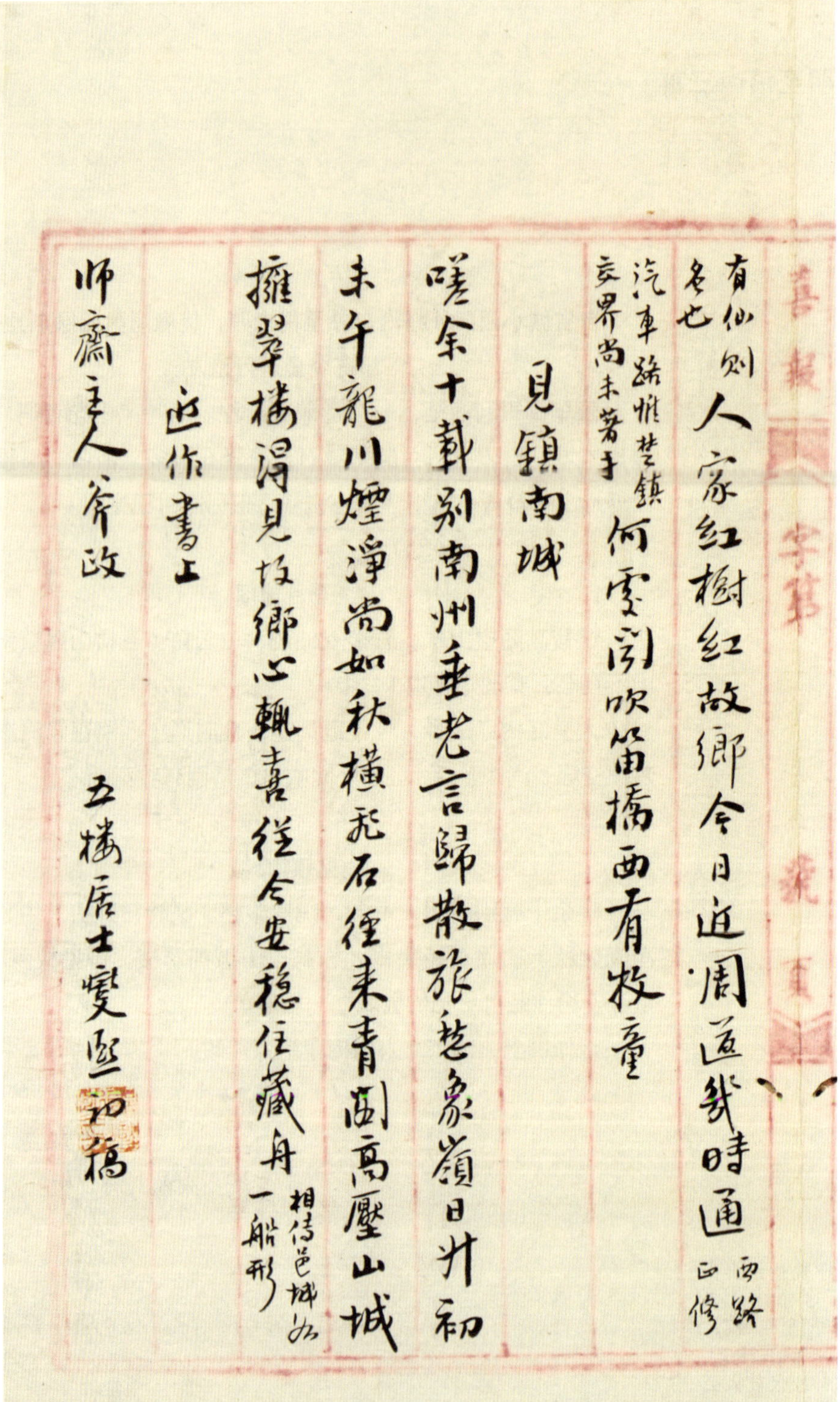

有仙则名也
人家紅樹紅故鄉今日近周道幾時通（西路正修）
（汽車路惟楚鎮交界尚未著手）何處聞吹笛橋西有牧童

見鎮南城

嗟余十載別南州垂老言歸散旅愁象嶺日升初
未午龍川煙淨尚如秋橫飛石徑來青閣高壓山城
擁翠樓得見故鄉心輒喜從今安穩任藏舟（相傳邑城如一船形）

近作書上
師齋主人斧政
五樓居士燮熙初稿

E10（2-2） G15cm×26.5cm

自省城小西門外搭汽車駛至楊老哨旋雇肩
輿抵禄豐縣宿却寄今晨送行諸友
雲車御氣利西征一日遂兼三日程落葉風乾楊
老哨平川煙重禄豐城石邊奇石百層碧（石雲庵怪石極
多俗名撐腰石）山外遠山千疊青料得諸君還說我似弓
涼月已生明

登呂仙閣

試登高閣坐山翠五樓空仙蹟白雲白（五樓山屬鎮南所謂山不在高）

E10（2-1） G15cm×26.5cm

# 赵宗瀚　三通

赵宗瀚（一八八九～一九四四），字澄甫，一字橘农，别号稚蝯。云南剑川人，赵藩次子。幼居剑川，一九〇一年，随父至四川。历任云南军都督府秘书、四川北川县知县、广州军政府交通部秘书和路政司司长、云南省长公署秘书、省政府枢要处秘书室主任、省政府秘书长、滇黔绥靖公署少将秘书长、昆明行营中将秘书长。擅长书法，龙云的名胜题字多出其手。著有《淡静宧诗文抄》《橘农诗文集》《石宝山小志》《淡静宧日记》《还读书堂日记》《汤铭盘语日记》《癸酉日历》《戊寅日记》等。

## 一、捡先公文稿三册事致方树梅

〔录文〕

臞仙道兄讲席：

兹检先公文稿三册，请阅后交缮，其中有重见者，即不必再抄矣。前借尊藏《艺海珠尘》[1]一册，其《滇南新话》已录副本，特以奉还，即祈察入。《荔村草堂诗》四卷遵命检呈，查于滇日记中，诸诗均未刊入，此集之刊行尚在官滇粮道前，故集中无涉于滇事者，虽《咏史》有七律一首，然非到滇作也。第二次弟所缴丛书，请仍给一证备查为要。

弟　宗瀚　再拜

〔笺纸："莳园制笺"。文："矿庵赤椟"〕

①《艺海珠尘》：清嘉庆年间吴省兰辑。凡八集，一百六十三种。

臞僊道兄講席：茲檢先公文稿三冊，請閱後交繕，其中有已見者即不必再抄矣。前借尊藏《藝海珠塵》一冊，其《滇南新話》已錄副本，特以奉還，即祈察入。《荔村草堂詩》四卷遵命檢呈，查于滇日記中諸詩均未刊入此集，集之刊行尚在雲滇糧道前，故集中無涉於滇事者，雖詠史有七律一首，殊非到滇作也。第二次弟所徵楚栽老詩，仍俟備查為要。

弟宗瀚再拜

E11 G17cm×27.5cm

## 二、二十一日晨致方树梅

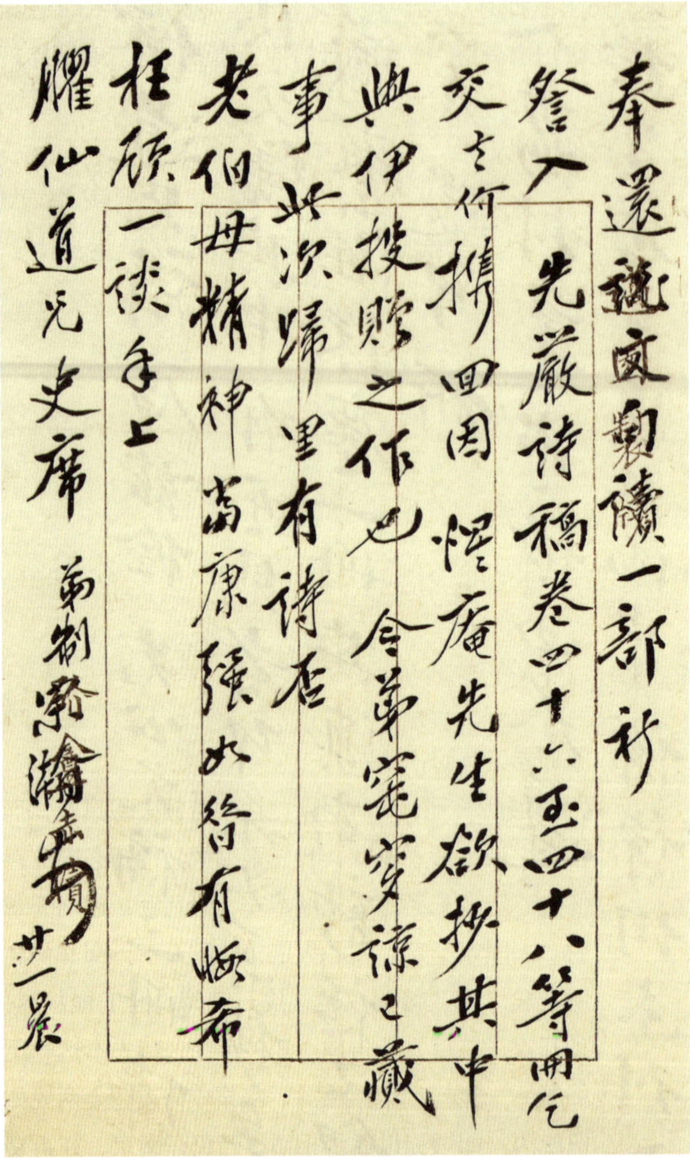

奉還説文句讀一部祈
察入 先嚴詩稿卷四十六至四十八等冊乞
交去价携回因 悟庵先生欲抄其中
與伊投贈之作也 令弟寵賓諒已藏
事 此次歸里有詩否
老伯母精神萬康強如昔有[illegible]
枉顧一談手上
耀仙道兄文席 弟制[illegible]頓首 廿一晨

E12 G17cm×27cm

①《说文句读》：清人王筠著，共二十卷。采撷诸“说文”学大家的著作，辨其正误，删繁举要，参以己意，集语言文字之大成，浅易简明，是初学《说文》者较为便利的本子。王筠（一七八四～一八五四），字贯山，号篆友。山东安丘人。语言学家、文字学家。

〖录文〗

奉还《说文句读》①一部，祈察入。先严诗

稿卷四十六至四十八等册，乞交去价[2]携回，因惺庵［周钟岳］先生欲抄其中与伊投赠之作也。令弟窀穸[3]，谅已蒇事。此次归里有诗否？老伯母精神当康强如昔。有暇希枉顾一谈。手上。

臞仙道兄史席。

弟制　宗瀚　顿首　廿一晨

〔笺纸："莼园制笺"。文："矿庵赤椟"〕

②价［jiè］：旧时称派遣传递东西或传达事情的人。

③窀穸［zhūnxī］：埋葬。

## 三、仝月十四日夜致方树梅

〖录文〗

臞仙老兄有道：

城西一别，转眴月余，途中劳顿未暇具笺，而相念之诚，形于梦寐，我兄素笃风义，知必同此眷怀也。乃者先考窀穸已经奉安，诸凡顺，遂略无掣肘。因匪氛渐息，人心大定，此则天幸，洵非初意所及矣。现正修治坟茔，伐石镌碑，惟工程甚巨，须开年正二月方能告成。知关远注，特先奉达，用释厪怀[1]。惺奄［周钟岳］、小泉［何秉智］两兄如已旋滇，即烦兄以此函相质，若仍在南京，亦祈费神代为致意。其他在省亲友，如陈小圃［陈荣昌］丈、倪宣三[2]丈、周竹宣[3]丈、允三［华世尧］、榆村[4]均极关心者，并恳我兄先为告慰，稍暇弟当专函驰候。又，孙少元[5]丈因公赴个旧，弟出省之时尚未归来，不克面辞，耿耿至今，因此老与先考道

①厪［jǐn］怀：殷切挂念。

②倪宣三：倪隆德，字宣三，一字曼和。云南东川人。光绪年间进士。好读书，好吟咏，好奇思，好逸趣，下笔滚滚不能自休。存诗自光绪庚寅（一八九〇）始，至民国丙寅（一九二六）止，约七千首。《滇诗丛录》录诗十八首。

③周竹宣：字竹宣、蝶仙，号怡园主人，晚号天南复叟。斋堂乐石斋。清武进人。精篆刻、书画，金石宗西泠八家中丁敬、陈鸿寿之意。

④榆村：即杨应选。

⑤孙少元：即孙光庭（一八六三～一九四四），字少元，号东斋。云南曲靖人（云南巡抚张凯嵩的女婿）。十七岁中秀才，补廪生，光绪壬午（一八八二）科举人。历任昆明育才书院山长、高等学堂副办。辛亥革命后任云南都督府民政司副司长。旋被选为国会参议院议员。一九一七年南下护法。一九二七年曾任云南省政府委员。后终老于家。有《东斋诗文钞》。

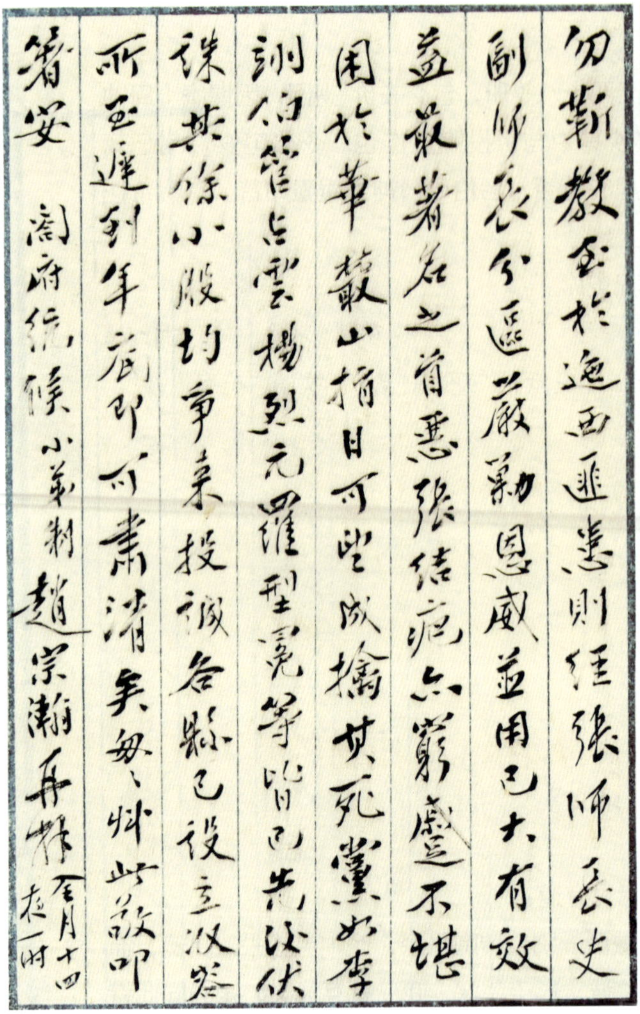

E13（4-4） G15cm×23cm

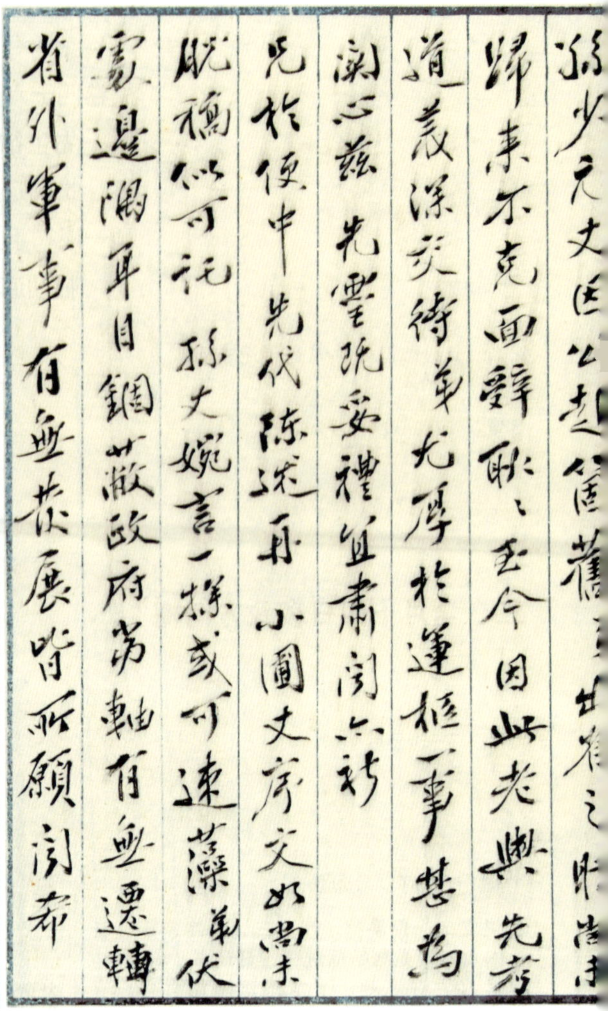

E13（4-3） G15cm×23cm

义深交，待弟尤厚，于运柩一事，甚为关心。兹先灵既妥，礼宜肃闻，亦祈兄于便中先代陈述。再，小圃丈序文如尚未脱稿，似可托孙丈婉言一探，或可速藻。弟伏处边隅，耳目锢蔽，政府当轴有无迁转？省外军事有无发展？皆所愿闻，希勿靳[⑥]教。至于迤西匪患，则经张师长[⑦]、史副师长分区严剿，恩威并用，已大有效益。最著名之首恶

⑥靳［jìn］：吝惜，不肯给予。

⑦张师长：即张冲（一九〇一～一九八〇），原名绍禹，又名维新，字云鹏。彝族，彝姓尼娜。云南泸西人。一九二七年二月六日，云南的四位镇守使胡若愚、龙云、张汝骥、李选廷联合发动了反对唐继尧的“二六政变”。张冲支持政变，龙云取胜并担任云南省主席后，论功行赏，委任张冲为第五师师长。一九三一年后兼任云南盐运使。一九三八年升任国民革命军新三军军长，下辖一八四师和新十二师，不久被免职闲居。一九四二年，日军自缅甸入侵云南，被任命为云南第二路军指挥官，驻防滇南。辽沈战役时，张冲写信劝降其老部下曾泽生，为取得长春围困战的胜利立下大功。

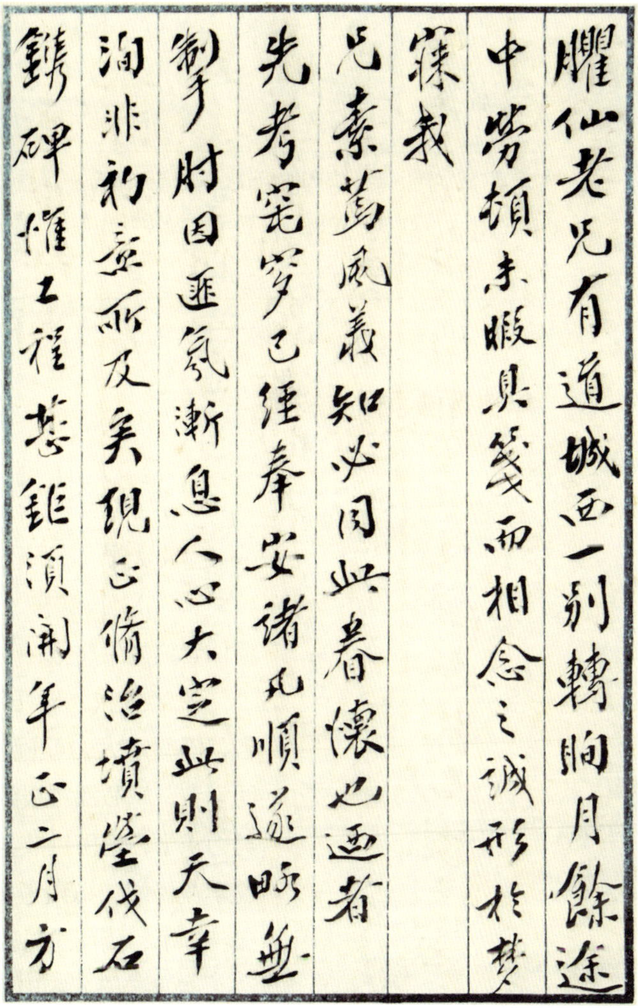

E13（4-1） G15cm×23cm

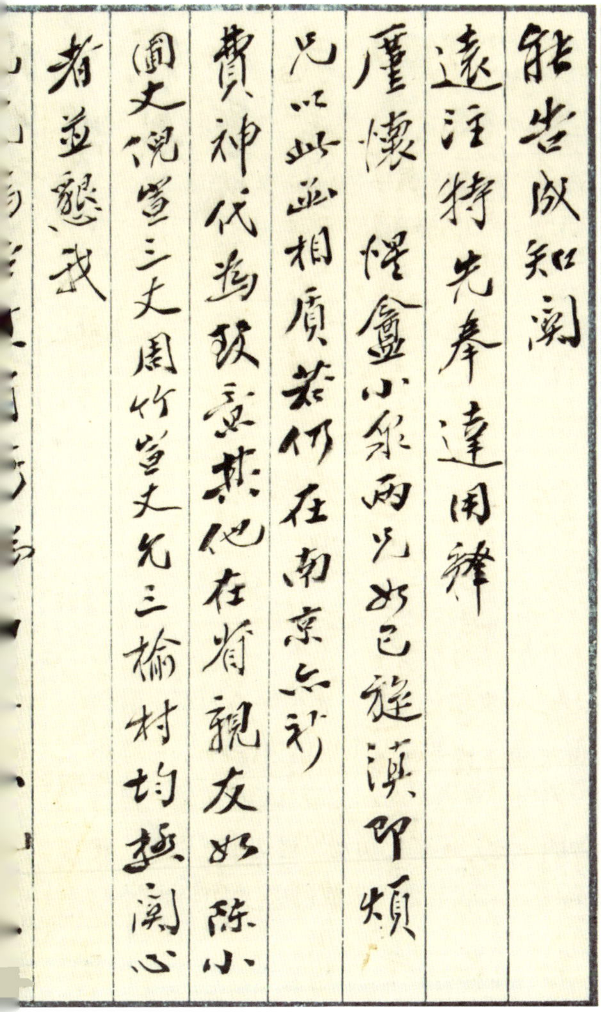

E13（4-2） G15cm×23cm

张结疤[8]亦穷蹙[9]不堪，困于华严山，指日可望成擒。其死党如李翊伯、管占云、杨烈元、罗型冕等皆已先后伏诛，其余小股均争来投诚，各县已设立收容所，至迟到年底即可肃清矣。

匆匆草此。敬叩著安。合府统候。

小弟制 赵宗瀚 再拜 仝月十四夜一时

〔笺纸：竖行信笺〕

⑧张结疤：亦称张结巴，又名张占彪。二十世纪二十年代称雄于滇西大理一带的土匪头目，有民国十大恶匪一说。其人本从农事，后奉招入民团。于民团之中，颇学军事之术。为人狠辣，亦重义。人多惧之，从者日众。偶露反意。告于县，遂逃至距大理约八十里的苍山花甸坝深山之中，日渐坐大，好啖人心肝，无恶不作。后被斩首示众。

⑨穷蹙［cù］：窘迫；困厄。

# 李嘉谷　一通

李嘉谷，字继鹤。李因培后裔，原籍云南晋宁，生于苏州。李根源隐居苏州时寻访李因培后裔，见李嘉谷孤苦伶仃，慰勉再三，表示“当尽乡人力助之”。后也得到方树梅等人的各方面相助。在苏州时常为金天羽代购书籍。

## 年拨番佛事致方树梅

〖录文〗

臞仙老伯先生尊鉴：

未亲尘教，无任依思。辰维贵体健康，履祺绥吉为颂。敬启者，侄辱承大力斡旋，得于晋宁县教育费项下年拨番佛[1]，百尊补助学费，感激涕零报效。奚自受嘉惠于今，兹策驽骀于来轸，自当努力求学，籍图进取，俾酬厚德。侄现仍负笈吴县初中三年级，来稔学业修竣，拟投考省高中，录取与否，未敢自决。侄樗蒲朽质，孤苦零丁，倘荷时锡教言，以匡不逮，尤所盼祷。

专肃芜笺，容申谢悃[2]。敬请台绥。

愚侄　李嘉谷　敬上

筱泉［何秉智］先生谨并叩安，并乞于晋宁县诸乡老长辈前及敝族人中叩安。

〔笺纸：曲石精庐笺〕

①番佛：旧时对外国银圆的俗称。主要指有人头像的西班牙“本洋”。

②谢悃［kǔn］：感谢的诚意。

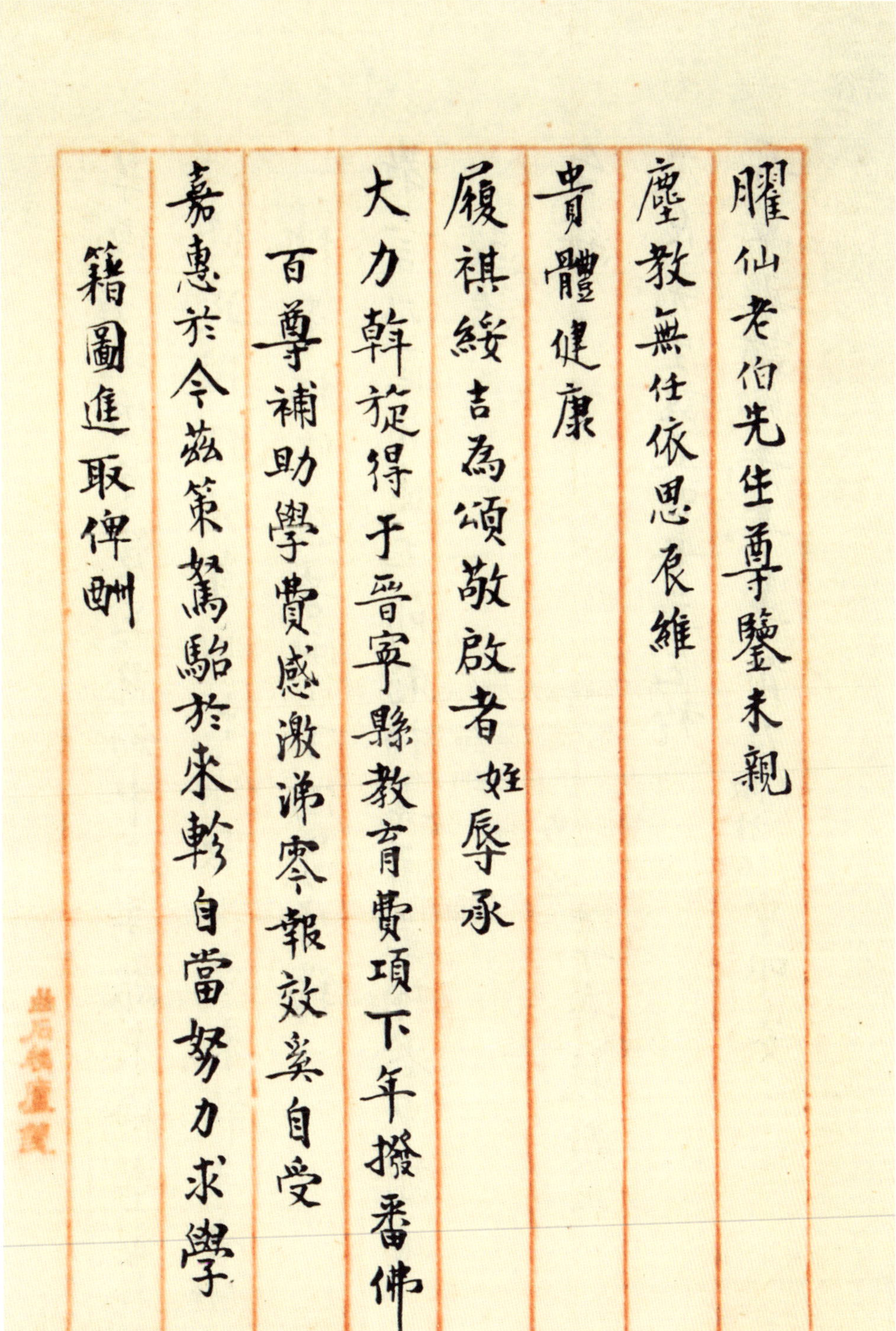

曜仙老伯先生尊鑒未親

麈教無任依思辰維

貴體健康

履祺綏吉為頌敬啟者姪辱承

大力斡旋得于晉寧縣教育費項下年撥番佛

百尊補助學費感激涕零報效奚自受

嘉惠於今茲策駑駘於來軫自當努力求學

籍圖進取俾酬

曲石精廬藏

E14（2-1） G16.5cm×25cm

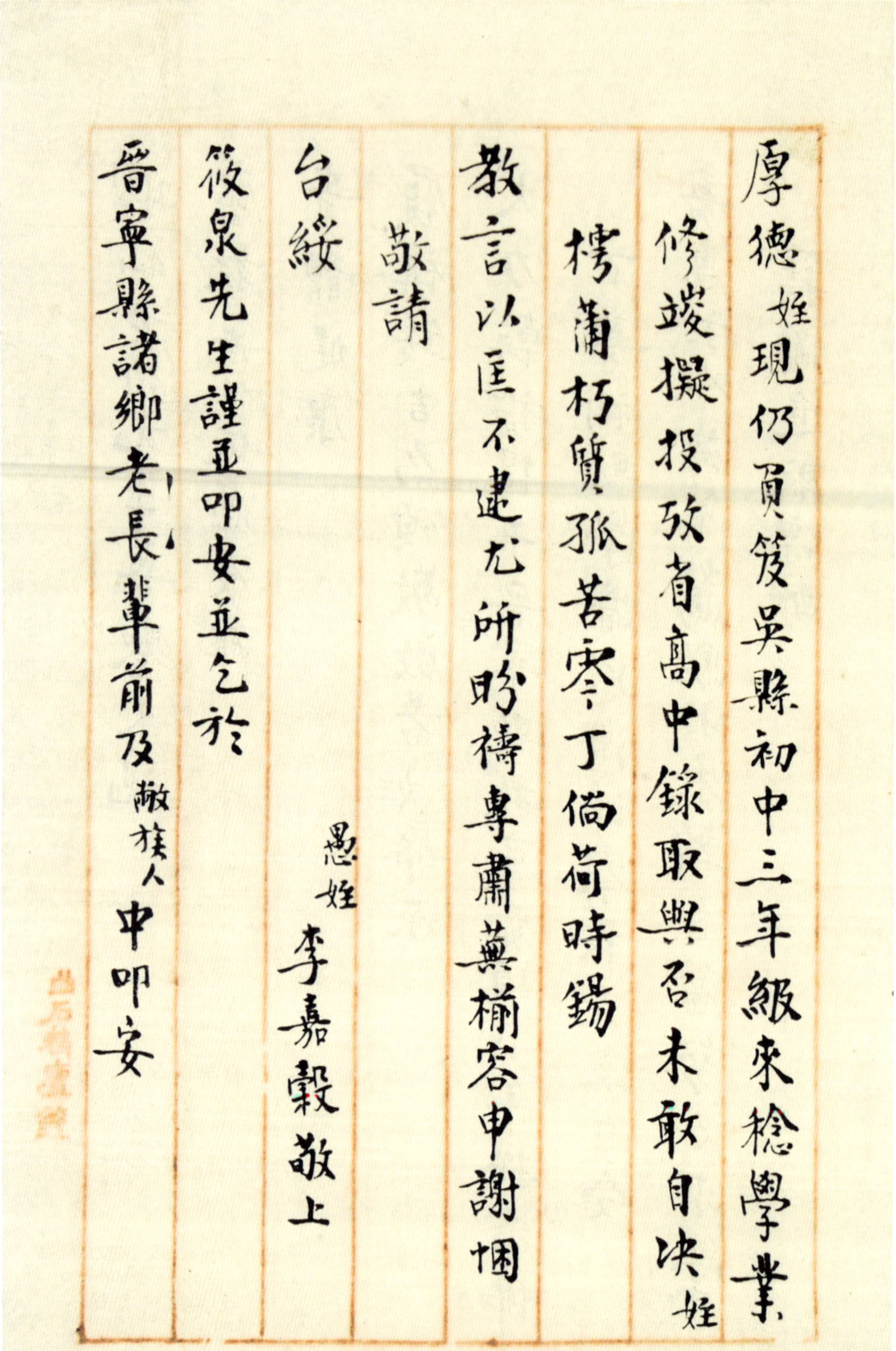

厚德 姪現仍負笈吳縣初中三年級來稔學業
修竣擬投考省高中錄取與否未敢自決 姪
樗蒲朽質孤苦零丁倘荷時錫
教言以匡不逮尤所盼禱專肅蕪椷容申謝悃
敬請
台綏 愚姪 李嘉穀敬上
筱泉先生謹並叩安並乞於
晉寧縣諸鄉老長輩前及 敝族人 申叩安

E14（2-2） G16.5cm×25cm

# 李根源　三通

## 一、一九二六年十一月二十三日命访郝李两公墓事

〖录文〗

臞仙、筱泉［何秉智］吾兄大鉴：

命访郝[1]、李[2]两公墓，今已毕事，详著记中，抄呈察阅。并请转呈介［赵藩］、虚［陈荣昌］两夫子训正。至修葺保护诸墓及教抚李裔之责，弟当惟力是视。〔李氏近晋宁尚有人否？〕请杼廑注《访古记》[3]，遵樾师［赵藩］命已分为四卷，又添访获吴文定[4]、惠定宇[5]、徐立斋[6]诸墓记四五编。《虎丘金石经眼录》[7]二百四十余条，并附《镇扬游记》，总数约在六七万字，校前寄呈之油印本增一倍矣。前月商务、中华[8]均求给板权印行，弟未许，现给泰东[9]印。第一卷已校竣，今岁末准可出书，两兄能赐跋语刊入尤所翘幸。臞兄命书楹联，改日写就即寄。

专此，敬请著安。

弟　根源　肃　十一月廿三日

顷奉樾师函示并诗稿所命各节，另函呈复。惟《镇扬游记》樾师之跋、虚师之序祈请速钞寄下，俾便印入。再，两师如有改正之处，并盼两兄详示。至感。

弟　根源　又肃

〔笺纸：曲石精庐[10]笺〕

①郝：指郝太极。云南晋宁州人。明天启年间，以军功官沾益州守备。明亡后，他隐姓埋名，在苏州卖药为生，以医隐于上津桥。

②李：李因培（一七一七～一七六七），字其材，号鹤峰。云南晋宁州人。乾隆乙丑（一七四五）翰林，官内阁学士、刑部侍郎、顺天府尹、江苏学政、浙江学政、礼部侍郎、湖北巡抚、湖南巡抚和福建巡抚等职。后被和珅陷害，赐自尽而死。嘉庆时恢复名誉，墓在苏州。

③《访古记》：应指《吴郡西山访古记》（五卷），是李根源流寓苏州时完成的。全文以日记方式撰写，前后六万余言。

④吴文定：即吴宽（一四三五～一五〇四），字原博，号匏庵、玉亭主，卒后谥文定。直隶长州（今江苏苏州）人。明成化八年（一四七二）状元，官至礼部尚书。明代诗人、散文家、书法家。

⑤惠定宇：定宇惠氏，即惠栋（一六九七～一七五八），字定宇，号松崖，学者称小红豆先生。江苏元和（今吴县）人。清代汉学家。汉学中吴派的代表人物。

⑥徐立斋：即徐元文，字公肃。江苏昆山人。清顺治己亥年（一六五九）状元，官至户部尚书。

⑦《虎丘金石经眼录》：记录了虎丘的摩崖石刻、题名、碑石，并详加考证。

⑧中华：指中华书局。

⑨泰东：指泰东图书局。一九一四年创办于上海，由欧阳振声任总经理，谷钟秀任总编辑。泰东图书局是一家股份制出版机构，股东大部分是政学系的。

⑩曲石精庐：李根源在苏州时的私人寓所。因建有“曲石精庐九十三方唐志室”而名扬海内。室额为章太炎所书。一九四九年后，李根源将其多年所藏的十块汉碑和九十三块唐代志石，悉数捐赠给苏州博物馆。

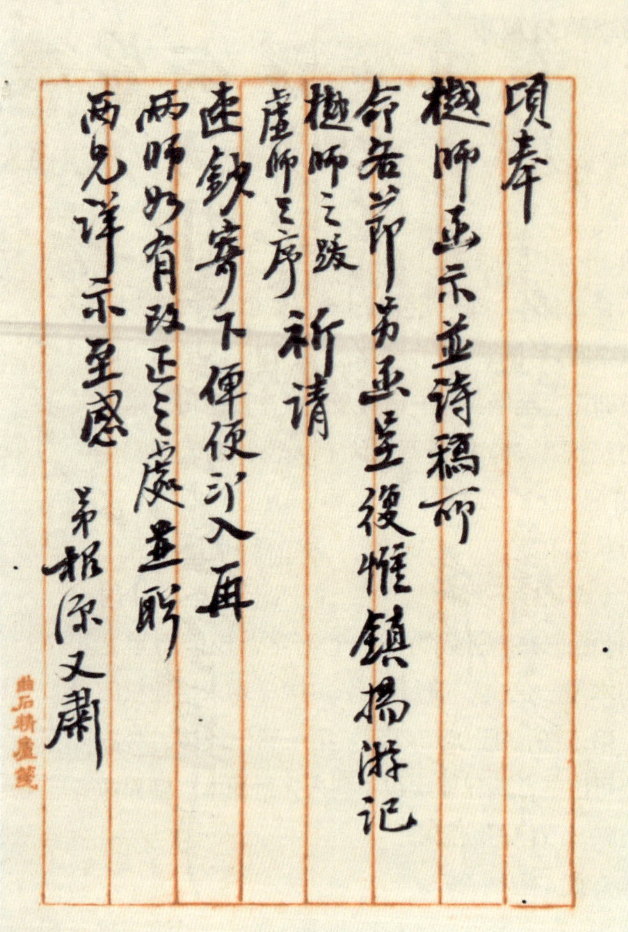
顷奉
樾师函示并诗稿所
命各节弟函呈复惟镇湖游记
樾师之跋 祈请
虚师之序
速饬寄下俾便印入再
两师如有改正之处并盼
两兄详示至感
弟根源又肃

E15（4-4） G17.5cm×25cm

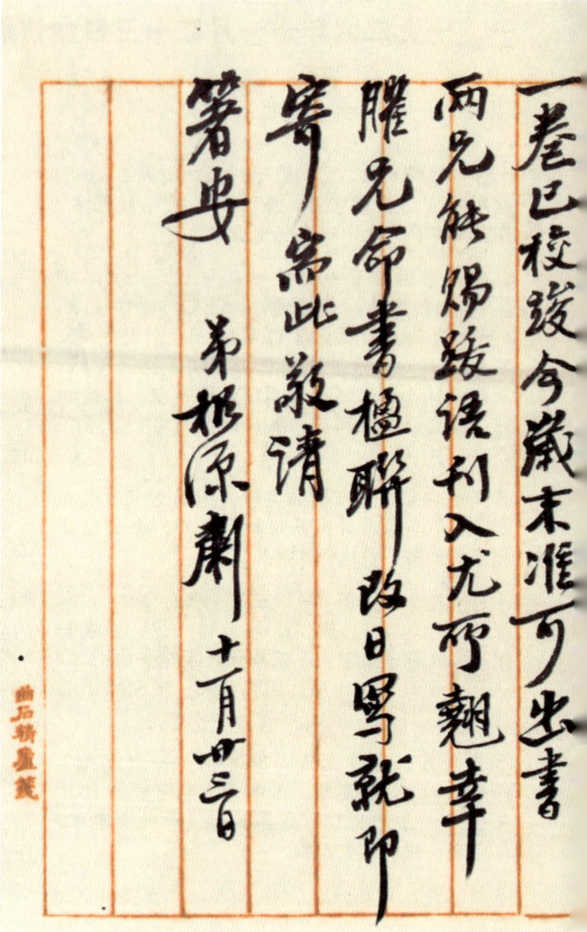
一卷已校竣今岁末准可出书
两兄能赐跋语刊入尤所翘幸
曜兄命书楹联改日写就即
寄专此敬请
著安
弟根源肃 十月廿三日

E15（4-3） G17.5cm×25cm

〖解读〗

《吴郡西山访古记》世存版本有二（本札提到的油印本未见）：其一为民国十五年

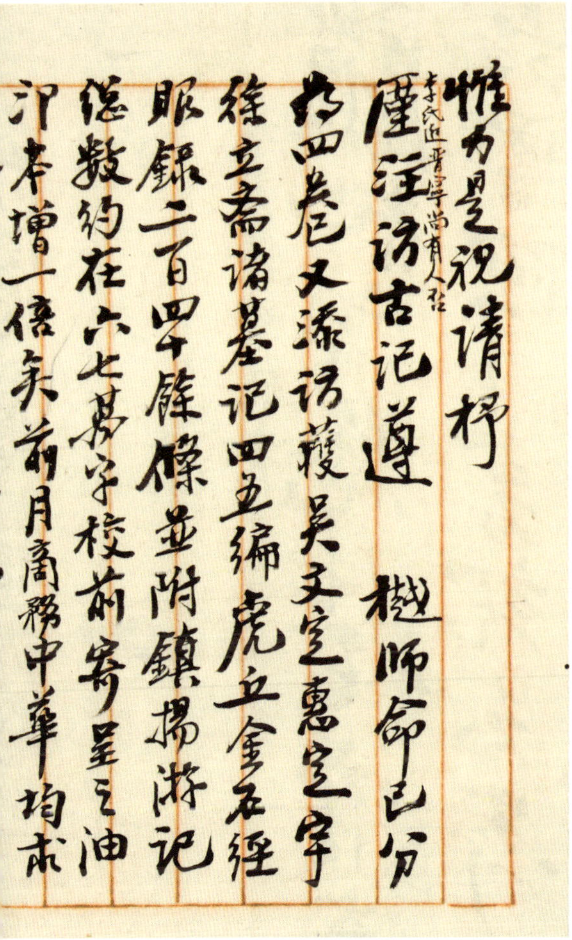
惟力是視，請釋
李氏近晉字尚有人在
廑注。訪古記遊　樾師命已分
為四卷，又添訪獲吳文定、惠定宇
孫立齋諸墓記四五篇，虎丘金石經
眼錄二百四十餘條，並附鎮揚遊記
總數約在六七萬字，校前寄呈之油
印本增一倍矣，前月商務中華均求

E15（4-2） G17.5cm×25cm

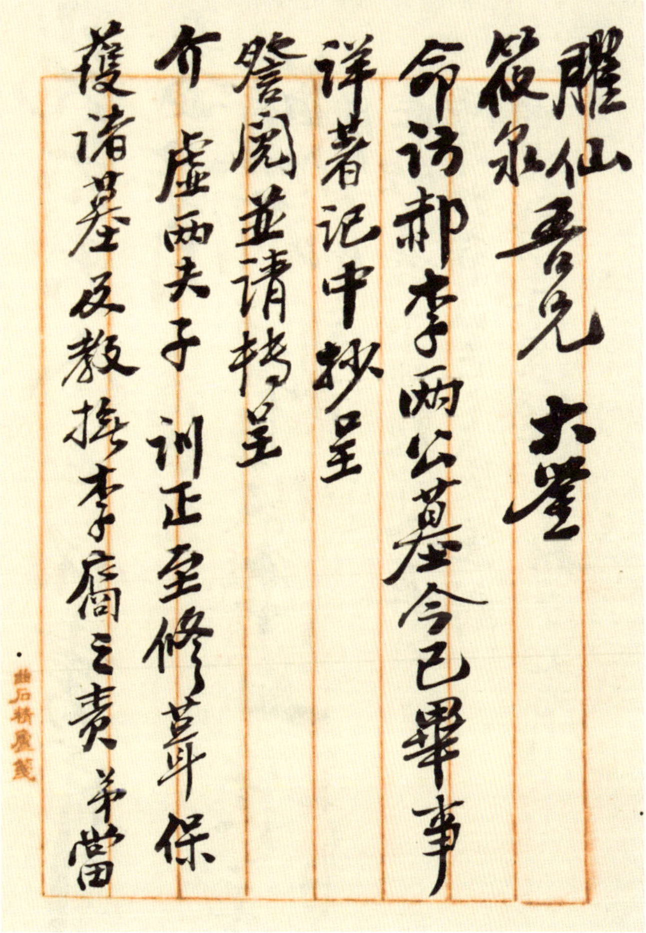
醒仙
筱泉吾兄大鑒
命訪郝李兩公墓，今已畢事
詳著記中，抄呈
詧閱，並請轉呈
介虛雨夫子訓正。至修葺保
護諸墓及教授李府之責，弟當
曲石精廬箋

E15（4-1） G17.5cm×25cm

（一九二六）上海泰东书局铅印本，全文五卷，附录《镇扬游记》一卷；其二为民国十八年（一九二九）曲石精庐李氏家藏木刻本，全书五卷。据多方史料印证，此札应成于一九二六年十一月二十三日。

## 二、一九二九年九月九日鶴峰先生故里碑事

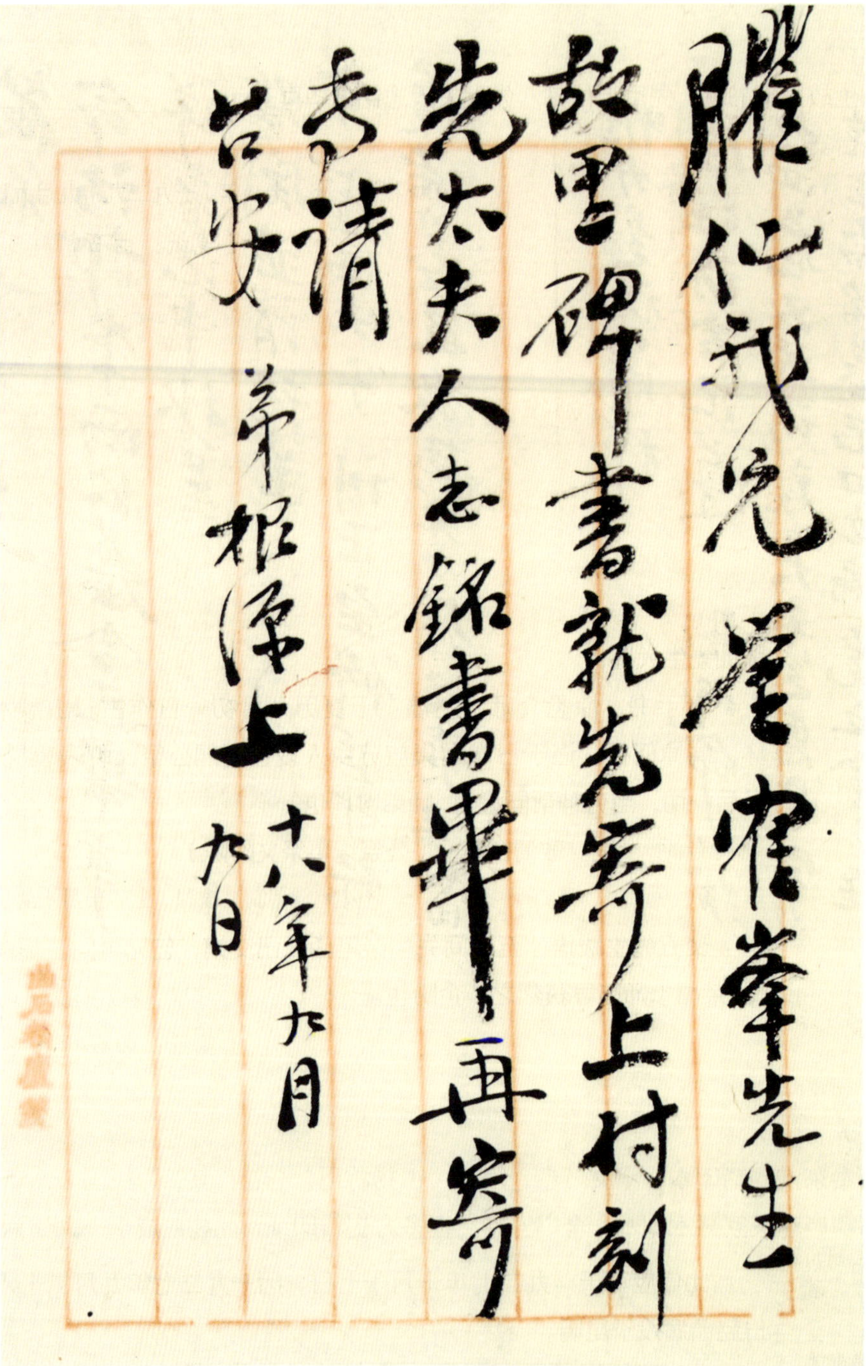
曜仙我兄：崔鶴峰先生故里碑書就，先寄上，付刻。先太夫人志銘書畢，再寄奉。請台安。

弟根澤上

十八年九月九日

E16 G17.5cm×25cm

〖录文〗

臞仙我兄鉴：

鹤峰先生故里碑书就，先寄上付刻。先太夫人志铭书毕再寄。

专请，台安。

弟　根源　上　十八年［一九二九］九月九日

〔笺纸：曲石精庐笺〕

## 三、一九二七年十月十七日惊悉介师作古

〖录文〗

臞仙先生大鉴：

奉手书，惊悉介师［赵藩］于夏历九月初一日作古。山颓木坏，痛悼何极。谨于日昨邀集旅苏乡人设位网园公祭，聊表衷忱。身后一切，当劳神帮同澄甫[①]师弟料理也。

专泐[②]奉复。敬请台安。（公祭纪事祭文附陈）

弟制　根源　上　十月十七日

聚五先生跋语，五月间先生亲笔函云已交馆，乞兄再问。虚斋［陈荣昌］师能寻获刻之，企盼也。

〔笺纸：曲石精庐笺〕

〖解读〗

此信应写于一九二七年十月十七日。因一九二七年九月二十六日赵藩病殁于昆明。

①澄甫：即赵宗瀚。剑川金华镇人，赵藩次子。著名白族诗人。

②泐：雕刻。这里指郑重地书写。

臞仙先生大鑒奉
手書驚悉 介師於夏歷九月初一日作
古山頹木壞痛悼何極謹於日昨邀
集旅蓉鄉人假位關園公祭聊表哀
忱身後一切當
勞神幫同澄甫師弟料理也專泐奉
復敬請
台安 公祭紀事祭文附陳
弟制樞源上 十月十七日

聚五先生跋語五月間 先生親筆寄來已交館
乞兄再問 虛齋師能尋獲刻之也盼也

E17 G17cm×25cm

# 徐旭　一通

徐旭，字茗樵。安徽望江人。清末举人，禀贡生。一九一三年任怀宁县知县。善诗词，著有《青湖诗草》等。

## 拜题

〖录文〗

儒流多韵事，况复值乾嘉。治术宗黄老[①]，诗篇祖白家。朗如珠露润，静绝鼓筝哗。长庆当时体[②]，谁知有怨嗟。

太息方干[③]去，沈沈二百年。魂归辽海鹤[④]，泪落蜀山鹃。薄宦[⑤]聊复尔，清吟亦偶然。吉光留片羽，绳继赖乔贤。

宣统三年〔一九一一〕八月　望江徐旭茗樵　拜题

〔钤印：徐旭、铭山诗樵〕

①黄老："黄"，指传说中的黄帝；"老"，指春秋道家学派的创始人老子。"黄老"，此指黄老学说，古代一种思想流派。

②长庆当时体：即流行于当时的长庆体。"长庆体"之称始于宋人，缘于白居易、元稹的文集名。是对唐代白居易、元稹诗的泛称，所指较为宽泛。

③方干（八〇九～八八八）：字雄飞，号玄英。睦州青溪（今淳安）人。爱吟咏，深得师长徐凝的器重。

④辽海鹤：指辽东丁令威得仙化鹤归里事。丁令威为辽东人，曾学道于灵墟山，成仙后化为仙鹤，飞回故里，站在一华表上高声唱："有鸟有鸟丁令威，去家千岁今来归，城郭如故人民非，何不学仙冢累累。"以此来警喻世人。后世多用此典。

⑤薄宦：卑微的官职。常用为谦辞。

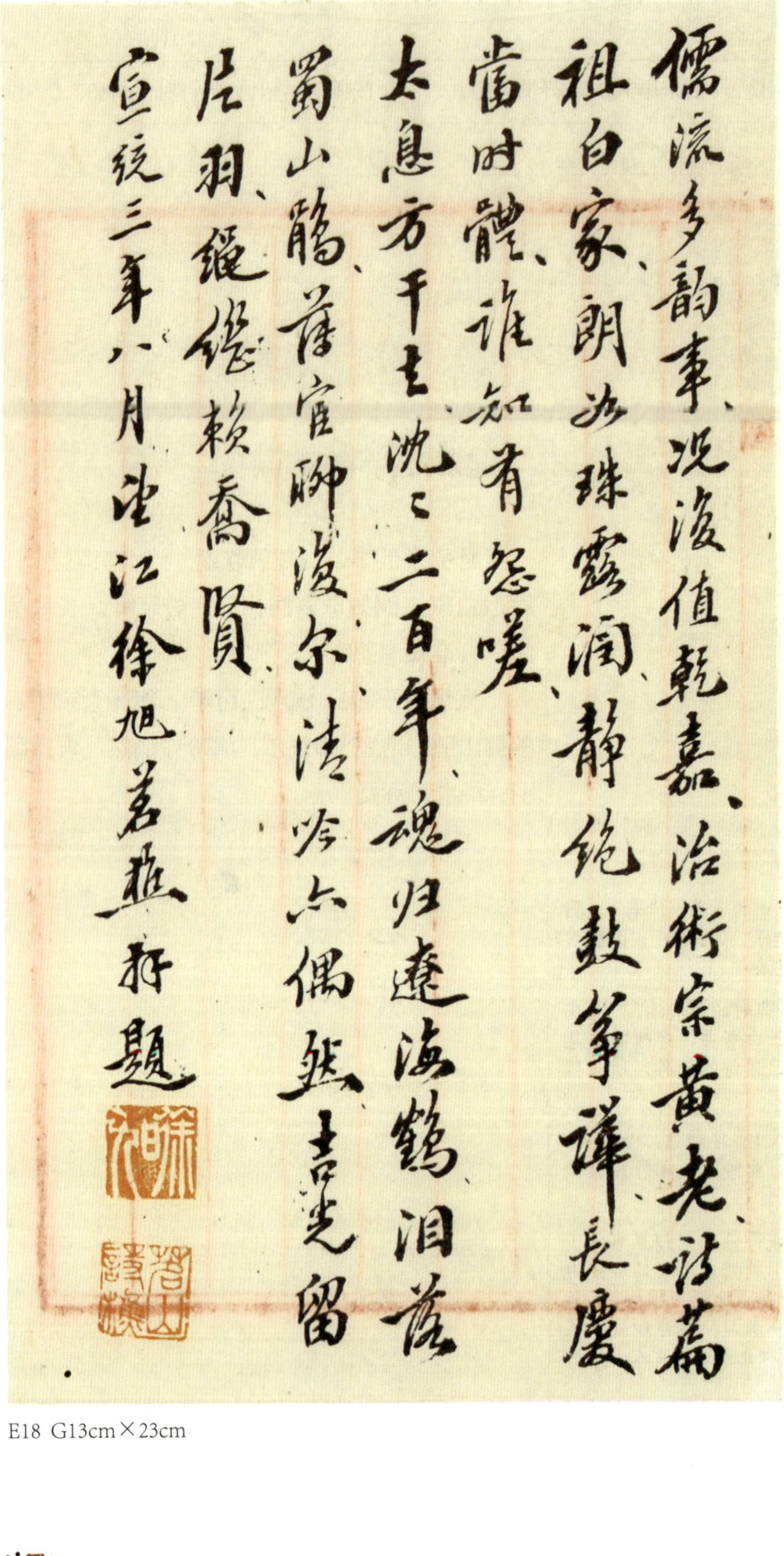


E18 G13cm×23cm

# 陈树　一通

陈树，字槐三。云南昆明人。详情待考。

## 梦亭先生遗稿敬书二律

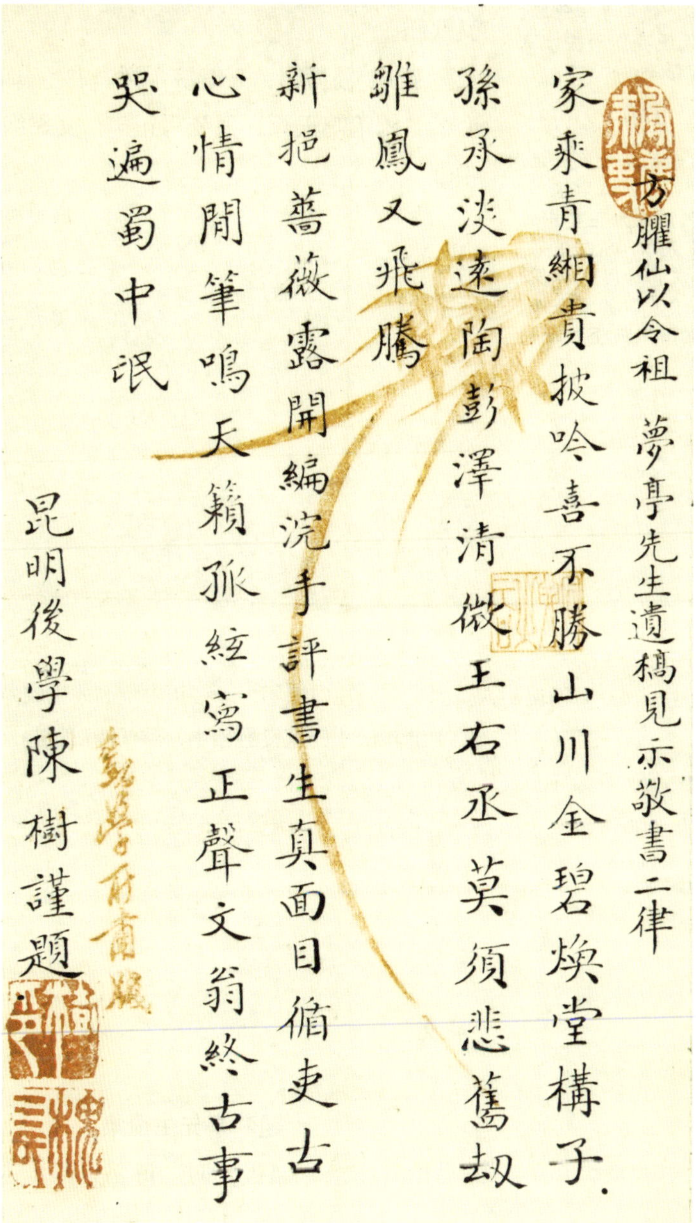
方臞仙以令祖　夢亭先生遺稿見示敬書二律

家乘青緗貴披吟喜不勝山川金碧煥堂構子孫承淡遠陶彭澤清微王右丞莫須悲舊劫雛鳳又飛騰

新挹薔薇露開編浣手評書生真面目循吏古心情閒筆鳴天籟孤絃寫正聲文翁終古事兕遍蜀中氓

昆明後學陳樹謹題

E19 G14.5cm×25cm

〔录文〕

方臞仙以令祖梦亭先生遗稿见示，敬书二律。

家乘青缃[①]贵，披吟喜不胜。山川金碧焕，堂构子孙承。淡远陶彭泽[②]，清微王右丞。莫须悲旧劫，雏凤又飞腾。

新挹[③]蔷薇露，开编浣手评。书生真面目，循吏[④]古心情。闲笔鸣天籁，孤弦写正声。文翁终古事，哭遍蜀中氓。

昆明后学　陈树　谨题

〔钤印：树印、槐三氏〕

〔笺纸：兰花图诗笺〕

①青缃[xiāng]：青色和浅黄色。古代常用这种颜色的布帛作书衣、封套。因而常用以指书籍、画卷等。

②陶彭泽：指陶渊明（约三六五～四二七），名潜，字元亮，号五柳先生，私谥靖节。浔阳柴桑（今江西九江）人。东晋末期南朝宋初期诗人、文学家。曾任江州祭酒、建威参军、镇军参军等职。自做彭泽县令八十多天便弃职而去，从此归隐田园，故又称陶彭泽。

③挹：古同“揖[yì]”，作揖。

④循吏：“循吏”之名最早见于《史记》的《循吏列传》，后为《汉书》《后汉书》直至《清史稿》所承袭，成为正史中记述那些重农宣教、清正廉洁、所居民富、所去见思的州县级地方官的固定体例。除正史中有“循吏”“良吏”的概念外，到元杂剧中又有了“清官”乃至民间的“青天大老爷”的称谓。

## 钱良骏　一通

钱良骏，字小帆，一字伯良。云南昆明人。廪生。一九〇二年，以经正书院高才生成为云南首次官费的十人之一留学日本。民国三年（一九一四）继蒋松华任宜良县知事，后任河口督办，卒于任。著有《伯良诗稿》《双江旅行记》等。

### 题梦亭先生遗集

〔录文〕

**题梦亭先生遗集**

酒后论人物，乾嘉极一时。诗名先戴（古村）[①]李（即

①戴（古村）：即戴淳，号古村。云南呈贡人，清代嘉庆年间被称为“五华五子”之一。

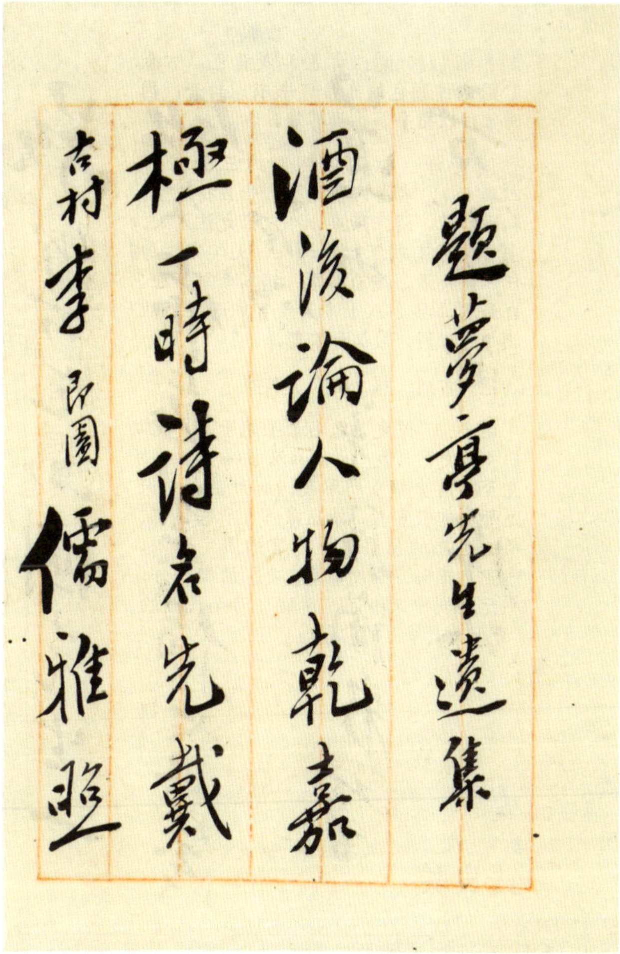
古村李即园儒雅照
极一时诗名先戴
酒后论人物乾嘉
题梦亭先生遗集

E20（4-1） G15cm×23cm

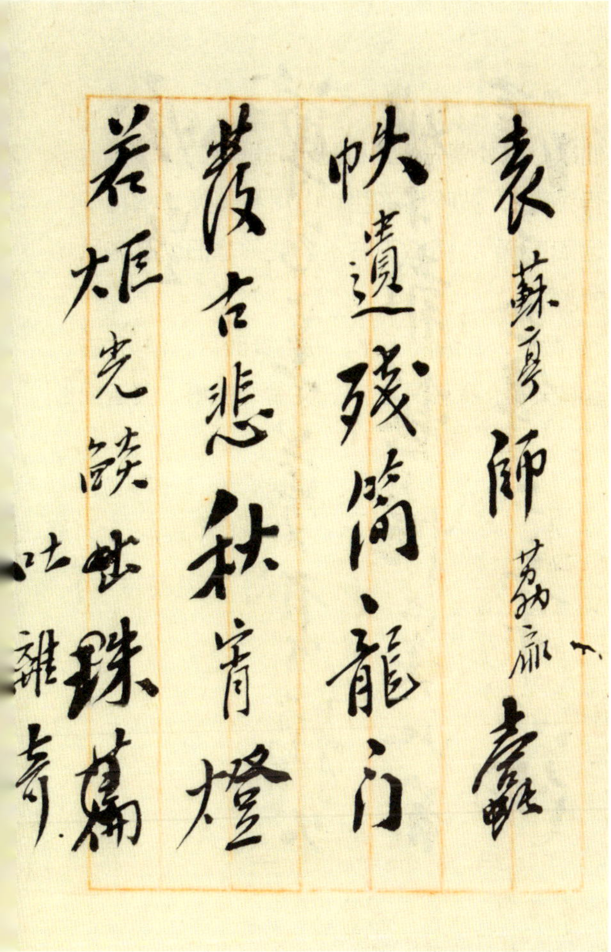
离奇
若炬光焰吐
发古悲秋宵灯
帙遗残简龙门
袁苏亭师荔扉蠹

E20（4-2） G15cm×23cm

园）②，儒雅照袁（苏亭）③师（荔扉［师范］）。

蠹帙④遗残简，龙门发古悲。秋宵灯若炬，光焰吐离奇。

嘱题尊先辈梦亭稿，久延未报，惭愧奚如，兹谨呈五律二章，以伸敬仰。可乞小圃［陈荣昌］先生一叙文，当愈美备也。此笺。即颂道安。

弟 骏 鞠躬 初一日

方老师席次。

〔钤印：钱良骏印〕

②李（即园）：李于阳（一七八四～一八二六），字占亭，号即园。云南大理人。与昆明的戴炯孙、呈贡的戴淳、楚雄的池春生和云县的杨国翰并称为“五华五子”。著有《苍华诗文策》《外集》《诗话》《诗余》《偶编》等，今传《即园诗钞》十四卷。

③袁（苏亭）：即袁文揆（一七五〇～一八一五），字时亮，号苏亭。云南保山人。清乾隆拔贡。官云南县（今祥云）儒学教谕、甘肃县丞分防荆河洲定羌驿。以亲老归养。入永昌知府陈孝升幕。能文善诗，与兄文典知名于时。编著有《时畲堂诗稿》《国朝滇南诗略》《续滇南诗略》等。

④帙[zhì]：书、画的封套，用布帛制成。

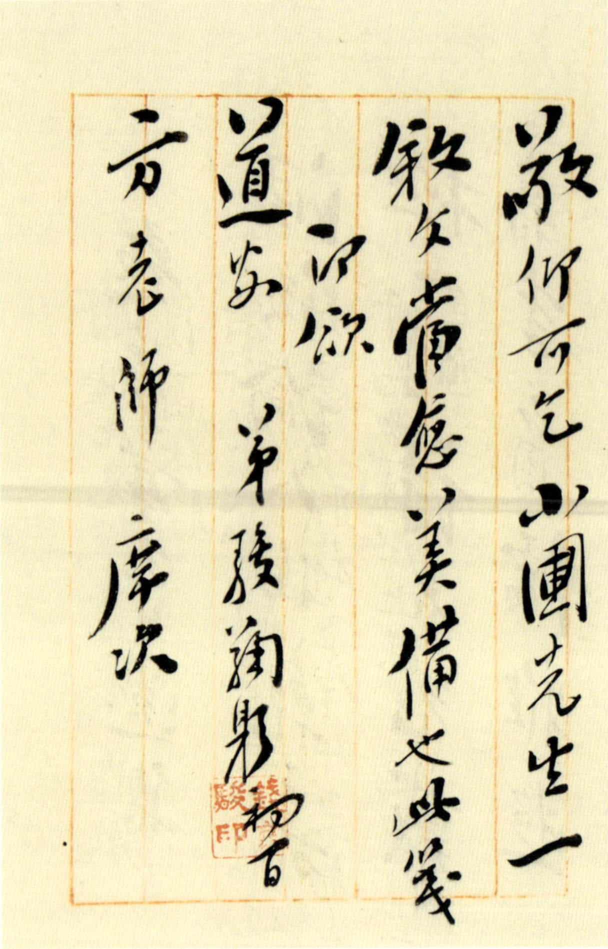

E20（4-4） G15cm×23cm

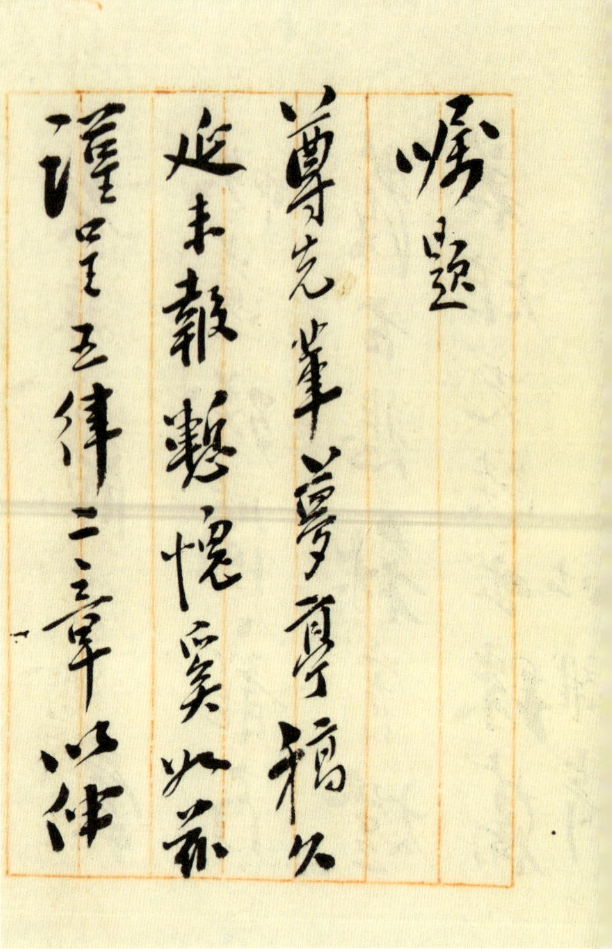

E20（4-3） G15cm×23cm

## 陈诒恭　一通

陈诒恭（？～一九二二），字肃庵。云南昆明人。性醇谨，十八岁应童子试，为县学庠生。一九〇二年，考取云南送日官费生，入同文学院，习普通科，继转早稻田大学，专习农艺。毕业回国，历充云南各中学及专科学校理化教员。一九一〇年复游日本，拟入大学不果，即回国，任职山东提学使署。民国后旋滇，仍教授中学。一九一四年任昆明劝学所所长。乃认真整顿，竭力扩充，办初级师范二班，附属小学十余班。并劝导五乡，努力增设小学，至十年，竟达二百余校。其夙夜在公，勤于督导，不辞劳怨。

## 二月二十三日致方树梅

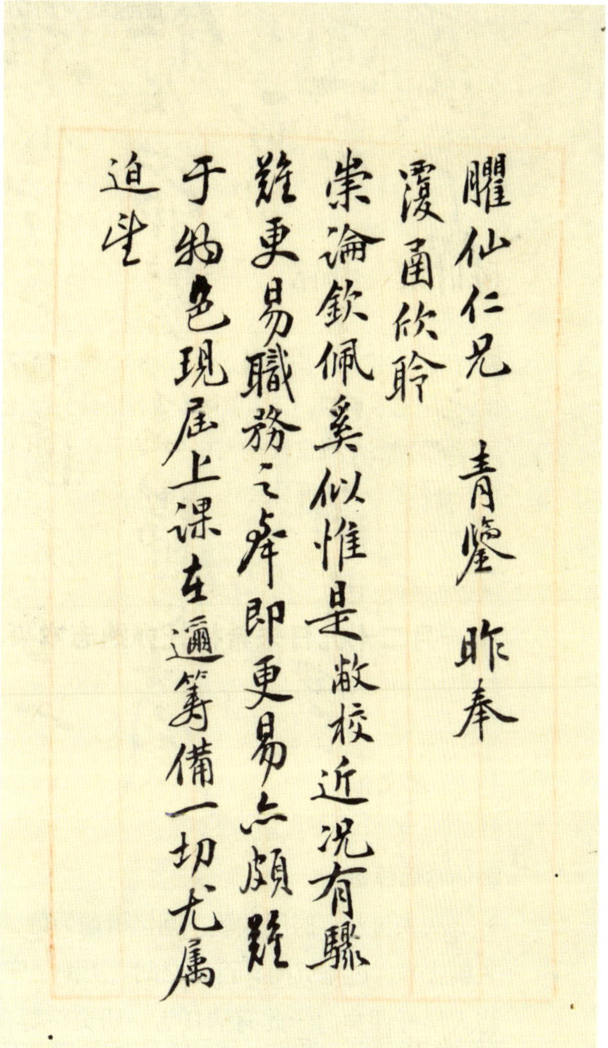
臞仙仁兄 青鑒 昨奉
覆函欣聆
崇論欽佩奚似惟是敝校近况有驟
難更易職務之舉即更易亦頗難
于物色現屆上課在迩籌備一切尤屬
迫望

E21（2-1） G14.5cm×24.5cm

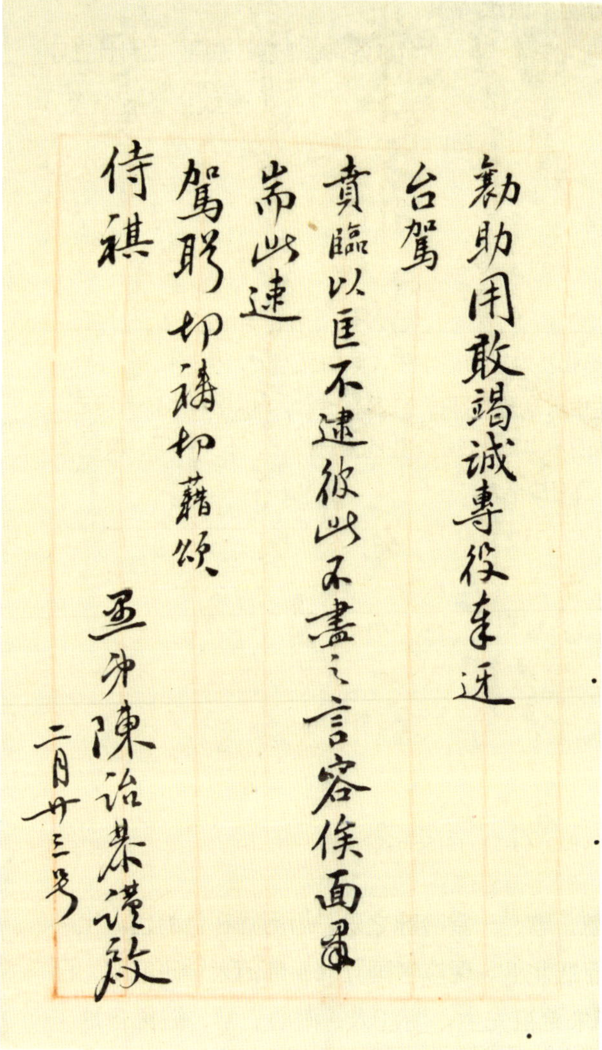
襄助用敢竭诚專役奉迓
台駕
賁臨以匡不逮彼此不盡之言容俟面罄
耑此速
駕聆切禱切藉頌
侍祺
弟陳治恭謹啟
二月廿三日

E21（2-2） G14.5cm×24.5cm

〖录文〗

臞仙仁兄青鉴：

昨奉覆函，欣聆崇论，钦佩奚似。惟是敝校近况有骤难，更易职务之举，即更易亦颇难，于物色现届，上课在迩。筹备一切，尤属迫望，襄助用敢，竭诚专役奉迓[1]台驾贲[2]临，以匡

①迓［yà］：迎接。

②贲［bēn］：奔走，快跑。

不逮[3]。彼此不尽之言，容俟面肃。

专此速驾，盼切祷切。借颂侍祺。

愚弟　陈诒恭　谨启　二月廿三号

〔笺纸：竖行信笺〕

③逮［dài］：到，及。

## 陈时策　甘铭　一通

陈时策、甘铭二人均为国立北平师范大学研究院毕业。为朱希祖学生，同时又均为方树梅门生。陈时策，字计良、际良。云南蒙化（今巍山县）人。云南省立镇南师范学校首任校长，以培育人才为职志，工作兢兢业业，经常教导学生“学贵于专、切忌华而不实”，鼓励学生的爱国热忱，不到两年，教学工作井井有条，声誉遍及全滇。甘铭，又称甘金名。云南盐丰人。

### 十一月二十九日朱希祖托办购志本事

〖录文〗

臞仙老师尊鉴：

久未过从，时殷倾敬。回忆祖遍习诗、弦、歌，一堂吟咏之乐，历历犹在目前也。生等久羁公务，过觉沉闷，百日之间，历沪、宁而抵北平。现应考国立北平师范大学研究院，已将入学开课矣。于此有请托者，研究院导师朱希祖先生，浙江人，潜心史学，欲集各地志乘，汇供纂研。以生等为云南人托为办购本省省县各时代志本。因思吾师擅长国学、留心史乘，为言于朱先生座前，朱先生意殊快慰，检就近作三册托转奉阅，拟征请吾师赞助，将汇上款项，祈于市肆中随在购买，亦不急于收罗。吾师学术中人，以文会友，想不谓生等多言也。作品另寄，烦费清神，便中惠赐玉音，是所欣忭。

专此。敬候兴居，并颂潭祉。

受业陈时策、甘铭　谨上　十一月廿九日

〔钤印：陈时策章、甘铭之印〕

〔笺纸：朱丝八行〕

臞仙老師尊鑒：久未過從，時殷傾敬。回憶袒徧習詩絃歌一堂吟詠之樂，歷歷猶在目前也。生等久羈公務，過覺沉悶，百日之間，歷滬甯兩抵北平，現應考國立北平師範大學研究院，已將入學開課矣。於此有請託者：研究院導師朱希祖先生，浙江人，潛心史學，欲集各地志乘彙供纂研，以生等為雲南人，託為辦購本省省縣各時代志本。因思吾
師擅長國學，留心史乘，為言於朱先生座前，朱先生意

E22（2-1） G17cm×27cm

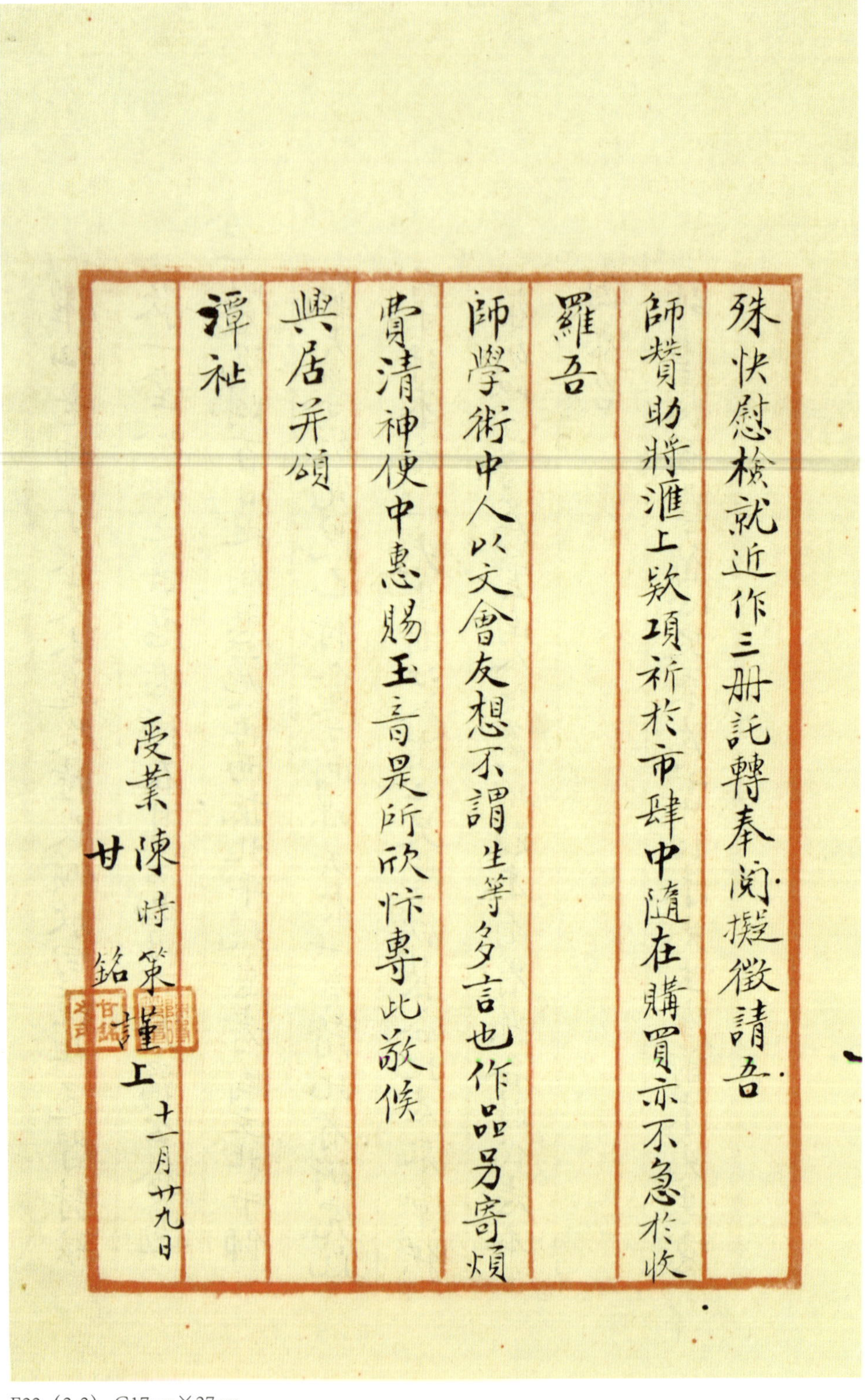
殊快慰檢就近作三册託轉奉閲擬徵請吾

師贊助將滙上欵項祈於市肆中隨在購買亦不急於收

羅吾

師學術中人以文會友想不謂生等多言也作品另寄煩

費清神使中惠賜玉音是所欣忭專此敬候

興居并頌

譚祉

愛業陳時策謹上

甘銘

十一月廿九日

E22（2-2） G17cm×27cm

# 【F 册：金松岑信札】

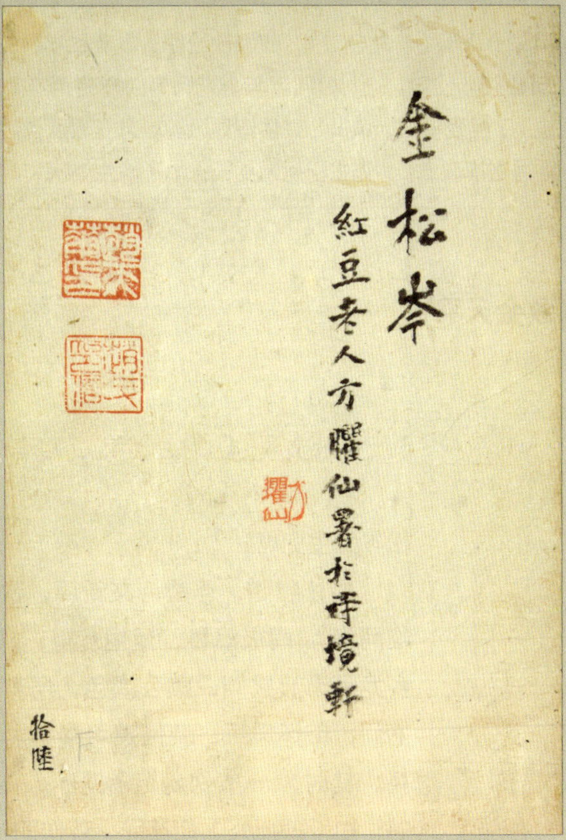
金松岑
紅豆老人方臞仙署於詩境軒
拾陸

〖录文〗

金松岑。红豆老人方臞仙署于诗境轩。（加盖方臞仙印章）

〖解读〗

一九三一年，云南通志馆聘请金松岑［金天羽］为《新纂云南通志》人物列传分纂，该册页为信札，内容主要涉及《新纂云南通志》编纂事务，还包括方守敦［方常季］先生手札。封面左下角有“拾陆”二字，似方树梅所作册页编号。

# 方守敦　一通

方守敦（一八六五~一九三九），字常季，更字盘君。近代诗人、教育家、书法家。安徽省桐城县人，方宗诚之子。清光绪二十八年（一九〇二），随吴汝纶往日本考察学制，回国后，力助吴氏创办桐城学堂，支持陈独秀在安徽兴办公学。一九〇四年与李光炯等创办芜湖安徽公学。一九三九年与姚孟振等重印《桐城续修县志》。酷爱书法，隶书、碑体皆具风韵。方守敦逝世后，客居江津县的同乡在罗汉寺为他开追悼会，陈独秀送挽联云："先生已死无乡长；小子偷生亦病夫。"

## 夏正仲冬四日致金天羽

〖录文〗

松岑先生史席：

屡读惠赠，尊撰诗文新篇，钦服无既。借谛别后，游踪北临河洛[1]，南极滇粤，翱翔万里，奇情高韵，辉耀山川。不仅敝乡龙眠潭渡之间，赖公润色，何其壮也。守敦老困幽居，久疏书问，每怀风采，惆怅莫可攀追。前月来江上，得诵教言，喜甚。其时，一事匆匆赴枞阳[2]，未即奉覆，昨复返寓，楼检楹书，知所藏师公［师荔扉］著作即《滇系》也，嘉庆年刊，非稿本，此书滇中必有之，公应阅过。既非稿本，拟不如命奉寄再候。来示王铁珊[3]事略及遗墨，已交志馆先生邮上矣。又，敝乡李云村先生是仁侠古君子，有《行实》一册并奉上用备。纪载其子德青[4]，字光炯，亦高节笃行正士，有名于时者也，其所述足信。儿子岳，在粤获侍教言，甚幸，甚幸。

手此。敬颂撰安！不尽。

守敦　顿首　夏正仲冬四日

〔笺纸：方框信笺。文："清秋"〕

〖解读〗

此札为方守敦致金天羽，后金天羽转寄方树梅。

①河洛：指中国河南黄河、洛河流域，亦泛指中原。

②枞阳：即枞阳县，地处安徽省西南部安庆市正东面，长江北岸，大别山之东南麓。

③王铁珊（？～一九〇〇）：字伯唐。安徽英山人。清末官吏。光绪十五年（一八八九）进士，铨兵部主事。

④德青：即李德青（一八七〇～一九四一），字光炯，晚年自号晦庐。安徽枞阳人。近代教育先驱。一八九七年中举，一九〇二年赴日本考察教育。回国后，襄助吴汝纶创办桐城县学堂于安庆。创办芜湖安徽公学。辛亥革命时任安徽督府秘书长。袁世凯称帝，慕其名，招聘任内阁秘书长，光炯坚辞不受。后出任安徽省第一师范学校校长。

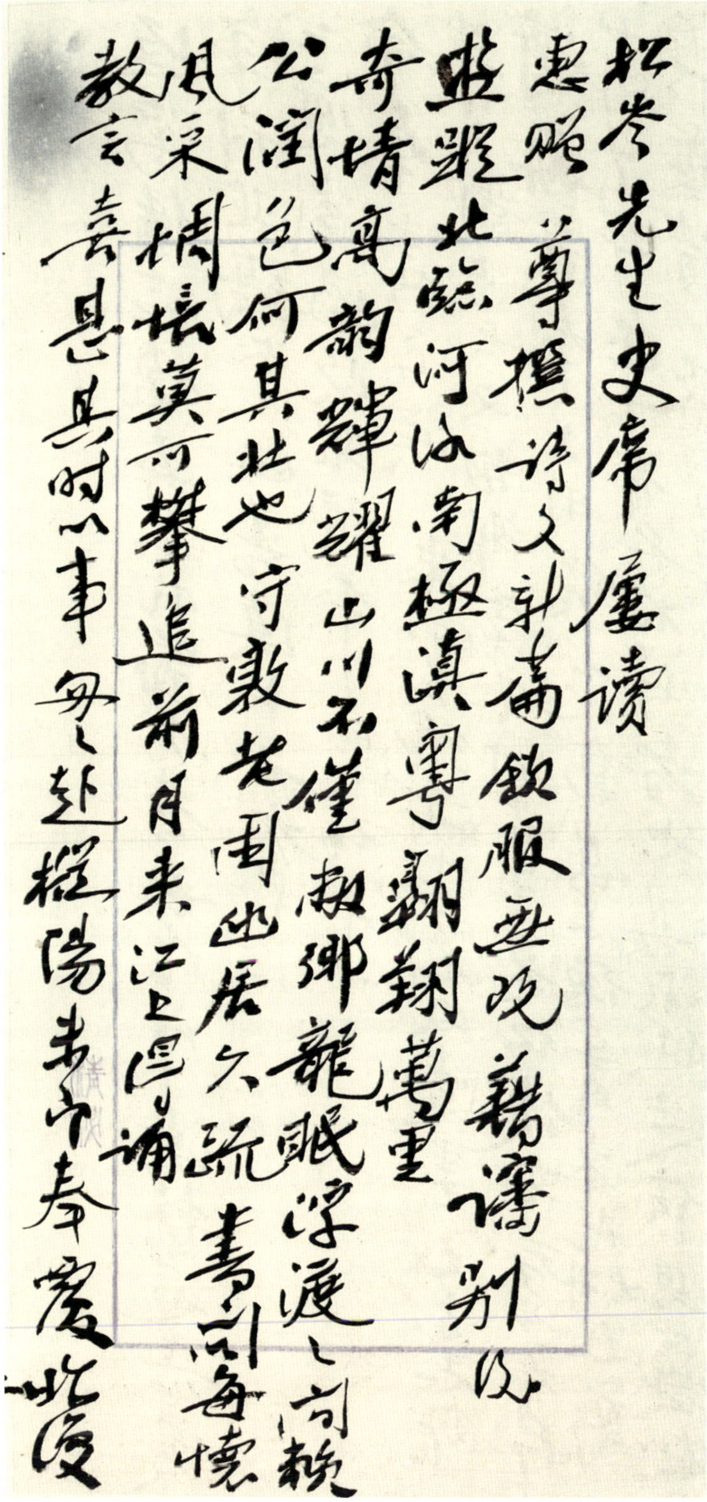
松岑先生史席屡讀
惠貽尊撰詩文新篇欽服無既藉諗別後
遊蹤北歷河汾南極滇粵翱翔萬里
奇情高韻輝耀山川不僅傲鄉龍眠浮渡之間頡
公閭邑何其壯也守敦老圃幽居久疏書問每懷
風采惆悵莫可攀追前月來江上得誦
教言喜悉其時以事匆匆赴樅陽未克奉晤一悵

F01（2-1） G13.5cm×28.5cm

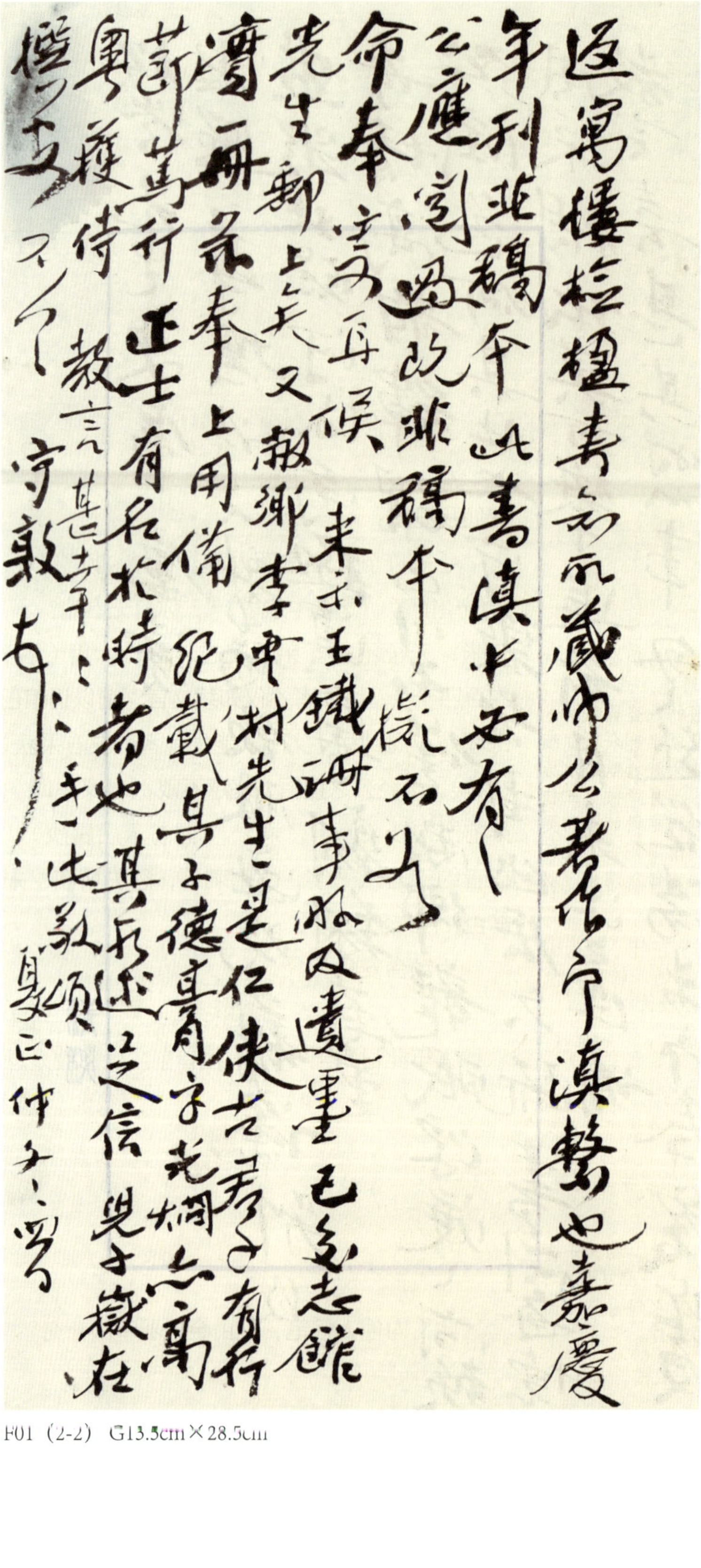

返寫樓檢樞書亦承藏於公者行滇繫也嘉慶年刊非碣本此書滇中亦有之
公應劉過改非碣本據石文
命奉寄再候 來示王鐵珊事略及遺墨已交志館
先生郵上矣又 敝鄉李雪村先生是仁俠古君子有行
實一冊存奉上用備 紀載其子德真字光炯亦高
藹萬行 正士有名於時者也其兄述之信見于嶽在
粵穫侍 教言甚未十十 手此敬頌
擾擾之 不一 守敦頓首 勛正 仲冬十二日

F01（2-2） G13.5cm×28.5cm

# 金天羽　三〇通

## 一、三月初日致方树梅

〔录文〕

臞仙我兄鉴：

手书昨到，当酌照办理。杨娥[①]业已见之，王向极[②]传仍望能考。乾隆《东华》[③]，你有无奏谕？不然，空言、夸张，无征不行。弟撰皖志传百廿六篇（后又加十余，约百四十），可读者不仅如续文言。前以语馆已印，六本寄惺翁［周钟岳］。所以能生色者，左右采获事实綦多。《滇候》虽经公之搜辑，终感不敷。《经义述闻》[④]当访寄。弟前饬人抄《滇事总录》[⑤]（惺翁示后属抄），专记吴三桂者约二万八千字，岁阑刺促，忽失所在，未知已寄惺翁否？望一查之。

手颂台安！

翩　顿首　三月初日

去年此日正到安南[⑥]。回首前尘，忽胜太息。

筱泉［何秉智］兄代歉

〔笺纸：朱丝八行〕

〔解读〕

此札为他人代笔，又由金天羽审阅补充。

①杨娥：明朝末年，昆明黔国公沐天波府中女护卫。她容貌娇艳，武艺高强，在当地甚有名声，一般的飞盗蠡贼对她莫不闻风丧胆。永历皇朝率部众逃往缅甸时，杨娥被黔国公沐天波进献给永历皇帝做了御前护卫。永历皇帝被吴三桂杀害后，杨娥长期处心积虑设计行刺吴三桂，终因天公不助而愤愤死去。抗日战争时期，有话剧《杨娥传》演出，以激励国人的民族气节。

②王向极：字拱亭，号存轩。云南剑川人。能强记，博涉多通。乾隆庚辰（一七六〇）举人，设帐授徒以自给。

③《东华》：指《东华录》。编年体，清代史料长编。有"蒋录""王录"两种。乾隆三十年（一七六五），重开国史馆，蒋良骐任纂修，就《清实录》及其他官书文献摘录清初六朝五帝史料，成书三十二卷。以国史馆在东华门内，故题为《东华录》。

④《经义述闻》：王引之著，初刊于嘉庆二年（一七九七），是一部从经学、小学和校勘学角度研究《周易》《尚书》《诗经》等经典的著作。

⑤《滇事总录》：清庄士敏撰。

⑥安南：越南古称。

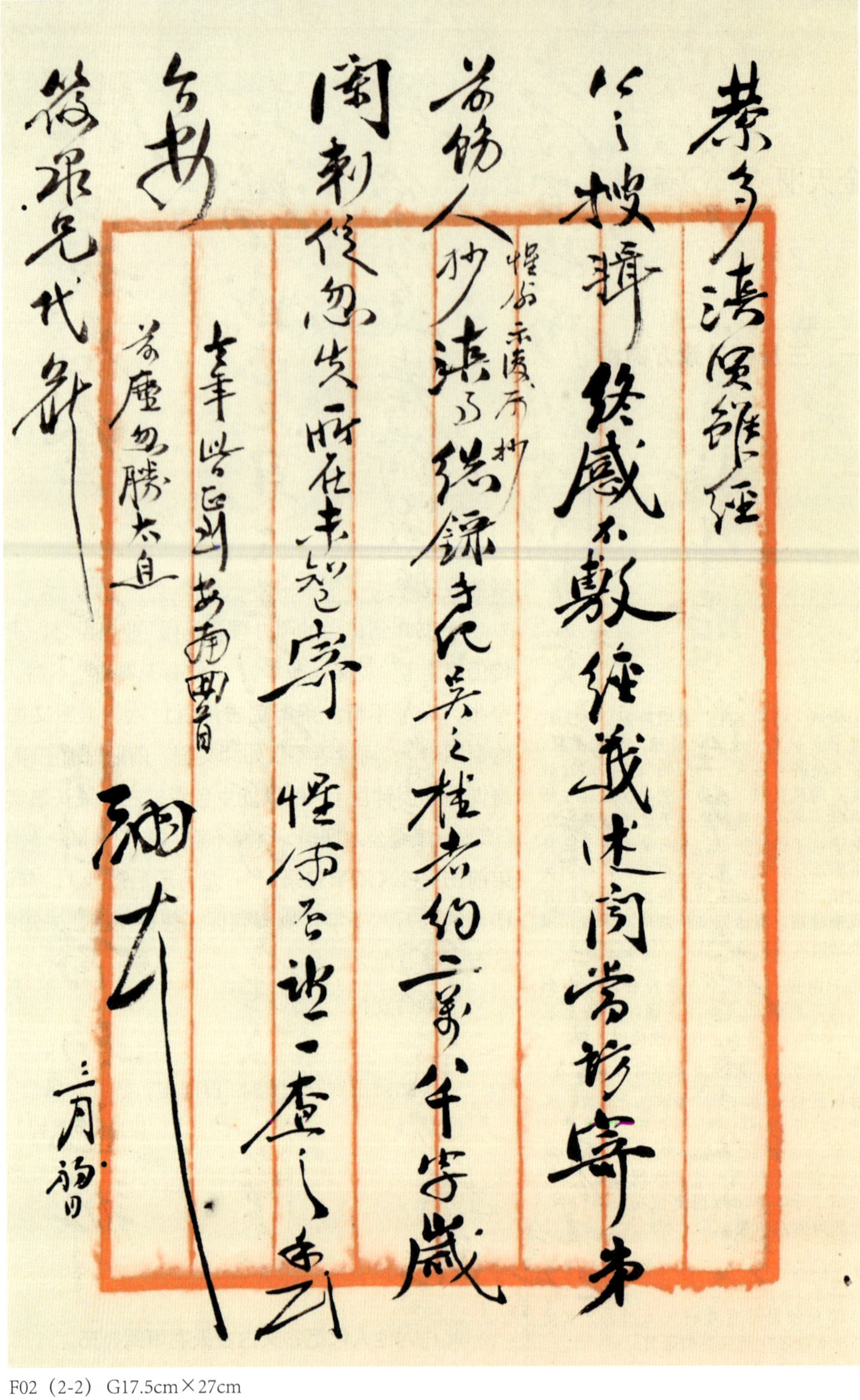

恭[illegible]涛贤[illegible]经

以之披[illegible]，终感不敷，经义迷[illegible]，常[illegible]寄来

[illegible]人抄，涛乃[illegible]录[illegible]民吴之桂者约二万余字，岁

阅[illegible]後，忽失所在，未知是否寄[illegible]否，请一查之示知

台安

[illegible]

F02（2-2） G17.5cm×27cm

臞仙我兄鑒：手书昨到，当即照辦。

短楊賊出已見之王向極述，特仍請孫致札隆東

華，保育之奏諭不能也。守寺房張之士撥不行，亦撰皖

先傳百共篇（後又加十餘篇，約百四十）可讀，亦僅也。續文字容以已（語作）

印本寄　慳翁時以疏生色者，左右采獲之實

F02（2-1） G17.5cm×27cm

## 二、中秋前一日致方树梅

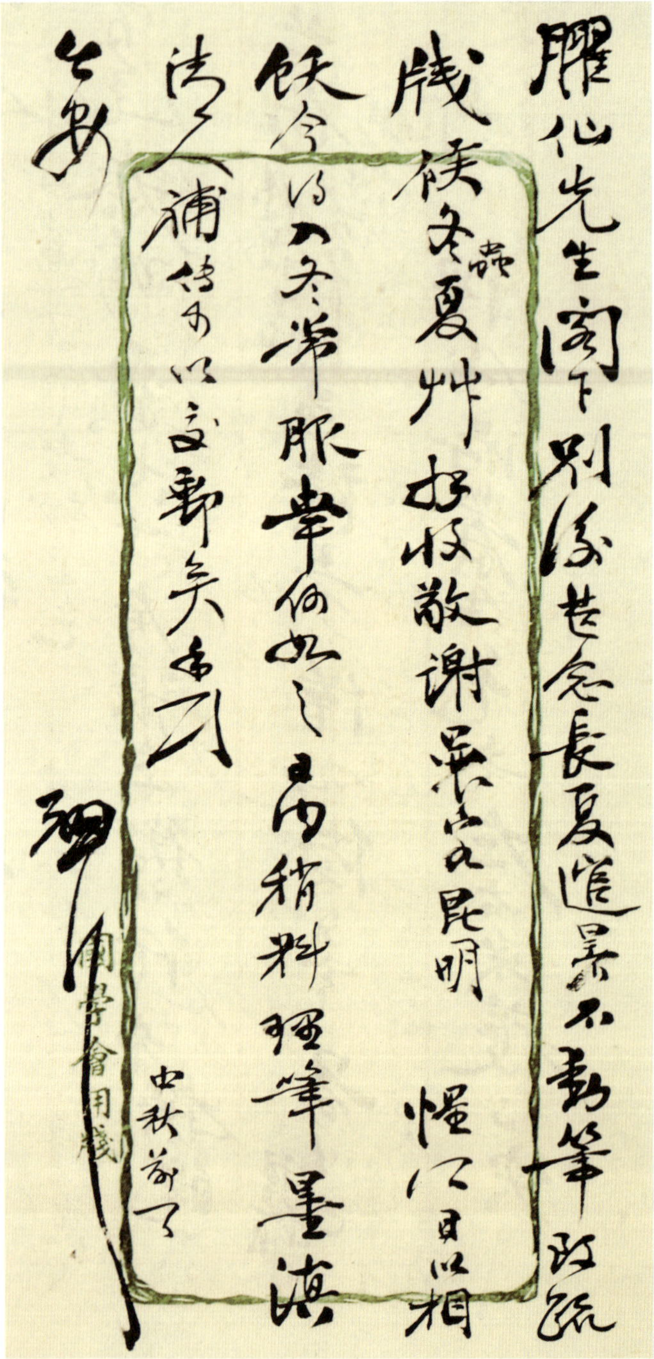

F03 G13.5cm×27.5cm

〖录文〗

臞仙先生阁下：

别后甚念，长夏逭暑，不动笔，致疏，笺候。冬虫夏草拜收，敬谢！曩客昆明，惺翁［周钟岳］日以相饫。今得，入冬常服，幸何如之。日内稍料理笔墨，滇清人补传可以交邮矣。

手颂台安。

翮　顿首　中秋前一日

〔笺纸：国学会用笺〕

〖解读〗

一九三二年，金天羽来滇。此札应成于来滇之后。

## 三、明碑传集事致方树梅

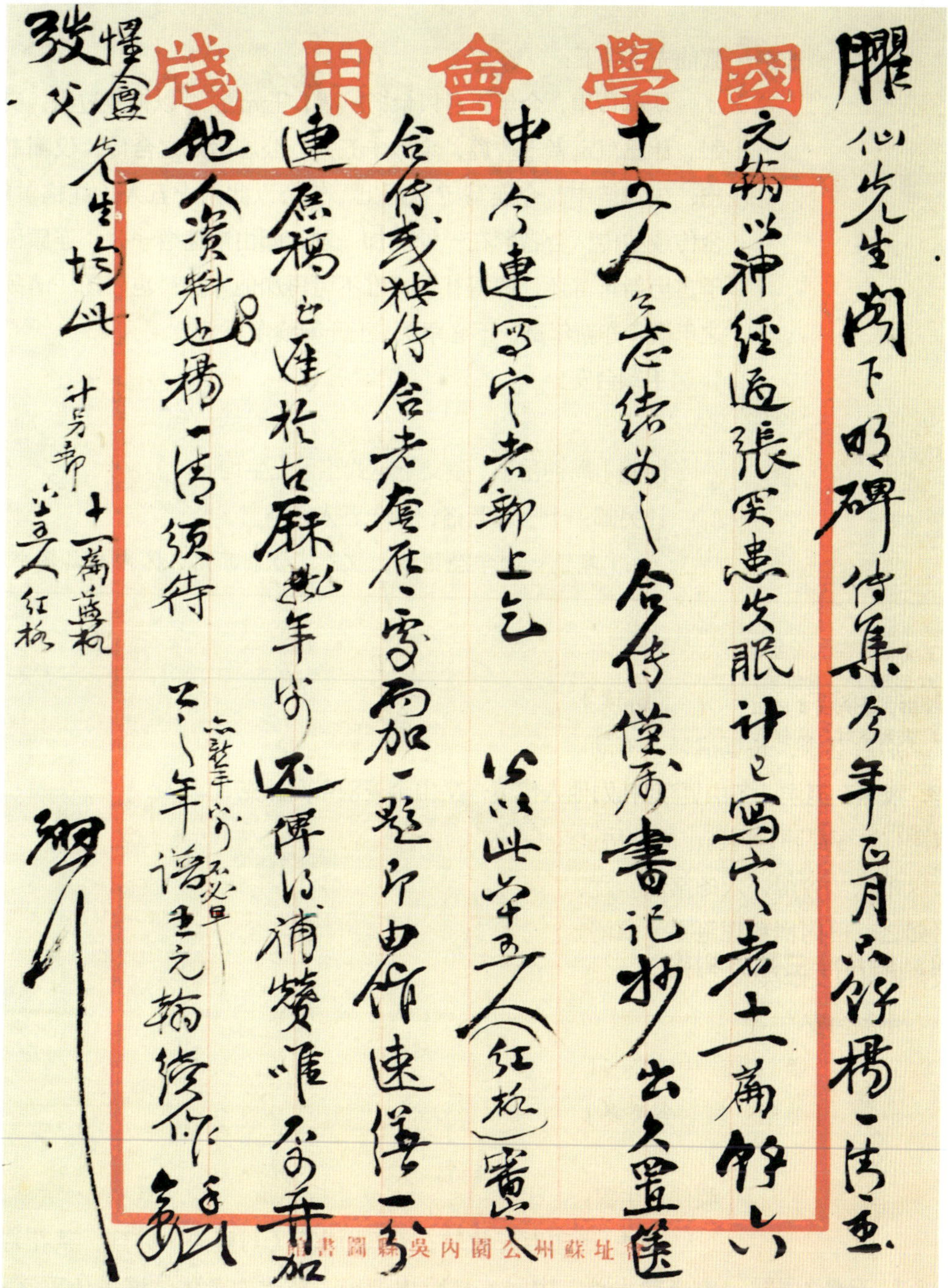

國學會用箋

臞仙先生閣下：明碑傳集今年正月只鈔楊一清止。之翰以神經過張，實患失眠，計已寫定者十一篇，鈔六十二人，忽忽結局了。令侍僮書記抄出，久置篋中。今連寫定者郵上，乞公以此十二人（紅板）審定，合傳或獨傳，合者奪在一處，而加一題，即由尊處速僱一手連原稿也匯於吾處，於年內還，俾得補纂，唯不必再加他人資料也。楊一清須待

惺盦先生均此

會址蘇州公園內吳縣圖書館

F04 G20cm×27cm

〔录文〕

臞仙先生阁下：

明碑传集，今年正月只余杨一清、王元翰[1]。以神经过张，突患失眠。计已写定者十一篇，余六十五人，公志绪为之合传，仅嘱书记抄出，久置箧中。今连写定者邮上，乞公以此六十五人（红格）审定。合传或独传，合者套在一处而加一题，即由馆速缮一分，连原稿至迟于古历新年寄还，俾得补赞，唯不可再加他人资料也。杨一清须待公之年谱（亦新年寄，不必早），王元翰续作。

手颂台安！

翩　顿首

惺庵［周钟岳］、弢父［赵式铭］先生均此。

计另邮：十一篇蓝格；六十五人红格。

〔笺纸：国学会用笺。文：“会址苏州公园内吴县图书馆”〕

①王元翰（一五六五～一六三三）：字伯举，号聚洲。世为南直凤阳人。朱元璋时，从征六诏有功，授武略将军，世袭，遂家于滇。

〔解读〕

此札为他人代笔，又由金天羽审阅补充。

## 四、闰月十三致方树梅

〔录文〕

臞仙先生鉴：

李志[1]晒印百元收转；《乐山集》《封建志》亦到。茶花诗在各家百数十首，中间不易跳出范围，故改为禁体，屏去色采字不用，且各家多犯一病，即搜罗无数红字，咏茶花可咏广州木棉，亦可咏

①李志：应指李元阳编写的万历《云南通志》。

红牡丹，亦无不可。如宋芷湾[2]“天半朱霞立异人”句，诗固好矣。究何题邪？弟红棉诗无此病矣，茶花诗此病亦少。两诗不必佳，聊以避熟就生耳。诗不日寄上。《生死交情》一书请作一节，略缮两分寄弟，俾询皖人。

手颂台安！（璞安［秦光玉］先生代歉）

翮　顿首　闰月十三

《茶花小志》方发抄。

〔笺纸：中国电影明星笺。文：“上海联益贸易公司制”。图：黄筠贞像〕

〖解读〗

此札为他人代笔，又由金天羽审阅补充。

金天羽所作的所谓茶花禁体诗：

**茶花**

（用禁体。呈树五［袁嘉谷］、夔举［由云龙］、申甫[3]、星海［赵式铭］。）

滇维宝王国，地宝今古藏。蛆蝓气旁达，四境环高岗。腾跃为人文，氏族非汉唐。瑰材时挺生，一洗蛮与荒。余气钟是花，南面骄东皇。（滇中山茶，高者丈许，花如牡丹，宝珠最胜。冬作花，至二三月，余来昆明犹得见之。）丰台芍药多，牡丹富洛阳。形态信华妍，讵涵百宝芒。滇又古佛国，迦叶营道场。花名曼陀罗，开花示吉祥。碧鸡金马间，闪闪摇神光。花如菩萨面，发彩照殿廊。树如金刚身，叶厚犀甲强。百枝玲珑灯，万言锦绣肠。文干挺奇姿，丽若班与扬。袍带裹山川，盘盂施天浆。银潢一天孙，织室千机张。日月两天子，宫中万嫔嫱。春游涉昆华，被服姬与差。寒门烛龙开，阿阁大凤翔。宝井碧霞多，根枝嫩胰肪。花神十二宫，膜拜灿成行。尽摄《华严观》，册尔大宝王。春晚我游滇，已过好年芳。高花三五

②宋芷湾：即宋湘（一七五七～一八二六），字焕襄，号芷湾。嘉应州（今广东梅县）人。著名的诗人、书法家，政声廉明的清官。他出身贫寒，受家庭影响勤奋读书，年轻时便在诗及楹联创作中崭露头角，被称为“岭南第一才子”。《清史稿·列传》中称“粤诗惟湘为巨”。

③申甫：应指周钟岳。周钟岳，字生甫，此“申甫”应为“生甫”之误。

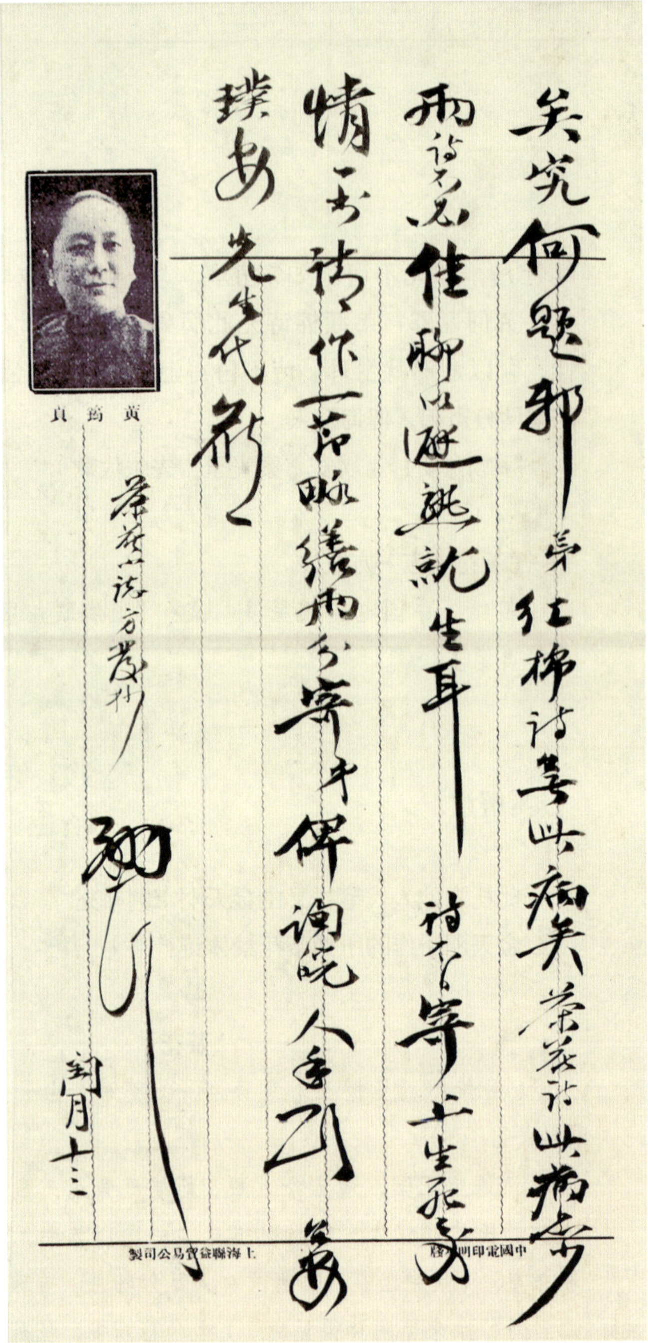


F05（2-2） G13cm×26.5cm

朵，如晋娄尾觞。希有固见珍，我来况赢粮。品第有嘉谱，容我捆平章。携种倪东归，树之红鹤庄。千花照四座，桃杏挥门墙。

通俗理解所谓禁体诗，大致是避开了一般诗作中难以避免的字词等元素，以追求不落俗

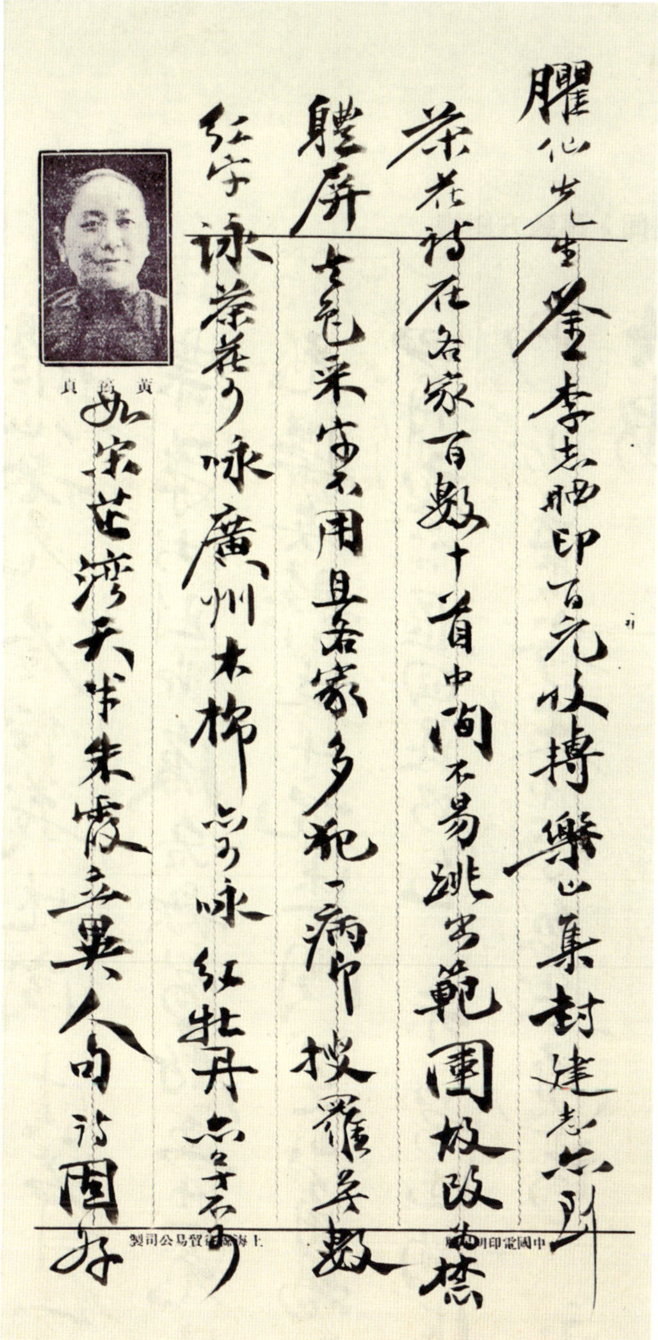

F05（2-1） G13cm×26.5cm

套、提升难度、显示水平等效果。以此推之，世俗中那些骂人不带脏字的高级骂也可以称之为“禁体骂”了。

茶花诗的问题，还可参阅 F15。

## 五、《经义述闻》事致方树梅

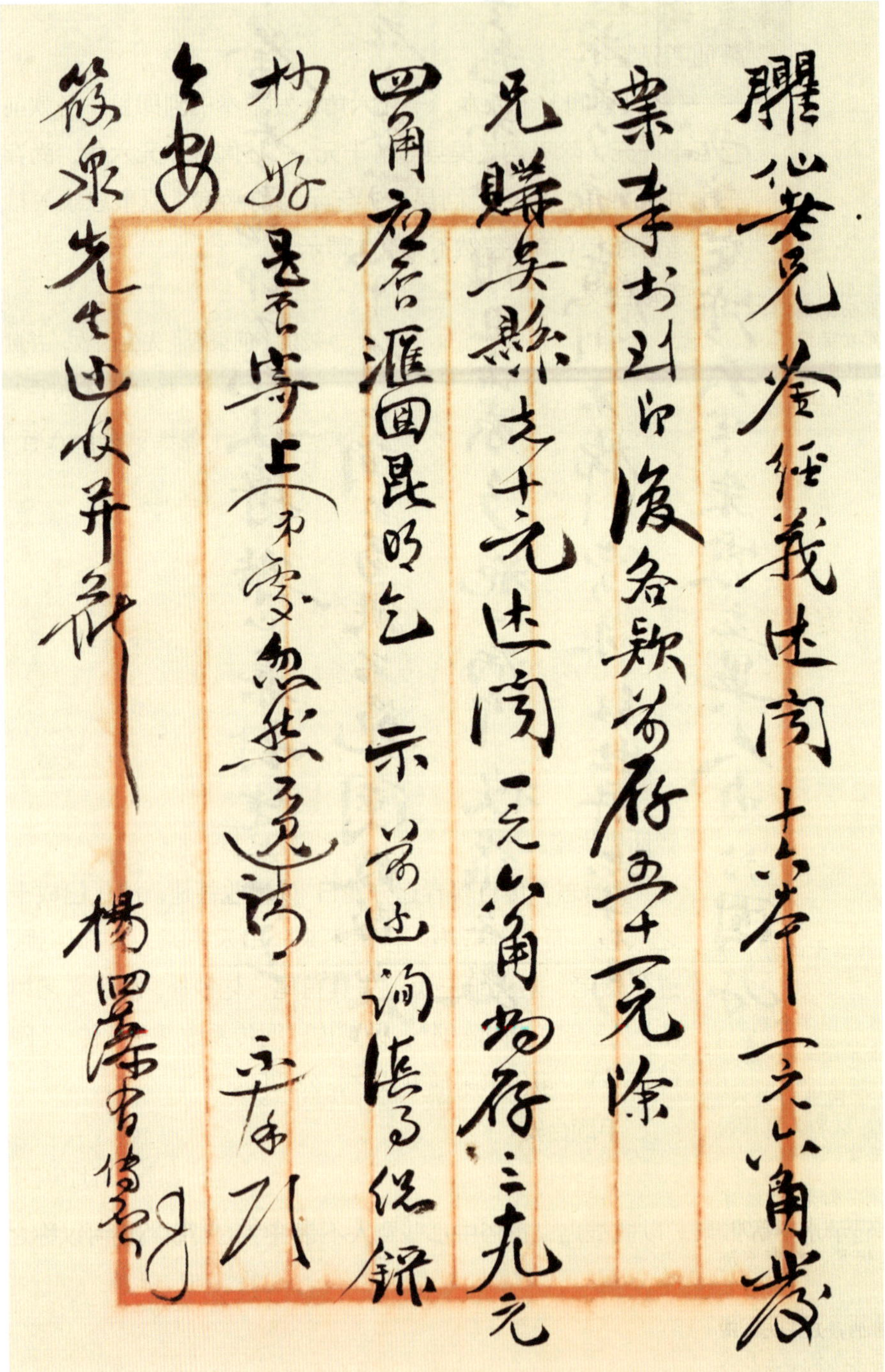

F06 G17.5cm×26.5cm

〖录文〗

臞仙老兄鉴：

《经义述闻》十六本，一元六角，发票奉书到即复。各款前存五十一元，除兄购《吴县志》十元，《述闻》一元六角，尚存三十九元四角。应否汇回昆明？乞示。前函询《滇事总录》抄好，是否寄上（弟处忽然不见）？请示。

手颂台安。

筱泉［何秉智］先生函收，并歉

杨泗藻[1]有传否？

〔笺纸：朱丝八行〕

①杨泗藻：字杏泉。云南丽江人。岁贡生。以军功劳绩叙奖同知，掌浙江权临海县，卒于官。《丽郡诗征》录诗二十五首。

## 六、五月晦日致方树梅

〖录文〗

臞仙先生鉴：

《滇志》传自暮春迄分龙日[1]成，业甚速，清代已成十之八强。而天忽奇热，霉雨不来，田禾焦死，人亦苦顿，遂尔辍笔。附上纸三页，失其首尾，乞抄补之；《文艺捃华》[2]三奉寄，内陈纲[3]、杨娥传。纲传系改缪彤[4]传（《碑传集》），娥传弟采他书成之，公谓何如？

手颂台安。

翾　顿首　五月晦日[5]

〔笺纸：朱丝八行〕

①分龙日：旧俗五月二十四为“分龙日”。

②《文艺捃华》：苏州国学会期刊，一九三四年所创，金松岑主编。

③陈纲：字五常。云南易门县人。明末清初军事人物，以忠义勇猛闻名，死时年仅二十三岁。

④缪彤（一六二七～一六九七）：字歌起，号念斋。江苏吴县（今苏州）人。清代第十二位状元。作有《陈纲传》。

⑤晦日：指农历每月的最后一天，即大月三十日、小月二十九日，正月晦日作为一年的第一晦日即“初晦”。

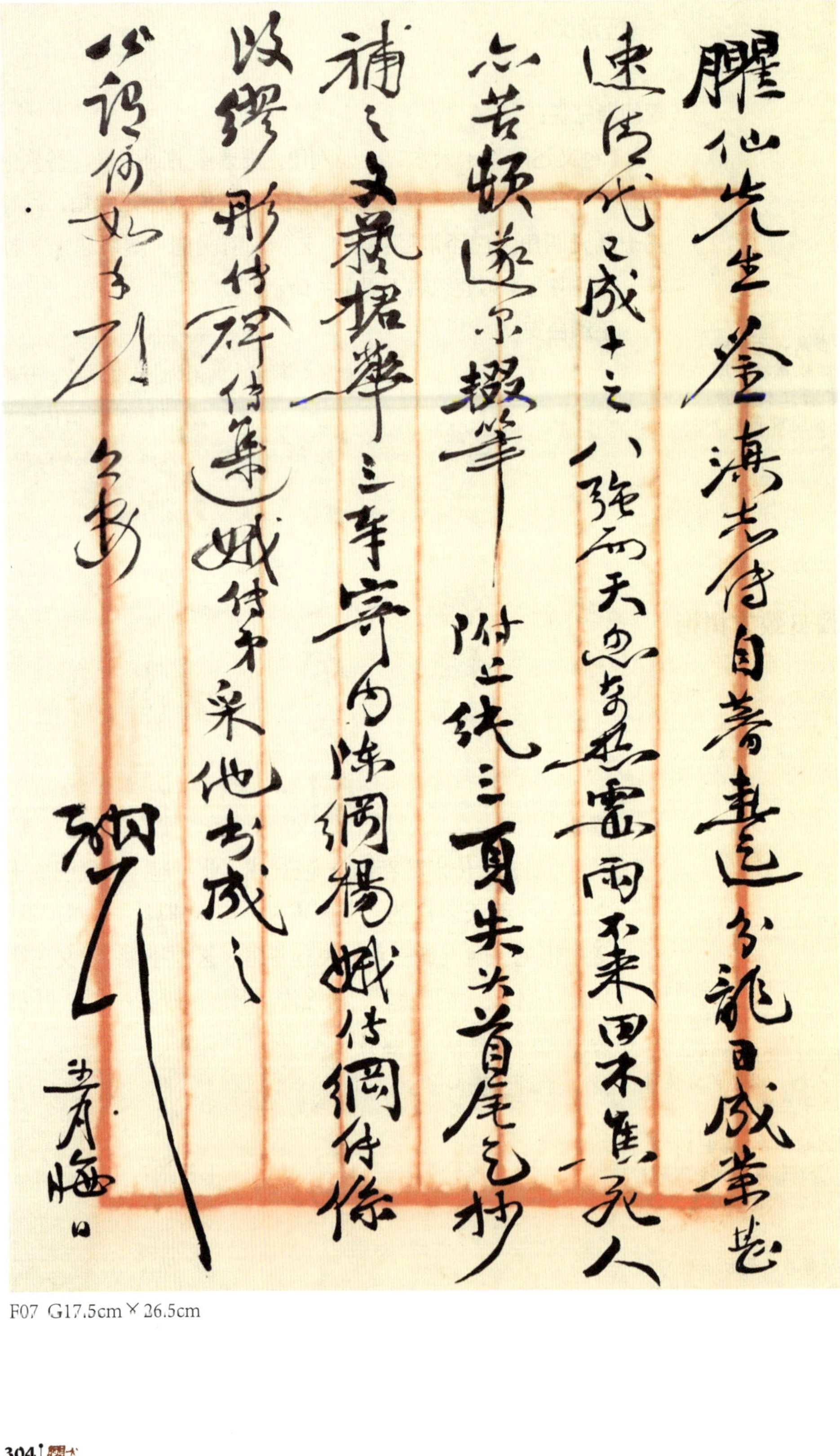

臞仙先生鑒：滇志傳自著書迄今號曰成業巷，速成代之成十之八，強而天忠無雲雨不來田不集一死人，亦若頓遂不綴筆。附上紙三頁，失頭首尾，乞抄補之。文藏據筆三年，寄內陳綱、楊娥傳，綱傳係改謬，形傳、碎傳、集娥傳不采他書成之，以證何如乎。即頌冬安。

納乙

十一月晦日

F07 G17.5cm×26.5cm

## 七、《吴县志》事致方树梅

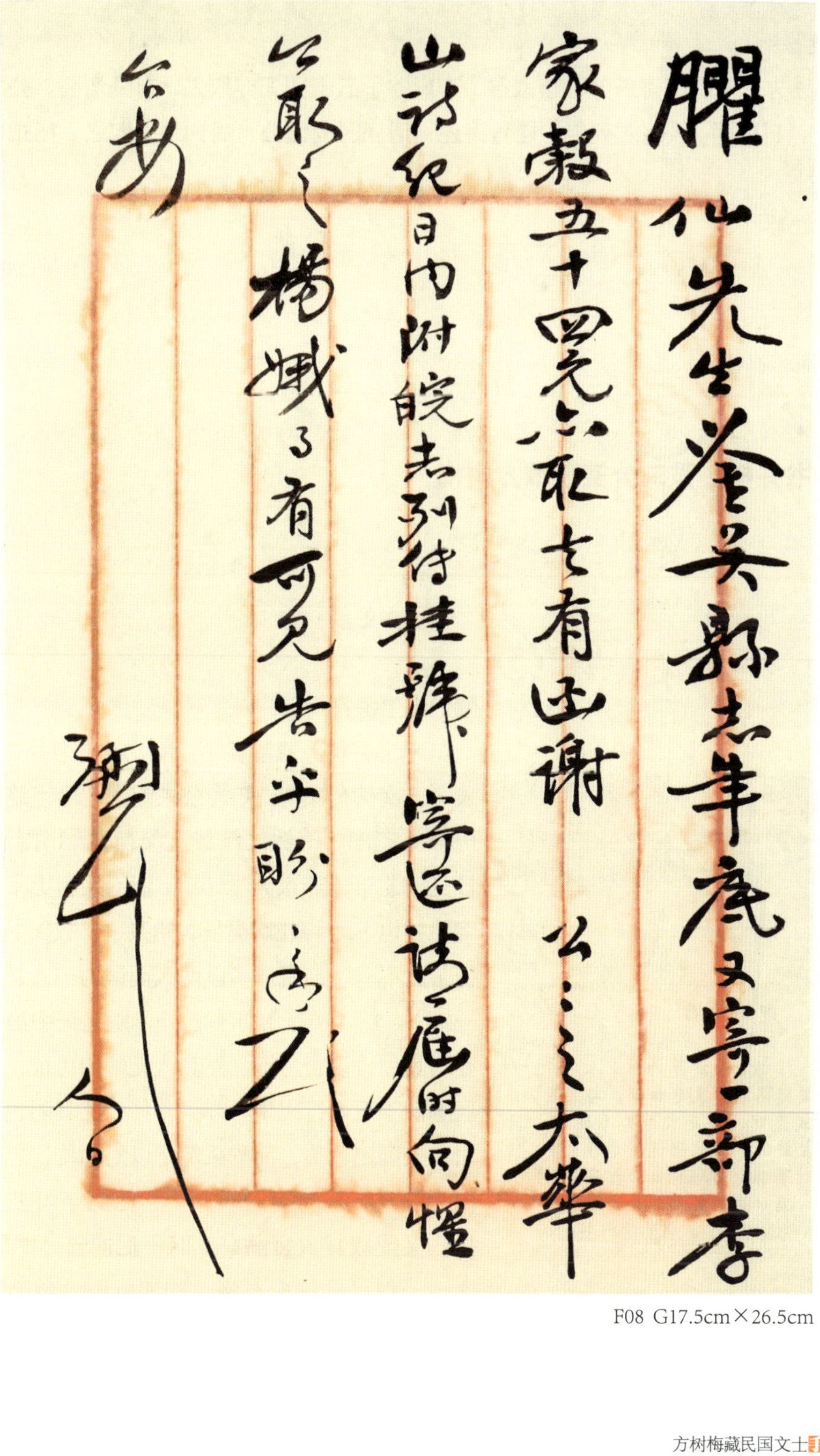

臞仙先生：荃吴县志年底又寄一部，李家穀五十四元亦取去，有函谢。公之太华山诗纪日内附皖志列传挂号寄还，请届时向惺公取之。杨臧子有可见告乎？盼盼。承台安

刘

F08 G17.5cm×26.5cm

〖录文〗

臞仙先生鉴：

《吴县志》年底又寄一部，李家谷［李嘉谷］五十四元亦取去，有函谢公。公之《太华山诗纪》，日内附。《皖志列传》挂号寄还，请届时向惺公［周钟岳］取之。杨娥事有可见告乎？盼！

手颂台安！

翮　顿首　人日

〔笺纸：朱丝八行〕

## 八、手书并树、弢二公笺事致方树梅

〖录文〗

臞仙先生鉴：

手书并树［袁嘉谷］、弢［赵式铭］二公笺均采入《云南碑传集》，知为公未定本。今当略论者：碑传今有三部，一钱二缪续三闵葆之[①]（尔昌）补（约廿元，北平、燕京大学印），皆不采国史（传以其文字芜蔓也），《耆献[②]类征》始采之，故闵书颇识《类征》之不善（最荒唐者以两人而误为一人，不善非此一端）。然《类征》亦有善处，则笔记中虽数百言者亦附其后，以资考证。然其人无碑传可征，乃以墨采居画识等五六行之事，亦列一传，此其陋也。故公所辑宜去国史列传，而酌采笔记以附诸传，之后又读碑传者往详，籍贯有时举一字，而此字可彼是，又此是，又或叙其人官藩臬，而不记何省，此固作文者之疏，似可仿钱衎石例，酌加按语。今弟悉标于书

①闵葆之：即闵尔昌（一八七二～一九四八），初名真，字葆之，号黄山，晚号复翁。江都（今江苏扬州）人。秀才出身。文史名家。袁府幕僚，与袁世凯及其子袁克定、袁克文等关系密切。闵工诗、古文辞，博闻强记，尤喜文史考据之学，著有《雷塘词》《雪海楼诗词存》等，编《碑传集补》六十卷。曾参与纂修《清儒学案》。书法擅行书。

②耆献：耆宿。

眉，将来汇集，开单请公查示。又公屡称鹤峰［李因培］先生，而鹤峰传似未有。大致缺者尚多，当汰者亦不少也。弟清代已竟一半，年底稍休。曩与惺公［周钟岳］为笔墨小战，丝毫无芥蒂，今已结互不侵犯条约矣。《吴县志》只存一部，今寄上（前两部均挂号），或小泉［何秉智］兄或惺公，何人得之。计公自购一部外，李生［李嘉谷］应得洋五十四元。印公［李根源］苦不常在苏，幸日内归，明日又当去山，当嘱令李生来舍付之也。

手颂台安！

翩　顿首

尹壮图③、王乐山④传如何办法？

醉句命口呵冻

〔笺纸：瓦楞朱丝八行〕

〖解读〗

此札为他人代笔，又由金天羽审阅补充。

③尹壮图（一七三八～一八〇八）：字万起，一字楚珍。云南蒙自人。于乾隆三十一年（一七六六）考中进士，后入阁任内阁学士，兼礼部侍郎。

④王乐山：即王崧（一七五二～一八三七），字伯高，又字酉山、石仙，号乐山。云南浪穹县人。嘉庆四年（一七九九）进士。授山西省武乡县令。主要著作有《云南备征志》、《说纬》六卷、《乐山制艺》、《乐山诗集》等。

以所輯宜去國史列傳而酌采筆記以附諸傳後又諸碑傳者往
詳籍貫者附筆一字而此字可從省可此邑文獻無人肯補集
而不記何省此國朝文者之統似可仿錢衎石例酌加按語令申忠標千古
眉州來彙集閩學請之
以查示之　以廣稱鶴峰先生而鶴峰侍御未有大段缺者
而多當代者亦不少也于清代之竟一半年底積休
畧也
慢以為筆墨小戰綿毫之士齊華　令之結至不侵

F09（3-2）　G17cm×27cm

臞仙先生座：手书并樹猷二公箋均拟入雲南碑傳集，知悉。

公未定本。今當略論者：碑傳今有三部：一錢，二繆續，三閔葆之爾昌補（仍其先輩所撰，燕京大學印），皆不采國史傳，以其文字蕪蔓也。耆獻類徵皆采之，故閱者頗議類徵之不善（不善一端。最荒唐者以兩人而誤為一人，不善如此）。然類徵亦有善處，則筆記中雜數百之中者亦附其後，以資考證，然其人之碑傳可徵乃以畢集居無識等充之，之可亦刻一傳，此其陋也。故

F09（3-1） G17cm×27cm

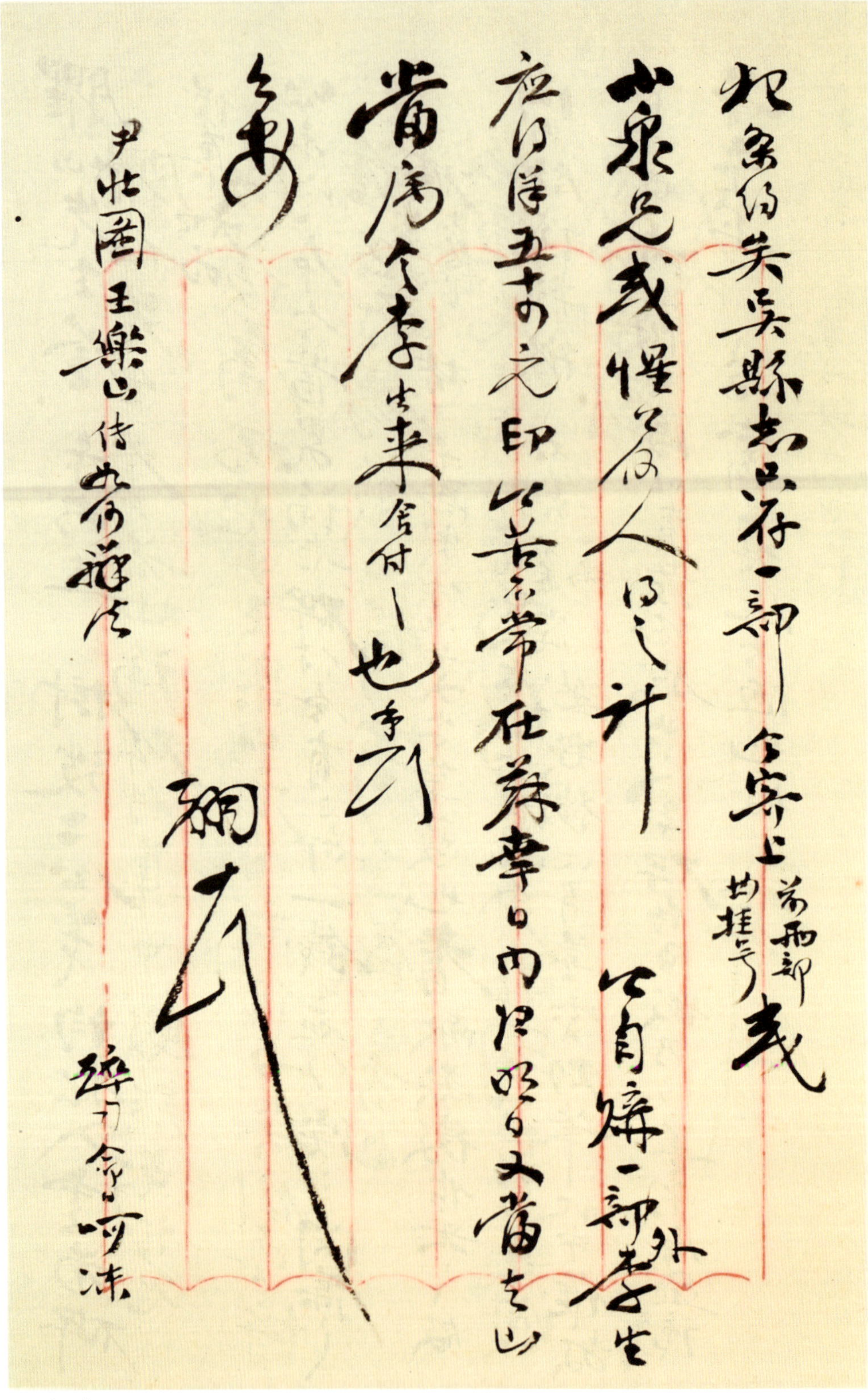

F09（3-3） G17cm×27cm

## 九、碑传集中数疑点事致方树梅

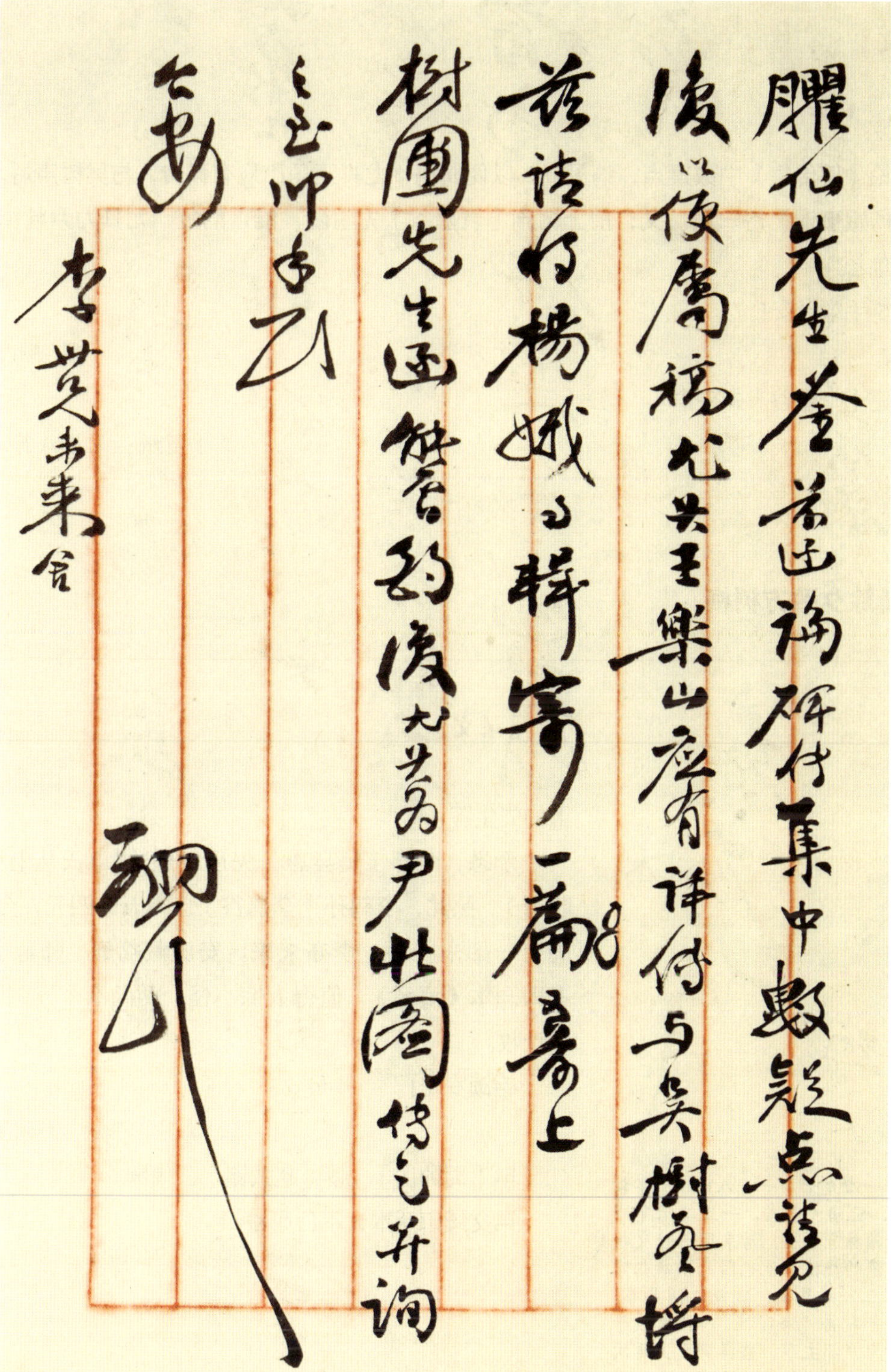

臞仙先生座右：前函论《碑传集》中数疑点，请览后以便属稿，尤其是乐山应有详传，与吴树梅将前请将杨娥之辞写一篇寄上。树园先生函能否转致，后尤其为尹壮图传之并询。专此叩乞

台安

李艺之弟朱合

顿

F10 G17.5cm×27cm

〖录文〗

臞仙先生鉴：

前函论《碑传集》中数疑点，请见复，以便属稿，尤其王乐山应有详传，与吴树声埒。兹请将《杨娥事辑》寄一篇。又，前上树圃［袁嘉谷］先生函，能否酌复，尤其为尹壮图传，乞并询之。

至叩。手颂台安！

翮　顿首

李世兄［李嘉谷］未来舍。

〔笺纸：朱丝八行〕

## 一〇、新除夕致方树梅

〖录文〗

臞仙先生鉴：

示悉。两部《吴县志》先后发递（“章氏丛书”收否）。照此，李鹤孙［李嘉谷］应得五十四元，今尚有一部未脱手，李亦未来。安庆藏荔扉［师范］书即刊本《滇系》，值得大惊小怪。两函奉李元阳[1]志计收。

手颂岁安！

翮　顿首　新除夕

申［周钟岳］、弢［赵式铭］公代歉。

弟文续印两本，不日可寄奉。

〔笺纸：瓦楞朱丝八行〕

①李元阳（一四九七～一五八〇）：字仁甫，号中溪。云南大理人。一五二六年中进士，初授翰林庶吉士，后来因为仗义执言，受到同僚的排挤，他也因此借故归家赋闲。一五三一年复出，官授江阴县令，在任期间，外抗击“海寇”，内施惠政于人民。后升为户部主事、监察御史，再次因直言而被贬为荆州知府，政声显著。致力编撰万历《云南通志》《大理府志》。

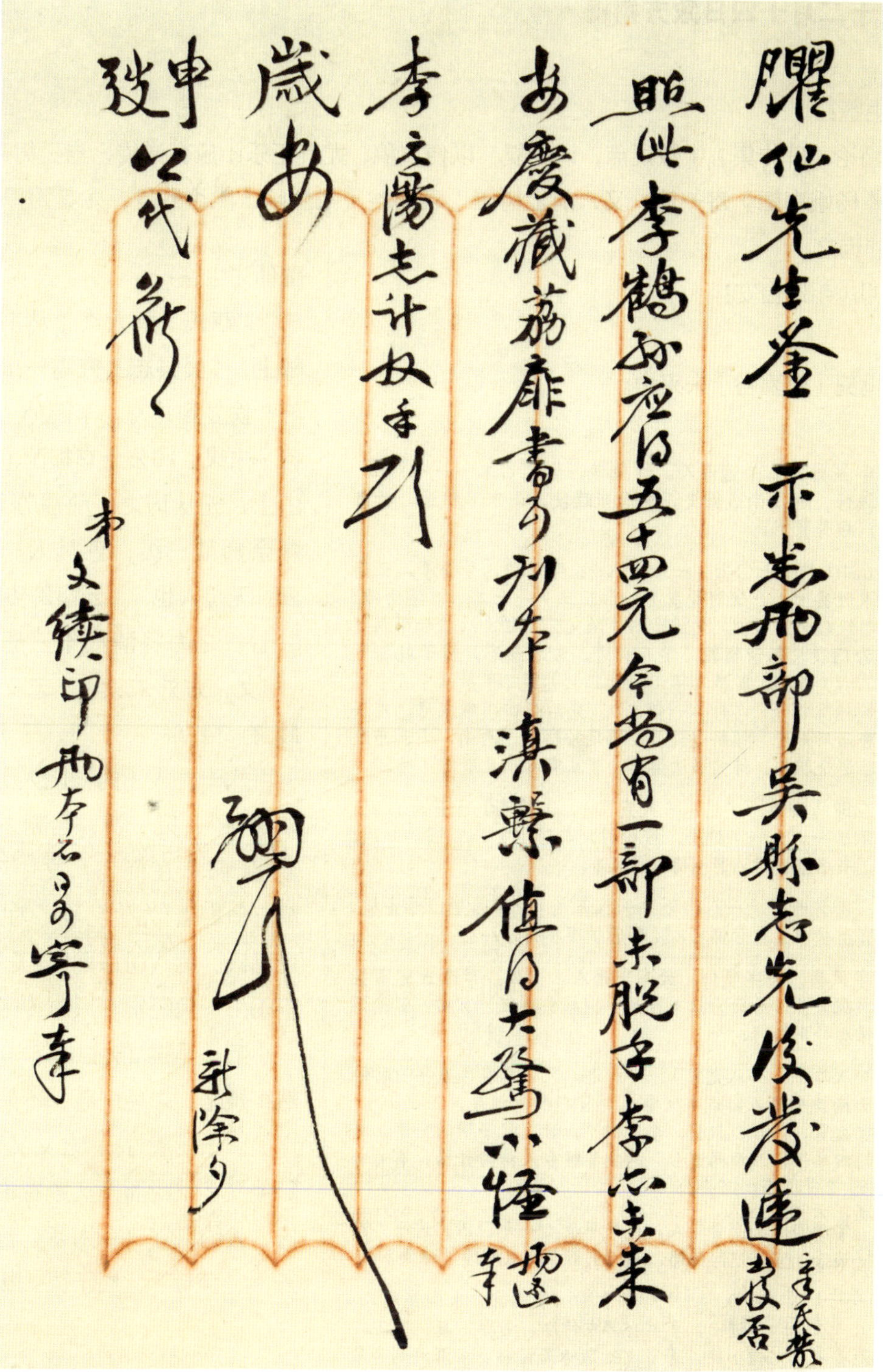

臞仙先生鉴：示悉。刑部、吴县志先后发还。李氏丛书收否？
照此李鹤年应得五十四元，今为有一部未脱手，李已来
要。庆藏苏扉书刊本滇系，值得大洋八十元，两送李
李文阳志计收五元。
岁安。
申以代笺
跋
翊灼
新除夕
本文续印刷本今日寄李

F11　G17cm×27cm

## 一一、十二月十四日致方树梅

〖录文〗

臞仙先生鉴：

"章氏［章太炎］丛书"已邮上，《吴县志》究需一部或两部？俟复到并寄。李鹤孙［李嘉谷］未来，印公［李根源］久在山上，无从访之。前往苏高中，剩余师范一级，查其人。校长云：无是人也。《云南碑传集》，以七日之力将清代十三册读讫（妇女、方外未读），忠义孝行最有精采，计十三册共一百八十九人（内一明人）。内如赵城[①]，只一赞，当删去。刘慥[②]所服官在何省？文中不著。第五册悔斋[③]先生名汝，为无姓，疑马氏。第八册许鼎望[④]无其名。王乐山一代经学，只志传中抄得一小节。吴桐[⑤]传注中有一小段，然终嫌略，未免削色，不如吴树声矣。十三册甘雨[⑥]之父又无名。其他文字空泛而无实迹者不能作传，大约以守、令为多。若何彤云[⑦]、黄琮[⑧]、周于智（既有于

①赵城：字亘舆。云南通海人。性纯孝。康熙乙未（一七一五）进士。授编修，转江南道御史，湖南布政使，山东督粮道，甘肃按察使等，颇著贤声。

②刘慥［zào］（约一七〇七～一七六八）：字君顾，号介亭。云南永北（今永胜县）人。父刘晟基（一六五三～一七二八，字景传）花甲后以明经应云州司训。刘慥十四岁随父云州任，后被云州刺史胡正笏收为门徒，躬亲指教，学业大进，文思愈宏。慥于乾隆元年（一七三六）中举，乾隆二年（一七三七）第三甲第八十五名赐进士，授翰林院编修，与修《一统志》。先后任四川顺庆府、重庆府、山东曹州府知府，镇扬道监司，福建按察使，河南、山西布政使，并署理巡抚职务。诗文书法俱佳，著纂有《永北府志》等。

③悔斋：应即马汝为。字宣丞（或宣臣），号悔斋。云南元江人。康熙三十年（一六九一）进士，授检讨，与修国史。官铜仁知府。才高学博，书名重一时。著《悔斋诗集》。

④许鼎望：即许开甲（一八〇一～一八五九），字鼎望，号鎏坡。云南人。官至护理蒙自营都司、元新营护理参将。

⑤吴桐：字凤岗，一字琴仙。云南宁州人。少孤，母李氏守节抚教。五华书院修业。后云南杜文秀乱，桐募乡兵征讨有功，云南巡抚岑毓英保荐补用知府。

⑥甘雨（一八二三～一八九五）：字润之，又字慰农，晚年自称卧云老人。云南姚安县人。咸丰间贡生，官广西州训导。工画山水，有逸致。有孟贤、仲贤、叔贤、季贤四子，甘氏父子同时出名，并且以"一门四举子，三步两道台"的盛举被乡人传为佳话，有《补过斋遗集》。

⑦何彤云：字赓卿。云南晋宁人。道光甲辰（一九〇四）进士，改庶吉士，授编修，官至户部侍郎。有《矢音集》《赓缦堂诗集》。

⑧黄琮（一七九八～一八六三）：字象坤，号矩卿。云南昆明人。道光六年（一八二六）进士，官至兵部左侍郎。告养回籍，掌五华书院。工诗善书，尤擅小楷。著有《知蔬味斋诗钞》《滇诗嗣音集补遗》等。

智，而于礼[9]又无之）名已熟闻，传乃无甚资料（不止此三人），此最感困难者。十二册吴孝先[10]，以明代人而羼入，又有复出者一二篇，而樾老［赵藩］之叔何立言[11]，何以姓何氏？凡此均望有以教之（鹤峰［李因培］李公似无传）。再，公手书往往不易认识。此答较长，恳属书记写之也。

手颂台安！（弟函无底，此信写出即不复记）

翩　顿首　十二·十四

〔笺纸：瓦楞朱丝八行〕

〖解读〗

这里的《云南碑传集》应该是云南方面提交给金天羽编写人物列传的一个资料稿本，请金天羽整理敲定。金以七日之功细审，中肯地提出了存在的问题，显示出大师的学术作风和品格。

此札为他人代笔，“恳属书记写之也”，又由金天羽审阅以小字补充。

⑨于礼：即周于礼。周于智乃周于礼的胞兄，进士出身，官拜按察使、中宪大夫等职。

⑩吴孝先：幼名虎儿。云南嶍峨人。洪武间，方十岁，随父出游，父为虎所攫，孝先惶遽间取父所佩刀斫虎腰，应手而毙，父得生还。人咸异之，一时称为“孝童”。

⑪何立言：字荩臣，一字石渠，晚号止斋居士。云南剑川人。本姓赵，宋燕懿王之裔，传十八世至鑑，嗣于何，三传至立言。四岁能击缶辨四声，脱口属对，长授学于世父琠。

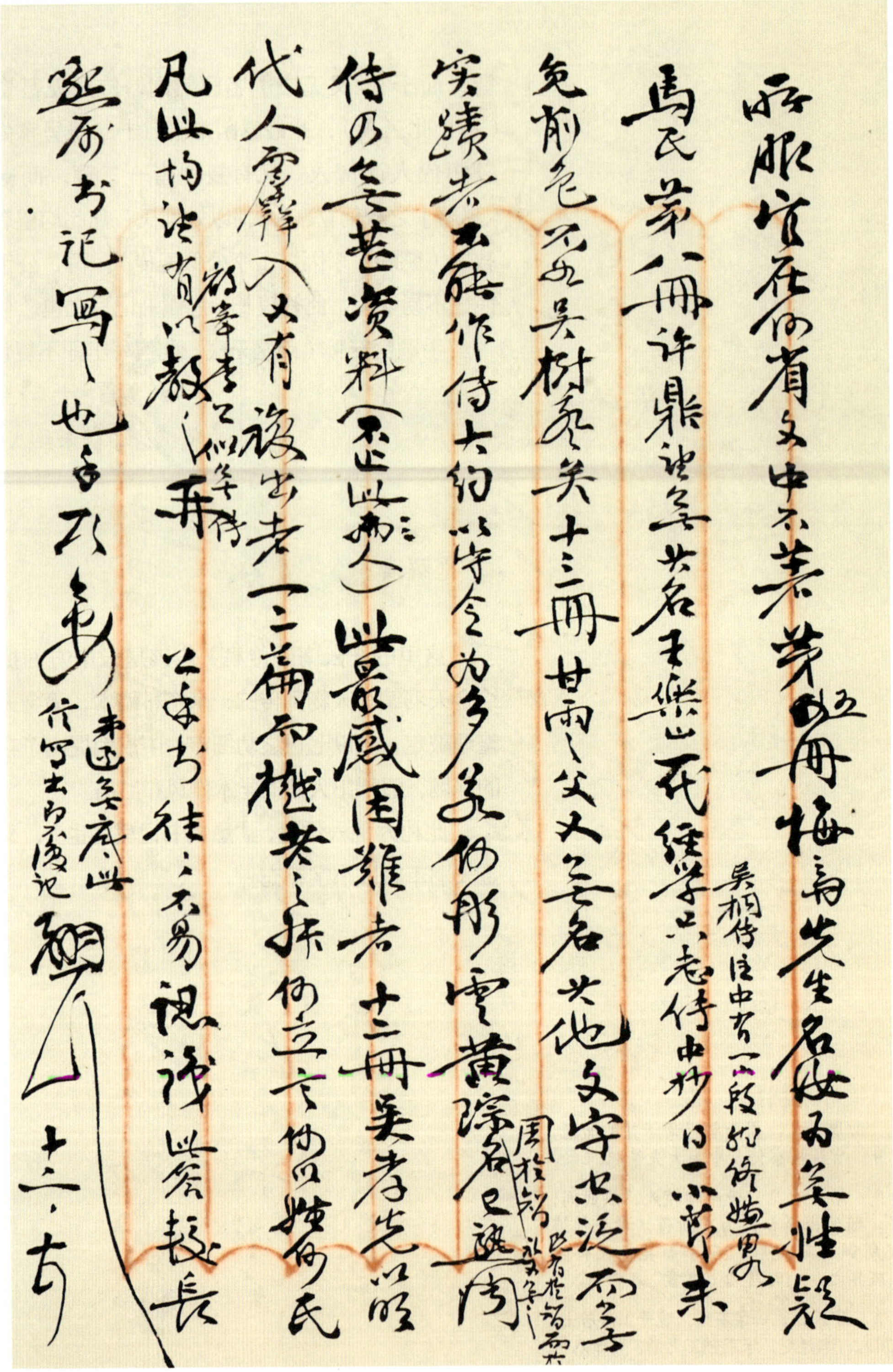

所說(?)宜在何省文中不著。第五冊梅爲先生名姓而吳姓疑
馬氏。第八冊許鼎諸家其名未樂山氏經學小志傳中抄一小節來（吳桐傳注中有一段紀係趙貫之(?)）
兔前已不安。吳樹爲矣。十三冊甘雨之父文之之名，其他文字也泛不妥（周枝銘 此有枝銘而於(?)……）
實績者未能作傳，大約此等今爲多。美(?)何形雲黃隱居已談周
侍乃各甚資料（不止此二人），此最感困難者。十二冊吳孝先以明
代人（索解人），又有後出者一二篇而概莫之抹。何立之傳以姓何氏
凡此均請有以教之，弗(?)（稍寧查之，似尚等待）以年代往之不易，祝請此答教長
並所記寫之也。手頌
年安（未及去底此代寫出而後記）
羅[illegible]
十二、十

F12（2-2） G17cm×27cm

臞仙先生鑒：章氏叢書已郵上，吳縣志究需一部或兩部，俟後函并寄。李鶴孫來，即以久在此上，善後訪之。當往蘇高中兼修師範一級查其人，校長云善是人也。雲南碑傳集以七日之力將清代十三冊讀訖（婦女方外未讀），忠義孝行最有精采，計十三冊共一百八十九人（內一婦人），內見趙城只一贊，當刪去與斷錯

F12（2-1） G17cm×27cm

## 一二、一九三四年重九致方树梅

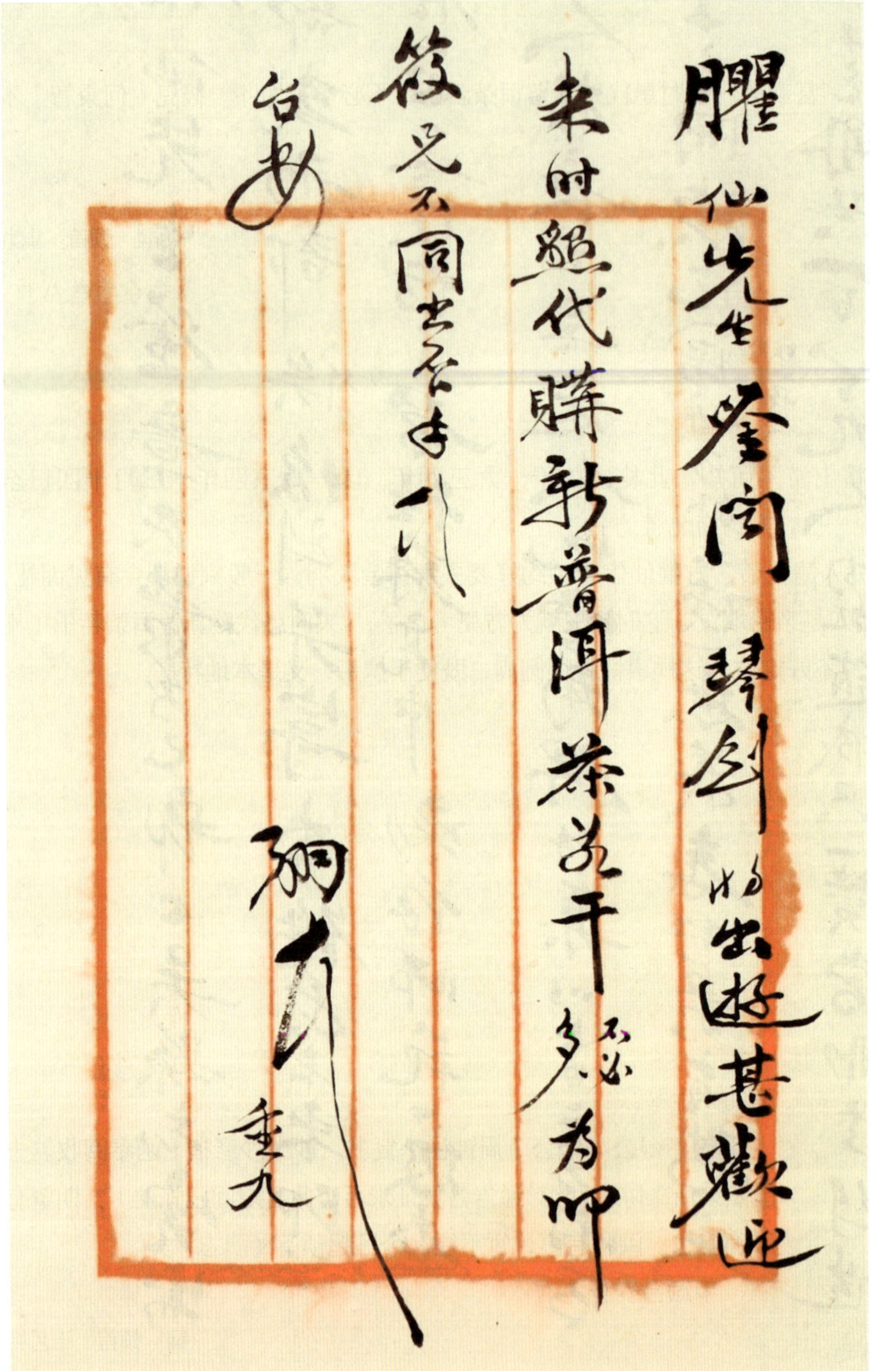
臞仙先生鉴问琴剑出游甚欢迎
来时烦代购新普洱茶若干多不论为叩
筱兄不同出否手此
台安
[illegible]
重九

F13 G17cm×27cm

〖录文〗

臞仙先生鉴：

闻琴剑将出游，甚欢迎。来时恳代购新普洱茶若干（不必多）为叩。筱兄［何秉智］不同出否？

手颂台安！

翩　顿首　重九

〔笺纸：朱丝八行〕

〖解读〗

由“闻琴剑将出游”可知，此札应成于一九三四年。因一九三四年十二月十四日至一九三五年七月十一日，方树梅北游访书。

文人们很讲究人情礼节，方臞仙信中预约好要去拜访金天羽，一般来说都会有见面礼，表达心意。由于两人是亲密朋友，这时金兄就为方兄考虑了，“来时恳代购新普洱茶若干（不必多）”，免得方兄不好定位。这样事情就很圆满，既便于携带，又是本地特产。

## 一三、十月朔致方树梅

〖录文〗

臞仙先生鉴：

久不得公与惺公［周钟岳］复书。沙［沙彦楷］函奉阅收。志能照弟所条陈由两馆[①]通告各县征求否（此言夏间已陈上）？期望有所确答也。闽将有事，暂不往。今日起预备《滇志》矣。

手颂台安！

翩　顿首　十月朔

〔笺纸：瓦楞朱丝八行〕

①两馆：应指云南省通志馆和云南省图书馆。

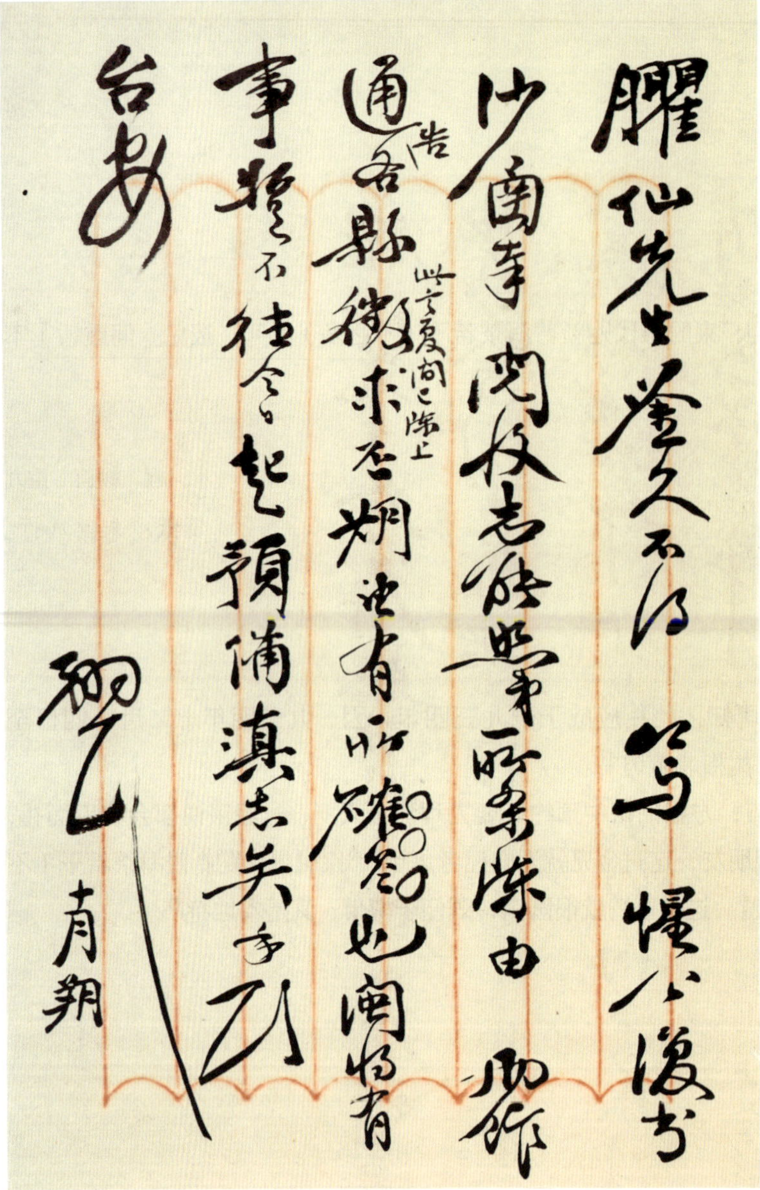

F14 G17.5cm×27cm

〖解读〗

此札为他人代笔，又由金天羽审阅补充。

金天羽负责《新纂云南通志》人物列传，他生来就是一个负责任的主，也不想砸了自己大家的牌子，要干就干最好。可眼下，自己有一个好建议寄上：由各县收集资料层层整理上报（实际就是按这个方案做的。这是后话），都几个月了，云南方面却仍然没有反应，与自己雷厉风行、追求办事科学性的作风不相称，觉得自己耗不起。而原来约定的交稿时间又紧，材料缺乏，无米下锅，如何安排好自己的工作，心中没底，难免着急，比较郁闷。

## 一四、屏联计收事致方树梅

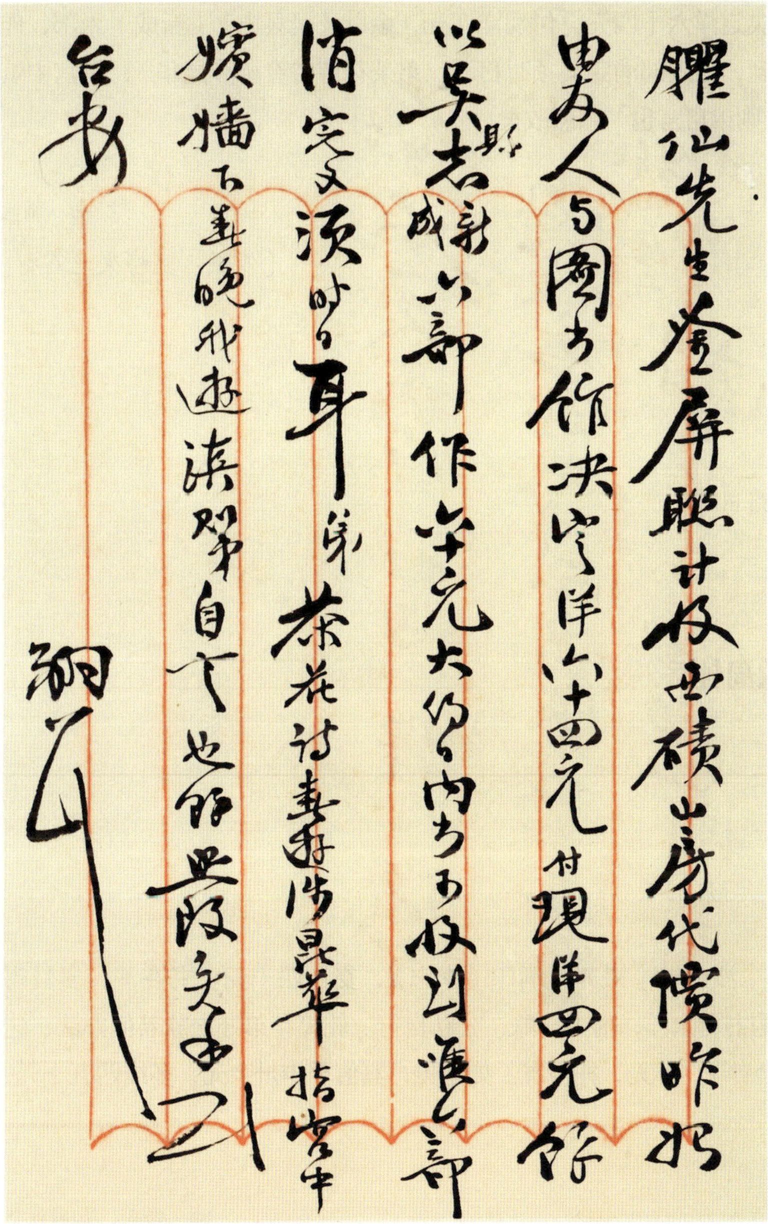

F15 G17.5cm×27cm

①屏联：书法作品样式，包括条屏和对联。

②《西碛［qì］山房》：作者蔡复午（一七六三～一八二一），字仲兰，号中来、伫兰。江苏吴县人。嘉庆六年（一八〇一）举人，先后主讲庆远宜山、岳州平江、平湖当涂、诸暨毓秀、东台西溪等书院。撰有《西碛山房诗录》《西碛山房文录》。

〖录文〗

臞仙先生鉴：

屏联[①]计收。《西碛山房》[②]代

价，昨始由友人与图书馆决定洋六十四元。付现洋四元，余以《吴县志》（新成）六部，作六十元，大约日内即可收到，唯六部消完又须时日耳。弟茶花诗“春游涉昆华”，指宫中嫔嫱；下，“春晚我游滇”，则弟自言也。余照改矣。

手颂台安！

翩　顿首

〔笺纸：瓦楞朱丝八行〕

〖解读〗

茶花诗的解读，可参阅 F05。

## 一五、九月二十九日致周钟岳

〖录文〗

惺公［周钟岳］阁下：

两函计察。顷沙武曾［沙彦楷］来苏，晒印《李志》，交还四十元。书在沪，属其寄滇，付邮费一元。臞仙托购书有余洋，附上一账，公私自行。轧算存弟处之款若何办法，乞示。臞仙欲购《新旧唐书合钞》，苏无，托申友。如遇见，其值至少卅余元，多或四五十元，请其酌复。

手颂台安！

翩　顿首　九月廿九

任君［任凤苞］托购滇各志，尚未有寄沙［沙彦楷］者。弟前拟征求法，采用否？乞示。

〔笺纸：瓦楞朱丝八行〕

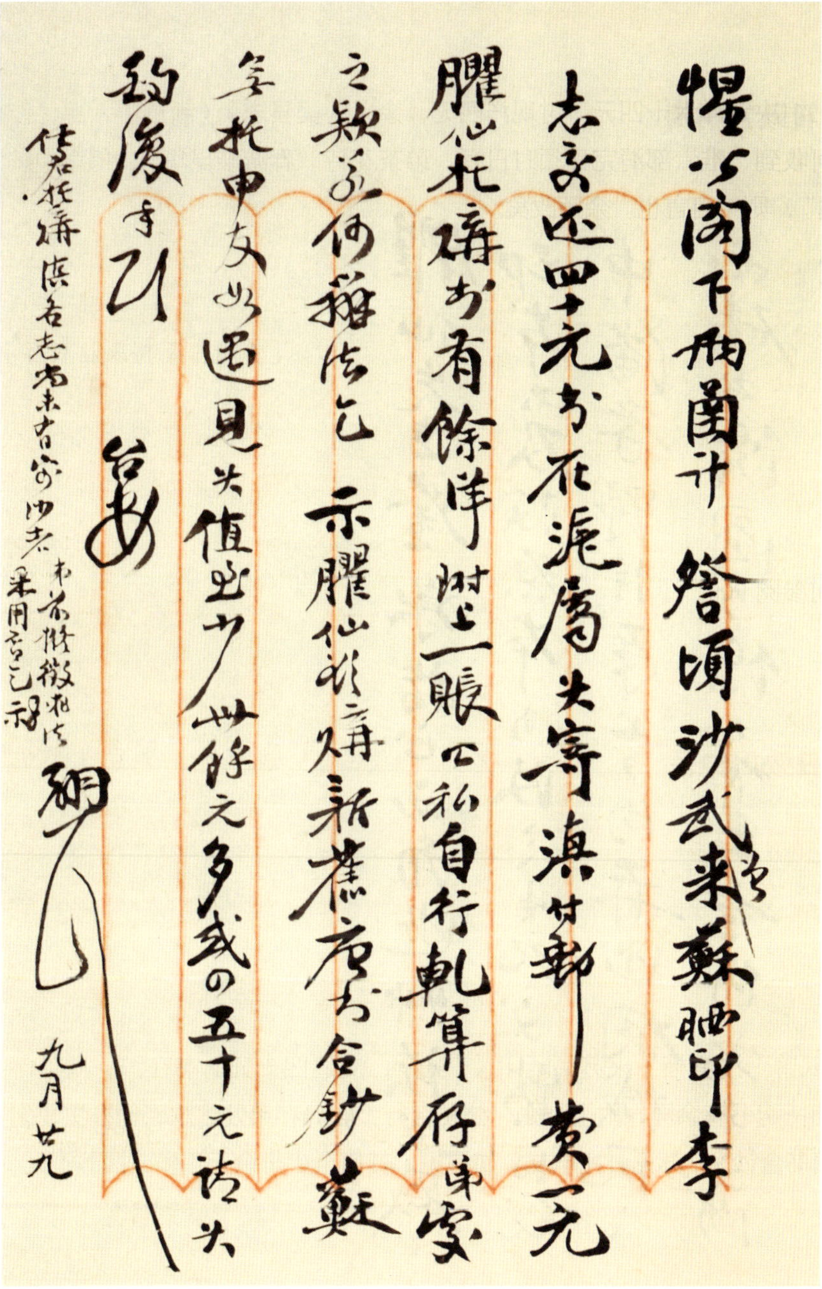

F16 G17.5cm×27cm

〖解读〗

此札是金天羽致周钟岳，方树梅收藏。为他人代笔，又由金天羽审阅补充。

“拟征求法”即指 F14 提到的“由两馆通告各县征求”资料的方法。

## 一六、九月二十七日致方树梅

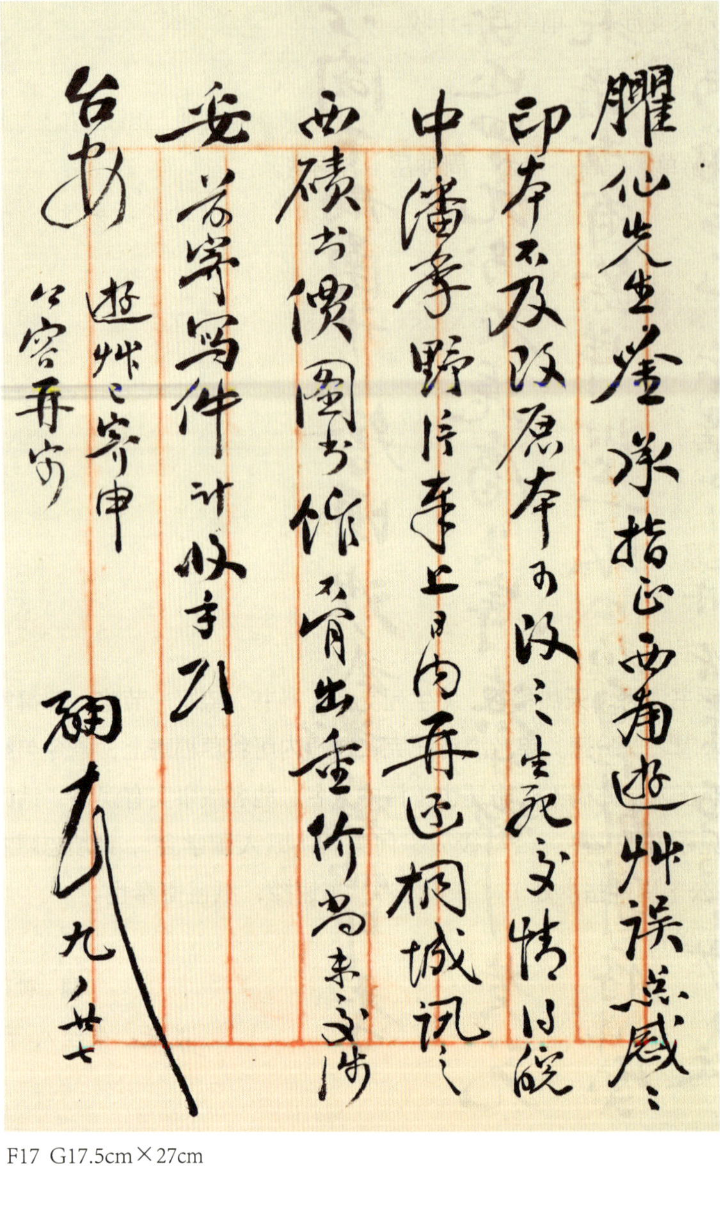

F17 G17.5cm×27cm

〖录文〗

臞仙先生鉴：

承指正《西南游草》误点，感感。印本不及改，原本可改之。《生死交情》得。皖中潘季野[①]片奉上，日内再函桐城讯之。《西碛》书价，图书馆不肯出重价，尚未交涉妥。前寄写件计收。

手颂台安！

翩　顿首　九·廿七

《游草》已寄，申公［周钟岳］容再寄。

〔笺纸：朱丝八行〕

①潘季野：即潘田（一八七六～一九五〇），字筱林，号季野，晚年双目失明，自号废翁。安徽桐城人。教授、诗人。清光绪十九年（一八九三）廪贡生。

## 一七、手书谨悉致方树梅

〖录文〗

臞仙先生鉴：

手书谨悉，天热稽答。《生死交情》一书，望写一节略，俾得寄与皖人求之，盼速。弟游滇诗已完，数日内可将草稿寄上，赠令弟纪青诗亦在内，此稿不必寄还也（诗中人名、地名或事实有误处，请即指正见示并改之）。公与筱兄［何秉智］既入国学会[①]，请填志愿书（在申公［周钟岳］处）。《茶花志》[②]饬速抄，纸已寄奉也。

手颂台安！

翩　顿首

〔笺纸：朱丝八行〕

①国学会：指苏州国学会，于一九三二年夏由金天羽与张一麐、李根源、陈石遗发起成立。推张一麐任会长，李根源、陈石遗任副会长，李根源为主任干事。金天羽相邀章太炎来苏州国学会讲学，章太炎和金天羽共为国学会主讲人。编辑出版《卫星》杂志，并作为会刊。

②《茶花志》：即指方树梅所著《滇南茶花小志》。

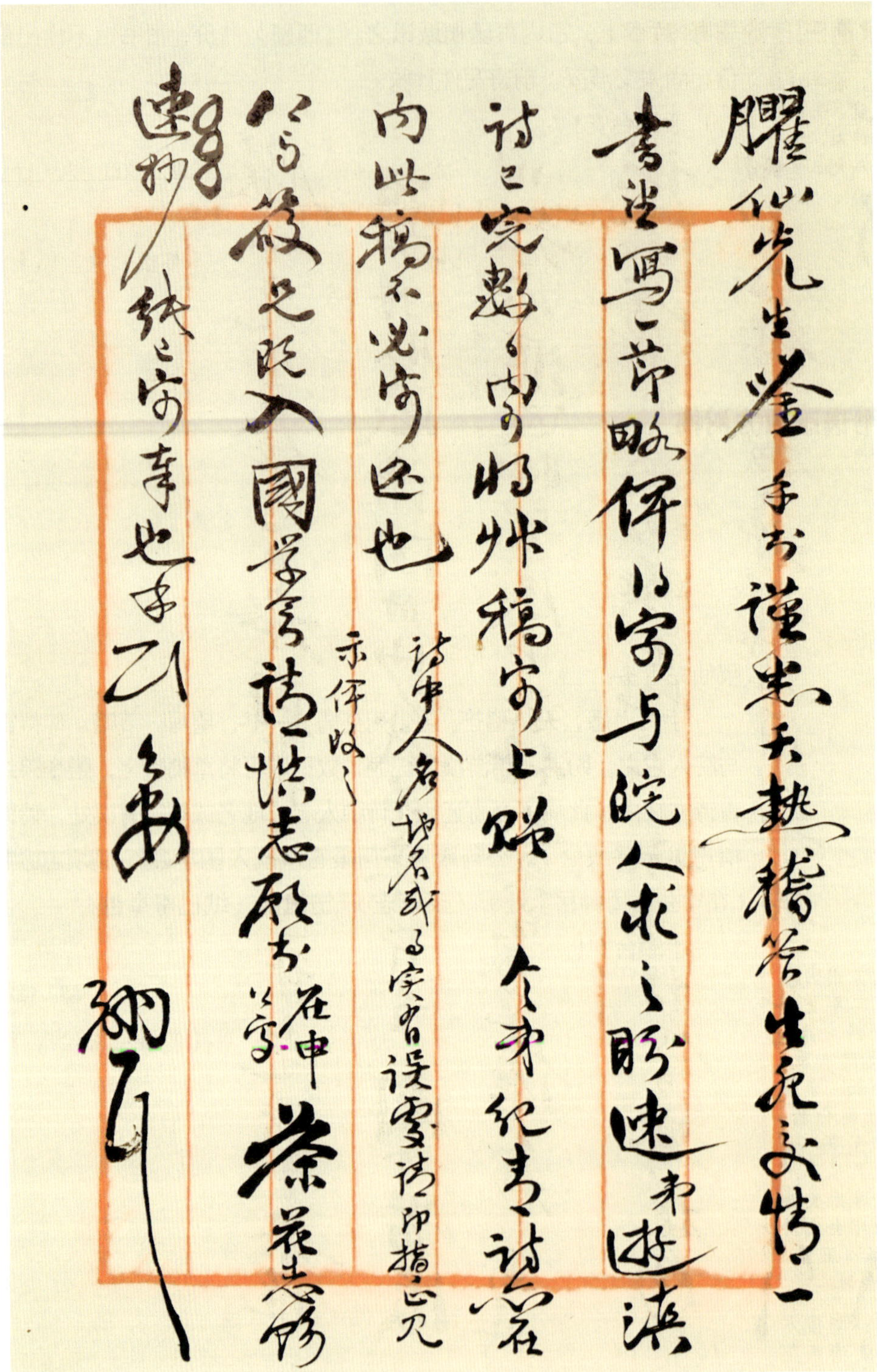
曜仙先生：奉手书，谨悉。天热稽答，生死交情一
书从写一节，略俘以寄与皖人，求之聆速，弟游速滨
诗已完，数寄将此稿寄上，略 今方纪春诗，客在
内，此稿不必寄还也。 诗中人名地名或可实者设要请印捐以见示，俾改之
以备教之。既入国学，书请一慎志愿书 在申以当 蔡花生安修
远物纸已寄奉也乎。又亲
翔

F18 G17.5cm×27cm

## 一八、立秋前三日致方树梅

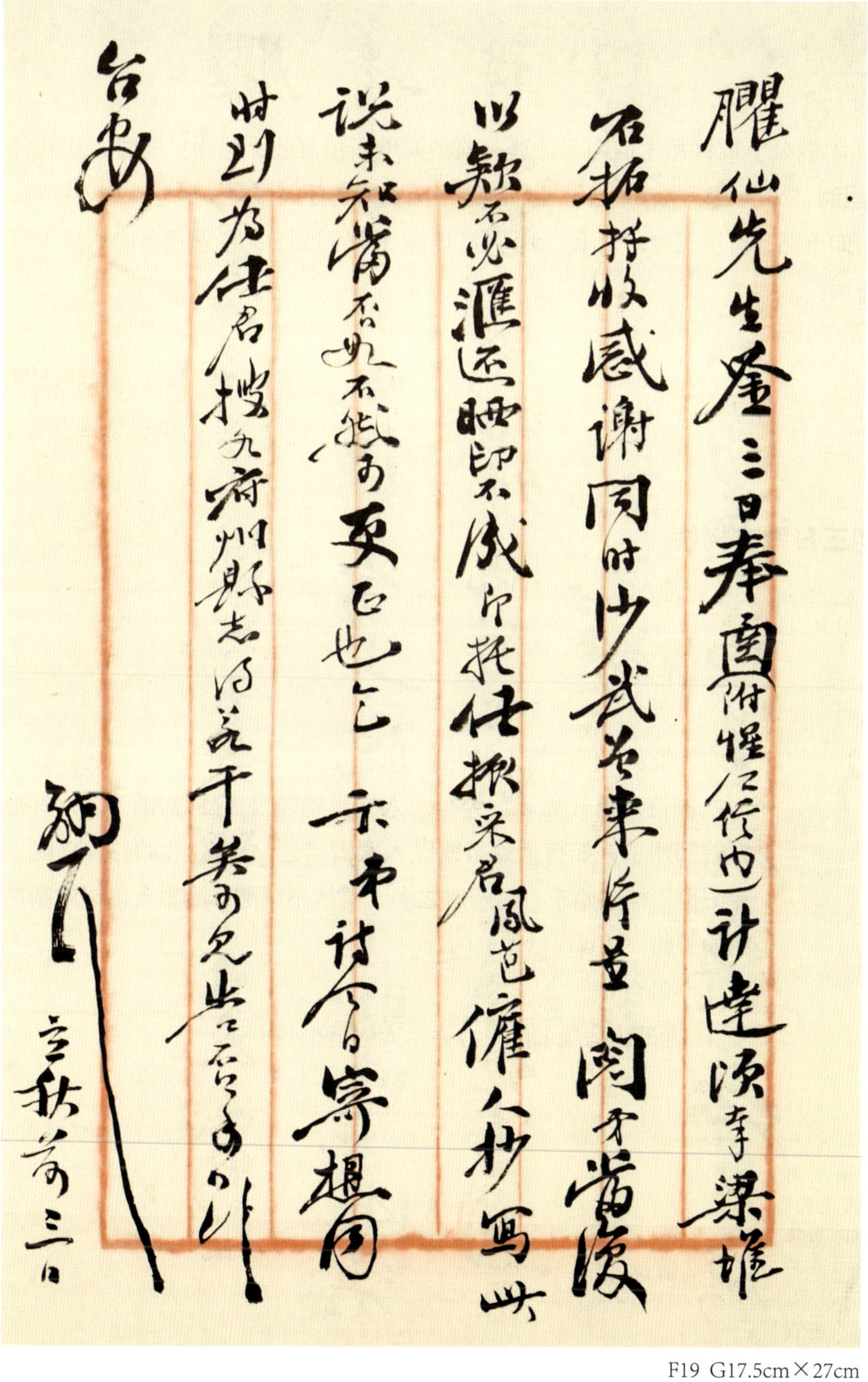

臞仙先生鉴：三日奉函（附惺仁信内），计达。顷李梁堆石拓拼收，感谢同时。少武书来，并阅，才当复以教，不必汇还，照印不成，即托任振采君（凤苞）雇人抄写，此说未知肯否，如不能可更正也。乞示知。前计今日寄想同时到。为任君搜九府州县志得若干卷，可见出（石屏）方志。

台安

弼 了

立秋前三日

F19 G17.5cm×27cm

〖录文〗

臞仙先生鉴：

三日奉函（附惺公［周钟岳］信内）计达。顷奉梁堆石拓拜收，感谢！同时，沙武曾［沙彦楷］来片呈阅，弟当复以款，不必汇还。晒印不成，即托任振采君（凤苞）雇人抄写，此说未知当否？如不然，可更正也，乞示。弟诗今日寄，想同时到。为任君搜各府州县志得若干矣，可见告否？

手颂台安！

翮　顿首　立秋前三日

〔笺纸：朱丝八行〕

## 一九、七月初三日致方树梅

〖录文〗

臞仙、筱泉［何秉智］先生鉴：

拙诗卅首计见之。今有友人属查省志及《阿迷州[①]志》，其祖先曾知州事，如有记载将取以入家谱，乞一查之。顷有故家[②]藏一专纪吴三桂事始末，至四册之多，可抄不可购。滇志大事记或图书馆如需此，函复可抄也。

手颂台安！

《西碛山房集》尚未办妥，大约至少四十元。

翮　顿首　七月初三

〔笺纸：朱丝八行〕

①阿迷州：现云南红河开远市。明初置阿迷州。一九一三年以后改为阿迷县，一九三一年改称开远县，一九八一年设市。

②故家：世家大族，世代仕宦之家。

〖解读〗

此札为他人代笔，又由金天羽审阅补充。

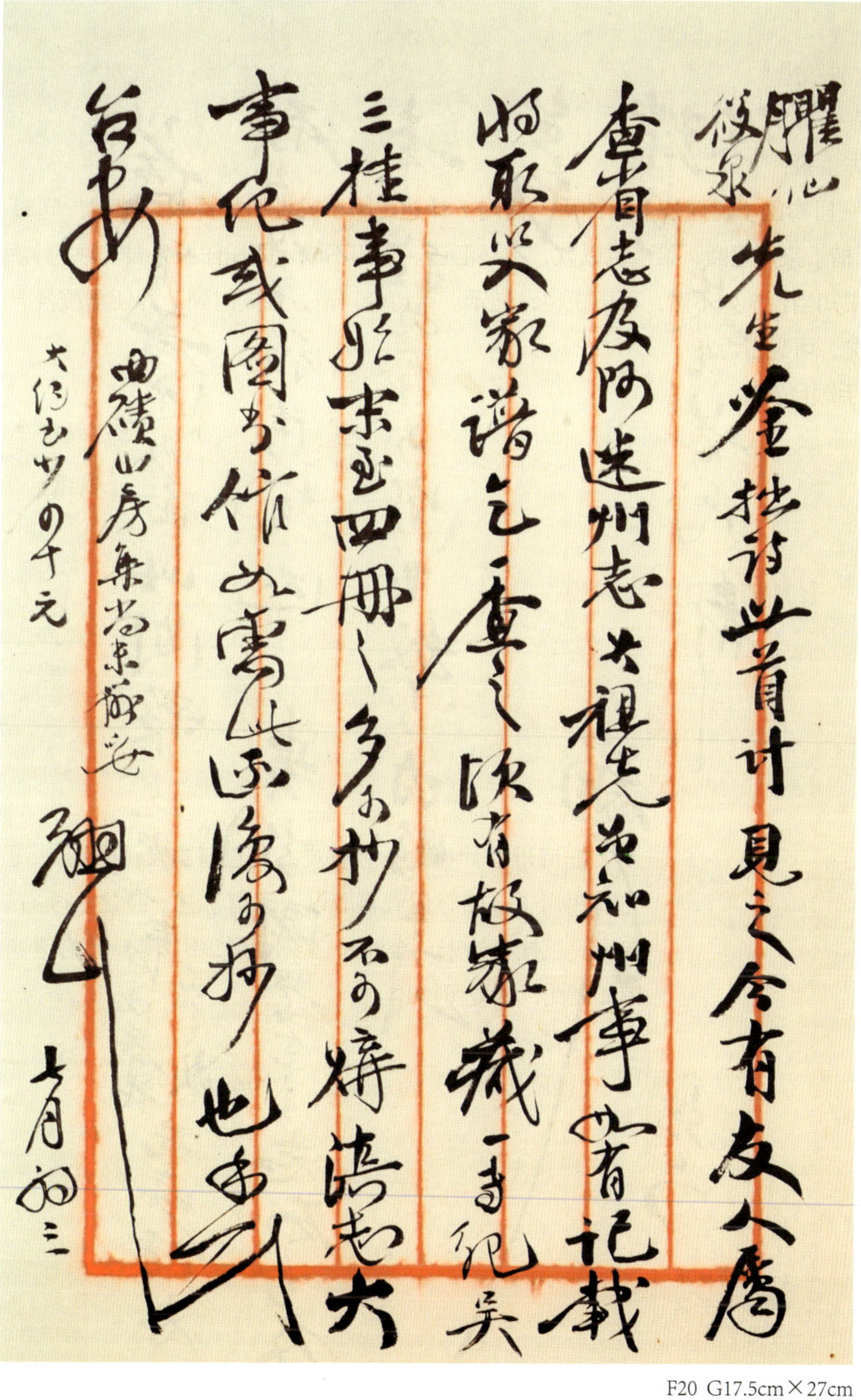

瞿心 役泉 先生鉴：拙诗廿首计见之。今有友人属查看志及阶迷州志大祖先为知州事，皆有记载，将取以入家谱。已一查之，以有故家藏一书所记矣。三桂事，照宋本四册之多，不抄不可得，请志大事纪或图书馆如需此，正须多抄也。专此
台安
由礼山房集尚未[illegible]
弟[illegible]
七月初三
大[illegible][illegible]四十元

F20 G17.5cm×27cm

## 二〇、端六致方树梅

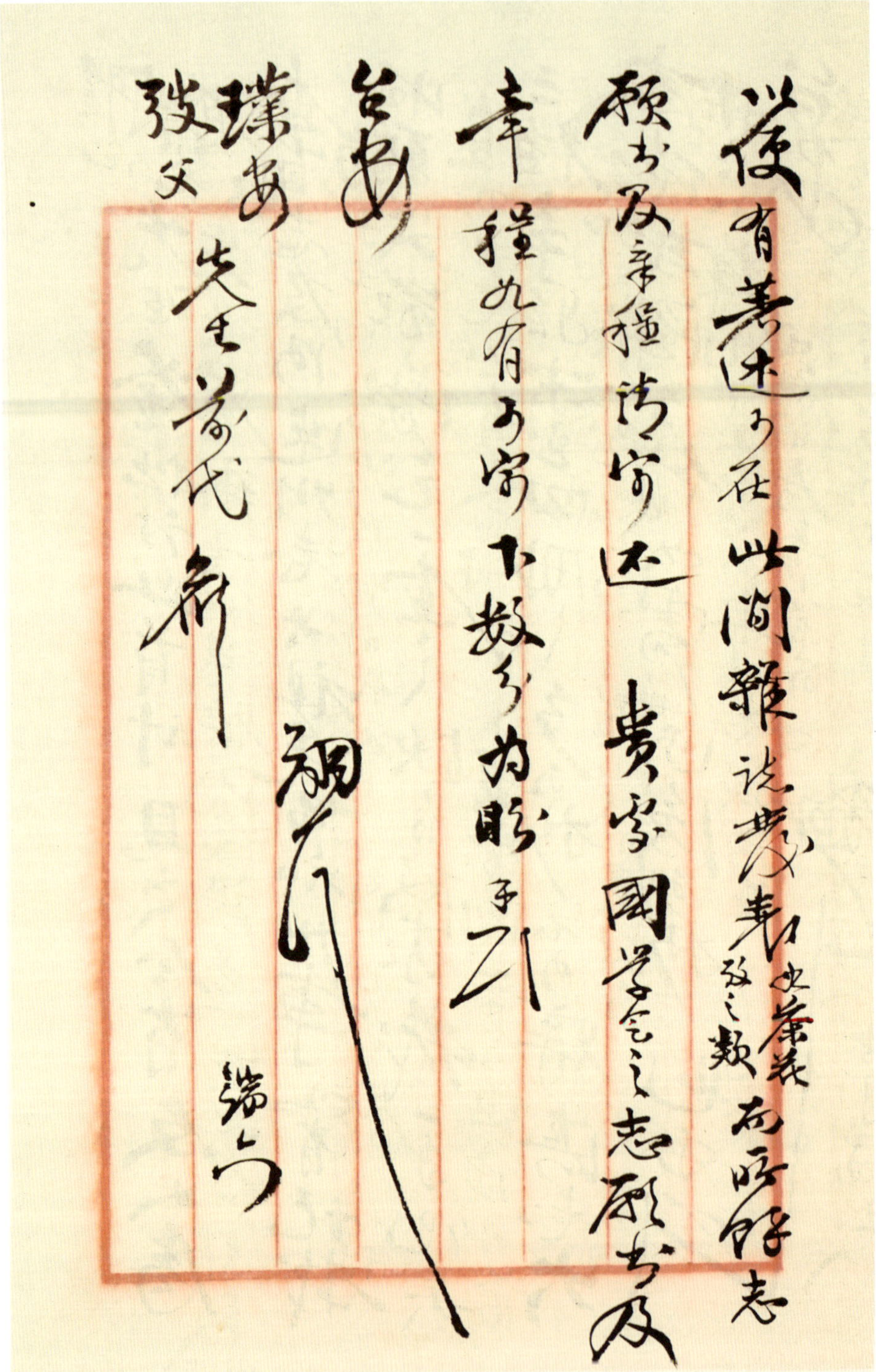

F21（2-2） G17.5cm×27cm

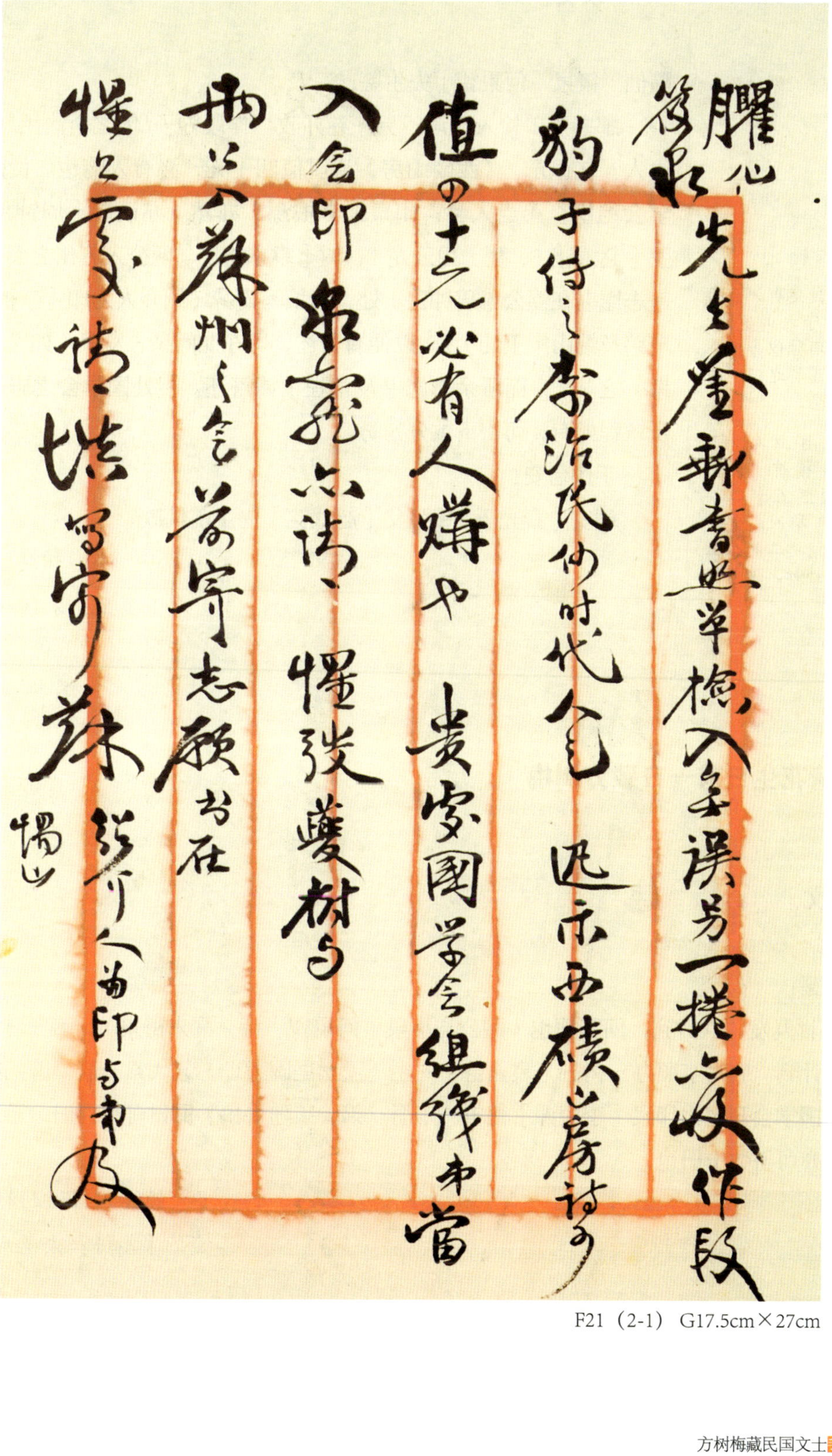
曜心
筱叔先生：奎鄉書與單檢，入奚溪另一檢，亦收作段
豹子侍之，序治民仍時代。今迅示西積山房詩，可
值四十元，必有人購也。貴處國學會組織，未當
入會，印集之詩，懂張蔓樹與
摘之蘇州之會，嘗寄志願書在
懂之處，請惜寫寄蘇綏丁人尚印與弗及
慯山

F21（2-1） G17.5cm×27cm

〖录文〗

臞仙、筱泉［何秉智］先生鉴：

邮书照单检入无误，另一卷亦收。作段豹子[①]传之李治民[②]何时代人？乞讯示。《西碛山房》诗可值四十元，必有人购也。贵处国学会组织，弟当入会；印泉［李根源］亦然。亦请惺［周钟岳］、弢［赵式铭］、夔［由云龙］、树［袁嘉谷］与两公入苏州之会。前寄志愿书在惺公［周钟岳］处，请填写寄苏（绍介人为印［李根源］与弟及惕山［王灿］）。以便有著述，可在此间杂志发表（如《茶花考》之类），而所余志愿书及章程，请寄还。贵处国学会之志愿书及章程如有，可寄下数分为盼。

手颂台安！

璞安［秦光玉］、弢父［赵式铭］先生前代歉。

翩　顿首　端六

〔笺纸：朱丝八行〕

①段豹子：段定舆。云南晋宁人。晋宁之山多豹，易伤人，定舆独以善猎杀豹闻名，人遂称之曰"豹子"而忘其名。

②李治民：字立人，又字维时，号稜翁。云南晋宁人。康熙五十二年（一七一三）举人，出宰广东博罗、清远二县。工书，行、草最妙。著《稜翁诗钞》。

## 二一、荷花生日前一日致方树梅

〖录文〗

臞仙先生鉴：

来书廿九发，八日到，何其捷也（赠公与小泉［何秉智］诗，漏未寄来）。弟三日、六日均有书计到。嘱写字照办。树五［袁嘉谷］先生《孟孝琚碑考证》乞代索一册。碑拓能否赐一张？国学会刊已由印泉［李根源］寄申八十册。弟《东陆讲稿》即日可寄百册。游诗付印印成，亦可寄数十册也。

翩　顿首　荷花生日前一日

〔笺纸：朱丝八行〕

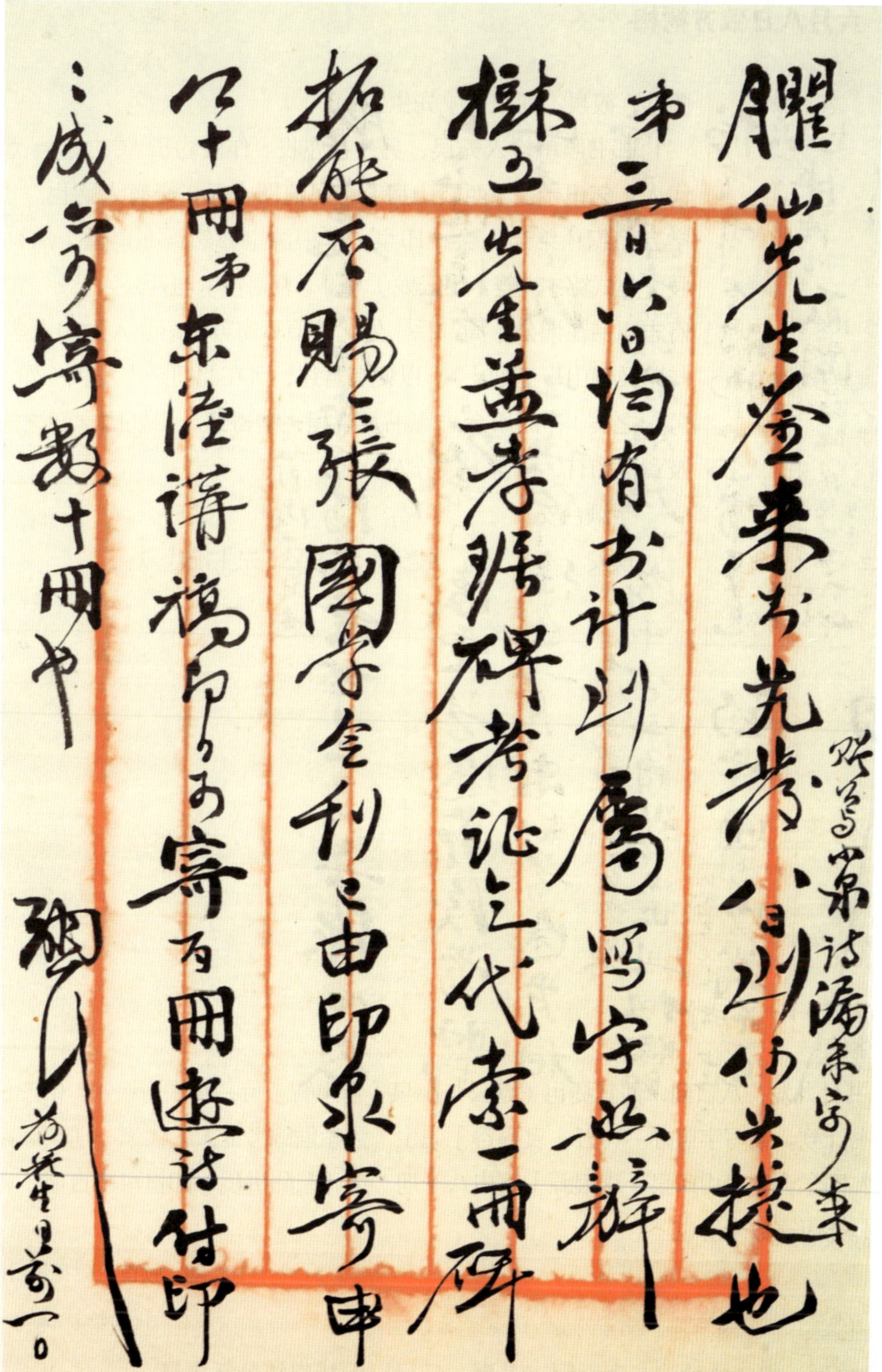
臞仙先生：叅來書先悉(?)。八月以(?)付(?)撰(?)也。附寄小(?)兒(?)詩(?)潘(?)求(?)字(?)一(?)來
弟三月六日均有書計，以屬寫字照辦。
樹立先生蕭(?)孝膺(?)碑考記之代索一冊。碑(?)
擬能否賜張國學會刊之，由印泉寄申
以十冊。弟東陸講稿印好可寄百冊，邀(?)討付印
之成，亦可寄數十冊也。
瑯(?)上
為(?)杖(?)生日前一日

F22 G17.5cm×27cm

## 二二、六月八日致方树梅

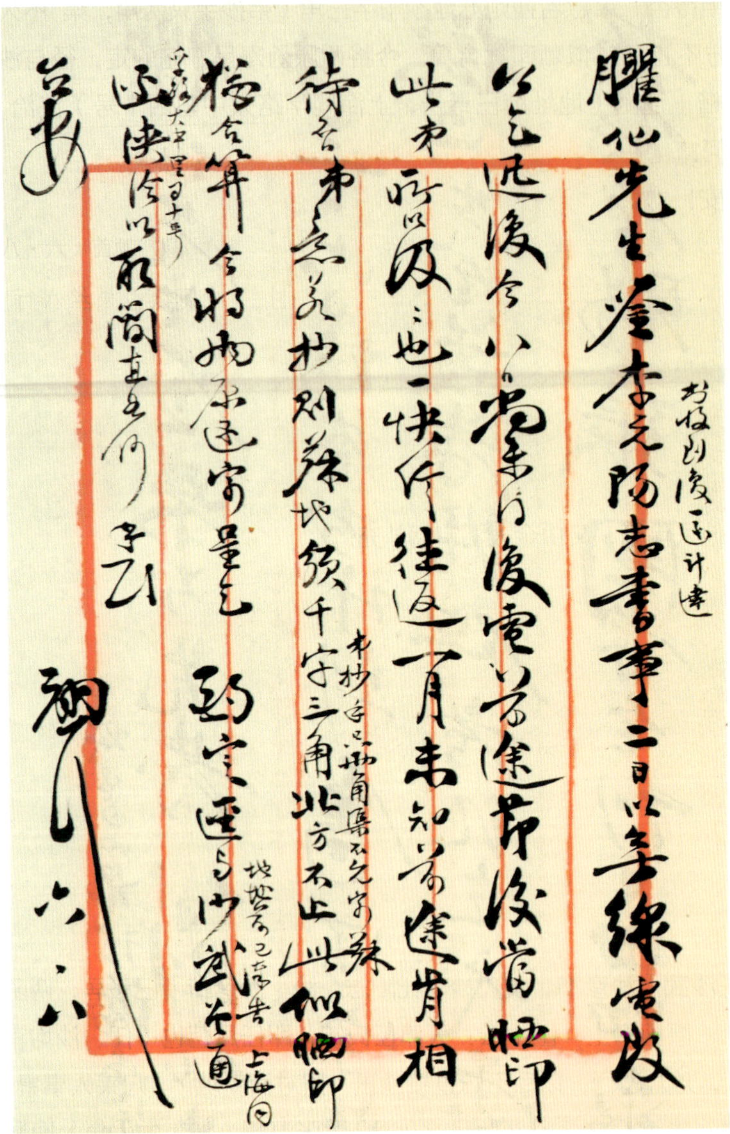

F23 G17.5cm×27cm

〖录文〗

曜仙先生鉴：

书收到，复一函计达。李元阳志书事，二口以无线电致公乞讯复，今八日尚未得复电。前途节后当晒印，此弟所以汲汲也，一快信往返一月，未知前途肯相待否。弟意若抄则苏地须千字三角（弟抄手只两角，渠[1]不久寄苏），北方不止此，似晒印犹合算。今将两原函寄呈，乞酌定，径与沙武曾［沙彦楷］通函（地址前已奉告，上海同孚路大中里四十号）浃洽，以取简直如何？

手颂台安！

翮 顿首 六·八

〔笺纸：朱丝八行〕

〖解读〗

此札为他人代笔，又由金天羽审阅补充。

①渠：方言，他。

## 二三、端六手书祇悉事致方树梅

〖录文〗

臞仙先生鉴：

手书祇悉，一切照办。托沙武［沙彦楷］友兄抄李元阳志，沙［沙彦楷］已移居，两函无复，乃从律师公会得其住址，原函奉上。函中云：天津任氏知，即任凤苞也（任、沙均宜兴人）。馆中为求州县志，亦望努力进行，以后不妨直接通讯（照对面新址）。归来人事累，亦近两日始理文翰，先粤后滇，先诗后文，恐费两月之久耳。《张溟州［洲］先生集》旧装失去，幸再寄一本。赠书计收，另赠图书馆一种计已到。

手颂台安！

翮 顿首 端六

〔笺纸：朱丝八行〕

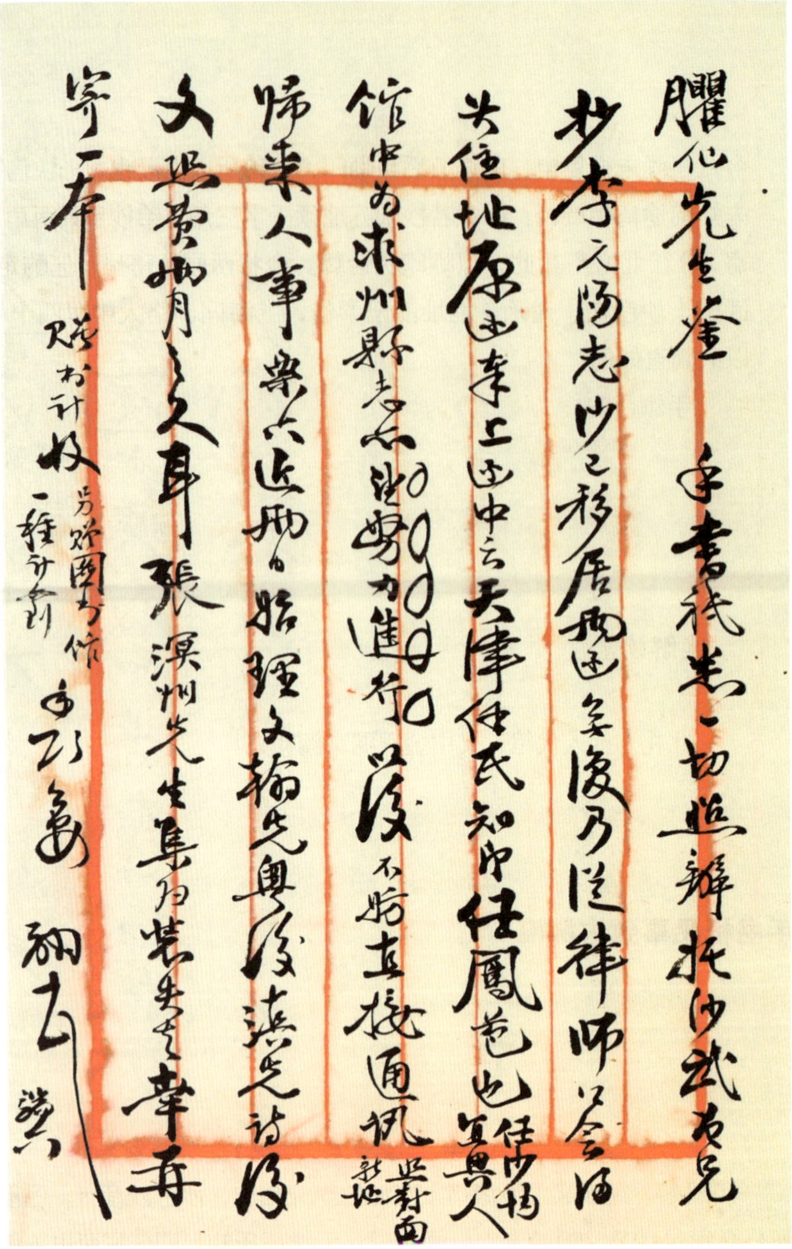

F24 G17.5cm×27cm

## 二四、一九三三年五月十七日致方树梅

〖录文〗

臞仙、筱泉［何秉智］先生鉴：

在滇诸承优渥之款，挼并赐珍品，临歧远送，不胜感泐。业于十一日抵苏，昆华景物，

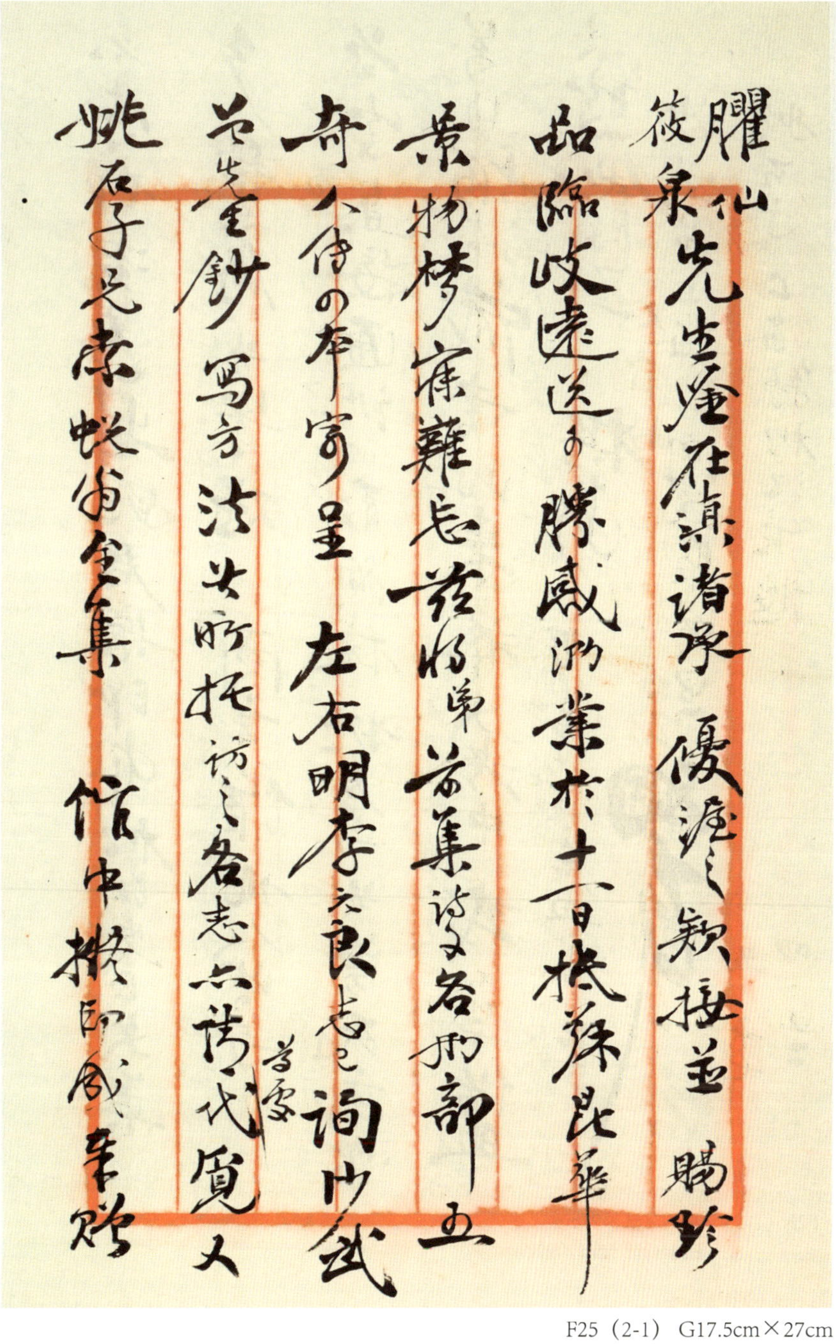

臞仙
筱泉先生：壹在滇，諸承優渥之欵接，並賜珍
品，臨歧遠送，至勝感激。業於十日抵蘇，昆華
景物，夢寐難忘。茲將弟前集詩文各兩部、王
奇人傳四本寄呈左右。明李元良志，已詢沙武
曾先生鈔寫方法，其所託訪之各志亦請尊處代覓。又
姚石子兄索蛻翁全集，館中擬印成奉贈

F25（2-1） G17.5cm×27cm

梦寐难忘。兹将弟前集诗文各两部、王奇人传四本寄呈左右。明李元良［疑为阳］志，已询沙武曾［沙彦楷］先生抄写方法，其所托访之各志亦请尊处代觅。又姚石子兄索蜕翁［倪蜕］全集，馆中拟印成奉赠，不索印资，弟已告姚君。渠印有松江先正文集多种，亦嘱其寄赠

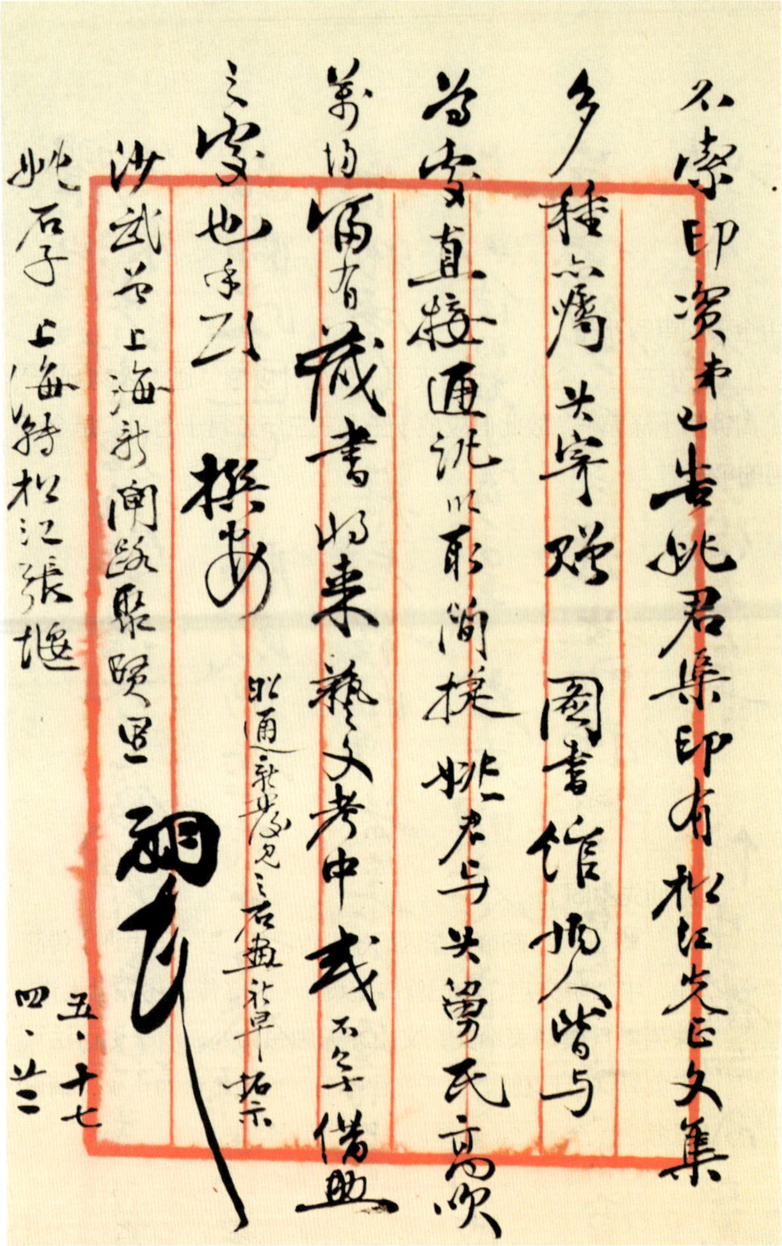

F25（2-2） G17.5cm×27cm

图书馆。两人皆与曾［沙武曾］处直接通讯，以取简捷。姚君与其舅氏高吹万[①]均富有藏书，将来艺文考中，或不无借助之处也。

手颂撰安！（昭通新发见之石画，祈早拓示。）

翩　顿首　五·十七　四·廿二

沙武曾：上海新闻路聚贤里。

姚石子：上海转松江张堰。

〔笺纸：朱丝八行〕

①高吹万：即高燮（一八七八～一九五八），字时若，又号寒隐、葩叟、志攘、黄天等。江苏金山人。南社诗人，与常州钱名山、昆山胡石亭合称“江南三名士”，又与南社台柱柳亚子交往深厚。家筑“闲闲山庄”，富藏书，聚至三十万卷，其善本多为杭州朱慎初之“抱经堂”旧物。生平搜集有关《诗经》类典籍达七百余种。

〖解读〗

此札为他人代笔，又由金天羽审阅补充。

《笔记二种》载：“一九三三年三月，金松岑［金天羽］先生，应撰‘通志人物列传’聘，来游滇垣，下榻惺师［周钟岳］涤园。”故此信应成于一九三三年五月十七日，是金天羽从云南返苏州后给方树梅的平安信。

## 二五、一九三四年十月五日致方树梅

〖录文〗

臞仙先生阁下：

畴五[①]、鹤峰［李因培］拟传已到。王［王思训］传简净，中加骈文启，亦已修改定稿。《鹤峰传》述先世太详，殊芜累且渠请表奉文，文山亦无触忌讳处。清于史可法[②]、卢象昇[③]业且褒恤，岂于文山不可，此说不认为正确，请再思考之。至弟之《鹤峰传》稿，请仍寄来。

手颂纂安！

翩　顿首　八·廿七　十·五

惺公［周钟岳］均歉。

〔笺纸：朱丝八行〕

〖解读〗

“十·五”应为阳历，“八·廿七”应为阴历。两历重叠为一日，便可以推导出此札的年份。查万年历为一九三四年，也即此札写就之日为一九三四年十月五日。

①畴五：即王思训（一六七二～一七五五），字畴五，号永斋。云南昆明人。康熙四十五年（一七〇六）进士，督学江西。博极群书，长诗、古文词，有《见山楼集》及《滇乘》。楷书法颜真卿《多宝塔》，行书圆润，得阁帖意。

②史可法（一六〇一～一六四五）：字宪之，又字道邻。祥符（今河南开封）人，祖籍顺天府大兴县（今北京）。明末政治家、军事统帅、南京兵部尚书东阁大学士，因抗清被俘，不屈而死。南明朝廷谥之为忠靖。清高宗（乾隆）追谥为忠正。其后人收其著作，编为《史忠正公集》。

③卢象昇（一六〇〇～一六三九）：字建斗，号九台，又字斗瞻、介瞻。明南直隶常州府宜兴县人。天启年间进士。明末著名将领授户部主事，擢员外郎，死后追赠兵部尚书，南明福王时追谥忠烈，清朝追谥忠肃。著有《卢忠肃集》《卢象昇疏牍》。

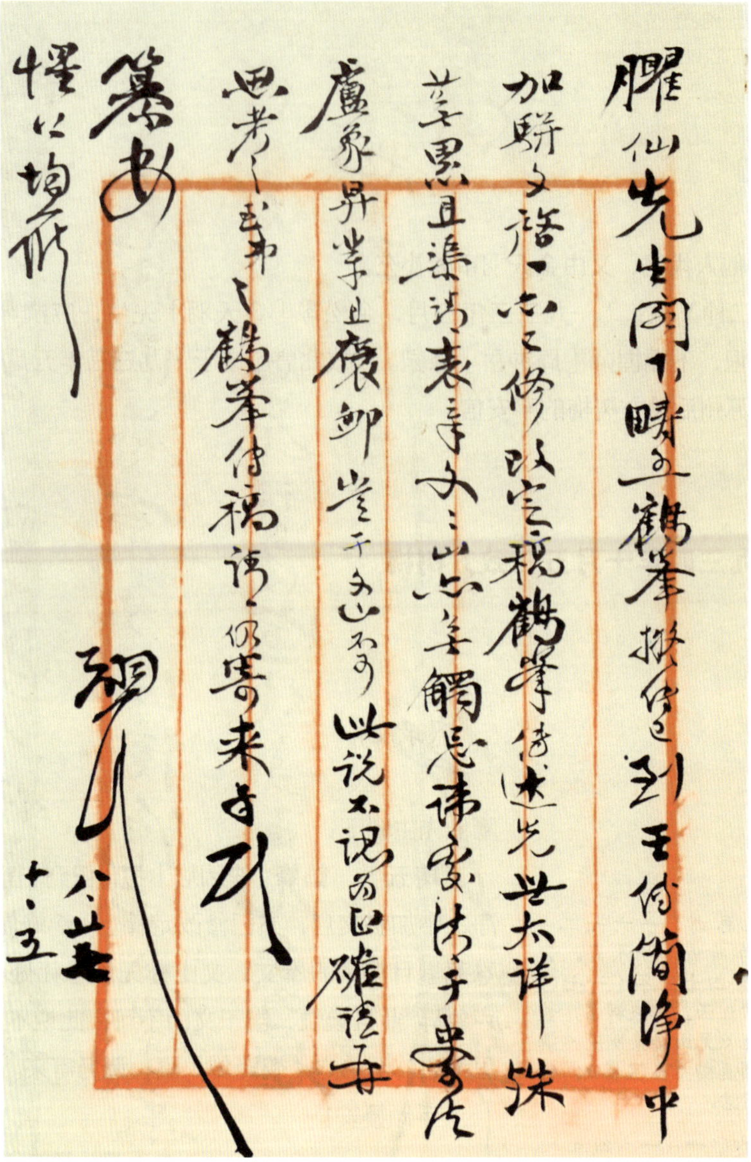

F26 G17.5cm×27cm

## 二六、登高节致方树梅

〖录文〗

曜仙、筱泉［何秉智］先生阁下：

陈子彝[1]兄任云大教授，绍介纳交子兄妙通艺事，书法佳

① 陈子彝（一八九七～一九六七）：原名华鼎，以字行，曾用名苏民，号眉庵，别号智宝、眉厂。江苏昆山人。现代藏书家、学者。

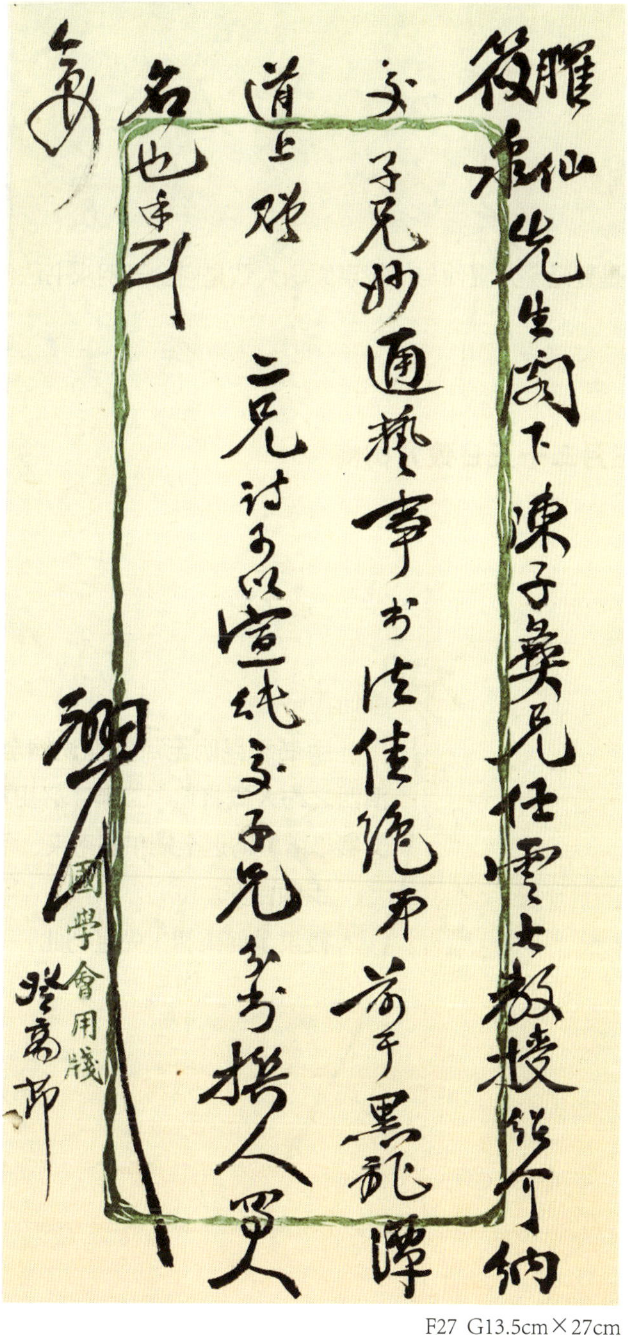

F27 G13.5cm×27cm

绝。弟前于黑龙潭[2]道上赠二兄诗。可以宣纸交子兄分书。撰人写人名也。

手颂台安！

翙　顿首　登高节

〔笺纸：国学会用笺〕

②黑龙潭：全国有多处名为黑龙潭。这里指昆明黑龙潭，位于昆明东北郊十二公里处。该名胜始建于明洪武二十六年（一三九三），因山下有一碧潭，潭深水碧，相传有黑龙潜居故名。

〔解读〕

该札是复函。方臞仙与何筱泉原函大致是向金天羽求书法作品，以收藏纪念。

## 二七、三月二十五日致方树梅

〔录文〕

臞仙我兄鉴：

手书悉昆明至点苍程途缩至两日。弟顷方与石遗[①]入蜀，滇西之约大概将迟一二年，必由桂入滇，决不履越南境。《杨文襄年谱》请迟至端午必寄来，备作传。

手颂台安。

筱泉［何秉智］先生均此。

翮　顿首　三月廿五

〔笺纸：国学会用笺〕

①石遗：陈衍（一八五六～一九三七），字叔伊，号石遗。福建侯官（今福州）人。近代诗人。晚年寓居苏州，与章太炎、金天羽共倡办国学会。

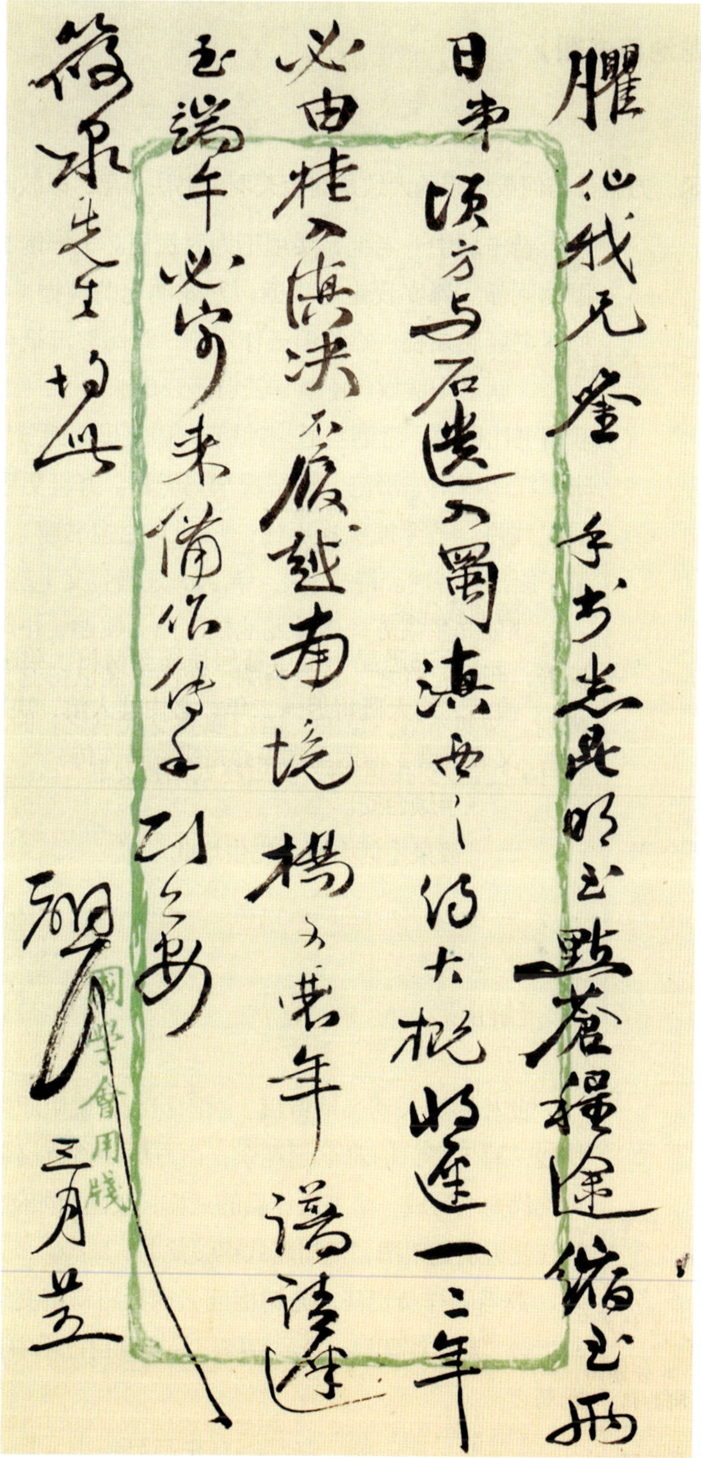
臞仙我兄座：手书悉。昆明之一点苍，种遂缩之而
日本顷方与石达入蜀滇西之师，大概将逢一二年，
必由桂入滇，决不履越南境。杨大某年谱请速
示，端午必寄来，备作传序引之为。
筱泉先生均此。

三月廿五

F28 G13.5cm×27cm

## 二八、题《龙池校书图》

〖录文〗

晋宁城中一老拙，头项不为时贵屈。十年饱看天南书，踏遍中原此回辙。曩岁我走昆华道，九龙池上荫清樾。掀髯捉臂排日饮，掉尽书囊底未脱。临歧但云作小别，浮海波涛纸可慰。今春相遇临潼驿，驮书十箧奴[①]胫蹶。云自燕云走湘沔[②]，归去仍当出南越。诧我得书比得隽，奇勋当搢[③]书城笏。重来吴会面黧黑，卧听鸣蜩向天末。江南梅雨乍滂沱，泥行祝子马无秣。开轩更置软脚酒，叵奈酒醒见残月。子今掉头挽不住，归到龙池构书窟。长歌送子心如醉，恨子屡击催诗钵。诗成落笔手苦颤，还借弢父［赵式铭］与涂抹。

臞仙先生来苏，出《龙池校书图》属题。仆以不眠症新愈，方摄静，而臞兄督之，急且骊驹，在门倚装以待立。成十四韵，即以赠别。匆匆不暇，草书，请归属弢父代书之。时乙亥［一九三五］五月吴江金天羽鹤望撰，剑川赵式铭弢父书。

〔钤印：赵式铭印〕

〔笺纸：宣纸〕

〖解读〗

此札为金天羽亲笔诗稿。后附自跋，说明原委；并表示自己手打战，写不好，怕对不起观众，由方树梅将诗稿带回云南后，托赵式铭代为书写成一个书法作品的式样；又注明如何落款："乙亥五月吴江金天羽鹤望撰，剑川赵式铭弢父书。"

赵老同样负责任。方树梅回云南后将诗稿交给赵老，赵老在诗稿上钤"赵式铭印"，表示诗稿已经交到自己手中，并将应金天羽所托书之。

《笔记二种》载：一九三五年六月二十二日，"金松岑先生为《题龙池校书图》"。

①奴：《笔记二种》解为"双"。似也有理。

②沔［miǎn］：水名，在陕西省，是汉水的上流。

③搢［jìn］：插。如搢笏，古代官员的官服，没有口袋，于是将笏直接插在腰带上，叫"搢笏"。

晋宁城中一老杜才调颇不如时贵屈十年饱看西南书踏遍中原此
回翔嶲载我乞昆华道九龙池上荫清樾携欸尊揎臂排日饮棹界
书囊虎未脱临岐但云作小别浮海波涛纸可慰今朝相送临滇驿驮
书十箧奴胫皴云自燕中来相访归去仍当出南越误我陋书比仍寿奇勋当
借书城筹垂策吴会面黧黑卧听鸣蜩向天末江南梅雨飞滂沱泥於泥子马足
秣开轩更置软脚沈巨奈沈醒风见孤月子今棹头挽不住归趣龙池梅书屋
长歌送君心如浮帐子康馨催诗钵诗成落笔争苦颤还借发父与涂抹
腥心先生既来滇出龙池校书图籍既仆以大眼疾病方撷静而腥足背了急退骤驹
在门倚装以待之成十四韵即以赠别恩之不服草书诗归示发父代书之时
乙亥五月吴江金天翮鹤望并撰剑川赵式铭发父书

F29 G22cm×30cm

## 二九、惺翁商榷办法事致方树梅

〖录文〗

臞仙先生阁下：

万里书来，发缄欢笑，神交之乐，有若晤面。滇游之愿，梦寐不忘。前月作书与惺公［周钟岳］商榷办法，并附书目，计公当知，崖略两句。马先后入滇，弟安敢望肩背，即升庵［杨慎］、兰泉①未能趋步，所希者，或倪蜕耳。《杨解元②传》希白③为补充材料，承指示误点，奚止一字之师，遵当改之。一昨，曲石又以施文晏志状，见属为传，秋凉可命笔。西南文字之缘，可谓不浅，异日相见一堂，倍增亲爱，盘龙山水必重烦，地主山灵有知，意必东向而笑矣。附寄《佛学纲要》两册，一赠图书馆，一请赠惺公。著者蒋竹庄④，即弟思约同来者。徐哲东⑤文早由曲石寄馆中，想已著录矣。鳞羽⑥多便，时付数行。

手颂台安！

翮　顿首

〔笺纸：朱丝八行〕

〖解读〗

此札为金天羽亲笔。

此札中的“希白”及F31中的“希哥”应为同一人。从人物角色看，有两个“希白”，一为容庚，二为李学诗。但此札应成于一九二三年至一九三四

①兰泉：即王昶（一七二五～一八〇六），字德甫，号述庵，又号兰泉。江苏青浦人。清代著名学者。乾隆十九年（一七五四）进士，授内阁中书，入军机处。后来又擢刑部郎中。后去云贵总督军营参赞事务。四十一年（一七七六）平金川有功，擢都察院右副都御史，出任江西按察使、陕西按察使、云南布政使，又调入京师任刑部右侍郎。一生著作极多，最著名的有《金石萃编》《春融堂集》《使楚丛谭》《征缅纪闻》等，与修《大清一统志》《续三通》等。

②杨解元：指杨高德，字竹溪。云南太和人。同治庚午科（一八七〇），云南乡试第一名，人称“杨解元”。天才卓越，涉猎经史，能为诗古文，性疏狂不羁，癖嗜音乐。开门授徒，门下多知名士。

③希白：指容庚（一八九四～一九八三），原名肇庚，字希白，号颂斋。广东东莞人。古文字学家，古铜器及书画、图书、碑帖收藏家。曾收藏兰亭书法八十刻。

④蒋竹庄：即蒋维乔（一八七三～一九五八），字竹庄。江苏武进（今常州）人。著名教育家、哲学家、佛学家。

⑤徐哲东：即徐震（一八九八～一九六七），字哲东。江苏常州人。致力于文学与武学研究，造诣极深。

⑥鳞羽：代称鱼和雁。借指书信。

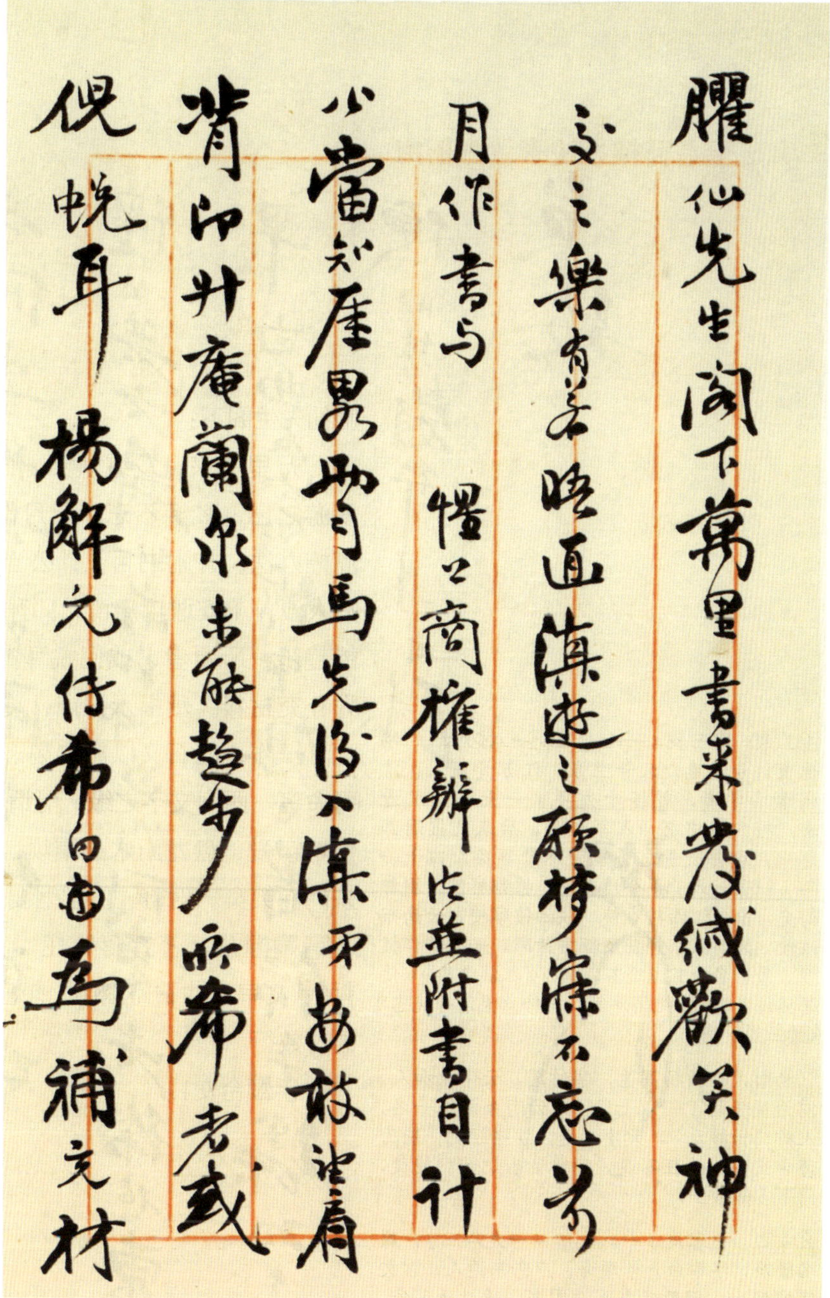

臞仙先生阁下：万里书来，发缄欢笑，神
交之乐，有若晤面。滇游之欣，梓桑不忘。前
月作书与惺吾商榷，辞生并附书目，计
必当知屋界两马先后入滇，雨安故诸肩
背印井庵兰泉未能起步，所希者或
倪晓耳。杨解元侍希白函为补完材

F30（3-1） G16.5cm×25.5cm

年间，而李学诗已于一九三〇年去世，故此“希白”应指容庚。

李学诗（一八七四~一九三〇）：字希白。云南腾冲人，李根源族兄。早商于缅甸，往来云南、缅甸间。少补博士弟子员，三赴乡试不售。杨振鸿介入同盟会，就学云南讲武堂。辛亥武昌倡义，学诗应之，与张文光复腾越，任第二路统领。下永昌，出顺宁、云州、缅

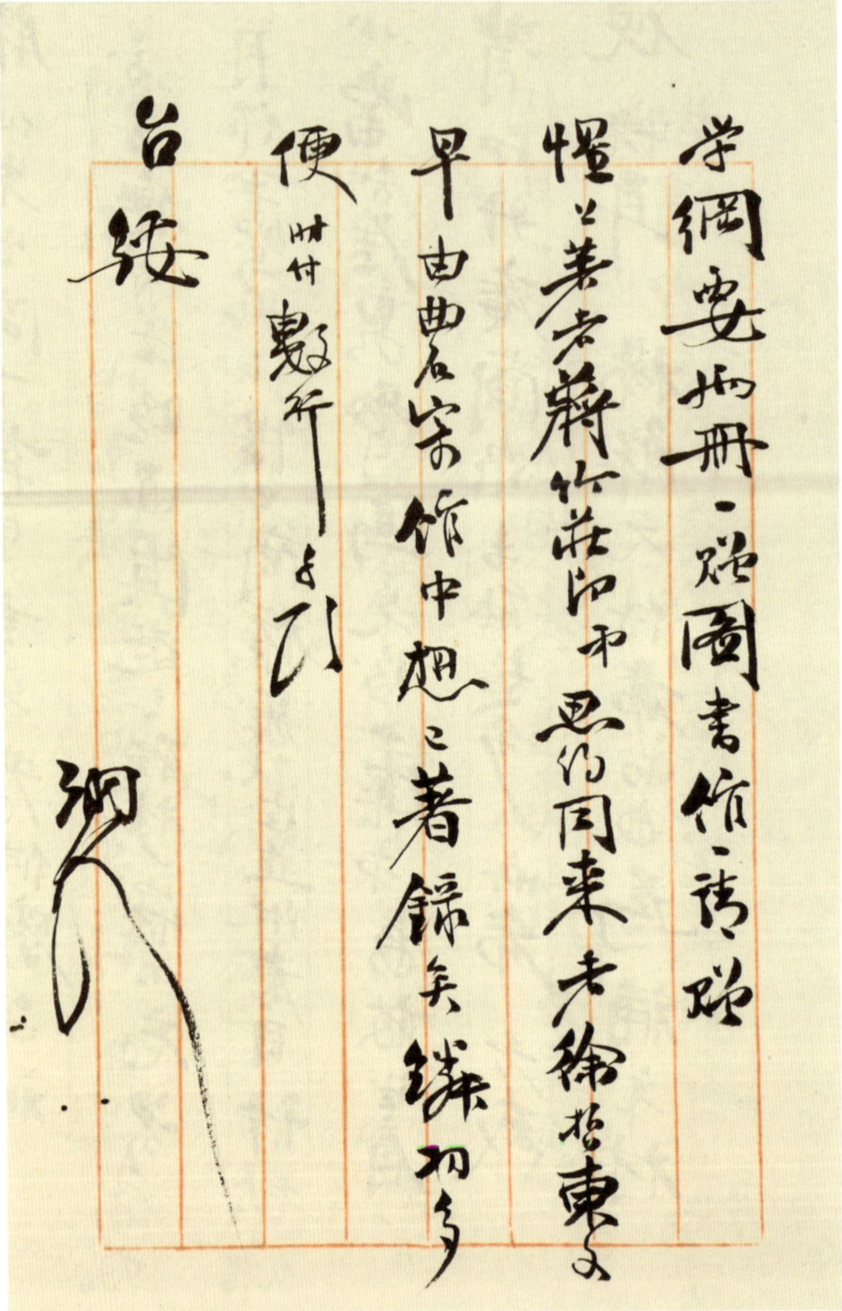

F30（3-3） G16.5cm×25.5cm

宁，署顺宁府知府，补顺、云协副将，兼统顺、云各军。民国元年（一九一二年），学诗三十九岁，西藏事起，以维西协副将任援藏军先遣第一纵队长。旋维西协废，被任察勘滇缅界务专员。于是，易商旅服为微行，深入佧佤山，疏记所历山川风土险塞，考定今昔界址，

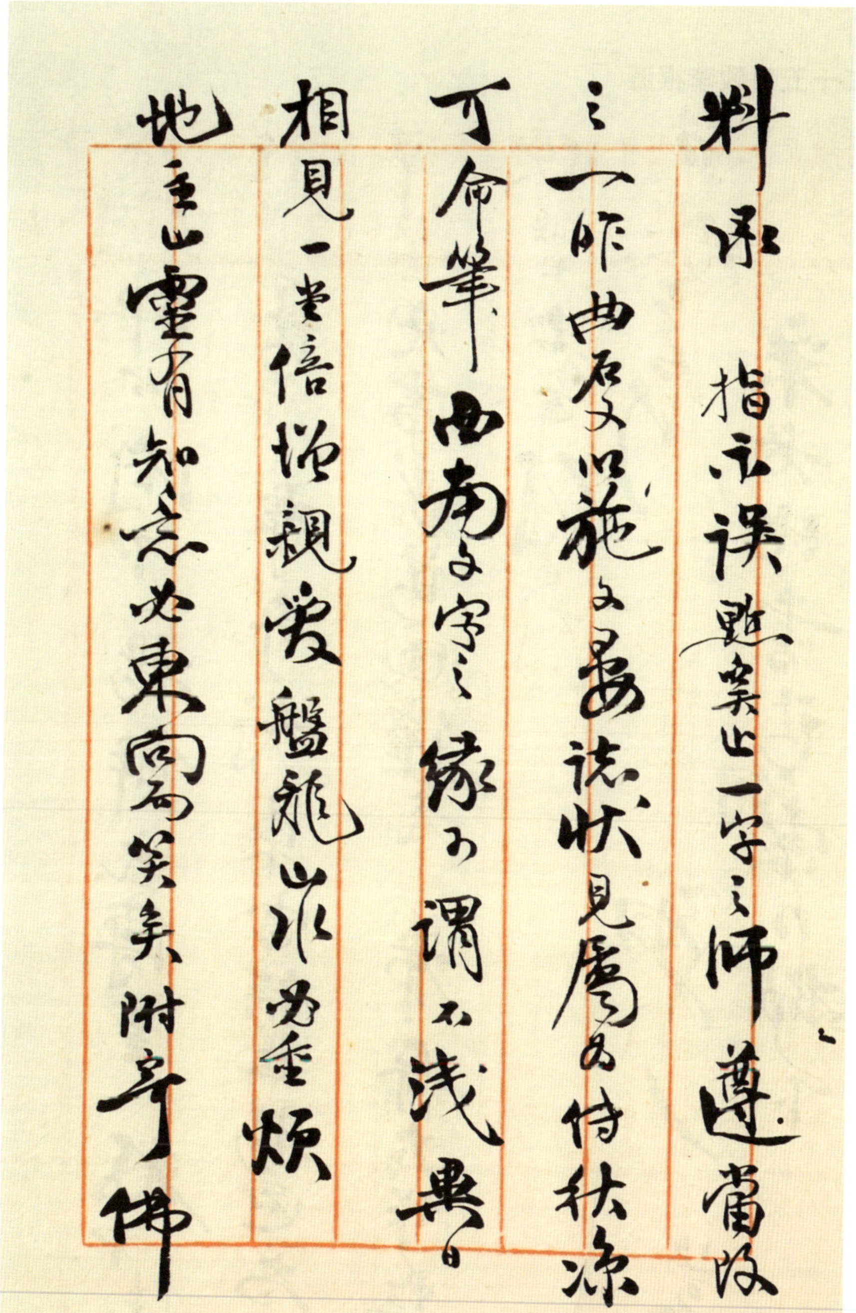
料承
指示誤題，奚止一字之師。遵當改
之。昨曲辱以施文墓誌狀見屬，為待秋涼
可命筆。西南文字之緣不謂不淺，異日
相見一堂，倍增親愛。盤桓山水，為垂煩
地主之誼，有知之必東向而笑矣。附奉佛

F30（3-2） G16.5cm×25.5cm

成《滇缅边界记》四卷，图一卷。一任云南督军府参谋，弃之游广东。以前功补少将。晚投吴门，依从叔母阙太夫人，因得友印泉（李根源）之友，从事吟咏，日有进境。凡游踪所及，山川、寺观、园林、祠墓，皆有诗以纪之。有《治平吟草》四卷。

## 三〇、二十五日致李根源

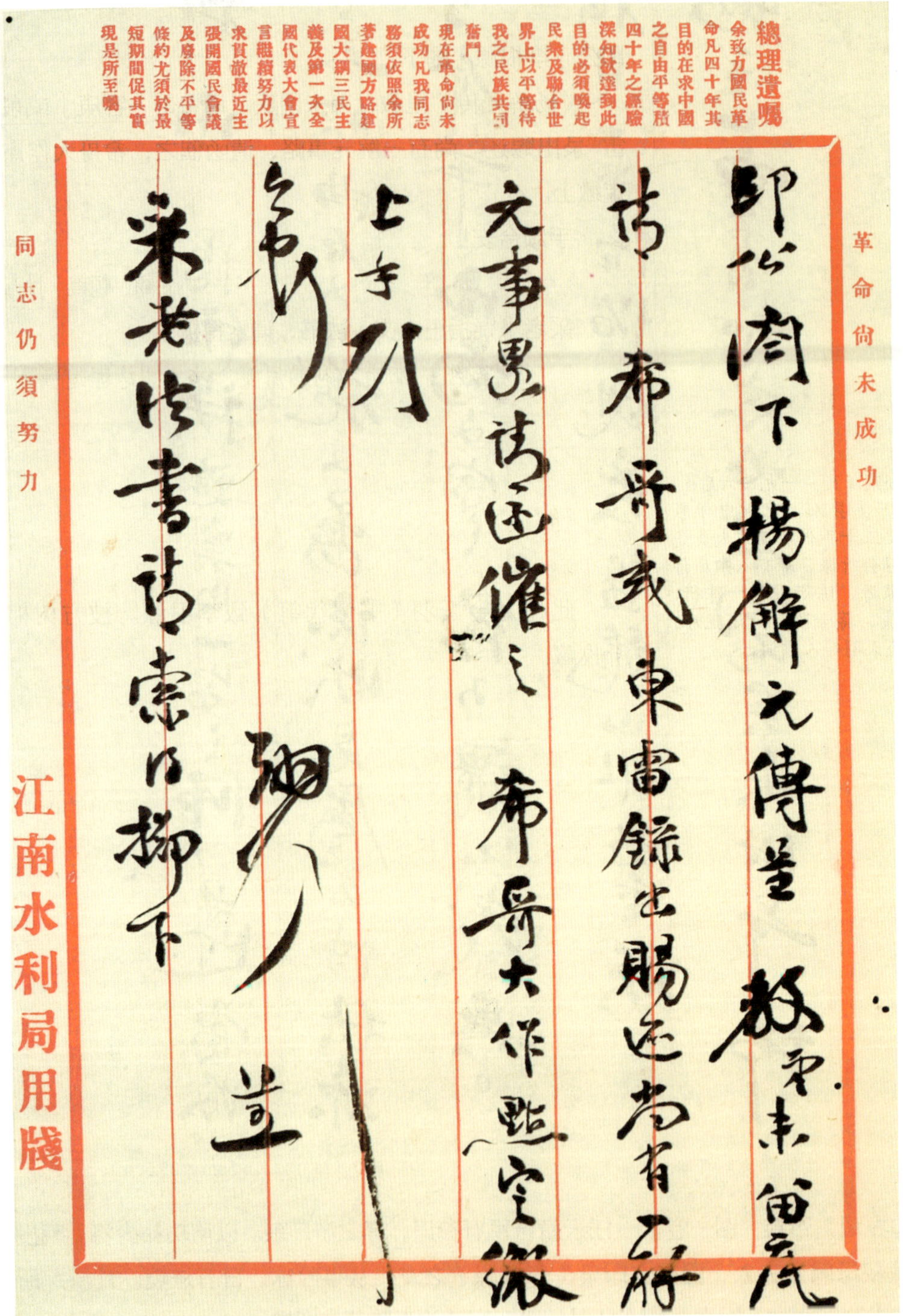

總理遺囑

余致力國民革命凡四十年其目的在求中國之自由平等積四十年之經驗深知欲達到此目的必須喚起民衆及聯合世界上以平等待我之民族共同奮鬥現在革命尚未成功凡我同志務須依照余所著建國方略建國大綱三民主義及第一次全國代表大會宣言繼續努力以求貫徹最近主張開國民會議及廢除不平等條約尤須於最短期間促其實現是所至囑

革命尚未成功

同志仍須努力

江南水利局用箋

F31 G19cm×27cm

## 〖录文〗

印公［李根源］阁下：

《杨解元传》呈教，弟未留底。请希哥［容庚］或东雷[①]录出赐还。尚有一解元事略，请函催之，希哥大作点定缴上。

手颂台安！

翩　顿首　廿五

采老［疑指王人文］法书，请索得掷下。

〔笺纸：江南水利局用笺。文："总理遗嘱"〕

①东雷：指金震（？～一九四六后），字东雷。江苏吴县人。苏州中学教书，二十世纪三十年代曾在章太炎先生的国学讲习会听课。著有《东庐诗钞》，由李根源、陈衍题签，陈衍、张一麟、吴康、蒋云阶、汤炳正序，并费树蔚、金天羽等人题词。

## 〖解读〗

此札为金天羽（书记代笔）致李根源。被方树梅所收藏。

# 【G 册：赵弢父、宋镜澄两先生游盘龙诗册】

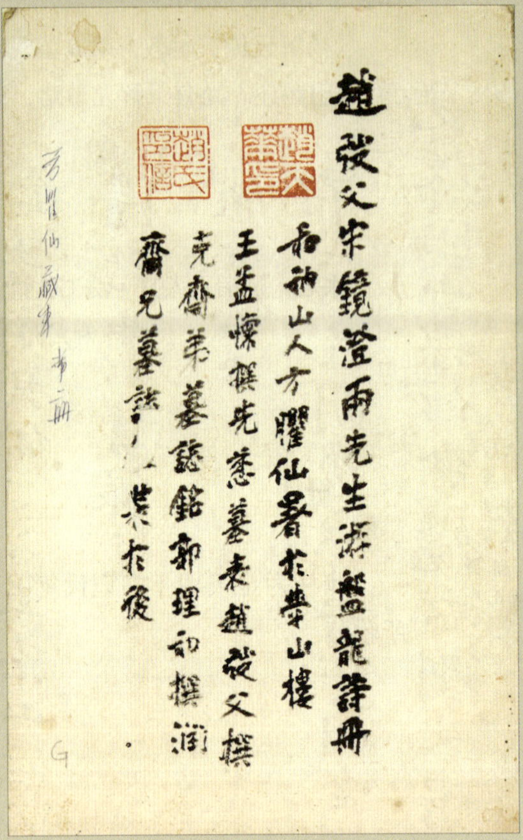


〖录文〗

赵弢父、宋镜澄两先生游盘龙诗册。和衲山人方臞仙署于学山楼，王孟怀撰先悉墓表，赵弢父撰克齐弟墓志铭，郭理初撰润齐兄墓志铭装于后。

〖解读〗

一九三三年七月二十二日，方树梅邀赵弢父［赵式铭］、宋镜澄［宋嘉俊］两先生游盘龙万松诸寺得诗成册。但实际未见王孟怀［王用予］撰先悉墓表、赵弢父撰克齐弟墓志铭，郭理初［郭燮熙］撰润齐兄墓志铭装于后。

该册页封面左侧以圆珠笔书写“方臞仙藏本　第二册”字样，何人所注待考。

# 赵式铭　一通

## 赵弢父、宋镜澄两先生游盘龙诗册

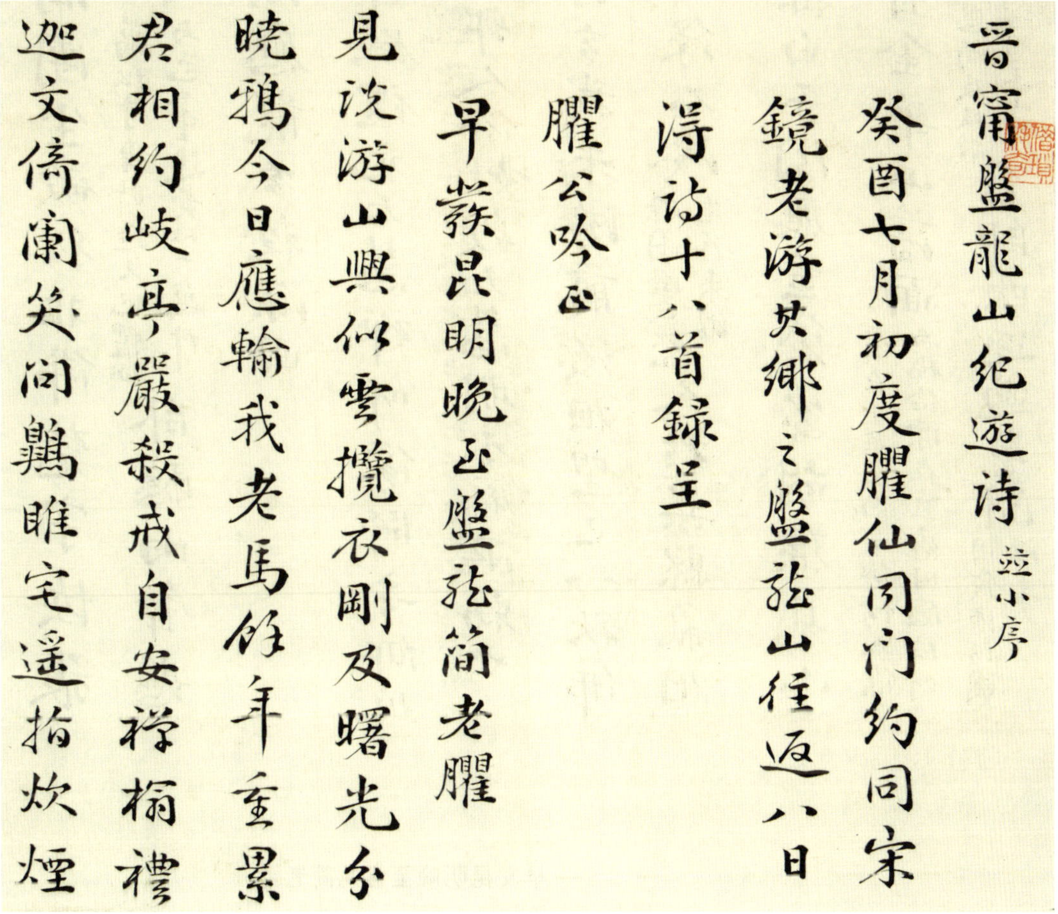
晋甯盤龍山紀遊詩 并小序
癸酉七月初度臞仙同门約同宋
鏡老游其鄉之盤龍山往返八日
得詩十八首録呈
臞公吟正
早發昆明晚止盤龍简老臞
見說游山興似雲攬衣剛及曙光分
曉鴉今日應輸我老馬餘年重累
君相約岐亭嚴殺戒自安禅榻禮
迦文倚闌笑問鷄雎宅遥指炊煙

G01（13-1）G33cm×27.5cm

〖录文〗

### 晋宁盘龙山纪游诗

（并小序）

癸酉七月初度，臞仙同门约同宋镜老［宋嘉俊］游其乡之盘龙山，往返八日。得诗十八首，录呈臞公吟正。

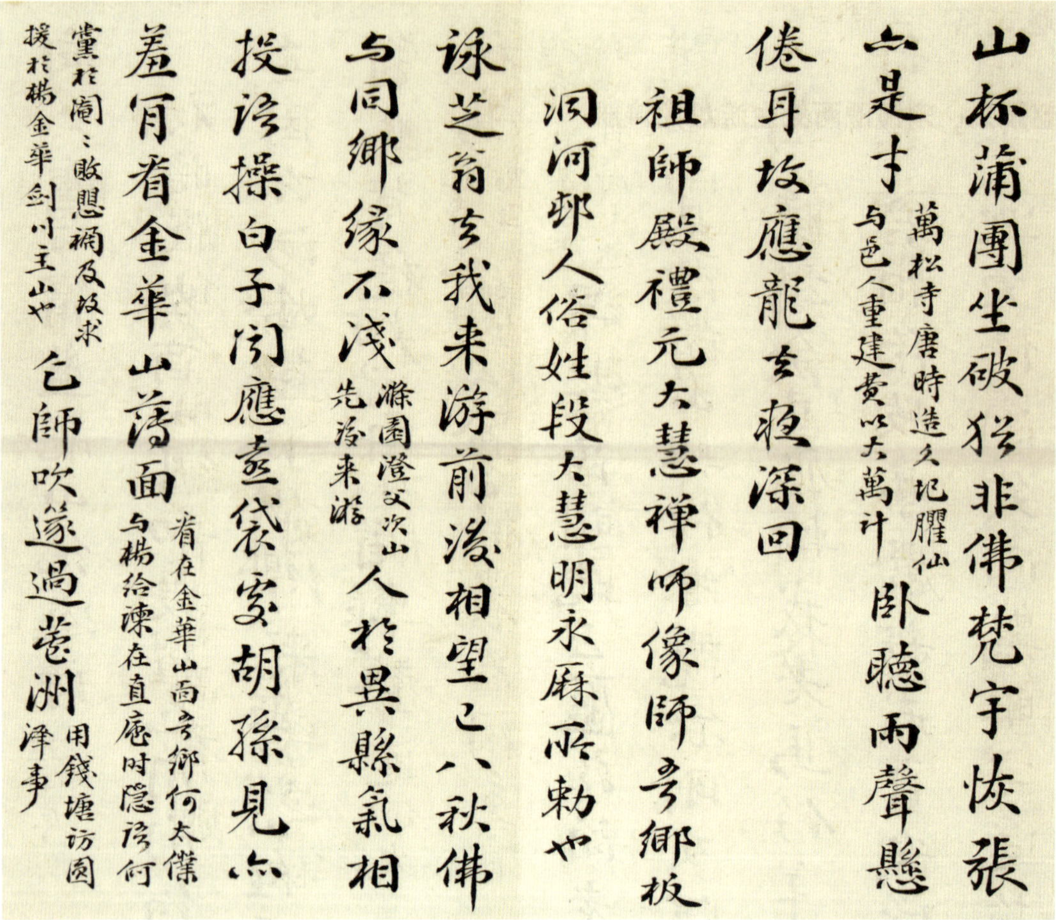
山杯蒲團坐破猶非佛梵宇恢張亦是寺萬松寺唐時造久圮臞仙与邑人重建費以大萬計卧聽雨聲懸倦耳坡應龍去夜深回
祖師殿禮元大慧禪師像師吾鄉板洞河邨人俗姓段大慧明永厤所勅也
詠芝翁去我来游前後相望已八秋佛与同鄉緣不淺滌園澄又次山先後來游人於異縣氣相投詩操白子閒應盍袋零胡孫見亦羞肎看金華山落面看在金華山面吾鄉何太傑与楊給諫在直廬時隱詩何嘗於閣之敢懇禍及坡求拔於楊金華劍川王山也乞師吹遂過巻洲用錢塘訪圓澤事

G01（13-3） G33cm×27.5cm

**早发昆明晚至盘龙简老臞**

见谈游山兴似云，揽衣刚及曙光分。晓鸦今日应输我，老马余年重累君。相约岐亭严杀戒，自安禅榻礼迦文[1]。倚阑笑问鷃雎宅，遥指炊烟向夕曛。

**初晤臞仙令弟纪青喜而有赠**

无因去访叔苴子，有约来寻足谷翁。马背稳于三月艇，车声速似九秋鸿（纪青先一日具舆马至火车站来迎）。身操农器词多旨（纪青有乐耕堂诗，多自得之趣），貘貊拟田诗句枉工。倘许耦耕烟雨里，

①迦文：释迦牟尼亦称释迦文佛，省称“迦文”。

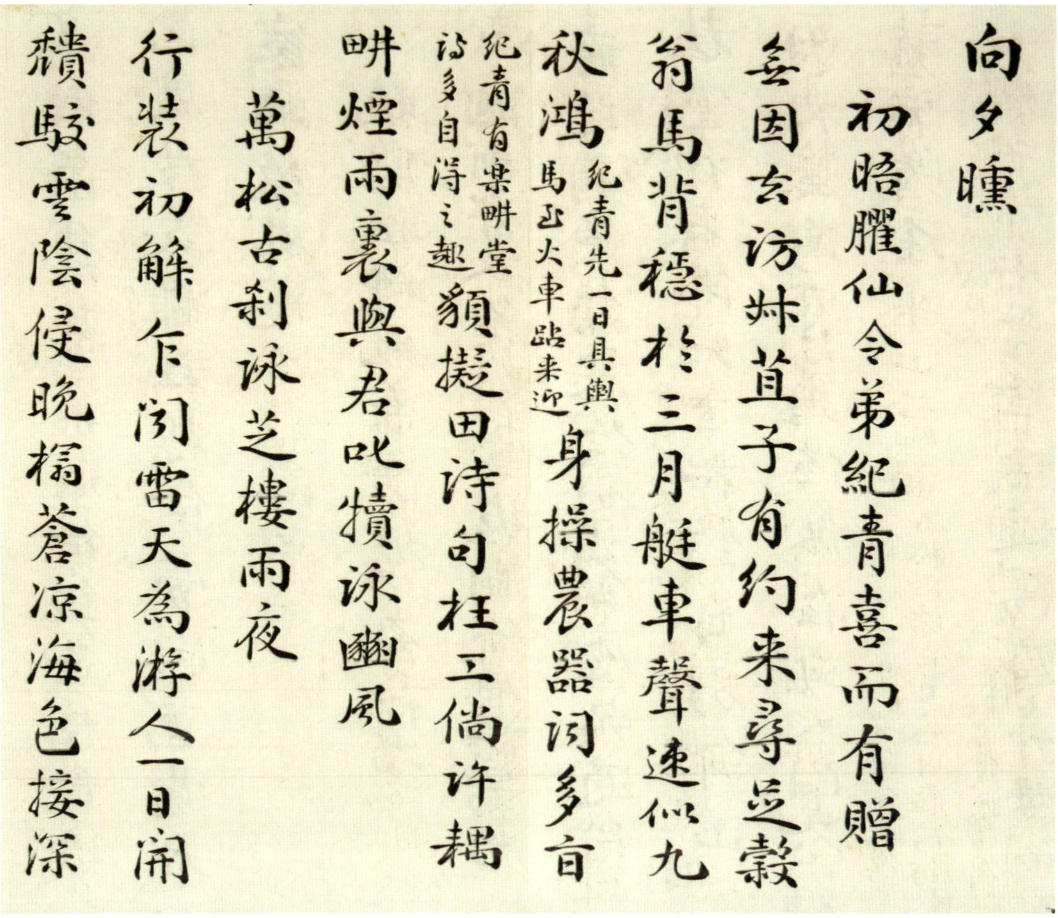

向夕曛
初晤臞仙令弟紀青喜而有贈
無因去訪姝茁子有約來尋足轂
翁馬背穩於三月艇車聲速似九
秋鴻（紀青先一日具輿馬亞火車站來迎）身操農器問多旨
（紀青有樂畊堂詩多自得之趣）須擬田詩句枉三倘許耦
畊煙雨裏與君叱犢詠豳風
萬松古剎詠芝樓雨夜
行裝初解乍聞雷天為游人一日開
積駮雲陰侵晚榻蒼涼海色接深

G01（13-2） G33cm×27.5cm

与君叱犊咏豳风②。

**万松古刹咏芝楼雨夜**

行装初解乍闻雷，天为游人一日开。颓驳云阴侵晚榻，苍凉海色接深山。杯［疑多字］蒲团坐破犹非佛，梵宇恢张亦是才（万松寺，唐时造，久圮。臞仙与邑人重建，费以大万计）。卧听雨声悬倦耳，故应龙去夜深回。

②豳［bīn］风：《诗经》十五国风之一。

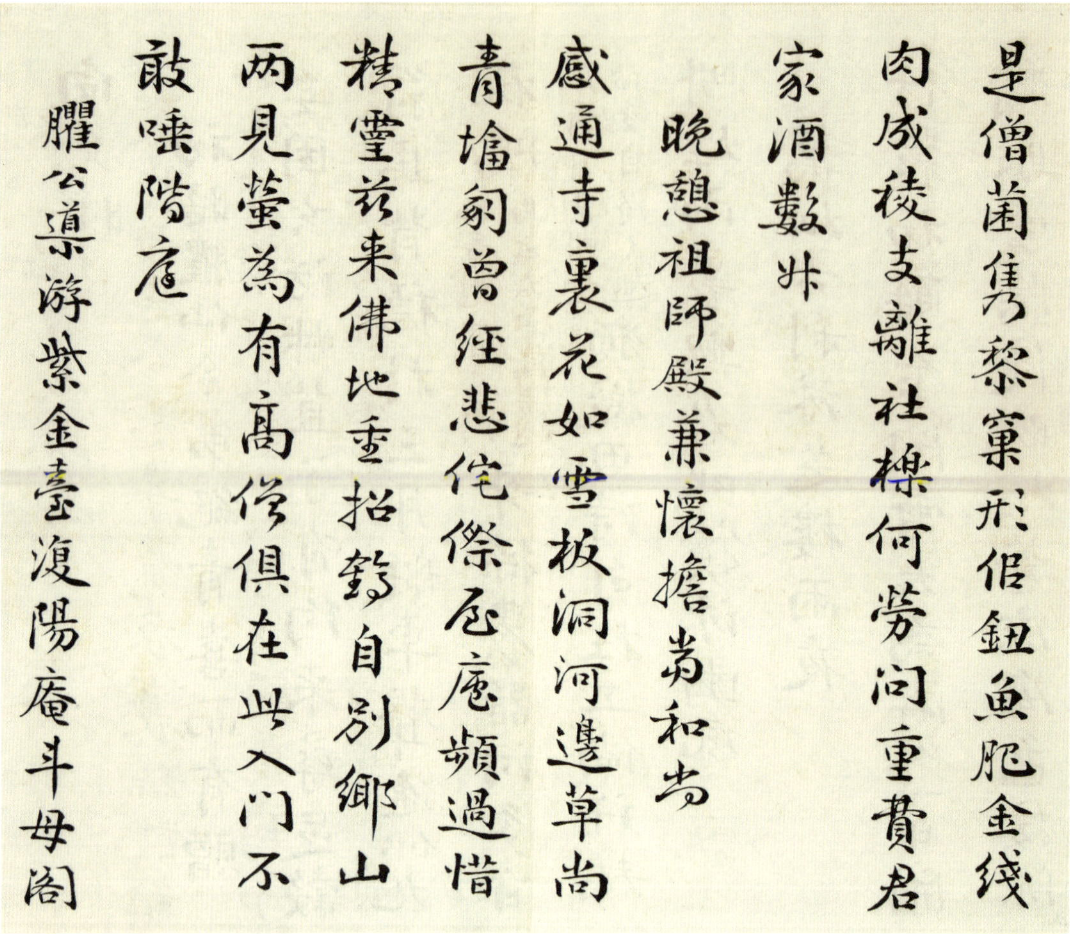
是僧闌隽黎窠形侣鈕魚肥金线
肉成椶支離社橅何勞问重貫君
家酒數卅
晚憩祖師殿兼懷擔當和尚
感通寺裏花如雪板洞河邊草尚
青墖𦔳曾經悲侘傺厄庵頻過惜
精靈於來佛地垂招鶴自别鄉山
兩見螢為有高僧俱在此入门不
敢唾階庭
臞公導游紫金臺渡陽庵斗母阁

G01（13-5） G33cm×27.5cm

### 祖师殿礼元大慧禅师像

师，吾乡板洞河村人，俗姓段。大慧，明永历所敕也。

咏芝翁去我来游，前后相望已八秋。佛与同乡缘不浅（涤园澄父次山，先后来游），人于异县气相投。语操白子闻应喜，袋处胡孙见亦羞。肯看金华山薄面（看在金华山面，吾乡何太仆与杨给谏在直庐[3]时隐语，何党于阉，阉败惧祸及，故求援于杨金华，剑川主山也），乞师吹篴过芦洲（用钱塘访圆泽事）。

### 咏芝楼雨后漫兴

山深昨雨逗今寒，斗觉衣裘称体难。添得河声锵水玉[4]，剩将

③直庐：旧时侍臣值宿之处。

④锵水玉：流水如玉声。

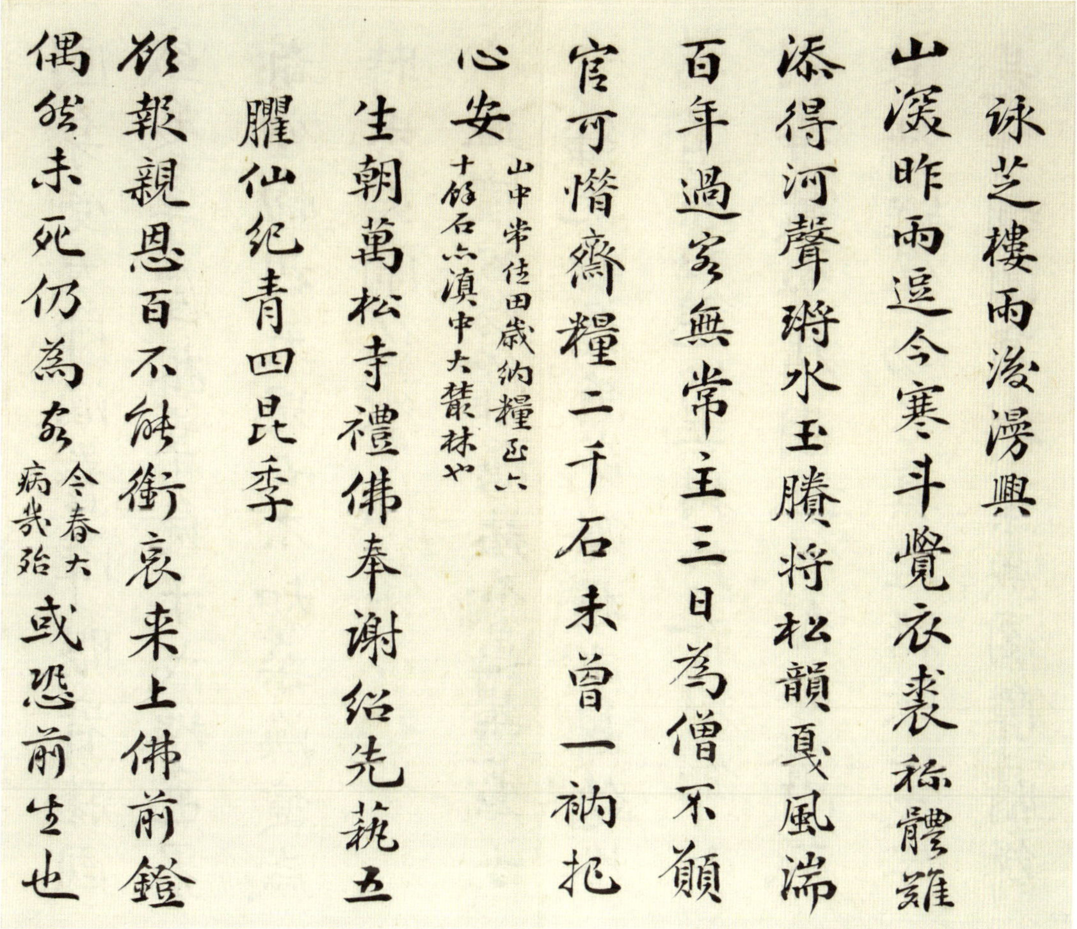

G01（13-4） G33cm×27.5cm

松韵戛风湍。百年过客无常主，三日为僧不愿官。可惜斋粮二千石，未曾一衲[5]把心安（山中常住，田岁纳粮至六十余石，亦滇中大丛林也）。

**生朝万松寺礼佛，奉谢绍先、萩五、臞仙、纪青四昆季**

欲报亲恩百不能，衔哀来上佛前镫。偶然未死仍为客（今春大病几殆），或恐前生也是僧。菌隽黎窠形侣钮，鱼肥金线肉成棱。支离社栎何劳问，重费君家酒数升。

⑤一衲：一件僧衣。

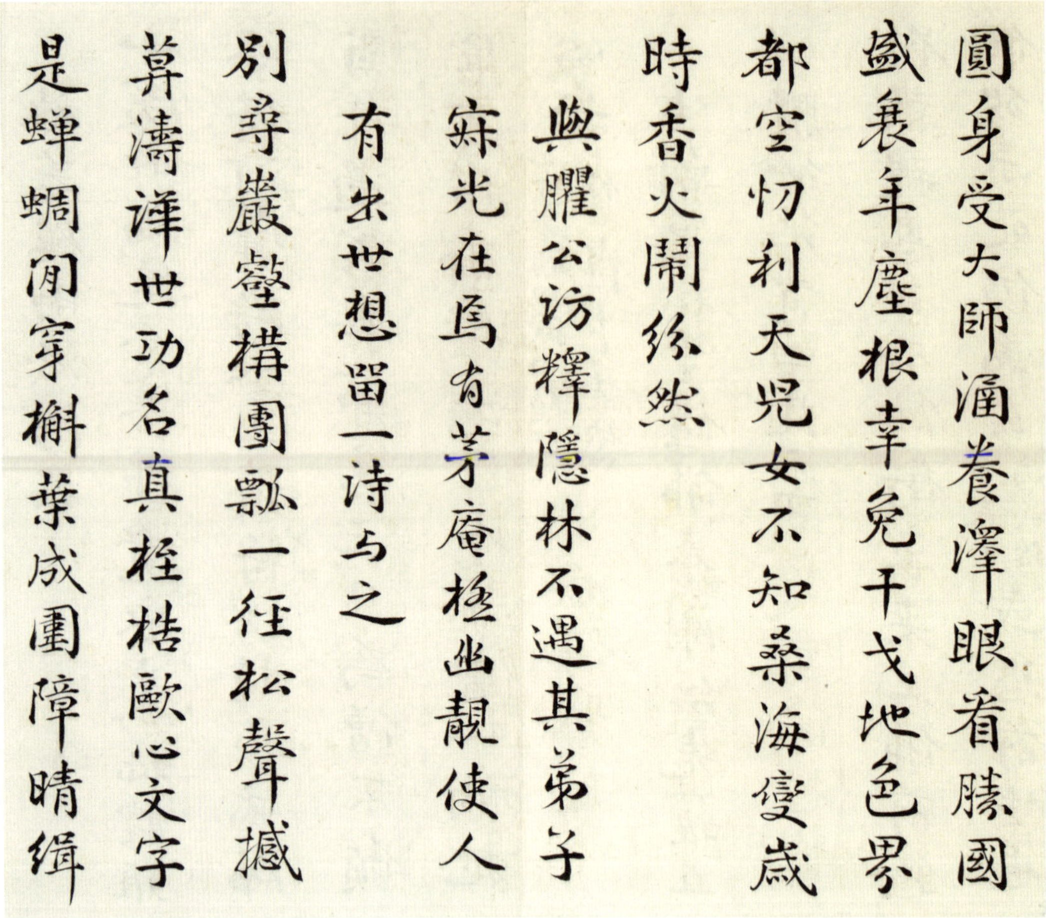
圓身受大師涵養澤眼看滕國盛衰年塵根幸免干戈地色界都空忉利天兒女不知桑海變歲時香火鬧紛然

與矅公訪釋隱林不遇其弟子寂光在焉有茅庵極幽靚使人有出世想留一詩与之

別尋巖壑構團瓢一任松聲撼弃濤洋世功名真桎梏歐心文字是蟬蜩閒穿檞葉成團障晴緝

G01（13-7） G33cm×27.5cm

**晚憩祖师殿兼怀担当和尚**

感通寺里花如雪，板涧河边草尚青。塔冢曾经悲侘傺[6]，屋庐频过惜精灵。兹来佛地重招鹤，自别乡山两见萤。为有高僧俱在此，入门不敢唾阶庭。

**矅公导游紫金台、复阳庵、斗母阁、玉皇阁、元和宫、药师院诸胜**

游山天气半晴阴，梵刹琳宫取次寻。老树代人腰挺健（游山者喜以竹枝拄树，腰谓可健步），乡氓拜佛膝磨深（朝山男妇由山麓跪拜至元和宫）。鸡鸣云里知亭午，鸠唤枝头促下林。是处招提行脚遍，囊中添得紫芝吟。

⑥侘傺［chì］：失意的样子。

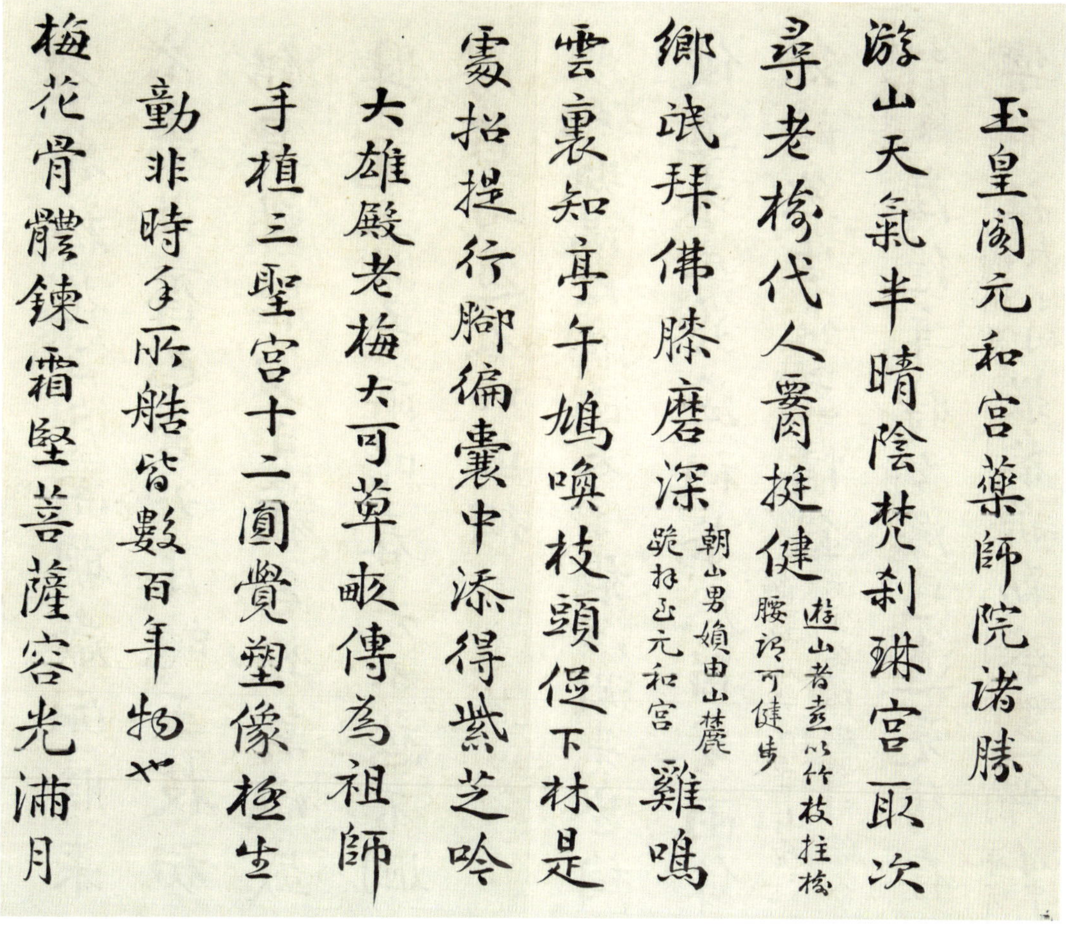

玉皇閣元和宮藥師院諸勝
游山天氣半晴陰梵刹琳宮取次
尋老椿代人膂挺健（遊山者多以竹枝拄杖腰腳可健步）
鄉氓拜佛膝磨深（朝山男婦由山麓跪拜至元和宮）鷄鳴
雲裏知亭午鳩喚枝頭促下林是
處招提行腳徧囊中添得紫芝吟
大雄殿老梅大可萆畝傳為祖師
手植三聖宮十二圓覺塑像極生
動非時手所能皆數百年物也
梅花骨體鍊霜堅菩薩容光滿月

G01（13-6） G33cm×27.5cm

**大雄殿老梅**

大可萆[7]亩，传为祖师手植。三圣宫十二圆觉塑像极生动，非时手所造，皆数百年物也。

梅花骨体炼霜坚，菩萨容光满月圆。身受大师涵养泽，眼看胜国盛衰年。尘根幸免干戈地，色界都空忉利天。儿女不知桑海变，岁时香火闹纷然。

**与臞公访释隐林**

不遇，其弟子寂光在焉。有茅庵极幽靓，使人有出世想。留一诗与之。

别寻岩壑构团瓢，一径松声撼莫涛。哗世功名真桎梏，欧心文字是蝉蜩。闲穿槲叶成围障，晴缉山茨补漏茅。怅望汤休不归去，碧云一曲为谁谣。

[7]萆：同“蓖”。或为“蔽”之误。

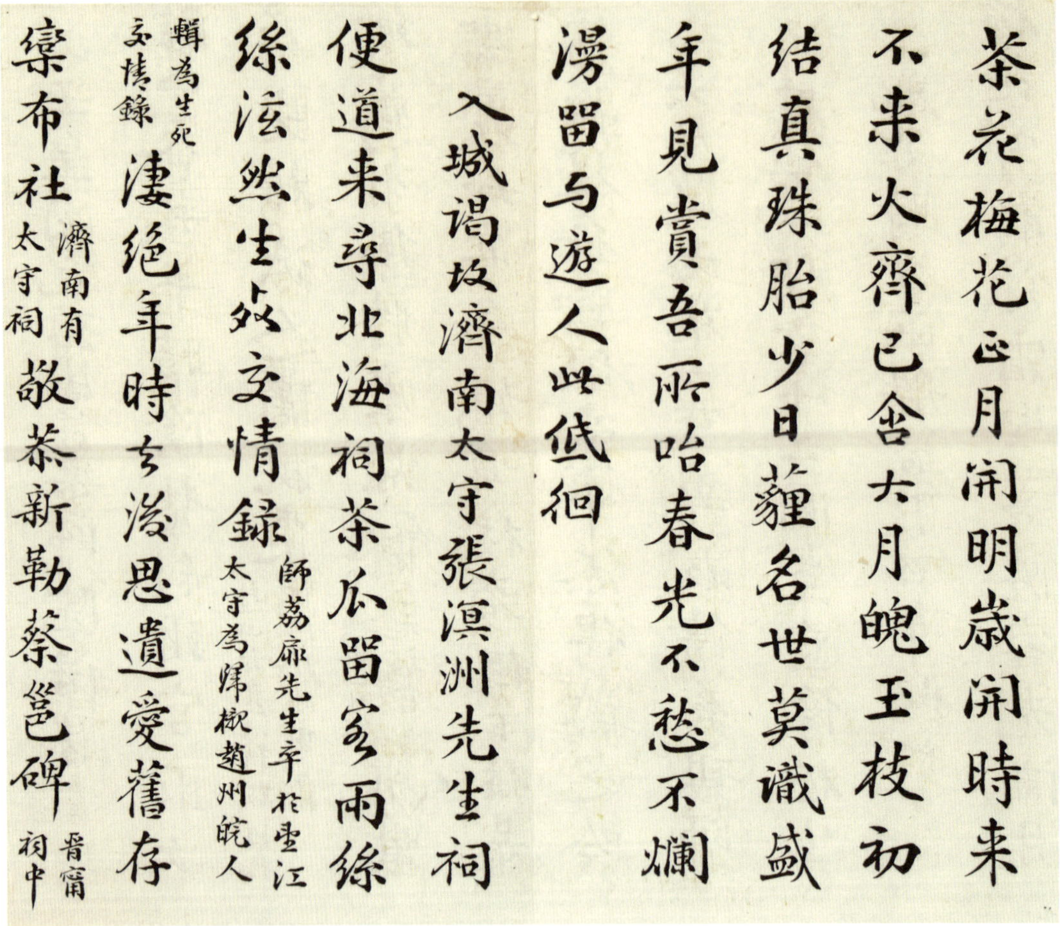


G01（13-9） G33cm×27.5cm

**晚归咏芝楼慨怀石禅先师**

倦鸟分翻何处归，暗蛩凄切为谁唏。秋山欲暮白云合，老树无风黄叶飞。估客暝穿林外径（寺右即往河阳路），孤僧自叩雨中扉（隐林来过，入夜方归）。悄然我亦上楼去，不见诗翁歌采薇。

**将下山，留别大雄殿古梅、药师院古茶**

茶花梅花正月开，明岁开时来不来。火齐已含大月魄，玉枝初结真珠胎。少日蕴名世莫

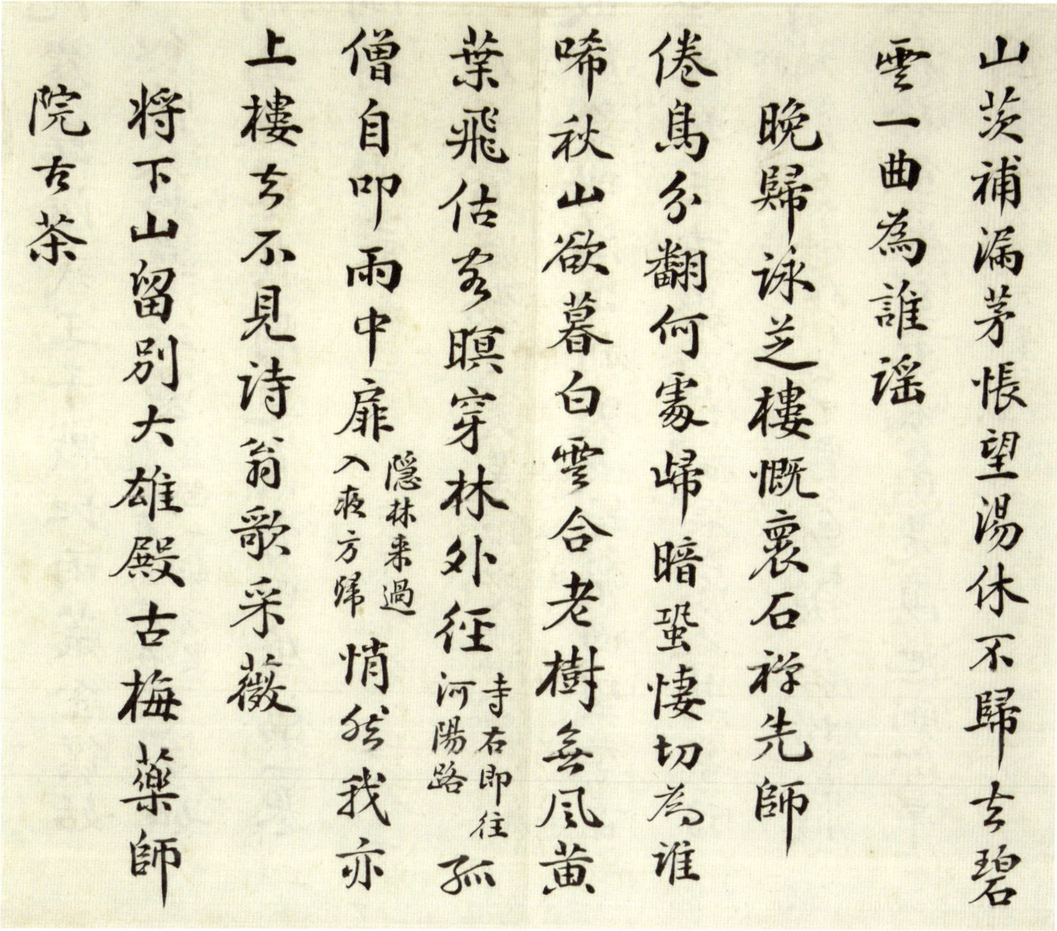
山淡補漏茅帳望湯休不歸去碧雲一曲為誰謠

晚歸詠芝樓慨裒石禅先師

倦鳥紛翻何處歸暗蛩悽切為誰啼秋山欲暮白雲合老樹無風黄葉飛估客瞑穿林外徑（寺右即往河陽路）孤僧自叩雨中扉（隱林來過入夜方歸）悄然我亦上樓去不見詩翁歌采薇

將下山留別大雄殿古梅藥師院古茶

G01（13-8） G33cm×27.5cm

识，盛年见赏吾所咍[8]。春光不愁不烂漫，留与游人此低徊。

### 入城谒故济南太守张溟洲先生祠

便道来寻北海祠，茶瓜留客雨丝丝。泫然[9]生死交情录（师荔扉先生卒于望江，太守为归榇[10]赵州，皖人辑为《生死交情录》）。凄绝年时去后思，遗爱旧存栾布社（济南有太守祠）。敬恭新勒蔡邕碑（晋宁祠中刻置石禅师撰太守传，袁屏山［袁嘉谷］同年撰祠堂碑）。贤庐佛刹相辉映，心折龙池老校师（万松刹、太守祠皆老臞倡，首为之。臞有《龙池校书图》，故云）。

⑧咍［hāi］：笑。

⑨泫［xuàn］然：眼泪下滴的样子。

⑩榇［chèn］：棺材。

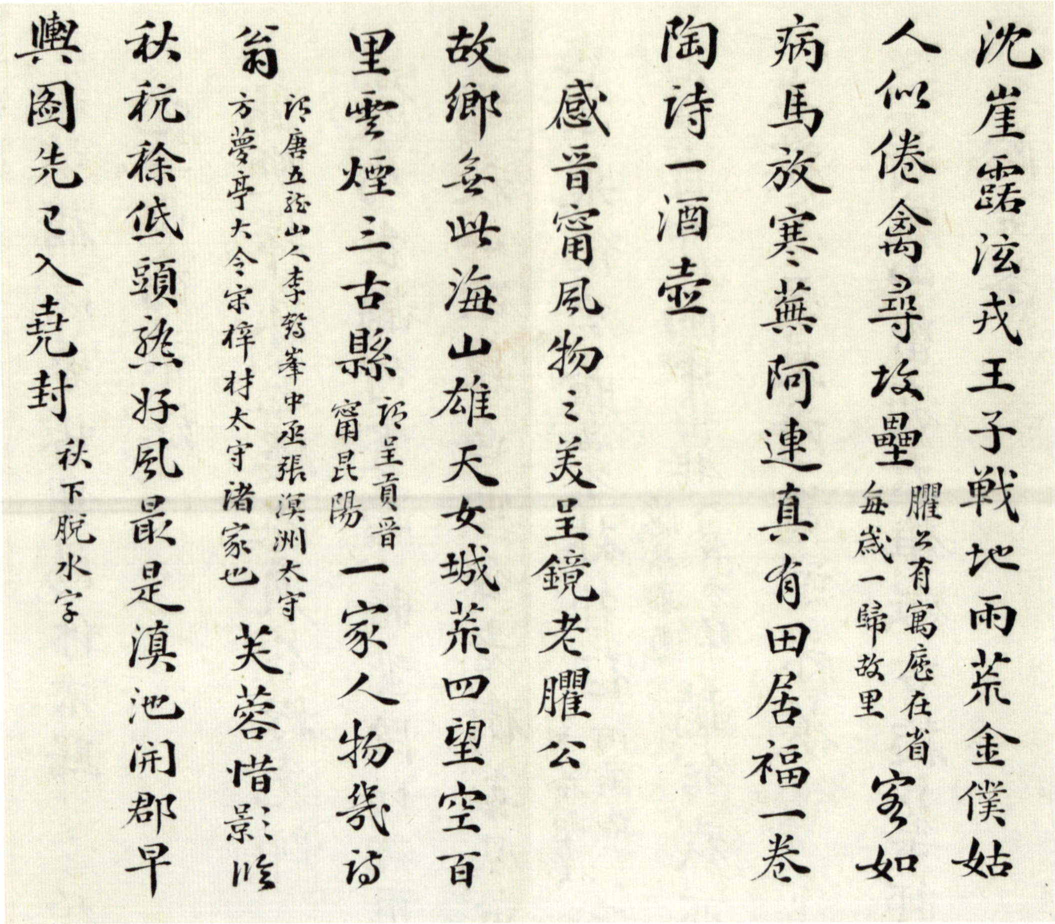

G01（13-11） G33cm×27.5cm

### 乐耕堂奉酬癯仙纪青诸昆季

鶴睢村在县城西，款叚冲寒踏赭泥。下马入门童稚喜，烹鲜酌酒弟兄齐。西头新屋东头旧（萩五、纪青新卜筑[11]于村之西，旧屋则老臞所居也），前辈宗祠后辈题（老臞刻梦亭先生所书楹句，与石禅先师联榜于祠中）。信是君家风义古，不容一宿便分携。

### 望天女城梁王山再酬臞仙、纪青

典午而还迄畏吾，山川城郭总模黏。沈崖露泫戎王子[12]，战地雨荒金仆姑[13]。人似倦禽寻故垒（臞公有寓庐在省，每岁一归故里），客如病马放寒芜。阿连真有田居福，一卷陶诗一酒壶。

⑪卜筑：择地建筑住宅，即定居之意。

⑫戎王子：花草名。

⑬金仆姑：箭名。

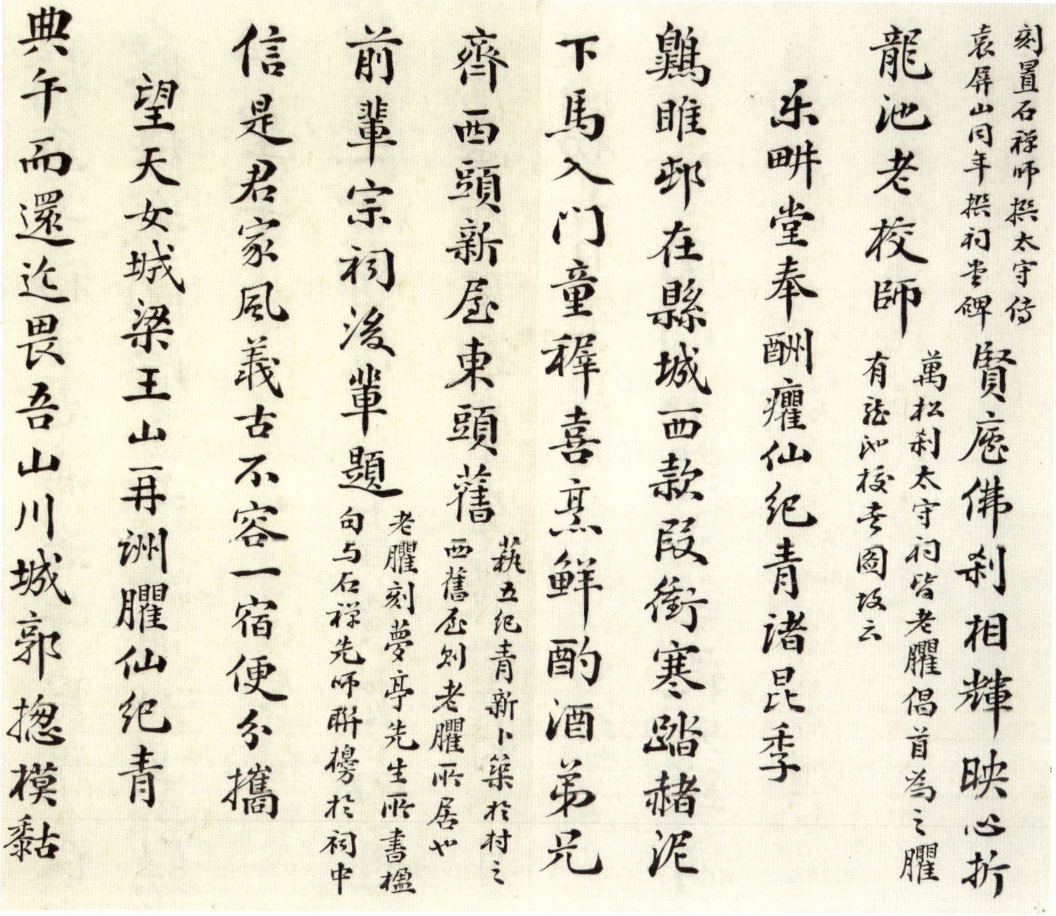
刻置石禄师撰太守传
袁屏山同年撰祠堂碑
賢庵佛剎相輝映心折
龍池老校師
萬松剎太守祠皆老臞倡首為之臞
有詩紀校吏圖攷云
乐畊堂奉酬臞仙紀青諸昆季
鷓雎郵在縣城西款段街寒踏赭泥
下馬入門童稺喜烹鮮酌酒弟兄
齊西頭新屋東頭舊
蘇五紀青新卜築於村之
西舊屋則老臞所居也
前輩宗祠後輩題
老臞刻夢亭先生所書楹
句與石禄先师酬楊於祠中
信是君家風義古不容一宿便分攜
望天女城梁王山再洲臞仙紀青
典午而還迄畏吾山川城郭總模黏

G01（13-10） G33cm×27.5cm

**感晋宁风物之美，呈镜老臞公**

故乡无此海山雄，天女城荒四望空。百里云烟三古县（谓呈贡、晋宁、昆阳），一家人物几诗翁（谓唐五龙山人、李鹤峰中丞、张滇洲太守、方梦亭大令、宋梓材[14]太守诸家也）。芙蓉惜影临秋［水］，秔稌[15]低头熟好风。最是滇池开郡早，舆图先已入尧封（秋下脱水字）。

**余绝爱牛恋乡之名，意欣然，有作**

牛恋乡中牛早归，鱼飞浦外鱼正肥（牛恋乡近金线鱼洞，县志有飞鱼出海之异。故县城名鱼城）。今年刲[16]羊大作社（八月朔，为盘龙

⑭宋梓材：宋廷梁，字子材，号梓材，室名赋梅书屋。云南晋宁人。光绪三年（一八七七）进士。历官江西候补知府、权临江府知府。

⑮秔稌［jīngtú］：粳稻与糯稻。

⑯刲［kuī］：刺杀。

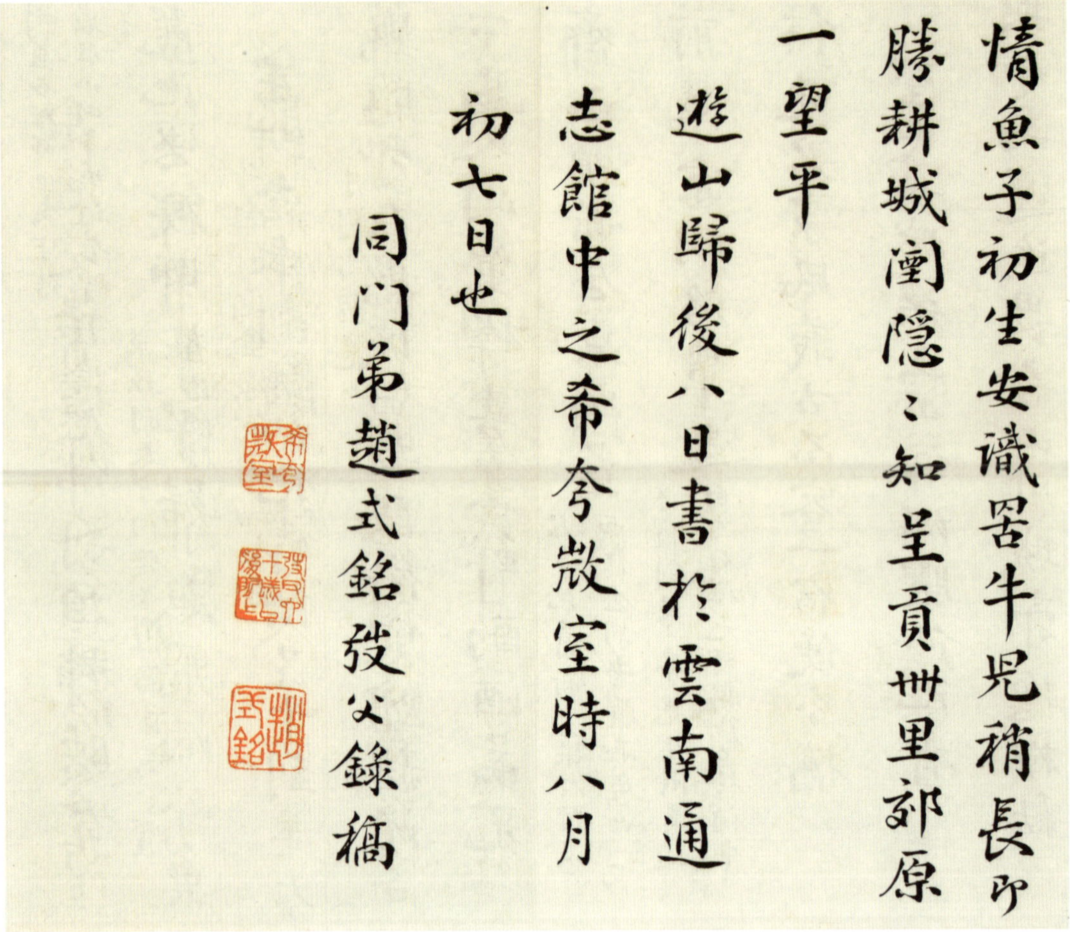
情魚子初生安識罟牛兒稍長卽
勝耕城闉隱〻知呈貢卌里郊原
一望平
遊山歸後八日書於雲南通
志館中之希夌敔室時八月
初七日也
同门弟趙式銘殘父錄稿

G01（13-13） G33cm×27.5cm

山大会，远近毕集），明日获稻添新衣。客子最思故园乐，居民自叹生理微。剑湖秋色亦佳绝，且晚垂钓红蓼矶⑰。

**纪青以舆马送至呈贡，道中有作却寄纪青**

游客真从雨隙行，也宜阴翳也宜晴。好山似与故人别，秋水不如高士情。鱼子初生安识罟，牛儿稍长即胜耕。城闉隐隐知呈贡，卌里郊原一望平。

⑰红蓼矶：长红蓼的石滩。

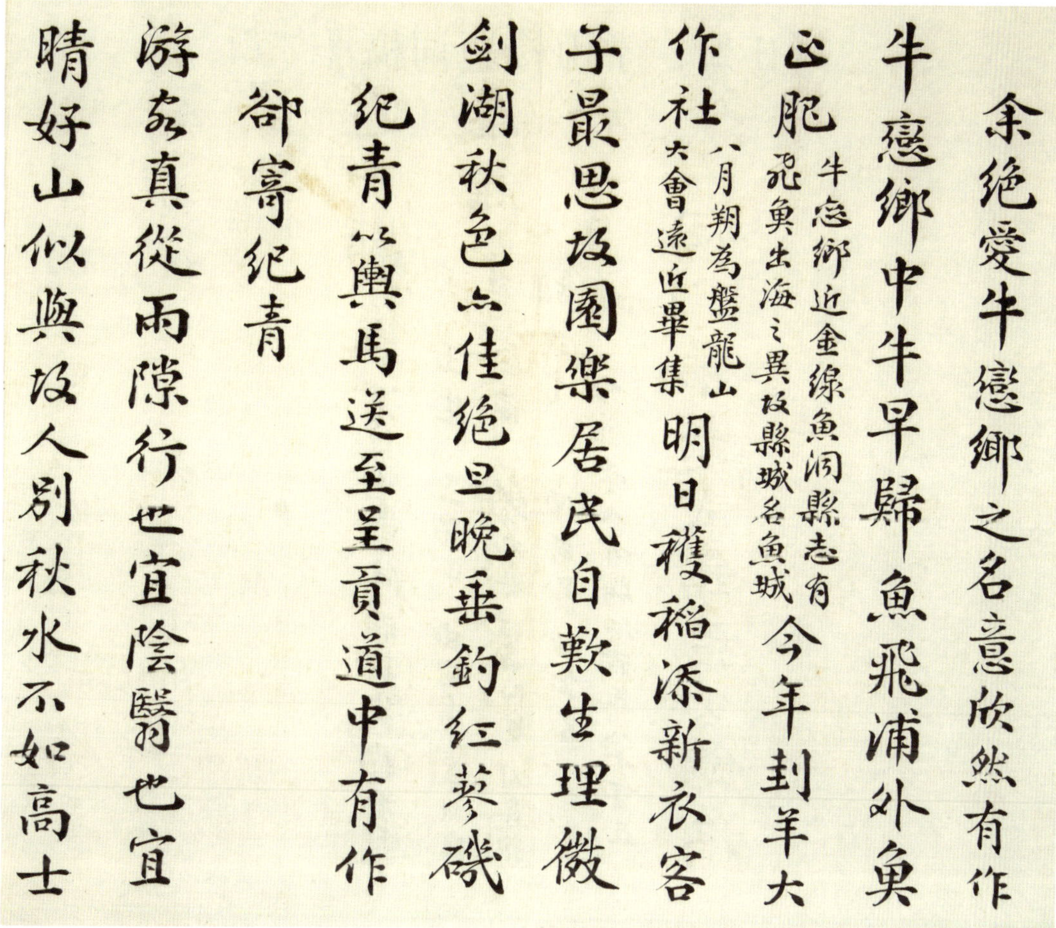

余絶愛牛戀鄉之名意欣然有作

牛戀鄉中牛早歸魚飛浦外奐亦肥牛戀鄉近金線魚洞縣志有飛奐出海之異故縣城名魚城今年封羊大作社八月朔為盤龍山大會遠近畢集明日穫稻添新衣客子最思故園樂居民自歎生理微劍湖秋色亦佳絶旦晚垂釣紅蓼磯

紀青以輿馬送至呈貢道中有作卻寄紀青

游衣真從雨隙行世宜陰翳也宜晴好山似與故人別秋水不如高士

G01（13-12） G33cm×27.5cm

游山归后八日书于云南通志馆中之希夷微室。时八月初七日也。

同门弟　赵式铭弢父　录稿

〔钤印：希夷微室，弢父六十岁以后所作，赵式铭〕

〔笺纸：宣纸〕

〖解读〗

《笔记二种》载：一九三三年七月，“二十二日，邀赵弢父、宋镜澄两先生，游盘龙万松诸寺，下榻万松寺咏芝楼三夕，下山住乐耕堂二夕”。

## 【H册：学山楼题词稿】

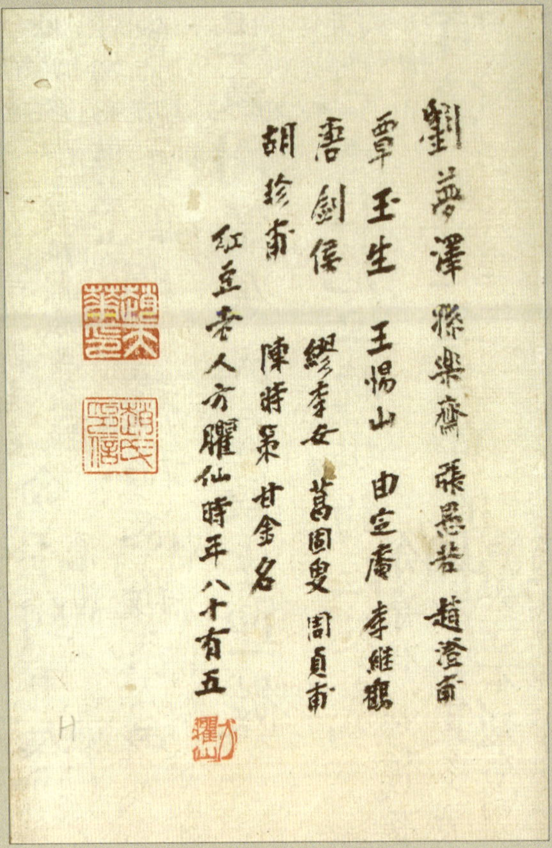


〖录文〗

刘梦泽、孙乐斋、张愚若、赵澄甫、覃玉生、王惕山、由定庵、李继鹤、唐剑侯、缪季安、葛固叟、周贞甫、胡珍甫、陈时策、甘金名。红豆老人方臞仙时年八十有五。（加盖方臞仙印章）

〖解读〗

实际包括刘梦泽［刘楚湘］、孙乐斋［孙乐］、苏玉麟、张愚若［张学智］、赵澄甫［赵宗瀚］、缪季安［缪寄庵、缪尔纾］、覃玉生［覃宝珧］、王惕山［王灿］、由定庵［由云龙］、李继鹤［李嘉谷］、唐剑侯［唐建侯、唐继鳞］、葛固叟［葛在庭、葛振鹭］、谢琅书［谢显琳］、周兆元、胡珍甫［胡商彝］、陈时策、甘铭［甘金名］。内容除学山楼题词外，因篇幅尚余，亦附其他文稿。

# 刘楚湘　一通

刘楚湘（一八八六 ~ 一九五二），字梦泽，号适斋。一九一六年被选为国会议员，并担任宪法起草委员，得授二等大绶嘉禾勋章。一九二三年黎元洪复任大总统，恢复国会，刘楚湘再度赴会，反贿选愤然离京。一九二四年由沪返滇，任八省联军机要处副处长，昆明市政会办，创办云南民治学院并任院长。一九二七年辞职回腾冲。一九四四年九月腾冲光复后，刘楚湘继张问德任腾冲县县长。

## 题学山楼

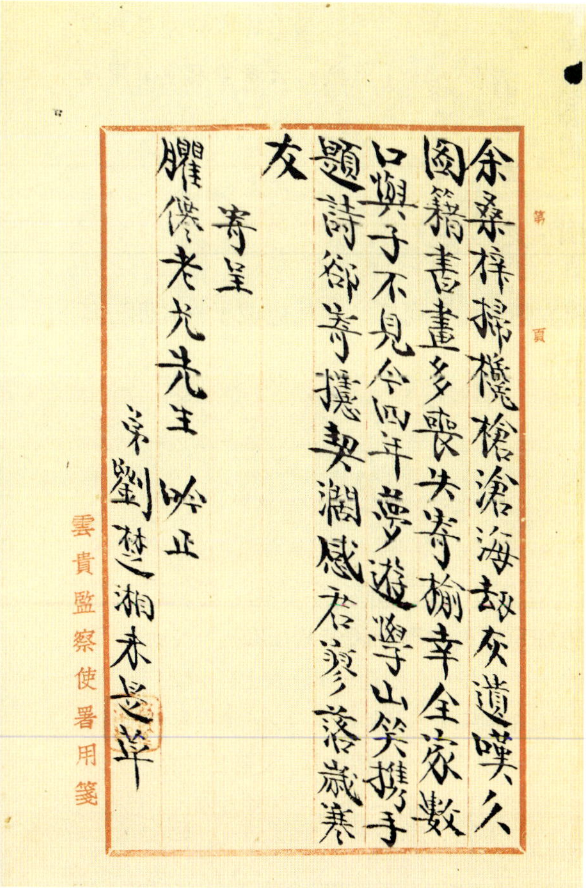


H01（2-2） G17cm×27cm

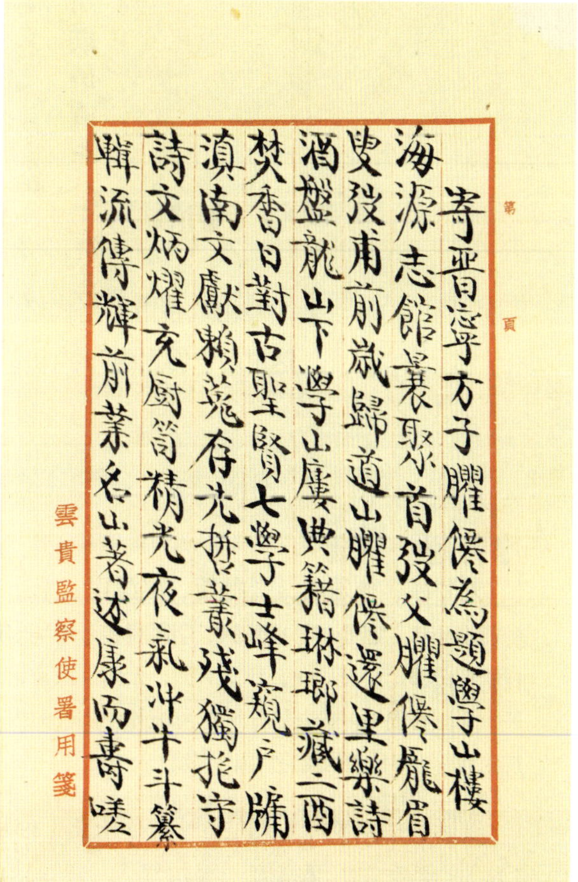


H01（2-1） G17cm×27cm

①欃[chán]枪：彗星。喻邪恶势力。这里指日本帝国主义侵略滇西。

②摅[shū]：发表或表示出来。

③契阔：离合，聚散。

〖录文〗

寄晋宁方子臞仙为题学山楼。

海源志馆曩聚首，弢父[赵式铭]臞仙庞眉叟。弢甫前岁归道山，臞仙还里乐诗酒。盘龙山下学山楼，典籍琳琅藏二酉。焚香日对古圣贤，七学士峰窥户牖。滇南文献赖搜存，先哲丛残独抱守。诗文炳耀充厨笥，精光夜气冲牛斗。纂辑流传辉前业，名山著述康而寿。嗟余桑梓扫欃枪①，沧海劫灰遗叹久。图籍书画多丧失，寄榆幸全家数口。与子不见今四年，梦游学山笑携手。题诗却寄摅②契阔③，感君寥落岁寒友。

寄呈臞仙老兄先生吟正。

弟　刘楚湘　未是草

〔钤印：刘楚湘印〕

〔笺纸：云贵监察使署用笺〕

〖解读〗

由“弢甫[赵式铭]前岁归道山”可知，此札应成于一九四三年。这也是一份迟到的学山楼贺诗。

## 廖行超　一通

廖行超（一八九五～一九七二），字品卓，云南华宁县廖家营村人（一九五O年划江川）。一九一一年，昆明初级师范学校毕业，弃文从武，云南讲武堂第三期步兵科毕业。后赴日本，入士官学校。归国后任职于驻粤滇军。一九二三年七月被孙中山任命为中央直辖滇军第二师师长，后又任滇军参谋长。参加讨伐陈炯明，曾受到孙中山奖赏。一九二四年一月任广东革命政府禁烟帮办。又赴法潜心习法语，入里昂大学历史系就读，在法期间结识云南宣威留法女士惠国碧完婚，一九三三年毕业回国。后参与北伐，一九四五年二月以中将军衔退役。廖行超曾与廖仲凯先生结为兄弟，香凝称赞“廖行超为好好先生”；孙中山曾书赠品卓“博爱”立轴。品卓幼承家学，精通诗词书画，昆明金碧诗社《求珠集》选辑了《品卓词忆》一百二十五首作品。

## 减兰（题方臞仙先生学山楼）

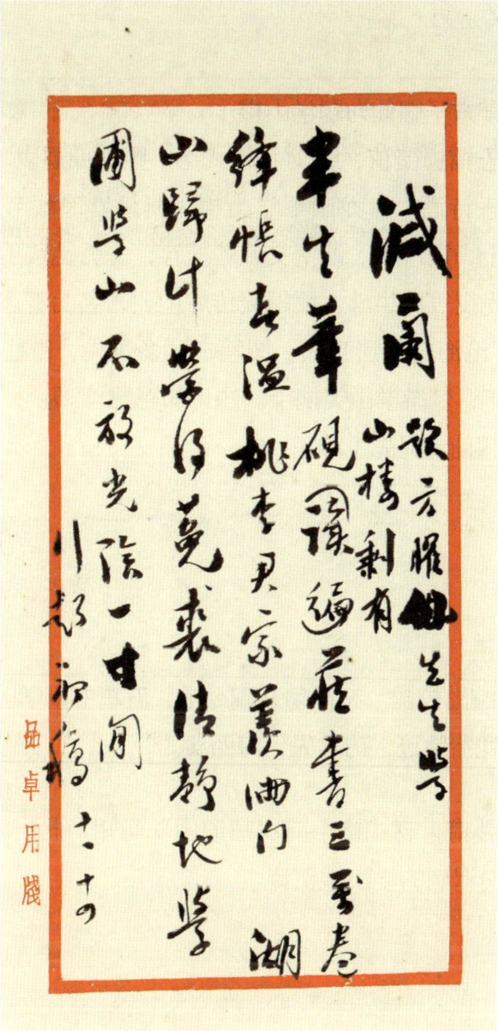

H02 G12cm×24cm

〖录文〗

**减兰**

（题方臞仙先生学山楼）

半生笔砚，剩有藏书三万卷。绛帐春温，桃李君家羡满门。

湖山归计，学得菟裘①清静地。学圃学山，不放光阴一寸闲。

拜题初稿　十·十四

〔笺纸：品卓用笺〕

①菟裘［tùqiú］：古邑名。春秋鲁地。在今山东泰安东南楼德镇。后世因称士大夫告老退隐的处所为“菟裘”。

## 孙乐 一通

孙乐（一九〇五～一九七一），字乐斋，号佛海居士。云南元江人。袁嘉谷的得意门生，毕业于东陆大学，知识渊博，文史诗书无所不精，尤擅书法金石，名动省城。在其声名如日中天之际，放弃了“学而优则仕”的观念，抛下了祖传的浩大家业，隐入佛门，出家圆通寺做居士，全心研习佛法，积极编辑传播佛经，成为滇南宗教界著名人士，解放后为佛协昆明分会秘书长、省文史馆馆员。著有《湖月集》《湖月续集》《玄奘法师年谱》等。

### 题学山楼

〖录文〗

题学山楼即呈臞仙先生吟正。

方村归隐石泉幽，手把一编勤校雠。三径菊开陶令宅，五车书富学山楼。窗前竹影消清书，屋外松声报早秋。何日盘龙参胜迹，访君先到海西头。

佛海居士孙乐　未定稿

〔钤印：佛海居士〕

〔笺纸：宣纸〕

〖解读〗

刘文典在西南联大任教时，经吴宓介绍认识了孙乐。抗战结束后，刘文典任教于云南大学，期间，全家曾租住青云路三号孙乐家的房子一年多。

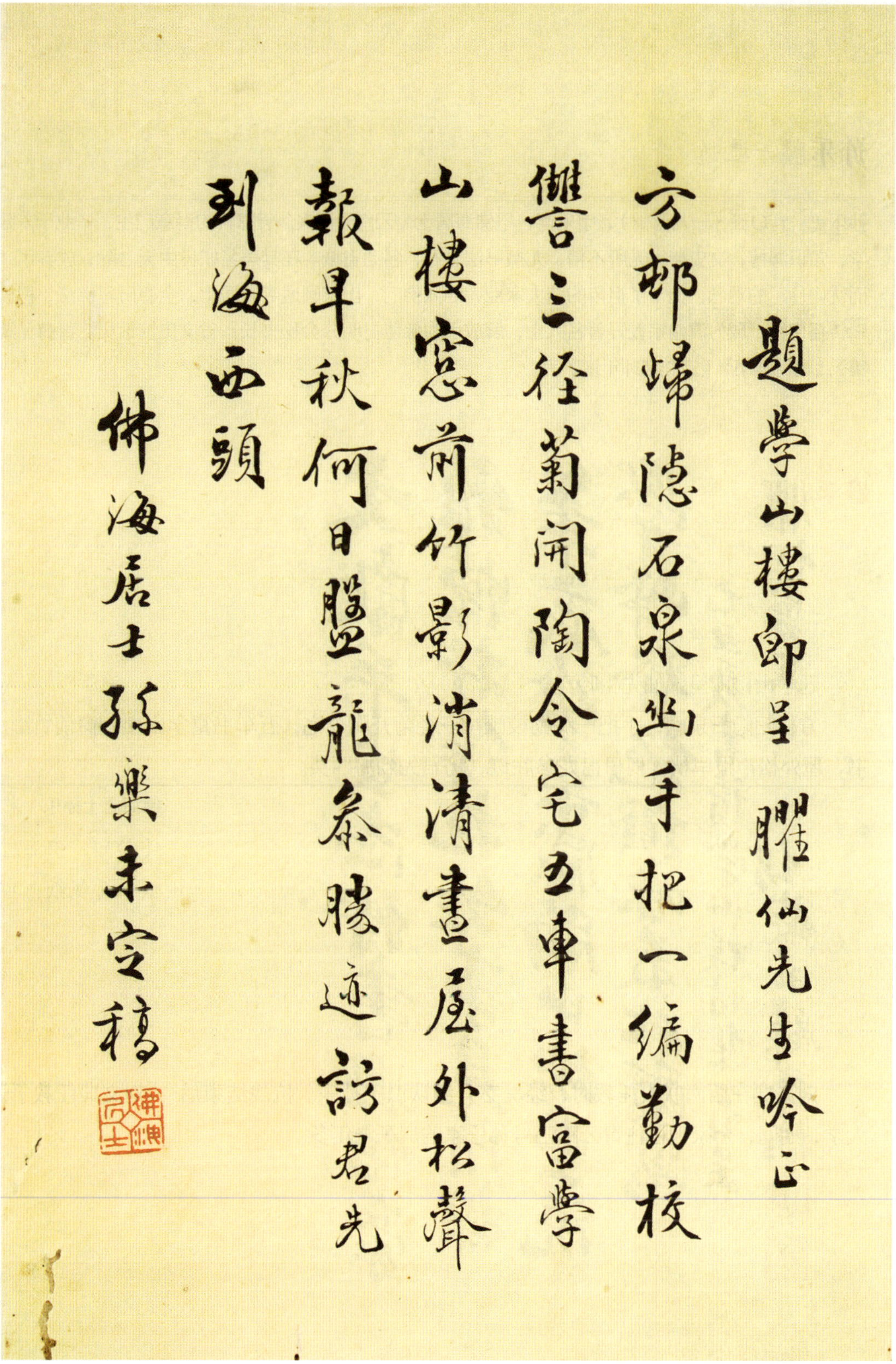

題學山樓卽呈 臞仙先生吟正
方郡歸隱石泉幽手把一編勤校
讎三徑菊開陶令宅五車書富學
山樓窗前竹影消清晝屋外松聲
報早秋何日騰龍參勝迹訪君先
到海西頭
佛海居士孫樂未定稿



H03 G21cm×30.5cm

# 苏玉麟　二通

苏玉麟，方树梅外甥。从事云南盐政工作。

## 一、学山楼题词

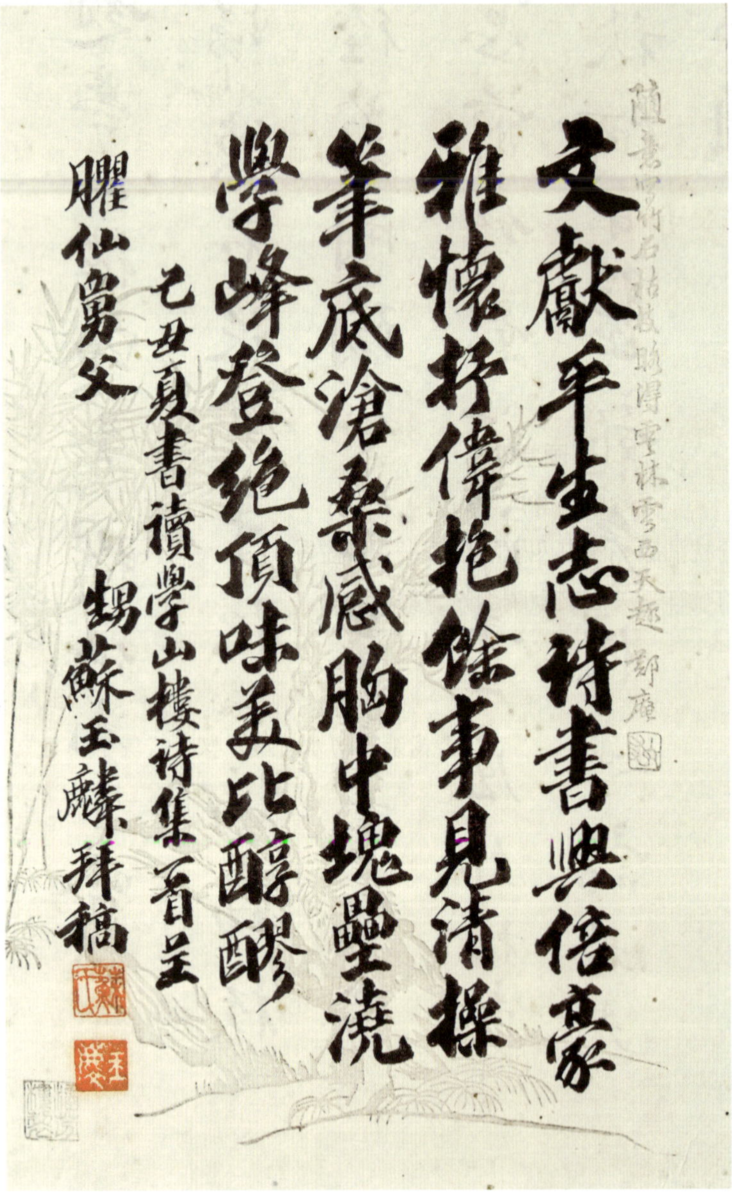
文獻平生志詩書興倍豪
雅懷抒偉抱餘事見清操
筆底滄桑感胸中塊壘澆
學峰登絕頂味美比醇醪
乙丑夏書讀學山樓詩集一首呈
臞仙舅父
甥蘇玉麟拜稿

H04 G16.5cm×26cm

〖录文〗

文献平生志，诗书兴倍豪。雅怀抒伟抱，余事见清操。笔底沧桑感，胸中块垒浇。学峰登绝顶，味美比醇醪。

己丑夏，书读《学山楼诗集》一首呈臞仙舅父。

甥　苏玉麟　拜稿

〔钤印：苏氏、玉麟〕

〔笺纸：竹石图诗笺〕

## 二、画堂春（题臞仙舅氏学山楼）

〖录文〗

**画堂春**

（题臞仙舅氏学山楼）

高楼掩卷卧藤床，炎天倚枕清凉。图书四壁满琳琅，衣带盈香。

饮酒敲诗遣兴，栽花种竹徜徉。关心文献阐幽光，纂著名扬。

甥　苏玉麟　拜稿

〔钤印：苏玉麟〕

〔笺纸：山水诗笺。文：“溪亭山色”〕

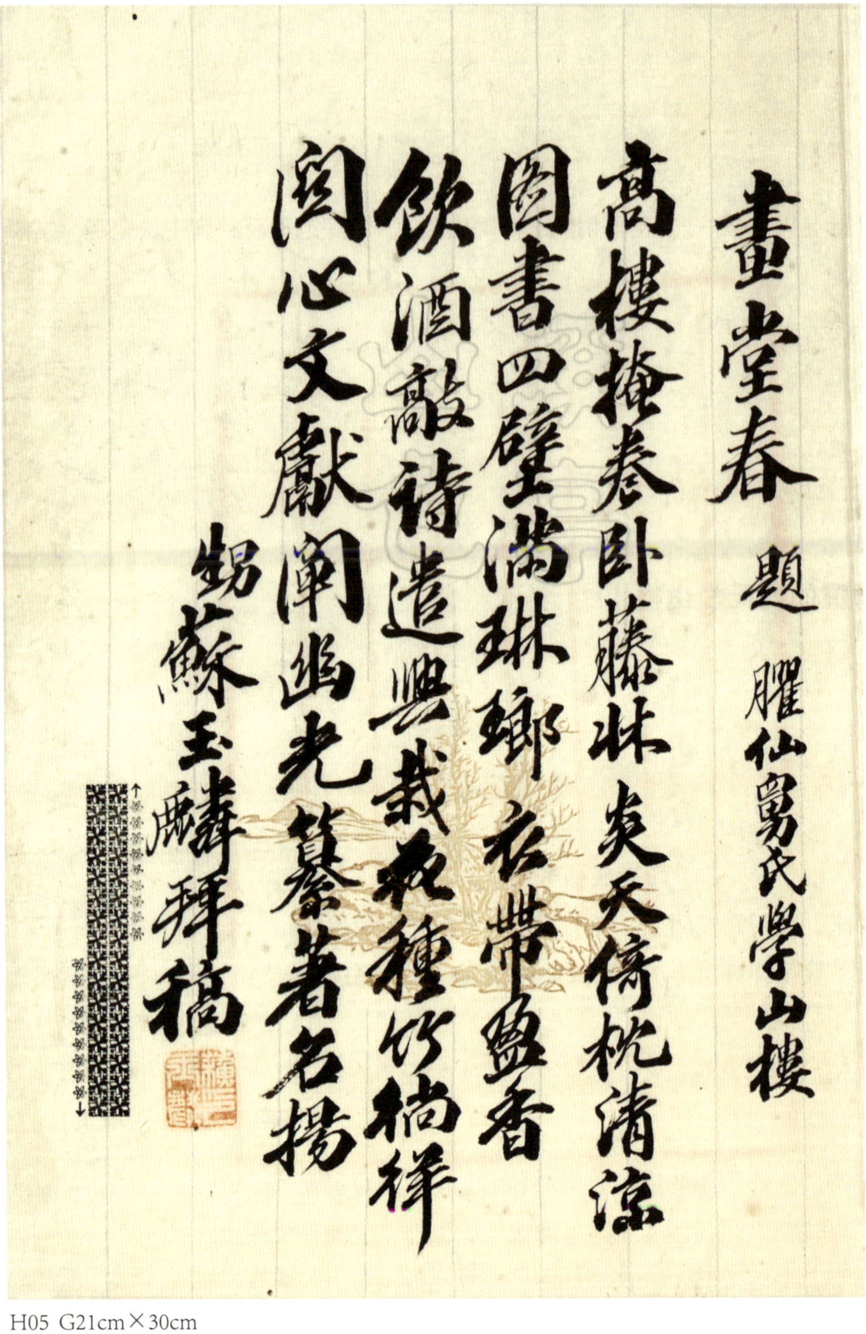
畫堂春 題 耀仙舅氏學山樓
高樓掩卷臥藤林 炎天倚枕清涼
圖書四壁滿琳瑯 衣帶盈香
飲酒敲詩遣興 栽花種竹徜徉
閒心文獻闡幽光 纂著名揚
甥蘇玉麟拜稿

H05 G21cm×30cm

## 张学智　一通

张学智，字愚若。云南昆明人。一八九八年参加戊戌科殿试，登进士二甲六十三名。同年五月，改翰林院庶吉士。后任浙江平湖县知县。晚年活跃于云南佛教界。著有《若园诗稿》《若园文略》等。

## 题学山楼四首

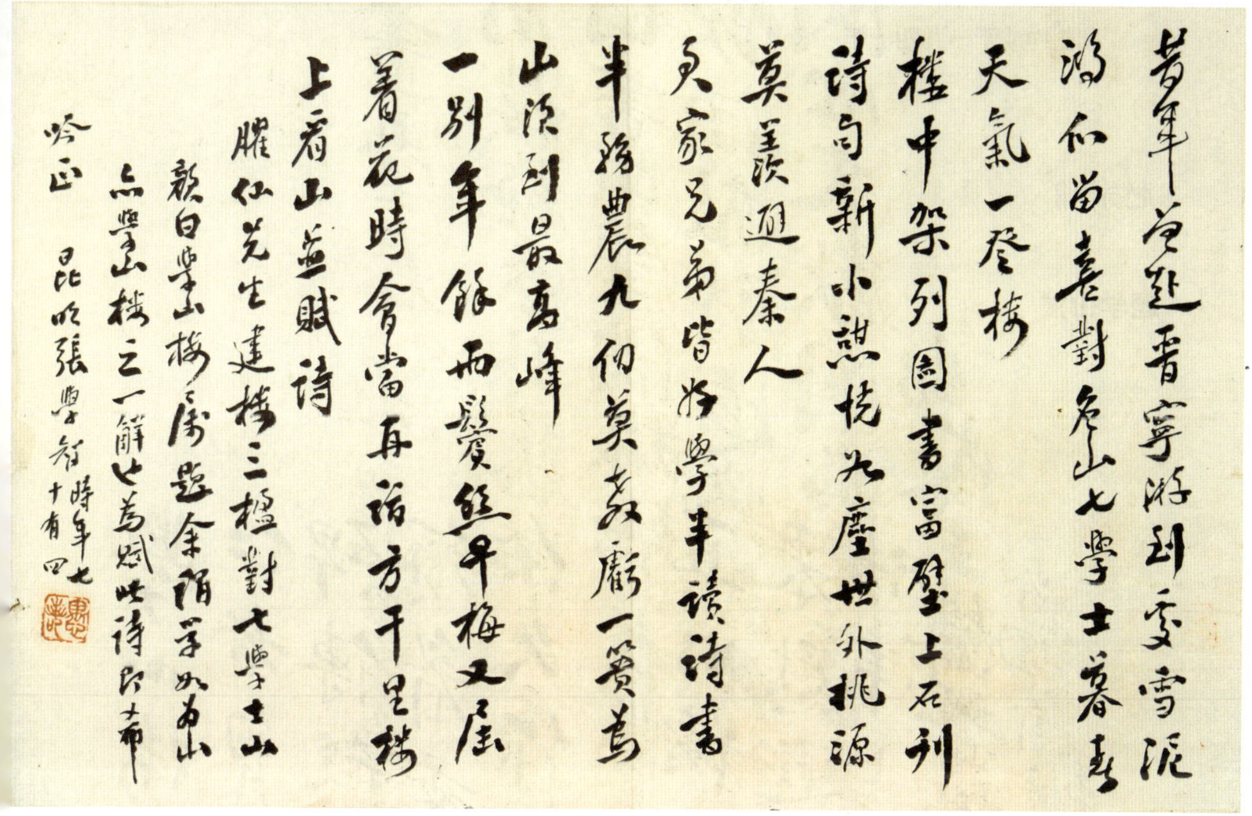

H06 G41cm×26.5cm

〖录文〗

昔年曾赴昔宁游，到处雪泥鸿爪留。喜对名山七学士，暮春天气一登楼。

楼中架列图书富，壁上石刊诗句新。小憩恍如尘世外，桃源莫羡避秦人。

君家兄弟皆好学，半读诗书半务农。九仞莫教亏一篑，为山须到最高峰。

一别年余两鬓丝，早梅又届着花时。会当再访方千里，楼上看山并赋诗。

臞仙先生建楼三楹，对七学士山，颜曰学山楼，属题。余谓学如为山亦学山楼之一解也。为赋此诗即希吟正。

昆明张学智　时年七十有四

〔钤印：愚若〕

〔笺纸：宣纸〕

〖解读〗

此札约成于一九四一年。

## 赵宗瀚　一通

### 题学山楼

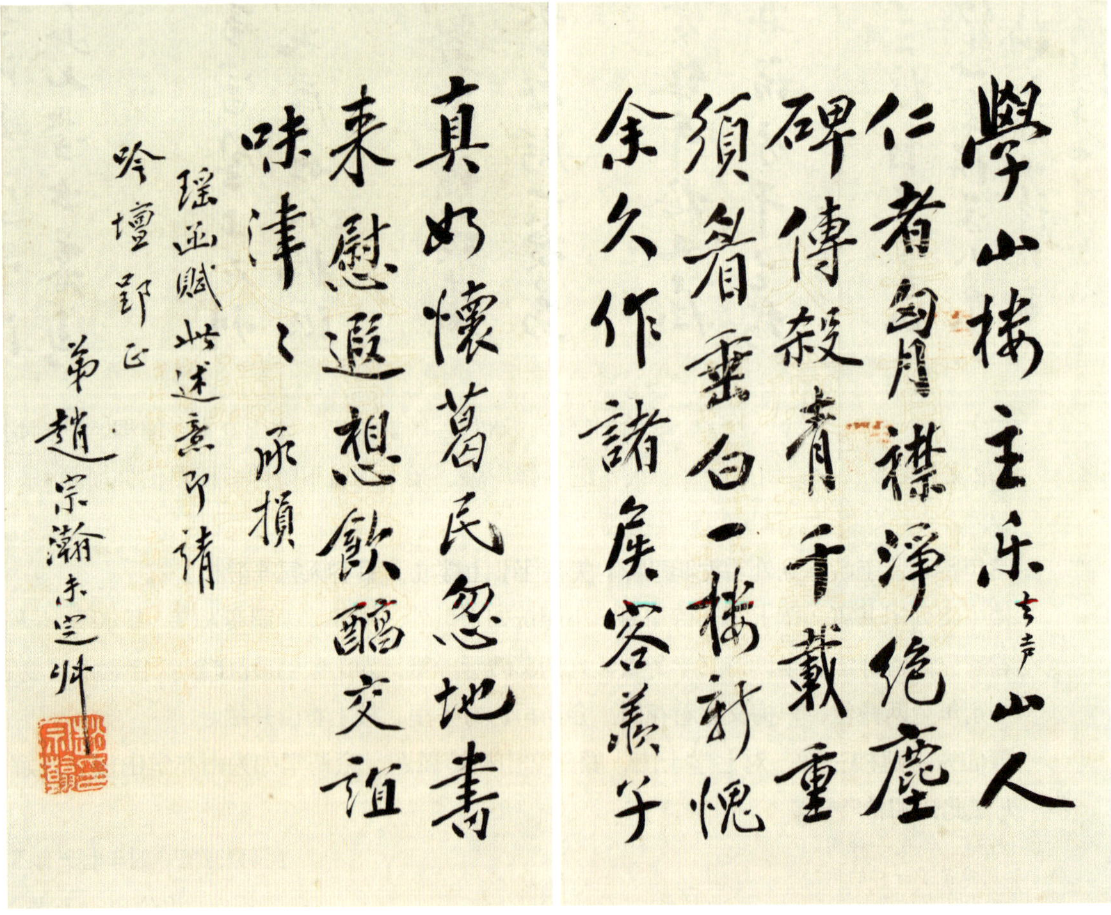
學山樓主樂去声山人
仁者胸襟淨絕塵
碑傳殺青千載重
須看雲白一樓新愧
余久作諸侯客羨子
真如懷舊民忽地書
來慰遐想飲醑交誼
味津津　承損
瑶函賦此述意即請
吟壇郢正
弟趙宗瀚未定草

H07（2-2）　G16.5cm×27cm　　H07（2-1）　G16.5cm×27cm

〖录文〗

学山楼主乐（去声）山人，仁者胸襟净绝尘。碑传杀青千载重，须看垂白一楼新。愧余久作诸侯客，羡子真如怀葛民。忽地书来慰遐想，饮醇交谊味津津。

承损瑶函赋此述意，即请吟坛郢正。

弟　赵宗瀚　未定草

〔钤印：赵宗瀚印〕

〔笺纸：诗笺。文："长育万物，大德无量"〕

## 缪尔纾　一通

### 敬步纪青韵庆臞仙学山楼成

〖录文〗

学士峰前旧结庐，新营芸阁为藏书。砚田岁岁多储稼，艺圃朝朝广种蔬。入室芝兰馨户牖，亲人鸟雀下阶除。羡君伯仲埙篪[①]乐，读罢吟余共荷锄。

敬步纪青韵庆臞仙学山楼成，即呈吟坛雅正。

弟　缪尔纾　呈稿

〔笺纸：行囊图诗笺〕

〖解读〗

此札约成于一九四一年。

①篪［chí］：古代一种用竹管制成像笛子一样的乐器，有数量不等的孔。

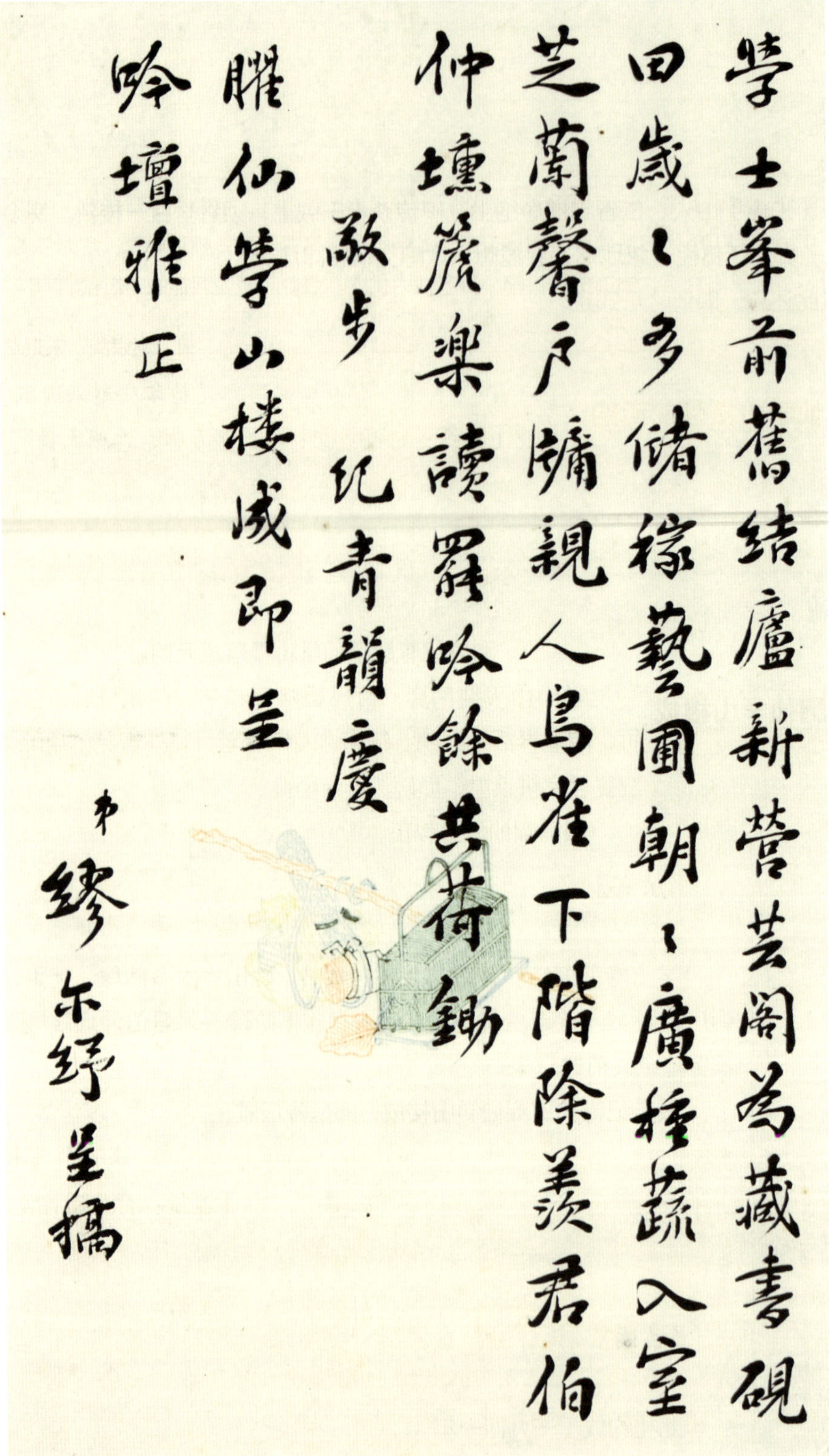
學士峯前舊結廬新營芸閣為藏書硯
田歲歲多儲稼藝圃朝朝廣種蔬入室
芝蘭馨戶牖親人鳥雀下階除羨君伯
仲壎篪樂讀罷吟餘共荷鋤
敬步 紀青韻慶
臞仙學山樓成即呈
吟壇雅正
弟 繆爾紓 呈稿

H08 G15.5cm×27.5cm

## 覃宝珖　一通

覃宝珖，字玉声，亦作玉生、玉笙。云南呈贡人。光绪三十一年（一九〇五）京师大学堂毕业。民国初期加入益友社，工书，遍历历代书法碑版，四体皆工，尤精行草，笔力坚挺，颇具功力，常为名人文集题词作序，时不少牌匾出其手。墨迹传世甚罕，得者视为拱璧。覃曾应邀为曹锟的《饭藿山房诗稿》题词。

### 和方纪青题臞仙学山楼落成元韵

〖录文〗

**和方纪青题臞仙学山楼落成元韵**

学山山下结精庐，百尺层楼万卷书。蒋诩[①]秋风三径竹，陶潜春酒一园蔬。镜中白发何嫌老，窗外青芜不用除。况复君家耕读重，埙篪迭奏带经锄。

即呈臞仙先生教正。

玉生覃宝珖　求正草

〔笺纸：云南通志馆用笺〕

①蒋诩（前六九～前一七）：字元卿。杜陵（今陕西西安）人。东汉兖州刺史，以廉直著称，后因不满王莽的专权而辞官隐退故里，闭门不出。在家门前开辟三条小路，唯与高逸之士求仲、羊仲往来。后来用"三径"意指隐士的家园。

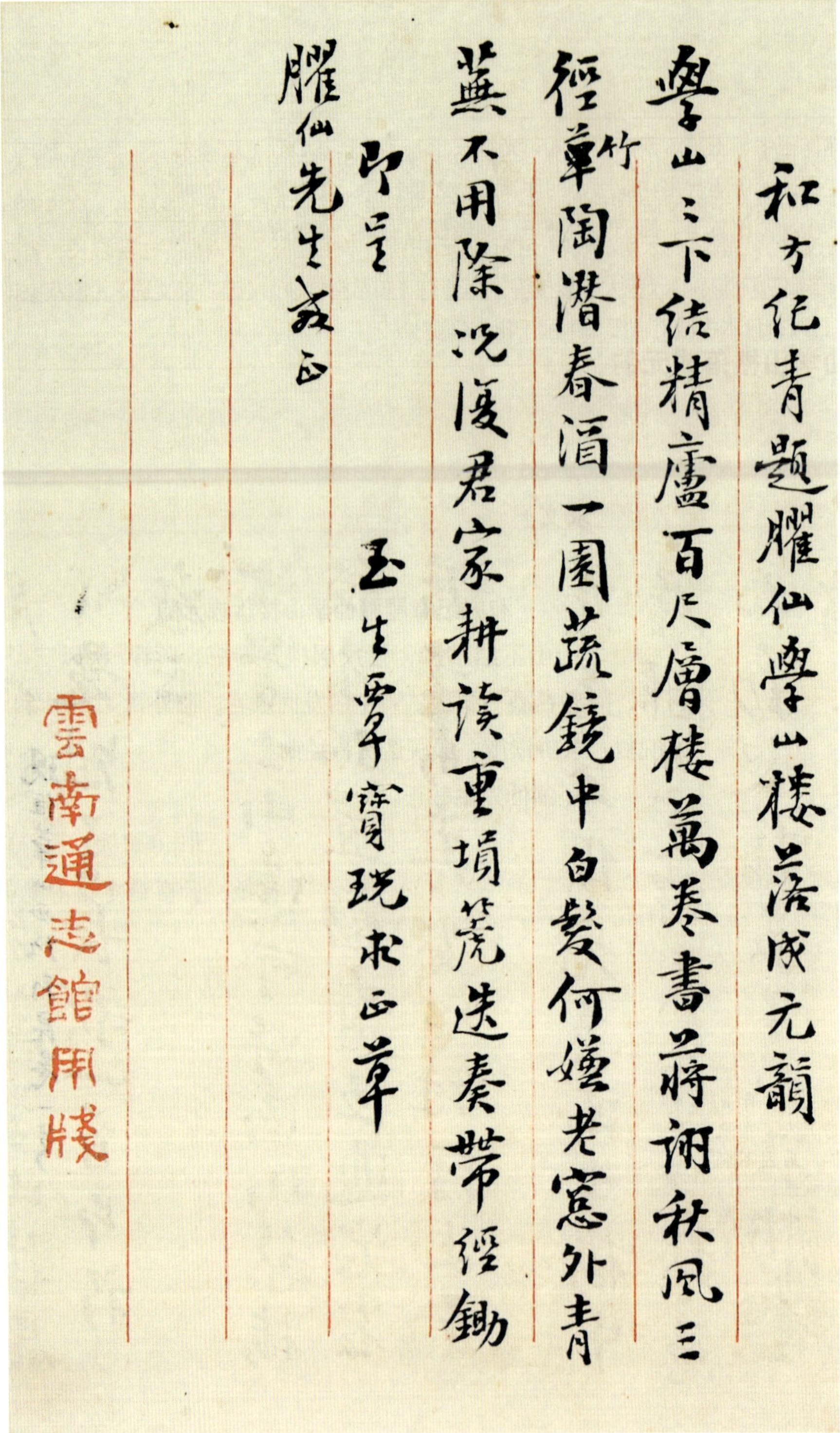

和〻方紀青題耀仙學山樓落成元韻

學山〻下結精廬，百尺層樓萬卷書。蔣詡秋風三徑草竹，陶潛春酒一園蔬。鏡中白髮何嫌老，窗外青蕪不用除。況復君家耕讀重，塤篪迭奏帶經鋤。

玉生弟寶瑛求正草

即呈

耀仙先生教正

雲南通志館用牋

H09 G16cm×26.5cm

## 王灿　一通

王灿（一八八一～一九四八），字惕山，号铁山。云南昆明人。清末以云南高等学堂高才生选送日本，入东京明治大学政法科毕业。辛亥革命后毕业回滇，历任云南督军公署秘书官、唐继尧秘书、高等警察学校校长、讲武堂将校讲学会教官、云南法政学校校长、云南留日学生监督、云南高等法院院长、省政府秘书长、国民政府最高法院推事、云南大学教授等。编著有《知希堂诗钞》《滇六家文选》《滇八家诗选》《滇骈文钞》等，译有日本古城贞吉撰《中国千年文学史》。

### 题学山楼长歌

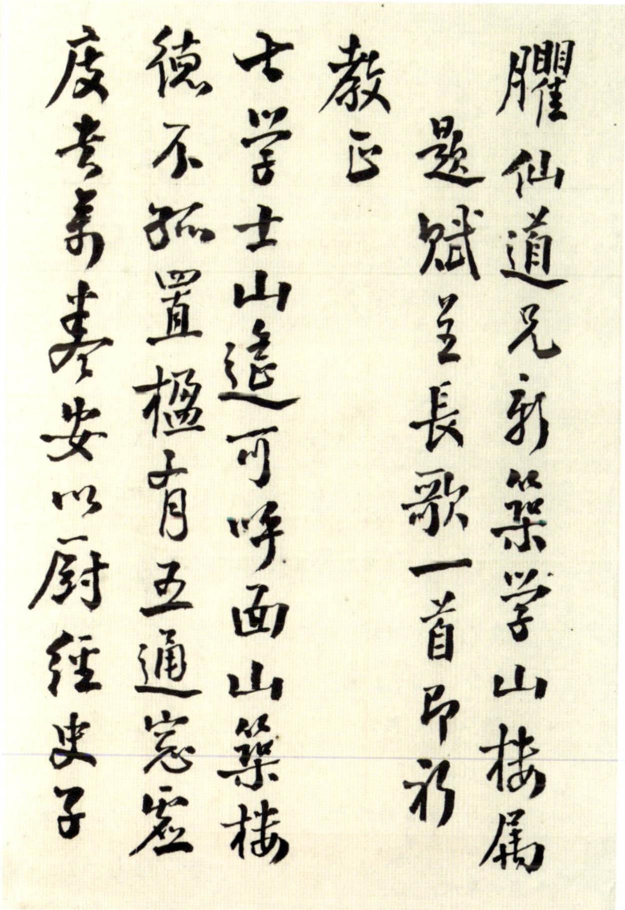
騰仙道兄新築學山樓屬
題賦呈長歌一首即祈
教正
古學士山邊可呼面山築樓
德不孤置楹有五通窗窬
庋書萬卷安以廚經史子

H10（5-1）　G21.5cm×30cm

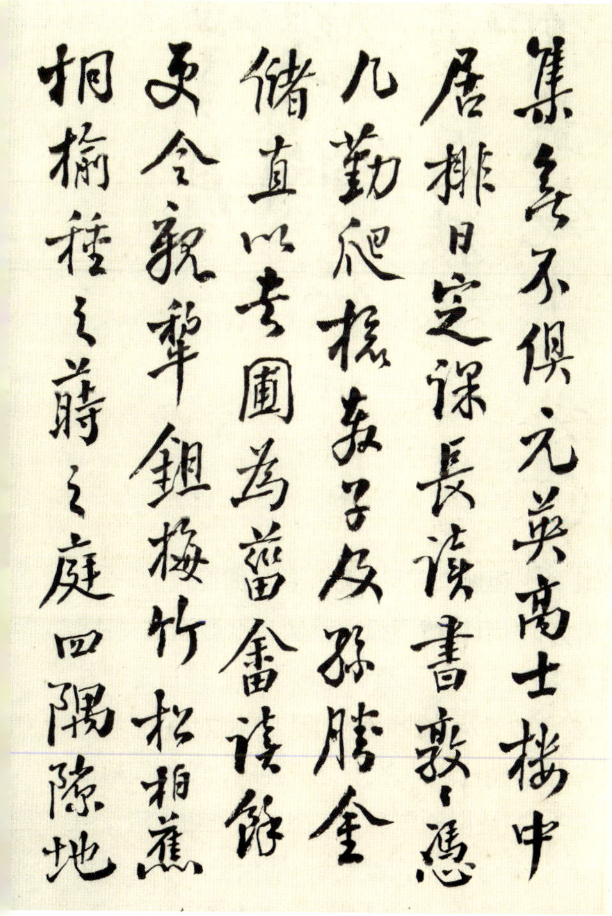
集各不俱元英高士樓中
居排日定課長讀書敦〻憑
几勤爬梳教子及孫勝金
儲直以書圃為菑畬讀餘
更令親犂鉏梅竹松柏蕉
桐榆種〻蒔〻庭四隅隙地

H10（5-2）　G21.5cm×30cm

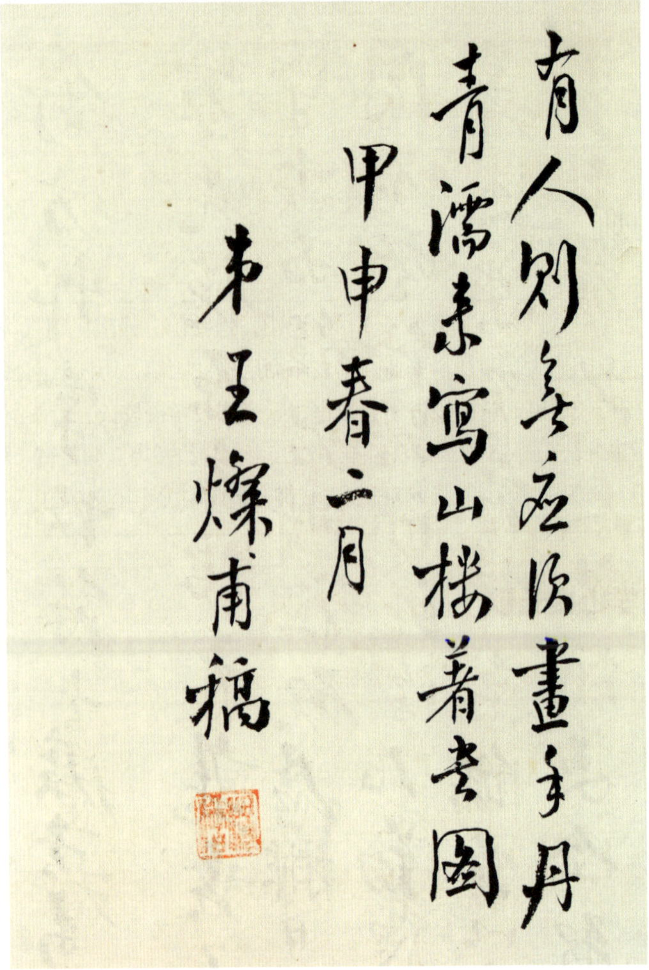

H10（5-5） G21.5cm×30cm

〖录文〗

①庋［guǐ］：置放，收藏。

②菑畲［zīshē］：耕耘。

③莳［shì］：移植。

④茹［rú］：吃。

⑤与与：繁盛的样子。

⑥渌［lù］：清澈。延伸为清澈的泉水。

⑦青毡：指清寒贫困者。亦指清寒贫困的生活。

耀仙道兄新筑学山楼，属题。赋呈长歌一首，即祈教正。

七学士山遥可呼，面山筑楼德不孤。置楹有五通窗虚，庋[1]书万卷安以厨。经史子集无不俱，元英高士楼中居。排日定课长读书，敦敦凭几勤爬梳。教子及孙胜金储，直以去圃为菑畲[2]。读余更令亲犁锄，梅竹松柏蕉桐榆。种之莳[3]之庭四隅，隙地间植瓜与蔬。客来菜根良可茹[4]，赋诗斟酒歌乌乌。绕屋青翠树扶疏，当楼四时山色殊。清气上下来与与[5]，饮渌[6]餐秀情怡舒。方村掌故余书庐，君家先德原名儒。青毡[7]世守古为徒，君耕祖砚光门闾。不登仕路污泥涂，等身著述乐有余。梓桑因子多名誉，地以人传

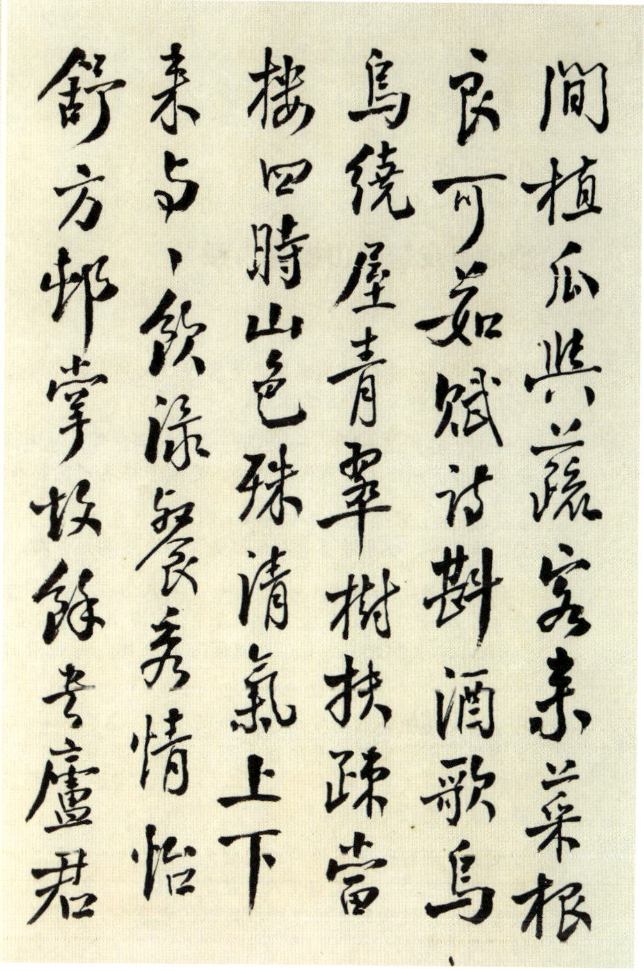

間植瓜與蔬，客來菜根良可茹。賦詩斟酒歌鳥鳥，繞屋青翠樹扶疏。當樓四時山色殊，清氣上下來與，飲溪餐秀情怡舒。方邯掌收餘書廬君

H10（5-3） G21.5cm×30cm

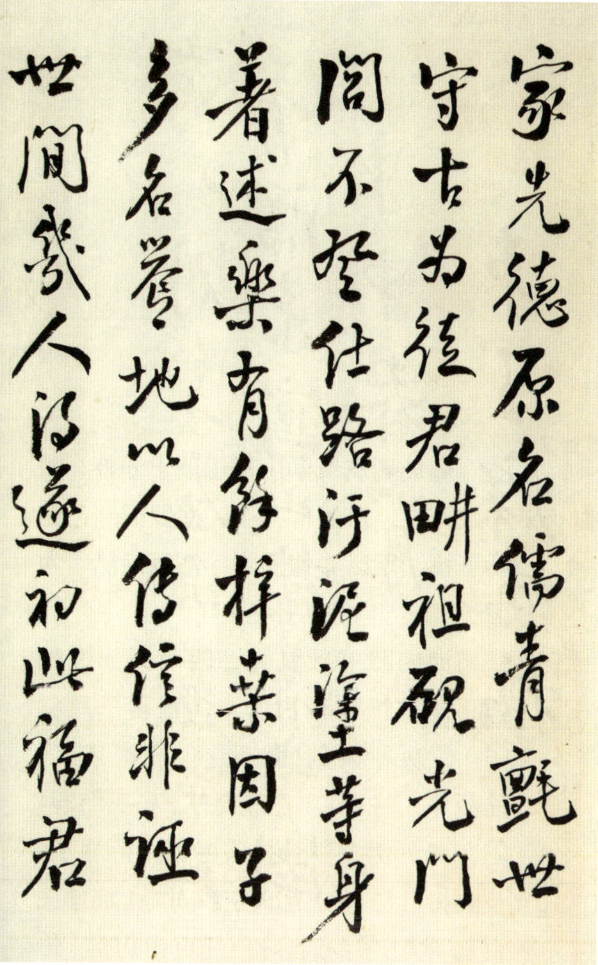

家先德原名儒，青氈世守古為往。君畊祖硯光門間，不登仕路汙泥溝。土等身著述樂育，餘梓桑因子多名譽，地以人傳信非誣。世間幾人得遂初，此福君

H10（5-4） G21.5cm×30cm

信非诬。世间几人得遂初，此福君有人则无。应须画手丹青濡，来写山楼著书图。

甲申［一九四四］春二月　弟　王灿　甫稿

〔钤印：惕□□〕

〔笺纸：宣纸〕

〖解读〗

方树梅学山楼建成于一九四一年。王灿此札是一份迟到的祝贺。

# 由云龙　一通

## 臞仙老友筑学山楼喜为赋

〖录文〗

臞仙老友筑学山楼于晋宁郊外，贮书数万卷，日偃仰其中，网罗旧闻，勤劬著撰，足以津逮后学，沾溉来喆。为赋长言以志向往，并乞是正。

海内藏书数其尤，四明天一谁能侔。俪籝馆与茹古舍（乌程蒋子垕父子），铁琴铜剑[1]堪匹逑。汪家艺芸[2]陆皕宋[3]，捆载半已登夷舟。杨氏海源[4]屹东鲁，滂喜[5]咫进[6]盛名留。持静丁[7]及奂彬叶[8]，海上郁氏宁乡刘（上海郁氏宜稼堂[9]，宁乡刘春禧[10]红豆山房）。传书传是竞雄长，藏园更有双鉴楼[11]。上虞岭南风雨外（上虞罗叔蕴[12]、番禺邓秋枚[13]均有风雨楼）。端推沅叔［傅增湘］精校雠，此外寥寥难屈指。何况滇僻西南陬，臞仙生居古宁州。方村景物清且幽（所居方村近城里许），七学士山岚翠浮。面山筑楼专壑邱，牙签玉轴环四周。中有一叟臞而偻，其貌粥粥无营求。其识超出庸者流，纸窗竹屋无烦忧。读破万卷汔不休，等身著作传千秋（著有《滇人碑传集》《寓滇名人艺文考》《晋宁志》《晋宁文征》《茶花小志》《滇贤生卒年月考》《南园年谱》）。时招友朋相绸缪，坐慨大陆翻蛟虬。炎炎烽火腾五洲，经籍文史马牛溲。空前劫难孰与

①铁琴铜剑：指铁琴铜剑楼。是清代四大私家藏书楼之一，位于江苏省常熟市区以东古里镇。

②汪家艺芸：汪士钟（一七八六～？），字春霆，号阆源。江苏长洲（今苏州）人。清代藏书家。建藏书楼名“艺芸书舍”。

③陆皕［bì］宋：陆心源（一八三四～一八九四），字刚甫、刚父，号存斋，晚号潜园老人。归安（今浙江湖州）人。

④杨氏海源：杨以增（一七八七～一八五五），字益之，号至堂，别号东樵。山东聊城人。出身诗书世家。道光二年（一八二二）中进士。有“海源阁”藏书楼，是晚清四大藏书楼之一。

⑤滂喜：潘祖荫藏书室名。潘祖荫（一八三〇～一八九〇），字在钟，小字凤笙，号伯寅，亦号少棠、郑盦。江苏吴县人，潘世恩孙。咸丰二年（一八五二）一甲三名进士，探花，授编修。藏书室名“滂喜斋”。

⑥咫进：姚觐元藏书楼名。姚觐元（？～约一九〇二），字彦侍，又作念慈。浙江归安人。清代学者、目录学家、藏书家。姚晏之子，姚文田之孙，幼承其祖父之家学。好聚书，有藏书楼“咫进斋”。

⑦持静丁：丁日昌（一八二三～一八八二），字禹生，号持静。广东丰顺人，先世居福建长乐。好藏书，藏书处所名“持静斋”。

⑧奂彬叶：叶德辉（一八六四～一九二七），字奂彬，号直山，别号郎园。湖南湘潭人，祖籍苏州吴县。家藏图书四千余部，逾十万卷。

⑨郁氏宜稼堂：郁松年（一七九九～一八六五），字万枝，号泰丰。上海人。建“宜稼堂”，聚书数十万卷，一时名誉大江南北。

⑩刘春禧：名康，字春禧，一字子寿。湖南宁乡人。室名“红豆山斋”，富藏书，甲于湖湘，一时名士贤达皆与往来唱和。

⑪双鉴楼：傅增湘（字沅叔）藏书楼名。

⑫罗叔蕴：罗振玉（一八六六～一九四〇），字式如、叔蕴、叔言，号雪堂，晚号贞松老人、松翁。浙江上虞人。农学家、教育家、考古学家、金石学家、敦煌学家、目录学家、校勘学家、古文字学家，中国现代农学的开拓者，中国近代考古学的奠基人。

⑬邓秋枚：邓实（一八七七～一九五一），字秋枚，别署枚子、野残、鸡鸣、风雨楼主。广东顺德人。平生致力于珍本古籍的收藏，所藏多秘籍，以清廷禁毁书为多，藏书处有“风雨楼”，并编撰有《风雨楼书目》。

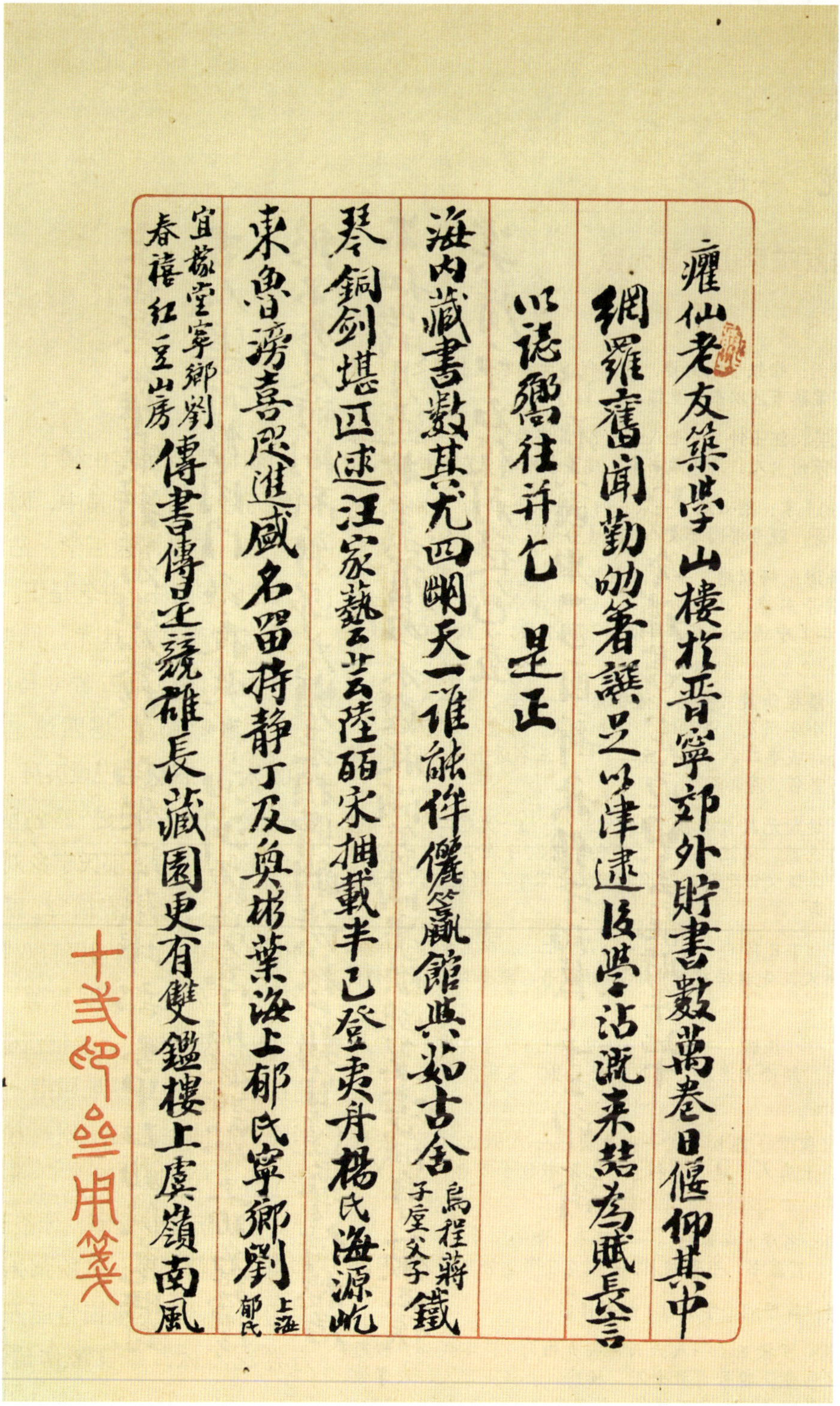
癯仙老友築學山樓於晉寧郊外，貯書數萬卷，日偃仰其中，網羅舊聞，勤劬著譔，足以津逮後學，沾溉來茲，為賦長言以誌嚮往，并乞是正。
海內藏書數其尤，四明天一誰能侔。儷籯館與茹古舍（烏程蔣子垕父子），鐵琴銅劍堪匹逑。汪家藝芸陸皕宋，捆載半已登夷舟。楊氏海源屹東魯，滂喜殿進咸名留。持靜丁及奐彬葉，海上郁氏寧鄉劉（上海郁氏宜稼堂，寧鄉劉春禧紅豆山房）。傳書傳是競雄長，藏園更有雙鑑樓。上虞嶺南風



H11（3-1） G29cm×32cm

筹，所赖英杰抒壮猷。挽此末运疾可瘳，佚编坠简重寻搜。集古期能同王俅，其次亦方宋洪欧。兹惟载籍穷雕锼，琅琅插架皆瑶璆。部分甲乙勤猎搜，晤对古人追前修。闭门永夜焚膏油，渊源梦亭贻孙谋。世上功名殊谬悠，不如及时开新笃。师友频来相赠酬，谈艺类皆达尊

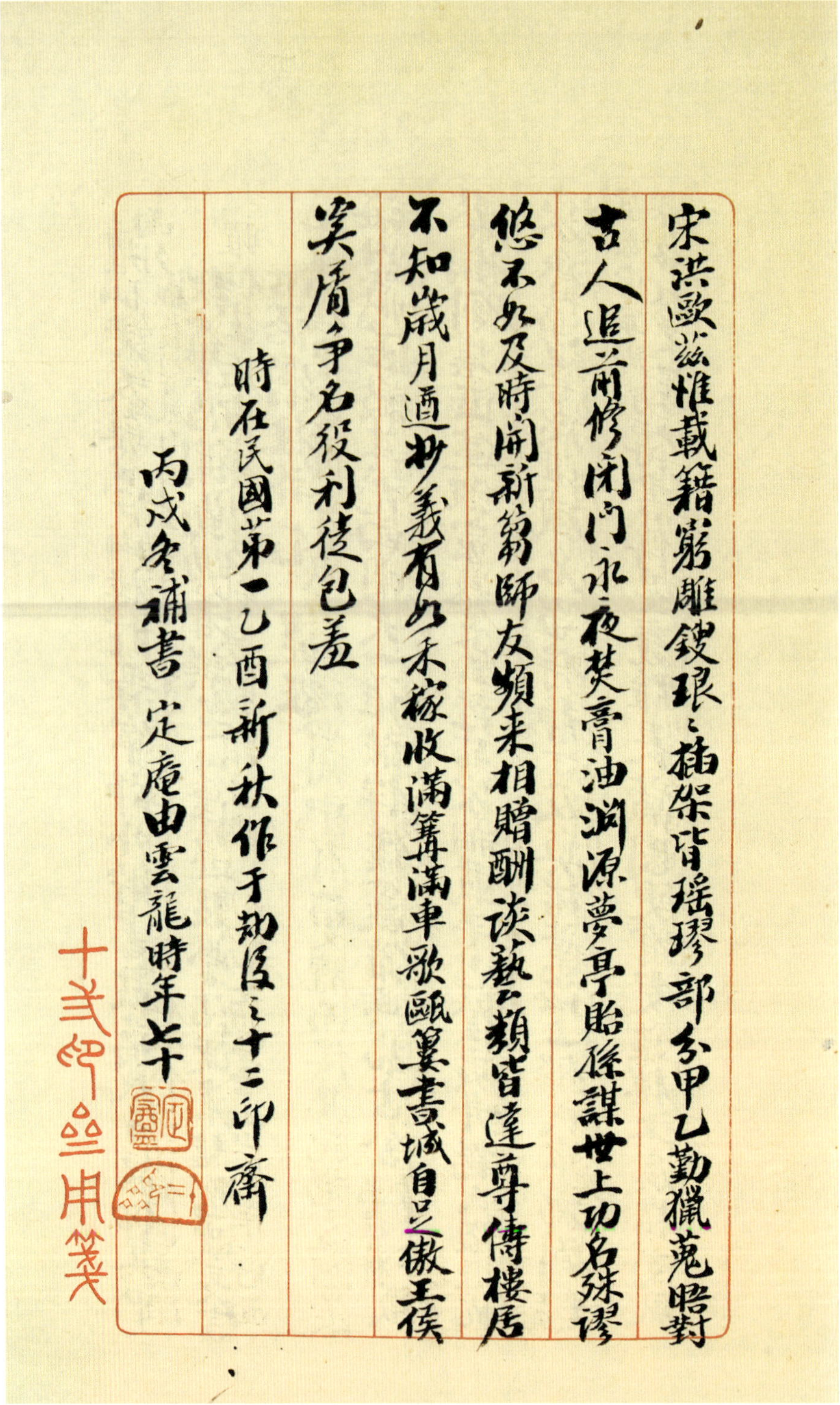
宋洪歐鼓惟載籍彫雕鏤琅琅插架皆瑤璆部分甲乙勤獵蒐暗對古人追前修閉門永夜焚膏油潤源夢亭貽孫謀世上功名殊謬悠不如及時開新銅師友頻來相贈酬談藝藝類皆達尊儔樓居不知歲月遒妙義有如禾稼收滿篝滿車歌甌窶書城自足傲王侯突屑争名役利徒包羞

時在民國第一乙酉新秋作于劫後之十二印齋

丙戌冬補書　定庵由雲龍時年七十



H11（3-3）G29cm×32cm

俦。楼居不知岁月遒，妙义有如禾稼收。满篝满车歌瓯窭，书城自足傲王侯。突屑争名役利徒包羞。

时在民国第一乙酉〔一九四五〕新秋作于劫后之十二印斋，丙戌〔一九四六〕冬补书。

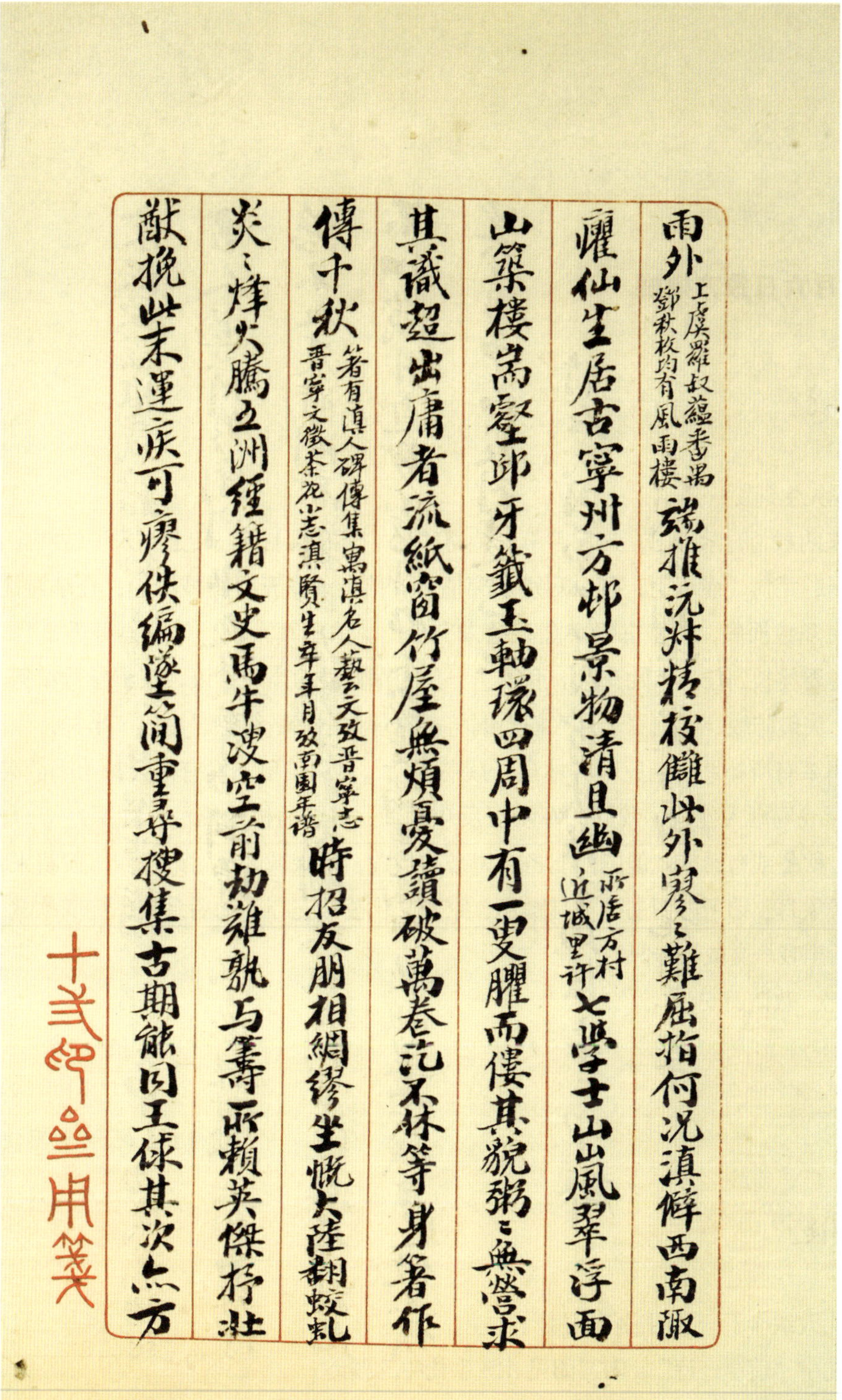

雨外（上虞羅叔蘊香渦 鄧秋枚均有風雨樓）端推沉辨精校讎此外寥寥難屈指何況滇僻西南陬

矐仙生居古寧州方邨景物清且幽（所居方村 近城里許）七學士山嵐翠浮面

山築樓嵩壑邱牙籤玉軸環四周中有一叟臞而僂其貌粥粥無營求

其識超出庸者流紙窗竹屋無煩憂讀破萬卷汔不休等身著作

傳千秋（著有滇人碑傳集寓滇名人藝文攷晉寧志 晉寧文徵茶花小志滇賢生卒年月攷南園年譜）時招友朋相綢繆坐慨大陸翻蛟虬

炎炎烽火騰五洲經籍文史馬牛溲空前劫難孰與籌所賴英傑抒壯

猷挽此末運疾可瘳佚編墜簡重爭搜集古期能同王侯其次亦方

十二印斋用笺

H11（3-2） G29cm×32cm

定庵由云龙　时年七十

〔钤印：定庵、十二印斋〕

〔笺纸：十二印斋用笺〕

## 刘楚湘　二通

### 一、四月六日致方树梅

〖录文〗

臞仙老兄先生道鉴：

别来四载，时萦梦思，归后曾草一诗寄印老［李根源］长兄转上，未识达吟席否？顷奉手教，嘱题芜句，谨草上，聊以写别后离情耳。弟当前岁五月腾城沦陷，仓卒避往西北乡，家中所有多数损失，所藏书籍字画完全未有带出。迨国军入境，弟组县务委员会，协助杀敌，至省委县长到任，弟始交代。而第十一集团军复委为高级参议，在腾参赞军务，后敌大举进犯，突破防线，于前岁十月来榆，嗣将家属营救出来，忽忽居榆已年半矣，生活所资幸十一集团军有所补助。老兄颐养林泉，读书自乐，良深羡慕，俟有机会，弟尚欲来省一游。迩来国际战局渐入佳境，我驻印军队已反攻缅甸，将至孟拱沿潞江，驻军亦待命推进，收复腾龙，秋冬或有希望。但腾西北各乡早被敌焚毁，所余城区及附近各乡，俟将来收复，未识成何景象耳。弟所办图书馆被其蹂躏，家乡文化荡然无存，劫后余灰，徒增欷歔。老兄有暇，尚祈惠我一文或诗，俾资纪念。

专此。敬请道安。

弟　刘楚湘　顿首　四月六日

〔钤印：刘楚湘印〕

〔笺纸：云贵监察使署用笺〕

〖解读〗

此札大致作于一九四三年四月六日。

此札中“曾草一诗”，内容即见 H13 手札中的题诗。

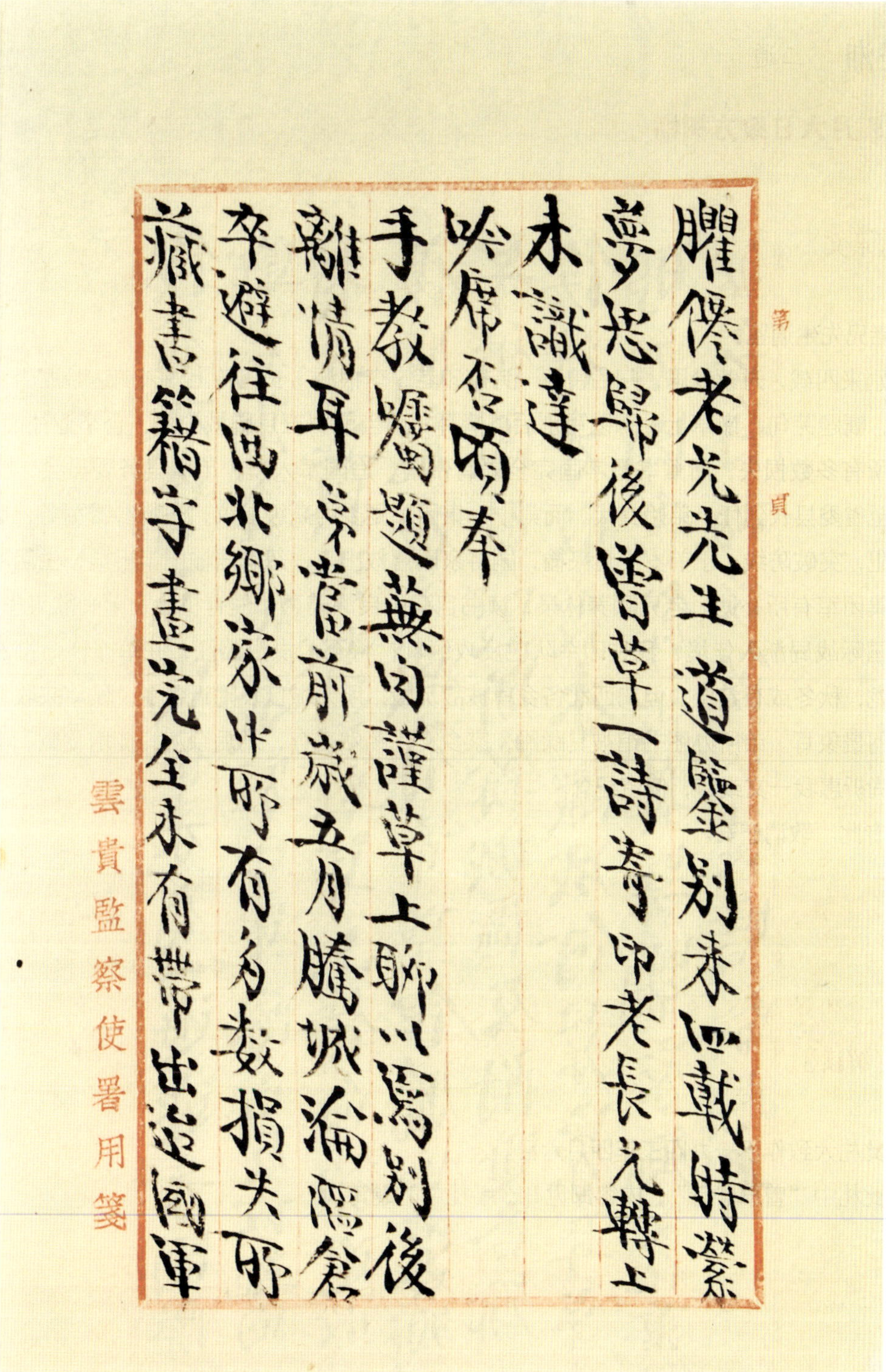
臞僊老先生道鑒：別來四載，時縈
夢想。歸後曾草一詩壽印老長兄，轉上
未識達
吟席否。頃奉
手教囑題，蕪句謹草上，聊以寫別後
離情耳。弟當前歲五月騰城淪陷，倉
卒避往西北鄉家中，所有多數損失，所
藏書籍字畫完全未有帶出。從國軍

第　頁

雲貴監察使署用箋

H12（4-1）G17.5cm×25cm

第　頁

俟有機會弟尚欲來省一遊近來國際戰局漸入佳境我駐印軍隊已反攻緬甸將至孟拱沿潞江駐軍亦待命推進收復騰龍秋冬或有希望但騰冲北各鄉早被敵焚毀所餘城區及附近各鄉俟將來收復未識成何景象耳弟所辦圖書館被其蹂躪家鄉文化蕩然無存劫後餘灰徒增欷歔耳

雲貴監察使署用箋

H12（4-3）G17.5cm×25cm

第　頁

入境弟組縣務委員會協助殺敵至
省委縣長到任弟始交代而弟之集團
軍復委為高級參議在騰參贊軍務
後敵大舉進犯突破防線於前歲十
月來榆嗣將家屬營救出來忽忽
居榆已年半矣生活所資幸十一集團軍
有所補助
老先頤養林泉讀書自樂良深羨慕

雲貴監察使署用箋

H12（4-2）G17.5cm×25cm

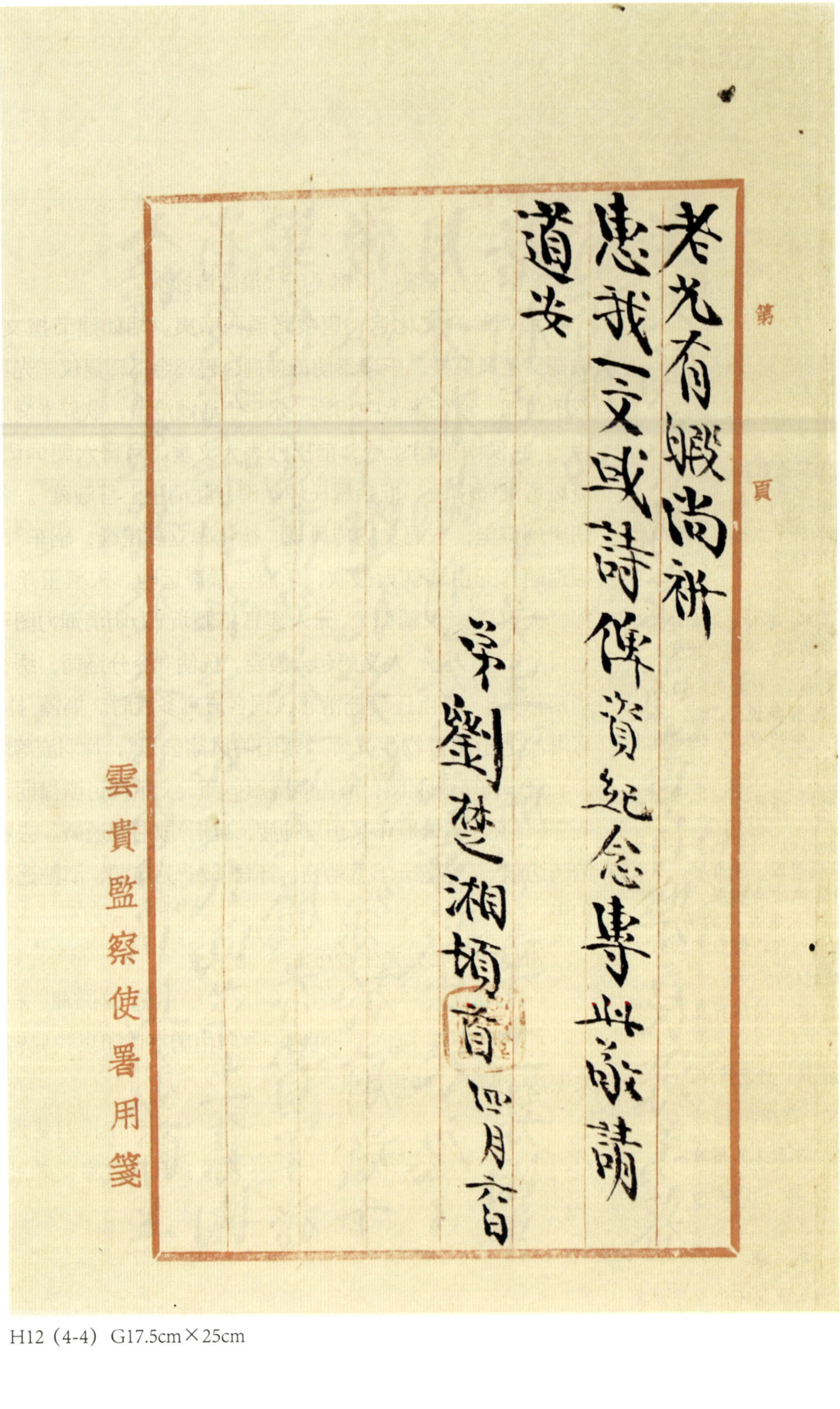

老兄有暇尚祈
惠我一文或詩俾資紀念專此敬請
道安
弟劉楚湘頓首 四月六日

第 頁

雲貴監察使署用箋

H12（4-4） G17.5cm×25cm

## 二、题《历代滇游诗钞》

〖录文〗

题晋宁方子臞仙所辑《历代滇游诗钞》。

滇南晚开文化迟，唐蒙略通西南夷。相如建节擅文辞，谕蜀父老风靡披。王褒奉使祷神祠，碧鸡金马辉灵仪。光景倏忽不可知，道死未上中和诗。永平年通澜沧湄，歌辞半阕声郁伊[1]。武侯南征用恩威，前出师表大文垂。两晋六朝词调卑，流风远难暨南陲。惟余爨氏埋幽碑，胜清出土苔葳蕤[2]。蒙昭归唐剖符圭，衣冠文物传风规。德化碑立高崔巍，轺车[3]贡使相追随。元白裴韩大鼓吹，乐府佳章声远驰。宋家玉斧版图挥，大渡以南仅羁縻[4]。元人建官拓疆圻[5]，明清殚力图平治。七百余年覆声施，人文蔚起云霞姿。抚使守令分巡司，绣衣皇华两骖騑[6]。孤臣迁谪摇落悲，词客流寓多哀时。摛藻[7]摅情[8]写淋漓，山川景物生光辉。朝阳鸣凤翔云翚[9]，片羽流落堪珍奇。晋宁方子胸渊微，心古貌臞滇宿师。文献搜讨澹襟期，抱残守缺勤孜孜。積[10]年采访忘神疲，裒辑[11]成书轴遗徽。去岁志馆叨切劘[12]，惠然示我添吟资。怀君郁陶[13]芜句题，滇池遥寄缄相思。

寄呈臞仙老兄先生吟正。

弟　刘楚湘　未是草

此稿民国三十年［一九四一］曾由腾寄请印泉长兄转上，未识达吟席否。特再录呈。

〔钤印：刘楚湘印〕

〔笺纸：云贵监察使署用笺〕

①郁伊：抑郁不舒。

②葳蕤［wēiruí］：形容羽毛装饰华丽鲜艳的样子，也可形容植物生长茂盛的样子，用来比喻词藻华丽。

③轺［yáo］车：奉使者和朝廷急命宣召者所乘的车。亦指代使者。

④羁縻［jīmí］：《史记·司马相如传》索隐解释说："羁，马络头也；縻，牛蚓也。"这里引申为笼络控制。

⑤疆圻［qí］：疆界。

⑥骖騑［cānfēi］：古代驾车的马若是三匹或四匹，就有骖、服之分。中间驾辕的马叫服，两旁的马叫骖。一说服左边的马叫骖，服右边的马叫騑。骖服和骖騑又泛指拉车的马或车马。

⑦摛［chī］藻：铺陈辞藻。意谓施展文才。

⑧摅［shū］情：抒发情怀。

⑨翚［huī］：飞翔。

⑩積［jī］：衣服上的褶皱。

⑪裒［póu］辑：汇集而编辑；辑录。

⑫劘［mó］：砺；磨。

⑬郁陶：内心忧闷不乐而外似喜乐之貌。

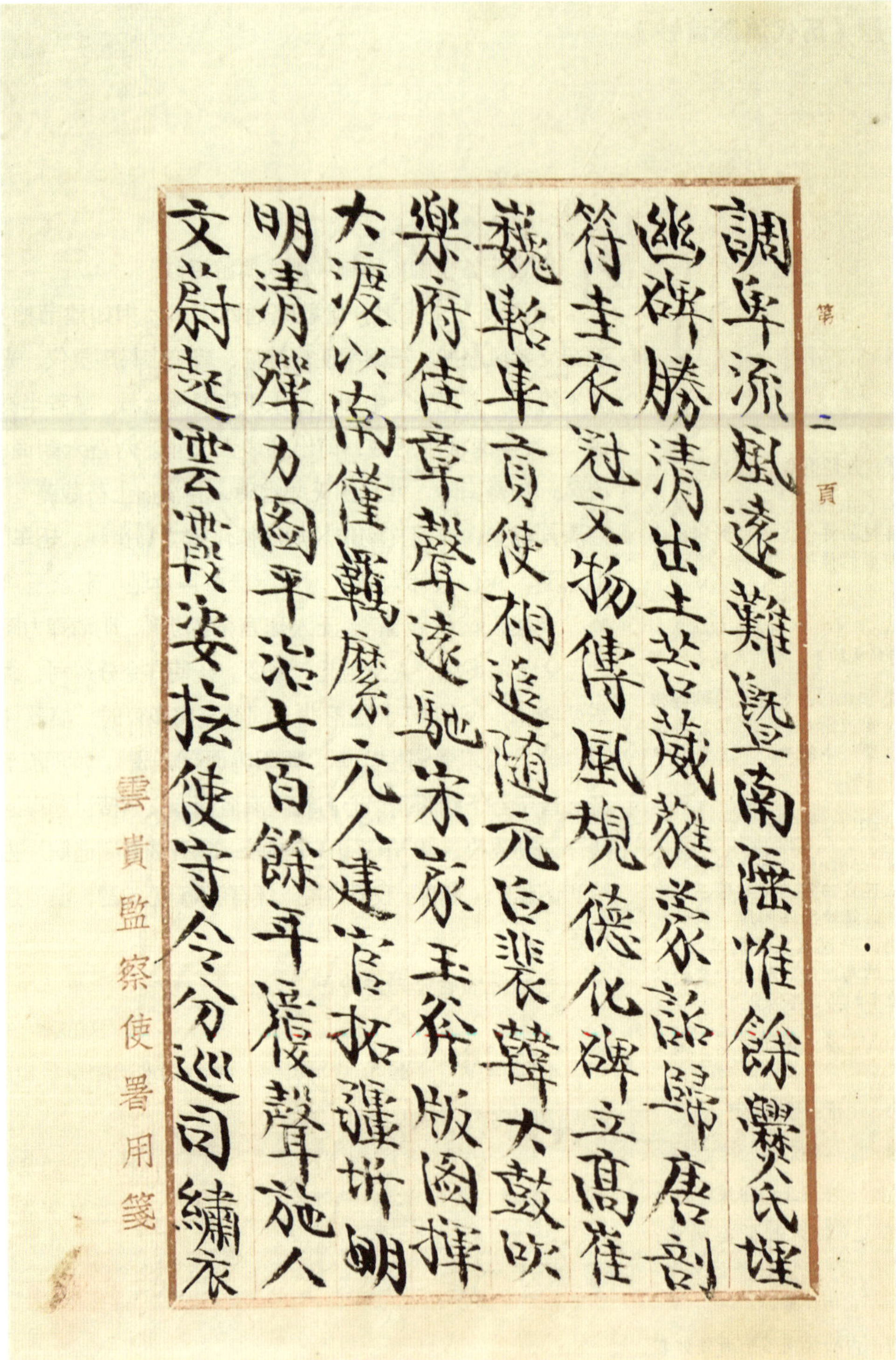

第二頁

調年流風遠難豎南陲惟餘爨氏埋
幽碑勝清出土苔蘚蒙詬歸唐剖
符圭衣冠文物傳風規德化碑立高崔
巍軺車貢使相追隨元白裴韓大鼓吹
樂府佳章聲遠馳宋家玉斧畫圖揮
大渡以南僅羈縻元人建官拓疆圻明
明清殫力圖平治七百餘年漫聲施人
文蔚起雲霞姿挺使守令分巡司繡衣

雲貴監察使署用箋

H13（4-2） G17.5cm×25cm

第一頁

題晉寧方子臞僊所輯歷代滇游

詩鈔

滇南晚開文化遲唐蒙略通西南夷
相如建節擅文辭諭蜀父老聲還靡王
褒奏使禱神碧雞金馬輝靈儀光景
倏忽不可知道死未上中和詩永平年通
瀾滄渭歌辭半闋聲鬱伊武侯南
征用恩威前出師表大文無兩晉六朝詞

雲貴監察使署用箋

H13（4-1）G17.5cm×25cm

第四頁

壽緘相思

壽呈

臞仙老先生 吟正

弟劉楚湘未是草

此稿民國三十年曾由騰寿請印泉長兄轉

呈未識達 吟席否特再錄呈

雲貴監察使署用箋

H13（4-4） G17.5cm×25cm

第三頁

皇華雨驂騑孤臣遷謫搖落悲詞客
流萬多哀時擕藻攄情寫淋漓山
川景物生光輝朝陽鳴鳳翔雲章片
羽流落堪珍奇晉寧方子胸淵微心
古貌臞滇宿師文獻搜討澹襟期抱
殘守缺勤孜孜積年採訪忘神疲裒輯
成書緬遺徽去歲志館叨切劘惠然亦
我添吟資囊君云鬱陶無由題滇池送

雲貴監察使署用箋

H13（4-3） G17.5cm×25cm

## 李嘉谷　一通

### 二月二十八日致方树梅

〖录文〗

老伯大人尊鉴：

去腊曾上寸禀，呈述黔垣被炸情形，谅邀赐览。顷奉钧谕，敬悉，备承关注，并以滇垣较为安全，嘱筹返滇之策，更蒙允赐扶植。隆情厚意，感激无似。回滇原为侄宿志，来黔之前，本定在黔稍事勾留，如经济能力许可，即行返滇，俾能瞻拜先人庐墓，并叩谒诸乡长前辈。不图入黔年余，为谋生计迟滞，未克成行。滇黔之隔竟如天涯，遥望滇池，固不胜油然而向往也。兹以黔垣被炸，复承颁示南针，铭感之深，非之可宣，为安全计，为前途计，均应立遵训示，庶能不负厚意。惟此间因炸后人心惶惶，才有公务人员不得离职之令，职务摆脱甚难，且滇黔交通困难，购票登记已逾数月，一时殊未能立即成行。惟有稍待时日，再行设法。有负盛情之处，尚祈勿罪，是为至幸。二旬以来，此间幸赖气候保障，稍见平安，家慈刻已随舍亲等下乡暂住，惟乡间各项粮食菜蔬均感缺乏，每周须在城购就送去，极形不便。治安亦不能无虑，环境如此，当非久策，老人亦颇想能早遂回乡之愿也。侄办公处所已移郊外疏散，尚易知关廑注，并以奉闻。

专肃复谢，仍恳时颁训示，并赐培植，是为至感。余容续禀，敬请崇安。

乡侄　李嘉谷　谨上　二月廿八日

〔笺纸：贵州省政府建设厅用笺〕

貴州省政府建設廳用箋

老伯大人尊鑒去臘曾上寸禀畧述黔垣被炸
情形諒邀 賜覽頃奉
鈞諭敬悉備承
關注並以滇垣較為安全
為籌返滇之策更蒙 允賜扶植
隆情厚意感激無似回滇原可作宿志來
黔之前本定在黔稍事勾留如經濟能力許可
即行返滇俾能瞻拜 先人廬墓並叩謁

H14（4-1） G20.5cm×29.5cm

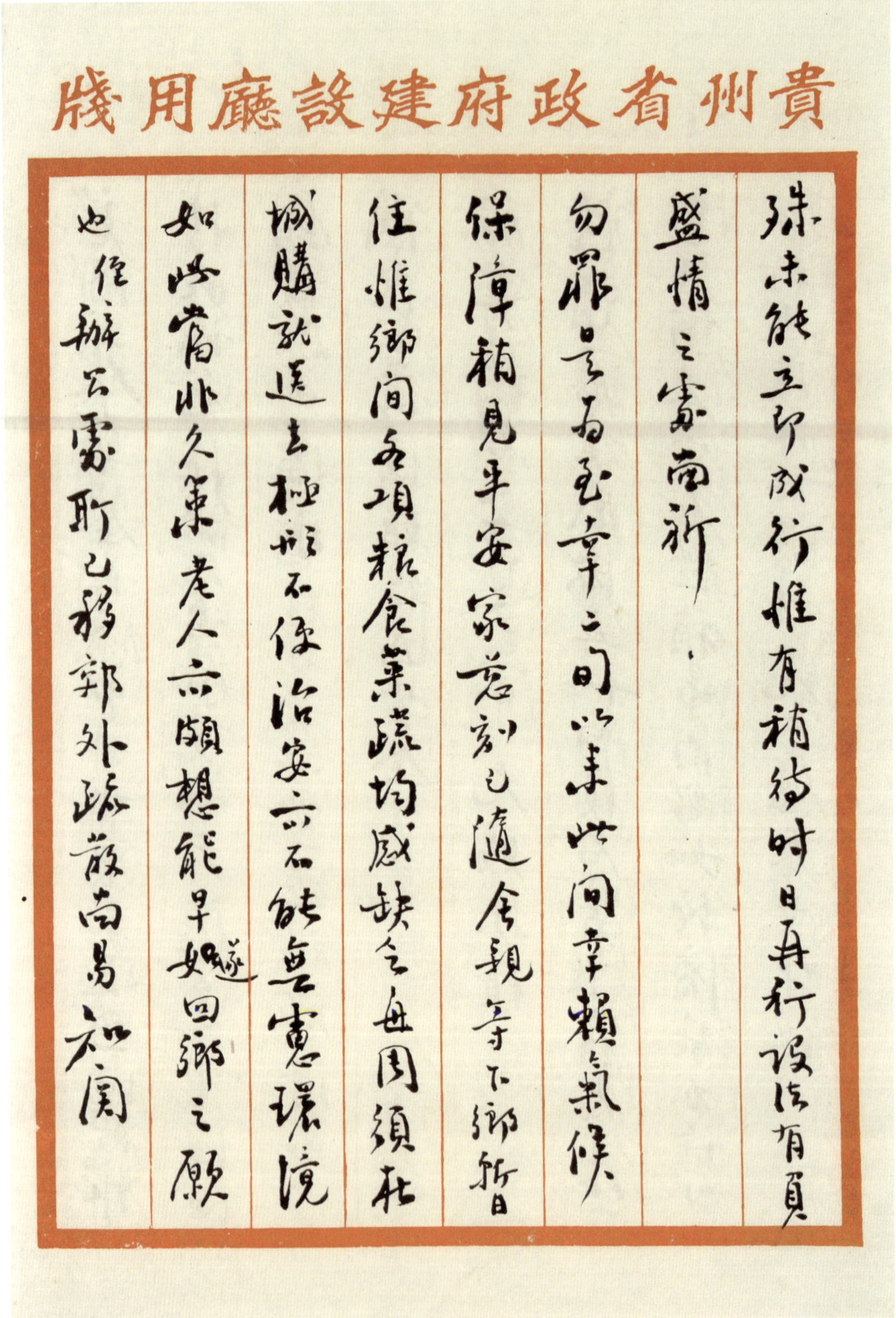

殊未能立即成行，雖有稍待時日再行設法，有負
盛情之處，尚祈
勿罪是爲至幸。二月以來，此間幸賴氣候
保障，稍見平安。家眷刻已隨舍親等下鄉暫
住，惟鄉間各項糧食菜蔬均感缺乏，每周須赴
城購就送去，極形不便。治安亦不能無慮。環境
如此，當非久策。老人亦頗想能早遂回鄉之願
也。住辦公處所已移郊外，路線尚易 知聞

H14（4-3） G20.5cm×29.5cm

貴州省政府建設廳用箋

諸鄉長前輩不圖入黔年餘為謀生計遲滯未克成行滇黔之隔竟如天涯遙望滇池固不勝油然而嚮往也茲以黔垣被炸滇承頒示南針銘感之深非言可宣為安全計為前途計均應立遵訓示應能不負厚意惟此間因炸後人心惶惶有公務人員不得離職之令職務擺脫甚難且滇黔一帶交通困難購票登記已逾數月不時

H14（4-2） G20.5cm×29.5cm

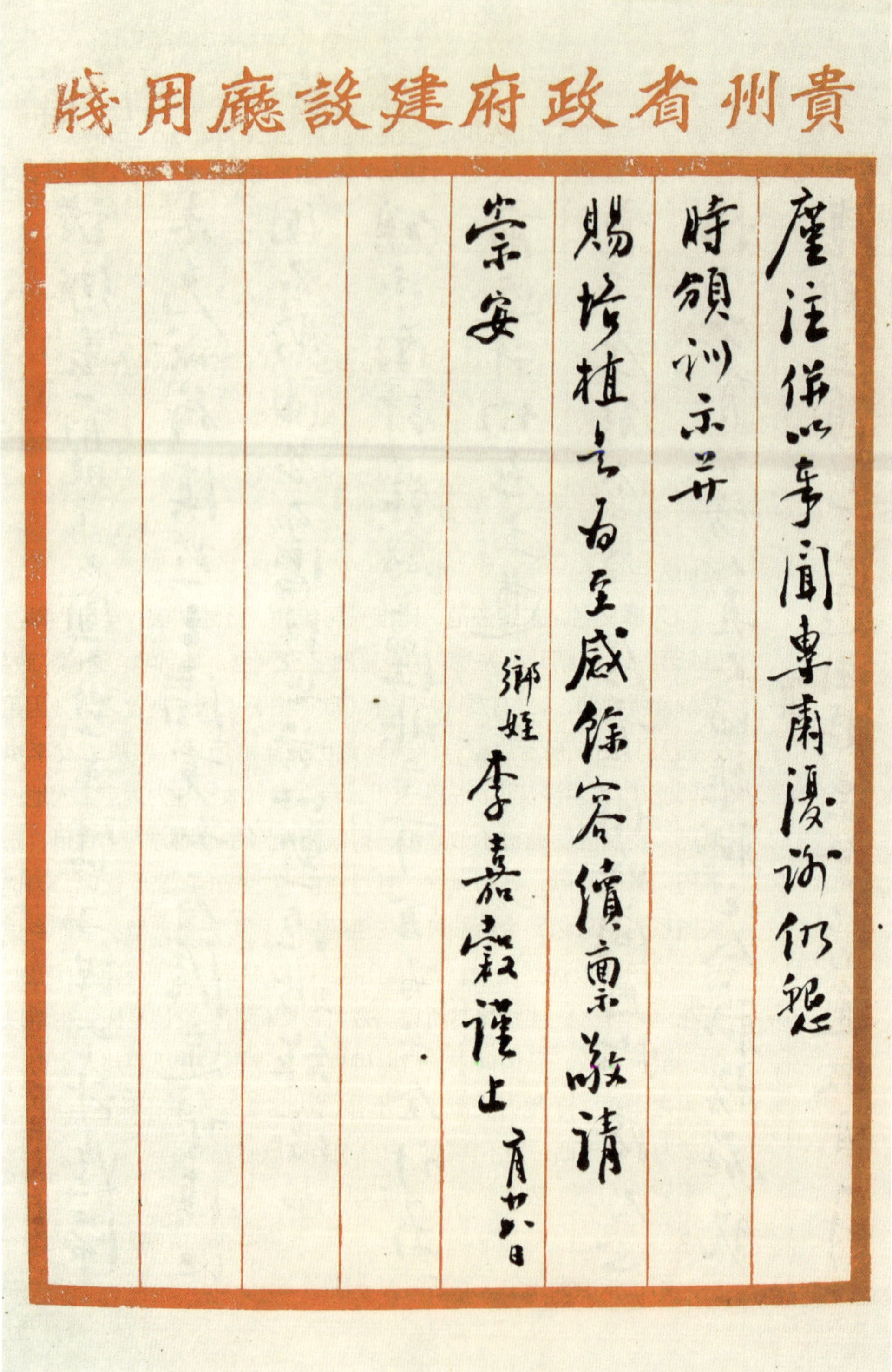

貴州省政府建設廳用箋

廑注備以事閒專肅復謝仰懇
時頒訓示并
賜培植是爲至感餘容續稟敬請
崇安
鄉姪李嘉穀謹上 月廿六日

H14（4-4） G20.5cm×29.5cm

# 唐继鳞　一通

唐继鳞（一八九〇～一九四七），字建侯。云南东川人，会泽唐继尧堂弟。军校毕业，历任云南陆军讲武堂讨逆军教导团副团长、中央军官学校五分校主任、陆军中将、滇黔绥靖公署总参议。逝世后葬昆明西山玉兰园。

## 五月二十一日致方树梅

〖录文〗

臞仙先生道鉴：

久慕文名，未亲道范，比维兴居佳胜，著述渊宏，至以为颂。贵邑张滇洲［张鹏升］先生，清乾隆时名进士也，其品学、道德、政事、文章素所钦仰，曩[①]有友人持先生《欣遇图》见赠，展览之余，因重其人而及其图，视若拱璧，什袭珍藏历有年。所日：昨晤挚友李星槎［李文汉］先生谈及滇洲先生家世，台端将其故宅建为祠宇，为地方树风声，使乡先贤遗迹不致湮没，得以昭然常在，地方人士耳目，永垂不朽，崇尚文献，砥砺风气，其尊贤重道之行谊，曷胜钦佩。因忆及该图系先生故物，今台端既为先生建祠，表彰先贤典型。留作乡里观感，此图亦拟恍然割爱，赠悬于祠，以襄盛举，意谓宝剑宜赠烈士，菱花宜赠佳人，使物得其所也。兹将该图检出，交请星槎先生持以奉赠，至祈察收，悬诸祠中，借以供祠宇之点缀，并可使邦人士得瞻仰先生之丰采，于地方文献不无小补，从此璧返连城，珠还合浦[②]，庶几成为千秋佳话，岂不美哉。想台端当亦欣慰无暨也。

写此布臆。敬颂道安，诸维霁照。

弟　唐继鳞　顿首　五月廿一日

附：张滇洲先生《欣遇图》一轴。

〔钤印：唐继鳞印〕

〔笺纸：中央陆军军官学校第五分校用笺〕

①曩：以往，从前，过去的。

②珠还合浦：比喻东西失而复得或人去而复回。出自《后汉书·循吏传》。

中央陸軍軍官學校第五分校用箋

第二頁

賜展覽之餘因重其人而及其圖視若拱璧什襲珍藏歷有年所日昨晤摯友李星樵先生談及滇海先生家世

台端將其故宅建為祠宇為地方樹風聲使後先賢遺蹟不致湮沒得以昭示常在地方人士耳目永垂

中華民國　年　月　日

H15（5-2） G19.5cm×26.5cm

中央陸軍軍官學校第五分校用箋

第一頁

臞仙先生道鑒久慕
文名未親
道範比維
興居佳勝著述淵宏至以為頌
貴邑張溟湖先生清乾隆时名進
士也其品學道德以及文章素所
欽仰曩有友人持先生所遇圖見

中華民國　年　月　日

H15（5-1） G19.5cm×26.5cm

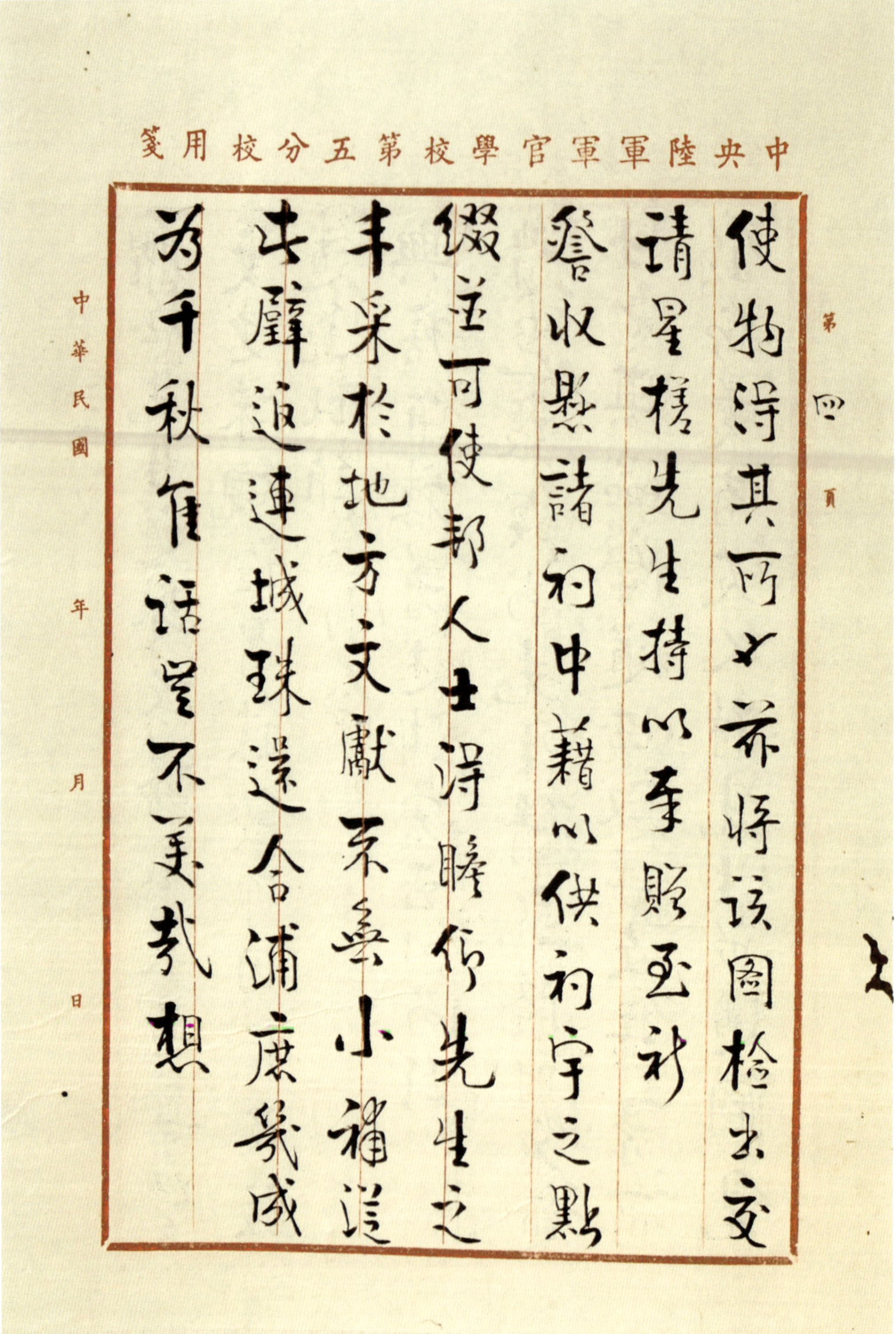
中央陸軍軍官學校第五分校用箋

第四頁

使物得其所之前將該圖檢出交
請星樓先生持以奉贈丞祠
登收懸諸祠中藉以供祠宇之點
綴並可使邦人士得睹何先生之
手采於地方文獻不無小補從
此辟道連城珠還合浦庶幾成
為千秋佳話豈不美哉想

中華民國　年　月　日

H15（5-4） G19.5cm×26.5cm

不朽崇尚文獻砥礪風氣其尊賢重道之行誼曷勝欽佩因憶及談園係先生故物今

台端既為先生建祠表彰先賢典型當作鄉里觀感去園亦擬懇我割愛賜歸於祠以襄盛舉竟謂寶劍宜贈烈士美花宜贈能人



H15（5-3） G19.5cm×26.5cm

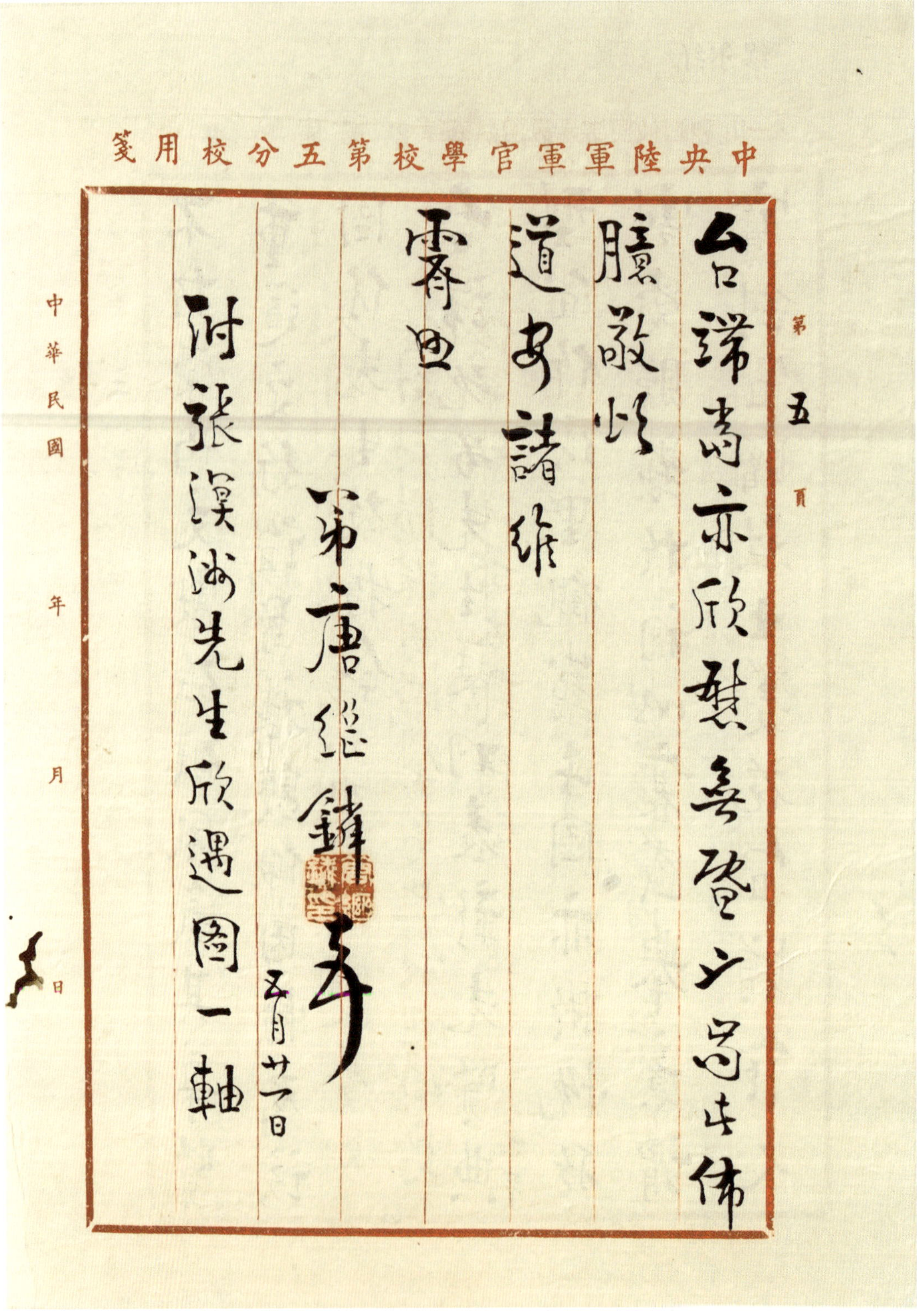

中央陸軍軍官學校第五分校用箋

第 五 頁

台端當亦欣慰無既也耑此佈

臆敬頌

道安諸維

霽照

弟唐繼鏻手 五月廿一日

附張溪湖先生欣遇圖一軸

中華民國　　年　　月　　日

H15（5-5） G19.5cm×26.5cm

# 缪尔纾 五通

## 一、和臞仙同游永灵湧泉五律

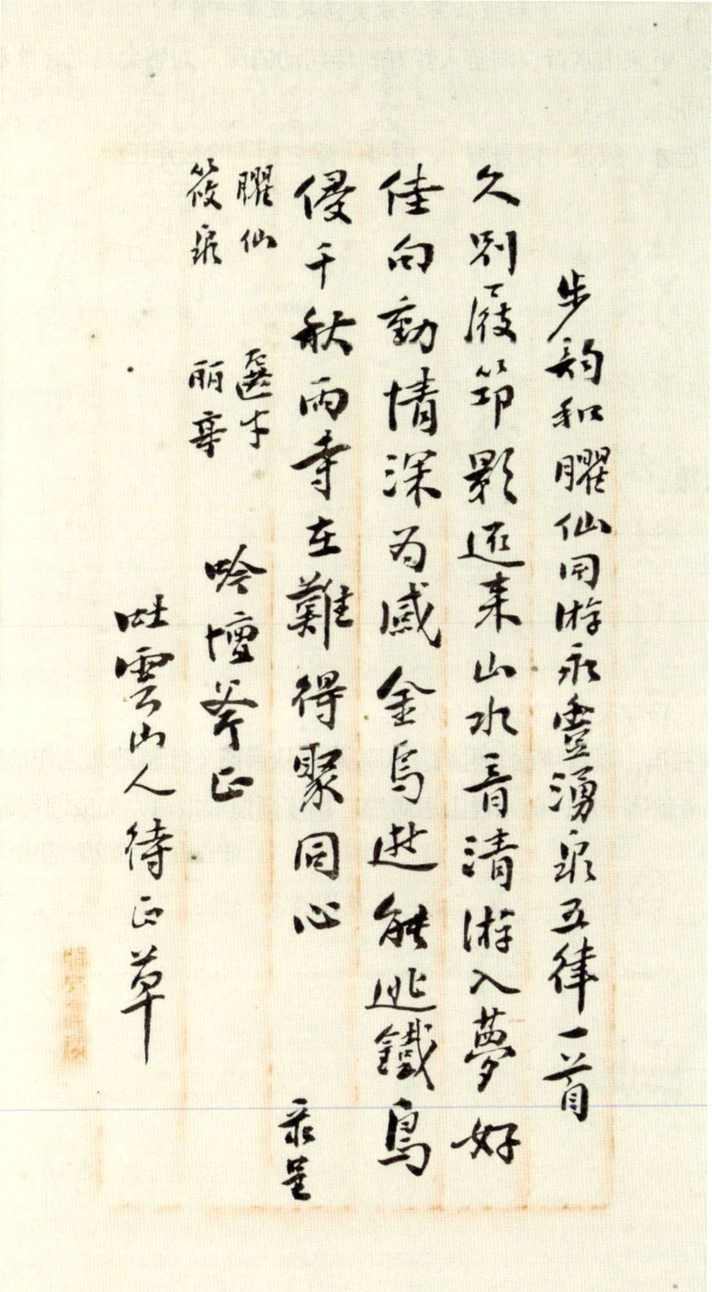

步韵和臞仙同游永靈湧泉五律一首
久别筱節影遠來山水青清游入夢好
佳句動情深為感金烏逝能逃鐵鳥
侵千秋兩季在難得聚同心
永芝
臞仙
筱泉
遥寄
丽寧
吟壇斧正
吐雲山人待正草

H16 G13cm×23cm

〖录文〗

### 步韵

（和臞仙同游永灵湧泉五律一首）

久别屐筇影，近来山水音。清游入梦好，佳句动情深。为感金乌逝，能逃铁鸟侵。千秋两寺在，难得聚同心。

录呈臞仙、选才、筱泉［何秉智］、丽亭［梁之相］吟坛斧正。

吐云山人　待正草

〔笺纸：竖行信笺。文："涵芬楼制"〕

## 二、承嘱序大集

〖录文〗

承属序大集，猝难报命，先成俚句奉正。

西华一别倏三年，磊落吟章乍付编。买骏羡君从远道（壮游南北之作最杰出），探骊语我入深渊。征文考献情专笃，范水模山思渺绵。属序惭惶艰报命，先成俚句记因缘。

吐云山人　初稿　甲申［一九四四］春仲

〔笺纸：兰花图诗笺。文："芳郁绝尘，定之写于海上"〕

承

屬序大集猝難報

命先成俚句奉

正

西華一別倏三年磊落吟章乍付編買駿羨君

從遠道壯游南北之亦最傑出探驪語我入深淵徵文致獻

情專篤範水模山思渺綿屬序慚惶艱報

命先成俚句記因緣

吐雲山人初稿

甲申春仲

H17 G17cm×26.5cm

## 三、用弢父韵题臞仙《滇贤像传》

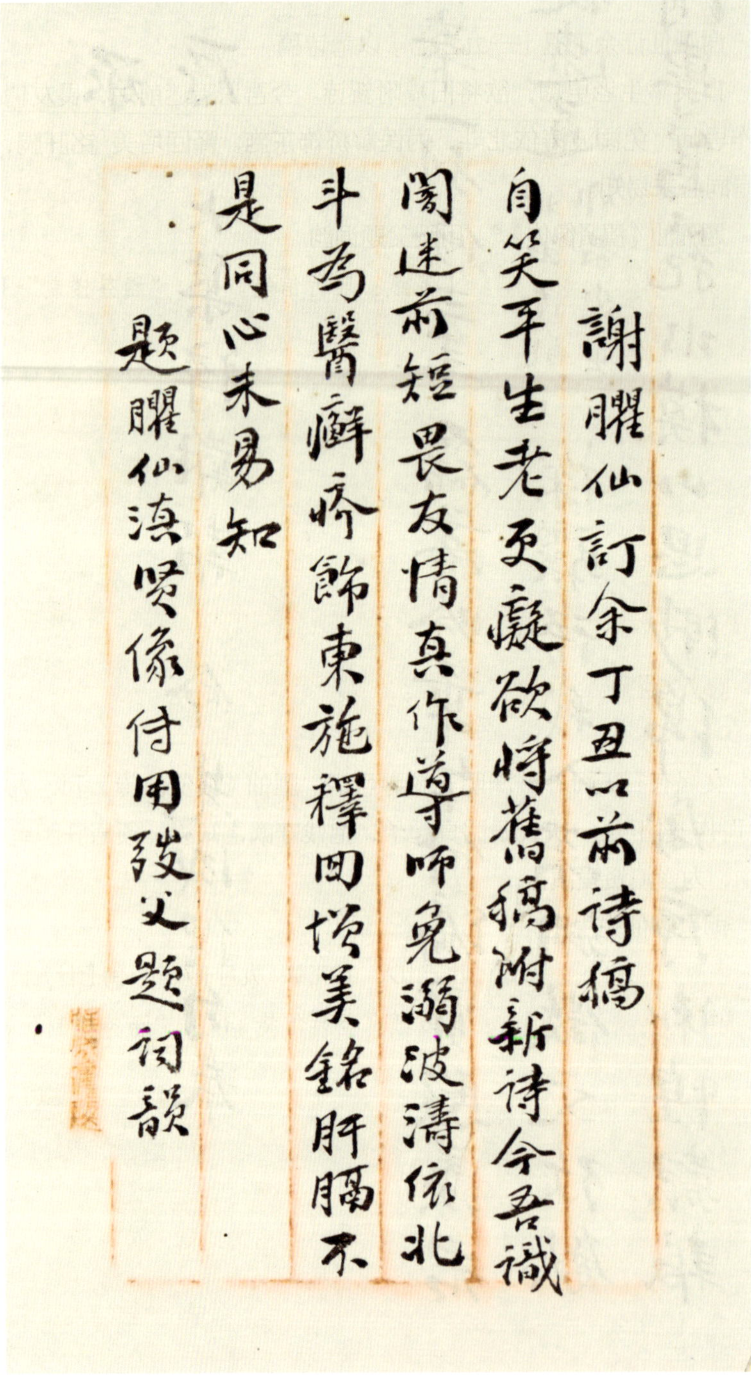

謝臞仙訂余丁丑以前詩稿

自笑平生老更癡，欲將舊稿附新詩。今吾識闇迷前短，畏友情真作導師。免溺波濤依北斗，爲醫癖矯飾東施。釋回增美銘肝腑，不是同心未易知。

題臞仙滇賢像傳用弢父題詞韻

H18 G13cm×23cm

〖录文〗

谢臞仙订余丁丑［一九三七］以前诗稿。

自笑平生老更痴，欲将旧稿附新诗。今吾识暗迷前短，畏友情真作导师。免溺波涛依北斗，为医癣疥饰东施。释回增美[①]铭肝膈，不是同心未易知。

题臞仙《滇贤像传》[②]。用弢父题词韵。

〔笺纸：竖行信笺。文："涵芬楼制"〕

①释回增美：指去除邪僻，增加美善。回：指邪僻。

②《滇贤象传》：应即《滇贤象传初集》二卷。方树梅辑，民国二十五年（一九三六）方氏南荔草堂刻本。

## 四、题臞仙《滇贤像传》

〖录文〗

女娲有石天可补，渊明无弦琴可谱。臞仙《滇贤像传》刊，九原[①]可作羹墙[②]语。扶衰振懦真起了，抱残守阙岂知汝。须眉肝胆笔削中，为爱滇贤爱滇土。

即呈臞仙先生正。

吐云山人　待正草　九月十八日　闰七廿五日

〔笺纸：竖行信笺。文："涵芬楼制"〕

①九原：主要指九州大地；指春秋时晋国卿大夫的墓地，后泛指墓地；亦指九泉、黄泉等。

②羹墙：追念前辈或仰慕圣贤的意思。

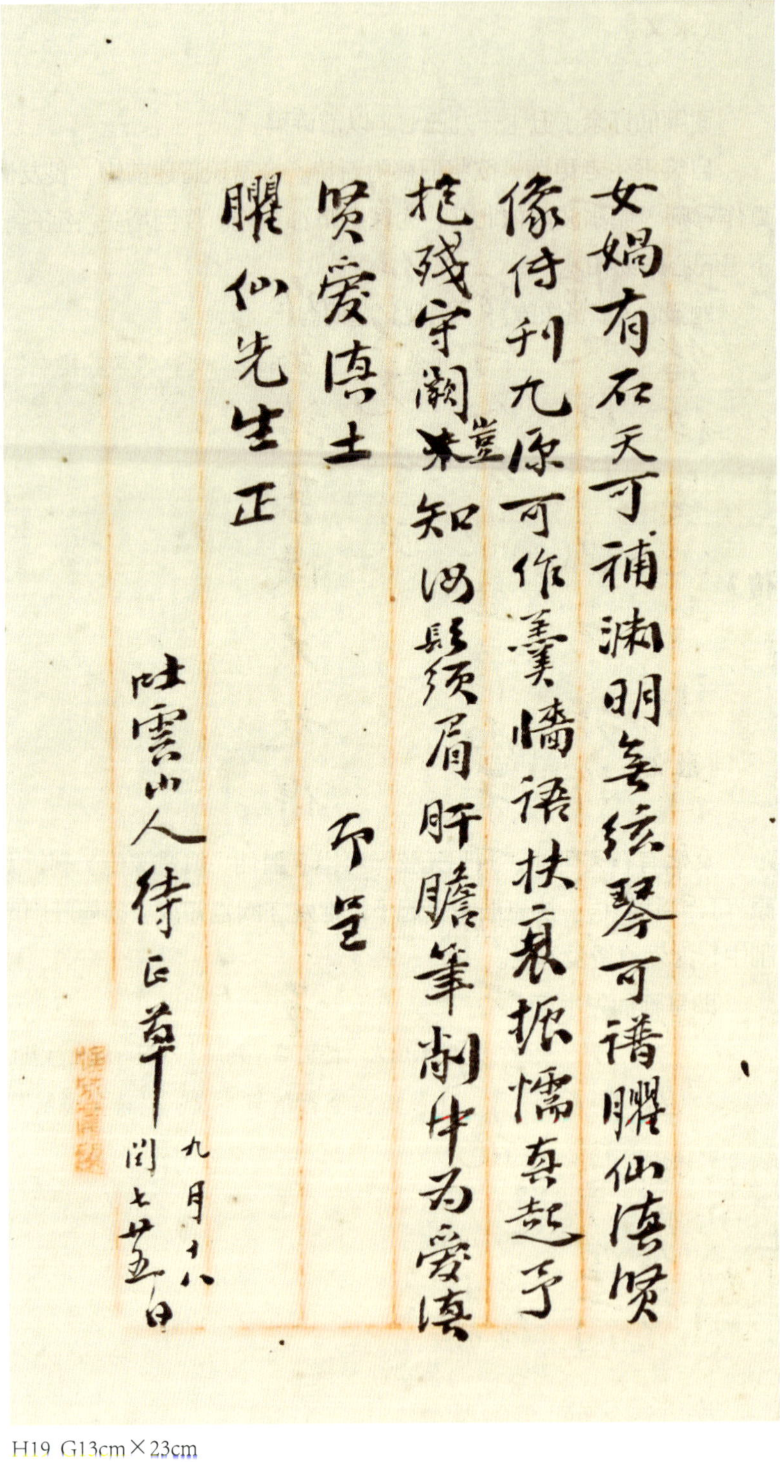

女媧有石天可補淵明無絃琴可譜臞仙滇贤
像傳刊九原可作羹墻語扶衰振懦真起予
拾残守闕豈知此鬚須眉肝膽筆削中為愛滇
贤愛滇士　　　不呈
臞仙先生正
吐雲山人侍正草　閏七廿五日　九月十八

H19 G13cm×23cm

## 五、晨起得句即呈臞仙

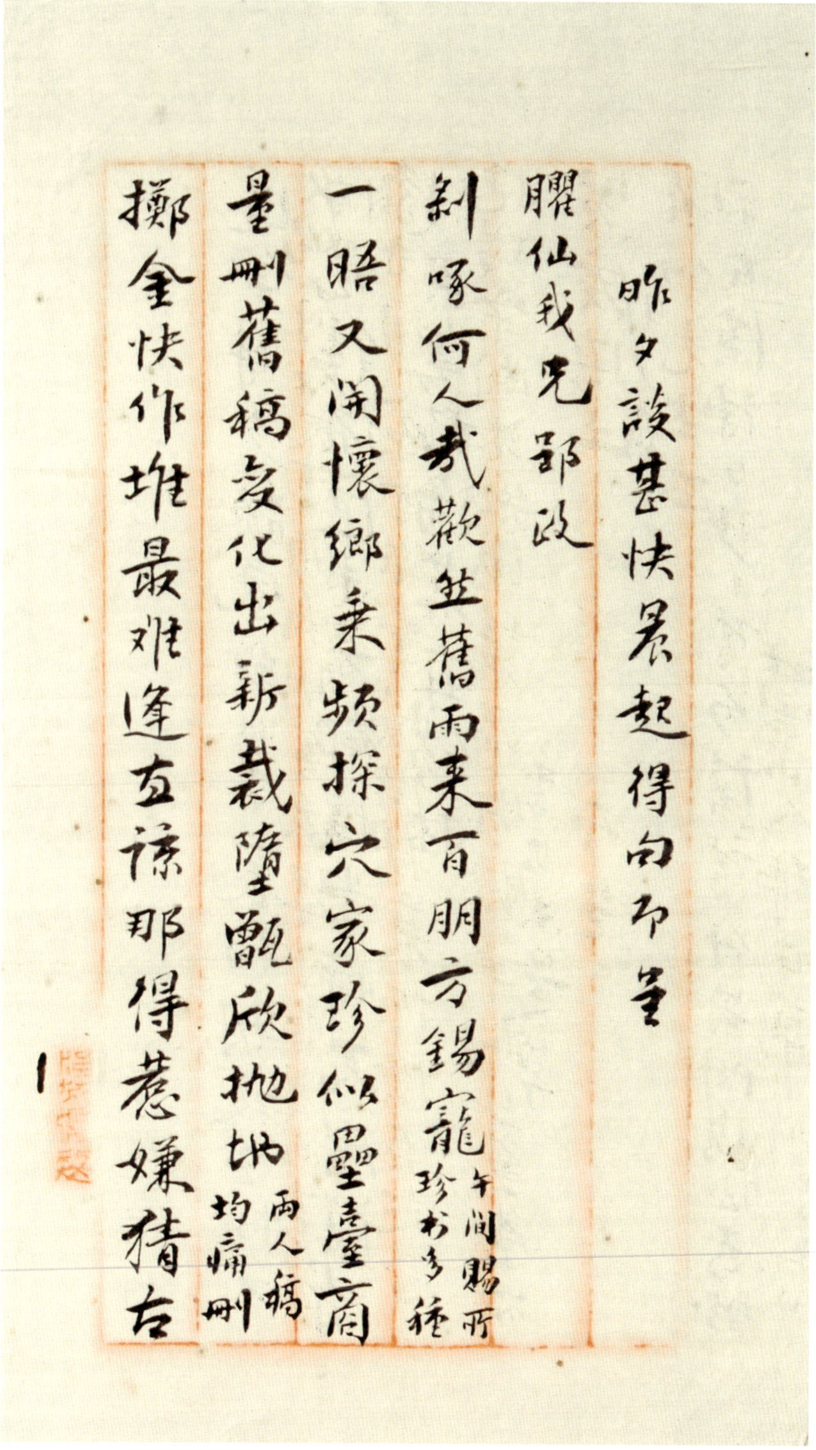

昨夕談甚快晨起得句即呈
臞仙我兄郢政
剥啄何人哉歡並舊雨來百朋方錫寵（午間賜珍物多種）
一晤又開懷鄉乘頻探穴家珍似壘臺商
量刪舊稿變化出新裁墮甑欣拋地（兩人稿均痛刪）
擲金快作堆最難逢直諒那得惹嫌猜台

H20（2-1） G13cm×23cm

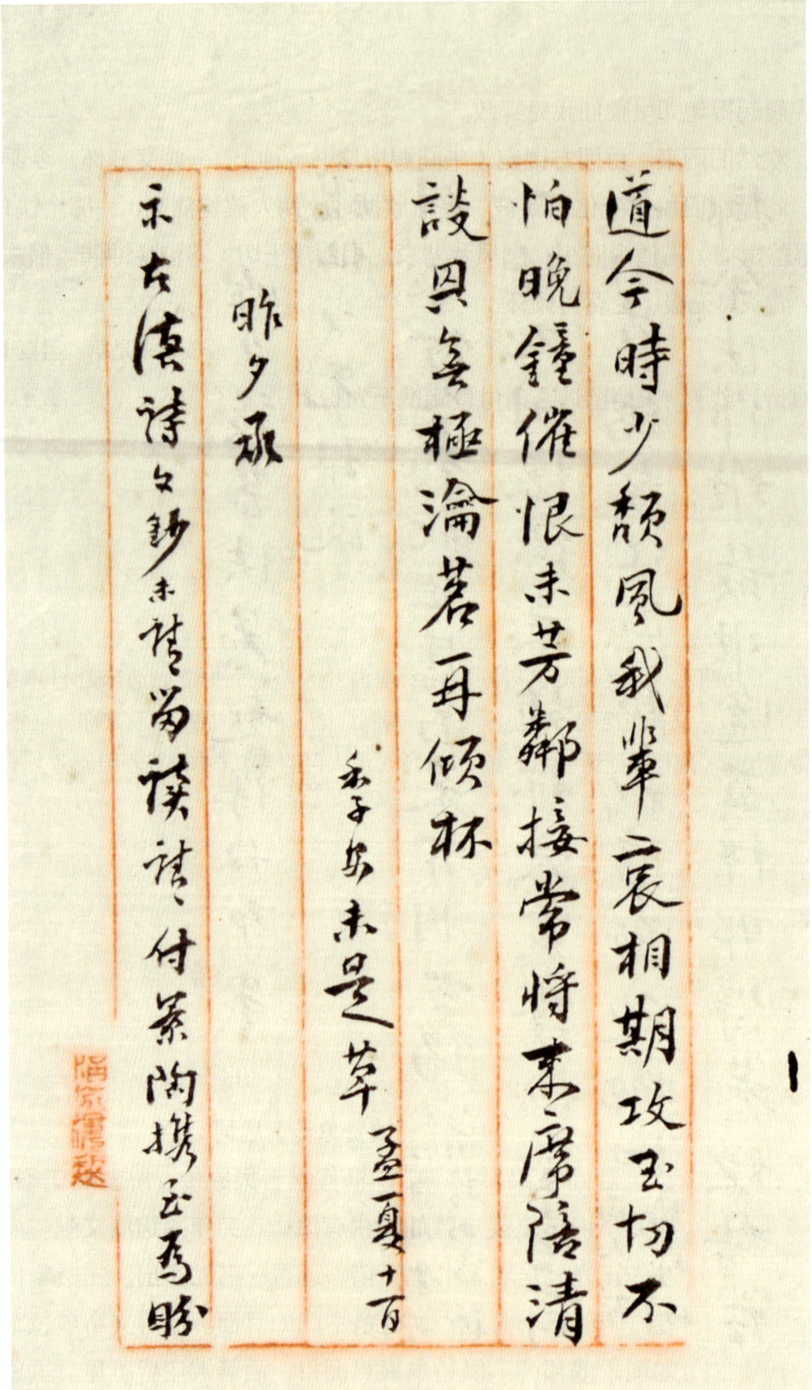

道令時少頗風我輩二衰相期攻玉切不
怕晚鐘催悵未芳鄰接常將耒席陪清
談與無極淪落再傾杯

季子安未是之草　孟夏十日

昨夕承
示古渫詩々鈔未讀留讀付茶陶携去爲盼

H20（2-2） G13cm×23cm

〖录文〗

昨夕谈甚快，晨起得句即呈臞仙我兄郢政。

剥啄何人哉，欢然旧雨来。百朋方锡宠（午间赐所珍书多种），一晤又开怀。乡乘频探穴，家珍似垒台。商量删旧稿，变化出新裁。堕甑欣抛地（两人稿均痛删），掷金快作堆。最难逢直谅，那得惹嫌猜。古道今时少，颓风我辈哀。相期攻玉切，不怕晚钟催。恨未芳邻接，常将来席陪。清谈具无极，沦茗再倾杯。

季安　未是草　孟夏十一日

昨夕承示《滇诗诗钞》，未请留读，请付景陶携至为盼。

〔笺纸：竖行信笺。文："涵芬楼制"〕

## 葛振鹭　一通

葛振鹭（一八八一～一九四七），字在庭，号固叟。云南河西人。敏而好学，清末赴日本留学。一九三二年在东陆大学执教，又在省府秘书处供职多年。善制灯谜，有"射虎专家"之称。平生潜心著作，有《抱朴堂诗文集》《抱朴堂谜话》《卧雪堂文集》《滇人百韵诗》《中国戏剧源流考》《滇戏考证》等。

### 题《滇贤象传》

〖录文〗

**《滇贤象传》题词**

吾闻番禺叶给谏[①]，清代学者集象传，所重端在不朽三，如此卓识真堪羡。臞仙先生有滇癖，穷年采访滇文献。潜德屡发先正光，垂老著书犹不倦。近著一书尤杰出，先贤象传裒成卷。明清五十共五人，心各不同如其面。或讲文章或气节，或为国干或邦彦。俱是本来真面目，洒落端庄皆可见。气象蔼然儒者风，道貌巍乎灵光殿。方外诗僧并收入，融合儒释成一片。人撰一传肖一像，百拜百读都不厌。弢父［赵式铭］题词我继

① 叶给谏：疑为叶衍兰（一八二三～一八九八），字南雪，号兰台。广东番禺人，祖籍浙江余姚。咸丰二年（一八五二）举人，咸丰六年（一八五六）进士。改翰林院庶吉士，历官户部江西司主事、贵州司员外郎、云南司郎中等二十余年后，请疾归里。主讲广州越华书院。著有《清代学者象传》等。

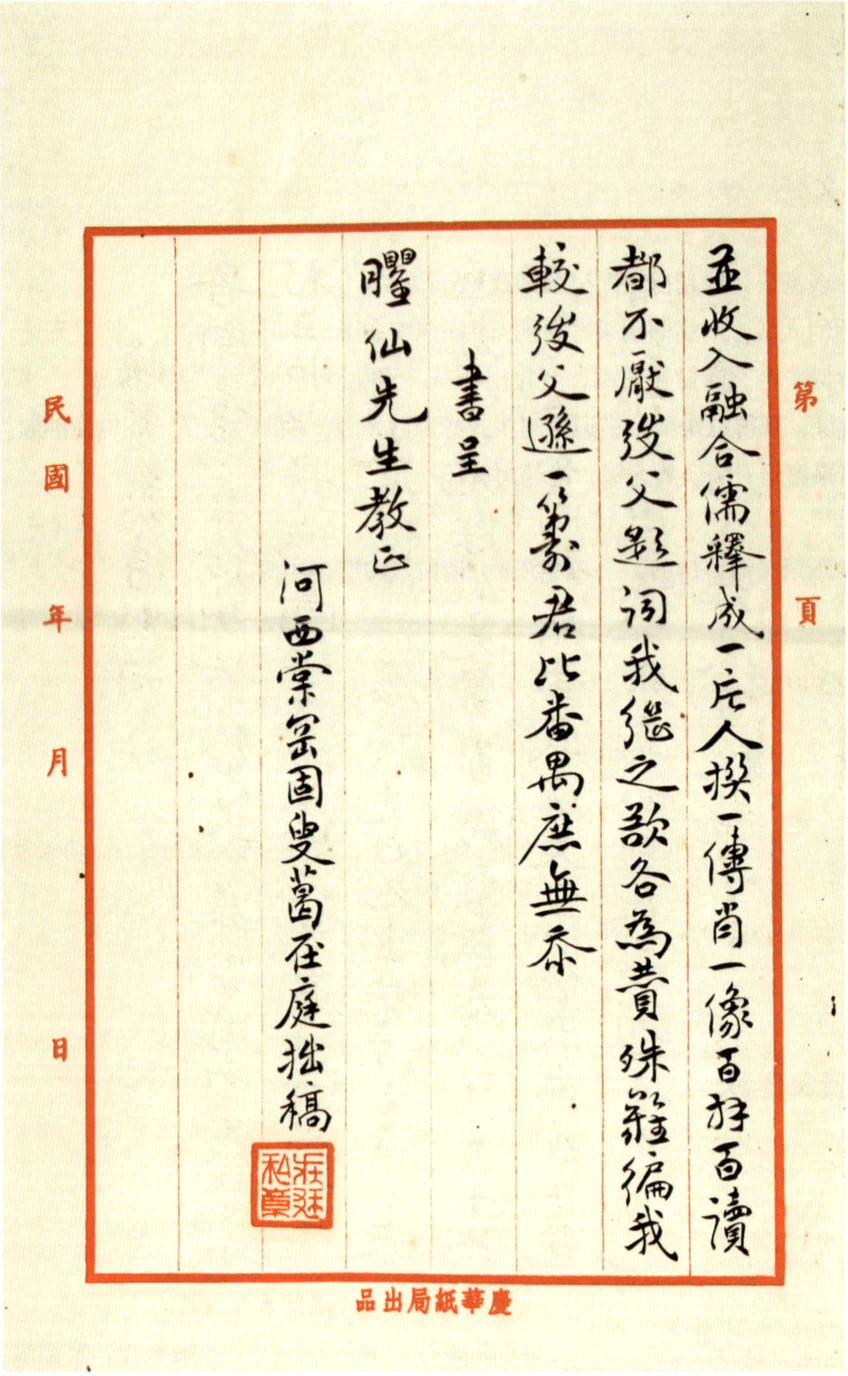
第　頁

並收入融合儒釋成一片人撰一傳肖一像百拜百讀
都不厭彊父題詞我繼之欲各為贊殊雜編我
較彊父遜一籌君比番禺庶無忝
書呈
矅仙先生教正
河西棠冥固叟葛在庭拙稿

在庭私章

民國　年　月　日

慶華紙局出品

H21（2-2） G18cm×29cm

之，欲各为赞殊杂编。我较彊父逊一筹，君比番禺庶无忝。

书呈矅仙先生教正。

河西棠冈固叟　葛在庭　拙稿

〔钤印：在庭私章〕

〔笺纸：朱丝八行，文：“庆华纸局出品”〕

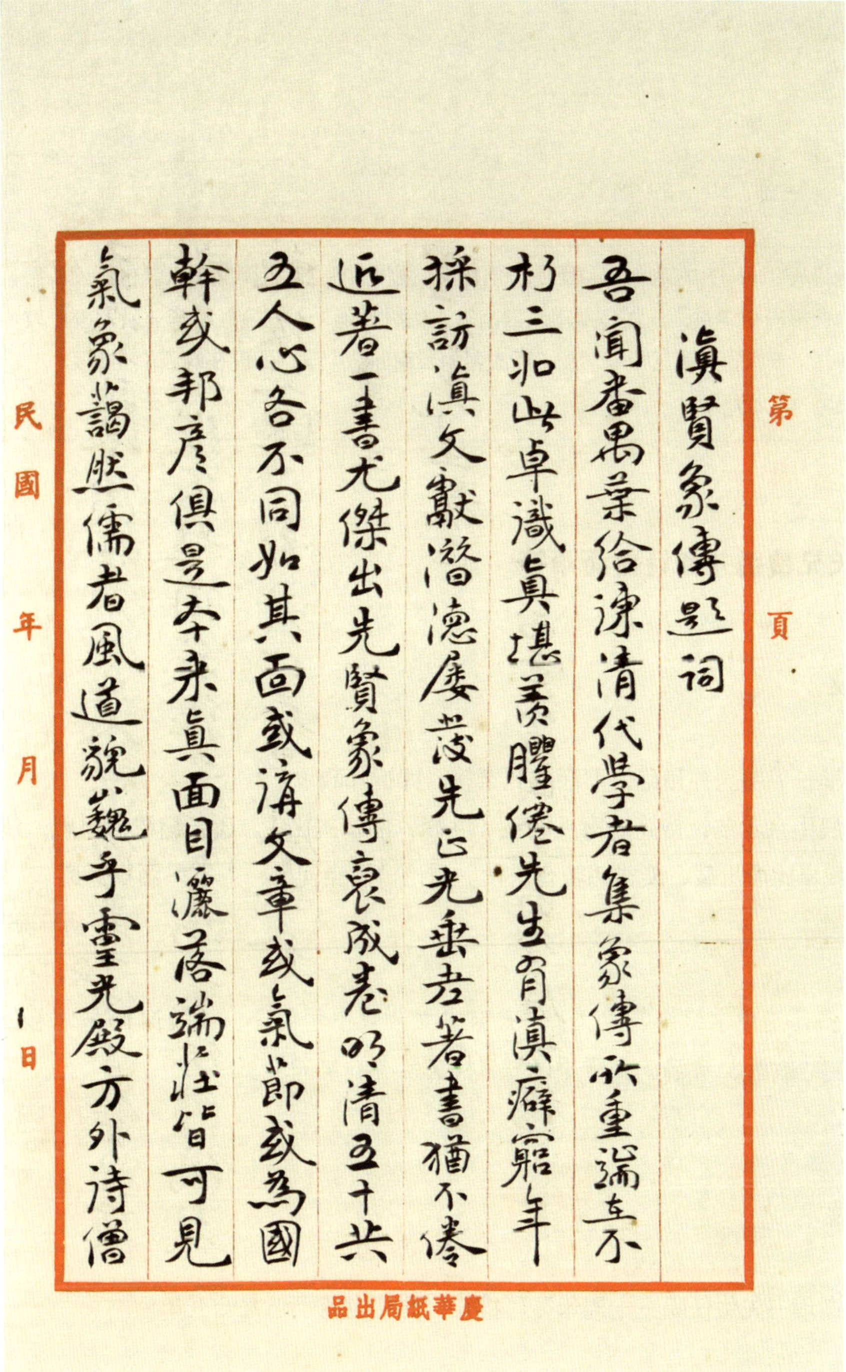
滇賢象傳題詞
吾聞番禺葉給諫清代學者集象傳所重端在不
朽三卯此卓識眞堪羡臞仙先生有滇癖窮年
採訪滇文獻潛德屢發先正光垂者著書猶不倦
近著一書尤傑出先賢象傳裒成卷明清五十共
五人心各不同如其面或擅文章或氣節或為國
幹或邦彥俱是本來眞面目灑落端莊皆可見
氣象藹然儒者風道貌巍巍乎靈光殿方外詩僧


H21（2-1） G18cm×29cm

〖解读〗

为《滇贤象传初集》题词，故此札应成于一九三六年或稍前。

## 谢显琳　一通

谢显琳（一八八七～一九六八），字琅书，号困学（困学主人）。云南曲靖人。少年读私塾，一九O三年考入云南曲靖府中学堂，一九O六年入云南省立优级师范，一九O九年毕业后留校任教。一九一三年三月，创办了云南省立第三师范学校（后改名为云南曲靖中学，即现在的云南曲靖第一中学），谢担任该校校长至一九五八年。

### 臞仙学长兄覆函并和诗喜而奉答

〖录文〗

臞仙学长兄覆函并和诗，喜而成此奉答，即祈郢政。

感念晨星余老友，诗筒遥寄胜峰头（胜峰，曲靖主山）。还云缱绻情堪慰，佳句联翩意倍悠。愧我皋比虚卅载，羡君鸿著有千秋。重论樽酒当何日，人事东西岁月遒。

琅书谢显琳　呈稿

〔钤印：谢显琳印〕

〔笺纸：曲靖中学纪念笺。文："云南省立曲靖中学创设、校长谢琅书先生任职三十周年纪念笺""敬教、劝学、自强不息""校庆筹备会制赠"〕

〖解读〗

由"谢琅书先生任职三十周年"可推知，此札应成于一九四三年后。

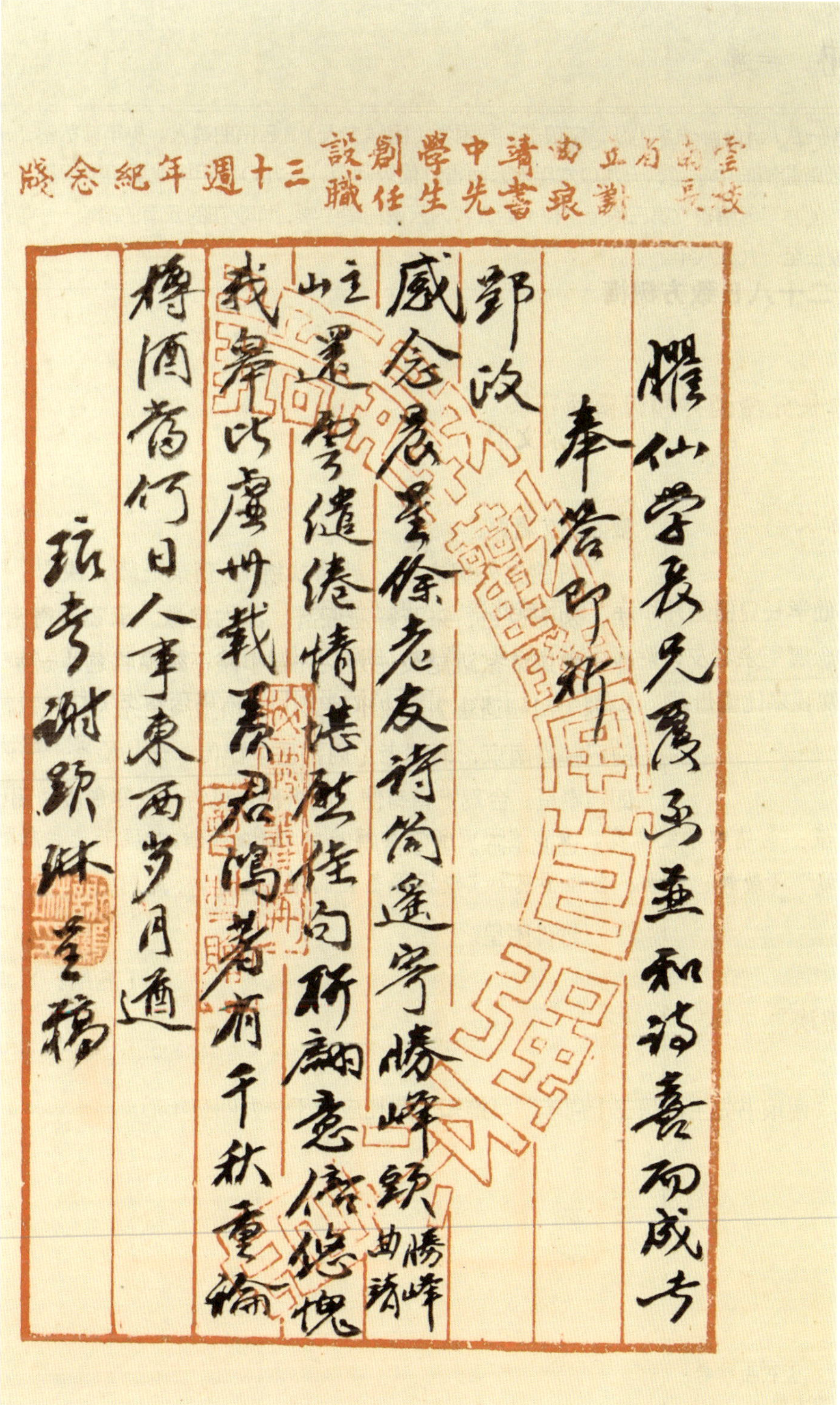


H22 G17cm×26cm

## 周兆元　一通

周兆元，文生。云南晋宁人。

### 十二月二十八日致方树梅

〖录文〗

臞仙姻丈箸席：

日前先外舅之丧，赴晋执绋[①]，获亲芝颜，快慰。五中事毕，匆促返省，未及踵府面辞，深为抱歉。承嘱钞寄南园［钱沣］墨迹诸家跋尾及先大父先君事略，兹谨将题跋录呈。正文已刊《南园遗集》，兹不赘录，即烦检阅至先大父先君行述稿，前已邮寄南京，请惺老［周钟岳］作传，无从检寄，一俟得覆，即当奉呈。台驾上省有便，尚祈预为见告，以便专诚拜谒也。

谨此奉陈。敬颂合府均安，并贺年喜不备。

姻晚周兆元　拜　手启　十二月廿八日

钞件附呈。

〔笺纸：贞甫用笺〕

①绋［fú］：古代出殡时拉棺材用的大绳。

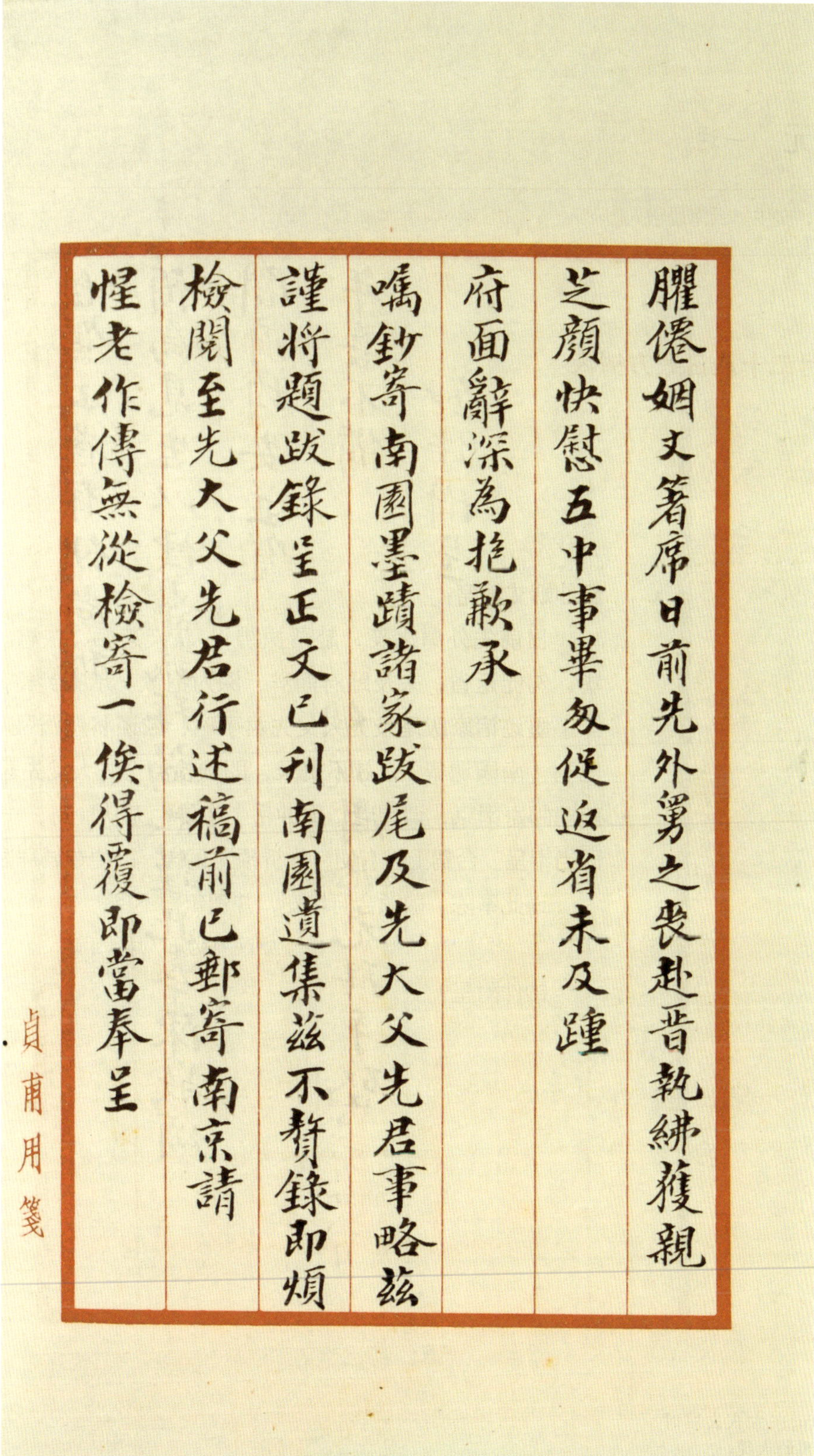
臞僊姻丈著席日前先外舅之喪赴晋執紼獲親
芝顏快慰五中事畢匆促返省未及踵
府面辭深為抱歉承
囑鈔寄南園墨蹟諸家跋尾及先大父先君事略茲
謹將題跋錄呈正文已刊南園遺集茲不贅錄即煩
檢閱至先大父先君行述稿前已郵寄南京請
恠老作傳無從檢寄一俟得覆即當奉呈

貞甫用箋

H23（2-1） G17cm×31cm

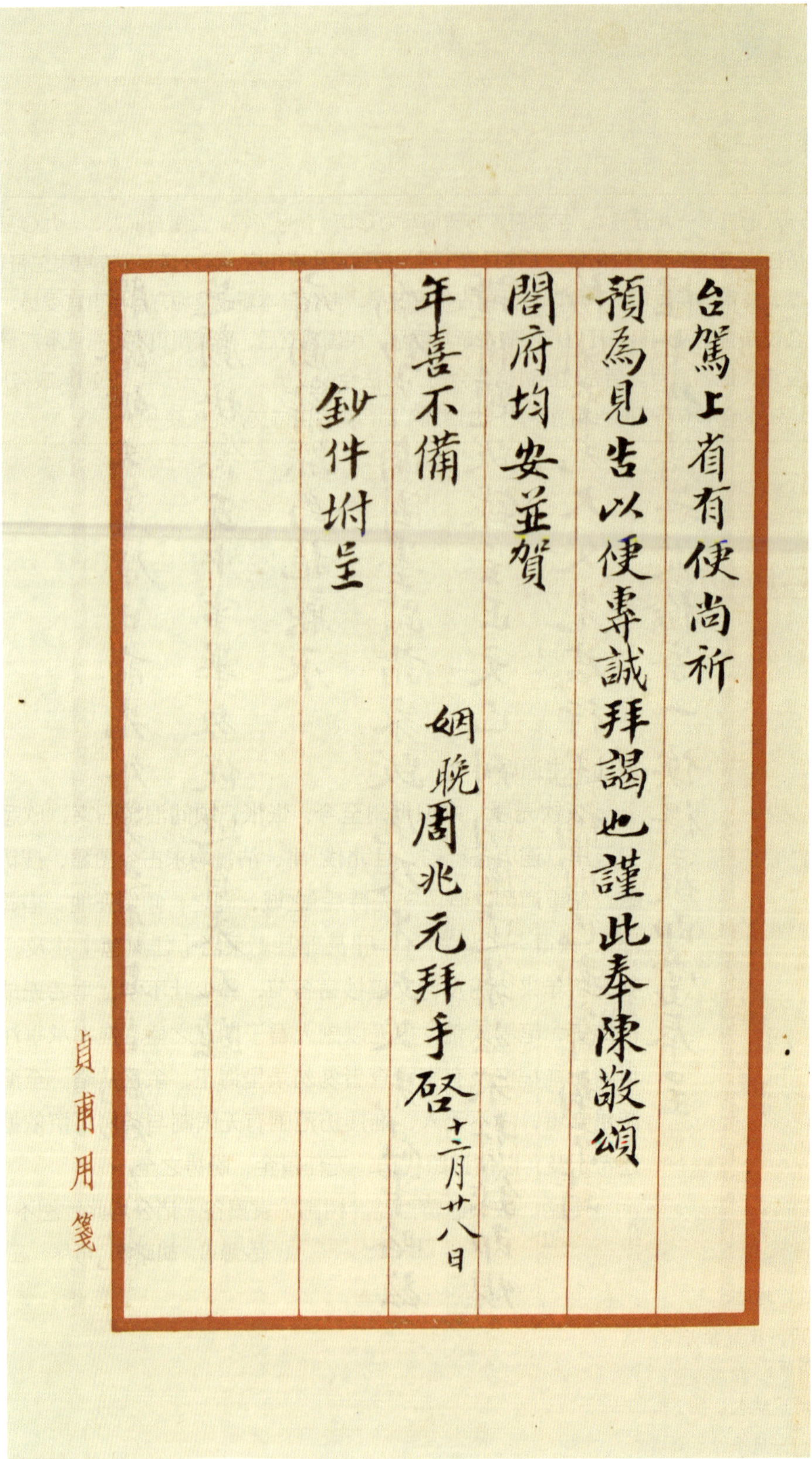
台駕上省有便尚祈
預爲見告以便專誠拜謁也謹此奉陳敬頌
閤府均安並賀
年喜不備
姻晚周兆元拜手啓 十二月廿八日
鈔件附呈

貞甫用箋

H23（2-2） G17cm×31cm

# 胡商彝　一通

胡商彝（一八七三～一九五三），字珍府（方树梅写为珍甫），号华农。云南石屏人。一九〇三年癸卯科进士。历任直隶任邱县、宣化县、天津县等知县，护理宣化府知府，候补道。历充直隶总督署文案，督练处文案，发审公所发审员，肃邸查办蒙古事宜随员，考察日本新政及地方自治事宜委员，津浦铁路裁判员会议新官制及编纂各厅庭权限职责章则委员。民国成立后，署滦州知事，充直隶都督府秘书兼营务处发审，记名道尹。后充政治讨论会会员、约法会议议员。一九一五年，任山东政务厅厅长。一九一六年任察哈尔特别区的兴和道尹。一九四九年到台湾。工诗文，尤擅篆书。

## 五月十二日致方树梅

〖录文〗

臞仙先生道席：

久钦元晏，未识荆州至今，怅怅，顷间浪游归来，欣悉贤者孑身万里，遍历各行省，且北栈[①]津、沽，购求古今图籍，搜访吾乡文献，任重道远之慨，守先待后[②]之诚，闻之，倾倒无地。惜彝福薄缘悭[③]，未得一亲光霁[④]耳。罪甚罪甚。采老［任风苞］述及，尊旨并嘱彝将年来资历及诗文稿抄寄各节，彝少壮不学，垂老无成，而一行作吏，笔墨久荒，更无以副大君子期许之盛。惟幸承垂注，谨就目前所能记忆及有案可查者匆匆录呈诲正，余且从略。至滇人之宦游是邦者，尚不乏人，惟搜访范围有无限制与条例可资依据？公暇还希示及，以便遵照代访，无任景企，盼祷之至。

专函。敬颂道履百益。树圃［袁嘉谷］诸公均此，恕不一一。

乡愚弟　胡商彝　再拜　五月十二日

〔笺纸：竖行信笺〕

①栈：通过，越过。

②守先待后：犹继往开来；承先启后。

③悭［qiān］：缺欠。

④光霁［jì］：风采。

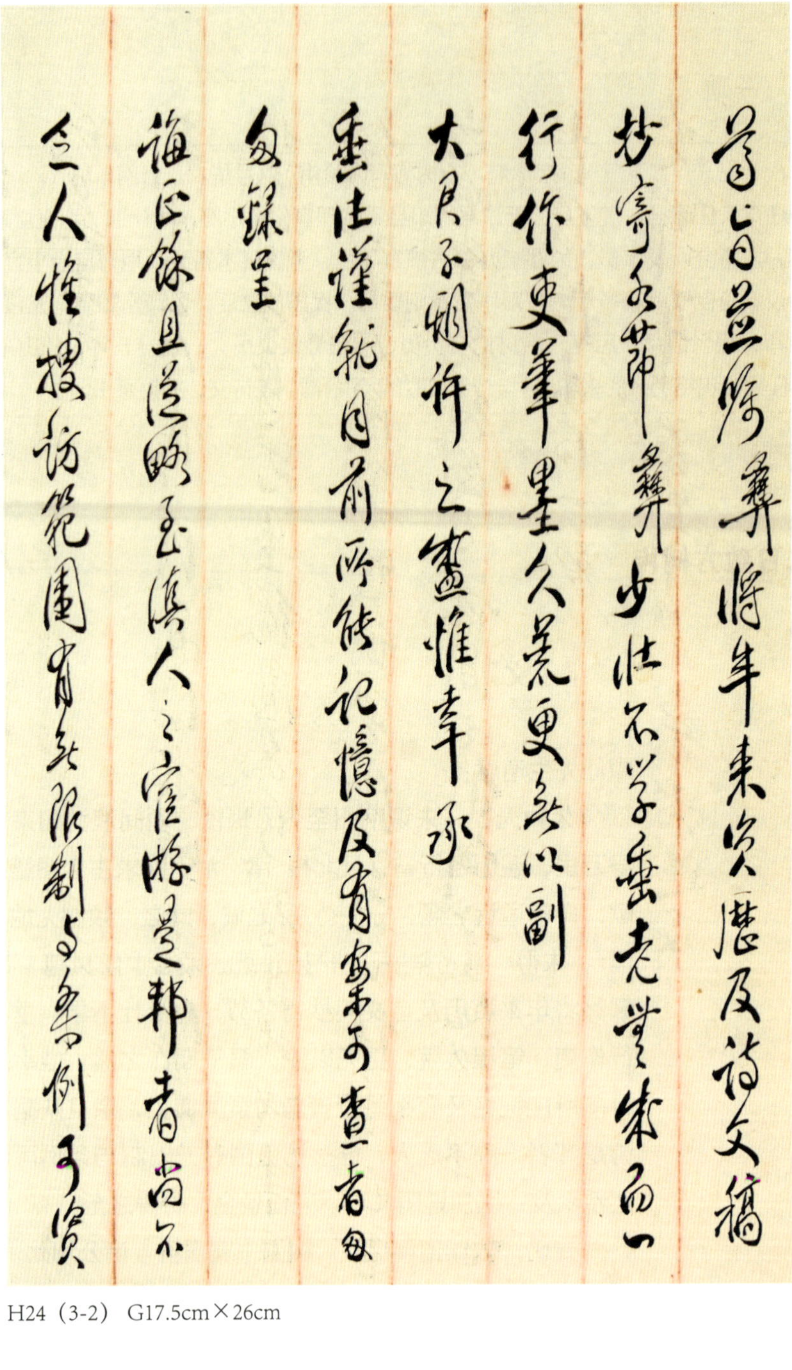

H24（3-2） G17.5cm×26cm

〖解读〗

此札应成于一九三六年。方树梅一九三四年年底至一九三五年七月北游，而胡商彝外出

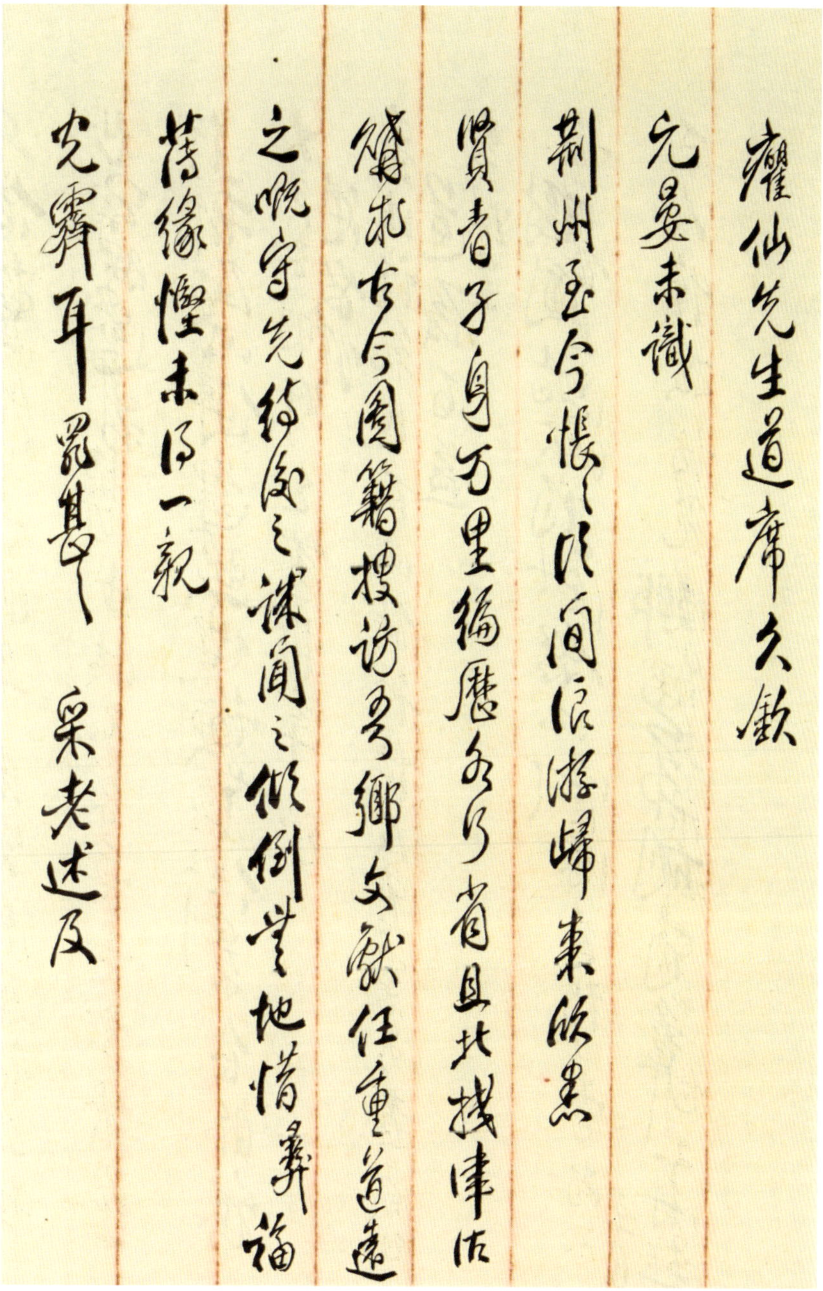

臞仙先生道席：久欽
光晏未識
荊州，至今悵悵。比聞從游歸來，欣悉
賢喬子身萬里，編歷多方，首且北棧肆沽
纘承古今圖籍，搜訪吾鄉文獻，任重道遠
之概，守先待後之謀，聞之欽佩無地。惜彝論
芳緣慳，未得一親
光霽耳。罷甚罷甚。采老述及

H24（3-1） G17.5cm×26cm

未遇。胡商彝写此札时，方树梅已经返回云南。方树梅大致是请胡商彝帮助收集云南文献及人物，为《滇南碑传集》积累素材。

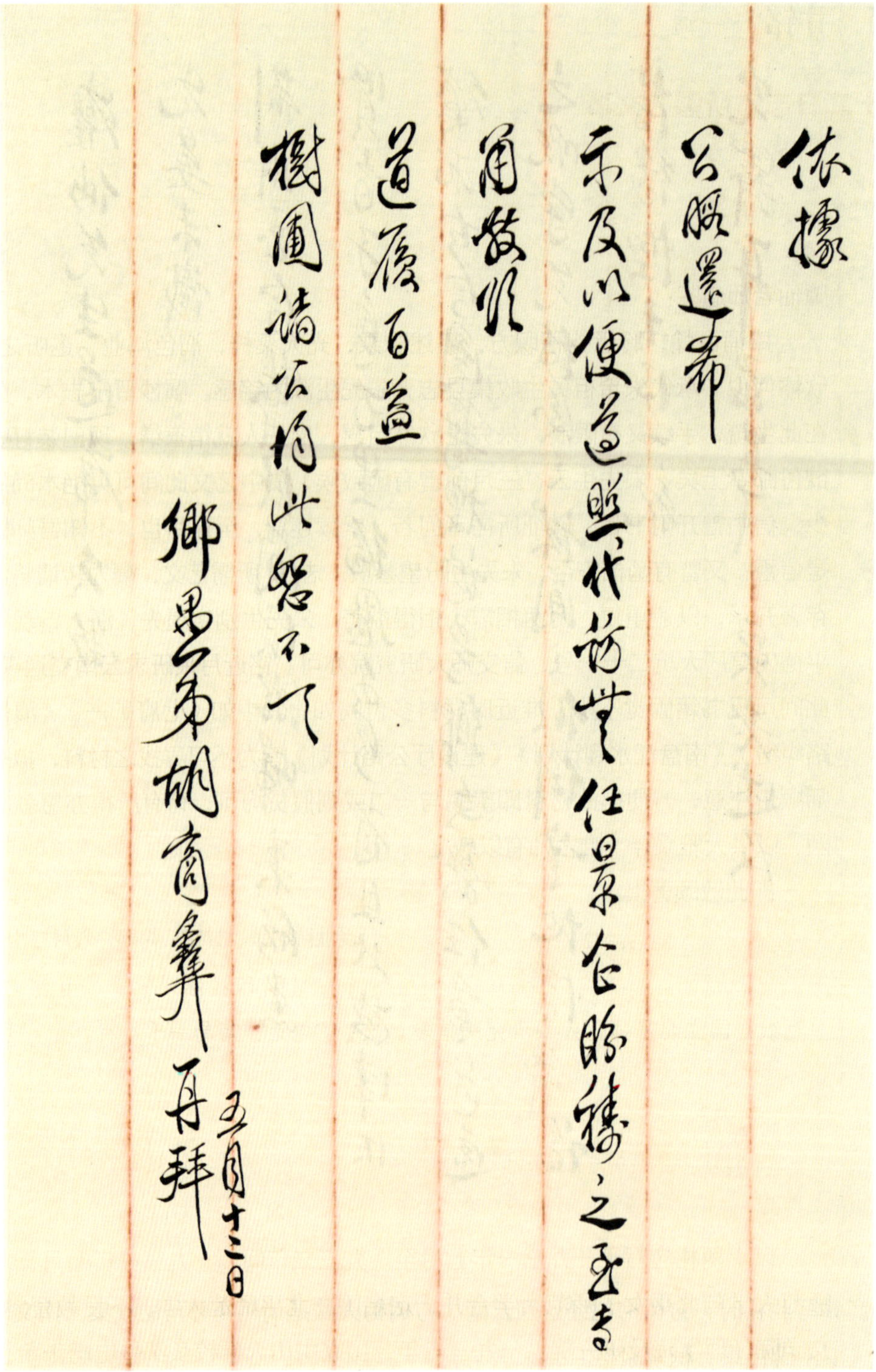
依據
公擬還希
示及，以便道照代訪，無任景念盼禱之至。
肅敬頌
道履百益。
樹圃請公將此照示下。
鄉愚弟胡商彝再拜
五月十二日

H24（3-3） G17.5cm×26cm

# 陈时策　甘铭　一通

## 六月二十二日志馆所需艺文事

〖录文〗

臞仙老师道鉴：

捧诵台翰，聆悉钩稽职方，纂述志乘，光大桑梓，润色鸿业，遡听之余，欣忭何似。承代朱希祖先生收集县志，朱先生深为铭感。嘱抄晋宁志本，生等在此生疏，手续又有限制，朱先生欣然自喜，愿托人就馆誊缮，现已装订，即欲付邮奉上矣。朱先生云，三月前曾有函致候，滇中艺文此间可见绝本尚属不少，信中曾开附书目，以征所需者何若，累牍连篇，至详尽也，不知吾师曾收是信否？又曾有函相答否？朱先生盼望綦殷。志馆[1]所需艺文，嘱为转请将滇中存著开示，以避重复。两两相需，相得益美。朱先生别字逷先，浙人，现住北平德内草厂大坑二十一号，信交师大研究院亦可。铭近月来研求云南交通事项，此间可见书籍固觉不少，惟近时材料多付阙如，其中如《七府矿产》《滇蜀铁路纠纷》《南盘江水利计划》《建设厅公路计划》皆为不可寻找之材料，拟祈吾师顺带注意，方便得此材料即望赐与一二或则假贷均可，苟有所得亦愿献其浅陋，以供大雅采择。唯吾师有以教之。

即此敬颂著祺。

受业陈时策、甘铭　鞠躬　六月二十二日

〔钤印：陈时策章、甘铭之印〕

〔笺纸：国立北平师范大学研究院信笺。文：“电话：南局一千八百九十一号”〕

〖解读〗

以上两札应写于一九三一年七月至一九三二年间。一九三一年七月，北平师范大学与北平女子师范大学合并，定名国立北平师范大学，下设教育学院、文学院、理学院及研究院。一九三二年，国立中山大学校长邹鲁电聘朱希祖为文史研究所主任。

①志馆：指云南通志馆。

國立北平師範大學研究院信箋

以徵所需者何若累牘連篇至詳盡也不
知吾 師曾收是信否又曾有函相答否朱
先生盼望綦殷志館所需藝文囑為轉請
將滇中存著開示以避重複兩兩相需相得
益美朱先生別字遏先浙人現住北平德內
草廠大坑二十一號信交師大研究院亦可
銘近月來研求雲南交通事項此間可見
書籍固覺不少惟近時材料多付闕如其

電話南局一千八百九十一號

H25（3-2） G16cm×26.5cm

國立北平師範大學研究院信箋

耀仙老師道鑒：捧誦台翰，聆悉鈎稽職方，纂述志乘，光大桑梓，潤色鴻業，逖聽之餘，欣忭何似。承代朱希祖先生收集縣志，朱先生深為銘感。囑抄晉寧志本，生等在此生疏，手續又有限制，朱先生欣然自喜，願託人就館謄繕，現已裝訂，即欲付郵奉上矣。朱先生云三月前曾有函致候，滇中藝文此間可見絕本尚屬不少，信中曾開附書目

電話南局一千八百九十一號

H25（3-1） G16cm×26.5cm

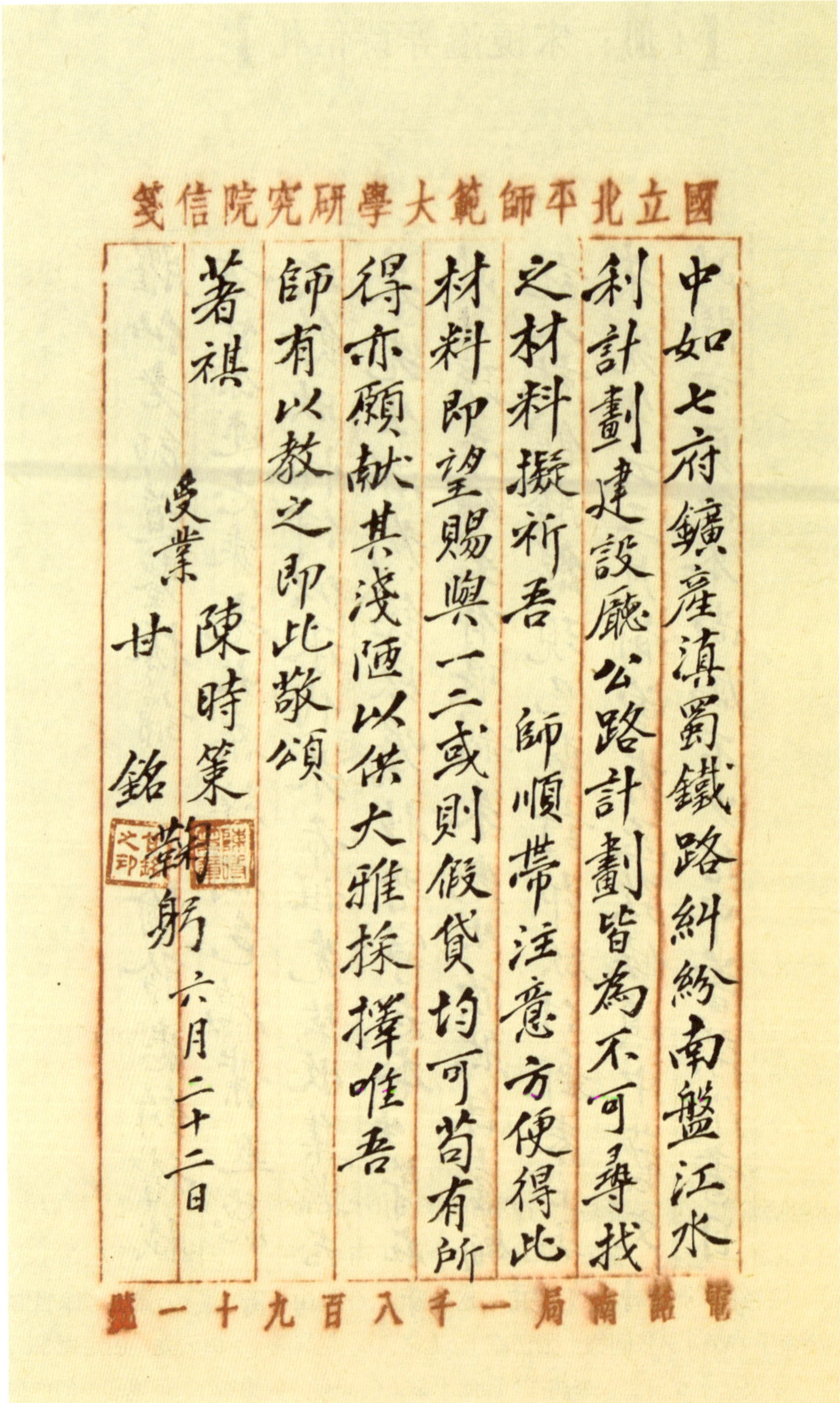

國立北平師範大學研究院信箋

中如七府鑛産滇蜀鐵路糾紛南盤江水
利計劃建設廳公路計劃皆為不可尋找
之材料擬祈吾
師順帶注意方便得此
材料即望賜與一二或則假貸均可苟有所
得亦願獻其淺陋以供大雅採擇唯吾
師有以教之即此敬頌
著祺
陳時策
受業甘銘鞠躬　六月二十二日

電話南局一千八百九十一號

H25（3-3） G16cm×26.5cm

## 【I册：宋镜澄等诗信札】

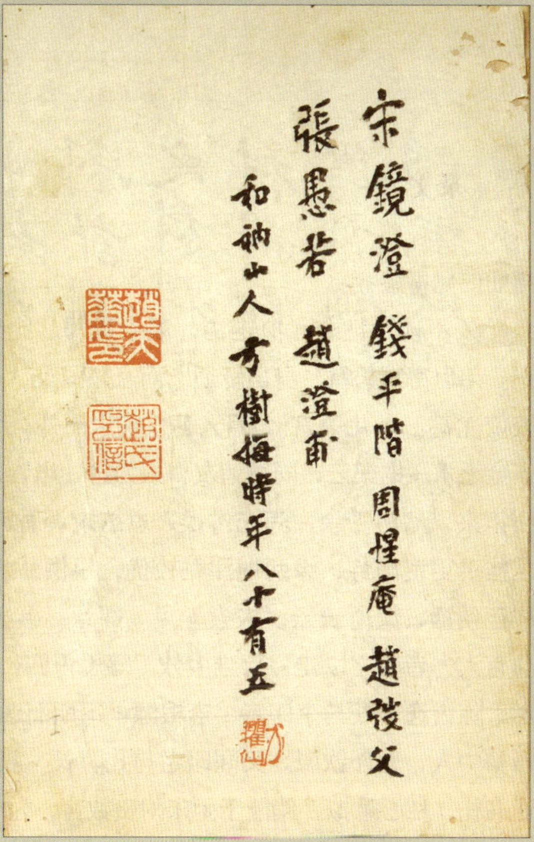

宋鏡澄 錢平階 周惺庵 趙弢父

張愚若 趙澄甫

和衲山人方樹梅時年八十有五

〖录文〗

宋镜澄、钱平阶、周惺庵、赵弢父、张愚若、赵澄甫。和衲山人方树梅时年八十有五。（加盖方臞仙印章）

〖解读〗

实际包括宋镜澄［宋嘉俊］、钱平阶［钱用中］、郭理初［郭燮熙］、周惺庵［周钟岳］、赵弢父［赵式铭］、赵石禅［赵藩］、孙乐斋［孙乐］、李印泉［李根源］、张处芳［张宗弼］、张愚若［张学智］、赵澄甫［赵宗瀚］、王惕山［王灿］、方国瑜、徐旭生［徐炳昶］、楚图南［方鹏］、张问德［张讱庵］、赵松泉［赵鹤清］、由云龙［由定庵］、梁丽亭［梁之相］、李仪廷［李仪庭、李鸿祥］、何小泉［何筱泉、何秉智］、何逖江［何作楫］、王晓秋［王祯］、寇敦、滋伯、缪季安［缪寄庵、缪尔纾］、泊菴、谢琅书［谢显琳］。前半部分内容主要为事务性信札，后半部分内容主要为本省文士的《滇南红豆集》诗稿。

# 宋嘉俊　一通

## 蔼言事致方树梅

〖录文〗

癯仙仁兄青鉴：

久不谈，甚念。拟走访，艰于步履。比想起居佳善，定如私祝。弟自寄寓碧峣，身虽舒适，而家愁国难，未克去心，衰病侵寻，较前尤甚。小儿蔼言[①]，月入薪水购米而外，所剩无多，拮据万端，点金乏术。据渠云，同行诸友得人力者，半皆升调。渠任营业会计，两年来，储户千余，尚无舛误，意欲求调香港、海防[②]（海防路近，尤佳）更资历炼，缘两地津贴较优，足供薪水，即鄙人倘有他故，往还便捷，渠所云云，未尝无见。鄙意：事虽细微，然指地调动，非有大力者负之以走，万难生效。筹思再四，殊难其人。月前在古老［陈古逸］处与李印老［李根源］不期而遇，觇其言论风采洵为吾辈中人，无任钦佩。又闻印老与孔院长（兼中行总裁）祥熙，时通书札，私心悬拟，倘能于函末附赘数言，为小儿说项事，必可成，只以匆匆一面，交浅何敢言深，致讥孟浪。吾兄与印老谊属同门，交非泛泛，平日对于衰朽夙具热心，尚希晤李［李根源］有便，略将鄙况婉达，或者因缘和合，印老允为援手，则笔端垂露润及枯荄，附带者亦遍沾余惠，佛家所谓无量功德即在是欤。嗟乎，持事日艰，老境愈困，出此下策，汗颜无地。此中人语，不足为外人道也。秘之为祷。

专此，即颂著安，不尽欲白。

弟　嘉俊　顿首

星海［赵式铭］、玉笙［覃宝珧］烦代致意。

〔笺纸：朱丝八行〕

①蔼言：宋嘉俊过继来的儿子。任职中央银行。

②海防：指海防市。是越南北方的直辖市，规模仅次于河内和胡志明市，是越南第三大城。滇越铁路的出海口。

癯仙仁兄青鑒久不談甚念擬走訪踪于步履比想
起居佳善定如私祝弟自寄寓碧嶢身雖舒適而
家慈國難未克去心衰病侵尋較前尤甚小兒藕言月
入薪水購米而外所賸無多拮据萬端點金之術擬渠
云同行諸友得人力者半皆外調渠任營業會計兩年來
儲蓄千餘尚無舛誤意欲求調至港海防（海防就近尤佳）更資歷鍊緣
兩地津貼較優足供薪水即鄙人倘有他故往還便捷渠所
云云未嘗無見鄙意事雖細微然指地調動非有大力者總負

I01（3-1） G16.5cm×26cm

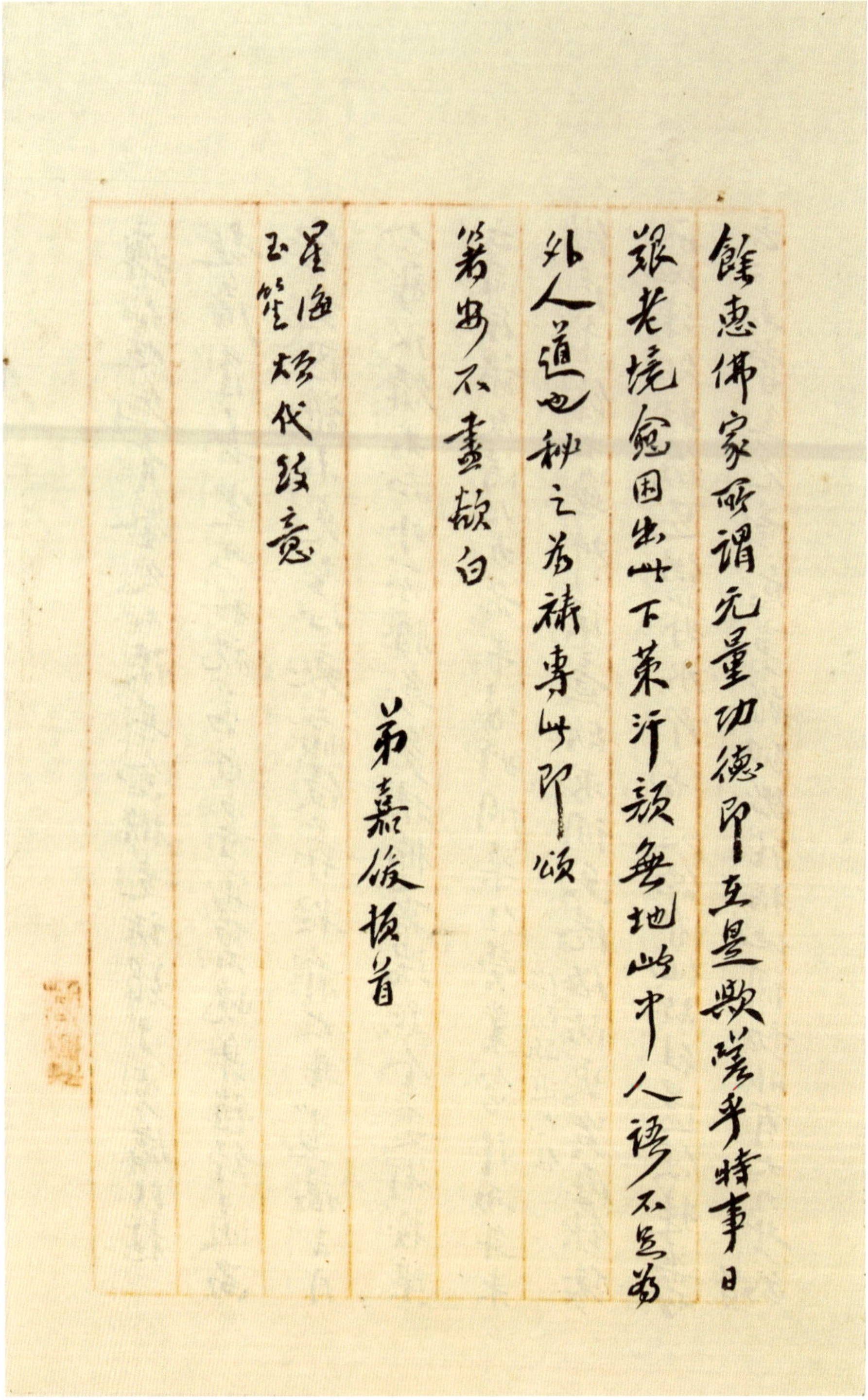

饒惠佛家所謂无量功德即在是歟嗟乎特事日
艱老境愈困出此下策汗顏無地此中人語不足為
外人道也秘之為禱專此即頌
著安不盡欲白
弟嘉俊頓首
星海
玉笙煩代致意

I01（3-3） G16.5cm×26cm

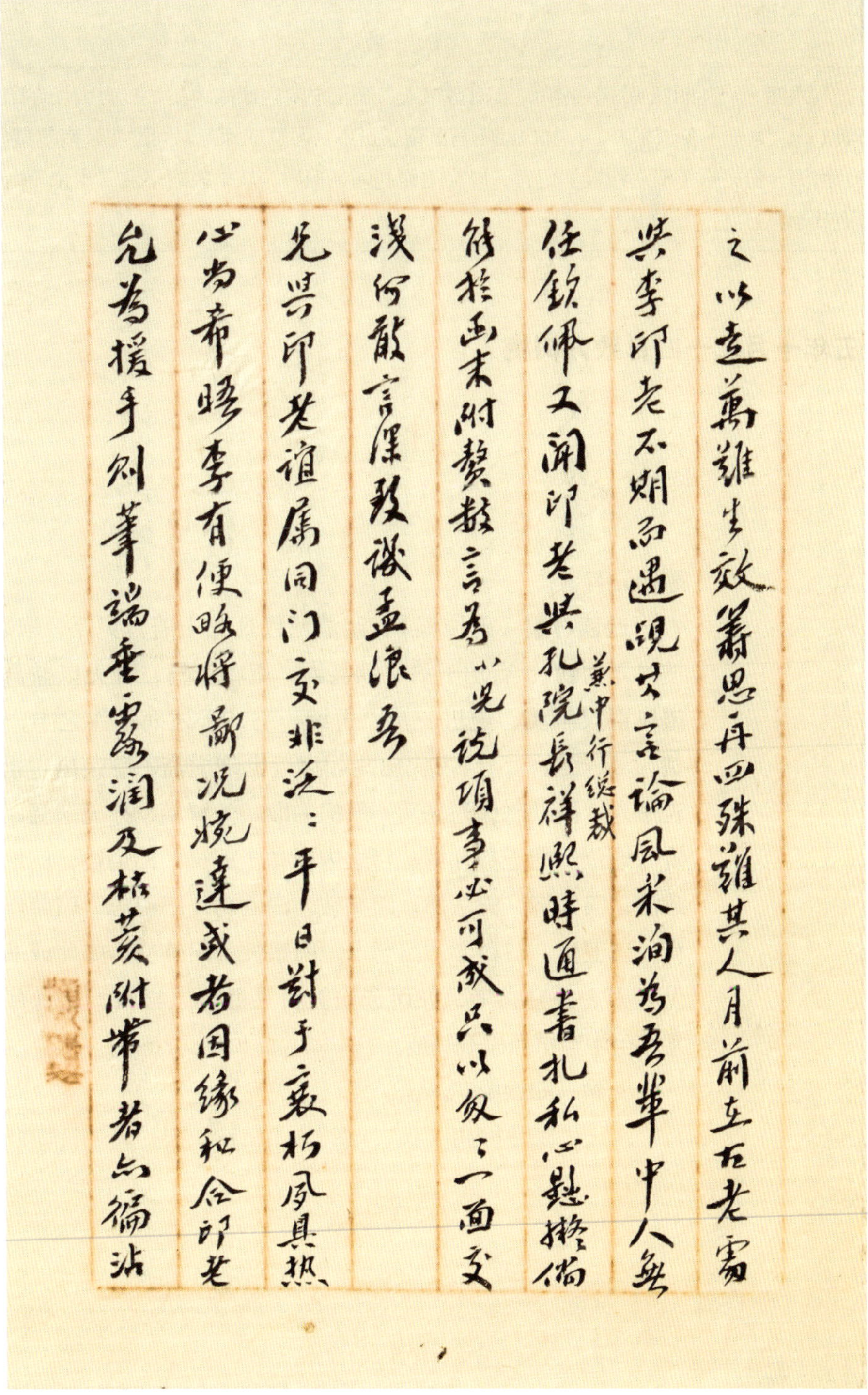
之以達萬難生效籌思再四殊難其人月前左右雷
與李印老不期而遇覘其言論風采洵為吾輩中人無
任欽佩又聞印老與孔院長祥熙兼中行總裁時通書札私心懸擬備
牋於函末附贅數言為小兒說項事必可成只以匆匆一面之交
淺何敢言深致瀆孟浪矣
先與印老誼屬同門交非泛泛平日對于衰朽同具熱
心為希睇李有便晤將鄙況曉達或者因緣和合印老
允為援手則筆端垂露潤及枯荄附帶者亦徧沾

I01（3-2） G16.5cm×26cm

# 钱用中　一通

钱用中（一八六四~一九四四），字平阶。云南晋宁人。经正书院内课高才生，极为山长许印芳先生赏识，辛卯（一八九一）乡试举人，一九〇四年官派留学日本，习速成师范。回国在云南教育会任职，同时担任云南第一份日报《滇南钞报》记者，以文笔犀利闻名报界。从事教育事业二十余年。任省议员、省府秘书等职。

## 一九三五年十月二十四日致方树梅

〖录文〗

臞仙兄有道：

近读尊纂《碑传集》，明清两代凡二十册具见采，辑之忠实，搜讨之勤劬[①]，有功于滇文献甚大。用中衰朽，愧无以益吾兄，惟望兄百尺竿头，更进一步，再编一书，于述而不作之中，稍稍镕裁[②]，从新结构，自古代庄蹻起迄近世陈虚斋［陈荣昌］止，计得若干人，概以时代为先后，严格去取。无冒滥，亦无遗漏，不论官阶与地位。惟于其凡例与目录内标举十五义：曰道德，曰伦理，曰政治，曰经济，曰法律，曰文教，曰武功，曰史志，曰劳作，曰体育，曰卫生，曰科学，曰艺术，曰宗教，曰外交。如此成书，则可供学界之公共参考，亦可选出教科书最要之材料。兄其有意于此乎？用中当拭目以观其成。

此致，即颂撰安。

钱用中启事　民二十四［一九三五］十月二十四日即夏历霜降节

〔笺纸：竖行信笺〕

①勤劬［qú］：辛勤劳累。

②镕裁：指诗文的炼意炼辞。

瘦仙兄有道 近讀

尊纂碑傳集明清兩代凡二十冊具見搜羅之忠實搜討之勤劬有功於滇文獻甚大 用中喜極愧無以益吾

兄惟望

兄百尺竿頭更進一步再編一書於述而不作之中稍稍參裁從新結構自古代莊蹻起迄近世陳虛齋止計得若干人概以時代爲先後嚴核考覈無冒濫亦無遺漏不論官階與地位惟於其凡例尚目錄內標舉十五義曰道德曰倫理曰政治曰經濟曰法律曰文教曰武功曰史志曰勞作曰體育曰衛生曰科學曰藝術曰宗教曰外交如此成書則可供作學界之公共參考亦可選出教科書最要之材料

兄其有意於此乎 用中當擬目以觀其成此致即頌

撰安

錢用中啟事 民二十四年十月二十四日即夏曆霜降節

I02 G19cm×25cm

## 宋嘉俊　二通

### 一、四月十五日致方树梅

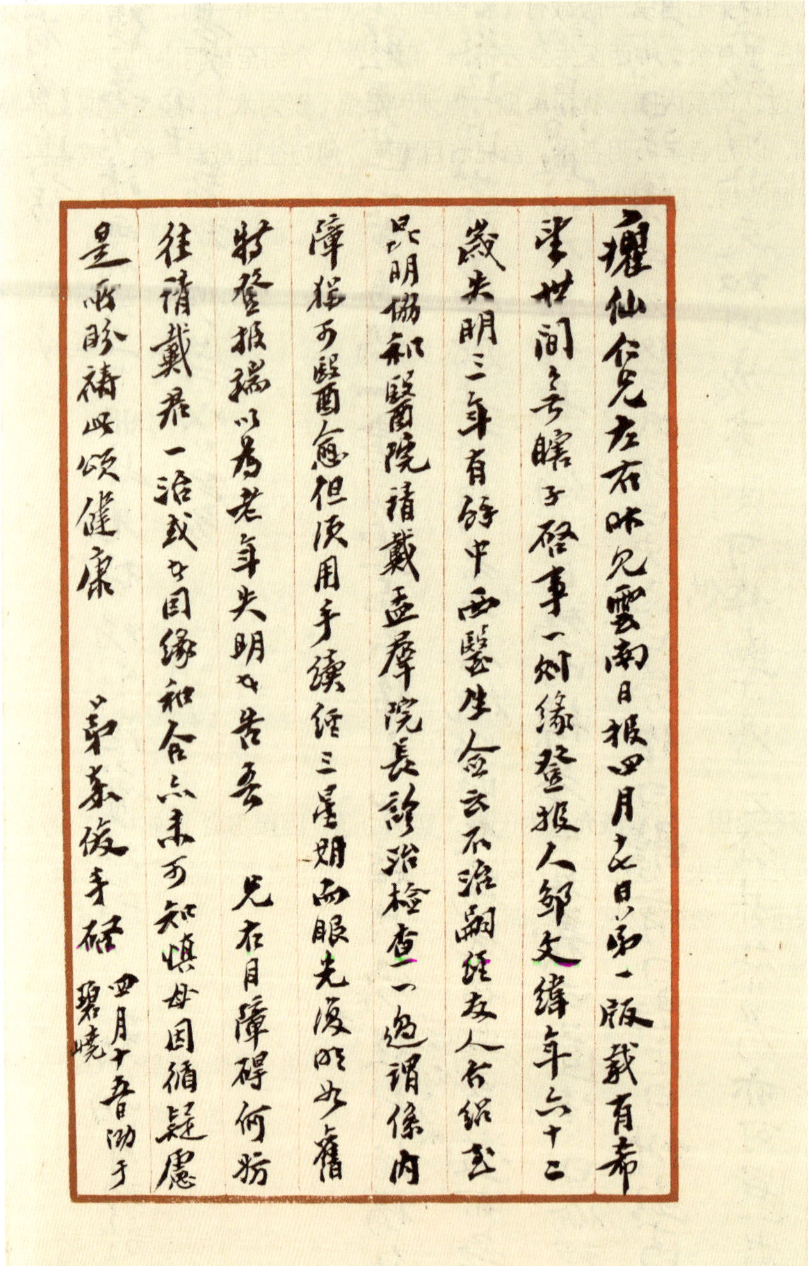

癯仙仁兄左右：昨見雲南日報四月廿日第一版載有希望世間之無瞎子啓事一則，係登報人鄒文緯年六十二歲，失明三年，曾請中西醫生，僉云不治，嗣經友人介紹至昆明協和醫院請戴孟群院長診治，檢查一遍，謂係內障，猶可醫愈，但須用手續，經三星期而眼光復明如舊，特登報端以爲老年失明者告云。兄右目障碍，何妨往請戴君一治，或者因緣和合亦未可知，慎毋因循疑慮，是所盼禱。此頌健康。

弟宋嘉俊手啓

四月十五日燈下 碧峣

103　G19.5cm×28cm

〖录文〗

癯仙仁兄左右：

昨见《云南日报》四月十七日第一版载有《希望世间无瞎子》启事一则，缘登报人邹文纬，年六十二岁，失明三年有余，中西医生佥云不治。嗣经友人介绍至昆明协和医院，请戴孟群院长诊治，检查一过，谓系内障，犹可医愈，但须用手续［疑为术］，经三星期，而眼光复明如旧，特登报端，以为老年失明者告。吾兄右目障碍，何妨往请戴君一治，或者因缘和合亦未可知。慎毋因循疑虑，是所盼祷。

此颂健康。

弟　嘉俊　手启　四月十五日泐于碧峣

〔笺纸：朱丝八行〕

## 二、八月十七日致方树梅

〖录文〗

赐书奉悉。前拟移眷返里，辱承慨允代为部署，实深心感。因接古老［陈古逸］覆函，分屋两间暂住，并由荫光载船来，近乃于初七夜间旅泊高峣。前恳之事，暂作罢论，他日有缘，或当结为比邻亦未可知。费神之处，容晤面谕。

此颂癯仙仁兄健康。

纪青兄均此致意。

弟　嘉俊　顿首　八月十七日

〔笺纸：朱丝八行。文："新华印刷局出品"〕

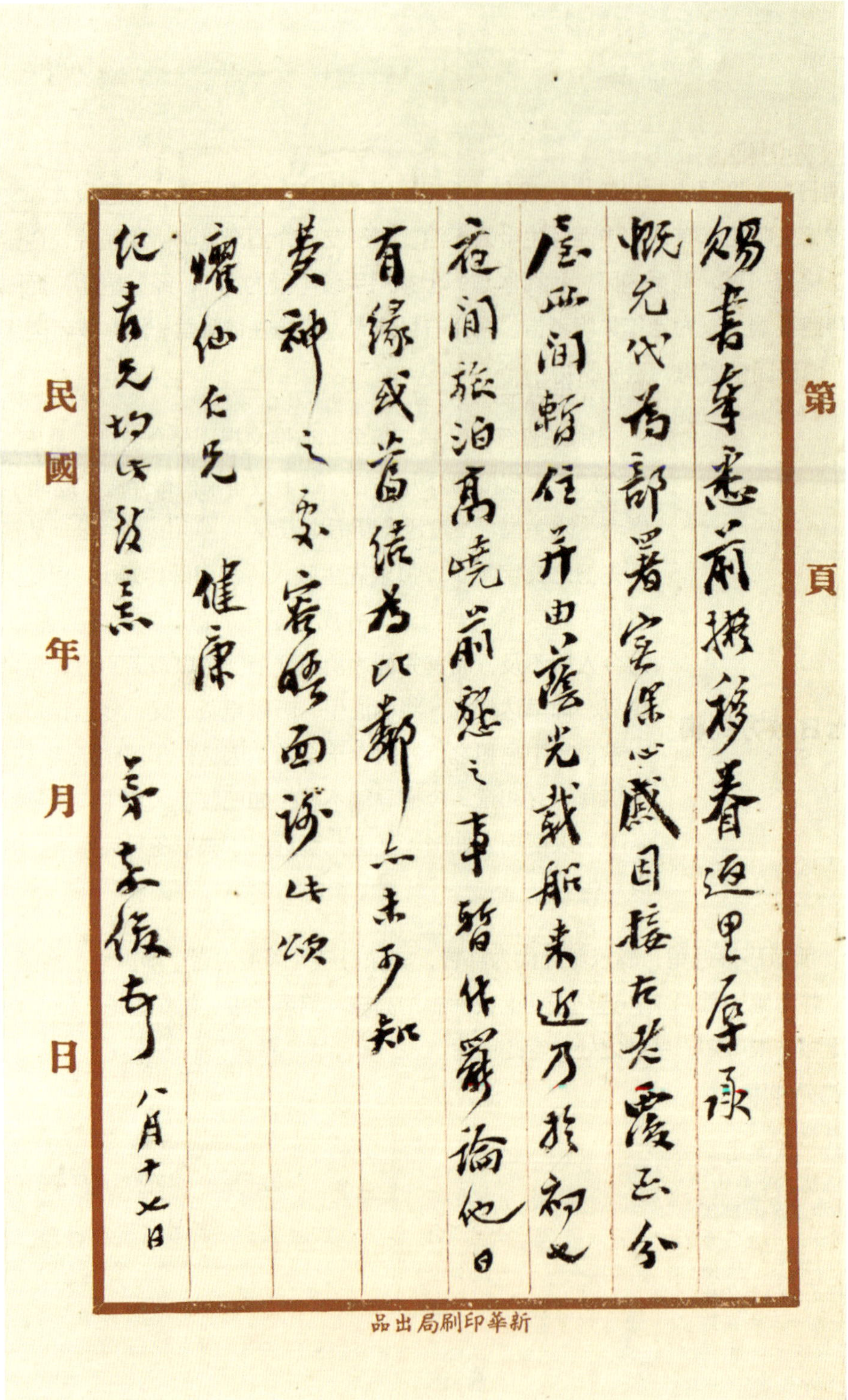


I03a G19.5cm×28cm

## 郭燮熙　一通

### 四月十九日致方树梅

〖录文〗

臞仙先生惠鉴：

别来忽忽，又届三年矣。迩惟文祺，茂介道祉，藩膺无任企颂。去岁接周梦九君信，谓十数年来积得介庵［赵藩］、虚斋［陈荣昌］、毅廷［疑指由云龙］、仰山①诸巨公所表彰其先德之文字不少，拟求先生收入《滇南碑传录》，已托赵澄甫［赵宗瀚］君言之，并属燮函达。窃以梦九述德诵芬，为今人所不及，而其先德之清风介节实足以流芳百世，希即赐复，俾早达梦九，将稿汇呈，听候卓裁。又，燮近订诗稿十卷，其中唱和之诗亦附存十余首，因忆往年留别承赐《梅主梅宾》之和章，今遍寻稿不获，如已收在大集中，希钞稿示下，以便列入拙辑。又玉儿荫远已于去岁冬月完婚矣，并以奉告。

敬颂文祺。不一。

弟　郭燮熙　四月十九日

〔钤印：燮熙长寿〕

〔笺纸：民国朱丝八行〕

①仰山：顾视高（一八七七～一九四三），字渔隐，号仰山。云南昆明人。一八九五年后取优员，后中举人、进士。一九〇六年赴日本求学。回国后，授编修、侍讲等衔。一九一〇年任北京资政院议员。一九一三年在昆明任云南法政学校校长。著有《漱石斋诗文集》《读书记》《自反斋日记》等。

第　頁

賜復俾早達夢九將稿彙呈聽候
草裁又夔近訂詩稿十卷其中唱和之詩亦附
存十餘首因憶往年留別承
賜梅主梅賓之和章今遍尋稿不獲如已收在
大集中希鈔稿示下以便列入拙輯又舍兒蘭遠
已於去歲冬月完婚矣並以奉告敬頌
文祺不一

弟郭夔頓
四月十九日

民國　年　月　日

I04（2-2） G18cm×27cm

第　頁

臞仙先生惠鑒：別來忽忽又屆三年矣。邇維
文祺茂介，
道祉蕃膺，無任企頌。去歲接　周夢九君信謂
十數年來積得　介庵　壺齋　毅廷　仰山諸
巨公所表彰其　先德之文字不少，擬求
先生收入滇南碑傳錄，已託　趙澄甫君言之，
並屬變函達。竊以夢九述德誦芬，為今人所不
及，而且　先德之清風介節，實足以流芳百世，希即

民國　年　月　日

I04（2-1） G18cm×27cm

# 周钟岳　九通

## 一、十月二十八日致方树梅

〖录文〗

臞仙仁弟鉴：

昨接手书。备悉壹是弢父［赵式铭］迟迟未到省垣，至为焦念。小泉［何秉智］拟任各门多系政务，与省府所属各机关均有关系，如能在各机关秘书科长中遴聘一人，则搜辑材料较易，不识有相当人选否？望弟与季安［缪尔纾］诸君一商（如有相当之人，即请省府聘任，不必候弢父到省也）。昨重九日章行严①、曹纕蘅②诸君集寓斋，因作《漫兴》一首，诸君皆有和诗，兹将拙作寄上一览。钟到渝，事冗，久不作诗也，近日体中无恙，而较前稍衰，空袭可随时避开，请释绮注。

此颂撰安。

钟岳　顿首　十月廿八日

季安、玉生［覃宝珖］、国瑜及馆中同人统为道念。

〔笺纸：内政部用笺〕

①章行严：即章士钊（一八八一～一九七三），字行严，曾用笔名黄中黄、青桐、秋桐等。湖南善化人。清末任上海《苏报》主笔，经常发表激烈的革命言论，并因此结识了章太炎、张继、邹容，意气相投，结拜为异姓兄弟。一九一一年后，曾任同济大学教授、北京大学教授、北京农业学校校长、广东军政府秘书长、中华民国北洋政府段祺瑞政府司法总长兼教育总长、国民政府国民参政会参政员等。

②曹纕蘅：即曹经沅（一八九一～一九四六），原字宝融，后字纕蘅，室名借槐庐。四川绵竹人。十八岁己酉（一九〇九）科拔贡，入京朝考，分发礼部任主事。民国后，任北京政府内务部参事，第一届高等考试襄试委员。安徽省政府秘书长，国民政府军事委员会委员长南昌行营参议，贵州省政府委员兼贵州省民政厅厅长，内政部禁烟委员会委员、常务委员，国民政府立法院第四届立法委员等职。

騮仙仁弟足下：昨接　手書，甫悉書是後發，
遲遲未到省垣，已為焦念。小兒擬任各門
多係政務，與省府所屬各機關均有關
係，如能在各機關秘書科長中遴聘一人，
則搜輯材料較易，不識有相當人選否也？
亟與季安、洪君一商（如有相當之人，即請省府聘任，不必俟洪君到省也）聘委。
九日章行嚴、曹纕蘅、洪君集寓齋，因作
漫興一首，諸君皆有和詩，茲特抄作寄上
一覽。鍾到渝事忙，久不作詩也。近日體中
無恙，而鼓舞精神亦能不隨時遊閑話
釋續往。此頌　撰安。　鍾嶽　十月廿日
季安、玉生、國瑜及館中同人統為道念。

I05  G20cm×28cm

## 二、十一月五日致方树梅

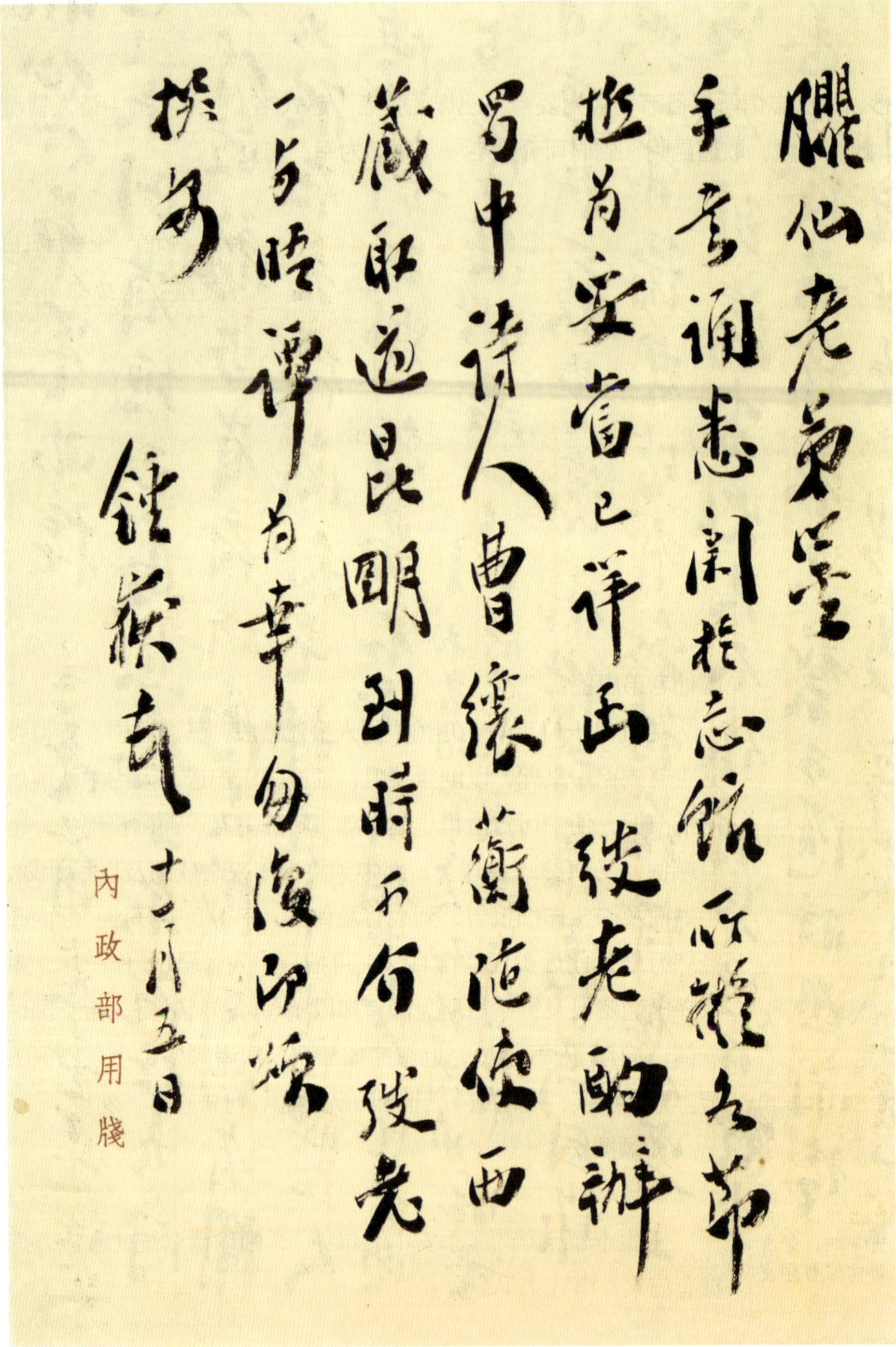
臞仙老兄鑒：

手書誦悉，劇於忘饑，所護名節，拙著安當已詳函彼老酌辦。蜀中詩人曹纕蘅隨使西藏，取道昆明，到時可與彼老一見暢譚為幸，毋復即頌

撰安。

鍾嶽啟 十一月五日

內政部用牋

I06 G20cm×28cm

〖录文〗

臞仙老弟鉴：

手书诵悉。关于志馆所拟各节，极为妥当。已详函弢老［赵式铭］酌办。蜀中诗人曹纕蘅［曹经沅］随使西藏，取道昆明。到时可介弢老一与晤谭为幸。匆复。

即颂撰安。

钟岳　顿首　十一月五日

〔笺纸：内政部用笺〕

## 三、九月二十四日致方树梅

〖录文〗

臞仙老弟惠鉴：

约九月十日手书。知馆中同人纂述綦殷，甚为欣慰。旋得弢父［赵式铭］来翰，以匪氛梗阻，须俟队伍护送，大约中秋前后可抵滇垣，便中可告澄甫［赵宗瀚］转陈主席。钟调整部务，粗有端倪，又值参政会开会，部中须将半年来之成绩及以后计划，用书面及口头详细报告，到会将及旬日，幸得会中好评。惟内政经纬万端，此后责任益重耳。上月抽暇，为张君劢[①]作一序，系采择国瑜资料及钟平日所见闻者加以整理，兹特钞寄，希交国瑜一阅。渝江[②]天气郁热，近忽凉如深秋，病者颇多（小泉［何秉智］亦患疟疾，现已愈），惟钟尚无他恙，可告慰耳。匆复。

即颂撰安。

钟岳　顿首　九月廿四日

玉生［覃宝琳］、季安［缪尔纾］、国瑜诸君统此致应，逸樵有信来，事冗未另复矣。

〔笺纸：内政部用笺〕

①张君劢（一八八七～一九六九）：原名嘉森，字士林，号立斋，别署“世界室主人”，笔名君房。江苏宝山人。近现代学者，中国民主社会党主席。历任北京大学、燕京大学、中山大学教授，上海国立自治学院、民族文化学院院长等职。著有《立国之道》《新儒家哲学发展史》等。

②渝江：或指重庆嘉陵江。

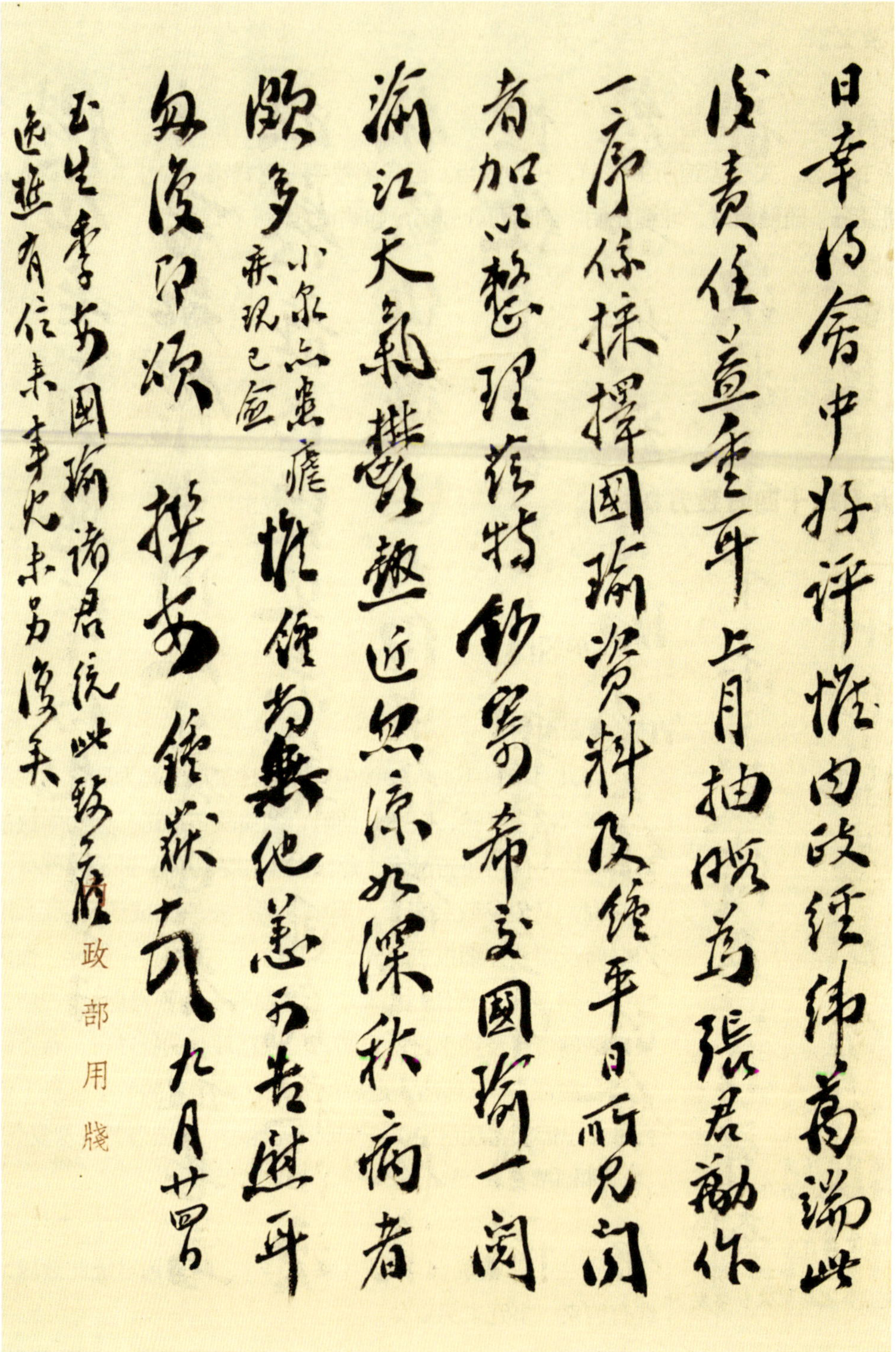
日幸仍舍中好評擬由政經緯為端此
後責任益重耳上月抽暇為張君勱作
一序係採擇國瑜資料及鍾平日所見聞
有加以整理藉特鈔寄希交國瑜一閱
浙江天氣鬱熱近見涼如深秋病者
頗多（小兒亦患瘧疾現已愈）惟鍾為無他慮而告慰耳
無復即頌
撰安　鍾蓀啟　九月廿四
玉生季安國瑜諸君統此致候
逸樵有信來事忙未另復矣


107（2-2）　20cm×28cm

膠仙老弟惠鑒：得九月十日
手書，知館中同人纂述綦殷，甚為
欣慰。旋得陵文夫翰，以匪氛梗阻，須
俟隊伍護送，大約中秋前後可抵滇
垣。便中可告澄甫轉陳主席。鍾調
整部務粗有端倪，又值參政會開會，
部中須將半年來之成績及以後計劃
用書面及口頭詳細報告，到會將及旬

內政部用牋

I07（2-1） G20cm×28cm

## 四、六月八日致书

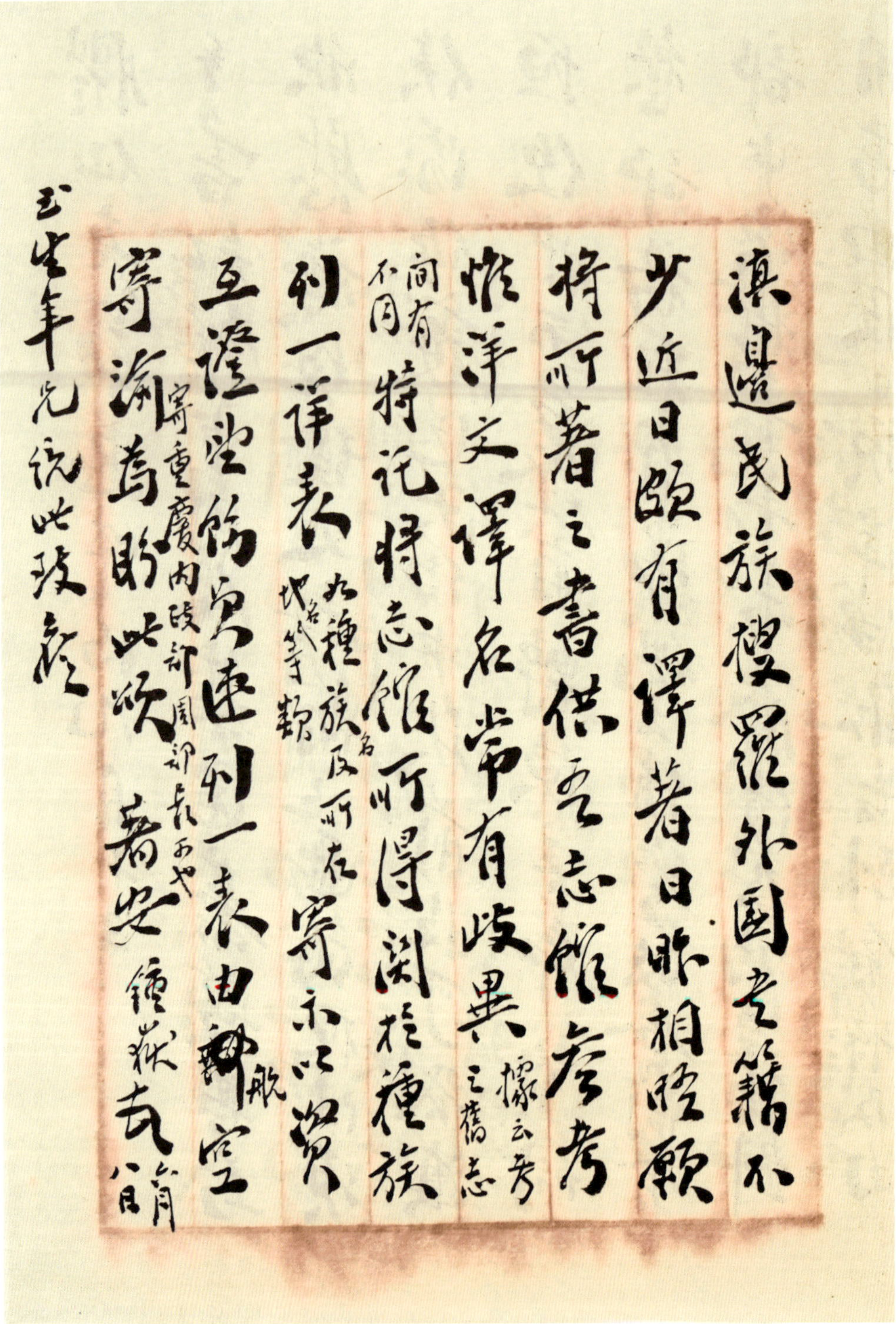

滇邊民族種類外國書籍不少，近日頗有譯著。日昨相晤，願將所著之書供呈志館參考。惟洋文譯名常有歧異（據云彼之舊志間有不同），特託將志館所得關於種族（各種族名及所在地名，譯名並附等類）列一詳表，寄示以資互證。望飭員速列一表，由郵航寄渝（寄重慶內政部周部長可也）為盼。此頌著安。鍾嶽 六月八日

玉生年兄閱此後繳

I08（2-2） G20cm×28.5cm

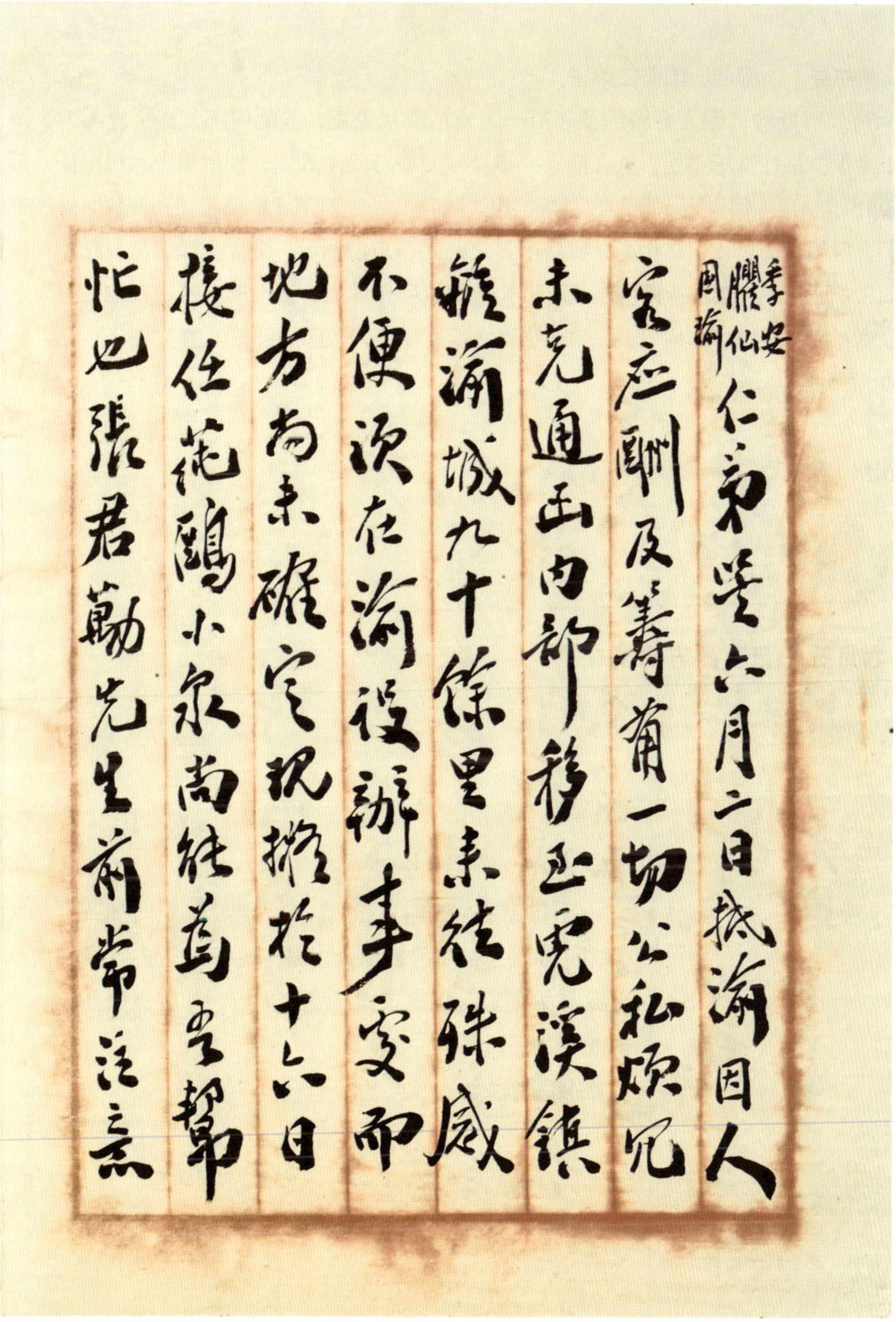
季安臞仙周諭仁弟鑒：六月二日抵渝，因人客應酬及籌備一切公私煩冗，未克通函。内部移至虎溪鎮，離渝城九十餘里，來往殊感不便，須在渝設辦事處，而地方尚未確定，現擬於十六日接任。花谿小眾尚維舊，可幫忙也。張君勱先生前常談之

I08（2-1） G20cm×28.5cm

〖录文〗

季安［缪尔纾］、臞仙、国瑜仁弟鉴：

六月二日抵渝，因人客应酬及筹备一切公私烦冗未克，通函内部，移至虎溪镇，离渝城九十余里，来往殊感不便，须在渝设办事处，而地方尚未确定，现拟于十六日接任。莼鸥［张维翰］、小泉［何秉智］尚能为吾帮忙也。张君劢先生前常注意滇边民族搜罗，外国书籍不少，近日颇有译著，日昨相晤，愿将所著之书供吾志馆参考，惟洋文译名常有歧异（据云考之旧，志间有不同），特托将志馆所得关于种族列一详表（如种族名及所在地名等类）寄示，以资互证。望饬员速列一表，由航空寄渝（寄重庆内政部周部长可也）为盼。

此颂著安。

钟岳　顿首　六月八日

玉生［覃宝珖］年兄统此致应。

〔笺纸：内政部用笺〕

## 五、六月三十日夜致方树梅

〖录文〗

臞仙老弟鉴：

顷接来书，知右目微眚，至为系念，望时加调摄，勿多阅书。所任志稿早经搜辑，当易告成耳。海源寺[1]藏书由汽车运送较为便宜，已由吉甫函商军需局，如得复照办。请弟与逸樵一为照料是感。匆复。

即颂撰安。

钟岳　顿首　八月卅夜

〔笺纸：内政部用笺〕

①海源寺：在昆明西郊，距城约十公里。一九三八年日本飞机开始空袭昆明，龙云让云南通志馆疏散到了海源寺。

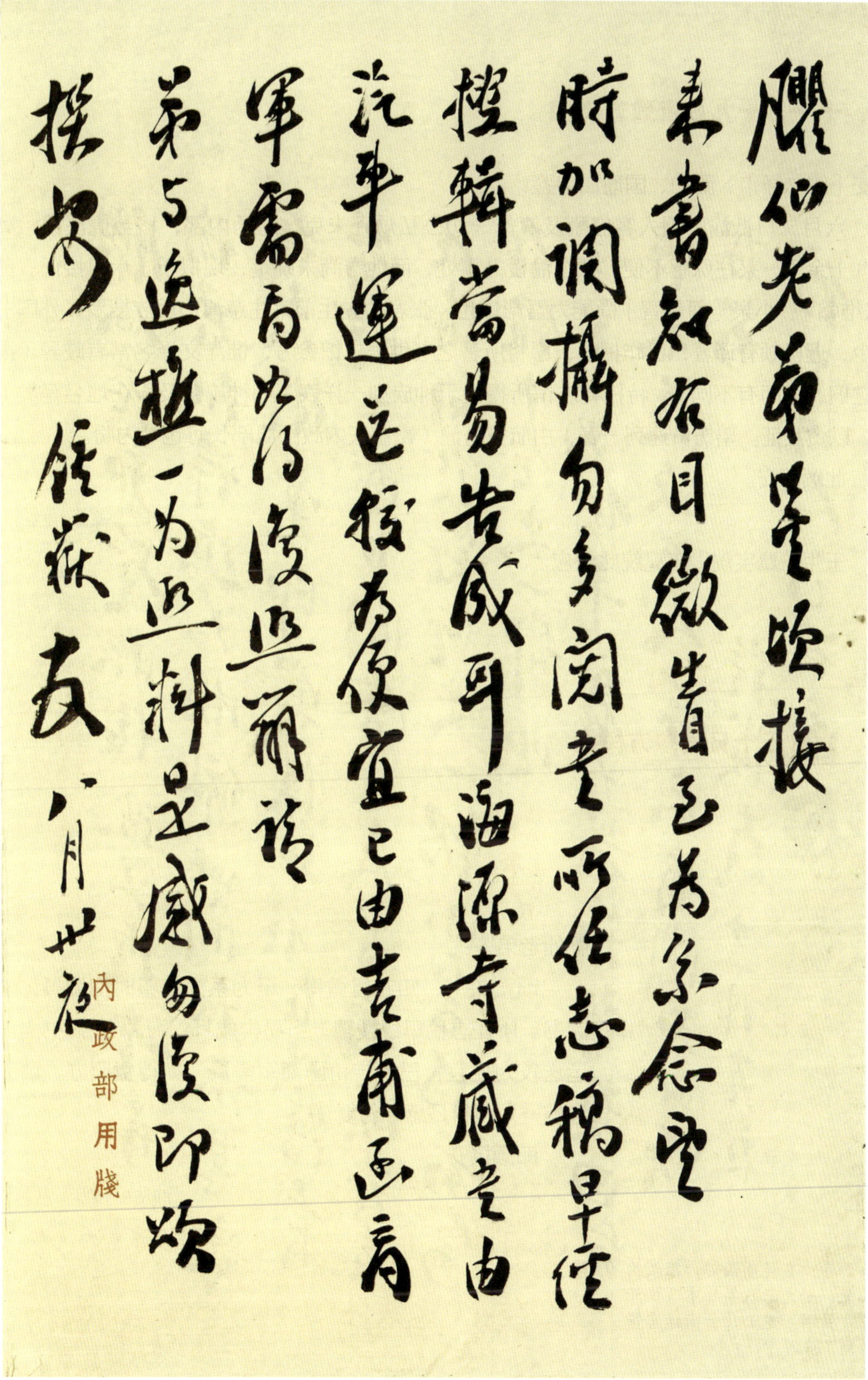

騮仙老弟足下：接
來書，知有目疾，甚為系念。望
時加調攝，勿多閱覽。所任志稿，早經
撥轉，當易告成。至海源寺藏之由
滇平運送，稍為便宜，已由吉甫函商
軍需局如得復函，再請
弟與逸塵一為函達，料足盛，勿復即頌
撰安
鍾嶽
友
八月廿夜
內政部用箋

I09 G20cm×31cm

## 六、十一月十九日夜致方树梅

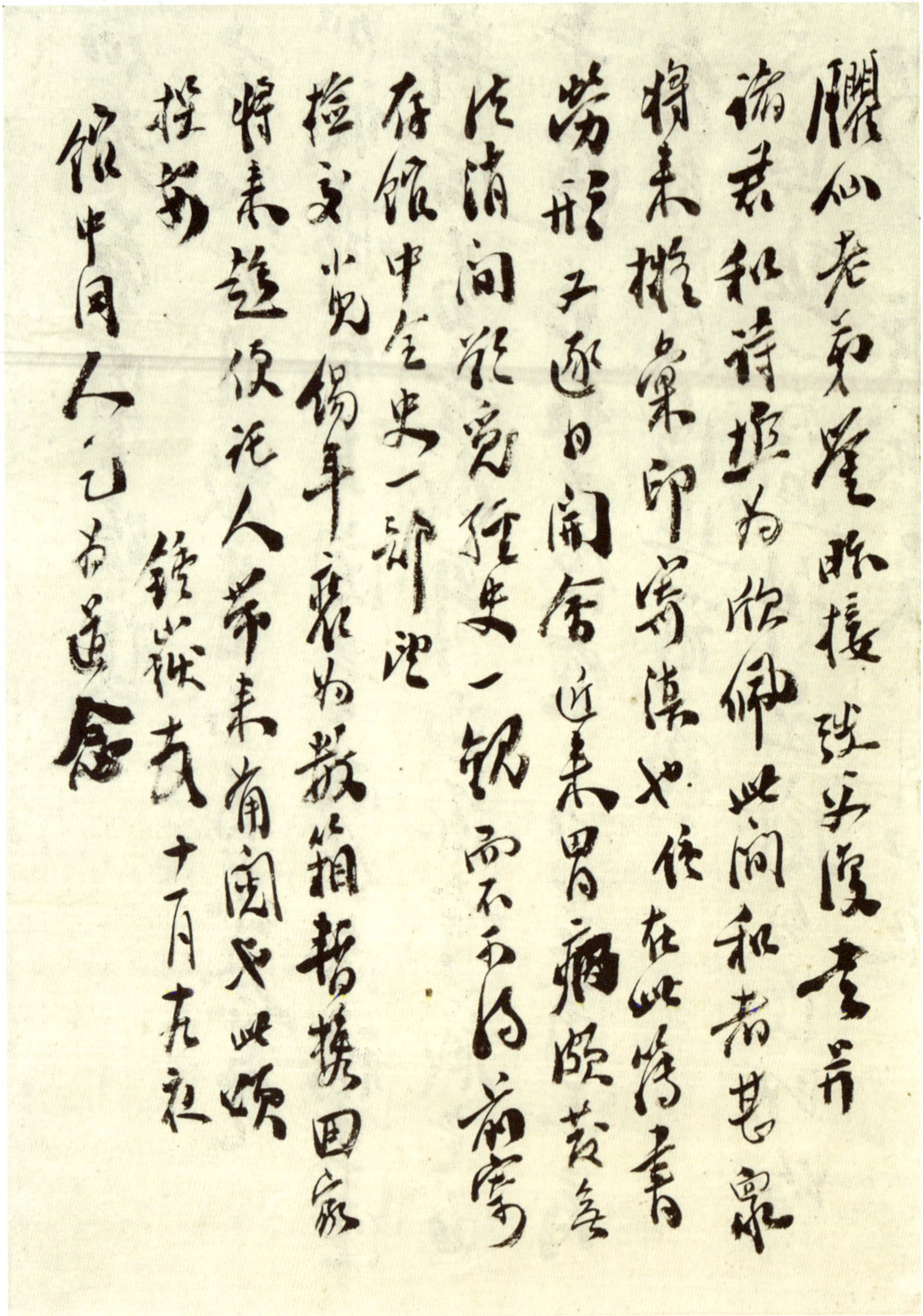

耦仙老弟足下：昨接 手书并
读去秋和诗，极为钦佩，此间和者甚众，
将来拟汇印寄识也。仆在此尚青
劳形于逐日开会，近来胃病颇发，每
于清闲时览经史一领，而不能前案
存馆中金史一部，望
检交小儿锡年，装为数箱，暂携回家，
将来请便托人带来备阅也。此颂
撰祺。 钟岳顿首 十一月十九夜
馆中同人乞为道念。

I10 G18.5cm×25cm

〖录文〗

臞仙老弟鉴：

昨接弢父［赵式铭］复书，并诸君和诗，极为欣佩。此间和者甚众，将来拟汇印寄滇也。钟在此簿书劳形又逐日开会。近来胃病颇发，无法消间，欲觅经史一观而不可得，前寄存馆中全史一部，望检交小儿锡年装为数箱，暂携回家，将来趁便托人带来，备阅也。

此颂撰安。

钟岳　顿首　十一月十九夜

馆中同人乞为道念。

〔笺纸：宣纸〕

## 七、九月十四日致方树梅

〖录文〗

臞仙仁弟鉴：

手书诵悉，昨接段小峰函，已允借汽车运书，惟弟所筹实较为妥善，已函商黄蘅秋兄，如允寄存，当再饬小儿锡年雇一只船即可运至小鼓浪也，至搬书箱时仍希弟一为照料。日寇由越窥滇，边防日益严重，蛮耗[①]一路，尤觉可危，想军事当局必能注意及此。龙主席拟调第一集团军，现再向当局切陈，如能办到，则指挥较为灵便，维为时稍迟，终觉缓急可靠也。特以密闻。

讫颂日祉。

钟岳　顿首　九月十四日

〔笺纸：内政部用笺〕

①蛮耗：位于云南省红河州个旧市区东南部红河北岸，是今个旧市、蒙自市、屏边县、河口市、金平县、元阳县六县市的接合部。战略地位重要。

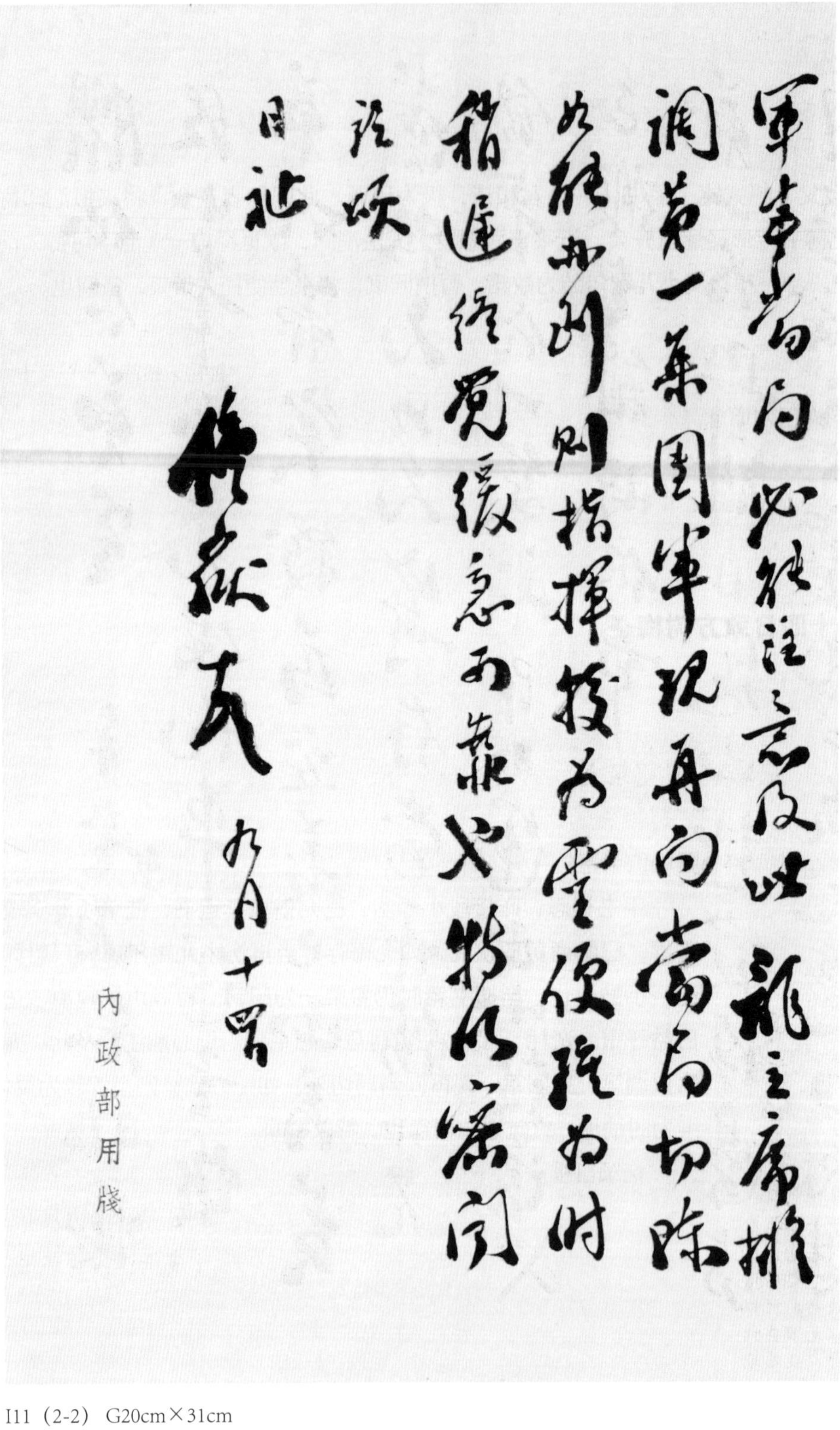

军事当局必能注意及此。龙主席拟调第一集团军，现再向当局切陈，如能由刘则指挥较为便捷，为时稍迟终觉缓急不靠，特此奉闻

顺颂

日祉

[illegible]

九月十四

内政部用牋

I11（2-2） G20cm×31cm

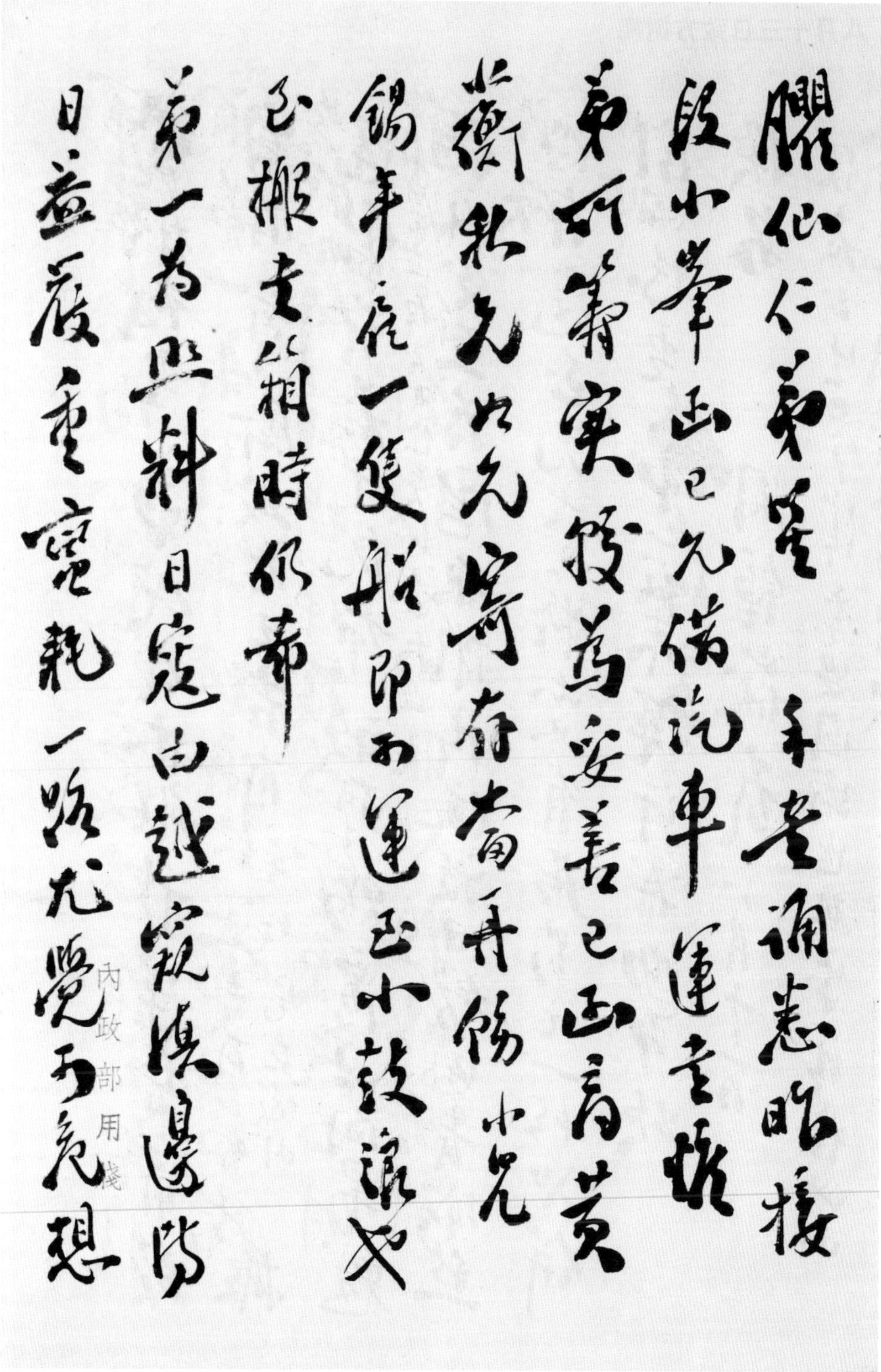

騮仙仁弟足下：手書誦悉。昨接段小峯函，已允備汽車運去，惟弟所籌宴餞萬安善。已函商黃蘅秋允如允寄存，當再飭小兒錫年派一隻船即可運至小鼓浪也。至搬去箱時，仍希弟一為照料。日寇自越窺滇邊，防日益嚴重，寇氛一時尤覺可危，想

内政部用箋

I11（2-1） G20cm×31cm

## 八、八月十三日致方树梅

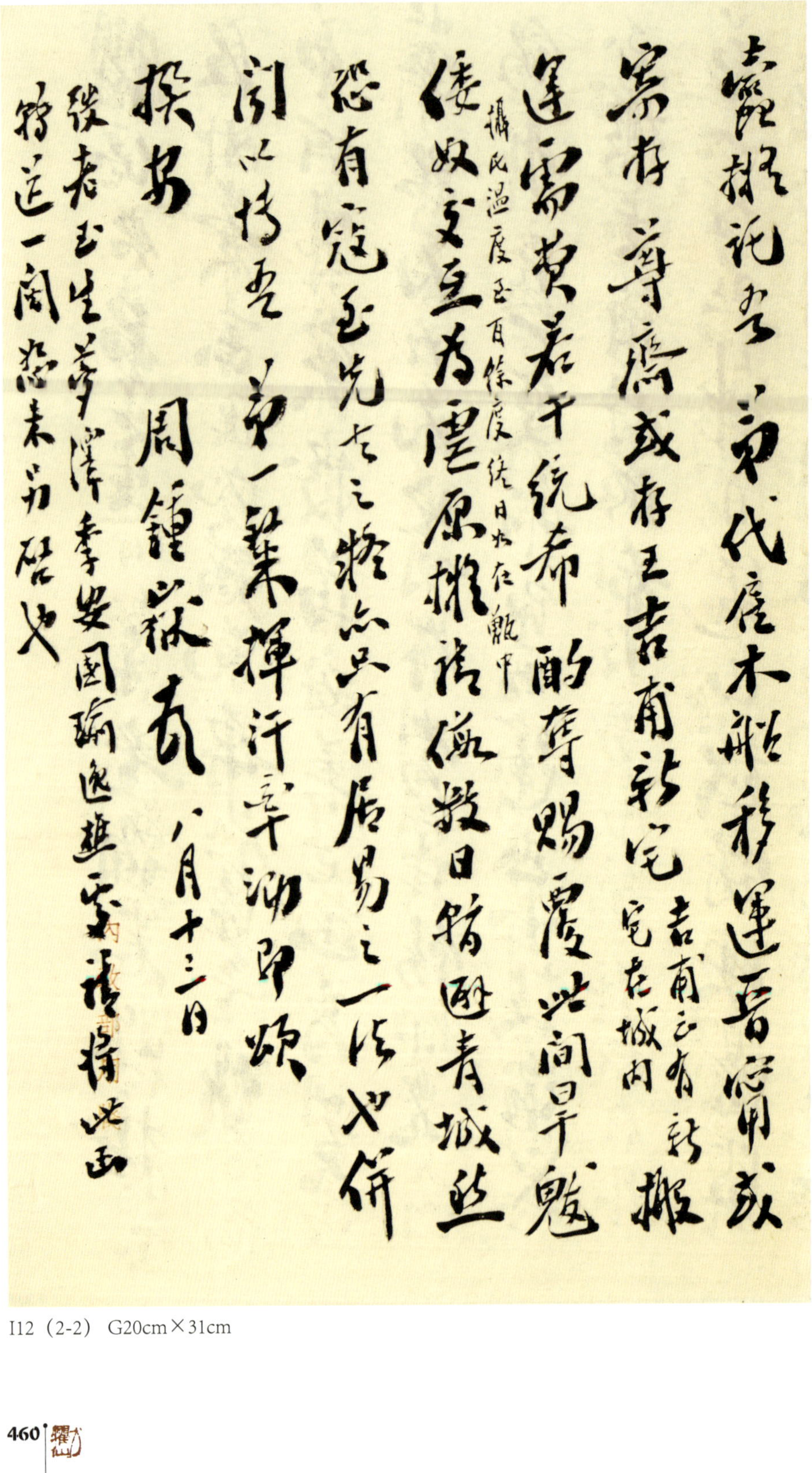

寵搬託者，弟代雇木排移運晉寧，或寄存尊處，或存王吉甫新宅（吉甫已有新宅在城內）搬運需費若干，統希酌奪賜覆。此間日旱魃，倭奴又立為虐，原擬請假數日，暫避青城，茲（攝氏溫度五百餘度，統日均在甑中）恐有寇盜。先生之樂亦只有居易之一法以俟閑以待之。弟一葉揮汗草泐，即頌

撰安。

周鍾嶽頓

八月十三日

張老玉生、蕘澤、季安、園瑜、逸樵、雲樵諸君均此函轉送一閱，恐未易碻也。

I12（2-2） G20cm×31cm

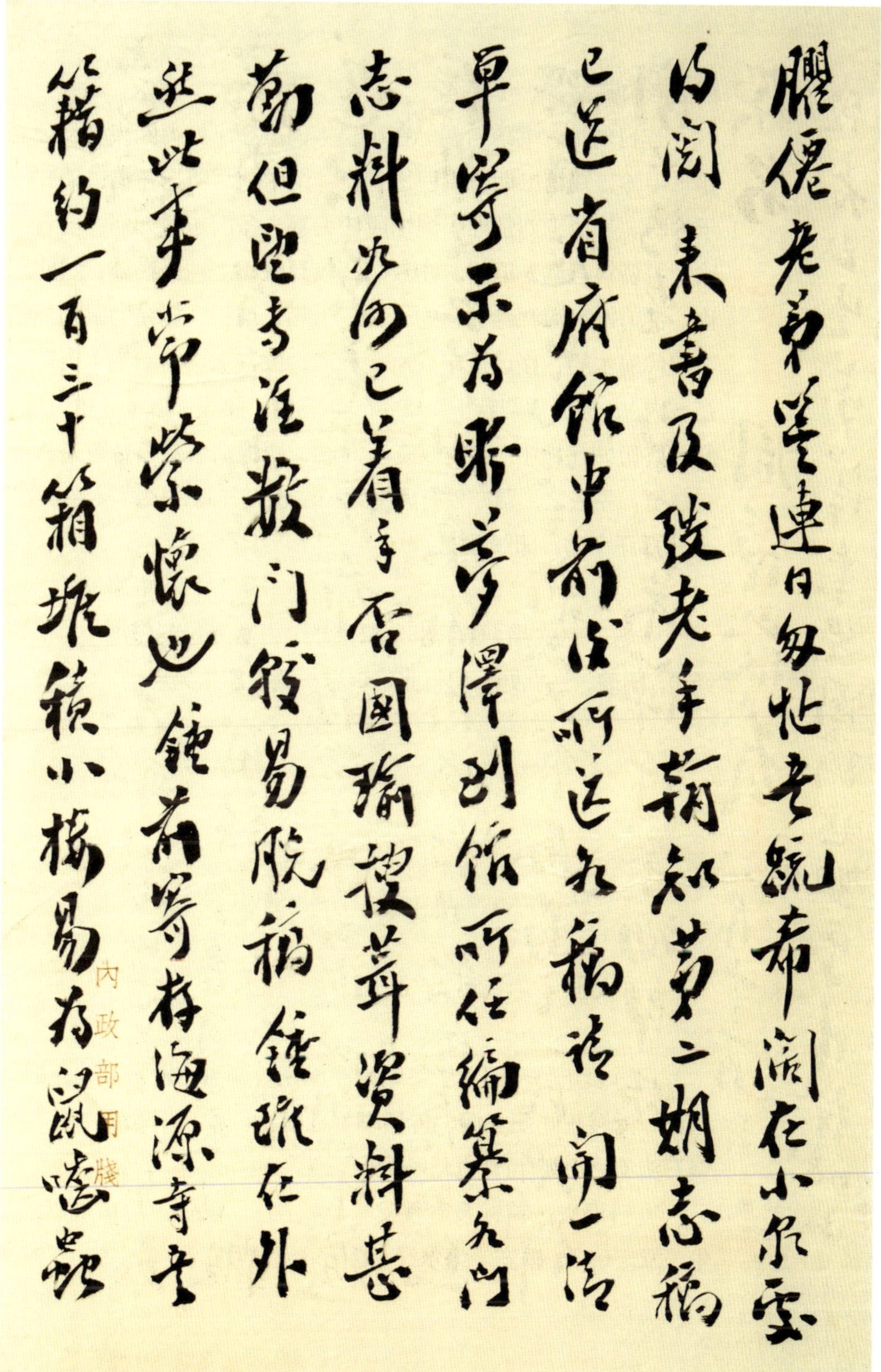

臞僊老弟鑒：連日匆忙，未親芳潤，在小紅雲

內閣。來書及跋老手蹟，知弟之娟志稿

已送省府館中，前次所送各稿，請閱一清

單寄示，為耶亭澤到館所任編纂各門

志料，次兩已着手否？國瑜謏蒐資料甚

勤，但望其注撥門類，易脫稿。鍾琮在外

然此事常縈懷也。鍾前寄梅溪源寺書

籍，約一百三十箱，堆積小樓，易為鼠齧

內政部用牋

I12（2-1） G20cm×31cm

〖录文〗

臞仙老弟鉴：

连日匆忙，书疏希阔。在小泉［何秉智］处得阅来书及彂老［赵式铭］手翰，知第二期志稿已送省府，馆中前后所送各稿，请开一清单寄示为盼。梦泽［刘楚湘］到馆所任编纂，各门志料如何？已着手否？国瑜搜葺资料甚勤，但望专注数门，较易脱稿。钟虽在外，然此事常萦怀也。钟前寄存海源寺书籍约一百三十箱，堆积小楼易为鼠啮虫蠹，拟托吾弟代雇木船，移运晋宁或寄存尊斋，或存王吉甫新宅（吉甫云有新宅在城内），搬运需费若干，统希酌夺赐覆。此间旱魃[1]（摄氏温度至百余度，终日如在甑中），倭奴交互为虐，原拟请假数日，暂避青城，然恐有寇至，先去之，疑亦只有居易之一法也，并闻，以博吾弟一粲。

挥汗率泐，即颂撰安。

周钟岳　顿首　八月十三日

彂老［赵式铭］、玉生［覃宝珖］、梦泽［刘楚湘］、季安［缪尔纾］、国瑜、逸樵处，请将此函转送一阅，恕未另启也。

〔笺纸：内政部用笺〕

①旱魃［bá］：传说中引起旱灾的怪物。

## 九、九日漫兴一首

〖录文〗

已分衰年卧一邱，老参朝列滞渝州。颠盈白发宁云健，眼看黄花又送秋。折屐正闻淝水捷，传杯聊解杜陵忧。收京早晚军中报，准拟吟鞭聚石头（萨都剌[1]诗“九日吟鞭聚石头”）。

九日漫兴一首，录寄彂父［赵式铭］、臞仙、澄甫［赵宗瀚］、玉生［覃宝珖］、季安［缪尔纾］、国瑜诸君吟正。

钟岳　未是稿

〔钤印：周钟岳印〕

〔笺纸：内政部用笺〕

①萨都剌（一二七二～一三五五）：字天锡，号直斋。其先世为西域人，出生于雁门（今山西代县）。泰定四年（一三二七）进士。善绘画，精书法，尤善楷书。有虎卧龙跳之才，人称“雁门才子”。

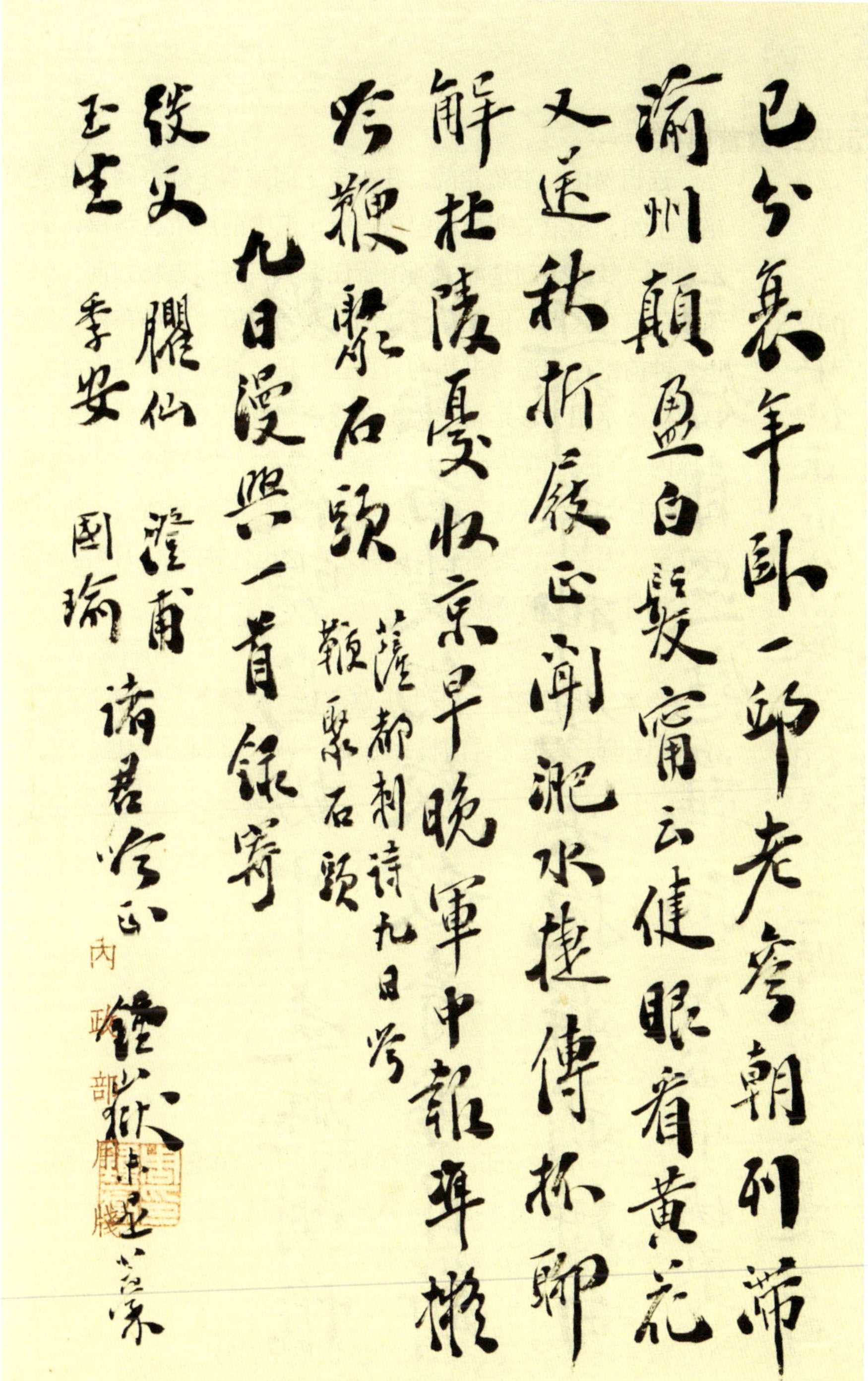

已分衰年卧一邱，老夸朝列带渝州。颠盈白发窗云健，眼看黄花又送秋。折屐正闻淝水捷，传杯聊解杜陵忧。收京早晚军中报，准拟于鞭系石头。

萨都剌诗九日写

鞭系石头

九日漫兴一首录寄

从父 臞仙 澄甫 诸君吟正

玉生 季安 国瑜

钟岳未定稿

内政部用笺

I13 G20cm×31cm

## 赵式铭　一通

### 承臞仙示近作数首奉慰

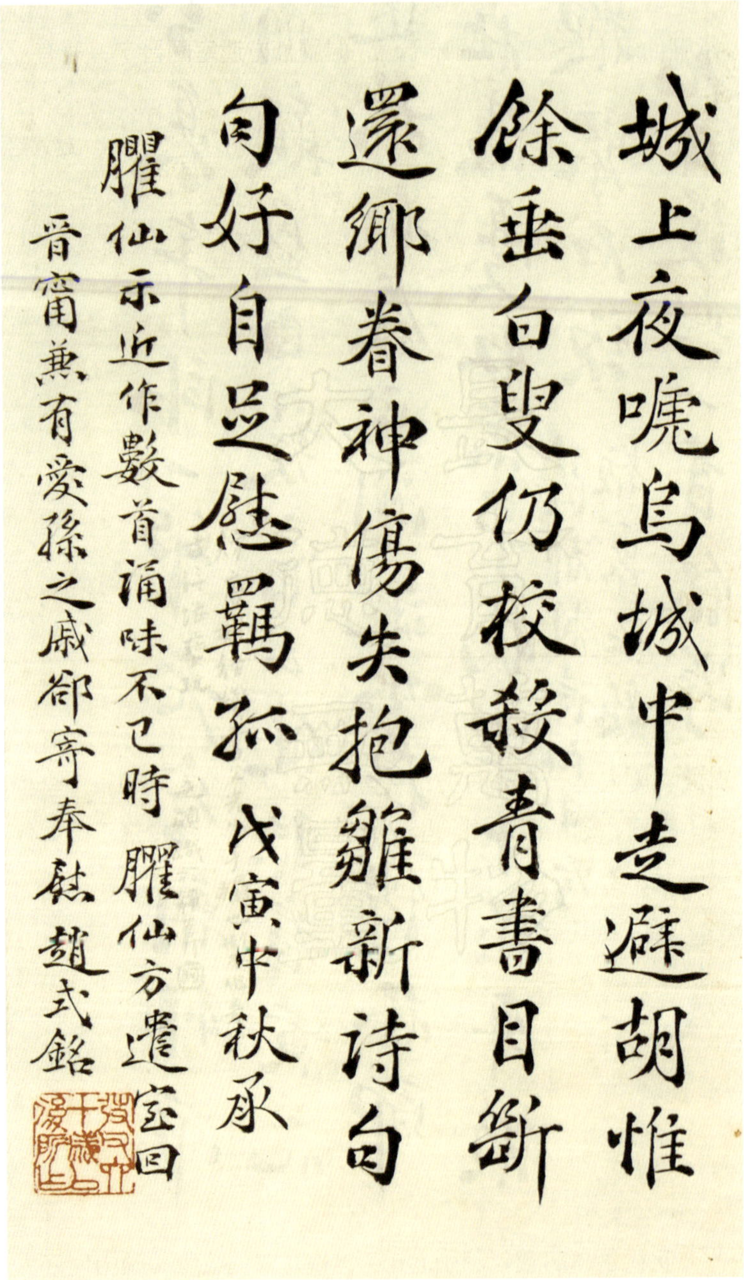

城上夜嘵烏城中走避胡惟餘垂白叟仍校殺青書目新還鄉眷神傷失抱雛新詩白句好自足慰羈孤　戊寅中秋承臞仙示近作數首誦味不已時　臞仙方遷窆回晉甯兼有愛孫之戚郤寄奉慰　趙式銘

I14　G15.5cm×26cm

〖录文〗

城上夜啼乌，城中走避胡。惟余垂白叟，仍校杀青书。目断还乡眷，神伤失抱雏。新诗句句好，自足慰羁孤。

戊寅［一九三八］中秋，承臞仙示近作数首，诵味不已，时臞仙方遣室回晋宁，兼有爱孙之戚，却寄奉慰。

赵式铭

〔钤印：弢父六十岁以后所作〕

〔笺纸：诗笺。文：“长育万物，大德无疆”〕

## 赵藩　一通

### 二十三日晨致颀山老弟

〖录文〗

昨病涉旬，始渐愈。中间吐泻并作者三昼夜，元气大损，真成衰废人矣。火热时势，幸得透雨，人心稍定。印泉［李根源］寄到，刻拓旧诗用。呈一纸并近作数篇，统希粲正。如作吴门书，乞告指嗣。代问讯王幼农[①]。

此上颀山老弟。

藩　顿首　廿三晨

〔笺纸：朱丝六行。文：“云南图书馆启事笺”〕

〖解读〗

此札是赵藩致“颀山老弟”，被方臞仙收藏。颀山何许人待考。

①王幼农：即王典章（一八六五～一九四三），字幼农。陕西三原人。十六岁中秀才，曾受业于刘古愚、柏子俊。一九一七年后寓居苏州，编印《刘古愚全书》和《柏子俊文集》。一九二一年王被江苏省选用，先督查厘税，后筹办赈灾，接着又任沪宁、沪杭铁路税务总局总办。一九三二年末，任陕西省政府委员兼民政厅厅长。

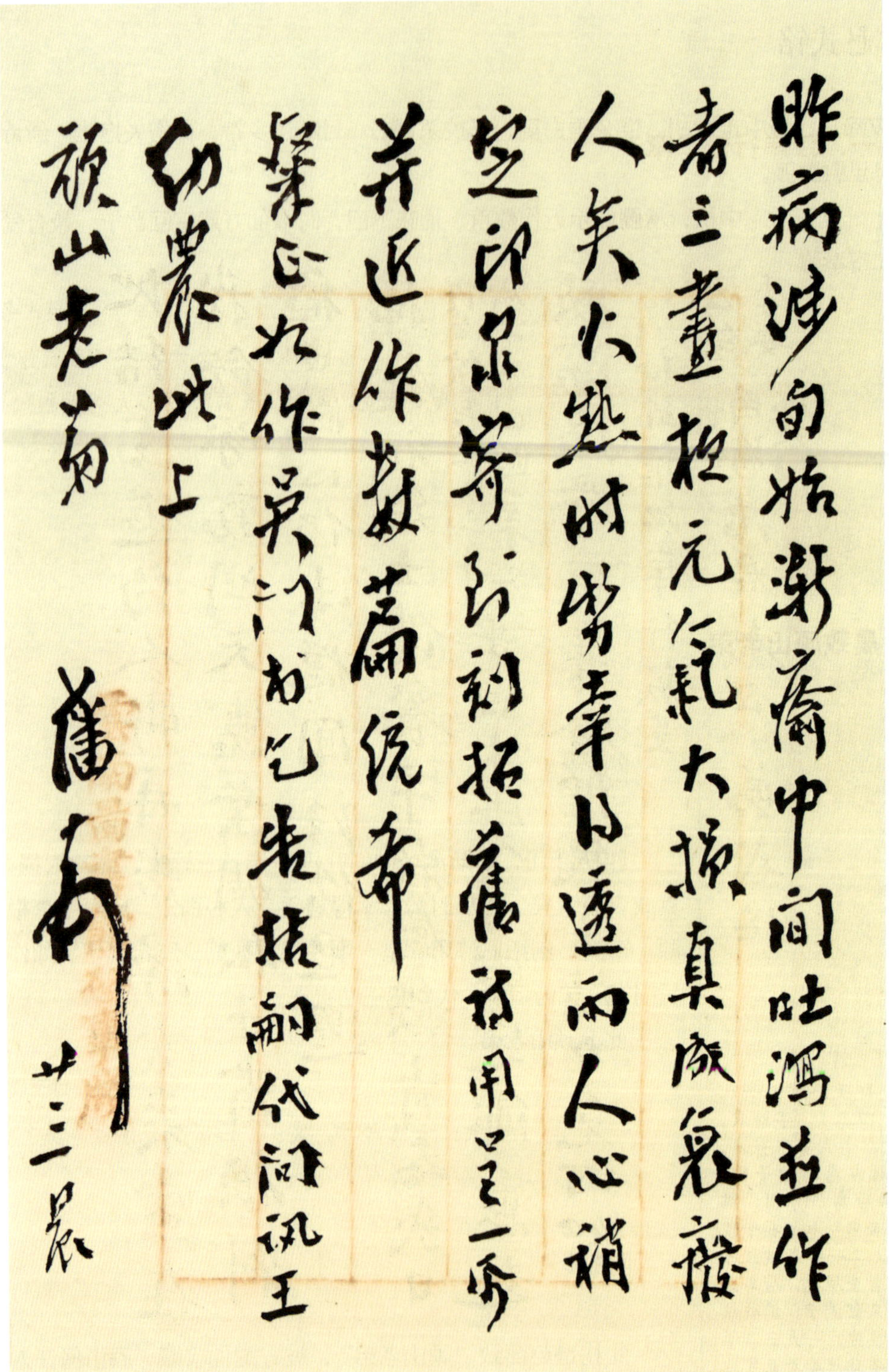
昨病涉旬始渐瘉中间吐泻並作
者三昼夜元气大损真疲惫殆
人矣火热时劳幸得透而人心稍
定印泉寄到刻拓舊詩用呈一覽
并近作数篇统希
郢正如作吳门书乞告姑翮代问讯王
幼農兄上
頑山老弟
蕉雨
廿三晨

115 G19cm×28.5cm

# 赵式铭　三通

## 一、江岸行饭二章

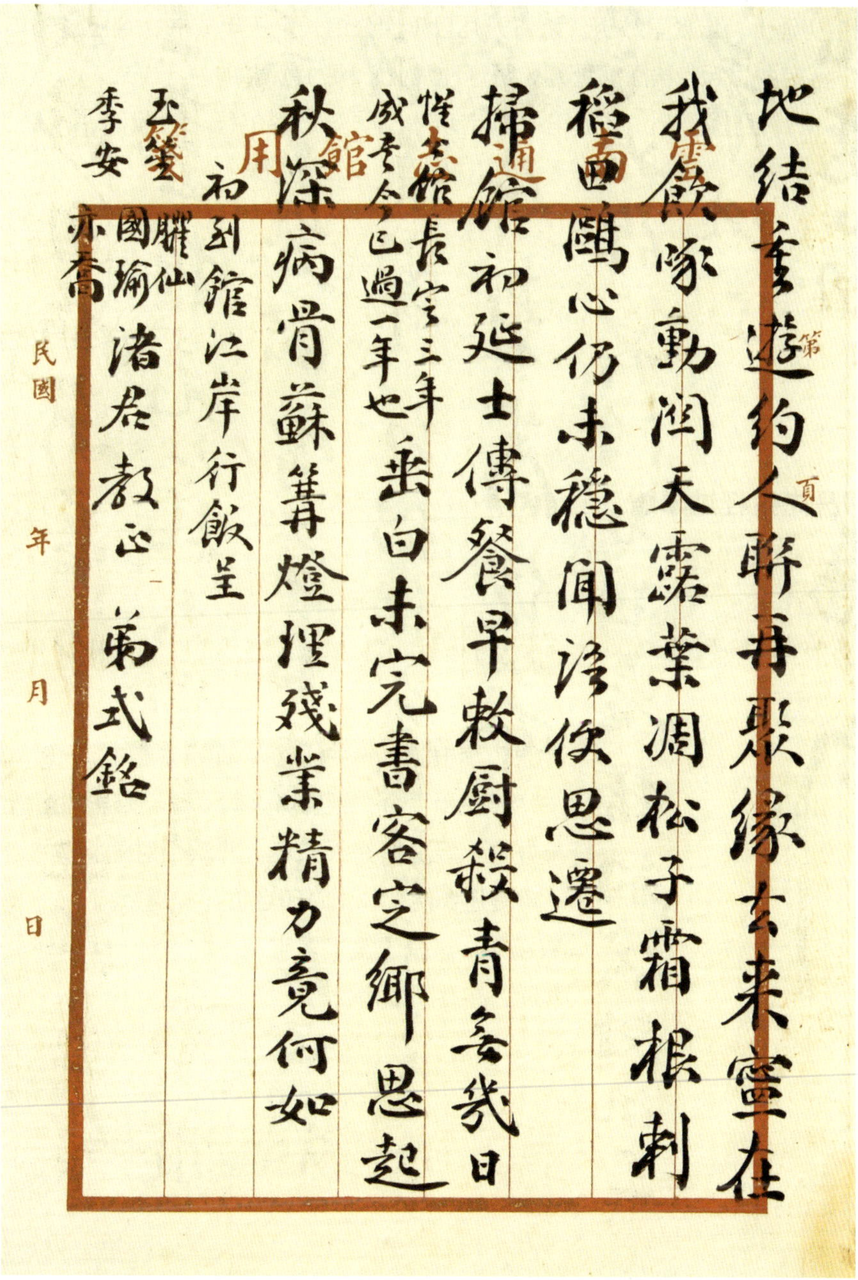

雲南通志館用箋

地結重遊約人聯再聚緣去來寧在
我飲啄動關天露葉凋松子霜根刺
稻田鷗心仍未穩閒語僕思遷
掃館初延士傳餐早救廚殺青多我日
惟志館長定三年成書今已過一年也
垂白未完書客定鄉思起
秋深病骨蘇篝燈理殘業精力竟何如
初到館江岸行飯呈
耀仙
玉鑾
國瑜
濬君教正　弟式銘
季安
亦喬

第　頁

民國　年　月　日

I16 G20cm×29cm

〖录文〗

地结重游约，人联再聚缘。玄来宁在我，饮啄动关天。露叶凋松子，霜根刺稻田。鸥心仍未稳，闻语便思迁。

扫馆初延士，传餐早敕厨。杀青无几日（惺公馆长定三年成书，今已过一年也），垂白未完书。客定乡思起，秋深病骨苏。篝灯理残业，精力竟何如？

初到馆，江岸行饭。呈玉笙［覃宝琥］、季安［缪尔纾］、臞仙、国瑜、亦乔诸君教正。

弟　式铭

〔笺纸：朱丝八行。文："云南通志馆用笺"〕

## 二、印泉先生枉过奉赠

〖录文〗

印泉［李根源］先生枉过[①]，即事奉赠。

一诺平生重百金，顿忘烽火病侵寻。僻居仙馆疏尘迹，远辱高轩惠好音。智勇俱穷天亦老，悲欢相对陆将沈[②]。滇云一角斜阳在，莫漫还乡便入林（时印老将归腾越祭扫）。

右稿作，录呈玉笙［覃宝琥］、季安［缪尔纾］、臞仙、国瑜、著远、亦乔同馆诸公吟正。

赵式铭　就正

〔笺纸：朱丝八行。文："云南通志馆用笺"〕

①枉过：屈就，屈临。这里指李根源来到通志馆或赵式铭的住所。

②沈：同"沉"。

印泉先生在過即事奉贈

一諾平生重百金，頓忘烽火病侵尋。僻居仙館疏塵迹，遠辱高軒惠好音。智勇俱窮天亦老，悲歡相對陸將沈。滇雲一角斜陽在，莫漫還鄉便入林。時印老將歸騰越祭掃

右稿作錄呈

玉笙 國瑜

季安 著遠同館諸公吟正 趙式銘就正

臞仙 亦僑

民國 年 月 日

I17 G20cm×29cm

## 三、惺庵部中漫兴次韵奉政

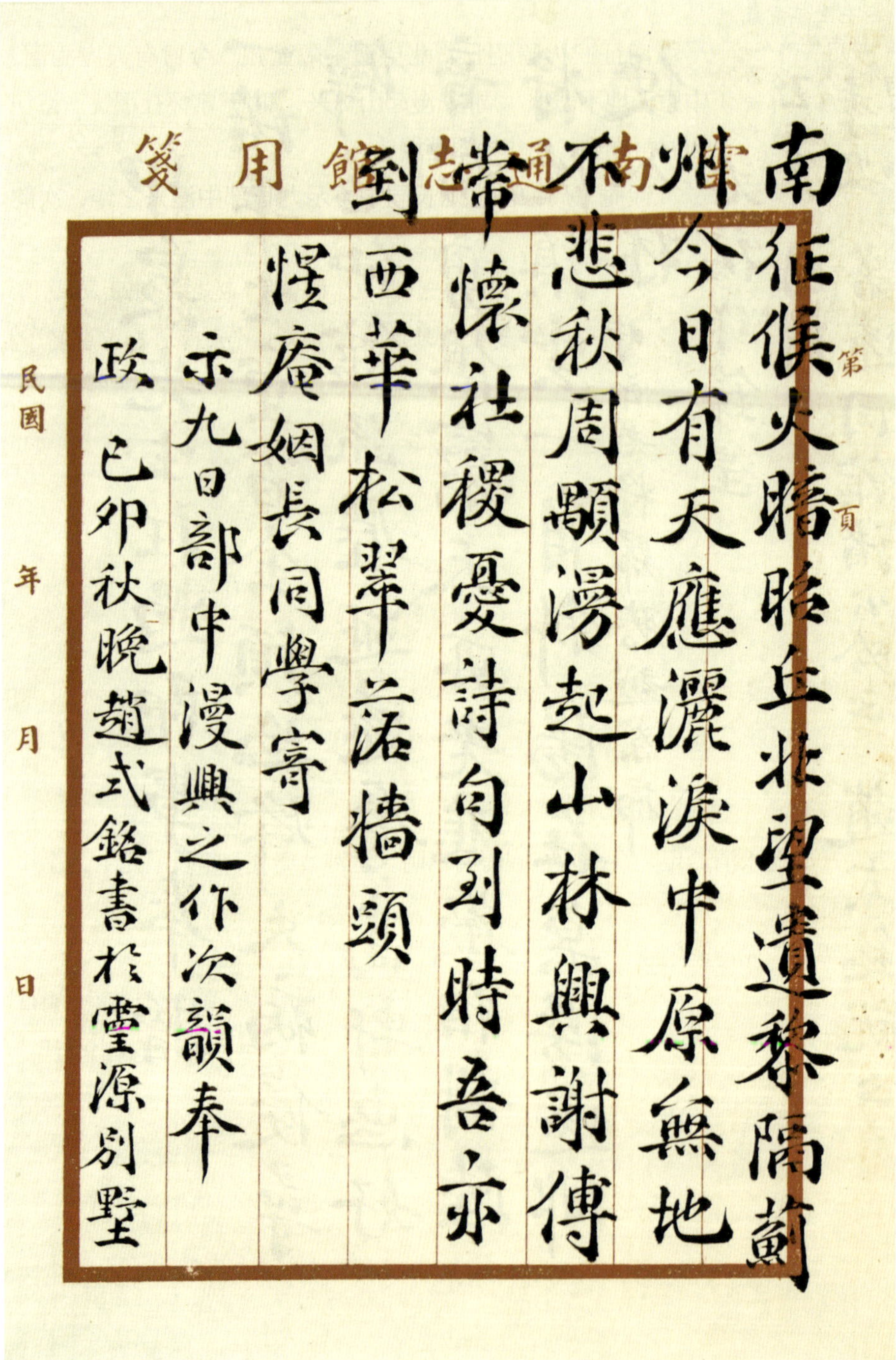

雲南通志館用箋

第　頁

南征烽火暗貽丘北望遺黎隔薊燼今日有天應灑淚中原無地不悲秋周顗湧起山林興謝傅常懷社稷憂詩句到時吾亦到西華松翠落檣頭

惺庵姻長同學寄

示九日部中漫興之作次韻奉

政　己卯秋晚趙式銘書於雲源別墅

民國　年　月　日

I18 G20cm×29cm

〖录文〗

南征候火暗昭丘，北望遗黎隔蓟州。今日有天应洒泪，中原无地不悲秋。周颙[1]漫起山林兴，谢傅[2]常怀社稷忧。诗句到时吾亦到，西华松翠落墙头。

惺庵［周钟岳］姻长同学寄示九日部中漫兴之作，次韵奉政。

己卯［一九三九］秋　晚　赵式铭　书于灵源别墅

〔笺纸：朱丝八行。文："云南通志馆用笺"〕

①周颙［yóng］（四七三年前后在世）：字彦伦。汝南安城人。祖父周虎头，员外常侍。父亲周恂，归乡侯相。周颙言辞婉丽，工隶书，兼善老、易，长于佛理。颙于钟山西筑隐舍，休沐则居之，终日长蔬，颇以为适。

②谢傅：即谢安（三二〇～三八五），字安石。陈郡阳夏（今河南太康）人，谢尚的从弟。东晋太傅、宰相。

## 宋嘉俊　一通

### 自慨一律

〖录文〗

万事逐云去，一心随水清。足防行路险，眼碍看书明。运舛遭离乱，年衰澹死生。莲邦花待放，西望觅归程。

自慨一律录呈臞仙仁兄诗家削正。

镜澄　甫草

〔笺纸：银行专用笺。文："中央银行昆明分行"〕

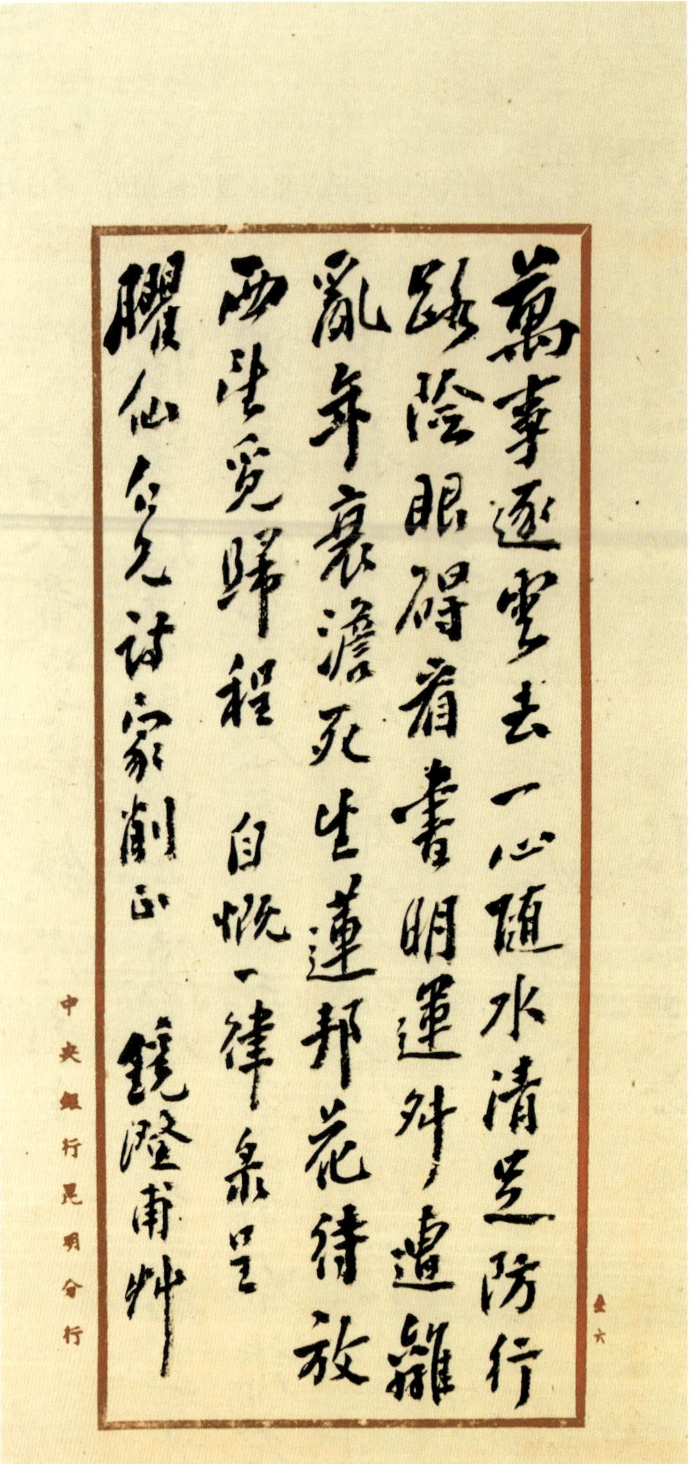


I19 G13cm×27.5cm

## 孙乐　一通

### 哭晋宁宋镜澄先生

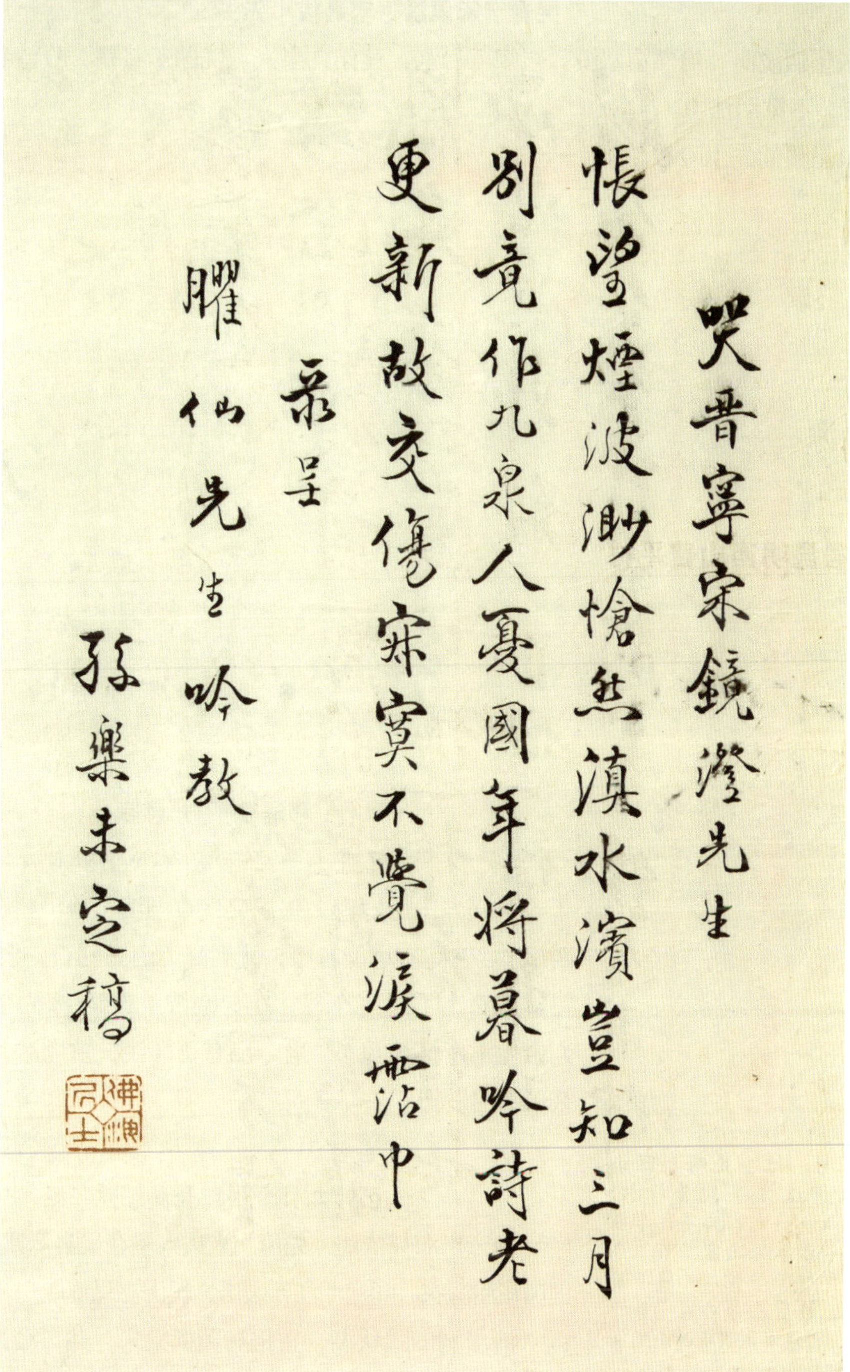
哭晉寧宋鏡澄先生
悵望煙波渺愴然滇水濱豈知三月
別竟作九泉人憂國年將暮吟詩老
更新故交傷寂寞不覺淚霑巾
錄呈
耀仙先生吟教
孫樂未定稿

I20 G16cm×26.5cm

〖录文〗

**哭晋宁宋镜澄［宋嘉俊］先生**

怅望烟波渺，怆然滇水滨。岂知三月别，竟作九泉人。忧国年将暮，吟诗老更新。故交伤寂寞，不觉泪沾巾。

录呈臞仙先生吟教。

孙乐　未定稿

〔钤印：佛海居士〕

〔笺纸：宣纸〕

## 李根源　一通

### 抗战居昆明西山普平村

〖录文〗

**移居普平村[1]感赋**

己卯［一九三九］秋八月廿日

卧病龙山历岁春，移居又傍草湖滨（普平村在滇池青草湖西岸）。三间室小能容膝，九老峰（山巅九石，余题“九老峰”三字摩石上）高可作邻。在昔空持王霸略（“内王外霸”四字为余生平所怀政见），当今那有葛怀民。堂坳浮芥身如寄，芦荻萧萧白发新。

**己卯九日普平村登高感赋二绝**

白云松海梦依违（先母阙太夫人墓在吴县穹窿山松海），手把黄花泪湿衣。闻道湘江新破虏，吴山立马傥能归。

清虚洞口瞰秋湖，香稻初黄枫染朱。此日登高忆兄弟（胞

①普平村：指今昆明市西山区马街街道办事处普坪村。一九三八～一九四二年，李根源先生曾于翠峰山宝华寺（今普坪小学校）居住，并留下石刻若干，被后人命名为“普坪石刻”，已列为昆明市西山文物保护单位。

弟武诚去夏病殁上海，今犹未归葬），伤心不忍插茱萸。

**登笏山访游元康[②]、凌牧事[③]、倪蜕[④]、管灏[⑤]遗迹**

笏山洞壑拥层岚（游元康题有“笏山”二大字），想见游倪踞坐谈（蜕翁致游晋侯书，有“笏山洞壑、老友清谈”语）。奇曲云窝山脚下（管灏题有“云窝”二大字），一湾清浅浣花潭（倪蜕题有“浣花潭”三大字）。

遍搜翠墨剔云根（山中有游元康《笏山记》及汉衣冠石刻像，并倪蜕、徐翔、吕□、李□□、李相彬、杨国桢、丁瑄诸人诗刻十数方。皆康熙年刊，字小，刻浅，已剥蚀，多不能读，览之慨然），衰落桃霞石嶹村（蜕翁草堂久衰，遗址在石嶹村，草堂中有桃霞誃[⑥]，蜕翁云三十年前曾梦游三岛桃霞谷）。诸老流风今不见，香岩空际（蜕翁有“空际香岩结妙音”句）吟诗魂。

呈癯仙、寄庵我兄先生吟正。

弟　李根源　稿

〔钤印：李氏印泉〕

〔笺纸：朱丝八行〕

〖解读〗

此札似写于一九三九年至一九四〇年初。札中的部分内容被纳入“普坪石刻”。

②游元康：云南人。康熙六十年（一七二一）云南宣威知州。

③凌牧事：云南晋宁人。康熙间岁贡生，晋宁人。

④倪蜕：本名羽，字振九，晚年更名蜕，自号蜕翁。松江（今属上海）人，家昆明。善画山水，仿王蒙。精书法，清健有别趣。工诗。读书滇省近华浦之西山，足迹不入城市，人亦以高士称之。

⑤管灏：字若梁，号希洛。云南玉溪北城镇桃源人。清康熙甲戌（一六九四）进士，官吏科掌印给事、翰林院检讨，热心公益事业，兴修水利。

⑥誃[yí]：誃门，古代宫殿的侧门。

湿衣南渡湘江新破虏吴山立马仅能归

清虚洞口敞秋湖香稻初黄枫染朱此日登高

忆兄弟（胞弟武诚去夏病殁上海今犹未归葬）伤心不思插茱萸

登笏山访游允康凌牧事倪蜕岩灏遗迹

笏山洞壑拥层岚（游允康题有笏山二大字）想见游倪踞坐

谈（蜕翁致游晋侯书有笏山洞壑老友清谈语）奇曲云窝山脚下（岩灏题有云窝二大字）

一湾清浅浣花潭（倪蜕题有浣花潭三大字）

遍搜翠墨剔云根（山中有游允康笏山记及汉衣冠石刻像并倪蜕徐翔吕□李□□李翔材湖国模）

I21（3-2） G16cm×26.5cm

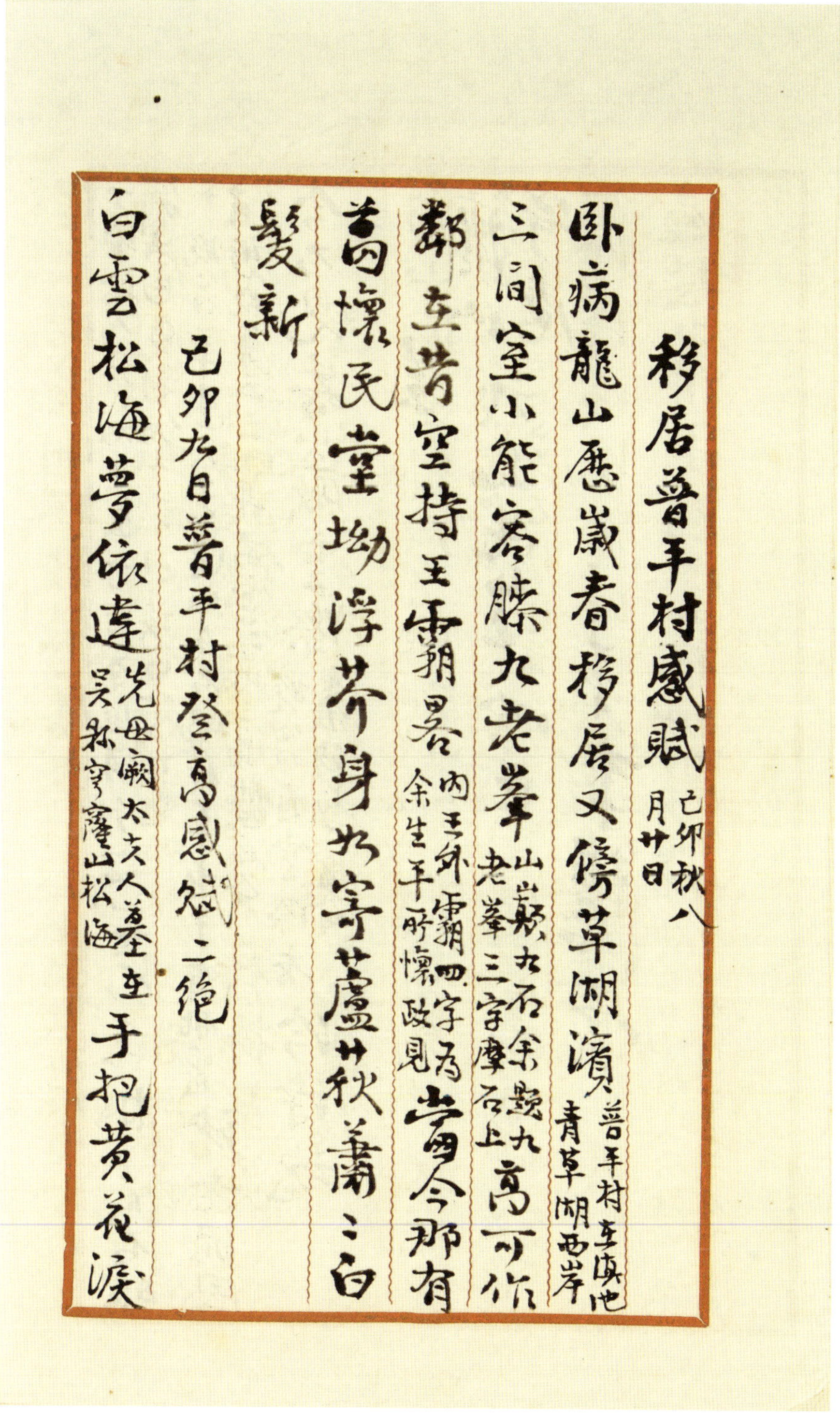
移居普平村感賦　己卯秋八月廿日

卧病龍山歷歲春，移居又傍草湖濱（普平村在滇池青草湖西岸）。三間室小能容膝，九老峯（山巔九石，余題九老峯三字摩石上）高可作鄰。在昔空持王霸畧（內王外霸四字，為余生平所懷政見），當今那有葛懷民。堂坳浮芥身如寄，蘆廿秋蕭蕭白髮新。

己卯九日普平村登高感賦二絕

白雲松海夢依違（先母顧太夫人葬在吳縣穹窿山松海），手把黃花淚

I21（3-1）　G16cm×26.5cm

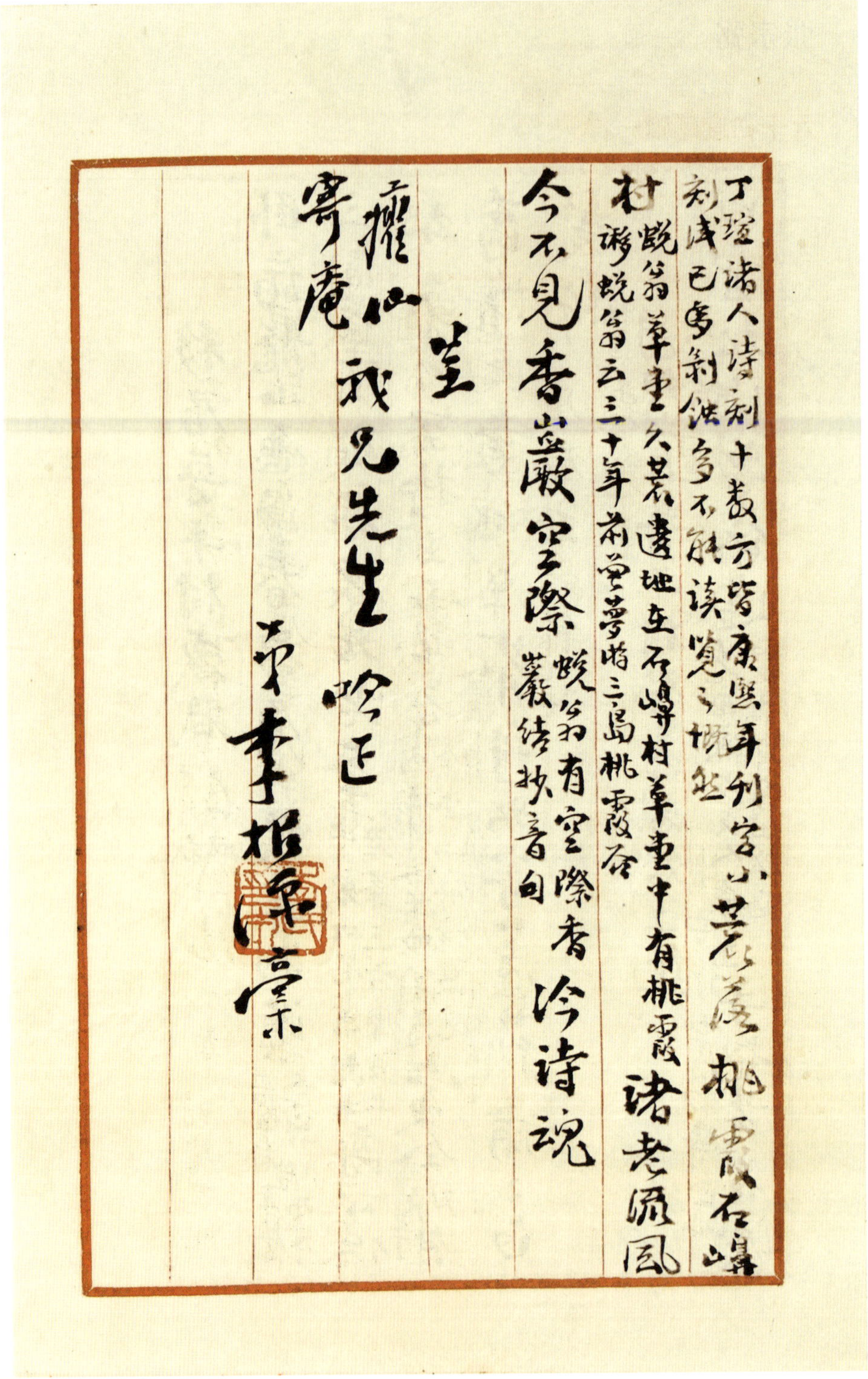
荒落桃霞石嶼村（丁瑄諸人詩刻十數方，皆康熙年刊，字小刻淺，已多剝蝕，多不能讀，覽之悵然。蛻翁草堂久荒，遺址在石嶼村，草堂中有桃霞谷。蛻翁云：三十年前曾夢遊三島桃霞谷。）諸老風流今不見，香巖空際（蛻翁有空際香巖詩抄，其句）冷詩魂。

呈

擢仙我兄先生吟正

寄庵 弟李根源言棠

I21（3-3） G16cm×26.5cm

## 张宗弼　一通

### 六十初度感赋一律

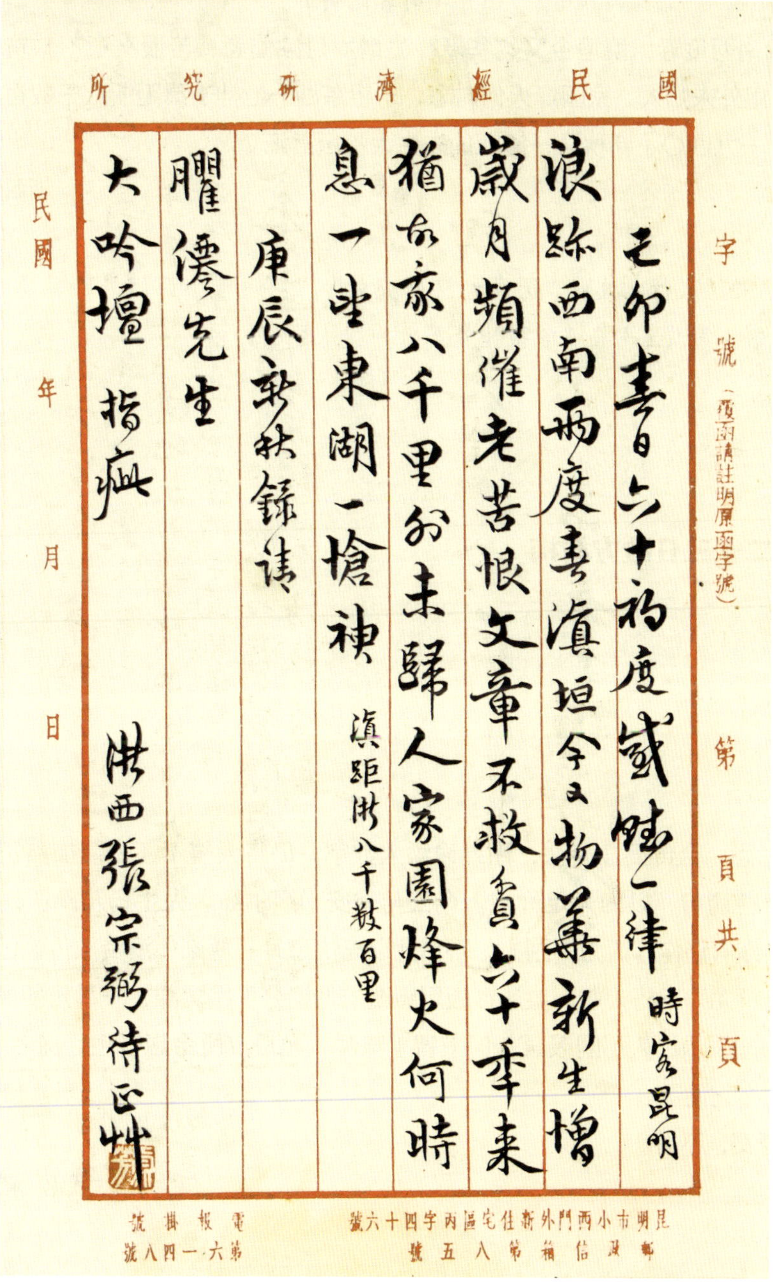
國民經濟研究所

字號（復函請註明原函字號）　第　頁　共　頁

己卯書六十初度感賦一律　時客昆明

浪跡西南兩度春，滇垣今又物華新，生憎歲月頻催老，苦恨文章不救貧，六十年來猶旅客，八千里外未歸人，家園烽火何時息，一望東湖一愴神。滇距浙八千數百里

庚辰新秋錄請

臞禪先生

大吟壇　指瑕

浙西張宗弼待正艸

民國　年　月　日

昆明市小西門外新住宅區內字四十六號　郵政信箱第八五號

電報掛號第六一四八號

I22 G17.5cm×28cm

〖录文〗

**己卯［一九三九］春日六十初度感赋一律**

（时客昆明）

浪迹西南两度春，滇垣今又物华新。生憎岁月频催老，苦恨文章不救贫。六十季来犹故我，八千里外未归人。家园烽火何时息，一望东湖一怆神（滇距浙八千数百里）。

庚辰［一九四〇］新秋录，请臞仙先生大吟坛指疵。

浙西张宗弼　待正草

〔钤印：处芳〕

〔笺纸：朱丝八行。文："国民经济研究所""昆明市小西门外新住宅区丙字四十六号""邮政信箱第八五号""电报挂号第六一四八号"〕

## 赵式铭　二通

### 一、新正二十三日致方树梅

〖录文〗

臞仙同学左右：

辱书诵悉。合传简净有法，谨遵谕添入数字，仍将大稿奉还，请加点正。鹤望喜振奇之士，于庸德庸行，以为无足称述。今公与季安［缪尔纾］先生扬及幽仄，其识量过人远矣。弟家居亦有造作，而力不副心，聊借此以忘忧患耳。尊刻《滇贤象传》已拜领，所余碑状集、滇游草尤为不朽大业，望速镂版用慰渴。仰诸公下榻灵源，一举足便揽西华之胜，如有佳构，希即录示。久不闻筱泉［何秉智］咳唾，尤日夜所企想者也。涤老［疑指周钟岳］起居何如？亦乞便示。

敬颂著安，不备。

弟　式铭　顿首　新正廿三日

〔钤印：式铭〕

〔笺纸：宣纸〕

臞僊同學左右：辱
書誦悉。合傳簡淨有法，謹遵
諭添入數字，仍將
大稿奉還，請
加點正。鄉望盡振奇之士，於庸德
庸行以為無足稱述，今
公與季安先生揚及幽仄，其
識量過人遠矣。弟家居亦有造作，而
力不副心，聊藉此以忘憂患耳。

I23（2-1） G26cm×26cm

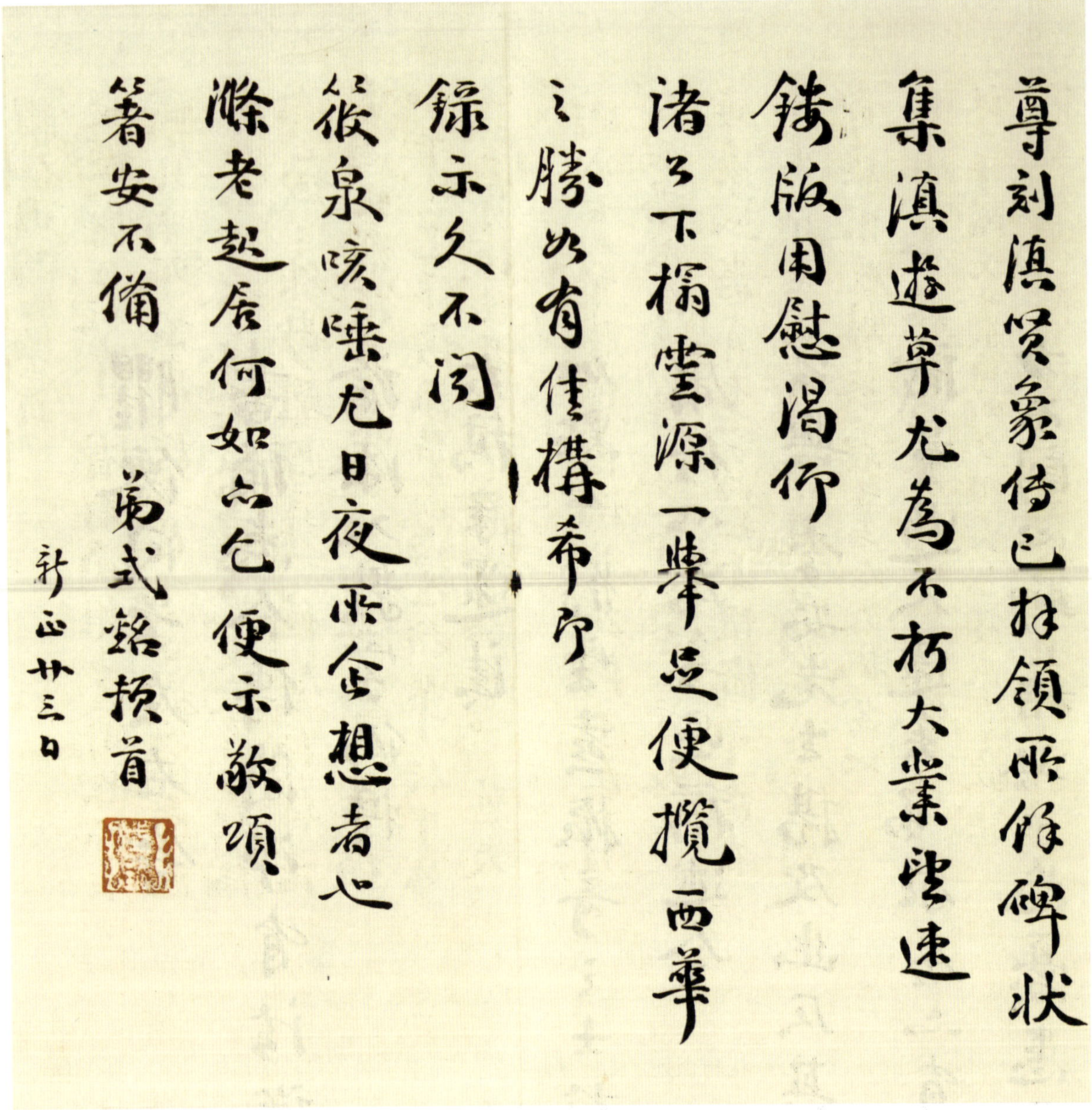

尊刻滇贤象传已拜领所修碑状
集滇游草尤为不朽大业望速
铸版用慰渴仰
诸公下榻云源一举足便揽西华
之胜必有佳构希即
录示久不闻
筱泉咳嗽尤日夜所企想者也
涤老起居何如亦乞便示敬颂
著安不备　弟式铭顿首
新正廿三日

I23（2-2）G26cm×26cm

## 二、六月四日致方树梅

〖录文〗

臞仙同门大鉴：

自文从归里，旋奉省府函准予解除馆长职责，弟即乘车于五月十三日抵家，忧患余生，不自意得还故里。惟儿女零落，亲旧沦亡，岁岁殊鲜欢悰耳。“德庐”行将落成，图史纵横，

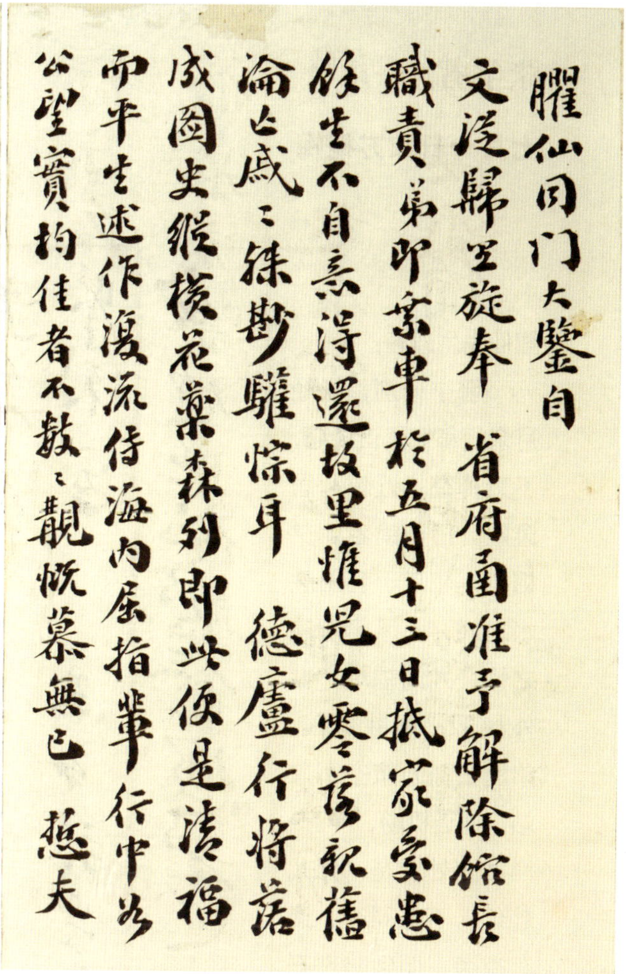

耀仙同门大鉴：自
文从归里，旋奉 省府函准予解除馆长
职责，弟即束车于五月十三日抵家，受患
余生，不自意得还故里，惟见女零落，亲旧
沦亡，感之殊尠驩悰耳。 德庐行将落
成，园中丛楼花药森列，即此便是清福，
而平生述作复流传海内，屈指辈行中如
公望实均佳者不数数觏，慨慕无已。悊夫

I24（2-1） G17cm×26cm

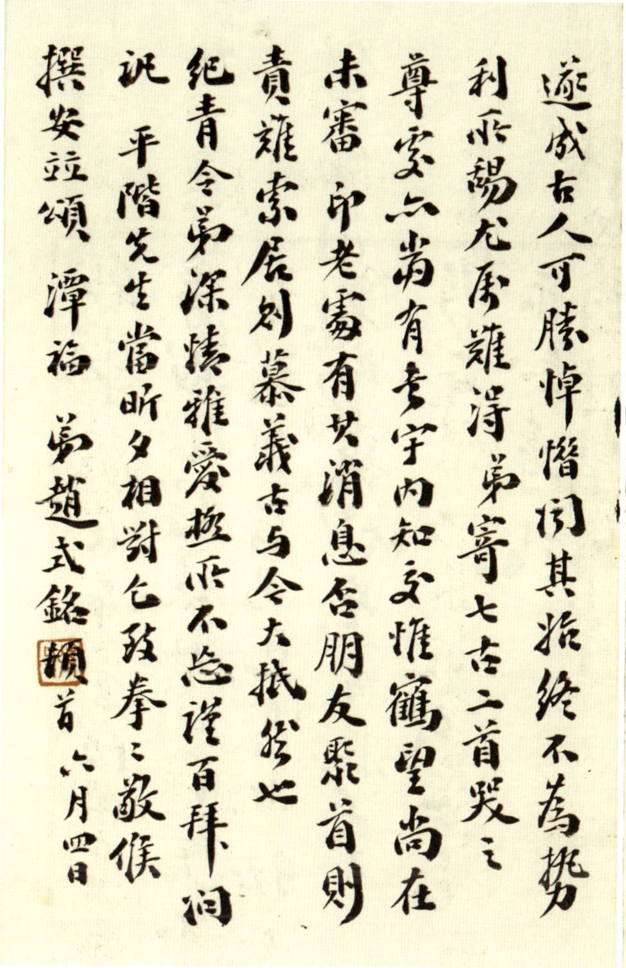

遂成古人，可胜悼惜。闻其始终不为势
利所赐，尤属难得。弟寄七古二首哭之
尊处亦当有书。宇内知交，惟鹤望尚在。
未审 印老处有其消息否？朋友聚首则
责难索，居则慕义，古与今大抵然也。
纪青令弟深情雅爱，极所不忘，谨百拜问
讯。 平阶先生当昕夕相对，乞致拳拳。敬候
撰安，并颂 潭福。 弟赵式铭顿首 六月四日

I24（2-2） G17cm×26cm

花药森列，即此便是清福，而平生述作复流传海内，屈指辈行中如公望实均佳者不数数觏，慨慕无已。哲夫［蔡哲夫］遂成古人，可胜悼，惜闻其始终不为势利所赐[①]，尤属难得，弟寄七古二首哭之。尊处亦当有书。宇内知交，惟鹤望尚在。未审印老［李根源］处有其消息否？朋友聚首则责难索，居则慕义，古与今大抵然也。纪青令弟深情雅爱，极所不忘，谨百拜问讯。平阶［钱用中］先生当昕夕相对，乞致拳拳。

敬候撰安，并颂潭福。

弟 赵式铭 顿首 六月四日

〔钤印：弢父〕

〔笺纸：宣纸〕

①赐：这里指依附、诱惑之意。

# 张学智　一通

## 七月一日致方树梅

〖录文〗

矐仙先生道鉴：

晋宁一别，倏经月余，每忆聚首谈心，不禁神往。近想起居康胜。日与镜老朝夕相晤，往来于名山胜水之间，无风声鹤唳之惊，人间福地，世外桃源，曷胜忻羡。弟因沾益为航空军总站，逼近机场，炸弹、汽油到处皆是，伟儿赴任，不愿同往，遇有空袭，即到防部石洞暂避，亦颇安全。近滇西无甚战事，敌在布置防御工事，征工修路，雨季或不侵滇，外间谣言不足置信。贵邑自伟儿赴沾，由秘书代理，未审近状何如？新任曾否接事？尊处若有所闻并乞示知。

专请道安。维鉴不宣。

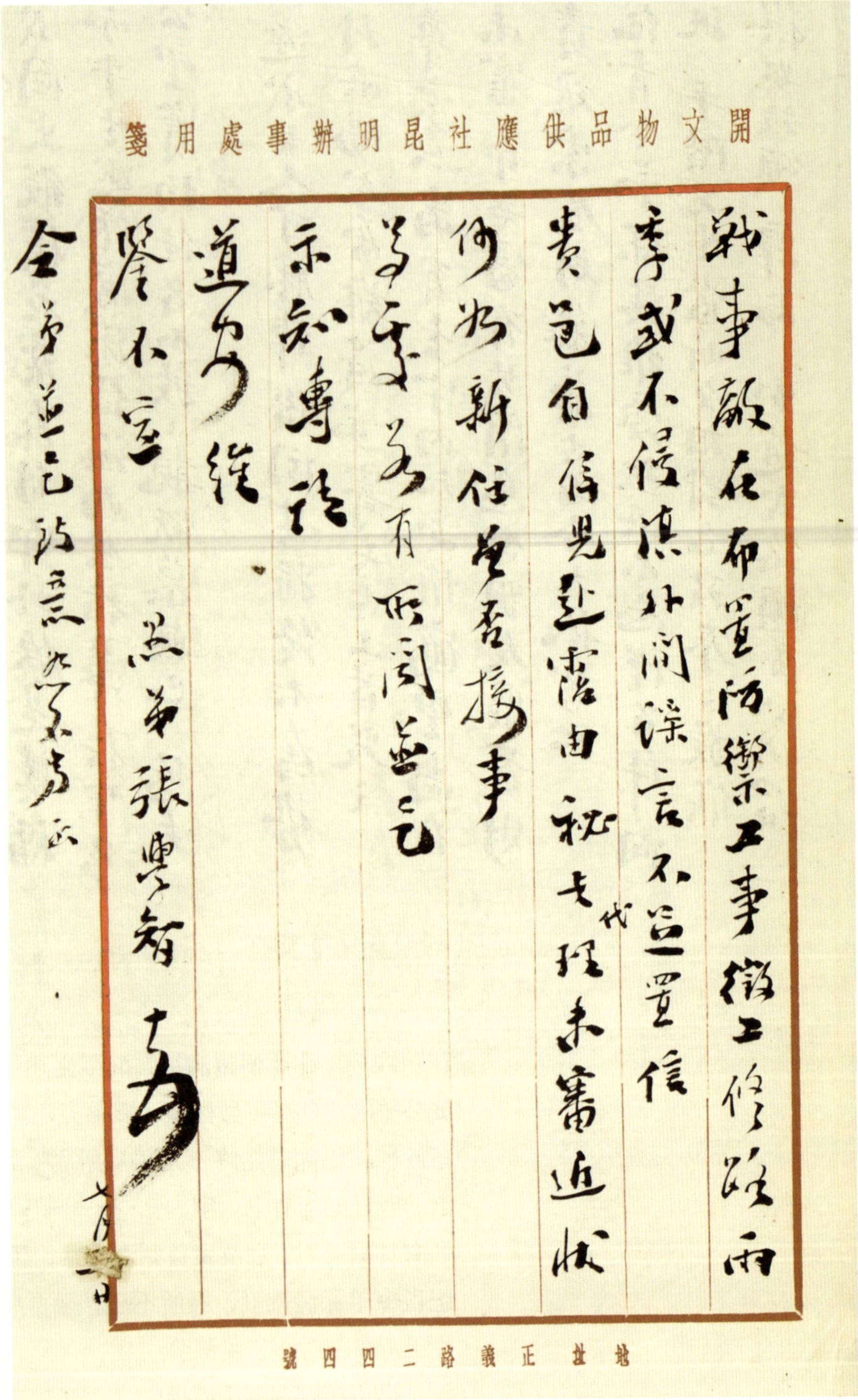


I25（2-2） G17.5cm×27.5cm

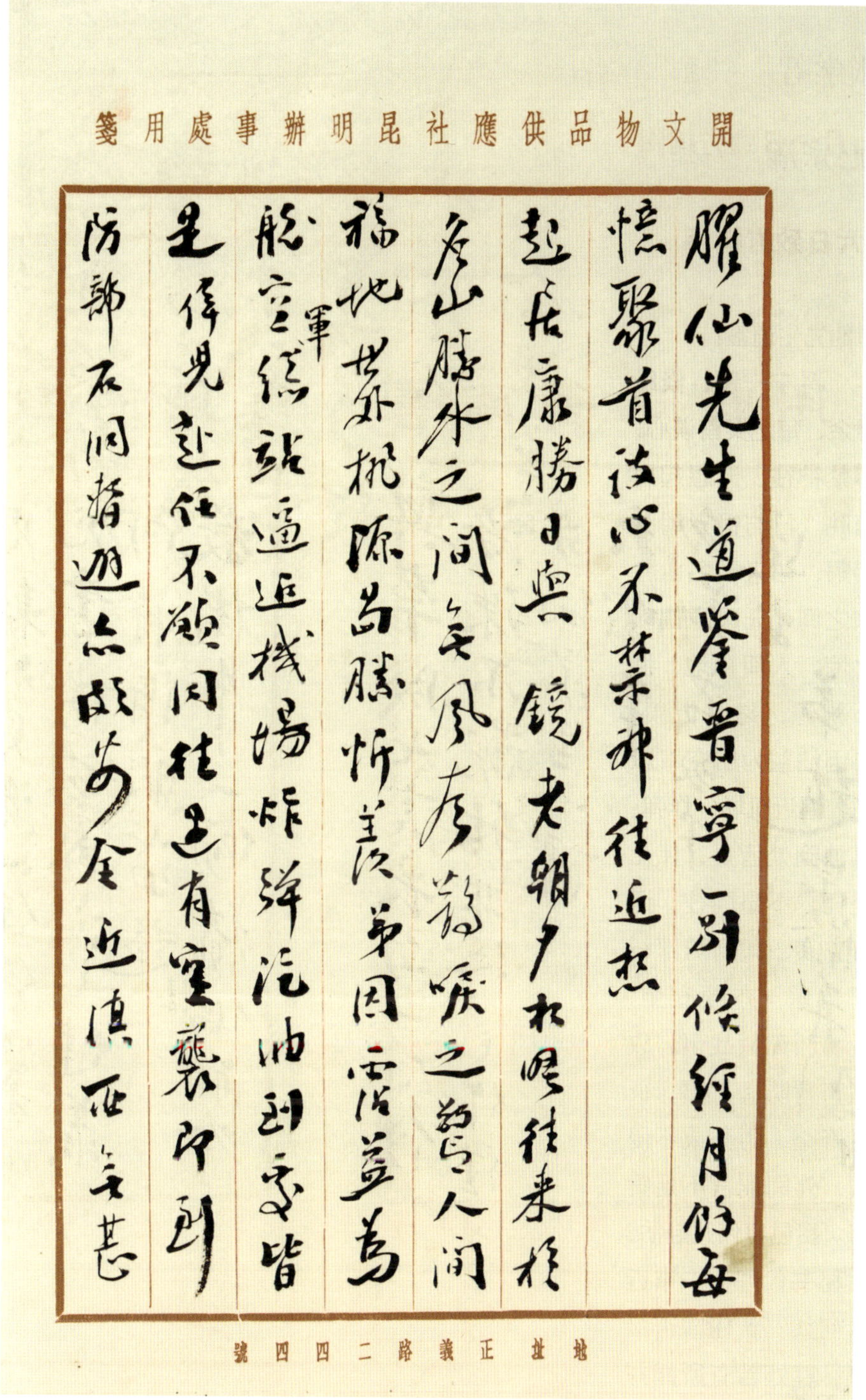


I25（2-1） G17.5cm×27.5cm

愚弟 张学智 顿首 七月一日

令弟并乞致意，恕不另函。

〔笺纸：开文物品供应社昆明办事处用笺。文：“地址：正义路二四四号”〕

## 赵宗瀚　一通

### 六日致方树梅

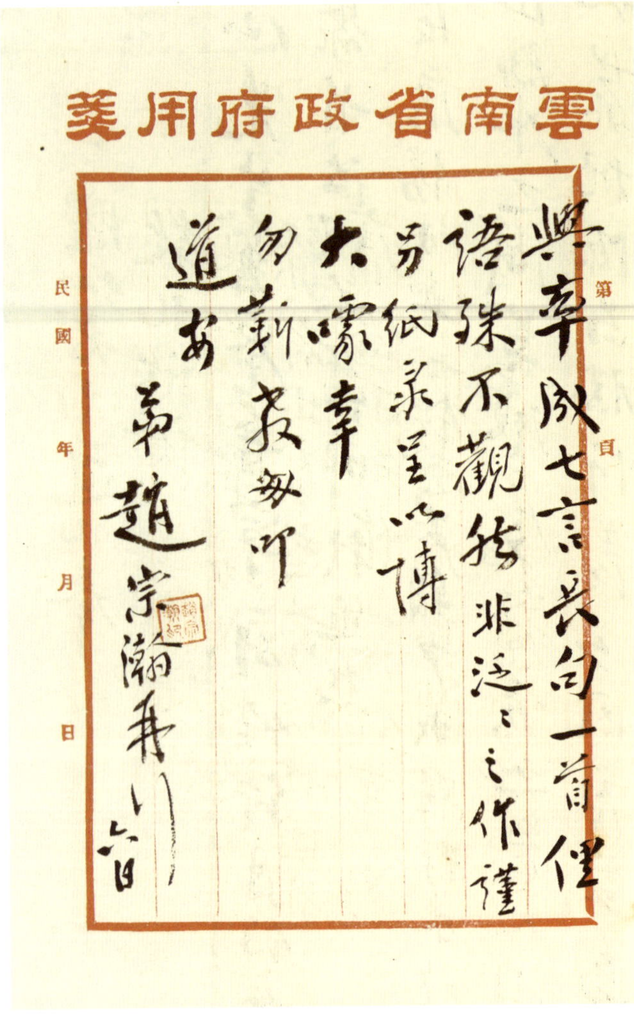


I26（4-4）G20.5cm×30cm

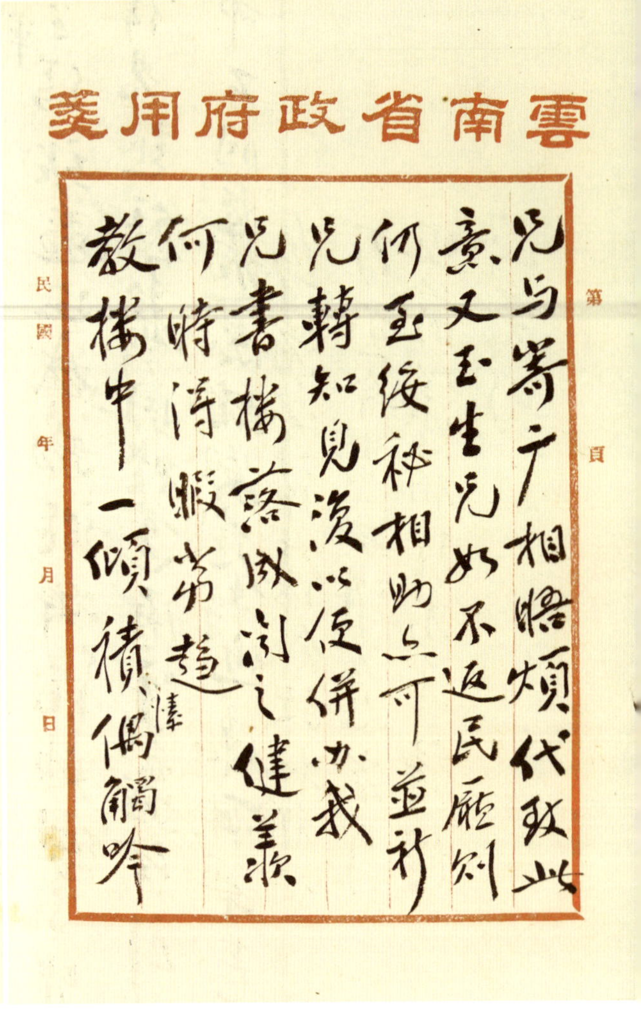


I26（4-3）G20.5×30cm

〔录文〕

臞仙老兄道几：

奉教札欣谂[1]。纂书已毕，功成身退，贤者出处，志节皎

①谂：这里指仔细阅读之意。

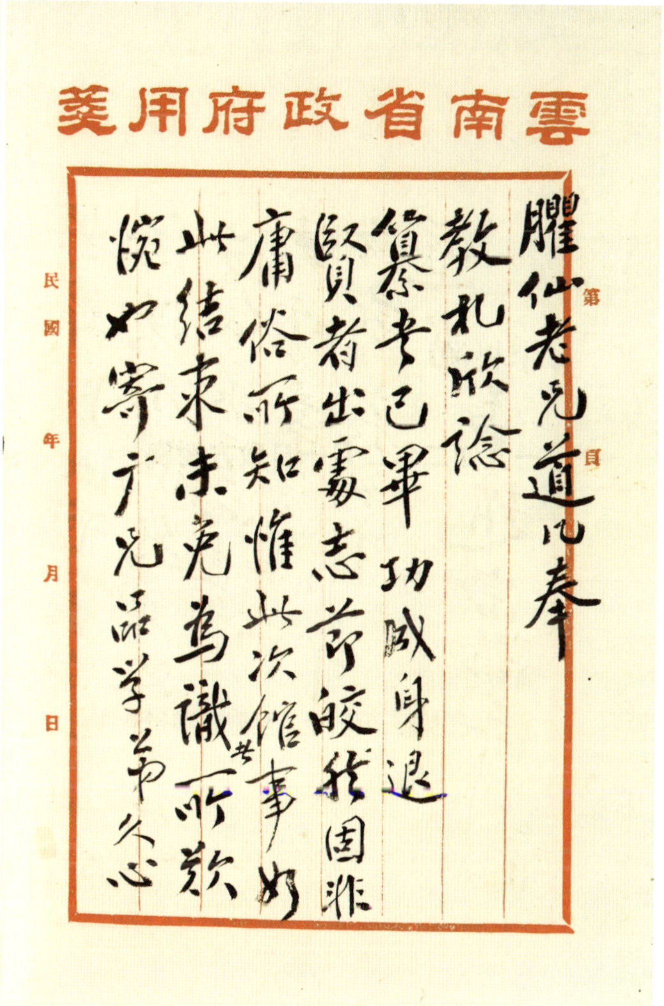

雲南省政府用箋

耀仙老兄道几：奉
教札欣悉。纂事已畢，功成身退，賢者出處，志節皎然，固非庸俗所知，惟此次館事如此結束，未免為識者所嘆惋也。寄广兄品學，弟久心

民國 年 月 日 第 頁

I26（4-1）G20.5cm×30cm

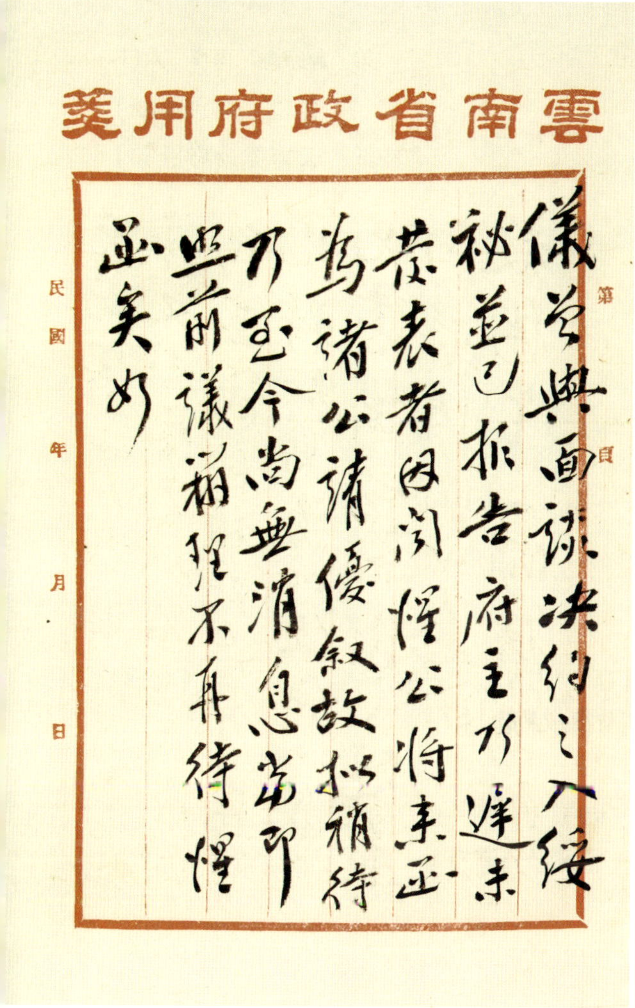

雲南省政府用箋

儀，曾與面談，決約之入綏秘，並已報告府主，乃遲未發表者，因聞惺公將來函為諸公請優敘，故擬稍待。乃至今尚無消息，當即照前議辦理，不再待惺函矣。如

民國 年 月 日 第 頁

I26（4-2）G20.5cm×30cm

然，固非庸俗所知，惟此次馆事，如此结束，未免为识者所叹惋也，寄广兄品学，弟久心仪，曾与面谈，决约之入绥秘，并已报告府主，乃迟未发表者，因闻惺公［周钟岳］将来函为诸公请优叙，故拟稍待。乃至今尚无消息，当即照前议办理，不再待惺函矣。如兄与寄广相晤，烦代致此意。又玉生［覃宝珧］兄如不返民厅［民政厅］，则仍至绥秘相助亦可，并

祈兄转知见复，以便并办。我兄书楼落成，闻之健羡，何时得暇，当趋教楼中，一倾积愫。偶触吟兴，率成七言长句一首，俚语殊不观，然非泛泛之作，谨另纸录呈，以博大噱，幸勿靳教。

匆叩道安。

弟　赵宗瀚　再拜　六日

〔钤印：赵宗瀚印〕

〔笺纸：云南省政府用笺〕

## 李根源　一通

### 一九四二年二月十日致方树梅

〖录文〗

臞仙老兄如见：

兄已接云大教授，至慰。到省请住普平，朝夕得承教也。

叩请道安。

弟　根源　上　卅一年［一九四二］二月十日

〔笺纸：云南盐务管理局用笺。文：“昆明市书林街”〕

〖解读〗

此札说明一九四二年二月十日，李根源仍住昆明西山普平。一般史料认为李根源一九三八年至一九四一年住普平。

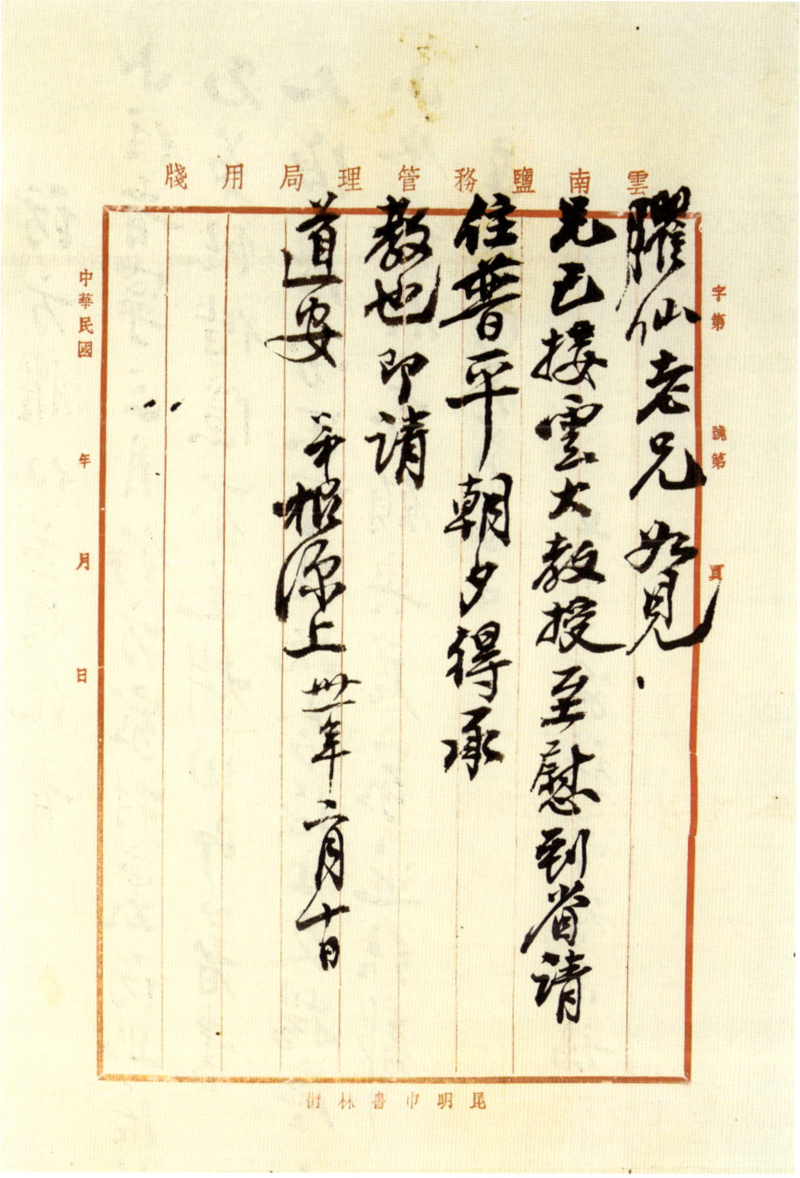

雲南鹽務管理局用牋

字第　號第　頁

臞仙老兄如晤：兄已接雲大教授，至慰。到省請往晉平，朝夕得承教也。即請道安。弟根源上　卅年二月十日

中華民國　年　月　日

昆明巾書林街

I27 G20cm×30cm

## 张学智　一通

### 访方臞仙并晤纪青二首

〖录文〗

**访方臞仙并晤纪青**

小住晋宁三月余，方家村里访幽居。羡君兄弟能偕隐，不是耕田即著书。

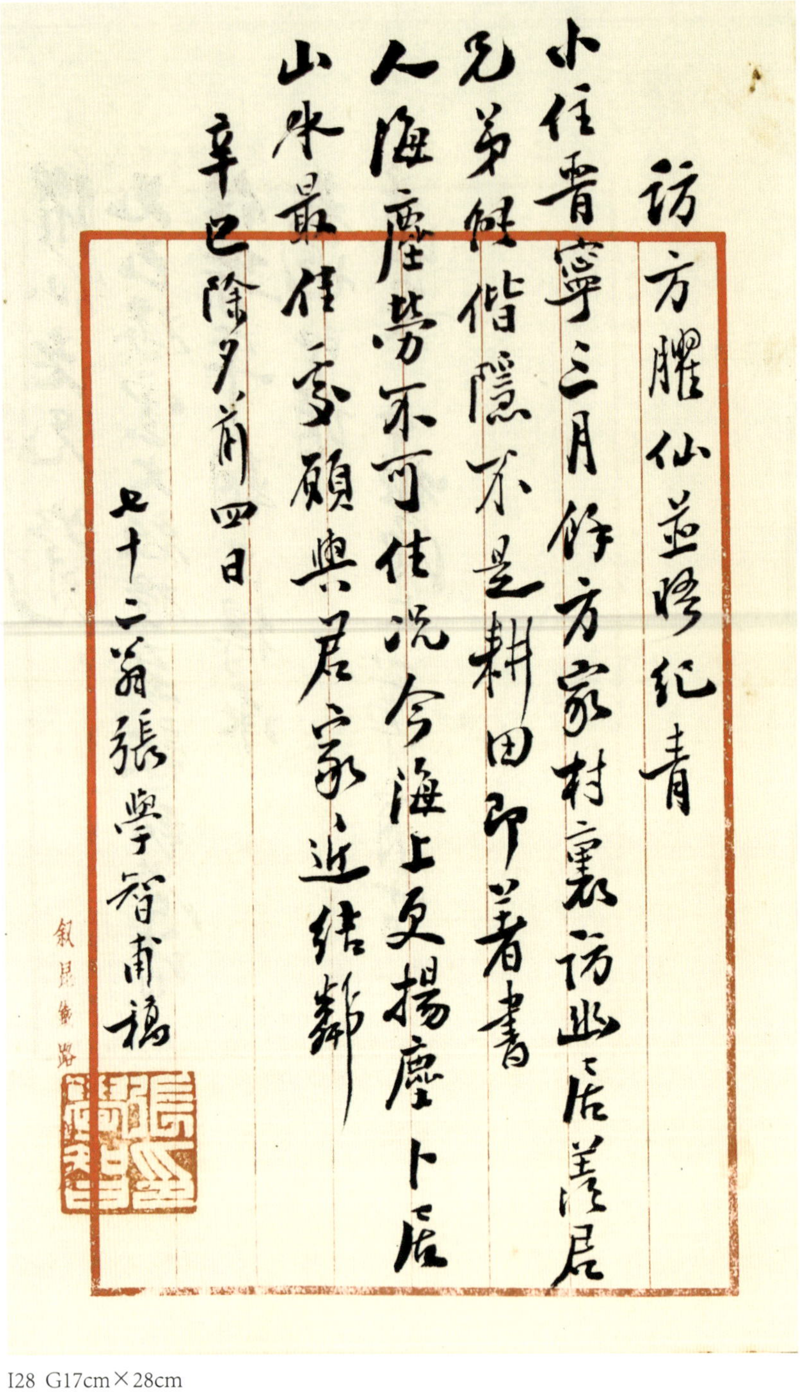
訪方耀仙並賜紀青
小住晉寧三月餘方家村裏訪幽居々善々居
兄弟聯偕隱不是耕田即著書
人海塵勞不可住況今海上更揚塵卜居
山水最佳處願與君家近結鄰
辛巳除夕前四日
七十二翁張學智甫稿
叙昆鐵路
張學智印

I28 G17cm×28cm

人海尘劳不可住，况今海上更扬尘。卜居山水最佳处，愿与君家近结邻。

辛巳［一九四一］除夕前四日　七十二翁　张学智　甫稿

〔钤印：张学智印〕

〔笺纸：朱丝八行。文：“叙昆铁路工程局”〕

# 方樹梅藏民国文士手札集

【下】

赵天华◎编著

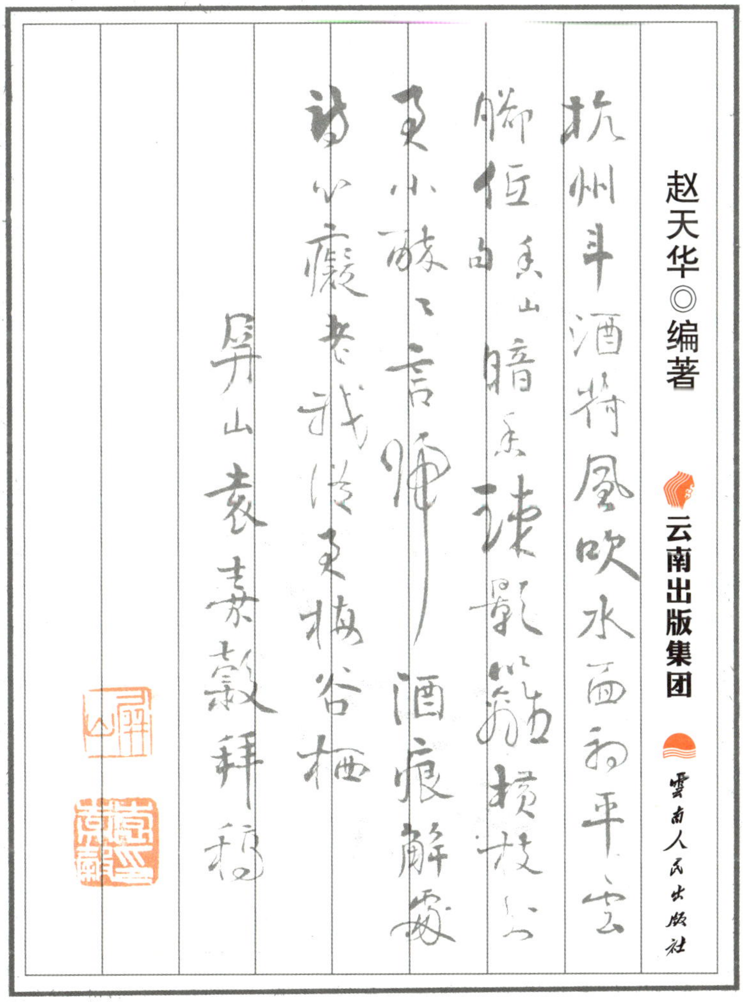


云南出版集团
云南人民出版社

## 王灿　六通

### 一、五月八日致方树梅

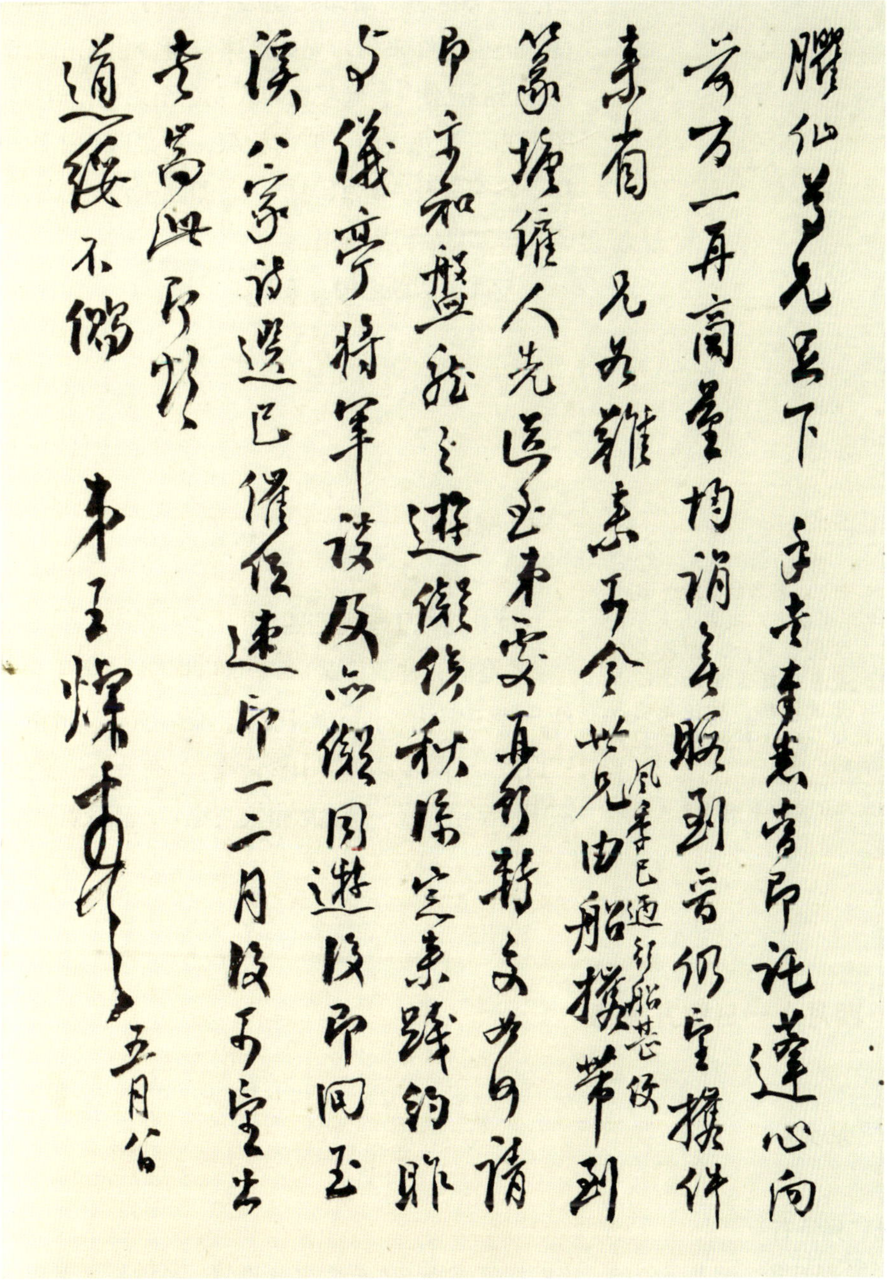

I29 G21cm×29.5cm

〖录文〗

臞仙尊兄足下：

手书奉惠。当即托蓬心[1]向前方一再商量，均谓无暇到晋，仍望携件来省。兄如难来，可令世兄由船携带（风季已过，行船甚便），到篆塘雇人先送至弟处，再行转交如何？请即示知。盘龙之游，拟俟秋深，定来践约，昨与仪亭［李鸿祥］将军谈及，亦拟同游，后即回玉溪。八家诗选已催促速印，一二月后可望出书。

专此。即颂道绥。不儩。

弟　王灿　顿首　五月八日

〔笺纸：宣纸〕

〖解读〗

此札应成于一九四四年。

《笔记二种》记载：一九四四年，"余所藏书画，择数十件，请王惕山（灿）转托其侄婿姚蓬心，出售与同嗜者，得三百余十元，添印《学山楼诗集》。有诗云：'爱女娇痴数十年，深闺待字重良缘。聘金敝帚灾梨枣[2]，感念媒贤婿亦贤。'"

①蓬心：姚蓬心（一九一〇～一九八七），著名的消化系统专家，早年毕业于广州中山大学医学院。抗战胜利后，即赴美国约翰·霍普金斯大学医学院深造。曾开过诊所，后任昆明医学院教授、附一院及附二院内科主任等职。

②梨枣：从前印书用梨木或枣木刻板。

## 二、四月十一日致方树梅

〖录文〗

臞仙仁兄侍右：

昨奉手书，谓书画价单，当即托侄婿姚蓬心代向各处询问，刻已有人全数购买，望即将

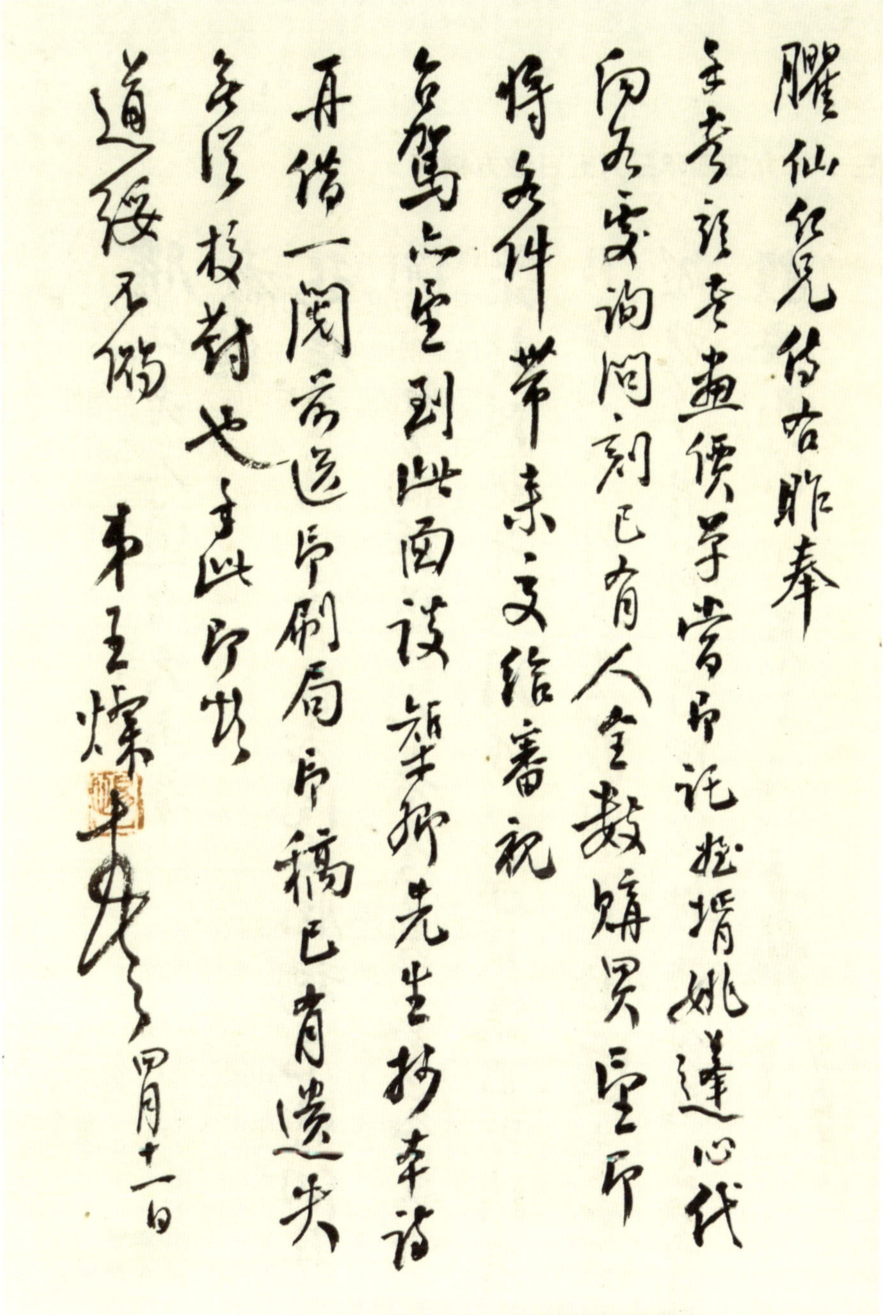

I30 G21cm×29.5cm

各件带来交给审视，台驾亦望到此面谈。栞卿[1]先生抄本诗再借一阅，前送印刷局印稿已有遗失，无从校对也。

手此，即颂道绥。不僃。

弟 王灿 顿首 四月十一日

〔钤印：惕山〕

〔笺纸：宣纸〕

① 栞卿：史栞卿，字景义。

## 三、一九四四年三月五日致方树梅

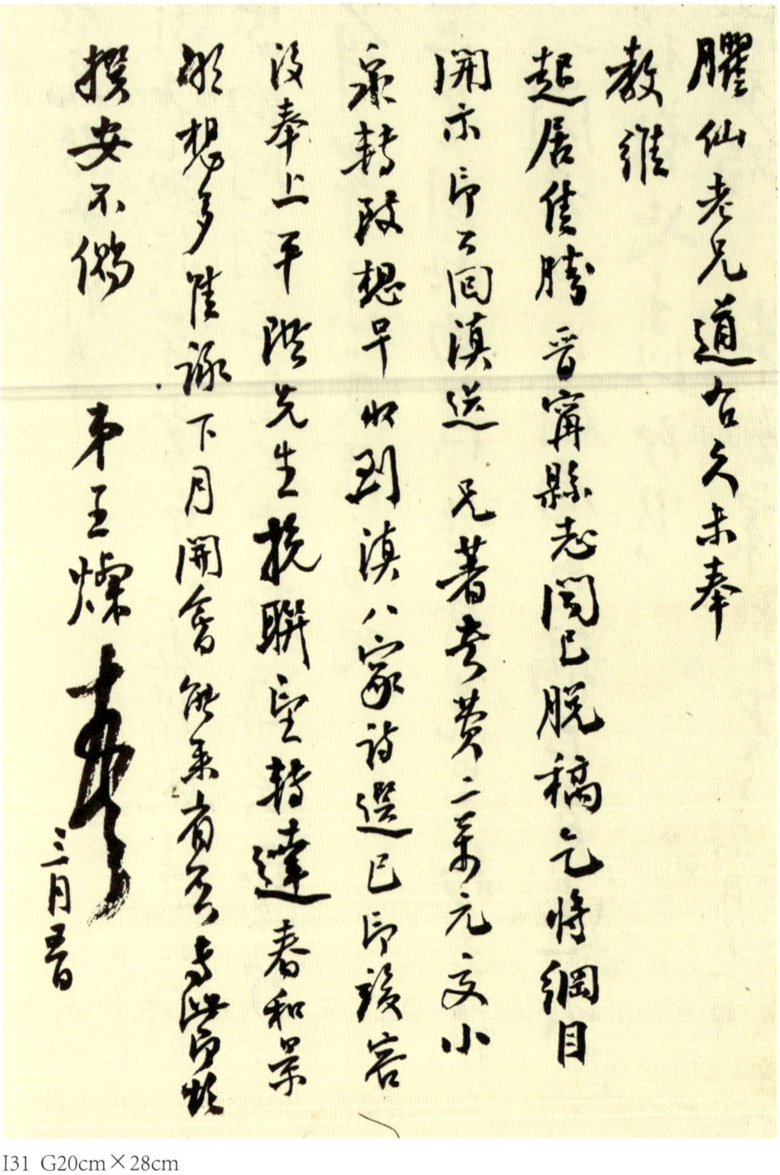

I31 G20cm×28cm

〖录文〗

臞仙老兄道台：

久未奉教，维起居佳胜。《晋宁县志》闻已脱稿，乞将纲目开示。印公［李根源］回滇。

送兄著书费二万元，交小泉［何秉智］转致，想早收到。《滇八家诗选》已印竣，容后奉上。平阶［钱用中］先生挽联望转达。春和景明，想多佳咏。下月开会，能来省否?

专此，即颂撰安，不儩。

弟　王灿　顿首　三月五日

〔笺纸：宣纸〕

〖解读〗

由“平阶［钱用中］先生挽联”推断，此札应成于一九四四年。

“著书费二万元”，应为国币。

## 四、九月十六日致方树梅

〖录文〗

臞仙尊兄足下：

景陶世兄来，奉到手书并大集，外赐金线鱼百尾，日来佐餐佐酒饱饫[①]诗肠，爰赋长句为谢，即祈吟正。连日阴雨，未能出门，展读君诗，愚见所及，僭为更易，义山[②]诗：点窜[③]《尧典》《舜典》字，涂改《清庙》《生民》诗，可为君咏之序。文附上，未识能尝意否？和衲之游或俟中秋前后。

手此，即颂道安。不儩。

弟　灿　顿首　九月十六日

〔钤印：愓山〕

〔笺纸：朱丝八行〕

①饱饫［yù］：吃饱。

②义山：指李商隐（八一三～八五八），字义山，号玉溪生。怀州河内（今河南焦作）人，出生于河南荥阳。唐朝著名诗人。

③点窜：删改；修改。唐李商隐《韩碑》诗：“点窜《尧典》《舜典》字，涂改《清庙》《生民》诗。”

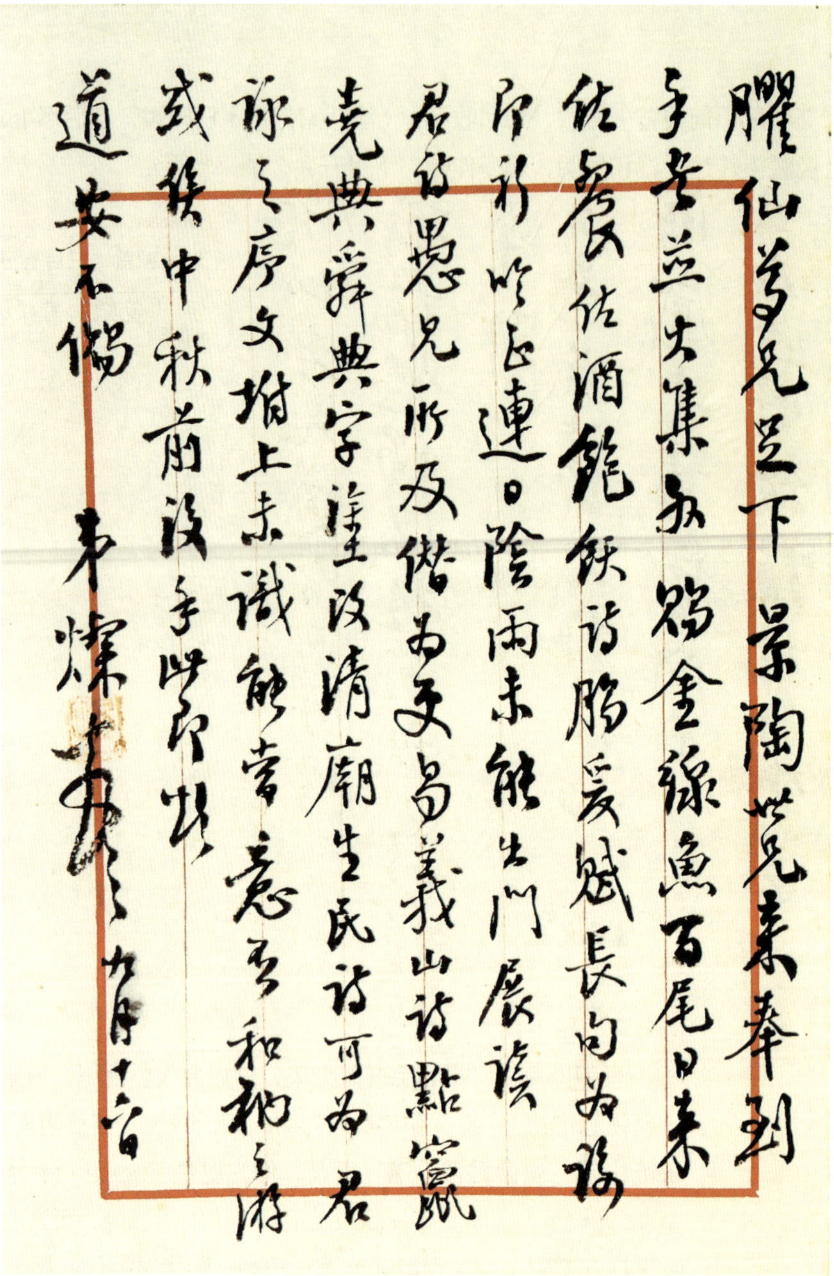
耀仙茂兄足下 景陶世兄來奉到
手書並大集又鲳金線魚百尾日來
佐晨餐佐酒饞飫詩腸爰賦長句為謝
印行 吟正 連日陰雨未能出門晨讀
君詩愚兄所及僭為更易義山詩點竄
堯典舜典字遂改清廟生民詩可為 君
詠之序文增上未識能當 意否和韵之游
或俟中秋前後手此即頌
道安不備 弟燦頓首 九月十六日

I32 G18cm×27cm

〖解读〗

景陶为《晋宁方氏家藏手札》和《南荔草堂石刻汇钞》的抄写者。

## 五、三月二十五日致方树梅

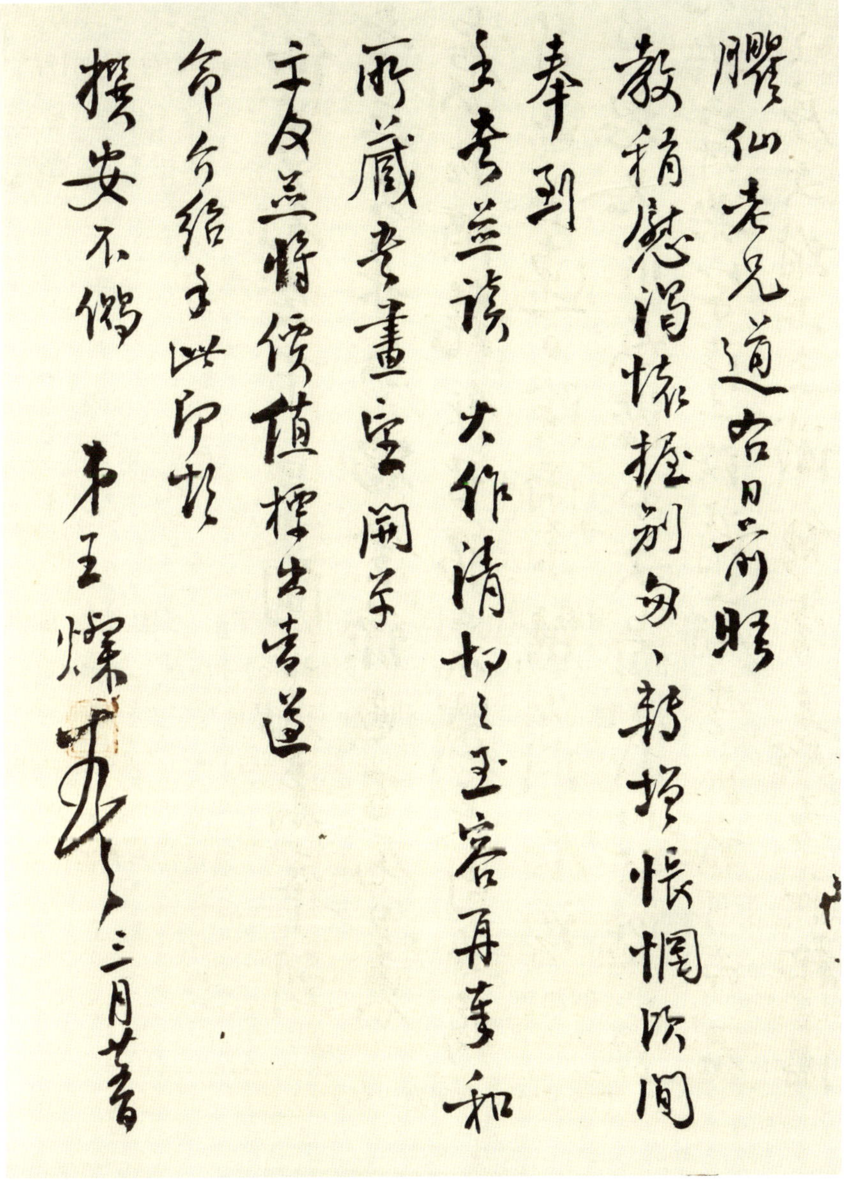

I33 G21cm×29.5cm

〖录文〗

臞仙老兄道右：

日前晤教，稍慰渴怀。握别匆匆，转增怅惘。顷间奉到手书，并读大作，清切之至，容再奉和。所藏书画，望开单示及，并将价值标出，当遵命介绍。

手此，即颂撰安。不儩。

弟　王灿　顿首　三月廿五日

〔钤印：惕山〕

〔笺纸：宣纸〕

## 六、题金线鱼

〖录文〗

背闪金光一线长，来从牛恋晋宁乡。银丝切脍[①]朝供馔[②]，玉糁为羹晚佐觞[③]。肉细不须夸海蓟[④]，味佳真觉胜河鲂[⑤]。嘉鱼丙穴[⑥]何堪比，好寄诗情与子尝。

甲申［一九四四］秋日　弟　灿　呈稿

〔钤印：惕山〕

〔笺纸：兰花图诗笺〕

〖解读〗

此札即 I32 称所附诗文。

①脍［kuài］：细切的肉。

②供馔［zhuàn］：指宴饮时所陈设的食品。

③佐觞：劝酒。

④蓟［jì］：多年生草本植物。

⑤鲂［fánɡ］：一种鱼，与鳊鱼相似，银灰色，腹部隆起，生活在淡水中。经济鱼类之一。

⑥丙穴：鱼名，亦泛指嘉鱼。《太平御览》卷九三七引张华《博物志》：“江阳县北有鱼穴二所，常以二月八日出鱼，鱼名丙穴。”

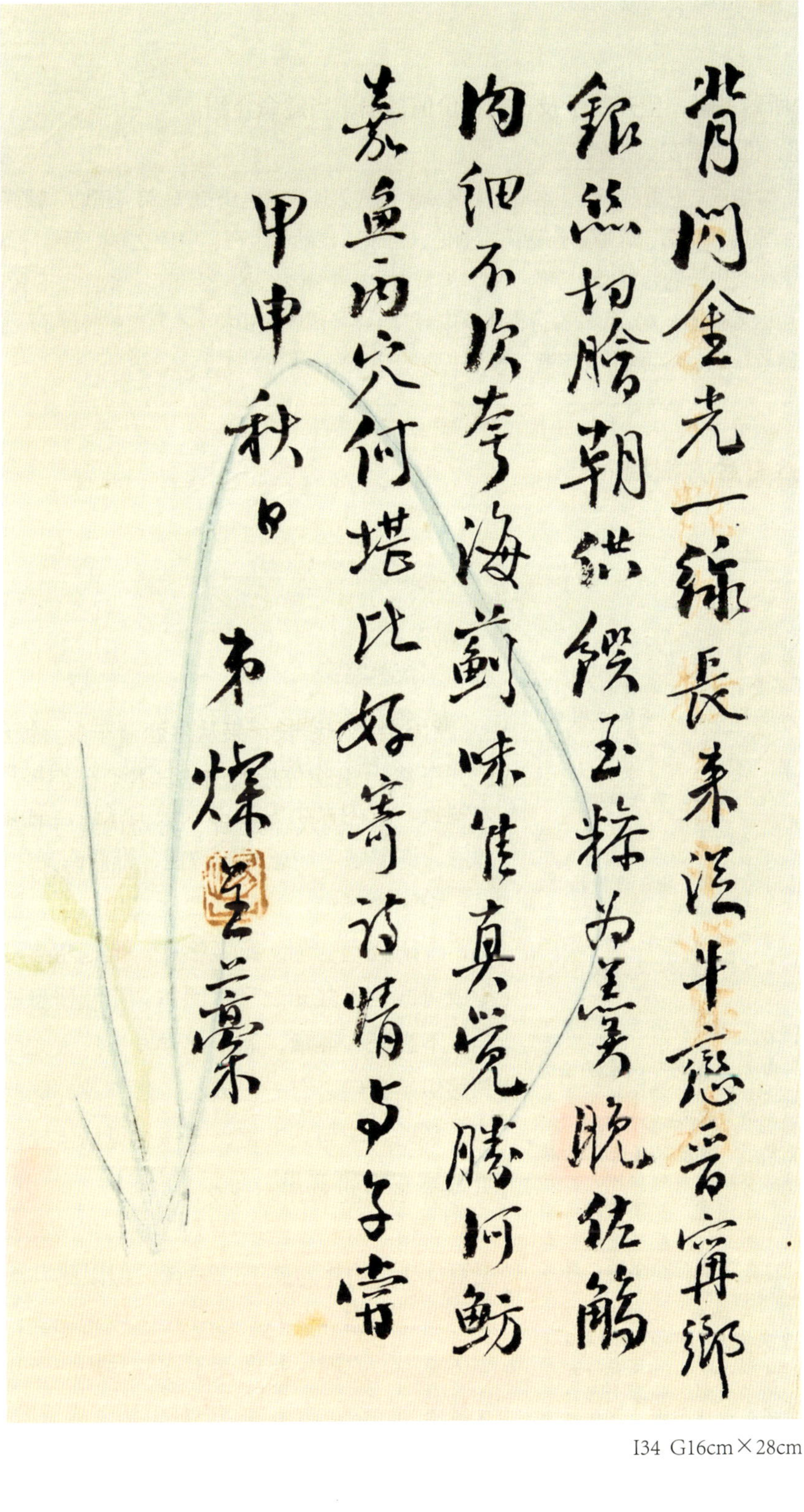

背閃金光一綫長，來從半總吾窮鄉。銀絲切膾朝供饌，玉粹為羹晚佐觴。肉細不嫌多海薊，味佳真覺勝河魴。蒸魚兩字何堪比，好寄詩情與子嘗。

甲申秋日　朱煤呈稾

I34 G16cm×28cm

## 方国瑜　一通

方国瑜（一九〇三～一九八三），字瑞臣。云南丽江人。现代著名历史学家，云南大学教授。早年师从钱玄同、余嘉锡、马衡、陈垣，治音韵、训诂、目录、校勘、金石、史地之学，后专门从事西南历史地理、云南民族史、纳西象形文字的研究，被誉为“南中泰斗，滇史巨擘”“纳西象形文字之父”。著有《滇西边区考察记》《元代云南行省傣族史料编年》《彝族史初稿》《云南史料目录概说》《中国西南历史地理考释》《纳西象形文字谱》等，主编《云南史料丛刊》。

### 十二月八日致方树梅

〖录文〗

臞仙宗叔尊鉴：

久未获教为怅，数月以来，盼尊驾来昆明甚殷。后闻亮夫[①]兄曰：得尊函，辞学校职，已请校长酌定。盖云大惯例，校内大小事悉由校长主张也，后又闻校长将如尊意，许辞职。瑜意即辞教授，惟西南文化研究室[②]研究员，盼勉为其难，我曹倡西南文化之学，前苦无专设机关，今研究室初创，毫无根底，惟期将来发展，数十百年或可成世人共知之学术团体，则我曹恐毕生不能究此学，不愁无人继承，而于此学发皇广大尤可有望，故虽萌芽伊始，望必有一日成长，想尊意亦同此感，必不至不予赞助。瑜与亮夫言，具体意见请学校聘为西南文化研究室专任研究员，每月送俸三百元，请今年度编成《滇人著述书目》，期明春付印刷，仍酬稿费（每万字约三百元），稍补为此书之消耗，拟以此办法请校长正式发聘书，仍自今年八月起，待学校聘书到，切盼勿再推辞，亮夫、方鹏［楚图南］亦并与瑜同意也。至于《滇人著述书目》，瑜知尊稿已成，请就原稿再经一番增改，付手民录成清本，想二三个月可完成。至如尊意广收题跋，仿孙诒让《温州经籍志》[③]之例，似可留待将来也，

①亮夫：姜亮夫（一九〇二～一九九五），原名姜寅清。云南昭通人。毕业于清华大学研究院。师从王国维、梁启超、陈寅恪、章太炎先生。先后任大夏大学、暨南大学、复旦大学、河南大学、东北大学、英士大学、云南大学、昆明师范学院、西北大学教授。一九三五年，到法国潜心研究中国流失到法国的珍贵文物，进行拍片、拓摹、抄录共三千多张。一九三七年带回祖国。著名的楚辞学、敦煌学、语言音韵学、历史文献学家、教育家，著作等身。

②西南文化研究室：该机构系一九四二年由云南省政府和地方银行资助在云南大学设立，聘该校文史系方国瑜、姜亮夫、徐梦麟、陶云逵、楚方鹏、费孝通、方臞仙等七人为研究员，另聘名誉研究员顾颉刚、徐旭生、胡小石、张印堂、罗莘田、游国恩、向觉明、闻在宥、凌纯声、徐益棠、汪典存、王文萱、邓永龄、陈碧笙、白寿彝等。

③孙诒让《温州经籍志》：孙诒让（一八四八～一九〇八），字仲容，浙江瑞安人。经学大师、朴学大师。著名教育家。曾官刑部主事。孙诒让于同治八年（一八六九）开始撰修《温州经籍志》，历时八年，二易其稿，至光绪三年（一八七七）方写定。

不知尊意以为如何？研究室今年经费十万元，已与印刷局订合同出版学报一期（十余万言）、专刊五种（每种约十万言），用西洋报纸五号字三十二开本排字，合计排印装订加图表及稿费所需为十万又八千元，拟出售书收回约三万余元为购置图书及其他费用；下年度之经费已在接洽中，大致可增加一倍，所出版书亦可增加一倍。此时不知将来变化成何局面，惟须照常计划进行也。瑜近来因《永昌府文征》之编校、《腾冲县志》编稿，村居时间几无暇晷④，惟感滇史之研究苦于材料缺乏，搜罗材料又非人人愿为，故拟汇材料为书，于己于人咸有大用。先以元为限，断编为五书：一、二十四史云南文献辑录；二、元代以前史部滇事辑录；三、汉至元代滇事诗文钞；四、云南古金石录；五、元代以前云南书目。近整理诗文钞约可得五百篇（汉晋五十篇，唐一百五十篇，宋五十篇，元二百五十篇），再一月后可先录目请教也。近来时间紧迫，惟晚间从事于此，翻阅书籍不便，故不能时限成之。前印老［李根源］假尊处书籍已检存瑜处，苦无可托送至晋宁；又印老送茶敬（五月［端午］、八月［中秋］节）二百元托瑜转送，亦不获托人，请由尊处托人访瑜为要。瑜每周星期一下午二时后至城中，星期三下午二时出城，在城时间除上课亦少离学校也。近数月舍下都托庇平安，想尊府必康乐也。

草此。敬请尊安。

方国瑜　上言　十二月八日

又：瑜意或改为《明清滇人著述书目》。元以前无多，别收于元以前云南之书目中。

〔笺纸：国立云南大学用笺〕

## 〖解读〗

在五月端午、八月中秋时，李根源寄送茶敬远方朋友方臞仙。敬茶是我国自古就有的民俗，文人将茶端至客人面前献与客人，以示对客人的敬意。

④暇晷：暇：空闲；晷：日影，指时光。此指空闲的时日。

國立雲南大學用箋

2

世人共知之學術團体則我曹恐畢生不能
究此学不愁無人继承而於此学発皇廣大尤
可有望於是萌芽伊始望其有一日成長想
尊意亦同此感必不至不予贊助踌與竟夫言
具體意見請学校聘為西南文化研究室專任
研究員每月送俸三百元請今年度編成滇
人著述書目期明春付印刷仍酬稿費（每萬字约三百元）
稍補為此書之消耗擬以此辦法請校長正

I35（6-2）G19.5cm×27cm

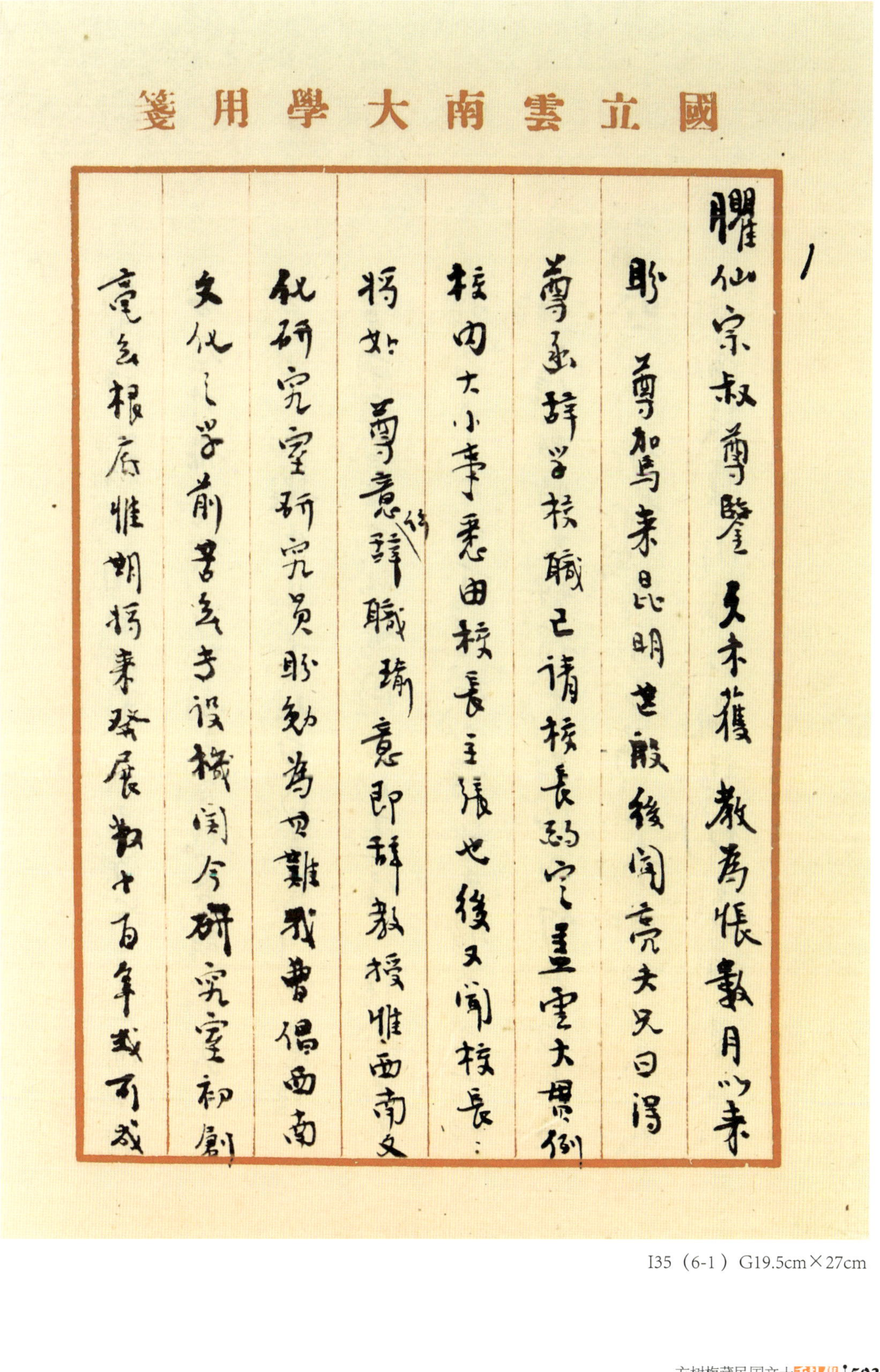
國立雲南大學用箋

臞仙宗叔尊鑒：久未獲教，為悵。數月以來
盼尊駕來昆明甚殷，後聞亮夫兄曰得
尊函辭學校職，已請校長留空，至雲大慣例
校內大小事悉由校長主張也。後又聞校長
將如尊意給辭職，瑜意即辭教授，惟西南文
化研究室研究員盼勉為其難。我曹倡西南
文化之學，前者無專設機關，今研究室初創，
毫無根底，惟期將來發展，數十百年或可成

I35（6-1）G19.5cm×27cm

國立雲南大學用箋

4

刊五種（每種約十萬言）用西洋報紙五號字三十二開本排字，合計排印裝訂加圖表及稿費所需約十萬又八千元，擬出售書收回約三萬餘元，為購置圖書及其他費用。本年度之經費已在接洽中，大致可增加一倍，所出版書亦可增加一倍，此時不知將來變化如何，而惟須照常計劃進行也。瑞近來因永昌府文徵之編校，騰衝縣志編稿，村居時間毫無暇

I35（6-4）G19.5cm×27cm

國立雲南大學用箋

又瑜意或改為明清滇人著述書目，元以前各書另別收於元以前雲南叢書目中

3

武發聘書仍自今年八月起，待學校聘書到，
切勿再推辭，亮夫方鵬亦並與瑜同意也。
至於滇人著述書目，瑜 知
尊稿已成，請就原稿再經一番增改，付手民錄成清本，想
二三個月可完成。至如 尊意廣收題跋，仿孫
詒讓溫州經籍志之例，祇可留待將來也。不
知 尊意以為如何。研究室今年經費十萬
元，已與印刷局訂合同，出版學報一期，十餘萬言，專

I35（6-3）G19.5cm×27cm

國立雲南大學用箋

閱書籍不便，故不能時限。我之前印光假尊處書籍已檢存瑞處，若無可託送至吾寓。又印光送來款五月八月節二百元，託瑞轉送，亦不獲託人，請由尊處託人語瑞為要。瑞每周星期一下午二時後至城中，星期三下午二時出城，在城時間除上課亦多為學校也。近數月余不都託庇平安，想尊府中康泰也。草此敬請

尊安

方國瑜上言

十二月八日

I35（6-6）G19.5cm×27cm

國立雲南大學用箋

暑惟感滇史之研究苦於材料缺乏，搜羅材料又非人人能為，故擬彙材料為書，於己於人咸有大用。先以元為限，斷編為五書：一、二十四史雲南文獻輯錄；二、元代以前史部滇事輯錄；三、漢至元代滇事詩文鈔；四、雲南古金石錄；五、元代以前雲南書目。近整理詩文鈔約可得五百篇（漢晉五十篇，唐一百五十篇，宋五十篇，元二百五十篇），再一月後可先錄目請

教也。近來時間緊迫，惟暇時間從事於此，翻

I35（6-5）G19.5cm×27cm

## 徐炳昶　一通

徐炳昶（一八八八~一九七六），字旭生，笔名虚生、遯庵等。河南唐河人。历史学家。一九〇六年，赴北京考入河南公立旅京豫学堂，旋入京师译学馆学习法文，一九一三年赴法国巴黎大学专攻哲学。一九一九年一月，学成归国后即应聘为河南留学欧美预备学校教师，一九二〇年被聘为教授。一九二六年，被聘任为北京大学教务长。一九二七年，中国历史学术团体协会与瑞典斯文·赫定博士合作，组成中国西北科学考察团，徐任中方团长。一九二八年十二月十七日离开新疆取道西伯利亚返回北平。一九二九年十二月，担任国立北平大学女子师范学院院长。一九三一年，改任国立北平师范大学校长。一九三五年任北平研究院史学研究会的考古组主任。一九四八年，任北平研究院史学研究所专任研究员兼所长。著有《徐旭生西游日记》《陕西渭河附近考古调查报告》《陕西省最近发现新石器时代遗址》《一九五九年夏豫西调查“夏墟”的初步报告》等。

### 五月二十日致方树梅

〔录文〕

臞仙先生如握：

多日未晤，甚怅怀里。所嘱作二文，因事冗，稽延至今日，始能交卷，至以为愧。多日不作文言文，偶一为之，真如著絮行荆棘中。《晋宁访古记》即拟加入四期《史学集刊》[1]附录中，故仅述有关考古部分。其中所谈地理部分，未知有误否？尚乞核正，至感。《滇南碑传集》前见在北平图书馆，未知与该馆有定议[2]否？如尚未定，仍希能给本所出版，以增光宠。本所出版物由商务印行，附闻。

特此，即候撰安。

徐炳昶　拜手上言　五月廿日

〔笺纸：朱丝八行〕

①《史学集刊》：一九三六年创刊的大型杂志。国立北平研究院主办，顾颉刚主编，编委包括孟森、沈兼士、吴其昌等著名学者。

②定议：这里有“确定”之意。

臞仙先生如握：多日未晤，甚悵褱褱。所嘱作二文，因事冗，稽延至今日，始能交卷，至以為愧。多日不作文之文，偶一為之，真如著絮行荊棘中。晉寧訪古記即擬加入四期史学集刊附錄中，故僅述有関考古部分。其中所談地理部分，未知有誤否，尚乞校正，至感。滇南碑傳集，前見在北平圖書館，未知与該館有定議否。如尚未定，仍希能給本所出版，以增光寵。本所出版物由商務印行，附聞。特此，即頌

撰安。

徐炳昶拜手上言。

五月廿日

I36 G21.5cm×30cm

# 楚图南　五通

楚图南（一八九九～一九九四），曾用名楚曾、方鹏，笔名高寒等。云南文山人。教育家和翻译家，中国共产党早期活动家。一九一九年以优异的成绩考入了北京高等师范学校。在李大钊的指导下，办起了《劳动文化》小报，开始接受马克思主义的思想熏陶。一九二三年回到昆明，并在云南省立一中任教。一九二六年春，从云南又到了北京，迅即转到哈尔滨，并加入了中国共产党。一九三五年春天，到达上海，改名楚曾。七七卢沟桥事变爆发后，从上海回到云南。曾任暨南大学、云南大学、上海法学院教授。中华人民共和国成立后历任北京师范大学教授、西南文教委员会主任、对外文化协会会长、民盟中央代主席等职。

## 一、十一月三十日致方树梅

〖录文〗

臞仙先生前辈道席：

惠书敬悉。杨[①]撰先君墓志铭，谨遵命抄录一份寄上，祈收。又闻先生拟辞去此间教职，云大未得硕学领导，同学及同仁皆极感失望。且西南文化研究室方面，需先生提携之处尤多，已与国瑜兄商定，由国瑜兄另函奉呈，至希先生仍俯允所请也。

专此奉复，即颂道绥。

后学　楚图南　谨上　十一月卅日

〔笺纸：国立云南大学用笺〕

①杨：应指杨树达（一八八五～一九五六），字遇夫，号积微。语言文字学家。先后任教于北京高等师范学校、清华大学。中华人民共和国成立后，历任中国科学院哲学社会科学学部委员、湖南省文史研究馆馆长。著有《积微居甲文说》《积微居金文说》《中国修辞学》《汉书窥管》等。

國立雲南大學用箋

臞仙先生尊鑒：惠書敬悉。楊
樸先君墓誌銘謹遵 命抄錄一份寄
上，祈收閱。 先生擬辭去女師教
職，至大來任，頃得領諭，同學及同仁
皆極歡迎。且西南文化研究室方面
需 先生指導之處尤多，已與熊迪之
商定，由熊迪之為函聘請 先生
俾作久遠計也。肅此奉復，順頌
道綏！ 後學 楚圖南謹上 十二月卅日。

I37 G18.5cm×27.5cm

## 二、五月二十四日致方树梅

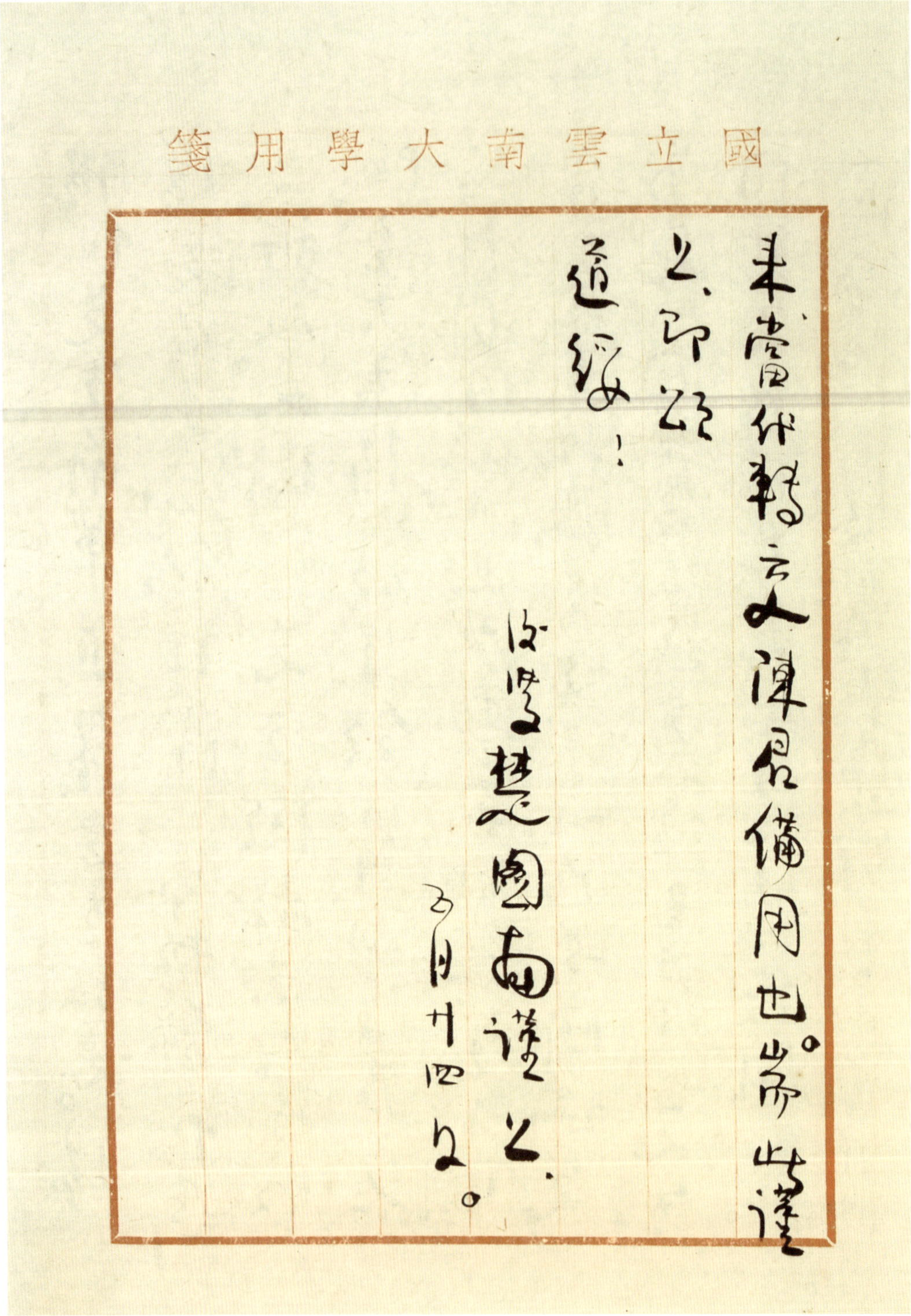

國立雲南大學用箋

未嘗代轉交陳君備用也。耑此謹
之，即頌
道綏！

後學楚圖南謹上。
五月廿四日。

I38（2-2） G18.5cm×27.5cm

國立雲南大學用箋

贍仙先生道席：敬承 賜撰先君墓表，已由縉卿君交下。甫已敬謹錄讀。從此 先君一生平緒將藉鴻文並傳不朽，存沒均感，永榮既矣！又本校農學院陳蓋材教授擬借 先生滇南茶花小志作參考，如 先生處尚存有副本，可否借閱一時。如蒙 玉諾，即請費神於上課時攜

I38（2-1） G18.5cm×27.5cm

〖录文〗

臞仙先生道席：

敬承赐撰先君墓表，已由缪鸾和君交下。南已敬谨拜读。从此，先君一生事迹将借鸿文并传不朽，存没均感永无既矣！又本校农学院陈养材[①]教授，拟借先生《滇南茶花小志》作参考。如先生处尚存有印本，可否借阅一时。如蒙玉诺，即请费神于上课时携来，当代转交陈君备用也。

专此谨上，即颂道绥！

后学　楚图南　谨上　五月廿四日

〔笺纸：国立云南大学用笺〕

①陈养材：即陈植（一八九九～一九八九），字养材。江苏崇明人。林学家、造园学家。南京林业大学教授。一九三七年抗战开始，到云南大学农学院任教。

## 三、十月二十一日致方树梅

〖录文〗

臞仙先生前辈道席：

顷奉手书，敬悉一切，已将尊意转达。熊校长据云：本学期如暂不能来，即作为请假。惟盼下学期先生能如约开课，不惟足为云大增光辉，即同学及南等亦常得敬聆教益，不殊大旱之望云雨也。至来时，如有所嘱，并望先期示之，当代准备不误。

专此奉复，恕不庄书[①]。即叩道安！

后学　楚图南　谨上　十月廿一日

〔笺纸：国立云南大学用笺〕

①庄书：旧时各庄专事土地丈量、买卖过户、征粮造册的乡绅。这里指专门负责发放聘书的校方人员。

國立雲南大學用箋

臞仙先生前輩道席　頃奉　手書敬悉一切　已將
尊意轉達　熊校長據云本學期如暫不能來
即作為請假性質　下學期　先生能仍約開課
不惟足為至大增光輝　即同學及南菁無不崇
仰敬聆　教益　不殊大旱之望雲雨也　至來時
如有所須屬生之處　示之當代準備不誤　耑
此奉復　恕不莊書　即叩
道安
晚學楚圖南謹上　十月廿五

I39 G18.5cm×27.5cm

## 四、一月十二日致方树梅

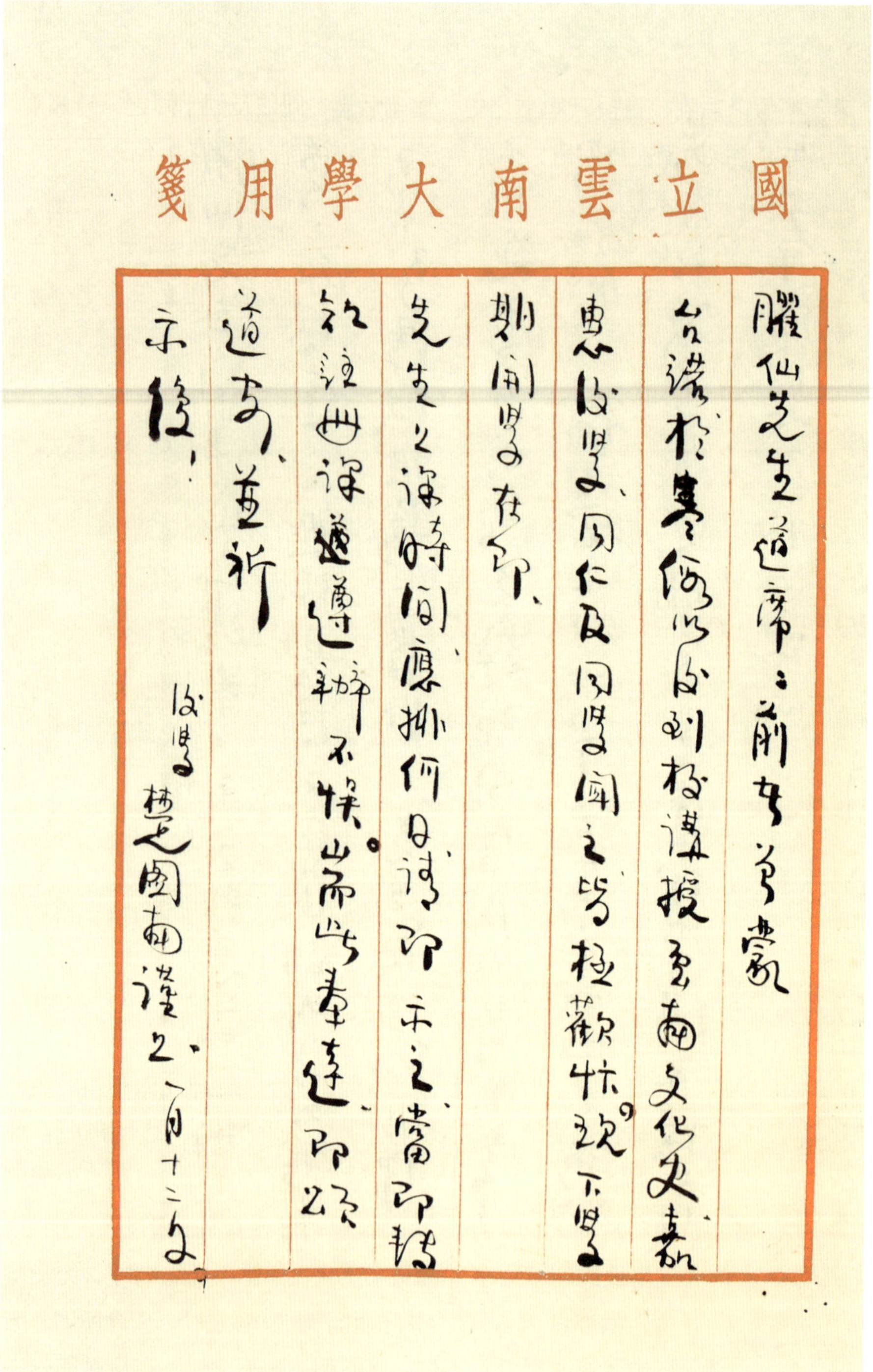

國立雲南大學用箋

臞仙先生道席：前者蒙

台端於寒假期間到校講授雲南文化史，嘉

惠後學、同仁及同學，聞之皆極歡忭。下學

期開學在即，

先生之課時間，應排何日，請即示之，當即轉

知註冊課選課辦，不誤。專此奉達，即頌

道安，並祈

示復！

後學 楚圖南謹上 一月十二日

I40 G18.5cm×27.5cm

〖录文〗

臞仙先生道席：

前者曾蒙台诺于寒假以后到校讲授云南文化史，嘉惠后学，同仁及同学闻之，皆极欢忭。现下学期开学在即，先生上课时间应排何日，请即示之，当即转知注册课遵办不误。

专此奉达，即颂道安。并祈示复。

后学　楚图南　谨上　一月十二日

〔笺纸：国立云南大学用笺〕

〖解读〗

清华大学校长梅贻琦语录："所谓大学者，非谓有大楼之谓也，有大师之谓也。"为了请出方树梅到云南大学任教，校长熊庆来求贤若渴、言辞恳切、条件优厚，不但自己一再致信方树梅，而且还搬出方国瑜、楚图南二位加以周旋，以情动人。

## 五、四月七日致方树梅

〖录文〗

臞仙老师前辈道席：

前在安宁接奉手教，远承唁慰，至深铭感。南不肖罪戾，致先父弃养[①]，鞠育之恩，未报万一，风木[②]惊心，哀恸曷已，现正择期家祭安葬，惟念先父一生言行，应不以南之行能无似而湮没无闻。吾师天南硕学，齿德俱尊，爰谨具先父事略[③]，恭请赐撰先父墓表约四五百字，俾刊之茔次，借垂不朽。呜呼，先父忧患一生，南亦枉为人子，本吾师悯其乌鸟私情[④]，俯允所请，庶先父行迹得随鸿文并垂不朽，南亦稍补弥天之恨，存没戴德永无既

①弃养：父母逝世的婉辞。谓父母死亡子女不得奉养。亦泛指尊者、长者过世。

②风木：典故名，典出《韩诗外传》卷九："树欲静而风不止，子欲养而亲不待也。"后遂以"风木"比喻父母亡故，不及奉养。

③事略：文体的一种，记述人或事的梗概，有别于正式传记。

④乌鸟私情：比喻侍奉尊亲的孝心。乌鸟：即乌鸦。人类很看重其反哺生母之情，故有"乌鸦反哺"一词，喻传于民间。

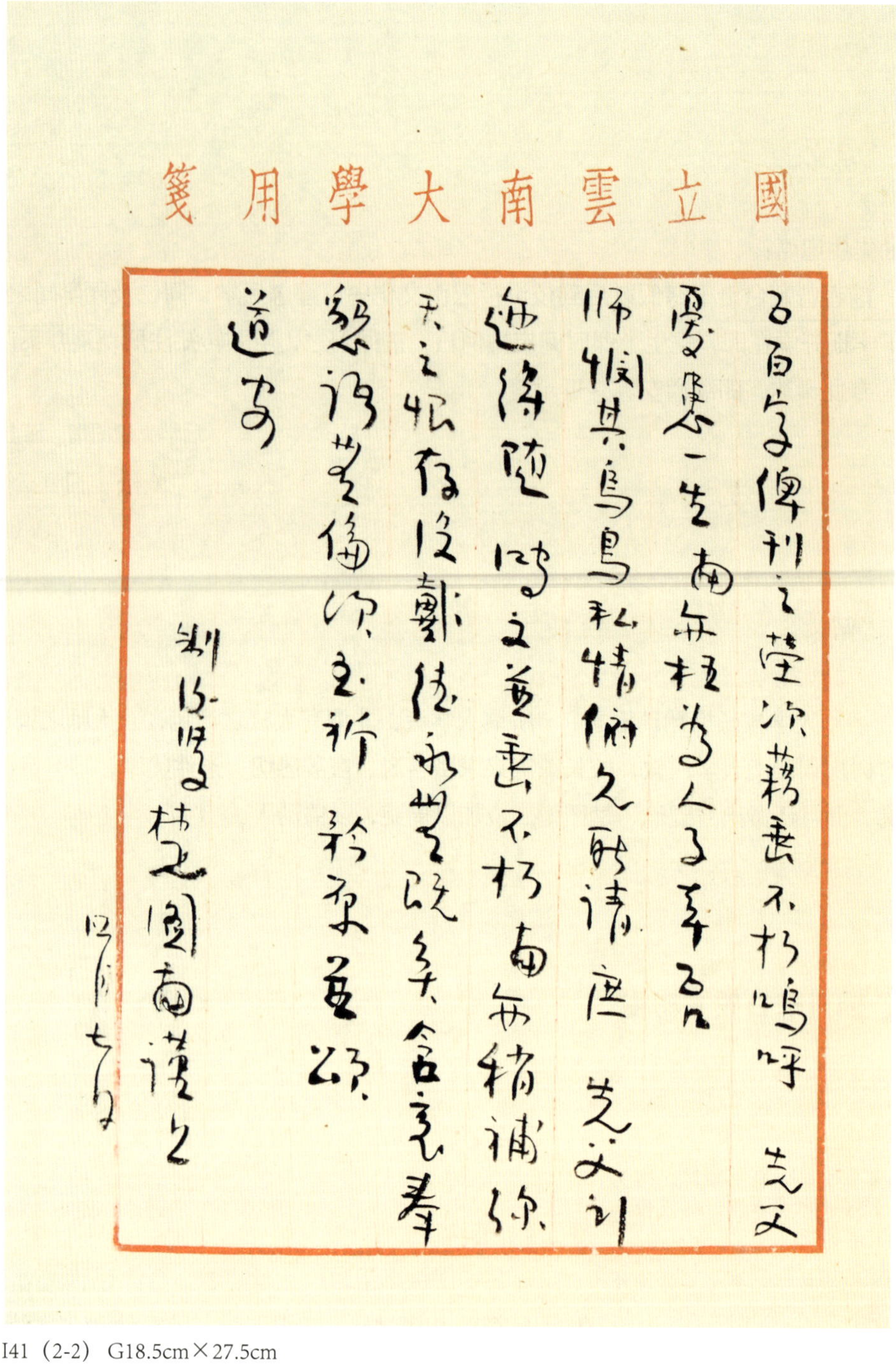
國立雲南大學用箋

子百年傳刊之，寧次藉垂不朽。嗚呼！先父
憂患一生，南無枉為人子，孝子
師惘其鳥鳥私情，俯允所請，在 先父訃
通條隨時文並垂不朽，南無稍補除
天之恨於後數，使我無憾矣，含哀奉
懇，語無倫次，至祈 矜原，並頌
道安

制後學 楚圖南謹上 四月七日

I41（2-2） G18.5cm×27.5cm

矣，含哀奉恳，语无伦次，至祈矜原。

并颂道安！

制后学 楚图南 谨上 四月七日

〔笺纸：国立云南大学用笺〕

國立雲南大學用箋

瞿仙老師前輩道席：前在安寧接奉
手教，遠承以詩慰，至深銘感。南下省親，
泉致 先父之葉養鞠育之恩，未報萬一，
風木驚心，哀慟曷已。現正擇期家祭，
安葬棺木。先父一生之行，應不以南之
紀略無似而淹沒無聞也。
師夭南頌，學子崇徒，保尊愛護，吳先
父子晚恭請 賜撰 先父墓表，仰四

I41（2-1） G18.5cm×27.5cm

# 张问德　七通

张问德（一八八一～一九五六），字崇仁，号讱庵。云南腾冲人。曾任两广护国军都司令部委员，腾冲煤油特捐分局局长，腾冲县参议会议长，腾冲、昌宁、顺宁县县长（一九四六～一九四八），云南省政府秘书等。一九四二年五月，腾冲沦陷，张问德临危受命任腾冲县县长，在界头、曲石一带组建起了战时县政府和腾西北抗日前方根据地，为腾冲两年余抗日战争的胜利做出了不可磨灭的贡献。发表了著名的《答田岛书》，为后人留下了一篇浩气长存的传世檄文。蒋介石题赠“有气节之读书人也”。是全国闻名的“抗日县长”。

## 一、四月九日致方树梅

〔录文〕

臞仙吾兄有道：

昨复函后，友人处见担公［担当］诗钞本。甚夥。核对《担当遗诗》，总两卷，系吾兄搜集者，钞本内俱有。惟有十之六《遗诗》内未有，不知《担当遗诗》两卷外抑尚有其它本者不得知。拟同友人借摘钞或将钞本向友人借寄尊处查阅再钞，均可办到。担公诗苍劲峭厉，气词充沛，毫不带僧人口吻，令人百读不厌，求之宋唐亦少之也。弟读毕，口占一绝，承呈教正。诗曰：吞吐烟霞鸡足峰，残丛雒诵开心胸。儒仙酒客诗书画，一代骚禅法界雄。

手肃，并颂道安！

弟　张问德　顿首　四月九日

〔钤印：张问德印〕

〔笺纸：讱庵用笺〕

〔解读〕

此札应成于一九四四年至一九四五年间，写信地点或在大理，或在保山。

臞仙吾兄有道昨以騰越友人處見擷之詩鈔本甚思核對
擷之遺詩總兩卷係吾
兄搜集者鈔本內約有其十之六遺詩內未有不知擷之遺詩
兩卷外抑尚有其它本者不得知擬向友人借摘鈔或將鈔本
向友人借寄
尊處查閱再鈔錄以副 擷之詩蒼勁峭厲氣韻充沛毫不
落俗人口吻令人百讀不厭求之宋唐亦少見也 弟讀畢口占一絕戲
呈教正 詩曰 吞吐煙雲雜呈鋒 孫藏顏誦聞之胸 儒仙酒客
詩書畫 一代騷壇法界雄 手肅並頌
道安 弟張問德頓首 四月廿六

叔庵用箋 月 日

I42 G21cm×30.5cm

## 二、一九四七年二月七日致方树梅

〖录文〗

臞仙我兄有道：

小红豆日前付邮寄，计拜入记室。顺宁锡腊[①]所产仅此种。外，镇康地方所产另有一种，系半黑半红，颗极小，已托人再去寻找（俗云相思豆，即寄来之一种即是也，未审如何）。记得介庵［赵藩］词丈集中有"开尽碧桃伤远别，化为红豆著相思"，此可借以赡赠簿书。太繁裁候，疏略歉甚。

手肃，即颂道安！

小弟　张问德　顿首　二月七日

〔钤印：张问德印〕

〔笺纸：顺宁县政府用笺〕

〖解读〗

此札应成于一九四七年二月七日。

方树梅对红豆的搜访、研究与传播，为文坛留下了一段佳话。一九四六年，岭南蔡哲夫函托方树梅搜访滇中红豆。方树梅得知云南顺宁县有红豆后，立即请时任顺宁县县长的老友张问德寻访。很快，张问德即在顺宁县之锡腊寻获，邮寄给方树梅数十粒，既大且艳。方树梅收到后，欣喜若狂，分赠知交，并作诗四首，撰《红豆考》（上、下）和《红豆赋》，征题表扬滇产，佳作连篇而至。

①锡腊：现为凤庆县营盘镇。

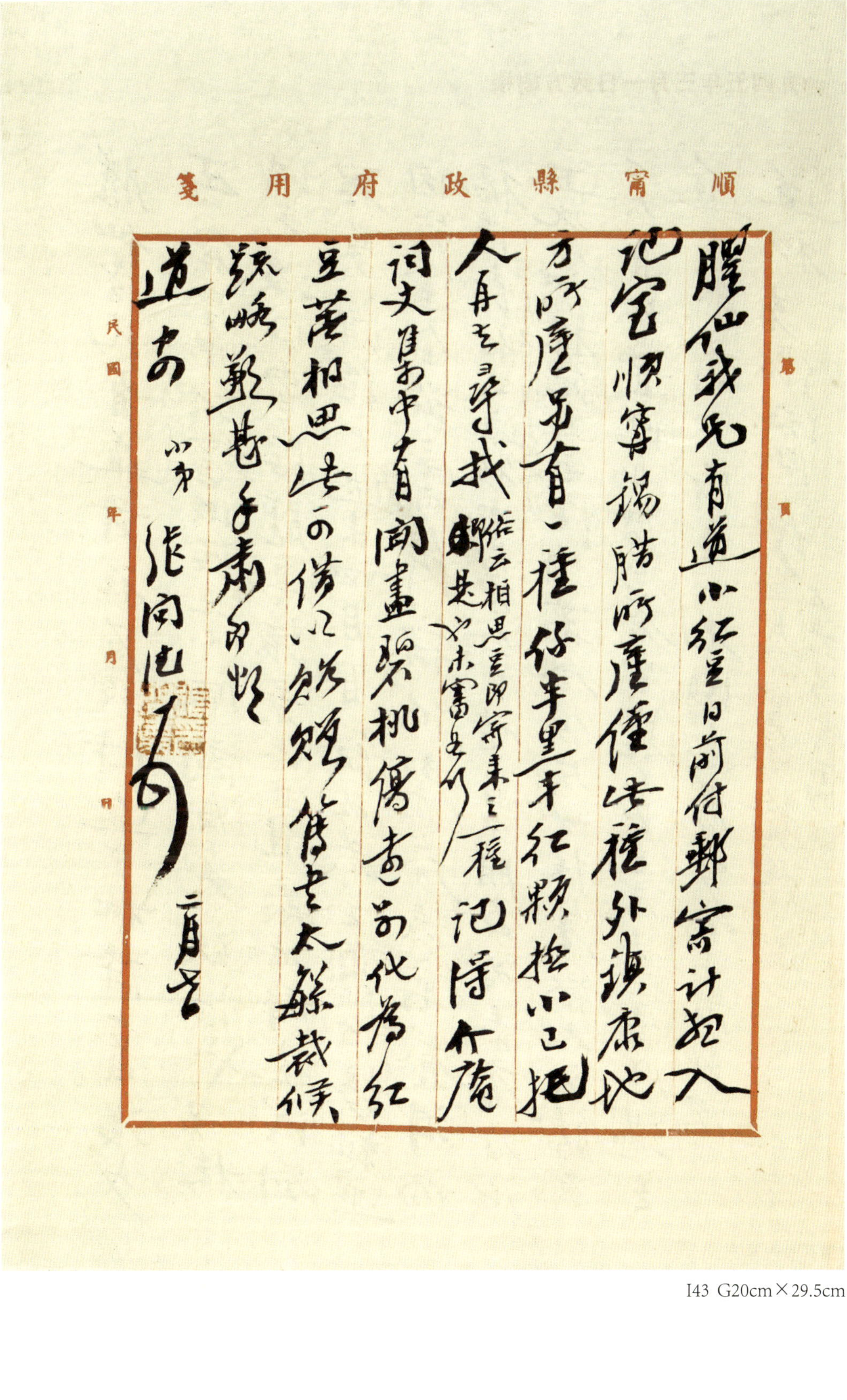

順寧縣政府用箋

第　頁

醒仙我兄有道：小紅豆日前付郵寄，計已入覽。順寧錫臘所產僅一種，外旗康地方所產另有一種，係半黑半紅顆，粒小，已托人身上尋找。（鄉人云相思豆即寄來之一種，即是人所常見者也。）記得介庵詞文集中有聞畫眉機雋書前代為紅豆著相思者一，可傍以然煩，俟告太繁，裁候頌晚，勤甚，手肅即頌
道安

小弟　張問德頓首　二月廿日

民國　年　月　日

I43 G20cm×29.5cm

## 三、一九四五年三月一日致方树梅

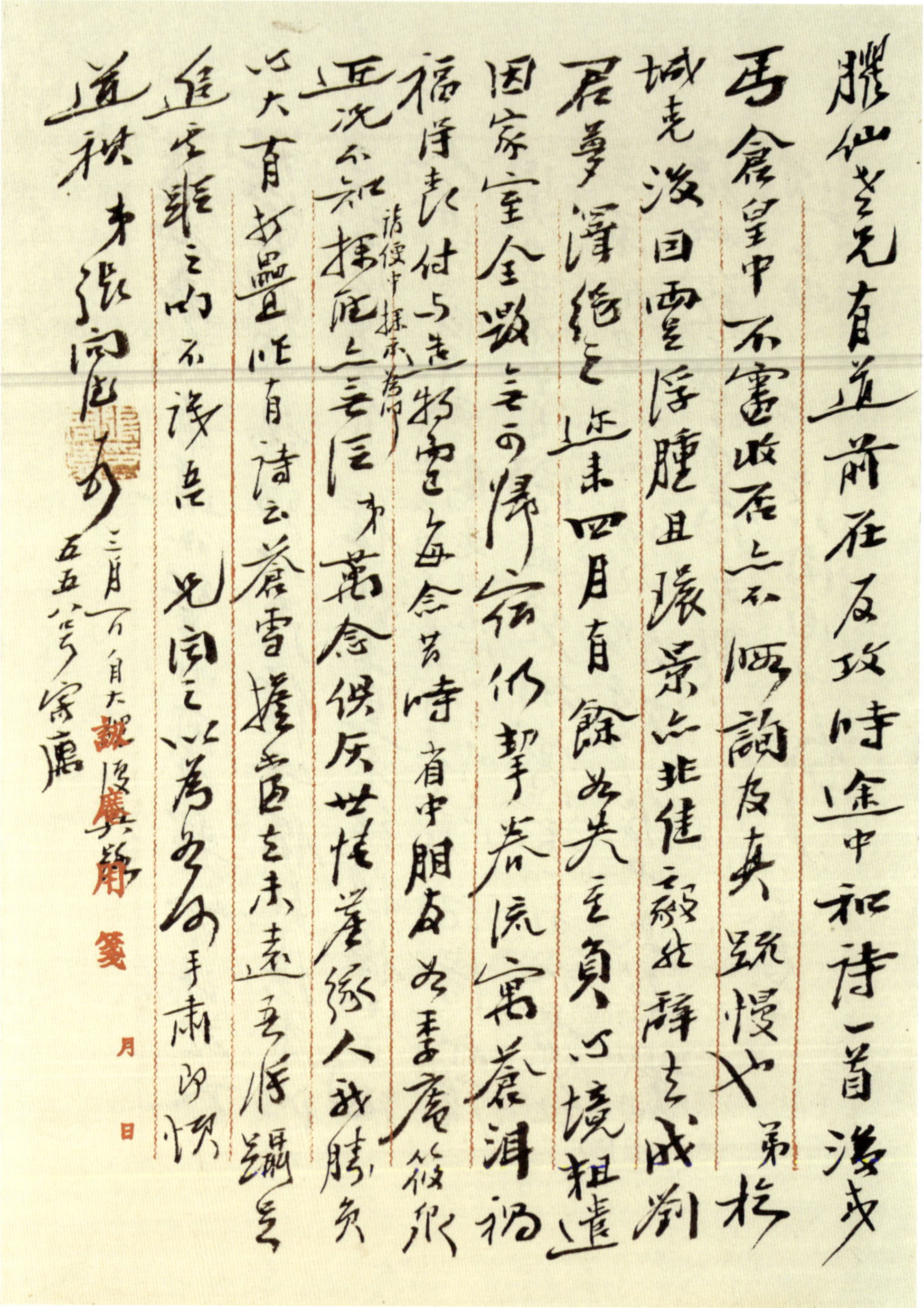

I44 G21cm×30.5cm

〖录文〗

臞仙老兄有道：

前在反攻时途中和诗一首，后戎马仓皇中不审收否，亦不暇询及，真疏慢也。弟于城克后，因两足浮肿，且环景亦非佳，毅然辞去职，刘君梦泽继之，迩来四月有余，如失重负，心境粗遣。因家室全毁，无可归宿，仍挈眷流寓苍洱，祸福得丧，付与造物而已。每念昔时省中朋友如季庵［缪尔纾］、筱泉［何秉智］，近况不知，探听亦无信，请便中探示为叩。弟万念俱灰，世情尘缘，人我胜负，亦大有打叠。昨有诗云“苍雪担当去未远，吾将蹑足追其踪”之句，不识吾兄阅之以为如何？

手肃，即颂道祺。

弟　张问德　顿首　三月一日自大理复兴路五五八号寄寓

〔钤印：张问德印〕

〔笺纸：讱庵用笺〕

〖解读〗

从“毅然辞去职，刘君梦泽继之，迩来四月有余”句，可知此札应成于一九四五年三月一日。

一九四二年五月十日，日本侵略军占领腾冲县城。张问德与刘楚湘等一批爱国士绅退到腾北，在江苴商议，成立临时县务委员会，领导民众开展抗日斗争。六月下旬，云南省政府委任张问德为腾冲县县长。一九四四年五月，中国远征军反攻滇西。张问德领导腾冲人民全力支援部队作战。九月十四日，腾冲光复。在收复腾冲城四十天后，张问德辞去县长职务。

## 四、四月二十九日致方树梅

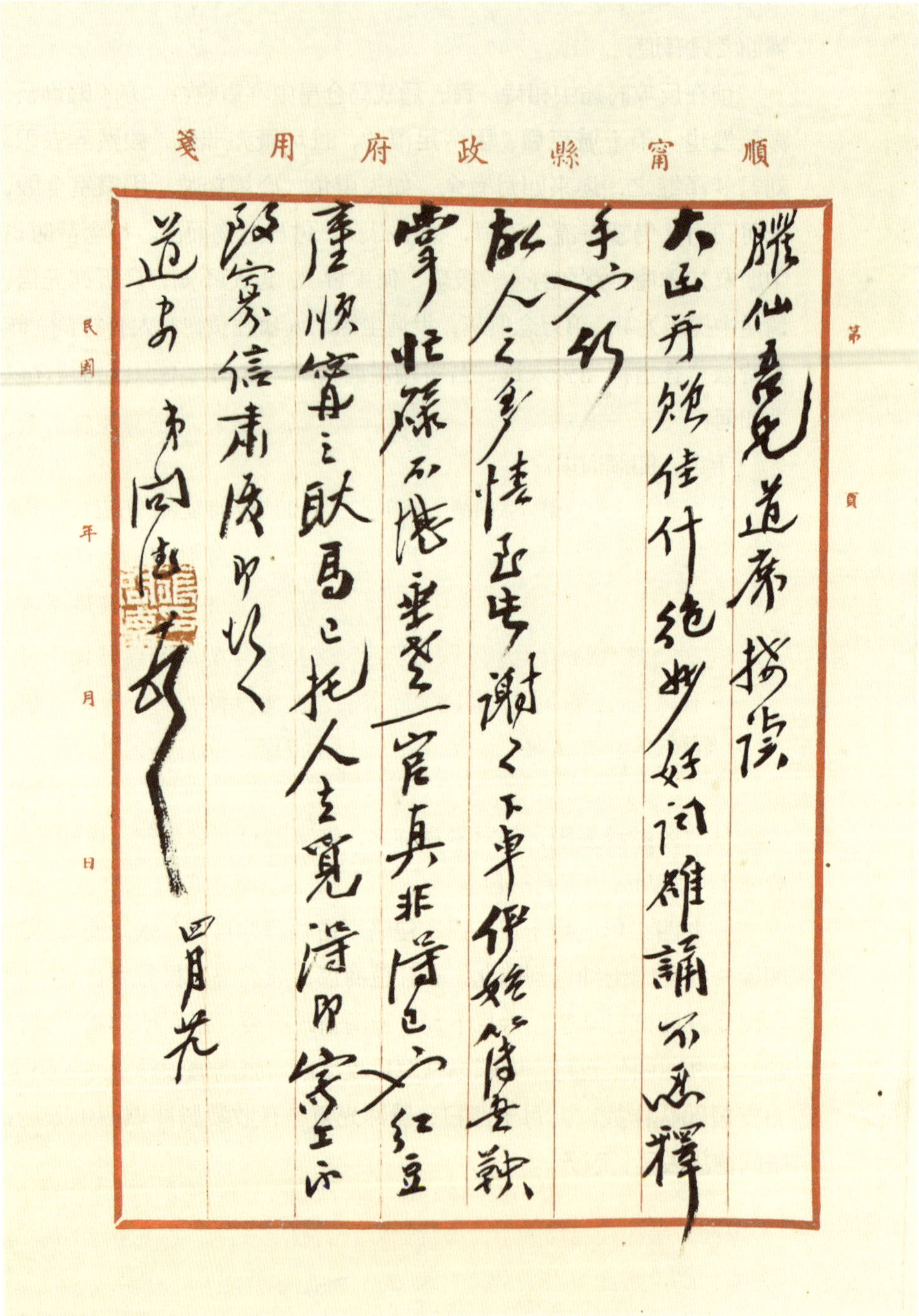
順甯縣政府用箋

朦仙吾兄道席：接讀

大函并贈佳什，絕妙好詞，雒誦不厭，釋

手又紉

故人之多情，至足謝謝。下車伊始，諸待[illegible]

掌忙碌不堪，塵牘一官，真非得已。又紅豆

產順寧之[illegible]已托人去覓，得即寄上。示

敘家信肅復，即頌

道安

弟 [illegible] 頓首 四月廿九

I45 G20cm×29.5cm

〖录文〗

臞仙吾兄道席：

接读大函并赠佳什，绝妙好词，雒诵不忍释手也。何故人之多情至此，谢谢。下车伊始，簿书鞅掌，忙碌不堪，垂老一官，真非得已也。红豆产顺宁之耿马[①]，已托人去觅得，即寄上，不致寡信。

肃复，即颂道安。

弟　问德　顿首　四月廿九

〔钤印：张问德印〕

〔笺纸：顺宁县政府用笺〕

①顺宁之耿马：耿马现为耿马县，中华人民共和国成立前为土司地。康熙二十二年（一六八三），耿马安抚司升宣抚司，隶属永昌府。乾隆二十九年（一七六四），耿马宣抚司改隶顺宁府。一九一三年，撤销顺宁府，耿马土司隶属顺宁县。

〖解读〗

此札应成于一九四七年至一九四八年的顺宁县县长任时。在《晋宁方氏家藏手札》抄本中，本札首有小字："小红豆赤藤杖物色即寄来。"但此原件中无此内容，或许是另纸有注。

## 五、一九四四年六月十日致方树梅

〖录文〗

臞仙老兄有道：

汶上曾上一书，谅蒙赐览。承赠五律一首，鲍庾[①]风味，爱不忍释，虽在戎马锋镝中，拨片刻暇依韵敬步一首，牛铎之音不值一噱，尚希教政是荷。敌人凭高黎贡[②]险扼守要隘。正在围攻，我军绕道入腾北，占领已多，全郡克复，当不远矣。附及。

①鲍庾：南朝宋鲍照和北周庾信的并称。

②高黎贡：即怒江畔之高黎贡山。

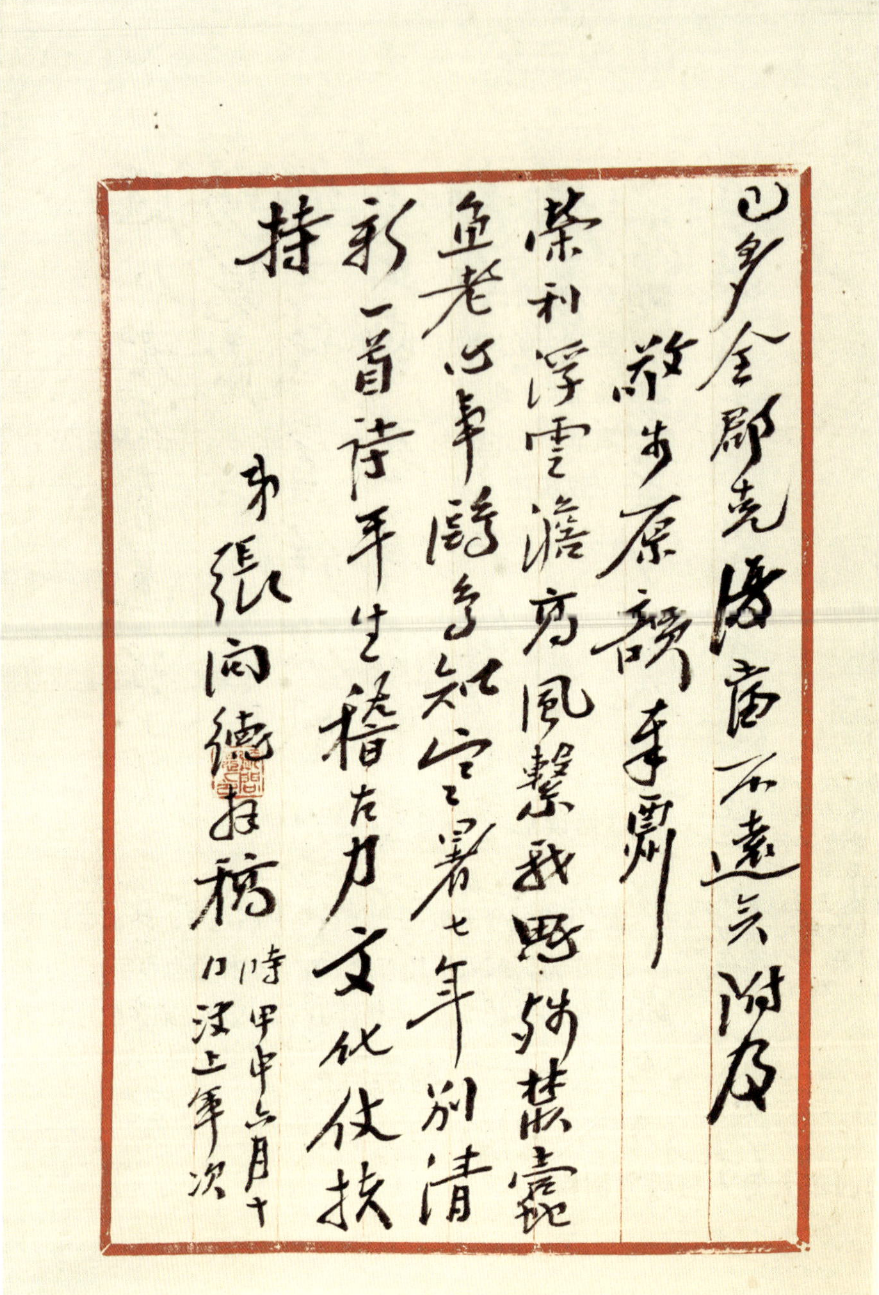
敬步原韵奉酬
荣利浮云淡高风系我思残丛蠹鱼老心事鸥鸟知寒暑七年别清新一首诗平生稽古力文化仗扶持
弟张问德拜稿
时甲申六月十日汶上军次

I46（2-2） G20cm×29cm

敬步原韵奉酬：

荣利浮云淡，高风系我思。残丛蠹鱼老，心事鸥鸟知。寒暑七年别，清新一首诗。平生稽古力，文化仗扶持。

弟　张问德　拜稿　时甲申［一九四四］六月十日汶上军次

〔钤印：张问德印〕

〔笺纸：朱丝八行〕

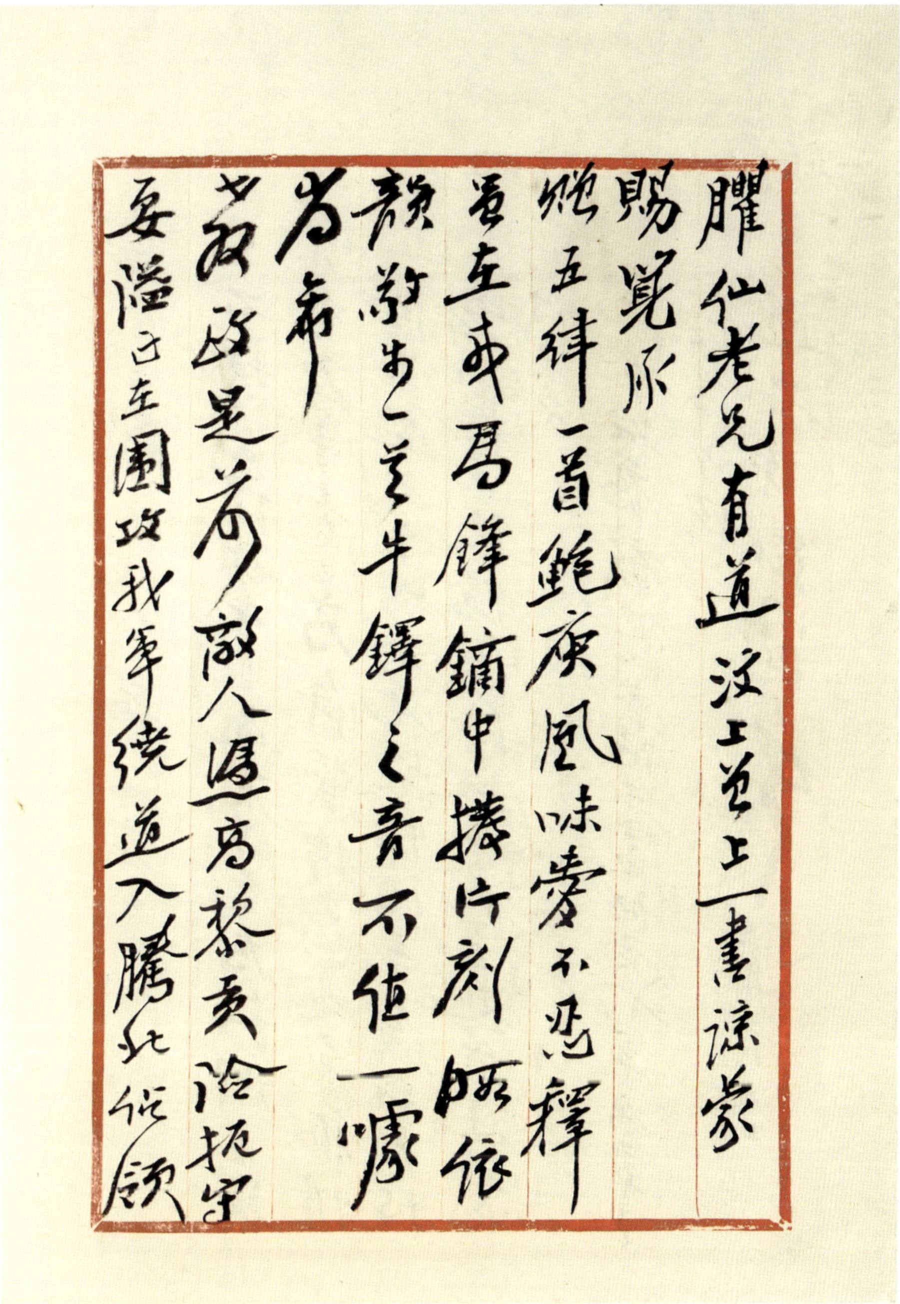

I46（2-1） G20cm×29cm

**〖解读〗**

“汶上曾上一书”应即指 I47。因两人的复信均在路上相错。

## 六、一九四四年六月二日致方树梅

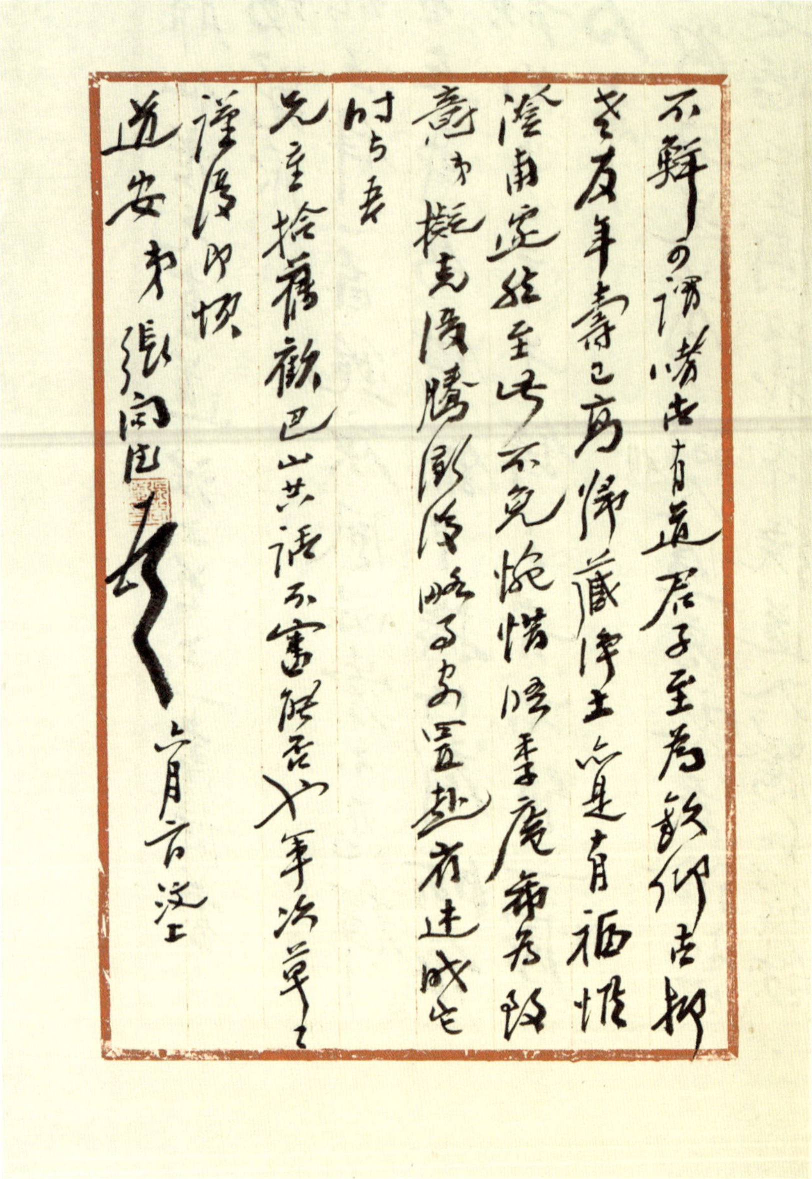

I47（2-2） G20cm×29cm

〖录文〗

臞仙尊兄有道：

离保山前一日奉复书敬悉，猥蒙奖勉，益滋惭恧。复承宠以佳章，尤深愧感。弟以垂暮

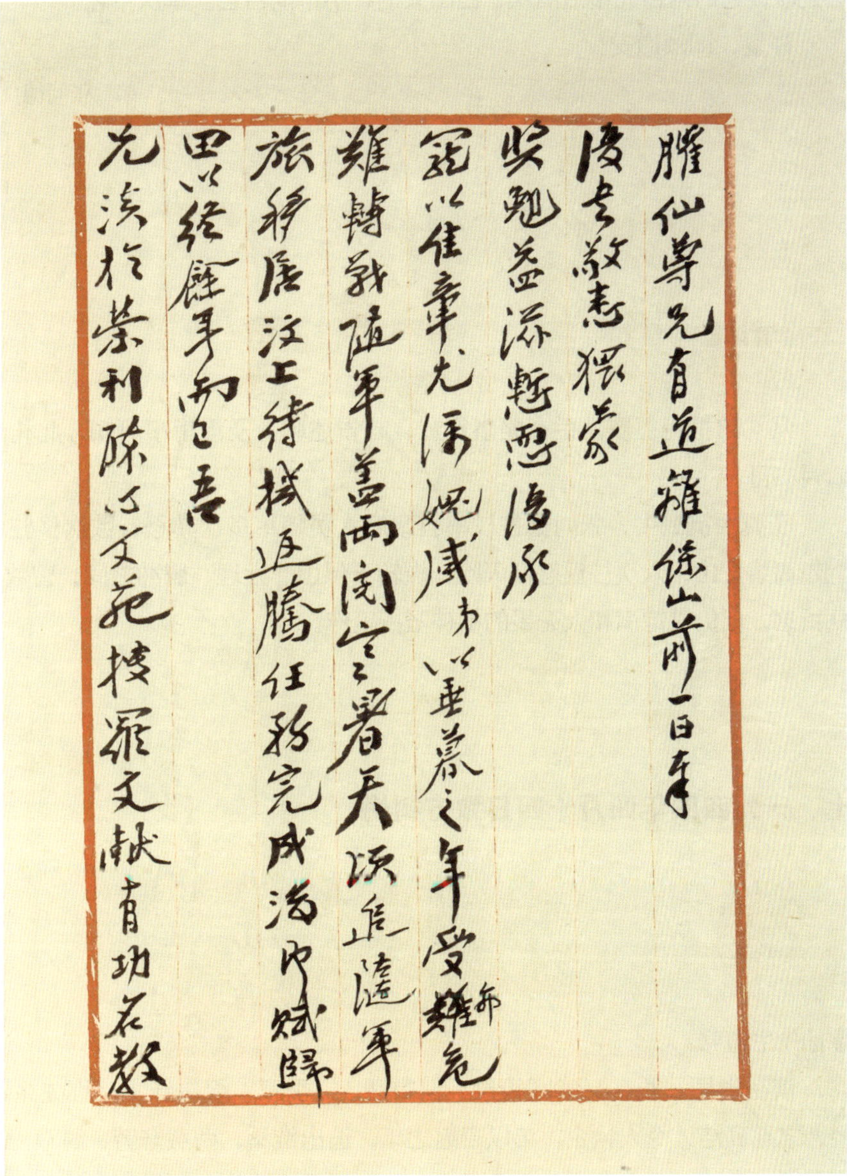
膡仙尊兄有道：离滇前一日奉
复去岁惠缄，蒙
奖勉益深惭悚，后承
宠以佳章，尤深愧感。弟以垂暮之年，受命危
难，转战随军，盖两阅寒暑，天顷追随军
旅，移居汶上，待机返腾，任务完成后即赋归
田，以终余年而已。吾
兄淡于荣利，醉心文苑，搜罗文献有功名教

I47（2-1） G20cm×29cm

之年，受命危难，转战随军，盖两阅寒暑，天顷追随军旅，移居汶上，待机返腾，任务完成后即赋归田，以终余年而已。吾兄淡于荣利，醉心文苑，搜罗文献有功，名教不鲜，可谓嗜此有道君子，至为钦仰。古抑［陈度］老友，年寿已高，归藏净土，亦是有福。惟澄甫［赵宗瀚］遽然至此，不免惋惜。晤季庵［缪尔纾］希为致意。弟拟克复腾冲后，略事安置，赴

省述职，它时与吾兄重拾旧欢，巴山共话，不审能否也。军次草之。

谨复，即颂道安！

弟　张问德　顿首　六月二日汶上

〔钤印：张问德印〕

〔笺纸：朱丝八行〕

〖解读〗

从“弟拟克复腾冲后，略事安置，赴省述职”及澄甫事可知，此札应成于一九四四年六月二日。

在滇西抗战中，张问德拄杖率县政府人员随军多次转移，数次移驻邻县办公。他八次翻越高黎贡山，六次往返怒江天险，辗转于保山、大理、腾冲之间，曾数日断炊，也曾被疾病折磨，但仍以饱满和大无畏的精神坚持工作。

## 七、一九四四年四月十四日致方树梅

〖录文〗

臞仙先生道席：

前在省垣一晤，又尝闻筱泉［何秉智］、季庵［缪尔纾］盛称先生淡于荣利，笮史枕经，志趣高洁，令人钦企。弟以衰迟之年，迫出维桑，两载辛劳，时艰无补，良朋疚然。季庵久已无信，又老友陈古抑［陈度］、张愚若是否健康亦不得知。频年戎马，眷念故人，敢烦探示。顷阅四月九日《云南日报》，惊悉赵澄甫［赵宗瀚］兄遽归道山，至深惋悼。平生故旧，迭见凋零，感慨系之，徒衰白人，间亦自嘲耳。弟移住保山办公，如有赐示，希直寄保山邮局收转。

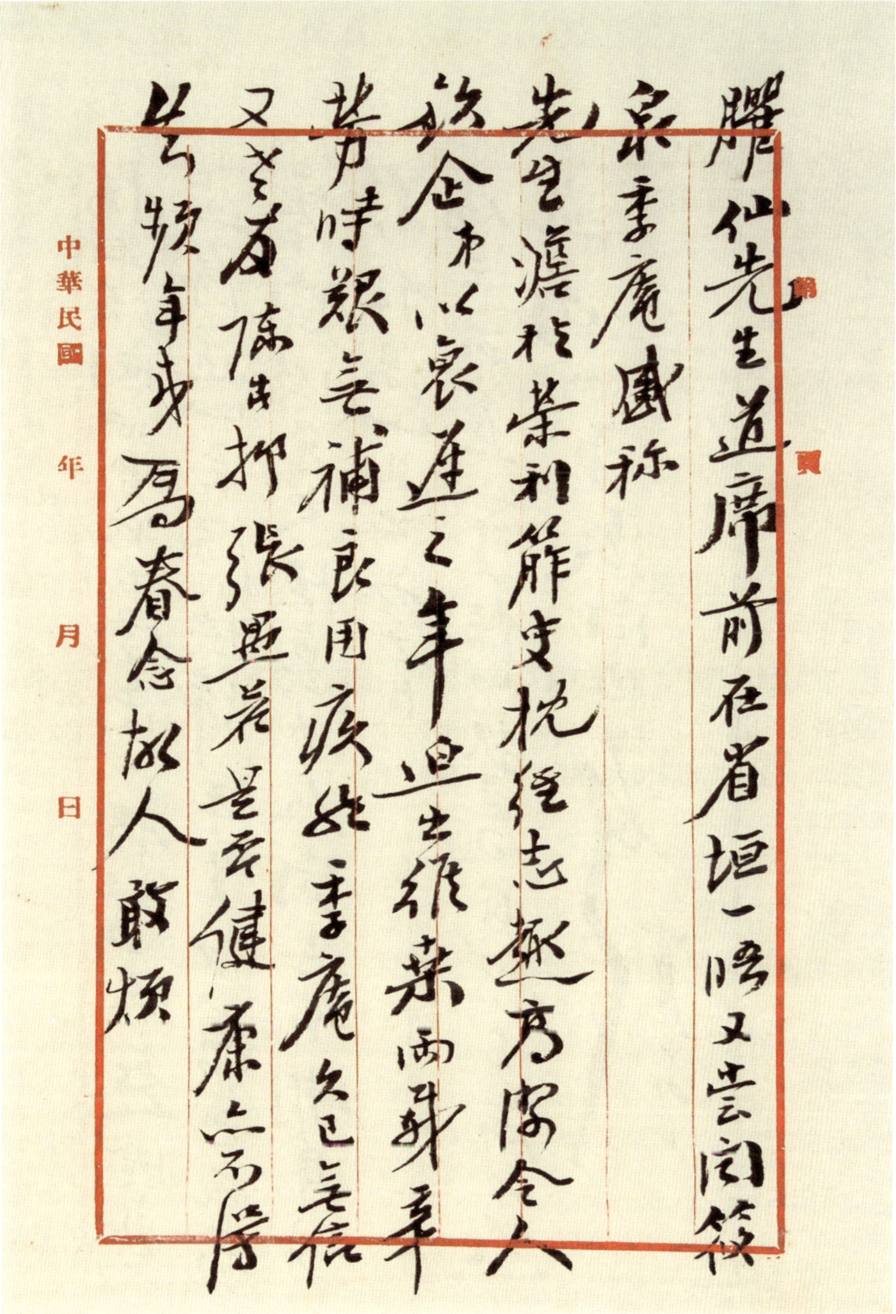
曜仙先生道席：前在省垣一晤，又嘗同筱
泉、季庵盛稱
先生潛於榮利，解支枕經，志趣高深，令人
欽企。亦以泉石逍遙之年，但出處兩難，辛
勞時艱，無補良用，疚然。季庵久已無信，
又云有滁生抑張遇若是否健康，亦不深
悉。頻年來為眷念故人，敢煩

中華民國　年　月　日

第　頁

I48（2-1）　G18cm×28cm

手肃，即颂道安！

弟　张问德　顿首　四月十四日

〔钤印：张问德印〕

〔笺纸：朱丝八行〕

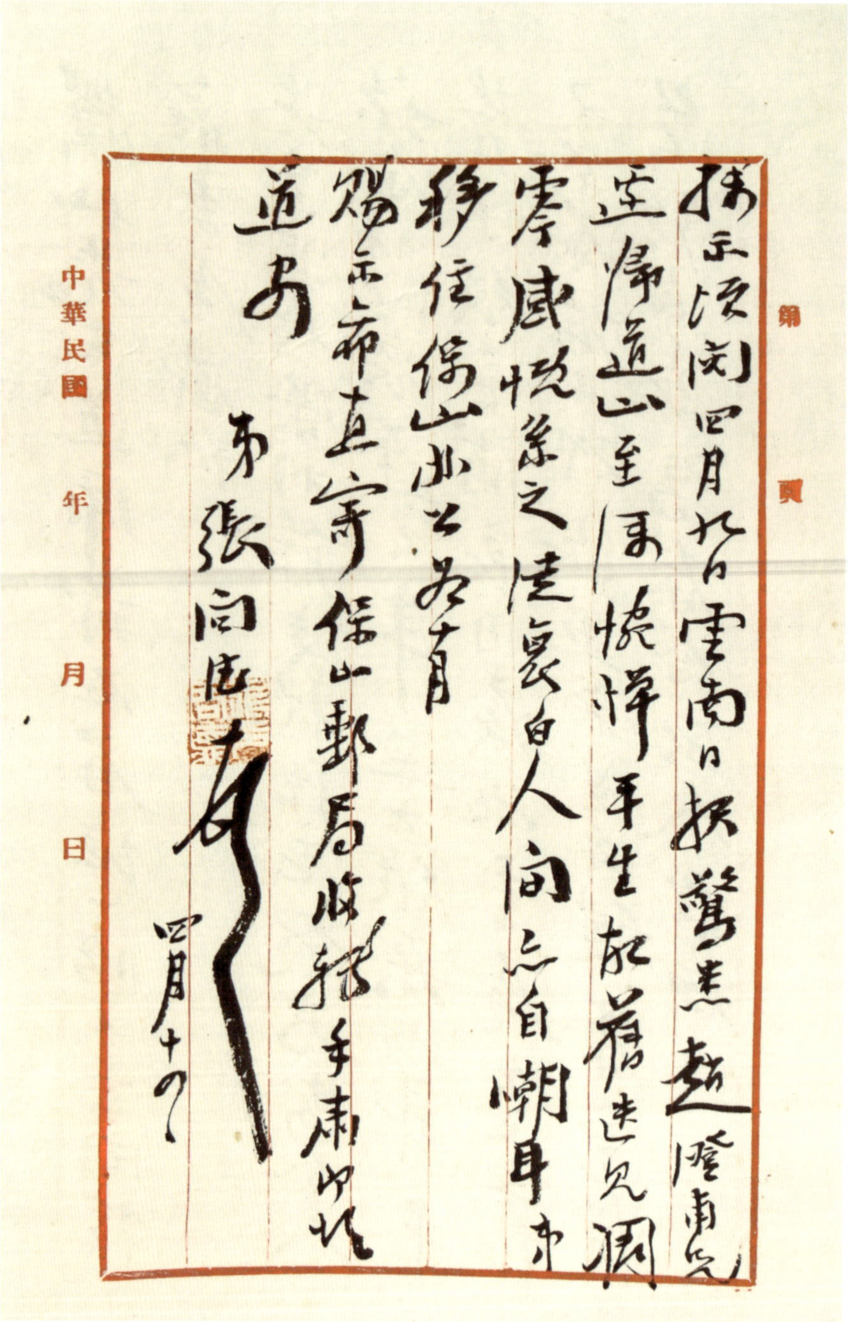
接示須閱四月九日雲南日報驚悉趙澄甫兄
遽歸道山至深悵悼平生知舊遂見凋
零感慨系之徒哀白人間亦自嘲耳承
移住保山此亦無有
賜示希直寄保山郵局收轉手肅即頌
道安
弟張問德拜
四月十四
中華民國 年 月 日
第 頁

I48（2-2） G18cm×28cm

〖解读〗

从“惊悉赵澄甫兄遽归道山”句，可知此札成于一九四四年四月十四日。因赵澄甫一九四四年于三月十六日逝世于昆明。

一九四三年八月三十一日，日军侵腾，行政班本部长田岛致函张问德，信中假惺惺表示他关心腾冲人民的“饥寒冻馁”，约请张问德县长到县小西乡董官村董氏宗祠会谈，“共同解决双方民生之困难问题”。企图软化诱降。张问德怒火中烧，写下了当世名檄——《答田岛书》，痛斥日寇战争罪行，并表达腾冲人民的抗战决心。这份大义凛然的手札寄出后，为全国各大报纸刊载报道，引起很大轰动，问德兄因此名震一时，成为民族英雄。国民政府军政部部长陈诚后来代表蒋介石召见张问德，称他为“全国沦陷区五百个县县长的人杰楷模，不愧为富有正气的读书人”。蒋介石则亲笔题赠“有气节之读书人也”匾额。

## 赵鹤清　一通

赵鹤清（一八六五～一九五四），字松泉，别号瘦仙。云南姚安人。出生在官宦世家，其父官至河南汝南道员。他从小跟随父亲周游国内外，一八九七年乡试中举，本想考中进士后再步入仕途，后因清廷废除科举，被派到八旗高等学堂担任美术教员。辛亥革命后，回到故乡云南，先后担任过他郎厅（今墨江县）长官、澜沧县县长、盐丰县白盐井场知事等职。退出官场后，将全部心血献给他喜爱的文学、艺术。赵鹤清一生创作颇多，影响最大的是他亲自绘画、编写的《滇南名胜图》以及他精心垒建的大观楼假山“彩云崖”。

### 红豆吟

〖录文〗

**红豆吟**

民国三十六年六月三十日，晋宁方君臞仙由晋来昆见访，并持红豆四粒、七绝四章相赠。即日题此为报，并希郢政。

卅年前莅中和营（在开远县东六十里），响泉洞口春光明。矗立一树干霄汉，年年云有红豆生。颜色艳于珊瑚树，得者珍贵如连城。我有故人居是乡，贻我二粒什袭藏。日月居诸三十载，开匣犹见生光芒。老友臞仙忽枉顾，鹤发童颜还健步。又贻红豆数双双，函中复以四诗附。详述此物产顺宁，遐迩咸号相思树。开远顺宁俱隶滇，吾滇物产何饶裕。童时曾读

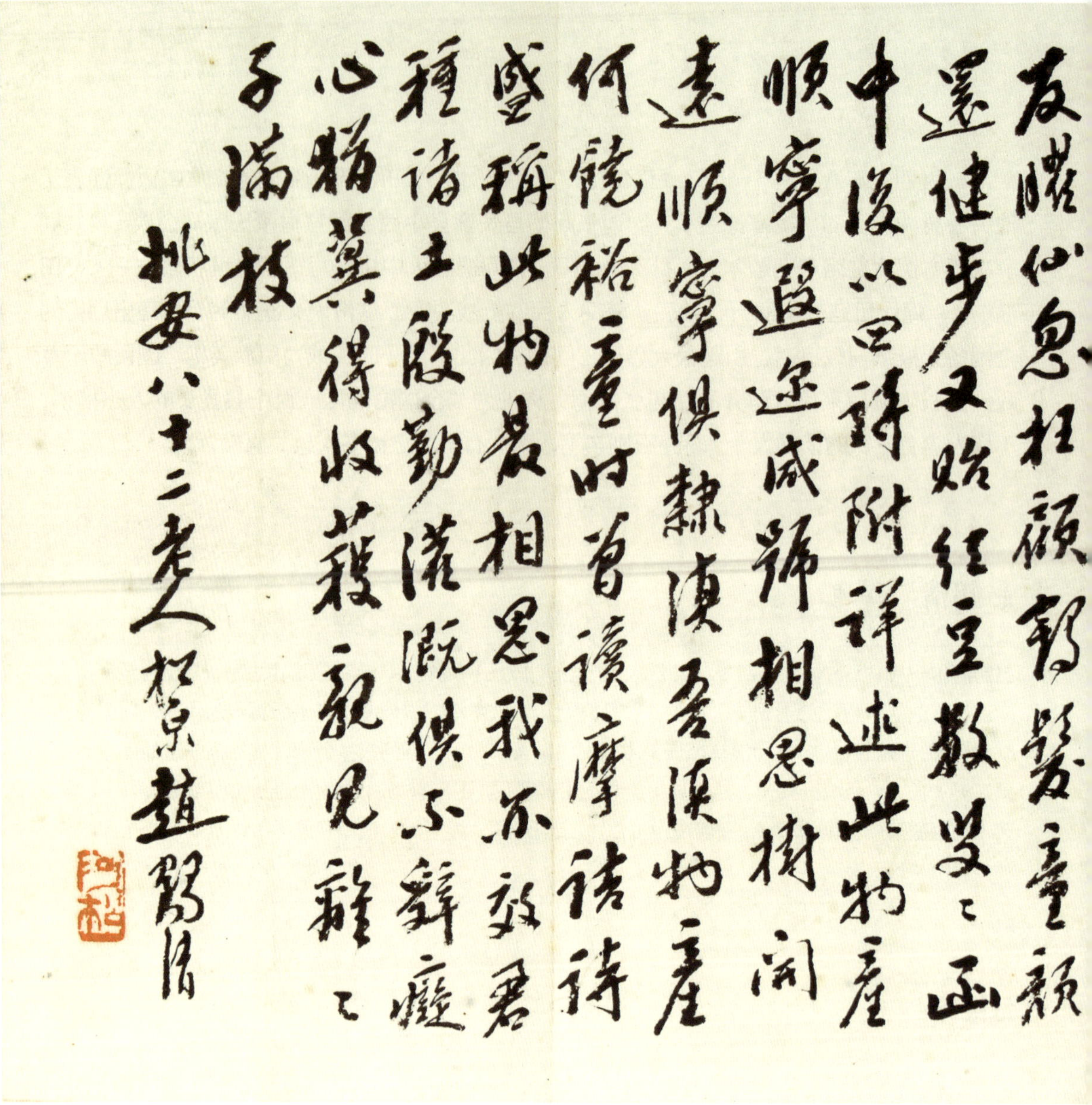

I49（2-2） G25cm×23cm

摩诘诗，盛称此物最相思。我亦效君种诸土，殷勤灌溉俱不辞。痴心犹冀得收获，亲见粒粒子满枝。

姚安八十二老人　松泉赵鹤清

〔笺纸：宣纸〕

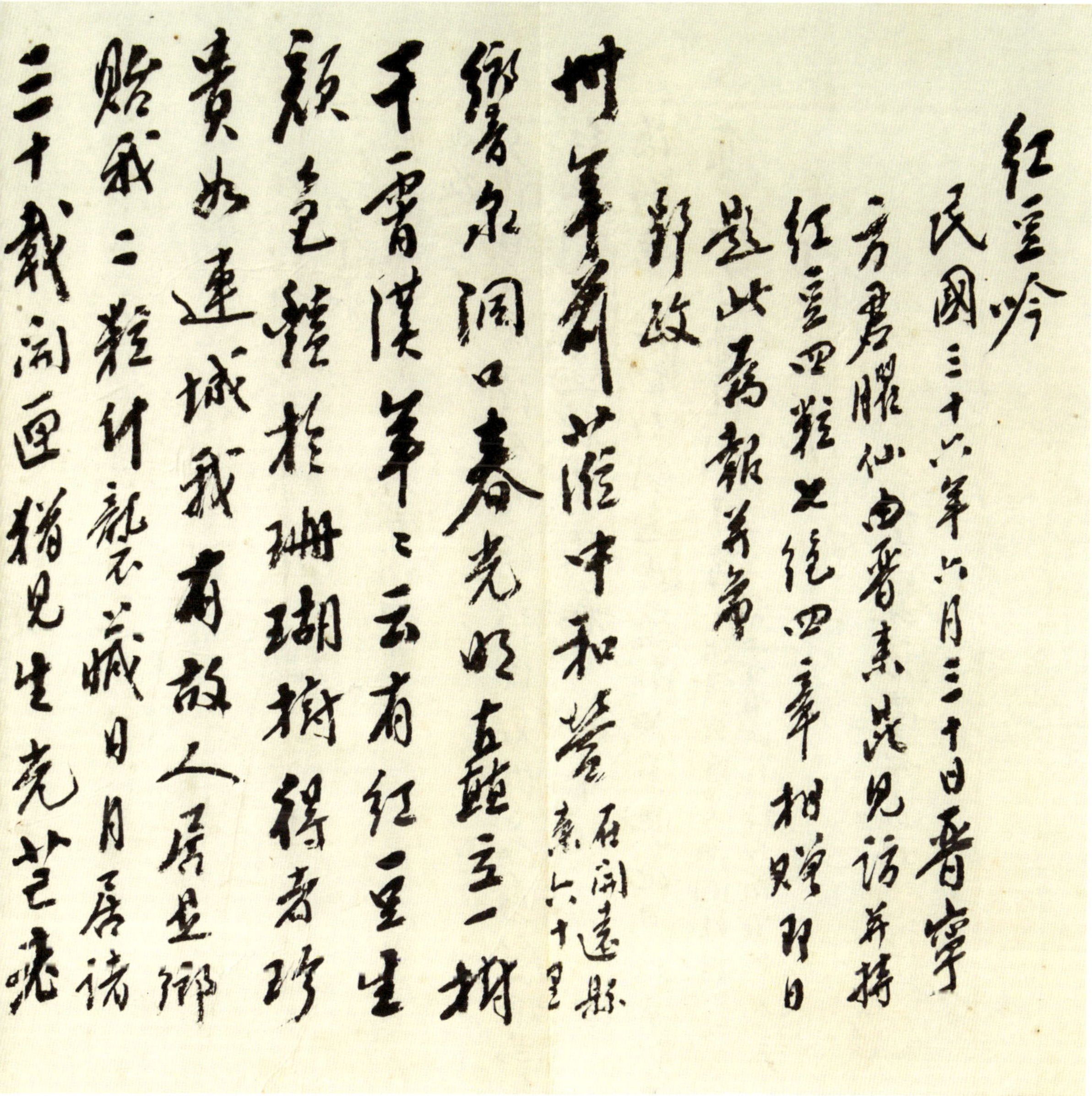

I49（2-1） G25cm×23cm

## 张学智　一通

### 奉和臞仙先生红豆诗二首

〖录文〗

奉和臞仙先生红豆诗。即希哂政。

多情自古属诗人，咏物新诗见性真。为慰相思觅红豆，顺宁遥赠几枝春。

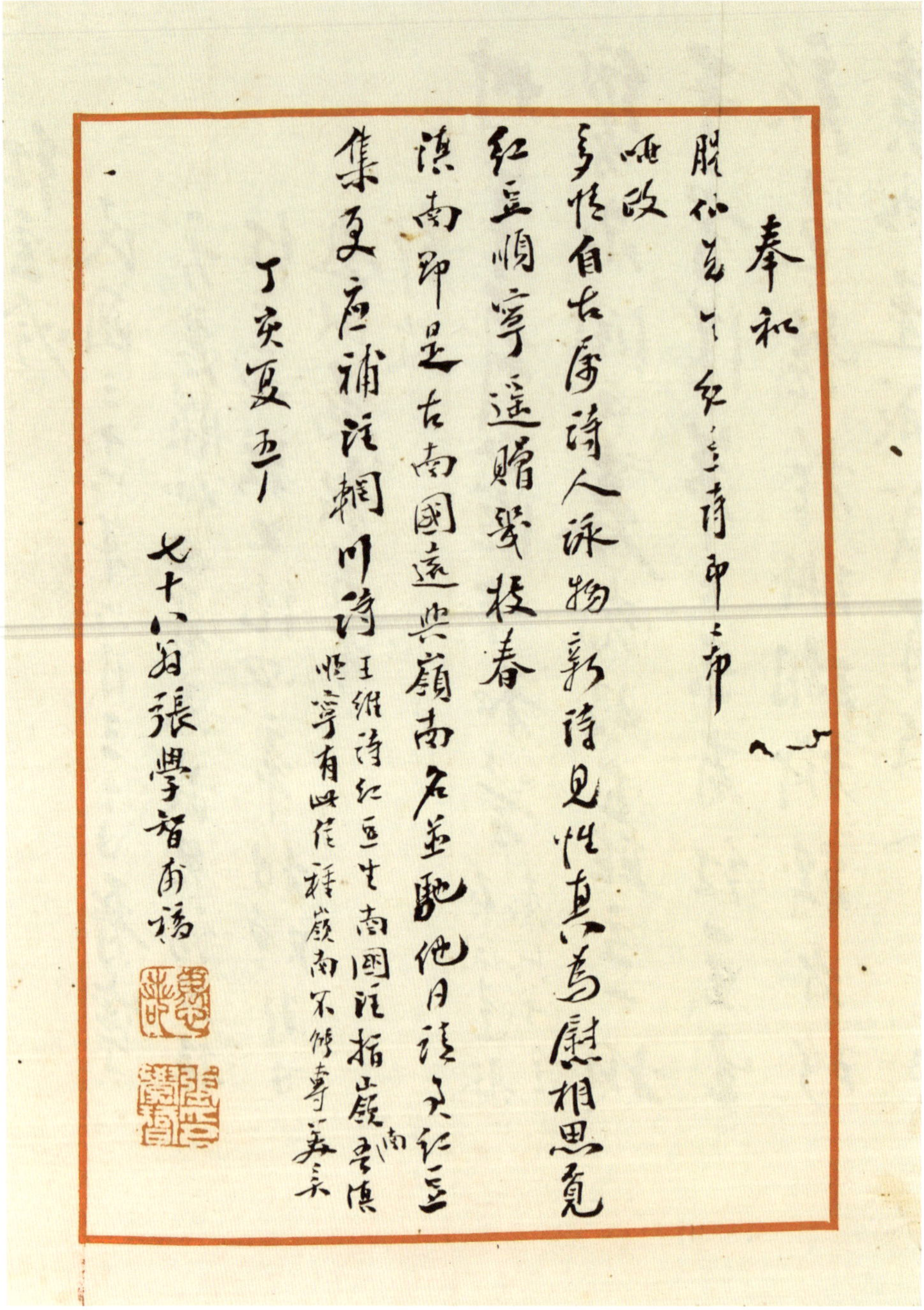

I50 G20cm×28.5cm

滇南即是古南国，远与岭南名并驰。他日请君《红豆集》，更应补注辋川诗（王维诗“红豆生南国”，注指岭南。吾滇顺宁有此佳种，岭南不能专美矣）。

丁亥［一九四七］夏五月　七十八翁张学智　甫稿

〔钤印：张学智印、愚若〕

〔笺纸：宣纸〕

# 孙乐　一通

## 吟红豆

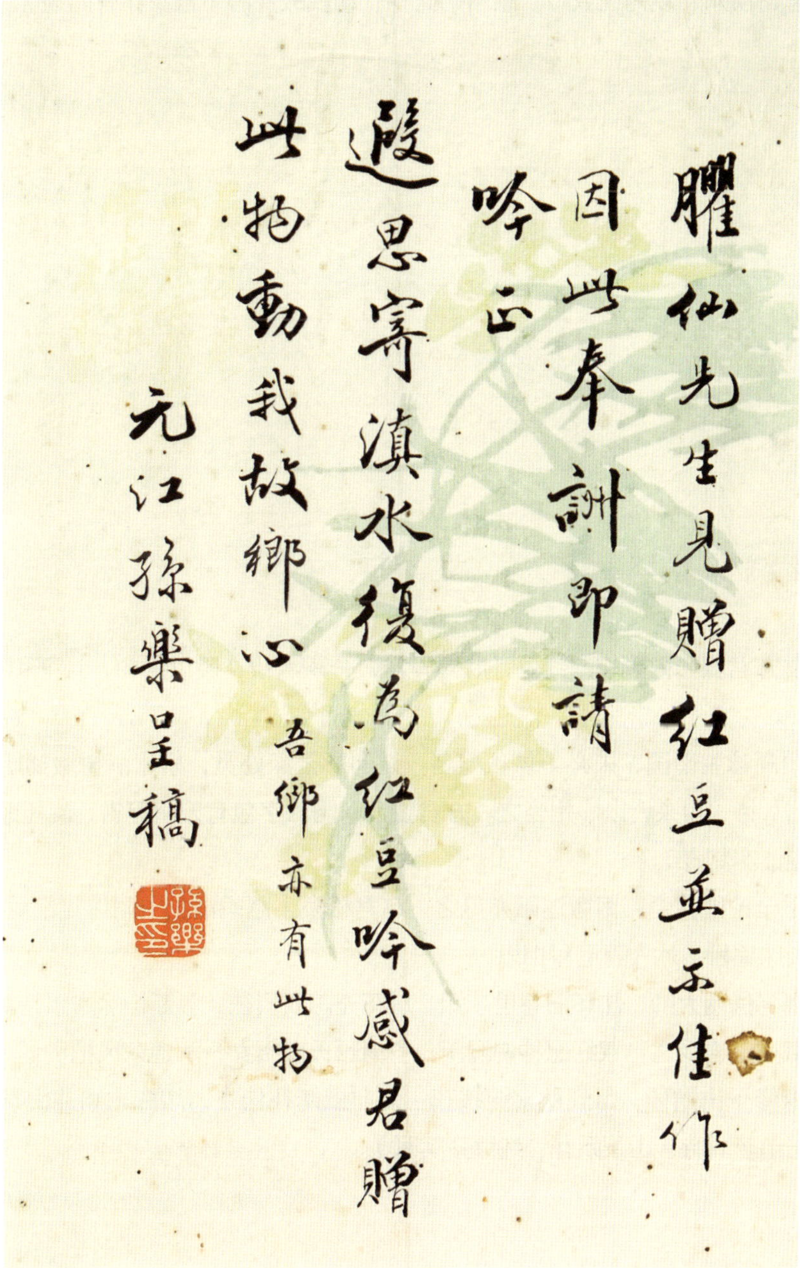
耀仙先生見贈紅豆並示佳作
因此奉酬即請
吟正
遐思寄滇水復為紅豆吟感君贈
此物動我故鄉心　吾鄉亦有此物
元江孫樂呈稿

I51 G17cm×26cm

〖录文〗

臞仙先生见赠红豆，并示佳作，因此奉酬，即请吟正。

遐思寄滇水，复为红豆吟。感君赠此物，动我故乡心（吾乡亦有此物）。

元江孙乐　呈稿

〔钤印：孙乐之印〕

〔笺纸：兰花图诗笺〕

# 由云龙　一通

## 红豆和章

〖录文〗

老友方君臞仙得顺宁产红豆，欣喜异常，分赠六枚，媵以绝句，且征和章，作此报之。即祈吟正。

辋川高咏生南国，未必羊城独擅名。试向彩云深处觅，累累满树缀离明（王右丞“红豆生南国”诗，自来皆以广州当之。方君独谓南国二字包有云南等省，旋托顺宁宰张君访得红豆，遂证实其言）。

方干至论匪矜奇，南徼迷阳亦见之（赵君松泉［赵鹤清］于阿迷见红豆，有诗咏之）。色比珊瑚珠耀目，才人著笔写相思。

名释名儒两大师，沣环旧巷世咸知。琪花无恙人俱往，肠断山房本事诗。

廿载重逢喜受之，双红愿种说园茨。多情顾氏璇闺女，解道东风把酒词。

森森修干出檐牙，每到秋来绽蝶花。谁向虞衡补佳卉，增辉志乘并山茶（红豆系合抱木本，与山茶同特；山茶系花，红豆系实耳）。

定厂由云龙　未是草

〔钤印：定庵〕

〔笺纸：竖行信笺〕

老友方君臞仙得順寧產紅豆欣喜異常分贈六枚媵以

絕句且徵和章作此報之即祈 哂正

輞川高詠生南國未必羊城獨擅名試向彩雲深處

覓纍纍滿樹綴離明 王右丞紅豆生南國詩自來皆以廣州當之方君獨謂南國二字包有雲南等省旅話帳寓宰張君詔臣紅豆遂証實其言

方千丞論匪矜奇南徼迷陽亦見之 鼓君松泉于阿迷見紅豆有詩詠之 色比珊瑚

珠耀目才人著筆寫相思

名釋名儒兩大師泮環舊巷世咸知琪花無恙人俱往腸

斷山房本事詩

廿載重逢喜受之雙紅願種説園茨多情顧氏璇閨

I52（2-1） G17cm×30cm

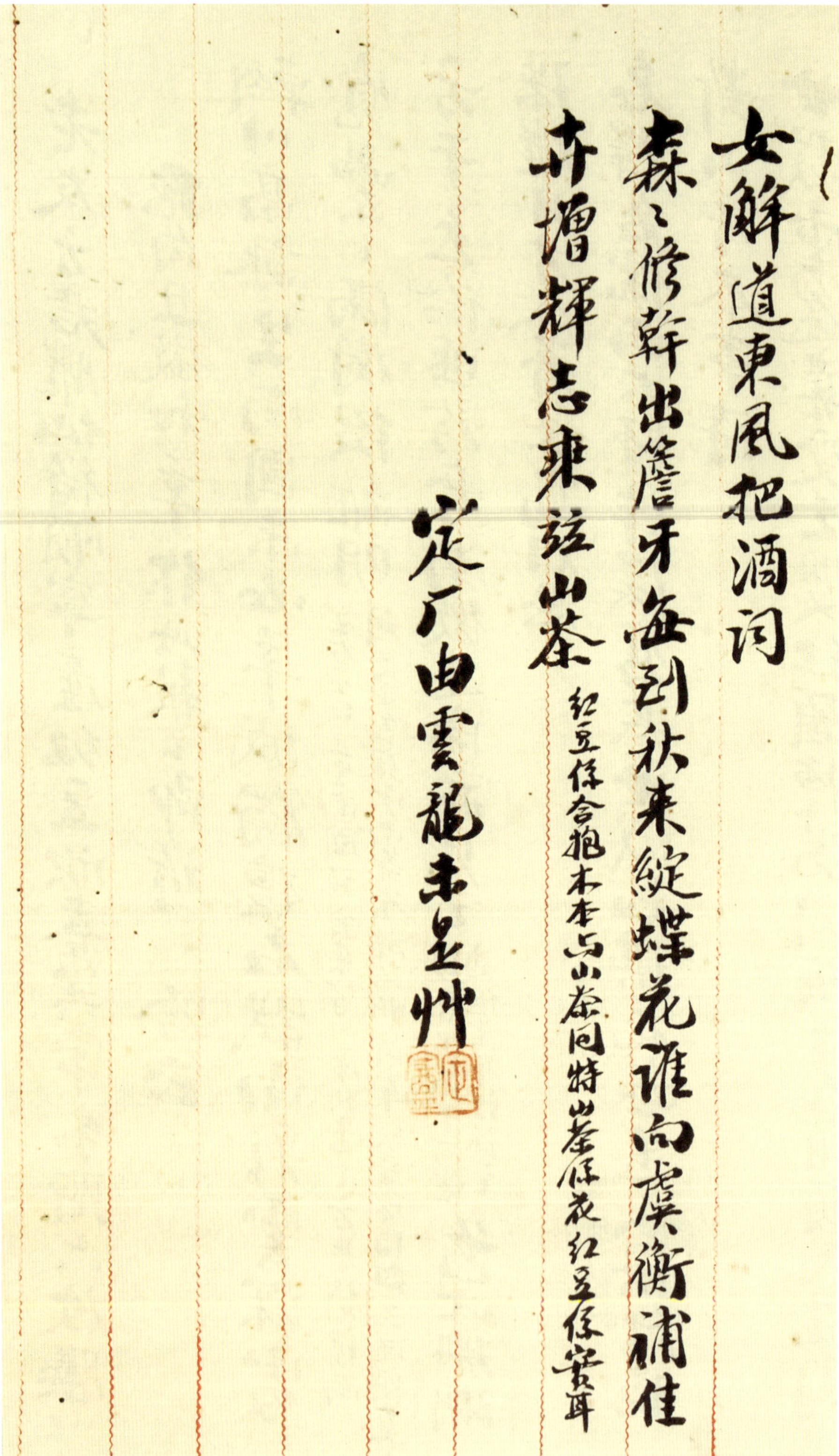

女解道東風把酒詞
森森修蘚出簷牙每到秋來綻蝶花誰向虞衡補佳
卉增輝志乘竝山茶
红豆係合抱木本与山茶同時山茶係花红豆係實耳
定厂由雲龍未是艸

I52（2-2） G17cm×30cm

## 梁之相　一通

梁之相（一九〇二～一九六四），字丽亭、励亭，一号半农，别号二十万卷楼主人。云南建水人。十九岁赴香港学习英语，回滇后考入东陆大学国文预科，二十四岁就学于北平，后留学日本，在东亚日文专科学校、早稻田大学研究院攻读国际法和版本目录学。后任云南省政府秘书；《云南行政纪实》《新纂云南通志》《续云南通志长篇》编纂委员会常委；一九四八年主持完成《新纂云南通志》的校勘和出版；中华人民共和国成立后，任云南文物保管委员会委员兼秘书，云南省图书馆顾问；一九四五年受聘为云南省文史研究馆馆员，继任副馆长。以无党派爱国人士身份任云南省政协委员、省政协文史资料委员会委员兼办公室主任等职务。梁之相博学多能，通经史，对目录学、版本学、方志学、图书馆学以及文学、史学均有研究。著有《云南地方志解题简编》《云南丛书提要》《丹青琐言》《云南丛书书目提要》《云南方志考》《云南经籍考》《珍本书目提要》等。参与编纂《新纂云南通志》《云南行政纪实》《清实录》等书。多才善艺，通篆刻，西洋画法之山水画别具一格。

### 奉和红豆四韵

〖录文〗

臞翁来访，未值，案头遗红豆两双，佳章四韵。识谓张讱庵［张问德］宰顺宁，托访红豆，得数十粒邮来，珠光夺目，欣玩不已，以双粒种学圃，余分赠知交，征诗表扬滇产云云。爰依韵奉和，借伸谢悃，而志欣赏。时丁亥［一九四七］岁六月朔日也。

高踪枉顾失迎之，红豆新诗遗所思。伸纸开缄[1]无限意，几回看读几回痴。

四粒珠光映碧纱，相思千古在谁家。多情最是方村友，学圃种来艳足夸。

岭南风物何时移，泸水沧江土亦宜。若效唐人争作赋，墨华彩笔照滇池。

臞翁风雅更心长，征咏诗篇海内扬。待得相思集成后，深情应寄水云乡。

录呈臞仙尊兄诗人教政。

书农弟　梁之相　未定稿

〔钤印：梁之相印〕

〔笺纸：云南通志校印处用笺〕

① 缄［jiān］：捆东西的绳索。封，闭。

雲南通志校印處用箋

人爭作賦墨藝彩筆照滇池
矅翁風雅更心長徵詠詩篇海內揚詩得相
思集成後深情應寄水雲鄉
錄呈
矅仙尊兄詩人教政
壽農弟梁之相未定稿

I53（2-2） G20cm×29cm

雲南通志校印處用箋

第　頁

臞翁來訪未值，案頭遺紅豆兩雙，佳章四韻。詫訊張詡庵寧順寓託訪紅豆，得數十粒，飄來珠光奪目，欣躍不已，以是粒種學圃，詩分贈知交，徵詩表揚滇產者，爰依韻奉酬，藉伸謝悃，而誌欣賞。時丁亥歲六月朔日也

高蹤枉顧失迎之，紅豆新詩遺所思。伸紙開緘無限意，幾回看讀幾回癡。

四粒珠光映碧紗，相思千古在誰家。多情最是方蟫友，學圃種來豔足誇。

嶺南風物何時移，瀘水滄江土亦宜。若效唐

中華民國　年　月　日

I53（2-1）　G20cm×29cm

## 李鸿祥　一通

李鸿祥（一八七九 ~ 一九六三），字仪廷或仪庭，晚号杯湖居士。云南玉溪人。十三岁考入五华书院。一九〇四年赴日本公费留学，毕业于日本陆军士官学校。其间加入中国同盟会。一九〇九年归国，任新军第十九镇第七十三标管带兼云南陆军讲武堂教官。一九一一年参加蔡锷、唐继尧等发动的昆明“重九起义”。云南军政府成立后，任援川滇军第二梯团团长。回滇后，任滇军第一师师长。不久，任云南省政务厅厅长。一九一三年接替罗佩金任云南省民政长。次年赴北京任参政院参政。一九三一年回滇，专心致志搜集地方历史文献。一九三九年当选云南省参议会议长。著有《仲夏诗存》《杯湖吟草》等。

### 咏红豆三章

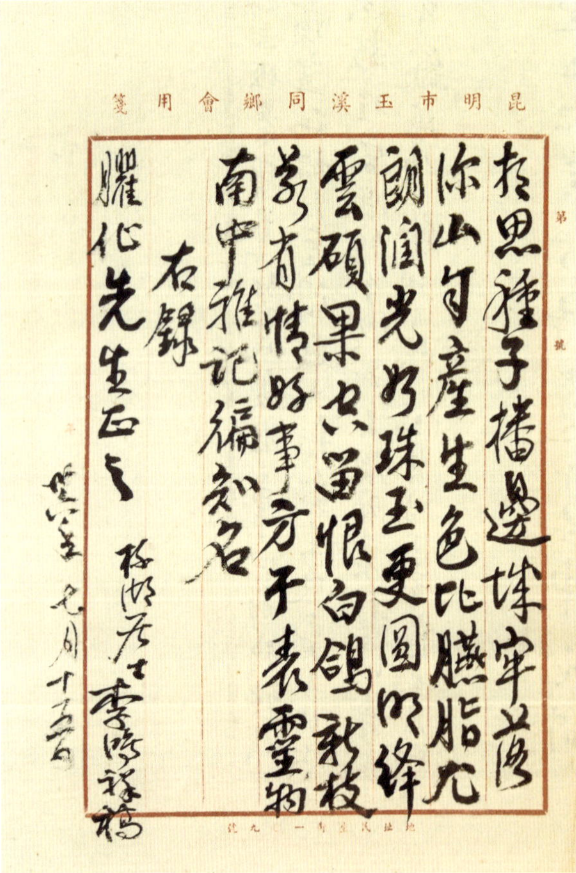
昆明市玉溪同鄉會用箋

相思種子播邊陲哀牢以後
你山旬產生色比臙脂尤
朗潤光如珠玉更圓明絳
雲碩果只留恨白鴿新枝
若有情好事方干表靈物
南中雜記編知名
右錄
耀仙先生正之
杯湖居士李鴻祥稿
[illegible]九月十五日

I54（2-2）G19.5cm×28cm

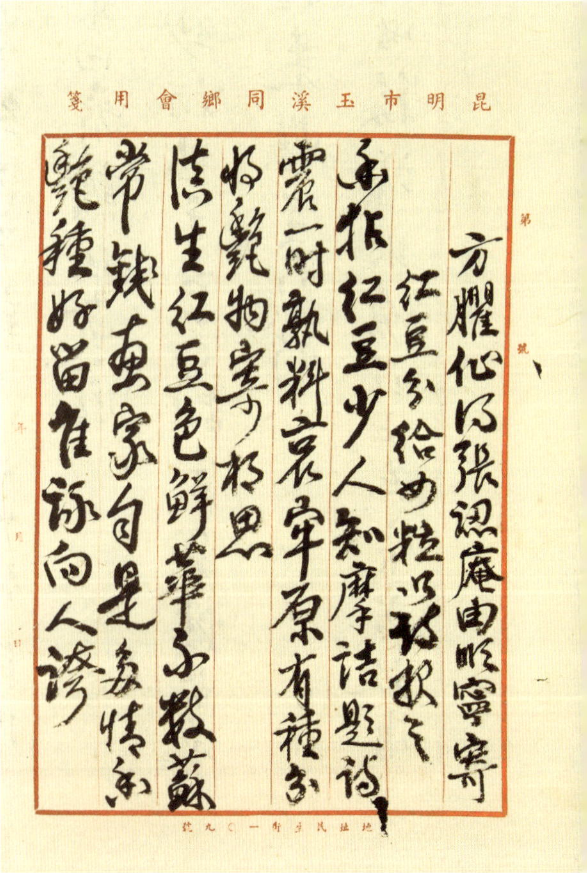
昆明市玉溪同鄉會用箋

方耀仙同張認庵由昭寧寄
紅豆分給如粒以詩款之
采擷紅豆少人知摩詰題詩
處一時熟料哀牢原有種分
將辭物寄相思
讀生紅豆色鮮華不數蘇
常錢惠家自是多情知
絕種好留佳詠向人誇

I54（2-1）G19.5cm×28cm

〖录文〗

方臞仙得张讱庵［张问德］由顺宁寄红豆，分给四粒，以诗报之。

香拈红豆少人知，摩诘题诗震一时。孰料哀牢[1]原有种，分将艳物寄相思。

滇生红豆色鲜华，不数苏常钱惠家。自是多情香艳种，好留佳咏向人夸。

相思种子播边城，牢落深山自产生。色比胭脂尤朗润，光如珠玉更圆明。绛云硕果空留恨，白鸽新枝别有情。好事方干表灵物，南中雅记遍知名。

右录，臞仙先生正之。

杯湖居士李鸿祥　稿　卅六年［一九四七］七月十五日

〔笺纸：昆明市玉溪同乡会用笺。文："地址：民生街一〇九号"〕

①哀牢：古国名。这里代指边疆云南。

## 何秉智　一通

### 顺宁红豆长律

〖录文〗

臞仙道长馈以顺宁所产红豆数粒，圆润可爱，并嘱作诗勉赋。长律寄呈斧正。

一昨巴渝曾见之，滇云嘉植亦相宜。参天枝下堪承荫，异地情怀可系思。粒粒珊瑚同艳色，篇篇珠玉写新诗。从今南国说增广，佳纸传留好护持。

丁亥［一九四七］中秋前五日　弟　何秉智　拜稿

〔钤印：何秉智印〕

〔笺纸：朱丝八行〕

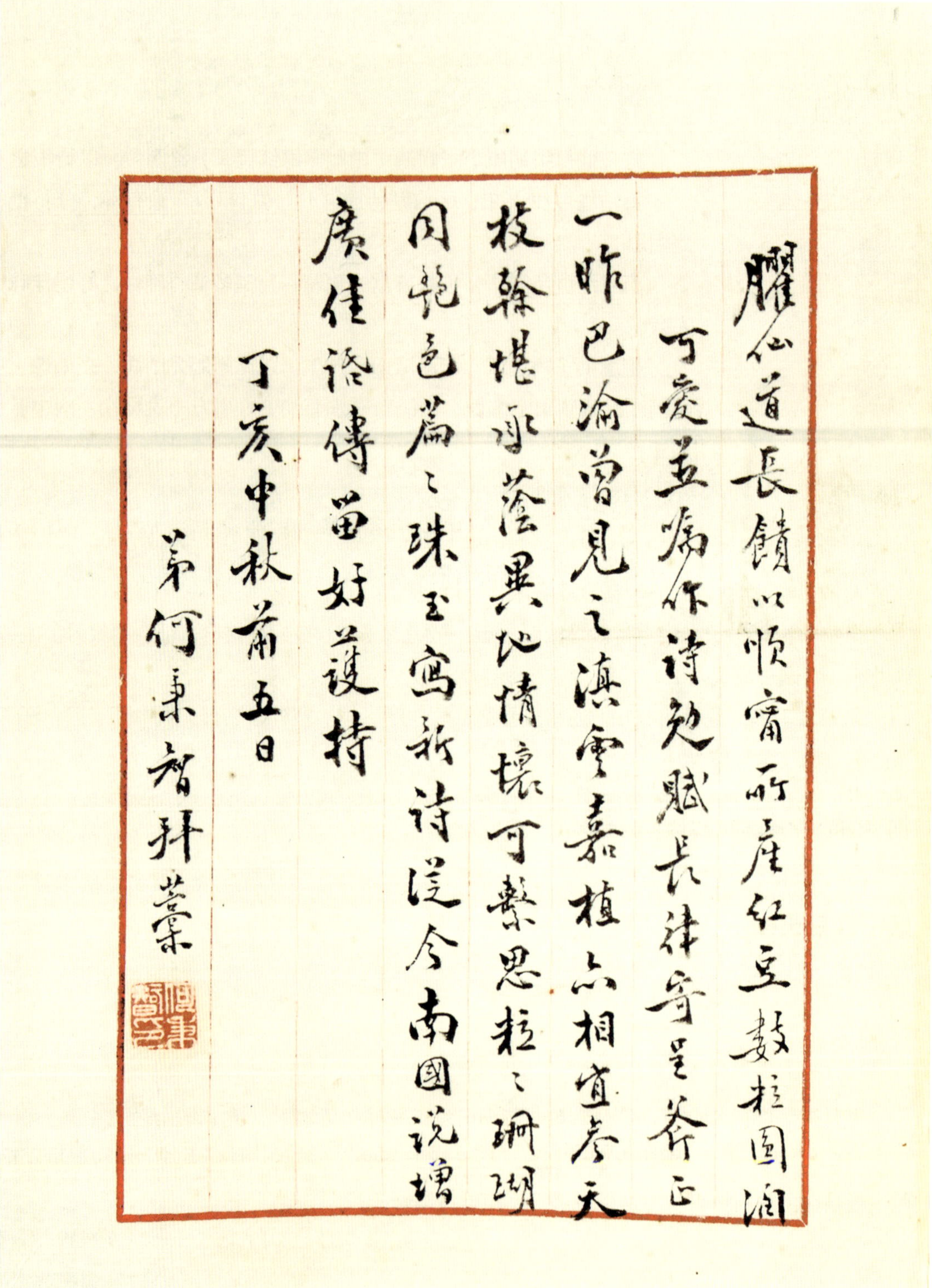
耀仙道長鑒：以順甯所產紅豆數粒圓潤
可愛，並屬作詩，勉賦長律寄呈斧正。
一昨巴渝曾見之，滇雲嘉植亦相宜。參天
枝榦堪承蔭，異地情懷可繫思。粒粒珊瑚
同艷色，篇篇珠玉寫新詩。從今南國說壇
廣佳話，傳留好護持。
丁亥中秋前五日
弟何秉智拜稿

I56 G20.5cm×28cm

## 何作楫　一通

何作楫（一八九二～一九六七），字逖江。云南昆明人。昆明县立师范学校毕业。曾任云南教育司编辑室编辑主任，国民革命军第三十八军司令部秘书，云南省政府秘书，马龙、嵩明等县县长，昆华女中教员，省教育厅督学，民族教育科科长，云南省教育经费管理局副局长，昆明县银行经理。著有《杨慎年谱》等。一九五七年，受聘为云南省文史研究馆馆员。

### 赋红豆五律二章

〖录文〗

臞仙遗红豆数粒，并索诗。爰赋五律二章为报。

微物解相思，王维曾有诗。丹诚赢一点，愁绪绾千丝。少妇登楼日，征人羁旅时。此情孰能遣，南国子离离。

采撷从千里，殷勤遗故知。还将刻骨意，写作断肠词。塞外音书杳，机中锦字迟。汗青留此照，粒粒满琼枝。

逖江何作楫　丁亥［一九四七］腊月于昆明

〔钤印：逖江〕

〔笺纸：瓦当图纪念诗笺〕

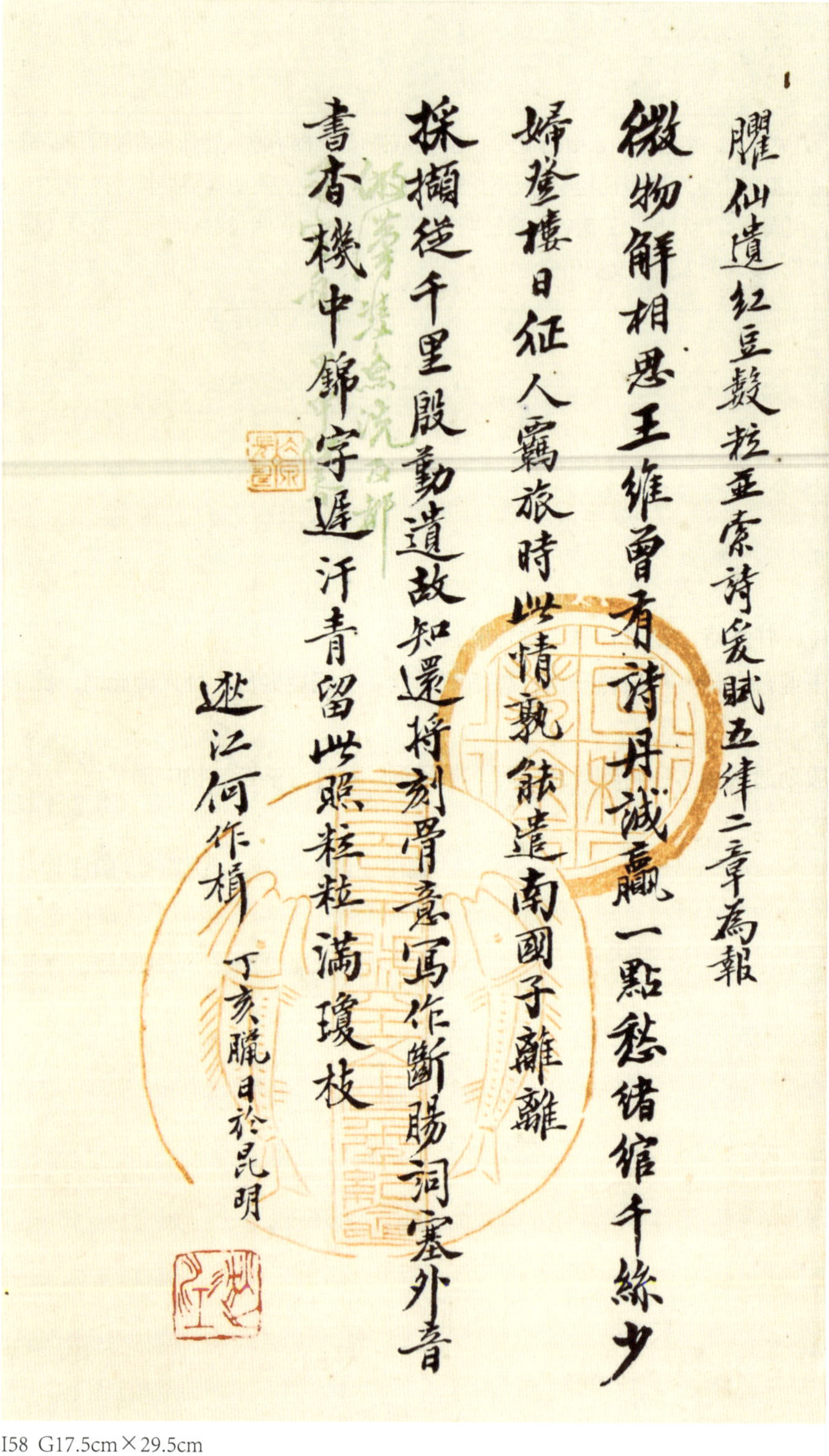
瞿仙遺紅豆數粒並索詩爰賦五律二章爲報
微物解相思王維曾有詩丹誠贏一點愁緒綰千絲少
婦登樓日征人羈旅時此情孰能遣南國子離離
採擷從千里殷勤遺故知還將刻骨意寫作斷腸詞塞外音
書杳機中錦字遲汗青留此照粒粒滿瓊枝
逃江何作楫　丁亥臘日於昆明

158 G17.5cm×29.5cm

## 寇敦　一通

寇敦，云南通志馆事务员、编审。与庄永华合编《云南通志长编》之《水利志》（一）。

### 奉和红豆四首

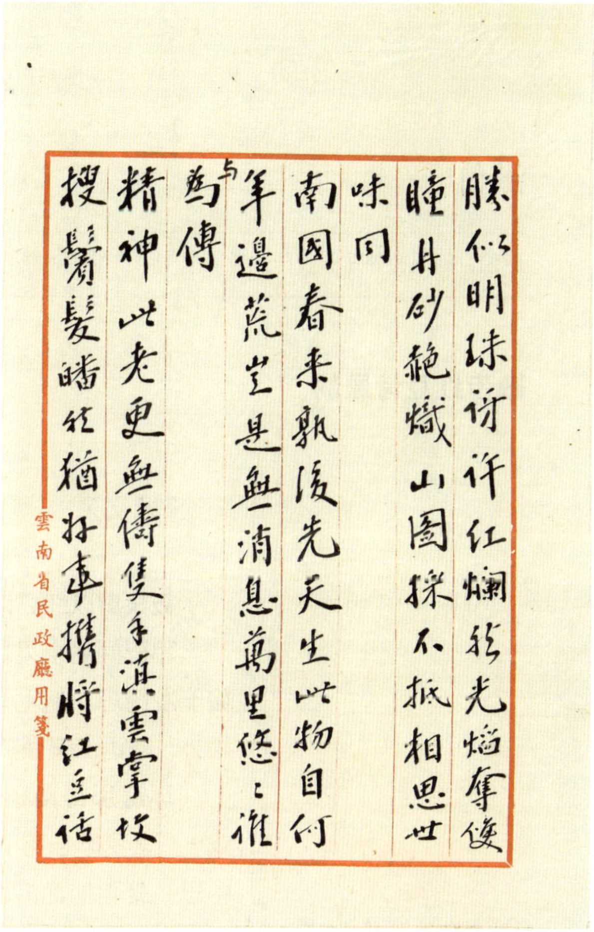
勝似明珠訝許紅爛然光焰奪雙
瞳丹砂艷熾山圖採不抵相思世
味同
南國春來孰後先天生此物自何
年邊荒豈是無消息萬里悠悠誰
為傳
精神此老更無儔隻手滇雲掌故
搜鬢髮皤然猶好事攜將紅豆話
雲南省民政廳用箋

I59（2-1）G18cm×29.5cm

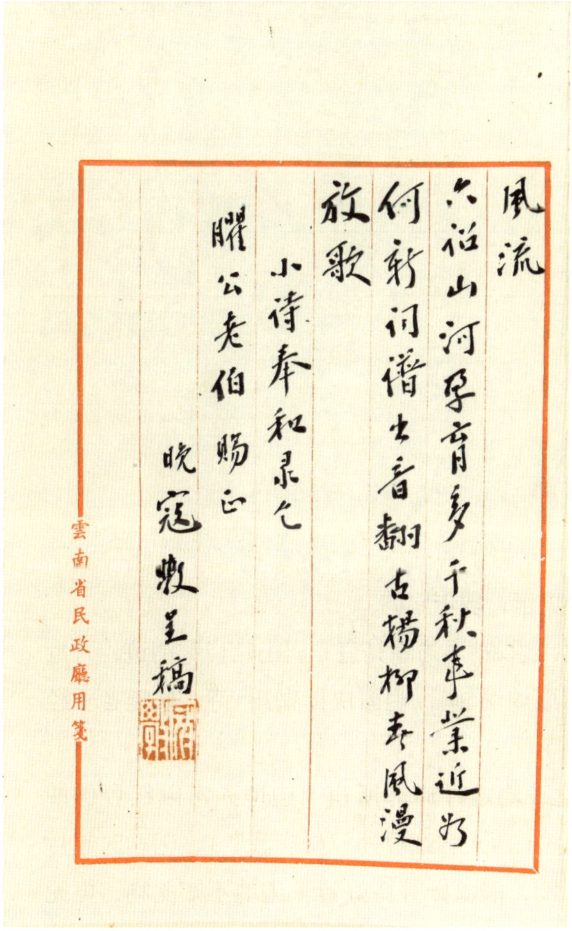
風流
六詔山河孕育多千秋事業近如
何新詞譜出音翻古楊柳春風漫
放歌
小詩奉和錄乞
臞公老伯賜正
晚寇敦呈稿
雲南省民政廳用箋

I59（2-2）G18cm×29.5cm

〖录文〗

胜似明珠讶许红，烂然光焰夺双瞳。丹砂艳炽山图采，不抵相思世味同。

南国春来孰后先，天生此物自何年。边荒岂是无消息，万里悠悠谁与传。

精神此老更无俦，只手滇云掌故搜。鬓发皤然犹好事，携将红豆话风流。

六诏山河孕育多，千秋事业近如何。新词谱出音翻古，杨柳春风漫放歌。

小诗奉和，录乞臞公老伯赐正。

晚　寇敩　呈稿

〔钤印：寇敩〕

〔笺纸：云南省民政厅用笺〕

## 滋伯　一通

滋伯，何秉智外甥。曾帮助考证昌宁所产红豆的情况。

### 敬步红豆诗原韵

〖录文〗

筱泉舅以红豆诗见示，敬步原韵。

早已闻名未见之，遐陬[1]寻访固其宜。居山常自韬清迹，入世偏能发绮思。新宅写成周惕[2]画，明窗快读辋川[3]诗。扶疏老干经霜久，寄语山灵谨护持。

环奇那得慢轻之，喝雉呼卢非所宜（边地人常以红豆作博戏）。念我毋忘花下意（西人名红豆为“毋忘我”），因君时起月中思。凝脂摇艳洵珍物，摛藻扬芬待好诗（边地不知此物，更无有形诸吟咏者）。安得移栽周大地，人间情感赖维持。

滋伯　未是草

〔笺纸：宣纸〕

①遐陬［zōu］：边远一隅。

②周惕：指惠周惕（？～约一六九四），原名恕，字元龙，又字砚溪（或作研溪），号红豆主人。江苏吴县人。清代学者、诗文家。

③辋［wǎng］川：借指唐诗人王维。

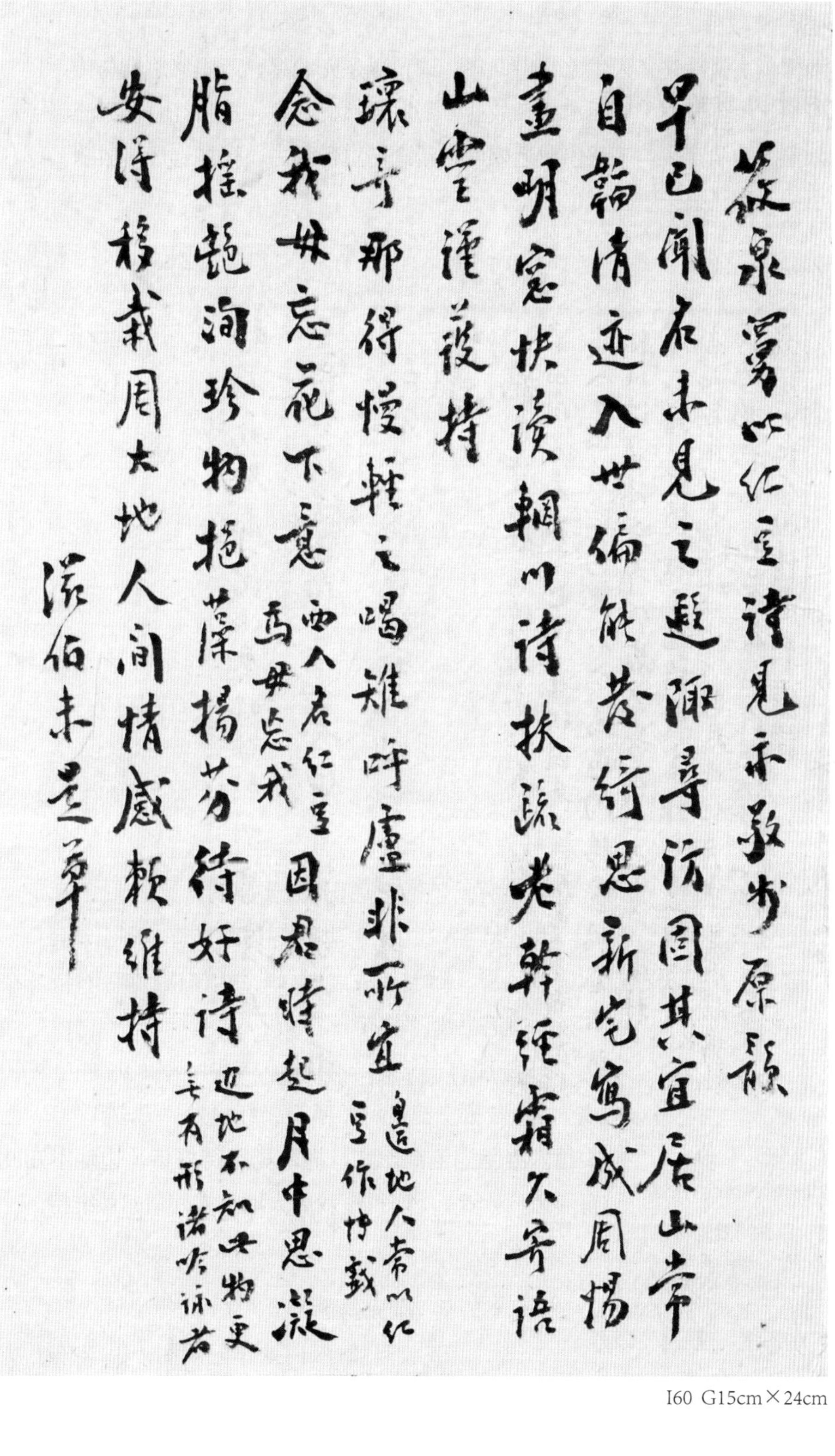
蔭泉賢弟以仁兄詩見示敬步原韻

早已聞名未見之，趨陪尋訪固其宜。居山常自韜清迹，入世偏能發衍思。新宅寫成周揚畫，明窗快讀輞川詩。扶疏老幹經霜久，寄語山靈謹護持。

瓌奇那得慢輕之，唱雅呼盧非所宜。邑地人常以仁兄作博戲 念我毋忘花下憩，西人名仁兄為毋忘我 因君時起月中思。凝脂搖艷洵珍物，拖藻揚芬待好詩。近地不知此物更無有形諸吟詠者 安得移栽周大地，人間情感賴維持。

濟伯未定草

I60 G15cm×24cm

# 何秉智　一通

## 十一月十九日致方树梅

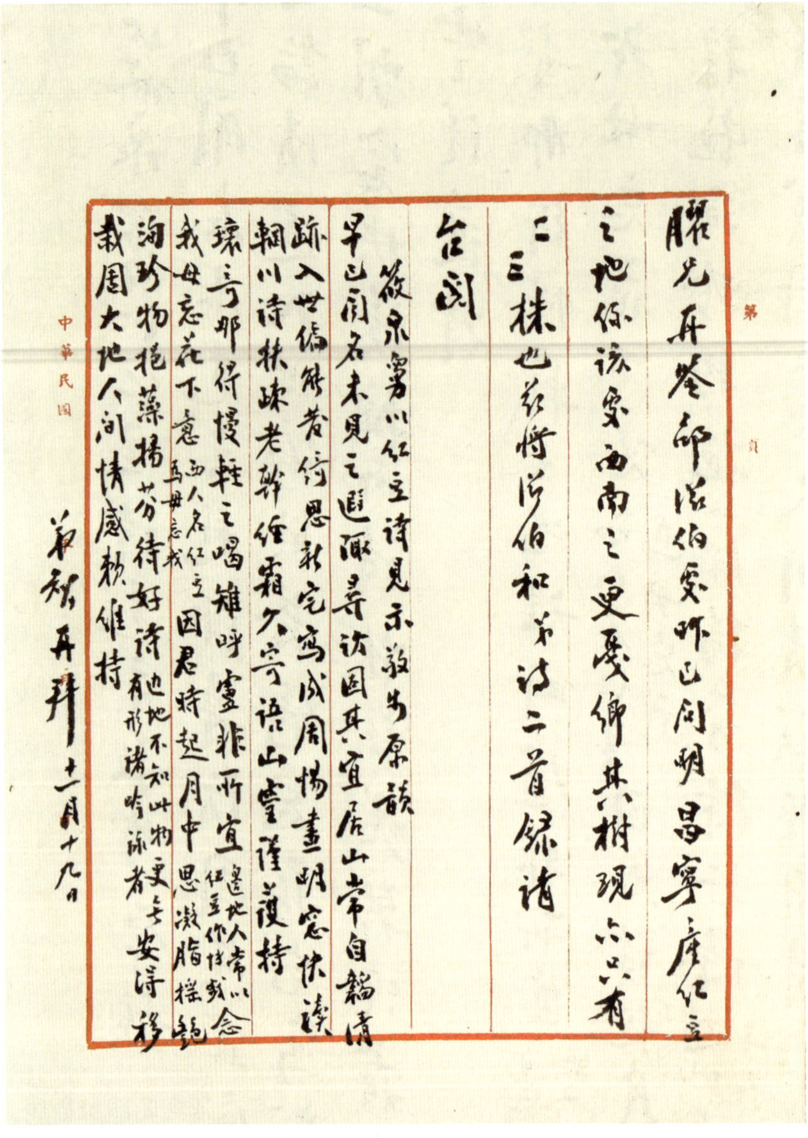

臞兄再鉴：命滋伯处昨已问明，昌宁产红豆之地系该处西南之更戛乡，其树现亦只有二三株也。兹将滋伯和弟诗二首录请

台阅

簇泉写川红豆诗见示敬步原韵

早已闻名未见之，遐陬寻访因其宜。居山常自饴清趣，入世偏能着情思。新笔写成周杨画，明窗快读辋川诗。扶疏老干经霜久，宁语山堂谨护持。

瓌奇哪得漫轻之，唱难呼卢非所宜（边地人常以红豆作博戏）。念我毋忘花下意（西人名红豆为毋忘我），因君特起月中思。凝脂摇飐海珍物，艳藻扬芬待好诗（他地不知此物，更无有形诸吟咏者）。教之安得移栽周大地，人间情感赖维持。

弟智再拜　十一月十九日

I61 G21cm×29cm

①更戛乡：地名。位于昌宁县城南部。

〖录文〗

臞兄再鉴：

命滋伯处昨已问明，昌宁产红豆之地系该处西南之更戛乡[①]，其树现亦只有二三株也。兹将滋伯和弟诗二首录请台阅。

筱泉舅以红豆诗见示，敬步原韵。

早已闻名未见之，遐陬寻访固其宜。居山常自韬清迹，入世偏能发绮思。新宅写成周惕画，明窗快读辋川诗。扶疏老干经霜久，寄语山灵谨护持。

环奇那得慢轻之，喝雉呼庐非所宜（边地人常以红豆作博戏）。念我毋忘花下意（西人名红豆为“毋忘我”），因君时起月中思。凝脂摇艳洵珍物，摛藻扬芬待好诗（边地不知此物，更无有形诸吟咏者）。安得移栽周大地，人间情感赖维持。

弟 智 再拜 十一月十九日

〔笺纸：朱丝八行〕

〖解读〗

“滋伯和弟诗二首”请见滋伯 I60 手札。“弟诗二首”即何秉智 I56 手札。

## 缪尔纾 一通

### 奉和臞仙红豆雅什

〖录文〗

讱庵［张问德］远寄相思子，贸得臞仙思结绮。分赠琼瑰到衡门，欲和阳春惭下里。忆昔女儿滞江津，曾函此物娱双亲。云产白沙阅岁久，偶得因贌珠同珍。夥颐今入诗人手，萍实昭然辨鲁叟。更播长谣锦联翩，美人香草同不朽。鲰生[1]寡学拙文辞，多情况后说相思。催租更阻吟秋兴，狗尾续貂应见嗤（末二句易为：秋水蒹葭遥怅望，时时梦入古滇池）。

奉和臞仙红豆雅什即乞吟正。

弟 缪尔纾 呈稿 六月六日

〔笺纸：竖行信笺〕

①鲰［zōu］生：指浅薄愚陋的人；小人。后亦为小生，多作自称的谦词。

衡初庵遠寄相思子留得臞仙思結綺分贈瓊瑰到
藥門歌和陽春慚下里憶昔女兒帶江津曾匹丹
粉蝶雙親云屋白沙閑歲久偶得因其珠同珍夥頗
令入詩人手萍家招丑辭魯叟更播長謠錦聯翩美
人香草同不朽飯生寡學拙文辭多情況復說相
思從祖更阻吟秋與稿尾淡韶應見喏
奉和
臞仙紅豆雅什即乞
吟正

末二句易為秋水蒹葭致遠悵塵時時夢不古真逝

弟繆爾紓呈稿 六月六日

I62 G17cm×28cm

# 马伯安　一通

马伯安（一八八六～一九六一），字骢，号泊莽、泊菴。云南昆明人。回族。自幼勤奋自学，孜孜不倦。稍长，入云南武备堂，后历任军政要职。一九一一年参与“重九起义”，曾任西南民委委员、云南军政委员顾问、云南省民委副主任、省政协常委。病逝后其藏书数千册，全捐赠给了图书馆。

## 和红豆三首

〖录文〗

**臞仙赠红豆二枚，赋诗索和**

言情咏物寄相思，韵事争传摩诘诗。分赠一枝聊写意，雅人深致见于词。

色似珊瑚圆如珠，庭园移植足清娱。多情物号相思子，翁貌虽臞兴未臞（臞仙[①]貌甚臞）。

百城坐拥[②]媲松崖（惠栋字松崖，富藏书，有红豆书庄），雅趣牧斋堪与偕（钱谦益牧斋，自名红豆主人）。此物采来欣共赏，赋诗纪事一摅怀。

臞仙、惕山［王灿］诗家諟正[③]。

泊莽　稿　七·廿

〔钤印：泊莽〕

〔笺纸：朱丝八行。文：“中华民国”〕

①臞仙：典故名，典出《史记》卷一一七《司马相如列传》。司马相如认为传说中的众仙形体容貌特别清瘦，后遂以“臞仙”等借称身体清瘦而精神矍铄的老人。文人学者亦往往以此自称。

②百城坐拥：也作坐拥百城。意思是有一万卷书，胜似管理一百座城的大官。比喻藏书极丰富。

③諟［shì］正：订正。

字第　號第　頁

耀心贈紅豆二枚，賦詩索和

言情詠物寄相思，韻事争傳摩詰詩。今贈一枝聊寄意，離人深致見於詞。

色似珊瑚圓似珠，庭園移植足清娛。多情物錦相思子，贈我親觀耀與未耀。（耀心親惠）

百株坐擁擬松屋（東蓀宇松屋富藏，李有紅豆書屋），雅趣敦齋堪與儔（錢遵義敦齋自名紅豆主人）。此物來來欲共賞，賦詩紀事一攄懷。

耀心、楊山詩家　諟正

泊舜稿　七廿

中華民國　年　月　日

I63 G18cm×27cm

## 王灿　一通

### 和答红豆三绝

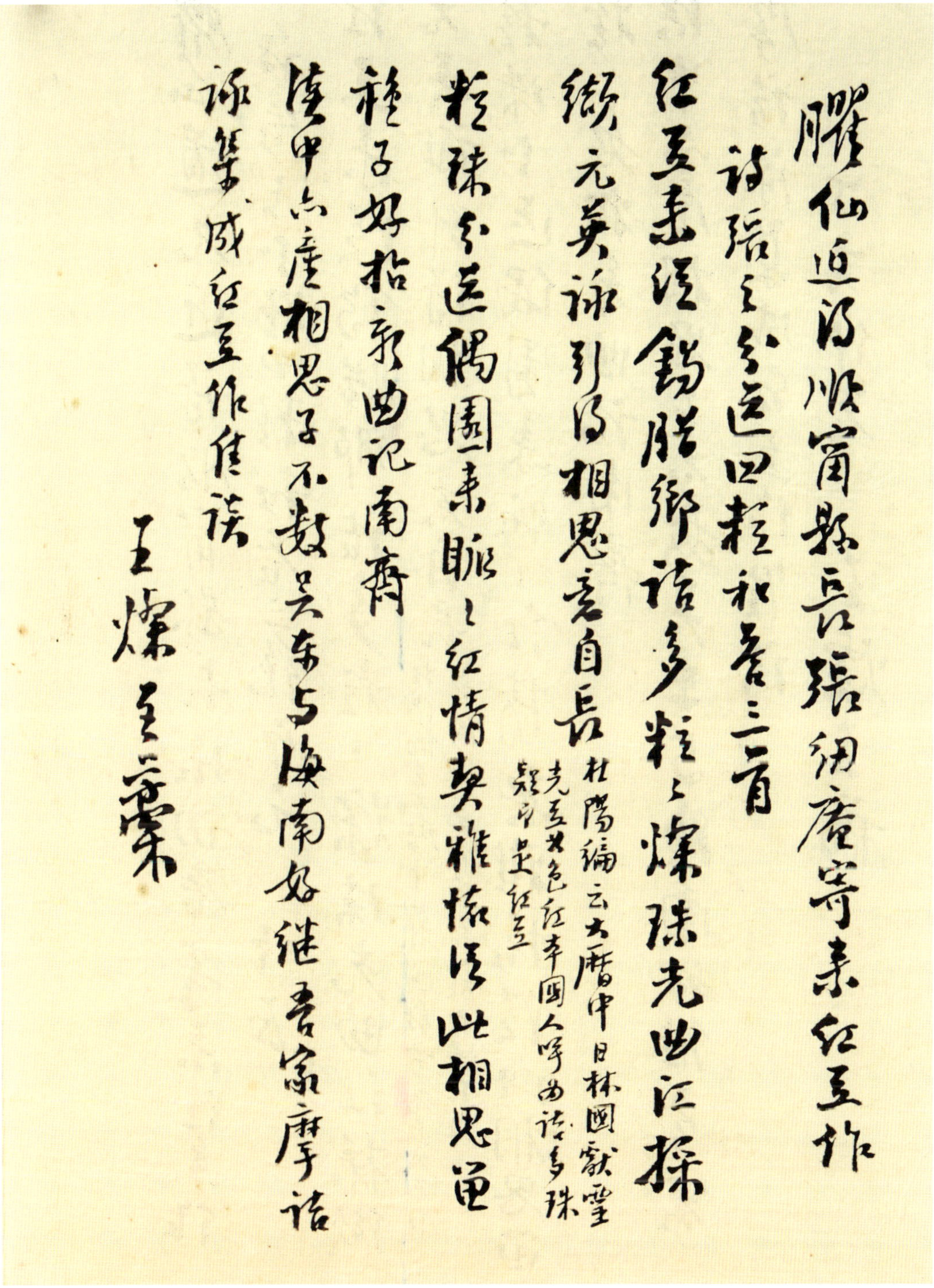

臞仙道兄順甯縣長以絹唐寄來紅豆作詩囑之分述四絕和答三首

紅豆來從錫臘鄉諸多粒粒燦珠光曲江採擷元英詠引得相思意自長杜陽編云大曆中日林國獻靈光豆其色紅本國人呼為詩多珠疑即是紅豆

粒粒珠分送偶園來瞻瞻紅情契雜懷傳此相思留種子好拈新曲記南齋

滇中亦產相思子不數吳東與海南好繼香家摩詰詠築成紅豆作佳談

王燦呈稿

I55 G18cm×24cm

耀仙道兄：近得欣甯縣長張訒庵寄來紅豆作詩，張之示餘四粒，和答二絕，即乞吟正。

紅豆來從錫臘鄉，詰多粒粒燦珠光。曲江採擷元吳詠，引得相思意自長。杜陽編云：大曆中日林國獻靈光豆，大色紅，本國人呼為詰多珠，疑即是紅豆。

粒珠分遠偶團來，脈脈紅情契雅懷。從此相思留種子，好栽數曲記南齋。

滇中亦產相思子，不數吳來與海南。好繼吾家摩詰詠，集成紅豆作佳談。

丁亥仲夏　王燦呈稿

郵政標準信箋

I64 G17cm×26.5cm

〖录文〗

臞仙道兄近得顺宁县长张讱庵［张问德］寄来红豆，作诗张之，分赠四粒，和答三绝，即乞吟正。

红豆来从锡腊乡，诘多粒粒灿珠光。曲江采缬元英咏，引得相思意自长（《杜阳编》云“大历中，日林国献灵光豆，其色红，本国人呼为诘多珠”，疑即是红豆）。

粒珠分送偶园来，脉脉红情契雅怀。从此相思留种子，好拈新曲记南斋。

滇中亦产相思子，不数吴东与海南。好继吾家摩诘咏，集成红豆作佳谈。

丁亥［一九四七］仲夏　王灿　呈稿

〔笺纸：邮政标准信笺〕

〖解读〗

I55 正文内容与 I64 相同，序文和落款略有出入。当时诗家有得意之作，喜欢抄录给他人分享。或方树梅请王灿赐两件，由方树梅转赠他人，因故未能转出，一并收存。

## 王祯　一通

王祯（一八八五～一九五一），字晓秋。云南昆明人。清光绪癸卯科举人，曾任翰林待诏、内阁中书、民国众议院议员。废科举后，入法政学堂学习法政，毕业后，任宣威县知事。民国初年被选为众议院议员，并兼云南驻京代表。其间，任过曲靖县和澄江县知事。曹锟贿选事发后，南下广州参加临时国会。曾任唐继尧代表与孙中山先生洽谈唐提出的联省自治问题。后任省政府顾问及造币厂委员。一九三〇年担任耀龙电灯公司董事，又任公司经理。晚年笃信佛教，不问政治。喜以《金刚经》等佛经素材撰写屏联帧帖。

## 赋和顺宁红豆

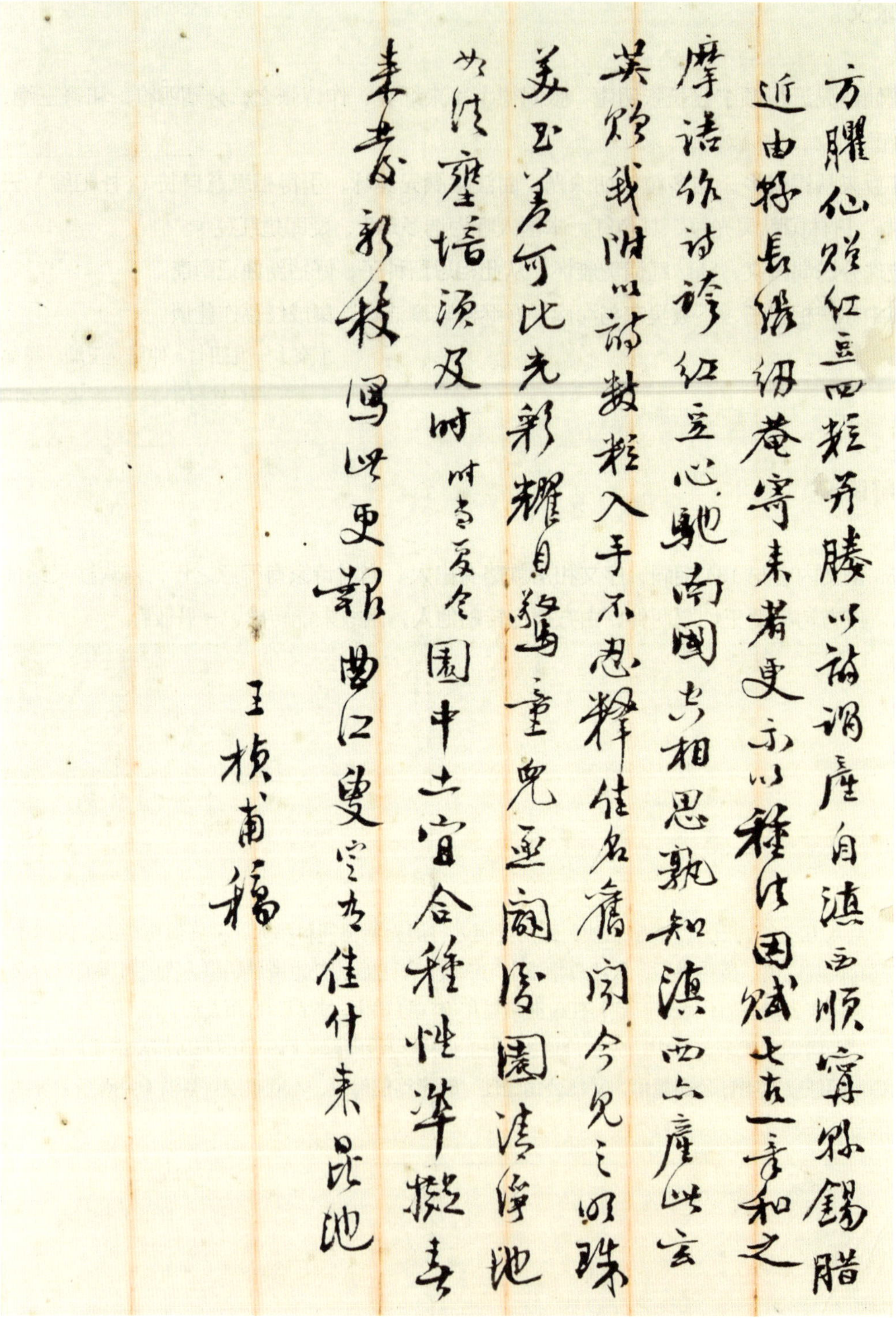

方臞仙贈紅豆四粒并媵以詩詞產自滇西順寧縣錫臘，近由楊長纓細菴寄來者，更示以種法，因賦七古一章和之

摩詰作詩詠紅豆，心馳南國長相思。孰知滇西亦產此，云英贈我附以詩。數粒入手不忍釋，佳名屢聞今見之。明珠美玉差可比，光彩耀目驚童兒。亟向庭園清淨地，如法壅培須及時（時當夏令）。園中土宜合種性，準擬春來發新枝。圖以更報曲江叟（定有）佳什來昆池。

王楨甫稿

I57 G17cm×26cm（与 I65 同）

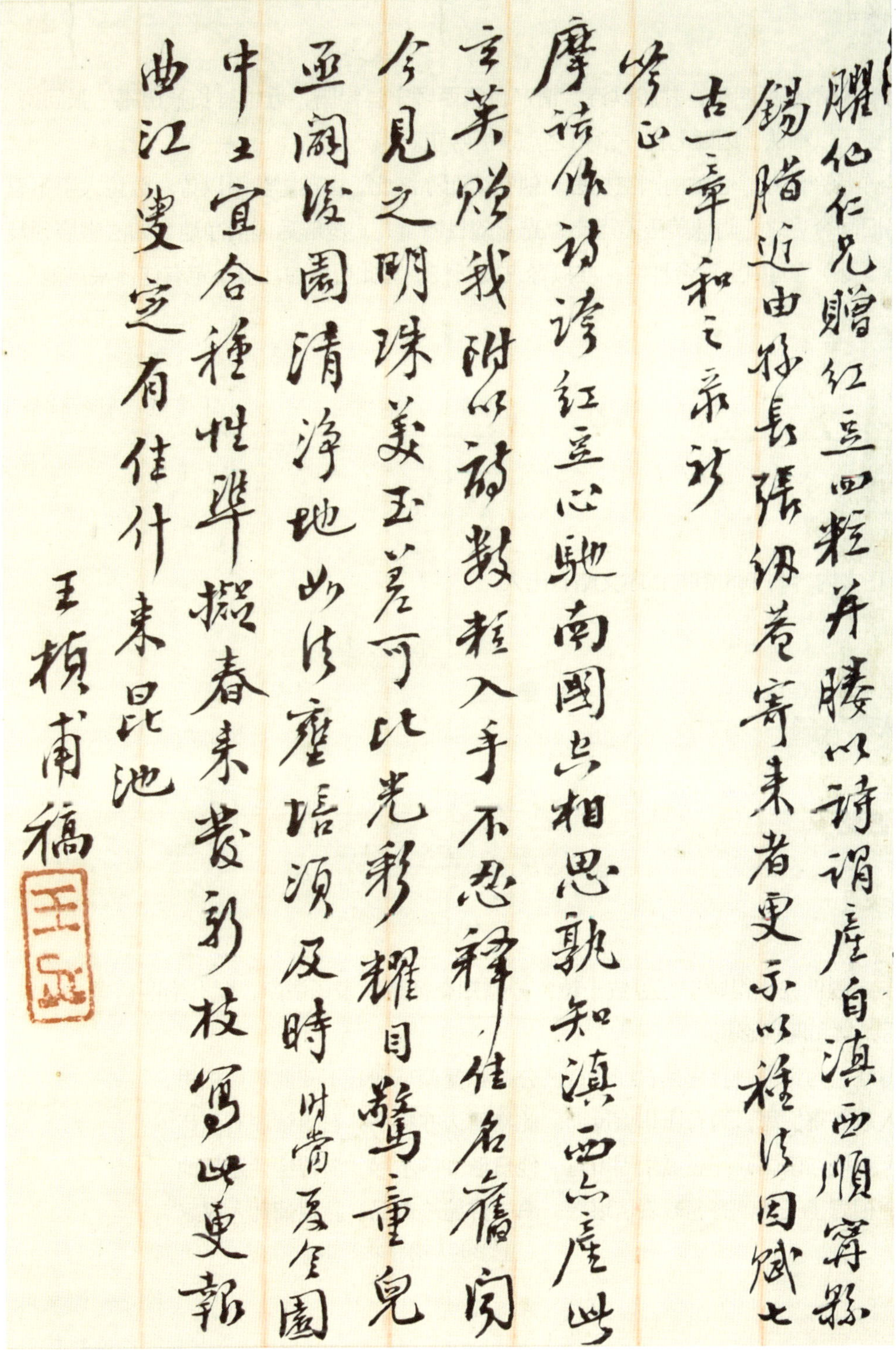
臞仙仁兄贈紅豆四粒并媵以詩謂產自滇西順寧縣
錫臘近由縣長張綏菴寄來者更示以種法因賦七
古一章和之錄請
吟正
摩詰作詩誇紅豆心馳南國共相思孰知滇西亦產此
辛英贈我附以詩數粒入手不忍釋佳名舊聞
今見之明珠美玉差可比光彩耀目驚童兒
亟闢後園清淨地如法壅培須及時 時當夏令園
中土宜合種性異擬春來發新枝寫此更報
曲江叟定有佳什來昆池
王楨甫稿

I65 G17cm×25.5cm

〖录文〗

臞仙仁兄赠红豆四粒，并媵以诗。谓产自滇西顺宁县锡腊，近由县长张讱庵［张问德］寄来者。更示以种法。因赋七古一章和之，录祈吟正。

摩诘作诗夸红豆，心驰南国空相思。孰知滇西亦产此，玄英赠我附以诗。数粒入手不忍释，佳名旧闻今见之。明珠美玉差可比，光彩耀目惊童儿。亟辟后园清净地，如法壅培须及时（时当夏令）。园中土宜合种性，准拟春来发新枝。写此更报曲江叟，定有佳什来昆池。

王祯　甫稿

〔钤印：王祯〕

〔笺纸：竖行信笺〕

〖解读〗

I57 正文内容与 I65 相同，序文略有出入。

## 谢显琳　一通

### 和红豆四绝

〖录文〗

老友方臞仙先生得顺宁红豆数十粒，分赠知交征诗，表扬滇产，赋七绝四首登之报端，拜读之后，学和四绝寄正。

君得红豆为详考，我喜读君红豆诗。分赠知交偏忘我，不知此物最相思。

风人起兴寄情思，为有唐华偏反而。此物滇边亦特产，君当续注右丞诗。

原来滇地亦南国，红豆滋生固所宜。他日珊瑚摘不尽，流传佳话遍昆池。

莫道相思了无益，齐名岭表信堪夸。滇中传遍珍奇品，胜似葡萄入汉家。

困学主人谢显琳　呈稿　卅六［一九四七］·七·一八

〔钤印：谢显琳〕

〔笺纸：竖行信笺〕

第　號第　頁民國　年　月　日自　發

老友方臞仙先生得順寧紅豆數十粒分贈知交徵詩
表揚滇産賦七絕四首登之報端拜讀之後學和四絕寄
正
君得紅豆為詳考我喜讀君紅豆詩分贈知交偏忘
我不知此物最相思
風人起興寄情思為有唐華偏反而此物滇邊亦特
産君當續註右丞詩
原来滇地亦南國紅豆滿生園所宜他日珊瑚摘不

I66（2-1） G17cm×25.5cm

盡流傳佳話徧昆池
莫道相思了無益齊名嶺表信堪誇滇中傳徧珍奇
品勝似葡萄入漢家
困學主人謝顯琳
呈槁
廿六、七、一八

I66（2-2） G17cm×25.5cm

## 【J 册：滇南红豆集诗稿】

〖录文〗

滇南红豆集诗稿。（加盖红豆老人印章）

〖解读〗

一九四六年，岭南蔡哲夫函托方树梅搜访滇中红豆。一日，方树梅遇北平静生生物调查所研究员俞德浚，知云南顺宁县有产。恰方树梅好友张问德出任顺宁县县长，托访，很快邮来数十粒，爱不释手。遂以二粒种晋宁学圃，其余分赠知交，作诗四首，撰《红豆考》（上、下）和《红豆赋》，征题诗词表扬滇产，佳作联翩而至，留下了一段文坛佳话。据方树梅记录，至一九六二年，总得诗词二百三十余首，成《滇南红豆集》，编为二卷。

此滇南红豆集诗稿册页主要收入省外文士的红豆诗稿；省内文士红豆诗稿收录在 I 册后半部。

# 丁中立　一通

丁中立（一八八一～一九六六），字晓岚。云南昆明人。清末进士，曾任清廷内阁中书。精中医，曾在天津、昆明挂牌行医。一九三四年后，历任个旧、楚雄、蒙自、蒙化等县县长私人秘书。遗有诗作二百余首，擅书法。一九五六年受聘为云南省文史研究馆馆员。

## 咏红豆短歌

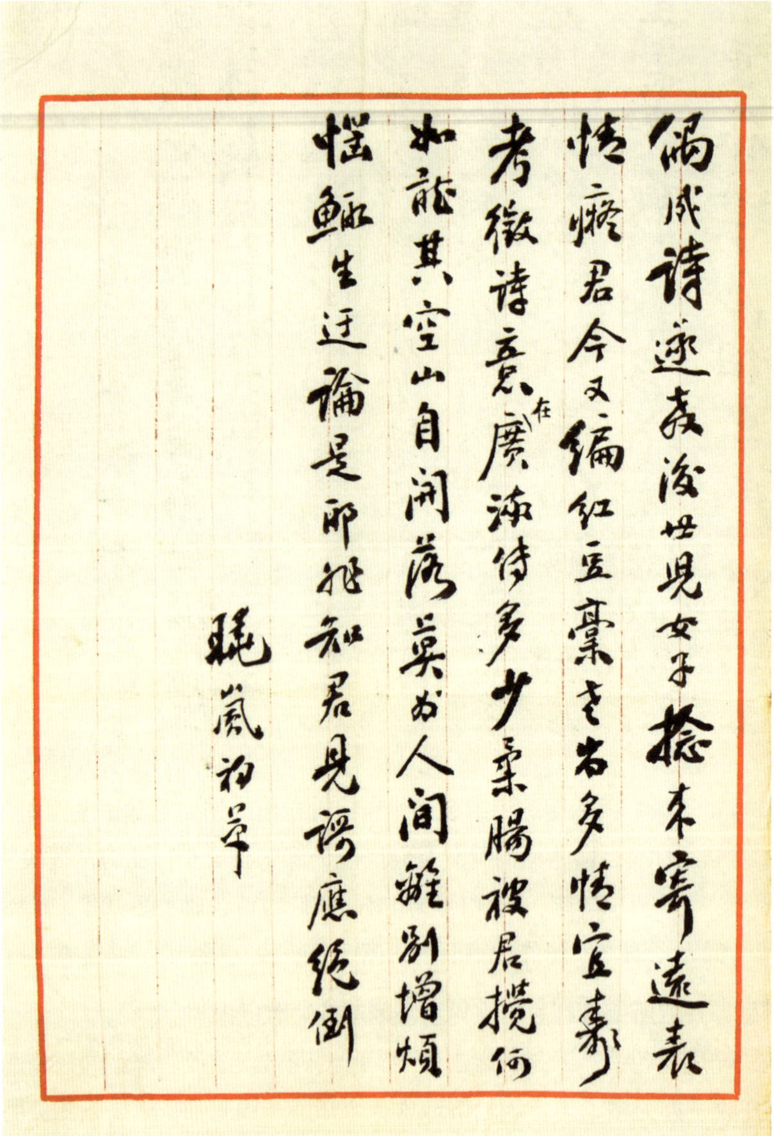

偶成詩遂使後世兒女子捻來寄遠表
情癡君今又編紅豆稾是為多情宣泄
者徵詩意在廣添得多少柔腸被君攪何
如能其空山自開落莫為人間離別增煩
惱鯫生迂論是耶非知君見謂應絕倒
曉嵐初草

J01（2-2） G17cm×27cm

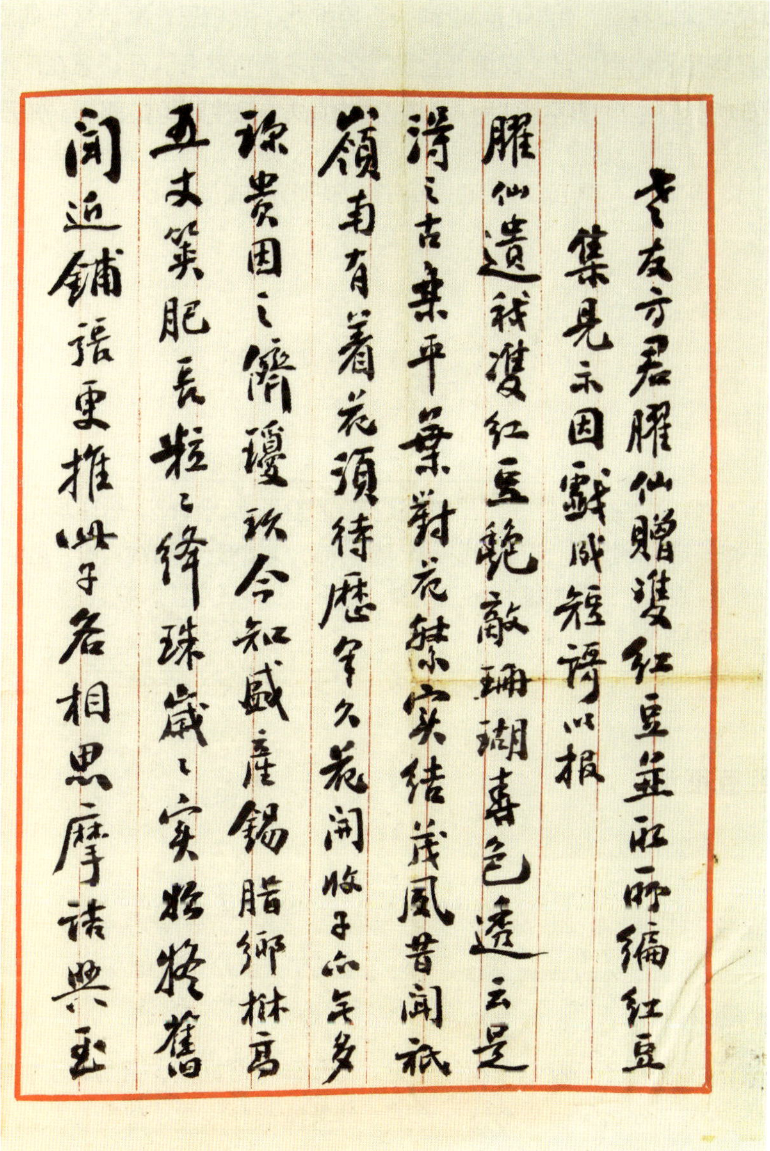

J01（2-1） G17cm×27cm

〖录文〗

老友方君臞仙赠双红豆，并取所编《红豆集》见示，因戏成短歌以报。

臞仙遗我双红豆，艳敌珊瑚喜色透。云是得之古乐平，叶对花繁实结茂。夙昔闻只岭南有，着花须待历年久。花开收子亦无多，珍贵因之侪琼玖。今知盛产锡腊乡，树高五丈荚肥长。粒粒绛珠岁岁实，始疑旧闻近铺张。更推此子名相思，摩诘兴至偶成诗。遂教后世儿女子，捻来寄远表情痴。君今又编红豆稿，老尚多情宜寿考。征诗意在广流传，多少柔肠被君搅。何如听其空山自开落，莫为人间离别增烦恼。鲰生迂论是耶非，知君见歌应绝倒。

晓岚　初草

〔笺纸：信笺〕

## 罗峰南　一通

罗峰南（一八九七～一九六七），云南石屏人。北京中国大学毕业。曾任北京政府国务院主事，修订法律馆协修，京兆尹公署、北运上河务局、教育部、交通部、浙江省政府、昆明市政府、云南省财政厅、云南省民政厅、云南省临时参议会等单位秘书，北平研究院文书科长。一九六〇年，受聘为云南省文史研究馆馆员。

### 奉答红豆征诗

〖录文〗

臞老赠红豆征诗，敬赋奉答。

臞翁贻我相思子，媵以滇南红豆史。博引详征考据精，云是顺宁曾出此。树高数仞叶对生，秋后开花子结成。绿荚纷披垂碧玉，红芳圆润吐朱樱。佳种移来植学圃，分馈征题辑今古。彩云异卉广流传，定宇［惠栋］牧斋［钱谦益］何足数。绛珠璀璨学山楼，艳夺珊瑚一网收。高士骚坛增逸兴，美人香草寄清愁。茫茫恨海空惆怅，竭来偶遇华阳巷。自伤久系似匏瓜，秾春独对百花放。童年尝读辋川诗，未解此物号相思。多情最是方村老，表扬名产写新词。

罗峰南　未是草

〔笺纸：信笺〕

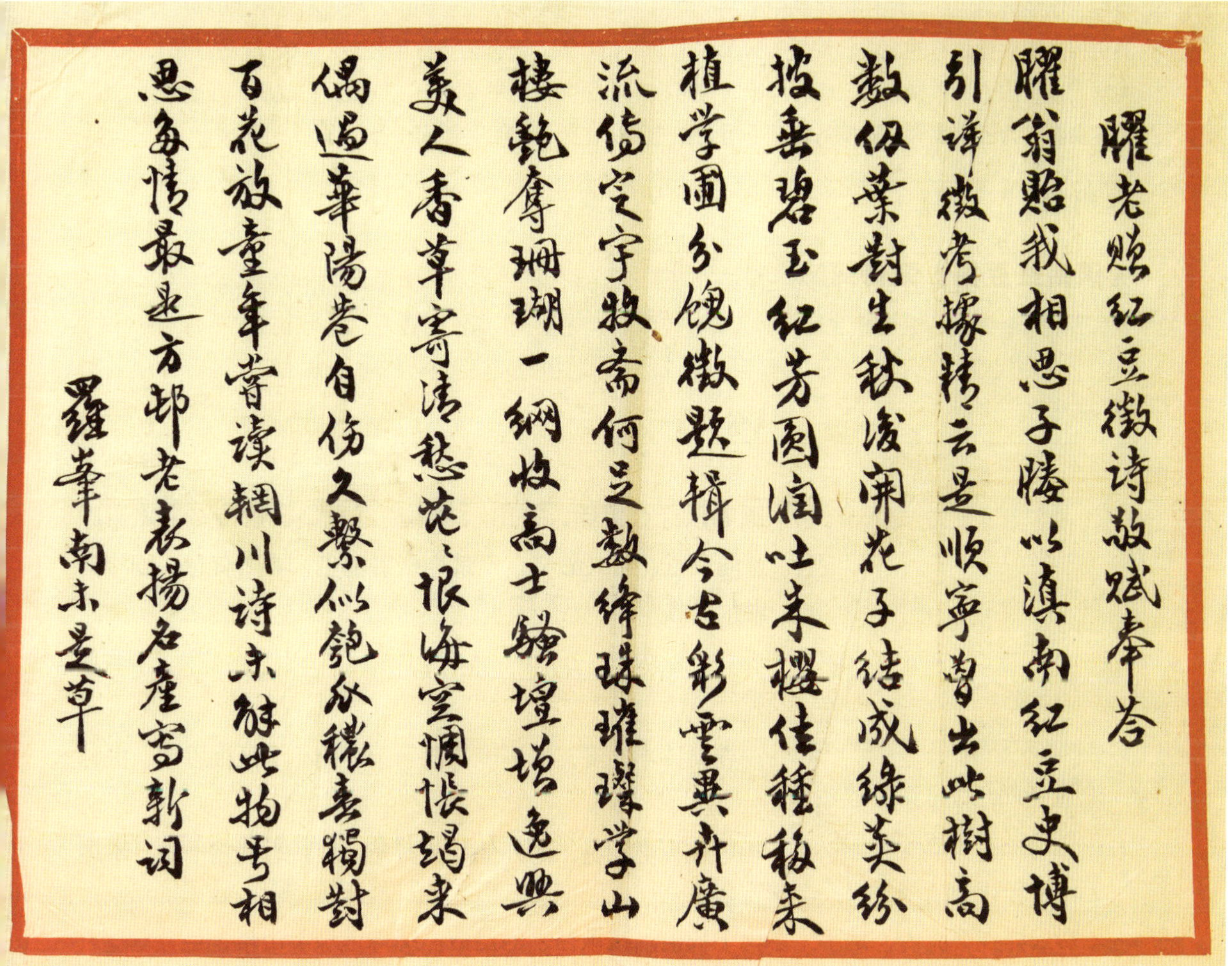

曜老賜紅豆徵詩敬賦奉答
曜翁貽我相思子勝以滇南紅豆史博
引詳徵考據精云是順寧曾出此樹高
數仞葉對生秋後開花子結成綠莢紛
披垂碧玉紅芳圓潤吐朱櫻佳種移來
植學圃分餽徵題揖今古彩雲異卉廣
流傳定字妝奩何足數絳珠璀璨學山
樓艷奪珊瑚一網收高士騷壇增逸興
美人香草寄清愁々恨海空惆悵蜨來
偶過華陽卷自傷久繫似匏瓜穢書獨對
百花放童年曾讀輞川詩未解此物最相
思每情最遠方邨老表揚名產寄新詞
羅華南未是草

J02 G29cm×22cm

## 秦瓒　一通

秦瓒（一八九八 ~ 一九八八），字缜略。河南固始人。秦树声之子。一九一九年考取公费留美，到哥伦比亚大学学习经济学，一九二六年取得硕士学位后回国。先后在河南大学经济系、北京社会调查所、北京大学任教和任职。一九三七年，抗日战争全面爆发后，到西南联大任教。一九四六年被聘为云南大学教授，任经济系主任。他还投身到中国共产党组织领导的爱国学生运动中，经常出席学生的集会，发表演讲抨击国民党政府的腐败，深受爱国师生的拥护和爱戴，被称为“红色教授”。云南解放初期，云南大学组成了由十一人参加的云南大学临时校务执行委员会，选举秦瓒为主任委员；此后，西南军政委员会任命秦瓒为云南大学临时校务管理委员会主任委员，负责过渡时期的校务工作。

### 《滇南红豆集》索诗捧咏

〖录文〗

臞老以红豆见贻，并出示《滇南红豆集》索诗。余捧谢原唱，意何哀感，字夹酸辛，不禁亦枨触前尘，凄然有感，回吟其韵，率尔成章。

缜略秦瓒

一卷新诗半卷笺，珠词琼粒两争圆。凄凉满纸相思字，枨触前尘一惘然。

相思入骨更回肠，海外仙踪久渺茫。梦断香消三十载，不堪回忆旧亭堂。

诗人老去尚情多，种罢相思恨未磨。闲志灵谢笺草木，骚心听意共婆娑。

文献滇南待取裁，名山事业漫疑猜。九龙池畔三生[①]石，偿有他生话再来。

〔笺纸：国立云南大学用笺〕

①三生：源于佛教的因果轮回学说，后成为中国历史上意涵情定终生的象征物。三生石的“三生”分别代表“前生”“今生”“来生”，据说很多人的爱情是从一种似曾相识的感觉开始的，而相爱之后人们又一定会期待“缘定三生”。

臞老以紅豆見貽並出示滇南紅豆集索詩余拜讀原唱
全詩哀艷字字酸辛不禁亦根觸前塵淒然有懷因次
其韻率爾成章　　　　鎮洲秦璞

一卷新詩半寒箋珠詞瓊粒妄爭圓淒涼滿紙
相思字根觸前塵一慨然
相思入骨更迴腸海外仙蹤久渺茫夢斷香消
三十載不堪回憶舊高堂
詩人老去尚情多種得相思恨未磨閑志壹何箋
草木騷人以琢共婆娑

國立雲南大學用箋

J03（2-1）G19cm×29cm

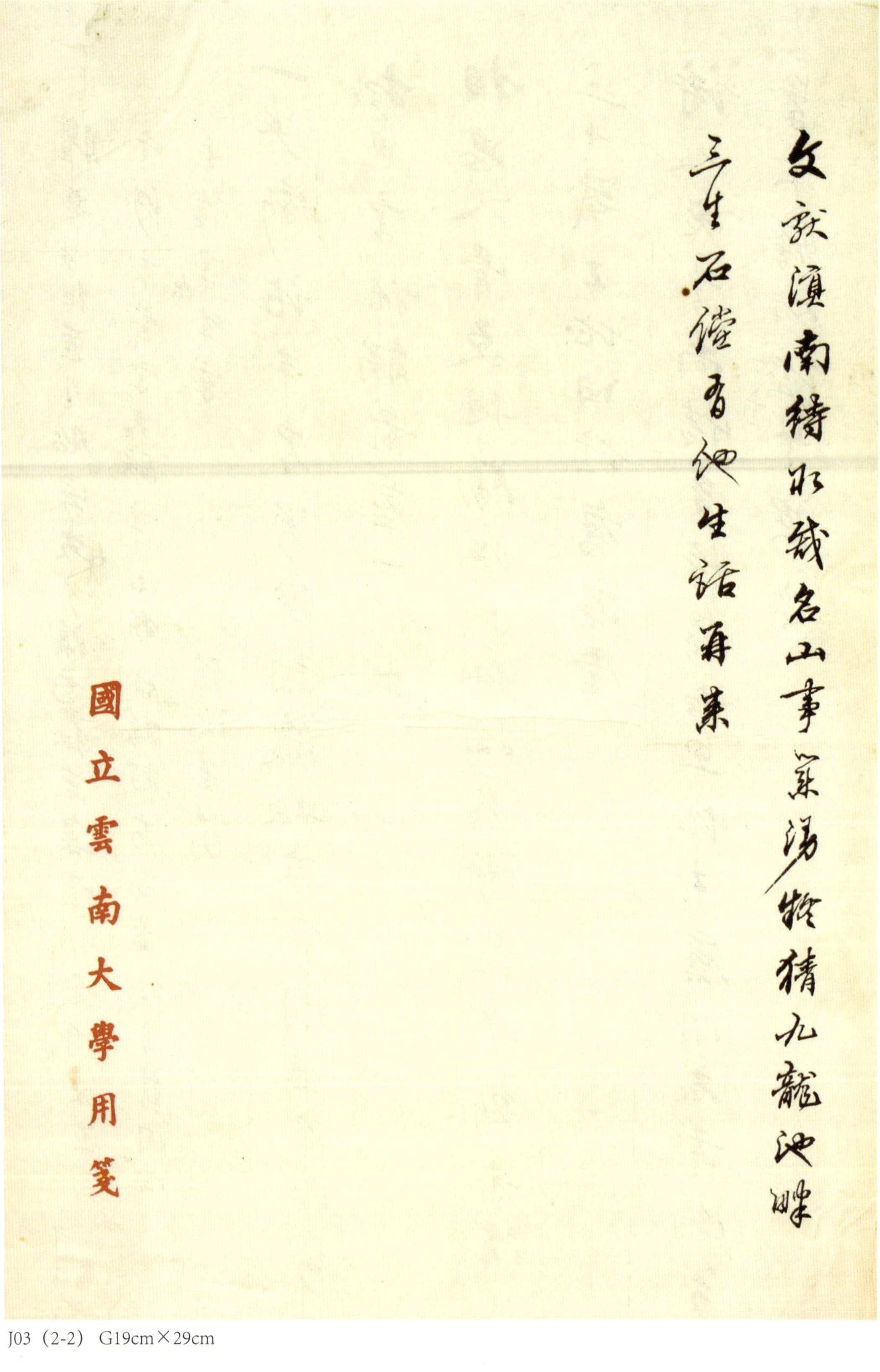

文獻滇南待取裁名山事業渺難猜九龍池畔
三生石儘有他生話再來

國立雲南大學用箋

J03（2-2） G19cm×29cm

# 邢端　一通

邢端（一八八三～一九五九），字冕之，号蛰人，笔名新亭野史。贵州贵阳人。一九〇一年辛丑科举人，一九〇四年甲辰科进士。毕业于日本大阪高等工业预备学校及东京法政大学。历任翰林院检讨、奉天八旗工厂总办、天津工业学堂监督、北洋政府工商部佥事、图书馆主任、农商部技监。一九一七年九月起历任农商部矿政司司长、工商司司长、普通文官惩戒会委员、善后会议代表、井陉矿务局总办。一九二八年后赋闲。邢端长于山志掌故，精书法，工楷、行书。著有《黄山游记》《齐鲁访碑记》《于钟岳别传》《黔人馆选题名》《读南北史劄记》《续魏书宗室传补》《山游日记》《贵州方志提要》等。他在日寇陷据北平时，很有民族气节，不与敌伪往来，经常赋诗明志。一九五一年七月被聘任为中央文史研究馆馆员。

## 红豆分惠敬赋两绝

〖录文〗

印老［李根源］以滇友方臞仙先生所寄红豆分惠。敬赋两绝，即俟削正。邢端呈稿。

谁施铁网入滇池，网到珊瑚第几枝。粒粒丹心牢固结，漫云刻骨记相思。

前身曾伴绛云楼①，染尽胭脂浣尽愁。比似陇梅②供护惜，怀中琼玖③出梁州。

〔钤印：邢端之印、蛰人〕

〔笺纸：宣纸〕

①绛云楼：清代文人钱谦益、名妓柳如是夫妻的居所，也是藏书楼。

②陇梅：出自欧阳修的一首《渔家傲》词“陇梅暗落芳英断”句，暗指驿寄梅花这一典故，代指对友人的思念。驿寄梅花意为请邮差寄送梅花。三国陆凯《赠范晔》诗：“折梅逢驿使，寄与陇头人。江南无所有，聊寄一枝春。”

③琼玖：琼和玖。泛指美玉。后世常用以美称礼物。

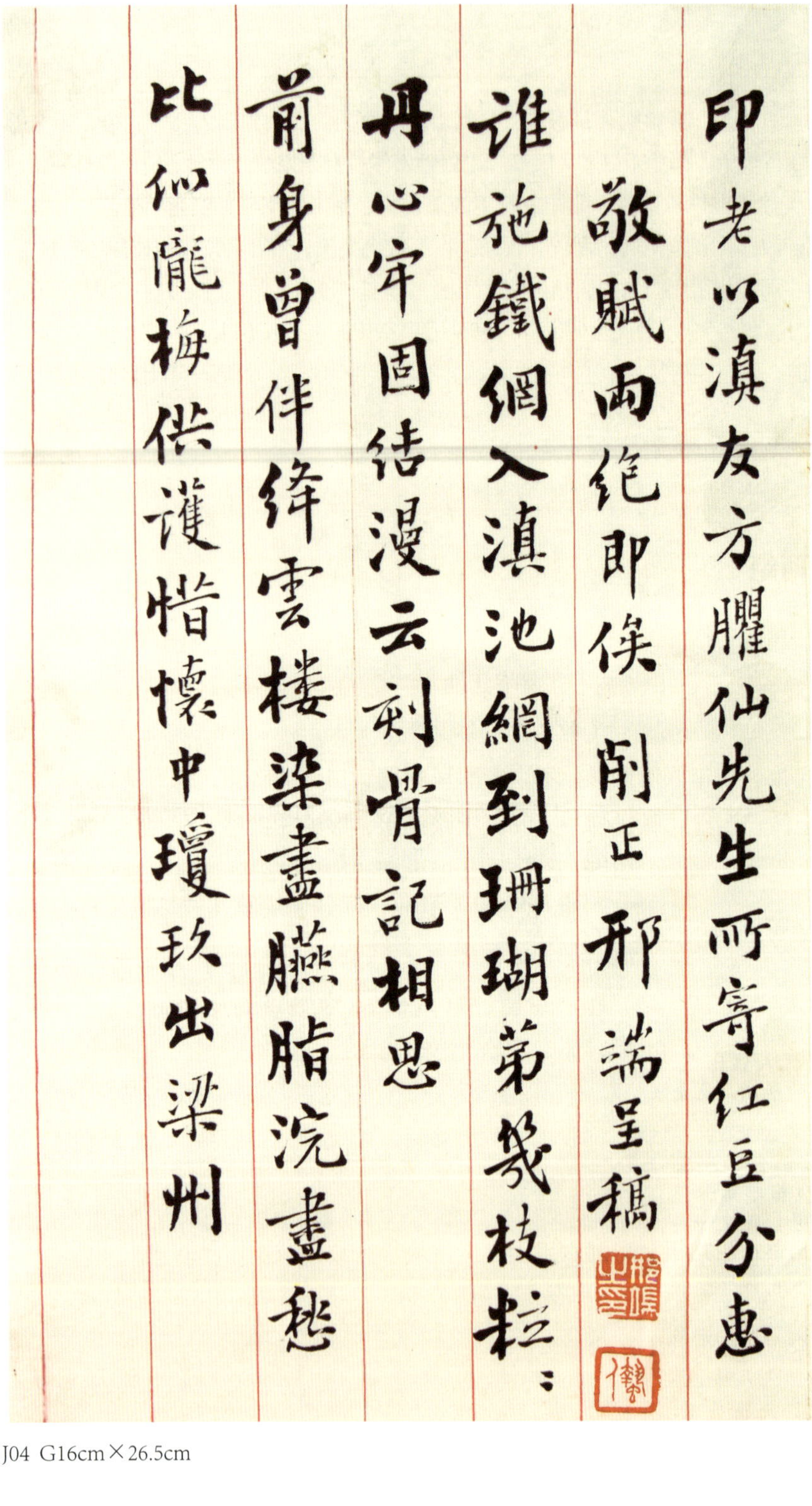
印老以滇友方臞仙先生所寄红豆分惠
敬賦兩絶即俟削正 邢端呈稿
誰施鐵網入滇池，網到珊瑚第幾枝。
粒粒丹心牢固結，漫云刻骨記相思。
前身曾伴絳雲樓，染盡臙脂浣盡愁。
比似隴梅供護惜，懷中瓊玖出梁州。

J04 G16cm×26.5cm

## 李广平　一通

李广平（一九一六～一九六七），原名家璟、蒙景，号小宋，别号寒香阁主，后以字“广平”名世。安徽合肥人。因李鸿章是他的曾祖父，云贵总督李经羲是他的叔祖，赵朴初是他的表哥，故人称“末世王孙”“淮南公子”。幼年时既承庭训，家中又延师教读，故有一身学问，燕京大学慕名请他当客座教授。在中国古典文学、哲学、佛学上均有很深造诣，吟诗填词、书法绘画、鉴定字画均擅长。书法学王羲之、赵孟頫，尤以学赵深得其中三昧，字体圆润秀雅。一九四九年到云南，任国民党高级将领卢汉的秘书。李对政治并无兴趣，任秘书也只是幕中的清客。

### 临江仙（题《滇南红豆集》）

〖录文〗

临江仙

（题《滇南红豆集》）

落魄江湖狂杜牧，十年依旧青衫。不堪芳事早阑珊，白头情旖旎，绿鬓梦凋残。

此际旧尘空想像，泪红颗颗抛弹。人间天上路谁谙，殷勤托青鸟，江北更江南。

淮南李广平　拜奉

腱仙老先生教正。

〔钤印：广平书画、三十以后〕

〔笺纸：截枝图诗笺。文：“荣宝”〕

〖解读〗

此札大致成于一九四九年至一九六二年，广平兄借红豆抒发了自己的人生际遇。

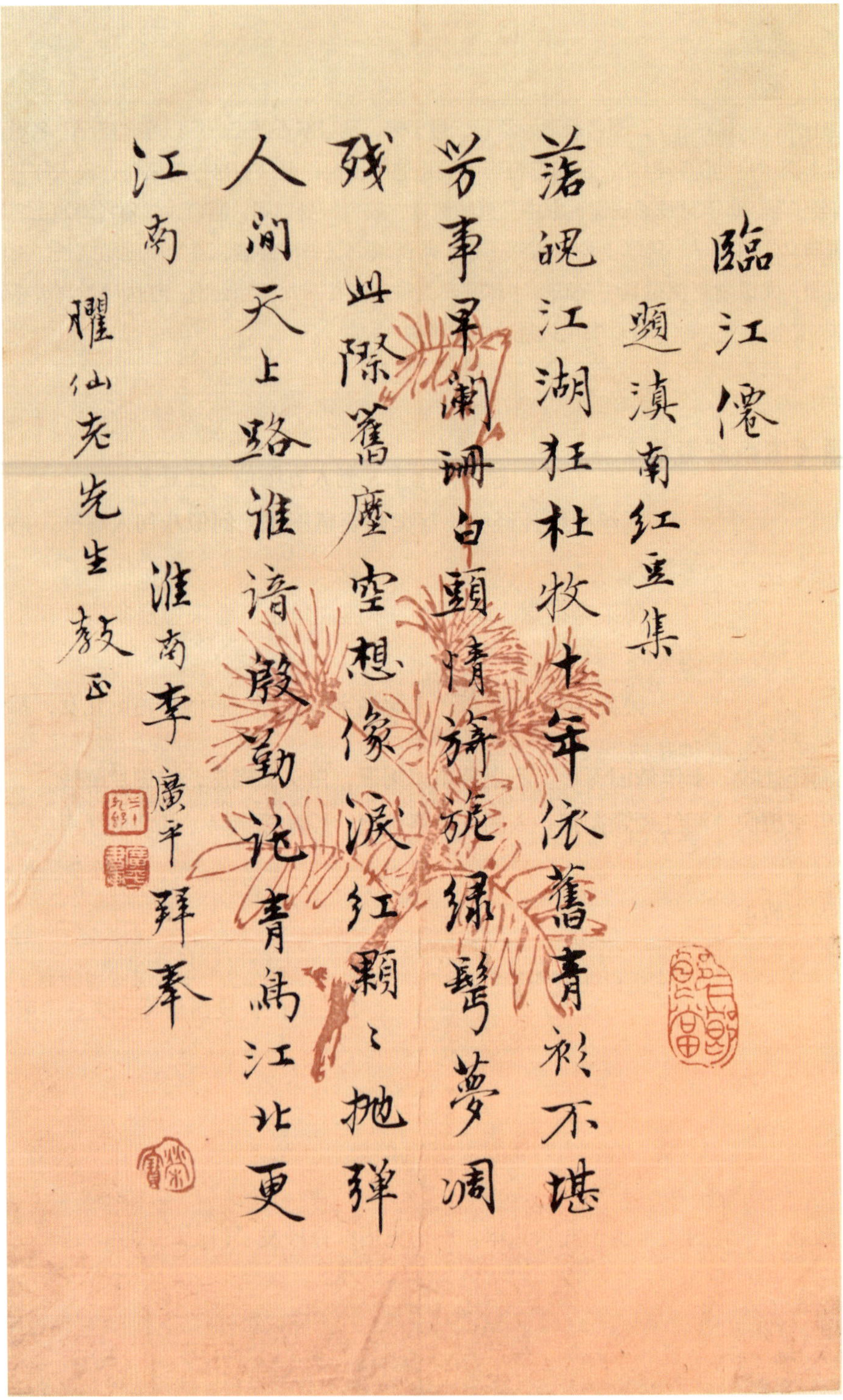

臨江僊
題滇南紅豆集

落魄江湖狂杜牧十年依舊青衫不堪
芳事早闌珊白頭情旖旎綠鬢夢凋
殘此際舊塵空想像淚紅顆顆拋彈
人間天上路誰諳殷勤託青鳥江北更
江南

淮南李廣平拜奉

耀仙老先生教正

J05 G15.5cm×25cm

# 陈小方　一通

陈小方（清末民国），号佛园居士。详情待考。

## 题《红豆考》四首

〖录文〗

**题滇南七十九老人方臞仙《红豆考》**

鬓丝禅榻几经秋，甚矣吾衰感不休。何似八旬人矍铄，拈将红豆考源流。

博采旁征累岁功，也如尔雅注鱼虫。看来总是多情种，小异原无碍大同。

采菽[1]中原亦未奇，无端名字号相思。惹他今古痴儿女，都向灵台种几枝。

新诗写就墨花馨，摩诘当年眼独青。莫谓知音难再得，南天今有老人星。

己亥〔一九五九〕秋　燕都陈小方

〔钤印：佛园居士〕

〔笺纸：花卉图诗笺。文："壬戌〔一九二二〕十二月《益世报》诗笺"〕

①采菽：一种诗歌，在先秦年代所创。《诗经·小雅·小宛》："中原有菽，庶民采之。"

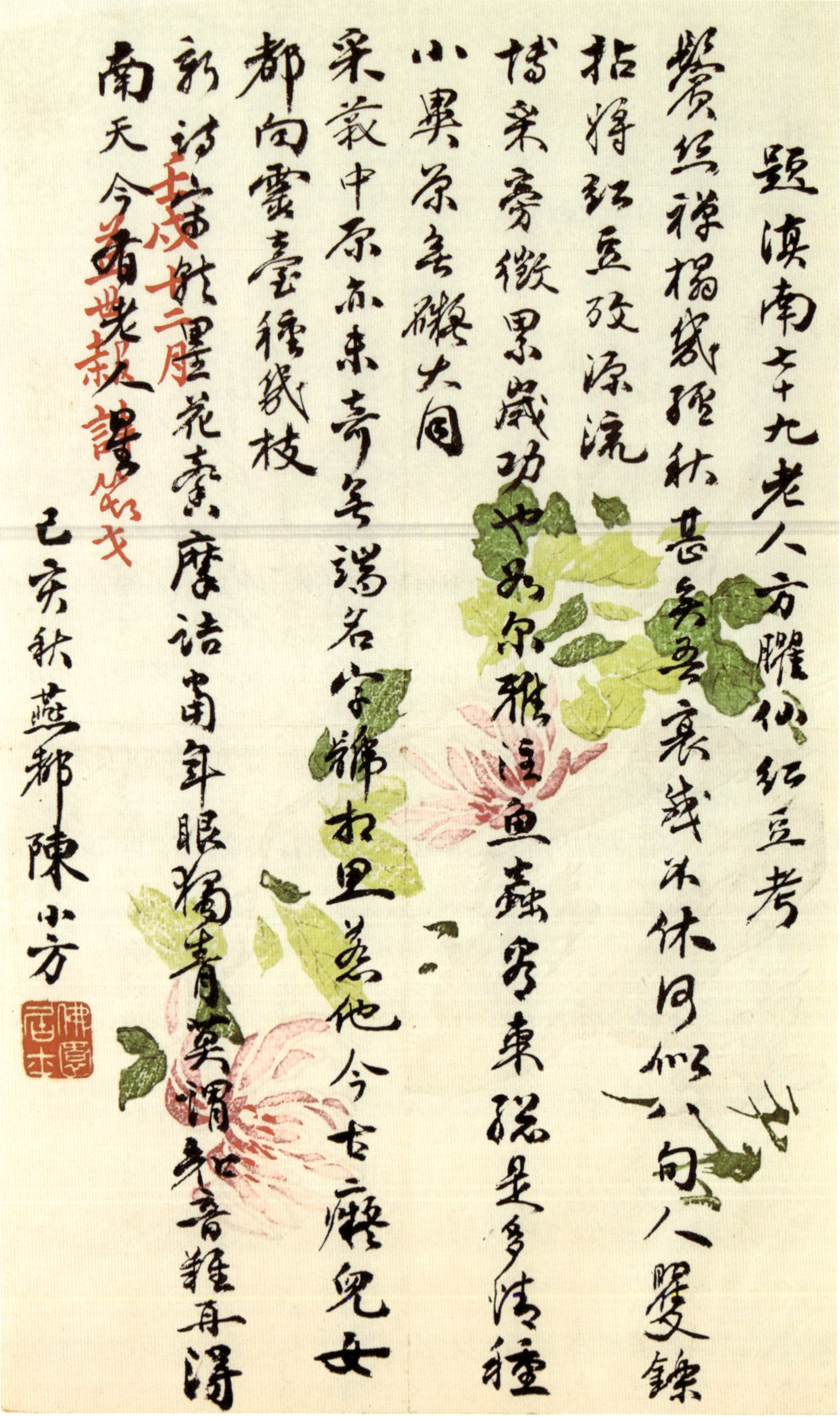

題滇南七十九老人方臞仙紅豆考

鬢絲禪榻幾經秋甚矣吾衰我未休何似八旬人矍鑠拈將紅豆攷源流

博采旁徵累歲功也如爾雅注魚蟲家東總是多情種小異原無礙大同

采菽中原亦東壽多端若字歸和里惹他今古癡兒女都向雲臺種幾枝

新詩書能墨花蘩摩詰當年眼獨青莫謂知音難再得南天今有老人星

己亥秋燕郡陳小方

壬戌十二月吾世叔謹[illegible]戈

J06 G17.5cm×28cm

# 叶锟生　一通

叶锟生（清末民国），安徽合肥人。余待考。

## 题红豆

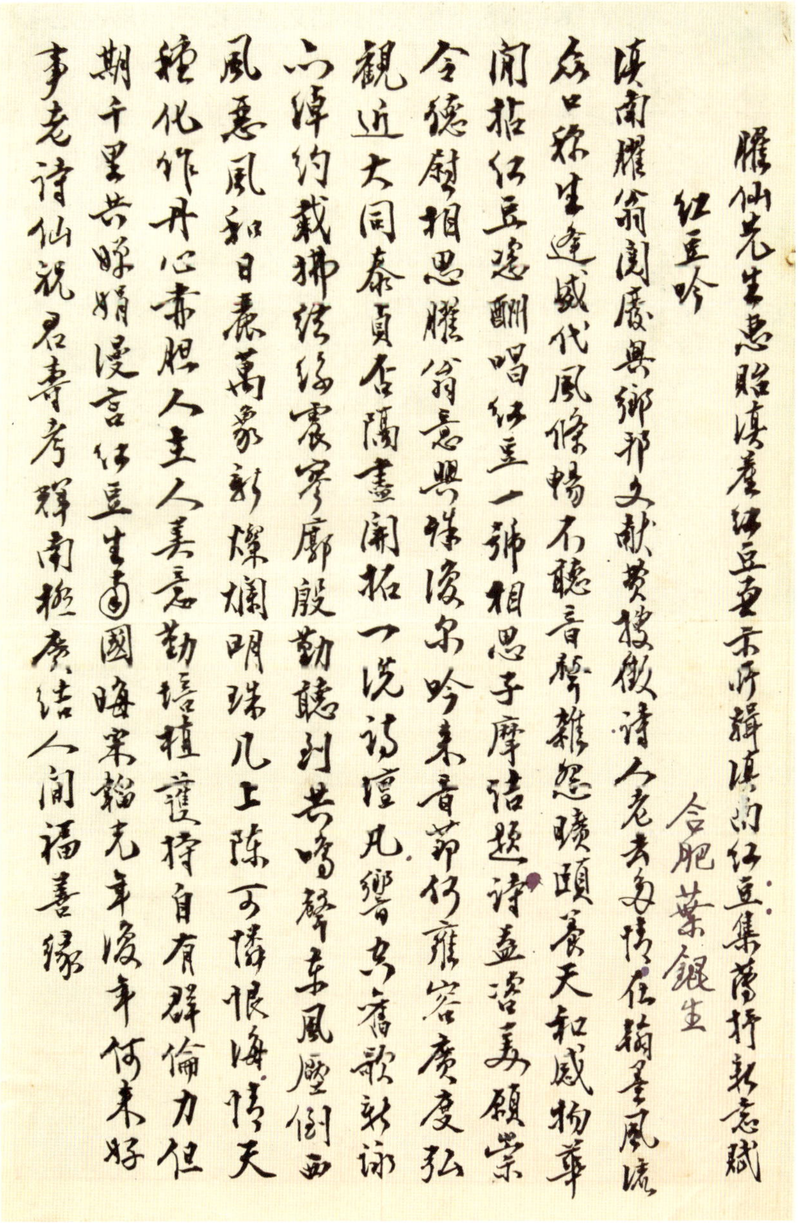
耀仙先生惠貽滇產紅豆並示所輯滇南紅豆集屬將新意賦

紅豆吟　合肥葉錕生

滇南耀翁閱歷異，鄉邦文獻費搜徵。詩人老去多情在，翰墨風流衆口稱。生逢盛代風條暢，不聽音聲雜怨曠。頤養天和感物華，聞拈紅豆遥酬唱。紅豆一稱相思子，摩詰題詩益深美。願崇令德尉相思，耀翁意興殊復爾。吟來音節何雍容，廣度弘觀近大同。泰否隔盡開拓，一洗詩壇凡響空。舊歌新詠六律約，裁拂絲綸震寰廓。殷勤聽到共鳴聲，東風壓倒西風惡。風和日麗萬象新，燦爛明珠几上陳。可憐恨海情天種，化作丹心赤胆人。主人美意勤培植，護持自有群倫力。但期千里共嬋娟，漫言紅豆生南國。晦采韜光年復年，何來好事老詩仙。祝君壽考祥南極，廣結人間福善緣。

J07　G17.5cm×27cm

〖录文〗

臞仙先生惠贻滇产红豆，并示所辑《滇南红豆集》，薄抒新意赋红豆吟。

合肥叶锟生

滇南臞翁阅废兴，乡邦文献费搜征。诗人老去多情在，翰墨风流众口称。生逢盛代风条畅，不听音声杂怨旷。颐养天和感物华，闲拈红豆恣酬唱。红豆一号相思子，摩诘题诗益咨美。愿崇令德慰相思，臞翁意兴殊复尔。吟来音节何雍容，广度弘观近大同。泰贞否隔[1]尽开拓，一洗诗坛凡响空。旧歌新咏亦绰约，栽拂弦丝震寥廓。殷勤听到共鸣声，东风压倒西风恶。风和日丽万象新，灿烂明珠几上陈。可怜恨海情天种，化作丹心赤胆人。主人美意勤培植，护持自有群伦力。但期千里共婵娟，漫言红豆生南国。晦采韬光年复年，何来好事老诗仙。祝君寿考辉南极，广结人间福善缘。

〔笺纸：宣纸〕

①泰贞否隔：傅武仲《舞赋》："启泰贞之否隔兮，超遗物而度俗。"

# 巨赞　一通

巨赞（一九〇八～一九八四），俗姓潘，名楚桐，字琴朴。江苏江阴人。一九三一年于杭州灵隐寺出家，法名传戒，字定慧，后改名巨赞。是我国"现代新佛学"奠基人。曾主编《狮子吼》月刊，出版佛学书刊，创办佛教学院等，并任中国佛教协会副会长、中国佛学院副院长等职。作为宗教界著名爱国民主人士，巨赞出席第一届中国人民政治协商会议，并登上天安门城楼参加开国大典。"文化大革命"中蒙冤入狱七年。一九七五年出狱后，继续担任中国佛教协会的领导，致力于佛教宣传和学术研究。一九八二年十月，代表中国佛教协会首次率团出访香港。著有《巨赞法师全集》。

## 寄调烛影摇红奉酬

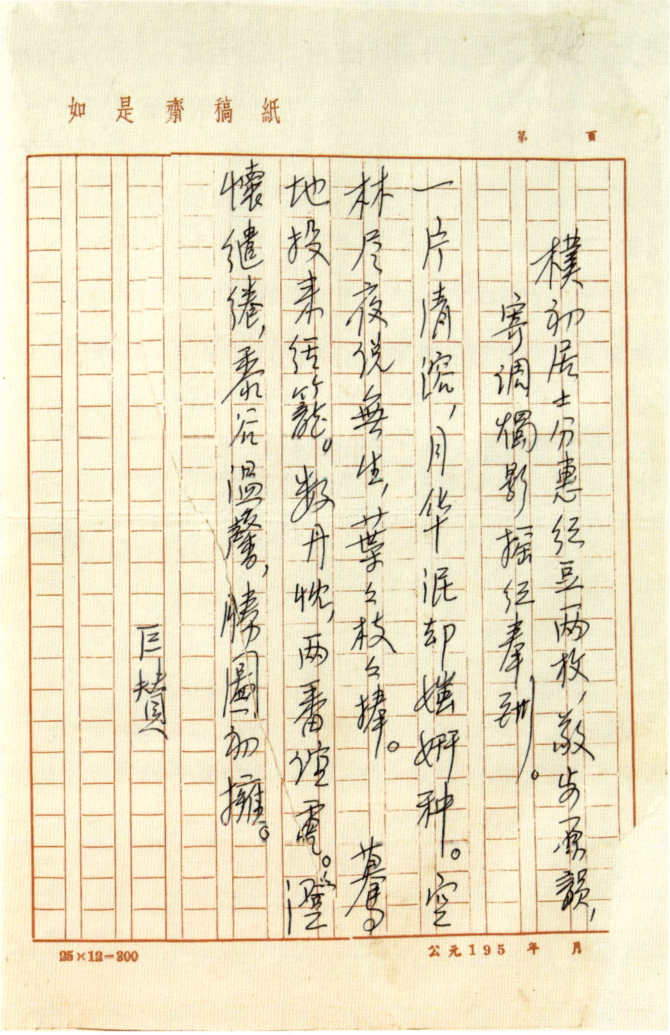
如是齋稿紙

第 頁

樸初居士分惠紅豆兩枚，敬步原韻，

寄調燭影搖紅奉酬。

一片清溶，月華浘却媸妍種。空

林盡夜說無生，葉々枝々捧。驀

巨贊

25×12=300 公元195 年 月

J08 G17.5cm×26cm

①朴初：即赵朴初（一九〇七～二〇〇〇），生于安徽安庆。爱国宗教领袖、书法家、社会活动家。历任上海文化界救亡协会理事、上海慈联救济战区难民委员会常委兼收容股主任、上海净业流浪儿童教养院副院长、上海临时联合救济委员会总干事、中国佛教协会会长、中国佛学院院长、中国宗教和平委员会主席等职。

②媸［chī］妍：媸指丑陋，妍指美丽。

③无生：佛教语。谓没有生灭，不生不灭。

〖录文〗

朴初[①]居士分惠红豆两枚，敬步原韵，寄调烛影摇红奉酬。

一片清溶，月华浘却媸妍[②]种。空林尽夜说无生[③]，叶叶枝枝捧。蓦地投来絬[4]笼。数丹忱[5]，两番谊重。澄怀[6]缱绻[7]，黍谷[8]温馨，胜图初拥。

巨赞

〔笺纸：如是斋稿纸〕

④絬［xiè］：坚韧；牢固。

⑤丹忱：赤诚的心。

⑥澄怀：清心，静心。

⑦缱绻［qiǎnquǎn］：牢结；不离散。

⑧黍谷：山谷名。在北京市密云县西南。战国时齐国著名阴阳家邹衍曾居黍谷。

〔解读〕

巨赞从佛家角度对红豆的理解，给人们打开了另一个空间。可以是什么都没有，可以是什么都有，有也是无，无也是有，本来都归虚幻。善恶、美丑都只是人自己心中的臆想。

## 宋庚荫　一通

宋庚荫（一八八二 ~ 一九六〇），号筱牧。河南郑县人。清凛贡生，译学馆毕业，举人。曾任清法部举叙司主事。民国后，历任袁世凯秘书、司法部佥事、大理院荐任书记官、法部宪政编查处法律编纂员、司法部总务厅文书科及庶务科科长、大理院民事第二科及第四科科长、嵩云中学董事长等职。曾参加梯园诗社。擅诗文，著有《樾园文存》《双桐馆杂钞》《双桐馆击钵吟》等。一九五一年十二月被聘任为中央文史研究馆馆员。

### 题红豆诗七绝八首

〔录文〕

滇中方臞仙老人行年七十有九，撰《红豆考》。介合肥诗人李君[1]邮寄都门[2]，向其舅氏固始张敔园[3]老人征题。敔园出以见示，敬题七绝八首即希郢政。

郑州樾园宋庚荫　时年七十有八

①李君：即应指李广平。

②都门：借指京都。

③张敔园：即张效彬（一八八二 ~ 一九六八），名玮，字效彬，号敔园。河南固始人。曾留学英国剑桥大学学习经济学，回国后任教于京师法政新学堂。北洋政府时期，曾出使俄罗斯，先后任赤塔领事、伊尔库兹克总领事、圣彼得堡总领事，十月革命后回国。富收藏。其父为清末进士张仁黼。

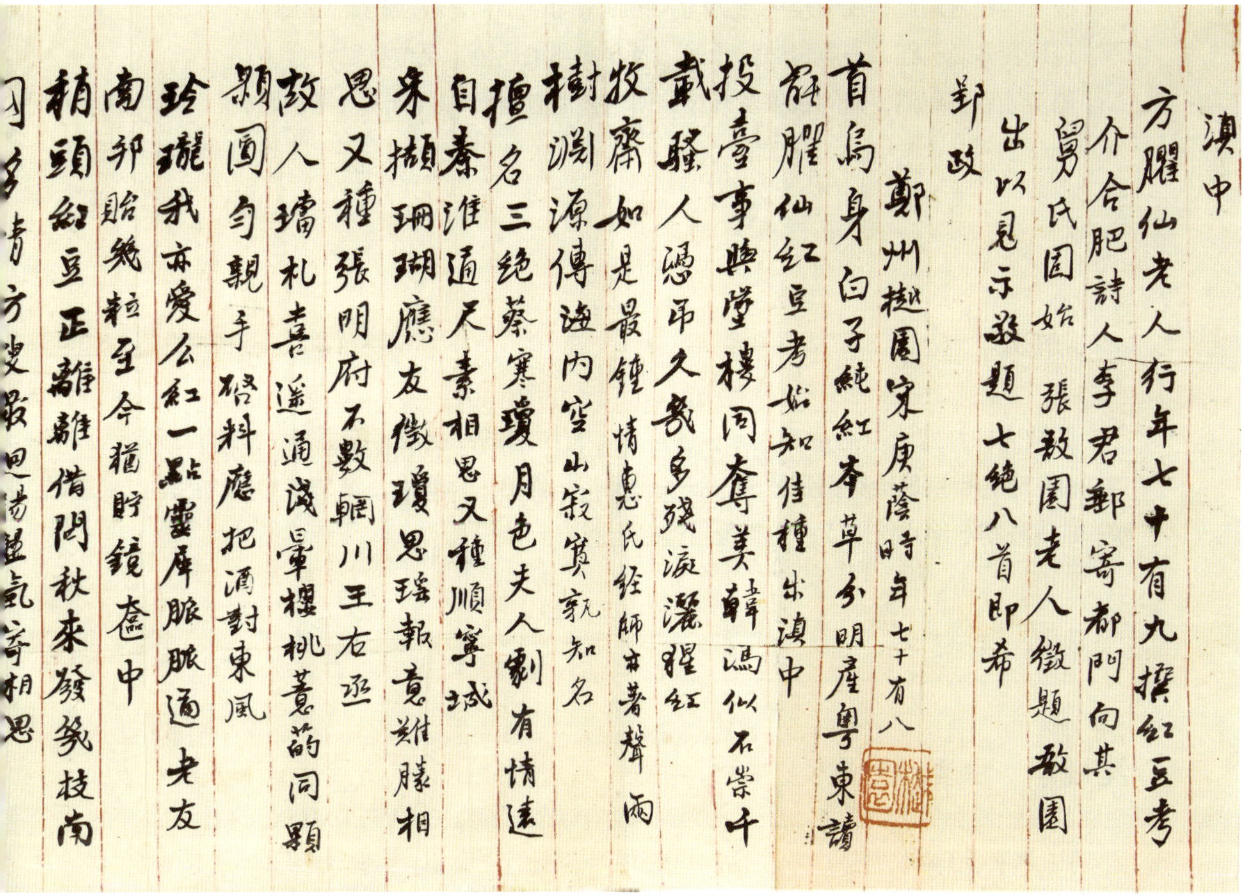

J09 G34cm×24cm

首乌身白子纯红，本草分明产粤东。读罜臞仙《红豆考》，始知佳种出滇中。

投台事与坠楼同，夺美韩冯[4]似石崇。千载骚人凭吊久，几多残泪洒猩红。

牧斋如是最钟情，惠氏经师亦著声。两树渊源传海内，空山寂寞孰知名。

擅名三绝蔡寒琼，月色夫人剧有情。远自秦淮通尺素，相思又种顺宁城。

采撷珊瑚应友征，琼思瑶报意难胜。相思又种张明府，不数辋川王右丞。

④韩冯：亦作“韩凭”“韩朋”。典故。相传，战国时宋康王舍人韩凭，娶妻何氏，甚美，康王夺之。凭怨，王囚之，沦为城旦。凭自杀。其妻后亦投台自杀，并遗书于带，愿以尸骨赐凭合葬。王怒，弗听，使里人埋之，冢相望也。宿昔之间，便有大梓木生于两冢之端，旬日而大盈抱，屈体相就，根交于下，枝错于上。又有鸳鸯，雌雄各一，恒栖树上，晨夕不去，交颈悲鸣，音声感人。宋人哀之，遂号其木曰“相思树”。

故人珰札喜遥通，浅晕樱桃薏药同。颗颗圆匀亲手启，料应把酒对东风。
玲珑我亦爱么红，一点灵犀脉脉通。老友南邦贻几粒，至今犹贮镜奁中。
梢头红豆正离离，借问秋来发几枝？南国多情方叟最，回肠荡气寄相思。

〔钤印：樾园〕

〔笺纸：竖行信笺〕

〖解读〗

张敌园妹妹嫁给李鸿章后人，生李广平。方树梅赠红豆及《红豆考》向李广平征红豆诗，李广平转寄京城给其舅张敌园，张敌园又将信件给宋庚荫看，邀请参与此次活动。宋庚荫一口气作得七绝八首，或许也象征自己七十八岁。

## 沈展华　一通

沈展华，疑即沈化影（一九〇三～一九九七），原名沈展华。出生于浙江海盐。上海美术专科学校毕业。一九二五年入商务印书馆活动影片部，主演影片《醉乡遗恨》大获好评。此后又主演影片《不如归》等。是一九二五年七名最红女影星之一。

### 步原韵红豆四绝

〖录文〗

昨读臞仙先生所编《红豆集》，一时喜之，因敬步原韵四绝句录奉哂政。
幽情万种付吟笺，夜读瑶篇月正圆。想见相思红豆子，珠光的皪色殷然。
凝成血泪断人肠，树号相思事渺茫。我本天涯潦落久，十年归梦绕空堂。
滇南韵事一何多，考献推寻费测磨。闻道新栽红豆树，春来枝叶定婆娑。

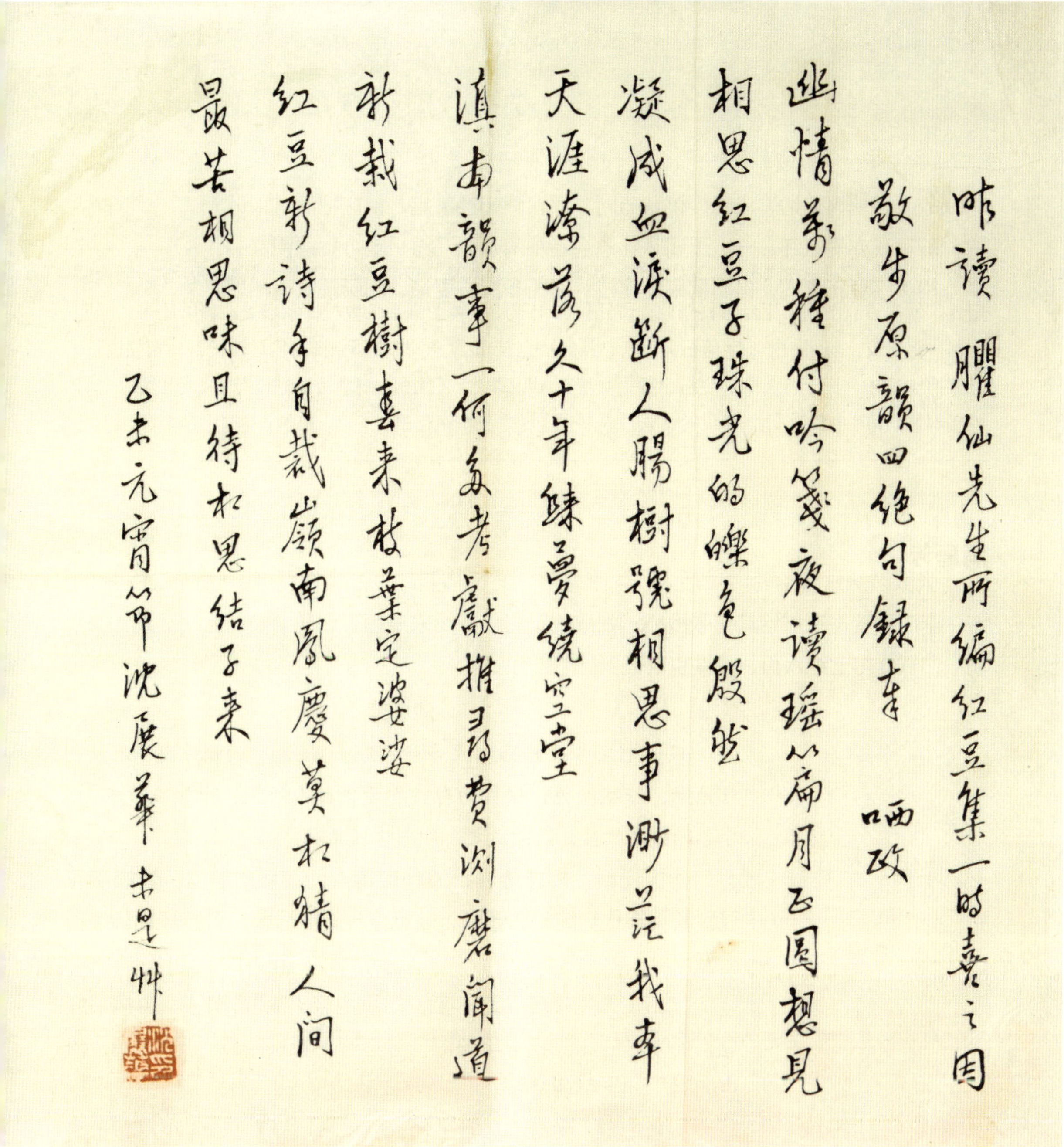
昨讀 臞仙先生所編紅豆集一時喜之因
敬步原韻四絕句錄奉 哂政
幽情莫種付吟箋夜讀瑤編月正圓想見
相思紅豆子珠光的皪色殷然
凝成血淚斷人腸樹號相思事渺茫我本
天涯淪落久十年縁夢繞空堂
滇南韻事一何多考獻推尋費琢磨聞道
新栽紅豆樹春來枝葉定婆娑
紅豆新詩手自裁嶺南風慶莫相猜人間
最苦相思味且待相思結子來
乙未元宵節沈展華未是草

J10 G30cm×30cm

红豆新诗手自裁，岭南凤庆莫相猜。人间最苦相思味，且待相思结子来。

乙未［一九五五］元宵节　沈展华　未是草

〔钤印：沈展华印〕

〔笺纸：宣纸〕

# 马絜　一通

马絜（一八九五～一九六七），又作马洁，原名平章，字竹庵，又字竹禅、竹髯，号南湖后学。云南蒙自人。云南省立图画手工专修科毕业，曾任蒙自十三属联中图画手工教员，蒙自关监督署秘书，昆明行营少将参议。与邓和祥（字菊石）等创办蒙自私立蒙求小学，推举邓和祥为名誉校长，马絜任校长。马絜博学多才，长于诗、画、金石、考据。著有《游滇集》《里居杂咏》《遗园诗存》《待商草》《聊胜楼稿》《南吟小草》《南湖存联》《灵山八景图》《郁波罗室存稿》《劳人集》《拾遗小草》等。

## 满庭芳

〖录文〗

### 满庭芳

臞仙先生自边疆得红豆多粒，颜如渥丹[①]，的皪珠圆，承以一双见贻，征赋厥艳，仅成两句，即为催租人所扰，中辍五载有余，今冬始出之敝箧，因续成之，即乞吟坛正拍。

南国托根，相思透骨，情种散落人间。绿阴结盖，紫蝶缀花冠。长荚临秋初绽，珠颗颗，吐艳流丹。供词客，采盈怀袖，绮语播骚坛。

学山（先生楼名）遗一老，扬风抱雅，斸[②]肾镌肝。更搜来红豆，征咏遥颁。愧我十年消渴，琴尊废，春兴阑珊。挦[③]宫调，倚声韵涩[④]，自笑鸟緜[⑤]蛮。

重光［辛］赤奋若［丑］［一九六一］嘉平［十二］月写于滇池僦[⑥]舍之木石居。

竹影马絜　未定草

〔钤印：絜原名平章、竹影词人〕

〔笺纸：不登大雅堂制笺。文："平妖传三卷，五一"〕

①渥［wò］丹：别称红百合、红花矮百合、红花菜。

②斸［zhú］：斫；砍。

③挦［xián］：摘取。

④涩［sè］：说话结巴。

⑤緜［mián］：同"绵"。

⑥僦［jiù］：租赁。

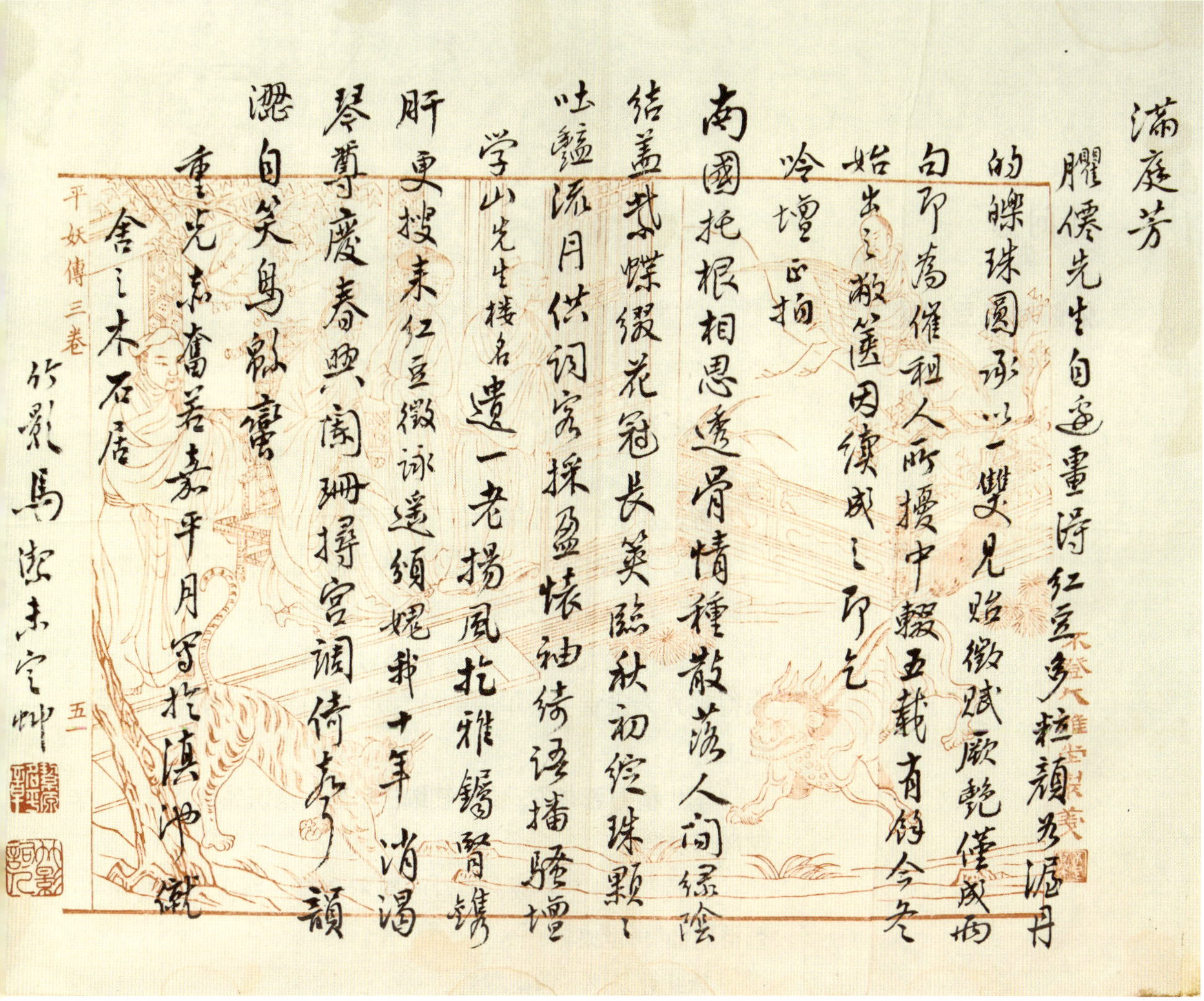


J11 G32.5cm×26.5cm

〖解读〗

马老开始填这首词应该在一九三七年，“为催租人所扰”而中止，所谓“租”，应该是房租，而不是地租。当时经济周转不灵，房租也付不起，天天被催，马老甚烦；事实上不烦不行，房东就是要达到令房客烦的效果，让其斯文扫地。这样词自然是填不下去了，只得谋求生计。好在五年过去，斯文找回，马老还是续成了这份漂亮的作业，可见老先生守信。关于马老当时的生活困难，昆明杨兄收藏有马絜向龙云借钱的一封信可以佐证。一九四一年五月四日，马老写信给龙云主席，称五月八日将嫁女，“拟典当家乡房屋济用，无如蒙自数度被炸，人民疏散四乡，直至今日尚未成就，而婚期已迫，惶急莫名”，“冒昧直陈，恳祈赐借国币三千元，俾救眉急，一俟喜期度过，定当设法归还”。龙云于一九四一年五月三十一日批示：“查现时军费，均系向中央请领，未便借交。惟该员家境清寒，应照另案条谕办理！”

# 张问德　一通

## 依韵和红豆四绝

〖录文〗

臞仙别十年，书来附和红豆四绝。谨依韵和之。

瑶函千里附吟笺，彩笔珠穿锦字圆。记得凤山亲采赠（顺宁凤山为主，今改为凤庆），当年把玩尚欣然。

枨触前尘几断肠，相思面罄总茫茫。曾留泥爪龙山上，未得观光大雅堂（十年前曾游盘龙寺，回，距方村远，未得造访）。

毕生精力著书多，文献搜编已不磨。稔识先贤罗拜下，半窗风月梦婆娑。

邓尉[1]为僧已矢裁，能偿此愿不须猜。梅林虚置蒲团一，留待逋仙[2]再世来。

咏红豆长律一首柬臞老。

亭亭珠楼耸蒲门（顺宁蒲门所属之锡腊，产散株，一合抱干霄），采报诗人不惮烦。埋没遐陬同草木，表章文苑有渊源。征夫关外音书捷，怨妇闺中血泪痕。编就《滇南红豆集》，广教海内种情根。

讱庵吟稿

〔钤印：讱庵〕

〔笺纸：信笺〕

〖解读〗

从“今改为凤庆”（一九五四年八月二十六日顺宁县改名凤庆县）及“十年前曾游盘龙寺”（一九四六年二月游盘龙寺，

①邓尉：即邓尉山，在苏州城西南三十公里。以“香雪海”闻名，是中国著名的赏梅胜地，其地因东汉开国功臣邓禹得名。

②逋仙：指宋隐士林逋。林逋隐于杭州西湖孤山，终身不娶，种梅养鹤以自娱，人谓之“梅妻鹤子”，后世常以“逋仙”称誉之。

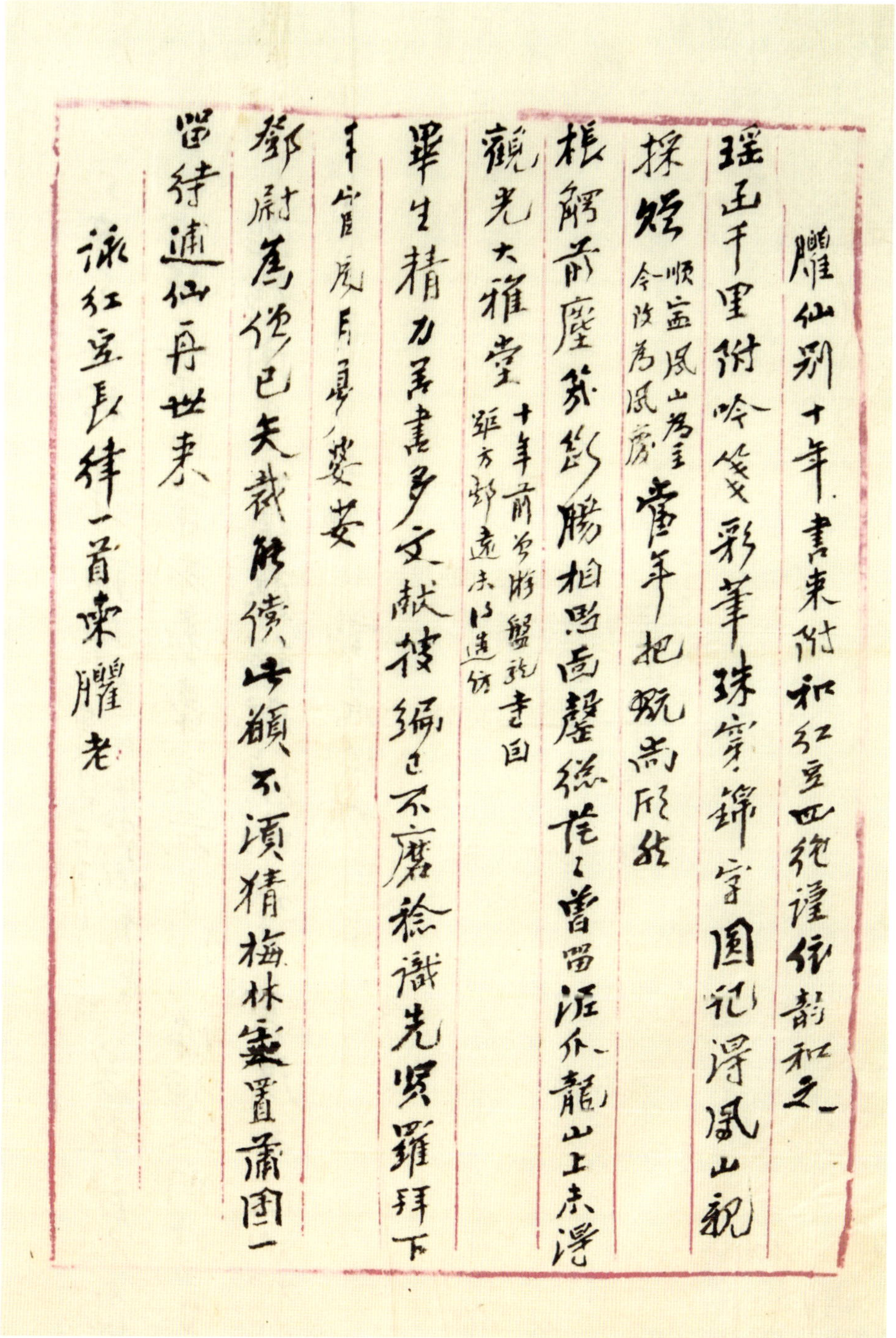
臞仙別十年，書來附和紅豆四絶，謹依韵和之

瑶函千里附吟箋，彩筆珠宮錦字圓。記得鳳山親採擷（順寧鳳山爲產，今改爲鳳慶），當年把玩尚依然。

根觸前塵欲斷腸，相思而醒總茫茫。曾留從介龍山上，未得觀光大雅堂（十年前曾游盤龍寺回，雖方郎遠未得造訪）。

畢生精力著書多，文獻搜編不廢，餘識先賢羅拜下。

手肅，虔頌夏安。

鄭尉爲儂已失裁，能儂此願不須猜。梅林妥置蕭園一，留待逋仙再世來。

詠紅豆長律一首，乘臞老

J12（2-1） G17cm×26cm

参见 ZC145）可知，此札成于一九五六年，即张问德去世的那一年。张去世前，大致生活艰难。方树梅《笔记二种》载：一九五五年张问德来书，“望得一在籍馆［云南省文史馆］员，余尽力推荐而不得”。

亭亭珠樹繞蒲門順寧蒲門所產之錫臘產數株合抱千霄最報詩人不憚煩

埋瘞遐陬同草木，表章文苑有淵源。征夫閫外音塵捷，

怨婦閨中血淚痕。編就滇南紅豆集，廣發海內種情根。

謝庵吟稿

J12（2-2） G17cm×26cm

# 朱师辙　一通

朱师辙（一八七九～一九六九），字少滨，号允隐。生于安徽黟县，祖籍江苏苏州。文字训诂学家、历史学家。民国初年，朱师辙与其父朱孔璋相继任清史馆编修，定名《清史稿》，其中《列传》出于朱师辙手笔的有一百多篇。先后任辅仁大学、河南大学、华西大学、安徽学院、中山大学等校教授，故宫博物院专门委员会委员等。藏书甚富，著有《商君书解诂》《和清真词》《黄山樵唱》《清史述闻》等。

## 红情

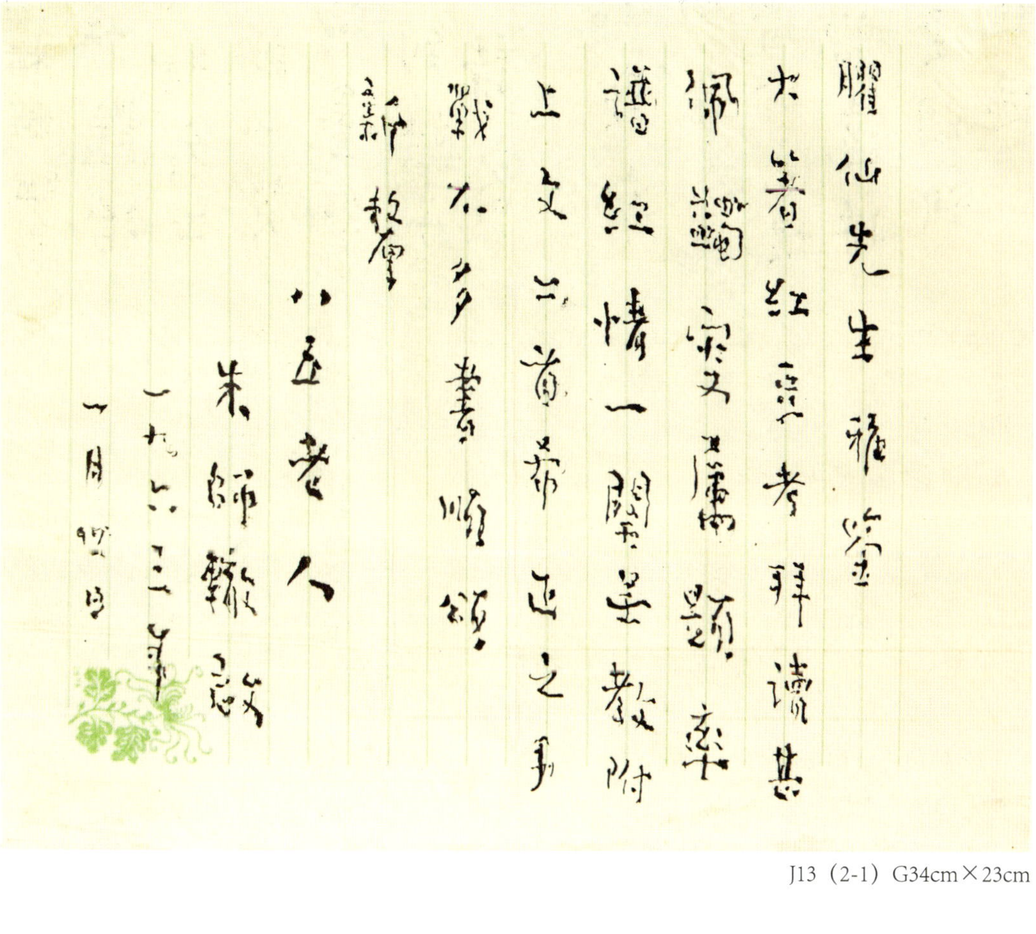
矅仙先生雅鉴
大著红豆考拜读甚
佩 蠲叟属题 率
谱红情一阕呈教 附
上文二首 希正之 并
戬不多书 顺颂
新 教釐
小岳老人
朱师辙启
一九六三年
一月廿日

J13（2-1）G34cm×23cm

〖录文〗

矅仙先生雅鉴：

大著《红豆考》拜读，甚佩，蠲叟［马一浮］属题，率谱《红情》一阕呈教。附上文二

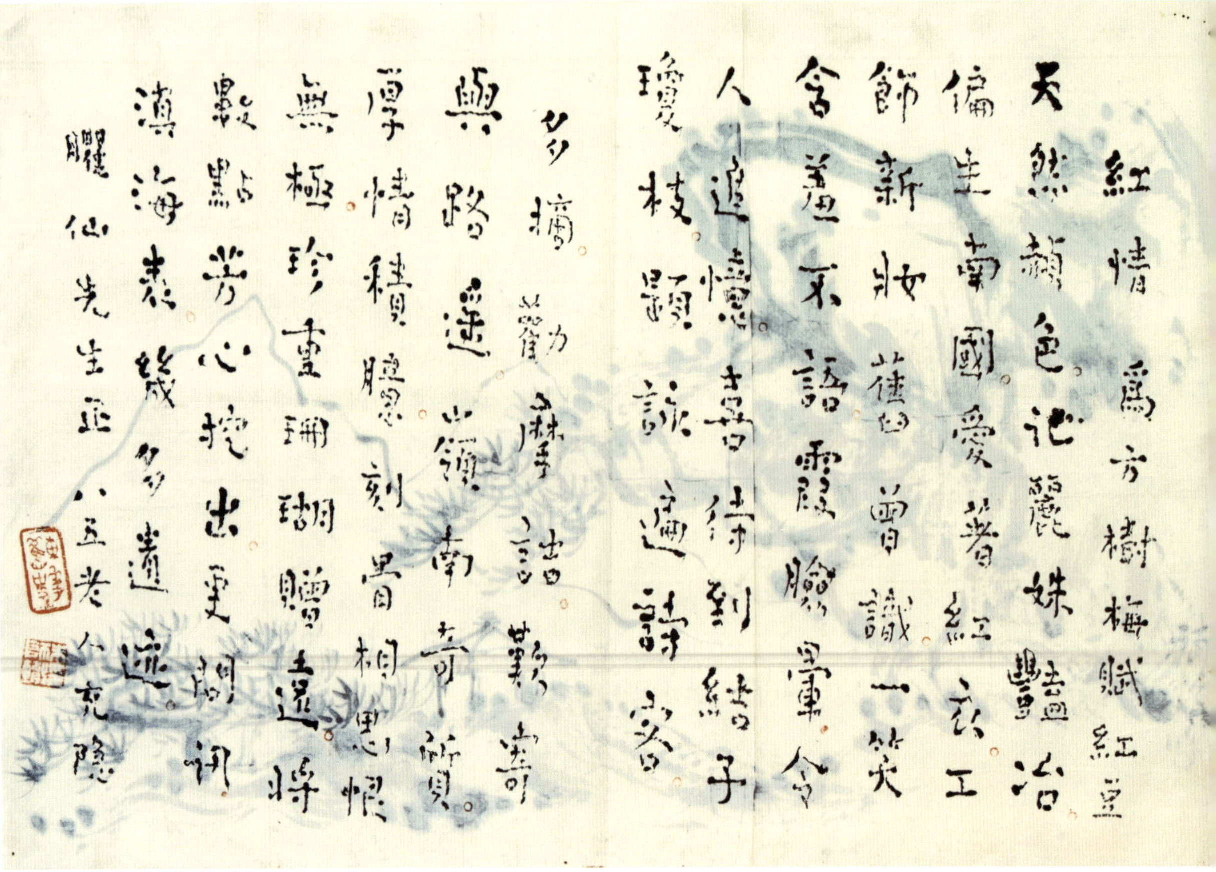
紅情 為方樹梅賦紅豆
天然頳色讓麗姝豔冶
偏生南國愛著紅衣工
飾新妝舊曾識一笑
含羞不語霞臉暈令
人追憶喜待到結子
瓊枝題詠遍詩客
多摘勸摩詰歡寄
與路遥嶺南奇質
厚情積臆刻骨相思恨
無極珍重珊瑚贈遠將
數點芳心挖出更問訊
滇海表幾多遺迹
矅仙先生正 八五老人允隐

J13（2-2）G34cm×23cm

首，希正之。

手战不多书，顺颂新厘。

八五老人　朱师辙　启　一九六三年一月四日

〔笺纸：印花信笺〕

## 红情

（为方树梅赋红豆）

天然赪色，让丽姝艳冶。偏生南国，爱著红衣。工饰新妆旧曾识，一笑含羞不语。霞脸晕，令人追忆。喜待到结子琼枝，题咏遍诗客。

多摘，劝摩诘，欢寄与路遥。岭南奇质，厚情积臆，刻骨相思恨无极。珍重珊瑚赠远，将数点芳心挖出。更问讯，滇海表，几多遗迹？

臞仙先生正。

八五老人　允隐

〔钤印：朱师辙印〕

〔笺纸：松石图诗笺〕

# 诸祖耿　二通

诸祖耿（一八九九～一九八九），字介夫。江苏无锡人。曾师从章太炎先生，参加“章氏国学讲习会”活动，编印《制言》半月刊，后合作创办“太炎文学院”。先后任教于东吴大学正风文学院、太炎文学院、云南大学、江南大学、无锡社会教育学院、江苏教育学院、南京师范大学等。著有《战国策集注汇考》《虚字通考》《无锡方言考》等。

## 一、一九六三年红豆二章致方树梅

〔录文〕

臞仙先生左右：

阔别积年，旧游如梦。每一怀思，千里神驰。奉函谂杖履康吉，述作斐然，欢抃无已。承寄红豆嘱咏，杂务倥偬，积久未报为歉。兹草呈七古一章，恳赐教正。附上往年客游数诗，荒陋之辞，不值一哂也。大著《杨一清年谱》已脱稿否？良念。草草布复，不尽所怀。

肃此，敬叩著安。

诸祖耿　拜　一九六三年三月廿三日

〔钤印：祖耿〕

〔笺纸：宣纸〕

**红豆歌赋**

（寄臞老滇西并柬郭影秋[①]、凌静两同志）

天地精华一滴血，万族得者生炎辉。星星火起赤熛怒，簇锦团花无乖违。弥纶终古胭脂透，装点六合河山秀。广悬丹旆艳朝阳，入骨相思化红豆。故人贻我天之南，颗颗玲珑映瑶函。直是劳动人民心，不彭相思去来今。长吟远望莺含桃，酬迟答杳燕呼毛（见《水经·漯水注》：损书，积久未复，故云）。愿栽万本满神皋，把

①郭影秋（一九〇九～一九八五）：又作郭映秋，原名玉昆，又名萃章。江苏铜山人。曾任第十八军政治部主任，川南行署副主任，云南省省长，南京大学党委书记、校长，中国人民大学党委书记、副校长、名誉校长。对明史、清史和文学有较深入的研究。著有《李定国纪年》《郭影秋诗选》等。妻凌静。

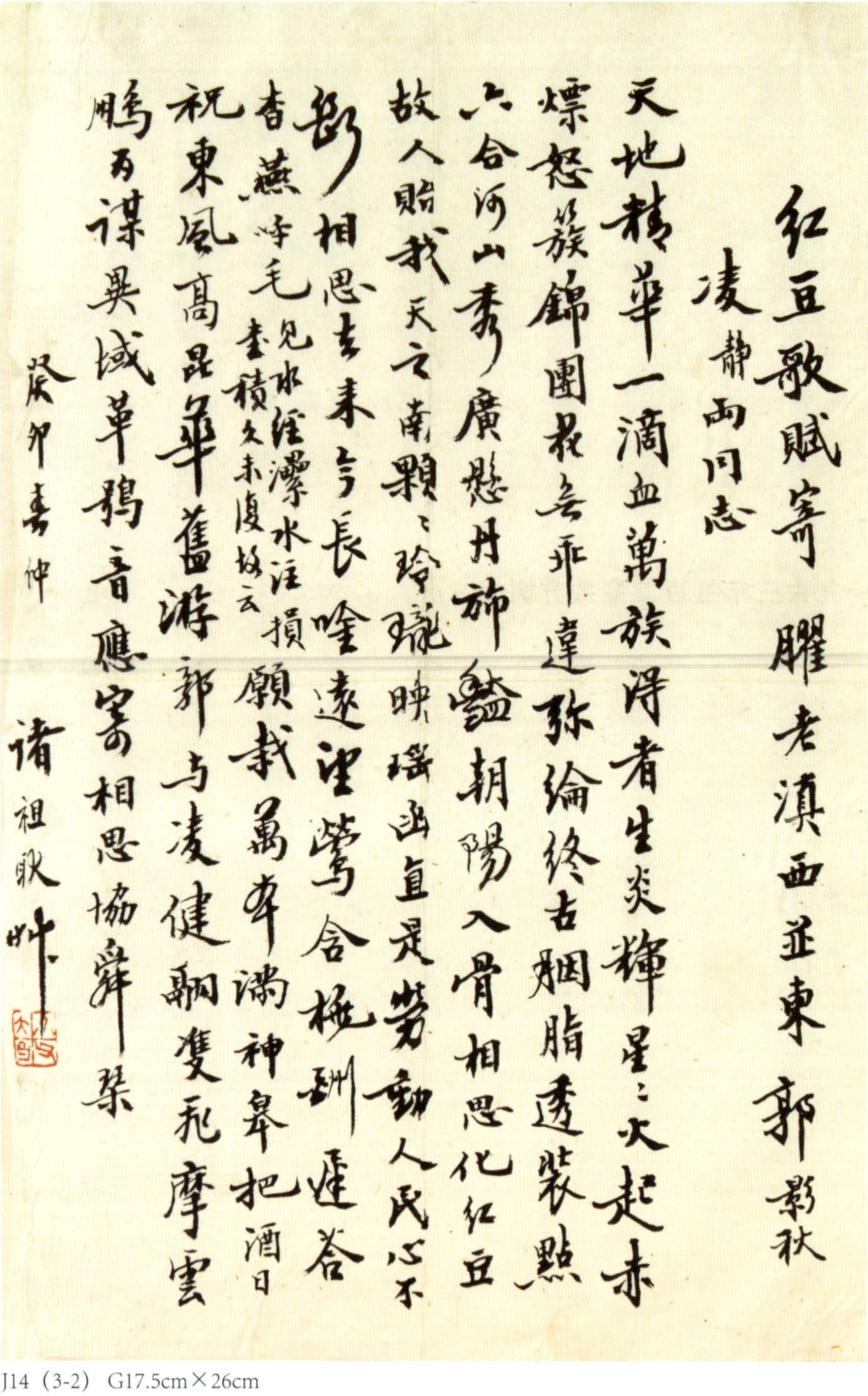

J14（3-2） G17.5cm×26cm

酒日祝东风高。昆华旧游郭与凌，健翮双飞摩云鹏。为谋异域革鸮音，应寄相思协舜琴。

癸卯［一九六三］春仲　诸祖耿　草

〔笺纸：宣纸〕

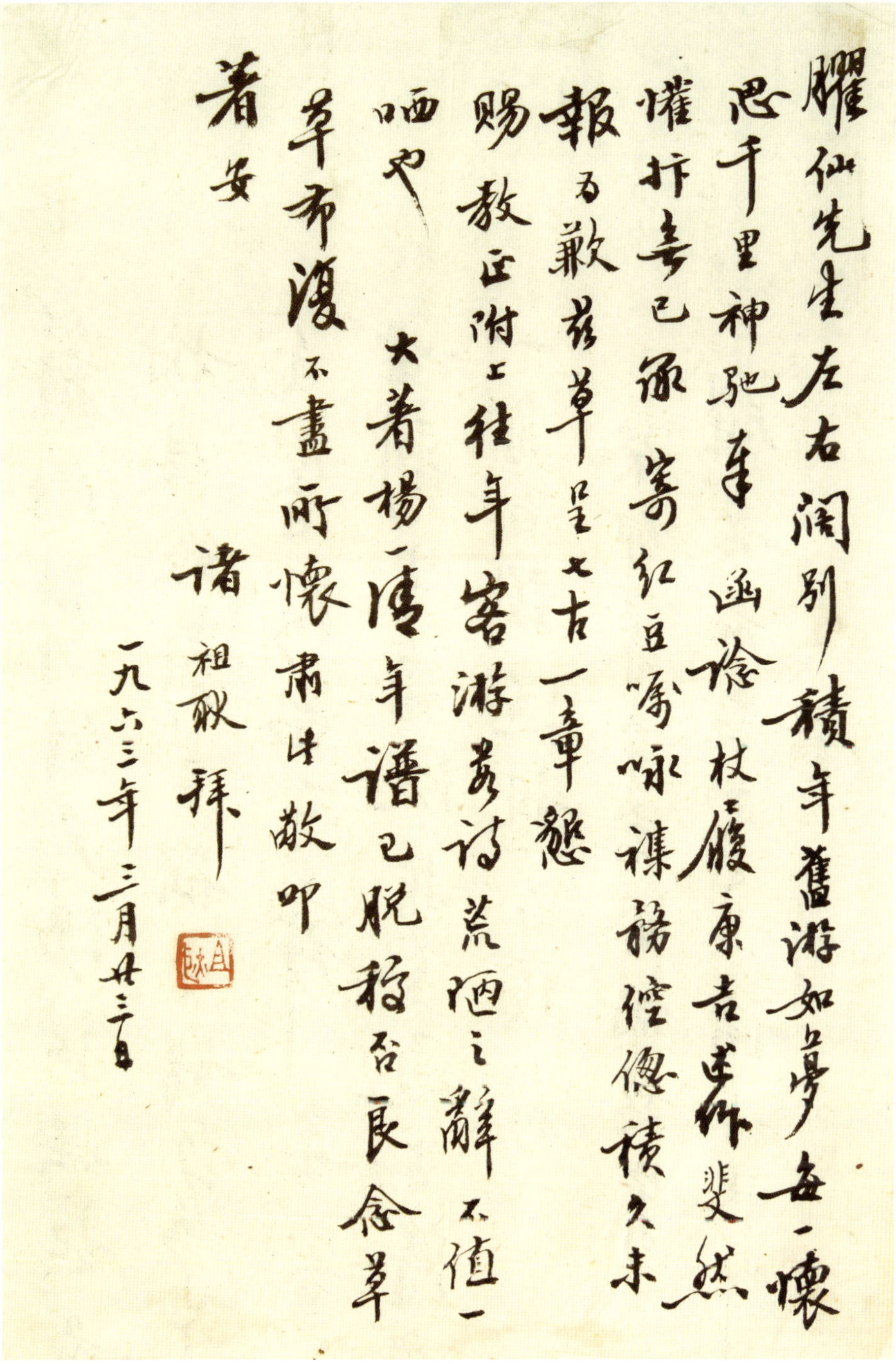

耀仙先生左右：阔别积年，旧游如梦，每一怀思，千里神驰。前年函谕，杖履康吉，述作斐然，懽抃无已。承寄红豆啸咏，襍务倥偬，积久未报为歉。兹草呈七古一章，恳赐教正。附上往年客游苏诗，荒陋之辞，不值一哂也。大著杨一清年谱已脱稿否？良念。草草布复，不尽所怀。肃此，敬叩著安。

诸祖耿拜

一九六三年三月廿三日

J14（3-1） G17.5cm×26cm

篱门斜对夕阳红，睡起前山满树风。镫影在摇星错落，车声交响路西东。寂无客至琴边坐，剩有泉流指下通。占得随园春一角，白头遥想白头翁。

癸卯［一九六三］春暮寓舍偶题。寄臞老前辈正之。

诸祖耿　草

〔钤印：祖耿〕

〔笺纸：美术横行信笺〕

簷门斜對夕陽紅睡起前山滿

樹風鐙影互搖曳錯落車聲

家鄉音路西东寂寞云客聆琴边

惟剩有泉流接通占得隨園趣

一角白頭遙想白頭翁

癸卯春葬寓舍偶題寄

耀老前輩正之 诸祖耿草

J14（3-3） G17.5cm×26cm

## 二、大作收到事致方树梅

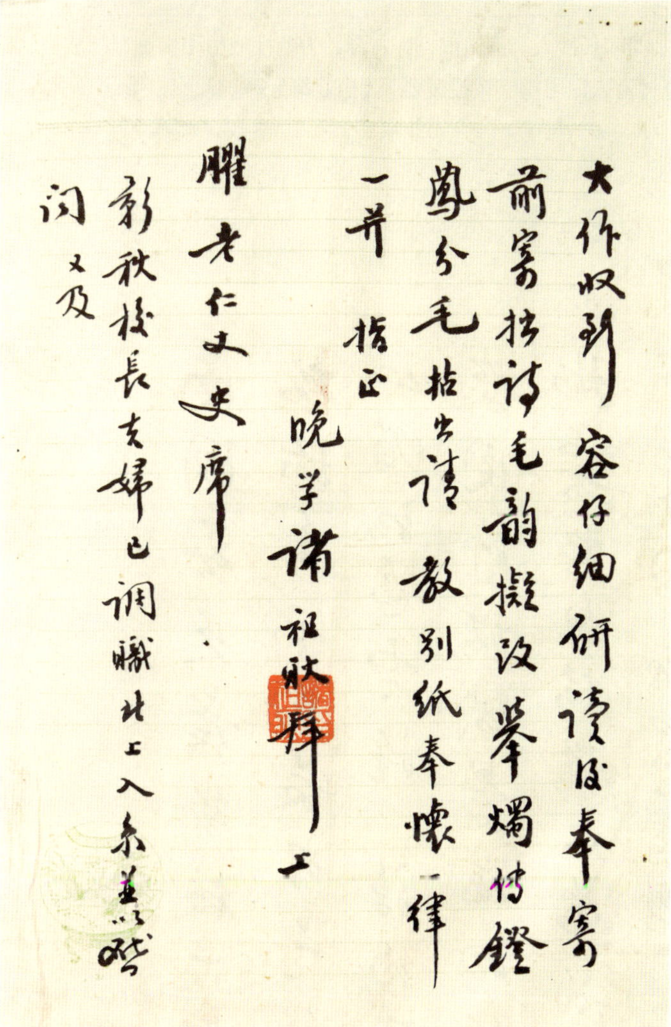

J15 G17.5cm×25cm

〖录文〗

大作收到，容仔细研读后奉寄。前寄拙诗毛韵，拟改“举烛传镫凤分毛”拈出请教，别纸奉怀一律，一并指正。

晚学　诸祖耿　拜上　臞老仁丈史席

影秋［郭影秋］校长夫妇已调职北上，入系并以启闻。又及。

〔钤印：祖耿信印〕

〔笺纸：美术横行信笺〕

# 何振镛　一通

何振镛，字静涵，号磊龛。湖南长沙人。善诗词，好古琴，为南社成员和南熏琴社成员。著《长沙大火竹枝词》《倭氛吟草初稿》《盲人识习墨字教授概要》《松萝集》等。

## 题红豆

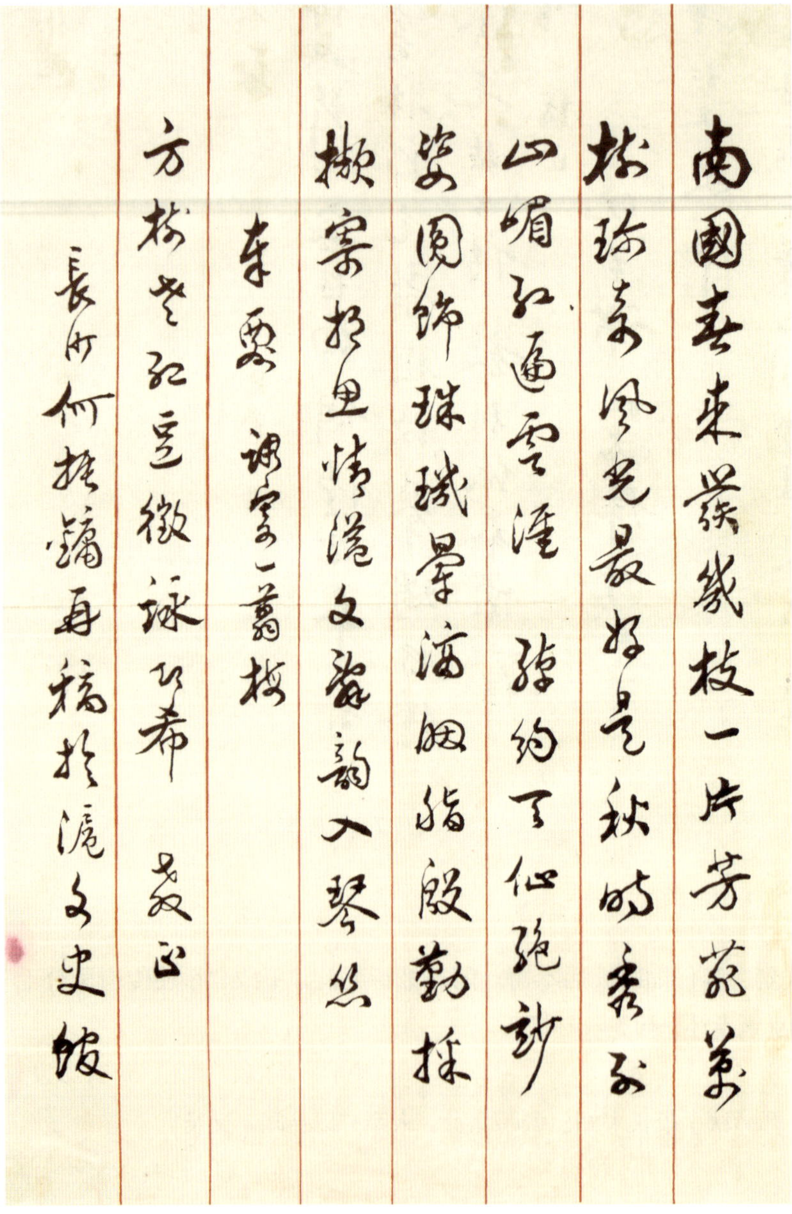
南國春來發幾枝一片芳菲菓
枝珍重風光最好是秋時采取
山[illegible]紅通雲漢 [illegible]約了仙絕妙
姿圓飾珠璣暈滿胭脂殷勤採
擷寄於粵情澆文發韻入琴絲
東粵 謝寄一[illegible]枝
方栽登紅豆徵詠即希 教正
長沙何振鏞再稿於滬文史館

J16 G18cm×26cm

〖录文〗

南国春来发几枝？一片芳苑，万树珍奇。风光最好是秋时，秀到山媚，红遍云涯。绰约天仙绝妙姿，圆饰珠玑，晕滴胭脂。殷勤采撷寄相思，情沧文辞，韵入琴丝。奉酬，调寄一剪梅。方树老红豆征咏，即希教正。

长沙何振镛　再稿于沪文史馆

〔钤印：集翠轩〕

〔笺纸：宣纸〕

## 钱南扬　一通

钱南扬（一八九九～一九八七），名绍箕，字南扬，以字行。浙江平湖人。戏曲史家、教育家。一九一九年考入北京大学国学门中文科，从许守白学戏曲，从钱玄同学声韵，从刘子庚学词，从吴梅学曲。求学期间，撰写了我国最早也是唯一的一部研究谜语的专著《谜史》。后任武汉大学中文系讲师。一九三四年，在《燕京学报》上发表《宋元南戏百一录》，辑录了五十四种戏曲，引起学术界的重视，是继王国维《宋元戏曲考》以来在戏曲史研究上的又一重大突破。另整理出可考的宋元南戏总目一百六十七本，辑成《宋元戏文辑佚》。中华人民共和国成立后，先后任教于杭州大学、南京大学。著有《元本琵琶记校注》《永乐大典戏文三种校注》《汉上宧文存》《戏文概论》等。

### 题红豆

〖录文〗

**红豆词**

一树离离子满枝，多应采撷寄相思。芳名千古风流绝，南国春风摩诘诗。

**方老见贶，手种红豆却寄**

掌故村中手自栽，殷勤万里寄将来。休言白发输红豆，一片丹心镇不灰。

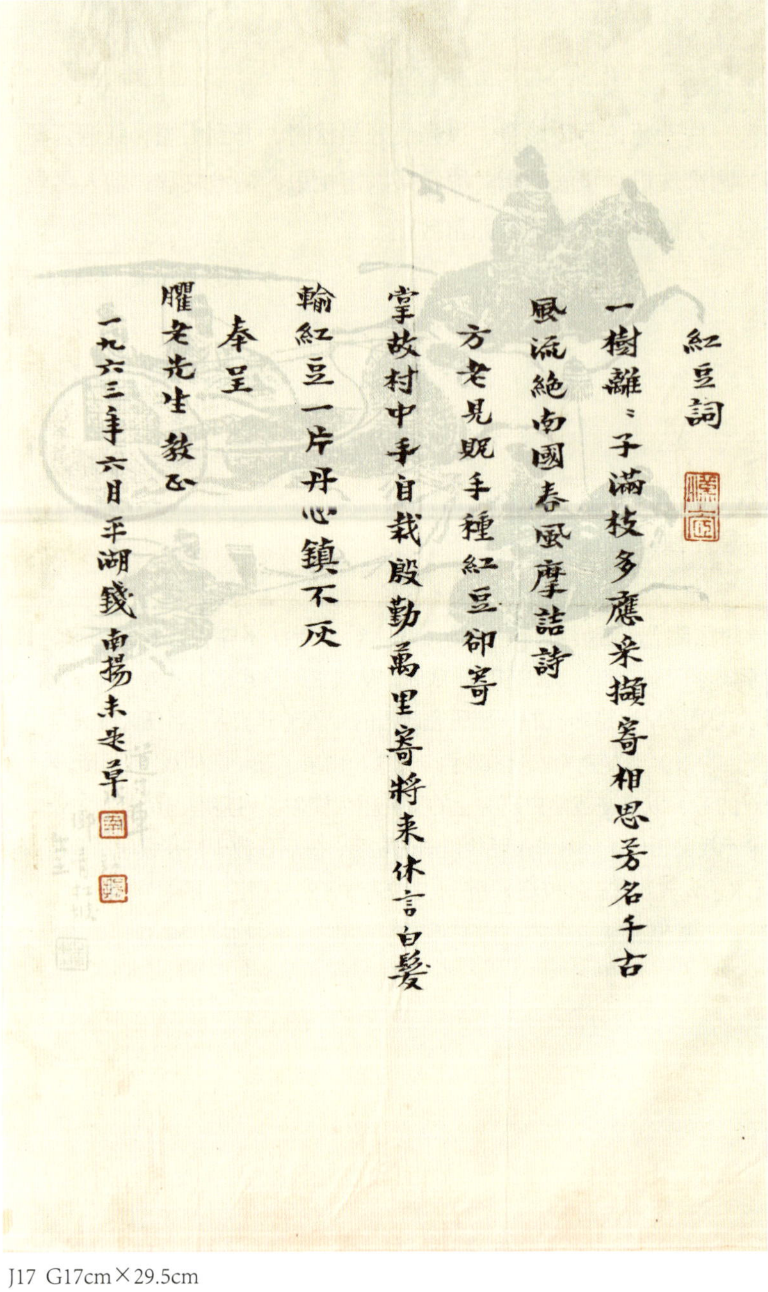
紅豆詞
一樹離離子滿枝多應采擷寄相思芳名千古
風流絕南國春風摩詰詩
方老見貺手種紅豆卻寄
掌故村中手自栽殷勤萬里寄將來休言白髮
輸紅豆一片丹心鎮不灰
奉呈
矔老先生教正
一九六三年六月平湖錢南揚未是草

J17 G17cm×29.5cm

奉呈矔老先生教正。

一九六三年六月　平湖钱南扬　未是草

〔钤印：南、扬〕

〔笺纸：朵云轩印制四川汉画像砖笺。文：“导车，成都站东乡青杠坡出土”〕

# 冯若飞　一通

冯若飞，山水画家。四川人。张群（岳军）主行政院和湖北省时，任张群秘书。

## 奉题臞仙先生滇南《红豆考》

〖录文〗

方干多识蔚高名，红豆滇南考最精。比似幽兰空谷意，独怜嘉树顺宁生。

宝镜霜华劫后新，昆明僧话剩酸辛。细衾[1]香坐他年梦，嵌骨相思浪掷人。

壬寅小暑奉题。臞仙先生滇南《红豆考》。

冯若飞　在南京

〔钤印：飞、归水草居〕

〔笺纸：宣纸〕

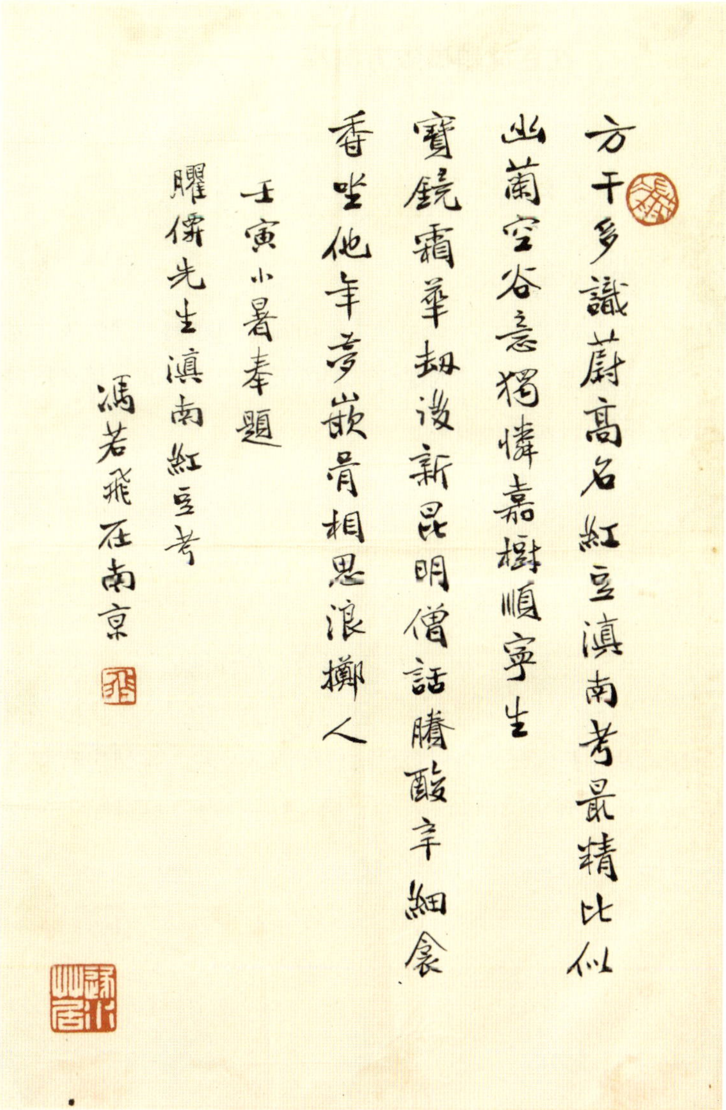
方干多識蔚高名紅豆滇南考最精比似
幽蘭空谷意獨憐嘉樹順寧生
寶鏡霜華刧後新昆明僧話賸酸辛細衾
香坐他年夢嵌骨相思浪擲人
壬寅小暑奉題
臞僊先生滇南紅豆考
馮若飛在南京

J18　G16cm×23.5cm

① 衾［qīn］：被子。

## 陈寥士　二通

陈寥士（一八九八～一九七〇），原名道量，字器伯、企白，号玉谷，室名十园、单云阁。浙江镇海人。工诗词，富藏书。曾任《宁波商报》特约通信员、总编辑。一九三九年三月，梁鸿志、陈方恪、李释戡、陈世镕、张次溪、黄默园、曹靖陶等十一人在西园禊集，创办《国艺》月刊和《中国诗刊》。著有《单云甲戌稿》《单云阁诗》《单云杂著》《单云阁诗话》《七塔寺志》等。

### 一、红豆征题事致方树梅

〖录文〗

臞仙先生阁下：

昨晤月色［谈月色］，知阁下为寒翁［蔡哲夫］老友，并出尊著《红豆考》等见示，浣诵甚佩。月色属为赋诗，因撰五古一章呈政。尊斋所藏红豆较他处为大，如有余存，请惠赐数粒，无任企盼。

即颂福履。

陈器伯　谨启　四月廿四日

〔笺纸：竖行信笺〕

以为饰光辉，过翠羽樵牧。持作博骰子，□□［疑漏二字］制自古。滇虽在边郡，庄蹻早辟楚。地控温和带，四时皆和煦。在人性纯笃，在木中规矩。嘉树隐勿彰，及时光乃吐。沈霾几何年，今日真目睹。征诗远及我，采风应有取。

臞翁访得顺宁红豆，撰《红豆考》《红豆赋》征题。

玉谷陈器伯

〔钤印：玉谷老人、癸卯六十五〕

〔笺纸：朵云轩诗笺〕

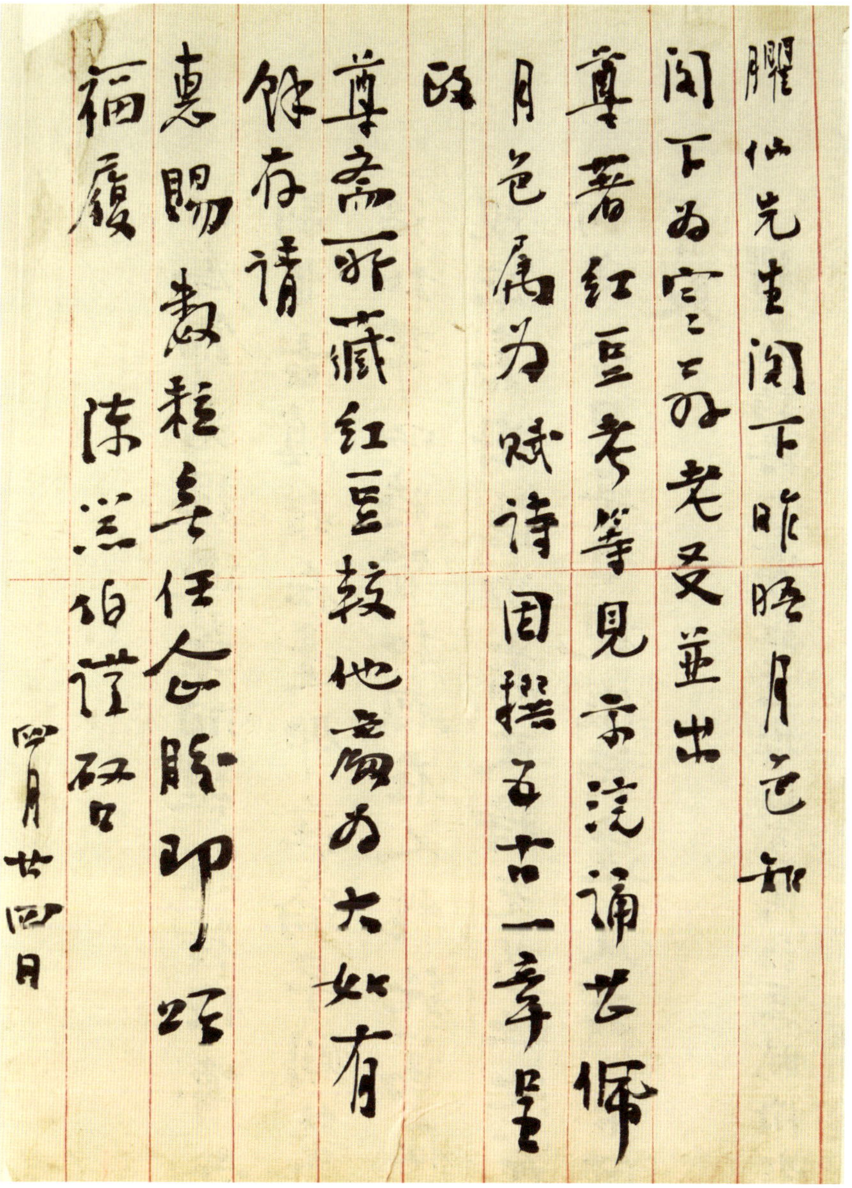
臞仙先生阁下昨照月色知
阁下为空空好老叟並出
尊著红豆考等见示浣诵甚佩
月色属为赋诗因撰五古一章呈
政
尊斋所藏红豆较他处为大如有
余存请
惠赐数粒当任[illegible][illegible]印[illegible]
福履　陈兰伯谨启
四月廿四日

J19（2-1）G17cm×29cm

〖解读〗

由“癸卯六十五”可知，此札应成于一九六三年。

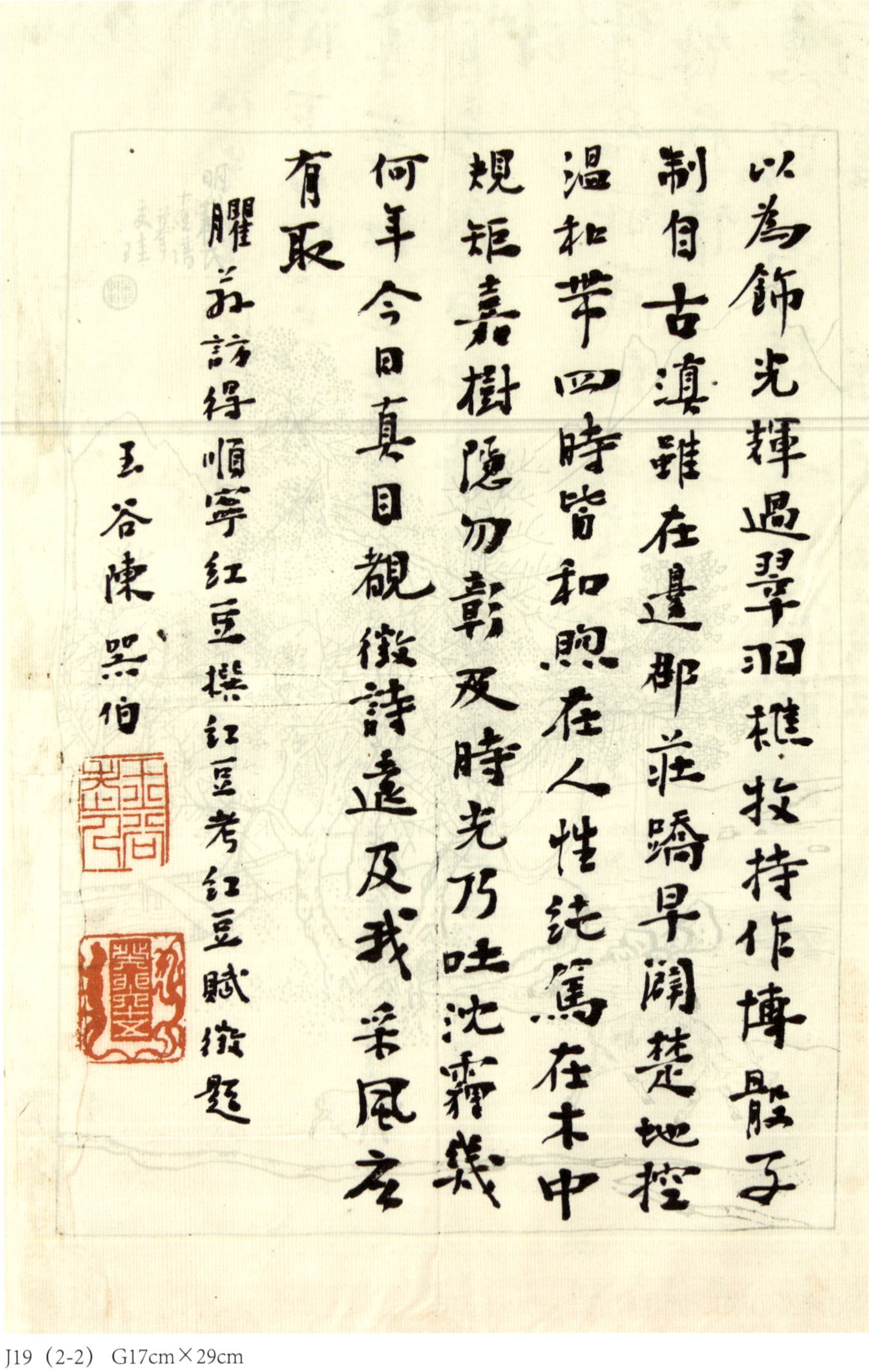
以為飾光輝過翠羽樵牧持作博骰子
制自古滇雖在邊郡莊蹻早闢楚地控
溫和帶四時皆和煦在人性純篤在木中
規矩嘉樹隱初彰及時光乃吐沈霾幾
何年今日真目覩徵詩遠及我采風應
有取
臞蓀訪得順寧紅豆撰紅豆考紅豆賦徵題
玉谷陳器伯

J19（2-2） G17cm×29cm

## 二、臞仙先生惠寄红豆赋谢

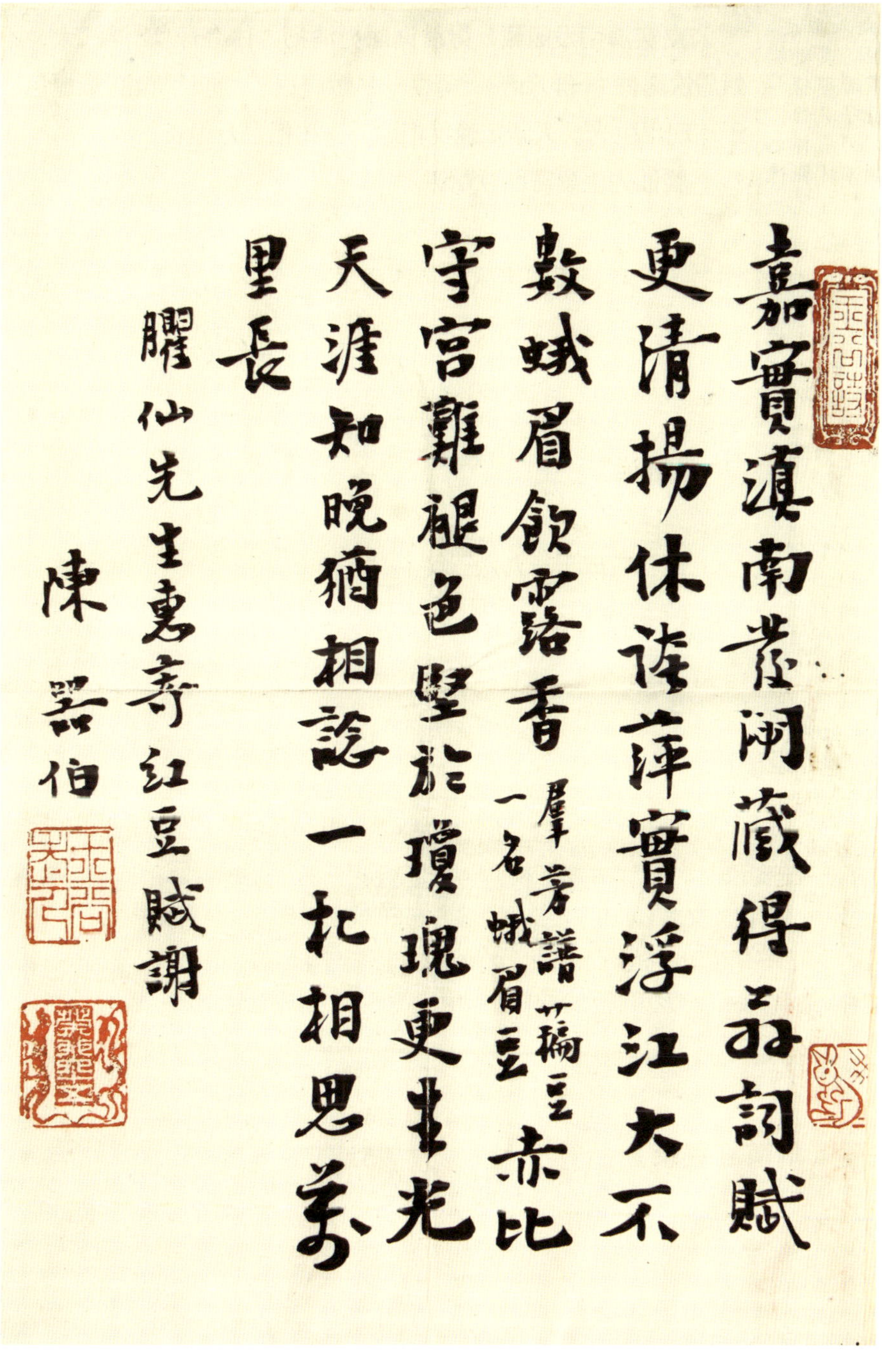

嘉賓滇南荳閑藏得[illegible]詞賦
更清揚休誇萍實浮江大不
數蛾眉飲露香（羣芳譜藊豆一名蛾眉豆）赤比
守宮難褪色堅於瓊瑰更生光
天涯知晚猶相諗一札相思萬
里長

臞仙先生惠寄紅豆賦謝

陳器伯

J20 G18cm×26.5cm

〖录文〗

嘉实滇南发闷藏，得翁词赋更清扬。休夸萍实[1]浮江大，不数蛾眉饮露香（《群芳谱》[2]藕豆一名蛾眉豆）。赤比守宫[3]难褪色，坚于琼瑰更生光。天涯知晚犹相谂，一札相思万里长。

臞仙先生惠寄红豆赋谢。

陈器伯

〔钤印：玉谷老人、癸卯六十五、玉谷诗、癸卯（肖形印）〕

〔笺纸：宣纸〕

〖解读〗

此札应成于一九六三年。

①萍实：指吉祥之物。春秋战国时，楚昭王路过萍乡，在过河时见河面上游有东西顺流而下，“直触王舟，舟人取之，王大怪之，遍问群臣，莫之能识”。楚王派使臣带着那物和礼品去请教孔子。孔子见物惊喜地说：这是萍实，乃吉祥之物，只有成霸业的国君才能得到呀！

②《群芳谱》：指《二如亭群芳谱》，全书共二十八卷。作者王象晋（一五六一～一六五三），字荩臣，号康宇，自号好生居士。山东新城（今桓台）人。明万历三十二年（一六〇四）进士，由中书舍人官至浙江右布政使，是清初诗坛领袖王渔洋的祖父。

③守宫：指守宫砂。

## 胡伦清　一通

胡伦清（一八九六～一九六六），名永声，以字行。浙江海宁人。一九一六年考入北京大学中文系。曾参加五四运动。毕业后在湖州中学、嘉兴中学任教。一九三〇年担任浙江省中等教育国文研究会主席，主编《国文精选丛书》《民族文选》《唐宋传奇小说选》《乐府诗选》等。一九三九年三月，发生轰动浙南的“七君子事件”。胡伦清因挺身而出，以个人名义介绍参与其事的七位同学转学他校，被以“为共产党所包围”罪名撤职，至龙泉浙大分校任教。中华人民共和国成立后，历任浙江大学、浙江师范学院、杭州大学教授。

### 奉题方臞仙先生《滇南红豆录》

〖录文〗

奉题方臞仙先生《滇南红豆录》。

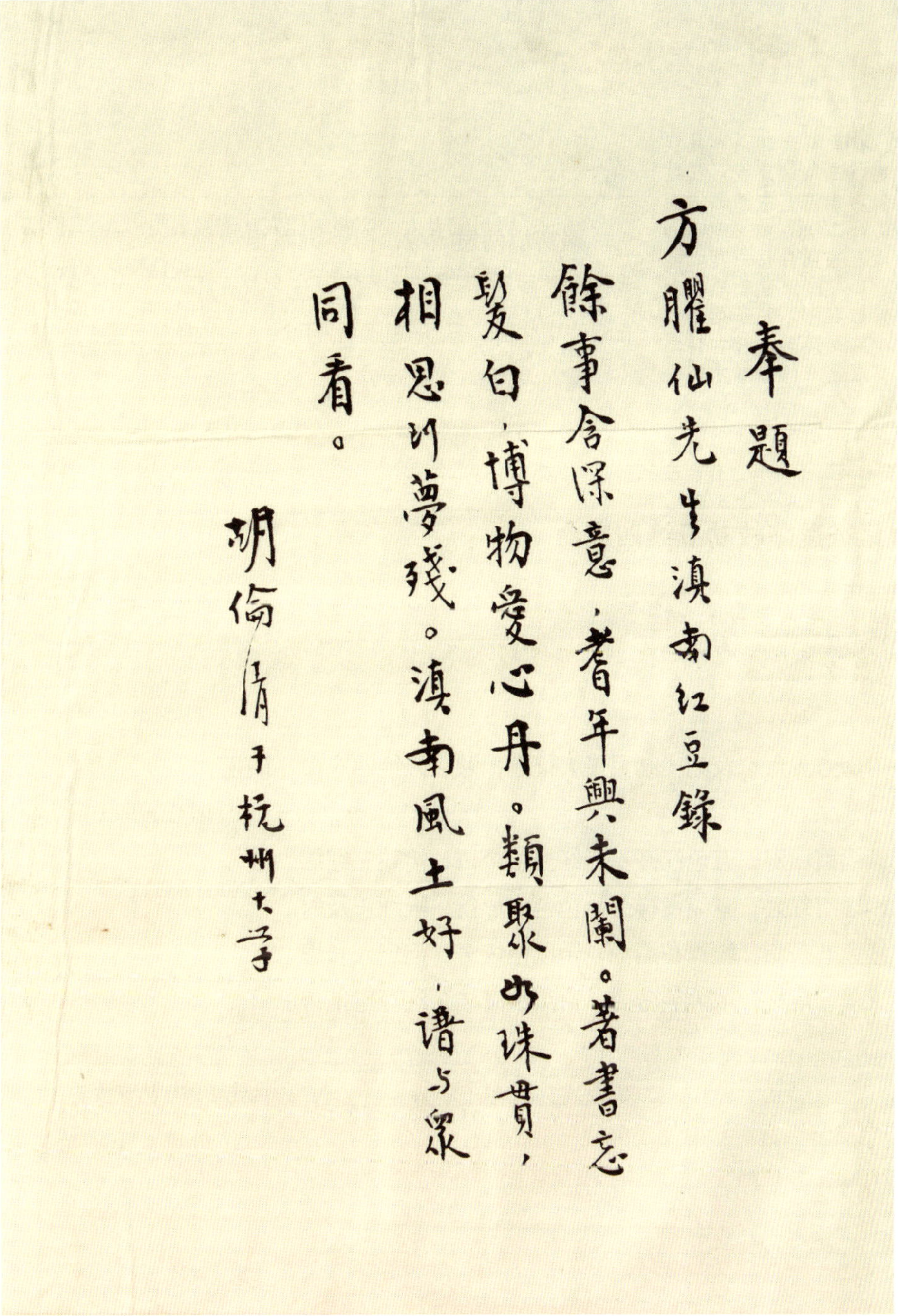
奉題
方曜仙先生滇南紅豆錄
餘事含深意，耆年興未闌。著書忘髮白，博物愛心丹。類聚如珠貫，相思到夢殘。滇南風土好，譜與衆同看。
胡倫清 于杭州大学

J21 G17cm×24cm

余事含深意，耆年兴未阑。著书忘发白，博物爱心丹。类聚如珠贯，相思到梦残。滇南风土好，谱与众同看。

胡伦清　于杭州大学

〔笺纸：宣纸〕

## 陈枚功　一通

陈枚功（一八七八 ~ 一九七五），字畅清，号且驻老人。广西临桂人。清光绪庚子、辛丑并科举人。工诗文，善书法。以知县分发安徽任婺源县太白税局总办。民国后，曾任宜昌关监督署、长沙关监督署科长，湖北应山县财政委员，阳新、汉川、宜都等县县长，河北印花税局主任秘书，山东盐运使署秘书，北平市管理坛庙事务所股长，北平市审判处副处长、处长等职。一九五一年十二月被聘任为中央文史研究馆馆员。

### 红豆集征题陈枚功五绝四应命

〖录文〗

树梅方先生拟裒刻《红豆集》征题，勉以五绝四应命，请正。

一九六三年一月十三日即壬寅嘉平十八日北京

五福首曰寿，五色红开基。红豆生今日，恰映三红旂。
相思有红豆，献瑞发祥芝。色色形形备，唯红正及时。
红豆非丹脂，毓秀在滇池。示以色炫奇，但启人长思。
人爱珊瑚枝，或羡芙蓉姿。百川独高洁，红豆足征诗。

且驻老人桂林陈枚功　时年八十有五

〔钤印：陈枚功、且驻老人〕

〔笺纸：兰石图诗笺〕

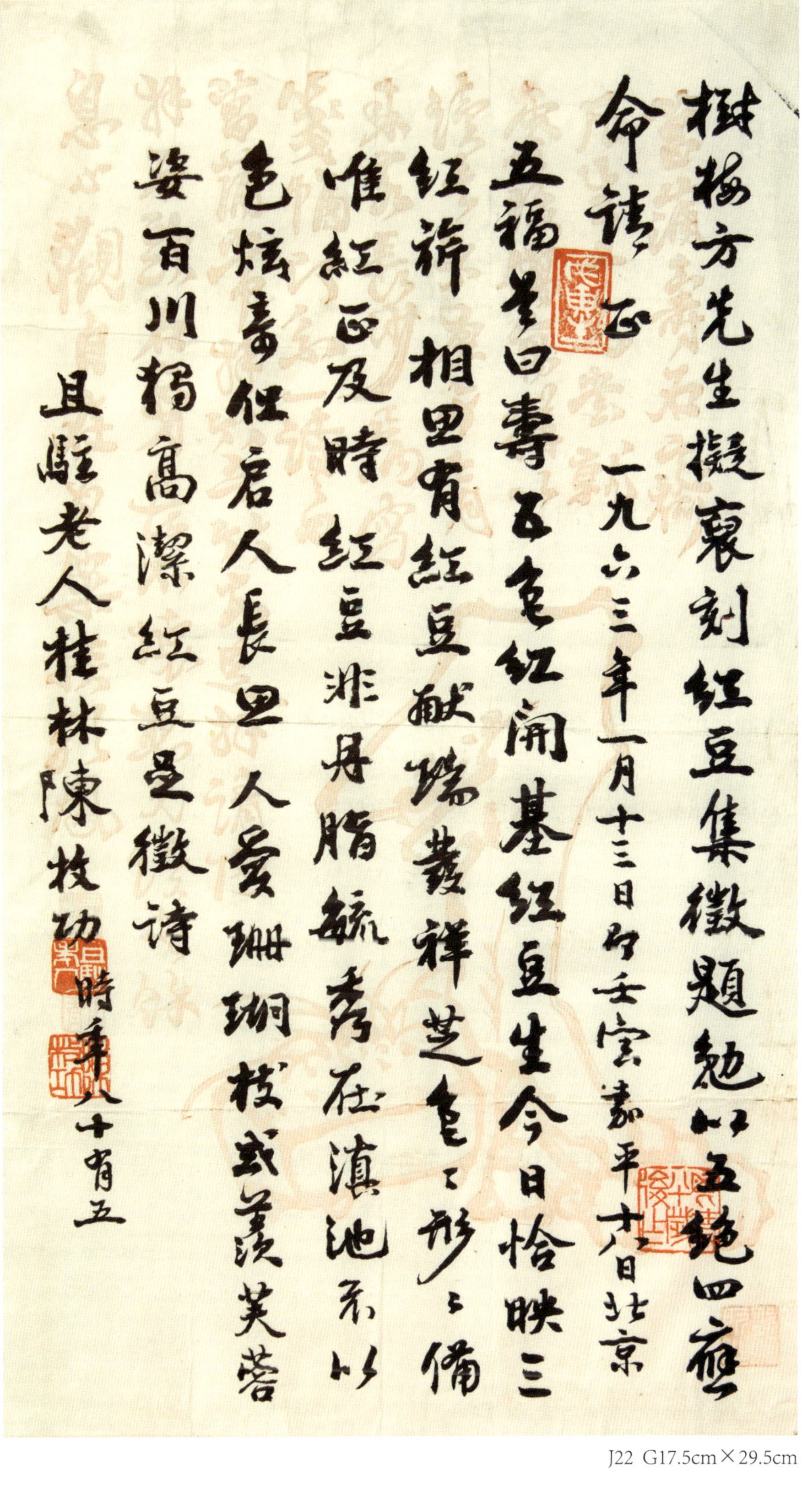
樹梅方先生擬裒刻紅豆集徵題勉以五絕四應
命請正　一九六三年一月十三日即壬寅嘉平十八日北京
五福美曰壽五色紅開基紅豆生今日恰映三
紅旂　相思有紅豆獻瑞叢祥芝色〻彩〻備
唯紅正及時紅豆非丹脂毓秀在滇池系以
色炫奇佳名人長思人愛珊瑚枝或羨芙蓉
姿百川獨高潔紅豆是徵詩
且駐老人桂林陳枝功時年八十有五

J22 G17.5cm×29.5cm

## 陆维钊　一通

陆维钊（一八九九－一九八〇），原名子平，字微昭，晚年自署劭翁。浙江平湖人。教育家、书法家、学者、诗人。南京高等师范文史地部毕业。曾在圣约翰大学、浙江大学、杭州大学任教。精书法，擅山水、花卉、治印，晚年所创书法体人称“陆氏蝶扁”。一九七九年浙江美院率先招收书法研究生，由他任导师，为我国首届书法硕士研究生导师。著有《中国书法》《全清词钞》《书法述要》《陆维钊书法选》《陆维钊书画集》《陆维钊诗词选》等。

### 奉题臞仙仁丈《红豆志》

〖录文〗

人间何地著相思，梦里容颜梦后诗。一半繁华花细细，几宵风露月迟迟。难禁南国频无讯，未卜他生可有知。终是臞翁偏好事，却将冰茧索题词。

小诗一律奉题臞仙仁丈《红豆志》。即请郢正。

平湖陆维钊

〔钤印：陆维钊印、微昭手识、圆赏楼〕

〔笺纸：宣纸〕

〖解读〗

一九六一年一月，陆维钊由杭大河南宿舍迁居韶华巷五十九号，取斋名“圆赏楼”。从“圆赏楼”钤印可知，此札成于一九六一年至一九六三年。

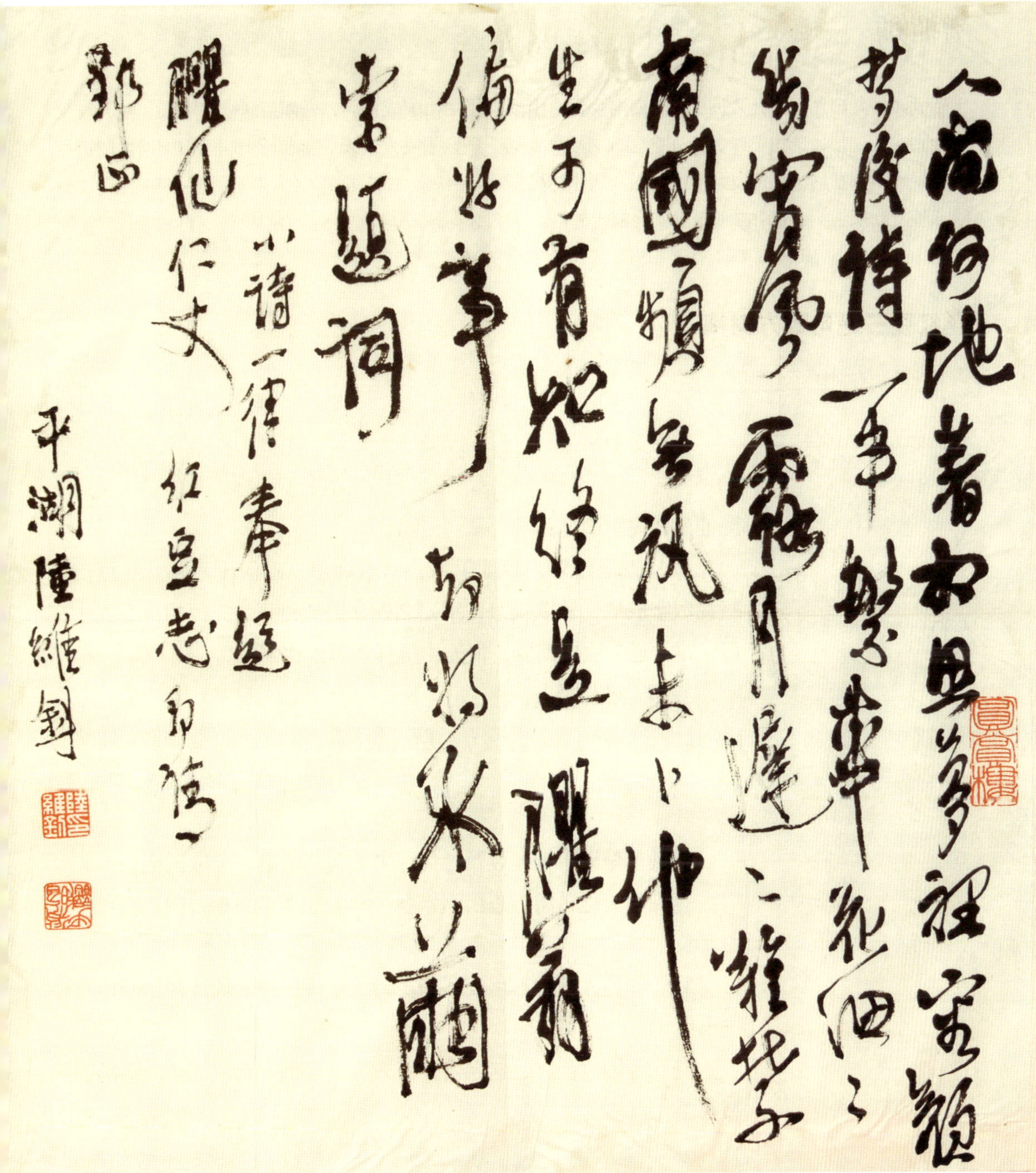


J23 G33cm×34cm

## 曾昭燏　一通

曾昭燏（一九〇九～一九六四），湖南湘乡人。中华人民共和国成立后，任南京博物院院长、江苏省文管会副主任。曾当选为第二、三届全国政协委员，第三届全国人大代表。曾参与大理南诏国遗址调查和彭山汉代崖墓发掘，主持发掘南唐二陵和沂南画像石墓。合著有《博物馆》《云南苍洱境考古报告》《南唐二陵发掘报告》《沂南古画石墓发掘报告》等。

### 题红豆三绝句致方树梅

〖录文〗

臞仙前辈先生道席：

顷从敦煌归来，奉读手书，诸承诲示，感何可言题？红豆三绝略易数字成稿，敬以录呈，不妥之处，仍望斧正。先师胡小石先生在日，常为道先生之博雅，恨无由得拜侍尊前也。

专肃，敬请道安。

晚　曾昭燏　谨上　一九六三年六月廿九日

〔笺纸：朵云轩诗笺〕

臞仙前辈以手植红豆及《红豆考》见寄征题，敬成三绝句。

云海南天忆昔游，苍山滇水各千秋。探奇不见相思树，枉自相思白了头。

宛转珠桃入掌中，用安骰子更玲珑。移根疑是瑶池种，分得丹砂一点红。

花状翩翩豆色鲜，佳名合并万方传。多情赖有康成老，手拂银须写郑笺[①]。

〔笺纸：朵云轩诗笺〕

①郑笺：东汉郑玄为《毛诗》作笺注，名为《毛诗传笺》，简称“郑笺”。

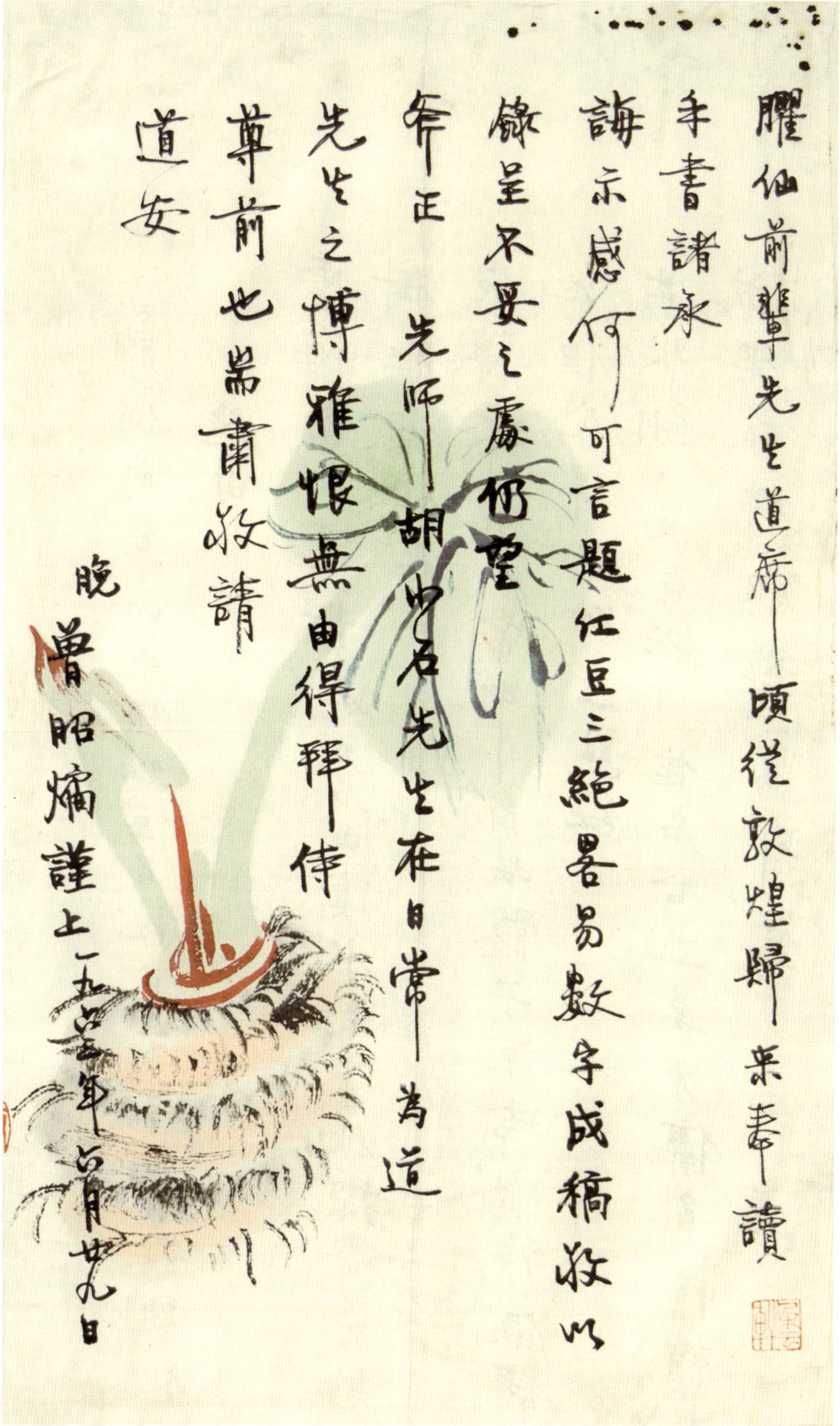
臞仙前輩先生道席：頃從敦煌歸來，奉讀
手書，諸承
誨示，感何可言。題紅豆三絶，略易數字，成稿，敬以
錄呈，不妥之處，仍望
斧正。先師胡小石先生在日常為道
先生之博雅，恨無由得拜侍
尊前也。耑肅，敬請
道安。
晚曾昭燏謹上 一九六三年六月廿九日

J24（2-1） G16.5cm×27cm

〖解读〗

此札成于曾昭燏去世前一年，尤为难得。

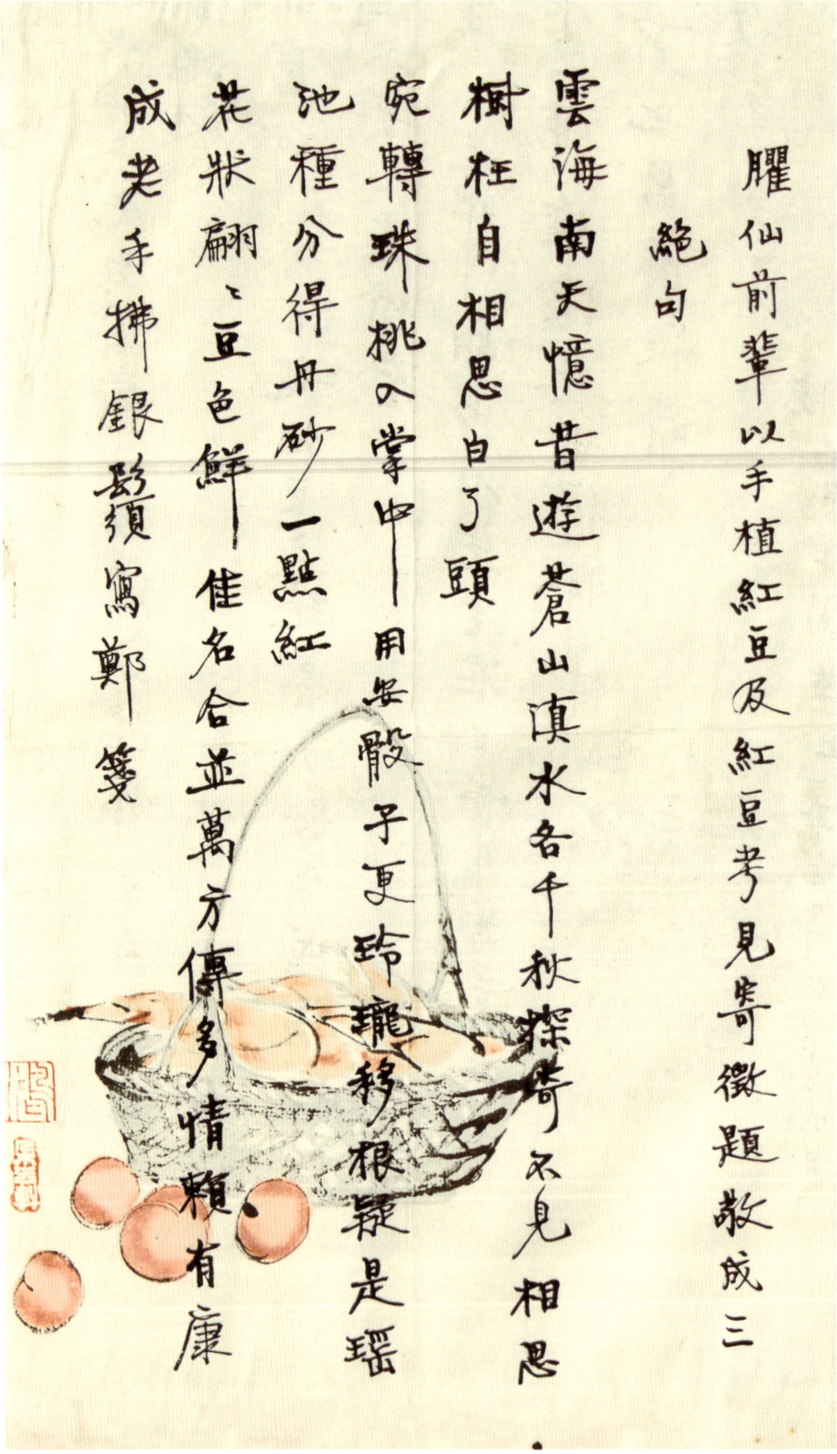


J24（2-2） G16.5cm×27cm

# 王焕镳　一通

王焕镳（一九〇〇 ~ 一九八二），字驾吾，号觉无。江苏南通人。史学家、目录学家。一九二一年考入南京高等师范中文史地部，受业于著名教授王伯沆、柳诒徵。一九二五年夏毕业于东南大学，其后在扬州中学执教。因军阀混战，世道动乱，曾一度返回故里。后又在南京的中学执教三年。一九三六年夏，他受浙江大学校长竺可桢之聘，赴杭州任浙江大学中文讲席。中华人民共和国成立后，先后任浙江师范学院中文系教授、杭州大学中文系主任兼杭大图书馆馆长、浙江文史研究馆馆长、省政协常委。自编或合编有《明孝陵志》《首都志》《江苏省立国学图书馆总目》等。

## 题《红豆志》

〖录文〗

永叔［欧阳修］志牡丹，匪特艳其质。君谟谱荔支[1]，亦非嗜其实。贤者于草木，寓意不滞物。亦犹屈灵均，但以喻芳洁。好事逢臞翁，辛勤操觚笔。从此相思子，得与荔丹匹。吾昔在宜州，烂漫寻幽逸。往往山谷间，数株森崛兀。众皆竟朱果，我独赏劲骨。臞翁神仙姿，优游臻九秩。岂学小儿女，区区为私昵。

题《红豆志》，即希臞翁先生诿正。

一九六三年十月廿四日　王焕镳　初稿

〔笺纸：杭州大学〕

① 荔支：《广志》曰：荔支，树高五六丈，如桂树。绿叶蓬蓬，冬夏郁茂，青华朱实。

杭州大學

題紅豆志卽希

曜翁先生誨正

一九六三年十月廿四日王煥鑣初稿

J25（2-2） G16.5cm×26cm

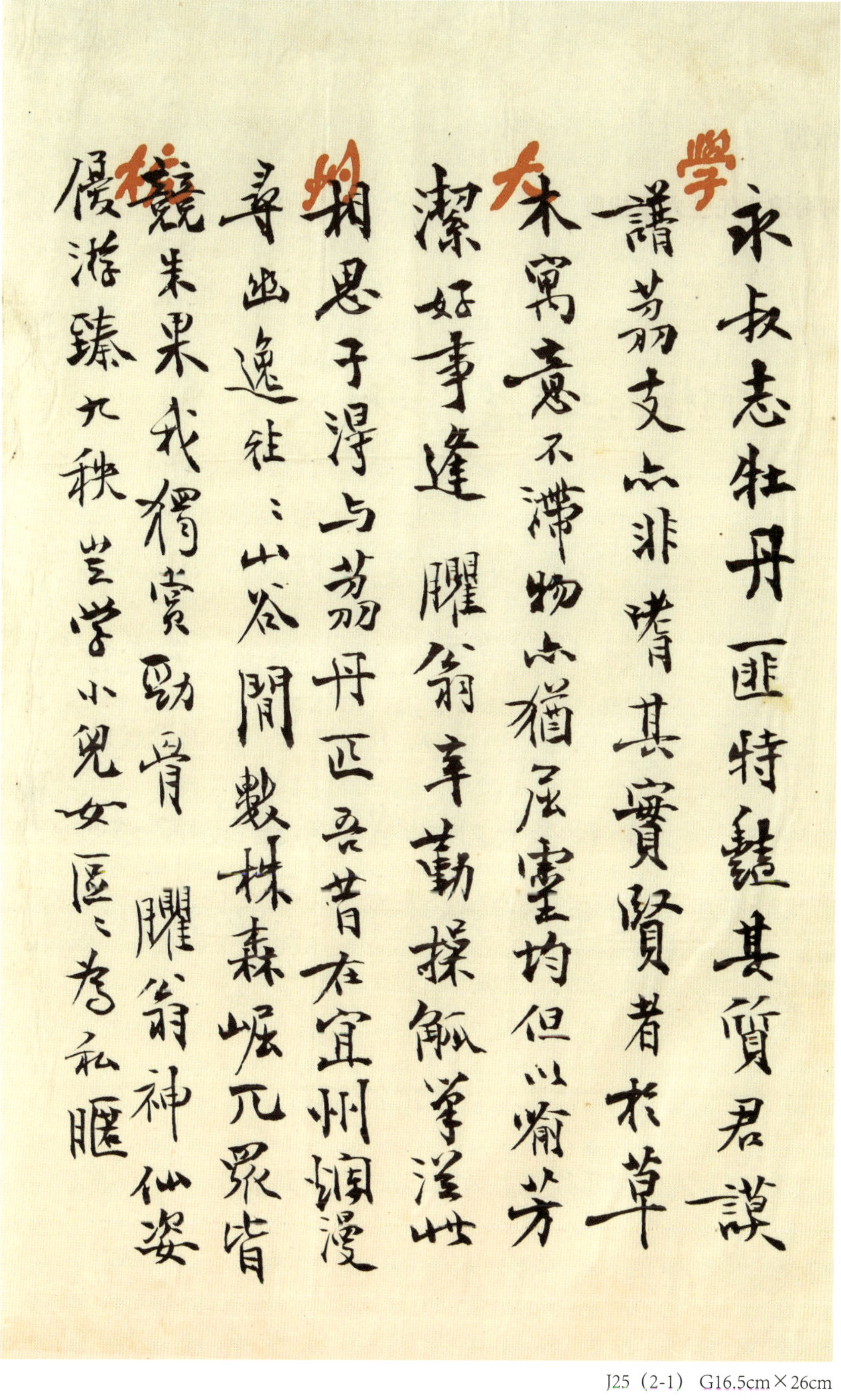

學大州校

永叔志牡丹匪特譔其質君謨
講荔支亦非譜其實賢者於草
木寓意不滯物亦猶屈靈均但以蘅芳
潔好事逢臞翁辛勤採觚筆澤世
相思子得与荔丹匹吾昔在宜州烟漫
尋幽逸往往山谷間數株森崛凡衆皆
競朱果我獨賞勁骨 臞翁神仙姿
優游臻九秩豈學小兒女區區為私暱

J25（2-1） G16.5cm×26cm

## 何振镛 一通

### 和树梅馆文先生六四初度

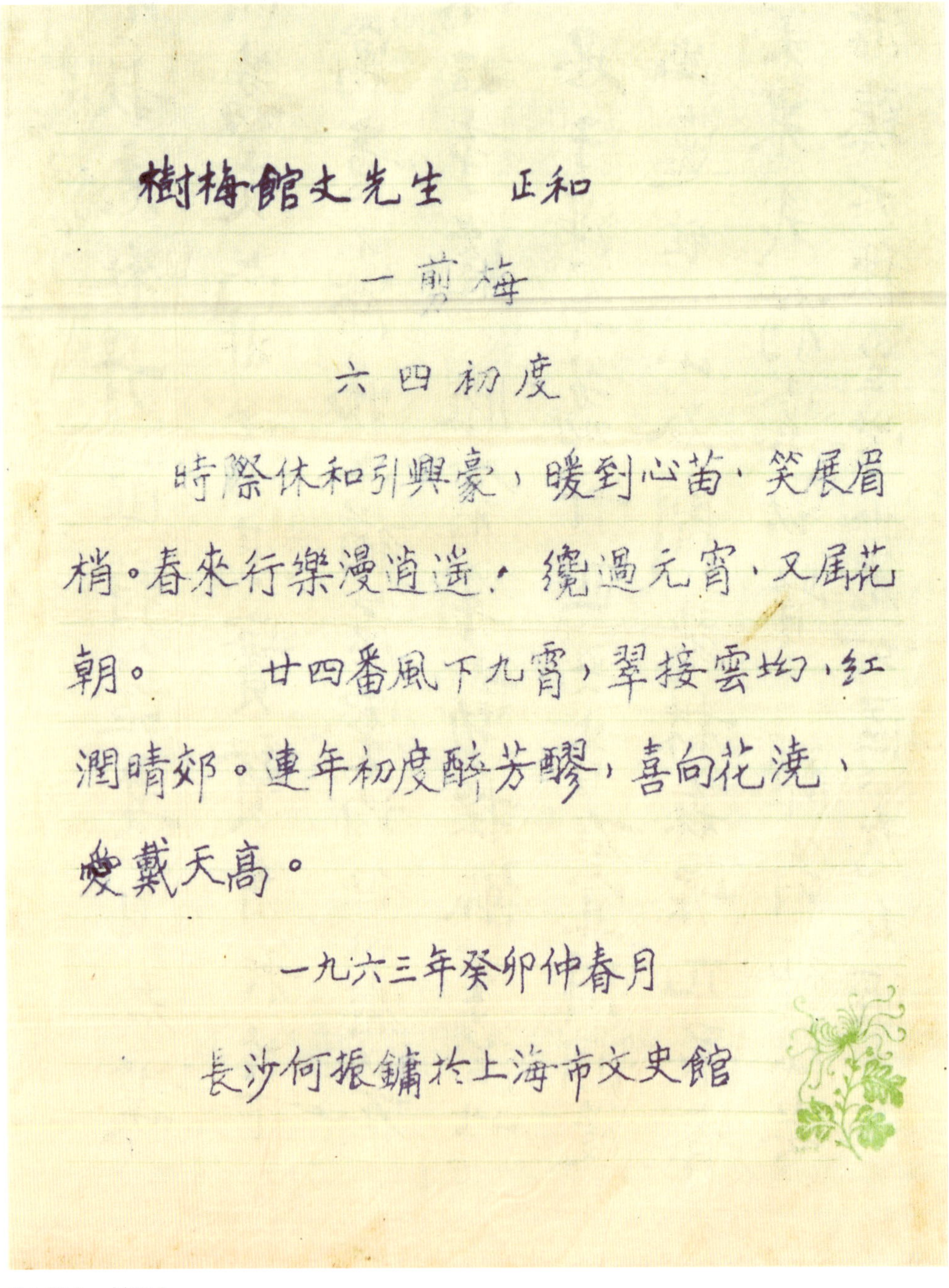

樹梅館文先生　正和

一剪梅

六四初度

時際休和引興豪，暖到心苗，笑展眉梢。春來行樂漫逍遥，纔過元宵，又屆花朝。　廿四番風下九霄，翠接雲坳，紅潤晴郊。連年初度醉芳醪，喜向花澆，愛戴天高。

一九六三年癸卯仲春月

長沙何振鏞於上海市文史館

J26 G16cm×22.5cm

〖录文〗

树梅馆丈先生　正和

**一剪梅**

**六四初度**

时际休和引兴豪，暖到心苗，笑展眉梢。春来行乐漫逍遥！才过元宵，又届花朝。　　廿四番风下九霄，翠接云坳，红润晴郊。连年初度醉芳醪[①]，喜向花浇，爱戴天高。

一九六三年癸卯仲春月　长沙何振镛　于上海市文史馆

〔笺纸：横行印花信笺〕

①芳醪：甘甜的美酒。

## 陶秋英　一通

陶秋英（一九〇九～一九八六）。江苏吴江人。南社诗人陶神州长女，姜亮夫夫人。著名女文史家、诗人、书画家。一九二六年九月考入上海持志大学中文系。一九三一年九月考取燕京大学研究院中国文学研究生，一九三二年六月获燕京大学文学硕士学位。著有《中国妇女与文学》《汉赋之史的研究》《宋金元文论选》《敦煌碎金》《郑和下西洋》《〈红楼梦〉中的佛道思想》等。

### 南歌子题臞仙先生《红豆志》

〖录文〗

**南歌子**

渺渺仙乡远，漫漫别恨长。深盟只向梦中寻，倚遍玉栏争教、不思量。

莫洒春闺泪，空怀阆[①]苑妆，鹃啼化血作猩红，一点灵犀人在、水中央。

敬题臞仙先生《红豆志》，并请教正。

陶秋英　习作　癸卯〔一九六三〕春月

〔钤印：陶秋英〕

〔笺纸：朵云轩诗笺〕

①阆：门高的样子。

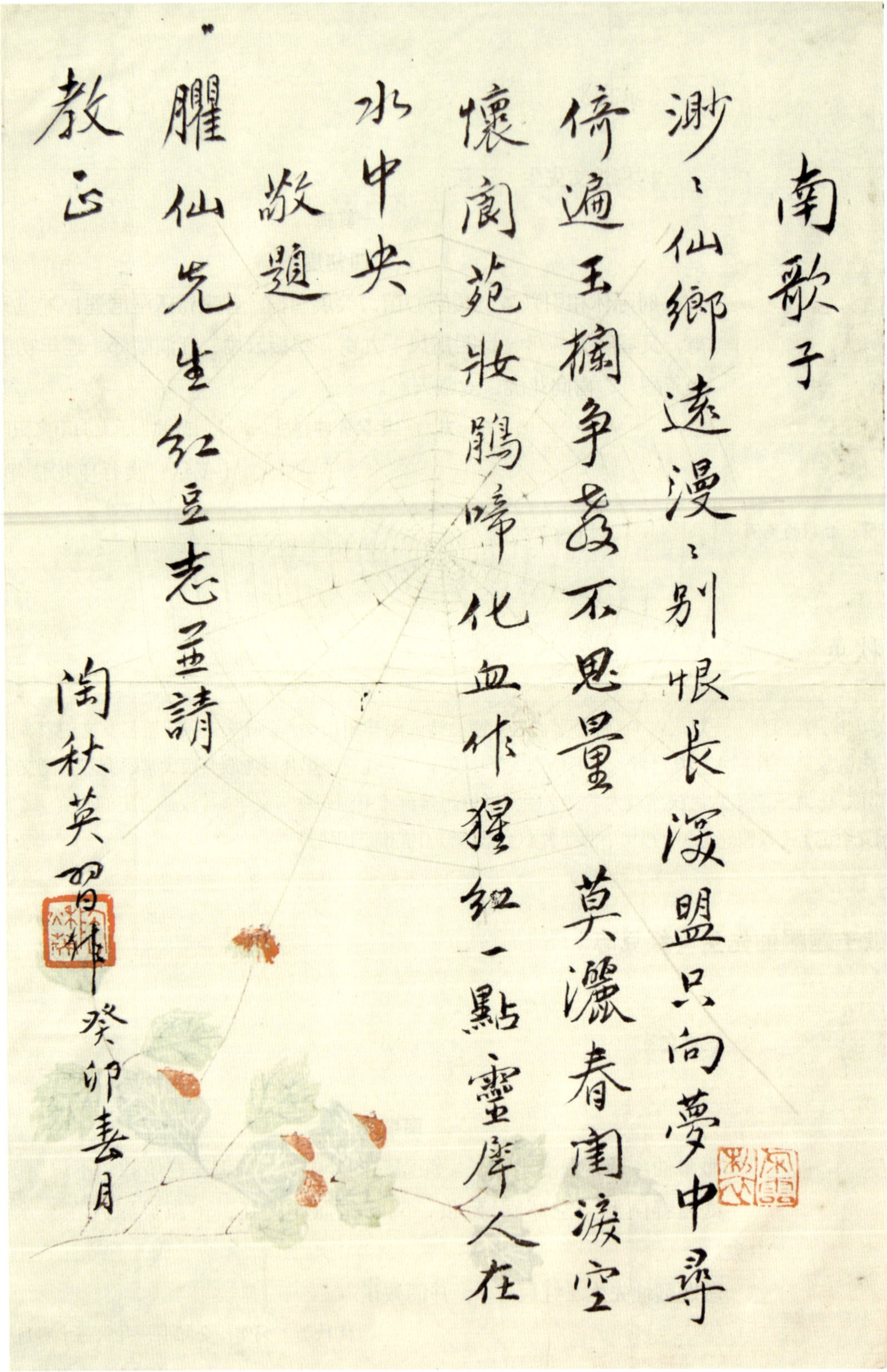


J27 G17cm×25.5cm

## 胡士莹　一通

胡士莹（一九〇一～一九七九），字宛春，室名霜红簃。浙江平湖人。一九二〇年考入南京高等师范，为文史地部特别生。毕业先后在平湖治谷学堂、稚川中学、南京私立东方公学、扬州中学、嘉兴中学、暨南大学中文系、复旦大学、圣约翰大学、光华大学、之江大学等校任教。一九六一年兼任中国科学院浙江分院语言文学研究室研究员，曾参与《辞海》编纂工作。著有《弹词宝卷书目》《变文考略》《词话考释》《弹词简论》《漫说鼓词》《话本小说概论》等。

### 题《红豆志》

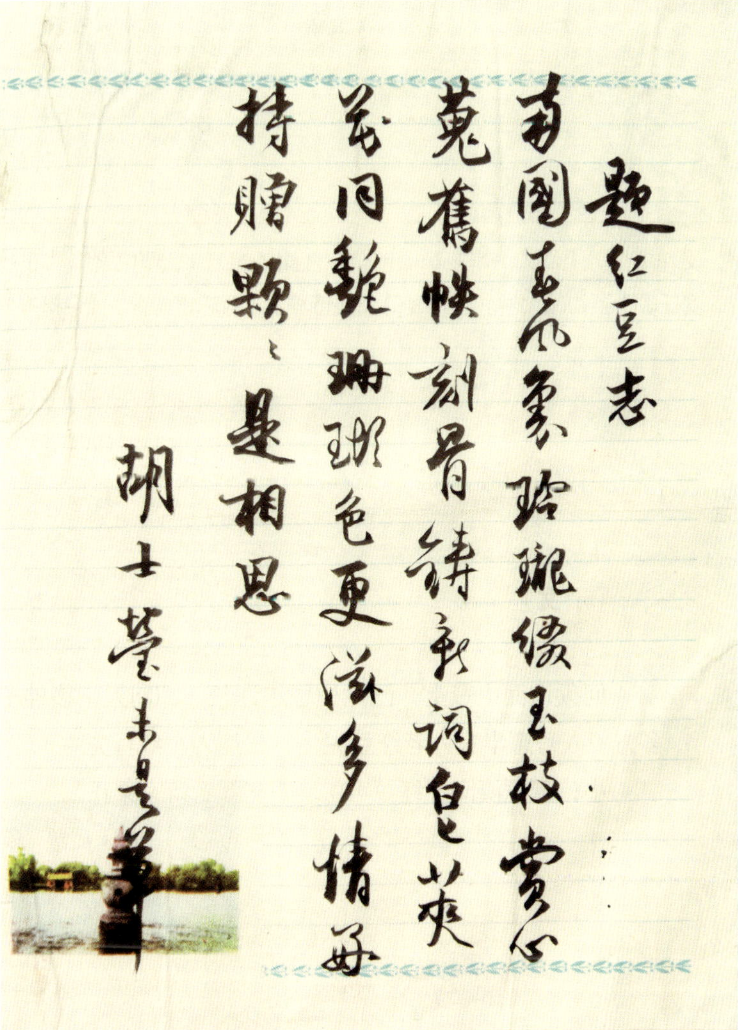
题红豆志

南国春风发，玲珑缀玉枝。赏心蒐旧帙，刻骨铸新词。色共花同艳，珊瑚色更滋。多情好持赠，颗颗是相思。

胡士莹未是草

J28　G16cm×21cm

〖录文〗

**题《红豆志》**

南国春风里，玲珑缀玉枝。赏心搜旧帙，刻骨铸新词。皂荚花同艳，珊瑚色更滋。多情好持赠，颗颗是相思。

胡士莹　未是草

〔笺纸：横行美术笺〕

## 王铨济　一通

王铨济，字巨川，又作蘧川。上海人。辛亥革命前曾和江庸（翊云）、瞿兑之等结非社，诗酒之会无虚日。民国期间曾一度任教于圣约翰大学。著有《倚剑楼诗稿》《两忘宧诗存》《金松岑先生年谱》等。

### 题滇南红豆

〖录文〗

何须识面更登堂，已觉相思尔许长。却向天南移种子，惠施流派信多方（人号惠半农为老红豆先生，松崖为小红豆先生）。

小诗奉题滇南《红豆考》，即乞臞老诗家粲正[①]。

海上后学　蘧川王铨济　初稿

〔钤印：铨济之印〕

〔笺纸：金丝五行笺。文："涵芬楼制"〕

① 粲［càn］正：修正，调整。谦词。

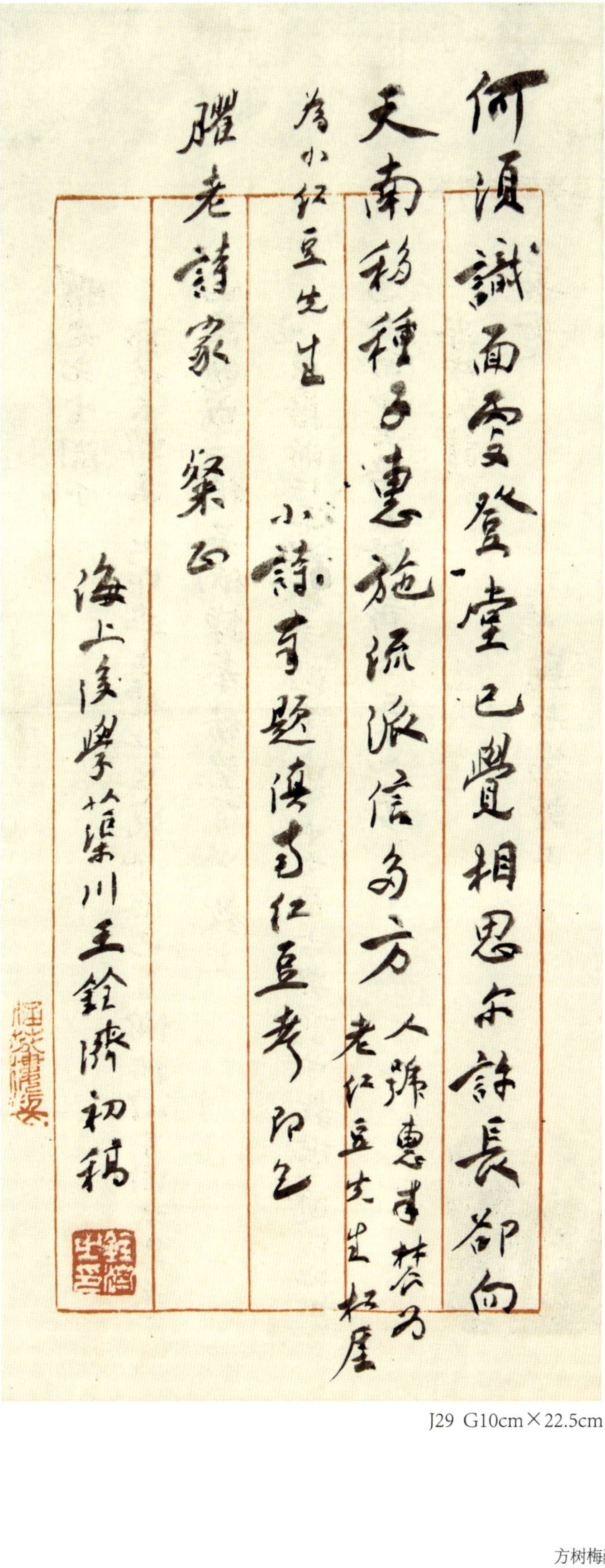
何須識面更登堂已覺相思尔許長
天南移種子惠施流派信多方人號惠書林谷為老红豆先生松屋
為小红豆先生
小詩奉題漢書红豆考即乞
臞老詩家粲正
海上後學梁川王銓濟初稿

J29 G10cm×22.5cm

## 钱南扬　一通

### 四月十五日红豆事致方树梅

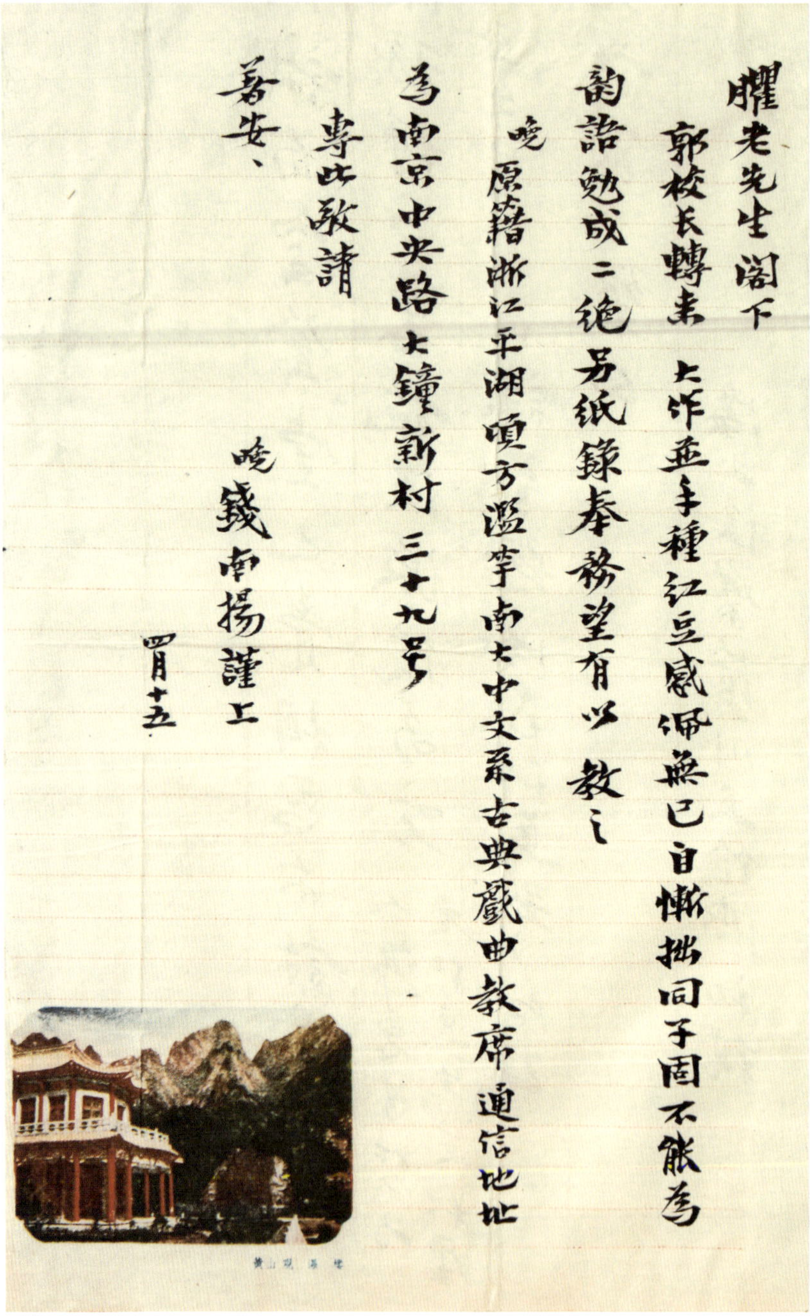

耀老先生閣下

郭校長轉來 大作並手種紅豆感佩無已自慚拙同子固不能為韵語勉成二绝另紙錄奉務望有以 教之

晚原籍浙江平湖頃方濫竽南大中文系古典戲曲教席 通信地址為南京中央路大鐘新村三十九號

專此敬請

著安、

晚錢南揚謹上

四月十五

J30 G15.5cm×24.5cm

〖录文〗

臞老先生阁下：

郭校长［郭影秋］转来大作，并手种红豆，感佩无已，自惭拙，同子固不能为韵语。勉成二绝，另纸录奉，务望有以教之。

晚原籍浙江平湖，顷方滥竽南大中文系古典戏曲教席。通信地址为南京中央路大钟新村三十九号。

专此，敬请著安。

晚　钱南扬　谨上　四月十五

〔笺纸：横行美术笺〕

## 陈寥士　一通

### 奉题臞翁梅间觅句图

〖录文〗

惊从朱夏见梅开，百斛[1]空香纸上来。从此东风无定在，珊珊花骨即诗胎。

苍苔半坞尽诗痕，旧月南枝照翠尊。笛里江城吹不落，晓寒一曲熨花魂。

奉题臞翁梅间觅句图。图为蔡谈月色夫人画。

陈器伯

〔钤印：器伯六十五岁后作此诗、玉谷近作、癸卯〕

〔笺纸：美术诗笺〕

①百斛：此泛指很多斛。

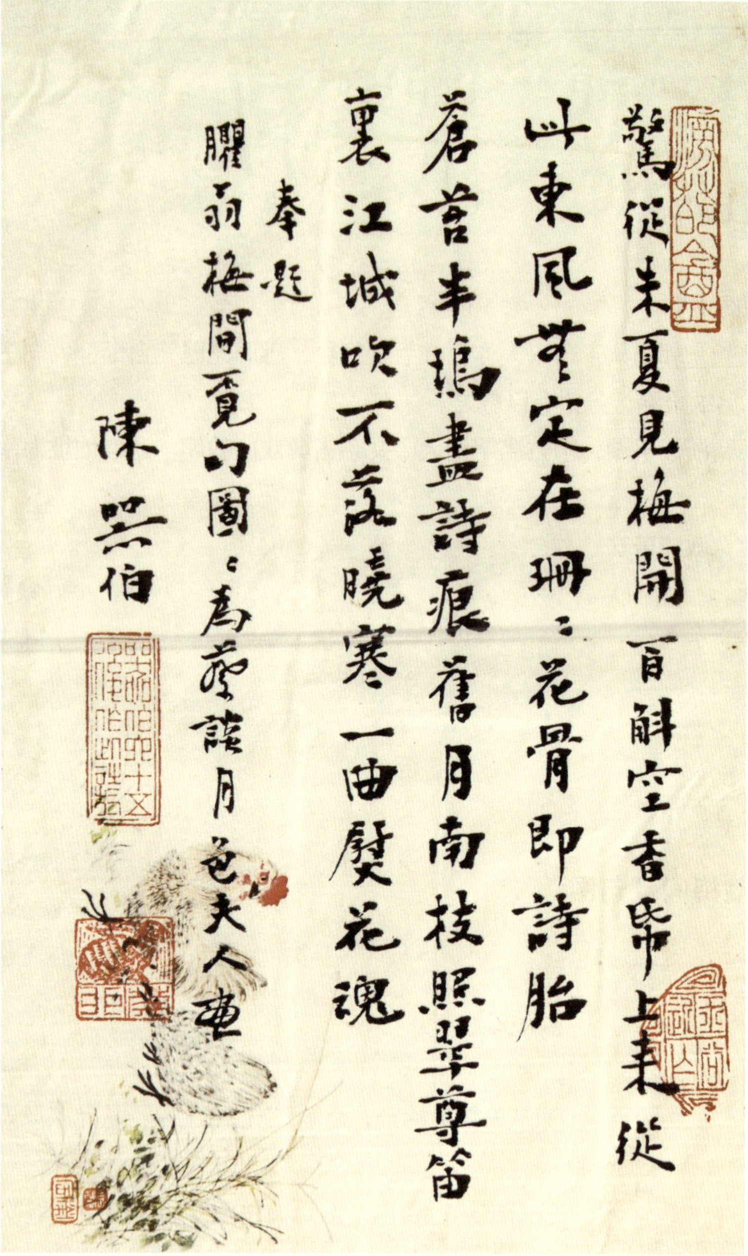
驚從未夏見梅開，百斛空香帋上來。從
此東風無定在，珊珊花骨即詩胎。
蒼苔半蝕畫詩痕，舊月南枝照翠尊。笛
裏江城吹不落，曉寒一曲覓花魂。
奉題
臞翁梅間覓句圖，為蔡談月色夫人畫
陳器伯

J31 G16cm×26.5cm

〖解读〗

此札应成于一九六三年。

《梅间觅句图》应即《梅林觅句图》。方树梅《笔记二种》记载：一九三二年，函祈蔡寒琼、谈月色夫妇写《梅林觅句图》。两伉俪在羊城，合作斯图长卷，见者亟称之。陈虚斋、宋镜澄、秦璞安、金松岑、周惺庵、赵弢父、袁树圃、由夔举、王惕山诸师友有题词。

该《梅林觅句图》现未见下落。

## 黄君坦　一通

黄君坦（一九〇一～一九八六），字孝平，号叔明。福建闽侯人。早年在青岛礼贤书院肄业，并师从薛肇基研习词章、训诂、考据之学。一九二九年为徐世昌撰《晚晴簃诗汇序》，受到汪辟疆教授的重视。精诗词，参加过禾弟园、蛰园、瓶花簃诗社、词社等活动。曾与张伯驹同编《清词选》，与其兄孝纾、其弟公孟合著《黄氏三兄弟骈俪文集》。著有《清词纪事词》《词林纪事补》《宋诗选注》《续骈体文苑》《校勘绝妙好词笺》等。

### 调寄南柯子题滇南红豆

〔录文〕

采撷相思艳，坚芳刻骨红。山茶开后露华秾。曾共宝栏滟蜡[①]，照欢丛。　卉木虞衡[②]志，江山淑气[③]钟。滇南春婵赋才工。长愿双双种出，祝东风（把酒祝东风，种出双红豆，吴园次[④]词句）。

调寄南柯子。读树梅先生滇南红豆树赋，敬题一阕。

闽江黄君坦倚声[⑤]

〔钤印：黄君坦〕

〔笺纸：截枝花卉彩色诗笺。文：“玉纤垂钓鱼饵香浮，师子写”〕

①滟蜡：形容蜡泪多。

②虞衡：古代掌山林川泽之官。

③淑气：指天地间神灵之气。

④吴园次：即吴绮（一六一九～一六九四），字园次，一字丰南，号绮园，又号听翁。江苏扬州人。清代词人，有“红豆词人”之称。吴园次《艺香词》有“把酒祝东风，种出双红豆”句。

⑤倚声：作词一般是按照某种乐调曲拍之谱填制歌词。曲调的名称如“菩萨蛮”“蝶恋花”“念奴娇”等，叫作“词调”或“词牌”，按照词调作词称为“倚声”或“填词”。按照词调作词的名家称为“倚声家”。

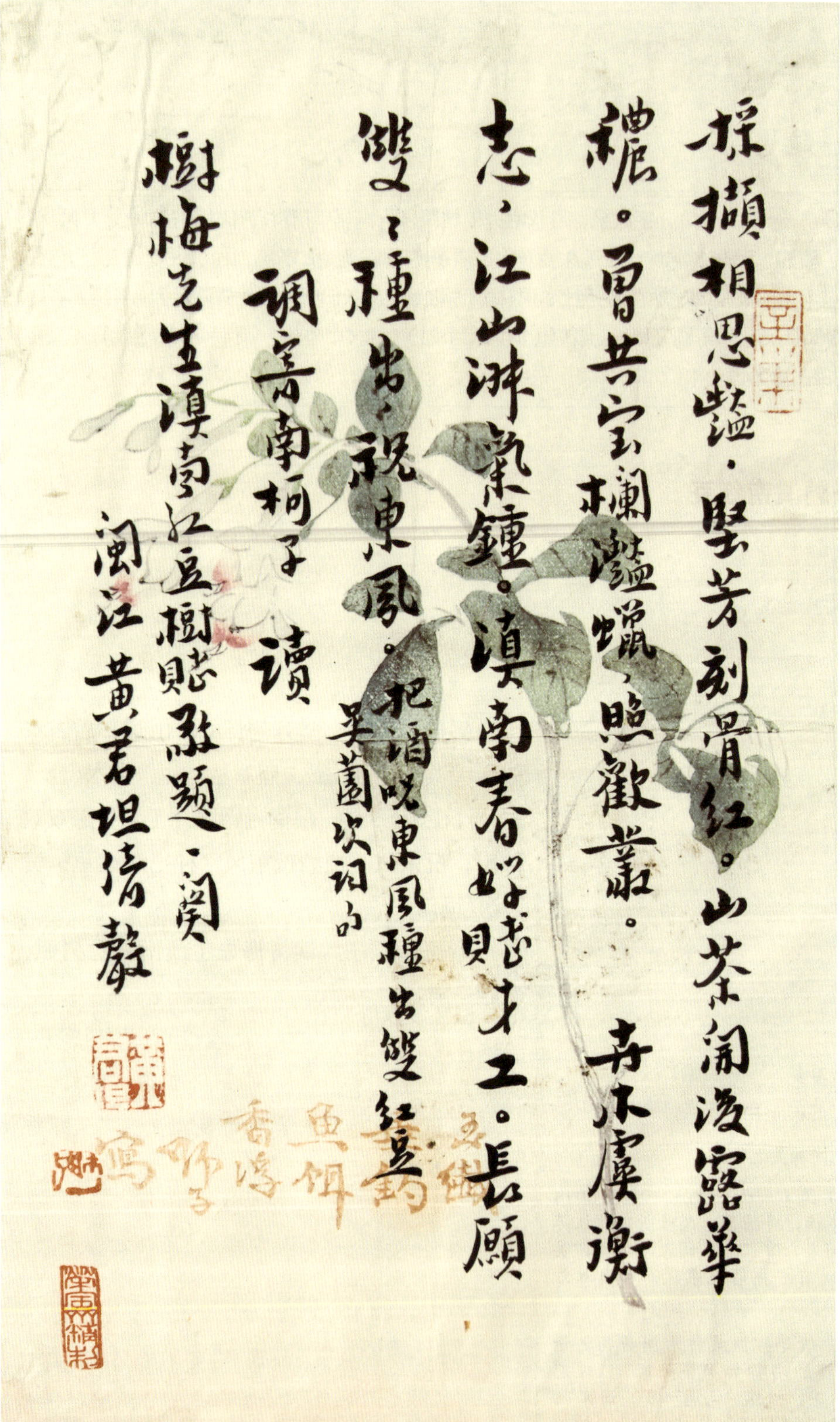

J32 G16cm×26cm

# 谈月色　一通

谈月色（一八九一～一九七六），原名郯，字古溶，常署名“月色溶溶”，因排行第十，人称“谈十娘”。以古玺、汉印、隶书、佛像印、园朱文见长，在艺坛崭露头角。有“现代第一女印人”之称。谈月色篆事之外，还擅画梅，书法尤擅瘦金书，并创新地将瘦金书入印，苏曼殊诗赞：“画人印人一身兼，挥毫挥铁俱清严。”晚年，以艺苑耆英受尊重，受聘为江苏省文史馆馆员，文联委员及书法、印章研究会会员。并三次在江苏省美术馆举办个展。先后被选为全国妇女代表大会代表、江苏省政协委员、南京市人民代表等。

## 咏红豆

〖录文〗

### 咏红豆

寒翁曾手植盆树，摄成图（寒翁在中大农场[1]，用小盆栽红豆一株，有五寸高，是吴种，豆大如拇指。寒翁同此豆拍照）。

倏忽年三十，追怀发叹吁。开山难保植，璋州树被锄。甘霖遍大千，不憷何相扶。滇南有佳壤，累累垂赤珠。英姿红如火，美丽肖珊瑚。

呈上树梅词丈指政。

谈月色　未定草

〔钤印：月色瘦金〕

〔笺纸：宣纸〕

①中大农场：似指广州中山大学的农场。农场当时属国立中山大学农科学院。

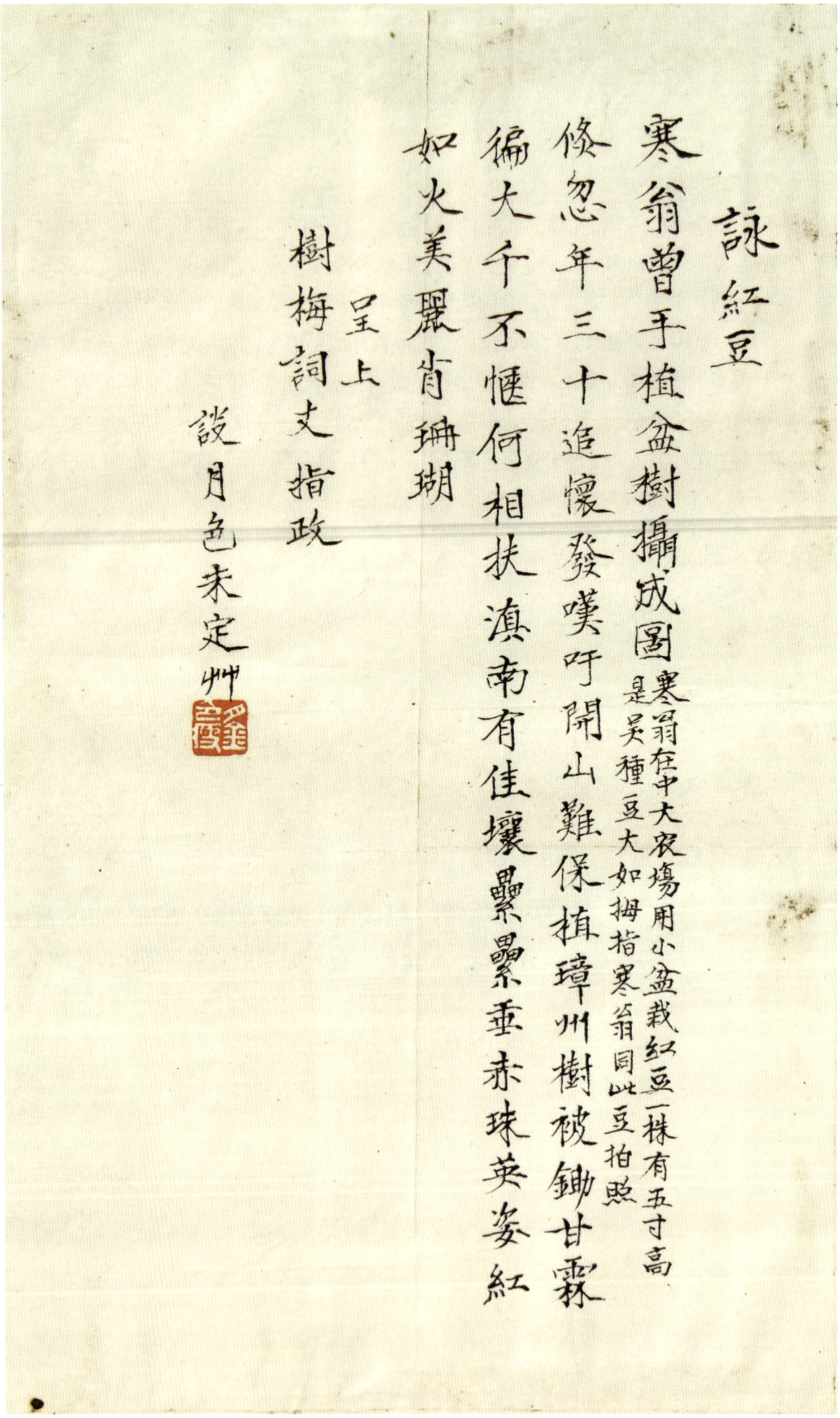

詠紅豆

寒翁曾手植盆樹攝成圖寒翁在中大農場用小盆栽紅豆一株有五寸高是吳種豆大如拇指寒翁同此豆拍照倏忽年三十追懷發嘆吁開山難保植璋州樹被鋤甘霖徧大千不愜何相扶滇南有佳壤纍纍垂赤珠英姿紅如火美麗肖珊瑚

呈上

樹梅詞丈指政

談月色未定艸

J33 G14cm×23cm

## 张仲浦　一通

张仲浦（一九一二～一九八七），字湛云，号鸥波。江西余干人。一九三七年毕业于北平大学法律系，获法学士学位，后专攻文，尤爱古典文学，善诗词。毕生致力于教育事业，曾在南昌师范、临川简易师范、余干玉亭中学担任国文教员。一九四三年开始，在浙江大学、浙江师范学院、杭州大学任教职，兼中国现代文学教研室主任。曾主编《现代文学名著选》《毛泽东诗词三十七首注解》等多种教材；有《夏完淳〈大哀赋〉笺注》《韩愈诗的现实主义精神》等作品。

### 题滇南红豆三绝句

〖录文〗

臞仙先生著滇南《红豆志》，寄题三绝句，即呈教正。

春来如火发南中，不知飘零万点红。莫讶满园夸姹紫，但凭赤胆报东风。

相思千里报平安，照眼明珠落玉盘。记得西南飘泊日，乱中慰我寸心丹。

老去犹怀赤子心，诗人采撷寄高吟。汗青辉映霞光驻，不与浮云变古今。

一九六三年一月　后学　张仲浦　初稿

〔笺纸：杭州大学〕

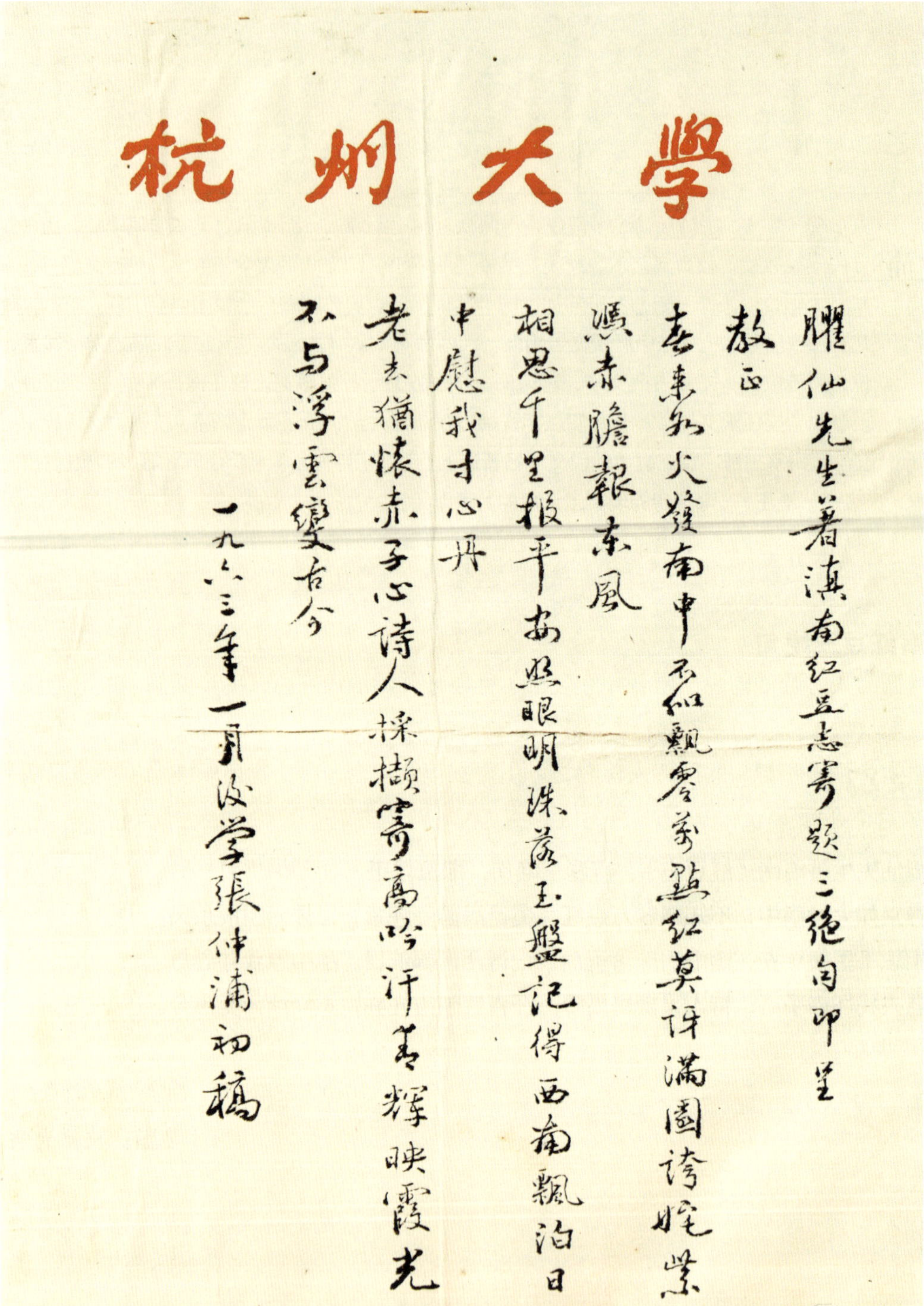

杭州大學

曜仙先生著滇南紅豆志寄題三絕句即呈
教正

春來戰火發南中，万紅飄零萬點紅。莫訝滿園誇姹紫，但憑赤膽報東風。

相思千里報平安，照眼明珠落玉盤。記得西南飄泊日，亂中慰我寸心丹。

老去猶懷赤子心，詩人採擷寄高吟。汗青輝映霞光駐，不與浮雲變古今。

一九六三年一月後學張仲浦初稿

J34 G16.5cm×27cm

# 王代之　一通

王代之（一九〇〇～？），字裕沄，原字南溪，号佩秋。湖南湘潭人。巴黎国立美术学院毕业。历任国立北京艺术专门学校教授，教育部艺术教育委员会委员兼秘书，国立北平大学艺术学院教授主任并代理院长，北平华北大学教授兼秘书长，农矿部视察国难会议员，世界教师联合会中国协会主任。抗战期间随国立北平艺专迁到昆明，抗战结束后留在云南。

## 题滇南红豆七绝四首

### 〖录文〗

八五老人方臞仙先生出所著《红豆集》征题，并贻滇南红豆，率步原韵，成七绝四首以谢。

树生南国号相思，北国诗人首唱之。引得玄英情契合，白头犹自乐情痴（臞翁原唱有“自笑人痴情亦痴”句）。

长江南域皆南国，百粤三迤自一家。锡腊产来珠玉润，珊孋艳客争夸瑚。

相思卉木惹人移，钱（牧斋）惠（定宇）方（臞仙）张（讱庵）易地宜。他日干霄多结子，情根种遍占滇池。

人间地久说天长，哪比情长意更扬。纸贵洛阳《红豆集》，辋川嗣响彩云乡。

臞仙先生前辈哂正。

湘潭王代之　于昆阳

〔笺纸：方格稿纸〕

### 〖解读〗

从“八五老人方臞仙先生”可知，此札应成于一九六五年，是极晚征集到的红豆诗。

当时，方树梅征诗一般的方法是，将自作的诗、考、赋和红豆两枚寄给对方，邀请对方唱和题咏。《笔记二种》载：截至一九六二年，总得诗词二百三十余首，成《滇南红豆

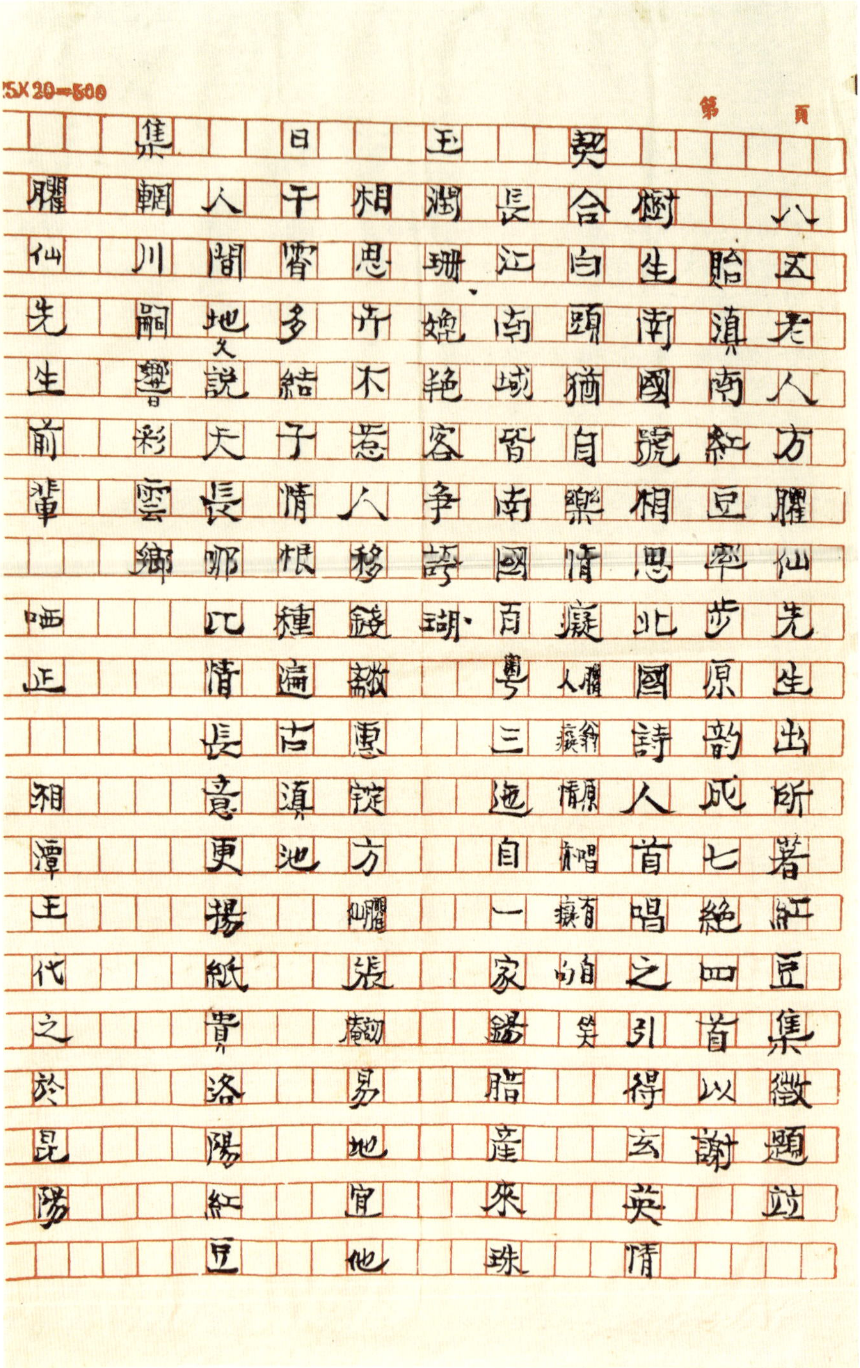
25×20=500　第　頁

八五老人方耀仙先生出所著紅豆集徵題並
貽滇南紅豆率步原韵成七絕四首以謝
樹生南國號相思北國詩人首唱之引得玄英情
契合白頭猶自樂情癡人臞癡翁情願相唱癡有的自笑
長江南域皆南國百粵三迤自一家錫脂產來珠
玉潤珊瑚嬈絕客爭誇瑚
相思亦不惹人移錢繳惠鋌方耀仙張翩易地宜他
日干霄多結子情根種遍古滇池
人間地又說天長那比情長意更揚紙貴洛陽紅豆
集輞川嗣響彩雲鄉
耀仙先生前輩　哂正　湘潭王代之於昆陽

J35 G17cm×26.5cm

集》，编成二卷。但从目前收集到的手札原件看，可以确定属于一九六三年的就有十一首，一九六五年的有一首，这部分自然不在二百三十余首之内。估计方树梅所征集到的全部红豆诗词会超过三百首（包括歌、赋等文体）。

# 吴绍璘　一通

吴绍璘（一八八三 ~ 一九六八），字渔沧。四川遂宁人。早年加入同盟会。曾任清大理提督粮饷委员，参加辛亥大理起义。擅书法，有《楷书结构八十四范本》《楷书小学范本》刻印行世。一九五六年，受聘为云南省文史研究馆馆员。

## 题红豆

〖录文〗

佳种托根南国，栽培端赖东风。适时采摘置笼中，持赠良朋义重。　伊古离多会少，人生易别难逢。暮云春树意何穷，此物相思适用。（调寄西江月）

风萧萧，雨萧萧，怨别今朝魂山销，离魂何处招。　山迢迢，水迢迢，一别东西伤燕劳，相思朝复朝。（调寄长相思，又名双红豆，此词前后起二句，叠韵三句，第五字四句，第三字宜平，为定律。）

叶离离，子离离，好语东皇[1]勤护持，采之须即时。　风无私，雨无私，玉润珠圆何用师，任君怀袖之。（其二）

生春风，采秋风，嘉种南中何易逢，赠君情最隆。　朝暾[2]红，晚霞红，红豆得天暄染功，相思非偶同。（其三）

红豆少见记载，以璘孤陋，更难搜索，既承雅属，更不能以拙辞，勉倚声如阕，录呈癯老同志拍正。

后学　吴绍璘渔沧　甫待正草

〔钤印：绍璘八十一后作〕

〔笺纸：宣纸。文："通诚""摹汉石门颂字，渔沧自制笺"〕

①东皇：指远古神话中的天神东皇太一。

②朝暾：初升的太阳，亦指早晨的阳光。

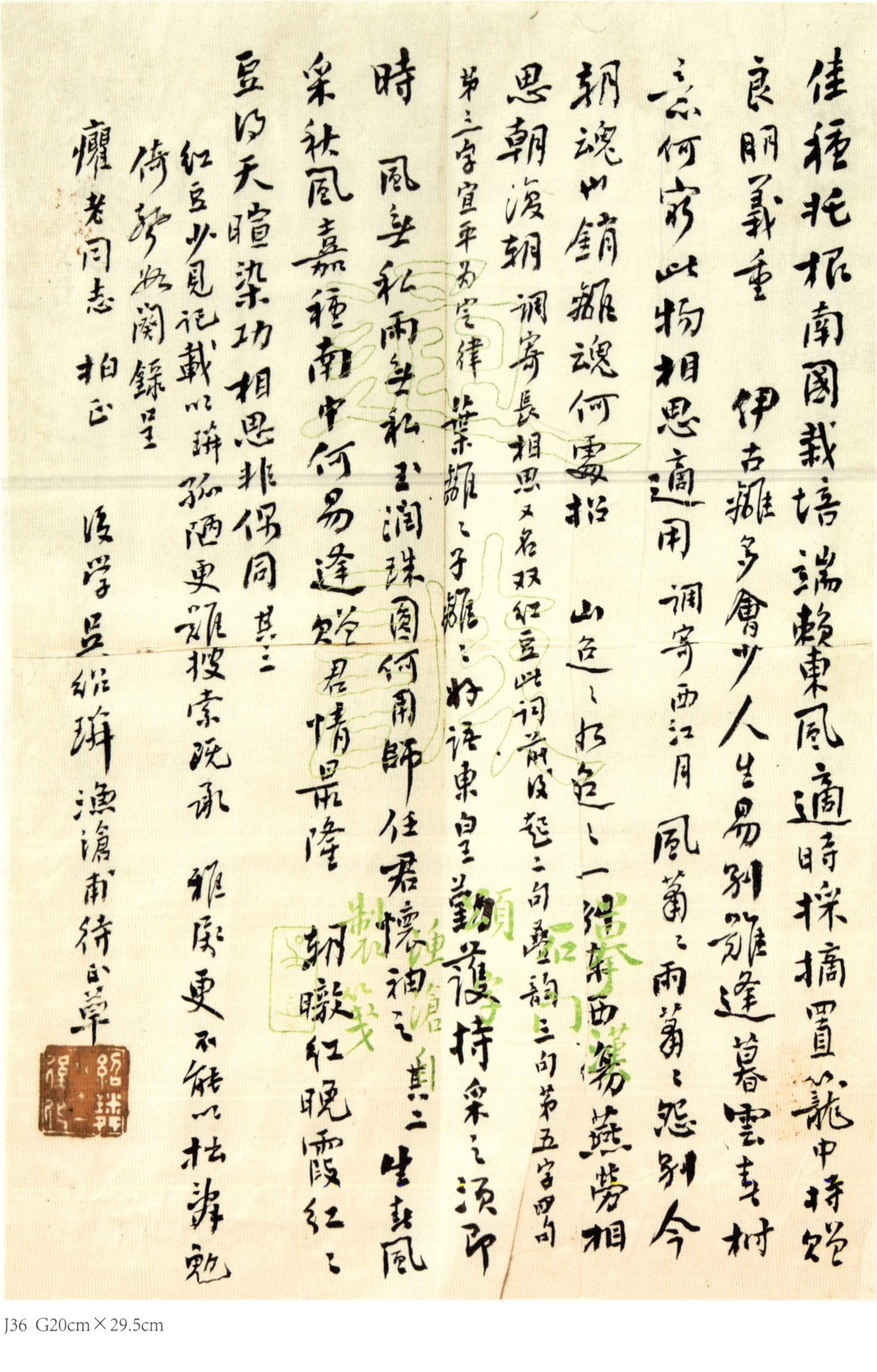

佳種托根南國栽培，端賴東風適時採摘，置之籠中持贈良朋義重。伊古離多會少，人生易別難逢，莫暮雲春樹亦何必此物相思適用。調寄西江月

風蕭蕭，雨蕭蕭，怨別今朝魂此銷，離魂何處招。山迢迢，水迢迢，一望東西勞燕勞，相思朝復朝。調寄長相思，又名雙紅豆，此詞前後段二句疊韻，三句第五字，四句第三字宜平為定律

葉離離，子離離，好語東皇勤護持，采之須即時。風無私，雨無私，玉潤珠圓何用師，任君懷袖之。其二

生春風，采秋風，嘉種南中何易逢，贈君情最隆。朝曦紅，晚霞紅，紅豆以天臙染功，相思非偶同。其三

紅豆少見記載，以璿孤陋，更難搜索，既承雅屬，更不能以拙辭勉倚聲，姚閣錄呈

癯老同志 拍正

後學呂紹璿漁滄甫 待正 草

J36 G20cm×29.5cm

# 叶镜吾　一通

叶镜吾（一八九八～一九八三），名茵球，字定铳。湖南株洲人。一九二一年毕业于湖南长沙群治法政专门学校。一九二七年任长沙县嵩山镇农会三十二乡农协秘书。一九三八年在株洲龙头铺举办“现代农村补习学校”。曾宣传共产党的抗日政策，推销《新华日报》《观察日报》。中华人民共和国成立后，历任建宁中学校长（今株洲一中）、司法部专员、中央文史馆馆员。著有《西楼日记》《朝阳日记》《金台日记》《株源程序锁闻》等。

## 八月十九日红豆事致方树梅

〖录文〗

方老臞仙先生道席：

八月一日手示敬悉。拙作承教甚当，敢不拜。嘉重录请正，尚希有以赐教也。镜吾宿嗜绘事，拟画《红豆树图》以志韵事，惟生平未见此树，而植物图鉴所画亦仅数叶、一枝、一荚而已，故未敢捉笔也。按图鉴所载谓茸荚，红豆乃乔木，一荚一豆晶莹红润，产于滇粤桂省。公之红豆想即茸荚红豆也，未知然否？

专肃。敬候箸［著］安。

叶镜吾　顿首上　八月十九日

〔钤印：叶翁〕

〔笺纸：宣纸〕

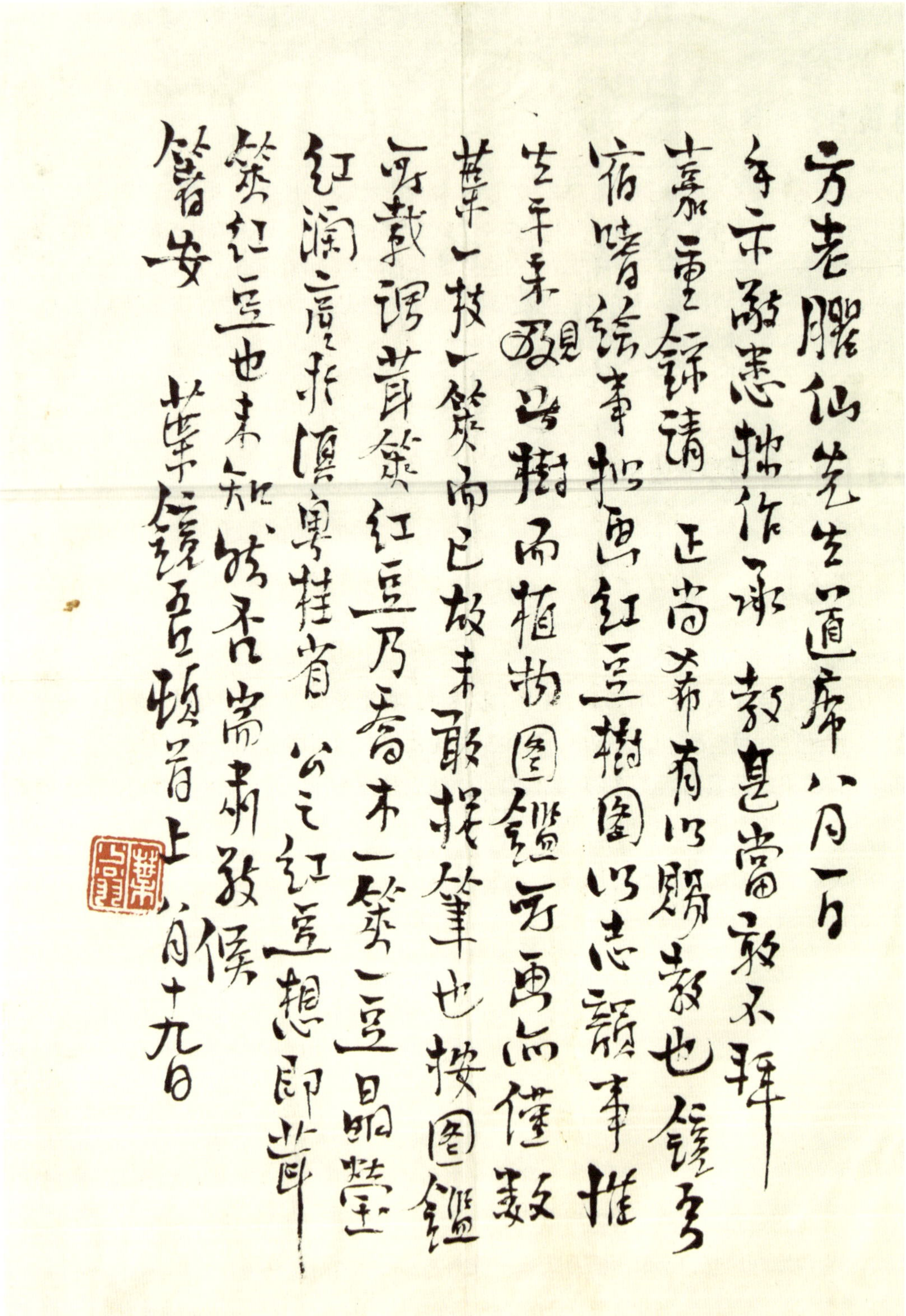

方老臞仙先生道席：八月一日
手示敬悉，拙作承
教甚當，敬不拜
嘉重，錄請
正，當蒙有以賜教也。鏡吾
宿嗜繪事，擬畫紅豆樹圖以志韻事，惟
生平未見此樹，而植物圖鑑所畫亦僅數
葉一枝一莢而已，故未敢援筆也。按圖鑑
所載謂其莢紅豆乃喬木，一莢一豆，晶瑩
紅潤，產於滇粵桂省。公之紅豆想即此
莢紅豆也，未知然否。耑肅，敬候
箸安
葉鏡吾頓首上 八月十九日

J37 G15cm×22cm

## 苏玉麟　一通

### 渔父词（留别耀仙舅父）

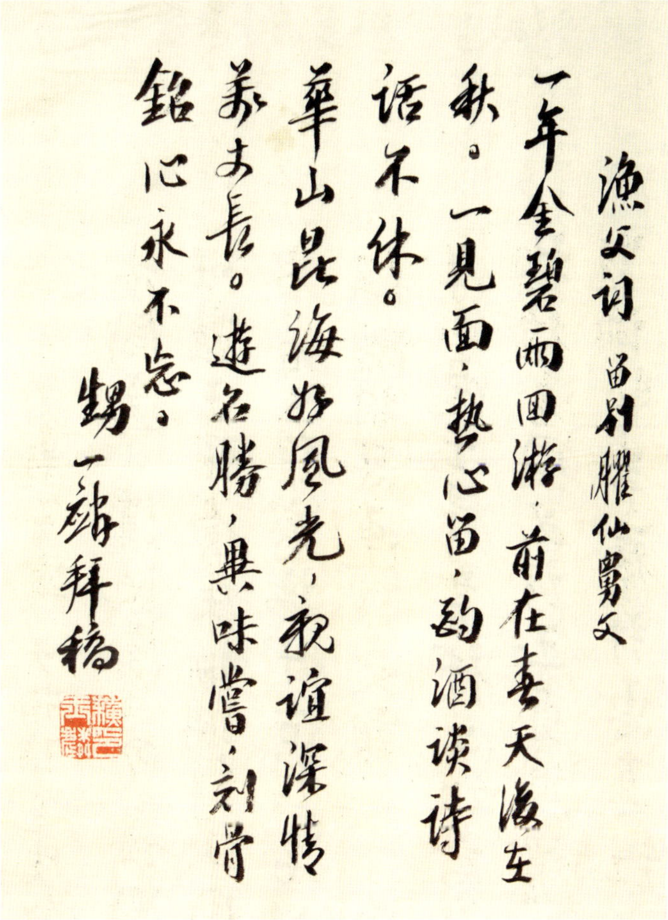

J38 G18cm×26cm

〖录文〗

**渔父词**

（留别耀仙舅父）

一年金碧两回游，前在春天后在秋。一见面，热心留，酌酒谈诗话不休。

华山昆海好风光，亲谊深情万丈长。游名胜，异味尝，刻骨铭心永不忘。

甥　一麟　拜稿

〔钤印：苏玉麟印〕

〔笺纸：宣纸〕

## 叶镜吾　一通

### 题双红豆

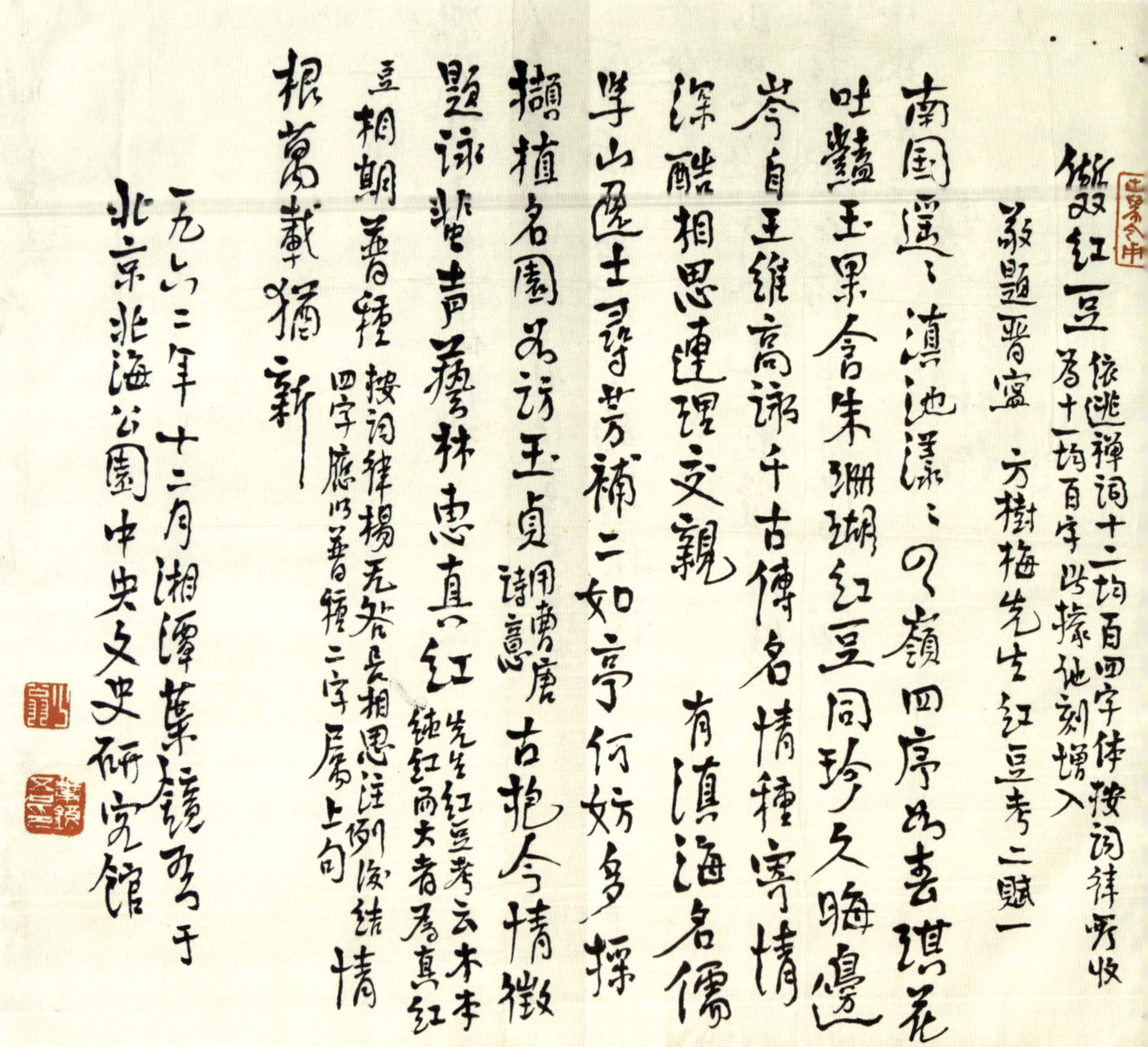
題雙紅豆　依逃禪詞十二均百四字體按詞律所收為十一均百字以據他刻增入
敬題晉寍　方樹梅先生紅豆考二賦一
南國還〻　滇池漾〻　叭嶺四序如春　琪花
吐豔　玉果含朱　珊瑚紅豆同珍　久晦邊
岑　自王維高詠　千古傳名　情種寄情
深　酷相思連理交親　有滇海名儒
華山逸士　尋芳補二如亭　何妨多採
擷　植名園　名詠玉貞（用曹唐詩意）　古抱今情　徵
題詠　騷壇聲蔭　林惠真〻紅（先生紅豆考云本來純紅而大者為真紅）
豆　相期普種（按詞律楊无咎長相思注例後結四字應以普種二字屬上句）　情
根萬載猶新
一九六二年十二月湘潭葉鏡吾于
北京北海公園中央文史研究館

J39 G35cm×31cm

## 〖录文〗

双红豆（依《逃禅词》[①]十二，均百四字，体按词律所收为十一，均百字。此据他刻增入。敬题晋宁方树梅先生《红豆考》二、赋一）

南国遥遥，滇池漾漾，云岭四序如春。琪花吐艳，玉果含朱，珊瑚红豆同珍。久晦边岑，自王维高咏，千古传名。情种寄情深，酷相思，连理交亲。

有滇海名儒，学山逸士，寻芳补，二如亭[②]，何妨多采撷，植名园。如访玉贞（用曹唐[③]诗意），古抱今情征题咏，蜚声艺林惠真红（先生《红豆考》云：木本纯红，而大者为真红豆）。相期普种（按词律，杨无咎[④]《长相思》注例后结四字，应以“普种”二字属上句），情根万载犹新。

一九六二年十二月　湘潭叶镜吾　于北京北海公园中央文史研究馆

〔钤印：叶镜吾印、少翁、古为今用〕

〔笺纸：宣纸〕

①《逃禅词》：宋朝诗人杨无咎的作品之一。

②二如亭：应指《二如亭群芳谱》。

③曹唐：字尧宾。桂州（今广西桂林）人。唐代诗人。初为道士，返俗后，举进士不第。咸通中，为使府从事。

④杨无咎（一〇九七～一一七一）：字补之，自号逃禅老人、清夷长者、紫阳居士。临江清江（今江西樟树市）人，寓居洪州南昌。绘画尤擅墨梅。水墨人物画师法李公麟。书学欧阳询，笔势劲利。今存《逃禅词》一卷，词多题画之作，风格婉丽。

# 靳志　一通

靳志（一八七七～一九六九），字仲云，名书斋为居易斋。河南开封市人。工词章，精书法，擅章草。一九一九年任驻比利时大使馆秘书。从此一直在外交部门工作，游历英国、法国、德国、意大利、荷兰、比利时等十几个国家。中华人民共和国成立后，被聘为河南省第一、二、三届政协委员，河南文史馆馆员，河南省文物保管委员会委员，还曾当选河南省人大代表。著有《居易斋诗存》十四卷、《居易斋文存》一卷、《居易斋诗余》一卷。游学海外时写下《太平洋》《瀛蠕》两集，另有《过江集》《入洛集》《梦华集》等。

## 红豆诗漫录新旧作四截句

〖录文〗

甲戌［一九三四］薄游虞山[①]于破山寺[②]，识僧愿海泊。回苏州，再于船上相遇，出红豆赠我，言将赴清江浦慈云寺。答谢三截。

拂水岩头礼白云，破山寺里诵经文。衲袍袖得双红豆，一笑相逢解赠君。

人言此物最相思，一串牟尼可似之。千载空心潭[③]上月，夜凉如水照人时。

鸥鹭忘机共往还，尚湖风物水云间。篷窗厌听潇潇雨，拄杖来看淮上山。

北京稊园[④]后社，癸卯［一九六三］夏课，题红豆七绝不限韵，此南海关颖人[⑤]殁后五十年诗坛[⑥]复活第一声也。

种得成双讶许同，是谁把酒祝春风。河东柳有相思泪，盈掬琼瑰血色红。

臞仙诗家同志征求红豆诗，漫录新旧作四截句塞命。

祥符八十七叟　靳志

〔钤印：居易斋〕

〔笺纸：宣纸〕

〖解读〗

见有《稊园癸卯吟集未定稿》上集，一九六三年印，线装油印本，一册。

①虞山：为江苏省常熟市境内的一座山，横卧于常熟城西北，北濒长江，南临尚湖，因商周之际江南先祖虞仲（即仲雍）死后葬于此而得名。

②破山寺：即兴福寺。位于江苏省常熟市虞山北麓，是国务院确定的佛教全国重点寺院和文物保护单位。

③空心潭：虞山的景点之一。

④稊园：指北京稊园诗社（一九一二～一九六二）。社址在南池子。成员多，活动频繁，存在的时间长。前身是民国前创建的寒山诗社，“稊园”得名于社长关赓麟老先生在南池子南湾子的宅第“稊园”（位于皇史宬东）。它的一百多位成员都是文化教育界成就卓著的大家。

⑤关颖人：即关赓麟（一八八〇～一九六二），字颖人。广东南海人。一九〇四年中进士，嗣赴日留学。官邮传部郎中，曾任北洋军阀时总长，入民国充京汉铁路局局长。编著有《瀛谭》《借山楼集》《东游考察学校记》《京汉铁路之现在及将来》《中国铁路史讲义》《稊园诗集》等多种书。

⑥五十年诗坛：指稊园诗社创建五十年。

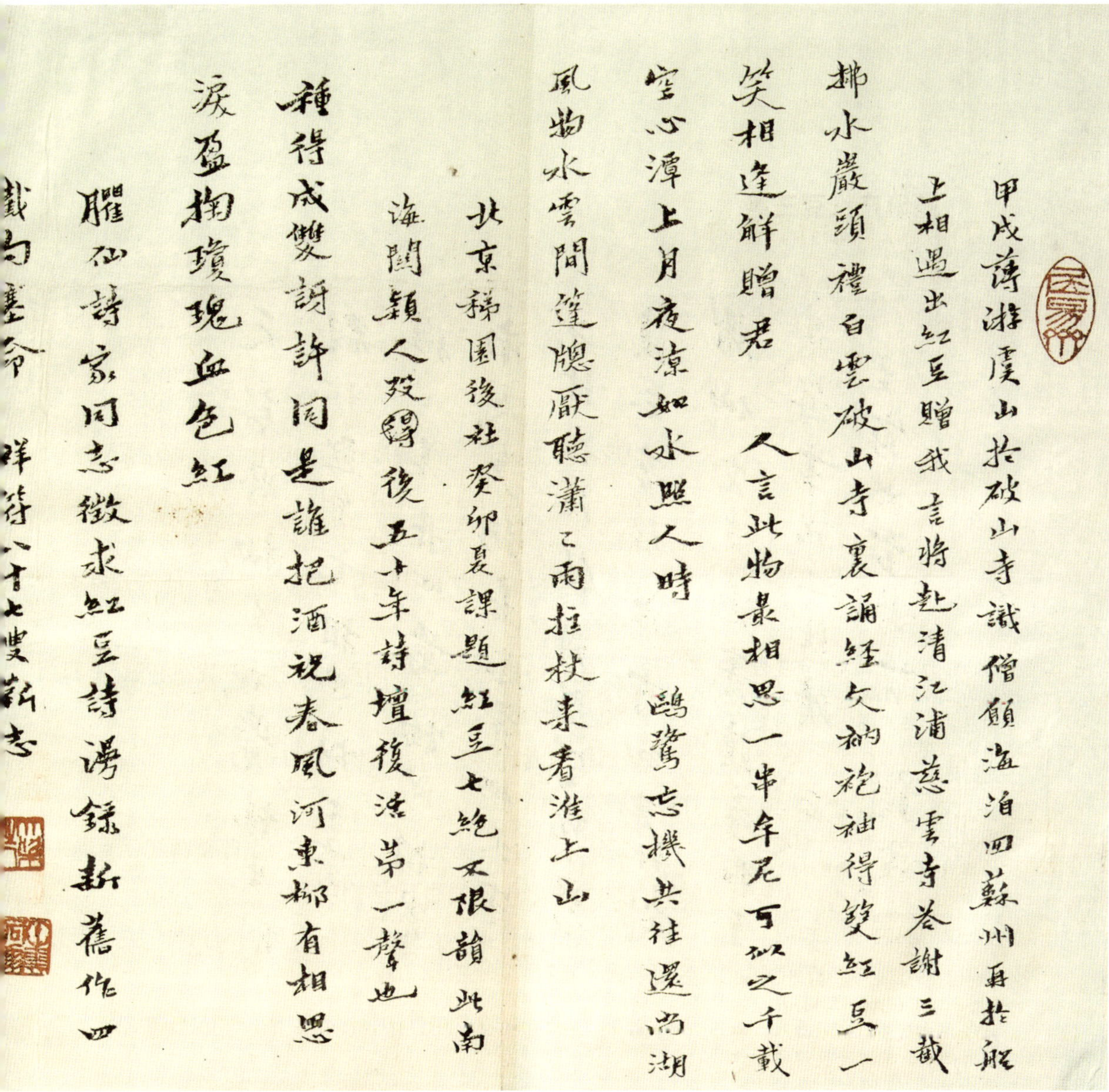
甲戌薄游虞山於破山寺識僧頤海泊回蘇州再於舩
上相遇出紅豆贈我言將赴清江浦慈雲寺呑謝三載
拂水巖頭禮白雲破山寺裏誦經文衲袍袖得雙紅豆一
笑相逢解贈君 人言此物最相思一串牟尼可擬之千載
空心潭上月夜涼如水照人時 鷗鷺忘機共往還尚湖
風物水雲間篷牕厭聽瀟瀟雨拄杖來看湖上山
北京稊園後社癸卯夏課題紅豆七絕不限韻 此南
海關穎人歿得後五十年詩壇復活第一聲也
種得成雙誇許同是誰把酒祝春風河東柳有相思
淚盈掬瓊瑰血色紅
臞仙詩家同志徵求紅豆詩謹錄斷舊作四
截句塞命 祥符八十七叟靳志

J40 G36cm×33cm

## 马一浮 一通

马一浮（一八八三～一九六七），原名浮，字一浮，幼名福田，号湛翁、被揭，晚号蠲叟、蠲戏老人。浙江绍兴人。国学家、诗人、书法家、思想家。十六岁应科举乡试名列第一。一九〇一年与谢无量、马君武等人合办《二十世纪翻译世界》。一九〇三年，留学美国，学习欧洲文学，后又游学德国、日本，研究西方哲学。一九一一年回国，支持孙中山领导的辛亥革命。再又潜心国学。抗日战争期间，任国立浙江大学教授。中华人民共和国成立后，任上海市文物管理委员会委员、浙江文史馆馆长、全国政协特邀委员。是近代新儒家学派的代表人物，有“一代儒宗”之称。著有《泰和会语》《尔雅台答问》《尔雅台答问续编》《老子〈道德经〉注》《朱子读书法》《蠲戏斋佛学论著》《宜山会语》等。

## 题滇产红豆三绝

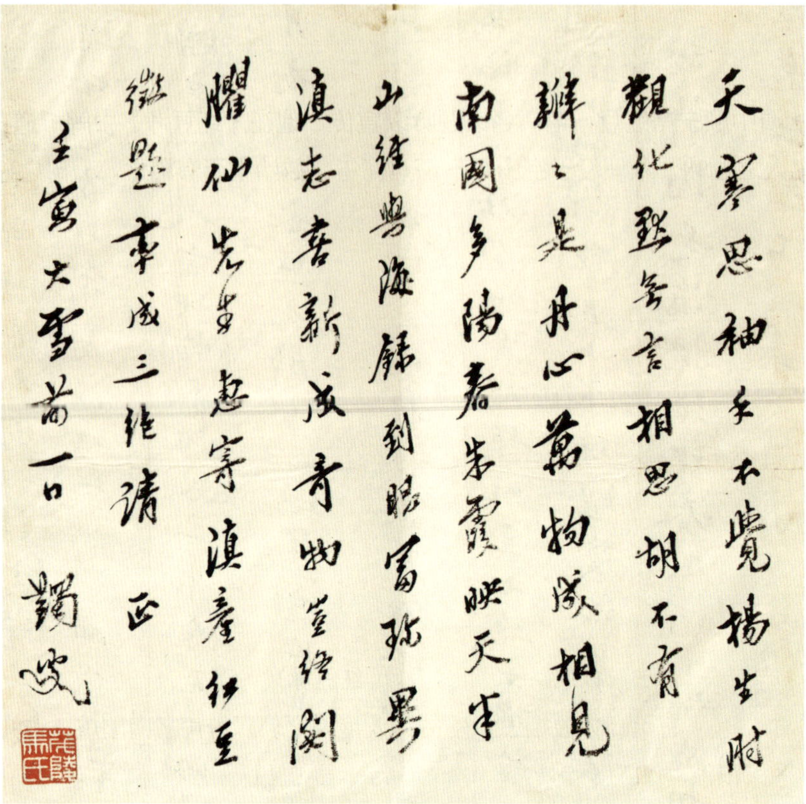

J41 G34cm×33cm

〖录文〗

天寒思袖手，不觉杨生肘。观化[1]默无言，相思胡不有。

瓣瓣是丹心，万物成相见。南国多阳春，朱霞映天半。

山经与海录，到眼富珍异。滇志喜新成，奇物岂终闷。

臞仙先生惠寄滇产红豆征题，率成三绝请正。

壬寅［一九六二］大雪前一日［十二月六日］　蠲叟

〔钤印：茂陵马氏〕

〔笺纸：宣纸〕

①观化：观察造化。

〖解读〗

方树梅得知滇中顺宁产红豆，遍请名家题咏以宣传。他在《红豆考》中解析道：“顺宁处滇边，未邀名人之题咏，致埋没于空山，不识几何年，兹始出而夸耀之，一树之显晦，殆亦有其时欤。”

## 叶镜吾　一通

### 《红豆咏》十二绝句

〖录文〗

**红豆咏**

右丞高咏最相思，千古词人艳说之。赢得声名南国重，谁知佳种在滇池。

木本纯红大且圆，西双版纳品中元。亭亭合抱干霄汉，蝴蝶花开遍古滇。

未见真红豆子时，牧斋别种亦珍奇。碔砆[1]乱玉真堪噱，铁树果充红豆儿。

韬光匿采几千年，披览虞衡亦未传。滇海老儒勤博物，爬罗硕果广前贤。

感物思人洽素情，少霞平子有同声。羊城凤岭咸相赠，粒粒珠光不自珍。

搜罗陬野遍云南，树在开昌墨景间。郁郁葱葱珠万斛，彩云朱鸟共奇观。

千古诗人擅艳词，玲珑骰子惹相思。寸心誓与长相守，为问卿卿知不知。

①碔砆：似玉之石。

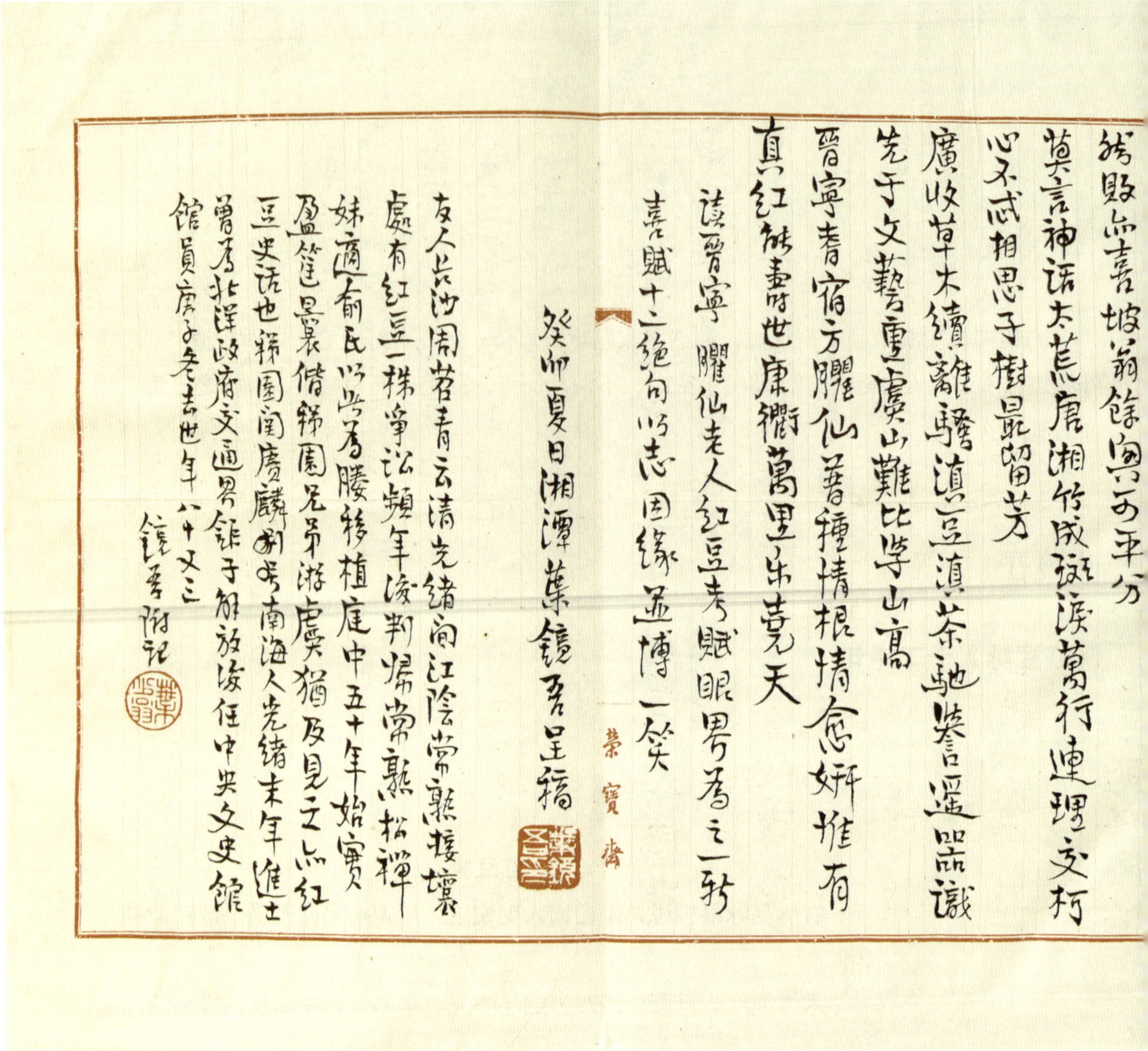


J42（4-4） G18.5cm×29.5cm　　J42（4-3） G18.5cm×29.5cm

边徼裙钗好斗奇，腰缠首饰显丰姿。纤腰舞尽滇山月，都道春阳胜旧时。

樵夫牧竖[②]赌输赢，掷骰投盘较重轻。胜固欣然败亦喜，坡翁余兴可平分。

莫言神话太荒唐，湘竹成斑泪万行。连理交柯心不忒，相思子树最留芳。

广收草木续离骚，滇豆滇茶驰誉遥。器识先于文艺重，虞山难比学山高。

晋宁耆宿方臞仙，普种情根情愈妍。惟有真红能寿世，康衢万里乐尧天。

读晋宁臞仙老人《红豆考》《赋》，眼界为之一新，喜赋十二绝句以志因缘，并博一笑。

癸卯［一九六三］夏日　湘潭叶镜吾　呈稿

②牧竖：指牧童。

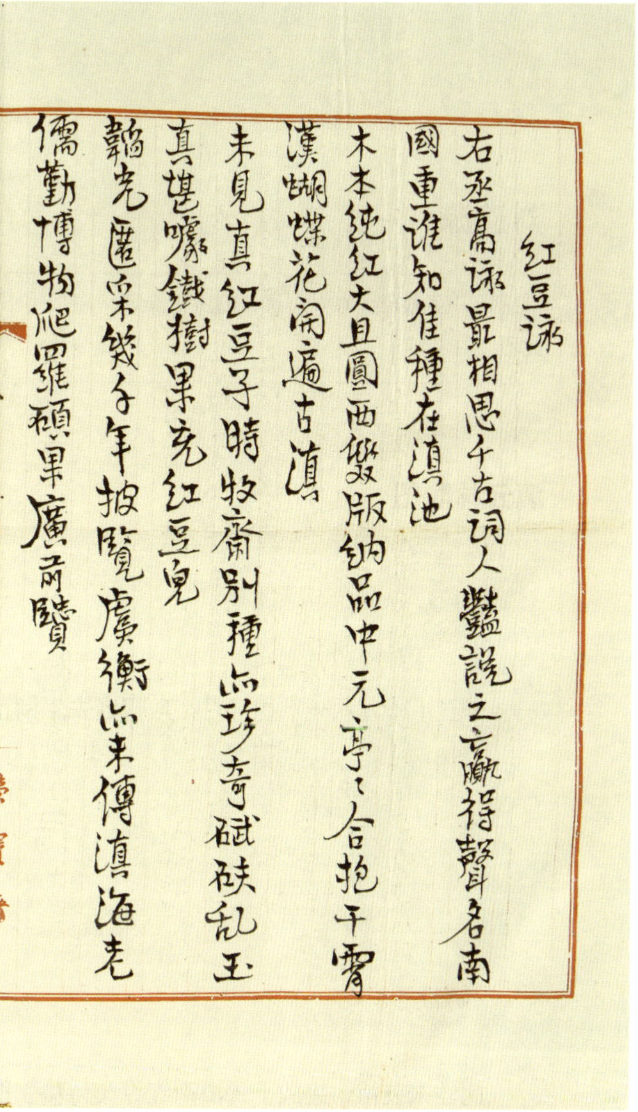
紅豆詠
右丞高詠最相思，千古詞人豔說之，贏得聲名南國重，誰知佳種在滇池。
木本純紅大且圓，西雙版納品中元，亭亭合抱干霄漢，蝴蝶花開遍古滇。
未見真紅豆子時，牧齋別種亦珍奇，碔砆亂玉真堪噱，鐵樹果充紅豆兒。
韜光匿采幾千年，披覽虞衡亦未傳，滇海老儒勤博物，爬羅頑果廣前賢。

J42（4-1） G18.5cm×29.5cm

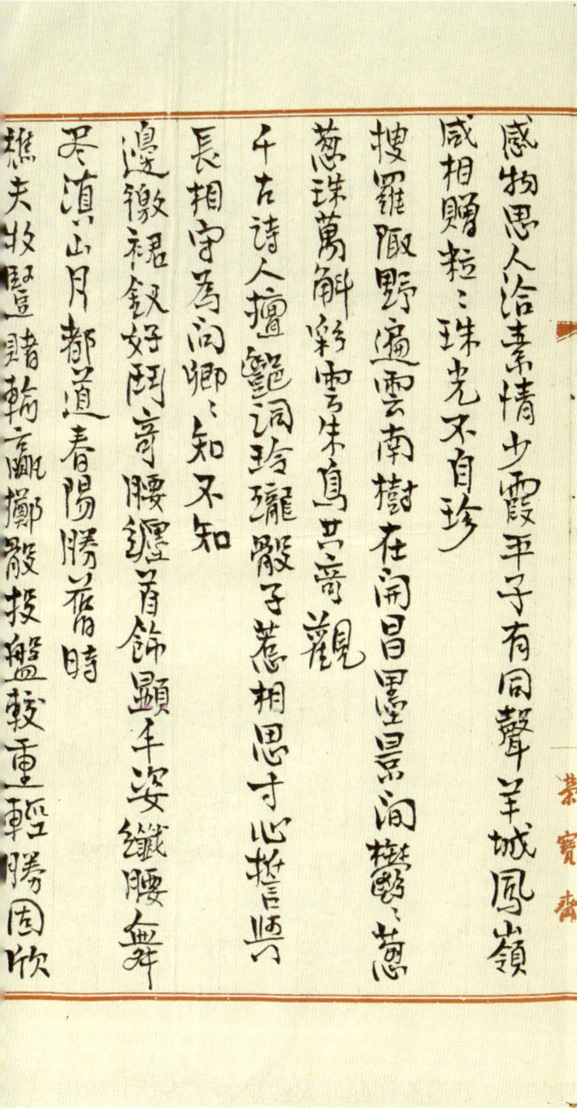
榮寶齋
感物思人洽素情，少霞平子有同聲，羊城鳳嶺咸相贈，粒粒珠光不自珍。
搜羅遐野遍雲南，樹在開昌墨景間，鬱鬱蔥蔥珠萬斛，彩雲朱鳥共奇觀。
千古詩人擅豔詞，玲瓏骰子惹相思，寸心誓與長相守，為問卿卿知不知。
邊徼裙釵好鬥奇，腰纏首飾顯千姿，纖腰舞罷滇山月，都道春陽勝舊時。
樵夫牧豎賭輸贏，擲骰投盤較重輕，勝固欣

J42（4-2） G18.5cm×29.5cm

友人长沙周苕青云：清光绪间，江阴、常熟接壤处，有红豆一株，争讼频年，后判归常熟，松禅妹适俞氏，以此为媵，移植庭中，五十年始实盈筐，曩偕稊园兄弟游虞，犹及见之，亦红豆史话也。稊园，关赓麟，别号南海人，光绪末年进士，曾为北洋政府交通界巨子，解放后任中央文史馆馆员，庚子［一九六〇］冬去世，年八十又三。

镜吾　附记

〔钤印：叶镜吾印、叶少翁〕

〔笺纸：荣宝斋竖行信笺〕

## 刘道源　一通

刘道源，字漱泉。为人正直，清贫有操守。喜画山水画，工小真书。方树梅编书，刘为其抄稿，乐此不疲。

### 滇云林隐图

〖录文〗

辛丑［一九六一］春三月，为臞老先生指正。

刘道源

〔钤印：漱、泉〕

〔笺纸：宣纸〕

〖解读〗

此件未装裱，夹放于《滇南红豆集诗稿》册页中。刘道源作此件大致是为了表达方树梅的心境。

J43 G36cm×27cm

# 【K 册:《寿梅诗册》】

〖录文〗

《寿梅诗册》。自六十至八十。老梅署于文史研究馆。(加盖方臞仙印章)

〖解读〗

方树梅自六十至八十大寿时，得师友贺寿诗书作。共十通，其中一通非为贺寿内容。

该册页封面左侧以圆珠笔书写“方臞仙收藏第三册”字样，何人所注待考。

## 孙树礼　一通

### 一九三六年三月致方树梅

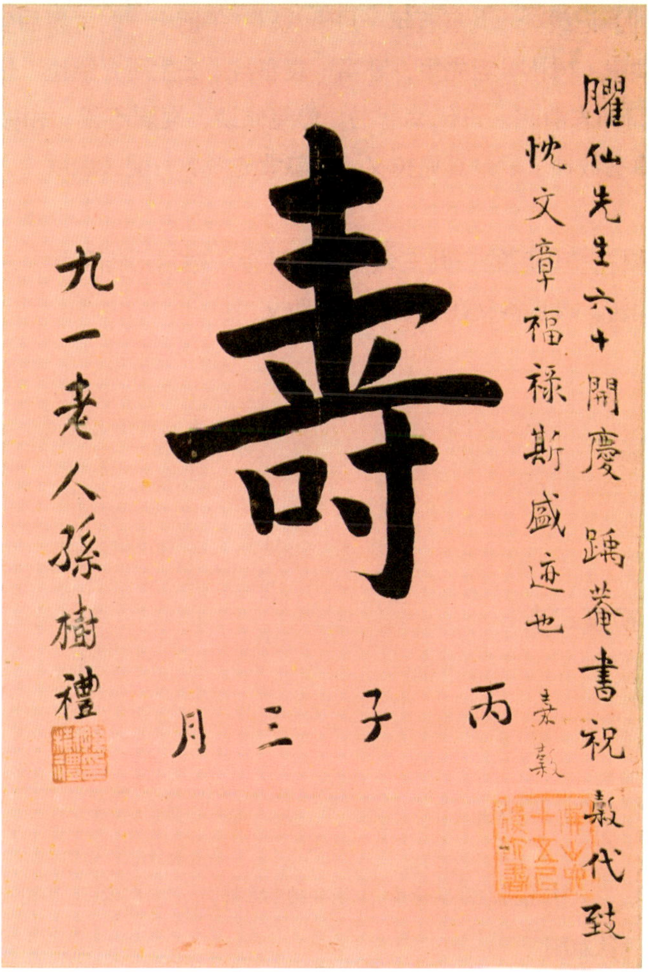

K01 G16cm×24cm

〖录文〗

寿。

九一老人孙树礼　丙子［一九三六］三月

腥仙先生六十开庆，踽庵书祝。谷代致忱。文章福禄斯盛迹也。

嘉谷

〔钤印：孙树礼印、屏山六十五以后作书〕

〔笺纸：洒金宣纸〕

〖解读〗

方树梅《笔记二种》记载：一九三五年一月十八日“午前十一时早餐后到西摩路慈惠里二十一号，访余杭孙踽庵（树礼）老先生，卧雪［袁嘉谷］先生所介绍也。投函后入见，年逾九旬，须发如霜，而神志清明，正伏案著书。停笔倾谈，娓娓不倦，和颜怡色，粹然儒者，赠送普茶一盒，滇书数种。赠余其兄树义《文献续通考》一册。余以《龙池校书图》乞题，辞归”。

在方树梅拜访孙树礼一年后的一九三六年三月（孙于数月后即辞世），作书祝方树梅六十开庆。托袁嘉谷代转。袁嘉谷又在该书首添加跋文。

## 李根源 一通

### 贺臞仙学长兄六十初度二首

〖录文〗

五华同学千余辈，著作如君有几人？收拾南天文献尽，故应松长老龙鳞。

万顷澄波海鹤姿，平生私淑在钱师[①]（君斋额“南荔草堂”，赵樾邨师题书）。薇花红到海源寺（君今在昆明海源寺纂《通志》），愿进桄榔酒一卮。

臞仙学长兄六十初度，赋呈郢政。

民国庚辰［一九四〇］七月四日　同学弟　李根源　稿

〔钤印：李氏印泉〕

〔笺纸：云贵监察使署用笺〕

①钱师：指钱南园和师范。

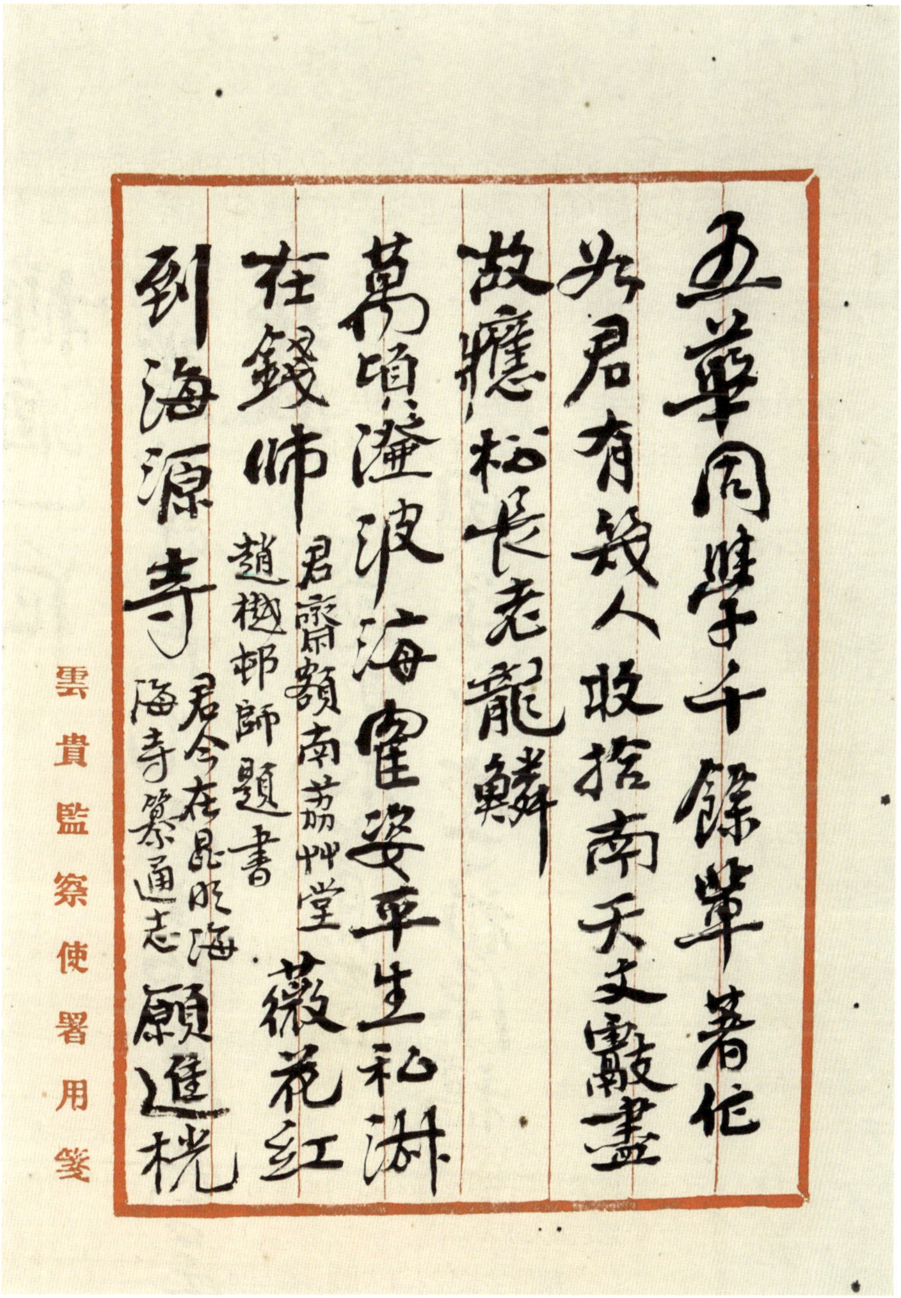
五華同學千餘輩著作
如君有幾人收拾南天文獻盡
故應松長老龍鱗
萬頃滄波海鶴姿平生私淑
在錢帥
君齋額南荔艸堂
趙樾邨師題書
薇花紅
到海源寺
君今在昆明海
源寺纂通志
顧進桄
雲貴監察使署用箋

K02（2-1） G20.5cm×28cm

〖解读〗

两首祝寿诗中，第二首应为《云中白鹤图》题诗。

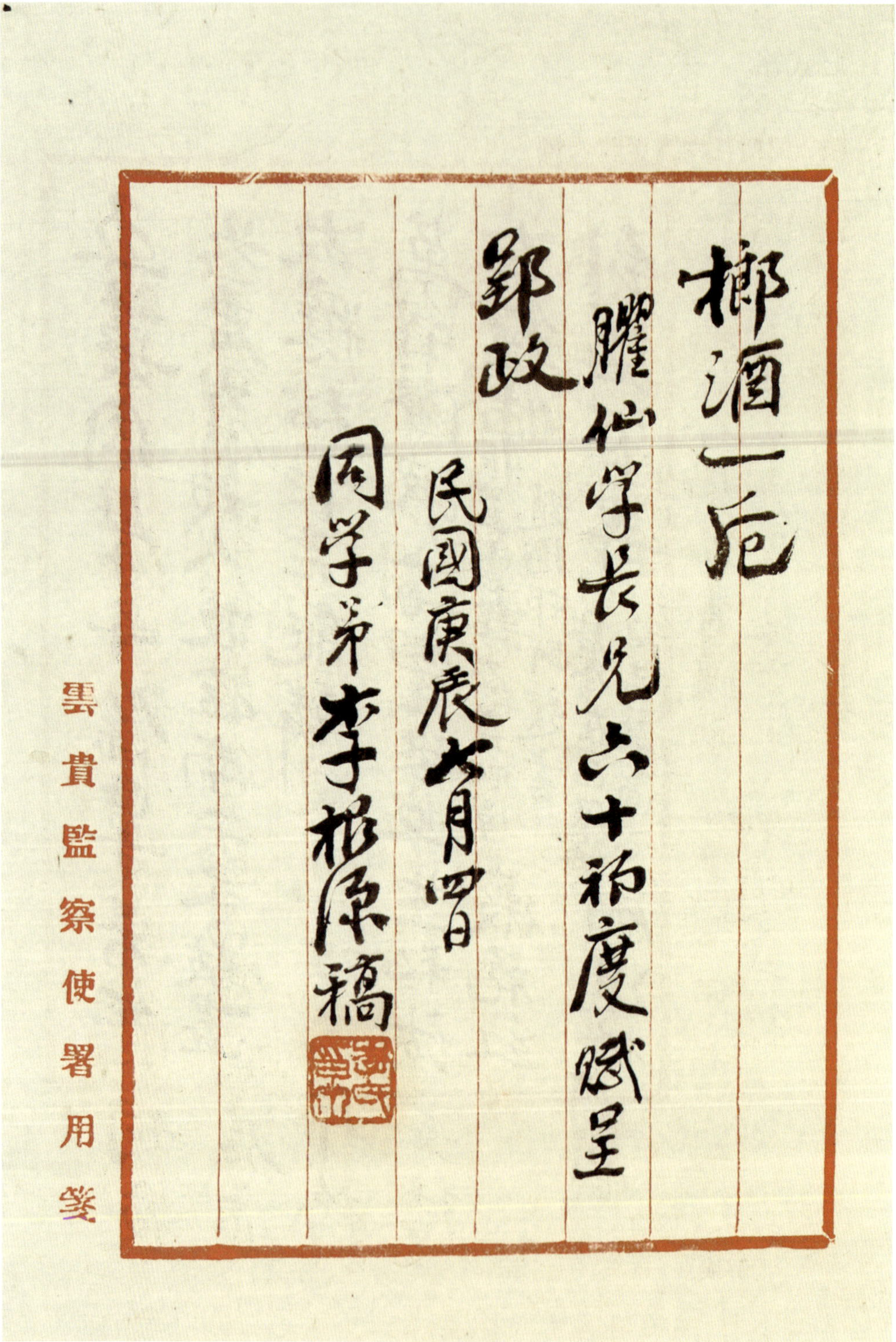

椰酒一卮

耀仙学长兄六十初度赋呈

郢政

民国庚辰七月四日

同学弟李根源稿

雲貴監察使署用箋

K02（2-2） G20.5cm×28cm

## 赵式铭　一通

### 臞仙同门花甲吉诞赋长句

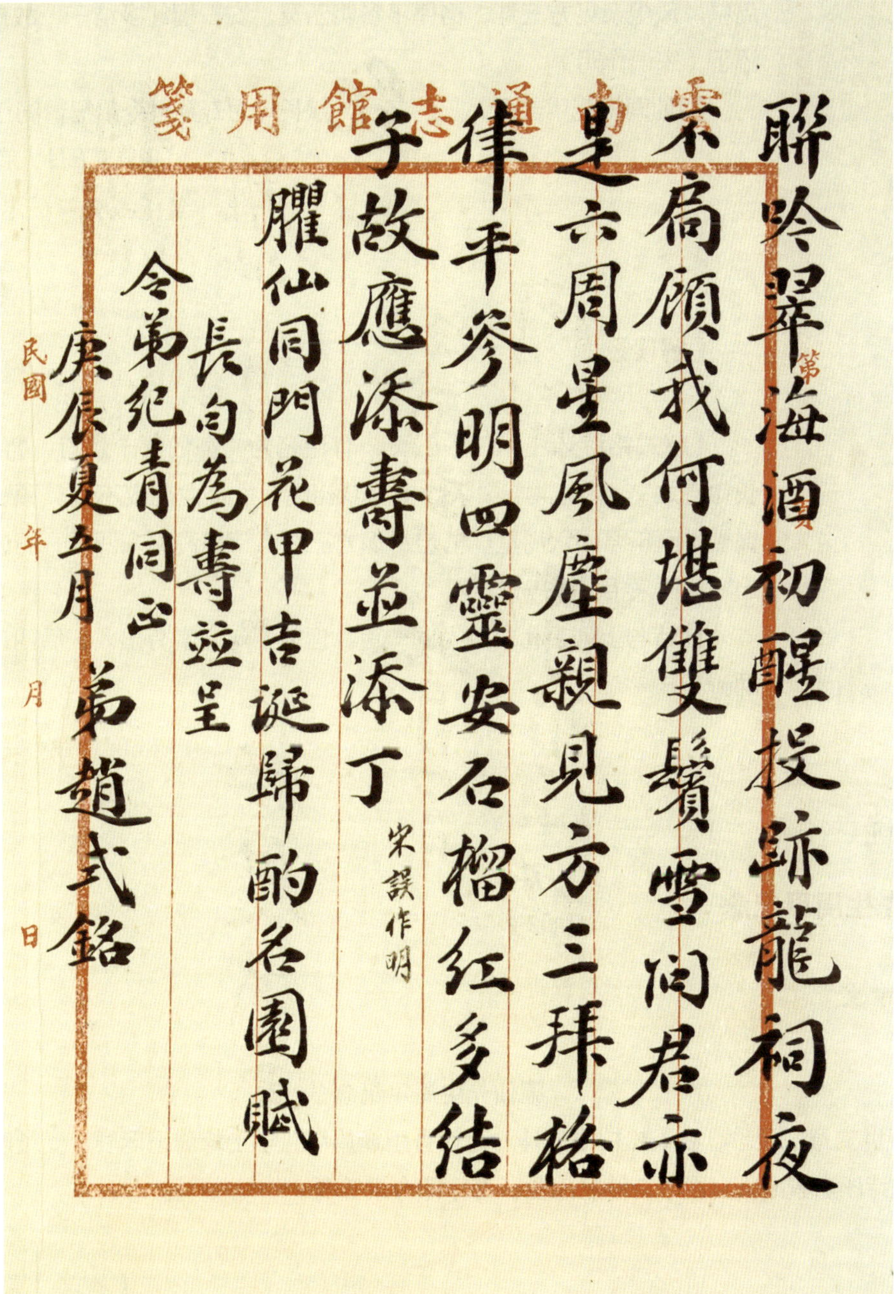
雲南通志館用箋

聯吟翠海酒初醒，投跡龍祠夜示扁。顧我何堪雙鬢雪，問君亦是六周星。風塵親見方三拜，格律平參明四靈。安石榴紅多結子，故應添壽並添丁。（宋誤作明）

臞仙同門花甲吉誕，歸酌名園，賦長句為壽，並呈令弟紀青同正。

庚辰夏五月　弟趙式銘

民國　年　月　日

第　頁

K03 G20.5cm×29cm

〖录文〗

联吟翠海酒初醒，投迹龙祠夜不扃[1]。顾我何堪双鬓雪，问君亦是六周星。风尘亲见方三拜，格律平参明四灵。安石榴红多结子，故应添寿并添丁（宋误作明）。

臞仙同门花甲吉诞，归酌名园，赋长句为寿并呈令弟纪青同正。

庚辰夏五月　弟　赵式铭

〔笺纸：云南通志馆用笺〕

〖解读〗

《赵式铭诗选注》二〇五页，有诗名为“臞仙六十生日，暂归学圃，长句寿之”，内容为：“联吟翠海梦初醒，投迹龙祠夜不扃。顾影我徐双鬓雪，问年君届六周星。书坊尽识方三拜，诗垒高摩宋四灵。石髓紫芝故山好，再来相见眼应青。”

此诗与上列手札之诗为同一首，但前四句文字有出入，后四句几乎全翻新。

① 扃［jiōng］：上闩，关门。

## 覃宝珖　一通

## 臞仙先生周甲纪念

〖录文〗

**臞仙先生周甲纪念**

寿世文章已足珍，参天松柏更精神。荷花香里逢周甲，学士峰前纪诞辰。受祉觞称黄发叟，歌诗座有素心人。西华待续名山业，著作即今说等身。

玉生覃宝珖

〔钤印：覃宝珖印〕

〔笺纸：云南通志馆用笺〕

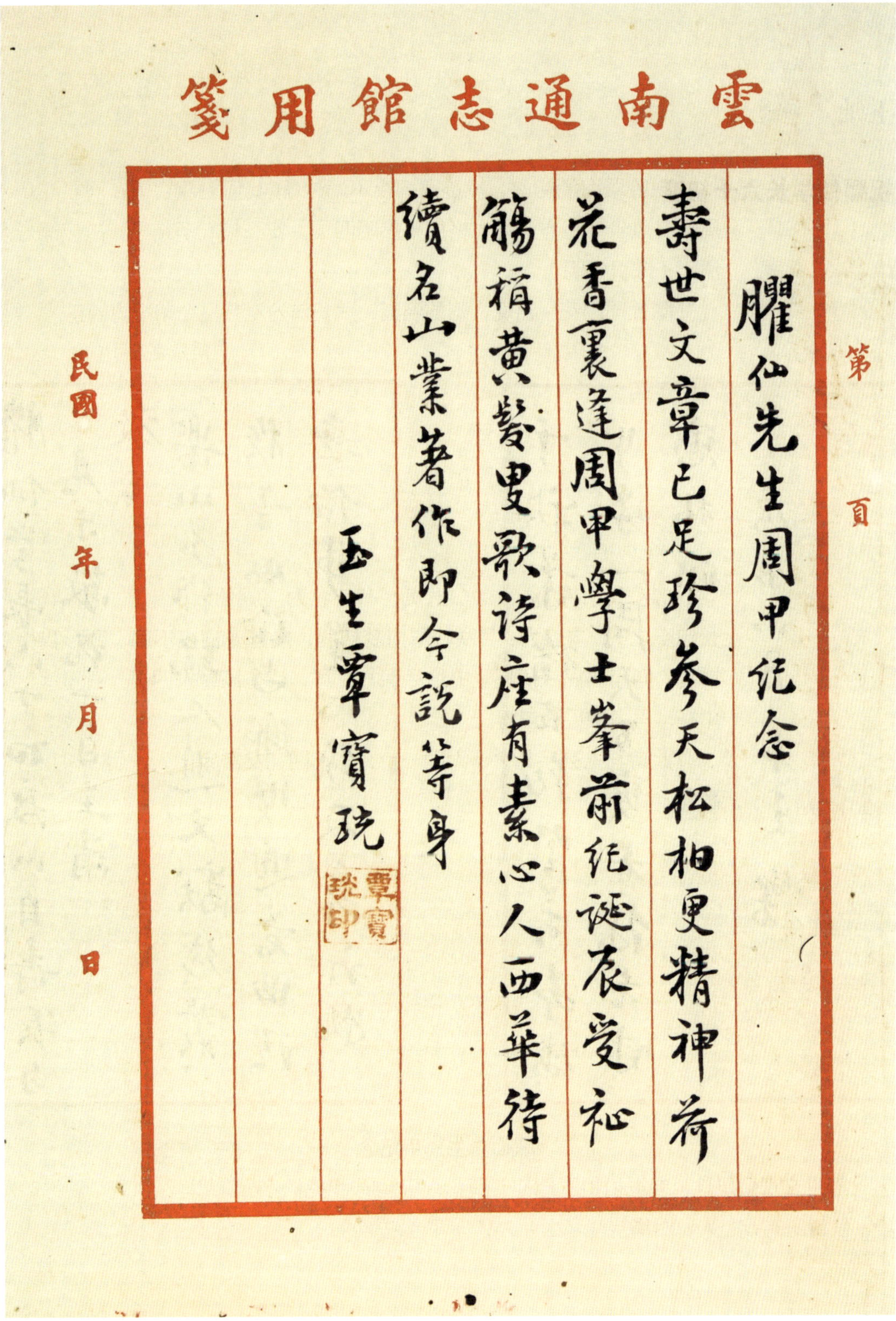
雲南通志館用箋

第　頁

臞仙先生周甲紀念

壽世文章已足珍參天松柏更精神荷
花香裏逢周甲學士峯前紀誕辰受祉
觴稱黃髮叟歌詩座有素心人西華待
續名山業著作即今說等身

玉生覃寶琥

覃寶琥印

民國　年　月　日

K04 G20.5cm×29cm

王灿　一通

**祝臞仙学长六十初度**

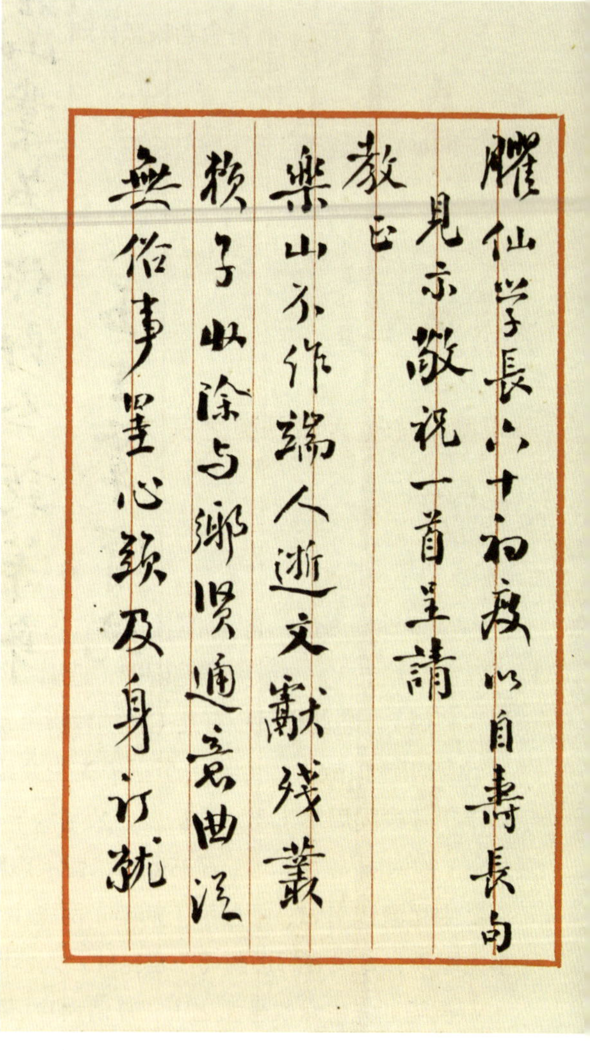
臞仙學長六十初度以自壽長句
見示敬祝一首呈請
教正
樂山不作端人逝文獻殘叢
賴子收除與鄉賢通意曲泛
無俗事罣心頭及身訂就

K05（2-1） G19cm×28.5cm

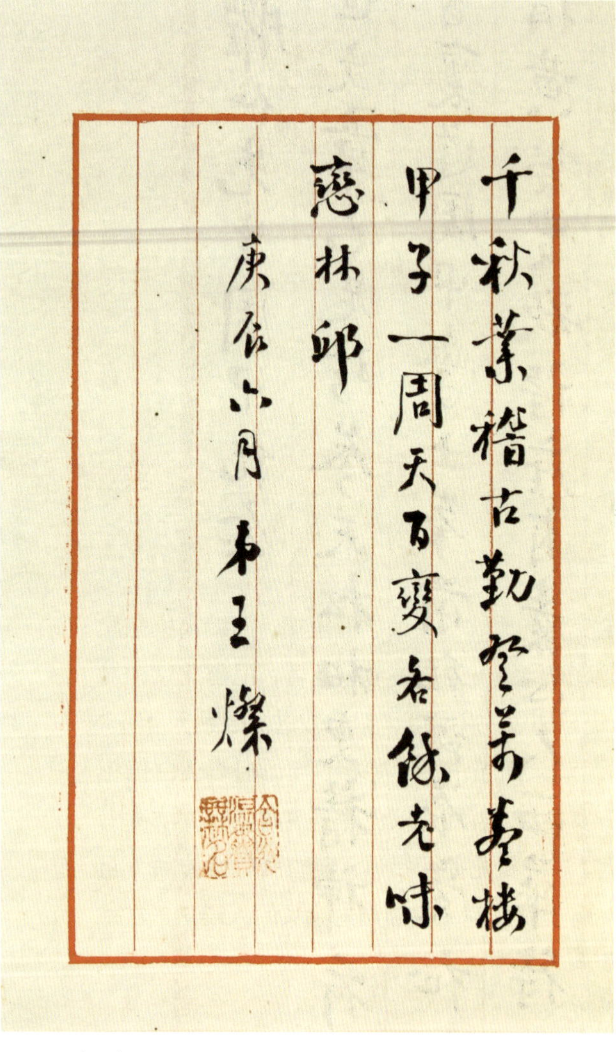
千秋業稽古勤登著書樓
甲子一周天百變各餘老味
聽林邱
庚辰六月　弟王燦

K05（2-2） G19cm×28.5cm

〖录文〗

臞仙学长六十初度，以自寿长句见示。敬祝一首，呈请教正。

乐山不作端人逝，文献残丛赖子收。除与乡贤通意曲，从无俗事挂[①]心头。及身订就千秋业，稽古勤登万卷楼。甲子一周天百变，各余老味恋林邱。

庚辰［一九四〇］六月　弟　王灿

〔笺纸：朱丝八行〕

①挂："罣[guà]"乃"挂"的异体字。

# 张宗弼　一通

## 恭祝臞仙先生六秩悬弧之庆

〖录文〗

竭来避地到滇池，儒雅如君信我师。千里论交思向秀，一生绩学似王摛。简编富集充梁栋（君家富藏书），文献穷搜遍碣碑（近辑《滇南碑传集》为有关滇献钜著，已由北京图书馆代为刊刻）。皓首传经今有几（君须鬓皆白，仍日事著书不懈），兕觥敬进祝期颐。

倾羡初逢似故人（今春由李星槎先生介绍，观余所撰书画，始相识），相看头白倍相亲。年华耳顺同周甲（君六秩初度，余则六十一岁矣），著述心仪已等身（君著有《滇南书画录》《钱南园先生年谱》等书多种，皆蒙惠赠）。绕膝儿孙征集福，瓣香贤哲得传薪（君于滇贤中私淑钱南园、师荔扉［师范］两先生，而于剑川赵先生藩则为亲炙门人焉）。君家一事尤堪羡，龙凤齐辉迈薛荀（君昆仲六人皆博学能诗文）。

恭祝臞仙先生六秩悬弧之庆。并请大吟坛哂政。

浙西张宗弼　未是草

〔钤印：张氏处芳〕

〔笺纸：朱行八行。文："军事委员会国民经济研究所""昆明邮政信箱第八五号""电报挂号六一四八号"〕

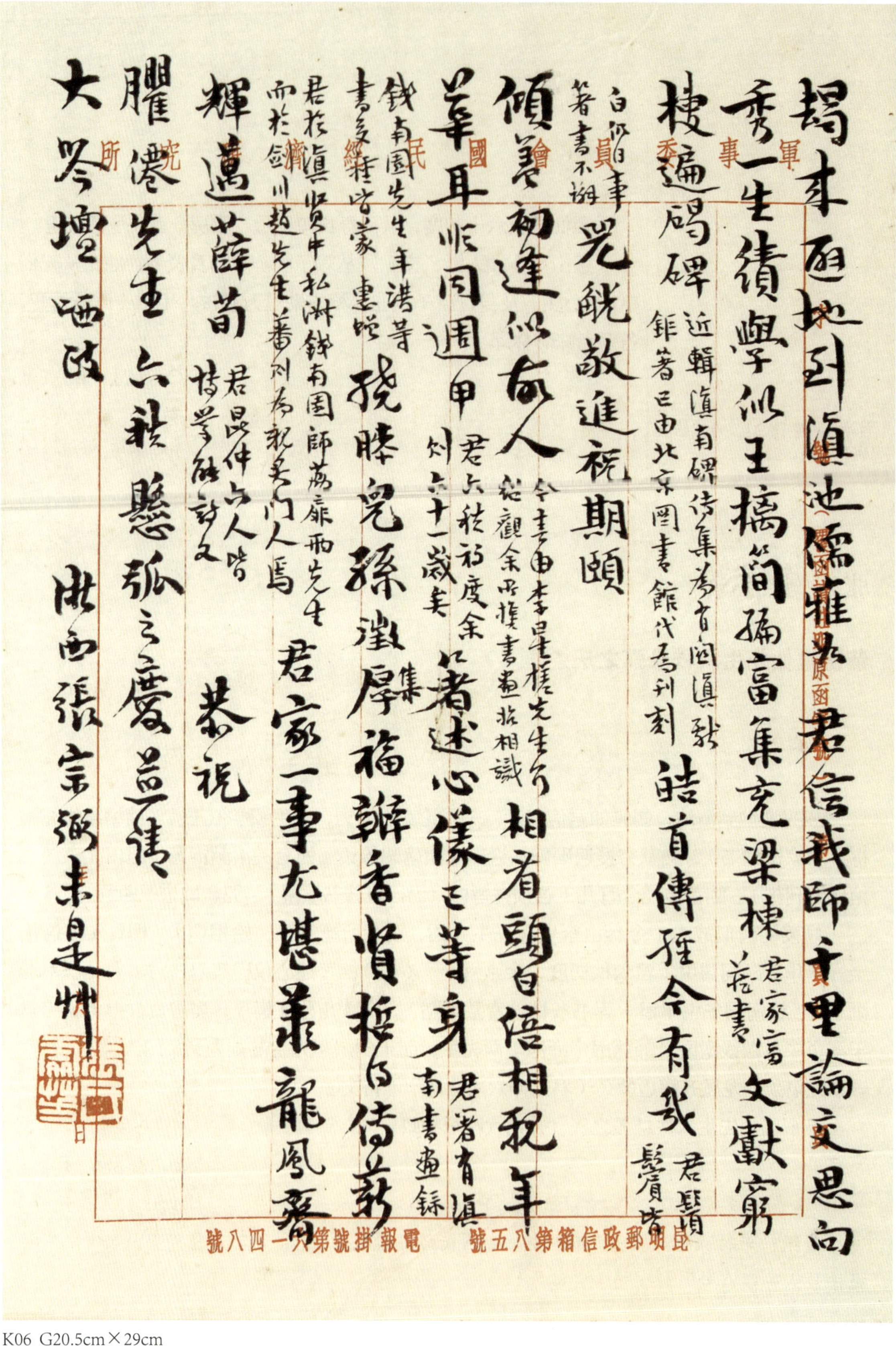
謁來避地到滇池儒雅君信我師千里論交思向秀一生績學似王橋簡編富集充梁棟（君家富藏書）文獻窮搜遍碣碑（近輯滇南碑傳集為前此滇誌錄著已由北京圖書館代為刊刻）皓首傳經今有幾（君鬚髮皆白）

（白首從事著書不輟）光餅敬進祝期頤

傾蓋初逢似故人（今春由李呈樵先生介紹觀余所摸書畫始相識）相看頭白語相親年華耳順同周甲（君六旬初度余亦六十一歲矣）著述心儀七等身（君著有滇南書畫錄集）

（錢南園先生年譜等書及經學叢書）繞膝兒孫徵厚福瓣香賢哲得傳薪

（君於滇省中私淑錢南園師荔扉兩先生而於劍川趙先生尤為私淑門人焉）君家一事尤堪羨龍鳳齊輝邁薛荀（君昆仲六人皆博學能詩文）恭祝

臞禪先生六秩懸弧之慶並傳

大吟壇哂政

陝西張宗淑未定草

軍事委員會國民經濟研究所

昆明郵政信箱第八五號　電報掛號第八一四八號

K06 G20.5cm×29cm

## 诸祖耿　一通

### 寿矅仙先生六十寿

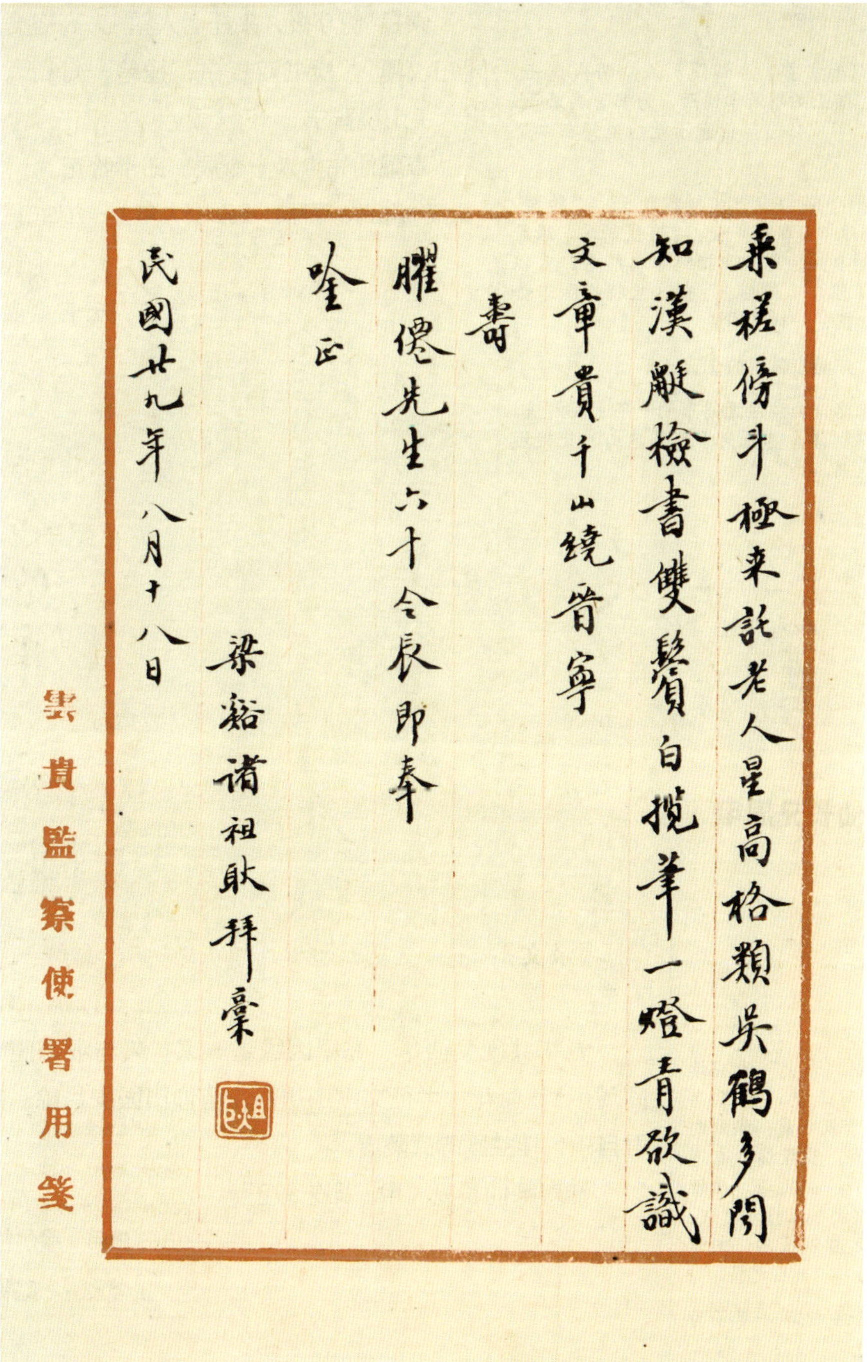

乘槎傍斗極来訪老人星高格類吳鶴多聞
知漢獻檢書雙鬢白攬筆一燈青敬識
文章貫千山繞晉寧
壽
矅僊先生六十令辰即奉
唫正
梁溪諸祖耿拜稾
民國廿九年八月十八日



K07 G19.5cm×29cm

〖录文〗

乘槎[1]傍斗极，来托老人星[2]。高格类吴鹤[3]，多闻知汉鼮[4]。检书双鬓白，揽笔一灯青[5]。欲识文章贵，千山绕晋宁。

寿臞仙先生六十令辰。即奉吟正。

梁溪[6]诸祖耿　拜稿　民国廿九年［一九四〇］八月十八日

〔钤印：祖耿〕

〔笺纸：云贵监察使署用笺〕

①乘槎：亦作“乘楂”。乘坐竹、木筏。

②老人星：距离太阳系约三百一十光年。为全天第二亮恒星。古人认为它象征长寿，故又名“寿星”。

③吴鹤：湖南吉首（今镇溪）人。明代儒士、教育家。曾随王阳明游学江西，为其著名弟子。耿直不阿，不乐仕途，拒官不就，坚持在乡里设馆办学。

④鼮［tíng］：豹纹鼠。《尔雅》云：“豹文，鼮鼠。”郭璞《鼮鼠赞》云：“有鼠豹采，厥号为鼮。汉朝莫知，郎中（指终军）能名。赏以束帛雅业（雅学）遂盛。”在这里特指臞老如汉时终军知鼮鼠一样多闻。

⑤灯青：灯焰显出低暗的青蓝色。

⑥梁溪：水名，为流经无锡市的一条重要河流。古称“梁清”溪，其源出于无锡惠山，北接运河，南入太湖。

# 缪尔纾　一通

## 恭寿臞仙长兄周甲

〖录文〗

五华共砚又西华，翰墨因缘是一家。久与艰辛照藜火[1]，初闻周甲[2]赏荷花。考征文献山川寿，俯仰田园岁月赊。关塞自纷君自乐，桂兰同醉武陵霞。

恭寿臞仙长兄周甲。即乞教正。

愚弟　缪尔纾　求正草

〔笺纸：瓜果图诗笺〕

①藜火：以“藜火”为夜读或勤奋学习之典。晋王嘉《拾遗记·后汉》载：汉刘向校书天禄阁，夜默诵，有老父杖藜以进，吹杖端，烛燃火明。取《洪范五行》之文，天文舆图之牒以授焉，向请问姓名。云：“太乙之精。”

②周甲：干支纪年一甲子为六十年。

五華共硯又西華翰墨因緣是一家久甚
艱辛巳蔡大初聞周甲賁荷花考徵文獻
山川壽俯仰田園歲月賒閭塞自紛君自
樂桂蘭同醉武陵霞

恭壽

臞仙長兄周甲即乞
教正

愚弟繆爾紓求正草

K08 G13cm×26.5cm

# 何秉智　一通

## 祝矅仙先生六十寿辰

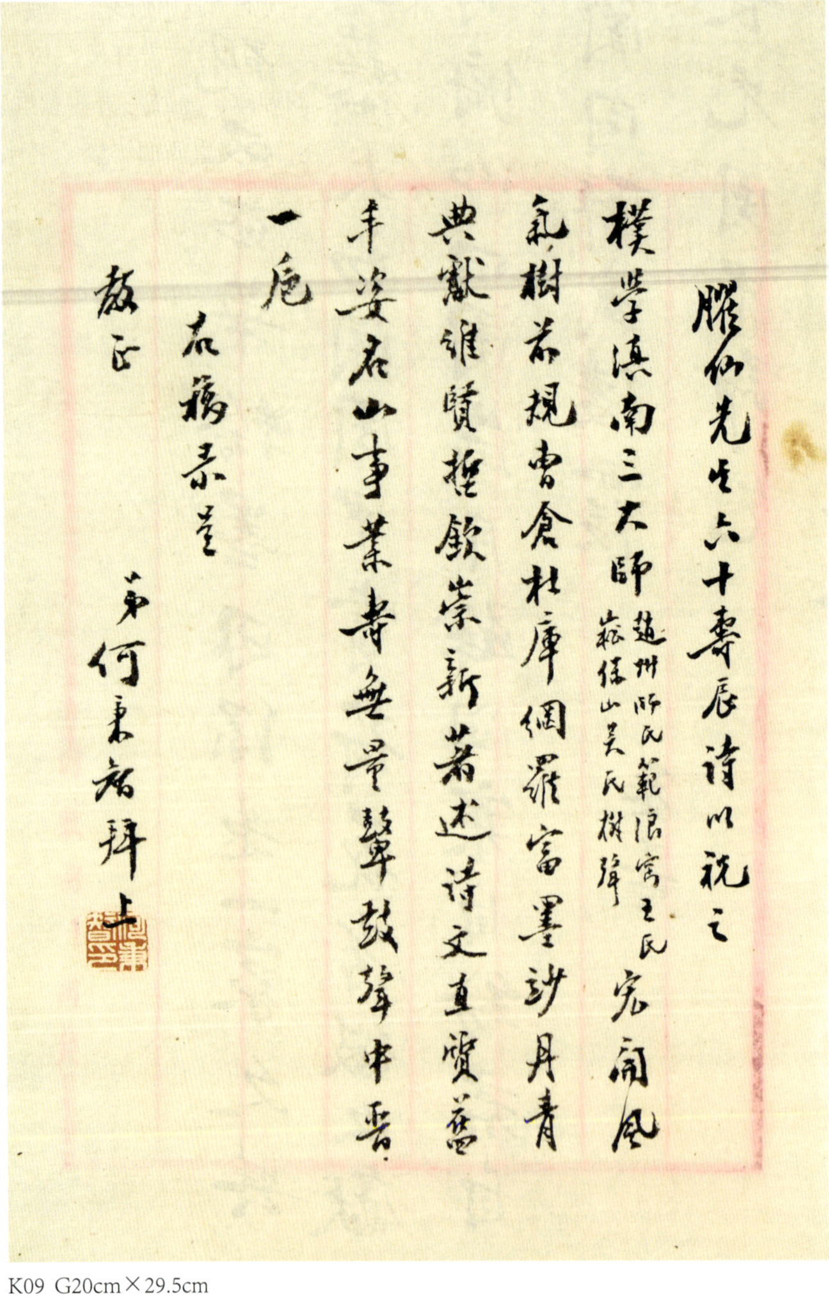
矅仙先生六十壽辰詩以祝之
樸學滇南三大師（趙州師氏範浪穹王氏崧保山吴氏樹聲）宏開風
氣樹若規曹倉杜庫網羅富墨妙丹青
典獻維賢抱欽崇新著述詩文直貫箴
丰姿在山事業壽無量鼙鼓聲中晉
一卮
右稿恭呈
教正
弟何秉智拜上

K09 G20cm×29.5cm

〖录文〗

臞仙先生六十寿辰，诗以祝之。

朴学[①]滇南三大师（赵州师氏范、浪穹王氏崧、保山吴氏树声），宏开风气树前规。曹仓杜库[②]网罗富，墨妙丹青典献维。贤哲钦崇新著述，诗文直质旧丰姿。名山事业寿无量，鼙[③]鼓声中晋一卮。

右稿录呈教正。

弟　何秉智　拜上

〔钤印：何秉智印〕

〔笺纸：竖行信笺〕

①朴学：又称“考据学”，针对理学的空疏而言。清代的传统学术研究以求实切理为帜志，并崇尚朴实无华的治学风格。明末清初，在顾炎武、黄宗羲等学者的影响下，朴学在与宋明理学的对立和斗争中发展起来。朴学注重于资料的收集和证据的罗列，主张“无征不信”，以汉儒经说为宗，从语言文字训诂入手，主要从事审订文献、辨别真伪、校勘谬误、注疏和诠释文字、典章制度以及考证地理沿革等等，少有理论的阐述及发挥，也不注重文采，因而被称作“朴学”或“考据学”，是清代学术思想的主流学派。

②杜库：杜预（二二二～二八四），字元凯。京兆杜陵（今陕西西安）人，西晋时期著名的政治家、军事家和学者，灭吴统一战争的统帅之一。杜预博学多才，通晓政治、军事、经济、历法、律令、工程等，多有建树，被誉为“杜库”。

③鼙［pí］：古代军中的一种小鼓。

## 王代之　一通

### 一九六一年七月十四日致方树梅

〖录文〗

臞仙先生：

七月十二日大函奉悉。前借乘著《晋宁州志稿》和《担当年谱》，因工作耽搁，未能送还，歉歉之忱，至希见谅。

现由邮局寄还《担当年谱》稿壹本。志稿尽先奉还 24 本，尚有金石、古迹、杂录、冢墓志初稿等 4 本，因工作关系暂假一两月，一定负责归还不误（书中所夹片纸都保证完好如旧）。

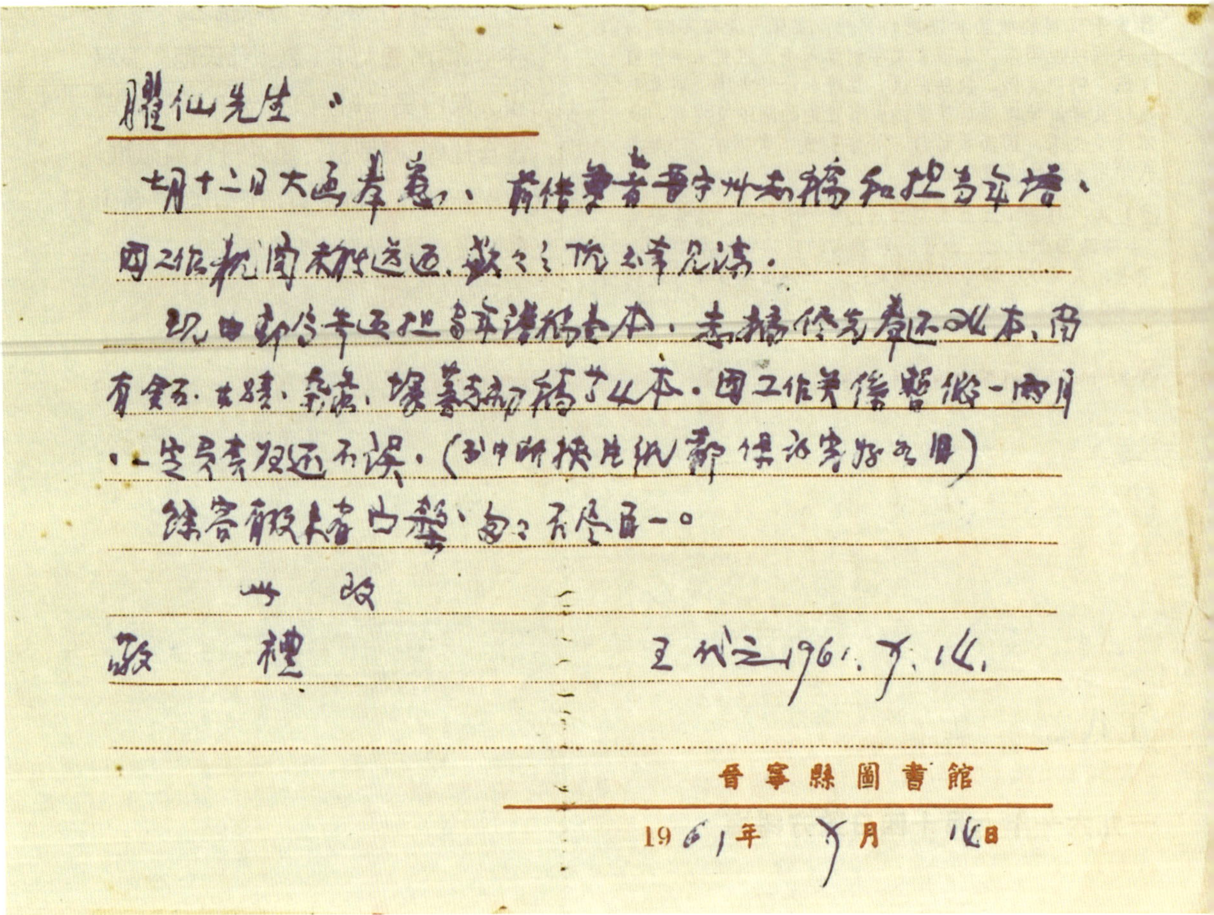


K10 G21cm×23.5cm

余容有暇来省面罄，匆匆不尽百一。

此致。

敬礼！

王代之　1961. 7. 14.

〔笺纸：横行信笺。文：“晋宁县图书馆”“1961 年 7 月 14 日”〕

## 【L 册：《寿梅集》】

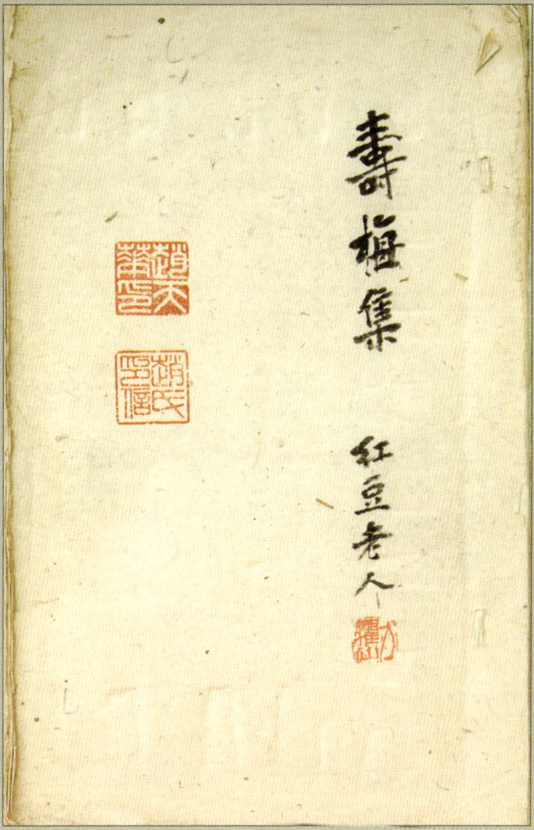

〖录文〗

《寿梅集》。红豆老人。（加盖方臞仙印章）

〖解读〗

方树梅自七十、七十五、八十大寿时，得师友贺寿诗画。特别是七十大寿时，赵鹤清［赵松泉］、胡云龛［胡应祥］绘《云中白鹤图》为寿，众师友又以云中白鹤图题赠。该册页中还有一梅花图，颇雅致，虽无款识，也应为贺寿之寿梅图之题。方树梅曾编成《寿梅集》，其内容也应包括 K 册和 L 册。

## 赵鹤清　一通

### 《云中白鹤图》

L01 G35.5cm×33cm

〖录文〗

云中白鹤图。

臞仙先生七十大庆。

弟赵鹤清绘并祝。

〔钤印：松泉、方臞仙〕

〔笺纸：宣纸〕

## 胡应祥　一通

胡应祥（一八六五～一九五一），字云龛。云南昆明人。四岁时便成为孤儿，被昆明一个姓胡的老妇收养为子，因而随其姓。这位老妇家道也不富裕，靠做点针线活维持生计，并供他读书。胡云龛年纪渐长，对养母十分尊敬孝顺，不愿让她操劳供养自己，便主动停了学业，专心研习国画，借此谋生，敬养母亲。他从小酷爱国画，虽是自学成才，但所下功夫非他人所及，加之天分极高，故青年时代即已有名气。后来就在书院街开了一个画馆，取名“无画意斋”。

### 《云中白鹤图》

〖录文〗

云中白鹤图。

为臞仙诗家七十寿作。

八十三老人　胡应祥　绘祝

〔钤印：云龛〕

〔笺纸：宣纸〕

L02 G33cm×25.5cm

# 佚名　一通

## 寿梅图

L03 G32cm×31cm

〖解读〗

该梅花图，老干新枝，颇雅致，虽无款识，也应为贺寿之寿梅图。

# 赵鹤清　一通

## 臞仙先生七十寿二绝

〖录文〗

庚寅［一九五〇］六月三日，写《云中白鹤图》，为臞仙先生七十寿并系以诗。

落落清标迥出尘，胎仙[①]面目逼如真。为君写照祝君嘏，当代滇池第一人。

文献搜编次第刊，心胸万古拓弥宽。君身浑似云中鹤，天是家乡任所安。

八十五叟　赵鹤清松泉　拜稿

〔钤印：鹤清长寿印信、松泉所作〕

〔笺纸：宣纸〕

①胎仙：鹤的别称。古代鹤有仙禽之称，又相传胎生，故名。

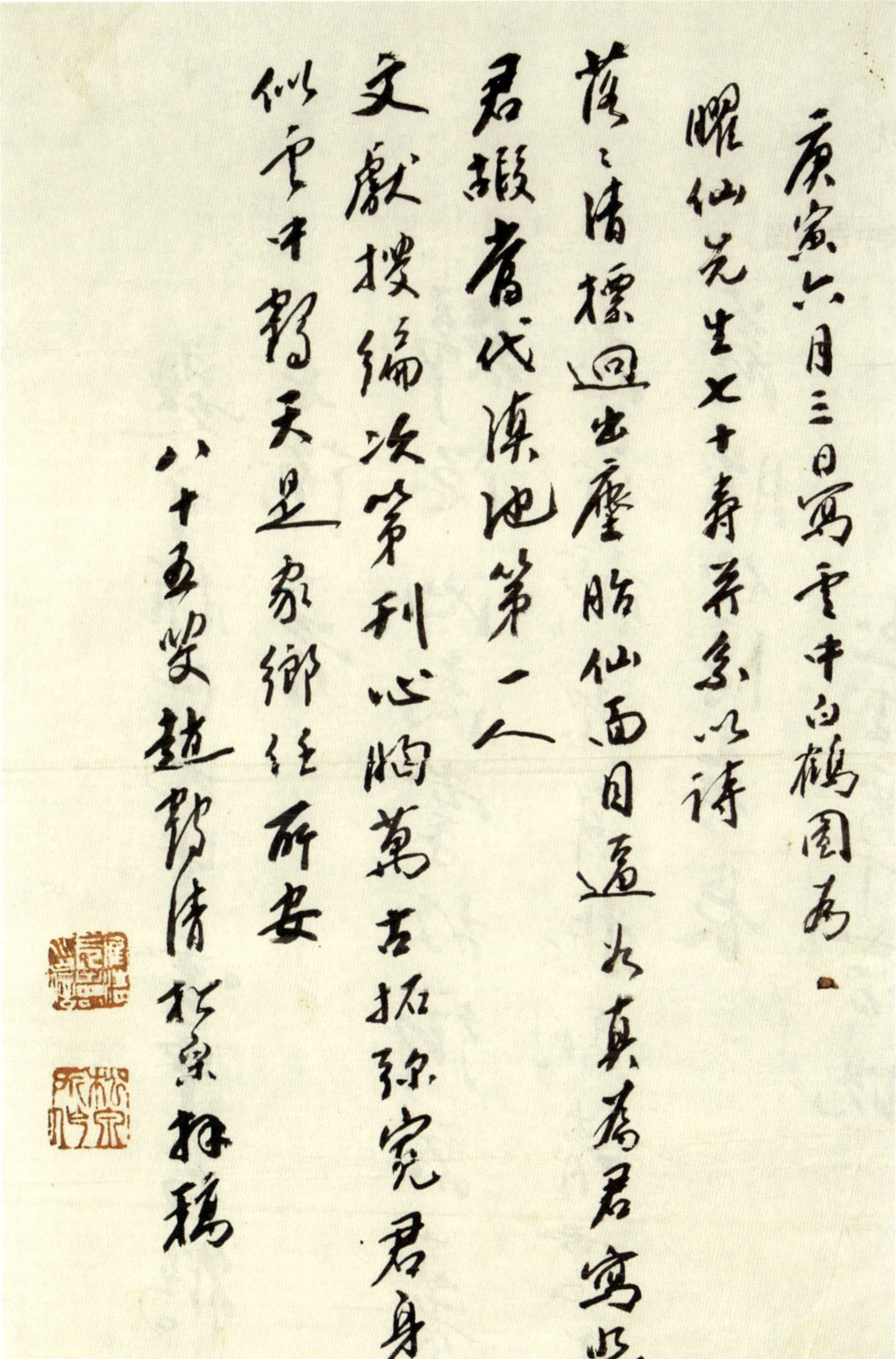
庚寅六月三日寫雲中白鶴圖爲

臞仙先生七十壽并系以詩

蒼蒼清標迥出塵臞仙面目逼來真爲君寫此祝

君擬當代滇池第一人

文獻搜編次第刊心胸萬古拓彌寬君身輕

似雲中鶴天是家鄉任所安

八十五叟趙鶴清松泉拜稿

L04 G16cm×28cm

## 覃宝珑　一通

### 题《云中白鹤图》

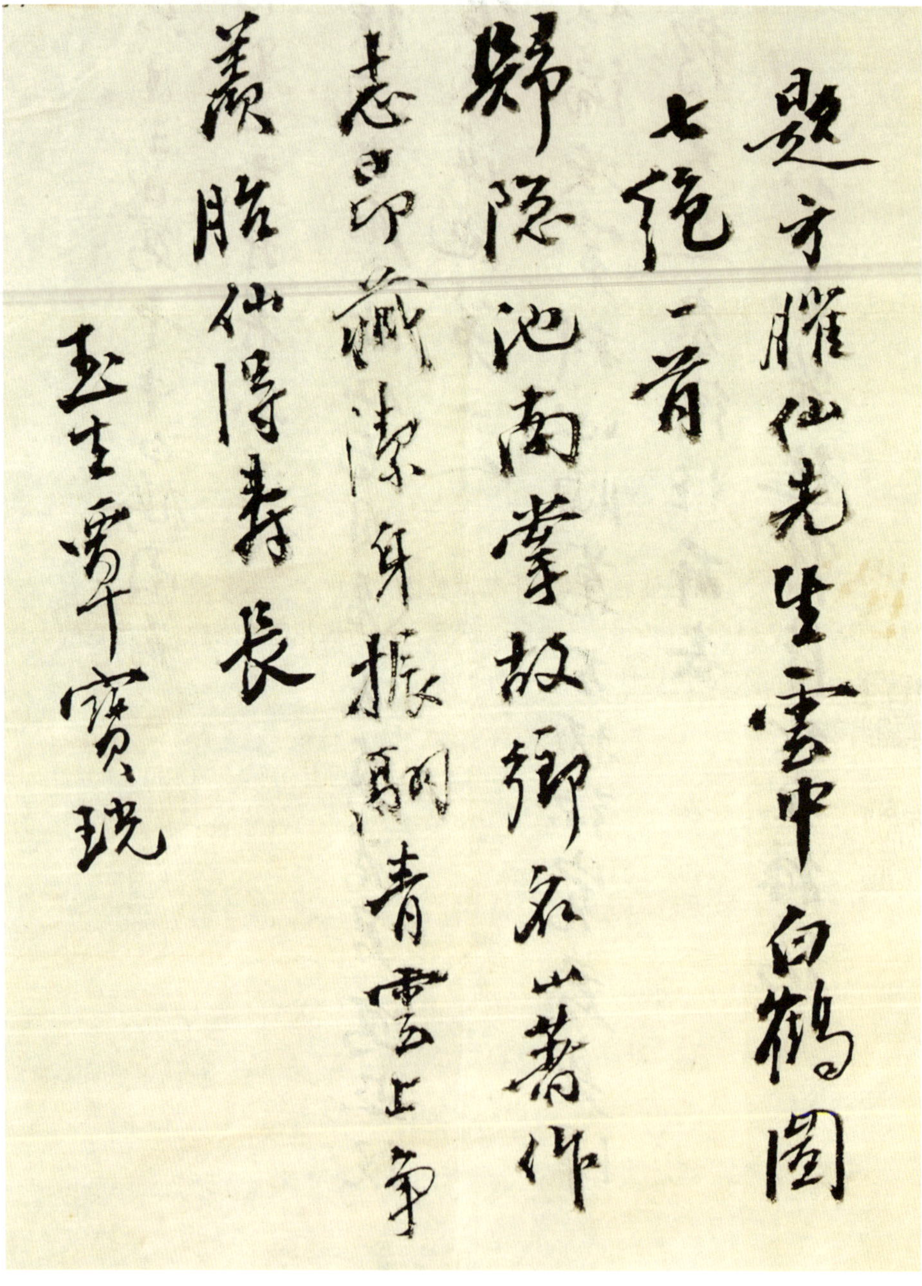


L05　G15.5cm×21.5cm

〖录文〗

**题方臞仙先生《云中白鹤图》七绝一首**

归隐池南掌故乡，名山著作志昂藏。洁身振翮青云上，争羡胎仙得寿长。

玉生覃宝珧

〔笺纸：宣纸〕

## 李鸿祥　一通

### 和臞仙老友《七十初度感怀》诗

〖录文〗

**和臞仙老友《七十初度感怀》诗**

鶬雎祥地小园亭，收入山楼一片青。七学士前延厚泽，万梅花里养修龄。酡颜喜醉杨林酒，皓首增编耒耜经。时际艰难气犹壮，海天云外仰南星。

录上，臞老指正。

杯湖居士李鸿祥　未定稿　九月廿三日

〔笺纸：杯湖精舍用笺〕

〖解读〗

此札应成于一九五〇年。

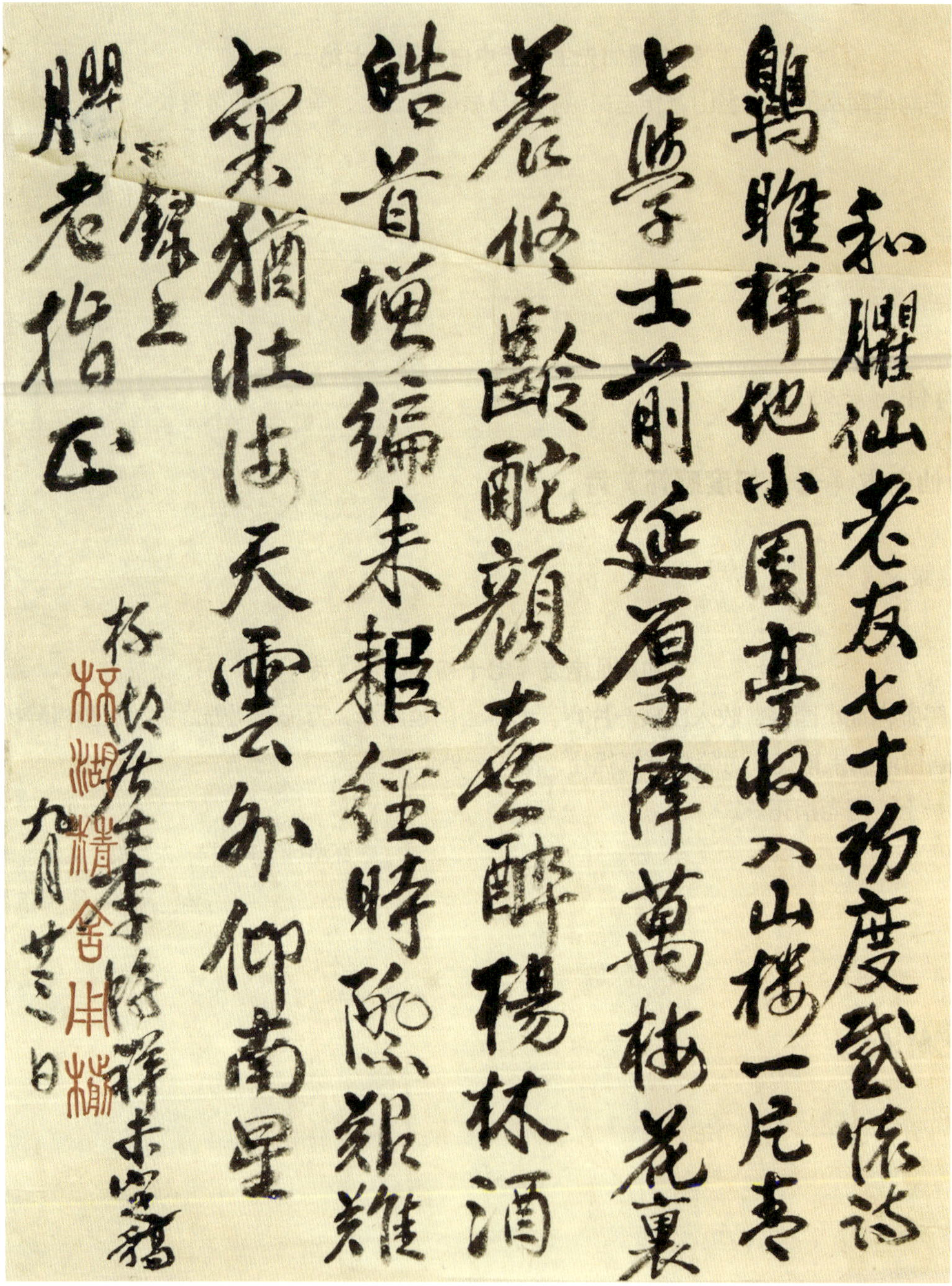
和
臞仙老友七十初度感懷詩
鵷雛拜他小園亭收入山樓一尺春
七修學士前延厚澤萬梅花裏
養修齡酡顏喜醉陽林酒
皓首擅編未報經時際艱難
家猶壯志天雲外仰南星
□錄上
臞老指正
林湖居士李修祥未定稿
九月廿三日

L06 G20.5cm×27cm

## 刘楚湘　一通

### 题《云中白鹤图》二首

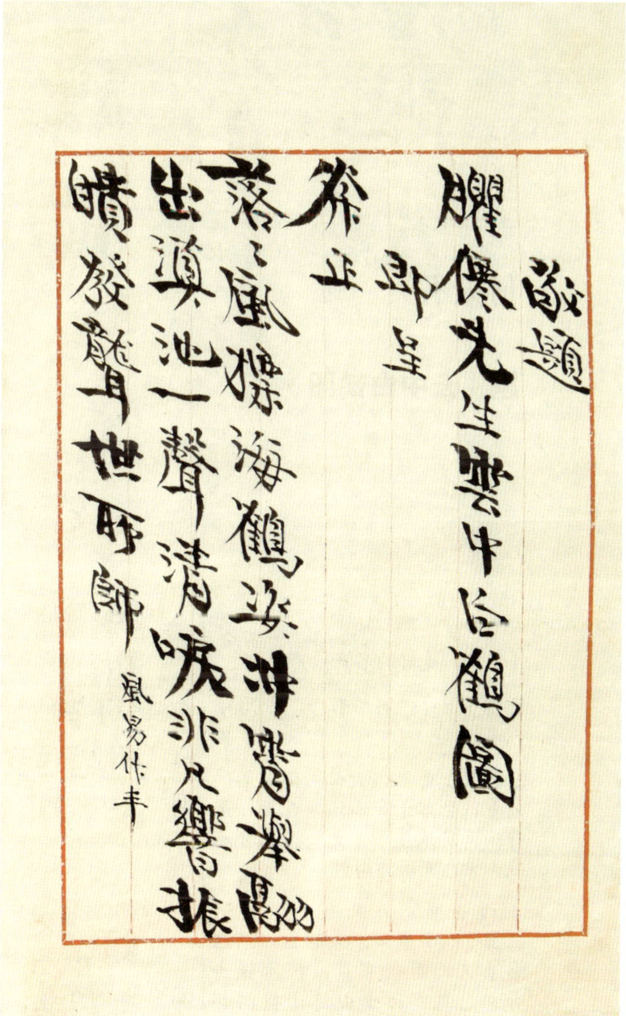
敬題
臞儂先生雲中白鶴圖
即呈
斧正
落落風標海鶴姿，冲霄舉翮
出塵池。一聲清唳非凡響，振
聵發聾世所師。
風易什丰

L07（2-1） G7cm×27.5cm

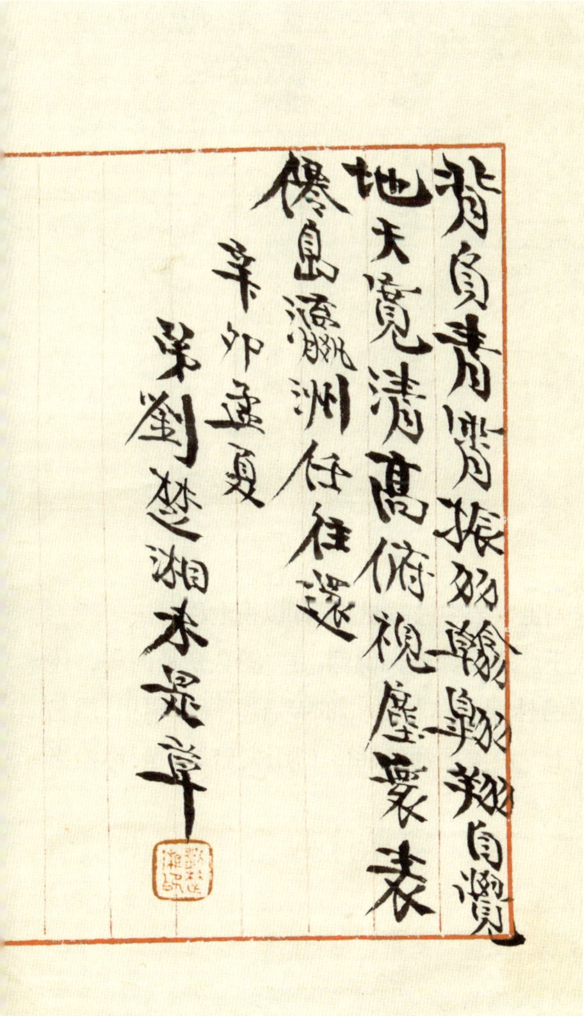
背負青霄振羽翰，翱翔自覺
地天寬。清高俯視塵寰表，
倦息瀛洲任往還。
辛卯孟夏
弟劉楚湘未是草

L07（2-2） G7cm×27.5cm

〖录文〗

敬题臞仙先生《云中白鹤图》，即呈斧正。

落落风标海鹤姿，冲霄举翮出滇池。一声清唳非凡响，振聩发聋世所师（“风”易作“丰”）。

背负青霄振羽翰，翱翔自觉地天宽。清高俯视尘寰表，仙岛瀛洲任往还。

辛卯［一九五一］孟夏　弟　刘楚湘　未是草

〔钤印：刘楚湘印〕

〔笺纸：朱丝八行〕

## 何秉智　一通

### 题《云中白鹤图》

〖录文〗

敬题臞仙学长先生《云中白鹤图》，即以祝七秩寿庆。

曾展霜翎遍大千。彩云深处舞翩翩。声华[①]久负斯时望，述作尝夸不老仙。雅傍林逋［林君复］称喆[②]嗣，高标栗里[③]重名贤。滇池当代无双士，迹美担师佳话传（明巡抚钱士晋[④]称担当为“云中一鹤”）。

庚寅［一九五〇］季夏　同学弟何秉智　拜撰

〔钤印：何秉智印〕

〔笺纸：纪念诗笺。文：“汉瓦长毋相忘”“长毋相忘”“民国三十四年秋，随军入越南接受日本军投降纪念。裔升制于河内”〕

①声华：美好的名声；声誉。

②喆［zhé］：同“哲”，多用于人名。

③栗里：是晋代大诗人陶渊明的故乡。坐落于庐山温泉北面一里许山南虎爪崖下，是一个山环水绕、景色秀丽的山村。

④钱士晋（一五七七～一六三五）：字康侯，号昭白。浙江嘉善人。明代官员。状元钱士升弟。明万历中由进士授刑部主事，平反冤狱者千百人。后出任大名府知府。崇祯时任云南巡抚，筑师宗、新化、弥勒、昆阳、三乡、板桥六城，疏浚河流，平息暴乱，多有惠政。以劳瘁卒于官。著有《经济录》等。

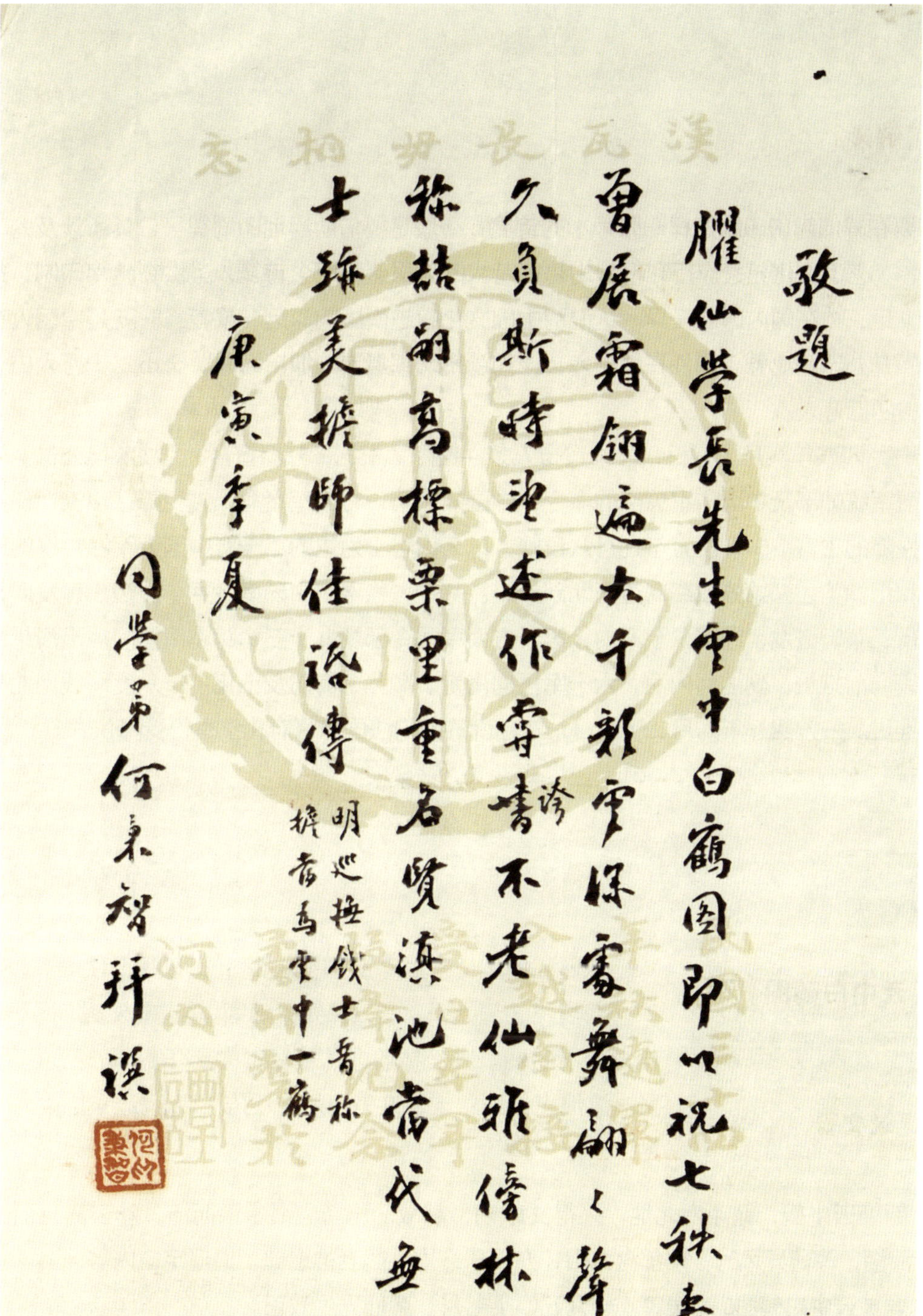
敬題
耀仙學長先生雲中白鶴圖即以祝七秩壽慶
曾展霜翎遍大千新雲深處舞翩翩聲華
久負斯時望述作寧誇書不老仙飛儔林逋
稱詰翮高標栗里重名賢滇池當代無雙
士獨美攜師佳話傳
明巡撫錢士晉稱攜書為雲中一鶴
庚寅季夏
同學弟何秉智拜撰

L08 G18cm×26.5cm

〔解读〕

要在异国越南印制这样一张小小的诗笺，一般是要借助当地印刷铺号，其所涉及的印刷材料、工艺、文化元素应用和设计均是很苛求的。但这张纪念诗笺，虽然在越南印制，却中国味十足，与在国内印制无异。这说明中国文化在越南影响深远，或者当时就是中国人在当地设厂开办印刷业务。华侨在越较多，比如越南北部最大的城市海防，全市二十万人口，华侨就占四五万人。

一九四五年八月十五日，日本宣布无条件投降，根据《开罗宣言》《波茨坦公告》等文件，盟军统帅部及中国陆军总部的命令，中国陆军第一方面军奉命入越受降，卢汉担任接受日军投降的主官。一九四五年九月八日晚，以云南将士为主的二十万中国大军在卢汉的统一部署和指挥下，开始分数路向越南北部挺进。其中，六十军由云南金平、屏边、那发向越南的老街、莱昕进发，经富源至河内；第一方面军司令部及九十三军跨越南溪河后沿滇越铁路越南段向前推进。到达河内后，六十军再向南定、顺化、海防及土化（十六度纬线南北分界处）推进。一九四五年九月二十八日，在越南的河内法国总督府礼堂举行受降仪式。

## 孙乐　一通

### 题《云中白鹤图》

〔录文〕

翩翩云中鹤，翱翔南北地。采得文献归，掌故一已备。滇水深而清，彩云高且丽。幻境生浪潮，淳薄异风气。郁郁盘龙山，亦以乐终岁。鹤老神愈健，逍遥宇宙内。

题《云中白鹤图》。庚寅［一九五〇］七月。臞仙先生教正。

孙乐　拜稿

〔钤印：孙乐、乐斋〕

〔笺纸：宣纸〕

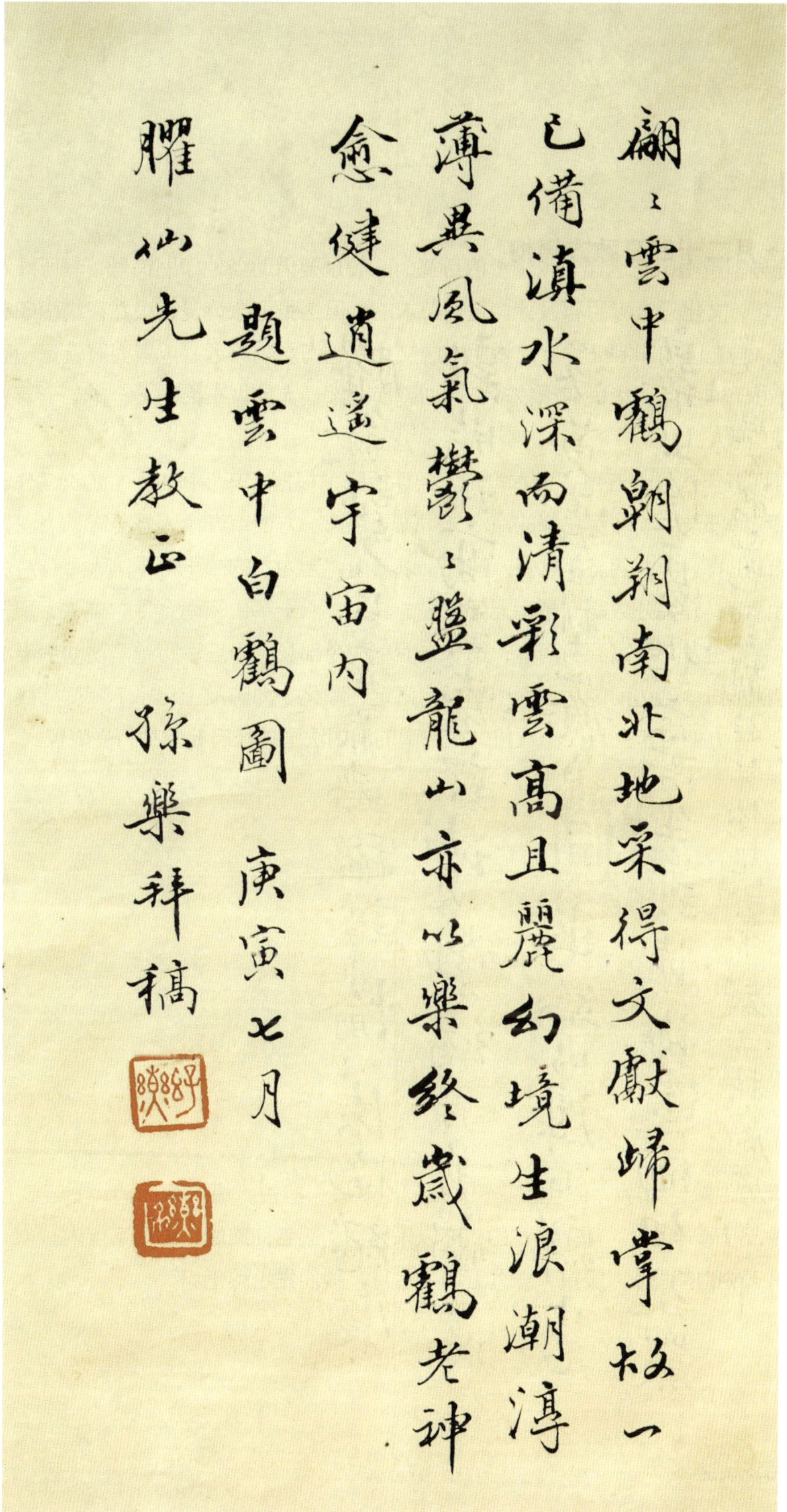

翩翩雲中鶴，朝翔南北地，采得文獻歸，掌故一已備。滇水深而清，彩雲高且麗，幻境生浪潮，淳薄異風氣。鬱鬱盤龍山，亦以樂終歲，鶴老神愈健，逍遙宇宙內。

題雲中白鶴圖 庚寅七月

耀仙先生教正 孫樂拜稿

L09 G13cm×27.5cm

## 梁之相　二通

### 一、十一月二十四日致方树梅

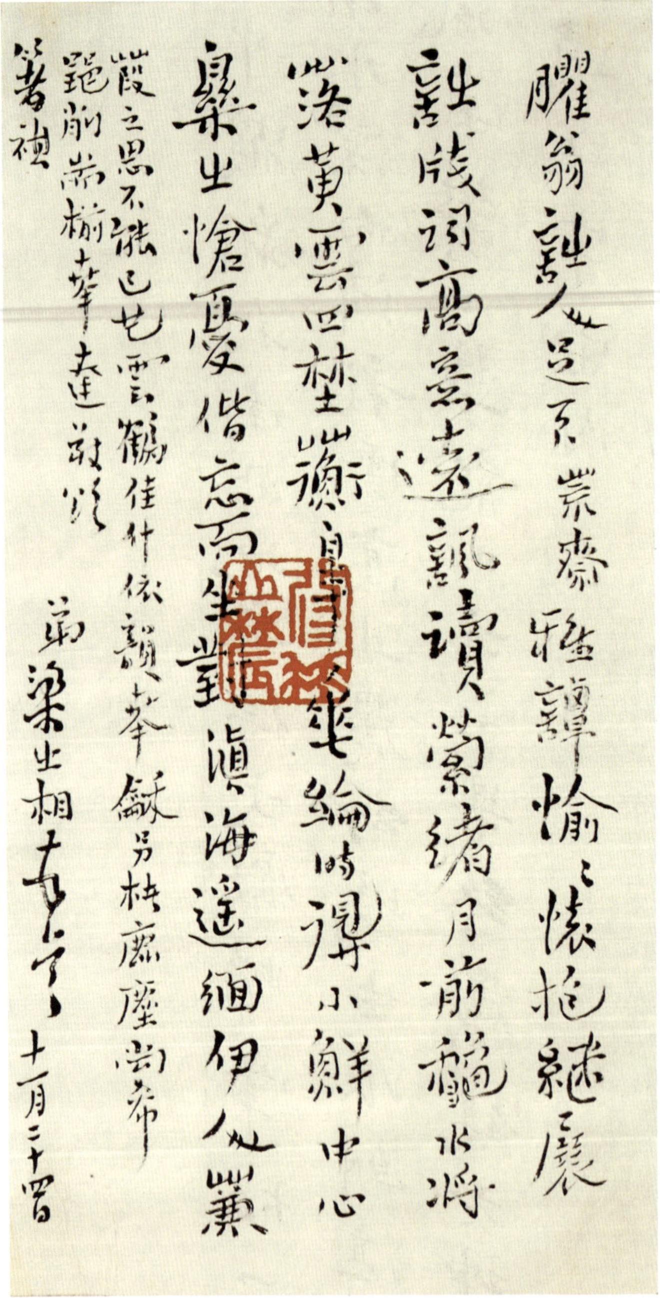

L10 G12cm×23cm

〔录文〕

臞翁诗人足下：

荒斋雅谭，愉愉怀抱。继展诗笺，词高意远。讽读[①]萦绪月前，秋水将落。黄云四野，蘅皋[②]垂纶。时得小鲜，中心乐之。怆忧偕忘，而坐对滇海，遥缅伊人。蒹葭之思，不能己共。云鹤佳什[③]，依韵奉和。另楮鹿尘，尚希郢削。

专笺奉达，敬颂著祺。

弟　梁之相　顿首　十一月二十四日

〔笺纸：宣纸〕

①讽读：诵读。

②蘅皋［hénggāo］：生长香草的水边高地。

③佳什：好诗，优美的诗作。

## 二、奉和《云中白鹤图》二律

〔录文〕

臞翁年跻[①]古稀，老鹤［赵鹤清］为写《云中白鹤图》并自题二律见示，依韵奉和。

幽光阐发几时休，天女城边老许由。自有烟霞甘啸傲，何须名利苦寻求。庋书四壁携孙读，断简千篇共子谋。留得南中耆宿在，万松山上彩云游。

仰慕《云中白鹤图》，皓衣逸翰式今吾。高姿乍拟孤山舞，清唳犹从赤壁呼。影息衡茅[②]开讲苑，声闻霄汉近仙衢。梅花百树天寒守，著述千秋得寿娱。

臞翁诗人教政。

书农梁之相　呈稿

〔笺纸：宣纸〕

①跻［jī］：登，上升。

②衡茅：衡门茅屋，简陋的居室。

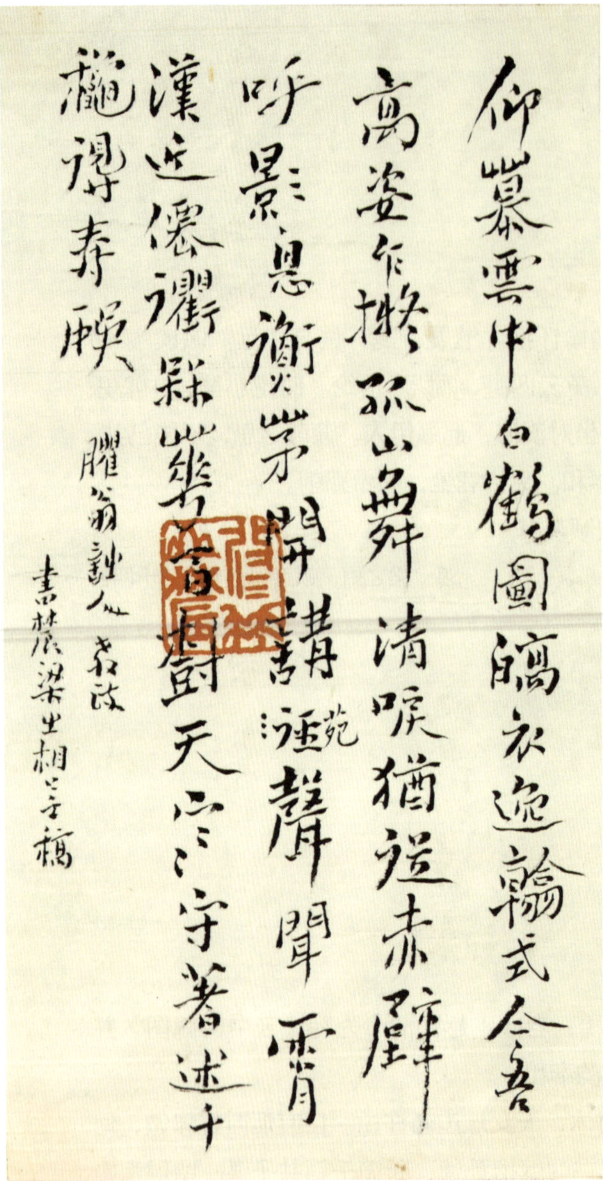

L11（2-2） G11.5cm×22.5cm

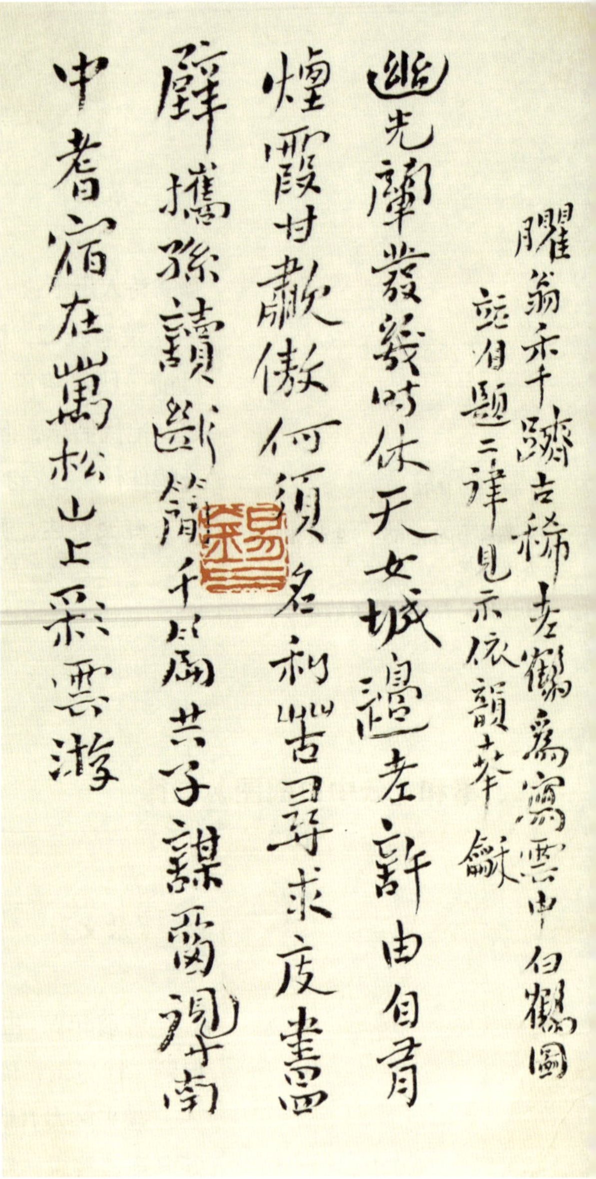

L11（2-1） G11.5cm×22.5cm

## 缪尔纾　一通

### 奉题《云中白鹤图》

〖录文〗

奉题《云中白鹤图》，即以为寿，并乞吟正。

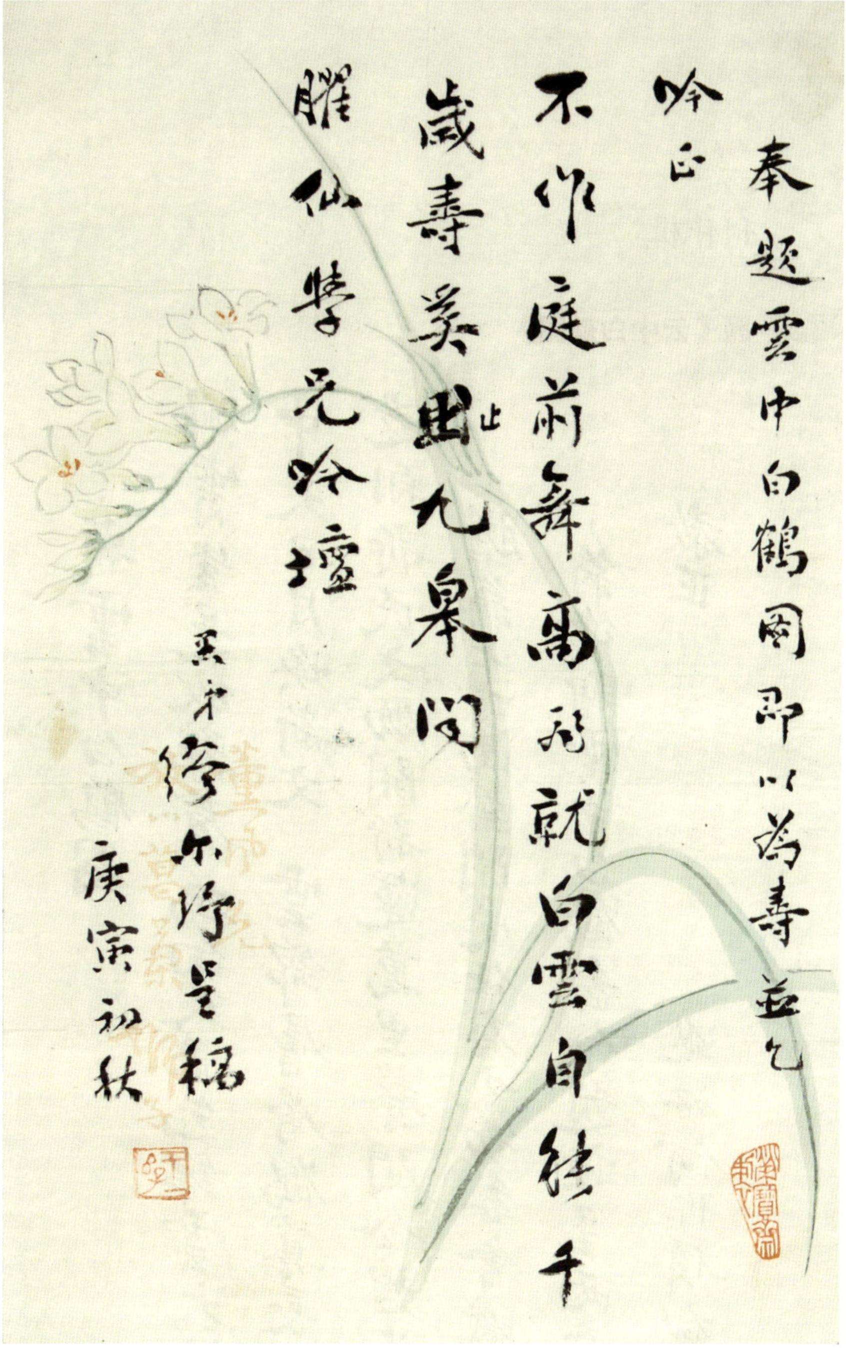
奉題雲中白鶴圖即以為壽並乞
吟正
不作庭前舞高飛就白雲自能千歲壽奚止九皋聞
臞仙學兄吟壇
愚弟繆爾纾呈稿
庚寅初秋

L12 G16cm×26cm

不作庭前舞，高飞就白云。自能千岁寿，奚止九皋闻。

臞仙学兄吟坛。

愚弟　缪尔纾　呈稿　庚寅［一九五〇］初秋

〔笺纸：截枝花卉图诗笺。文：“荣宝斋制”〕

## 何作楫　一通

### 题《云中白鹤图》

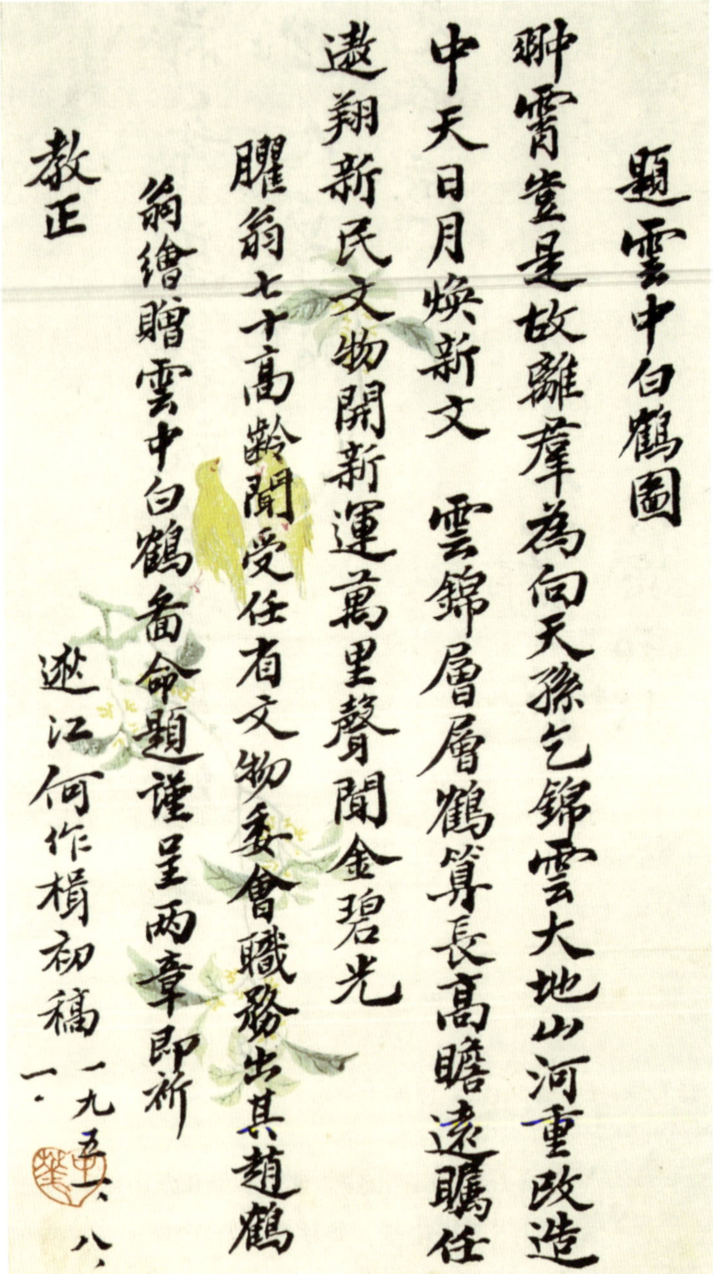

題雲中白鶴圖

翀霄豈是故雛羣爲向天孫乞錦雲大地山河重改造中天日月煥新文　雲錦層層鶴算長高高瞻遠矚任遨翔新民文物開新運萬里聲聞金碧光

臞翁七十高齡開受任省文物委會職務出其趙鶴翁繪贈雲中白鶴畫命題謹呈兩章即祈

教正

淞江何作楫初稿　一九五一、八、一

L13 G13cm×23cm

〖录文〗

**题《云中白鹤图》**

翀[1]霄岂是故离群，为向天孙乞锦云。大地山河重改造，中天日月焕新文。

云锦层层鹤算长，高瞻远瞩任遨翔。新民文物开新运，万里声闻金碧光。

臞翁七十高龄，闻受任省文物委会职务，出其赵鹤翁绘赠《云中白鹤图》命题，谨呈两章。即祈教正。

逖江何作楫　初稿　一九五一·八·一

〔笺纸：花鸟图诗笺〕

①翀［chōng］：向上直飞，相当于“冲”。

# 周均　一通

周均，字志平。云南蒙自人。毕业于云南大学文法学院，后又在西南联大国文科、北大国文专修班进修。民国三十三年（一九四四）任云南省政府秘书处第一科科长，同年八月三十一日受聘为辑刻云南丛书处特约编审员，参与《云南丛书》编刻工作。民国三十四年（一九四五）受聘为云南通志续编委员会编纂，分纂民国二十一年（一九三二）以后的云南外交史。一九四六年受周钟岳、秦光玉之请参与私立五华学院筹建工作。卢汉主政后在国立云南大学、国立昆明师范学院、五华学院等校任教。中华人民共和国成立后任教于昆明师范学院。

## 题《云中白鹤图》

〖录文〗

奉题《云中白鹤图》，即祈臞仙丈教正。

胎仙誉满学山楼，游好[1]群书老不休。云岭薪光延一脉，南滇碑传著千秋（先生有《滇南碑传集》行世）。沧桑正气能坚树，金

①游好：留心，爱好。晋陶潜《饮酒》诗之十六：“少年罕人事，游好在‘六经’。”

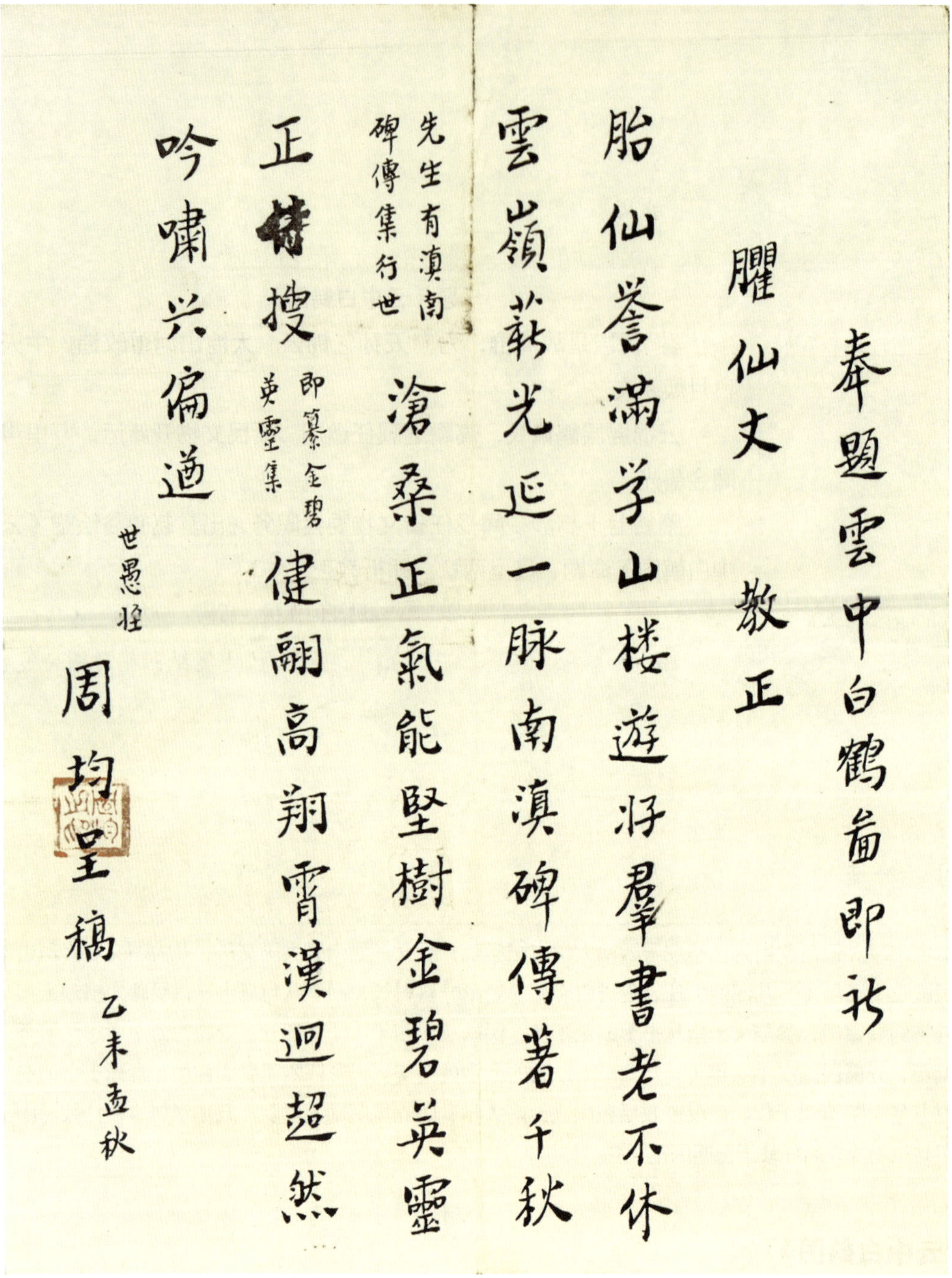

奉題雲中白鶴龕即政

臞仙丈 敬正

胎仙譽滿學山樓，遊屐羣書老不休。雲嶺薪光延一脉，南滇碑傳著千秋（先生有滇南碑傳集行世）。滄桑正氣能堅樹，金碧英靈正待搜（即纂金碧英靈集）。健翮高翔霄漢迴，超然吟嘯兴偏遒。

世愚姪 周均呈稿 乙未孟秋

L14 G16.5cm×22cm

碧英灵正待搜（即纂《金碧英灵集》）。健翮高翔霄汉回，超然吟啸[2]兴偏遒。

世愚侄周均　呈稿　乙未［一九五五］孟秋

〔钤印：周均之印〕

〔笺纸：宣纸〕

②吟啸：高声吟唱；吟咏。

## 释湛美　一通

释湛美，号隐林。民国时期出家于晋宁盘龙山盘龙寺的得道僧人。

### 题《云中白鹤图》

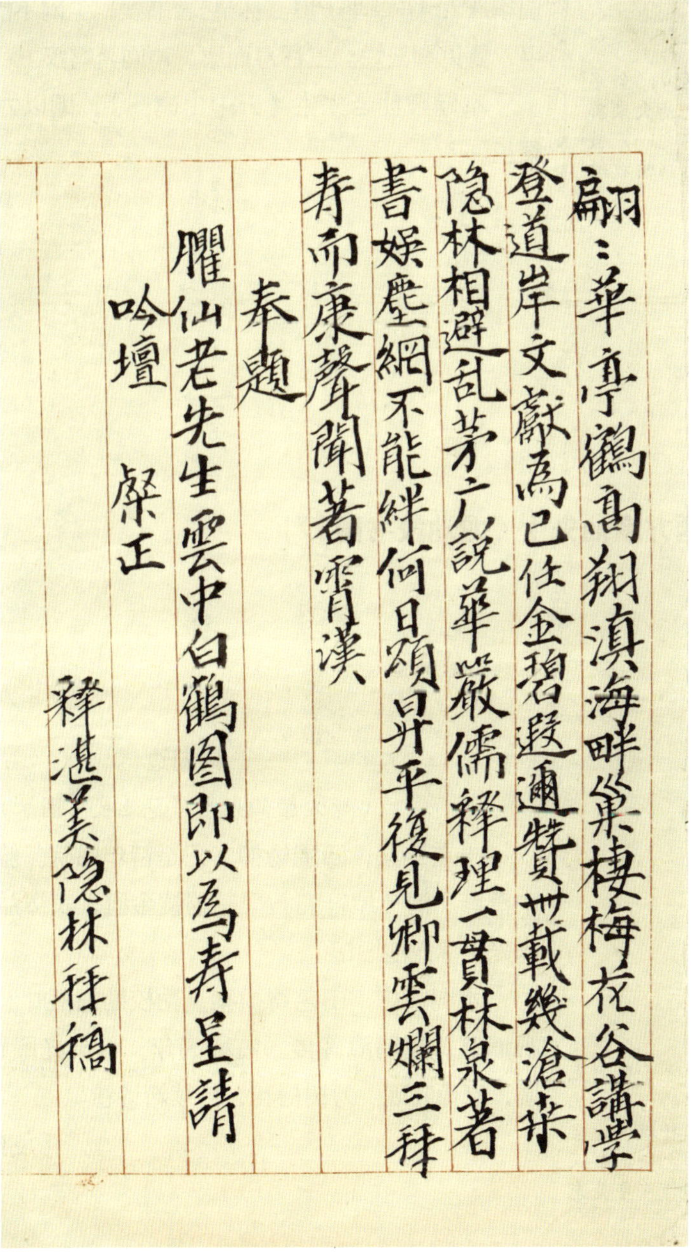
翩翩華亭鶴高翔滇海畔巢棲梅花谷講學
登道岸文獻為已任金碧遐邇贊卅載幾滄桑
隱林相避亂茅广說華嚴儒釋理一貫林泉著
書娛塵網不能絆何日頌昇平復見卿雲爛三拜
壽而康聲聞著霄漢
奉題
臞仙老先生雲中白鶴圖即以為壽星請
吟壇　粲正
釋湛美隱林拜稿

L15 G16.5cm×28cm

〖录文〗

翩翩华亭鹤，高翔滇海畔。巢栖梅花谷，讲学登道岸。文献为己任，金碧遐迩赞。卅载几沧桑，隐林相避乱。茅广[①]说华严[②]，儒释理一贯。林泉[③]著书娱，尘网不能绊。何日颂升平，复见卿云烂。三拜寿而康，声闻著霄汉。

奉题臞仙老先生《云中白鹤图》，即以为寿。呈请吟坛粲正。

释湛美隐林　拜稿

〔笺纸：竖行信笺〕

①茅广：当指大寺院。

②华严：指《华严经》。全名《大方广佛华严经》，是大乘佛教修学最重要的经典之一，被大乘诸宗奉为宣讲圆满顿教的"经中之王"。

③林泉：指隐居之地。

## 周钟岳　三通

### 一、向湖边（题方臞仙先生《龙池校书图》）

〖录文〗

**向湖边**

（题方臞仙先生《龙池校书图》）

十亩芙蕖，四围杨柳，记是昔年书院。雅化弦歌，果滇中耆彦。清社屋轩启石渠，秘搜金匮，表襮益州文献。潜德幽光，萃龙池旧馆。

水阁窗虚，山色青盈案，勤校勘扫落叶。残篇遗简，忍听消沉，更编滇碑传。古稀高年，似灵光殿[①]。赋归耒锄学圃，磨蕉叶砚。万树梅花，待续新诗卷。

〔笺纸：涤园用笺〕

①灵光殿：西汉景帝之子鲁恭王刘余在鲁国曲阜建造的宫殿，其建筑规模宏大，雄伟壮观，为当时国内较大的建筑物之一。东汉文学家王延寿曾为之作《鲁灵光殿赋》。

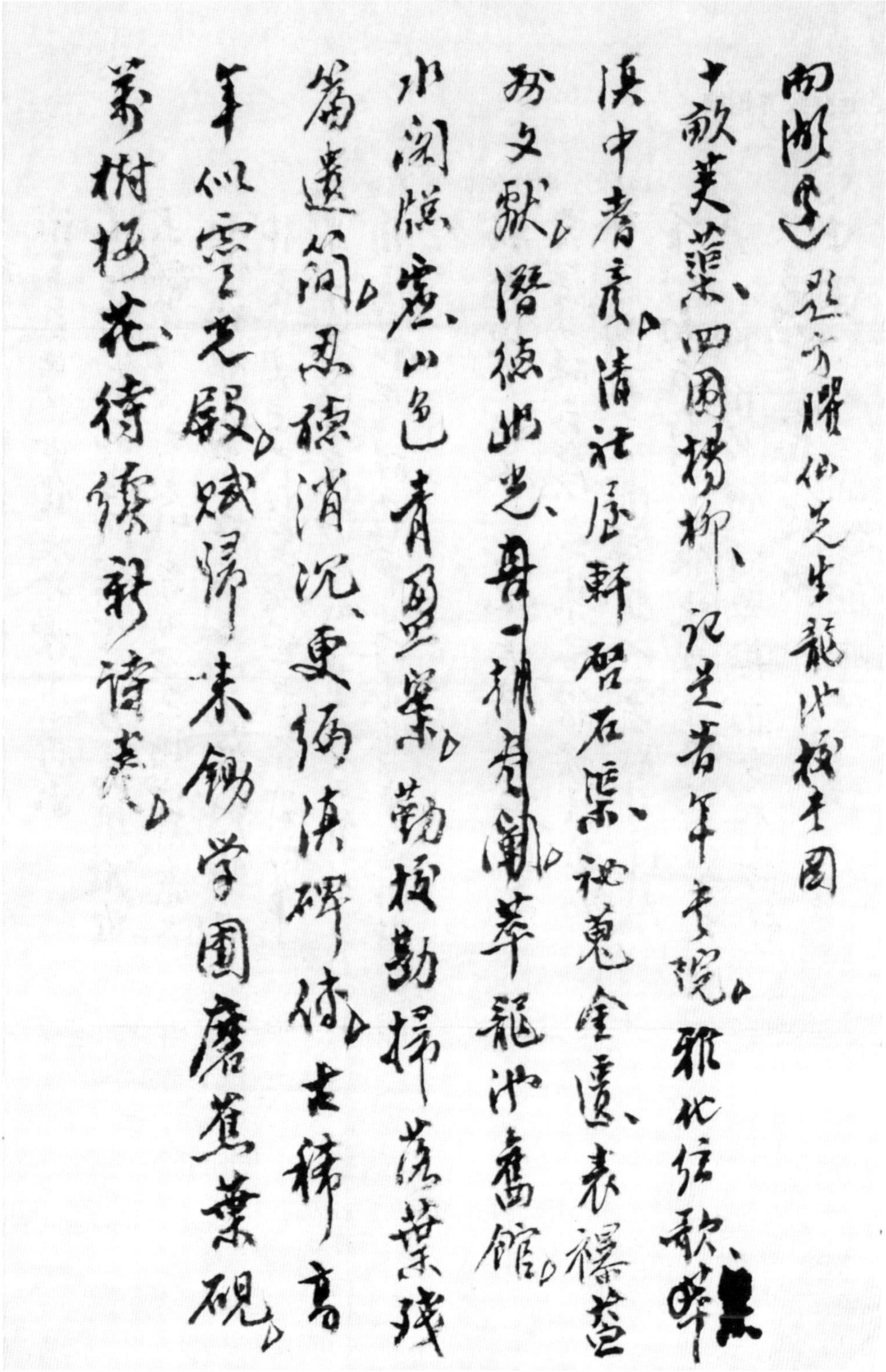

西湖遊　題方騰仙先生龍泓校書圖

十畝芙蕖、四圍楊柳、記是昔年曾覽。雅化絃歌、輩[illegible]
湖中耆彥。清社屢聯、石渠、祕笈金匱、遠表穆堂
分文獻。潛德幽光、再一番闡。萃龍泓書館。
小閣憑虛、山色青盈案。勸校勘、掃落葉殘
篇遺簡。思穗消沉、更搜湖碑、傳古稀書
年似雲光殿。賦歸來、錫學園磨蕉葉硯。
萬樹梅花、待續新詩卷。

L16 G14.5cm×23cm

## 二、七夕致方树梅

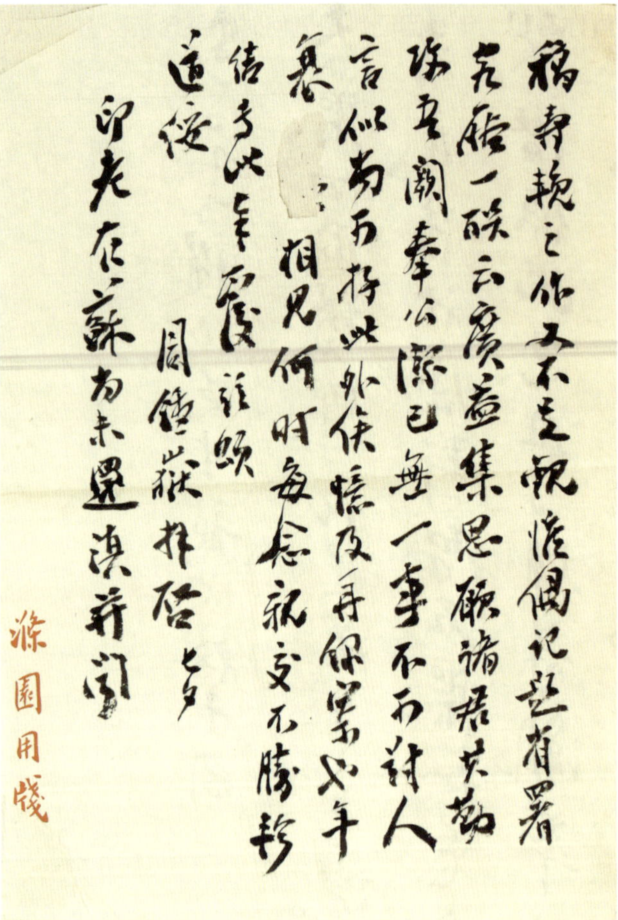


L17（2-2） G20cm×29cm

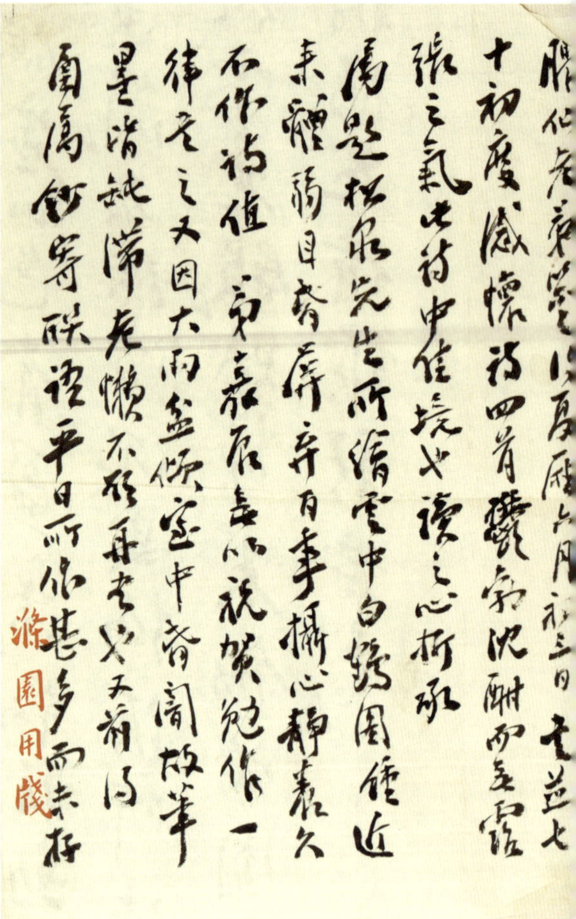


L17（2-1） G20cm×29cm

〖录文〗

臞仙老弟鉴：

得夏历六月初三日书，并《七十初度感怀》诗四首，郁勃沈酣而无露张之气，此诗中佳境也，读之心折。承属题松泉［赵鹤清］先生所绘《云中白鹤图》。钟近来体弱目昏，屏弃百事，摄心静养，久不作诗。值弟嘉辰，无以祝贺，勉作一律书之。又因大雨盆倾，室中昏暗，故笔墨皆钝滞，老懒不欲再书也。又，前得函属钞寄联语。平日所作甚多，而未存稿，寿挽之作又不足观。惟偶记题省署客厅一联云“广益集思，愿诸君共勘改吾阙；奉公洁己，无一事不可对人言”。似尚可存，此外俟忆及再你寄也。年衰□□，相见何时？每念亲交，不胜轸结。

专此奉覆。并颂道绥。

周钟岳　拜启　七夕

印老［李根源］在苏，尚未还滇。并闻。

〔笺纸：涤园用笺〕

〖解读〗

由“七十初度”及“七夕”可知，此札应成于一九五〇年八月二十日。

此札“承嘱题松泉［赵鹤清］先生所绘《云中白鹤图》”，所题之诗，即应是L18。

## 二、题《云中白鹤图》

〖录文〗

七十平头是散仙①，服畴食德企前贤。解题②自著藏书录，输税翻愁负郭田③。民困令严行土断④，身癯道胜得天全。岁寒欲守庭梅老，伫望云中一鹤还。

①散仙：道教名词，天界中未被授予官爵的神仙。

②解题：目录学中常用的一个术语。

③负郭田：典出《史记》卷六十九《苏秦列传》。司马贞索隐：“负者，背也，枕也。近城之地，沃润流泽，最为膏腴，故曰‘负郭’也。”后因以“负郭田”为典，亦泛指良田，亦省作“负郭”。

④土断：是一种把新来的移民编入户籍的行动，最早执行于晋朝。

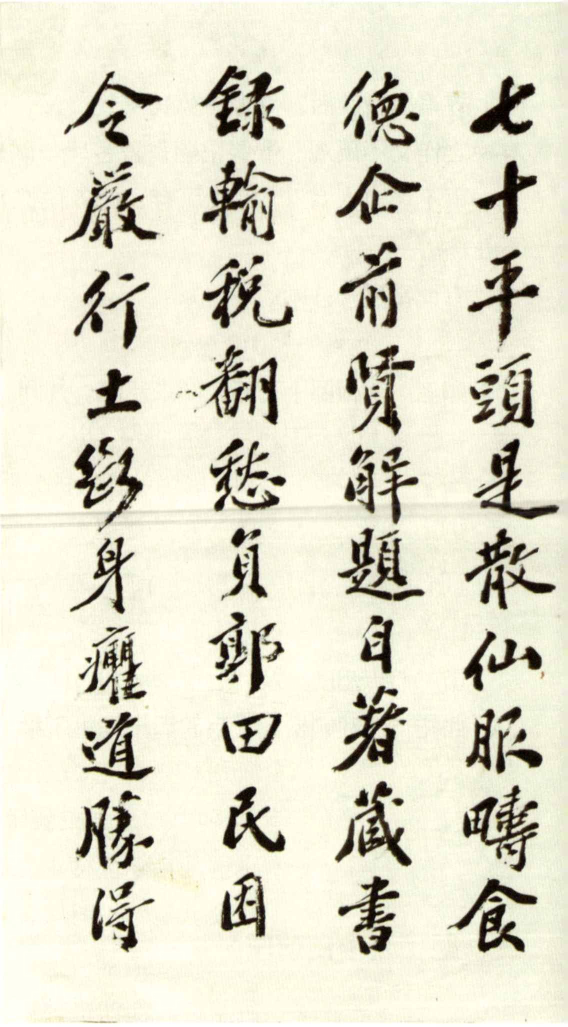

L18（2-1） G17cm×27cm

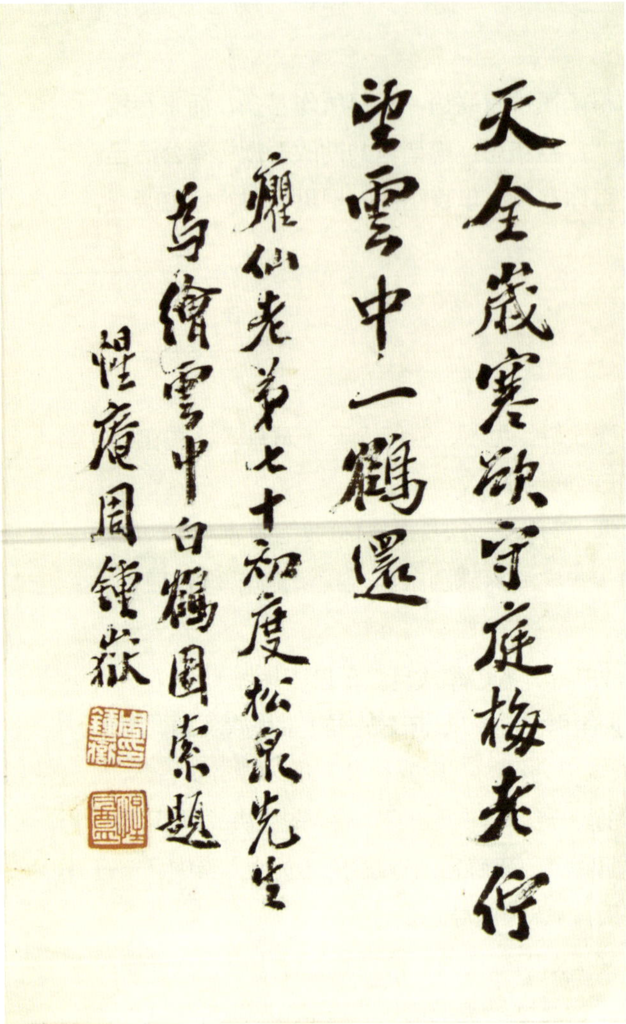


L18（2-2） G17cm×27cm

癯仙老弟七十初度，松泉［赵鹤清］先生为绘《云中白鹤图》，索题。

惺庵周钟岳

〔钤印：周钟岳印、惺庵〕

〔笺纸：宣纸〕

## 马絜 一通

### 臞仙先生《七秩揽揆诗》依韵奉和四章

〖录文〗

臞仙先生以《七秩揽揆诗》见示，俯仰人天，无穷感慨，依韵奉和，聊当补祝。即乞吟坛教政。

八千秋梅八千春，年引南华绝俗尘。旧简纷披笔尚健，新诗酬唱纸频伸。骚坛执耳严趋步，学海探珠别主宾。守阙抱残[①]殊自信，平生忧道不忧贫。

等身著作重珂乡，悃愊无华[②]气莽苍[③]。忍见中原驰野马（暴日侵华，先生异常愤慨，时托吟咏且力助青年从军），徒教东海变沧桑（日寇之败，二三子贪天功以为己力，庸酬私亲，爪牙肆毒负者[④]，胜利多矣[⑤]）。访书寰宇先骖[⑥]蹇[⑦]（“九一八”后，先生决战祸必不免，遂躬赴诸名区搜求先达遗献），证道名山自裹粮[⑧]（先生入秦中，曾登华顶）。大业千秋真不朽，一尊为祝寿而康。

自足清臞得大年，文星朗朗耀南天。公真妙解杯中趣，我亦癖耽画里禅。偶课贤孙耘学圃，何忧酷吏税书田[⑨]。白衣苍狗人间世，聊且高吟拥破毡。

风雨鸡鸣正此时，茫茫宇宙欢何之。荔扉［师范］再世留心印（袁屏翁有是言），松屋遗篇愧手持（业师刘沅兰丈得松屋残稿，因校诗略成册，手写见赐。先生相见必询松屋诗）。敦睦宗祊[⑩]完族谱（先生辑刻族谱已成，絜亦辑家乘待刊），网罗坠简续乡诗（先生编印《珂乡诗文征》已成书，絜四十年来得蒙人诗正编定中）。与公共助名山业，收拾芸编待后知。

月来意绪恶劣，笔墨都荒，勉强效颦，徒惭形秽而已。

上章摄提格［庚寅一九五〇］ 炎月 南湖后学 马絜 未是草

〔钤印：马絜小印、竹未是草〕

〔笺纸：花卉诗笺。文：“涵芬楼制”〕

①守阙抱残：比喻泥古守旧，不思变革。同“守缺抱残”。

②悃愊［kǔnbì］无华：至诚而不虚浮。形容真心实意，毫不虚假。悃愊，意为至诚；华，指浮夸。

③莽苍：形容文章词气充沛。明胡应麟《诗薮·古体中》：“太冲《咏史》，骨力莽苍，虽途辙稍岐，一代杰作也。”

④负者：背着东西的人。延伸为普通民众。

⑤胜利多矣：抗战胜利后这样的情况很多。

⑥骖［cān］：古代驾在车前两侧的马。

⑦蹇［jiǎn］：跛，行走困难。

⑧裹粮：谓携带熟食干粮。

⑨税书田：因读书而缴税。书田，是以耕田比喻读书，故称书为“书田”。

⑩宗祊［bēng］：宗庙；家庙。

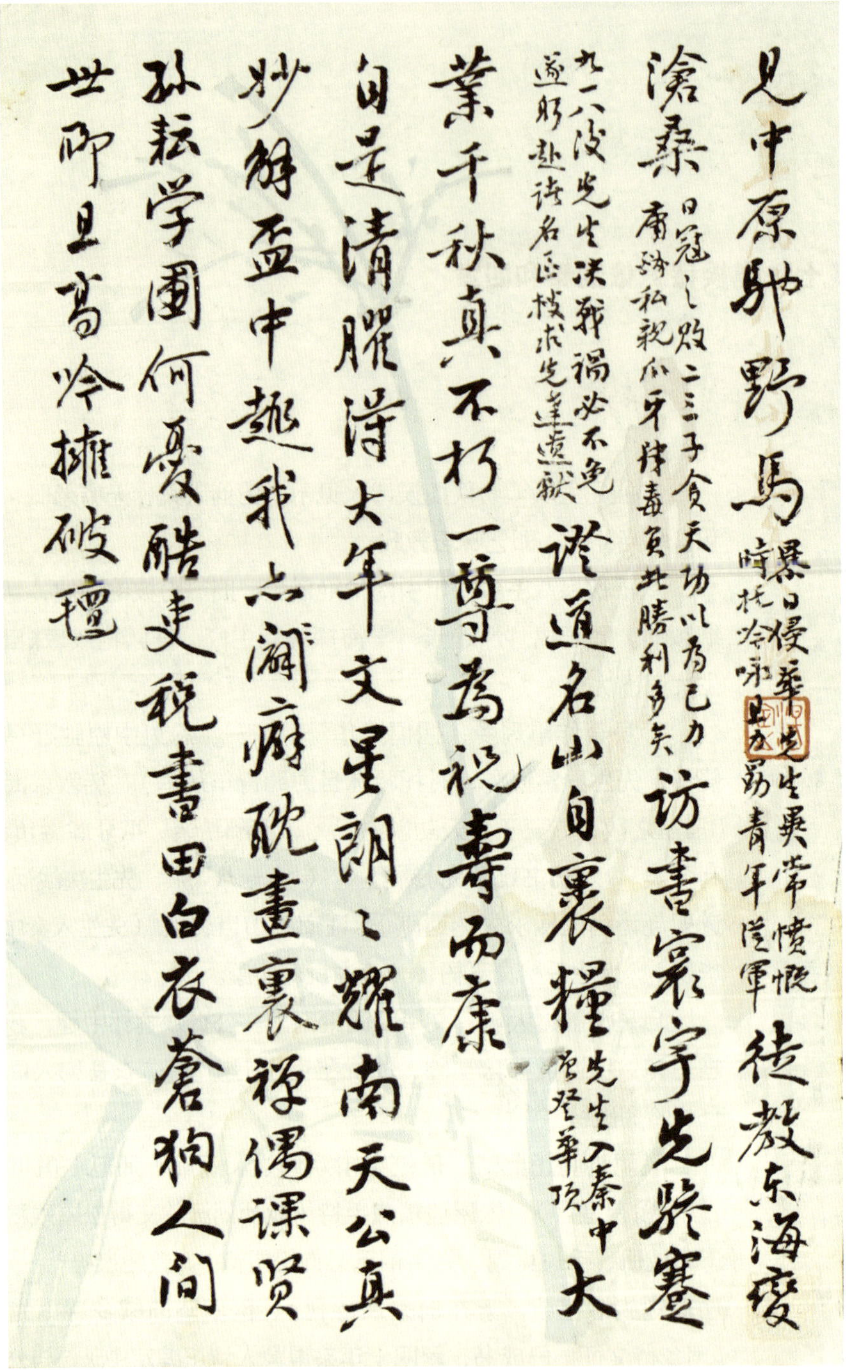

L19（3-2） G17cm×27cm

〖解读〗

此札所用纪年为《天皇记时历》。《天皇记时历》与现在通行的干支计时对应如下：

十干：阏逢（甲）、旃蒙（乙）、柔兆（丙）、彊圉（丁）、著雍（戊）、屠维（己）、上章（庚）、重光（辛）、玄黓（壬）、昭阳（癸）。

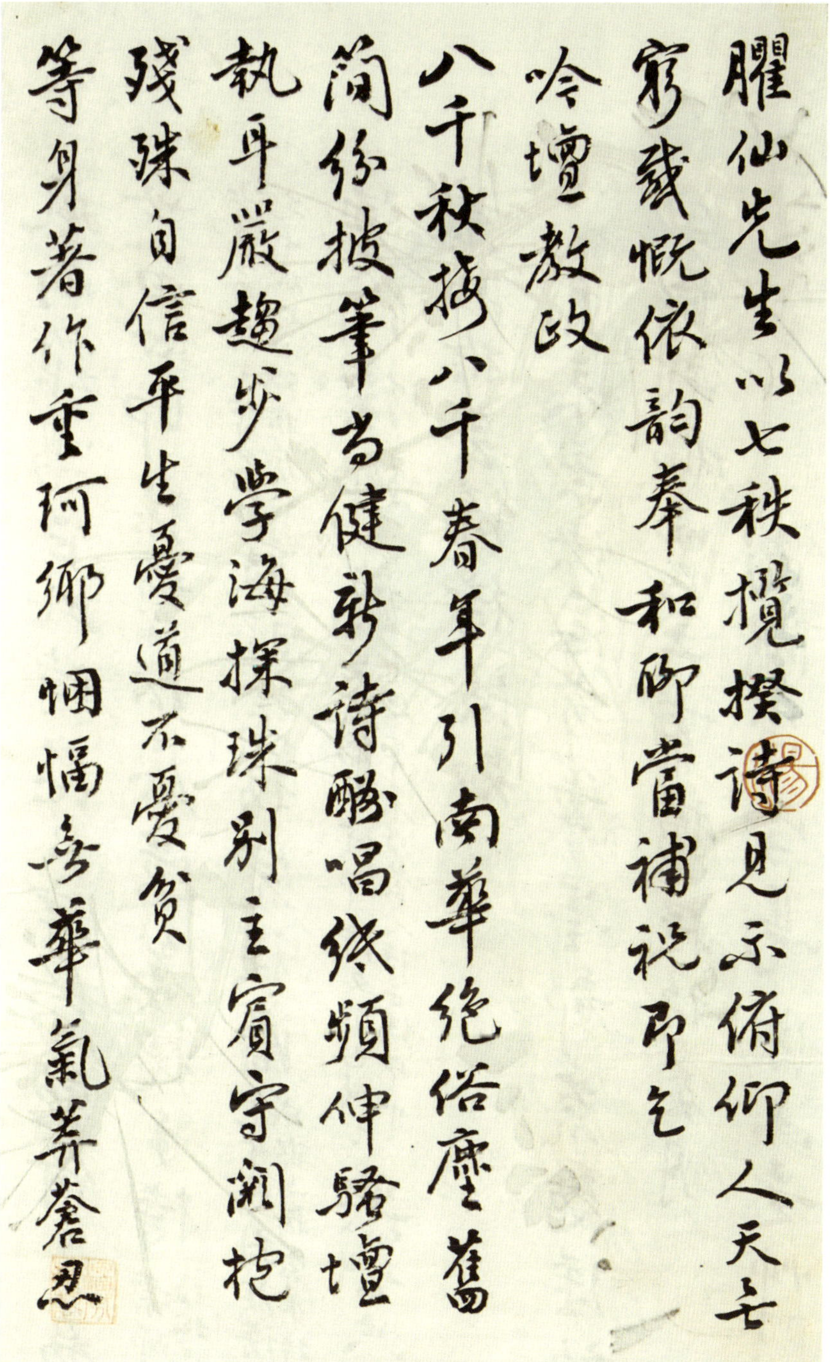
臞仙先生以七秩攬揆詩見示俯仰人天壬
窮踐慨依韻奉和聊當補祝即乞
吟壇教政
八千秋接八千春年引南華絕俗塵舊
簡紛披筆尚健新詩酬唱紙頻伸騷壇
執耳嚴趨步學海探珠別主賓守闕抱
殘殊自信平生憂道不憂貧
等身著作重珂鄉悃愊無華氣莽蒼烈

L19（3-1） G17cm×27cm

十二支：困敦（子）、赤奋若（丑）、摄提格（寅）、单于（卯）、执徐（辰）、大荒落（巳）、敦洋（午）、协洽（未）、涒滩（申）、作噩（酉）、阉茂（戌）、大渊献（亥）。

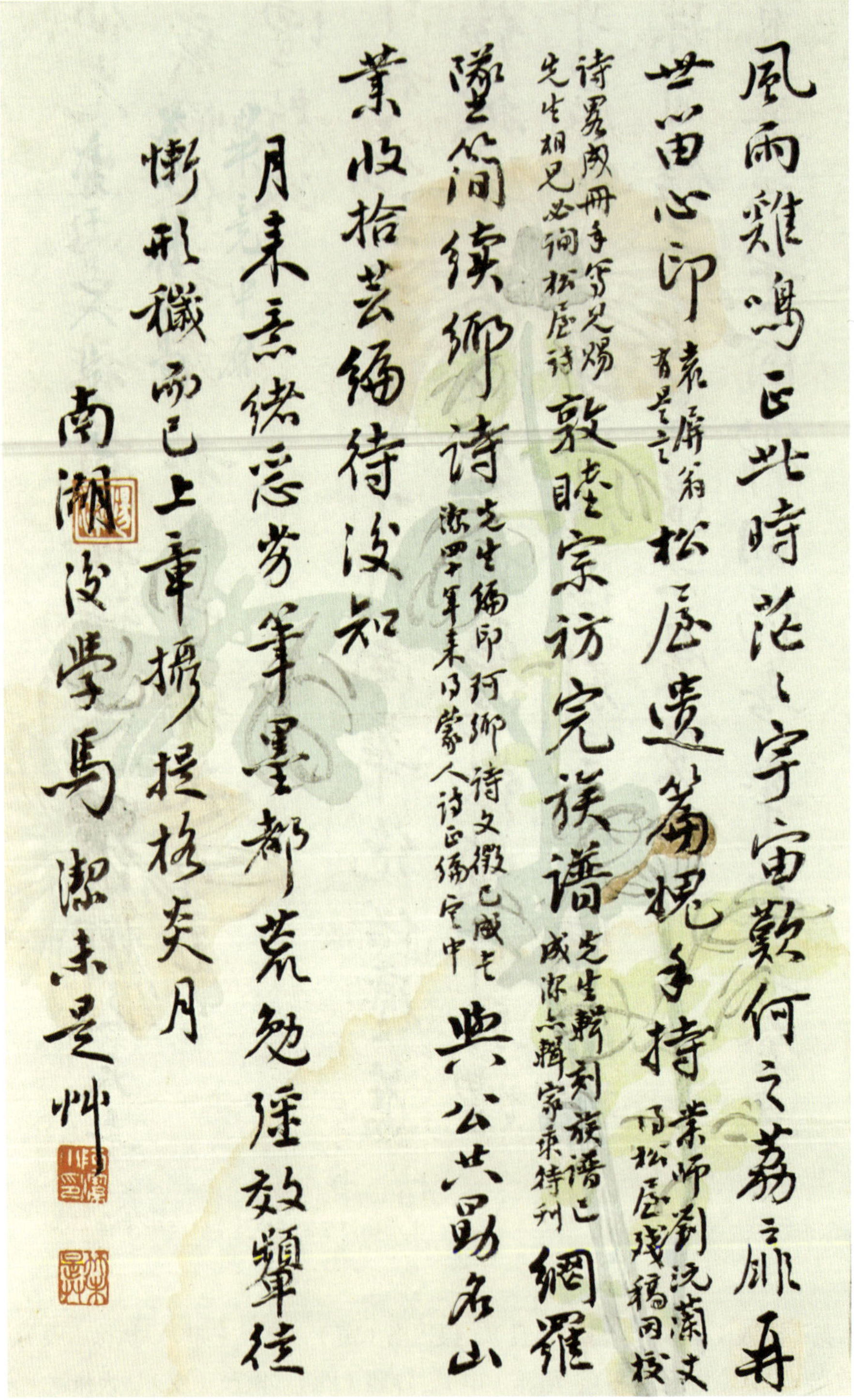


L19（3-3） G17cm×27cm

## 由云龙　一通

### 奉答臞仙老友《七十初度感怀》

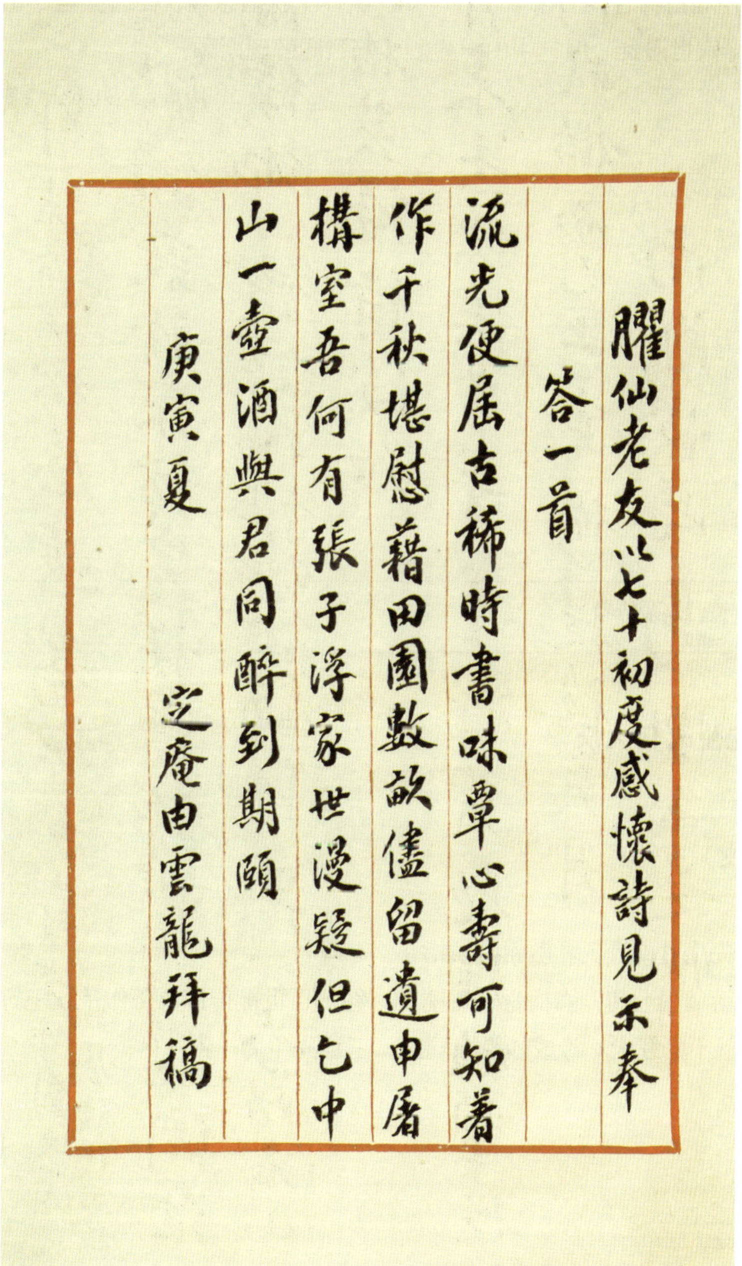

臞仙老友以七十初度感懷詩見示奉

答一首

流光便届古稀時書味覃心壽可知著

作千秋堪慰藉田園數畝儘留遺申屠

構室吾何有張子浮家世漫疑但乞中

山一壺酒與君同醉到期頤

庚寅夏　定庵由雲龍拜稿

L20 G16cm×27cm

〖录文〗

臞仙老友以《七十初度感怀》诗见示，奉答一首。

流光便届古稀时，书味覃心寿可知。著作千秋堪慰藉，田园数亩尽留遗。申屠构室吾何有，张子浮家世漫疑。但乞中山一壶酒，与君同醉到期颐。

庚寅［一九五〇］夏　定庵由云龙　拜稿

〔笺纸：朱丝八行〕

## 郑永清　一通

郑永清，字镜若。余待考。

### 贺臞仙先生七旬大庆

〖录文〗

臞仙先生七旬大庆。敬希吟坛指正。

矍铄诗翁届七旬，修梅骨干见精神。经师百世能传道，著作千秋已等身。素处本来完白璧，清操从不陷红尘。吟成妙绝惊同辈，三拜先生后一人。

镜若郑永清　拜撰

〔笺纸：朱丝八行〕

臞仙先生七旬大慶敬希

吟壇指正

矍鑠詩翁屆七旬修梅骨幹見精神
經師百世能傳道著作千秋已等身
素處本來完白璧清操從不陷紅塵
吟成妙絕驚同輩三拜先生後一人

鏡若鄭永清拜撰

L21 G16cm×27cm

# 何秉智　一通

## 祝臞仙先生七秩正寿

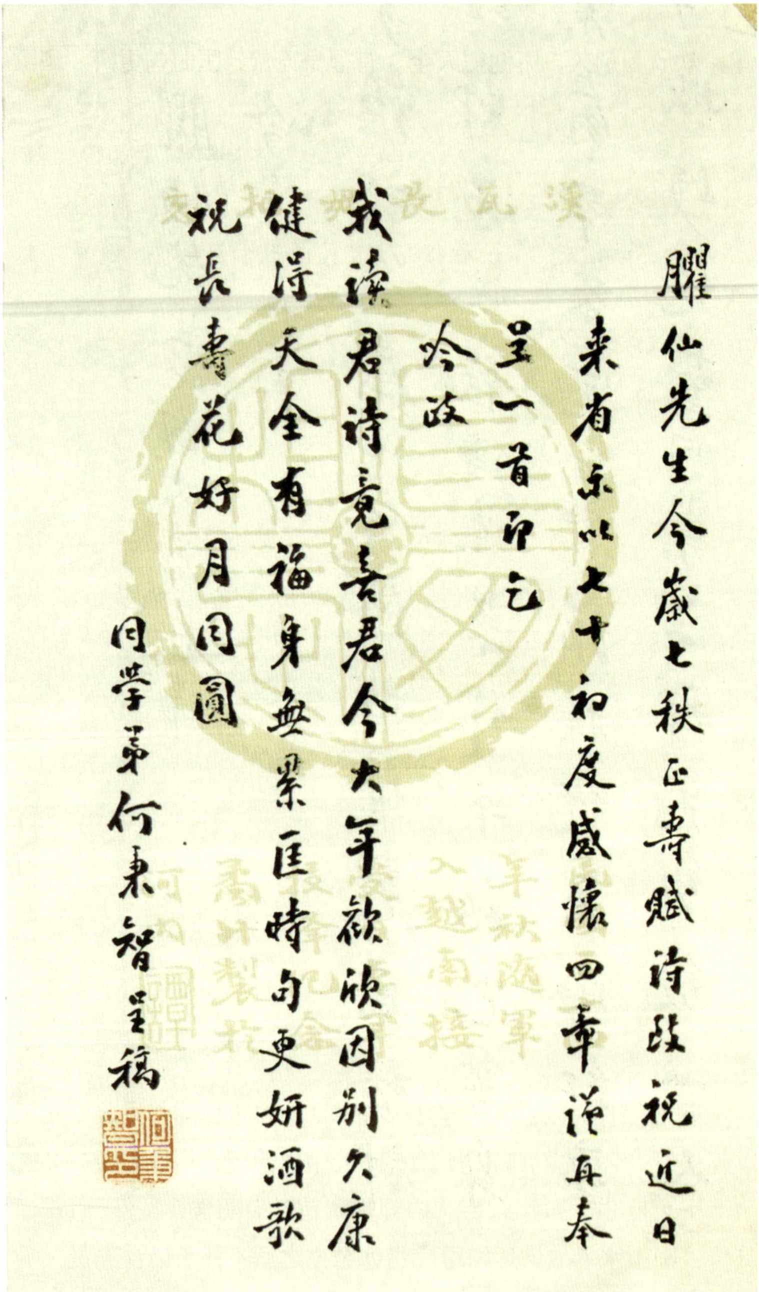

臞仙先生今歲七秩正壽賦詩致祝近日
来有示以七十初度感懷四章謹再奉
呈一首即乞
吟政
我讀君詩竟喜君今大年欲欣因别久康
健得天全有福身無累匡時句更妍酒歌
祝長壽花好月同圓
同學弟何秉智呈稿
何秉智

L22 G16.5cm×28cm

〖录文〗

臞仙先生今岁七秩正寿，赋诗致祝。近日来省，示以《七十初度感怀》四章，谨再奉呈一首。即乞吟政。

我读君诗竟，喜君今大年。欢欣因别久，康健得天全。有福身无累，匡时句更妍。酒歌祝长寿，花好月同圆。

同学弟　何秉智　呈稿

〔钤印：何秉智印〕

〔笺纸：纪念诗笺。文："汉瓦长毋相忘""长毋相忘""民国三十四年秋，随军入越南接受日本军投降纪念。裔升制于河内"〕

## 袁丕佑　一通

袁丕佑（一八九三～？），字蔼耕。云南石屏人。袁嘉谷次子。北京大学毕业，与董泽、周恕等六人是云南省第一批留美学生。一九二六～一九三〇年任云南大学图书部主任，一九三二年九月二十一日任云南省政府秘书长代理民政厅厅长。一九三九年七月十日任云南省政府委员，仍兼秘书长，一九四五年十一月六日免本兼职。

### 和步韵四首

〖录文〗

臞仙仁长兄以闳著《学山楼诗集》，附感律四首见赐，又示以赵松泉［赵鹤清］老人所绘赠《云中白鹤图》楮[1]幅，欣然曰，余七十哀度也，愿和以诗。佑观其集首叶有照像，瞿然[2]道儿诵其诗，则山水掌故炳炳纷纷。古体今拗之章不让于诸乡先贤，听其言则雅度高标，果云中白鹤之象，征玄妙者也。亟濡豪学。和

①楮［chǔ］：纸的代称。楮为落叶乔木，树皮是制造桑皮纸和宣纸的原料。

②瞿然：急遽貌；惊视貌。

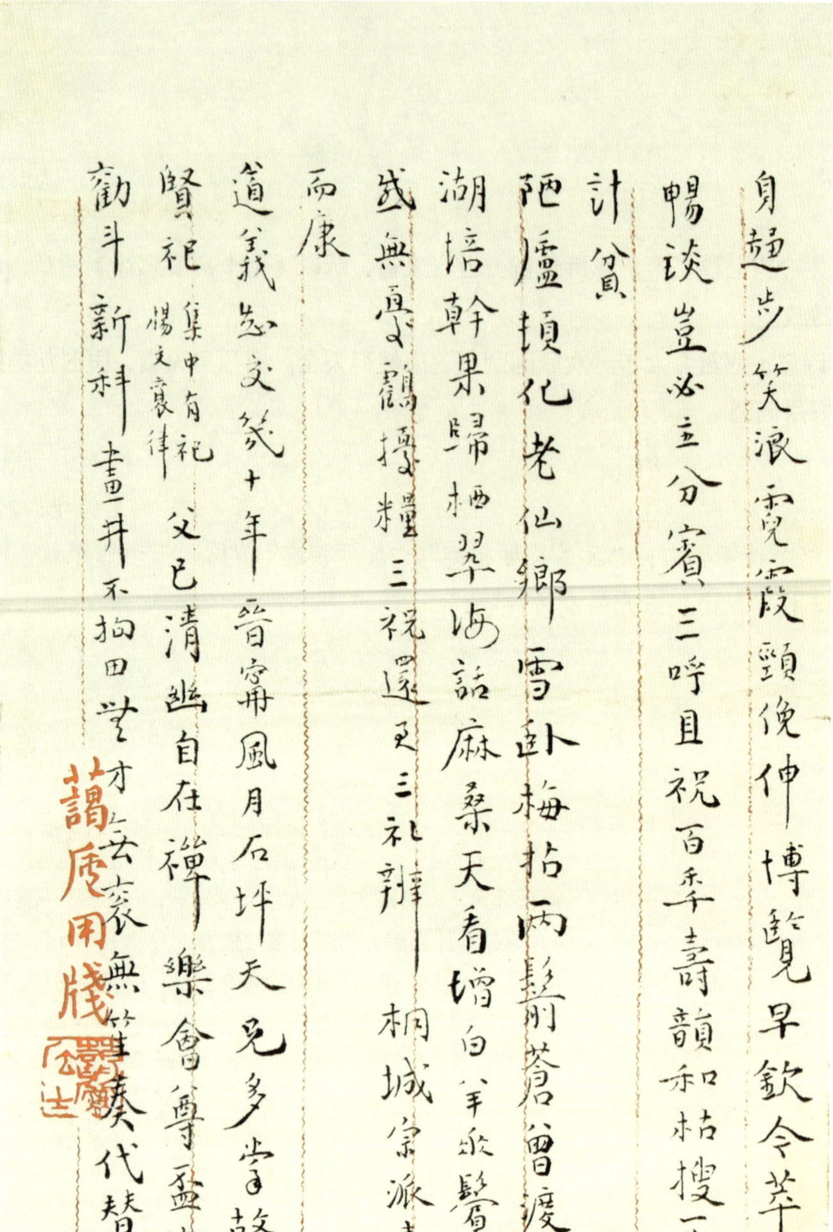
身趨步笑浪霓霞頸俛伸博覽早欽今萃古
暢談豈必主分賓三呼且祝百季壽韻和枯搜不
計貧
陋廬頓化老仙鄉雪臥梅枯兩鬢蒼曾渡西
湖培幹果歸栖翠海話麻桑天看增白年欣鬢世
幾無憂鶴據糧三祝還更三祝辭桐城宗派壽
而康
道義忘交幾十年晉寧風月石坪天邑多學故鄉
賢祀集中有祀楊文襄律父已清幽自在禪樂會尊盃宜
勸斗新科畫井不拘田堂才無衣無[illegible]代替聲
謫仙用箋

L23（3-2） G17cm×27cm

步韵，搜贫，盖羡雅人于私心，愿祝寿于三多之后，更愿其晚景逍遥，不乐其俗事扰攘。皆纪实耳。即乞斧正。

逸雅丰标鹤羽春，欣然惠降拂斋尘。携琴伴侣身趋步，笑浪霓霞颈俯伸。博览早钦今萃古，畅谈岂必主分宾。三呼且祝百季寿，韵和枯搜不计贫。

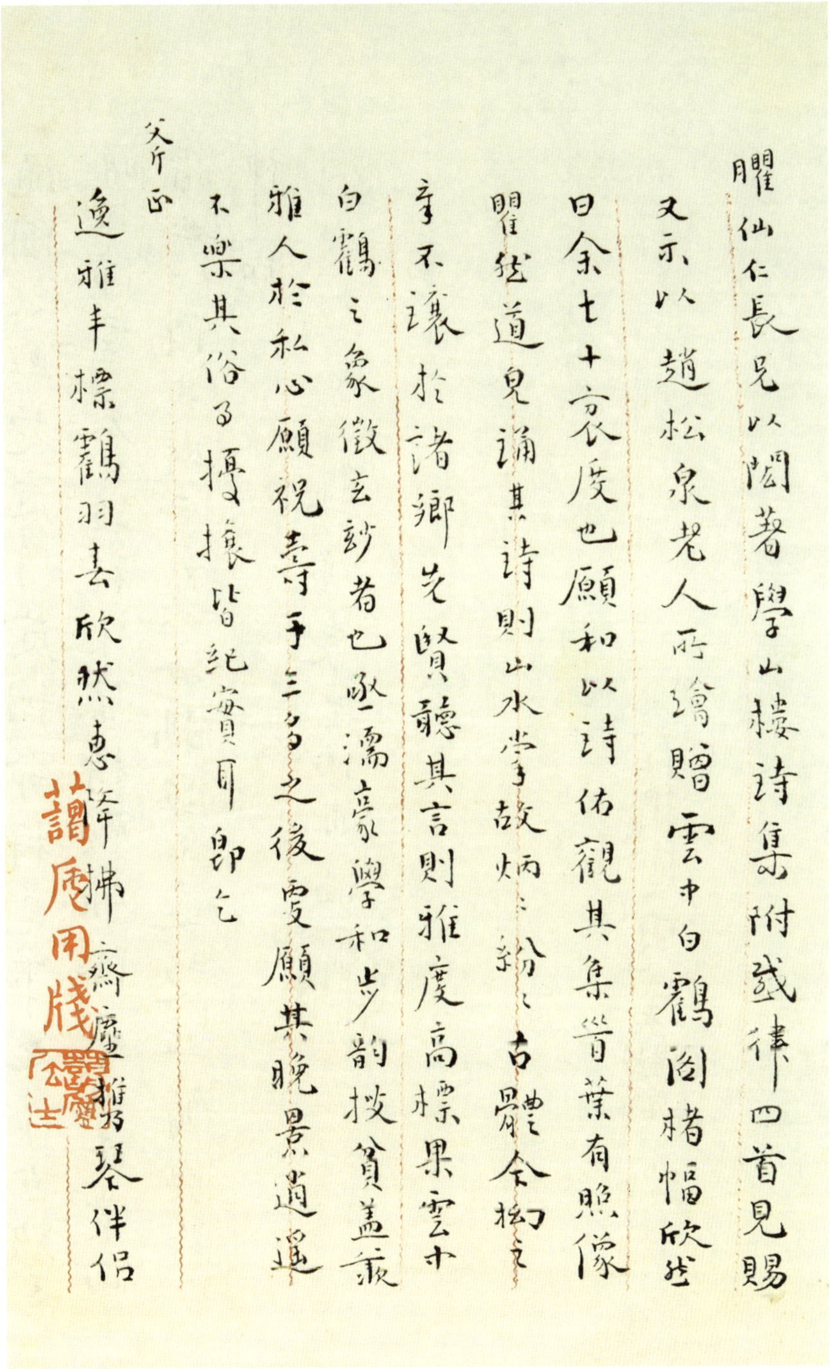

臞仙仁長兄以閬著學山樓詩集附感律四首見賜
又示以趙松泉老人所繪贈雲中白鶴圖楮幅欣然
曰余七十衰度也願和以詩佑觀其集首葉有照像
臞丈道兄誦其詩則山水掌故炳炳紛紛古體今拗之
亦不讓於諸鄉先賢聽其言則雅度高標果雲中
白鶴之象徵玄妙者也歌濡豪學和步韵拔貧蓋寂
雅人於私心願祝壽乎三多之後更願其晚景逍遥
不樂其俗而擾擾皆紀實耳即乞
斧正
逸雅丰標鶴羽去欣然惠降拂齋塵擕琴伴侶

L23（3-1） G17cm×27cm

陋庐顿化老仙乡，雪卧梅拈两鬓苍。曾渡西湖培干果，归栖翠海话麻桑。天看增白羊垂鬓，世感无忧鹤扰粮。三祝还君三礼辨，桐城宗派寿而康。

道义知交几十年，晋宁风月石坪天。兄多掌故乡贤祀（集中有祀杨文襄［杨一清］律），父已清幽自在禅。乐会尊杯宜劝斗，新科画井不拘田。无才无衮无笙奏，代替声长韵

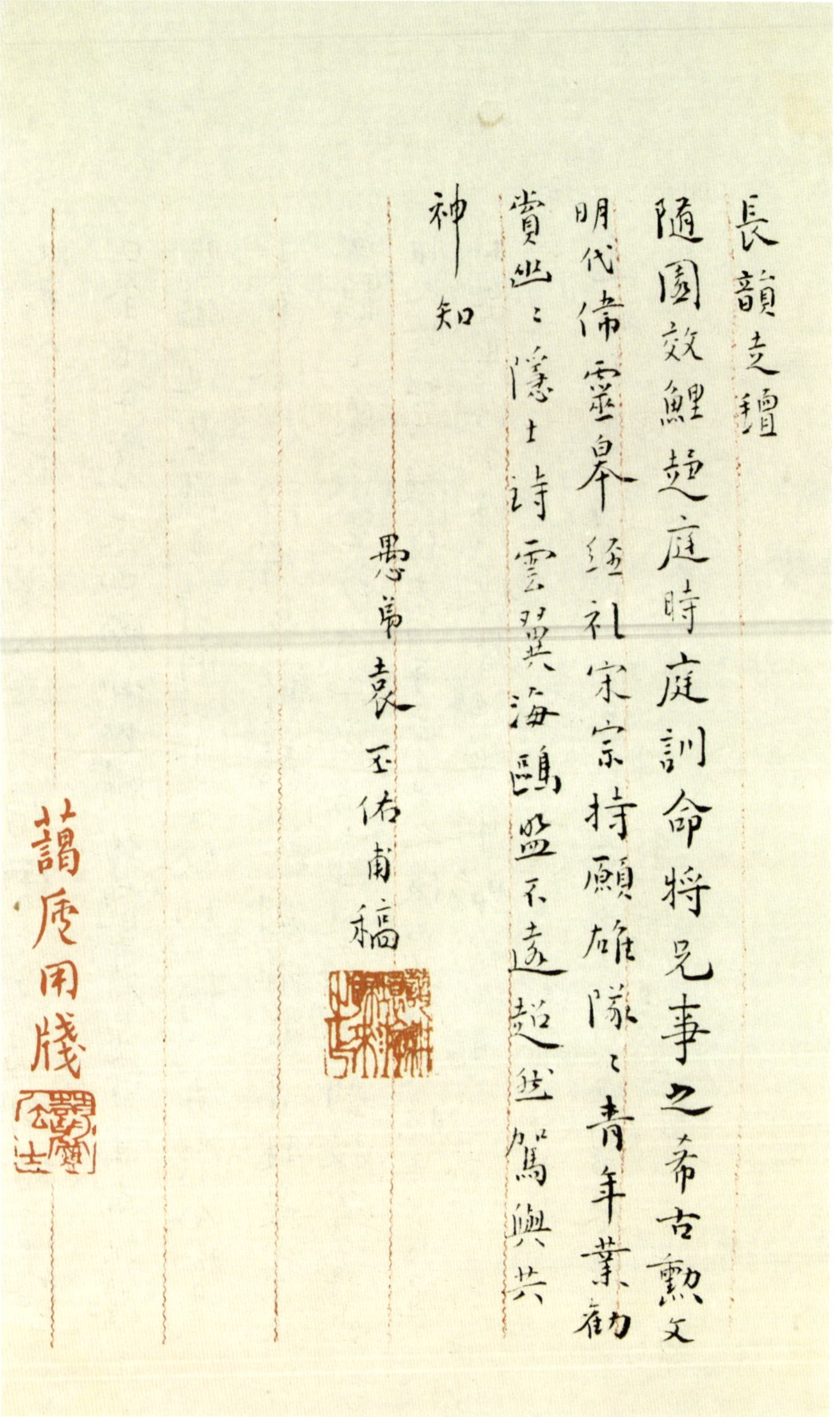
長韻之譚
隨園效鯉趨庭時庭訓命將兄事之希古勳文
明代偉靈皋經礼宋宗持願雄隊隊青年業勸
賞幽幽隱士詩雲翼海鷗盟不遠超然駕與共
神知
愚弟袁丕佑甫稿
藹廬用箋

L23（3-3） G17cm×27cm

走毡。

随园效鲤趋庭时，庭训命将兄事之。希古勋文明代伟，灵皋经礼宋宗持。愿雄队队青年业，劝赏幽幽隐士诗。云翼海鸥盟不远，超然驾与共神知。

愚弟　袁丕佑　甫稿

〔笺纸：蔼历用笺〕

## 王明霞　三通

王明霞，云南昆明人。性情笃厚，以商业维持生计。暇则读书不倦，酷爱传统文化，嗜吟咏，曾请列方树梅门下学诗，相与结为吟侣。

### 一、次韵臞仙老师《七五初度诗》见示

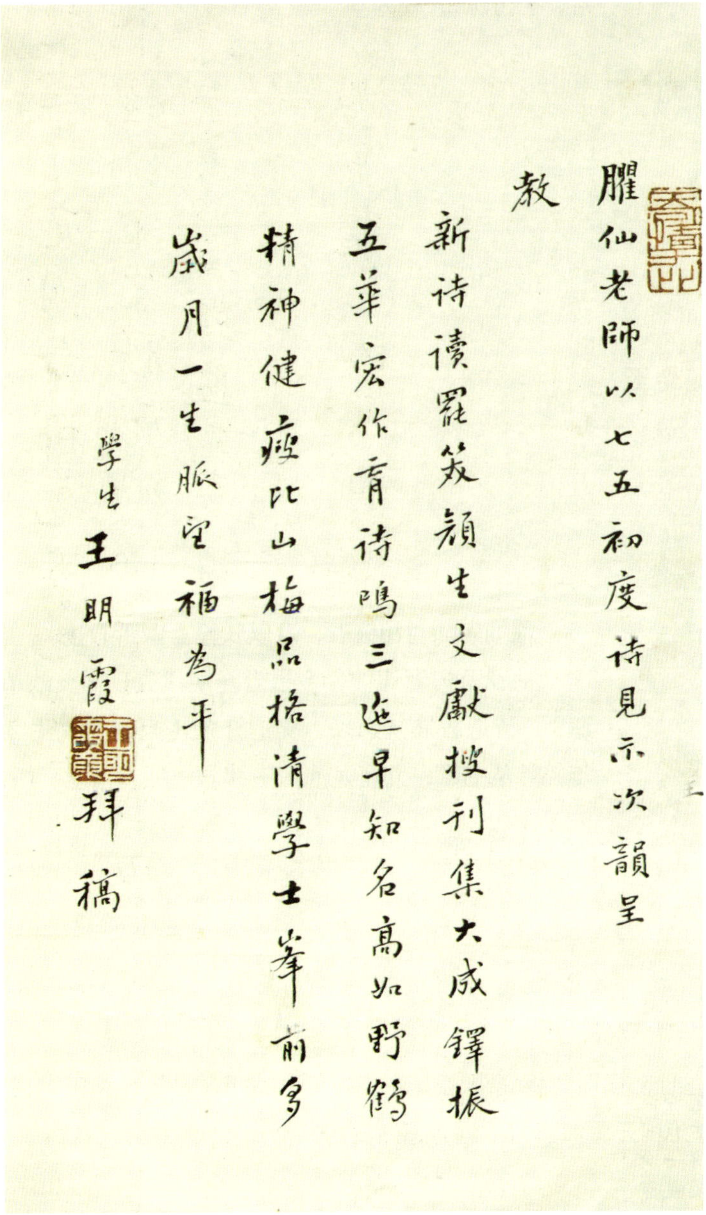
臞仙老師以七五初度詩見示次韻呈
教
新詩讀罷笈頻生文獻搜刊集大成鐸振
五華宏作育詩鳴三迤早知名高如野鶴
精神健瘦比山梅品格清學士峯前多
歲月一生脈望福為平
學生王明霞拜稿

L24 G16.5cm×27.5cm

〖录文〗

臞仙老师以《七五初度诗》见示，次韵呈教。

新诗读罢笑颜生，文献搜刊集大成。铎振五华宏作育，诗鸣三迤早知名。高如野鹤精神健，瘦比山梅品格清。学士峰前多岁月，一生脉望[1]福为平。

学生　王明霞　拜稿

〔钤印：王明霞章、寄情于此〕

〔笺纸：宣纸〕

①脉望：一种传说中的书虫，据说读书人用它熬药，喝了后会高中。

## 二、贺臞仙七旬晋五

〖录文〗

臞仙老师七旬晋五，寿以长律。敬祈教正。

梅花万树老逋仙，金碧誉隆嬗代先（辛亥改革前，文名著三迤）。诗近放翁饶逸兴，文追介伯（赵樾村先生字）得真传。卌年鹤岭丛书纂，九窟龙池信史编。宁独立言能不朽，庚星[1]朗照彩云天。

学生　王明霞　拜稿

〔钤印：王明霞章、延年〕

〔笺纸：宣纸〕

①庚星：用于一般寿诞者的祝寿贺词。古代相传每人出生后都有一颗星星与之相对，庚星即年星之谓。

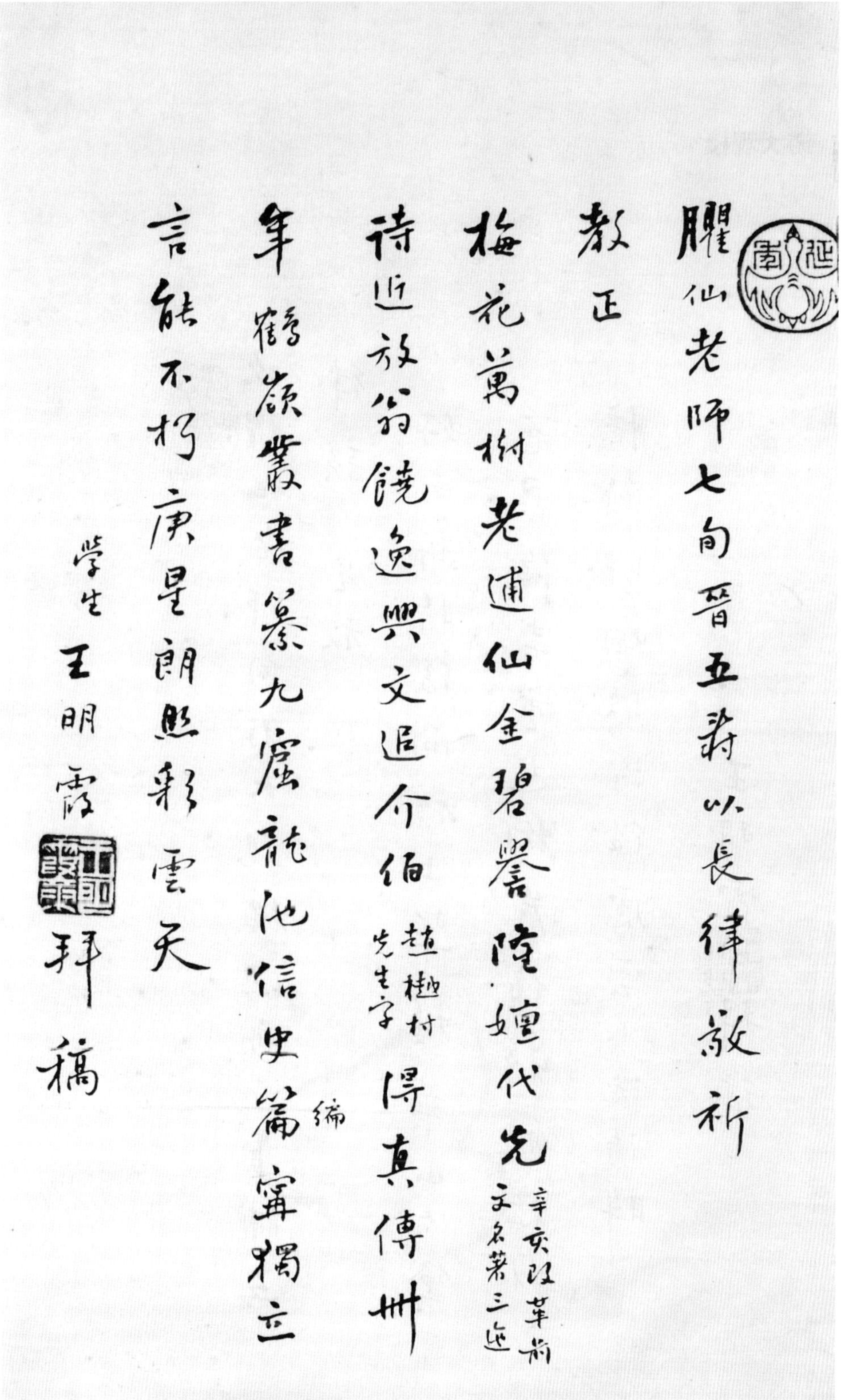

臞仙老師七旬晉五壽以長律敬祈

教正

梅花萬樹老逋仙金碧譽隆·壇代先（辛亥改革前文名著三迤）

詩近放翁饒逸興文追介伯（趙樾村先生字）得真傳卅

年鶴嶺叢書纂九廬龍池信史篇（編）寘獨立

言能不朽庚星朗照彩雲天

學生王明霞拜稿

L25 G16.5cm×27.5cm

## 三、游大观楼

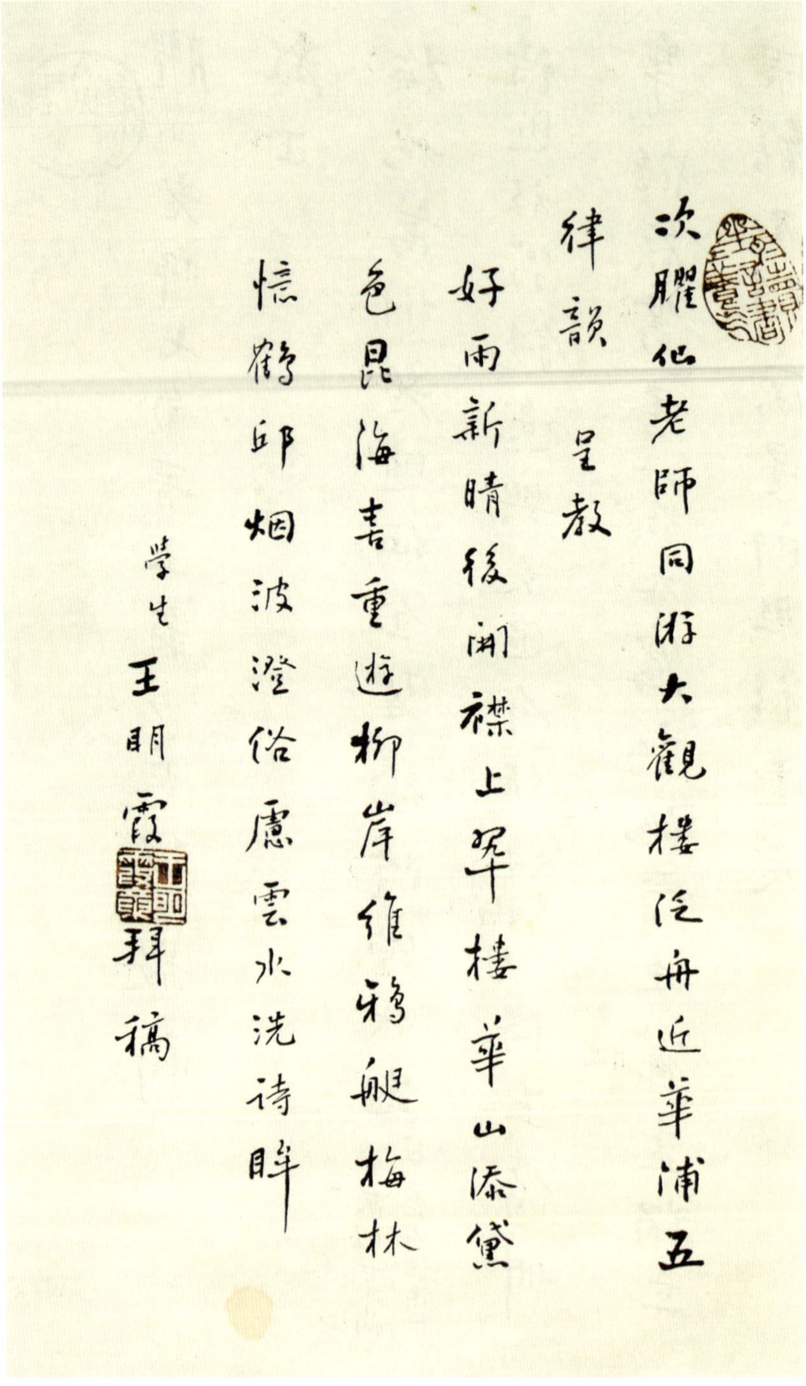

次耀仙老師同游大觀樓泛舟近華浦五
律韻 呈教
好雨新晴後閑襟上翠樓華山添黛
色昆海春重遊柳岸維鷗艇梅林
憶鶴邱烟波澄俗慮雲水洗詩眸
學生 王明霞拜稿

L26 G16.5cm×27.5cm

〖录文〗

次臞仙老师同游大观楼，泛舟近华浦，五律韵呈教。

好雨新晴后，开襟上翠楼。华山添黛色，昆海喜重游。柳岸维鸦艇，梅林忆鹤邱。烟波澄俗虑，云水洗诗眸。

学生　王明霞　拜稿

〔钤印：王明霞章〕

〔笺纸：宣纸〕

## 夏淑华　一通

夏淑华（？～一九五二年以后），字襄沅。赵藩儿媳。

### 祝臞老七秩二首

〖录文〗

臞老七秩，诗以寿之。

先翁门下晋宁方，三迤乡贤助阐扬。立德功言同不朽，蟠龙惟有老梅香。

南天老鹤尚精神，著述千秋已等身。学士峰高青未了，一樽菊酒寿诗人。

愚弟妇　赵夏淑华　呈稿

〔钤印：赵夏淑华〕

〔笺纸：宣纸〕

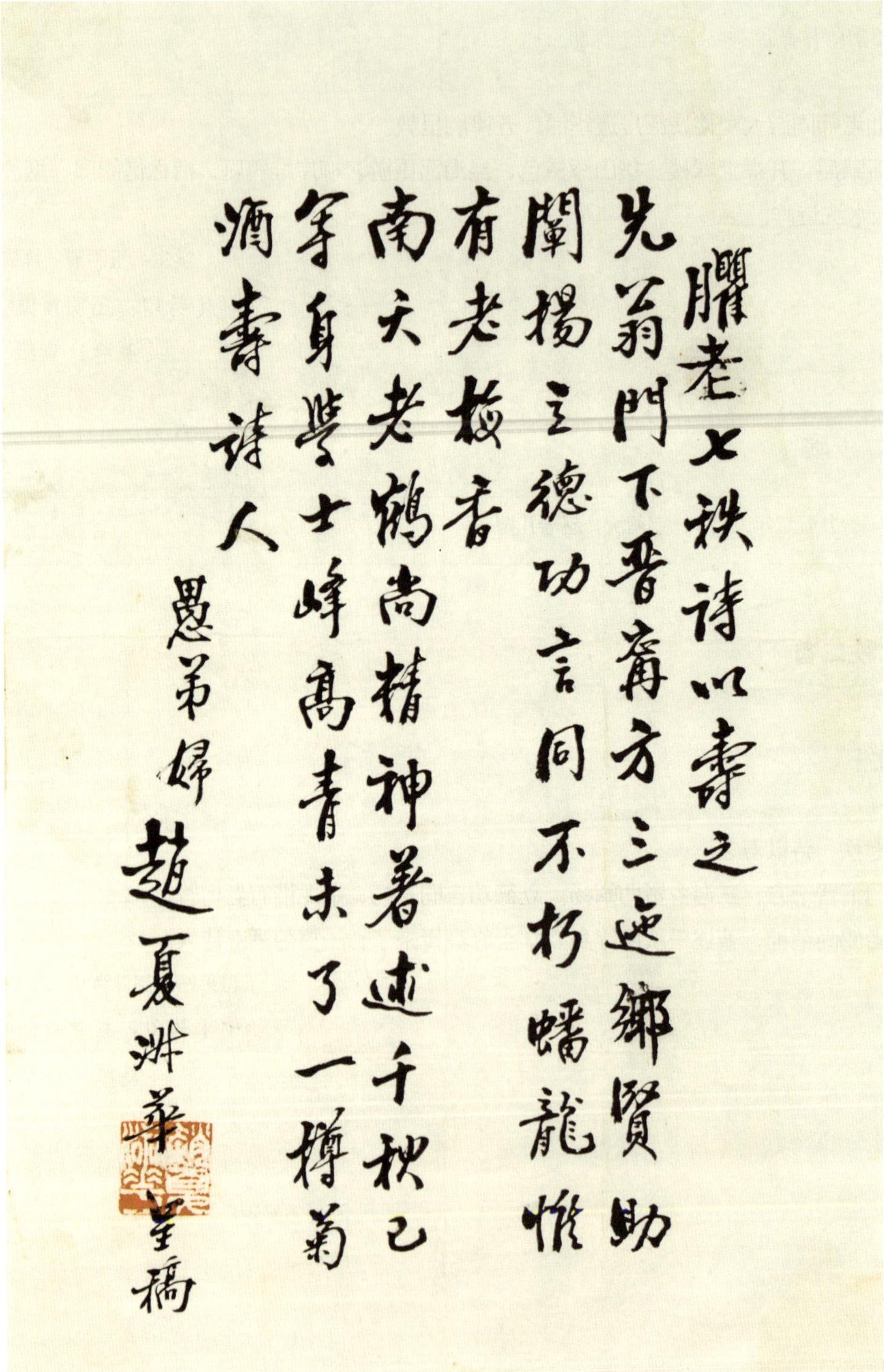
臞老七秩詩以壽之
先翁門下晉甯方三迺鄉賢助
闡揚之德功言同不朽蟠龍惟
有老梅香
南天老鶴尚精神著述千秋已
等身髯士峰高青未了一樽菊
酒壽詩人
愚弟婦趙夏洲華呈稿

L27 G16cm×25cm

## 苏玉麟　一通

### 祝臞仙七旬大庆

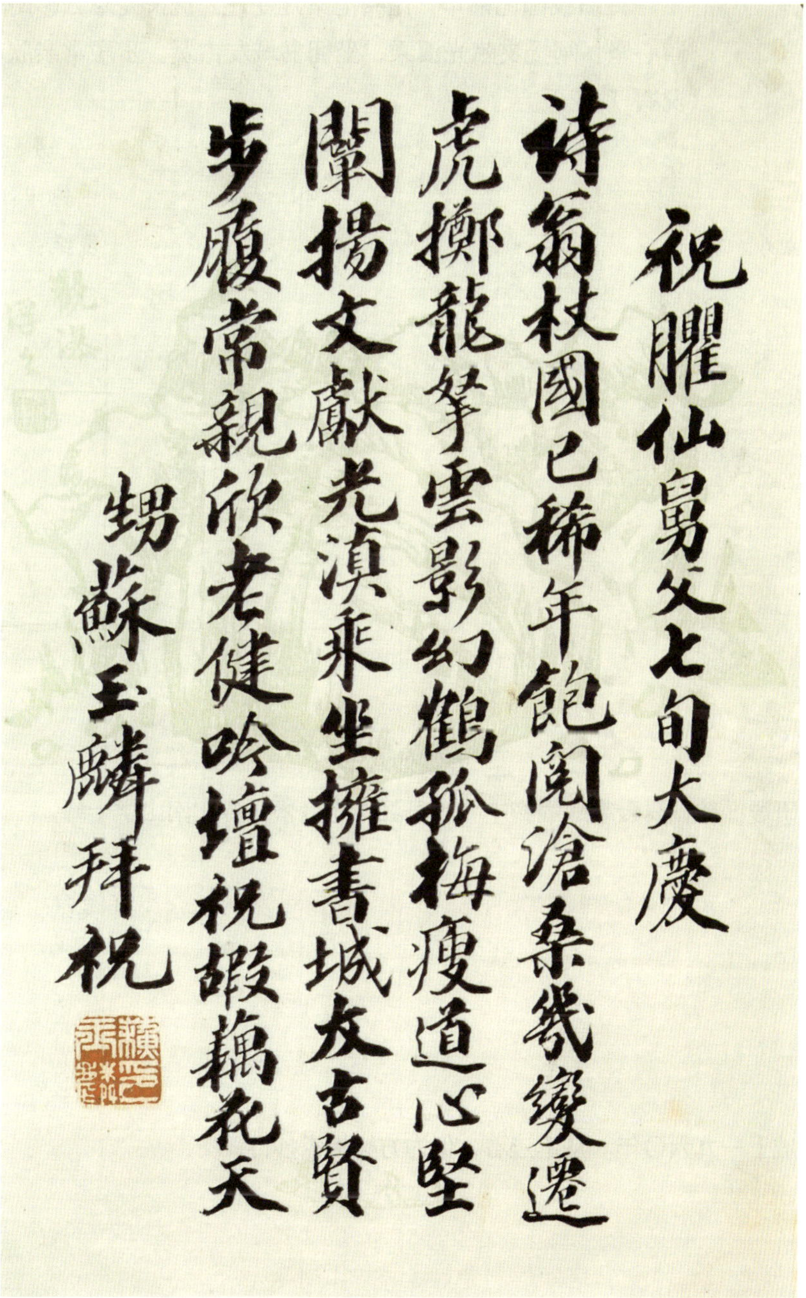

祝臞仙舅丈七旬大慶

詩翁杖國已稀年飽閱滄桑幾變遷

虎擲龍拏雲影幻鶴孤梅瘦道心堅

闡揚文獻光滇乘坐擁書城友古賢

步履常親欣老健吟壇祝嘏藕花天

甥蘇玉麟拜祝

L28 G16.5cm×26cm

〖录文〗

**祝臞仙舅父七旬大庆**

诗翁杖国已稀年，饱阅沧桑几变迁。虎掷龙拿云影幻，鹤孤梅瘦道心坚。阐扬文献光滇乘，坐拥书城友古贤。步履常亲欣老健，吟坛祝嘏[①]藕花天。

甥　苏玉麟　拜祝

〔钤印：苏玉麟印〕

〔笺纸：观瀑图诗笺〕

①祝嘏［gǔ］：祝寿。

## 李鸿祥　一通

### 寿臞仙八十

〖录文〗

**寿臞仙八十**

文史钻研矍铄翁，滇云掌故蟠胸中。等身著作光金碧，寿比南山学士峰。

杯湖李鸿祥

〔笺纸：瑞松阁制笺〕

〖解读〗

此札应成于一九六〇年。从笔迹看，似为方树梅誊抄件。

壽瞿仙八十

文史鑽研矍鑠翁滇雲掌校

蟠胸中等身著作光奎碧壽

比南山學士峰 林湖李鴻祥

瑞松閣製箋

L29 G16.5cm×27cm

## 由云龙　一通

### 矅仙《八十寿诗》和章

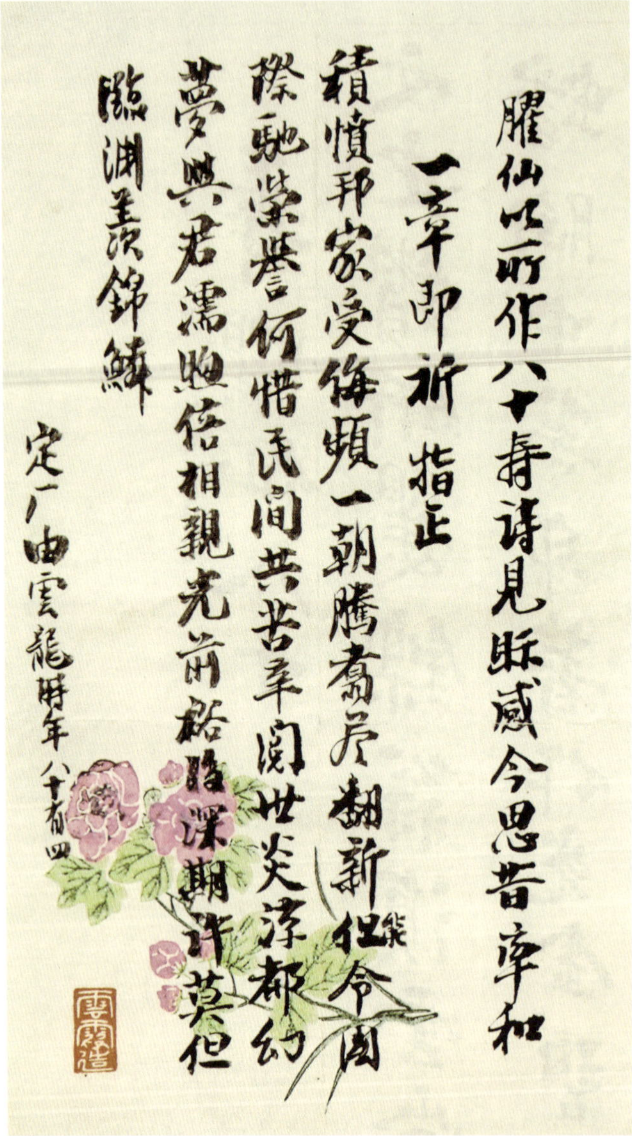
矅仙以所作八十寿诗見眎感今思昔率和
一章即祈
指正
積憤邦家受侮頻一朝騰翥尽翻新能令
國際馳榮譽何惜民間共苦辛閱世炎凉都幻
夢與君濡煦倍相親光前裕後深期許莫但
臨淵羨錦鱗
定广由雲龍時年八十有四

L30 G13cm×23.5cm

〖录文〗

矅仙以所作《八十寿诗》见视，感今思昔，率和一章。即祈指正。

积愤邦家受侮频，一朝腾翥尽翻新。能令国际驰荣誉，何惜民间共苦辛。阅世炎凉都幻梦，与君濡煦倍相亲。光前裕后深期许，莫但临渊羡锦鳞。

定厂由云龙　时年八十有四

〔笺纸：花卉诗笺〕

〖解读〗

此札应成于一九六〇年。

## 汤鹤逸　一通

汤鹤逸（？～一九六四），名友季，字绍宸，号鹤逸。陕西江阴人。一九二一年毕业于日本早稻田大学文学院。一九三七年，任南京最高法院书记官。国民政府迁渝后，任资源委员会工矿管理处秘书主任。一九四七年被云南大学聘为教授兼文学系主任。精通日文，翻译的著作甚多，以日本作家《芥川龙之介全集》为著。

## 寿方瘦先生八十

〖录文〗

寿方瘦先生八十

兀兀穷年力欲疲，得逢药地[1]共论诗。飏扬潜德文千纸，嘲咏莺花酒一鸥。愚智两忘愚岂及，古今相忘古之遗。惜无三绝传神笔，写貌先生杖履姿。

鹤逸　呈稿　一九六〇　八月廿八日

〔钤印：汤鹤逸印〕

〔笺纸：山水诗笺〕

①药地：指方以智（一六一一～一六七一），字密之，号曼公，又号药地、鹿起、龙眠愚者等。安徽桐城人。崇祯十三年（一六四〇）进士，授翰林院检讨。永历朝进东阁大学士，罢去。一生著述四百余万言。

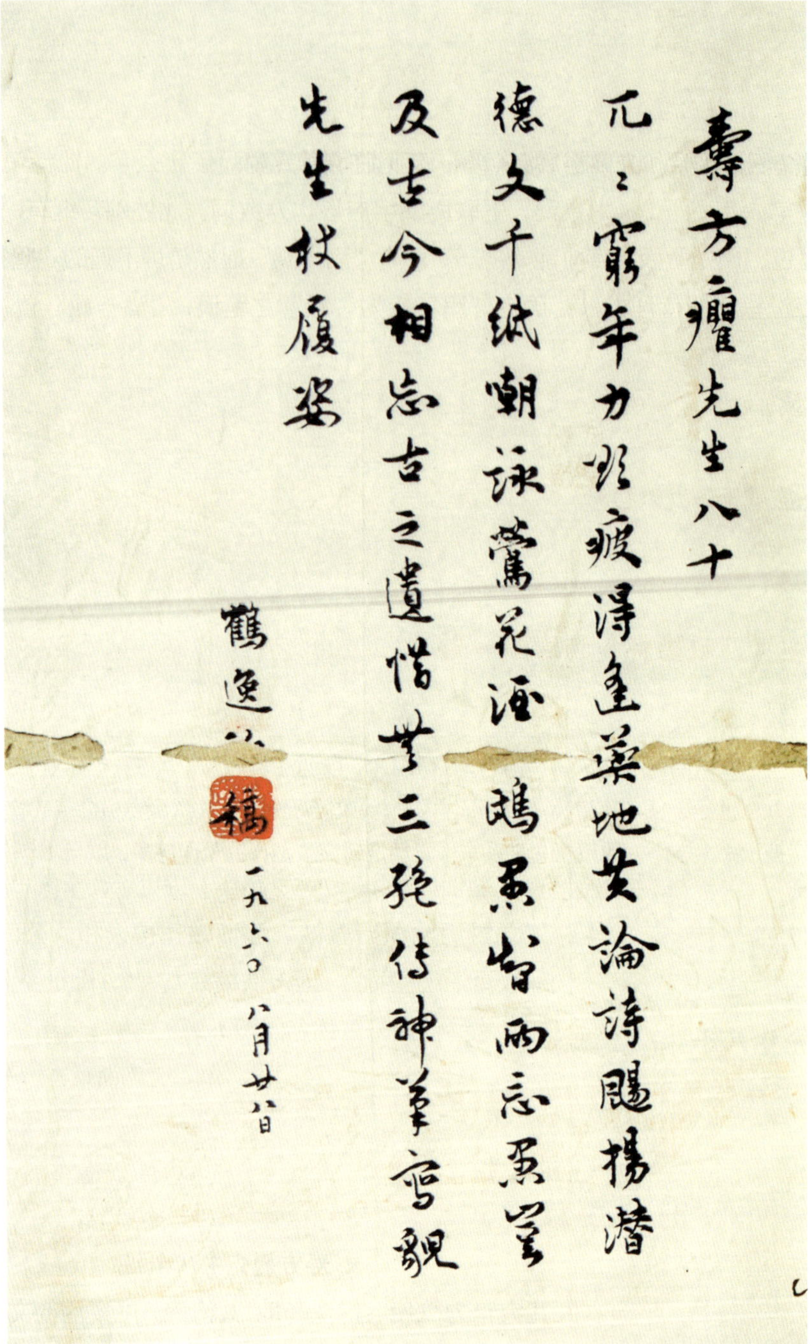

壽方癯先生八十
兀兀窮年力收瘦得金藥地共論詩隨揚潛
德文千紙嘲詠鶯花酒鷗黑皆兩忘黑甚
及古今相忘古之遺惜無三絕傳神筆寫貌
先生杖履姿
鶴逸小稿
一九六〇 八月廿八日

L31 G15.5cm×26cm

〖解读〗

诗中的“酒一鸥”，对照手札，此处为“酒鸥”。从此札整体看应为八句七言诗，合五十六字，可是只能看到五十五字，说明漏一字。初步分析，此字应在“酒”与“鸥”之间。此事本来可以到此为止，但好奇心让我想知道究竟漏了什么字。此诗第二、三句为一联，上联第六字“千”，为数词，下联所漏字应该也为数词。此处刚巧纸有一横逢破损，如果原先写过，此处所丢之字可能是“一”；而“酒一鸥”显然是讲不通的。鸥符合该诗之韵，发音应该没错，按诗理推敲，确定“鸥”应为“瓯”之笔误，“酒一瓯”置换“酒鸥”后，全诗意境浑然一体。

## 马絜 一通

### 臞仙先生《八帙感怀》诗奉酬一首

〖录文〗

癯仙先生以《八帙[①]感怀》诗见示，奉酬一首。

身历沧溟万叠波，逋仙颐养得天和。公门早羡盈桃李，卉服真堪纫芰荷[②]。远访佚编穷石室[③]，勤征乡献粹金陀[④]。纷披老笔精神健，著述名山两不磨。

南湖后学　马絜竹禅　未是草

〔钤印：马絜〕

〔笺纸：竖五行信笺。文：涵芬楼制〕

①帙：同“袠[zhì]”。

②芰荷：指菱叶与荷叶。

③石室：古代藏图书档案处。

④金陀：《金陀粹编》的省称。此书系南宋岳珂撰。岳珂为岳飞之孙，秦桧当国时，国史中有关岳飞功绩的记载，多被删削，岳珂撰《金陀粹编》，搜辑岳飞传记资料，为岳飞辩诬。作者在嘉兴金陀坊有别业，因用为书名。后因以“金陀”为辩诬的典故。

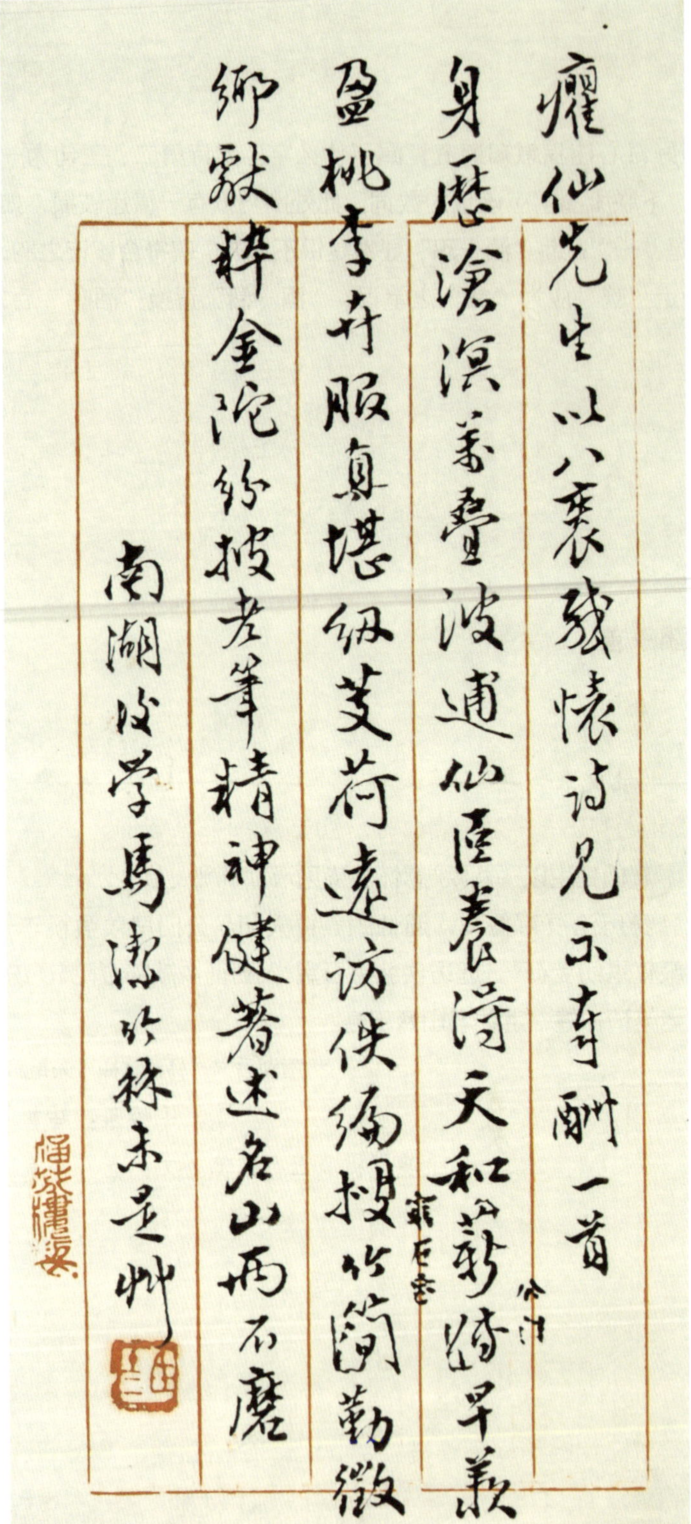

癯仙先生以八袠感懷詩見示奉酬一首

身歷滄溟幾疊波逋仙崖養得天和新詩早羨

盈桃李奇服真堪級芰荷遠訪佚編搜竹簡勤徵

鄉獻粹金陀紛披老筆精神健著述名山兩不磨

南湖後學馬潔於林未是艸

L32 G10cm×22.5cm

# 丘廷和　二通

丘廷和（一八八四～一九六三），字凤笙，别号悟庄道人。云南临沧人。十六岁时，因患重病，双耳变聋。虽不能以语言直接交谈，但求学更加发愤，博览经史，学有成就。曾被聘为县立师范学堂国文教员，专给学生批改作文。曾赴省垣与挚友孙雨农、陈绶经等在天南日报社任编辑。回乡后，得乡邻杜星鹤捐书赞助，在县城荷花寺创办县立图书馆，任馆长。历经十七年修成《缅宁县志稿》，被视为该县历史上第一部较全面的方志史料。主要遗作有《悟庄诗集》手稿、《归去来辞》全文篆刻印章一套。

## 一、祝臞老八十初度二律

### 〖录文〗

臞老以《八十初度感怀》佳章四首见示，余适患高血压，勉成二律，以志景仰。

临沧远望学山楼，楼上文光射斗牛。笔扫千军飞丽藻，胸罗万卷吐清遒。敬乡丛著追师范，爱国高吟媲陆游。读罢顿令吾病愈，方干嫡派几同俦。

信是南中红老人，庐山面目本来真。等身著述堪千古，灌耳声华满四邻。夙重乡邦存国粹，高谈文献数家珍。云间白鹤标丰格，共祝期颐岁岁新。

后学　丘廷和　呈稿

〔钤印：丘廷和〕

〔笺纸：梅花图诗笺。文："荣宝斋""珊瑚枝"〕

### 〖解读〗

《笔记二种》载：一九五七年"四月十八日，中国人民政治协商委员会第十六次常务会议，决定余为中国人民政治协商会议云南省第一届委员会委员"。"临沧丘悟庄（廷和），来省开政协会，赠余临沧所产红豆数百枚，不禁喜出望外。"此红豆采集于临沧平村乡街边的一棵红豆树。《临沧县志》古树名木记载：该树"天然生长平村街旁，高 17.3 米，胸围

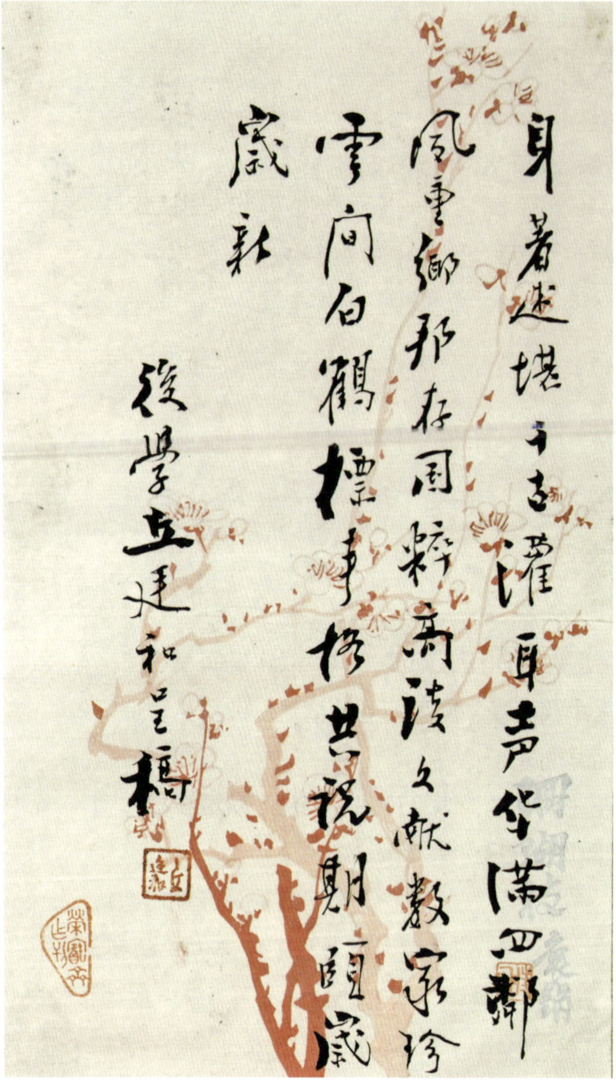

L33（2-2） G16cm×26cm

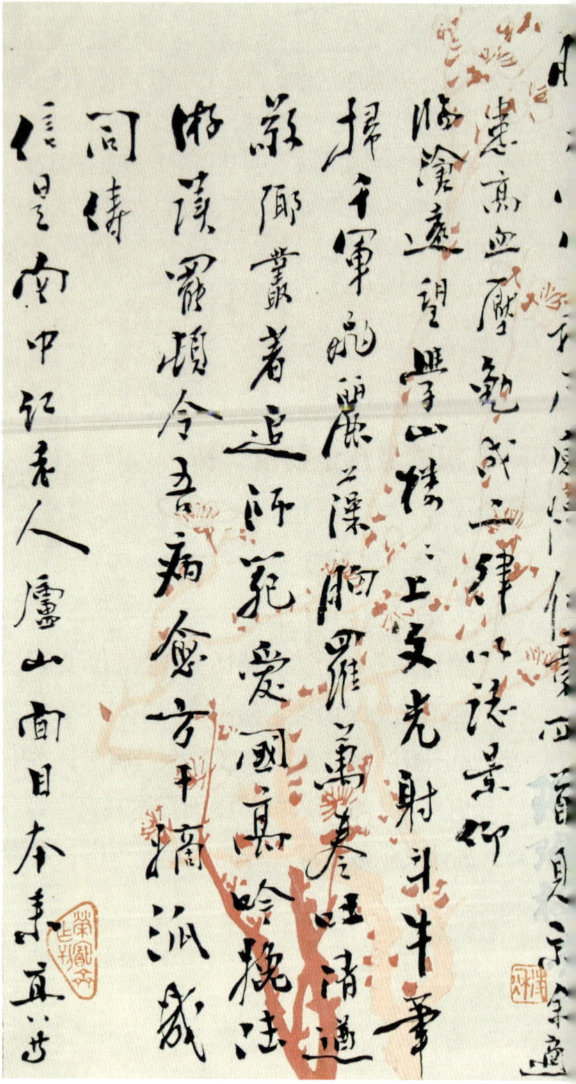

L33（2-1） G16cm×26cm

3.64 米，冠幅 729 平方米，树龄约 250 年。生长旺盛，枝繁叶茂，春季开花结荚，秋冬豆粒落地，豆稍扁，呈红色，已列为乡人民政府专门保护树”。

## 二、寄怀方臞老

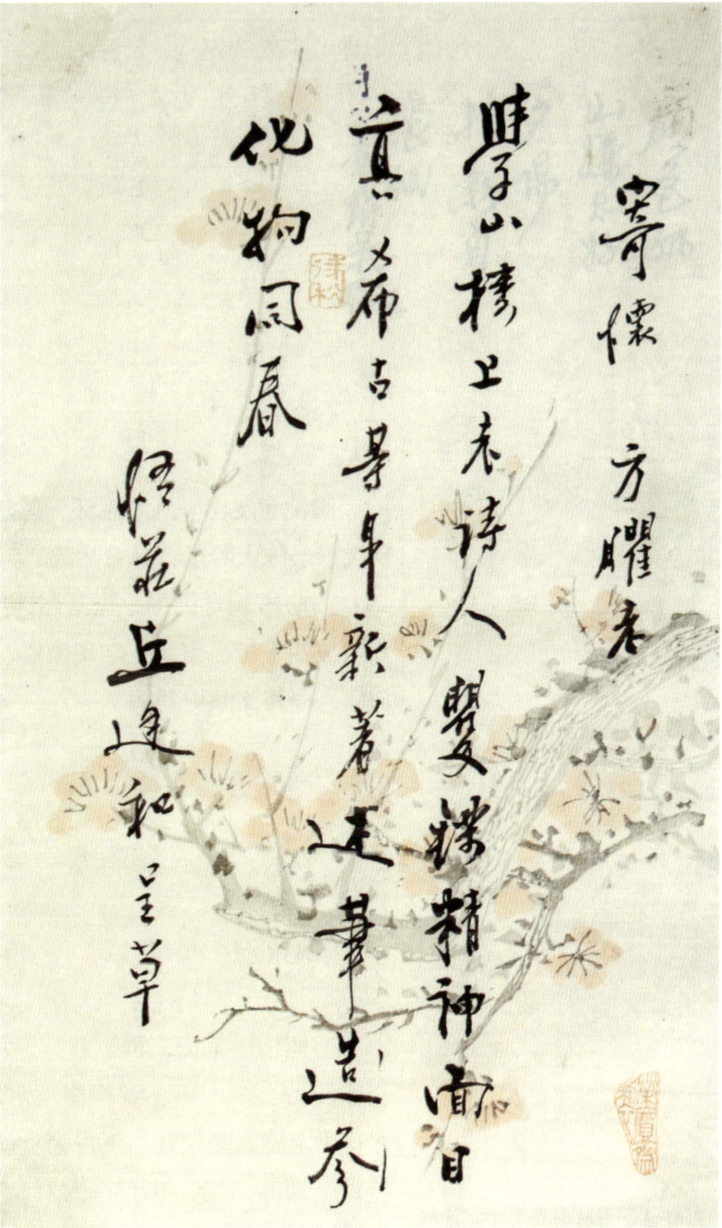

寄懷 方臞老

學山樓上老詩人，矍鑠精神面目真。希古等身新著述，筆參造化物同春。

悟莊丘廷和 呈草

L34 G16cm×26cm

〖录文〗

**寄怀方臞老**

学山楼上老诗人，矍铄精神面目真。希古等身新著述，笔参造化物同春。

悟庄丘廷和　呈草

〔笺纸：梅花诗笺〕

# 王香谱　一通

王香谱（一八七九～一九七〇），即王香圃，字输馨。云南宜良人。云南省立师范学校毕业。曾任宜良小学校长、县教育科科长、县田赋粮食管理处副处长、云南国学专修馆专任教师。擅诗文，著有《聊斋新评》《幼森文集》《种莲诗集》等。一九五六年受聘为云南文史馆馆员。

## 贺臞老八十初度

〖录文〗

臞仙老友出《八十感怀》诗四首见示。勉成五十六字，聊表贺忱。录陈大吟坛，并希哂政。

古心古貌寿绵绵，磊落襟怀自性天。寝馈[①]书丛三万日，搜罗掌故四千年。家承正学超流俗，人爱清才似谪仙。本值百花齐放候，喜将文献更新编。

庚子夏六月　弟　王香谱　未是草

〔笺纸：梅花诗笺。文："荣宝斋制""珊瑚枝"〕

〖解读〗

方树梅《笔记二种》载：一九六〇年，"八十初度，感怀成长律四首。李广平、罗峰南、谢琅书、王明霞、秦缜略次韵和之；由定庵、李仪廷、王香圃、马竹禅诸老，以长律介雅；族弟梓材、甥苏二南，亦有诗为寿。并以后初度所作，编为《寿梅集》卷三"。由此分析，王香谱，即应是王香圃。

①寝馈：谓时刻在其中。清邹弢《三借庐笔谈·海上新乐府》载："乐府之体，宜以藏锋露颖之笔，摹入深出显之思，其音节长短，句调转换，纯是天然。非寝馈十年，不能语此。"

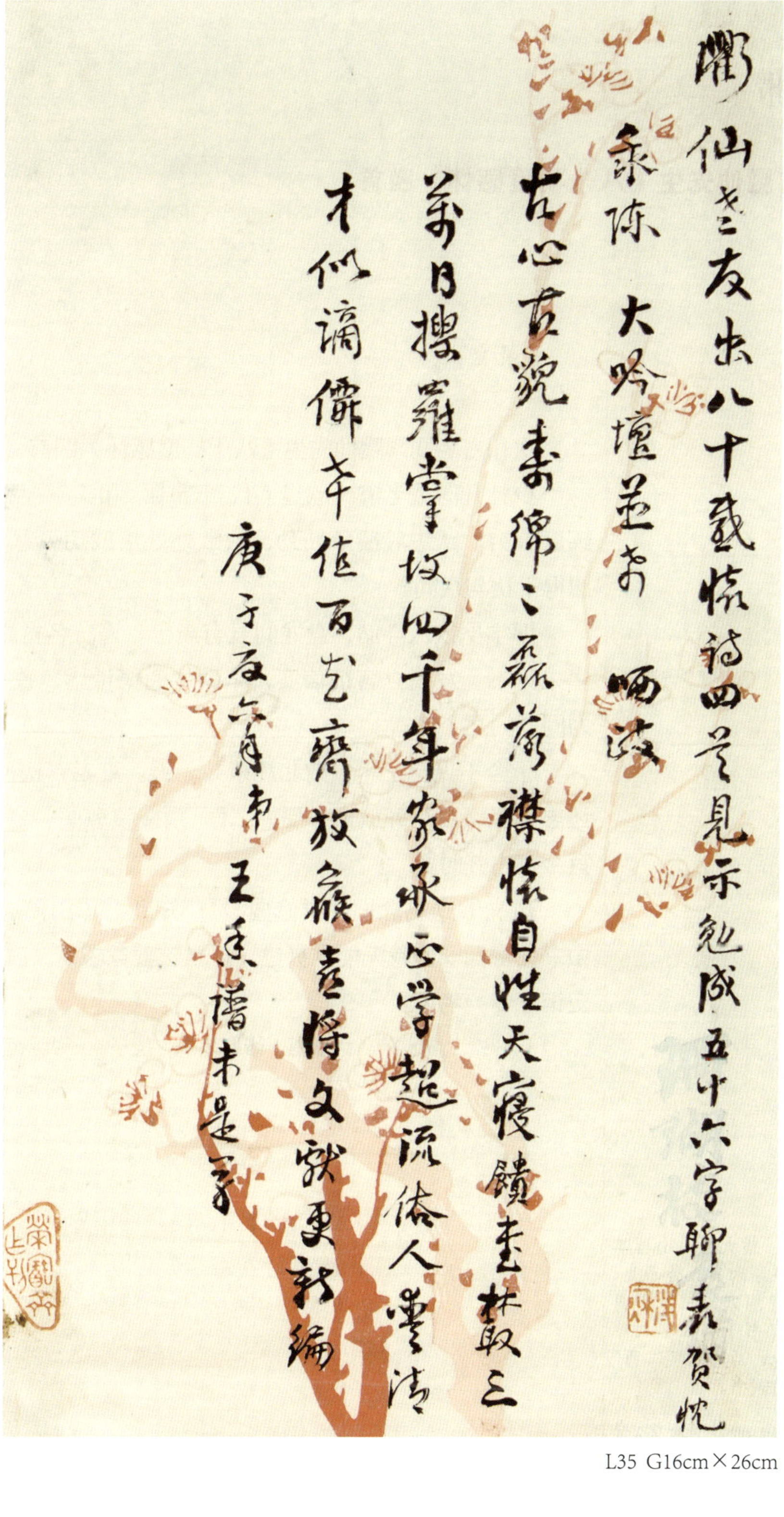

嘯仙老友出八十歲懷詩四首見示勉成五十六字聊表賀忱
兼陈 大吟壇並希 哂政
古心古貌素綿綿磊落襟懷自性天寢饋書林取三
萬日摟羅掌故四千年家承正學超流俗人豐清
才似謫僊年值百歲齊放翁壽將文獻更新編
庚子夜[illegible][illegible]弟王季潘未是草

L35 G16cm×26cm

## 谢显琳　一通

### 次和方臞仙先生《八十初度感怀》四首

〖录文〗

次和方老同学臞仙先生《八十初度感怀》四首，却寄乞哂政。

少壮几时成老翁，欣逢盛代革新中。和平幸福真无量，建设光辉靡有穷。跃进般般争鼓劲，欢歌处处庆成功。耄期喜际人民世，愿得千秋与众同。

博学夙钦八斗储，盘龙间气有声誉。遍游名省高著眼，快读平生未见书。发愤立言征信实，辛勤体道集谦虚。孜孜白首犹忘倦，为问同门几个如。

于今不见已三年，渭北江东共一天。难老春秋神益健，等身著述志弥坚。百花齐放梅争瘦，二酉[1]频搜腹愈便。金碧长留香一瓣，宜今宜古并时贤。

风义殷勤笃念旧，学修黾没[2]广知新。华山昆海思芸友，鸠杖虫书作寿民。愧我无能难寡过，羡君宏著竞求真。古今上下偕时进，史馆红专一老人。

同学弟　谢显琳　修订呈稿　庚子［一九六〇］又六月廿二日

［笺纸：朱丝八行］

① 二酉：指大酉、小酉二山。在今湖南省沅陵西北。二山皆有洞穴。相传小酉山洞中有书千卷，秦人曾隐学于此。后即以“二酉”称丰富的藏书。

② 黾没［mǐnmò］：努力；奋勉。

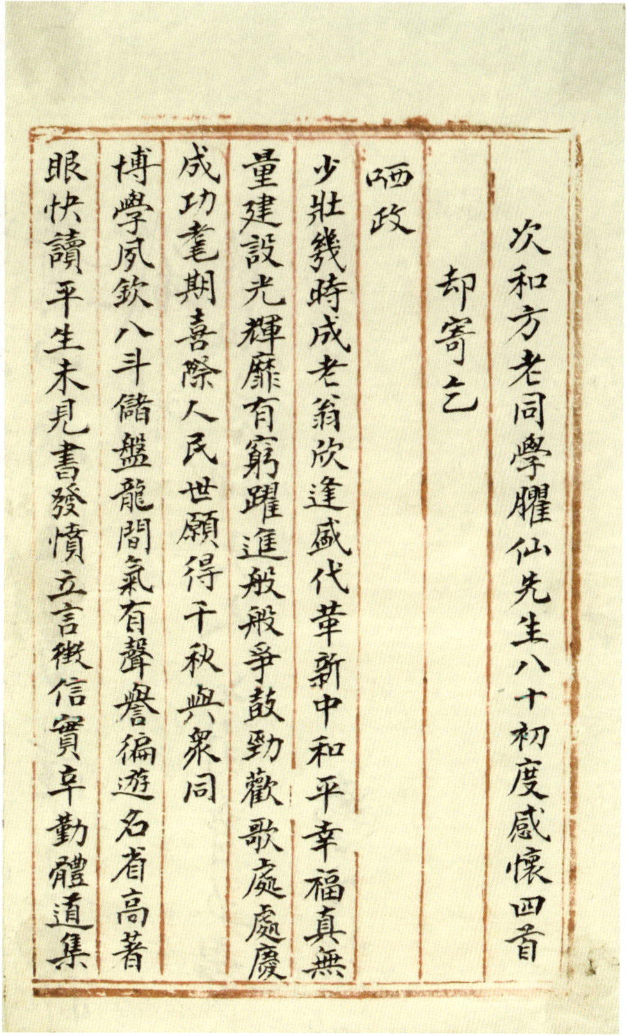

次和方老同學臞仙先生八十初度感懷四首
却寄之
哂政
少壯幾時成老翁欣逢盛代革新中和平幸福真無
量建設光輝靡有窮躍進般般爭鼓勁歡歌處處慶
成功耄期喜際人民世願得千秋與衆同
博學夙欽八斗儲盤龍閒氣有聲譽徧遊名省高著
眼快讀平生未見書發憤立言徵信實辛勤體道集

L36（2-1） G15cm×24.5cm

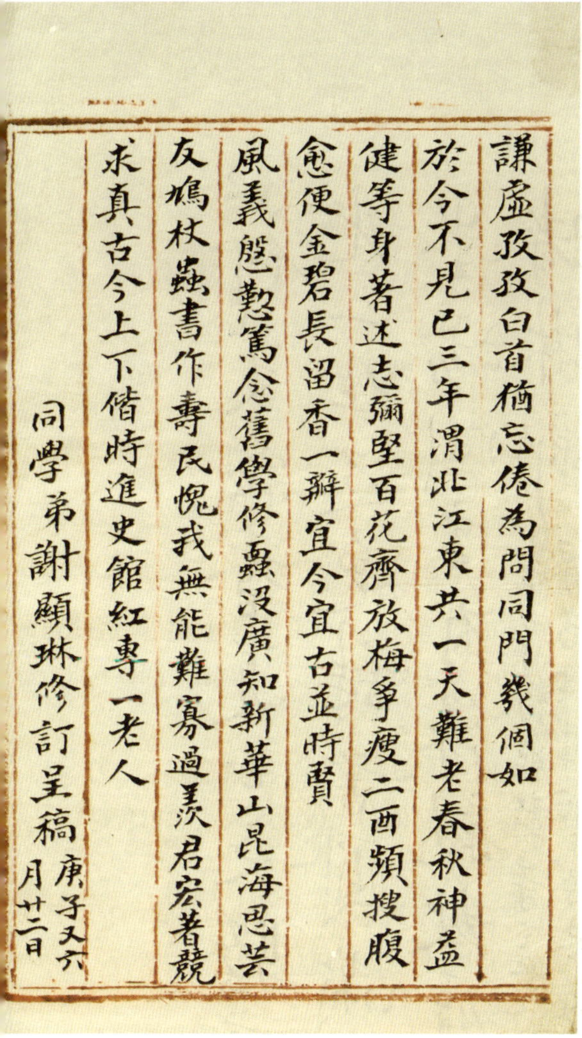

謙虛孜孜白首猶忘倦為問同門幾個如
於今不見已三年渭北江東共一天難老春秋神益
健等身著述志彌堅百花齊放梅爭瘦二酉類搜腹
愈便金碧長留香一瓣宜今宜古並時賢
夙義慇懃篤念舊學修蟲沒廣知新華山昆海思芸
友鳩杖蟲書作壽民愧我無能難寡過羨君宏著競
求真古今上下偕時進史館紅專一老人
同學弟謝顯琳修訂呈稿 庚子又六月廿二日

L36（2-2） G15cm×24.5cm

## 赵鹤年　一通

赵鹤年（？ ~一九五五），住昆明。余待考。

### 拜祝臞仙七旬晋五寿

〖录文〗

荷芰飘香夏正长，骚坛介寿鲁灵光。一生足逸诗书圃，满腹文骄翰墨场。问字有缘亲杖履，

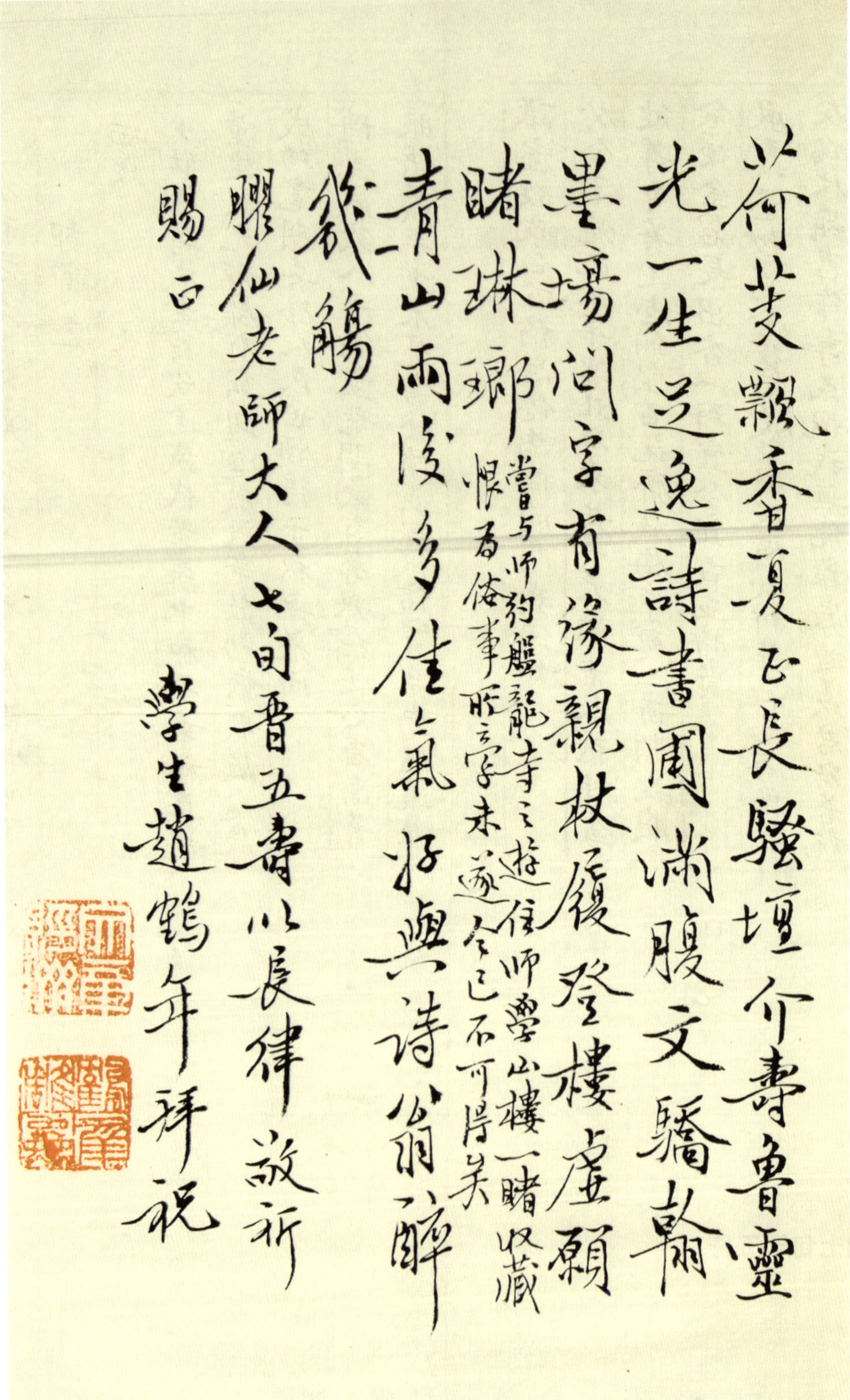
荷芰飄香夏正長騷壇介壽魯靈
光一生足逸詩書圃滿腹文藩翰
墨場問字有緣親杖履登樓虛願
睹琳瑯嘗與師約盤龍寺之遊僅師學山樓一睹收藏恨為俗事所牽未遂今已不可得矣
青山雨後多佳氣好與詩翁醉
羽觴
躍仙老師大人七旬晉五壽以長律敬祈
賜正
學生趙鶴年拜祝

L37 G16.5cm×27cm

登楼虚愿睹琳琅（尝与师约盘龙寺之游，住师学山楼，一睹收藏。恨为俗事所牵未遂。今已不可得矣）。青山雨后多佳气，好与诗翁醉几觞。

臞仙老师大人七旬晋五寿，以长律敬祈赐正。

学生赵鹤年　拜祝

〔钤印：文章经济、鹤年雕虫〕

〔笺纸：宣纸〕

〖解读〗

由“臞仙老师大人七旬晋五寿”可知，此札应成于一九五五年。

## 李广平　一通

### 奉赓臞翁《八十初度感怀》诗四章

〖录文〗

臞翁以《八十初度感怀》诗四章见视，谨依元玉奉赓，以介眉寿。

璀璨文光南极翁，山川金碧彩云中。共称寿者称仁者，岂怨途穷怨道穷。菡萏芳湄偿素愿，鄉嬛仙境竟全功。神洲［州］多少方舆志，说到宁州自不同。

佳什端宜锦笥储，学山俊采久飞誉。淳真不倚南天铎，勤笃穷搜乙部书。白首丹铅[1]潮浪涌，青镫藜杖纸窗

①丹铅：指点勘书籍用的朱砂和铅粉。亦借指校订之事。

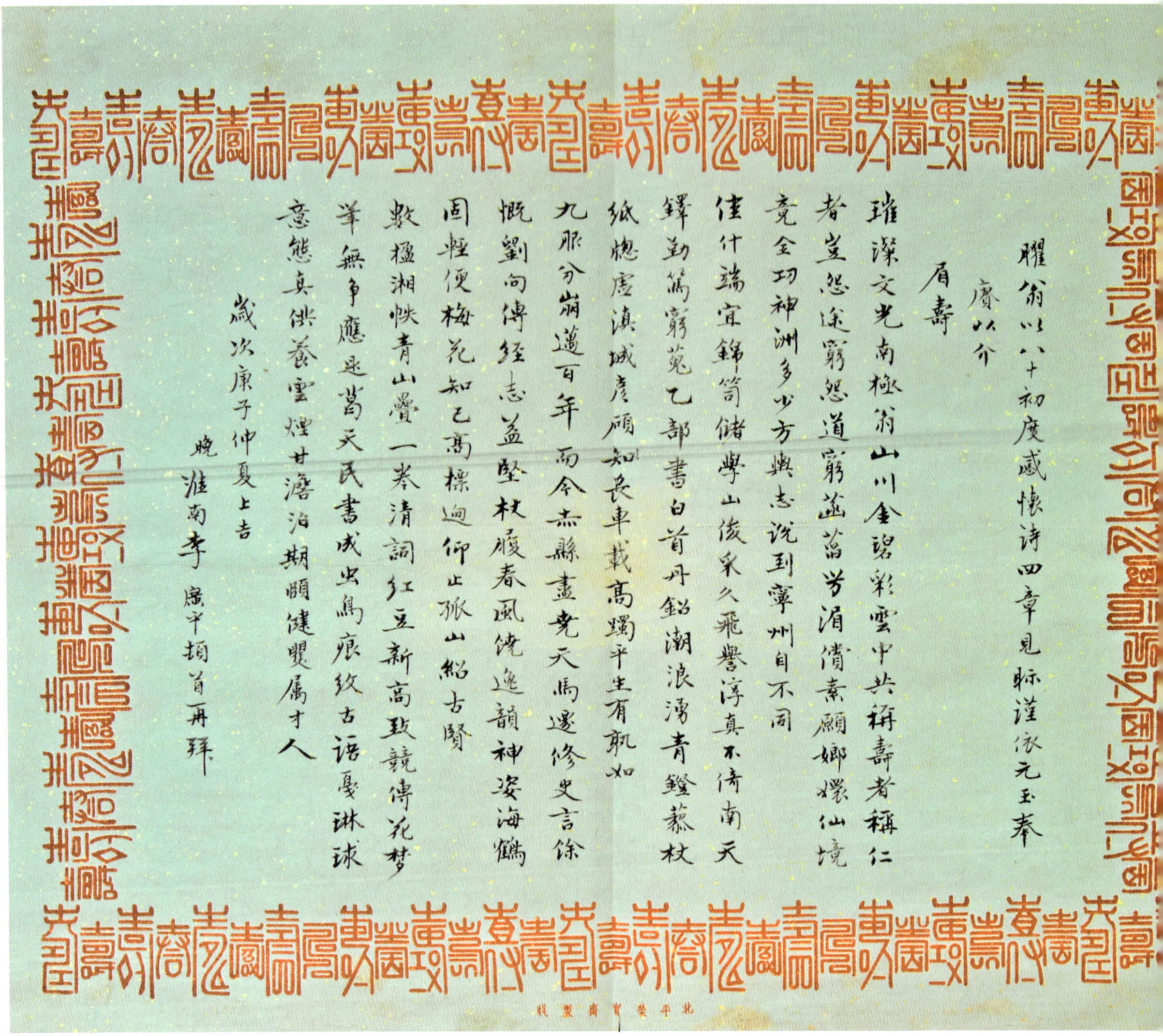


L38 G36.5cm×30cm

虚。滇城彦硕长车载，高躅平生有孰如。

九服分崩迈百年，而今赤县[②]尽尧天。马迁修史言余慨，刘向传经[③]志益坚。杖履春风饶逸韵，神姿海鹤[④]固轻

②赤县：指华夏、中国、中土。

③刘向传经：典故。汉成帝即位，诏向领校五经秘书。杜甫《秋兴八首》其二有："匡衡抗疏功名薄，刘向传经心事违。"刘向（约前七七～前六），又名刘更生，字子政。沛县人，楚元王刘交四世孙。西汉经学家、目录学家、文学家。宣帝时，为谏大夫。元帝时，任宗正。以反对宦官弘恭、石显下狱，旋得释。后又以反对恭、显下狱，免为庶人。成帝即位后，得进用，任光禄大夫，改名为"向"，官至中垒校尉。

④海鹤：原产东亚热带雨林的盔犀鸟。因头胄质地坚实美观，而为人猎捕制成工艺品，并曾以进贡及贸易等方式传入中国，名之为鹤顶。

便。梅花知己高标迥，仰止孤山绍古贤。

数楹湘帙青山叠，一卷清词红豆新。高致竞传花梦笔，无争应是葛天民。书成虫鸟痕纹古，语戛琳球意态真。供养云烟甘澹泊，期颐健矍属才人。

岁次庚子［一九六〇］仲夏上吉　晚　淮南李广平　顿首　再拜

〔笺纸：祝寿专用笺。文："北平荣宝斋制笺"〕

## 罗峰南　一通

### 次韵奉和臞老《八十初度感怀》

〖录文〗

臞老以《八十初度感怀》四律见视，次韵奉和。

望鹤山前矍铄翁，声名早播彩云中。鸢飞鱼跃心常泰，凤翥鳞游道不穷。白首谈经传伟业，青灯勘史藏全功。乡邦文献勤搜讨，先正遗徽[①]气概同。

残篇坠简卅年储，东观西园负美誉。藜阁法言昭鲁殿[②]，兰台纪汉媲班书。山楼充栋文光灿，芸馆[③]开编月影虚。介雅[④]赓诗遍乡国，迩来吟兴更何如。

优游盛代享遐年，啸傲湖山怡性天。竹杖探幽筋力健，菜根佐馔齿龈坚。缥缃[⑤]万卷牙签[⑥]富，经史三冬腹笥[⑦]便。博奥沉酣瞻斗极，谁容大雅绍前贤。

渊渟岳峙[⑧]须眉古，日丽风和岁序新。洛社欣逢康豫世，商山喜作太平民。一帘疏影含诗意，千顷澄波见性

①遗徽：死者生前的美好德行。

②鲁殿：汉代著名宫殿名，比喻硕果仅存的人或事物。

③芸馆：指宜芸馆。在颐和园玉澜堂后。宜芸门内侧廊壁上嵌有十块石刻，是乾隆帝摹写的各家法帖，原藏于惠山园内，重建时移此。

④介雅：古代乐府诗的一种。

⑤缥缃［piǎoxiāng］：指书卷。缥，淡青色；缃，浅黄色。古时常用淡青、浅黄色的丝帛作书囊书衣，因以指代书卷。

⑥牙签：系在书卷上作为标识，以便翻检的牙骨等制成的签牌。

⑦腹笥：语出《后汉书·边韶传》："边为姓，孝为字，腹便便，五经笥。"笥，书箱。后因称腹中所记之书籍和所有的学问为"腹笥"。

⑧渊渟［tíng］岳峙：比喻人品德如渊水深沉，如高山耸立。

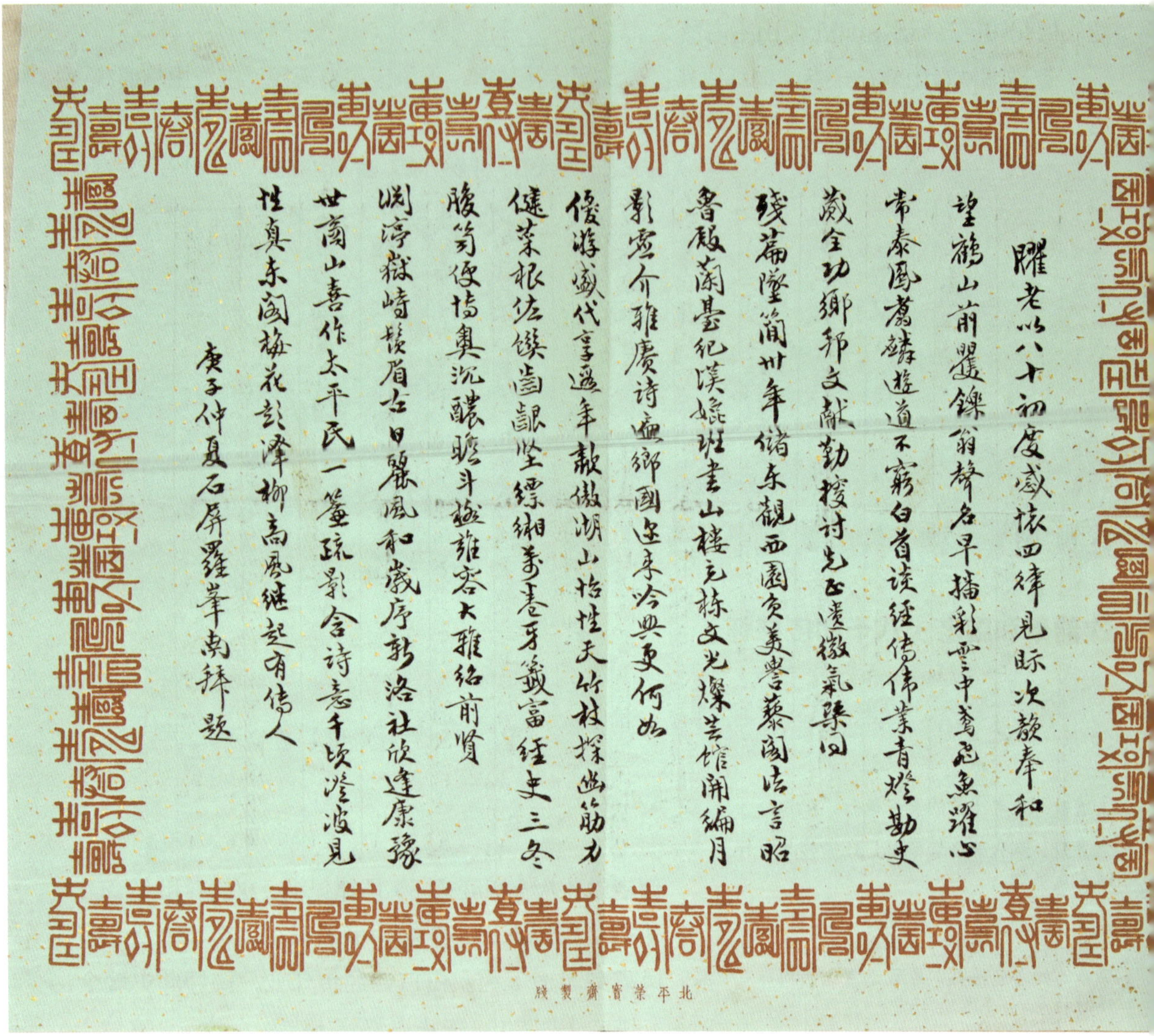
躍老以八十初度感懷四律見貺次韻奉和
望鶴山前躍鑠翁聲名早播彩雲中鳶飛魚躍心
常泰風虎龍遊道不窮白首談經傳偉業青燈勘史
藏全功鄉邦文獻勤搜討先正遺徽氣象同
殘篇墜簡卅年儲東觀西園负美譽蔡閣諸言昭
魯殿蘭臺紀漢嬛班書山樓充棟文光燦芸館開編月
影虛介雅賡詩遍鄉國逢年吟興更何如
優游歲代享遐年裁傲湖山怡性天竹杖探幽筋力
健菜根佐饌齒齦堅縹緗萬卷牙籤富經史三冬
腹笥便結奧沉釀聽斗艷離容大雅紹前賢
測滇嶽崎龐眉古日麗風和歲序新洛社欣逢康豫
世商山喜作太平民一篷疏影含詩意千頃澄波見
性真東閣梅花彭澤柳高風繼起有傳人
庚子仲夏石屏羅峯南拜題
北平榮寶齋製箋

L39 G36.5cm×30cm

真。东阁梅花彭泽柳，高风继起有传人。

庚子［一九六〇］仲夏　石屏罗峰南　拜题

〔笺纸：祝寿专用笺。文：北平荣宝斋制笺〕

## 汤鹤逸　一通

### 九月十日致方树梅

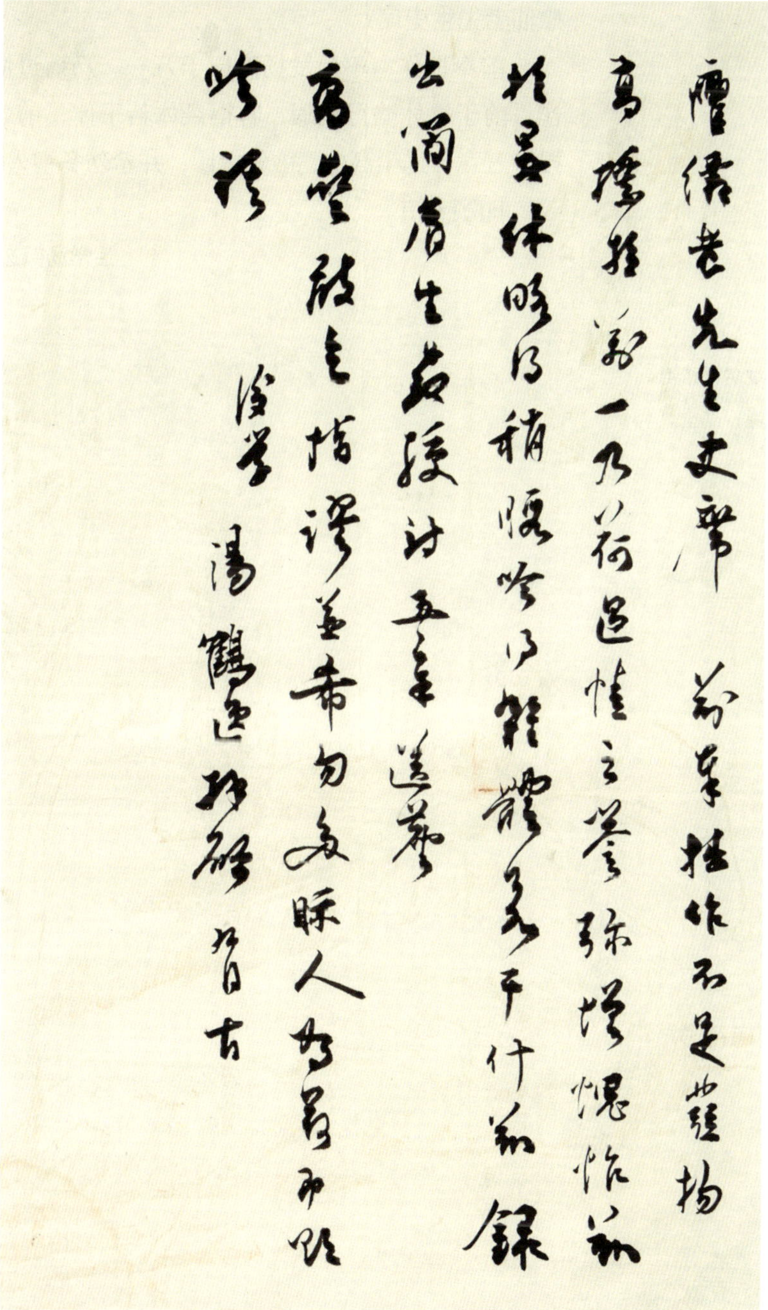

L40 G15.5cm×26cm

〖录文〗

癯仙老先生史席：

前奉拙作，不足发扬高标于万一。乃荷过情[1]之誉，弥增愧怍。前于暑休略得稍暇，吟得杂体若干什，前录出简。厝生[2]散授诗五章，送尘高坌，敬乞指谬，并希勿多视人为荷。

即颂吟祺。

后学汤鹤逸　拜启　九月十日

〔笺纸：宣纸〕

①过情：超过实际情形。

②厝生：安身；谋生。

## 【R 册：石禅老人诗翰】

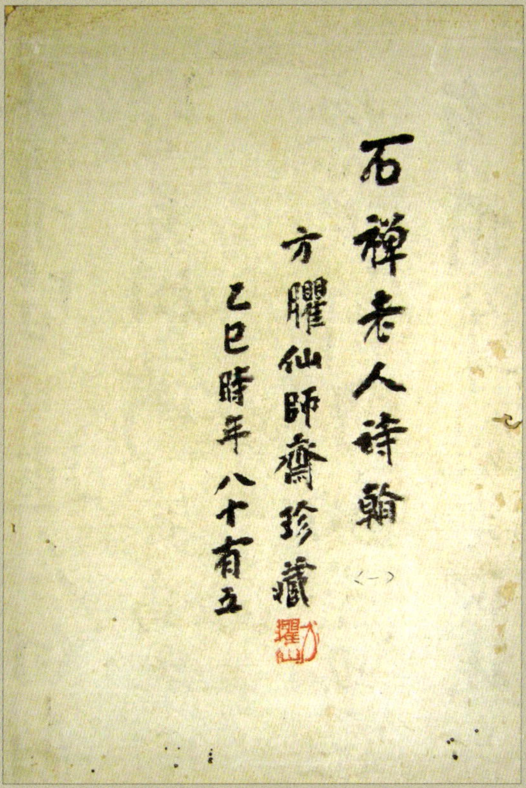


〖录文〗

石禅老人诗翰。方臞仙师斋珍藏，乙巳，时年八十有五。（加盖方臞仙印章）

〖解读〗

此二十通诗札，格式统一，严谨用心，很可能是赵藩将其得意之作专门书写给方树梅这位得意弟子的。

# 赵藩　二〇通

## 一、故纸一首

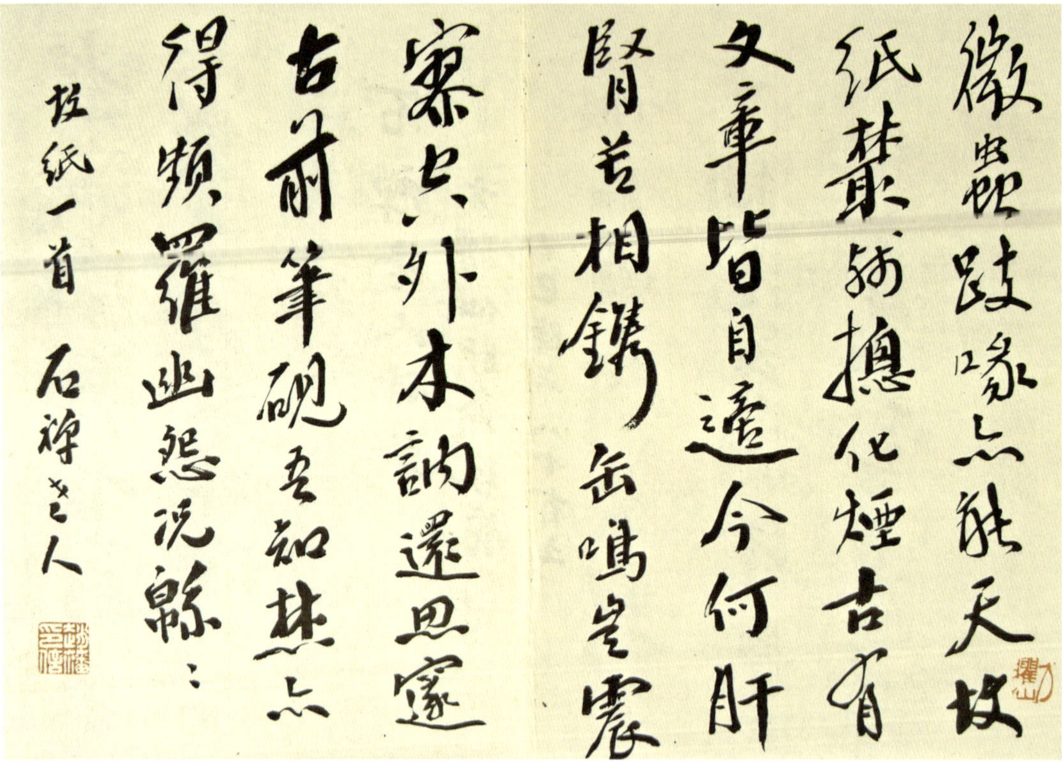

R01  G40cm×26cm

〔录文〕

微虫跂喙亦能天，故纸丛残总化烟。古有文章皆自适，今何肝肾苦相镌。缶鸣岂震寥空外，木讷还思邃古前。笔砚吾知焚亦得，频罗幽怨况绵绵。

故纸一首。

石禅老人

〔钤印：赵藩印信、方臞仙〕

〔笺纸：宣纸〕

## 二、山魈一首

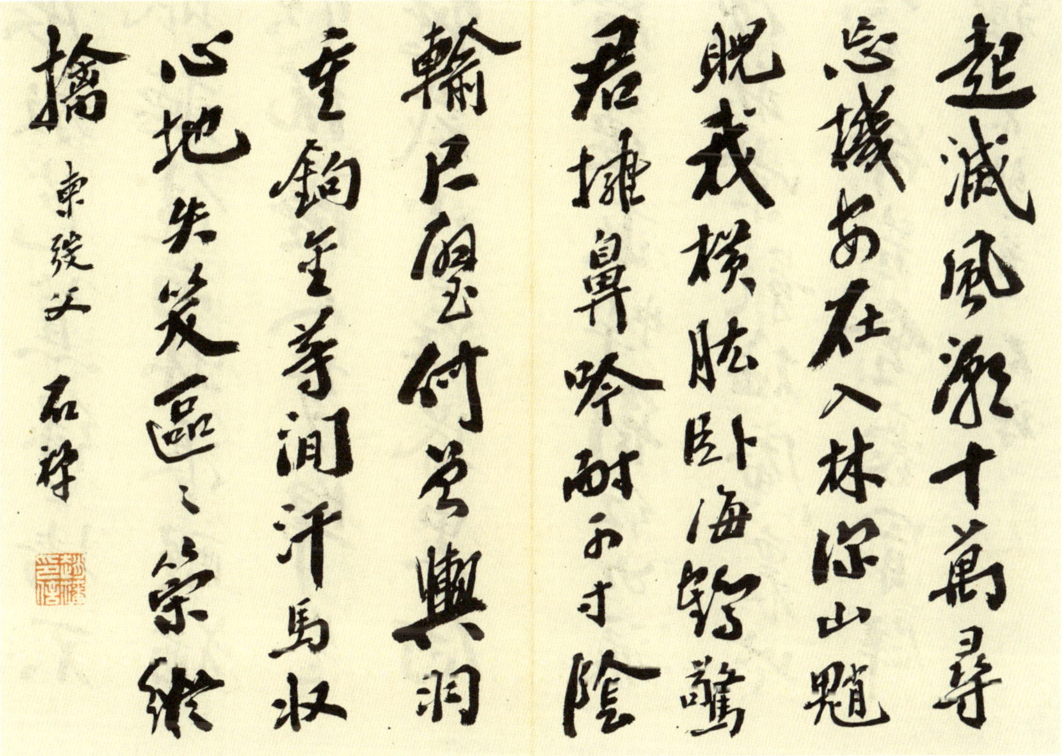

R02 G40cm×26cm

〔录文〕

起灭风潮十万寻，忘机[1]安在入林深。山魈[2]睨我横肱卧，海鹤惊君拥鼻吟[3]。耐可寸阴输尺璧，何曾與羽垂钩金[4]。等闲汗马收心地，失笑区区策纵擒。

東弢父。

石禅

〔钤印：赵藩印信〕

〔笺纸：宣纸〕

①忘机：道家语，意为消除机巧之心。常用以指甘于淡泊，忘掉世俗，与世无争。

②山魈：猕猴的一种，尾巴很短，脸蓝色，鼻子红色，嘴上有白须，全身呈黑褐色，腹部白色，多群居。

③拥鼻吟：用雅音曼声吟咏。

④钩金：三钱多的金子。

## 三、不眠一首

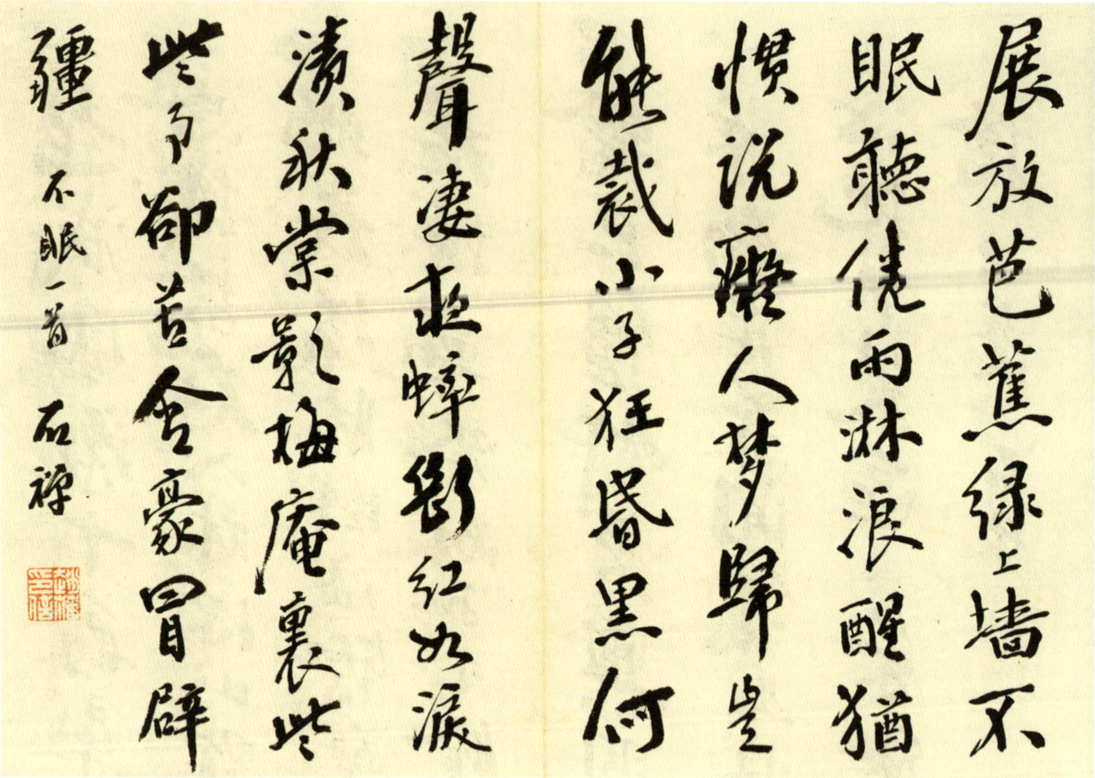

R03 G40cm×26cm

**〖录文〗**

展放芭蕉绿上墙，不眠听倦雨淋浪。醒犹惯说痴人梦，归岂能裁小子狂。昏黑何声凄夜蟀，断红①如泪渍秋棠。影梅庵里些些事，却苦含毫②冒辟疆。

不眠一首。

石禅

〔钤印：赵藩印信〕

〔笺纸：宣纸〕

①断红：女性用来化浓妆的一种物品，或指飘零的花瓣。

②含毫：含笔于口中。比喻构思为文或作画。

## 四、五迁一首

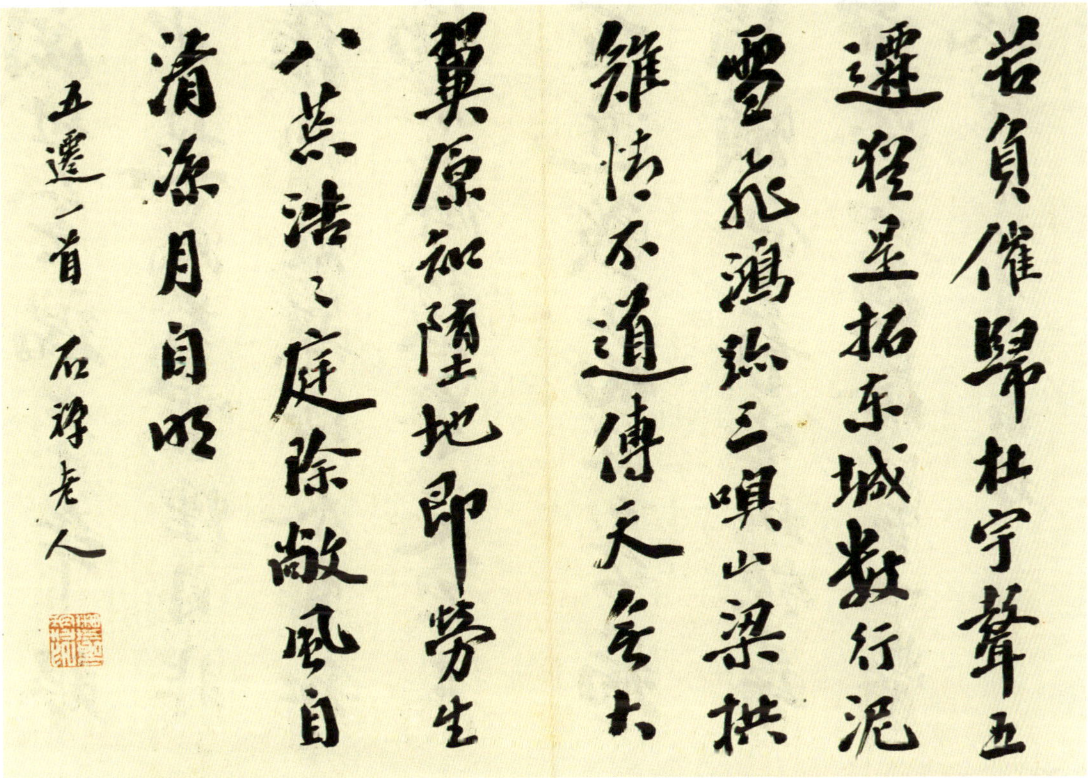
苦負催歸杜宇聲五遷猶是拓東城數行泥雪飛鴻跡三嗅山梁拱雉情不道傅天無大翼原知墮地即勞生八荒浩浩庭除敞風自清涼月自明

五遷一首 石禪老人

R04 G40cm×26cm

〖录文〗

苦负催归杜宇声，五迁犹是拓东城。数行泥雪飞鸿迹，三嗅山梁拱雉情。不道傅天无大翼，原知堕地即劳生。八荒浩浩庭除敞，风自清凉月自明。

五迁一首。

石禅老人

〔钤印：赵藩印信〕

〔笺纸：宣纸〕

## 五、俳体一首

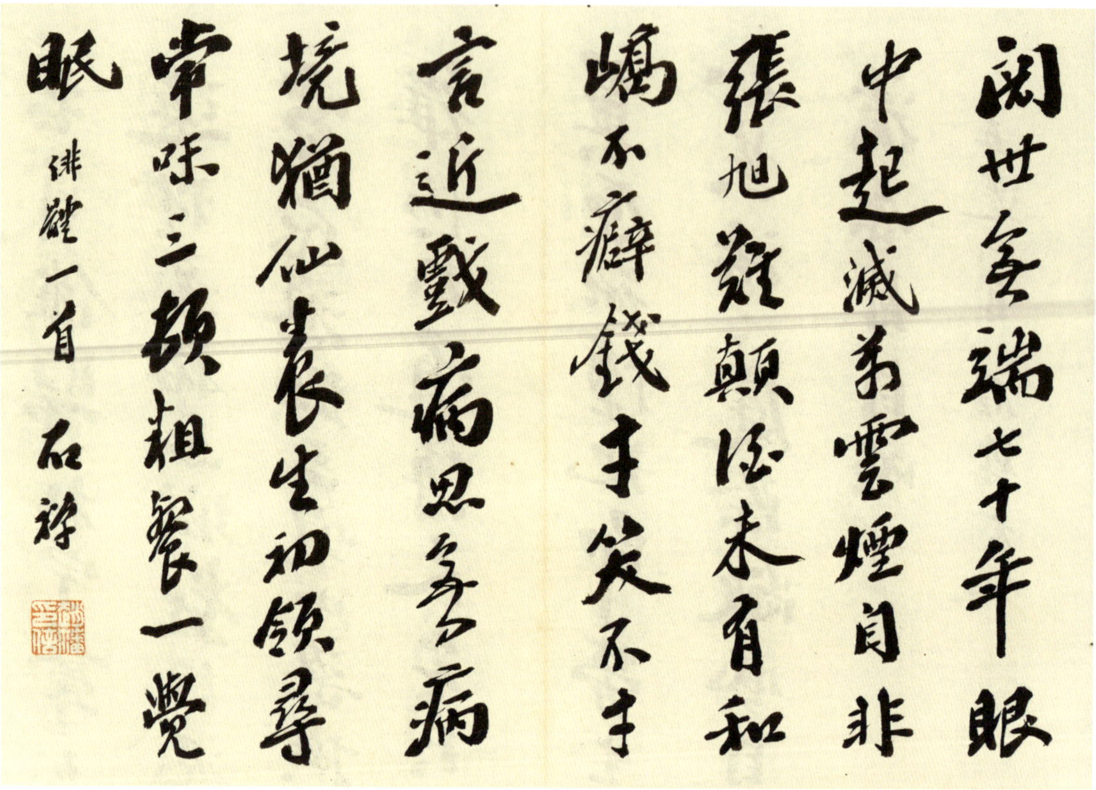

R05 G40cm×26cm

〖录文〗

阅世无端七十年，眼中起灭万云烟。自非张旭难颠酒，未有和峤[1]不癖钱。才笑不才言近戏，病思无病境犹仙。养生初领寻常味，三顿粗餐一觉眠。

俳体一首。

石禅

〔钤印：赵藩印信〕

〔笺纸：宣纸〕

①和峤（？～二九二）：字长舆。汝南西平（今河南西平县）人。晋朝一代名臣，也曾有过清政之绩。但一生吝啬异常，爱钱如命，人们认为他有钱癖。

## 六、水陆一首

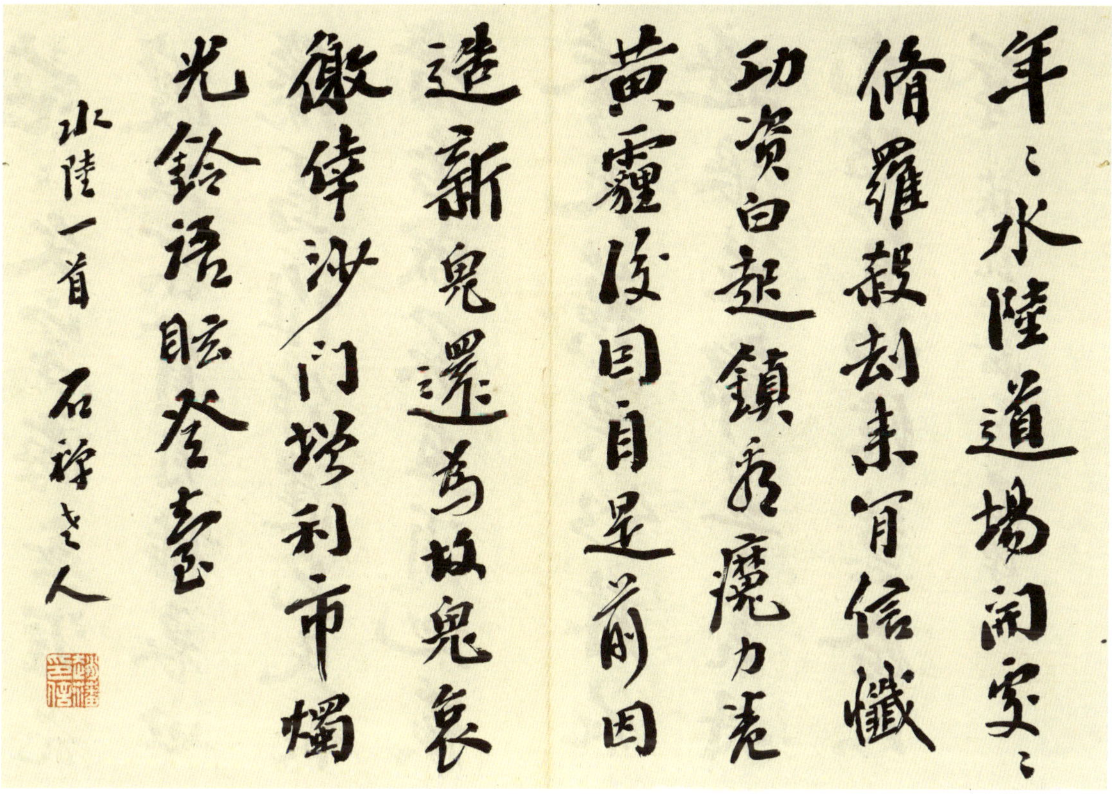
年〻水陸道場開處〻
脩羅殺劫來肯信懺
功資白起鎮看魔力卷
黃霾後因自是前因
造新鬼還為故鬼哀
徼倖沙門增利市燭
光鈴語眩登臺
水陸一首　石禪老人

R06 G40cm×26cm

〖录文〗

年年水陆道场开，处处修罗杀劫[1]来。肯信忏功资白起，镇看魔力卷黄霾。后因自是前因造，新鬼还为故鬼哀。徼幸[2]沙门增利市，烛光铃语眩登台。

水陆一首。

石禅老人

〔钤印：赵藩印信〕

〔笺纸：宣纸〕

①杀劫：道家指天地人之间业力导致天道混乱，杀劫乃出，斩断一切因果，使天地重归平静。

②徼幸：侥幸，希望获得意外成功或免去灾害。

## 七、谈艺示瀚儿

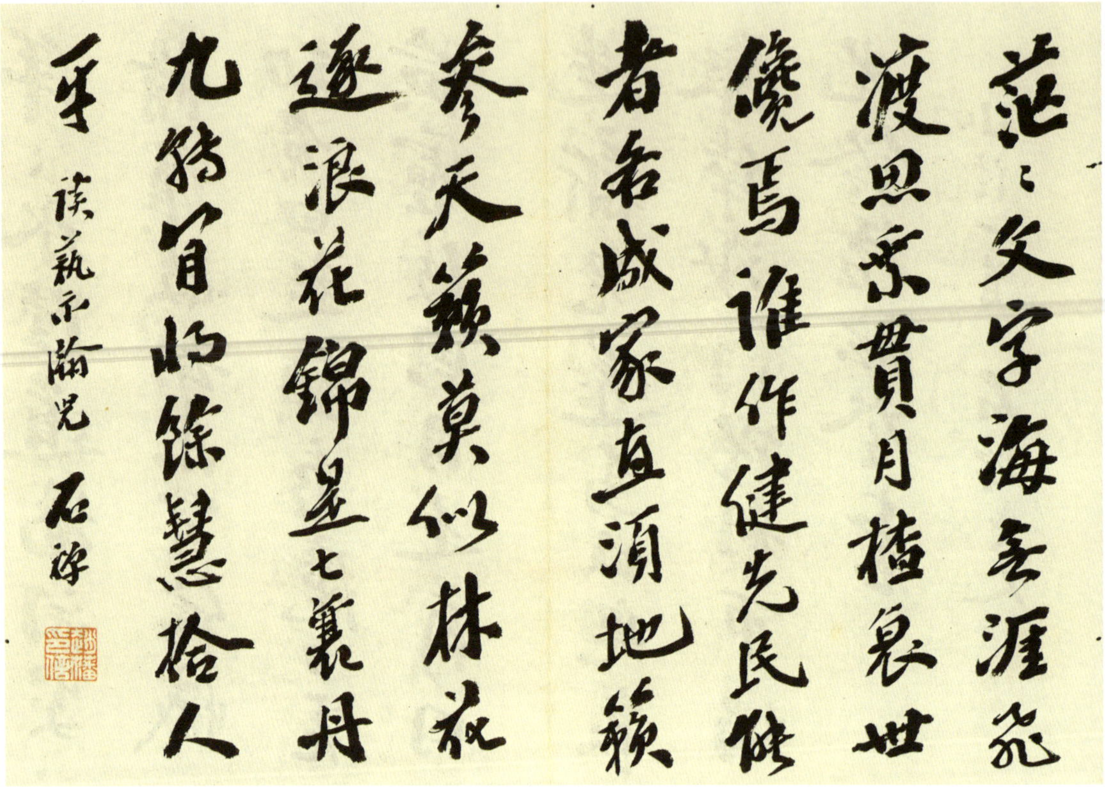

R07 G40cm×26cm

〖录文〗

茫茫文字海无涯，飞渡思乘贯月楂。衰世儳焉谁作健，先民能者各成家。直须地籁参天籁，莫似林花逐浪花。锦是七襄丹九转，肯将余慧拾人牙。

谈艺示瀚儿［赵宗瀚］。

石禅

〔钤印：赵藩印信〕

〔笺纸：宣纸〕

## 八、题钱选画兰亭修禊图

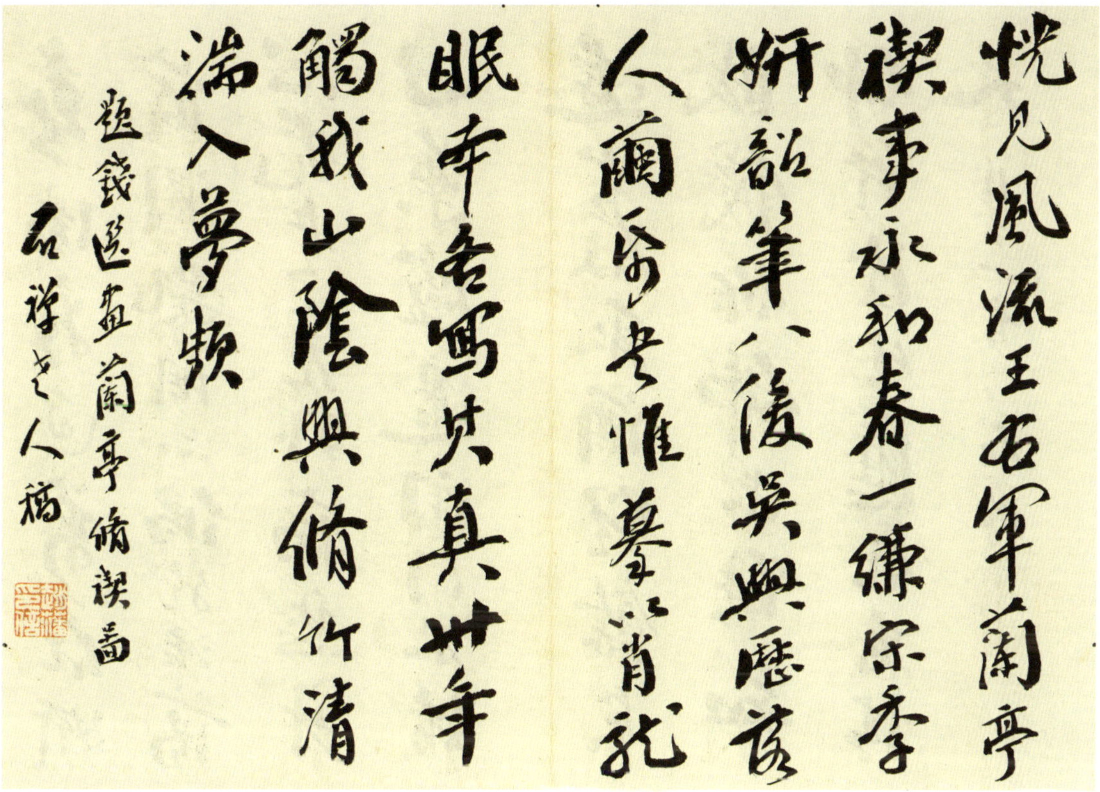

R08 G40cm×28cm

〖录文〗

恍见风流王右军，兰亭禊事永和春。一缣宋季妍韵笔，八俊吴兴历落人。茧纸书惟摹以肖，龙眠本各写其真。卅年触我山阴兴，修竹清湍入梦频。

题钱选[1]画兰亭修禊图。

石禅老人　稿

〔钤印：赵藩印信〕

〔笺纸：宣纸〕

①钱选（约一二三九～一三〇〇）：字舜举，号玉潭，又号巽峰、霅川翁，别号清癯老人、川翁、习懒翁等。宋末元初著名画家，与赵孟頫等合称为“吴兴八俊”。

## 九、后生一首

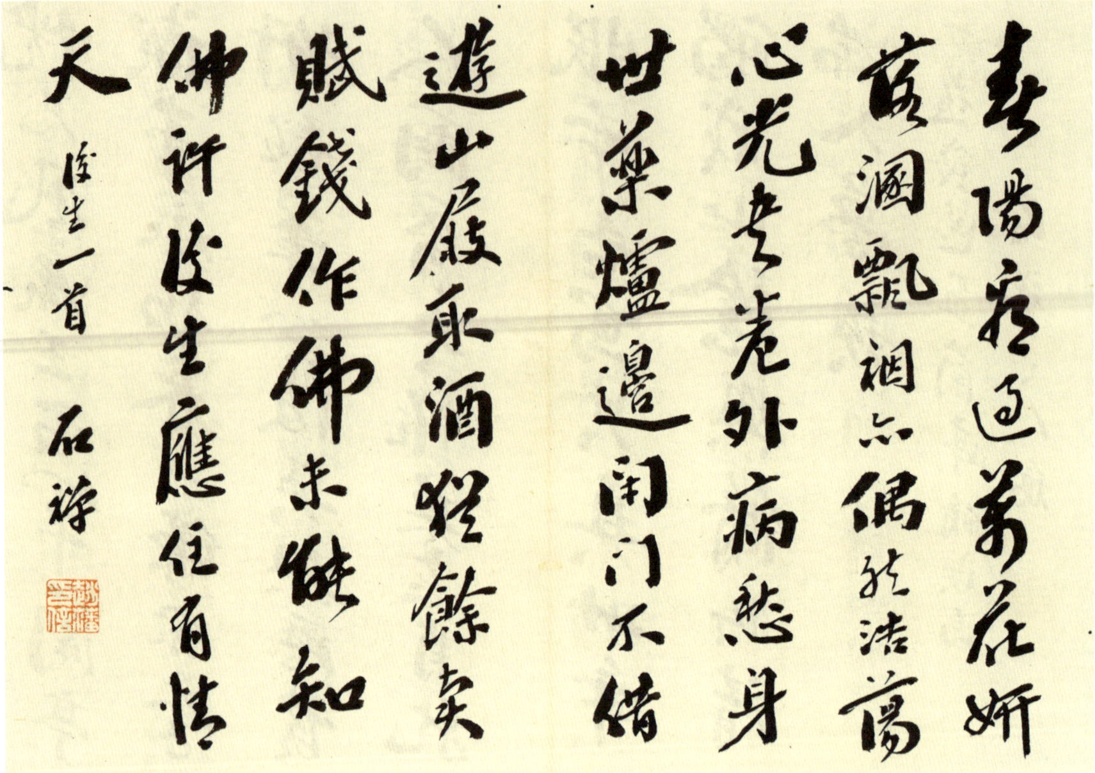

R09 G40cm×26cm

〖录文〗

春阳看过万花妍，落溷飘茵[1]亦偶然。浩荡心光书卷外，病愁身世药炉边。闭门不借游山屐，取酒犹余卖赋钱。作佛未能知佛许，后生应住有情天。

后生一首。

石禅

〔钤印：赵藩印信〕

〔笺纸：宣纸〕

①落溷飘茵：有的落在粪坑里，有的飘在茵席上。比喻由于偶然的机缘而有富贵、贫贱的不同命运。

## 一〇、夜宴一首

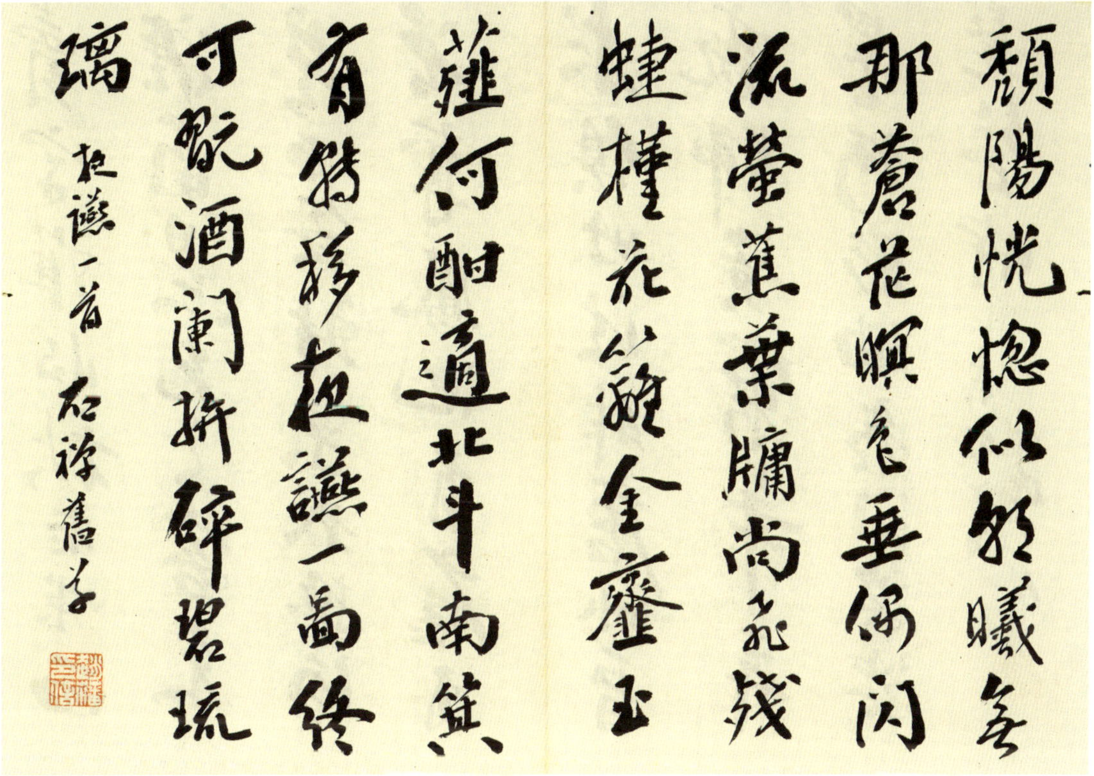
潁陽恍惚似朝曦無
那蒼茫暝色垂偶閃
流螢蕉葉牖尚飛殘
蝶槿花籬金奩玉
薤何酣適北斗南箕
有轉移夜讌一圖終
可玩酒闌拼碎碧琉
璃
夜讌一首 石禪舊草

R10 G40cm×26cm

〖录文〗

颓阳恍惚似朝曦，无那苍茫暝色垂。偶闪流萤蕉叶牖，尚飞残蝶槿花篱。金奁玉薤何酣适，北斗南箕有转移。夜宴一图终可玩，酒阑拼碎碧琉璃。

夜宴一首。

石禅　旧草

〔钤印：赵藩印信〕

〔笺纸：宣纸〕

## 一一、卖字一首

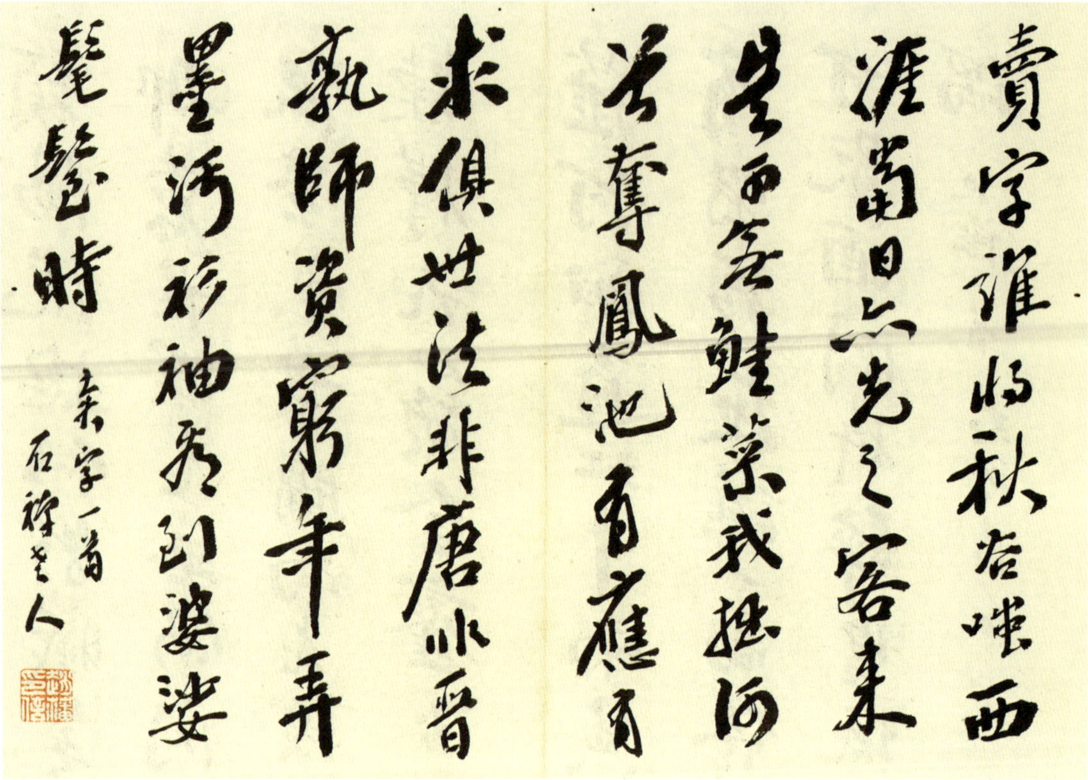

R11 G40cm×26cm

〖录文〗

卖字谁将秋谷嗤，西涯[1]当日亦先之。客来岂可无鲑菜，我拙何苦夺凤池。有应有求俱世法，非唐非晋孰师资。穷年弄墨污衫袖，看到婆娑耄耋时。

卖字一首。

石禅老人

〔钤印：赵藩印信〕

〔笺纸：宣纸〕

①西涯：指北京市什刹海西北角玉河水围之地，处于什刹海的核心地带。再，明代宰相李东阳，号西涯。

## 一二、变革一首

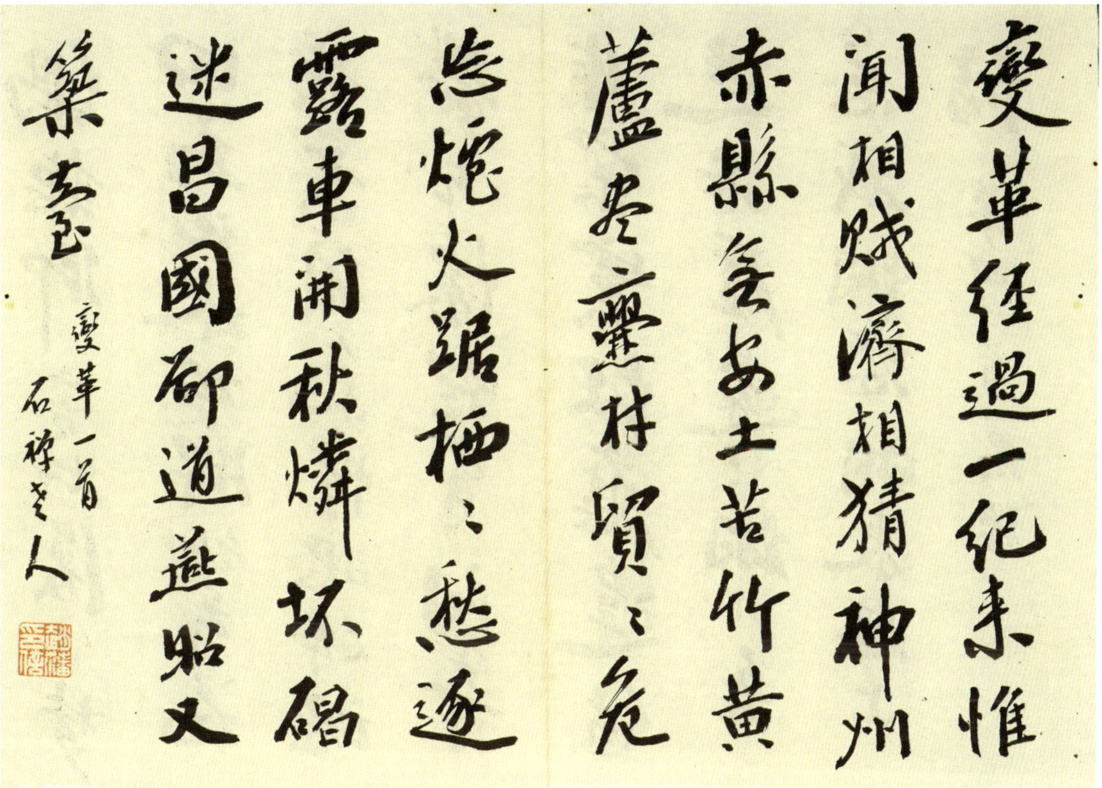
變革經過一紀來，惟聞相賤濟相猜。神州赤縣無安土，苦竹黃蘆盡爨材。貿貿危忘炮火踞，棲棲愁逐露車開。秋燐坏碣迷昌國，卻道燕昭又築臺。

變革一首

石禪老人

R12 G40cm×26cm

〖录文〗

变革经过一纪来，惟闻相贱济相猜。神州赤县无安土，苦竹黄芦尽爨材。贸贸危忘炮火踞，栖栖愁逐露车开。秋燐坏碣迷昌国，却道燕昭又筑台。

变革一首。

石禅老人

〔钤印：赵藩印信〕

〔笺纸：宣纸〕

## 一三、梦回一首

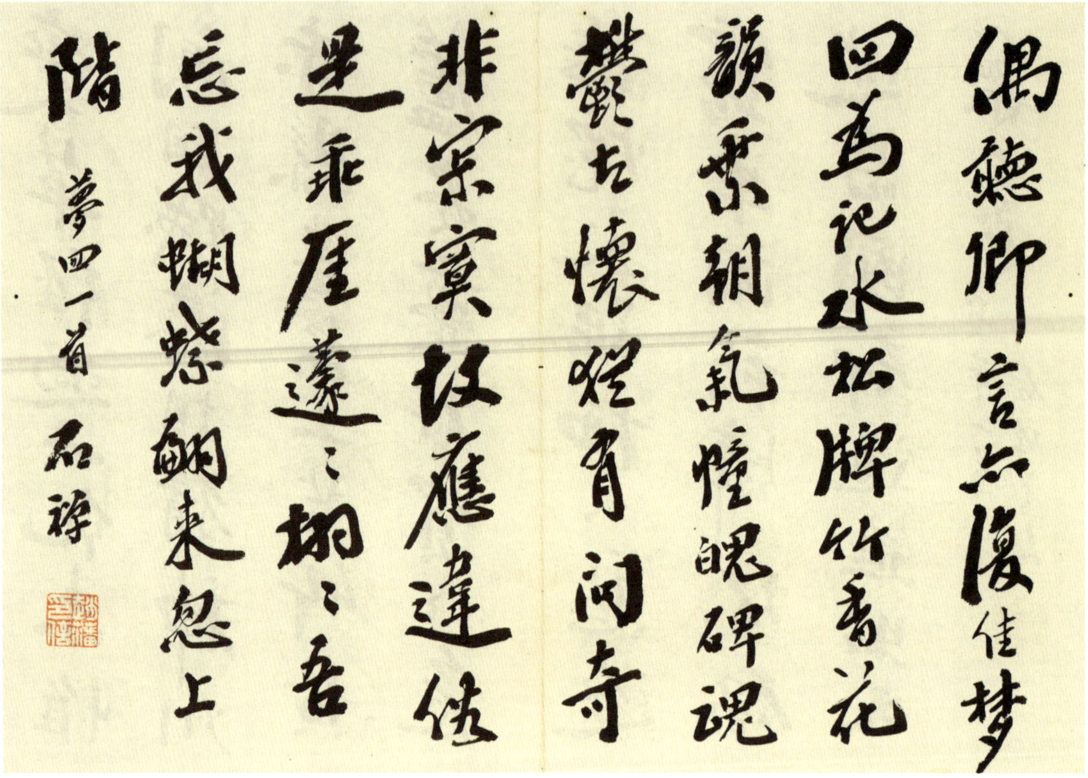

R13 G40cm×26cm

〖录文〗

偶听乡言亦复佳，梦回为记水松牌。竹香花韵乘朝气，幢魄碑魂郁古怀。犹有问奇非寂寞，故应违俗是乖厓。蘧蘧栩栩吾忘我，蝴蝶翩来忽上阶。

梦回一首。

石禅

〔钤印：赵藩印信〕

〔笺纸：宣纸〕

## 一四、四序一首

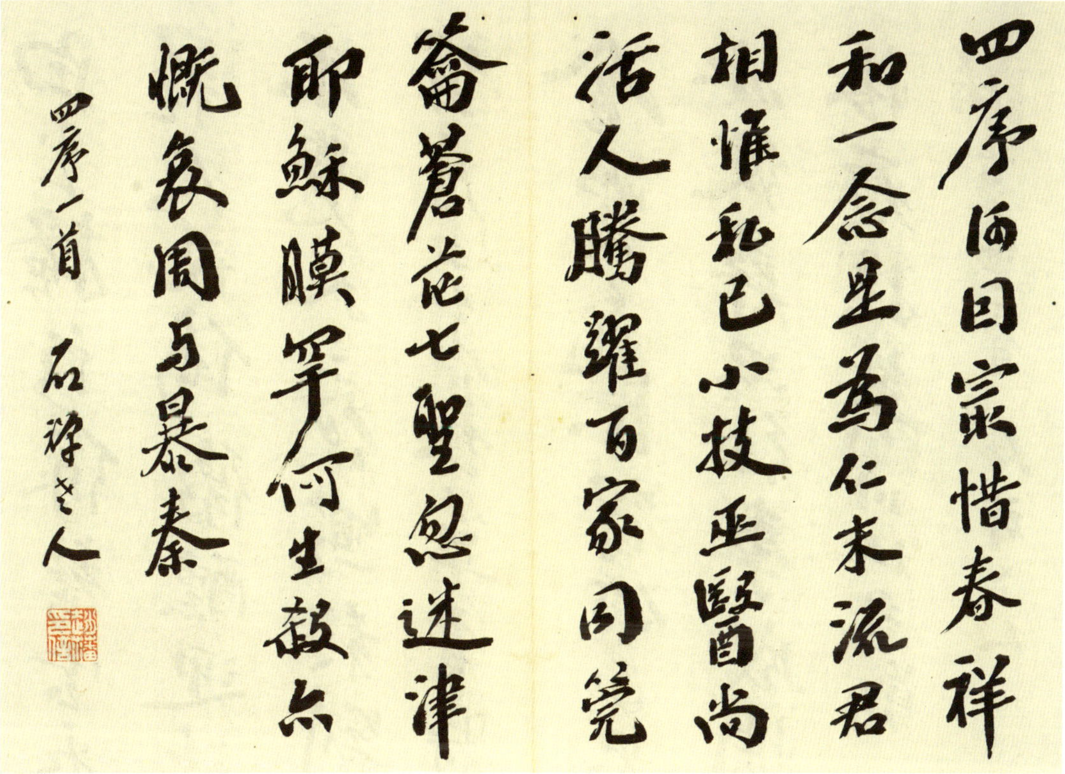

R14 G40cm×26cm

〖录文〗

四序何因最惜春，祥和一念是为仁。末流君相惟私已，小技巫医尚活人。腾跃百家同管籥[1]，苍茫七圣忽迷津。耶稣膜罕何生杀，亦慨哀周与暴秦。

四序一首。

石禅老人

〔钤印：赵藩印信〕

〔笺纸：宣纸〕

①管籥[guǎnyuè]：两种乐器名。管籥之音。

## 一五、玉簪花一首

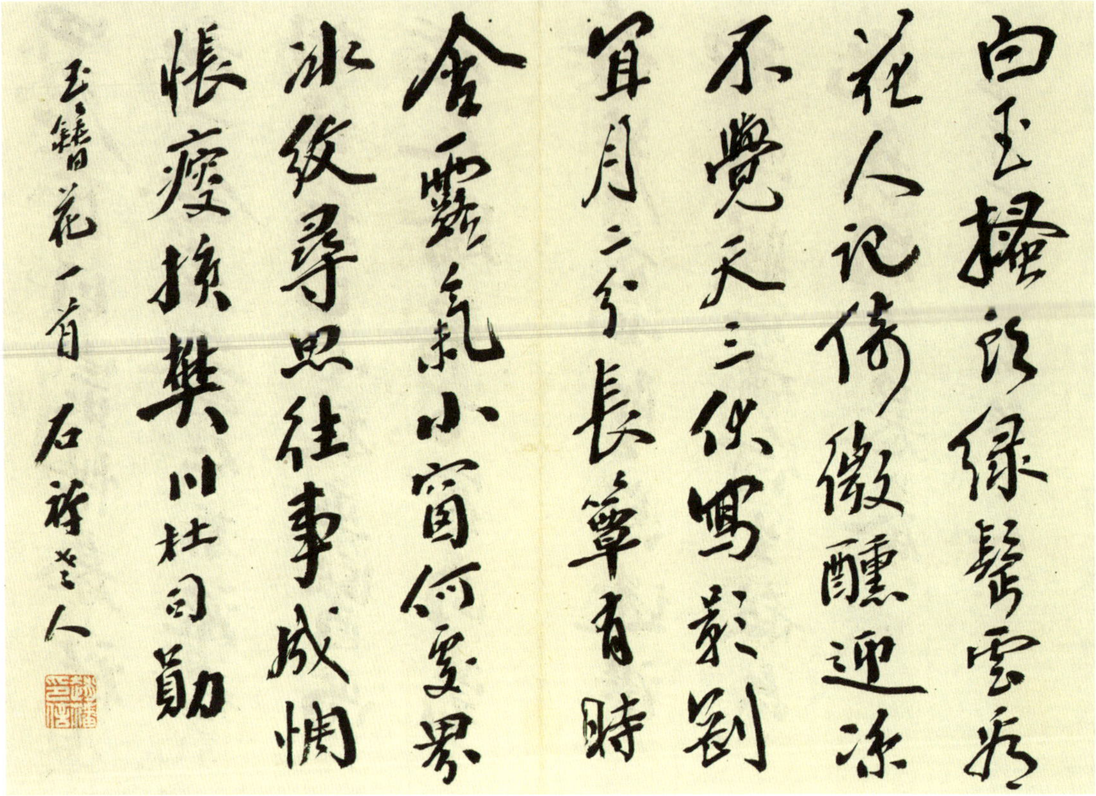

R15 G40cm×26cm

**〔录文〕**

白玉搔头绿鬓云，看花人记倚微醺。迎凉不觉天三伏，写影刚宜月二分。长篁有时含露气，小窗何处界冰纹。寻思往事成惆怅，瘦损樊川杜司勋[1]。

玉簪花一首。

石禅老人

〔钤印：赵藩印信〕

〔笺纸：宣纸〕

① 樊川杜司勋：即杜牧（八〇三～约八五二），字牧之，号樊川居士。曾官司勋员外郎，故亦称杜司勋。

## 一六、壬戌七夕一首

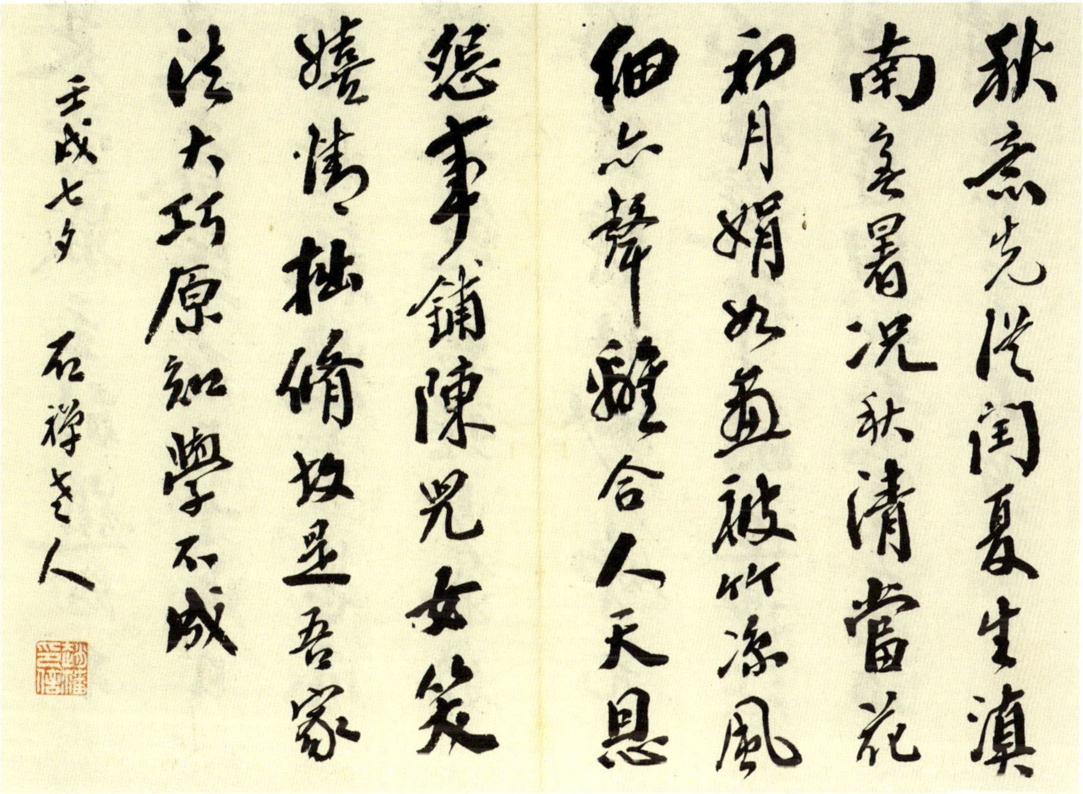

R16 G40cm×26cm

〖录文〗

秋意先从闰夏生，滇南无暑况秋清。当花初月娟如画，被竹凉风细亦声。离合人天恩怨事，铺陈儿女笑嬉情。拙修故是吾家法，大巧原知学不成。

壬戌［一九二二］七夕　石禅老人

〔钤印：赵藩印信〕

〔笺纸：宣纸〕

## 一七、游仙一首

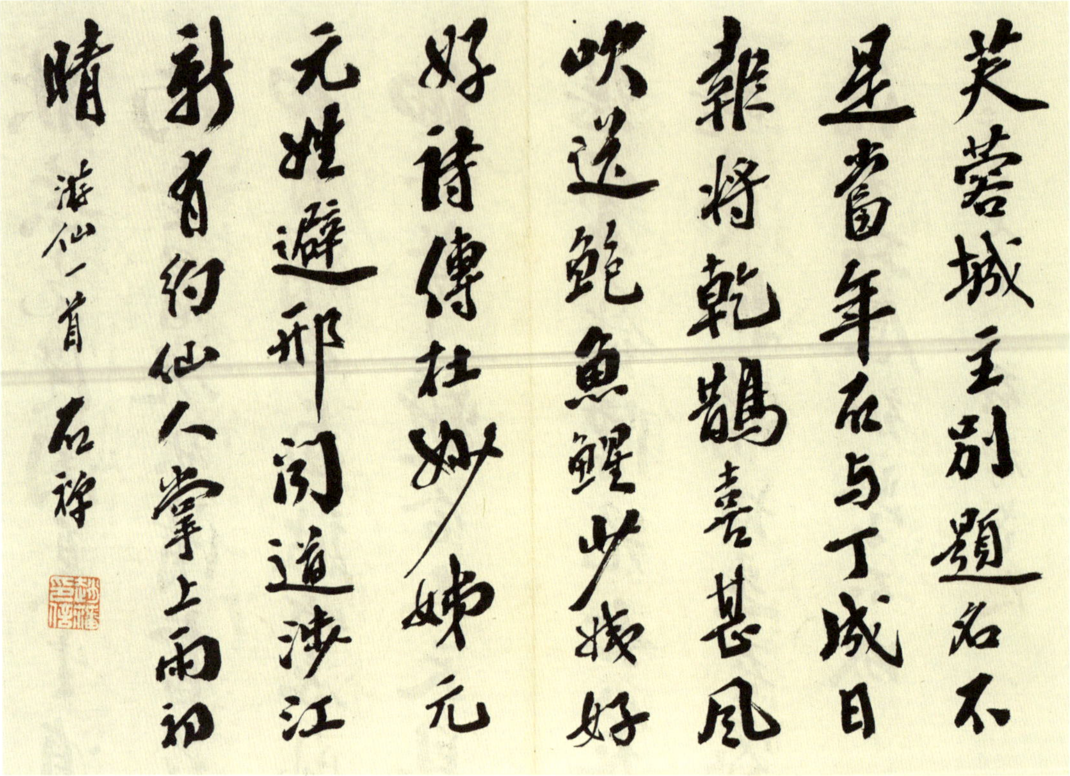

R17 G40cm×26cm

〖录文〗

芙蓉城主别题名，不是当年石与丁①。成日报将乾鹊喜，甚风吹送鲍鱼鲤。少姨好好诗传杜，妙姊元元姓避邢。闻道涉江新有约，仙人掌上雨初晴。

游仙一首。

石禅

〔钤印：赵藩印信〕

〔笺纸：宣纸〕

①石与丁：苏轼《芙蓉城》有“谁其主者石与丁”句。

## 一八、索解一首

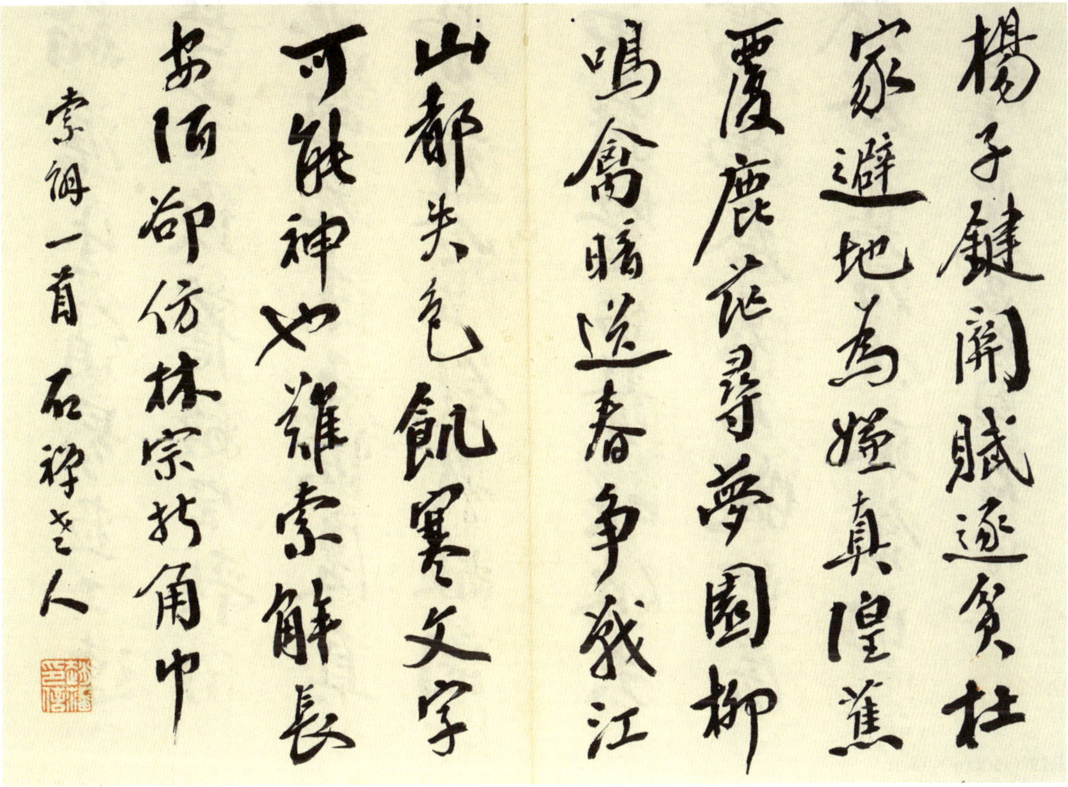

R18 G40cm×26cm

〖录文〗

杨子键关赋逐贫，杜家避地为嫌真。湟蕉覆鹿茫寻梦，园柳鸣禽暗送春。争战江山都失色，饥寒文字可能神。也难索解长安陌，却仿林宗折角巾[①]。

索解一首。

石禅老人

〔钤印：赵藩印信〕

〔笺纸：宣纸〕

①折角巾：即林宗巾，指东汉名士郭泰。郭泰（一二八～一六九）（范晔为避父范泰讳于《后汉书》作郭太），字林宗。太原郡介休县人。东汉时期名士。郭泰曾经在陈国、梁国间游行，遇到大雨，他把头巾一角折起来，当时人也学着故意折巾一角，叫作“林宗巾”。

## 一九、题王霭连昌宫图

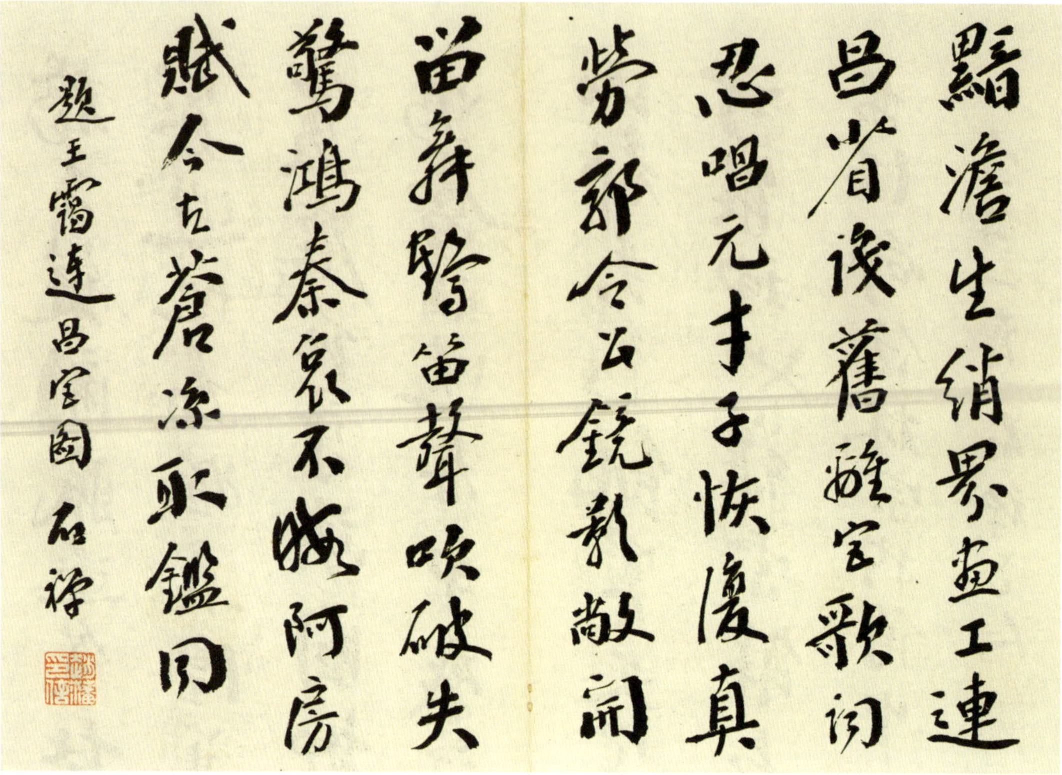

R19 G40cm×28cm

〖录文〗

黯澹生绡界画工，连昌省识旧离宫。歌词忍唱元才子，恢复真劳郭令公[1]。镜影敞开留舞鹤，笛声吹破失惊鸿。秦哀不晦阿房赋，今古苍凉取鉴同。

题王霭[2]连昌宫[3]图。

石禅

〔钤印：赵藩印信〕

〔笺纸：宣纸〕

①郭令公：即郭子仪（六九七~七八一），唐朝华州郑县（今陕西华县）人。唐代著名政治家、军事家。

②王霭：北宋开封（今河南开封）人。学追吴道子，工画佛道人物，长写貌。

③连昌宫：又名兰昌宫、玉阳宫，唐代皇家行宫，建于隋朝大业年间（一说建于高宗显庆三年），故址在唐河南府寿安县西十九里。

## 二〇、两年以来谢客养疴事

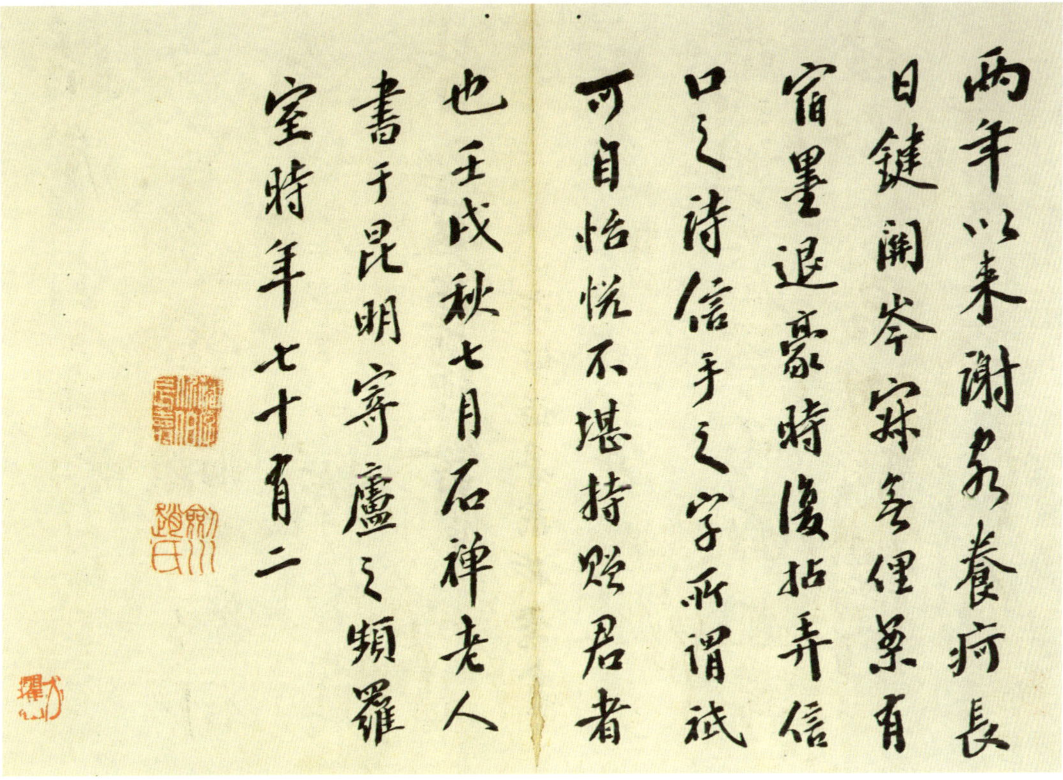
兩年以來謝客養痾長
日鍵關岑寂無俚案有
宿墨退毫時復拈弄信
口之詩信手之字所謂祇
可自怡悅不堪持贈君者
也壬戌秋七月石禪老人
書于昆明寄廬之頻羅
室時年七十有二

R20 G40cm×28cm

〖录文〗

两年以来，谢客养疴，长日键关，岑寂无俚。案有宿墨退毫，时复拈弄信口之诗、信手之字。所谓只可自怡悦，不堪持赠君者也。

壬戌［一九二二］秋七月　石禅老人　书于昆明寄庐之频罗室　时年七十有二

〔钤印：剑川赵氏、方臞仙〕

〔笺纸：宣纸〕

〖解读〗

此札反映了赵藩晚年的生活状态和艺术状态。所谓“信口之诗、信手之字”，说明已经达到返璞归真的自我境界。

## 【S 册：石禅师翰墨】

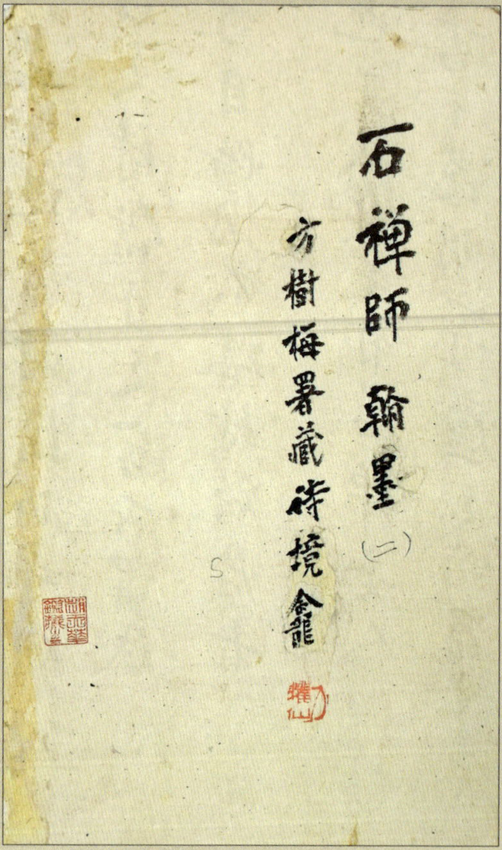


〖录文〗

石禅师翰墨。方树梅署藏诗境龛。（加盖方臞仙印章）

〖解读〗

此册二十九通赵藩手札，包括诗札、便条。

## 赵藩　二九通

### 一、上巳先一日约游官渡二首

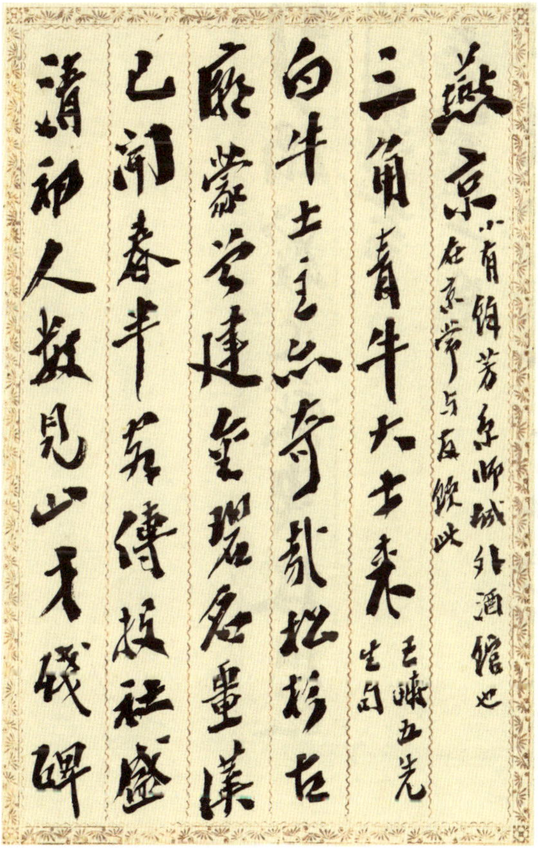
燕京（小有余芳京师城外酒馆也，在京常与友饮此）
三角青牛大士来（王晓五先生句）
白牛土[illegible]亦奇[illegible]松杉古
[illegible]蒙[illegible]建金碧名重[illegible]
已闻春半[illegible]传[illegible]社盛
清和人数见山[illegible]钱碑

S01（3-2）G12.7cm×19.5cm

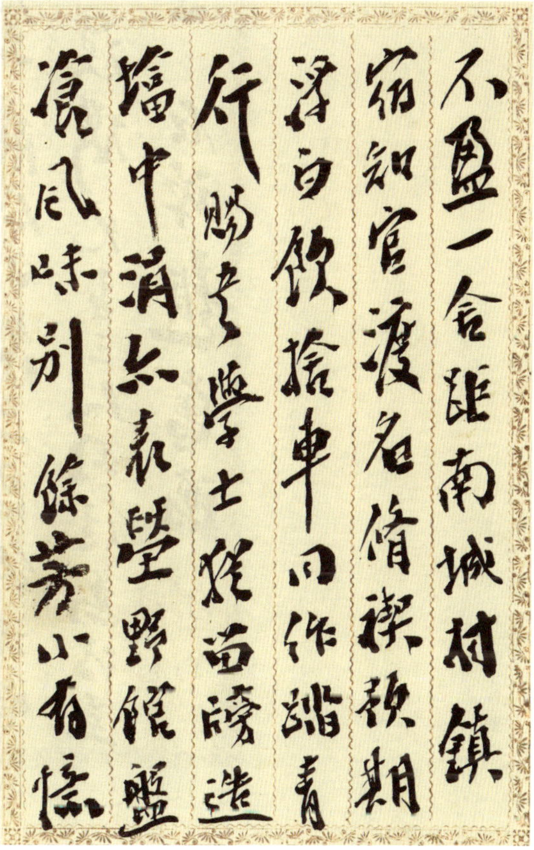
不盈一舍距南城村镇
宿知官渡名脩禊预期
浮白饮舍车同作踏青
行　赐书学士犹留榜造
塔中涓亦表莹野馆盘
餐风味别余芳小有憶

S01（3-1）G12.7cm×19.5cm

〖录文〗

不盈一舍距南城，村镇宿知官渡名。修禊预期浮白饮，舍车同作踏青行。赐书学士犹留榜，造塔中涓亦表莹。野馆盘餐风味别，余芳小有忆燕京（“小有余芳”，京师城外酒馆也，在京常与友饮此）。

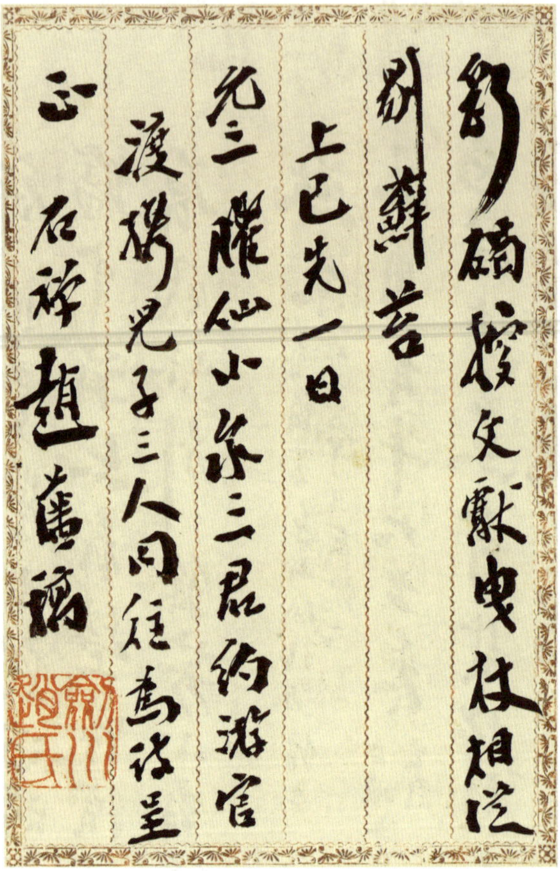
斷碣搜文獻曳杖相從
剔蘚苔
上巳先一日
允三曜仙小泉三君約遊官
渡攜兒子三人同往為詩呈
正　石禪趙藩稿

S01（3-3） G12.7cm×19.5cm

三角青牛大士来（王畴五先生句），白牛土主[1]亦奇哉。松杉古庙蒙曾建，金碧名畺汉已开。春半客传投社盛，清初人数见山才。残碑断碣搜文献，曳杖相从剔藓苔。

上巳先一日，允三、臞仙、小泉三君约游官渡，携儿子三人同往，为诗呈正。

石禅赵藩　稿

〔钤印：剑川赵氏〕

〔笺纸：竖六行花边笺〕

①白牛土主：昆明官渡古镇的土主庙为唐代蒙氏城滇时建，土主庙庙会是官渡古镇传统节庆之一，又名菩萨会、迎土主老爷。每年的农历二月十九进行，中有“白牛迎土主”巡游活动。

## 二、官渡游二首

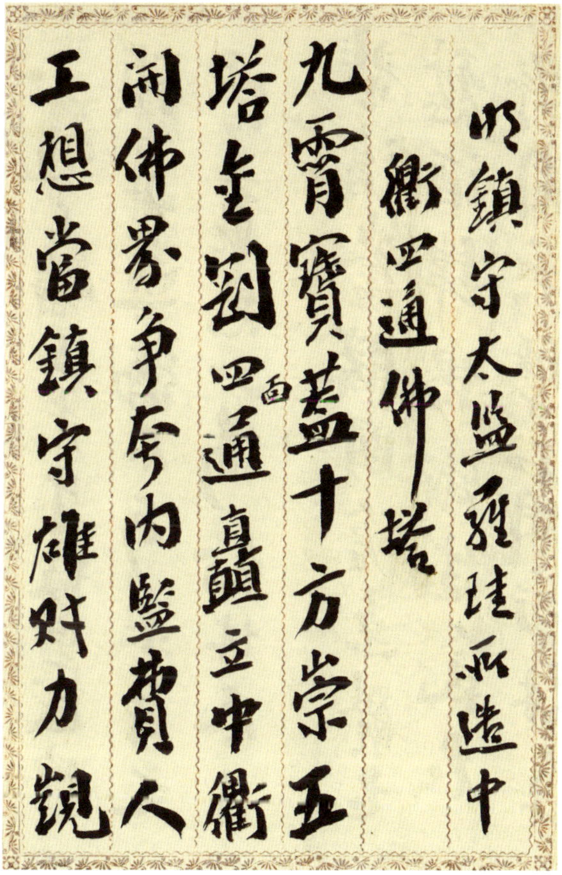
明鎮守太監羅珪所造中
衢四通佛塔
九霄寶蓋十方崇五
塔金剛四面通矗立中衢
開佛界爭夸內監費人
工想當鎮守雄財力覬

S02（3-1） G12.7cm×19.5cm

〖录文〗

**明镇守太监罗珪所造中衢四通佛塔**

九霄宝盖十方崇，五塔金刚四面通。矗立中衢开佛界，争夸内监费人工。想当镇守雄财力，觊借檀施解怨恫。埋骨一坏[1]终傍此，山僧犹为剪蒿蓬。

①坏［pēi］：土丘。

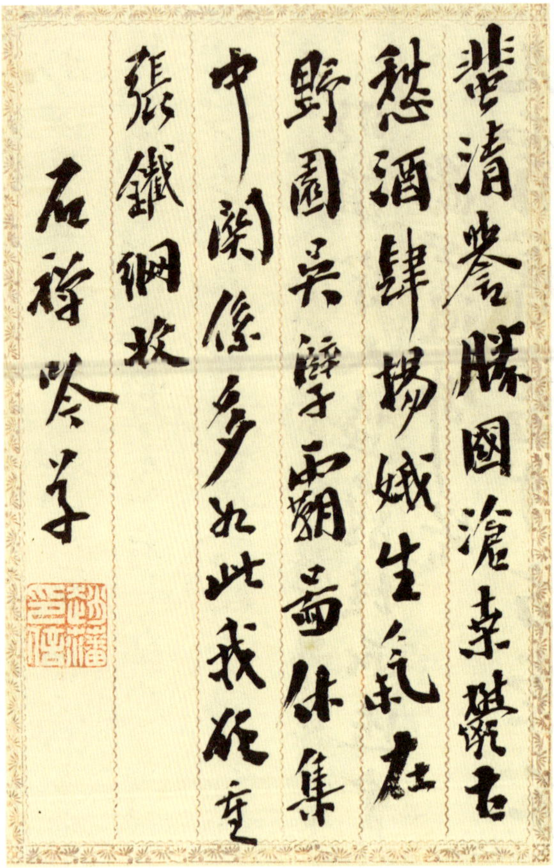

S02（3-3） G12.7cm×19.5cm

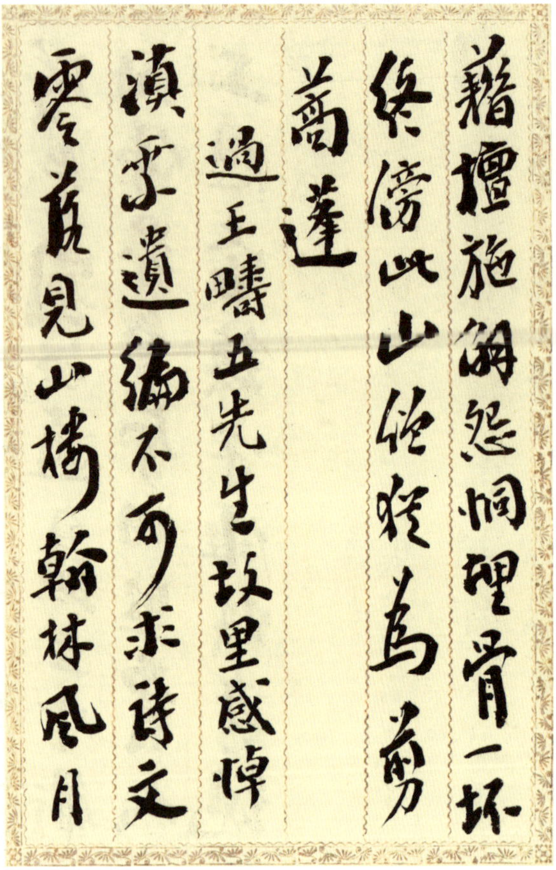

S02（3-2） G12.7cm×19.5cm

**过王畴五先生故里感悼**

滇乘遗编不可求，诗文零落见山楼。翰林风月蜚清誉，胜国沧桑郁古愁。酒肆杨娥生气在，野园吴孽［吴三桂］霸图休。集中关系多如此，我欲重张铁网收。

石禅 吟草

〔钤印：赵藩印信〕

〔笺纸：竖六行花边笺〕

## 三、臞仙咏妙湛寺及赵藩官渡杂诗

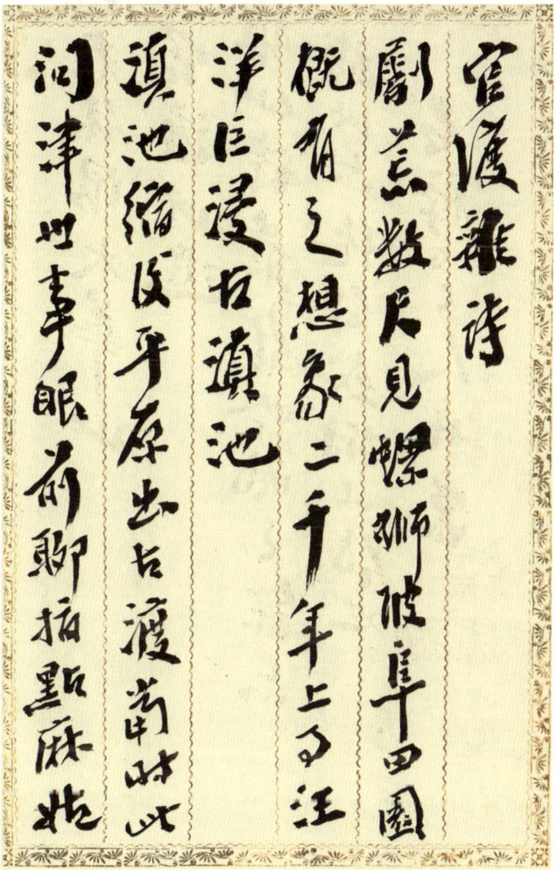

S03（5-2） G12.7cm×19.5cm

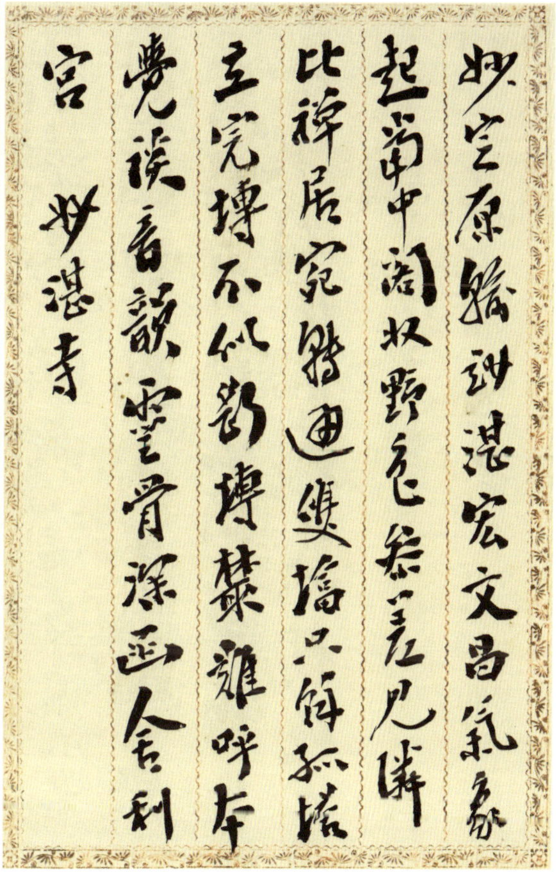

S03（5-1） G12.7cm×19.5cm

〖录文〗

**妙湛寺**[①]

妙定原输妙湛宏，文昌气象起当中。阁收野色参差见，邻比禅居宛转通。双塔只余孤塔立，完砖不似断砖丛。难呼本觉谈音韵，灵骨深函舍利宫。

①妙湛寺：在昆明市官渡区官渡镇螺峰村内，为官渡“六寺之首”，其地原为滇池之一部分，地面下螺壳累积，故妙湛寺亦称螺峰寺。始建于元代至元二十七年（一二九〇），一二九五年落成。一四五八年，云南镇守太监罗珪大事恢廓，于山门内建密檐式砖塔二座，同时又于山门外中轴线上，建金刚宝座式石塔一座，即金刚塔。一九九六年国务院公布金刚塔为全国重点文物保护单位。

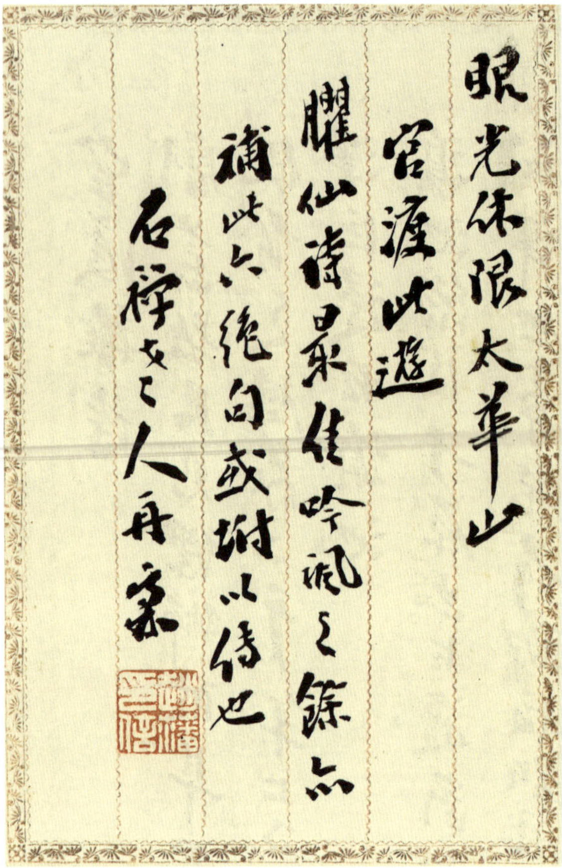


S03（5-5） G12.7cm×19.5cm

**官渡杂诗**

斸[2]荒数尺见螺蛳，陂阜田园概有之。想象二千年上事，汪洋巨浸古滇池。

滇池缩后平原出，古渡当时此问津。世事眼前聊指点，麻姑三见海扬尘。

县图分并几推迁，文武犹遗庙祀虔。新划知难准弥渡，幅帧首善例宽便。

饲养吴蚕簇女桑，缫丝盆手技称良。但余纱帕无滇缎，财力今输蜀锦坊。

② 斸［zhú］：古同“斸”。意为挖。

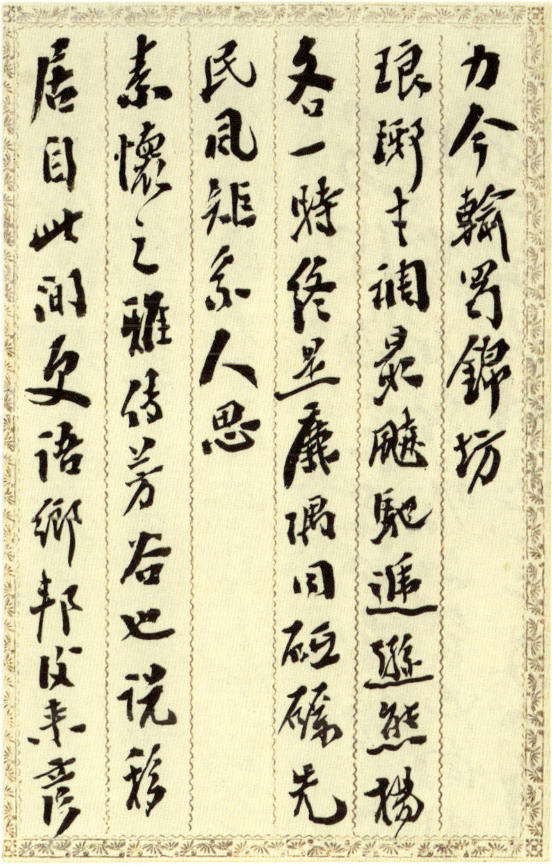

S03（5-4） G12.7cm×19.5cm

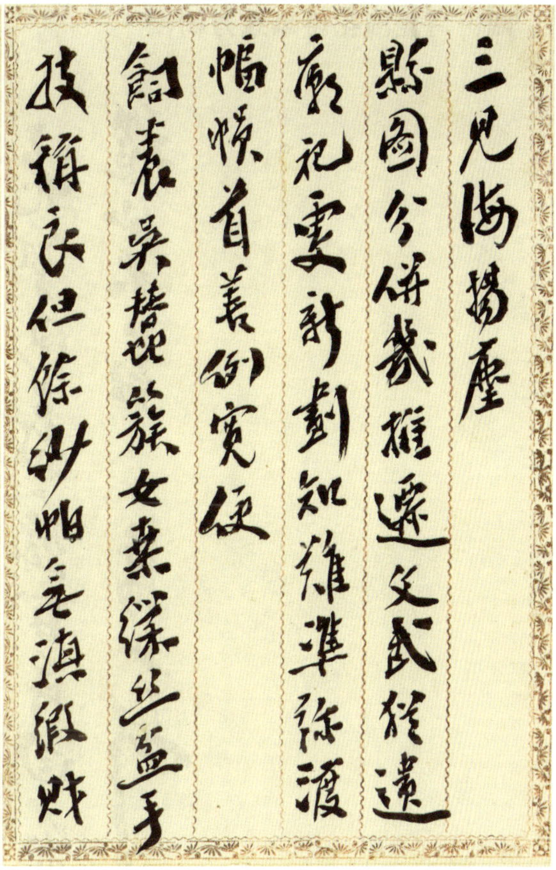

S03（5-3） G12.7cm×19.5cm

琅琊才调最飚驰，逆逊熊杨各一时。终是廉隅同砥砺，先民风矩系人思。

素怀之雅传芳谷，也说移居自此间。更语乡邦后来彦，眼光休限太华山。

官渡此游，臞仙诗[③]最佳。吟讽之余，亦补此六绝句，或附亦传也。

石禅老人　再稿

〔钤印：赵藩印信〕

〔笺纸：竖六行花边笺〕

③臞仙诗：《妙湛寺》一首。

## 四、写复梅花诗事致方树梅

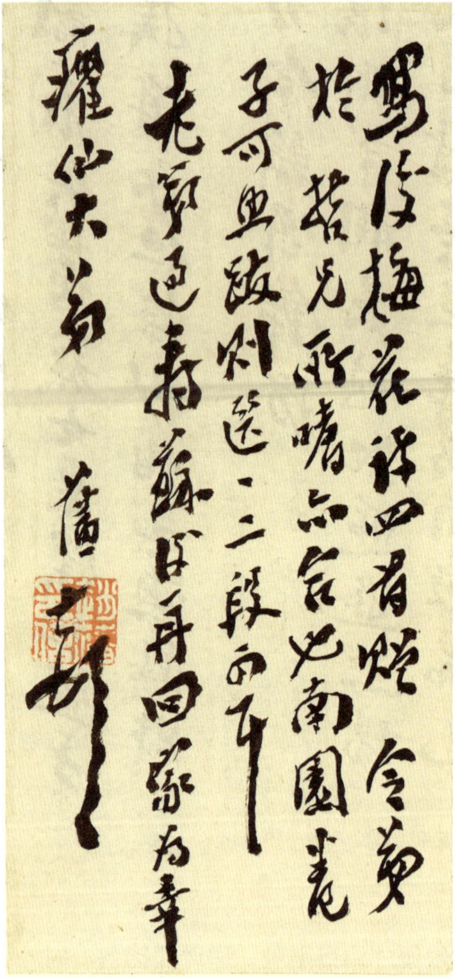

S04 G10cm×21cm

〖录文〗

写复梅花诗四首赠令弟，于哲兄所嗜亦合也。南园［钱沣］卷子可照跋，则选一二段可耳。

老弟过寿苏后再回家为幸。

臞仙大弟。

藩　顿首

〔钤印：赵藩印信〕

〔笺纸：宣纸〕

## 五、厚安手稿事

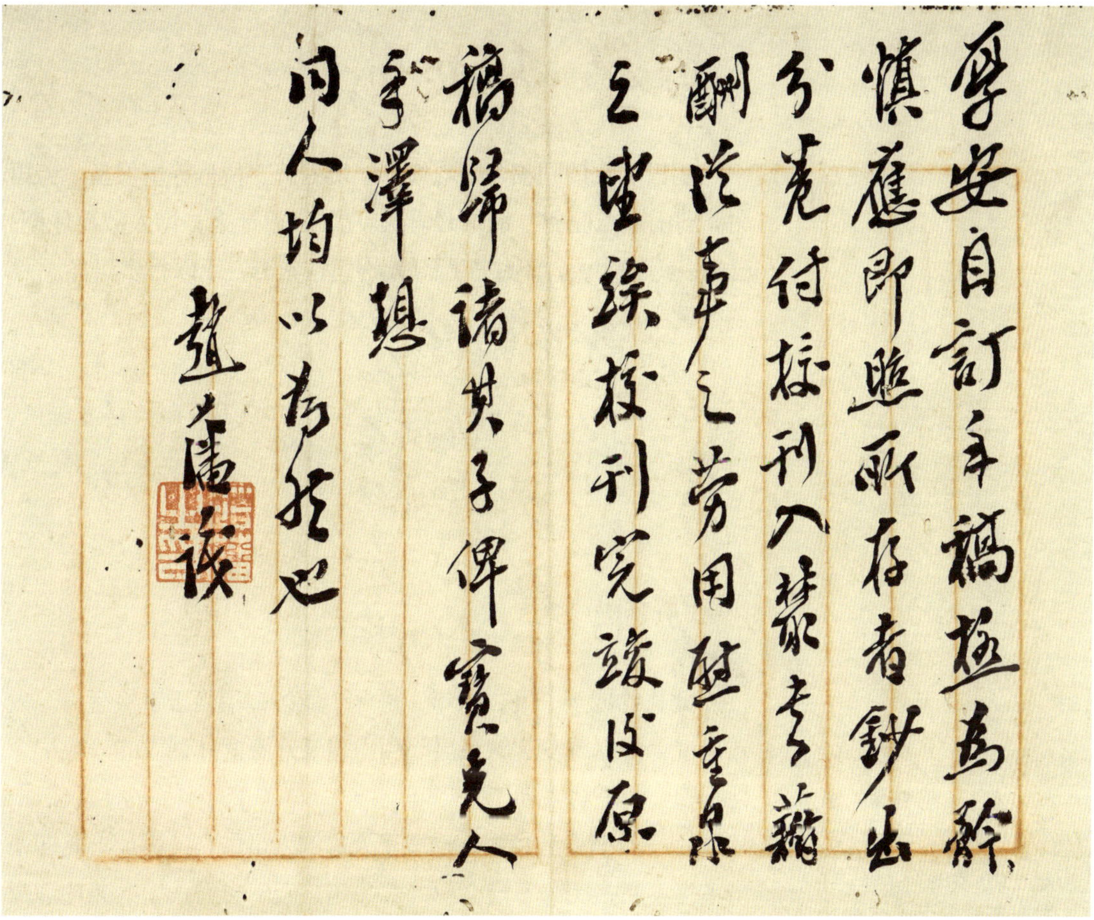

厚安自訂手稿極為矜
慎應即照所存者鈔出
分卷付校刊入叢書藉
酬從事之勞用慰重泉
之望俟校刊完竣後原
稿歸諸其子俾寶先人
手澤想
同人均以為然也
趙藩識

S05 G31cm×25cm

〖录文〗

厚安［李坤］自订手稿极为矜慎，应即照所存者钞出，分卷付校，刊入丛书。借酬从事之劳用，慰重泉之望。俟校刊完竣后，原稿归诸其子，俾宝先人手泽。想同人均以为然也。

赵藩　识

〔钤印：赵藩之印〕

〔笺纸：竖七行笺〕

## 六、虚云遣徒来事

〖录文〗

明日拂晓请同临舍间吃饭。一切刻碑、赁舟等事俱备。劳再谢。到山茶点已备，请不必再买。虚云[1]遣徒来，询人数及住期。己告以约五六人，不住即返。大约已备素斋，给以香资可矣。

此上小泉［何秉智］、臞仙先生。

藩　顿首

〔钤印：赵藩印信〕

〔笺纸：宣纸〕

〖解读〗

此札约成于一九二六年，是一个便条，相当于手机短信。大致是说，由赵藩发起的在昆明西山碧峣升庵祠计划立的一块纪念性石碑，明天将去动工。

由于长期战乱频繁，造成了大量的人员伤亡，再加上此期旱涝灾害不断，民心不定，一九二〇年，云南省省长唐继尧礼请虚云法师由大理宾川鸡足山祝圣寺来昆明华亭寺主持佛事，超度护国诸役阵亡将士。

虚云法师来昆时，正值华亭寺面临着巨大危机之际。从辛亥革命之后，华亭寺就住持失人，日见荒废。这种状况延续到民国时就更为衰败，寺内虽有数名僧人，却早已经不知三宝为何事。历代祖师苦心经营，所得田亩山场，已卖典罄尽。寺基及存留殿宇，由于管理不善，破败不堪。当地官府打算把华亭寺转售给外国人开办俱乐部。获悉此消息后，虚云深感痛心，他请唐继尧出面，废止已经签订的契约，同时也担起了重修华亭寺的重任。虚云担任华亭寺住持至一九三〇年。

①虚云（一八四〇～一九五九）：俗姓萧，名古岩，字德清，六十岁后改字幻游，号虚云。湖南湘乡人。为近代禅门泰斗。十九岁出家，二十岁依福州鼓山涌泉寺妙莲老和尚受具足戒。四十岁发心朝五台山，以报父母深恩，由普陀山法华寺起香，三步一拜备受饥寒而道心愈朗，三年遂愿。终于到达五台山，亲见文殊菩萨金颜。后在滇中阐教近二十年。九十五岁返曹溪，重建南华，中兴云门。历任昆明华亭寺、福州涌泉寺、韶关南华寺、绍兴云门山大觉禅寺等诸大寺院住持。一九五三年发起成立中国佛教协会，被选举为名誉会长。是年，当选为全国政协委员。

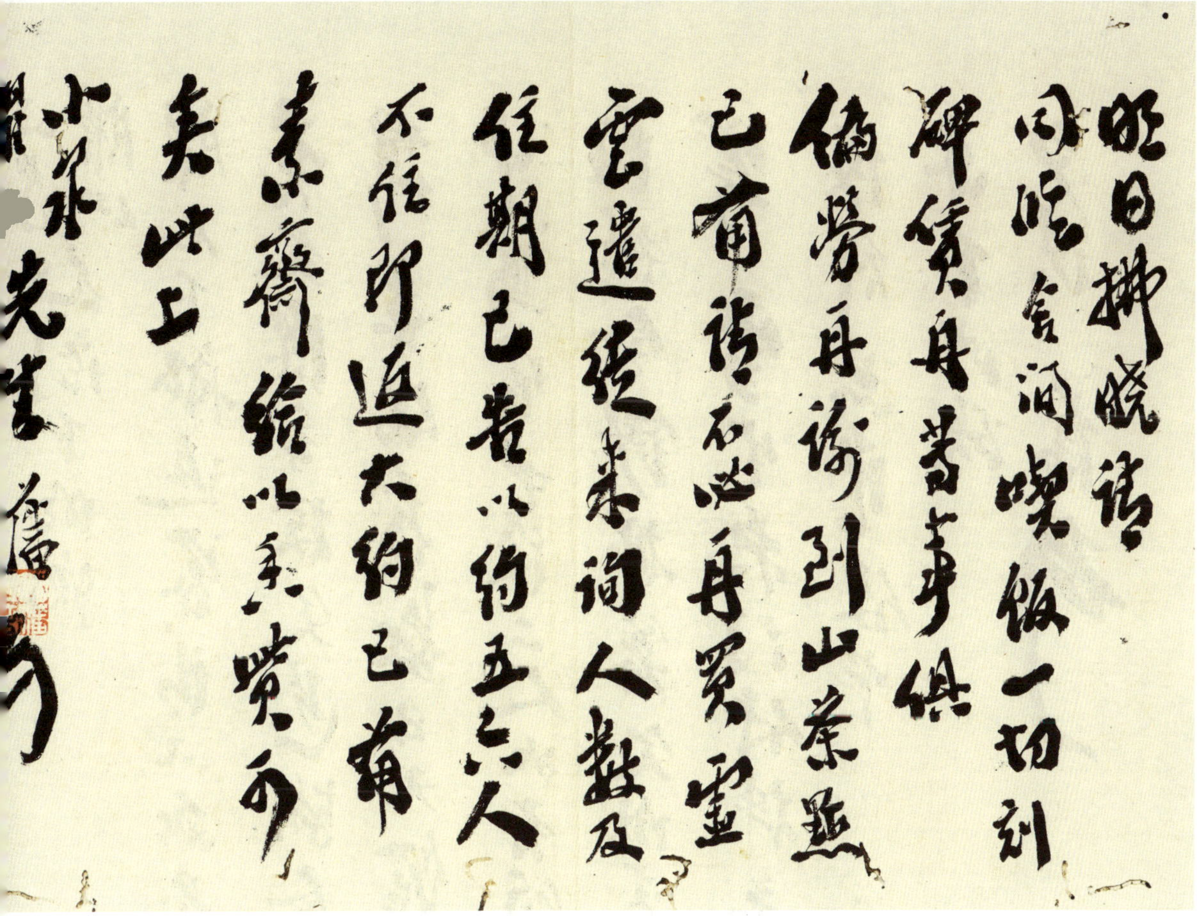

S06 G30cm×26cm

## 七、借黄文洁手校文选事

〖录文〗

小泉、臞仙兄阁下：

明晚臞兄下船返家，请以所藏黄文洁[1]手校《文选》残本携来，借看数日。又馆中写官尹、段二人如有余暇，拟令钞拙著文成卷寄雪生［李根源］吴门付梓。未识行，亦望便中示下。

此颂夕祺。

藩　顿首

〔钤印：赵藩印信〕

〔笺纸：宣纸〕

①黄文洁：即黄琮。

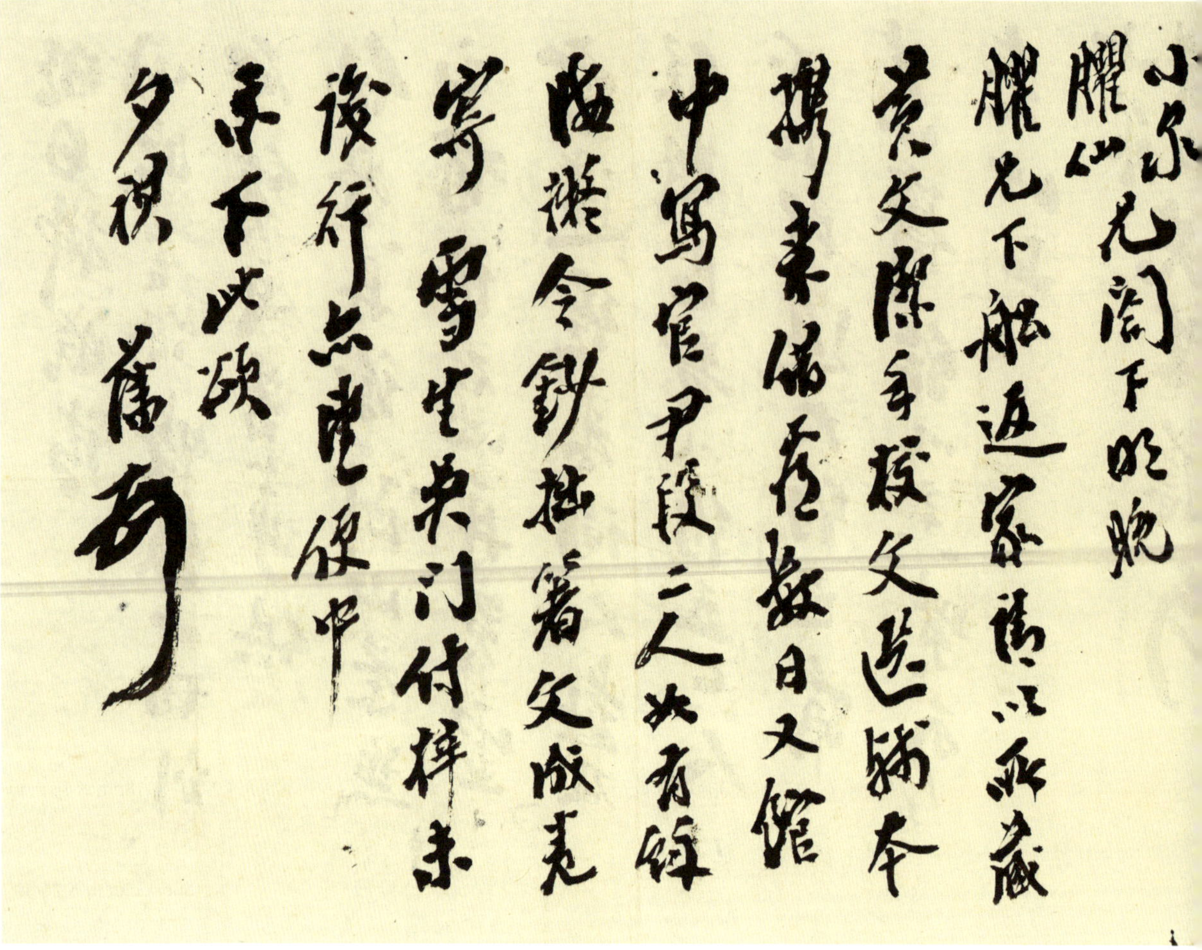

S07 G35cm×25.7cm

## 八、晋宁天女城

〖录文〗

天女孤城保聚完，画封百里未为宽。犂锄故是推淳俗，冠盖宁徒诧显官。仙鹤高飞空怅望，神龙懒起自潜盘。万松山翠滇池碧，游客披襟快一观。

晋宁游归五日矣，山水风物犹在，梦寐间复成七律一篇，柬臞仙老弟正之。

石禅老人　赵藩　书于诗境轩

〔钤印：石禅老人〕

〔笺纸：花鸟诗笺〕

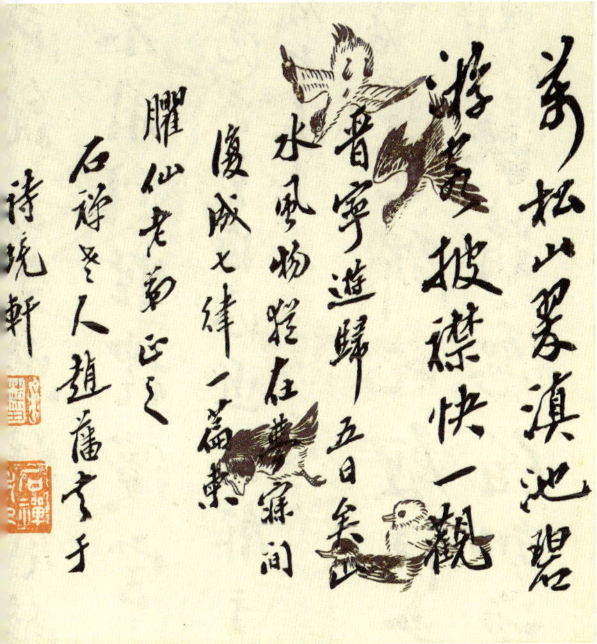

S08（2-2） G18cm×18.5cm

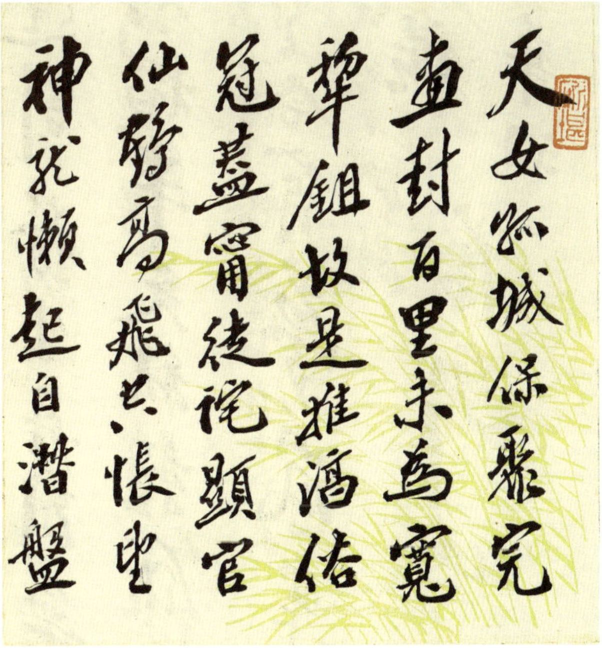

S08（2-1） G18cm×18.5cm

## 九、约游海源寺西华洞四首

〖录文〗

九月十三日臞仙、小泉、允三约游海源寺西华洞，觅明吴文忠贞毓[1]、郑武简允元[2]二公墓未得。

招提金碧游将遍，未一褰裳探海源。来问读书七子社，剩携餐菊九秋尊。穹岩洞府纷奇诡，落日水天相吐吞。只惜双忠迷墓所，欲招松顶鹤归魂。

马场成仁十八公，二公归骨埋此中。将军踔踸通侯贵，宰相崎岖百岁翁。死共忘家惟报国，谥光武简与文忠。临风酹酒苍茫里，不用刑牲礼殡宫。

①吴文忠贞毓：即吴贞毓（一六一八～一六五五），字元声，一字长声。江苏宜兴人。一六四三年进士，南明大臣。一六五五年三月，吴贞毓等十八人为孙可望所杀害，建庙于马场，谥文忠。

②郑武简允元：即郑允元（？～一六五四），歙县人。任南明中军都督府左都督。郑允元等十八人为孙可望所杀害，谥武简。

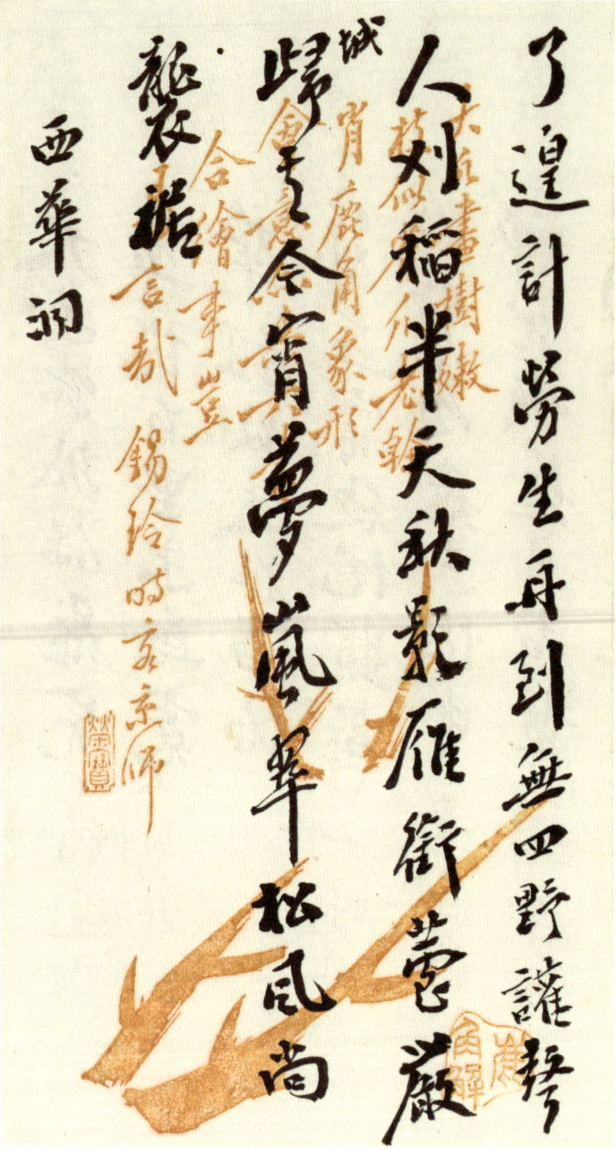

S09（5-4） G12.7cm×23cm

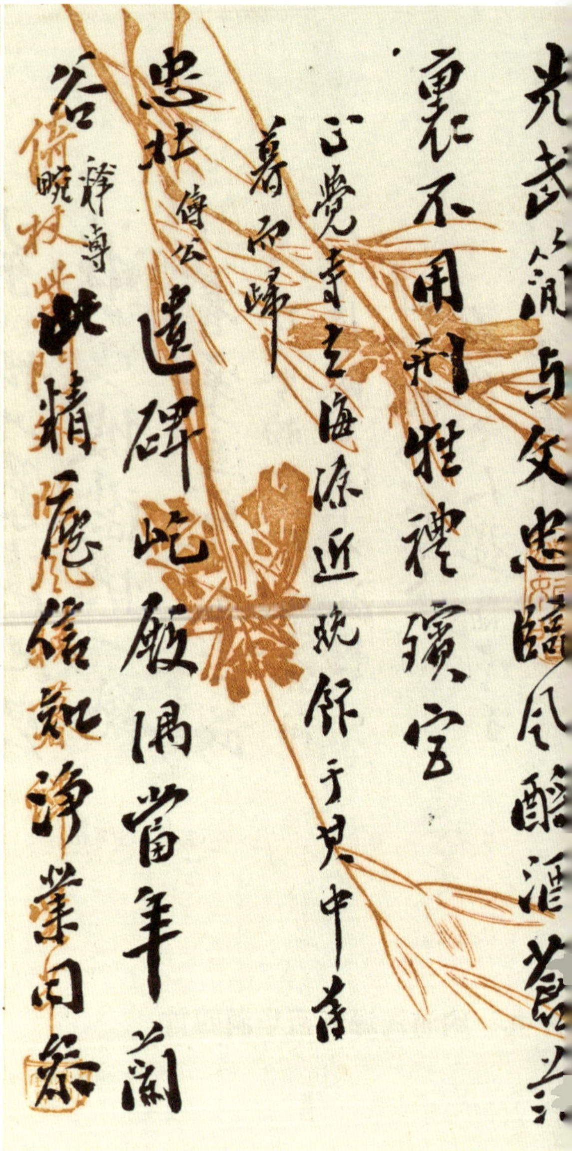

S09（5-3） G12.7cm×23cm

正觉寺去海源近，晚饭于其中，薄暮而归。

忠壮[③]（傅公）遗碑屹殿隅，当年兰谷（释溥畹[④]）此精庐。信知净业同参了，遑计劳生再到无。四野欢声人刈稻，半天秋影雁衔芦。严城归其今宵梦，岚翠松风尚袭裾。

**西华洞**

西华山聚上巑岏[⑤]，古洞岭岈豁大观。鸾鹤应声天破

③忠壮：即傅宗龙（？～一六四四），字仲纶。云南昆明人。万历三十八年进士。官至兵部尚书，太子少保，谥忠壮。

④释溥畹（一六四二～？）：字兰谷，号颠公，又号龙淙颠丈人。

⑤巑岏［cuánwán］：高峻的山峰。

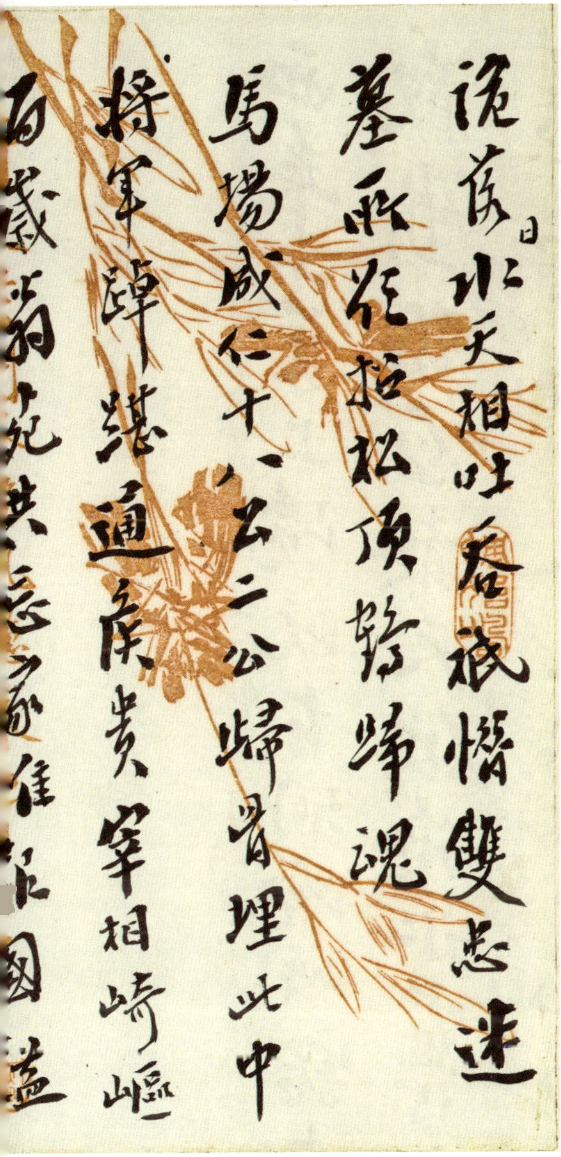

S09（5-2） G12.7cm×23cm

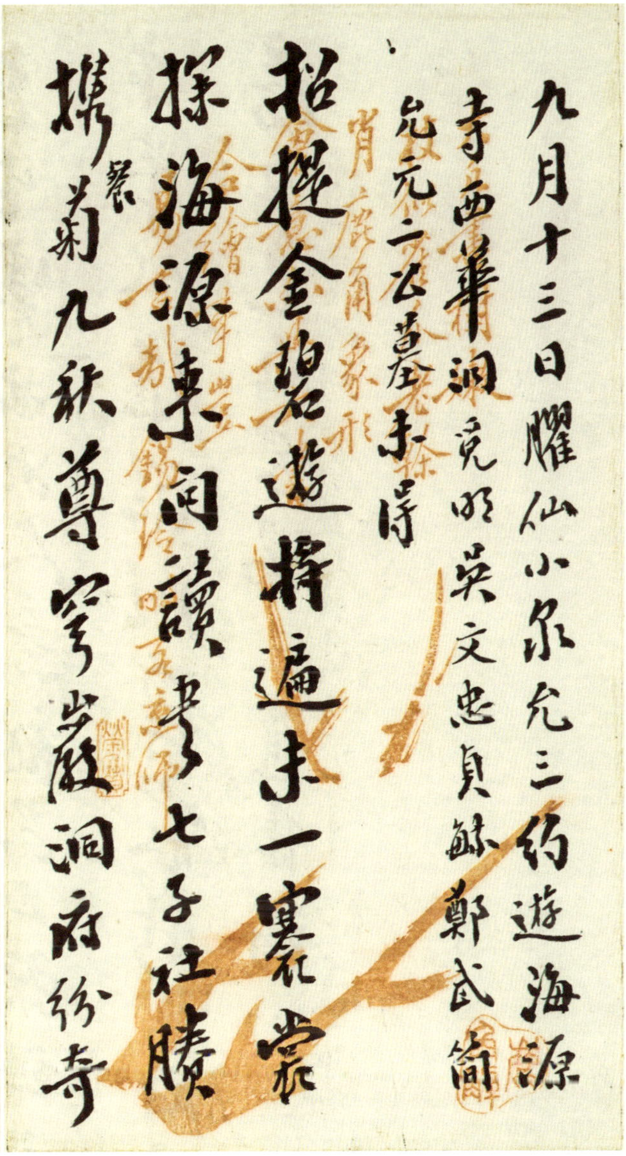

S09（5-1） G12.7cm×23cm

笑，冰霜得气夏生寒。曲如人意翻空出，既竭吾才举似难。谁和汉家新乐府，芝房[6]五色在云端。

赵藩 稿

〔钤印：赵藩印信〕

〔笺纸：花鸟诗笺〕

⑥芝房：指成丛的灵芝。

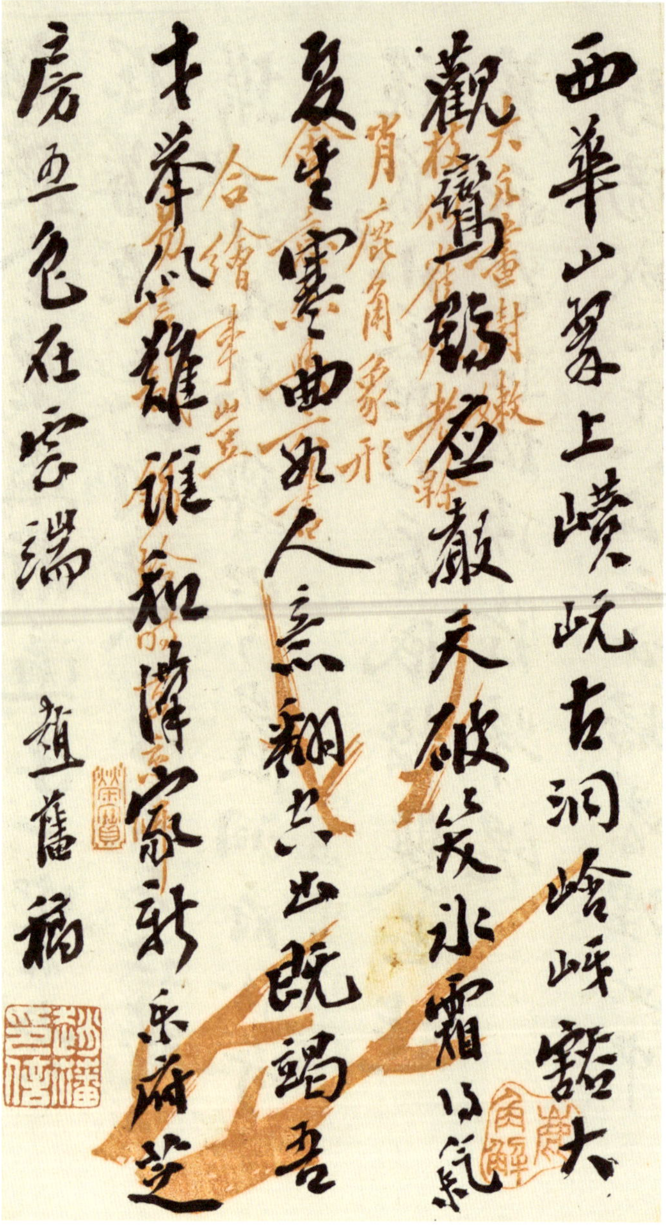

S09（5-5） G12.7cm×23cm

## 一〇、羊求夜过留宿

〖录文〗

频枉羊求①顾，无嫌蒋迳②荒。坐偎灯影仄，谈入雨声忘。感慨弢雄剑，温馨惜

①羊求：汉高士羊仲、求仲的并称。

②蒋迳（一八二二～一九一五）：乳名事合。陕西西安人。乡试高中头名举人解元。不料一些落榜的纨绔子弟出于嫉恨，具名上书礼部，攻击蒋迳当过“和尚”。朝廷派员查处，将蒋迳除名，并不许再考。从此弃绝官场，在狄寨街南寺庙设馆教书，桃李满鹿原。

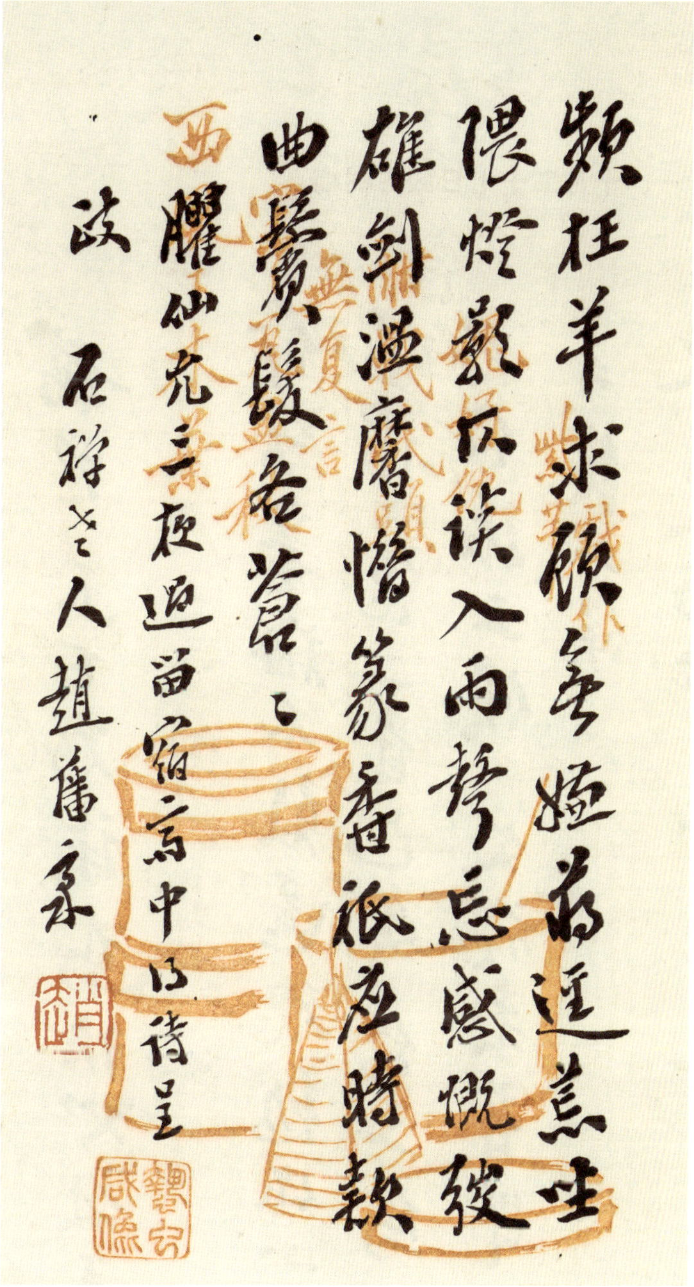

S10 G12.7cm×23cm

篆香[③]。只应时款曲，鬓发各苍苍。

腥仙、允三夜过留宿。斋中得诗呈政。

石禅老人赵藩　稿

〔钤印：赵〕

〔笺纸：竹节图诗笺〕

③篆香：犹盘香。唐宋时将香料做成篆文形状，点其一端，依香上的篆形印记，烧尽计时。

## 一一、十月二十七日致方树梅

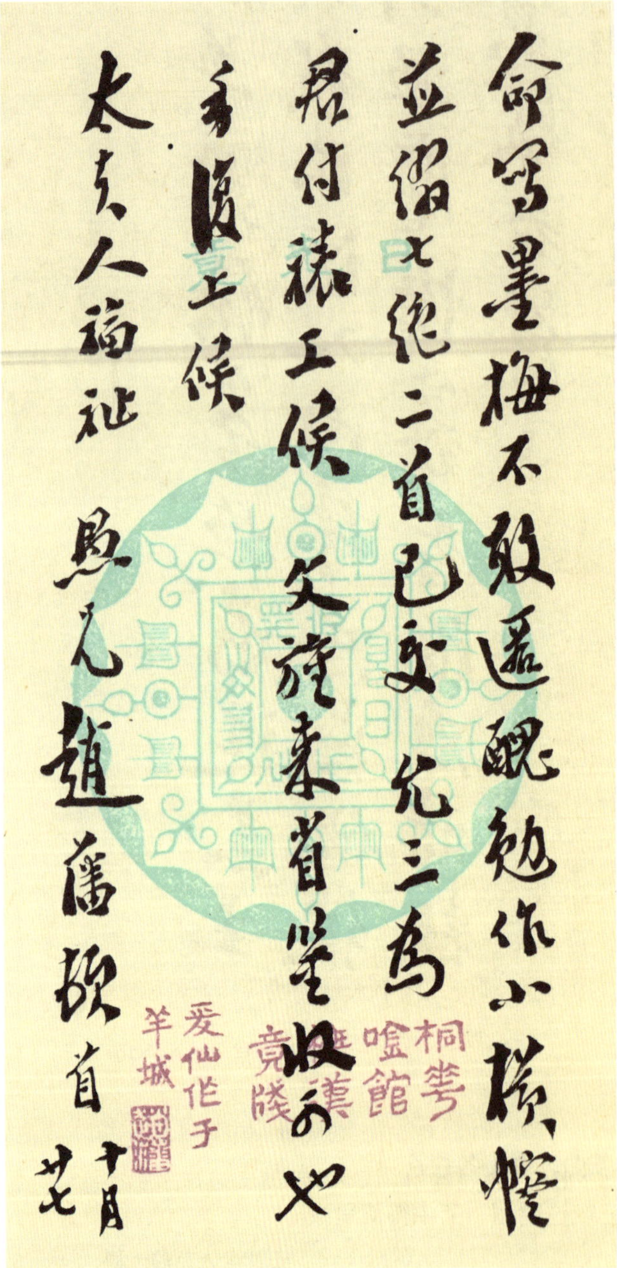

命寫墨梅，不敢遽醜，勉作小橫幀，[illegible]
並錄七絕二首，已交允三為
君付裱工，俟文旋來省，呈收可也。
手覆，上候
太夫人福祉。愚兄趙藩頓首。十月廿七

S11（2-2） G13cm×26cm

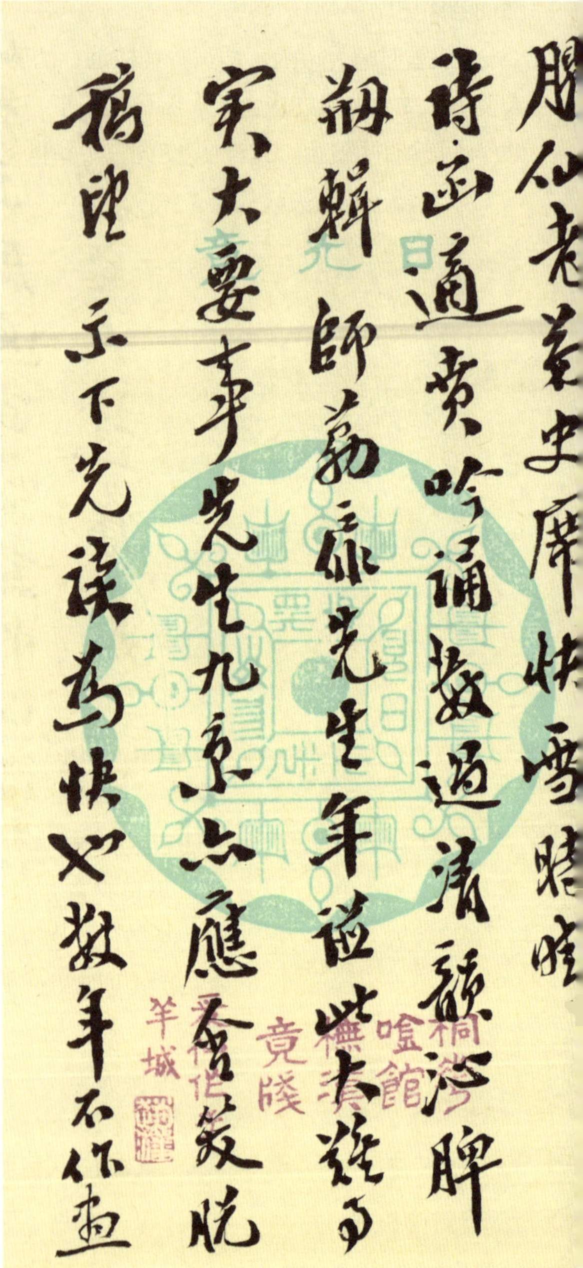

臞仙老弟史席：快雪時晴，
詩函適賁，吟誦數過，清韻沁脾。
蒐輯師荔扉先生年譜，此大難為，
實大要事，先生九京亦應含笑。脫
稿望示下，先讀為快也。數年不作畫，

S11（2-1） G13cm×26cm

〖录文〗

臞仙老弟史席：

《快雪时晴》诗函，适赍吟诵数遍，清韵沁脾，创辑《师荔扉先生年谱》，此大难事，实大要事，先生九泉亦应含笑。脱稿望示下，先读为快也。数年不作画，命写墨梅，不敢匿丑，勉作小横帧并缀七绝二首，已交允三［华世尧］为君付裱。工候文旌来省鉴收可也。

手复。上候太夫人福祉。

愚兄赵藩　顿首　十月廿七

〔笺纸：日光竟诗笺〕

## 一二、臞仙病归问安事

〖录文〗

臞仙老弟阁下：

小泉来言，阁下趁便船行，计已抵家数日。夫人清恙。得君自主医药，谅必渐痊。昨雪中作小诗内一首云：臞仙妇病促还家，煮药炉边谅寡欢。我为梅花私颂祷，年年人月照团栾[①]。顺笔附呈粲政。

专候太夫人贤昆玉安吉！

愚兄藩　顿首　廿八三夕

书未发，台翰至，勿药。喜同欣慰。又顿首。

〔钤印：石禅〕

〔笺纸：日光竟诗笺〕

①团栾：团聚。

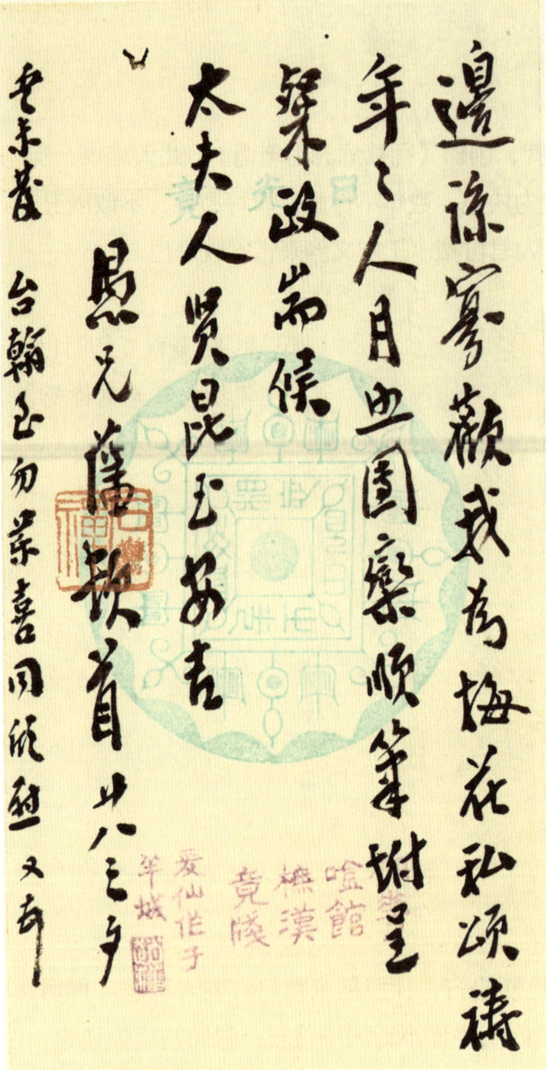

S12（2-2） G13cm×26cm

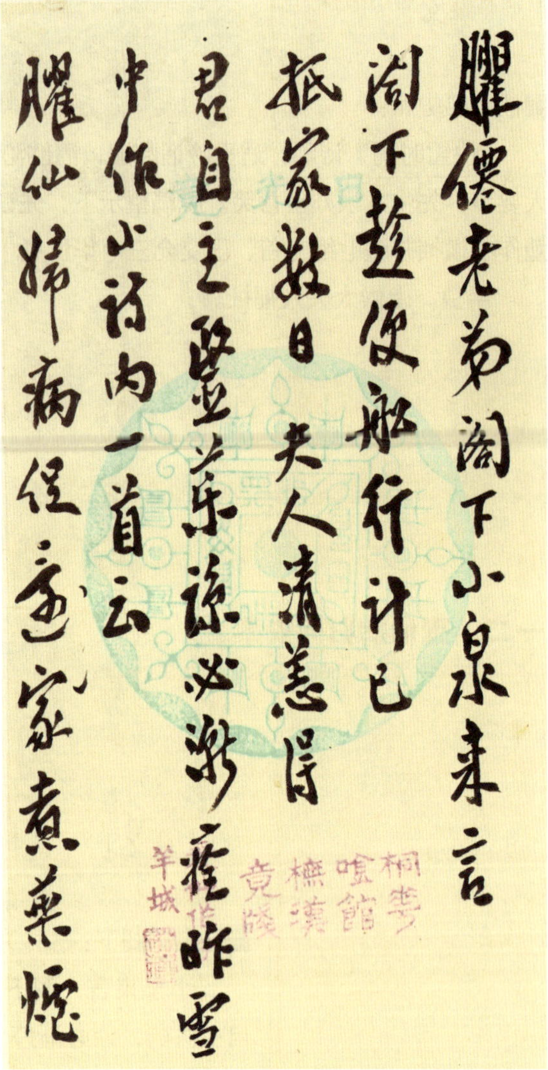

S12（2-1） G13cm×26cm

## 一三、欣慨

〖录文〗

滇池又过一年冬，欣慨都归阅世胸。霆击萑[1]苻歼二竖[2]，雪

①萑［huán］：猫头鹰一类的鸟。

②二竖：神话传说。为病魔之称。

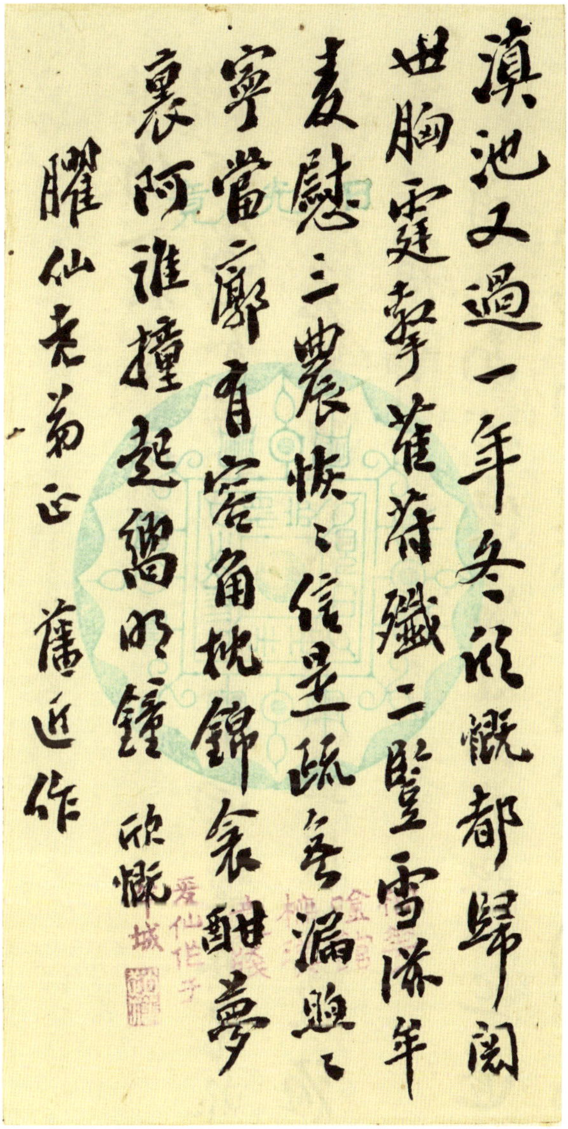
滇池又過一年冬，所歷都歸閱世胸。霆擊萑苻殲二豎，雪添年麥慰三農。恢恢信是疏無漏，煦煦寧當廓有容。角枕錦衾酣夢裏，阿誰撞起響明鐘。欣慨

耀仙老弟正

藩 近作

S13 G13cm×26cm

滋牟麦慰三农。恢恢信是疏无漏，煦煦宁当廓有容。角枕锦衾酣梦里，阿谁撞起响明钟。

欣慨。

耀仙老弟正。

藩 近作

〔笺纸：铜镜笺〕

## 一四、补入竹枝二首

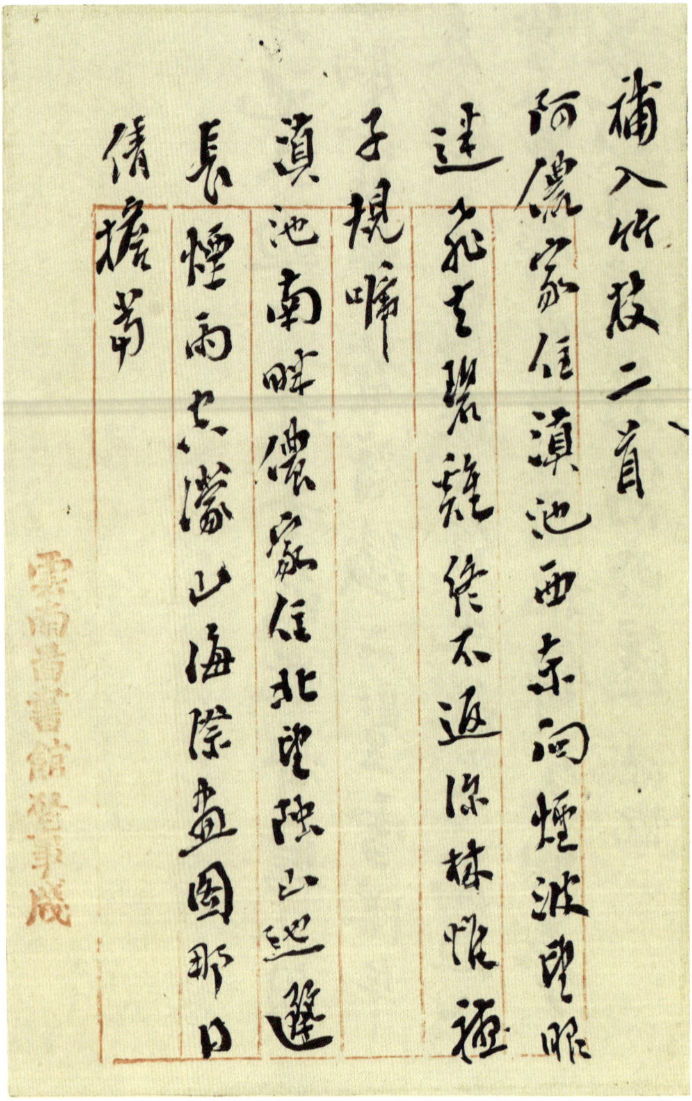
補入竹枝二首
阿儂家住滇池西東向煙波望眼迷
飛去碧雞終不返深林惟聽子規啼
滇池南畔儂家住北望陸山迤邐
長煙雨大濛山海際盡圖那日
倩揩萬

S14　G17cm×22cm

〖录文〗

补入竹枝二首

阿侬家住滇池西，东向烟波望眼迷。飞去碧鸡终不返，深林惟听子规啼。

滇池南畔侬家住，北望陟山迤逦长。烟雨空濛山海际，画图那得倩担当。

〔笺纸：云南图书馆启事笺〕

## 一五、唐大来先生儒服象事致方树梅

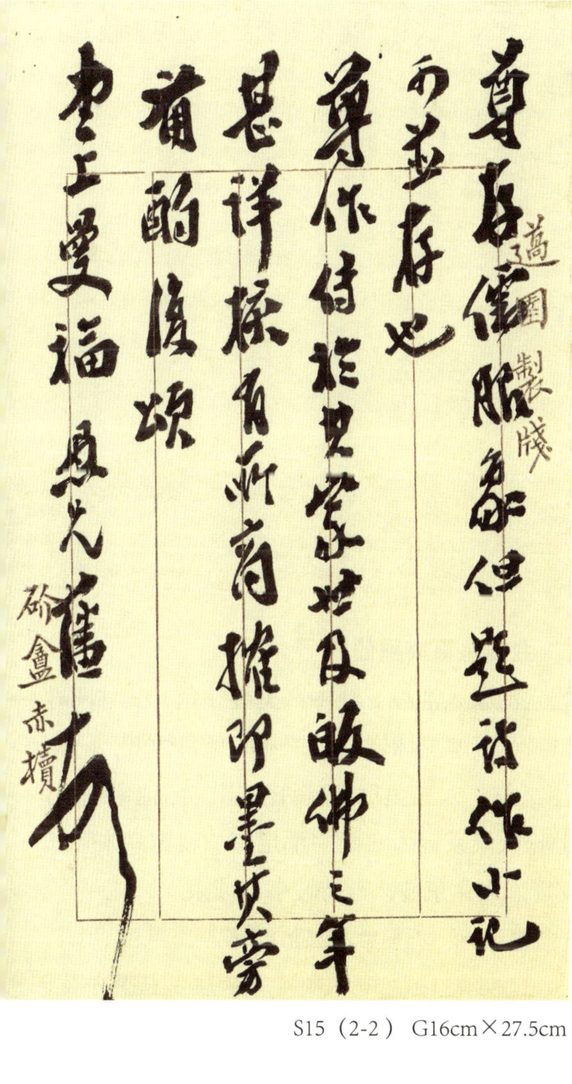

S15（2-2） G16cm×27.5cm

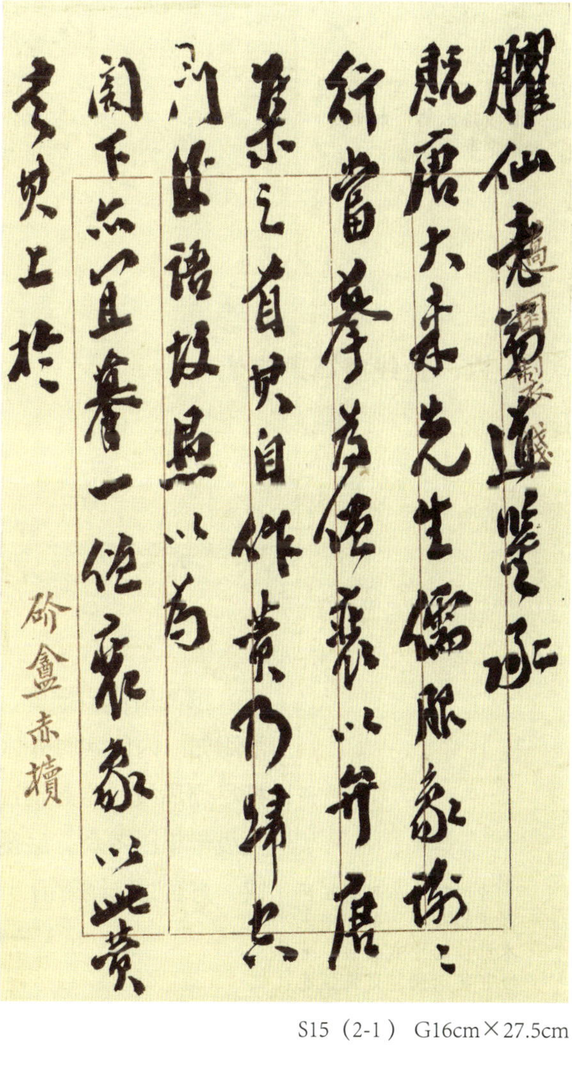

S15（2-1） G16cm×27.5cm

〖录文〗

臞仙老弟道鉴：

承贶唐大来［担当］先生儒服象，谢谢。行当摹为僧装，以弁唐集之首，其自作赞[①]乃归空门后语。故愚以为，阁下亦宜摹一僧装象，以此赞书其上，于尊存儒服象［像］，但题诗作小记可并存也。尊作传于其家世及皈佛之年甚详，核有所商榷，即墨其旁备酌。

复颂。堂上曼福。

愚兄藩　顿首

〔笺纸：竖五行笺。文："蔼园制笺""矫庵赤楼"〕

①赞：一种文体，用于颂扬人物，如小赞、像赞等。

## 一六、金线鱼篇柬臞仙

〖录文〗

### 金线鱼篇柬臞仙

滇池倚岸岩攒廪，岩穴流泉入池冷。池中产美金线鱼，三寸四寸沙鳅如。内体腴时外体热，竞唼寒流泳岩穴。罟师取鱼鱼性知，一网打尽珊瑚枝。本趁清凉落烹煮，人黠鱼痴奈何许。岩穴名驰金线洞，金线年年压者众。盘餐上味饫豪家，丙穴南中那足夸。我穷尚未弹长铗，方君时饷调羹滑。安能忍俊谢东坡，有待岐亭申戒杀。

甲子八月几望　石禅老人赵藩作于昆明寓庐之诗境轩[①]

〔钤印：赵藩印信〕

〔笺纸：宣纸〕

①诗境轩：属赵藩在昆自建的住宅，是一所土木结构的中式庭院，地址在华山南路楚姚镇巷二十七号。后辈称其为"读书堂"。

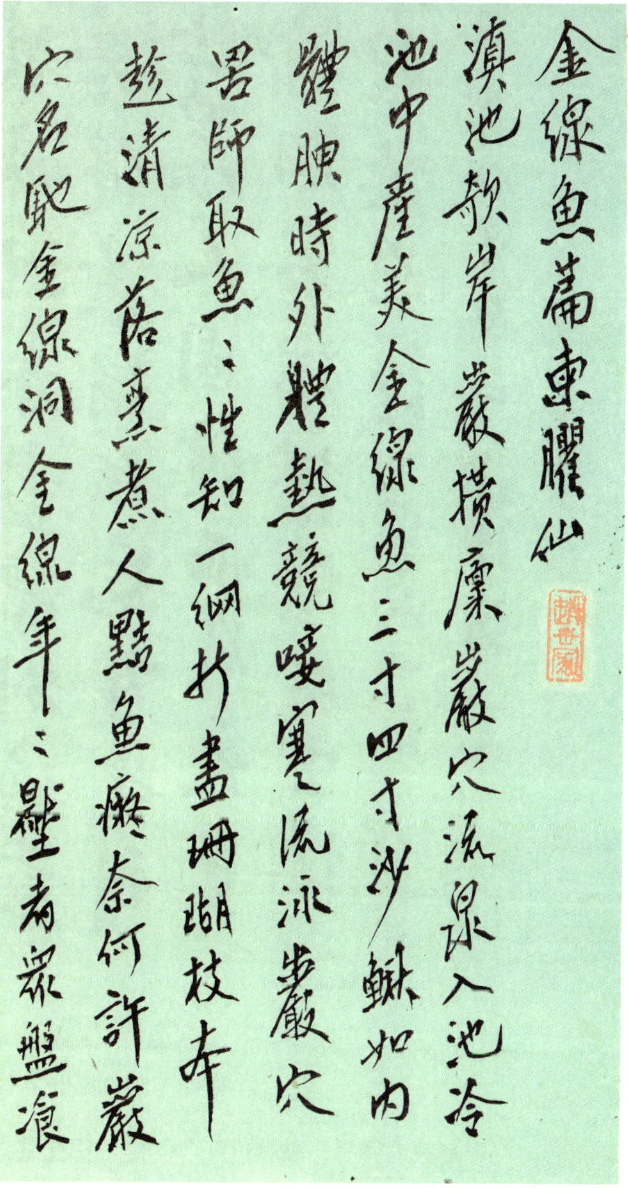

金線魚蒲東臞仙
滇池敧岸嶔横廉巖穴流泉入池冷
池中產美金線魚三寸四寸沙鰍如肉
鱧腴時外鱧熟競嗟寒流泳巖穴
罟師取魚魚性知一網折盡珊瑚枝本
兹遊清涼落烹煮人黠魚癡奈何許巖
穴名馳金線洞金線年年壘者衆盤飱

S16（2-1） G14.5cm×26.4cm

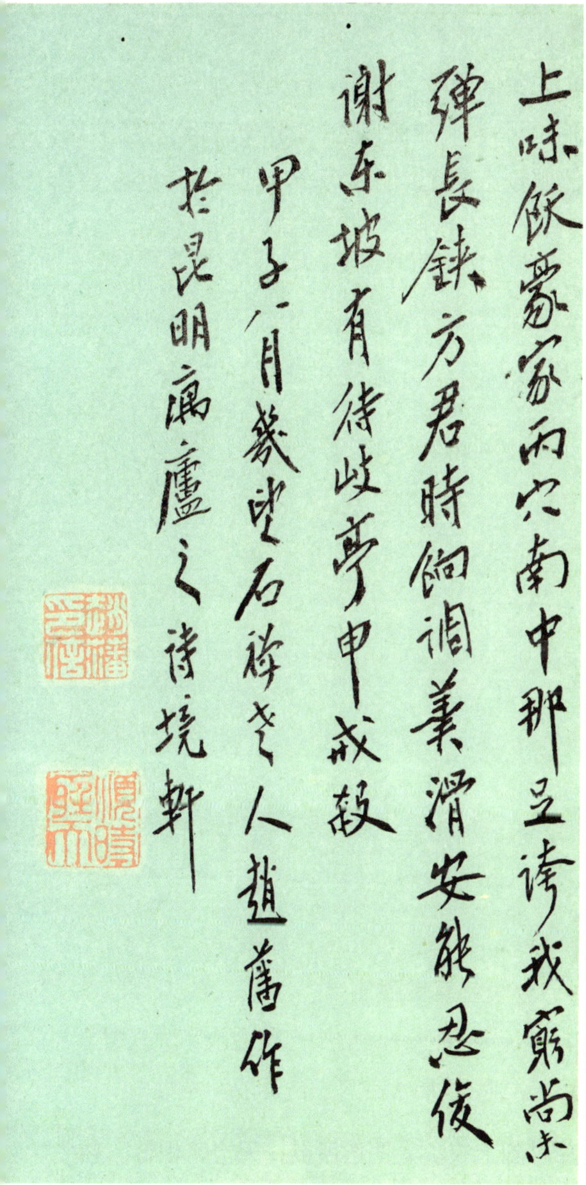

上味飫豪家雨穴南中那足誇我窮尚未
彈長鋏方君時餉調羹滑安能忍俊
謝東坡有待岐亭中戒殺
甲子八月癸叟石禪老人趙藩作
於昆明病廬之詩境軒

S16（2-2） G14.5cm×26.4cm

## 一七、寒威一首

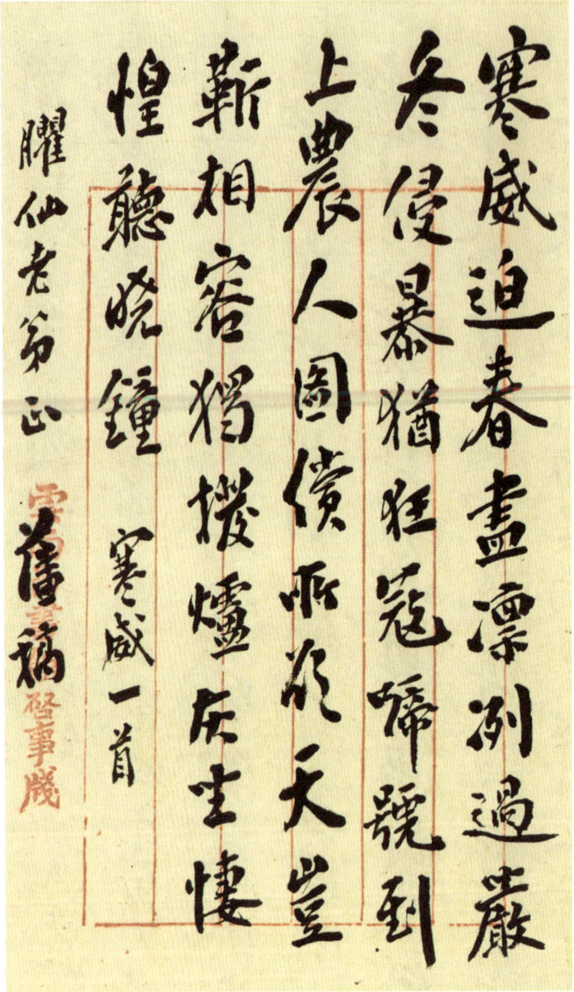

寒威迫春盡凜冽過嚴冬侵暴猶狂寇啼號到上農人圖償所欲天豈靳相容獨撥爐灰坐悽惶聽曉鐘

寒威一首

耀仙老弟正

藩稿

雲南圖書館啓事箋

S17　G17cm×28.4cm

〖录文〗

寒威迫春尽，凛冽过严冬。侵暴犹狂寇，啼号到上农。人图偿所欲，天岂靳相容。独拨炉灰坐，凄惶听晓钟。

寒威一首。

耀仙老弟正。

藩　稿

〔笺纸：云南图书馆启事笺〕

## 一八、口占谢臞仙兄饷锦川樱桃

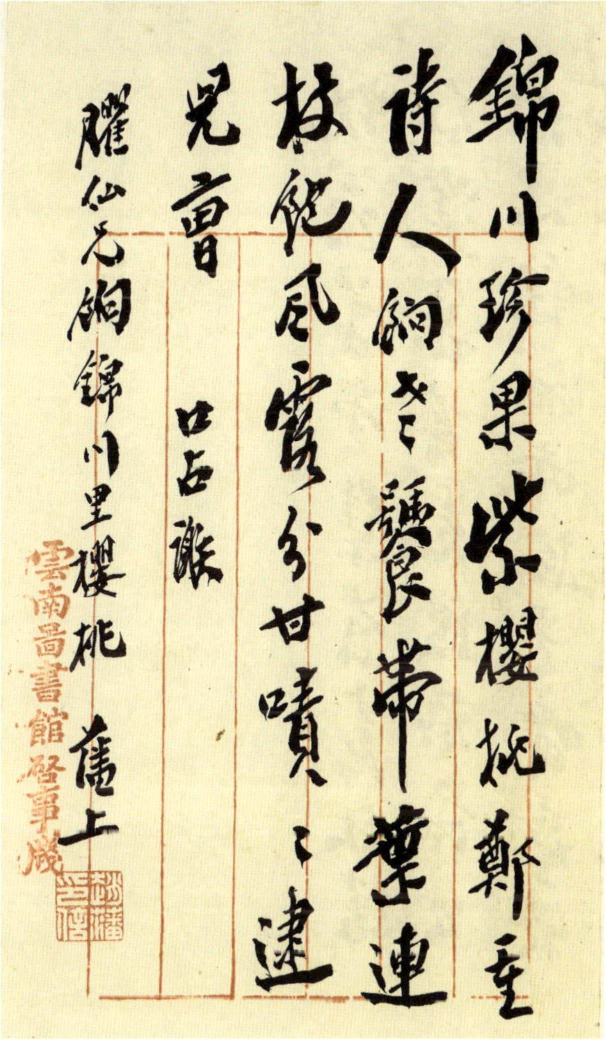

S18　G17cm×28.4cm

〖录文〗

锦川珍果紫樱桃，郑重诗人饷老饕。带叶连枝饱风露，分甘啧啧逮儿曹。

口占谢臞仙兄饷锦川里樱桃。

藩　上

〔钤印：赵藩印信〕

〔笺纸：云南图书馆启事笺〕

## 一九、备摹饬抄事

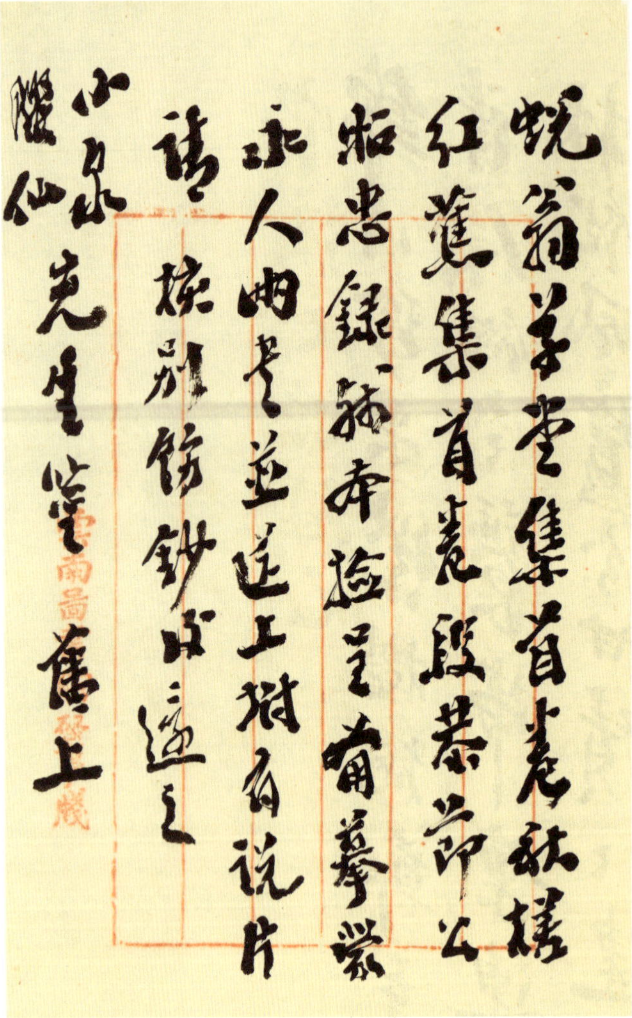

S19 G17cm×28.4cm

〔录文〕

《蜕翁草堂集》首卷、秋槎《红蕉集》首卷、《段恭节公昭忠录》残本，捡呈备摹。蒙、永人两书并送上，附有说片，请核别饬钞后还之。

小泉、臞仙先生鉴。

藩　上

〔笺纸：云南图书馆启事笺〕

## 二〇、觅王畤五先生遗刻事

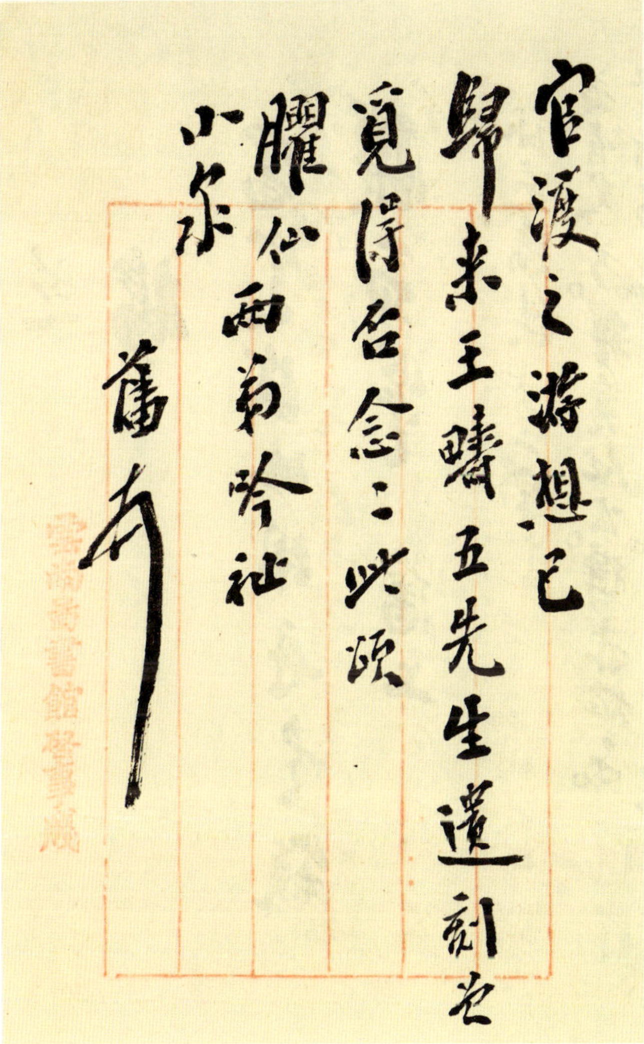
官渡之游想已
歸來王畤五先生遺刻曾
覓得否念念此頌
臞仙兩弟吟祉
小泉
藩頓首

S20 G17cm×28.4cm

〖录文〗

官渡之游，想已归来。王畤五［王思训］先生遗刻曾觅得否？念，念。此颂臞仙、小泉两弟吟祉。

藩　顿首

〔笺纸：云南图书馆启事笺〕

## 二一、咏芝楼拟名拟联

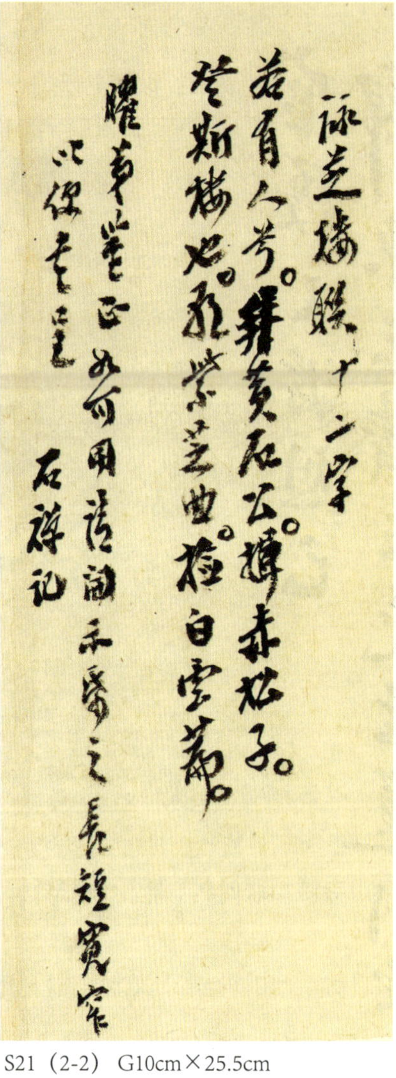

S21（2-2） G10cm×25.5cm

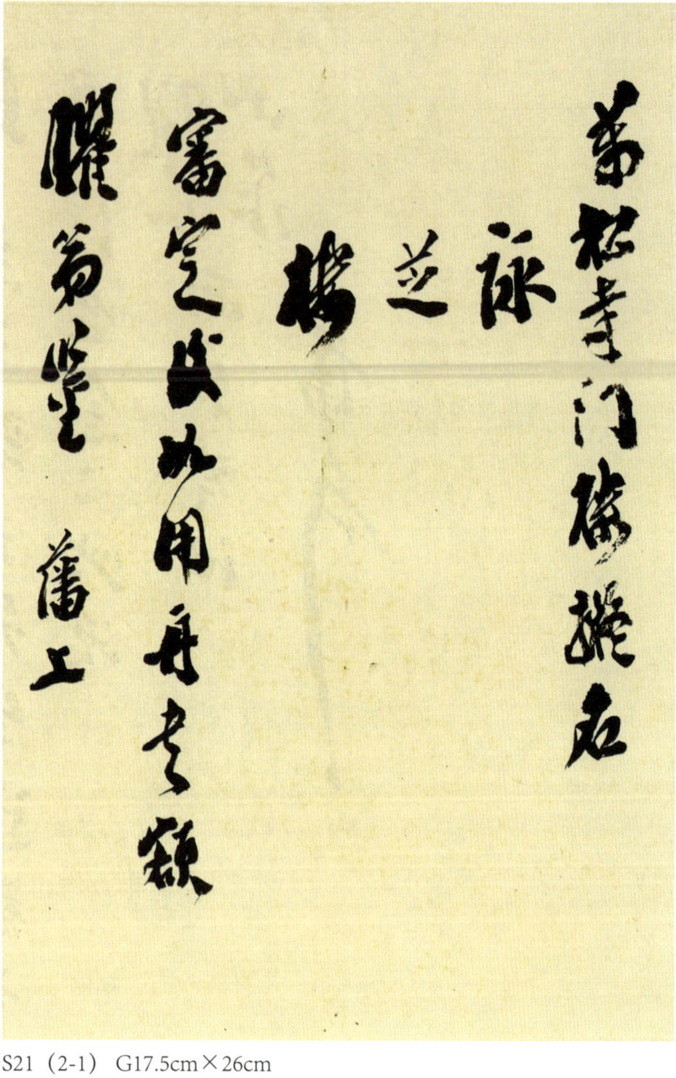

万松寺门楼拟名
咏芝楼
审定后如用再书额
瞿弟鉴
藩上

S21（2-1） G17.5cm×26cm

〖录文〗

**万松寺[1]门楼拟名**

咏芝楼。

审定后如用，再书额。瞿弟鉴。

藩　上

①万松寺：在晋宁县和衲山，为古名刹。志载建于唐，元莲峰祖师至和衲，即卓锡此寺，道光间失慎而毁。一九二二年重建完成。

**咏芝楼联十二字**

若有人兮，拜黄石公，挥赤松子[2]。登斯楼也，歌紫芝曲，捡白云篇。

臞弟鉴正，如可用，请开示纸之长短宽窄，以便书呈。

石禅记

〔笺纸：宣纸〕

②赤松子：又名赤诵子，号左圣南极南岳真人，左仙太虚真人。秦汉传说中的上古仙人。

〖解读〗

此札应书于一九二二年，因为当时万松寺全面竣工。

## 二二、黑井万春山金泉山寺院拟联四付

〖录文〗

**黑井[1]万春山金泉山寺院拟联四付［副］**

祥风吹万，知白守黑归真体道；和神当春，熬波出盐利用厚生。

金，家用国用并须，当储于豫；泉，在山出山皆美，不挠其清。

百级升高，上方坐得昂头概；万家并养，大慧行敷有脚春。

竹院寄闲心，僧话偶逢留此地；莲峰著遗迹，佛缘幸结述吾乡。

〔笺纸：云南图书馆启事笺〕

①黑井：位于云南省楚雄彝族自治州禄丰县，是个产贡盐的地方。元代，中央置威楚路提领管黑盐井盐运使司。清朝，黑井盐业到达鼎盛，盐税曾占云南盐税百分之六十四。现万春山寺不在，仅剩僧人墓九座。

黑井萬春山金泉山寺院楹聯四付

祥風吹萬、知白守黑歸真體道

和神當春、熬波出鹽利用厚生

金、家用國用並須、當儲於豫、

泉在山出山皆美、不換其清、

百級升高、上方是得日昇頭緊、

萬家井養、太慧行數有腳春、

竹院寄潤心、僧話偶逢留此地、

蓮峰著遺蹟、佛緣幸結述吾鄉、

S22 G19.5cm×29.5cm

## 二三、来件已写事致方树梅

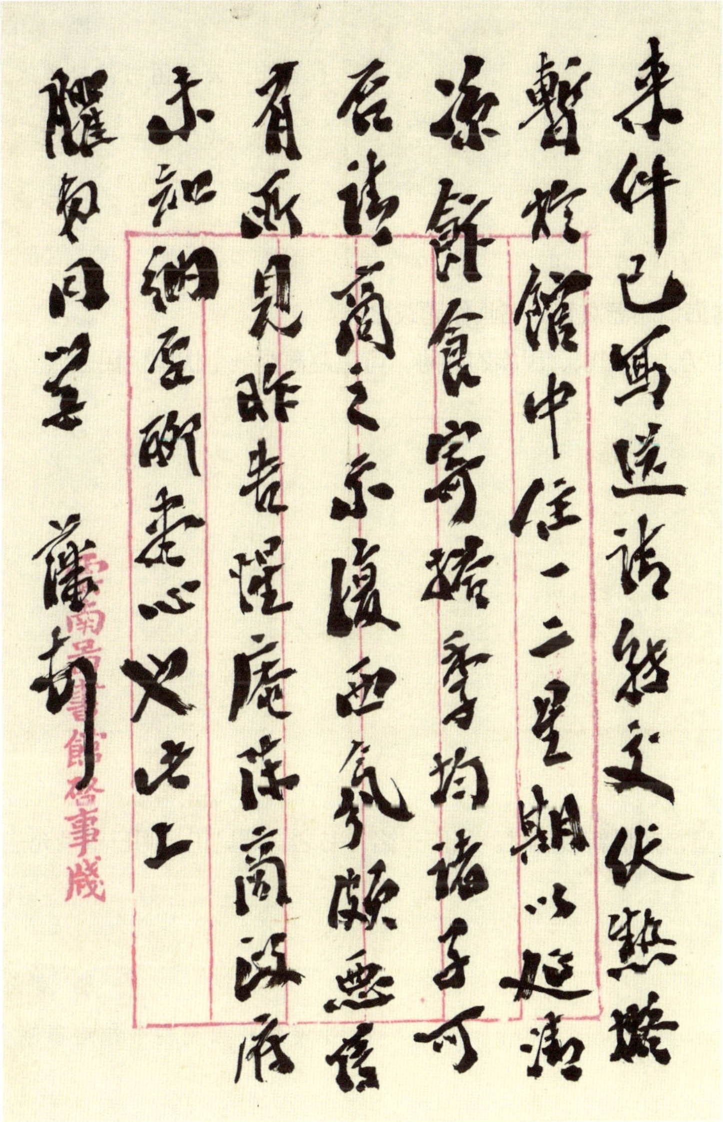

S23 G19cm×27cm

〖录文〗

来件已写，送请转交。伏热，拟暂于馆中住一二星期，以延清凉。饭食寄搭季均诸子可否？请商之，示复。西氛颇恶，藩有所见，昨告惺庵［周钟岳］，陈商政府，未知纳否。聊尽心也。

此上，臞弟同学。

藩　顿首

〔笺纸：云南图书馆启事笺〕

〖解读〗

“来件已写”，大致是方树梅请赵藩对某一书画作题跋之类。

“西氛颇恶”应指当时某种势力对国家、民族的威胁。可见赵藩是一个忧国忧民之人。

## 二四、研石事致方树梅

〖录文〗

研石杀墨，微涩，而甚养墨，亦是新坑佳材。已作一铭，书之二纸呈正。明日望偕允三［华世尧］早来谈憩。

此致。臞老弟台。

藩　顿首

〔笺纸：云南图书馆启事笺〕

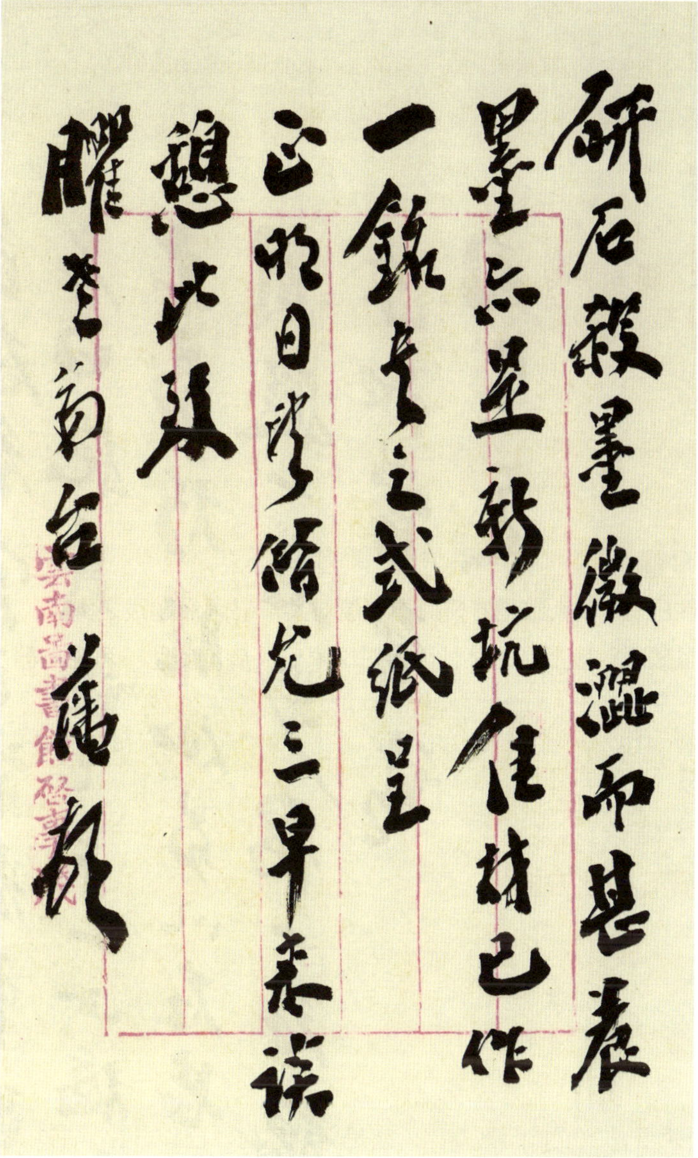

S24 G18.5cm×26cm

## 二五、自在香室之前拟名

〖录文〗

自在香室[1]之前界湖，有堤。拟名曰：抱月堤。堤上二小桥架木易朽，臞仙易以石，甚牢固，拟一名步鹤，一名听鹂。未知当否？请同定之。

〔笺纸：云南图书馆启事笺〕

①自在香室：在昆明。赵藩有题联："非拒非迎，风定妙香通息息；不支不蔓，月明清影立亭亭。"

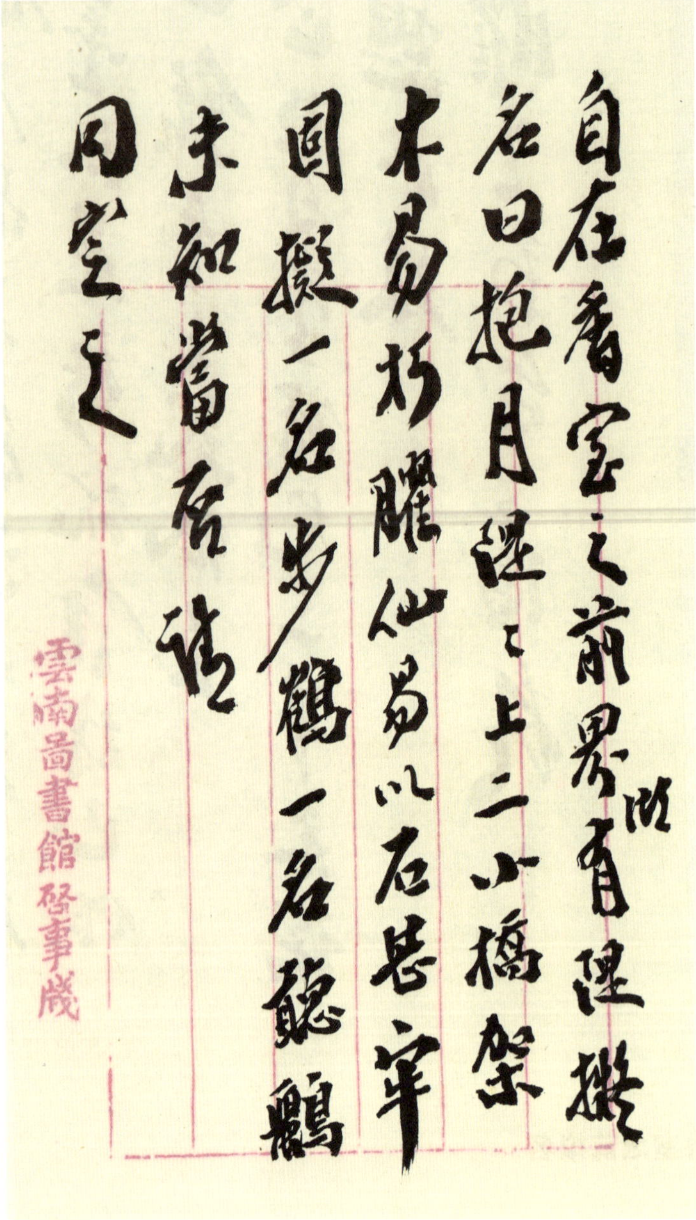
自在香雲之前界此有隄擬
名曰抱月隄上二小橋架
木易朽耀仙易以石甚牢
固擬一名步鶴一名聽鶴
未知當否請
同定之
雲南圖書館啓事牋

S25 G17cm×27.5cm

〖**解读**〗

名是指人或物的称谓，以区别彼此。否则，“名不正，言不顺”。一堤一桥，都要有名，而且要像取人名一样有讲究，这样才算得上“有文化”。尽量避免如大牛、二狗那样编号式的称呼。

## 二六、对稿捡未得事

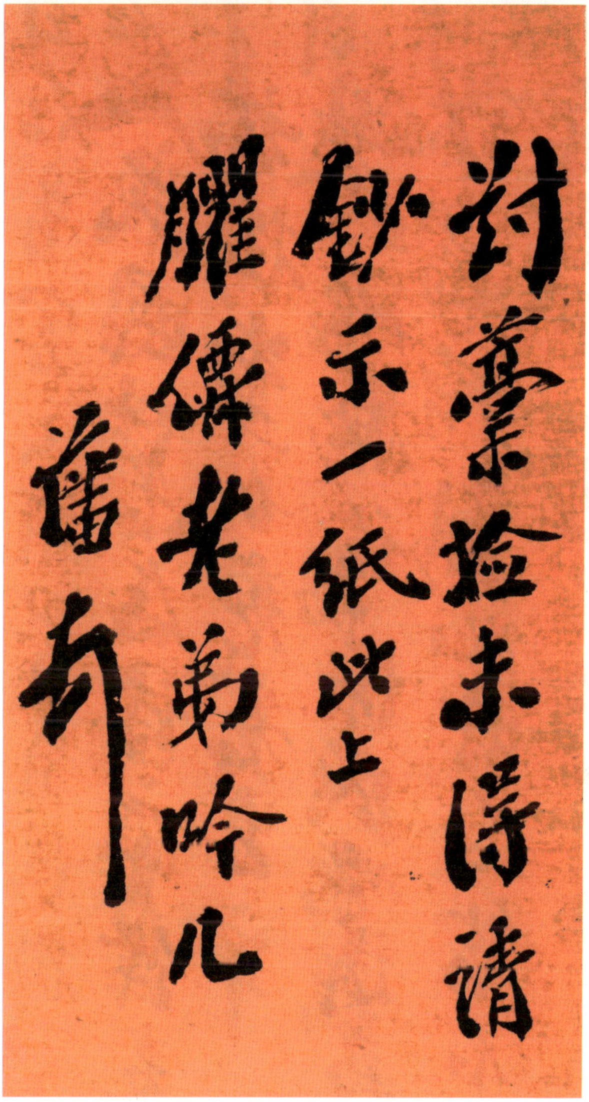
对稿捡未得请
钞示一纸此上
曜仙老弟吟几
藩 顿首

S26 G14cm×26cm

〖录文〗

对稿捡未得，请钞示一纸。

此上。曜仙老弟吟几。

藩　顿首

〔笺纸：红色纸〕

## 二七、入民国以来存诗二十余卷事

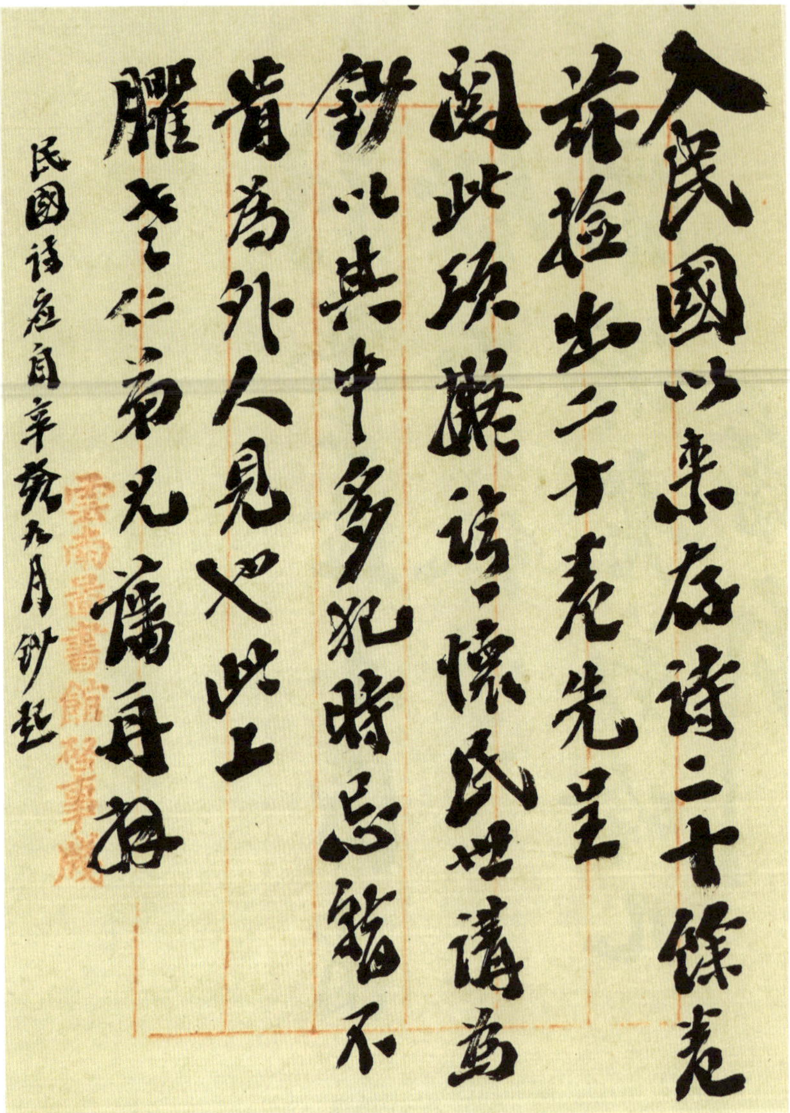

入民國以來存詩二十餘卷茲撿出二十卷先呈閱此項擬請懷民世講為鈔以其中多犯時忌暫不肯為外人見也此上

S27 G18cm×25cm

〖录文〗

入民国以来，存诗二十余卷，兹捡出二十卷先呈阅。此项拟请怀民世讲为钞，以其中多犯时忌，暂不肯为外人见也。

此上。臞老仁弟。

兄藩　再拜

民国诗应自辛亥九月钞起。

〔笺纸：云南图书馆启事笺〕

〖解读〗

第一，犯忌诗二十余卷，可谓数量不少，从此公身上也可以验证，人常会隐藏有另一面。第二，这些诗应为赵藩的自作诗，时段涵盖清末、民国，否则没有必要特别提及民国（云南民国政权建立于辛亥即一九一一年九月九日，俗称“重九起义”）。第三，该诗隐秘程度极高，附近的抄手不放心，故舍近求远，选择最可靠的方臞仙的儿子方怀民完成此光荣任务。

## 二八、捡《大清会典》事

〖录文〗

馆中如有《大清会典》，祈饬捡：重宴鹿鸣[①]、琼林、典礼之卷送来一看。

此上。小泉、臞仙兄同照。

藩　顿首　廿四日

〔笺纸：竖行朱丝笺〕

①重宴鹿鸣：又称重赴鹿鸣宴。清代科举制度中对考中举人满六十周年者的庆贺仪式。

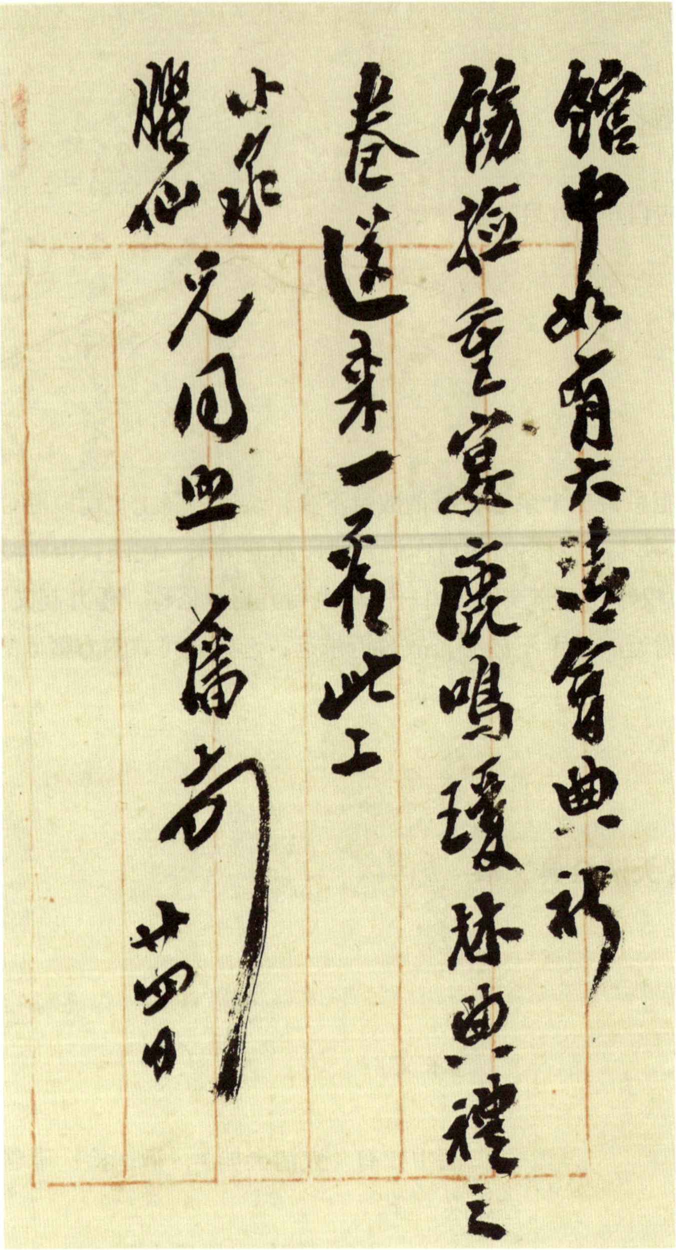

S28 G15cm×28.4cm

## 二九、送还山谷诗事

〖录文〗

送还山谷［黄庭坚］诗一匣、完白篆一函、徐之村诗一卷，请察收。有暇仍希过谈。

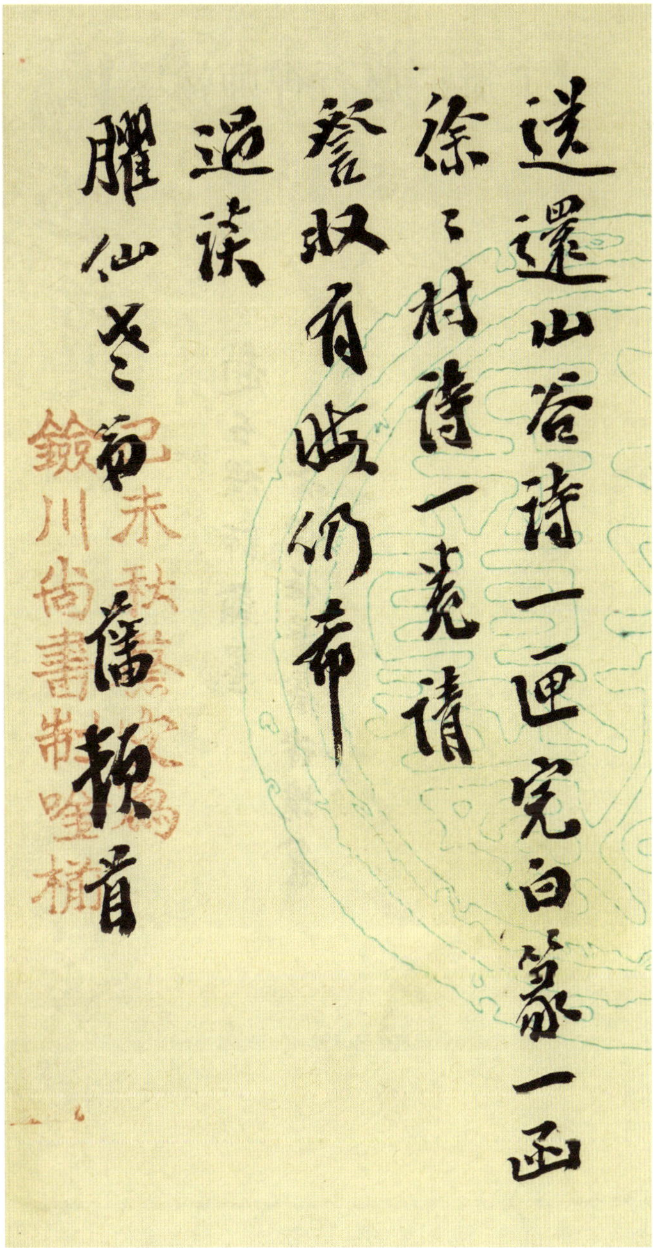
送還山谷詩一匣完白篆一函
徐〻村詩一卷請
詧收有暇仍希
過談
臞仙老弟　潘頓首

S29 G15cm×28.4cm

臞仙老弟。

潘　顿首

〔笺纸：宣纸。文：“己未秋蔡守为剑川尚书制吟笺”〕

# 【T 册：赵石禅师翰墨】

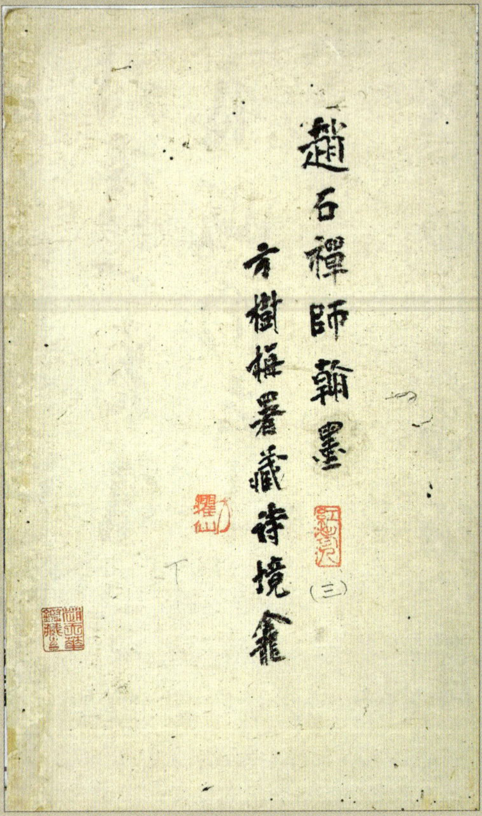

〖录文〗

赵石禅师翰墨。方树梅署藏诗境龛。（加盖臞仙印章）

〖解读〗

此册三十二通赵藩［赵石禅］手札，亦包括诗札、便条等墨迹。凡赵藩墨迹均予收入，有些形式，难得一见。其中有宋廷樑［宋梓材］手札一通，未经装裱，仅夹于该册页内。

## 赵藩　三二通

### 一、辑刻《云南丛书》事

〖录文〗

已刻板存者（可收入，无须再刻）

《李中溪集》[1]

张南园《漫录》[2]

刘寄庵《潭西草堂集》

杨文襄《关中奏议》

艾雪苍《希圣录》

葛仲选《太律》

《王乐山集》[3]并《说纬》

《程月川全集》[4]

王伯举《凝翠轩集》[5]

赵我轩《滇南山水纲目考》

《滇南诗略》

《滇南文略》

《滇系》

《钱侍御遗集》[6]

《滇南五名臣集》

赵云升《居易轩遗稿》

《张天船遗诗钞》[7]

《李即园集》

《婪尾轩诗集》[8]

《李文耕集》

《五塘杂俎》[9]

《诗法萃编》

①《李中溪集》：《李中溪全集》，明李元阳撰。

②张南园《漫录》：张志淳著。张志淳（一四五八～？），字进之，号南园。云南保山人。一四八四年进士，正德中为南京户部侍郎。

③《王乐山集》：清王崧著。

④《程月川全集》：《程月川先生遗集》，清程含章撰。

⑤《凝翠轩集》：《凝翠集》，王元翰撰。王元翰（一五六五～一六三三），字伯举，号聚洲。世为南直凤阳人。万历二十九年（一六〇一）进士。

⑥《钱侍御遗集》：清钱沣撰。

⑦《张天船遗诗钞》：《天船诗集》，清张星柳撰。

⑧《婪尾轩诗集》：《云南丛书》有《蓝尾轩诗稿》，清王毓麟撰，故其中的“婪”疑为“蓝”。

⑨《五塘杂俎》：清许印芳辑。

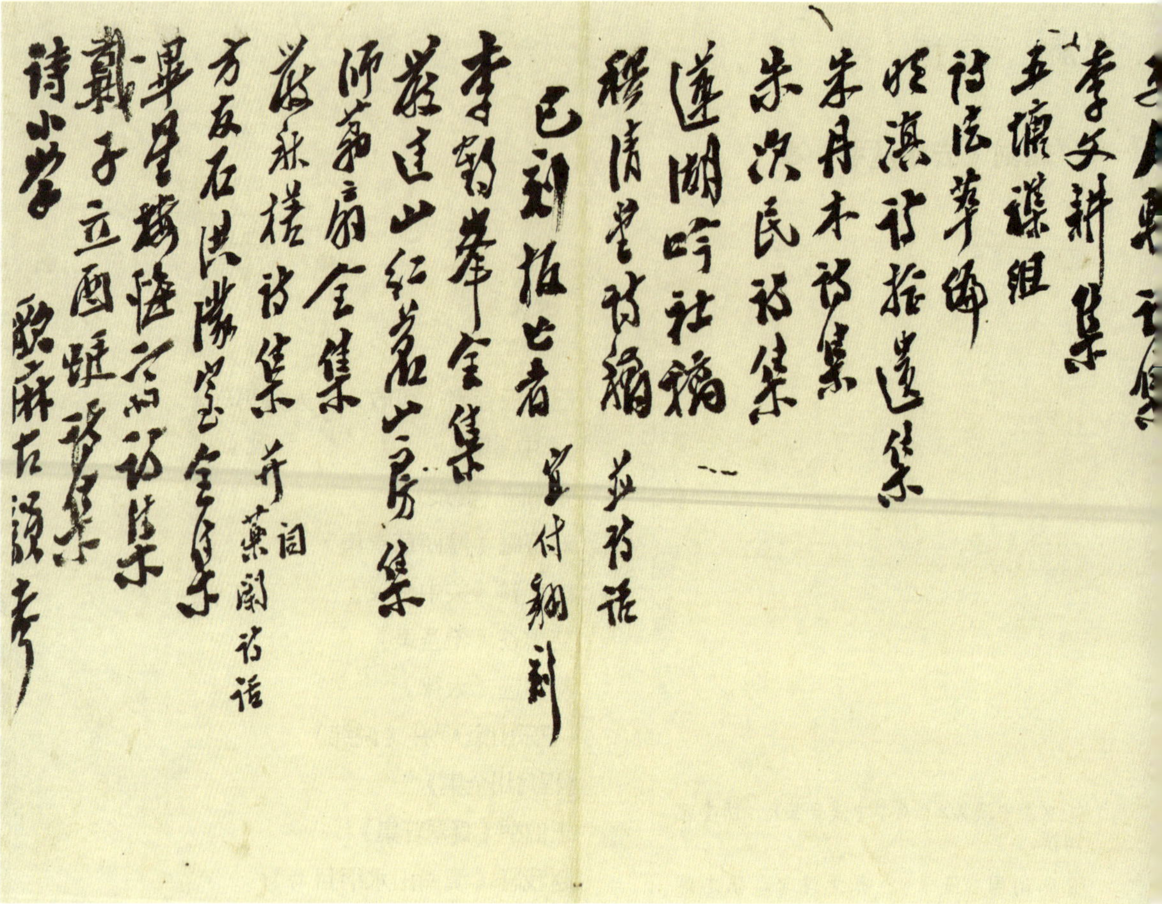

T01（4-2） G33cm×24.7cm

《明滇诗拾遗集》

《朱丹木诗集》

《朱次民诗集》

《莲湖吟社稿》

《穆清堂诗稿》（并诗话）

已刻板亡者（宜付翻刻）

《李鹤峰全集》

《严匡山红茗山房集》[10]

《师荔扉全集》

⑩《严匡山红茗山房集》：《红茗山房诗存》，严烺撰。严烺，字存吾，号匡山。云南宜良人，旧籍江阴。嘉庆丙辰进士，改庶吉士，授主事。历官甘肃布政使。

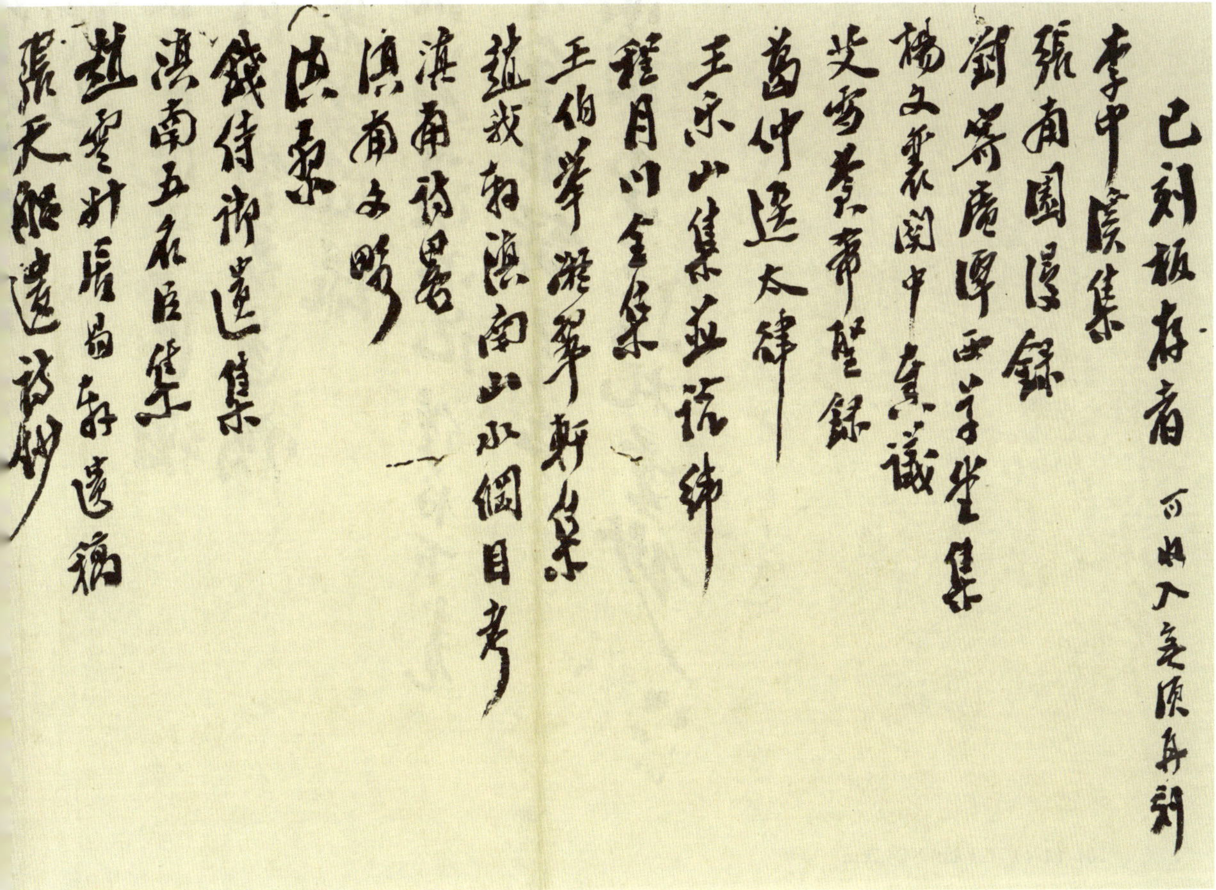

T01（4-1） G33cm×24.7cm

《严秋槎诗集》[11]（芥词、药阑诗话）

《方友石洪濛室全集》[12]

《毕星楼悔斋诗集》[13]

《戴子立西蜓诗集》

《诗小学》《歌麻古韵考》[14]

又已刻板亡者（宜付翻刻）

杨文襄《石淙诗集》

倪蜕翁《滇云历年传》（闻板存其裔孙家，可以买入）

⑪《严秋槎诗集》：严廷中撰。严廷中（一七九五～一八六四），字古卿，号秋槎，一号岩泉山人，别署秋槎居士、红豆道人。云南宜良人。庠生。

⑫《方友石洪濛室全集》：《鸿蒙室诗钞》，清方玉润撰。方玉润（一八一一～一八八三），字友石，亦作幼石、黝石，号鸿蒙子。

⑬《毕星楼悔斋诗集》：毕应辰撰。毕应辰（一八二〇～？），字维成，号星楼悔斋。云南昆明人。道光三十年（一八五〇）进士，官至刑部员外郎，咸丰十一年（一八六一）陕甘学政。

⑭《歌麻古韵考》：清吴树声撰。

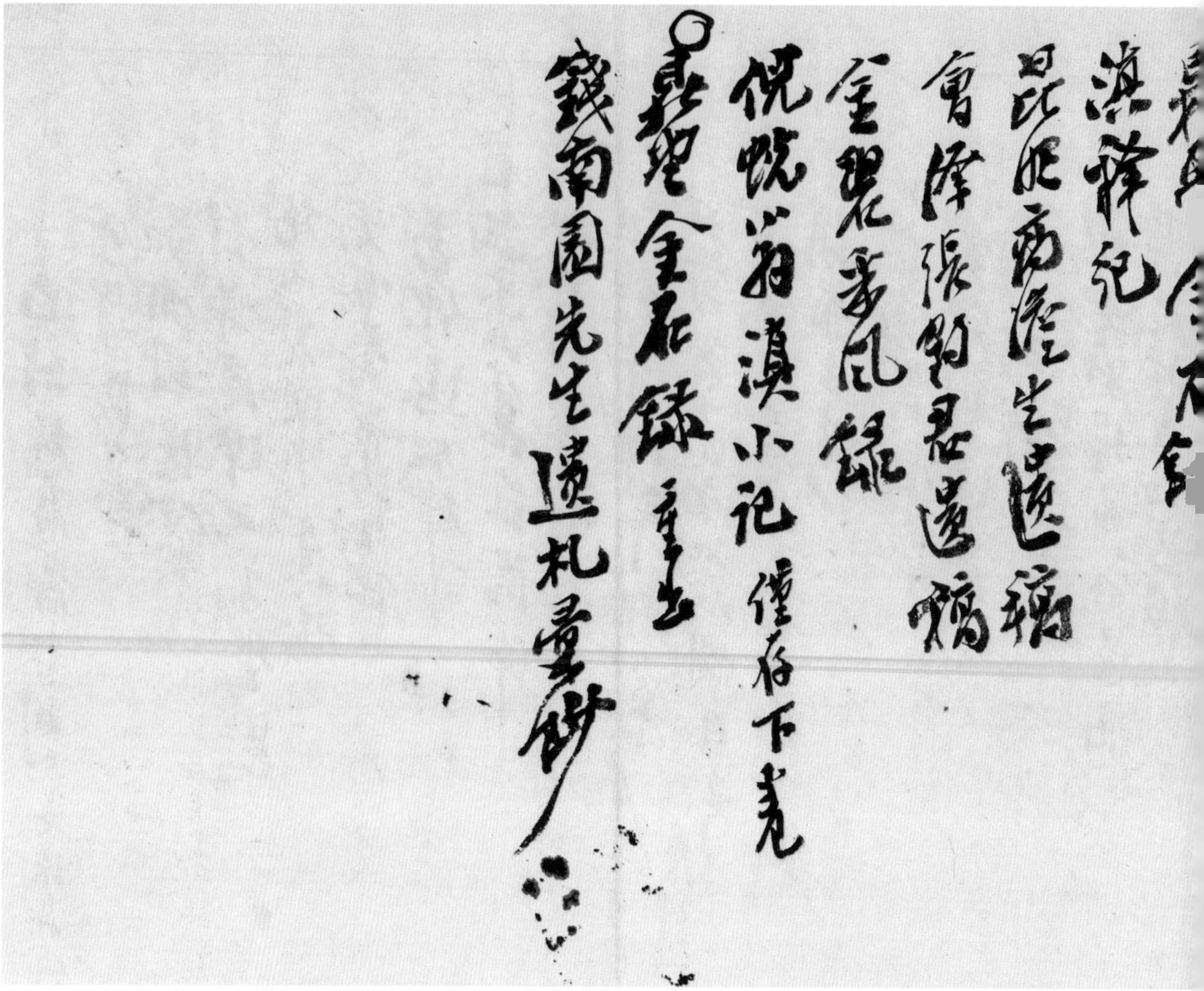


T01（4-4） G33cm×24.7cm

黄文杰《蜀游草》

戴云帆《味雪斋集》[15]

钱芷汀[16]《触怀吟》

《滇诗嗣音集》

《点苍山人诗集》[17]

《雪楼诗钞》[18]

已排印而未清校者（宜仍重刻）

《杨弘山集》[19]

《张禺山集》[20]

王乐山《云南备征志》

⑮《味雪斋集》：《味雪斋诗文钞》，清戴炯孙撰。

⑯钱芷汀：钱允济（一七五四～一八一四），原名允湘，字芷汀，后更字云起。云南昆明人。官吕堰司巡检。著《触怀吟》。

⑰《点苍山人诗集》：《点苍山人诗钞》，清沙琛撰。沙琛（一七八九～一八二二），字献如，号雪湖，又号点苍山人。云南太和人。赛典赤·瞻思丁的后裔。

⑱《雪楼诗钞》：《雪楼诗选》，清马之龙撰。

⑲《杨弘山集》：《杨弘山先生存稿》，明杨士云撰。杨士云，字从龙，号弘山。云南大理人。明弘治十四年（一五〇一）应云南乡试中举，获第一名解元，正德十二年（一五一七）丁丑科进士，选翰林庶吉士，后转给事中。

⑳《张禺山集》：《张愈光诗文选附录》，张含撰。张含（一四七九～一五六五），字愈光，一字用光。云南保山人。少举于乡，不乐仕进，游梁、宋间为李梦阳所知，与杨慎友善。学者称禺山先生。

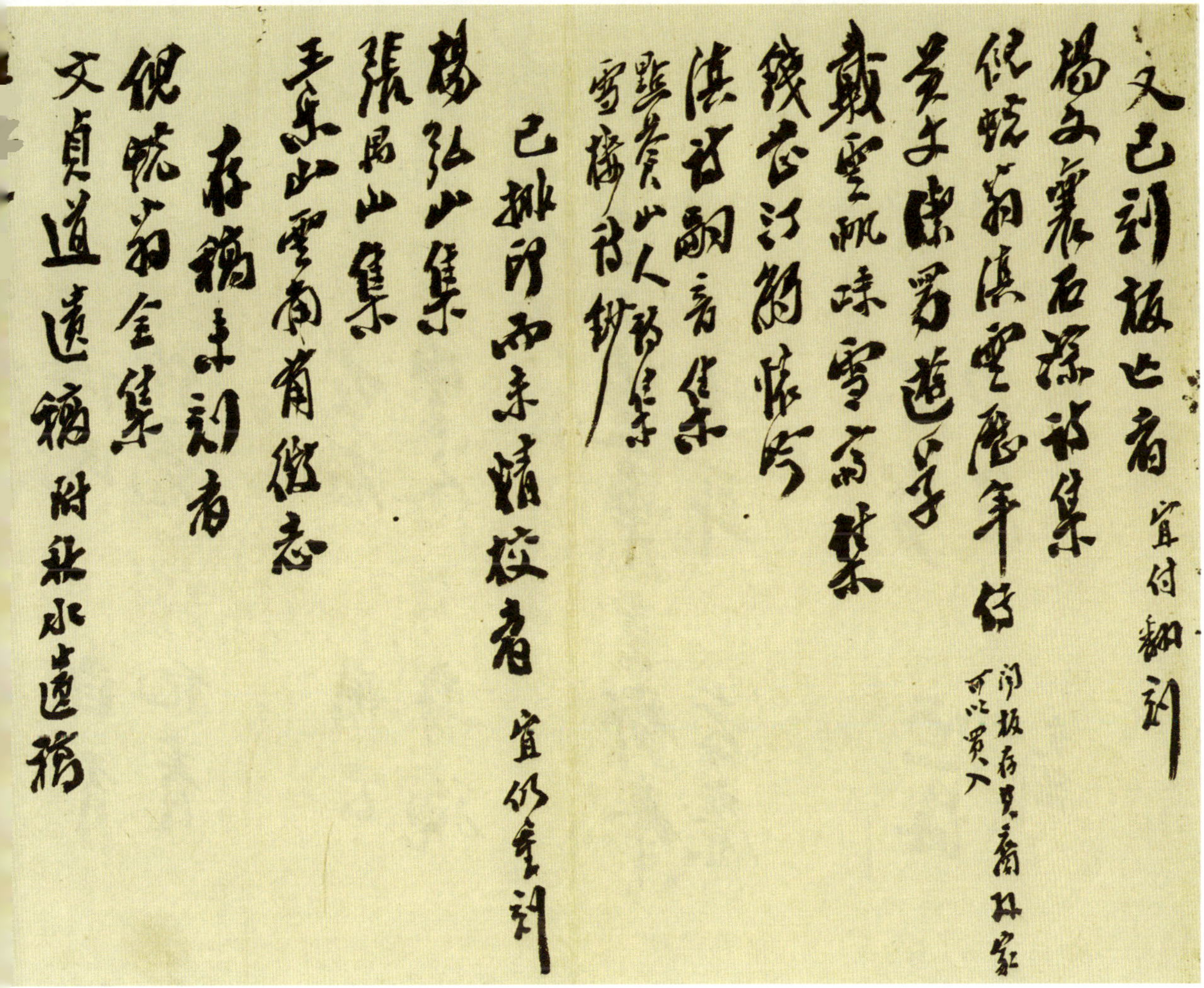

T01（4-3） G33cm×24.7cm

存稿未刻者

《倪蜕翁全集》

文贞道遗稿[21]（附秋水遗稿）

丽江两君合稿

《鼎堂金石录》[22]

《滇绎纪》

昆明高澹生遗稿[23]

会泽张鹤君遗稿

《金碧采风录》

倪蜕翁《滇小记》（仅存下卷）

《鼎堂金石录》（重出）

钱南园先生遗札汇钞

〔笺纸：宣纸〕

[21] 文贞道遗稿：《何文贞公遗书》，清何桂珍撰。

[22]《鼎堂金石录》：清吴树声撰。

[23] 昆明高澹生遗稿：《高澹生诗文钞》，清高应雷撰。

## 二、诗联题作构思稿

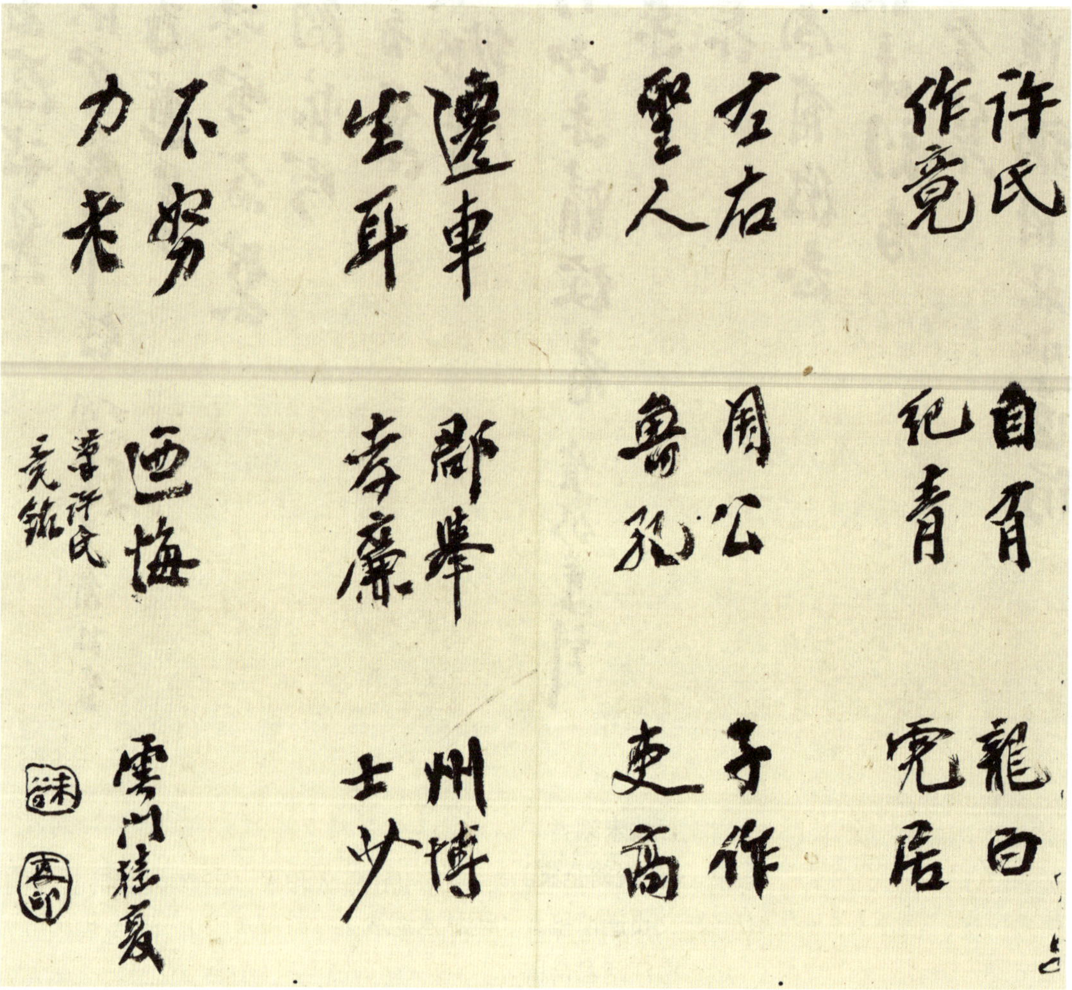

T02 G31cm×27.5cm

〖录文〗

许氏，作竟。

自有，纪青。

龙白，虎居。

左右，圣人。

周公，鲁孔。
子作，吏高。
迁车，生耳。
郡举，孝廉。
州博，士少。
不努，力老。
迺悔。汉许氏竟铭。
雩门桂复[1]，未谷，复印。

〔笺纸：宣纸〕

①雩门桂复：书法家，作品常署“雩门桂复”，钤印“未谷”。

## 三、明书画人物摘录

〖录文〗

### 明

杨士云。字从龙，一字弘山。太和人，正德中由解元、进士起家，历官庶吉士、兵科给事中，终户科左给事中，乞病归。为人清介，居乡敦礼让。为学私淑白沙[1]、阳明。所著有《黑水集证》一卷，《郡大记》一卷，《弘山诗文存稿》十二卷。书法遒劲，有六书制，不袭俗路，珵札下人，未尝行草，单削片牍，人咸藏袭之。

吴德懋。字高河，太和人，诸生。授学于杨慎，工诗，篆学尤精，为升庵所许。

张合。字懋观，一字贲所，保山人，侍郎志淳之子，解元，含之弟，嘉靖壬辰进士，官终湖广副使。著有《宙载》。能画，曾写《太华山图》，父兄皆为题云。

①白沙：陈献章（一四二八～一五〇〇），字公甫，号石斋，别号碧玉老人、玉台居士、江门渔父、南海樵夫、黄云老人等。因其曾在白沙村居住，人称“白沙先生”，世称为“陈白沙”。明代思想家。开创江门学派。

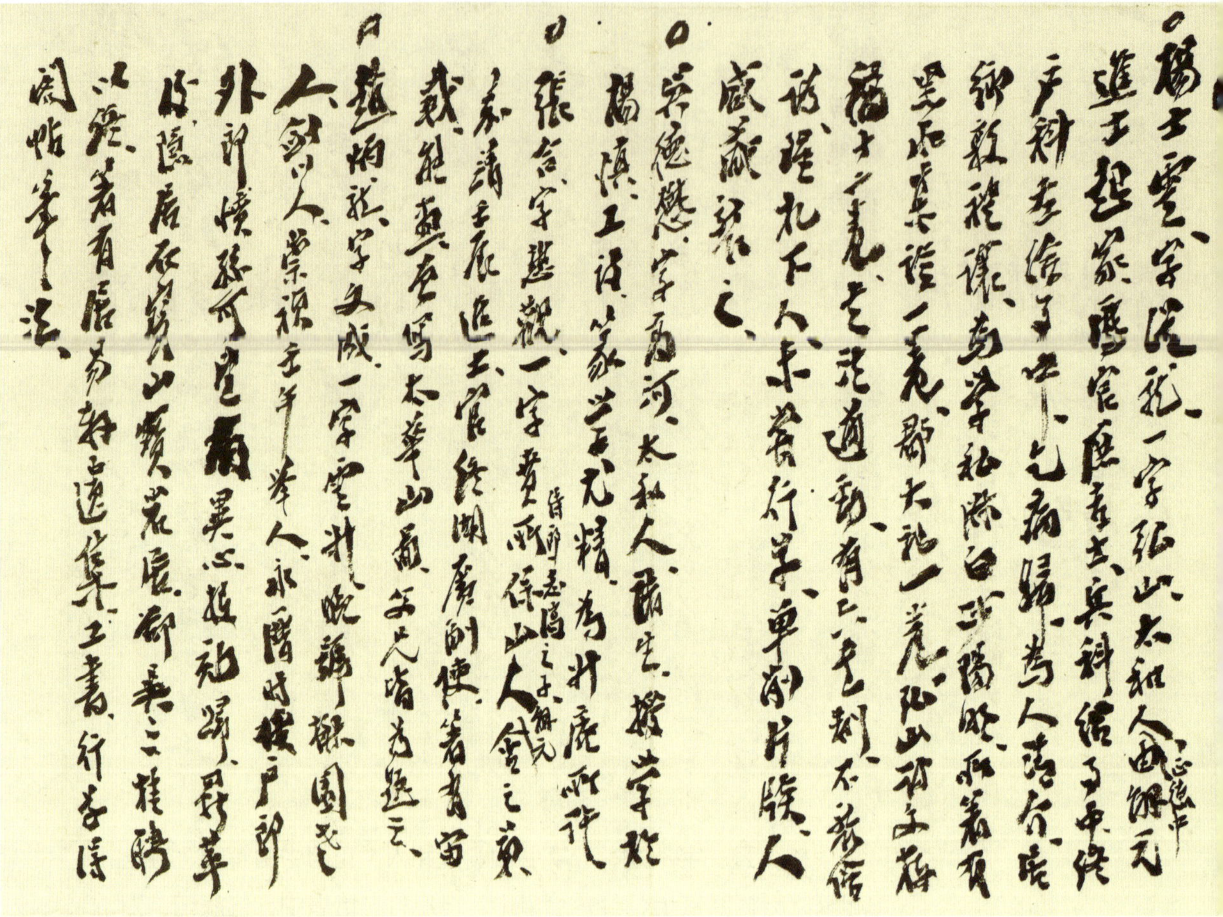

T03 G37.4cm×25.8cm

赵炳龙。字文成，一字云升，晚号揪园老人。剑川人，崇祯壬午举人，永历时授户部外郎，愤孙可望有异心，报刻归。鼎革后，隐居石宝山宝岩居，却吴三桂聘以终。著有《居易轩遗集》。工书，行草得阁帖笔法。

〔笺纸：宣纸〕

## 四、倪氏家集三种

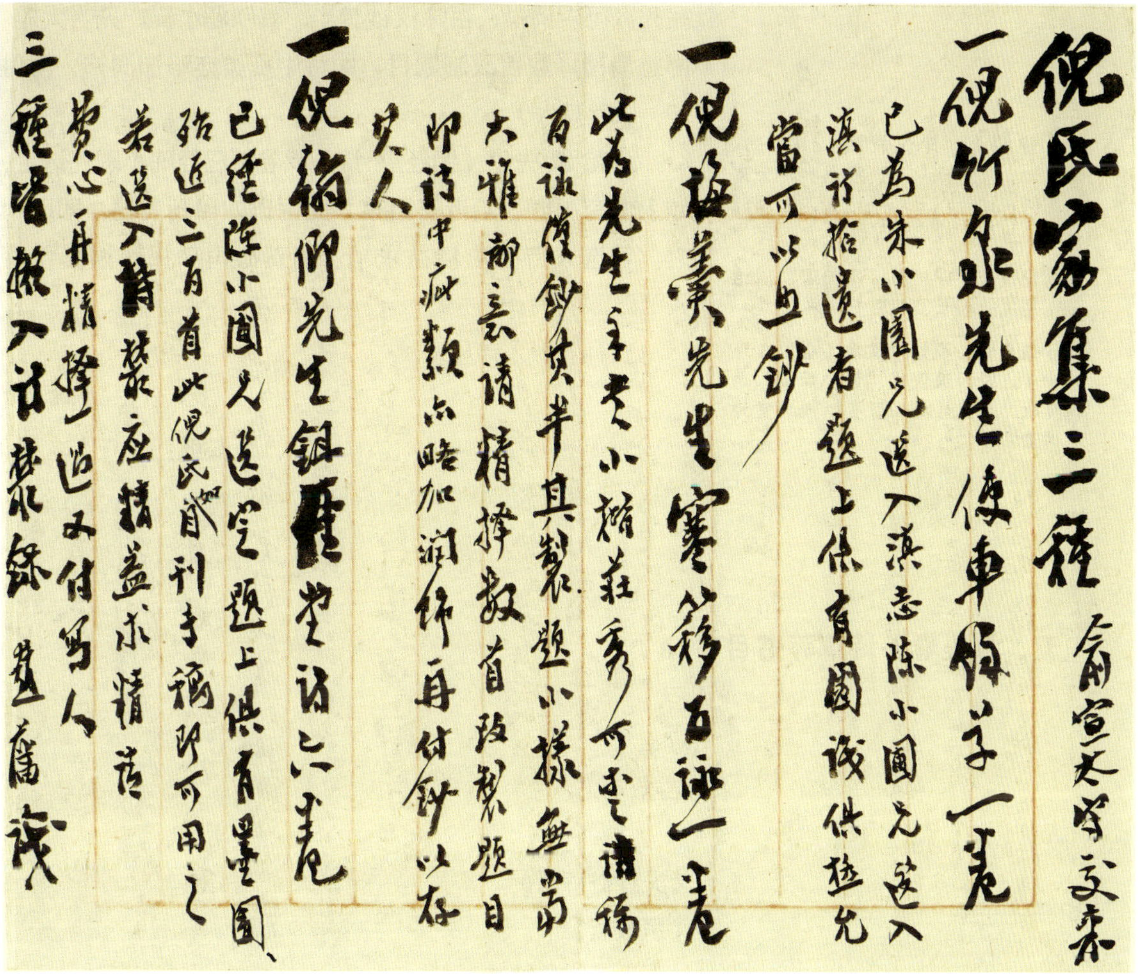

T04 G31.5cm×26cm

〖录文〗

倪氏家集三种。（俞宣①太守交来）

倪竹泉②先生《使车余草》一卷（已为朱小园③兄选入《滇志》，陈小圃［陈荣昌］兄选入《滇诗拾遗》者，题上俱有圈识，俱极允。当可以照钞）。

①俞宣：即倪惟钦，字俞宣。云南昆明人。同治十三年（一八七四）甲戌科进士。官至翰林院编修，贵州提学使司。其女倪绮仁撰《绮香吟草》。

②倪竹泉：即倪琇，字竹泉。云南昆明人。一八〇一年进士，由进士任知府。一八一九年官至福建兴泉永兵备道。工诗，著有《使车余草》。书法黄庭坚，晚年似董其昌，榜书尤擅长。书法遒劲，岩石、庙宇之字，多其手笔。

③朱小园：疑为朱庭珍（一八四一～一九〇三），字小园，一作筱园。云南石屏人。光绪十四年（一八八八）举人，主讲经正精舍。

倪梅羹[4]先生《寒簃百咏》一卷（此为先生手书，小楷庄秀。可查请录，百咏仅钞其半。其制题小样，无当大雅。鄙意请精择数首改制题目，即诗中疵类亦略加润饰，再付钞，以存其人）。

倪翰卿[5]先生《锄经堂[6]诗》六卷（已经陈小圃兄选定，题上俱有墨圈，殆近三百首，此倪氏如自刊书稿，即可用之。若选入诗丛应精益求精。请费心再精择一遍又付写人）。

三种皆拟入诗丛录。

赵藩　识

〔笺纸：竖行朱丝笺〕

④倪梅羹：即倪应颐（？～一八六一），字梅羹，一字鼎和。云南昆明人。一八五二年进士，官湖北太冶知县。行草法苏轼。

⑤倪翰卿：即倪藩，字翰卿。同治九年（一八七〇）庚午科举人。

⑥锄经堂：倪姓祠堂名。全国各地皆多。因西汉倪宽“带经而锄”之典故，后倪姓之人皆多以锄经堂为祠堂名。

## 五、录吴春谷诗草等书目

〖录文〗

《吴春谷诗草》

《居敬斋》

《小赤城霞仙馆诗》

《陆稼堂[1]诗余》

《倪蜕翁草堂集》

《红茗山房诗草》

《反身要语》

《酌雅堂诗话》

《钱南园手札》

《香雪馆遗诗》

《龙华山草》

《时畲堂集》

①陆稼堂：即陆应谷（一八〇四～一八五七），字树嘉，一字稼堂。云南蒙自人。一八二二年中举，一八三二年进士。官至顺天府尹、江西巡抚。著有《地理或问》《抱真书屋诗钞》八卷等。

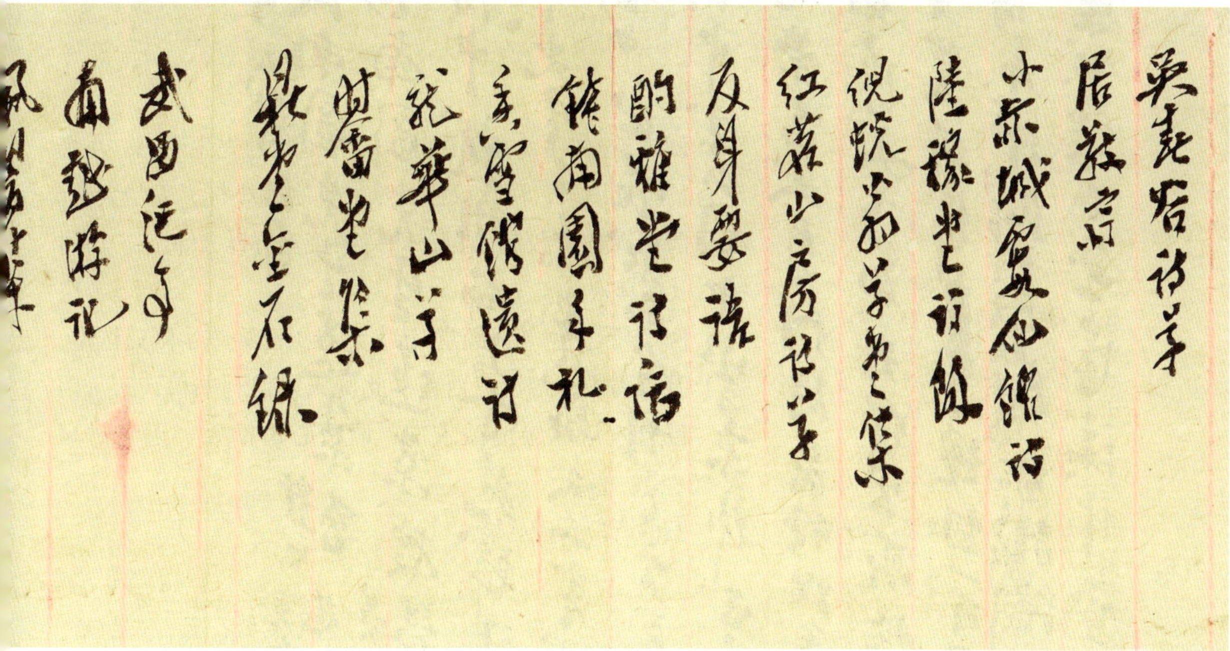

T05 G29.8cm×14.7cm

《鼎堂金石录》

《武昌纪事》

《南越游记》

《风丽集》

〔笺纸：竖行朱丝笺〕

## 六、《钱南园先生遗集》拟补二诗并考

〖录文〗

拟补二诗：

**二月晦日[1]夜坐**

红烛将残未忍眠，诗情莫为海棠颠。明朝有酒留花醉，不是青阳二月天。

①晦日：指夏历（农历，阴历）每月的最后一天。正月晦日作为一年的第一晦日即“初晦”。

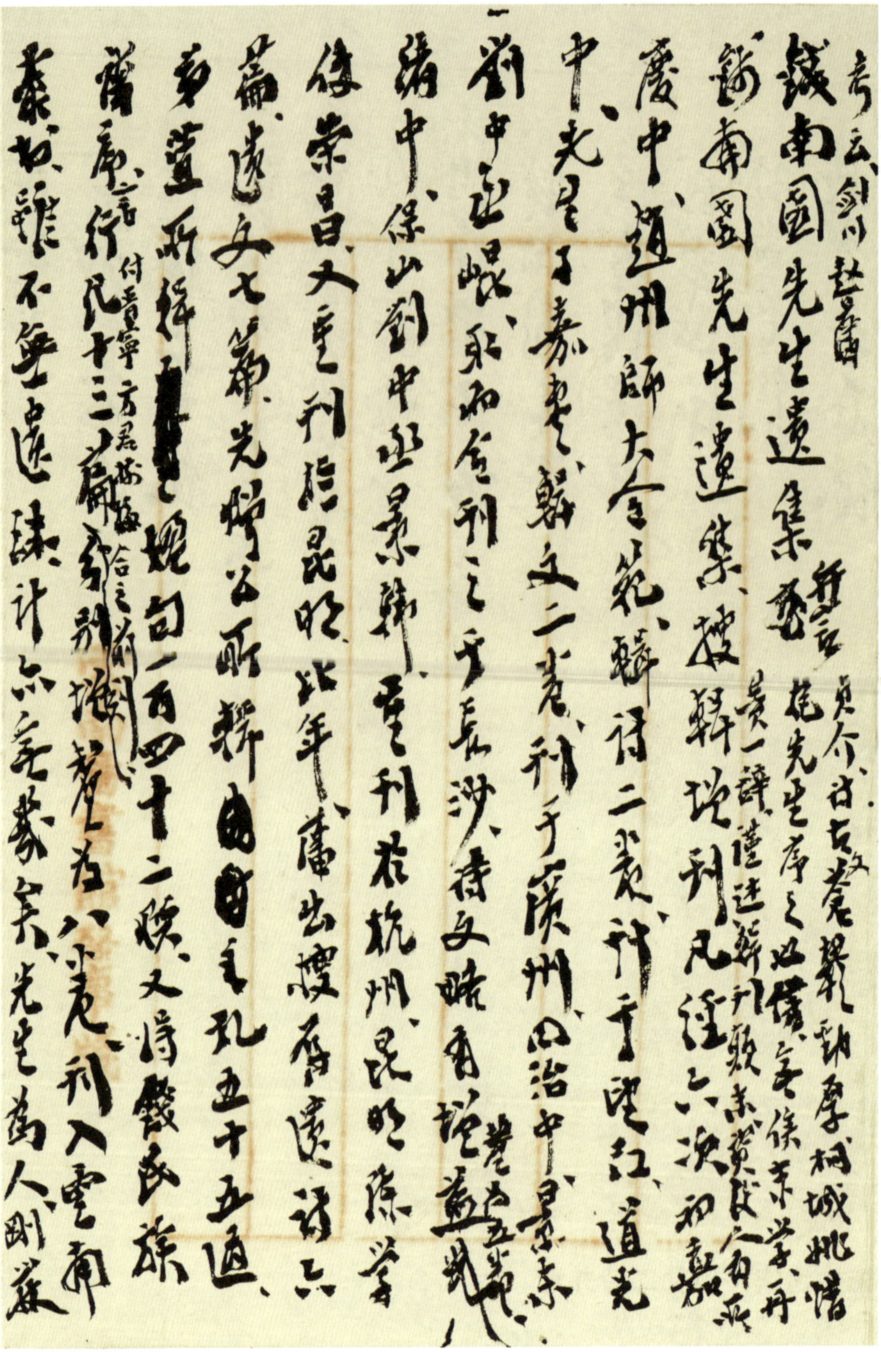

T06（2-2） G31.5cm×26.5cm

### 闲居

琴德愔愔述子春，蓬门却扫隔嚣尘。年来亦是闲风月，肯托莺花当主人。

臞弟鉴定。

藩上

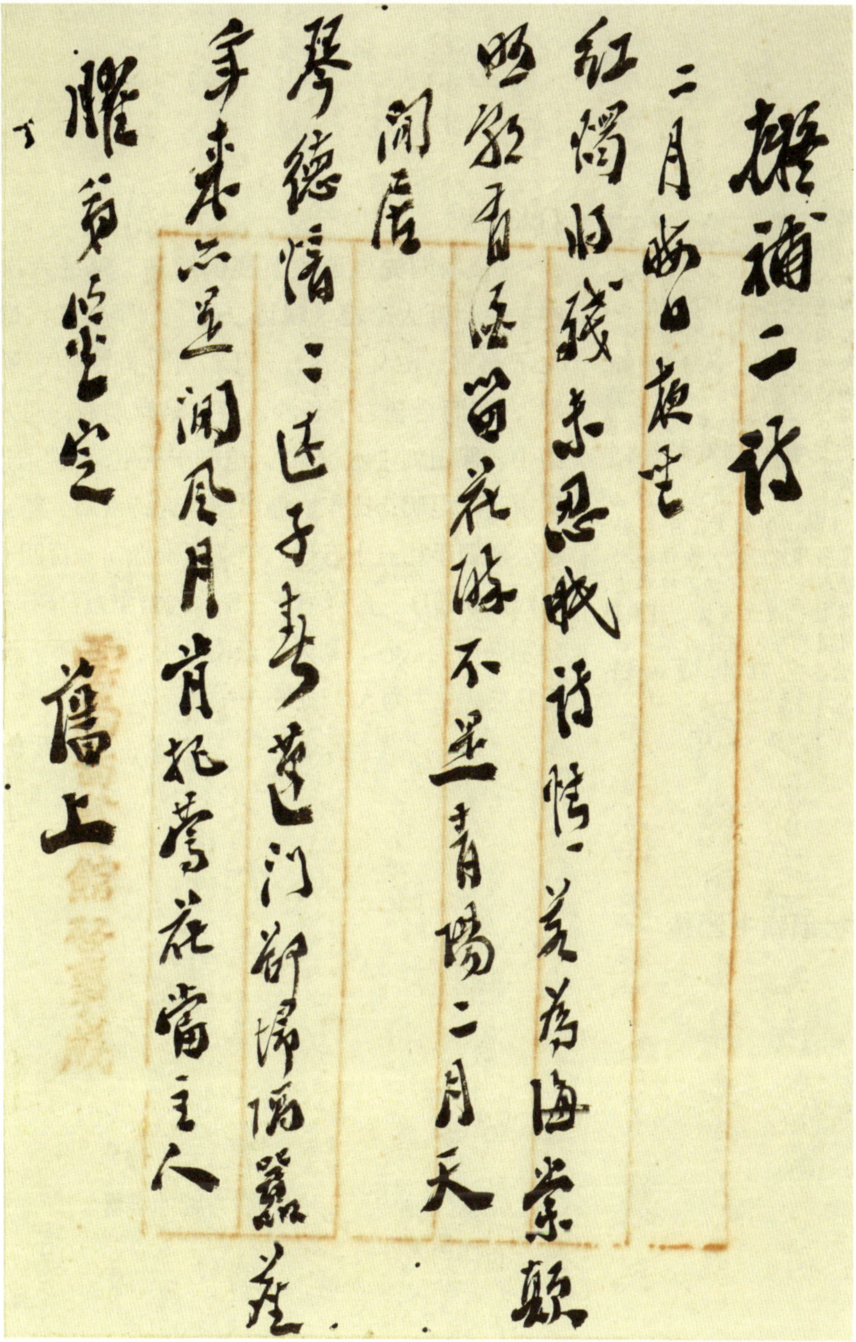

T06 （2-1） G31.5cm×26.5cm

②姚惜抱：即姚鼐（一七三一～ 一八一五），字姬传，一字梦谷，室名惜抱轩，世称惜抱先生、姚惜抱。安徽桐城人。一七六二年中进士，任礼部主事、《四库全书》纂修官等。先后主讲于扬州梅花、江南紫阳、南京钟山等地书院。清代著名散文家，与方苞、刘大櫆并称为“桐城三祖”。著有《惜抱轩全集》等。

③颠末：始末。事情自始至终的过程。

**考云**

（剑川赵藩）

《钱南园先生遗集》弁言，贞介诗、古文苍郁劲厚，桐城姚惜抱[2]先生序之也备。无俟末学，再赞一辞，谨述辑刊颠末[3]。资后人有所。

《钱南园先生遗集》搜辑增刊，凡经六次。初嘉庆中，赵州师大令范，辑诗二卷，刊于望江；道光中，先生子嘉书，辑文二卷，刊于广州；同治中，景东刘中丞崐[4]，取而合刊之于长沙，诗文略有增益，厘为五卷；光绪中，保山刘中丞景韩[5]，重刊于杭州；昆明陈学使荣昌，又重刊于昆明；比年，藩出搜存遗诗六篇、遗文七篇，先赠公所辑手札五十五通，弟萱所辑楹句一百四十二联，又得钱氏族谱序、言行纪十三篇，付晋宁方君树梅合之前刻，分别增厘为八卷，刊入《云南丛书》。虽不无遗珠，计亦无几矣。先生为人，刚严……

〔笺纸：云南图书馆启事笺〕

④刘中丞崐：刘崐（一八〇八～一八八八），字玉昆，号韫斋。云南景东人。一八三二年中第二名举人，一八四一年进士，选翰林院庶吉士。历任翰林院编修，侍讲、侍读学士、内阁学士兼礼部侍郎、鸿胪寺少卿、太常寺少卿、顺天府尹、太仆寺卿、江南正考官、文渊阁执事、湖南学政、湖南巡抚等职。著作有《刘中丞奏稿》八卷。

⑤刘中丞景韩：刘树堂，字景韩，号仲良，室名师竹轩。云南保山人。监生。军功起家，历官江苏按察使、福建布政清使、浙江巡抚、河南巡抚、东河河道总督。书法古厚遒劲，有《双清堂帖》。工诗，著《师竹斋诗集》。

## 七、题检滇南书画传

〖录文〗

《滇南书画传》[1]，四卷。方臞仙所纂。

石禅老人题检。

〔笺纸：土纸〕

①《滇南书画传》：应即《滇南书画录》，方树梅编著。《滇南书画录》体现了收藏和研究的完美结合，对于研究云南书画的创作和收藏、鉴赏颇有益。此札说明《滇南书画录》曾拟名《滇南书画传》。

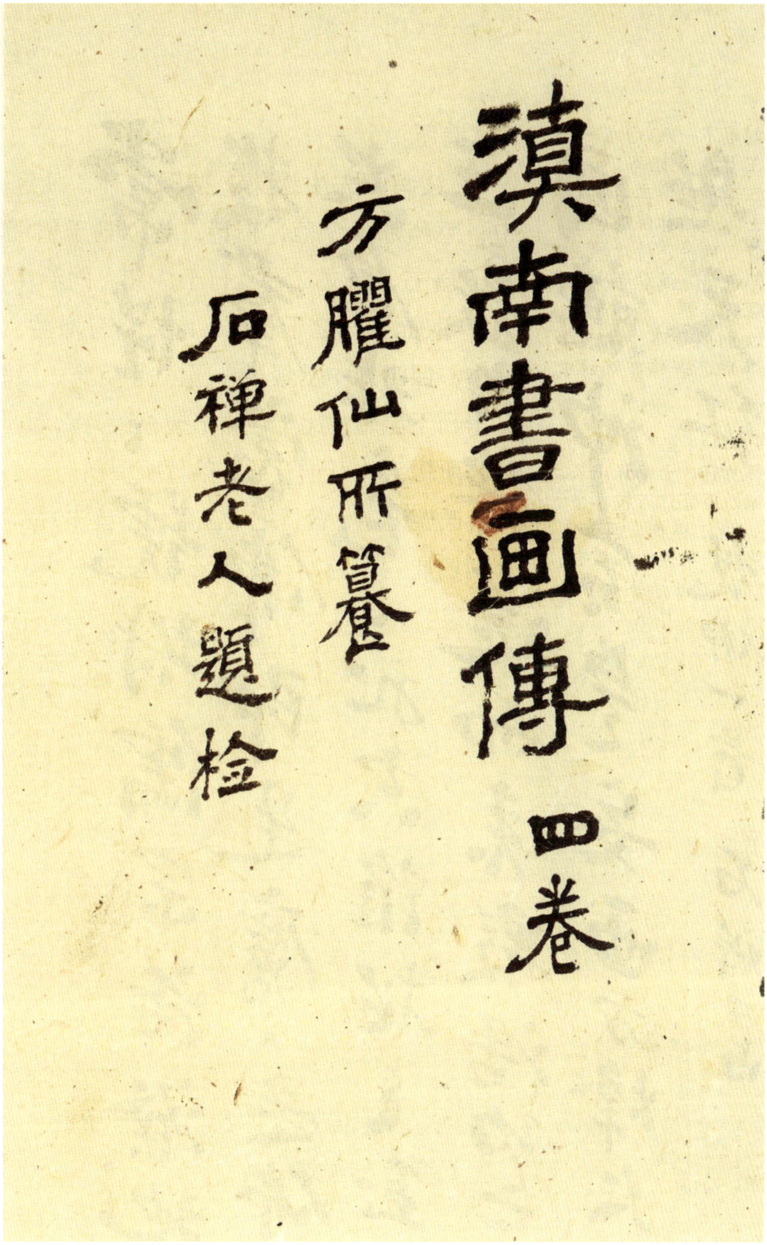
滇南書画傳四卷
方臞仙所纂
石禪老人題检

T07 G15.4cm×27.4cm

## 八、说佛一首

〖录文〗

常惺惺号附儒宗，活泼泼地投群蒙。佛即是魔魔是佛，空原非色色非空。谁招之至王敦

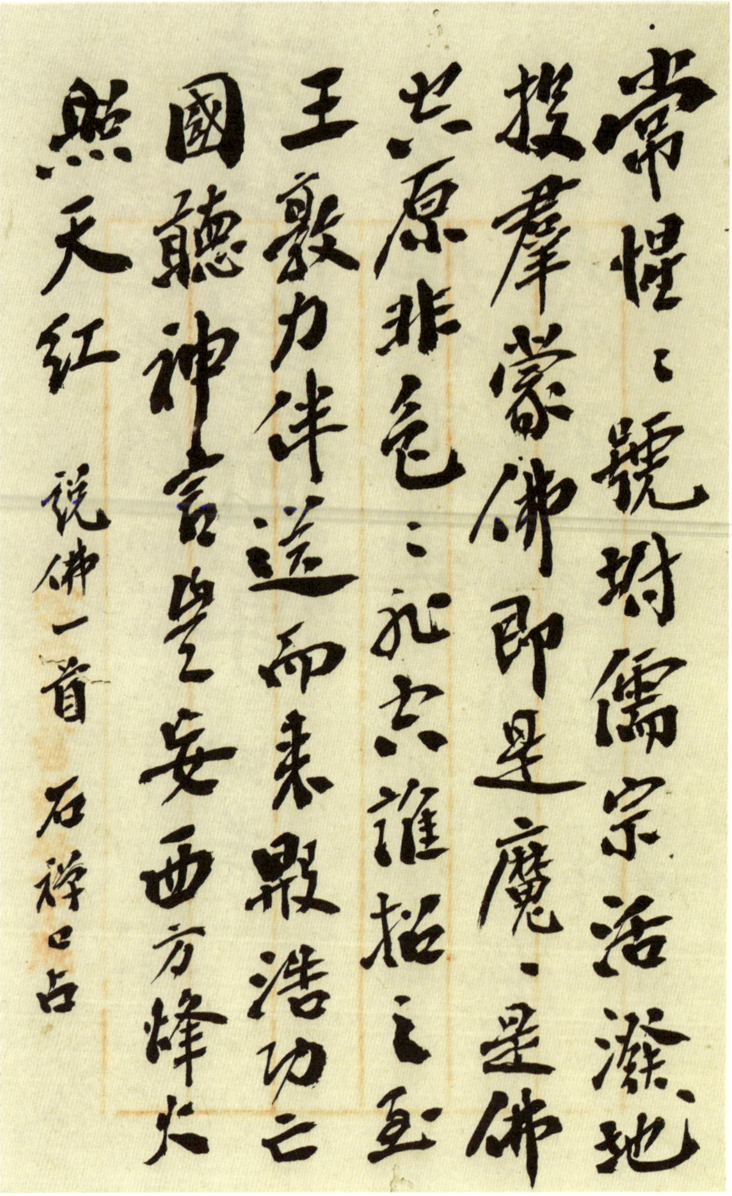
常惺〻覷對儒宗活潑地
撥群蒙佛即是魔〻是佛
共原非色〻孔穴誰招〻至
王毅力伴送而來毀浩功亡
國聽神言豈妄西方烽火
照天紅
說佛一首 石禪口占

T08 G17.4cm×27.8cm

力，伴送而来毁浩功。亡国听神言岂妄，西方烽火照天红。

说佛一首。

石禅　口占

〔笺纸：云南图书馆启事笺〕

## 九、送馆中存书事

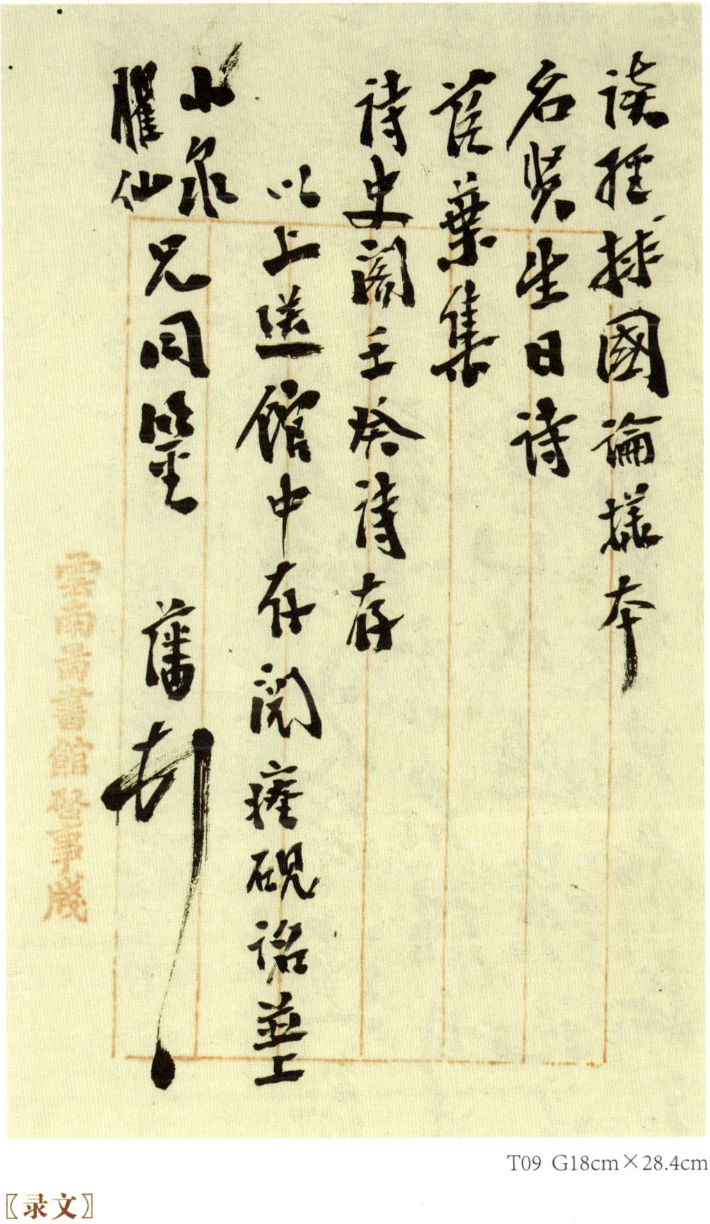

T09 G18cm×28.4cm

〖录文〗

《读经救国论》样本

《名贤生日诗》

《落叶集》

《诗史阁壬癸诗存》

以上送馆中存阅。《瘗砚铭》并上。

小泉、耀仙兄同鉴。

藩　顿首

〔笺纸：云南图书馆启事笺〕

## 一〇、玉峰少宰遗象事

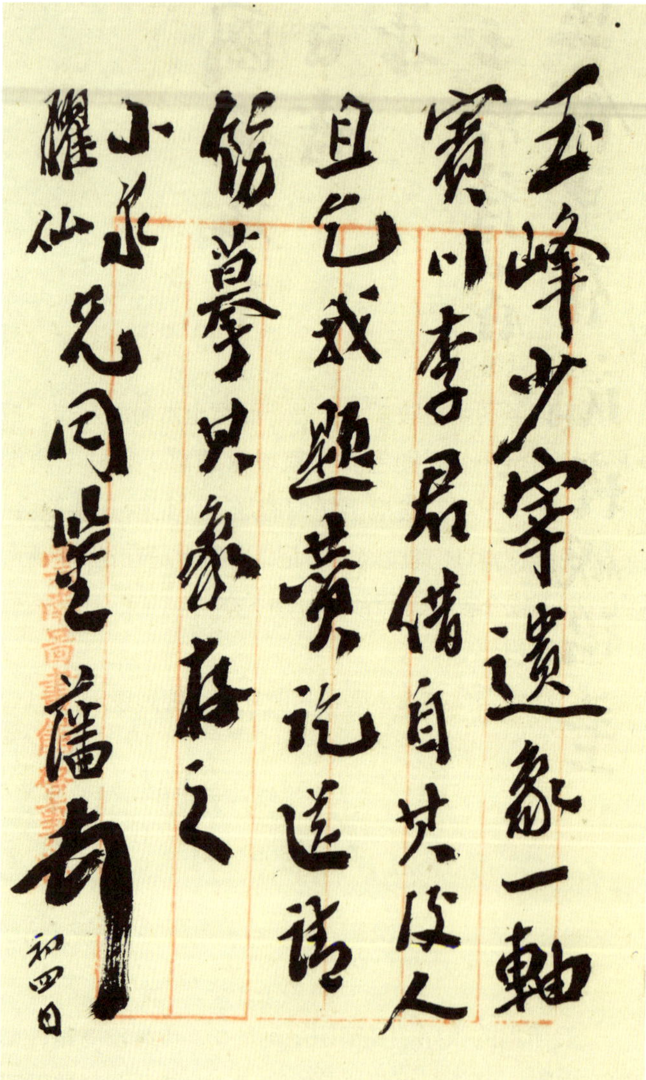
玉峰少宰遗象一轴
宝川李君借自其后人
且乞我题黄记送请
馆摹其象存之
小泉
耀仙兄同鉴　藩　首
初四日

T10 G18cm×28.4cm

〖录文〗

玉峰少宰[①]遗象一轴，宾川李君借自其后人，且乞我题赞讫。送请饬摹其象存之。

小泉、臞仙兄同鉴。

藩　顿首　初四日

〔笺纸：云南图书馆启事笺〕

①玉峰少宰：赵士麟（一六二九～一六九九），字麟伯，号玉峰。云南河阳（今澄江）人。康熙甲辰年（一六六四）进士，官至吏部侍郎。少宰：明、清常用作吏部侍郎的别称。

## 一一、张正道上河图卷事

〖录文〗

臞仙、小泉兄鉴：

送来内务司函已收。入岁恶，而营土木竭蹶万端。拟售北宋张正道[①]上河图卷。托家署丞致意于唐帅［唐继尧］，云先假一观，俟捡出托惺庵送去。记前开展览会[②]时，曾浼熊种青[③]述其大略为一记，并陈此记在馆未收回，请饬查掷下或令收存者照钞一分赐下亦可。

此颂均祺。

允三病好否？甚念，暇希随时枉谈，即候复示。

藩　顿首

〔笺纸：云南图书馆启事笺〕

①张正道：即张择端（一〇八五～一一四五），字正道。琅琊东武（今山东诸城）人。北宋画家。宣和年间任翰林待诏，擅画楼观、屋宇、林木、人物。所作风俗画市肆、桥梁、街道、城郭刻画细致，界画精确，豆人寸马，形象如生。存世作品有《清明上河图》。

②展览会：《笔记二种》记载：一九二三年“九月，第九届全国教育联合会，来滇开会，介庵师［赵藩］与副馆长袁树五［袁嘉谷］先生，商开书画展览会，聘梅为征集员。滇省书画展览破天荒，各收藏家送会展览名贵作品，不下千余件。闭会后，议择精品而有关者，照印《滇南书画集》”。

③熊种青：即熊廷权（一八六六～一九四一），字种青，别号雪僧，晚号佚叟。云南昆明人。二十七岁中举，三十二岁中进士。任四川高县等知县，一九一一年为丽江府知府。后在云南通志馆工作。

〖解读〗

一般所指的张择端《清明上河图》，传承较清楚，属国宝级文物，现藏于北京故宫博物院。此札证明赵藩确实

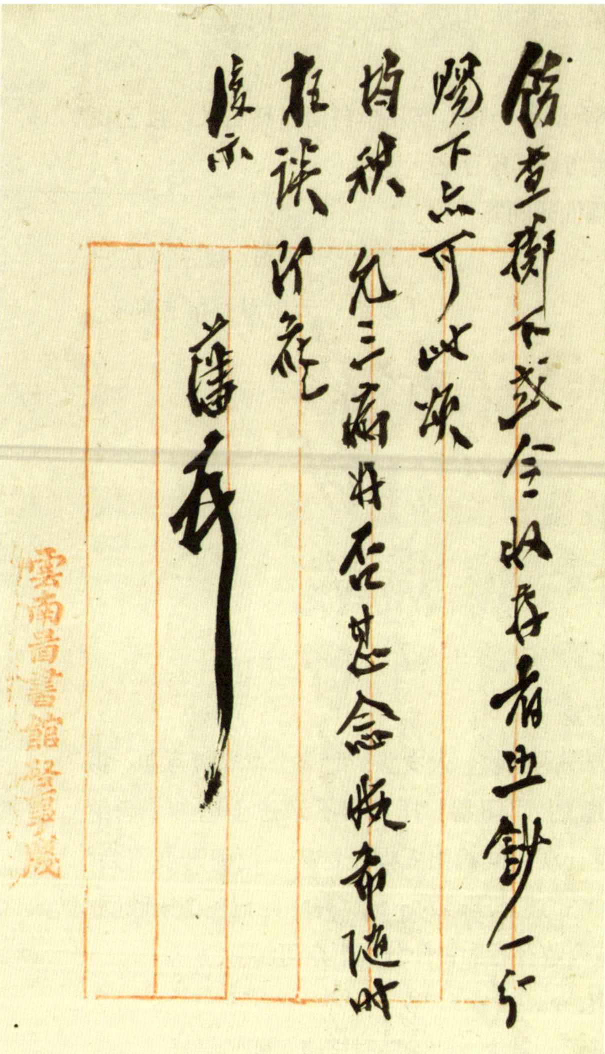

T11（2-2） G17.5cm×29.5cm

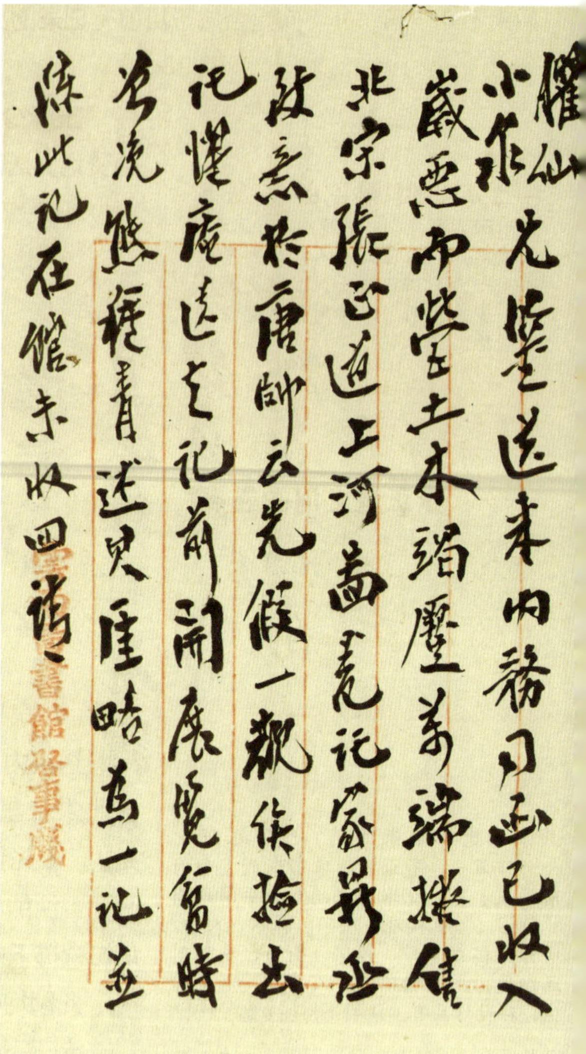

T11（2-1） G17.5cm×29.5cm

曾收藏有《清明上河图》的其中一种版本。

赵藩是一位杰出的政治活动家，又是一位大楹联家、书法家。他与晚清民初的政治家们频频接触，又与民国开国志士名人往来唱和，收藏了不少古今名家字画。据说其中最为赵藩看重的有三幅。一是担当大写意《寿桃图》；二是《清明上河图》；三是一幅展开有三四十米的长卷。

据传此本《清明上河图》为明人摹，赵藩收藏的期间曾由云南装裱名手张宝善装裱过，后来不知下落，亦不知是否属于目前有记录的数十余种传世版本之一。

## 一二、馆中借担师集事

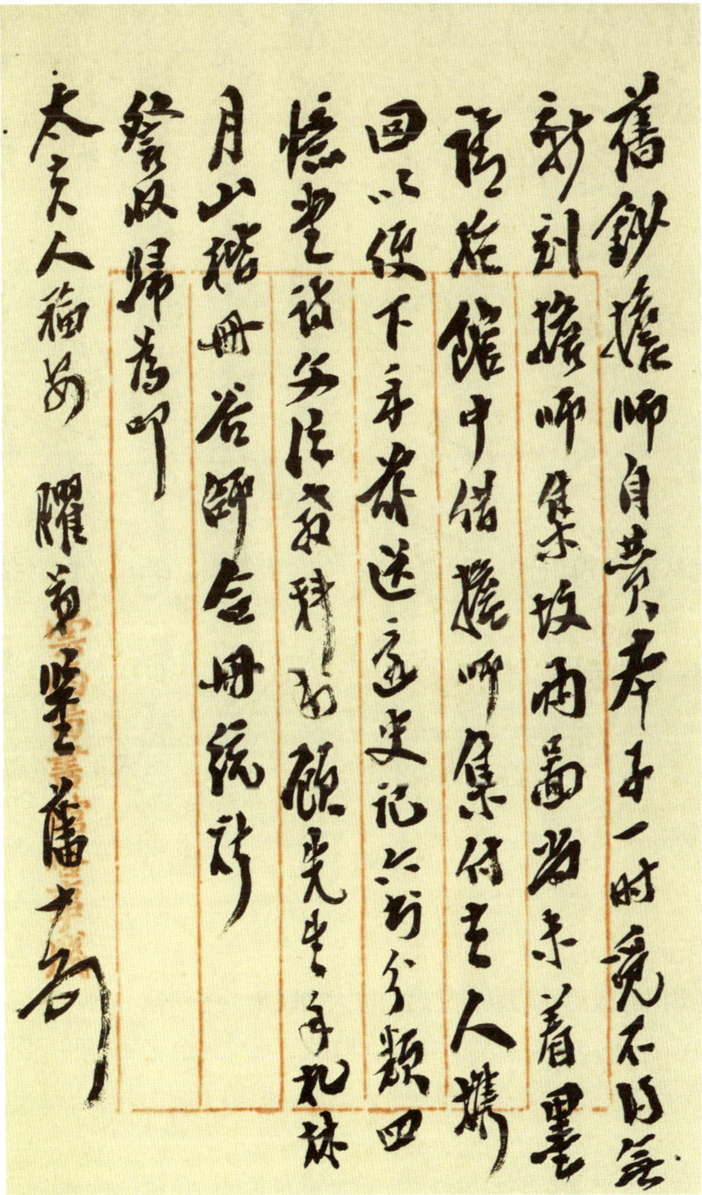

T12 G18cm×28.4cm

〖录文〗

旧钞担师［担当］自赞本子，一时觅不得，无新刻担师集，故两图尚未着墨。请于馆中借担师集，付去人携回，以便下手。兹送还《史记》、《六书分类》、《四忆堂诗文注》、教科书、《顾先生手札》、《林月山楷册》、《谷师合册》，统祈察收归为叩。

太夫人福安！

臞弟鉴。

藩　顿首

〔笺纸：云南图书馆启事笺〕

## 一三、捡赐《滇词丛录》事

〖录文〗

前闻《滇词丛录》已印行，请捡赐一部。如《大错集》印出，亦以先睹为快。鲁季君乞题各件已完，告以自来携去。

此上，小泉、臞仙学兄。

藩　顿首

〔笺纸：云南图书馆启事笺〕

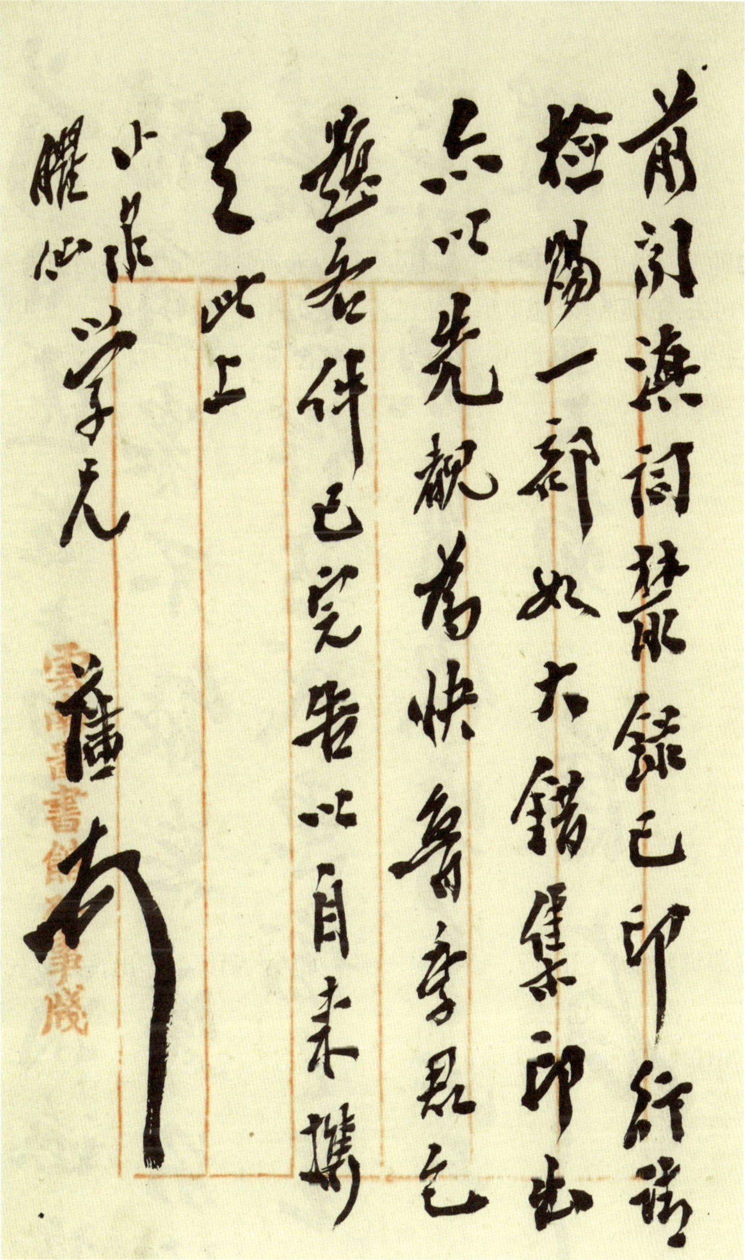

T13 G18cm×28.4cm

## 一四、古书堂清宴事

〖录文〗

前日述古书堂清谯，极畅适怀，不能忘。寄安［缪尔纾］饷嘉鱼，作诗代柬谢之，呈正

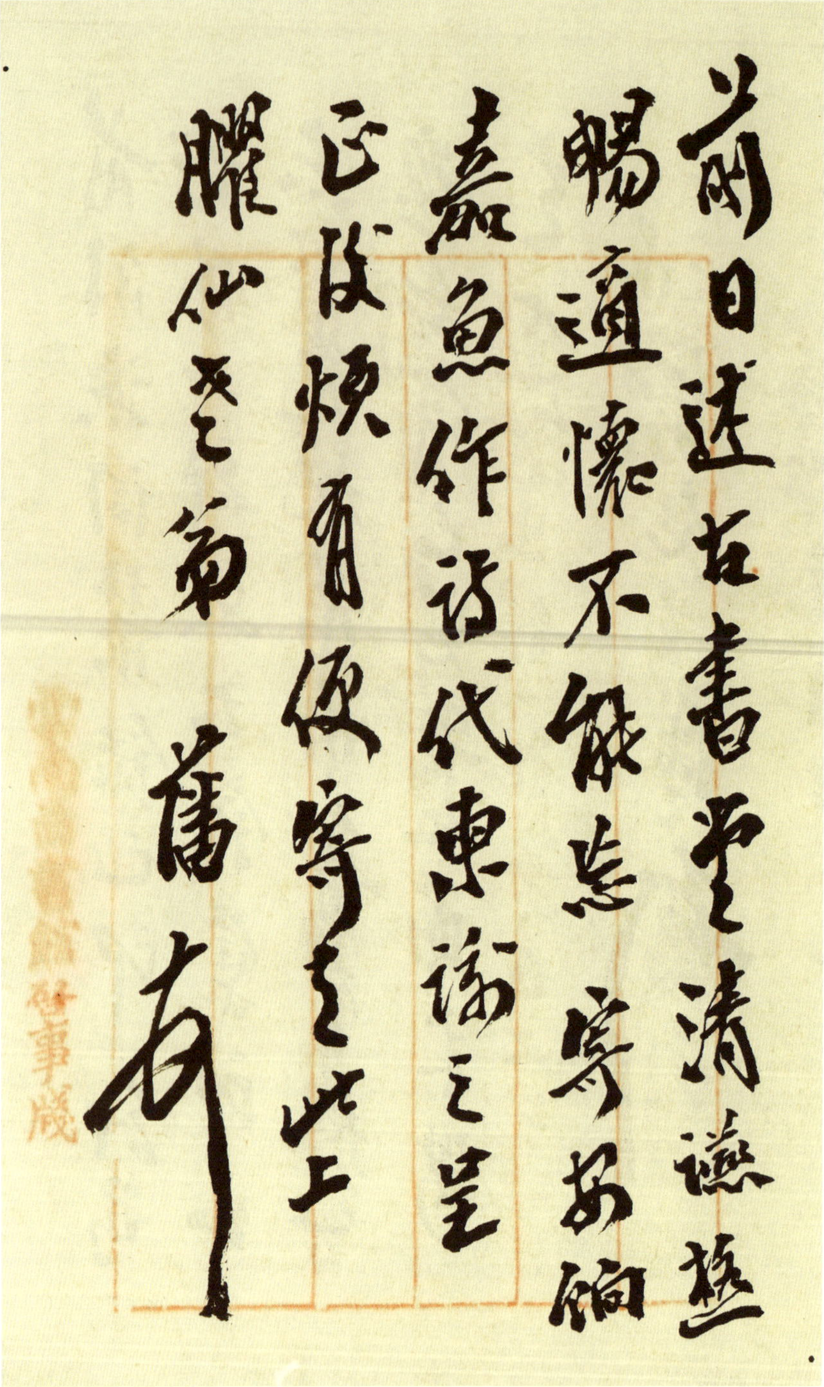

T14 G18cm×28.4cm

后烦有便寄去。

　　此上。矅仙老弟。

藩　顿首

〔笺纸：云南图书馆启事笺〕

## 一五、借《天香阁随笔》事

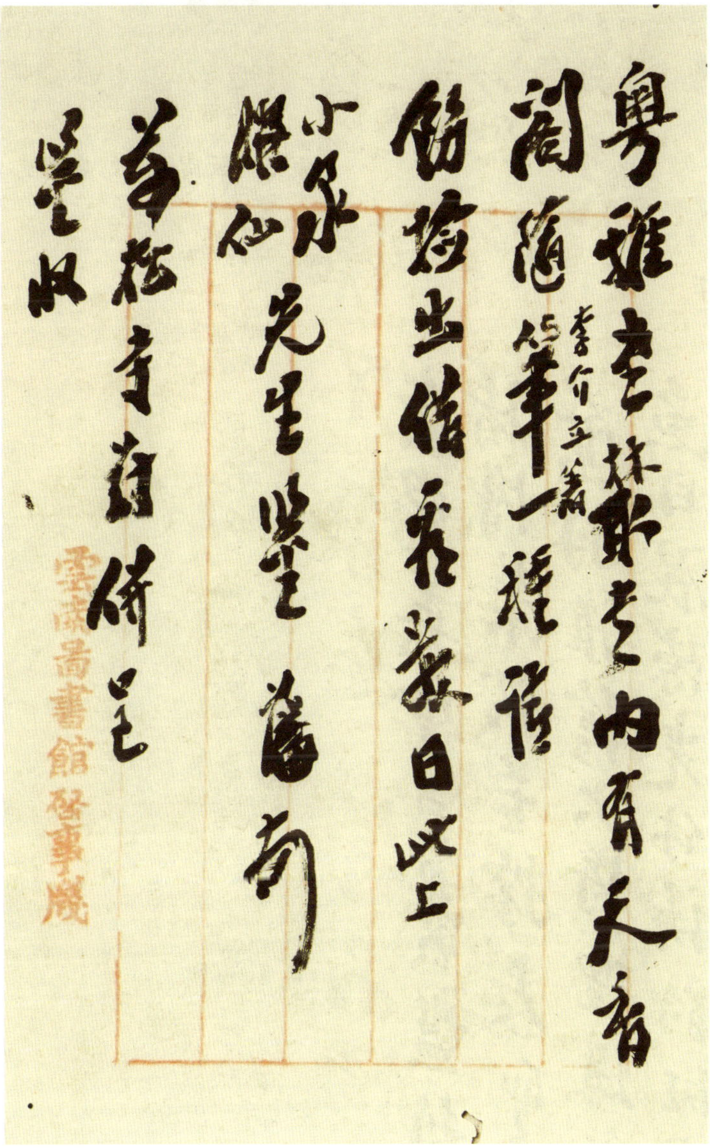

T15 G18cm×28.4cm

〖录文〗

《粤雅堂丛书》内有《天香阁随笔》①

① 《天香阁随笔》：李寄撰。李寄，又名李介立、李介。江阴人，明代著名地理学家徐霞客之幼子。原书八卷，叙述明末清初历史琐闻类掌故笔记，中有叙歌妓陈沅嫁给吴三桂事，与清人钮琇《觚剩》中“圆圆”一节，互有出入。

（李介立著）一种，请饬捡出借看数日。

此上。小泉、耀仙先生鉴。

藩　顿首

万松寺对并呈鉴收。

〔笺纸：云南图书馆启事笺〕

## 一六、图书馆开书画展有作

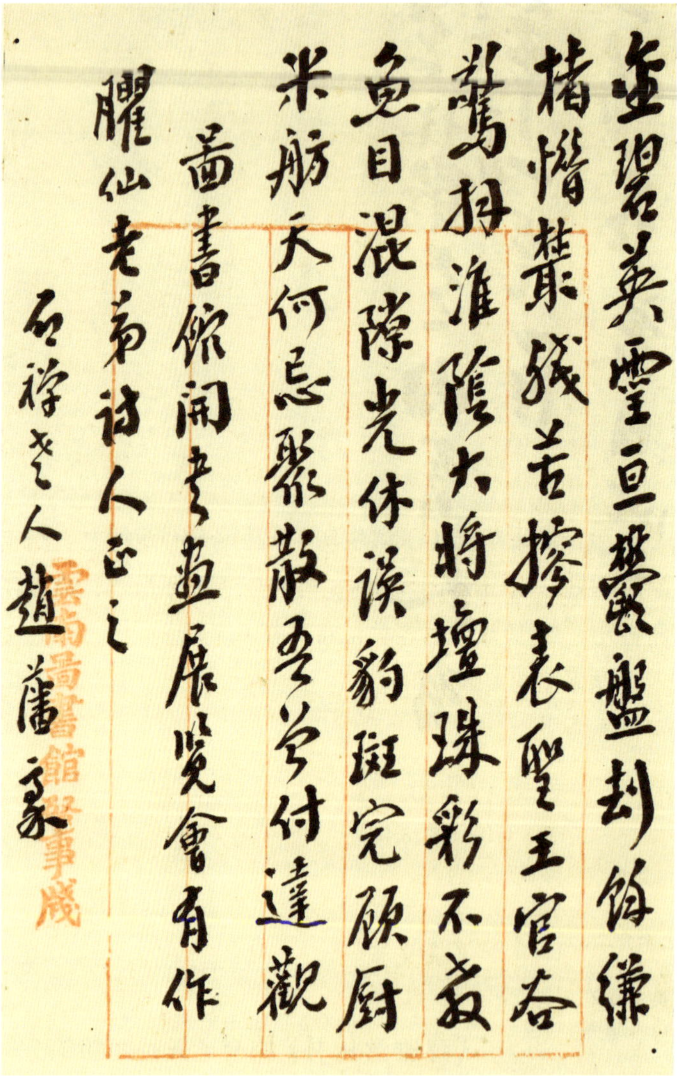
金碧英靈亘鬱盤封餘縑
楮惜焚殘苦撐表聖王官谷
[illegible]掃淮陰大將壇珠彩不教
魚目混隙光休誤豹斑完顧廚
米舫天何忌聚散無常付達觀
圖書館開書畫展覽會有作
耀仙老弟詩人正之
石禪老人趙藩稿



T16 G18cm×28.4cm

〖录文〗

金碧英灵亘郁盘，劫余缣楮惜丛残。苦搜表圣王官谷[1]，惊拜淮阴大将坛[2]。珠彩不教鱼目混，隙光休误豹斑完。顾厨米舫天何忌，聚散吾曾付达观。

图书馆开书画展览会有作。臞仙老弟诗人正之。

石禅老人赵藩　稿

〔笺纸：云南图书馆启事笺〕

①表圣王官谷：司空图（八三七～九〇八），字表圣，自号知非子，又号耐辱居士。河中虞乡（今山西运城）人，曾隐居王官谷。八六九年应试，擢进士第。官至殿中侍御史，礼部尚书。晚唐诗人、诗论家。著有《二十四诗品》等。

②淮阴大将坛：韩信（约前二三一～前一九六），淮阴人。西汉开国功臣，中国历史上杰出的军事家，与萧何、张良并列为“汉初三杰”。曾被封为淮阴侯。大将坛，亦称“拜将台”，韩信坛，位于汉中市城南门外，相传为刘邦拜韩信为大将时所筑。

## 一七、自题采芝图柬臞仙

〖录文〗

十年长梦采华芝（玉溪生句），胜地无心两得之。石宝石巅霞起处，松山松下雨晴时。投簪久避王怀祖[1]，蜡屐还邀谢客儿[2]。定策汉廷吾老矣，商韵孤往郁遐思。

自题采芝图柬臞弟和正。

藩　稿

〔钤印：赵藩印信〕

〔笺纸：云南图书馆启事笺〕

①王怀祖：即王述（三〇三～三六八），字怀祖。太原晋阳（今山西太原）人。东晋官员，东海太守王承之子。历任扬州刺史和卫将军、尚书令。

②谢客儿：即谢灵运（三八五～四三三），原名公义，字灵运，小名客儿，世称“谢客”。南北朝时期杰出的诗人、文学家。

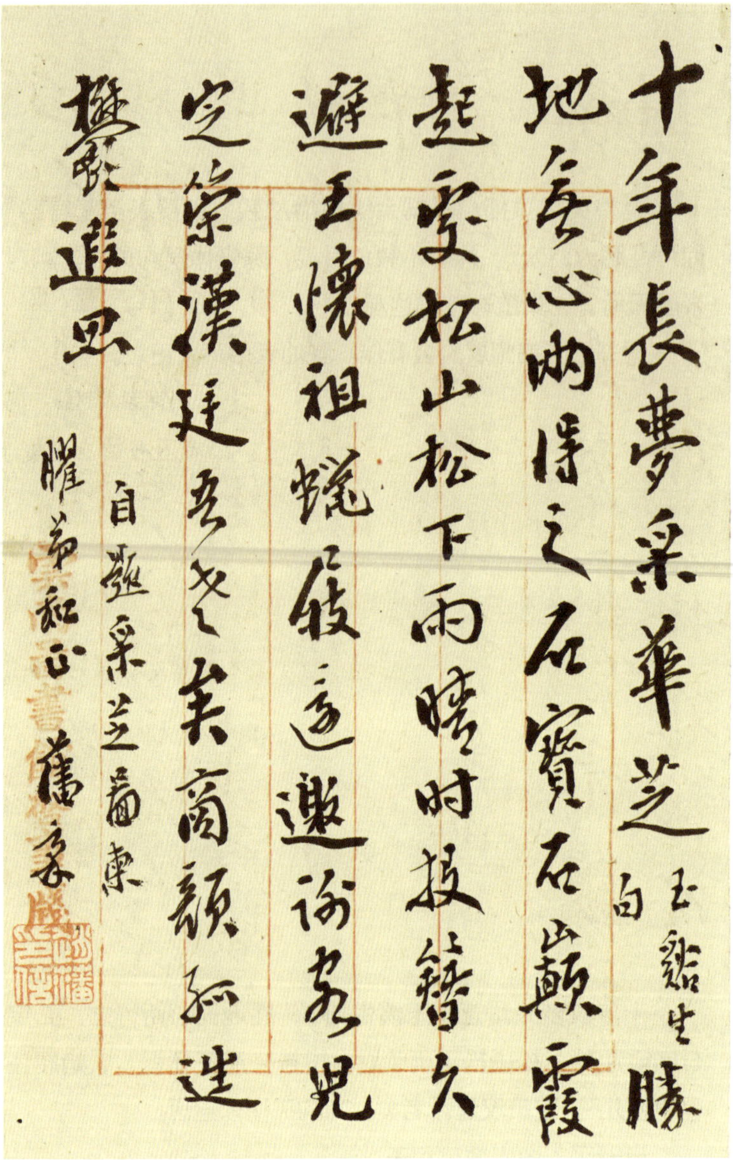

T17 G18cm×28.4cm

## 一八、苦雨闷坐二首

〖录文〗

不获堂题德有邻，冲泥尚慰往来频。学新固自输时彦[1]，诗

①时彦（？～一一〇七）：字邦彦。河南开封人。一〇七九年己未科状元。少年好学，读书不辍。

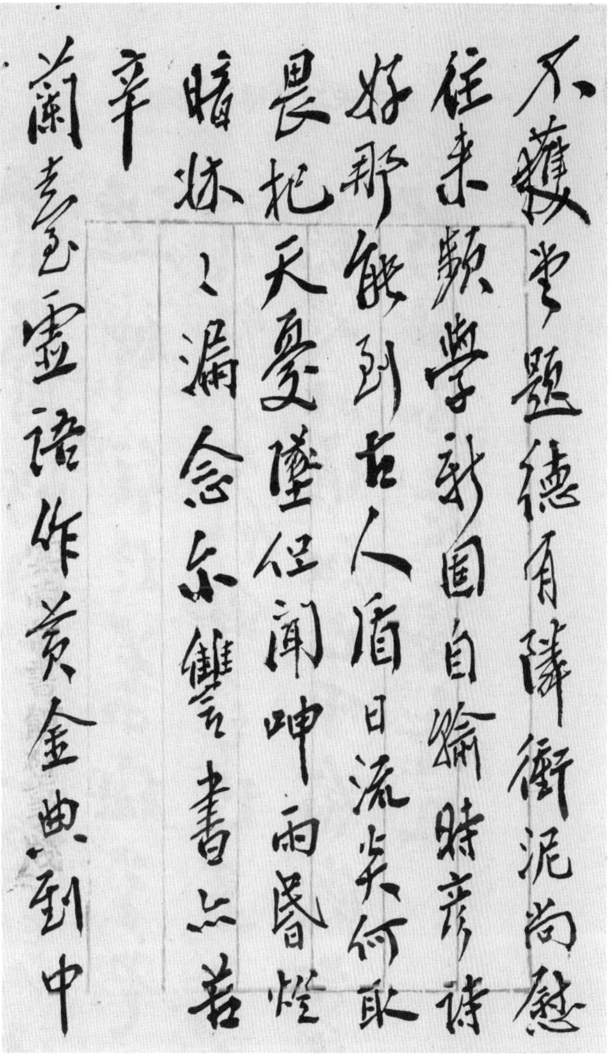

T18（2-1） G17.4cm×27.8cm

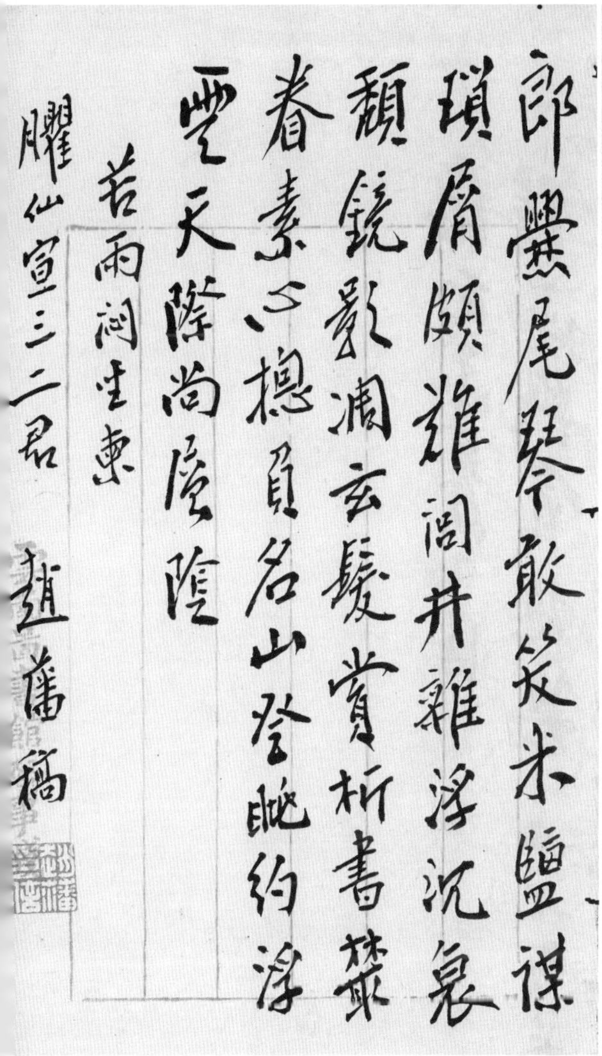

T18（2-2） G17.4cm×27.8cm

好那能到古人。盾日流炎何取畏，杞天忧坠但闻呻。雨昏灯暗床床漏②，念尔雠书亦苦辛。

兰台灵语作黄金，典到中郎爨尾琴。敢笑米盐谋琐屑，颇难闾井杂浮沉。衰颓镜影凋玄发，赏析书丛眷素心。总负名山登眺约，浮云天际尚层阴。

苦雨闷坐柬臞仙、宣三［倪隆德］二君。

赵藩　稿

〔钤印：赵藩印信〕

〔笺纸：云南图书馆启事笺〕

②床床漏：宋曹勋有“古屋床床漏，苔墙堵堵隳”句。

## 一九、复书未发又得诗函事

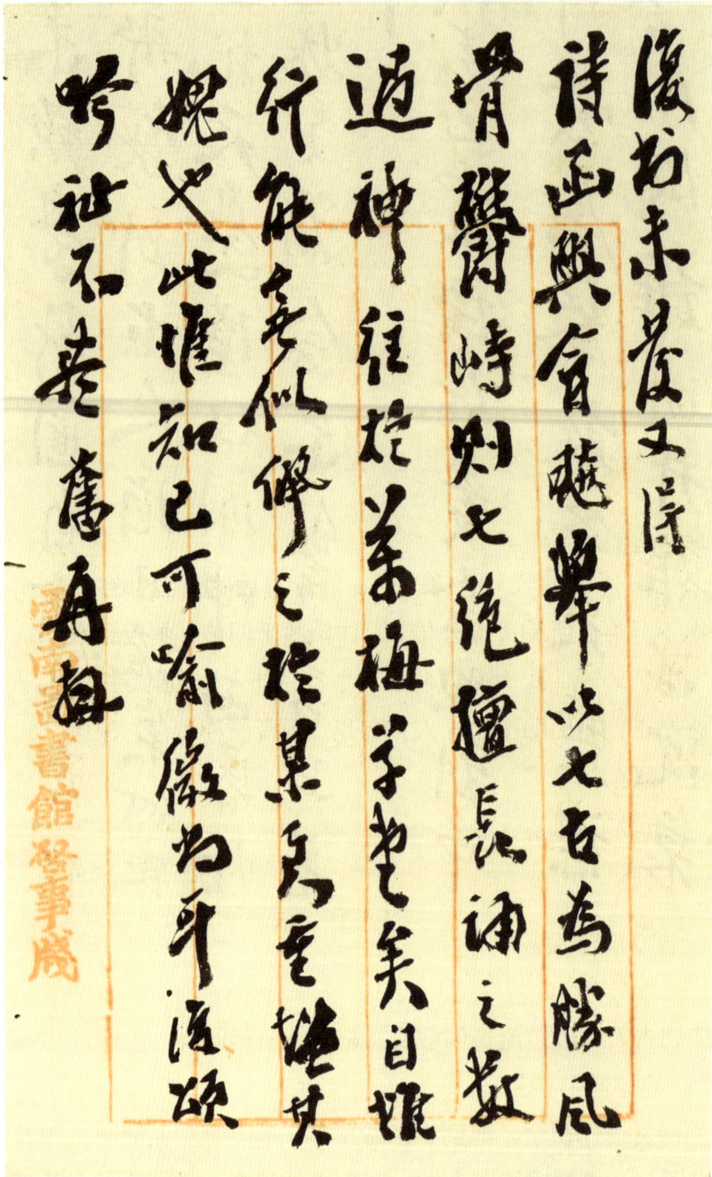

T19 G17cm×28.4cm

〖录文〗

复书未发，又得诗函。兴会飚举，以七古为胜；风骨郁峙，则七绝擅长。诵之数遍，神往于万梅草堂矣。自惟行能无似，俪之于某君，重增其愧也，此惟知己可喻，微尚耳。

复颂吟祉。不尽。

藩　再拜

〔笺纸：云南图书馆启事笺〕

## 二〇、担公绝句一册事致方树梅

〖录文〗

臞仙老弟左右：

担公［担当］绝句一册，请查对后将遗者补钞入集。至弟台所编《担公传》，详核胜于旧传，亟应刊入卷中。又，冯甦[1]所作《担公传》亦宜补入，此集专托费心补正，完后即可付梓人补刊也。观音赞亦钞存，象可还唐家。

此颂文祉。

愚兄藩　顿首

〔笺纸：云南图书馆启事笺〕

①冯甦（一六二八～一六九二）：字再来，号蒿庵。浙江临海人。清顺治十五年（一六五八）进士，授永昌推官。历澄江、楚雄知府。不避权贵，严惩吴三桂王府为非作歹家奴。著有《滇考》《滇行纪闻》《抚粤日记》《见闻随笔》《石园稿》《知还堂稿》，并编纂《楚雄府志》《台州府志》等。

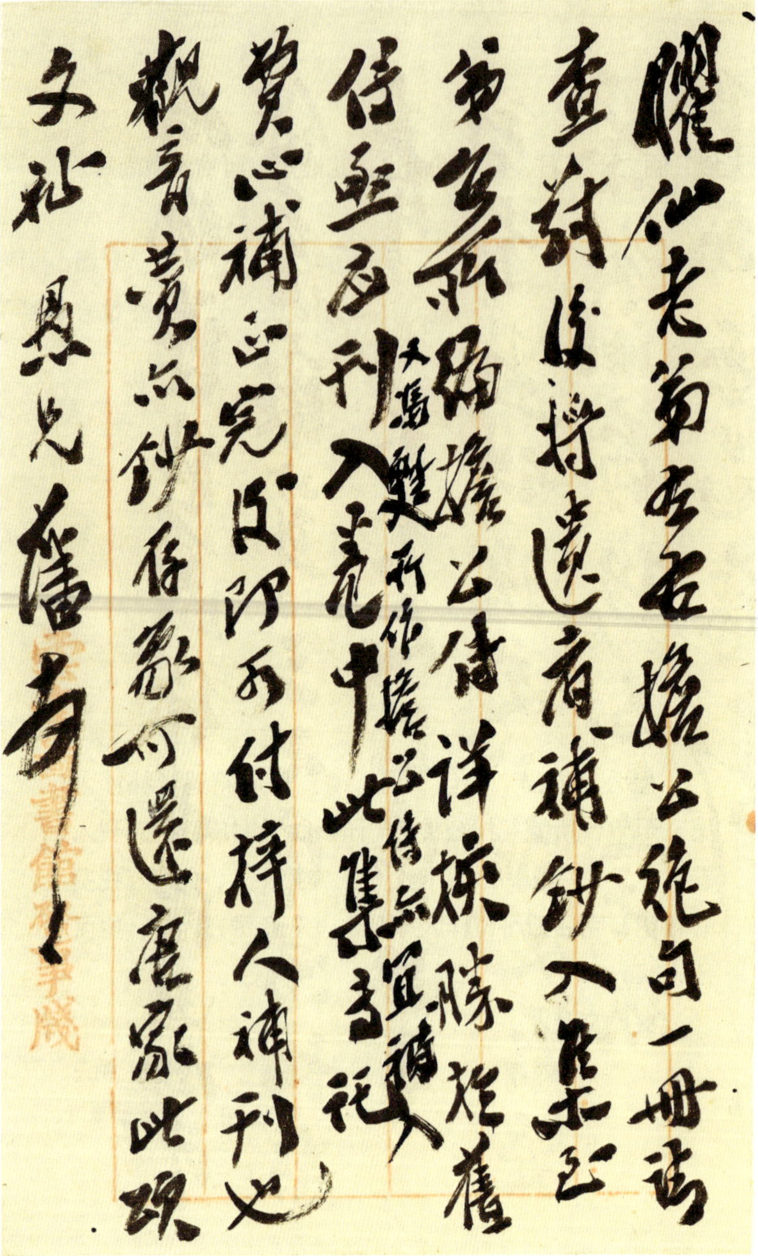

T20 G17cm×28.4cm

## 二一、谅能成行事致方树梅

〖录文〗

今晚谅能成行，由陆由水，望保重。鹿茸、三七、虎潜丸敬奉太夫人，乞鉴收。吾弟书

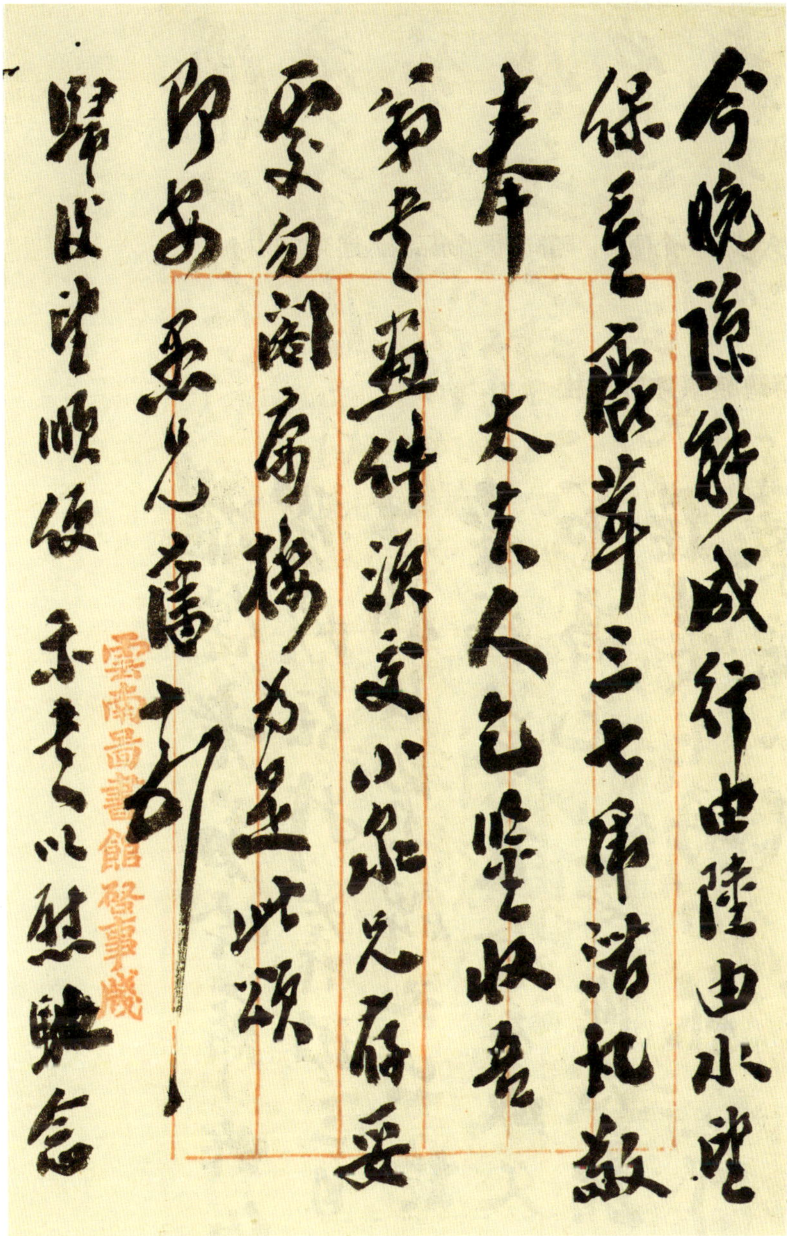

T21 G18cm×28.4cm

画件，须交小泉兄存妥处，勿阁寓楼为是。

此颂即安。

愚兄藩　顿首

归后望顺便示书，以慰驰念。

〔笺纸：云南图书馆启事笺〕

〖解读〗

此札大致是一个便条，随同所赠物品派人递交方树梅。

## 二二、游碧峣事致方树梅

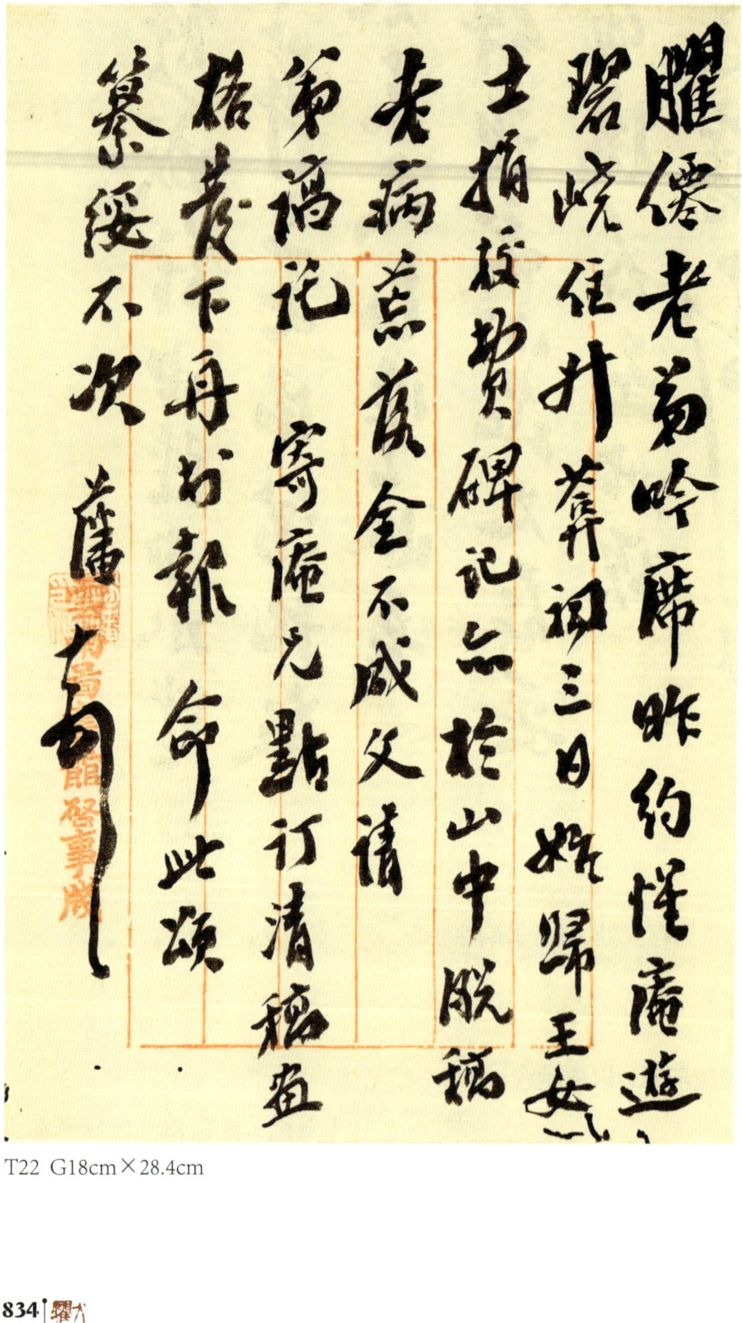

T22 G18cm×28.4cm

〖录文〗

腥仙老弟吟席：

昨约惺庵游碧峣[1]，住升庵［杨慎］祠，三日始归。王女士捐校费碑记，亦于山中脱稿。老病荒落，全不成文。请弟谆托寄庵［缪尔纾］兄点订清稿，画格发下，再书报命。

此颂纂绥，不次。

藩 顿首

〔钤印：赵藩印信〕

〔笺纸：云南图书馆启事笺〕

①碧峣：位于滇池西北、碧鸡关左。昆明人俗称“高峣”。原有杨慎故友毛玉的庭院，明嘉靖年间，杨慎因“大礼议”事件被谪戍云南，毛玉之子毛沂为其建“碧峣精舍”寓所。后人们为纪念杨慎，将其旧居“碧峣精舍”改建为祠，供奉其塑像。徐霞客曾到过“碧峣精舍”。

## 二三、送册子和手卷事

〖录文〗

腥仙诸件，分别题跋钤鉴。赏奉连照片合一律奉缴。敝处捡出册子十三本、手卷二轴，送祈察收。另纸商，照琐开，请酌。

此颂。腥仙、小泉先生统鉴。

藩 顿首

〔笺纸：云南图书馆启事笺〕

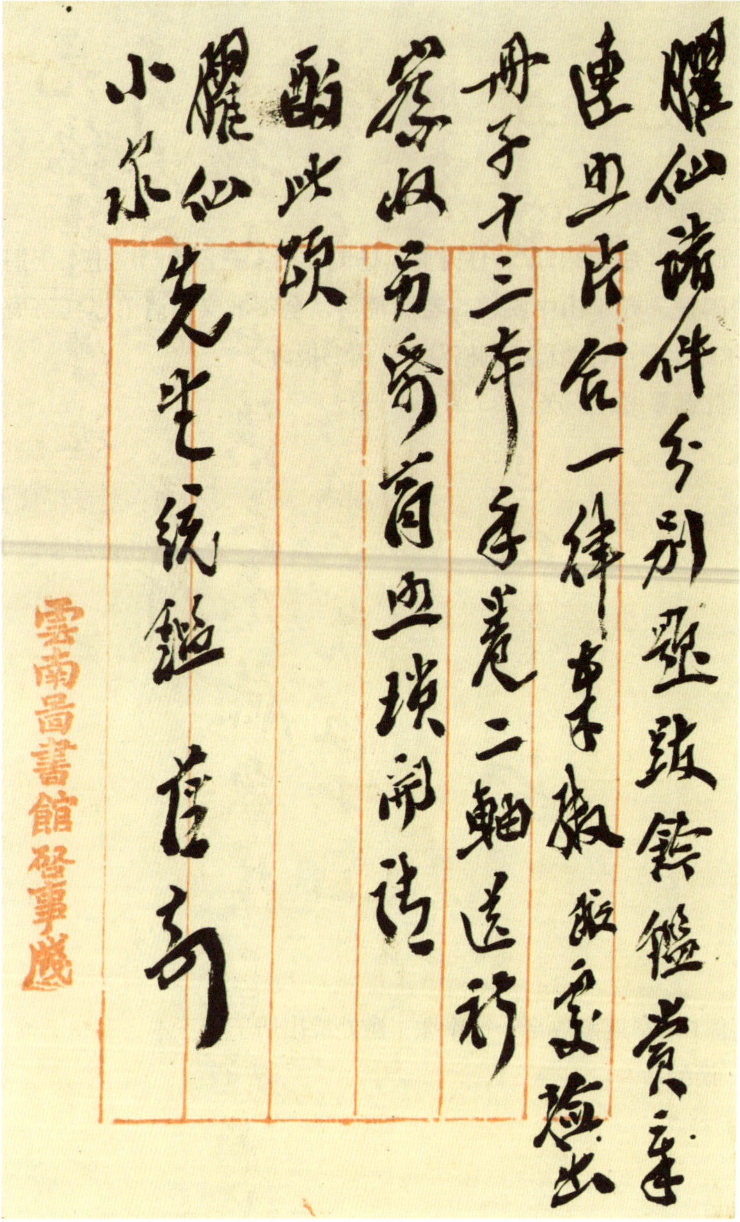


T23 G18cm×28.4cm

## 二四、先德诗序事

①慎夫：即潘公寿（一七四一～一七九四），字慎夫，号莲巢。江苏丹徒人。善画山水、人物、花卉、竹石。与张因等并称为“丹徒派”。

〖录文〗

先德诗序，如属添入数言，立碑大稿已妥。慎夫[①]书条、颖

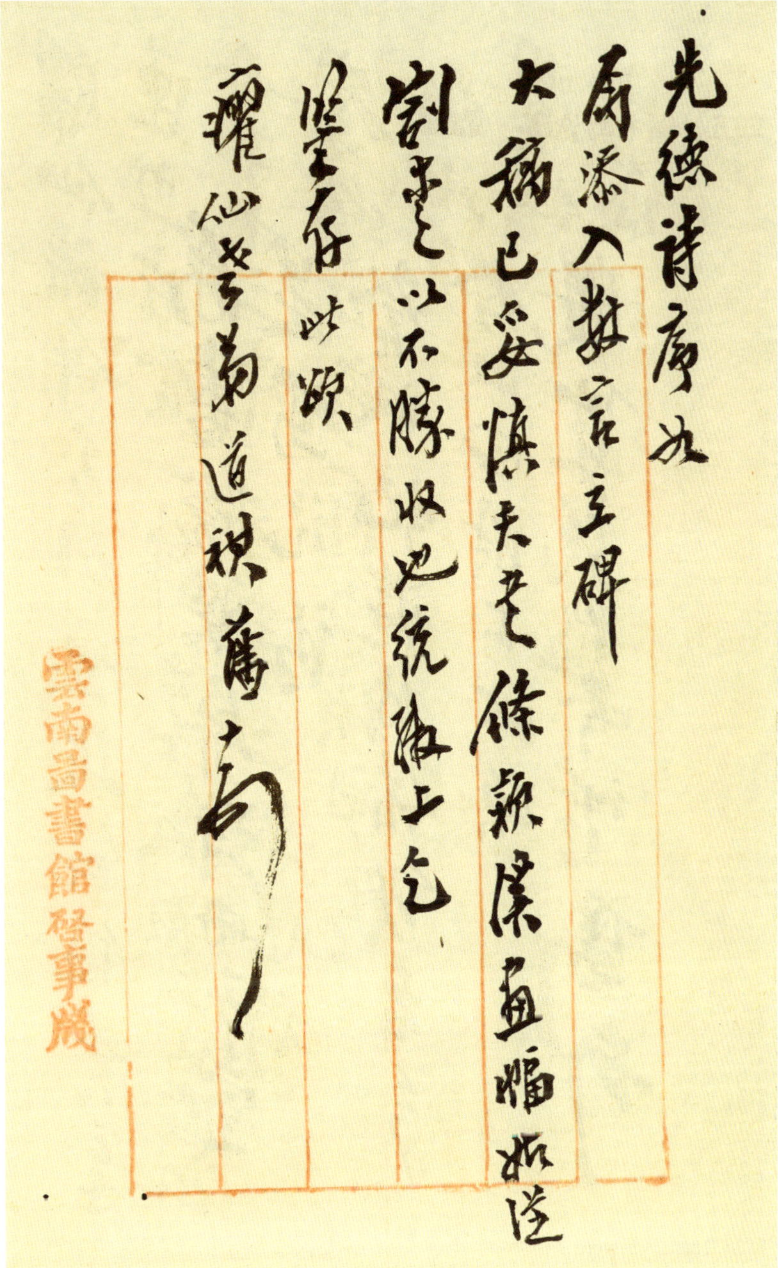


T24 G18cm×28.4cm

溪画幅，姑从割查，以不胜收也，统缴上，乞鉴存。

此颂瞿仙老弟道祺。

藩 顿首

〔笺纸：云南图书馆启事笺〕

## 二五、嘱书写讫事

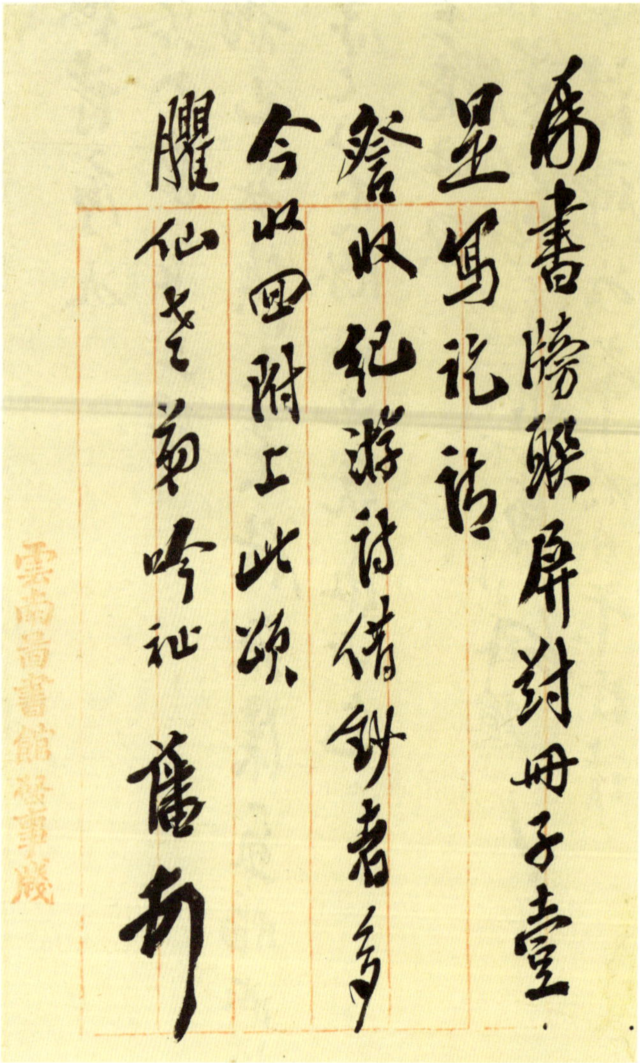
屬書牓聯屏對册子壹
是寫訖請
察收紀游詩借鈔者多
今收回附上此頌
臞仙老弟吟祉　藩頓首
雲南圖書館啓事箋

T25 G18cm×28.4cm

〖录文〗

属书榜联、屏对、册子壹是写讫，请察收。《纪游诗》借钞者多，今收回附上。此颂臞仙老弟吟祉。

藩　顿首

〔笺纸：云南图书馆启事笺〕

## 二六、枉顾便饭事

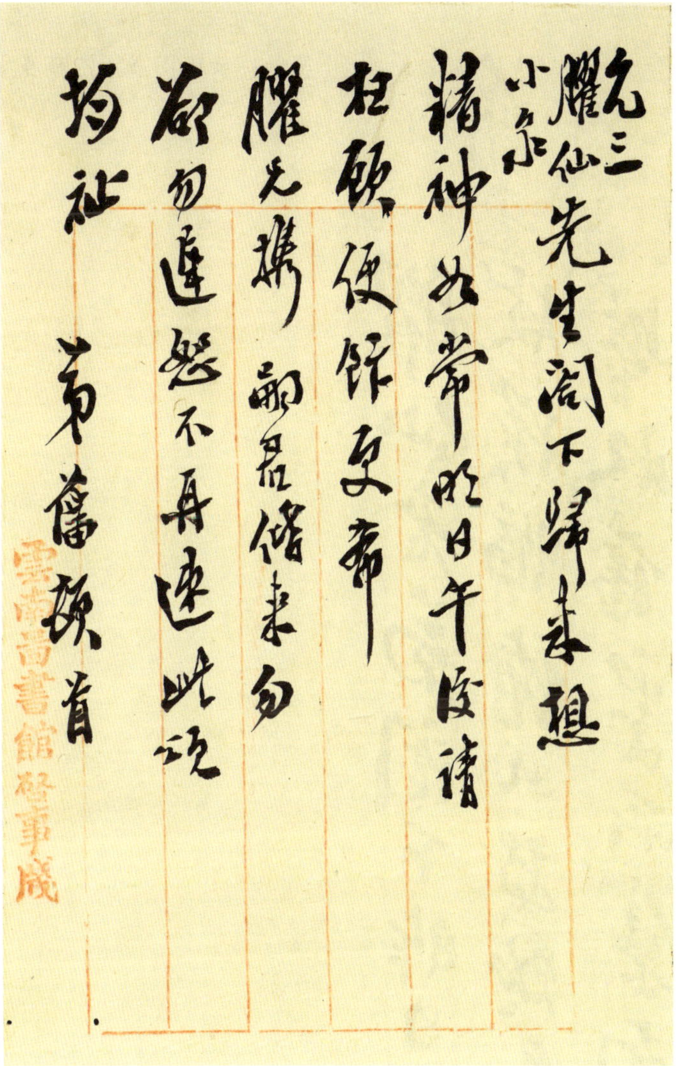
允三、曜仙、小泉先生阁下：归来想精神如常。明日午后请枉顾便饭。更希曜兄携嗣君偕来。勿却勿迟。恕不再速。此颂均祉。弟[illegible]顿首

T26 G18cm×28.4cm

〖录文〗

允三、曜仙、小泉先生阁下：

归来，想精神如常。明日午后，请枉顾便饭。更希曜兄携嗣君偕来。勿却勿迟。恕不再。速。

此颂均祉。

弟 藩 顿首

〔笺纸：云南图书馆启事笺〕

## 二七、南园楹句底本事

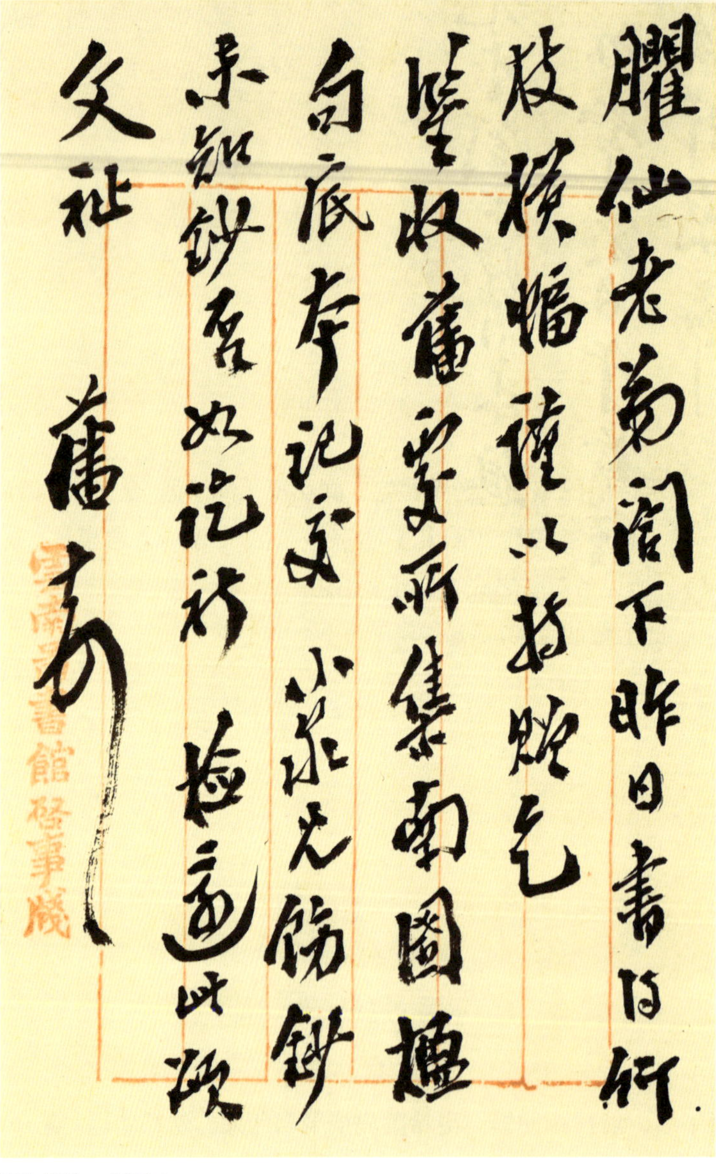

T27 G18cm×28.4cm

〖录文〗

臞仙老弟阁下：

昨日书得竹枝横幅，谨以持赠，乞鉴收。藩处所集南园楹句底本，记交小泉兄饬钞，未知钞否？如讫，祈捡还。

此颂文祉。

藩　顿首

〔笺纸：云南图书馆启事笺〕

## 二八、借恽子居全集事

〖录文〗

示诗稿已点窜，送希鉴定。闻买得《恽子居[①]全集》，请借一看，有所参校也。煦儿［赵宗煦］欲借尊钞《岩泉》[②]《云泉》，所见各对联之底本，亦望借之。

此上臞仙老弟。

藩　顿首

〔笺纸：云南图书馆启事笺〕

①恽子居：即恽敬（一七五七~一八一七），字子居，号简堂。江苏阳湖（今常州）人。乾隆举人，官吴城同知。清散文家。

②《岩泉》：宋朝诗人陈岩的作品之一。

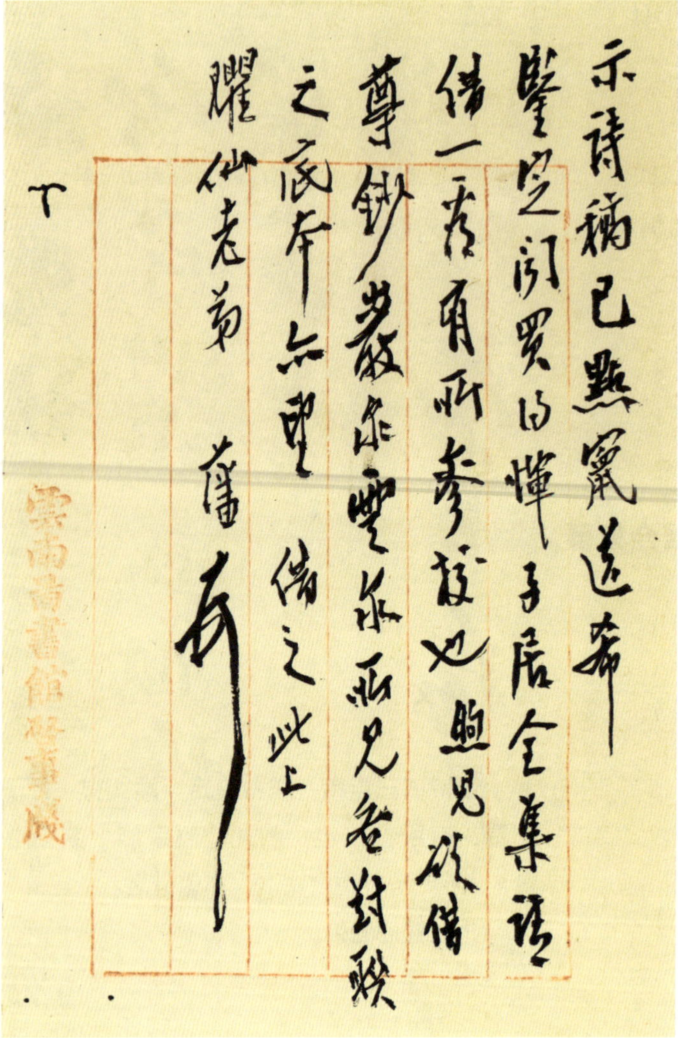

T28 G18cm×28.4cm

## 二九、承赐秋查词刊本事

〖录文〗

承赐《秋查词》刊本，谢谢！仰亭[①]山水直幅捡出，呈鉴。

①仰亭：即李诂，字仰亭，乾隆年间出生。云南昆明人。职业书画家，其在金碧、青绿、米点、浅绛山水、彩墨花鸟、人物、指画方面，均有较高的艺术造诣。

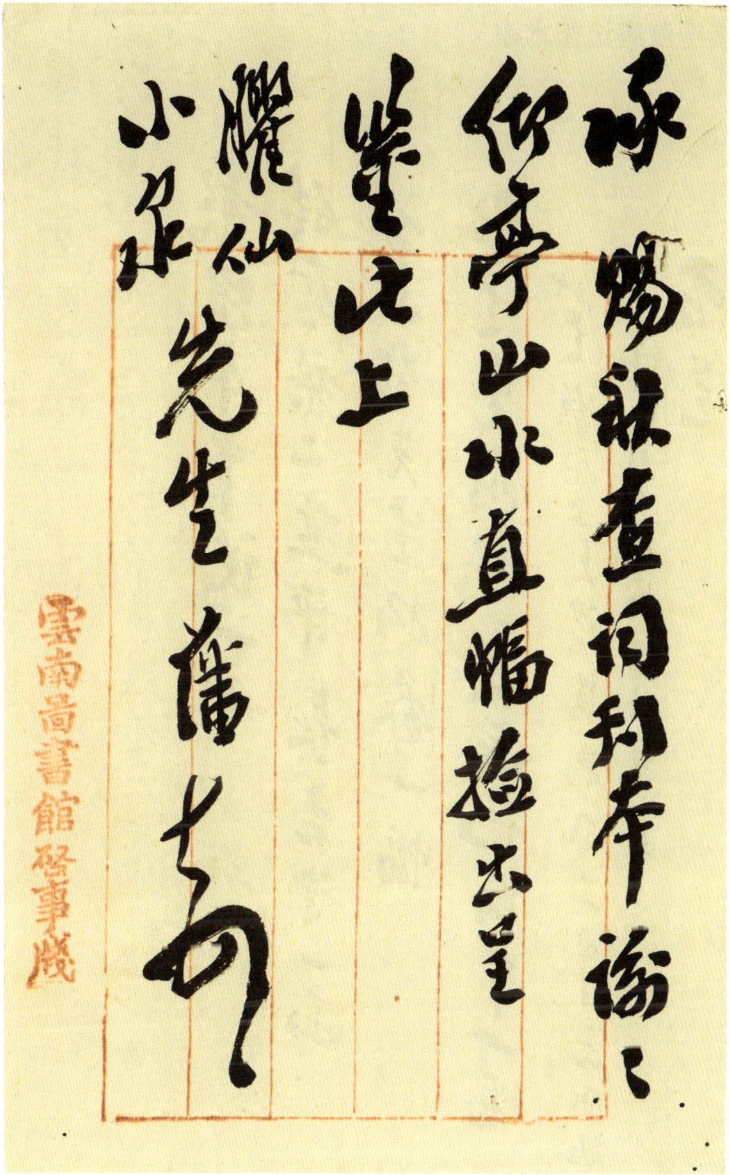
承賜秋查詞刋本謝謝
仰亭山水直幅檢出呈
鑒 此上
臞仙
小泉 先生 藩頓首
雲南圖書館啓事牋

T29 G18cm×28.4cm

此上臞仙、小泉［何秉智］先生。

藩　顿首

〔笺纸：云南图书馆启事笺〕

## 三〇、重修檀度庵记拓本事

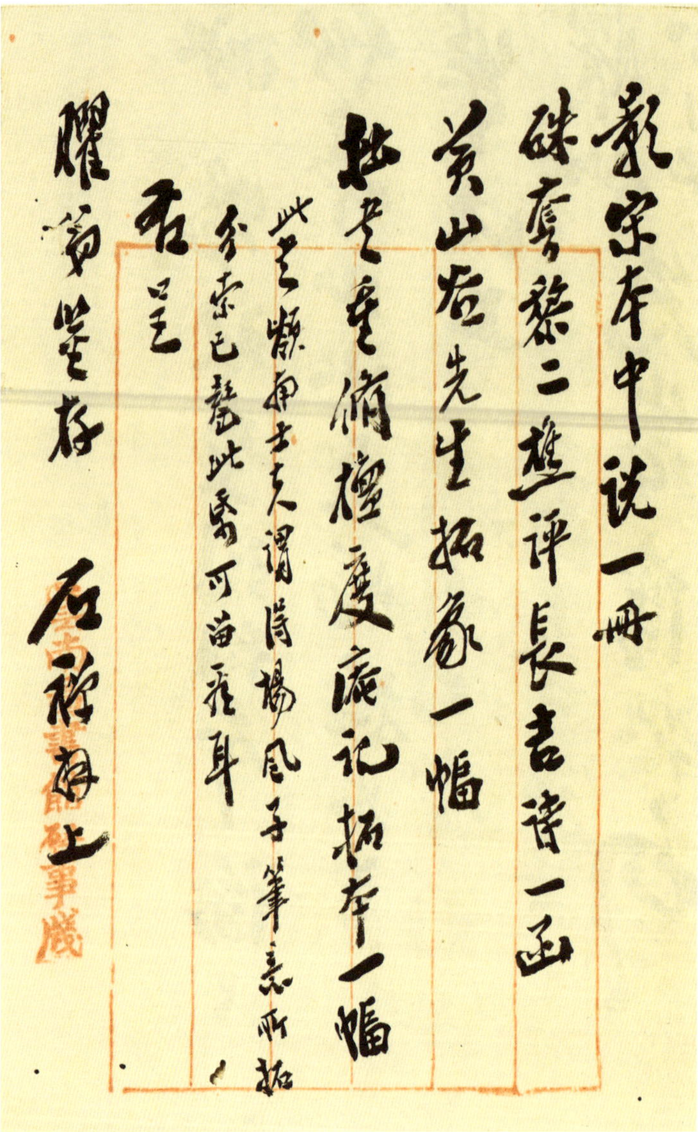

T30 G18cm×28.4cm

①黎二樵：即黎简（一七四七～一七九九），字简民，一字未裁，号二樵，又号石鼎道人、百花村夫子。广东顺德人。清代乾嘉年间岭南著名诗人、书画家。

②长吉：即李贺（七九〇～八一六），字长吉，世称李长吉、鬼才、诗鬼等。

〖录文〗

影宋本《中说》一册、朱套黎二樵[1]评长吉[2]诗一函、黄山谷［黄庭坚］先生拓象一幅、拙书《重修檀度庵记》拓本一幅（此书岭南士夫谓得杨风子笔意，所拓分索已罄，此纸可留看耳）。

右呈臞弟鉴存。

石禅　拜上

〔笺纸：云南图书馆启事笺〕

## 三一、赵藩寿苏事

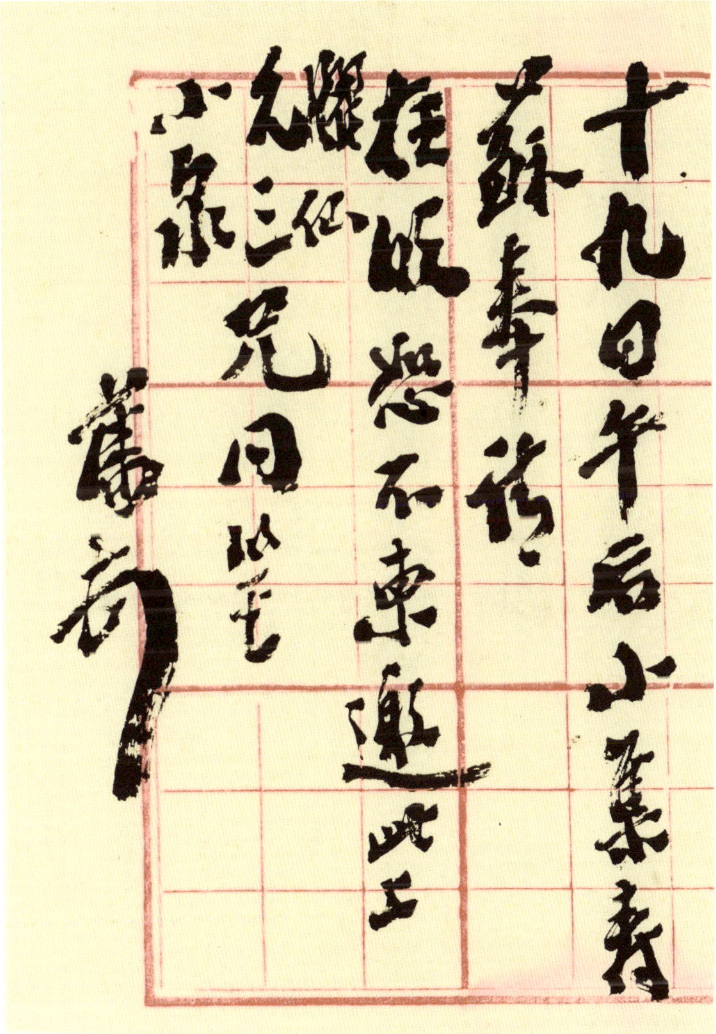

T31 G16.5cm×24.3cm

〖录文〗

十九日午后小集寿苏奉请枉顾，恕不柬邀。

此上臞仙、允三［华世尧］、小泉［何秉智］兄同鉴。

藩　顿首

〔笺纸：九宫方格纸〕

〖解读〗

此是寿苏[1]，赵藩邀请友人到自家聚会的一个便条，文人雅士之郑重其事可见一斑。

①寿苏：就是为苏东坡祝寿，每逢农历十二月十九东坡诞辰举行。

## 三二、臞仙先德遗诗事

〖录文〗

先德遗诗，写二纸脱。末首者不堪用，聊呈存之耳。老耄书劣，借永姓名于尊府，窃幸矣。

臞弟左右。

藩　顿首　瑞六日

〔钤印：剑川赵氏〕

〔笺纸：云南图书馆启事笺〕

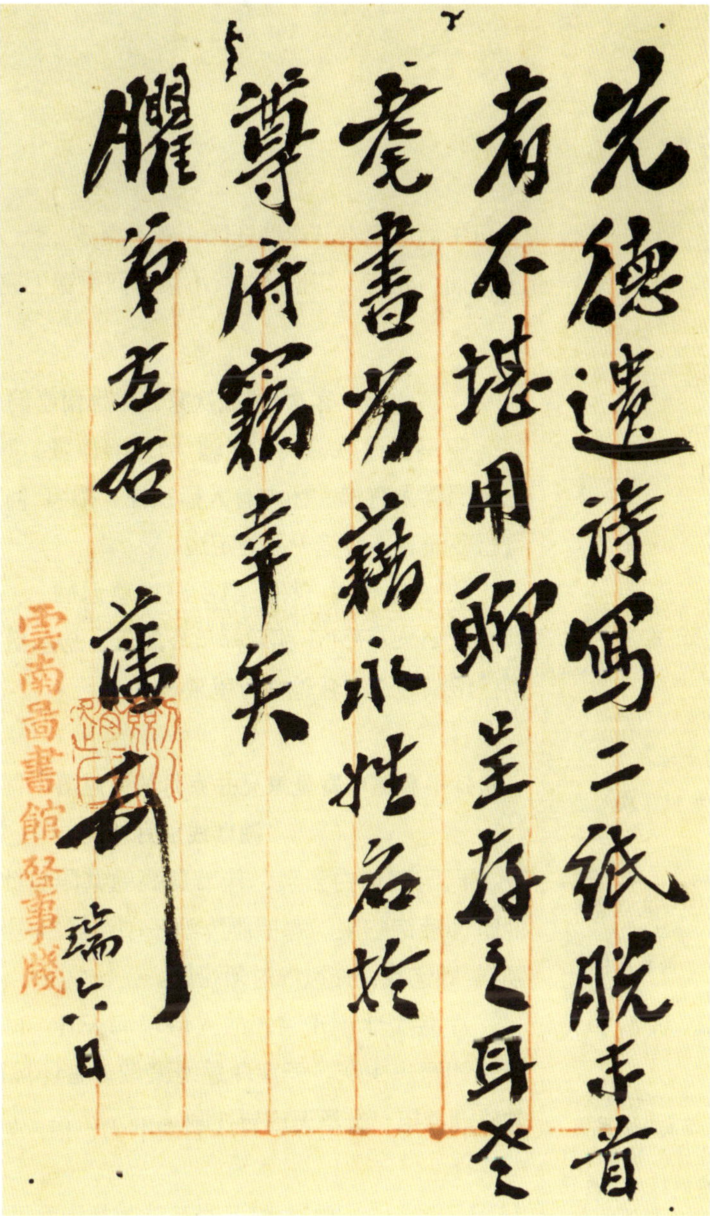

光德遺詩寫二紙脫未首者不堪用耶呈存之耳冬耄書芳蕤永姓名於尊府籍幸矣
耀翁左右
蕃啟
端六日

雲南圖書館啓事箋

T32 G18cm×28.4cm

## 宋廷樑　一通

宋廷樑（一八五二～一九〇八），字梓材、子材、梓侪。云南昔宁人。赵藩亲家，与赵藩乡试同年，相识于京师。一八七七年丁丑进士。以主事签分刑部山东清吏司，历江西候补知府、临江府知府。廷樑赴江西，其父宋演赠六字训："勤补拙，俭助廉。"镌之小印。廷樑则谨志之。值匪患猖獗，廷樑举保甲法，侦防周密，民和而乱平。性嗜诗，与赵藩诗函往复，谈诗契尚。著有《赋梅书屋诗》六集。

## 宋廷樑近作五首

〖录文〗

### 客次[①]偶成次家兄送别雨亭韵

驱马长途欲暮天，岩疆[②]历遍乍停鞭。时清已竭输将力，土瘠稍偿大有年。怀古有人标铁柱，攘夷[③]何日靖烽烟。中兴且喜多元老，筹笔无辞更定边。

块垒难消酒一杯，离乡况复意迟徊。共从马首瞻豪气，孰向鸢肩[④]识异才。乱后梓桑多疾苦，劫余松柏待滋培。天戈指日绥南服，为我驰书万里来。

### 九日平彝道中寄呈家兄并柬月村［赵藩］同年，即次家兄湖楼饯别月村韵

昆明回首白云隈，佳节登高孰共陪。此日插萸同怅望，他时种菊待归来。寒惊雁阵沙千顷，梦绕螺峰翠一堆。吟侣题糕[⑤]同忆我，临风怅对菊花杯。

净澈壶冰锐走雪，故人诗境海天开。闻鸡让我鞭先着，市骏知君志未灰。无定萍蓬纷聚散，有怀风雨倍低徊。遂初共倚湖楼笛，文酒无虚日往回。

### 旅次[⑥]忆月村及诗画社诸君子

纵目平畴远，征途一驻骖。稻香留露积，果熟待霜酣。去国家怀渺，纪程吟兴耽。如何风雨夕，不共素心谈。

近作六首录呈长兄大人指正并请诸大雅斧削。

弟樑　初稿

〔笺纸：竖行信笺〕

①客次：泛指在异乡、别地。

②岩疆：边远险要之地。

③攘［rǎng］夷：抗拒异族入侵。攘：推，排斥。

④鸢［yuān］肩：两肩上耸，像鸱鸟栖止时的样子。鸢：鸟，鹰科，头顶及喉部白色，嘴带蓝色，体上部褐色，微带紫，两翼黑褐色，腹部淡赤，尾尖分叉，四趾都有钩爪，捕食蛇、鼠、蜥蜴、鱼等（俗称“老鹰”）。

⑤题糕：典故名。有一年的重阳节，刘禹锡和一些朋友头戴茱萸，登高饮酒，联句作诗。看着眼前一盘盘蒸得香喷喷的糕，刘禹锡想用糕这个词作诗。但又一想：“不对呀，糕字在老百姓的口里倒常常提到，但《诗经》《尚书》《易经》《礼记》和《春秋》这些古书中没有糕字啊，能用吗？”他反复思量，叹息一声：“唉，既然《六经》里没有糕字，我就不用吧。”后来，别人也写《重九诗》，就在诗中嘲笑刘禹锡，说：“刘郎不敢题糕字，空负诗中一世豪。”

⑥旅次：指旅途中小住的地方。也指旅途中暂作停留。

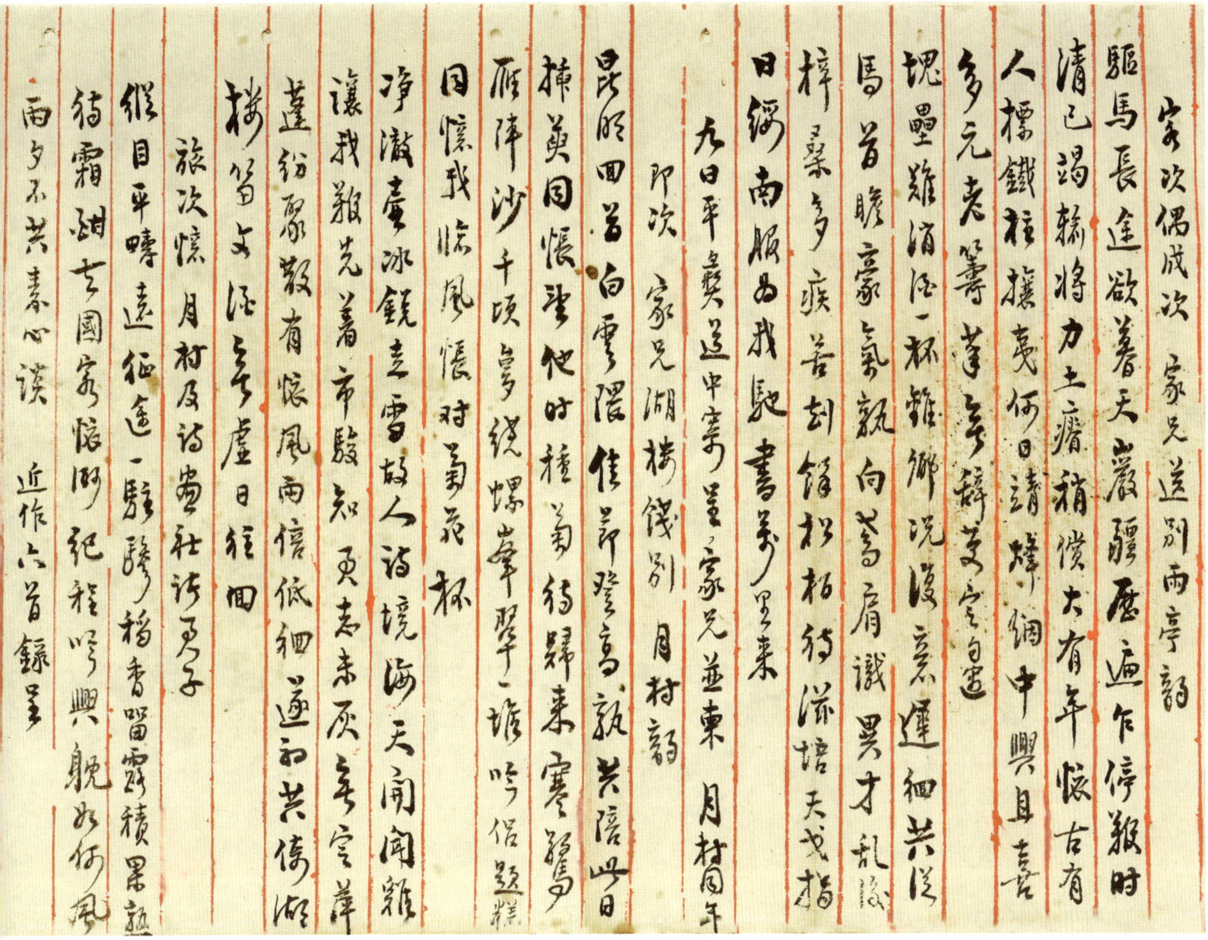

T33 G40cm×28cm

〖解读〗

此札未经装裱，仅夹于T册“赵石禅师翰墨”页中。文中称近作六首，实际仅为五首，似笔误。

# 第二部分

# 【M 册：史澹初等清代手札册页】

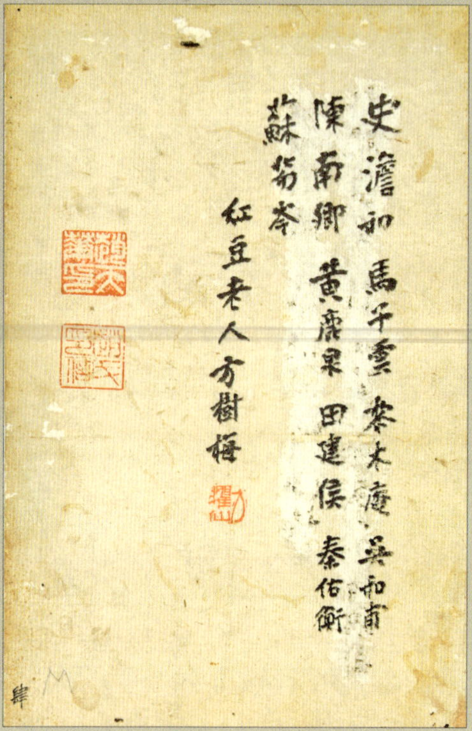
史澹初　馬子雲　黎木庵　吳和甫
陳南卿　黃鹿泉　田建侯　秦佑衡
蘇笏岑
紅豆老人方樹梅

〖录文〗

史澹初、马子云、黎木庵、吴和甫、陈南卿、黄鹿泉、田建侯、秦佑衡、苏笏岑。红豆老人方树梅。（加盖方臞仙印章）

〖解读〗

实际包括史澹初［史昺］、马子云［马之龙］、黎木庵［黎讷］、戴志［戴臞仙］、吴和甫［吴存义］、苏笏岑［苏福臣、苏忠廷］、陈南卿［陈鹍］、黄鹿泉［黄膺］、田建侯［田亮勋］、秦佑衡［秦树声］。所收入的作品，作者或内容均涉及云南。

## 史昺　马之龙　黎讷　戴志　吴存义　一通

史昺（一七六三？～？），字澹初。浙江山阴人。一七七七年举人。任咸安宫教习，兴化县教谕，曾受陈鸿寿之聘撰修本县县志，因此和曼生交谊匪浅。著纂有《杜诗锁证》、嘉庆《溧阳县志》、光绪《史氏家乘》等。传说澹初有临摹陈圆圆画像。

马之龙（一七八二～一八四九），字子云，自号雪楼。云南丽江人。年青时怀着“立品需立最高品，登山需登最高顶”的壮志，很想做一番事业。但他为人正直不阿，喜谈古今利弊，科试时因抨击时弊被黜，漫游十三省后归里而卒。著有《封极图说》《阳羡茗壶谱》和《雪楼诗钞》。多才多艺，善吹铁笛，作有《笛赋》和《琴赋》。

黎讷，原名应元，字木庵。广东昌教人。一八一〇年举人。署浪穹县知县、阿陋井盐课大使、云南省巡盐道尹。有《三圣庵访陈圆圆遗像记》。

戴志，字癯仙。道光年间曾任曲靖县训导。

吴存义（一八〇二～一八六八），字和甫。江苏泰兴人。清朝官吏。一八三八年进士。选庶吉士，授编修，历侍郎。一八四二年督云南学政。咸丰五年（一八五五），典试云南，复留督学政，士益亲之。存义在云南久，习知民情，复命奏对，陈变乱始末甚详。累迁侍读学士，署顺天府丞。同治二年（一八六三），署工部侍郎，迭署礼、户二部。著有《榴实山庄诗文集》。吴氏工书，能画花卉，逸笔点染，不事雕饰，自有妙趣。

### 题三台寺古红梅图

〖录文〗

呈贡三台寺有古红梅，查，花农为[1]杨嶰谷[2]写为图。征诗张之。诗存，此帧图不可知矣。臞仙收得，乞石禅老人［赵藩］记之。

〔钤印：樾村〕

①为：这里有协助，卫护之意。

②杨嶰谷：即杨载彤（一七八六～？），字管生，号嶰谷。云南大理人。赵廷玉、周馥的三子，原名感三，因赵氏祖先姓杨，后归宗改姓杨，改名载彤。十四岁时开始写诗，嘉庆丁卯年（一八〇七）副贡生，后多次到省城昆明参加乡试，直到五十多岁，都未考中举人。一八四四年五十八岁时才止式担任马龙州（今马龙县）学正，到六十一岁还参加了一生的最后一次科举考试，可能是当时最老的考生之一。未考中举人成为一生的痛苦和遗憾。六十多岁调他郎（今普洱市墨江县）任学正。一八二五年带着妻儿举家迁往昆明，在昆明期间，从事教学，并开有药店，维持家庭生计，生有二子七女。著有《嶰谷诗草》六卷。

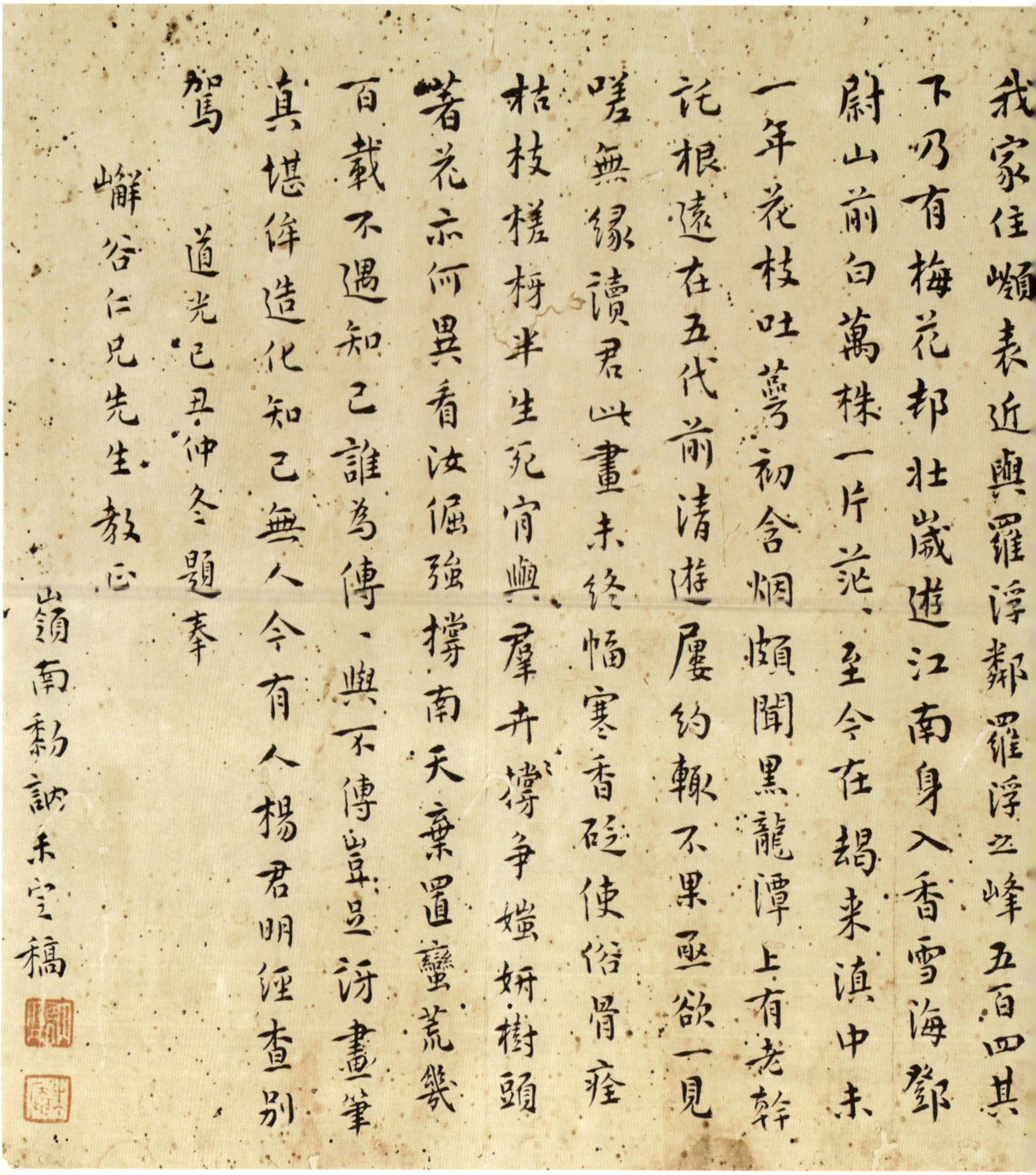

M01（4-2） G26.2cm×29.7cm

寒风号四野，飞雪洒千里。园林木叶凋，檐雀冻不起。有客款禅关[3]，红梅发新蕊。老干百尺蟠，天矫龙蛇似。上有初生枝，下有碧苔滋。千条绽火齐，万朵明燕脂[4]。回光照酒颜，相对弄艳姿。清香袭衣裾，徘徊无已时。徘徊不能去，心契烟霞趣。主人诚解人，三尺裁纨素。真态笔底生，余情托长句。千载感遇合，无为怨迟暮。

③禅关：禅堂。

④燕脂：即“胭脂”。

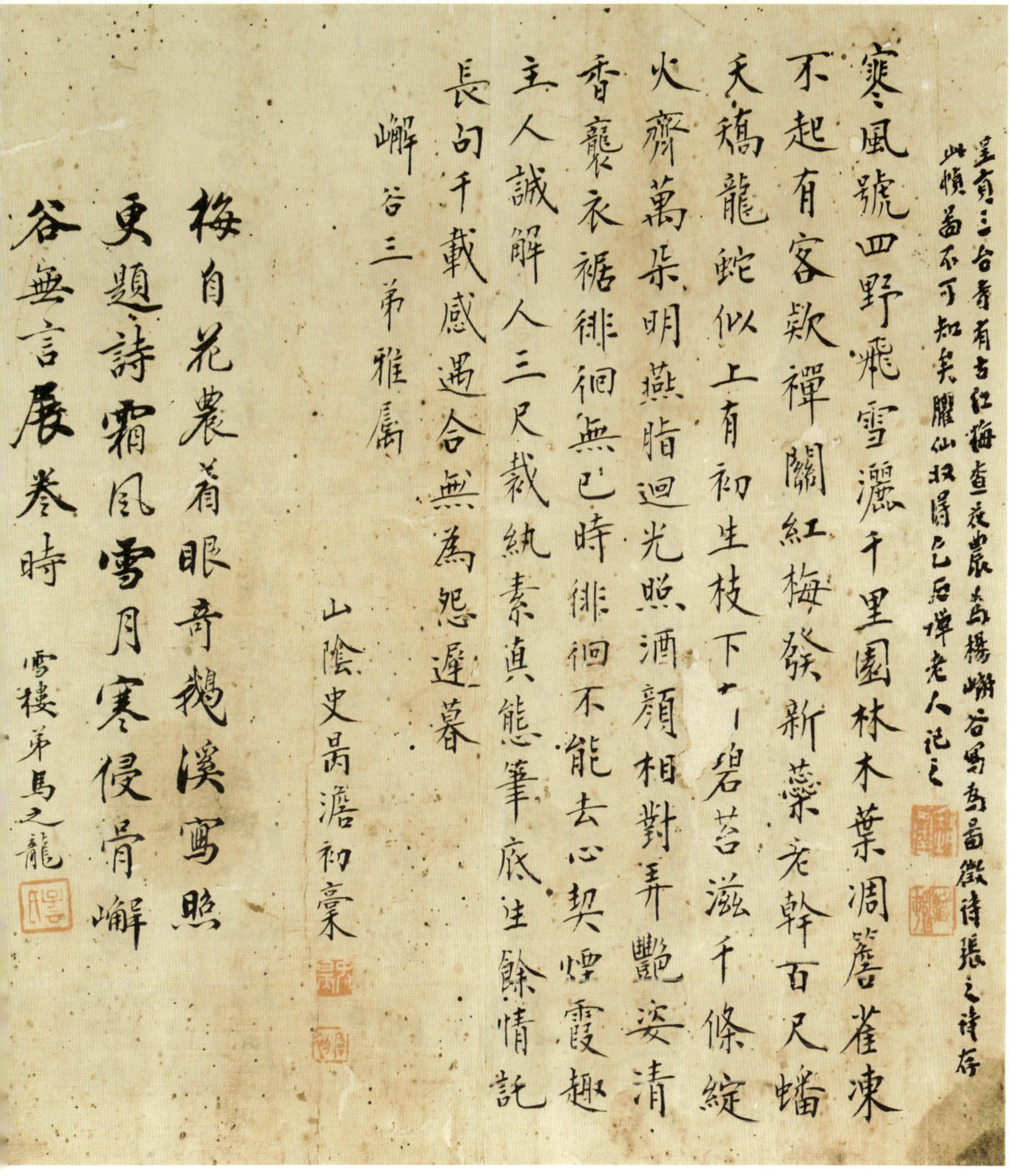

呈貢三台寺有古紅梅，查一夜農為楊嶰谷寫為圖徵詩，張之詩存此幀，為不可知矣。耀仙收得之，石禪老人記之

寒風號四野，飛雪灑千里。園林木葉凋，蓓雀凍不起。有客款禪關，紅梅發新蘂。老幹百尺蟠，夭矯龍蛇似。上有初生枝，下十一碧苔滋。千條綻火齊，萬朵明燕脂。迴光照酒顏，相對弄艷姿。清香襲衣裾，徘徊無已時。徘徊不能去，心契煙霞趣。主人誠解人，三尺裁紈素。真態筆底生，餘情託長句。千載感遇合，無為怨遲暮。

嶰谷三弟雅屬

山陰史昺澹初稾

梅自花農着眼奇，鵝溪寫照更題詩。霜風雪月寒侵骨，嶰谷無言展卷時。

雪樓弟馬之龍

M01（4-1） G26.2cm×29.7cm

嶰谷三弟雅属。

山阴史昺澹初　稿

〔钤印：史昺、澹初〕

梅自花农着眼奇，鹅溪⑤写照更题诗。霜风雪月寒侵骨，嶰谷无言展卷时。

雪楼弟　马之龙

〔钤印：子云氏〕

⑤鹅溪：在四川省盐亭县西北，以产绢著名。鹅溪的绢帛，唐代为贡品，宋人书画尤重之。

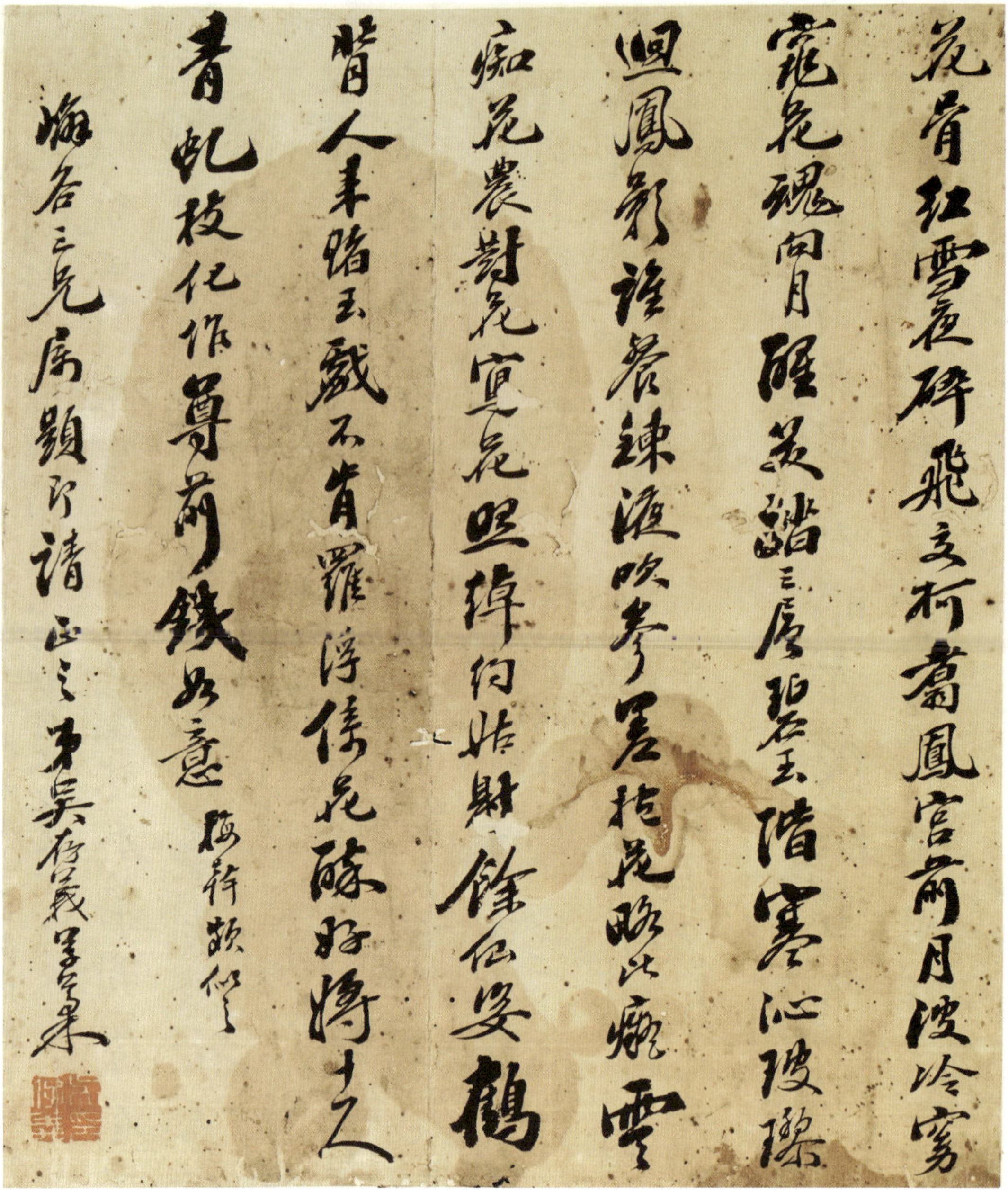

M01（4-4） G27cm×29.4cm

⑥罗浮：一般指广东博罗的罗浮山，是罗山与浮山的合体，在博罗县西北境内东江之滨，距博罗县城三十五公里。

⑦邓尉山：又名光福山、香雪海、梅海，是太湖风景区的一大景致。

⑧朅［qiè］来：来到。

⑨砭［biān］：用石针扎皮肉治病，引申为刺或规劝。

我家住岭表，近与罗浮⑥邻。罗浮之峰五百四，其下乃有梅花村。壮岁游江南，身入香雪海。邓尉山⑦前白万株，一片茫茫至今在。朅来⑧滇中未一年，花枝吐萼初含烟。颇闻黑龙潭上有老干，托根远在五代前。清游屡约辄不果，亟欲一见嗟无缘。读君此画未终幅，寒香砭⑨使俗骨痊。枯枝槎枒半生死，肯与群卉争媸妍。树头著花亦何

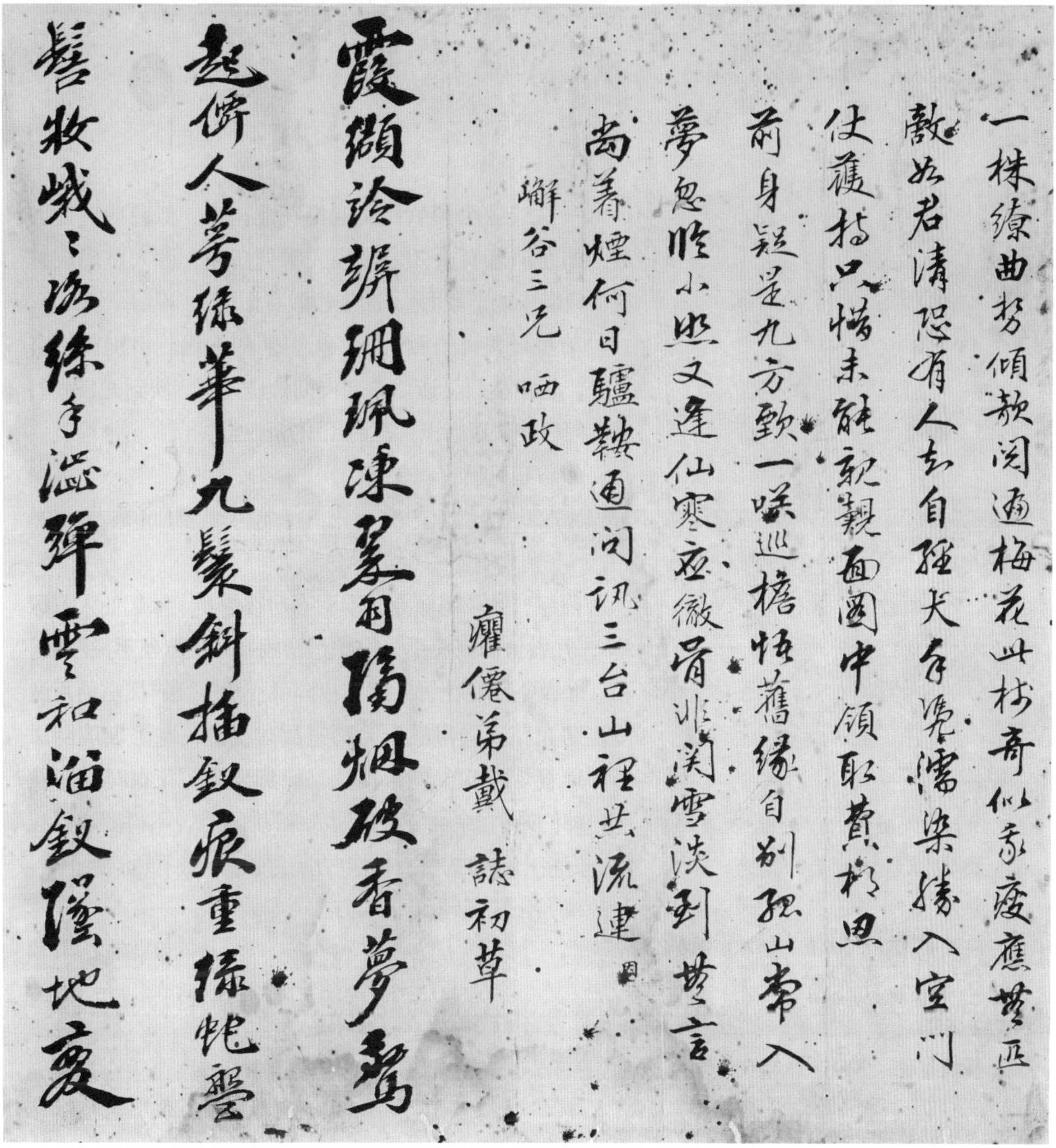

M01（4-3） G27cm×29.4cm

异，看汝倔强撑南天。弃置蛮荒几百载，不遇知己谁为传？传与不传岂足讶，画笔真堪侔[10]造化。知己无人今有人，杨君明经查别驾。

道光己丑［一八二九］仲冬［农历十一月］题奉嶰谷仁兄先生教正。

岭南黎讷　未定稿

〔钤印：讷印、木庵〕

⑩侔［móu］：相等。

一株缭曲势倾欹，阅遍梅花此树奇。似我瘦应无匹敌，如君清恐有人知。自经大手凭濡染，胜入空门杖护持。只惜未能亲觌面[11]，图中领取费相思。

前身疑是九方歅[12]，一笑[13]巡檐[14]悟旧缘。自别孤山常入梦，忽临小照又逢仙。寒夜彻骨非关雪，淡到无言尚着烟。何日驴鞍通问讯，三台山里共流连。

嶰谷三兄哂政。

癯仙弟戴志　初草

霞缬[15]跉蹁[16]珊珮冻，翠羽隔烟破香梦。惊起仙人萼绿华[17]，九鬟斜插钗痕重。绿蛇盘髻妆峨峨，冰丝手涩[18]弹云和。溜钗坠地变花骨，红雪夜碎飞交柯[19]。翥[20]凤宫前月波冷，窈窕花魂向月醒。笑踏三层碧玉阶，寒沁玻璃回凤影。谁餐炼液吹参差，抱花略比痴云痴。花农对花写花照，绰约姑射[21]余仙姿。鹤背人来睹玉戏[22]，不肯罗浮系花醉。好将十尺青虬枝，化作尊前铁如意（梅干颇似之）。

嶰谷三兄属题，即请正之。

弟吴存义　草稿

〔钤印：吴存义印〕

〔笺纸：宣纸〕

## 〖解读〗

该手札规格约为 108.3 厘米 ×30 厘米，方树梅将其分为四段作册页装裱。先后有史昺、马之龙、黎讷、戴志、吴存义五人题诗，卷首有赵藩题跋。跋文交待了该手札的由来。杨载彤得云南呈贡三台寺古红梅图，并征诗，所得诗卷幸存，原红梅图已不知下落。

从该卷内容分析：该卷或许是红梅图的一部分，或者是独立装裱；五位诗人虽然未必都见过三台寺古红梅，但

⑪觌[dí]面：当面；迎面；见面。

⑫九方歅[yān]：亦名九方皋。

⑬笑：古同“咲”。

⑭巡檐：来往于檐前。杜甫《舍弟观赴蓝田取妻子到江陵喜寄》诗之二：“巡檐索共梅花笑，冷蕊疏枝半不禁。”

⑮缬[xié]：眼花时所见的星星点点。霞缬：五色斑斓。

⑯跉蹁[língpíng]：行走不稳状。苏轼《芙蓉城并叙》诗：“天书云篆谁所铭，绕楼飞步高跉蹁。”

⑰萼绿华：中国古代传说中道教女仙名。

⑱涩：古同“澀[sè]”。

⑲交柯：交错的树枝。

⑳翥[zhù]：向上飞。

㉑姑射[yè]：原指姑射山的得道真人。后泛指美貌女子。

㉒玉戏：指下雪。

大多应见过红梅图，以图作诗，图中的信息自然留于诗；该图应为绢本，上为一株较写实的红梅，环境有浓郁的雪意，树干苍古，似铁如意，枝丫穿插，枯枝有半，间有新枝，红梅万朵，有的盛开，有的待放，与雪花交融，红白律动，寒香袭人。图中或有杨载彤题诗。

五位题诗者均为杨载彤友人，多相互认识。黎讷和史澹初曾访三圣庵，黎讷有《三圣庵访陈圆圆遗像记》，记载陈圆圆归隐的确切地址是昆明瓦仓庄之三圣庵，她出家为尼，法名寂静，号玉庵，年八十卒，葬于归化寺侧的昙花庵旁。

## 苏忠廷 一通

苏忠廷，字福臣，亦作笏臣、笏岑。四川纳溪人。拔贡。一八七四年任贵州荔波知县。光绪时宦滇，曾任昆阳知州等。手书对联“天上何曾有山水，人间岂不是神仙”至今悬挂于云南秀山清凉台。曾修撰《荔波县志》。云南著名收藏家罗养儒先生的《云南掌故》中，评先生书法于晚清之际与时任云南按察使的南海谭叔裕榜眼并称滇中。

### 诗二首

〖录文〗

**辛丑［一九〇一］元日**

今年雨水逢元旦，泽润生民遍点苍[1]。岁首便怀全局志，春风先醉晚香堂。五华[2]人物归连帅，万影云霞捧太阳。遥忆长安新气象，迁岐此日卜庥祥。

**再叠前韵**

仿佛永和年癸丑，海山烟水斗青苍。妙香为国[3]成佳节，元日春风吹上堂。三迤[4]知名冯大树，五华争颂郭汾阳。彩

①点苍：指云南大理苍山。

②五华：指昆明五华山。

③妙香为国：即大理国。因举国尊崇佛教，故称妙香国。

④三迤：云南省的代称。清朝雍正年间先后在云南设置迤东道、迤西道和迤南道。

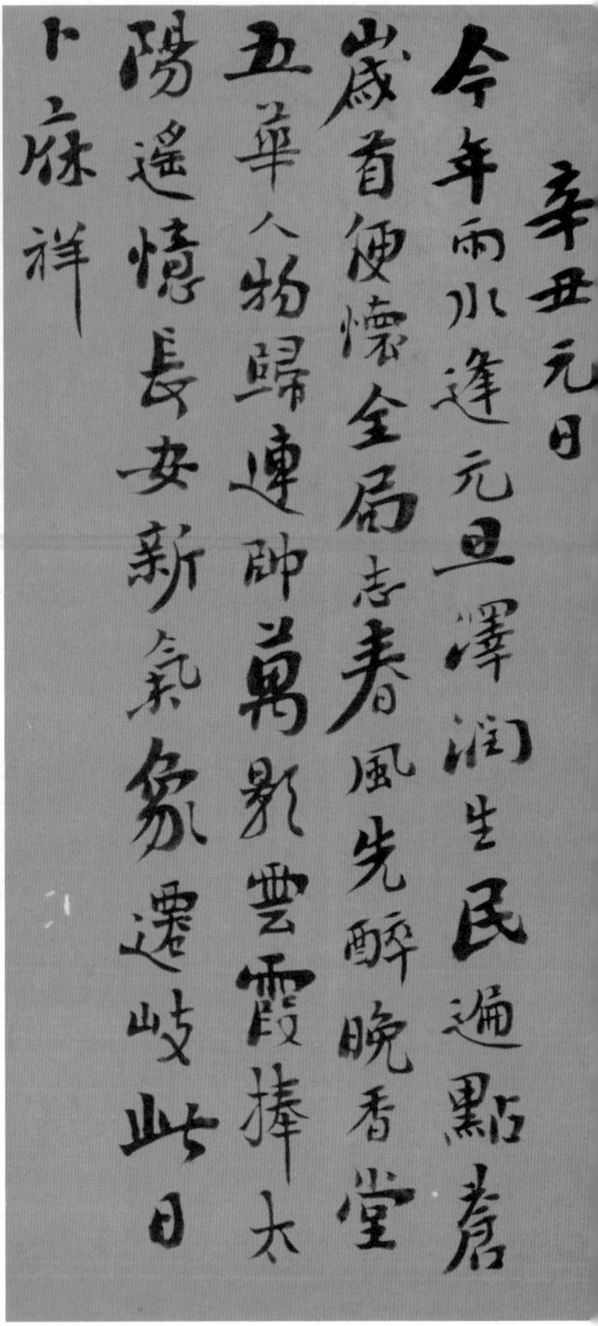
辛丑元日
今年雨水逢元旦澤潤生民遍點蒼
歲首便懷全局志春風先醉晚香堂
五華人物歸連帥萬點雲霞捧太
陽遙憶長安新氣象還歧此日
卜麻祥

M02（2-1） G11.5cm×24.3cm

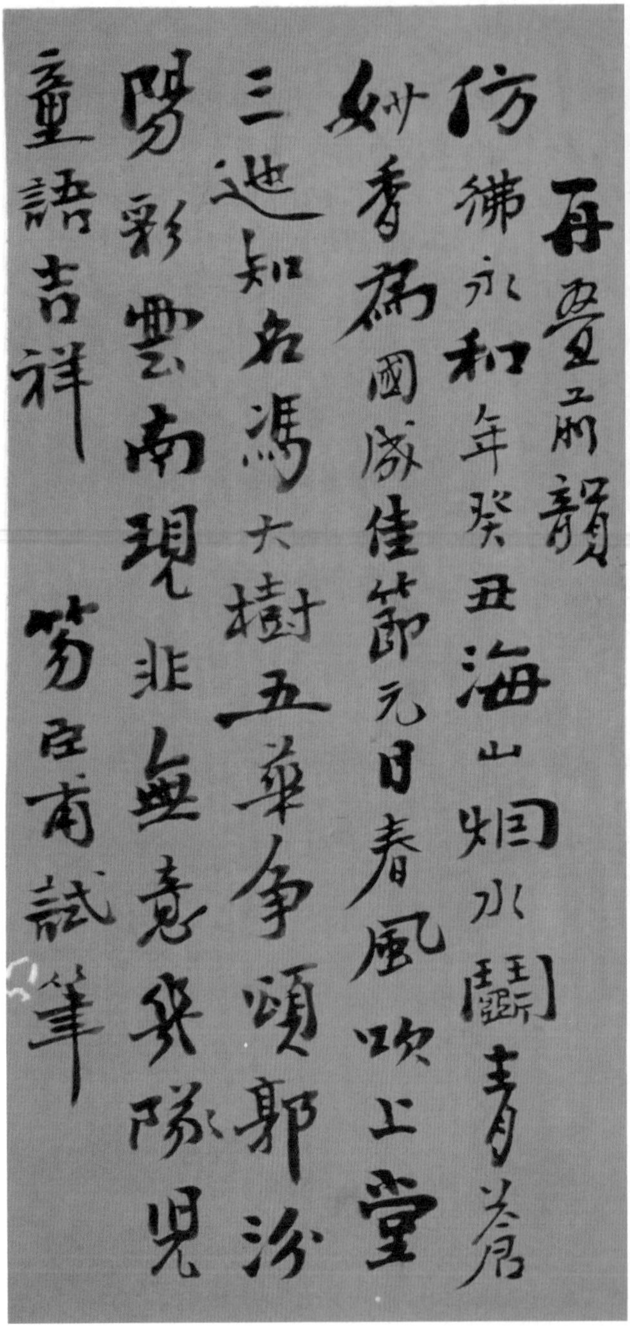
再疊前韻
彷彿永和年癸丑海山烟水斷青蒼
妙香為國家佳節元日春風吹上堂
三遊知名馮大樹五華爭頭郭汾
陽彩雲南現非無意幾隊兒
童語吉祥　笏臣甫試筆

M02（2-2） G11.5cm×24.3cm

云南现非无意，几队儿童语吉祥。

笏臣甫试笔

〔笺纸：红纸〕

# 陈鹍　二通

陈鹍，字兰卿、南卿、岚卿、岚青。先世山阴人，祖世伊游幕来滇，遂家于昆明。由诸生纳粟官云南知县，擢赵州知州、候补知府。生而颖异，见赏于林则徐。岑毓英耳其名，延襄戎幕。解职后筑集翠轩于翠湖东，与滇中名士朱庭珍等十余人吟咏其中，号莲湖吟社，有刻稿行世。尤精赏鉴，收藏甚多。卒年八十四岁。

## 一、东坡生日宴集三绝

〖录文〗

**东坡生日宴集**

厚安［李坤］、樾村［赵藩］两先生均有诗题图，鹍亦不可无诗，勉缀三绝录请敦政。

世界维新已改元，寿苏今日在雪园。展图礼像酹公爵，回首难忘集翠轩（丙戌［一八八六］嘉平［农历十二月］在集翠轩莲湖吟社同人寿苏宴集）。

荒祠异代未消磨（吾乡苏文忠［苏轼］公祠，系明初建，在半湖秋月），月漾平湖水不波。留得六桥堤上柳，兴亡阅尽雨风多。

谪官卅年叹转蓬，我生磨蝎[①]类苏公。莲湖老友开尊笑，再写新诗印爪鸿。

岚青陈鹍　呈稿

〔钤印：集翠轩〕

〔笺纸：诗笺〕

〖解读〗

一八八六年，朱庭珍、陈度、宋镜澄、李坤、杨竹溪、陈南

①磨蝎：旧时迷信星象者，谓生平行事常遭挫折者为遭逢磨蝎。

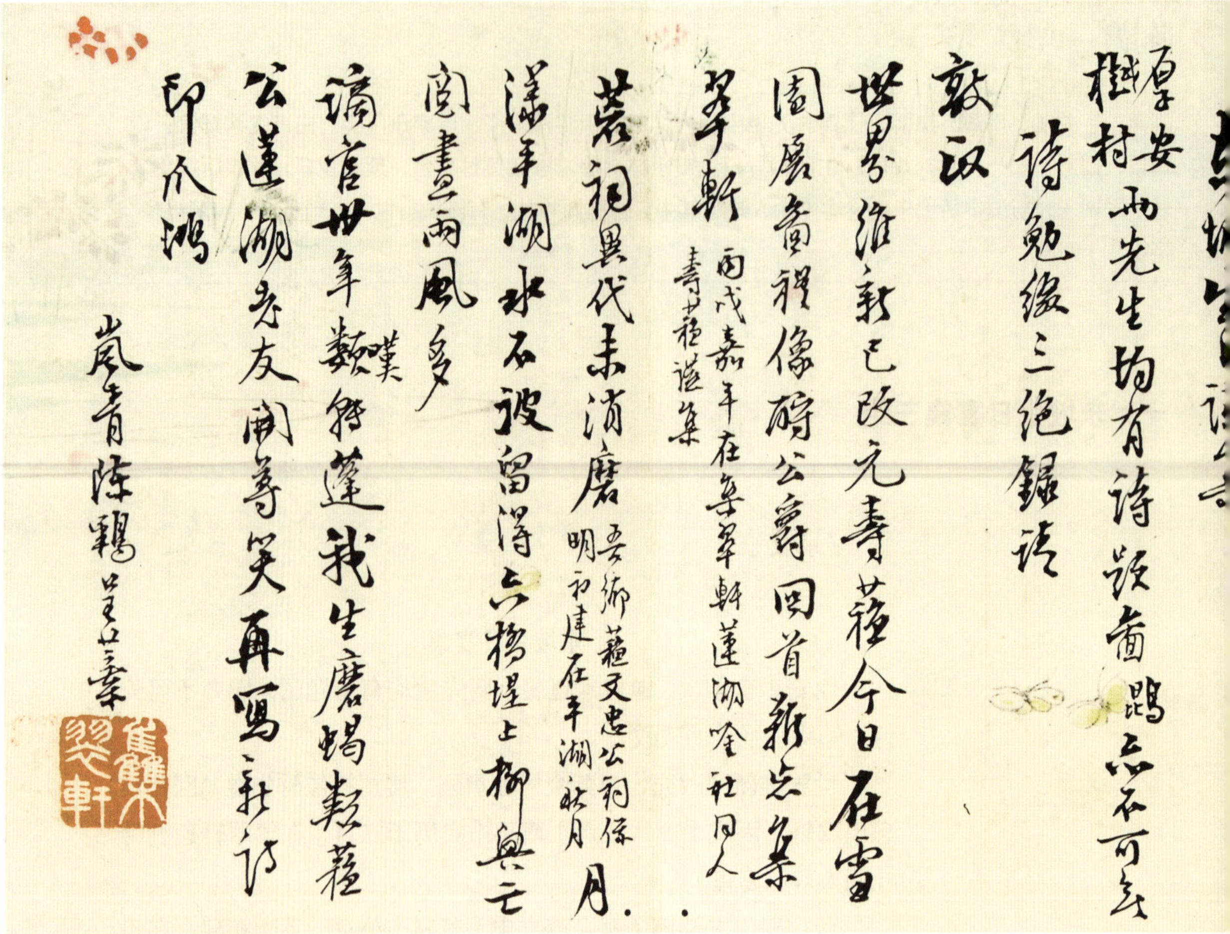

厚安
樾村两先生均有诗敢奋踊亦不可无
诗勉缀三绝录请
教政
世界维新已改元寿苏今日在雪
园展图礼像醉公寿回首翻思集
翠轩 丙戌嘉平在集翠轩莲湖吟社同人寿苏宴集
苏祠异代未消磨 安乡苏文忠公祠係明初建在翠湖秋月
满翠湖冰石设留得亭杨堤上柳与云
阁画当两风多
谪官卅年叹难逢我生磨蝎数苏
公莲湖老友开尊笑再写新诗
印介鸿
岚青陈鹤呈正稿
集翠轩

M03 G25cm×17.7cm

卿、赵藩等结成莲湖吟社，宴于集翠轩，作诗酬唱。月会一次，规定每月二十三日集会；以华山西麓之集翠轩为社址；掣签五七古、五七律、绝等体裁，公拟二题，三日交卷。

莲湖吟社是清末云南重要的文人雅集。从此札“丙戌［一八八六］嘉平［农历十二月］在集翠轩莲湖吟社同人寿苏宴集”的诗注分析，莲湖吟社第一次寿苏活动的时间应该是一八八六年农历十二月十九日，也即是公元一八八七年一月十二日。这一天也应该是莲湖吟社的正式成立时间，地方大员和社会名流是一定要邀请来讲话的。“宴集”就是还要在一起吃饭、喝酒，席间自然少不了吟诗作对。

从“世界维新已改元，寿苏今日在雪园”分析，此札应成于东坡生日一九一一年农历十二月十九日，也即是公元一九一二年二月六日。该次寿苏的地点在雪园。“展图礼像”是寿苏的其中一个仪式，即要展开苏东坡的画像行参拜大礼。

## 二、农历新年正月三日致李坤

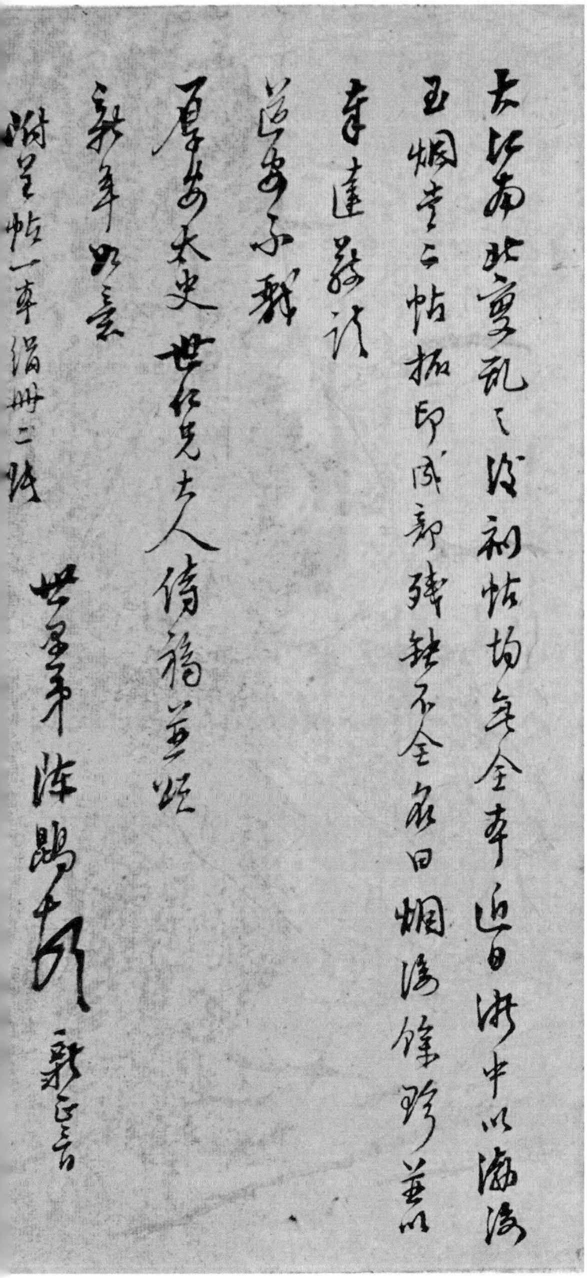

M04（2-2） G12cm×24cm

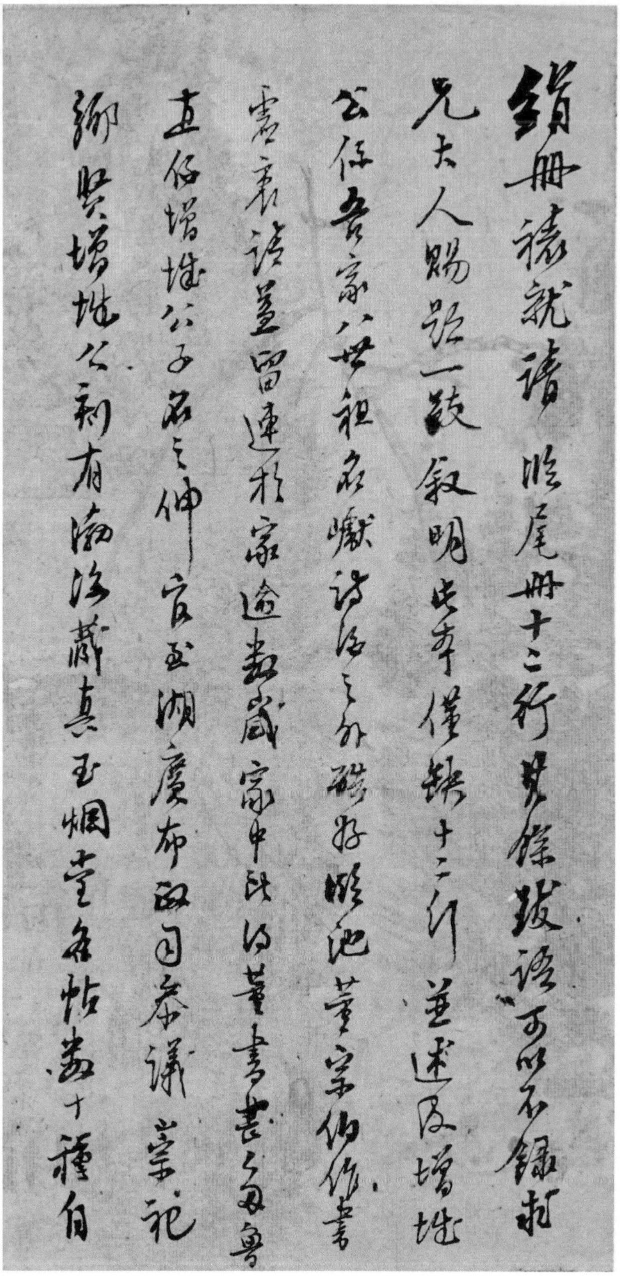

M04（2-1） G12cm×24cm

〖录文〗

绢册裱就，请临尾册十二行，其余跋语可以不录。求兄大人赐题一跋，叙明：此本仅缺十二行，并述及增城公系吾家八世祖，名巘①，诗酒之外，酷好临池。董宗伯②作书，虚衷请益，留连于家逾数岁，家中所得董书甚多。鲁直系增城公子，名之伸，官至湖广布政司参议，崇祀乡贤。增城公刻有“渤海藏真”③“玉烟堂”④名帖数十种，自大江南北变乱之后，刻帖均无全本。近日浙中以渤海、玉烟堂二帖拓印成部，残缺不全，名曰“烟海余珍”。并以奉达。

敬请道安。不戬。厚安⑤［李坤］太史世仁兄大人侍福，并颂新年如意。

世愚弟陈鹍顿首　新正［农历新年正月］三日

附呈帖一本，绢册二张。

〔笺纸：花鸟诗笺〕

〖解读〗

该手札对研究《渤海藏真帖》《玉烟堂法帖》有较高的资料价值。

此札可作为托跋的一个范本。

①巘［yǎn］：即陈甫伸（一五八七～一六七一），名巘，字符瑞（又或元瑞）、甫父。浙江海宁人。天启元年（一六二一）举人，官上江督粮储道，与董其昌友善。刻有《渤海藏真帖》《玉烟堂法帖》等。巘字本意为大山上的小山。

②董宗伯：即董其昌（一五五五～一六三六），字玄宰，号思白、思翁，别号香光居士，人称宗伯，谥号文敏。松江华亭（今上海松江）人。明朝政治人物、书画家。历代礼部尚书有很多，但是被后世一直以宗伯称之，只有董其昌一人。

③“渤海藏真”：即指《渤海藏真帖》。明崇祯三年（一六三〇），浙江海宁陈甫伸（元瑞）据钟绍京、褚遂良、苏轼、蔡京、赵孟頫等唐代至元代十位书法名家真迹摹勒上石，鉴裁特精，为世人所重。

④“玉烟堂”：即指《玉烟堂法帖》，是海宁陈氏集刻董其昌法书的上佳刻帖，向为书法艺术界所推崇。

⑤厚安：即李坤（一八六六～一九一六），字厚安、观复，号雪园、栎生、雪道人。云南昆明人。清光绪癸卯（一九〇三）进士，选庶吉士。奉调回滇，任高等学堂副办，铁路会办等职。辛亥入京，授编修。

## 黄膺　一通

黄膺，字仲浦，又字鹿泉，号华髯，又号滇皤道人，晚号蓼园。湖南善化人。癸酉（同治十二年，一八七三）举人，官京师户部主事，在京师即为诗坛名家，以言时政倾向维新牵连被贬。一九〇〇年，任云南缅宁通判，为政善教，不事苛扰。首以兴学校为务，主讲凤翔书院，月设三课，课必数艺，亲加笔削，文风为之一振。一九〇四年，迁广西直隶州（现云南文山）知州，政简刑清，礼贤下士。公余，辄与士子诗词赠答，其流风余韵，为士民称颂。好收藏，善书法，刻《有明云南省广西府阿庐洞记直碑》。对《孟孝琚碑》有考证。著有《蓼园诗草》《龙喜社海东寻诗集》《填海禽言》等。

### 兰亭长歌

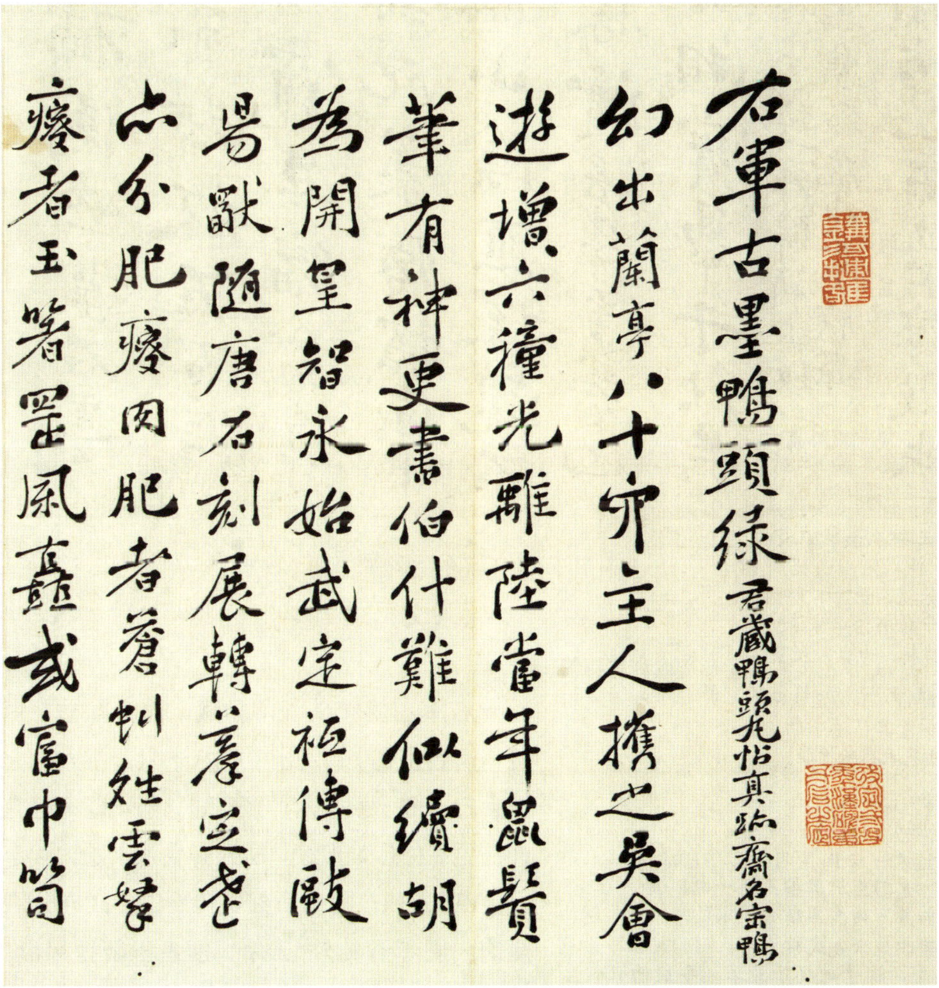
右軍古墨鴨頭绿君藏鴨頭丸帖真跡齋名宗鴨幻出蘭亭八十穴主人携之吳會遊增六種光離陸當年鼠鬚筆有神更書伯什難似續胡為開皇智永始武定褚傳毆昌獸隨唐石刻展轉摹定武亦分肥瘦因肥者蒼蚪蛀雲媛瘦者玉箸羅風姿武富中筍

M05（5-1） G31.5cm×32.5cm

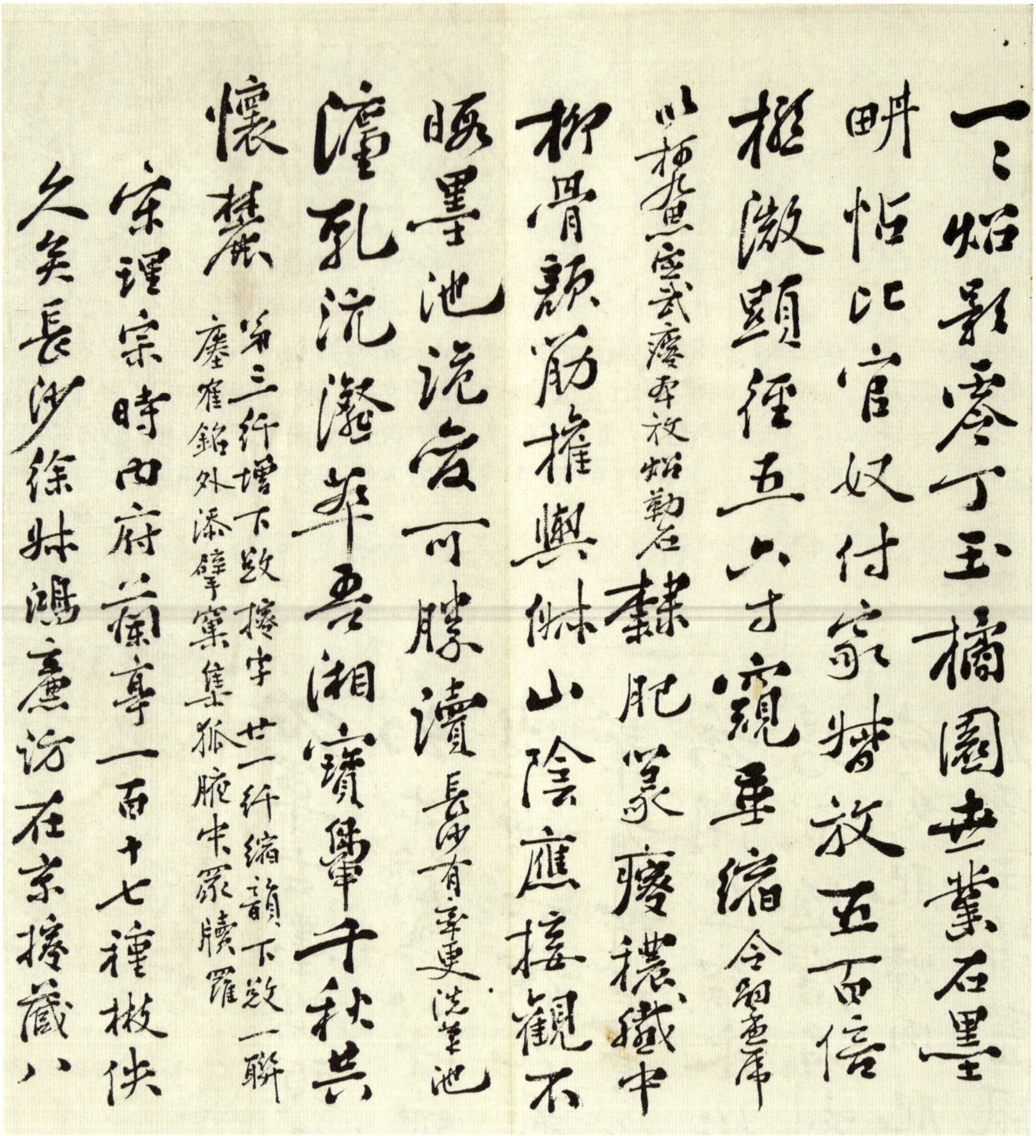

M05（5-3） G31.5cm×32.5cm

〖录文〗

右军古墨鸭头绿（君藏《鸭头丸帖》真迹，斋名宗鸭），幻出兰亭八十六。主人携之吴会游，增［搜］六种光离陆。当年鼠须笔有神，更书伯什难似续。胡为开皇智永始，武定只传欧阳[1]独；随唐石刻展转摹，定武亦分肥瘦肉。肥者苍虬姓[2]云拏，瘦者玉箸罡风矗。或富中笥或精品，灿若盘珠嫩[3]若琭。南渡[4]百

①欧阳：指欧阳询。传《定武兰亭序》为唐欧阳询据右军真迹临摹上石。原稿上的“昜［yáng］”古同“阳”。

②姓［qíng］：天空中没有云或云很少，后作“晴”。

③嫩［měi］：同“媄”。

④南渡：公元一一二七年，中国北方的金国女真人举兵南下，繁华一世的中原王朝不堪一击。徽、钦二帝被俘，在开封的北宋为金国所灭，宋钦宗的弟弟赵构逃往南方，迁都于临安，史称南宋，赵构被推举为皇帝，史称宋高宗。战争破坏了北宋人平静的日常生活，无数人流离失所，成千上万的中原官员及民众像潮水一样仓皇向南逃亡，史称“南渡”。

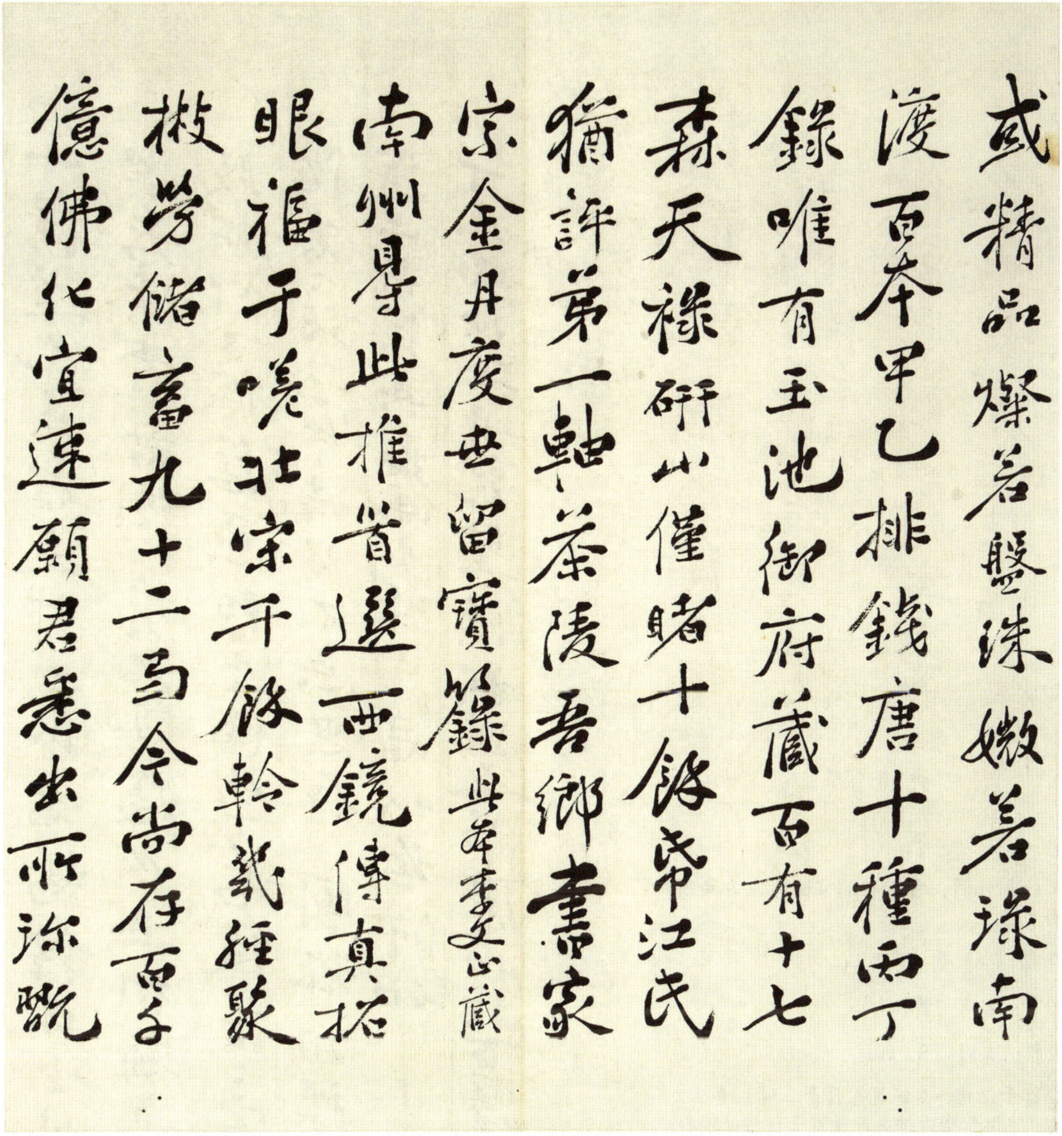

M05（5-2） G30.7cm×32.7cm

本甲乙排，钱塘十种丙丁录。唯有玉池御府藏，百有十七森天禄。研山[5]仅睹十余纸，江氏[6]犹评第一轴。茶陵吾乡书家宗，金丹度世留宝箓（此本李文正[7]藏）。南州得此推首选，西镜传真拓

⑤研山：借指米芾。

⑥江氏：江德量（一七五二～一七九三），字成嘉，一字秋水，号秋史，又号量殊。江苏仪征人。乾隆四十五年（一七八〇）榜眼，官监察御史。恂子，承家学，好金石，尽阅两汉以上石刻，篆、籀摩不综览，故其隶书卓然成家。收藏旧拓碑版及宋本书甚富。著有《泉志》《广印人传》《墨香居画识》《广陵诗事》《扬州画舫录》《湖海诗传》等。

⑦李文正：即李东阳（一四四七～一五一六），字宾之，号西涯，谥文正。湖广长沙府茶陵州（今湖南茶陵）人，寄籍京师。明朝中叶重臣，文学家，书法家，茶陵诗派的核心人物。天顺八年（一四六四）进士，授编修，累迁侍讲学士，充东宫讲官。弘治八年（一五九五）以礼部侍郎兼文渊阁大学士，直内阁，预机务。文章典雅流丽，工篆隶书。著有《怀麓堂集》《怀麓堂诗话》《燕对录》等。

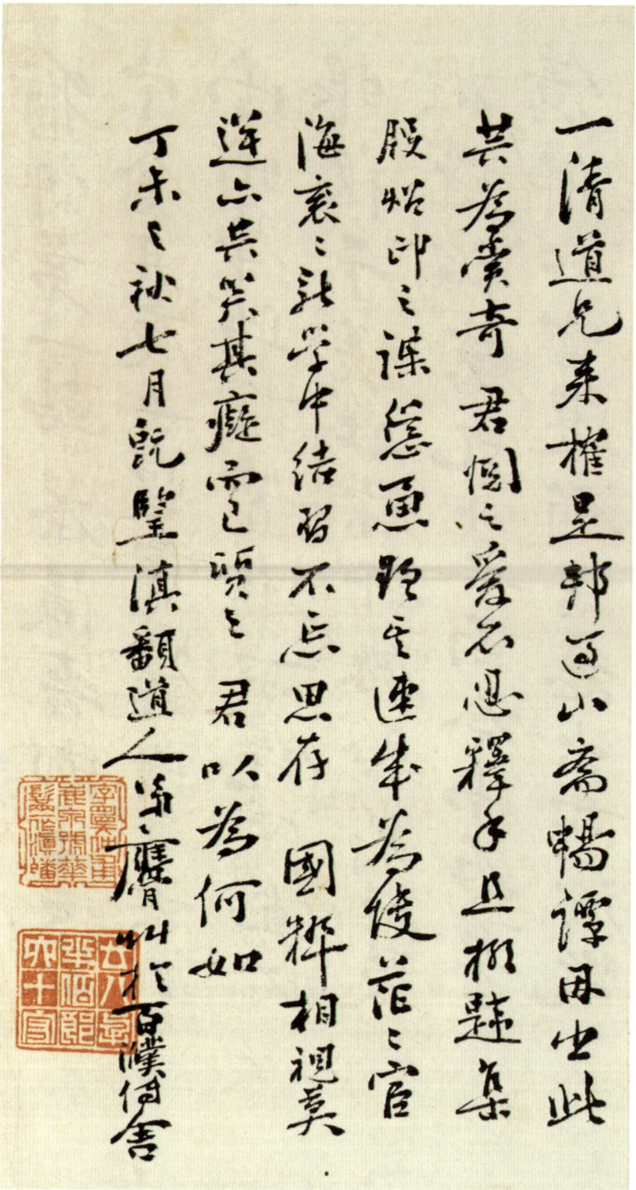

M05（5-5） G30.7cm×32.7cm

眼福。于嗟北宋千余𫐉[⑧]，几经聚椒[⑨]劳储畜[⑩]。九十二幅[⑪]今尚存，百千亿佛[⑫]化宜速。愿君悉出所珍玩，一一照影零丁玉。橘园世业石墨耕，帖比官奴付家督[⑬]。放五百倍极微显，径五六寸窥垂缩（令嗣孟虎以柯九思[⑭]定武瘦[⑮]本放照勒石）。隶肥篆

⑧𫐉［líng］：古代车厢前面和左右两面的木栏。

⑨椒［sàn］：同“散”。

⑩畜：古同“蓄”。

⑪幅：古同“畐［fú］”。

⑫百千亿佛：《佛说首楞严三昧经卷上》有：“供养亲近过去无量百千亿佛。遍行诸道降魔怨敌。于佛法中得自在智。教化守护诸菩萨众。”

⑬家督：《史记·越王勾践世家》中有“家有长子曰家督”。

⑭柯九思（一二九〇～一三四三？）：字敬仲，号丹丘、丹丘生，别号五云阁吏。台州仙居（今浙江省仙居县）人。江浙行省儒学提举柯谦子。学能诗文，善书。素有诗、书、画三绝之称。专门负责宫廷所藏的金石书画的鉴定。凡内府所藏古器物、书画均命柯九思鉴定。经他鉴定收入内府的有王献之《鸭头丸》、虞世南临《兰亭序》、杨凝式《韭花帖》、苏轼《寒食帖》等。

⑮瘦：疑为“肥”之误。

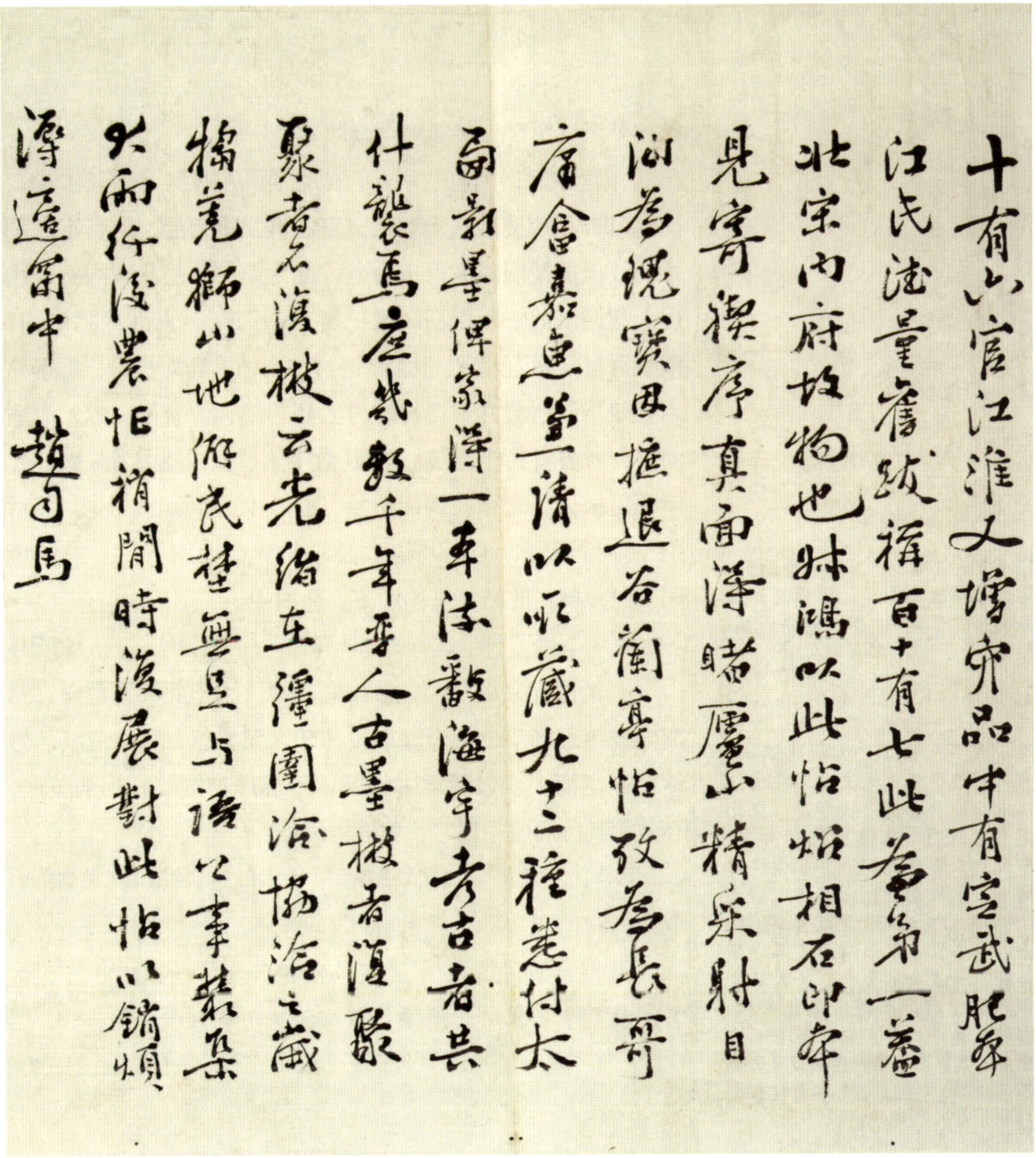

M05（5-4） G30.7cm×32.7cm

瘦秾织中，柳骨颜筋权与俶[16]。山阴应接观不暇，墨池诡变可胜读（长沙有率更[17]洗笔池）。瀣轧沆瀣[18]萃吾湘，宝鸭千秋共怀麓。（第三行“增”下敚[19]“搜”字。廿一行“缩”韵下敚一联：“瘥

⑯俶［chù］：整理。

⑰率更：即欧阳询（五五七～六四一），字信本，湖南长沙人。隋朝时，曾官至太常博士。因与李渊交好，在大唐盛世累迁银青光禄大夫、给事中、太子率更令、弘文馆学士，故也被称为“欧阳率更”。楷书四大家之一，创欧体。

⑱沆瀣［hàngxiè］：夜间的水气，露水。

⑲敚［duó］：同“夺”，漏掉。

鹤铭外添擘窠[20]，集狐腋中众陵罗。”）

宋理宗时，内府兰亭一百十七种，秘佚久矣，长沙徐叔鸿[21]廉访[22]在京搜藏八十有六，官江淮又增六品，中有定武肥本。江氏德量旧跋称百十有七，此为第一，盖北宋内府故物也。叔鸿以此帖照相石印本见寄，《禊序》[23]真面深睹庐山，精采射目，问为瑰宝。因摭[24]退谷兰亭帖，考为长哥，痛答嘉惠。兼请以所藏九十二种悉付太西影墨，俾家得一本，流播海宇，考古者共什袭[25]焉，庶几数千年晋人古墨秘者复聚，聚者不复秘云。光绪在疆圉协洽[26]之岁［一九〇七］，搊[27]莞狮山，地僻民野，无足与语。公事从集，大雨行后，农忙稍闲，时复展对此帖，以销烦溽。适蜀中。

赵司马

一清道兄来榷是邦，过山斋畅谭，因出此共为赏奇，君阅之爱不忍释手，且极韪集股照印之谋怂恿，望其速成，为使茫茫宦海，衮衮新学中结习，不忘思存国粹。相视莫逆，亦共笑其痴而已。质之，君以为何如？

丁未［一九〇七］之秋七月暨望［十六日］，滇皤道人弟膺草于百濮传舍

〔钤印：钩河擿雒[28]、考定二千年汉碑第一后之宦、字置仲浦鹿泉号华髯一作滇皤、廿八年半佰郎六十守〕

〔笺纸：宣纸〕

## 〖解读〗

此札为黄膺抄录赵司马关于兰亭书法的一首长诗，后又自题了一跋。赵司马作此长诗大致是赠送给当时《鸭头丸帖》的收藏者徐树钧。长诗因诗注中有“考为长歌”句，暂命其名为《兰亭长歌》。

该《兰亭长歌》是关于兰亭书法的一个重要文献。由《鸭头丸帖》切入，点读兰亭书法各版本的流传聚散，具有

⑳擘窠：［bòkē］：写字、篆刻时，为求字体大小匀整，以横直界线分格叫“擘窠”。擘，划分；窠，框格。

㉑叔鸿：即徐树钧（一八四二～一九一〇），字衡士，号叔鸿。咸丰七年丁巳（一八五七）举人。诰授资政大夫，二品衔江淮淮阳海兵备道兼按察史，江南道、山西道、京畿道监察御史，布政史，赏戴花翎，户部福建司郎中，军机处行走。以得王献之《鸭头丸帖》真迹而名其室曰宝鸭斋。与徐世昌、李鸿章交游唱酬甚密。收藏金石墨拓、历代名家字画数千种，秦砖汉瓦数百种，书擅各体，作品宏富。著有《宝鸭斋诗集》《宝鸭斋题跋》《宝鸭斋法帖》《宝鸭斋金石拓存》等。

㉒廉访：官名。监察类官员。

㉓《禊［xì］序》：即《兰亭序》，又名《兰亭集序》《兰亭宴集序》《临河序》《禊帖》。

㉔摭［zhí］：拾取；摘取。

㉕什袭：把物品一层又一层地包裹起来，以示珍贵。

㉖疆圉［yǔ］协洽：即丁未。此为太岁纪年。疆：古同“强”，强圉为丁；协恰为未。

㉗搊［chōu］：弹拨。

㉘钩河擿雒：探究河图洛书之秘。

重要的研究价值，加之词气充沛、意韵俊美，实为难得。遍查兰亭研究资料，未见此长歌记载，可增资研究兰亭。

为什么从《鸭头丸帖》展开来说王羲之书法呢？这是因为当时认为《鸭头丸帖》乃王羲之所书。

诗注中“叔鸿以此帖照相石印本见寄”，是说徐树钧以所藏定武肥本兰亭帖照相石印并寄赠给赵司马一册，赵司马因此作得长歌。经查，确实见有所提印本流传，该印本封皮为紫黑色，主题内容为定武肥本兰亭，后附印李东阳、江德量、徐树钧跋语墨迹，内容如下：

我亦侯通翰墨理，学书必自晋人始。兰亭笔法最深涡，味外有味味无已。贞观诸臣模逼真，或肥或瘦各有神。唯传定武得中道，肉不掩骨骨亦匀。兹拓拓从北宋代，纸光墨晕还如新。山阴妙处尽刻窱，点画勾勒期传薪。悬针蟹爪具生意，泽乡白石尝淳淳。今我得此开慧眼，欲扎金丹渡世人。

成化二年，得此宋拓善本，晨夕相随，未尝去年雨□清暇，笔砚精良，意兴勃然，遂为长歌，以志其幸。

东阳

兰亭以淳古为上，盖自篆隶初变，必不至传摹之本尽以姿媚见长也。此本精神奕奕，射人十步之外。一百十七种中，此为第一。

江德量

海内定武肥本第　，吾家九十二兰亭第一。

长沙徐树钧记

〔钤印：九十二兰亭〕

## 田亮勋　二通

田亮勋（一八六七～？），字建侯。四川叙州府庆符（今高县）人。光绪壬午（一八八二）举人。一八八九年考取内阁中书。一八九七年左右任云南浪穹县（今洱源县）知县。一八九九年任丘北县知县；一九〇四～一九〇五年任顺宁县知县。一九〇七～一九〇九年任云南晋宁知州。一九一一年任永北直隶厅（今云南永胜县）同知。亮勋善政，亦善书法。

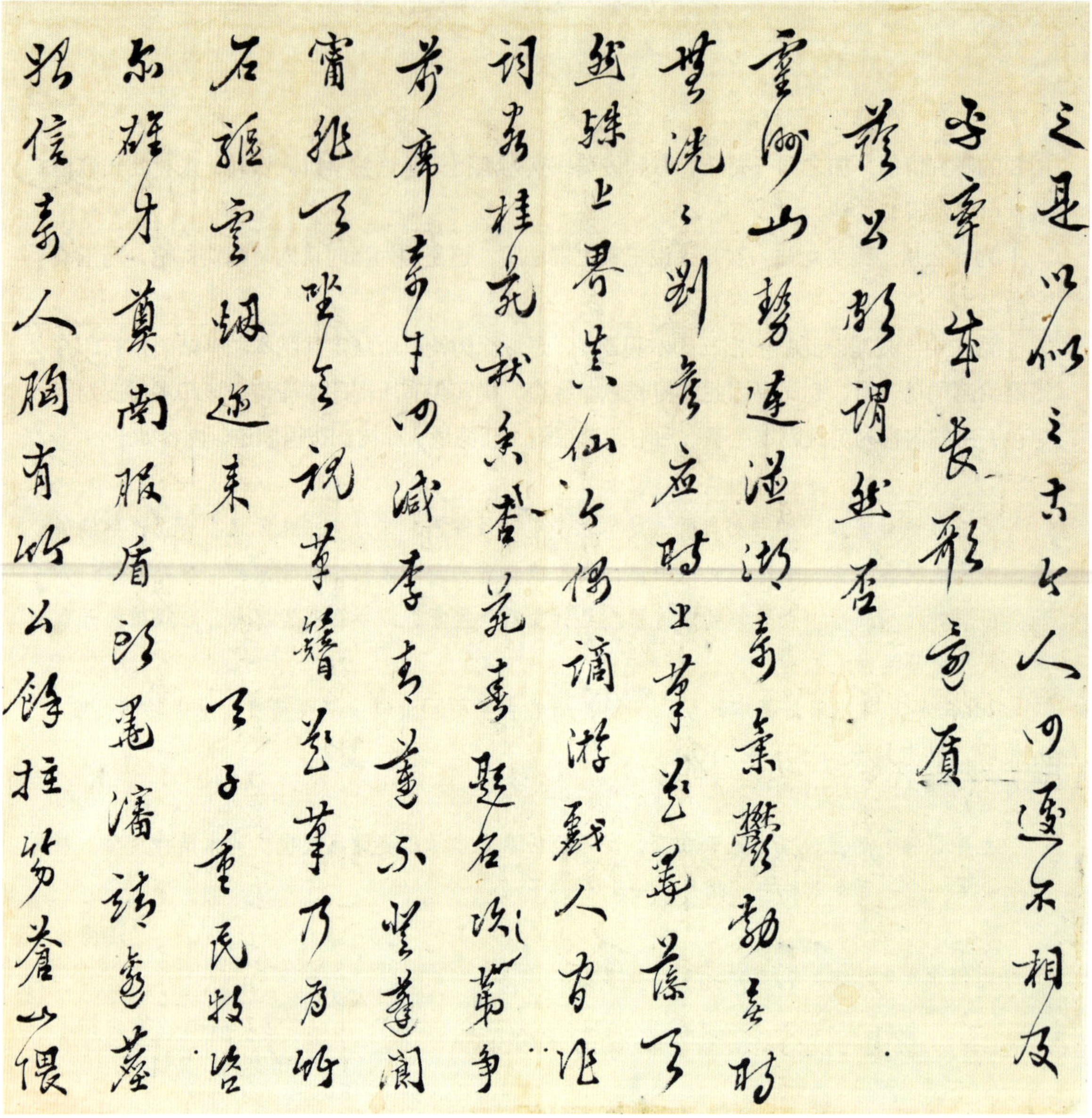

M06（4-2） G34.5cm×33.3cm

## 一、墨竹歌（并序）

〖录文〗

**墨竹歌**

（并序）

荫堂[1]同年，墨竹名重一时，尺素寸

①荫堂：刘安科（清末），字少希，号荫堂。广州驻防汉军镶黄旗人。光绪十二年（一八八六）进士。官陕西知县，署云南昆明、太和、晋宁等州县，个旧同知。工诗，善画竹，一生悒郁，恒于醉墨槎芽中寄之。

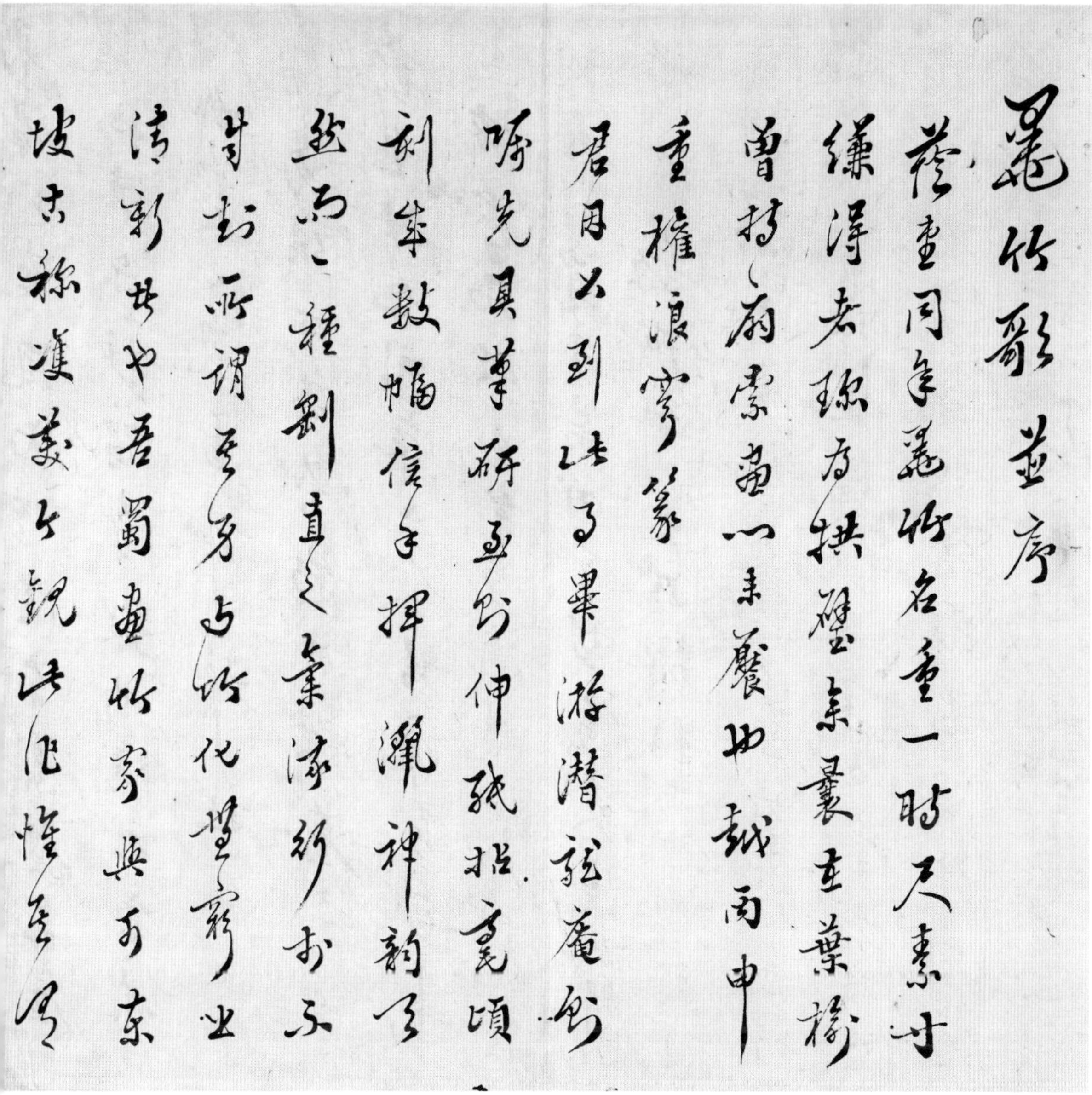

M06（4-1） G34.5cm×33.3cm

②叶榆：古县名。本西南夷地，西汉元封二年（前一〇九）置县。汉故城在今云南大理市东北，后代指该地带。后大理也简称“榆”。

③餍［yàn］：满足。

④浪穹：洱源县旧称。

缣，得者珍为拱璧。余曩在叶榆②，曾持扇索画亦未餍③也。越丙申［一八九六］，重权浪穹④篆，君因公到此，事毕，游潜龙庵，则嘱先具笔研，至则伸纸拈毫，顷刻成数幅，

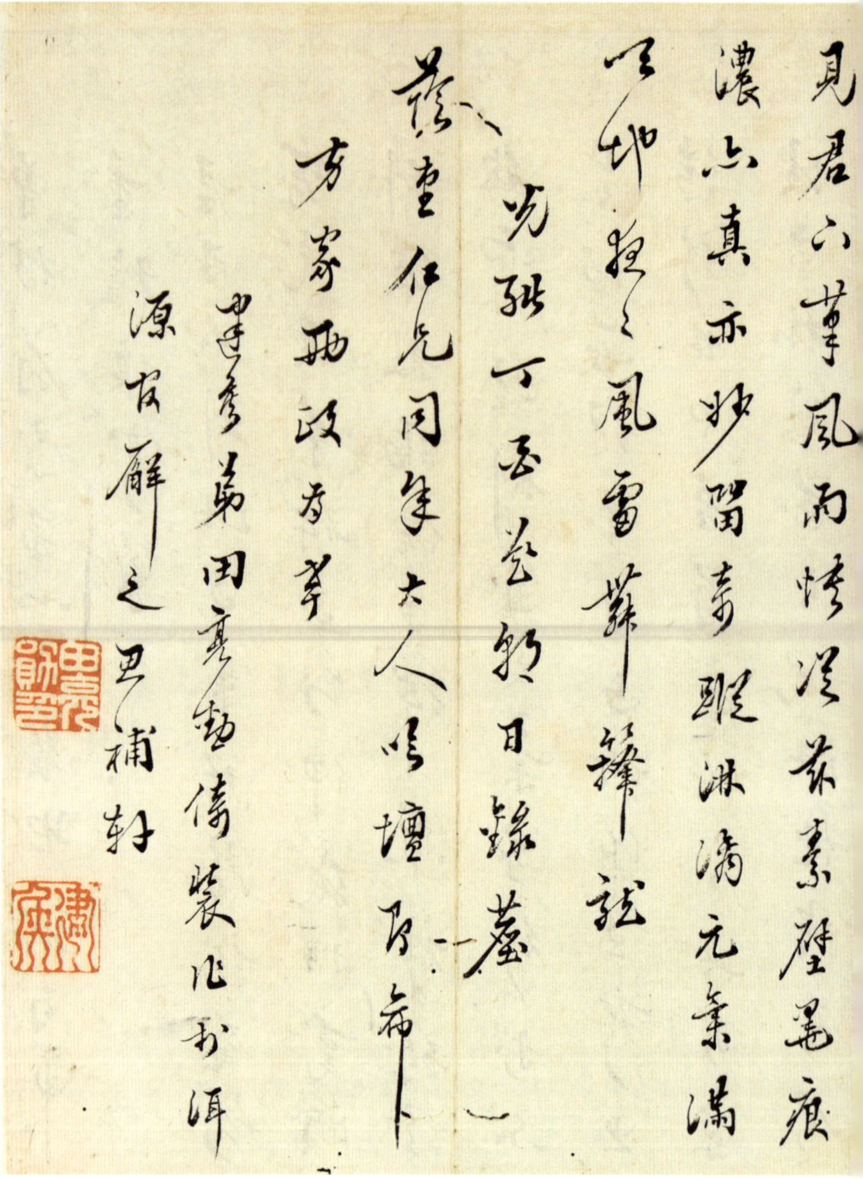

M06（4-4）G35.3cm×33.3cm

信手挥洒，神韵天然，而一种刚直之气流行于不自知。所谓其身与竹化无穷，出清新者也。吾蜀画竹家与可[⑤]、东坡古称双美，今观此作，惟其有之，是以似之古，今人何遥不相及乎？率成长歌远质。荫公颇谓然否？

灵洲山势连湴[⑥]湖，奇气郁勃无时无。洸洸[⑦]刘侯应时出，笔题墨菻天然殊。上界真仙今偶谪，游戏人间作词客。桂苑秋香杏苑春，题名次第争前席。奇才何减李青莲，不登蓬阆[⑧]

⑤与可：文同（一〇一八～一〇七九），字与可，号笑笑居士、笑笑先生，人称石室先生。四川梓潼县人。他与苏轼是表兄弟，曾任洋州（今陕西洋县）知州。

⑥湴［bàn］：烂泥。

⑦洸［guāng］洸：水波动荡闪光。

⑧蓬阆［làng］：蓬莱阆苑。传说中的神仙住处。泛指仙境。

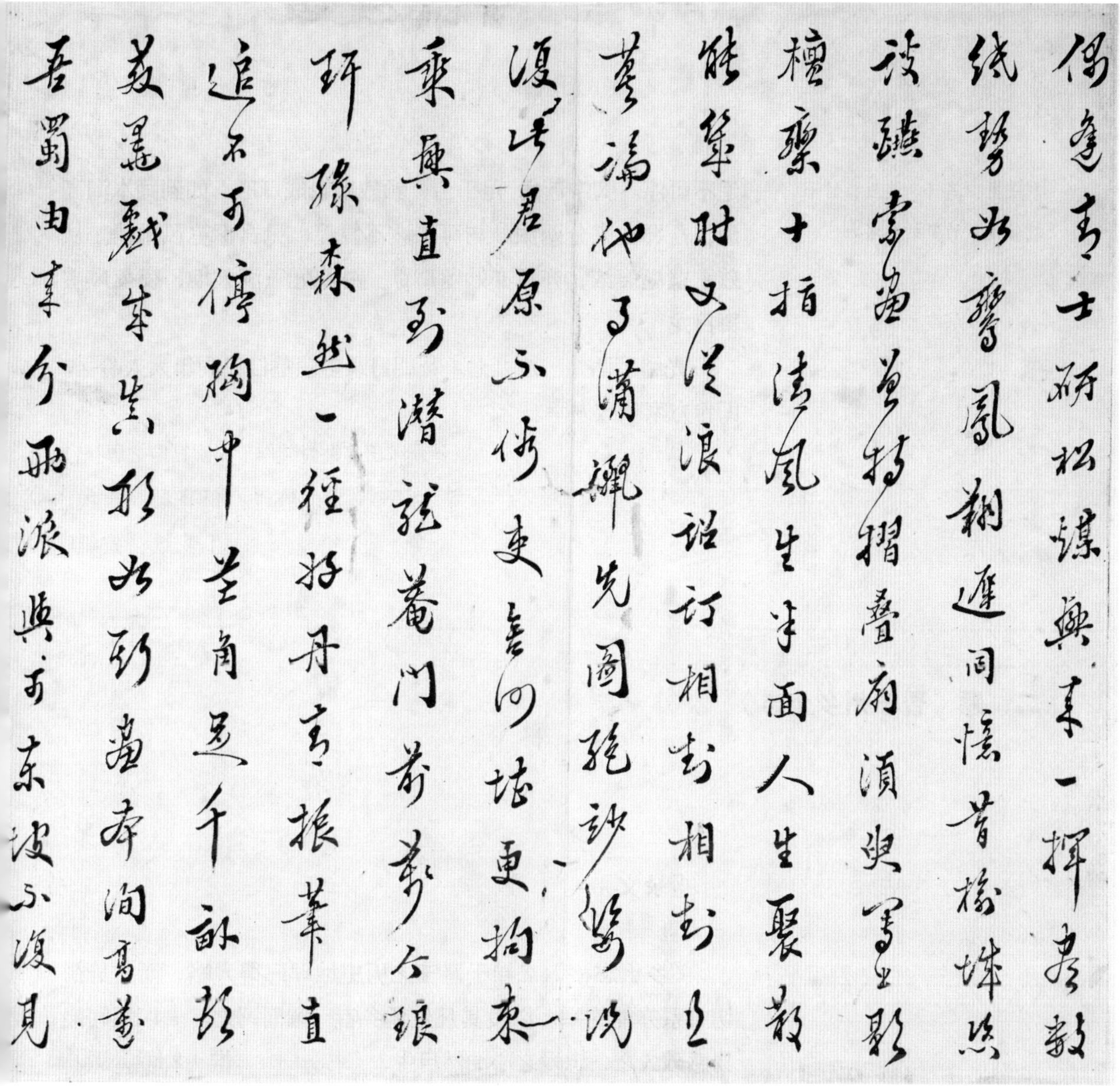

M06（4-3）G35.3cm×33.3cm

宁非天。坐会视草簪题笔，乃为竹石驱云烟。迩来天子重民牧，咨尔雄才奠南服。盾头墨沈靖远尘，始信奇人胸有竹。公余拄笏苍山偎，偶逢青士研松煤。兴来一挥尽数纸，势如鸾凤翔迟回。忆昔榆城悠谈宴，索画曾持折叠扇。须臾写出影檀栾[9]，十指清风生半面。人生聚散能几时，又从浪诏订相封。相封且莫论他事，潇洒先图绝妙姿。况复此君原不俗，吏舍何堪更拘束。乘舆直到潜龙庵，门前万个琅玕[10]绿。森然一径好丹青，振笔直

⑨檀栾：借指竹。梅尧臣《和刁太傅新墅十题·移竹》：“远爱檀栾碧迳开，荷锄乘雨破秋苔。”

⑩琅玕［lánggān］：琅玕其一指美玉，其二指珠树，其三指竹，其四比喻优美的文辞。

⑪芒角：笔锋。这里指竹子。
⑫箨龙：竹笋的异名。

追不可停。胸中芒角[11]足千亩，顿教墨戏成真形。如到画本洵高迈，吾蜀由来分两派。与可东坡不复见，见君下笔风雨情。从兹素壁墨痕浓，亦真亦妙留奇踪。淋漓元气满天地，夜夜风雷舞箨龙[12]。

光绪丁酉［一八九七］花朝日录尘荫堂仁兄同年大人吟坛。即希方家哂政为幸。

建侯弟田亮勋倚装作于洱源官廨之思补轩

〔钤印：田亮勋、建侯〕

〔笺纸：宣纸〕

## 二、题《晋宁州乡土志》

〖录文〗

《乡土志稿》二卷于晋宁之历史地理已得大略，而时势密切关系亦能约举。以发其凡生新乡者，童而习之。一切见闻最易感触久之，忠爱之心油然自生，《书》曰："惟土物爱，厥心臧。"[1]意在斯乎。作者拟编为初等小学课本，分门别类，饷遗实多，蒙以养正经功也。美哉，始基之矣。署县虽来此不久，凡有兴革事宜，必求切中地方利弊，又稔对今昔时势，未可强同观。于是篇，亦将来因地制宜之一助也。书此归之，尤愿详加考证，精益求精，庶不失为国文善本云。

戊申［一九〇八］正月十一日建侯书后

〔钤印：建侯〕

〔笺纸：红纸〕

①惟土物爱，厥心臧[zāng]：爱惜粮食（土物），就是心地美好。出自《尚书·酒诰》。

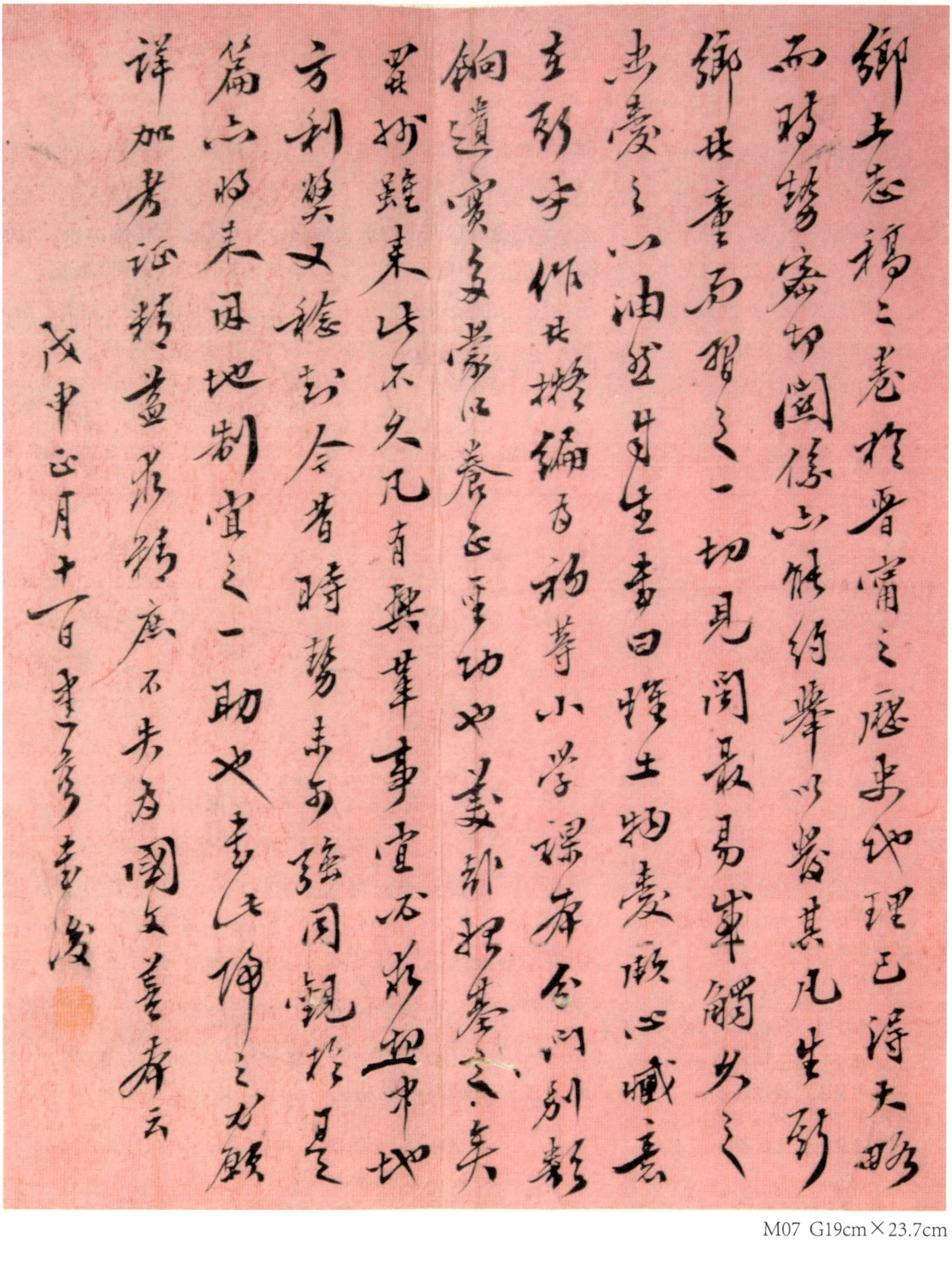

M07 G19cm×23.7cm

〖解读〗

《晋宁州乡土志》为方树梅于一九〇八年编纂，分历史、地理、格致三门。被当作当地高等小学课本。时值田亮勋任晋宁知州。

# 秦树声　二通

秦树声（一八六一～一九二六），字佑衡、宥横、幼衡、晦鸣，号乖庵。河南固始人。光绪丙戌（一八八六）、癸卯（一九〇三）双科进士，历官工部主事，充会典馆绘图处《地理钧稽图志》总纂。后晋秩郎中、外务部传补御史，云南曲靖知府，调护迤东（西）道，特旨以道员补用，擢迤南道，迁云南按察使、提法使，广东提学使。民国元年，国民政府拟任其为河南提学使，不应，移居北京，清史馆聘为《地理志》总纂，直到成书。后避居沪上，不谈世事。秦树声是清末民初有名的书法家，其墨迹收入《民国书法》。著述颇丰，有《南北史》《唐书》《刑法会要》《乖庵文录》《清地理志》《西洋史》《续修河南新志》等。

## 一、九首

〖录文〗

### 简考官何郎中

（秦廉访[1]诗）（钝根投）

圆音两庑尽频伽，忉利宫中雨似麻。三洞竞邀丹凤舄[2]，几人许上白牛车[3]。未嫌陆贾[4]摛[5]新语，莫枉张骞泛古槎[6]。诗兴扬州谁不羡，东风昨夜万梅花。

虚随法韵按霓裳，拍数模糊愧上皇。信有鹳鸾[7]司宝箓，可容鸡犬睨璠浆。骑麟道士发初绿，射虎将军[8]鬓已苍。无限礼闱秦镜感，对君犹自咤冯唐。

多生遮业坠穷边，飞雨无家忍问天。万国鱼龙娇此夜，九关虎豹栗当年。秋风帝子伤心水，春草王孙欲涕烟。便拟上书携手去，昌蒲已入定清篇。

### 简方官萧员外

法乱华严孰摠[9]持，大千象教久陵夷。西河纵得昙无谶，东海终愁隽不疑。十地王臣成佛早，七天都督檄魔迟。九章自是君家律，漫拨秦灰问鞅斯。

①廉访：清代对按察使的尊称。这里代指秦树声。

②舄［xì］：鞋。

③白牛车：佛教语。比喻大乘佛法。

④陆贾（前二四〇～前一七〇）：其先为楚人。西汉政治家、文学家。刘邦起事时，以陆贾有口才、善辩论，常派他出使诸侯各国。

⑤摛［chī］：舒展；散布。

⑥古槎：亦作“古楂”。古旧的木筏。

⑦鹳鸾［díluán］：漂泊的凤凰。喻才士失意。

⑧射虎将军：指李广。出自李广误石为虎而箭深射入石的典故。李广，陇西（今甘肃）人。汉朝大将。

⑨摠：同“总”。

般若讴和果无敌，诸天电卷亦王灵。四禅弓劲雄三界，七慢[10]巢空俯八溟[11]。白学悔持均善论，玄枵[12]普写胜鬘经[13]。回看灌顶[14]人何在，柳宿[15]光中弟二星（反首章言之）。

明妃揽镜怨胡沙，休向于阗说采花。罗什大乘[16]原梦幻，提婆[17]小道枉纷拏。乱山金马暮云重，远水青蛉寒日斜。会学无生为法（一字收上）忍，从君肘后乞楞伽。

**寿鄂藩王病山[18]同年用竺坟**

（秦廉访稿）（钝根投）

神勇悬崖酸我足，寤[19]时犹共子谈梅。可能世界无颠倒，长使人天有往来。佛眼千年愁碧海，花魂一夜泣金台。耳根风水皆轮想，如木山河未许灰。

结心微解觉中轻，寿暖相期岂世情。千念千身归梵纲，五根五力涌天璎[20]。乱山飞鸟有为法，野水唤人无性声。若道珍禽曾共命，愿持宝意祝长生。

穷子不归西日冥，相看五十尚跉竮。已从槃特悲忘帚，要屈如来护写经。嬉戏陶轮犹小果，飞腾咒印总流萍（收上）。夜摩天上何须问，谤法将毋恼善星。

〔笺纸：宣纸〕

〖解读〗

此札为秦树声手迹。而“秦廉访诗”“秦廉访稿”“钝根投”为他人所标注。秦树声曾任按察使，秦廉访即指秦树声。元有肃政廉访使，掌监察官吏，明、清按察使亦有此职权，故对按察使亦尊称为廉访。

⑩七慢：谓慢、过慢、慢过慢、我慢、增上慢、卑慢、邪慢。出自《瑜伽师地论》。

⑪八溟：亦作“八冥”。即八海。泛指天下所有湖海。亦以指天下。

⑫玄枵［xiāo］：木根。

⑬胜鬘［mán］经：佛教经典。属如来藏系。

⑭灌顶：其原意为以四大海之水，灌于顶而表祝意，原为昔日印度国王册立太子之仪式。

⑮柳宿：二十八星宿之一。

⑯乘：古同“乘”。

⑰提婆：意译为天（乃天人之天，非天空之天），又称圣天。

⑱病山：即王乃征（一八六一～一九三三），字聘三，号平珊，又号病山，晚号潜道人。四川中江人。光绪十六年进士，授翰林院编修。官贵州巡抚、湖北布政使。民国后隐于沪上鬻字。

⑲寤［wù］：睡醒。

⑳璎［yīng］：似玉的美石。

垅善說玄杉普照一勝鬘經回看灌頂人何在析宿光中第二星 言之

明妃攬鏡怨胡沙休向于闐說采花羅什大乘原夢幻提婆小道枉紛爭亂山金

馬暮雲重遠水青冷寒日斜會學無生為法 收上一字 忍從君時後乞楞伽

鄂藩 壽王病山同年用笠墳 秦齋訪稿 （鈍根鼓）

神勇 忽踊懸崖酸我近寢時猶共子談梅可能世界無顛倒長使人天有往來佛眼千年愁

碧海花魂一夜泣金庭身根風吹皆輪想如木山河未許灰

結心微觧覺中輕壽燒相期豈世情千念千身歸梵網五根五力亂山飛息有爲法 湧天嬰

野此嬰人無性靄若道珍禽曾共命願持寶意祝長生

窮子不歸西日冥相看五十尚紛綸已從槃特悲忘帚要向維摩 如來 護偶經嬉戲

陶輪猴小果飛騰吸叩總流萍 收上 夜摩天上何須問謗法將毋惱善星

M08 G26cm×24cm

秦廉訪詩

簡考官四韻中（鈍根投）

因音、兩、廛盡頭伽怕剎、空中、兩、似麻三洞龍遊丹鳳鳥飛人許上白牛車

未嫫、陸賈、搞新、鄉箕杜張、寓江、古槎。詩興揚州、誰、不羨、東風邪姮萬梅花

虛隨、法語擲、覺裳拍數模糊、娘、、上皇信有、鶴、鳥、同、寶、籙可容、鍵、大覬、璃漿

驕奢道士髮祝緣射虎將軍髩已蒼無限神仙秦鏡感對君猶自悟酒盾

多生、遮、業、墮、窮邊飛、兩、無家忍、問天萬國魚龍嬌此夜九關虎豹慄何年秋

風箏子偽心小春芳互訴欲謝惆便攜上去攜手去晶蒲已入空情篇

簡方伯蕭先生

法乳華嚴親總持大千家教久陵虎西河縱淨雲無識東海絡愁隽不競什地

王臣成佛早七天歸猜擬魔逢九章自是君家律漫擬春灰問缺斯
筆力 緣 梅

般若滬和果無敵諸天電卷赤王靈四壇禪弓勁雄三界七慢業空雖小漠自學蕩持

## 二、四月二十日致亹箬二官

〖录文〗

亹、箬二官：

惭文武之无任。箕畴八政[1]，忻[2]兵食之。有人皷缶[3]凌朝，聊同鸠舞抠衣，异日犹阻凫趋[4]。敬维大人，鼎[5]祉休怍[6]，升华恭奕。萧何为将，迾[7]兼转粟[8]之谟；道济治军，空诩量沙[9]之筞[10]。青云一蹴，自绝氛埃。黑水之危，屹然砥柱。树声庸薄，实暗机宜。蒿目[11]纷纭，只增怵惕[12]。时方烈雨，敢忘小山承盖[13]之言，拜我下风。会遐磁石引铁之日，只贺任禧。伏希钧察。

不庄[14]。

属吏秦期树声　顿首　四月廿日

〔笺纸：花卉诗笺〕

①箕畴［jīchóu］八政：犹同麻雀虽小，五脏俱全。箕畴：小地方。箕：簸箕。畴：田地。八政：古代国家施政的八个方面，为食、货、祀、司空、司徒、司寇、宾、师。

②忻［xīn］：开导，启发。

③皷缶［gǔfǒu］：敲奏一种瓦质乐器。皷：古同"鼓"。

④凫［fú］趋：像鸭子一样缓行。

⑤鼎：比喻量大，形容人说话信誉极高。

⑥怍［zuò］：（脸色）改变。

⑦迾：拦阻，古代帝王外出时派武士列队警戒，阻止人们通行。

⑧转粟：运送谷物。汉司马相如《喻巴蜀檄》："郡又擅为转粟运输，皆非陛下之意也。"元傅若金《兴安县》诗："转粟未休漓水役，负戈犹发夜郎兵。"

⑨量沙：典故。把沙当作米，量时高呼数字。《南史·檀道济传》："道济时与魏军三十余战多捷，军至历城，以资运竭乃还。时人降魏者具说粮食已罄，于是士卒忧惧，莫有固志。道济夜唱筹量沙，以所余少米散其上。及旦，魏军谓资粮有余，故不复追，以降者妄，斩以徇。"后以"量沙"为安定军心，迷惑敌人之典。

⑩筞：同"筞［cè］"。

⑪蒿目：极目远望。

⑫怵［chù］惕：恐惧警惕。

⑬小山承盖：出自《诗经·大雅》。指民俗山野作品。

⑭不庄：旧时书信结尾处的谦词，犹言不恭。

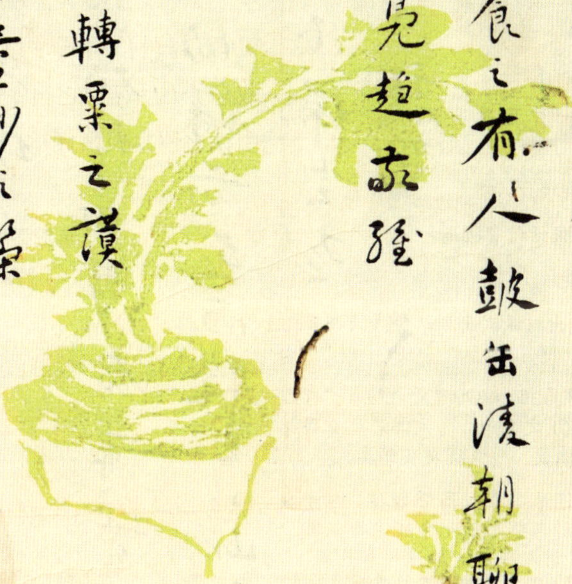

廬箸之官懸文武之世任

箕疇八政惇兵食之有人鼓缶清朝聊同鳩萃

摳衣異日將阻鳧趨承踵

大人鼎和休怡

升華共奕

蕭何乃因迴西轉粟之漢

道溢洽平空詡臺湖之榮

M09（2-1） G15cm×26cm

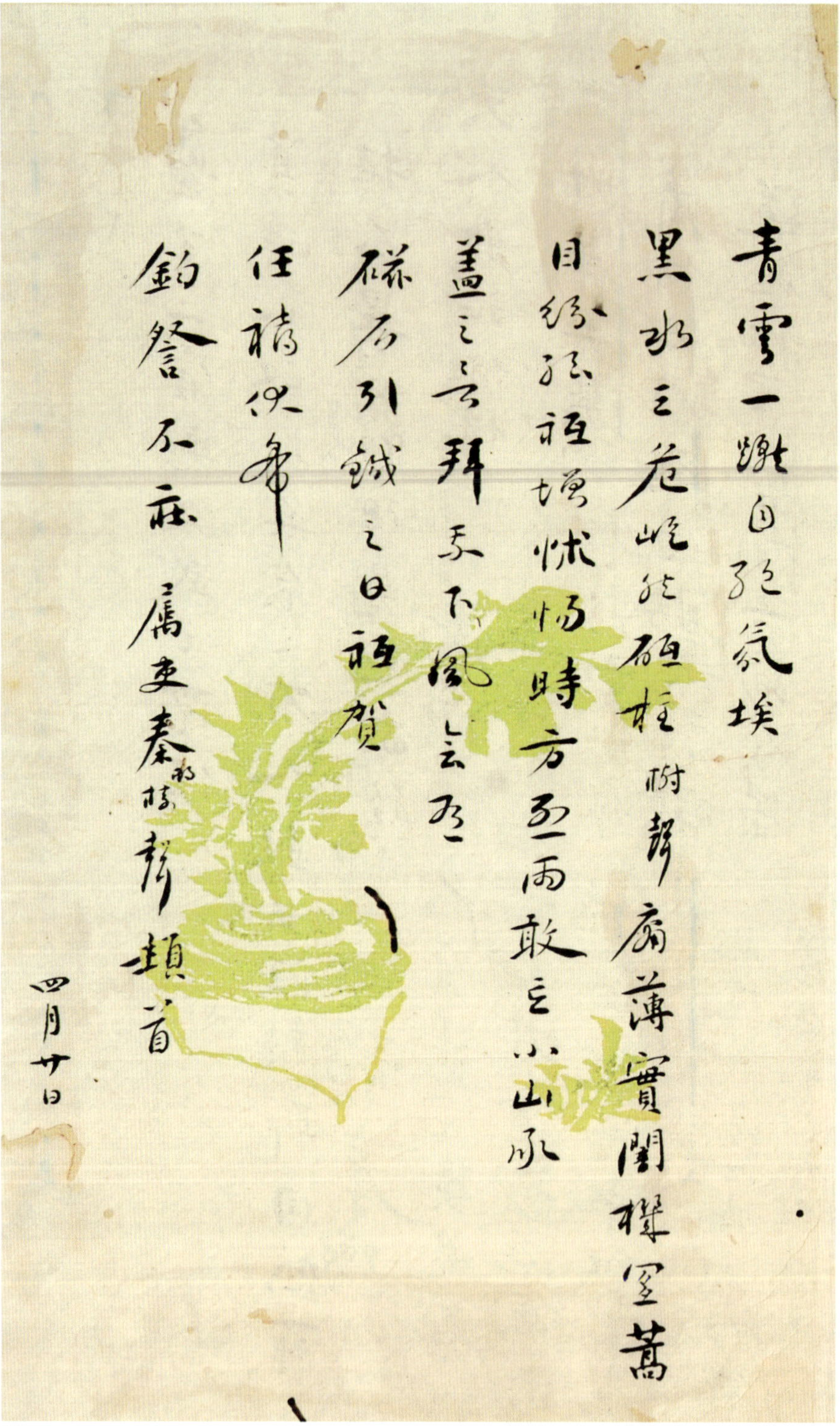
青雲一躍自能氣埃
黑水之危峭於砥柱樹聲扁薄寶閣樓空萬
目係孫祖德悵惆時方孟雨敢之小山承
蓋之之拜系下風云丕
磁石引鐵之日祖賀
任禱依第
鈞答不莊　屬吏秦永禧頓首
四月廿日

M09（2-2）G15cm×26cm

## 苏忠廷　一通

### 再叠前韵奉赠

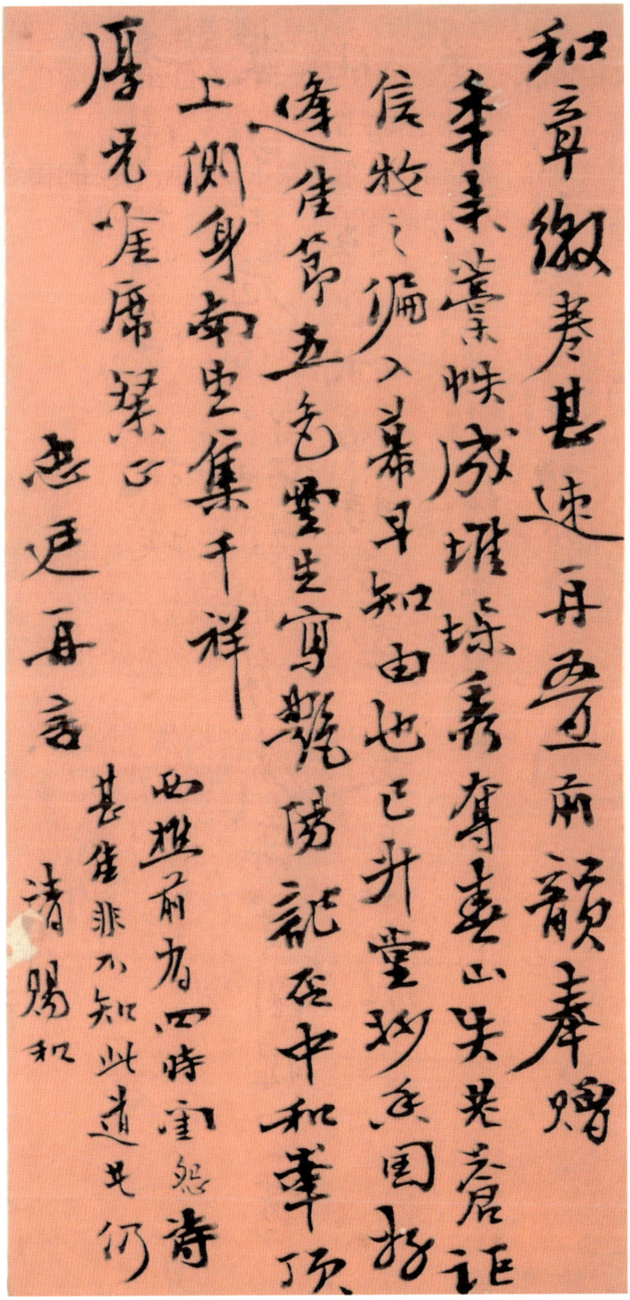

M10 G11.5cm×24.3cm

〖录文〗

和章缴卷甚速，再叠前韵奉赠。

季来稿帙成堆垛，秀夺春山失老苍。讵信牧之偏入幕，早知由也已升堂。妙香国好逢佳节，五色云生写艳阳。记否中和峰[1]顶上，侧身南望集千祥。

厚兄［疑指李坤］吟席粲正。西樵前有四时闺怨诗甚佳，非不知此道者。仍请赐和。

忠廷再言

〔笺纸：红纸〕

①中和峰：大理苍山十九峰之一。

## 【N册：冯樫园等清代手札册页】

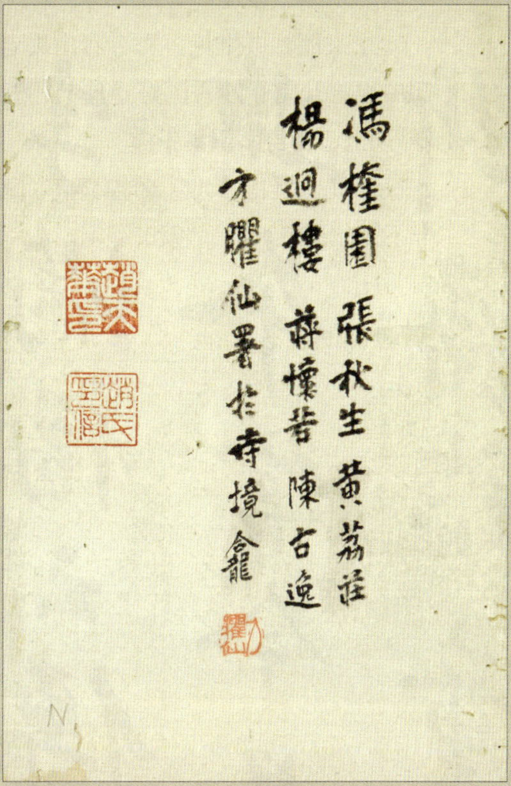

〖录文〗

冯樫园、张秋生、黄荔庄、杨迴楼、蒋怀若、陈古逸。方臞仙署于诗境龛。（加盖方臞仙印章）

〖解读〗

实际为冯樫园［冯奎园、冯承恩］、张秋生［张道渊］、黄荔庄［黄庆临］、杨迴楼［杨琼］、陈古逸［陈度］。无蒋怀若。所收入的作品，内容或作者均涉及云南。陈古逸《不冷堂遗集》序，作于一九二四年，属民国后附。

## 冯承恩　一通

冯承恩，字奎园。贵州人。曾任湖南辰州通判、湖南晃州直隶厅通判等。

### 东坡与营官

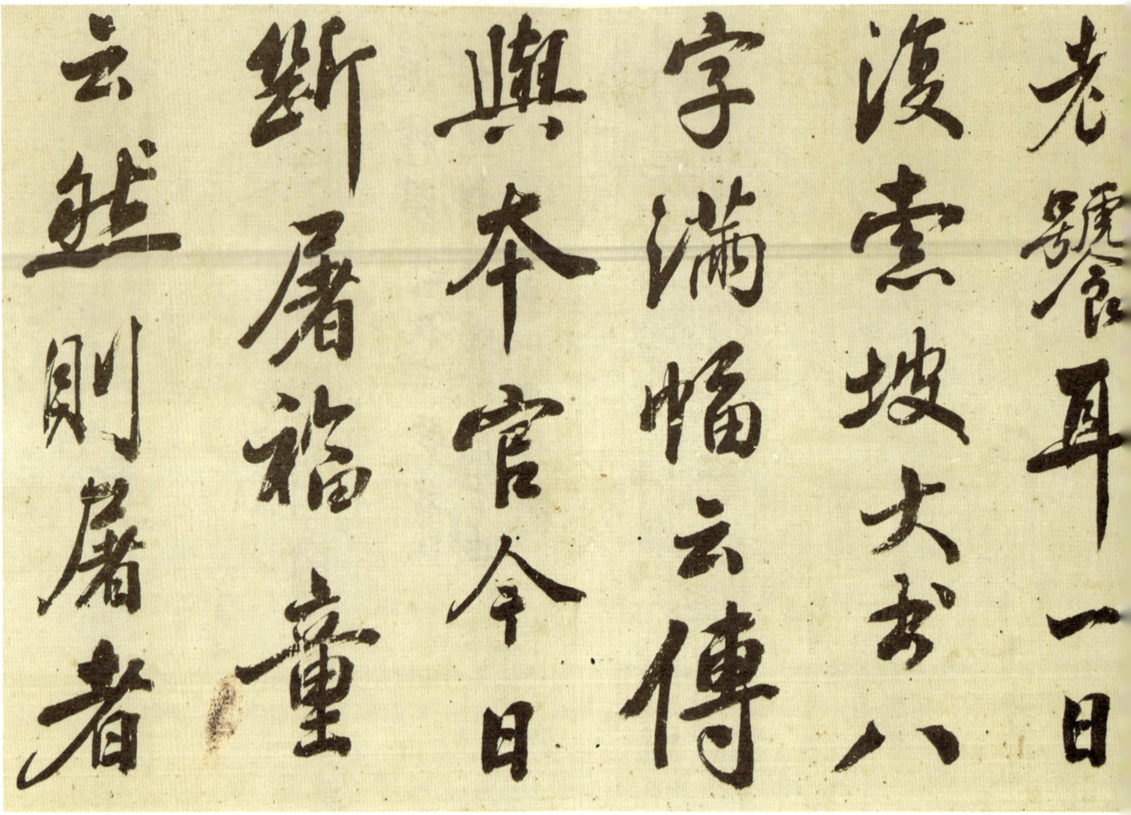


N01（3-2） G35.5cm×24.5cm

〖录文〗

东坡与一营官善。官日索书，坡不惜与之，而窃疑其非雅人。访之，则尽易羊肉，饱老饕①耳。一日复索，坡大书八字满幅，云：“传与本官，今日断屠。”福童云：“然则屠者雅乎？”为之一笑，掷笔起。

冯承恩临

〔钤印：上下五百年纵横一万里、奎园〕

〔笺纸：宣纸〕

①老饕［tāo］：贪吃。苏东坡曾有《老饕赋》云：“盖聚物之夭美，以养吾之老饕。”其中，“老饕”一词便由“饕餮”演变而来。

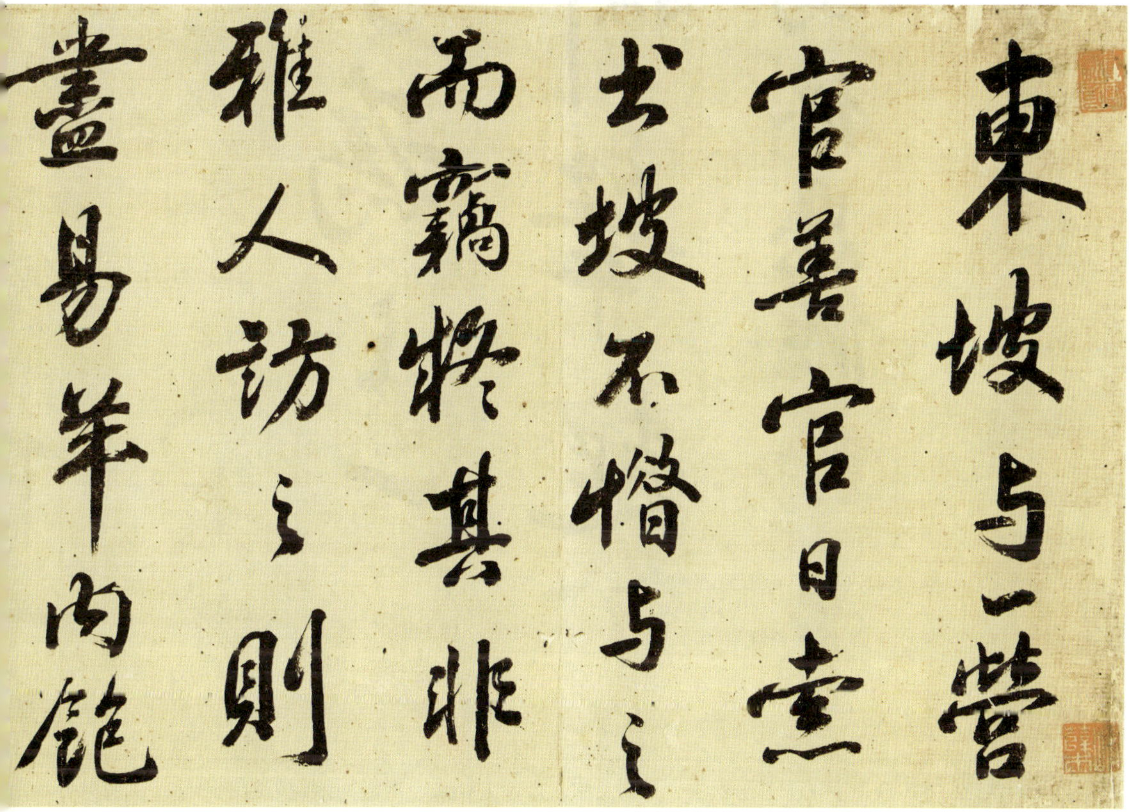

東坡与一營官善，官日索書，坡不悋与之，而竊將其非雅人，訪之則盡易羊肉飽

N01（3-1） G35.5cm×24.5cm

〖解读〗

该帖讲述了一个故事。苏东坡与一营官熟悉，营官平日向东坡索要书法，都痛快地满足，时间久了，东坡怀疑此人不像是真正喜欢书法的风雅之人。后查实，该人是用东坡书法到酒馆换羊肉饱吃。一日，此人又来索要书法，东坡当面写下“传与本官，今日断屠”八个大字，令福童交给屠夫，通知不再杀羊。福童对东坡说：不过，屠夫会不会又拿你的字去换其他呢？东坡为之一笑，掷笔起身而去。

此帖冯承恩临，但不知临于何人，原书法是否存世亦待考。

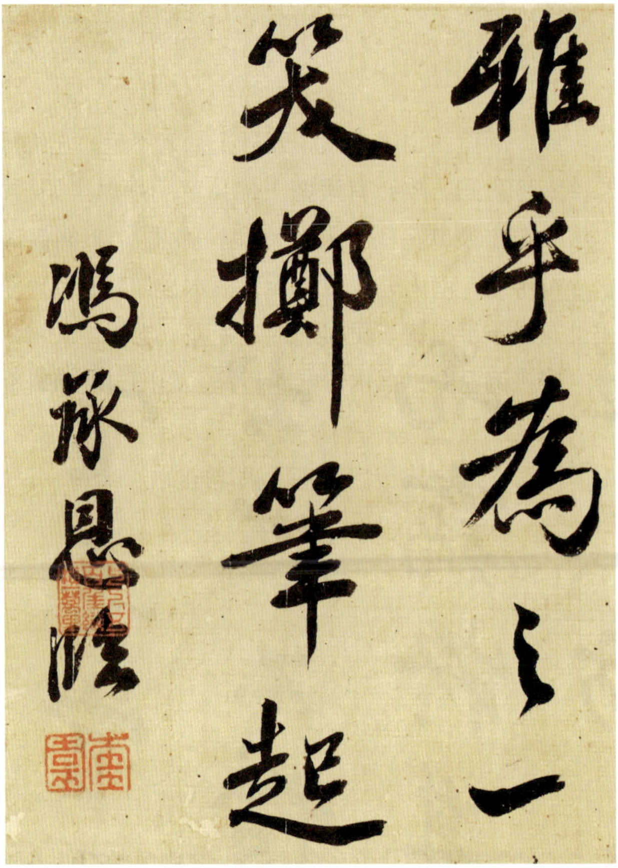

N01（3-3） G35.5cm×24.5cm

## 张道渊　一通

张道渊（一八三三 ~ ？），字学源，号秋生，一号又生。云南太和人，祖籍河南南阳府南阳县，官宦世家。父张镈，一八五六年八月杜文秀农民起义军攻打大理时督练守城，身受重伤，城陷后率全家七口并亲族二十余口自焚殉难。道渊幼即四处求学，一八五一年举人，一八六三年第三甲第二十五名进士，点翰林庶吉士，留任检讨。历兵科给事，授山东道监察御史，山西道监察御史。

### 武侯感赋

〖录文〗

汉家铜柱风云护，天威谁向西南布。烟开万里山苍苍，指点武侯会盟处。武侯志欲复中原，回首西川忧内顾。五月王师入不毛，连绵瘴雨泸江渡。通道无人济火归，攻心有策蛮王怖。军门拜舞声如雷，四十八部望风附。吹笙击鼓歌乌乌，火炬争迎旌旆[①]驻。不闻誓诰滇海传，已胜文章蜀中谕。南人无复敢称兵，根本遂如磐石固。至今遗爱比甘棠，犹有当年手植树。灵根蟠地走虬龙，老干撑天拂霜露。吁嗟乎，侯之异迹遍吾乡，草木皆能感行路。斜阳过此一徘徊，想见羽扇纶巾旧风度。

兰畦二棣[②]大人雅属。即希正之。

秋生张道渊

〔钤印：道渊、秋生〕

〔笺纸：宣纸〕

〖解读〗

方树梅收集文献的同时，收集了数百件书画，或者说是把书画作为文献的其中一个类别来收藏。但所藏书画除记载捐献云南省博物馆少数和为筹措印书资金转让十余件外，其他的去向不明。

《笔记二种》中，一九三三年记有："梅留省任教，襄助丛书十余年，又性嗜书画，滇先贤嗜之尤笃，收藏书画数百件，梅宝重滇南书画实宝重滇南文献也。"

在《晋宁方氏家藏手札》（二）抄本的封面里，裱有一张废弃的题签，上书"南荔草堂藏画记辛未［一九三一］端五景陶自识"。惜未见该藏画记内容。由此推断，应该还存在"南荔草堂藏画记"之类的文本。

①旆：古同"旆［pèi］"。古代旗末端状如燕尾的垂旒。泛指旌旗。

②棣［dì］：弟。

章蜀中諭南人無復敢稱兵根
本遂如磐石固至今遺愛比甘
棠猶有當年手植樹靈根蟠地
走虬龍老幹撑天拂霜露吁嗟
乎侯之異蹟遍吾鄉草木皆能
感行路斜陽過此一徘徊想見
羽扇綸巾舊風度

蘭畦二棣大人 雅屬即希
正之 秋生張道淵

N02 G33cm×19cm

漢家銅柱風雲護天威誰向西
南布煙開萬里山蒼蒼指點武
侯會盟處武侯志欲復中原回
首西川憂內顧五月王師入不
毛連綿瘴雨瀘江渡通道無人
濟火歸攻心有策蠻王怖軍門
拜舞聲如雷四十八部望風附
吹笙擊鼓歌烏烏火炬爭迎旋
旆駐不聞誓誥真每專之券文

# 黄庆临　一通

黄庆临（一八三六～一八七九），初名翊，字云鹄、荔庄，通籍后更今名。云南昆明人。一八六八年进士，历官兵部主事，贵州定番州知州。廉静耿介，善诗文，习书体兼魏、晋、唐、宋，自谦为门外书。其父黄琮，博雅好古，是当时有影响的诗人。

## 昌黎感春四首之一

〔录文〕

我所思兮在何许，情多地遐兮遍处处。东西南北皆欲往，千江隔兮万山阻。春风吹园杂花开，朝日照屋百鸟语。三杯取醉不复论，一生长恨奈何许。

昌黎[1]感春四首之一，丁丑［一八七七］中秋后一日录。应国光大兄大人正。

弟黄庆临

〔钤印：黄庆临印〕

〔笺纸：宣纸〕

〔解读〕

从落款看，此为黄庆临四十二岁时所书，即去世前两年。三十三岁考中进士，饱读诗书，不过有十一年的时间施展抱负，惜之。

①昌黎：即韩愈（七六八～八二四），字退之。河南河阳（今河南省焦作孟州市）人，祖籍河南省邓州市。世称韩昌黎。晚年任吏部侍郎，又称韩吏部。谥号文，又称韩文公。唐代文学家、哲学家、思想家。后人尊称他为“唐宋八大家”之首。

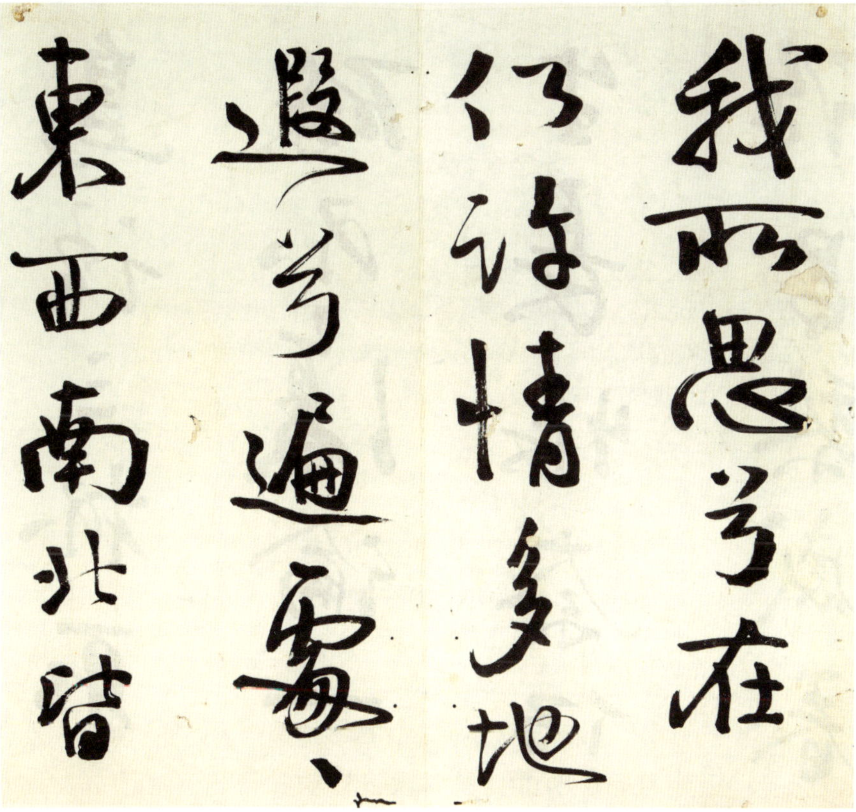

N03（4-1） G30cm×27.5cm

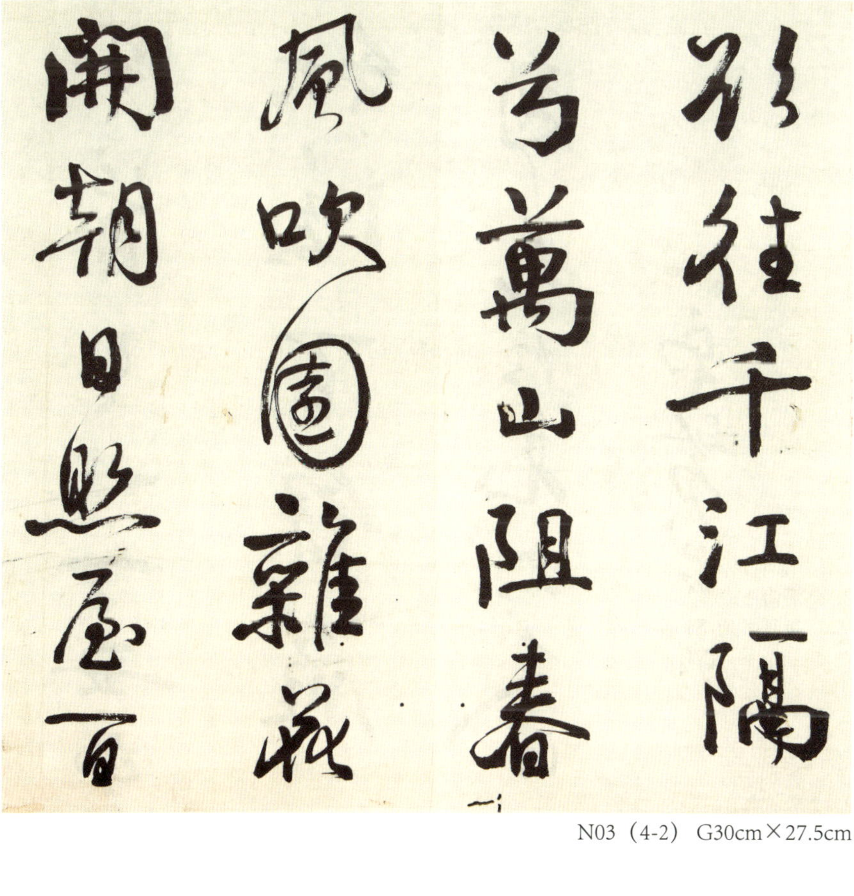

N03（4-2） G30cm×27.5cm

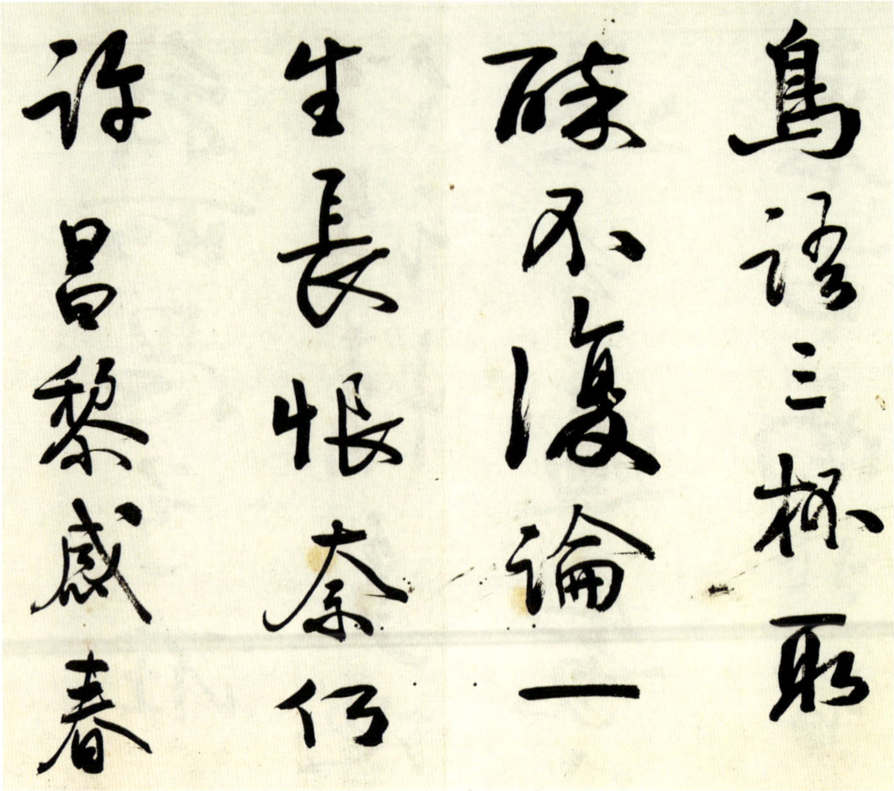

N03（4-3） G30cm×27.5cm

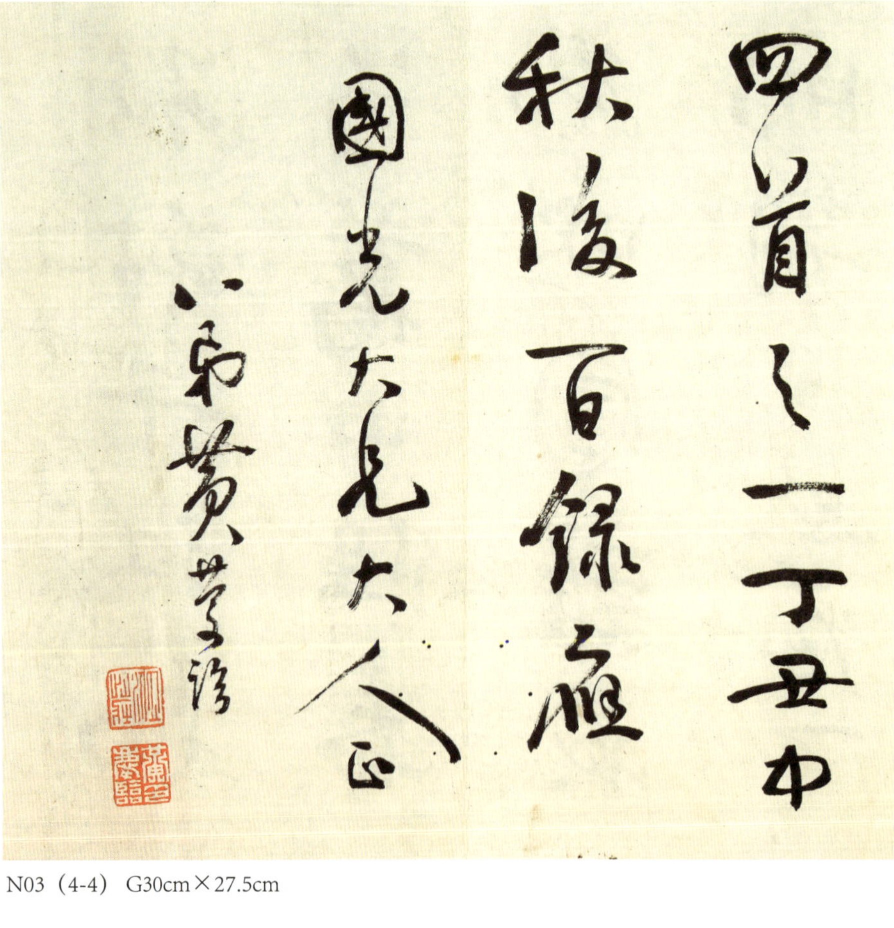

N03（4-4） G30cm×27.5cm

## 杨琼　一通

杨琼（一八四六～一九一七），字迥楼，号柿平。云南洱源人。清末民初教育家、政治人物。一八九一年举人。此后历任晋宁州学政、昆明经正学院讲习、大理西云书院山长。一九〇三年，留学日本东京弘文学院。归国后，历任云南陆军学校、云南省会师范学校校长。一九〇七年，任邓川劝学所董事兼高等小学校长。任内大力兴办新学，并采取强迫教育，惩罚无故不入学儿童的父兄，遂兴办起六十多所初等小学，并创办了乙种农桑职业学校。一九一一年任云南省第二模范中学堂监督。一九一三年任国会参议院议员，并且因为最年长而在议长选举前任临时主席。一九一六年在昆明创办私德中学并任校长。

### 游华亭寺杂诗八首

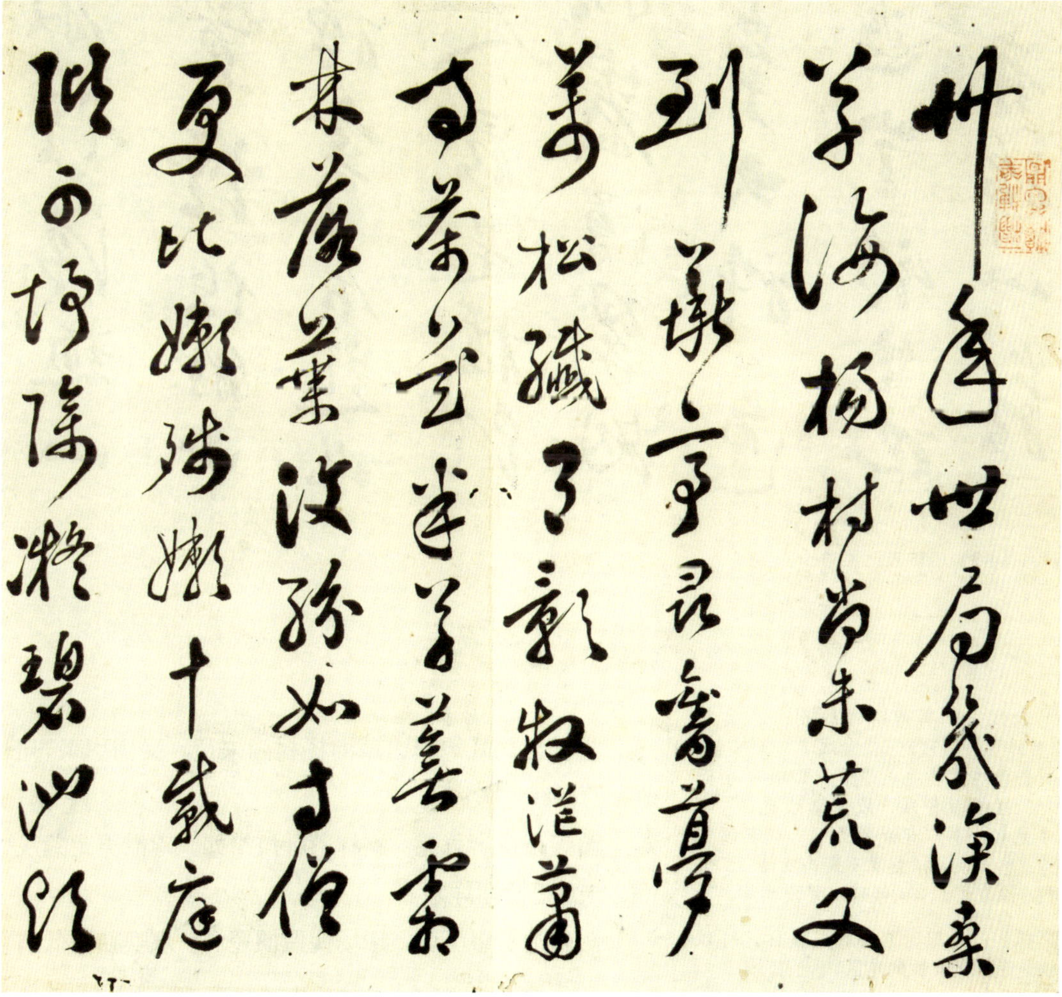

N04（4-1）G35.7×33cm

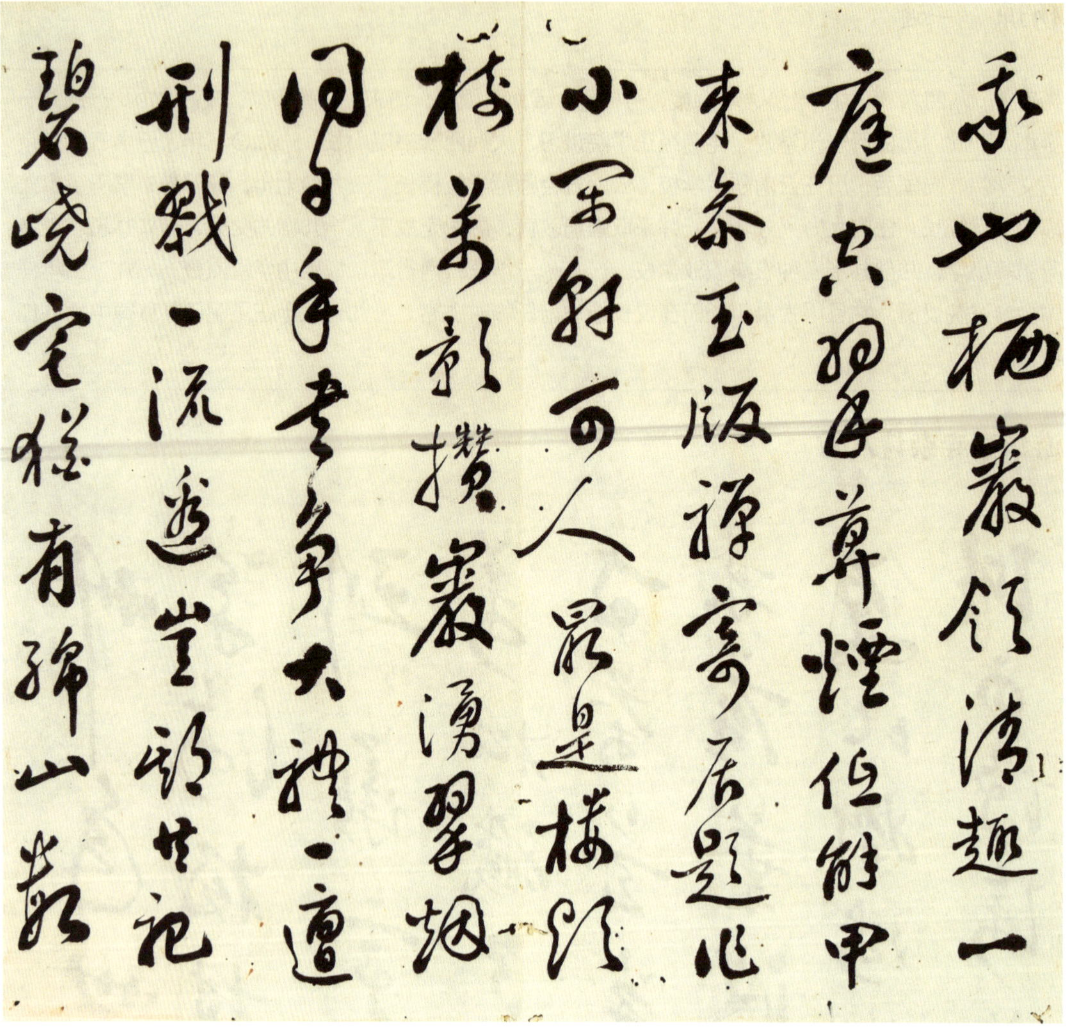

N04（4-3）G35.7cm×33cm

〖录文〗

卅年世局几沧桑，草海杨村尚未荒。又到华亭寻旧梦，万松纤月影牧茫。

萧寺茶花半草芜，霜林落叶汶纷如。寺僧更比懒残①懒，十载庭阶可净除。

凝碧池头事可哀，逢场傀儡惯登台。堪唤独树祇园②

①懒残：唐高僧明瓒的别号。袁郊《甘泽谣·懒残》：“懒残者，天宝初，衡岳寺执役僧也。退食，即收所余而食，性懒而食残，故号懒残也。”事详见《太平广记》卷九六、《宋高僧传》卷一九。清赵翼《衡山》诗：“懒残冷余灰烬，《岣嵝碑》荒没草莱。”

②祇园：是旧时京都的艺伎区，可以说是京都代表性的地区。

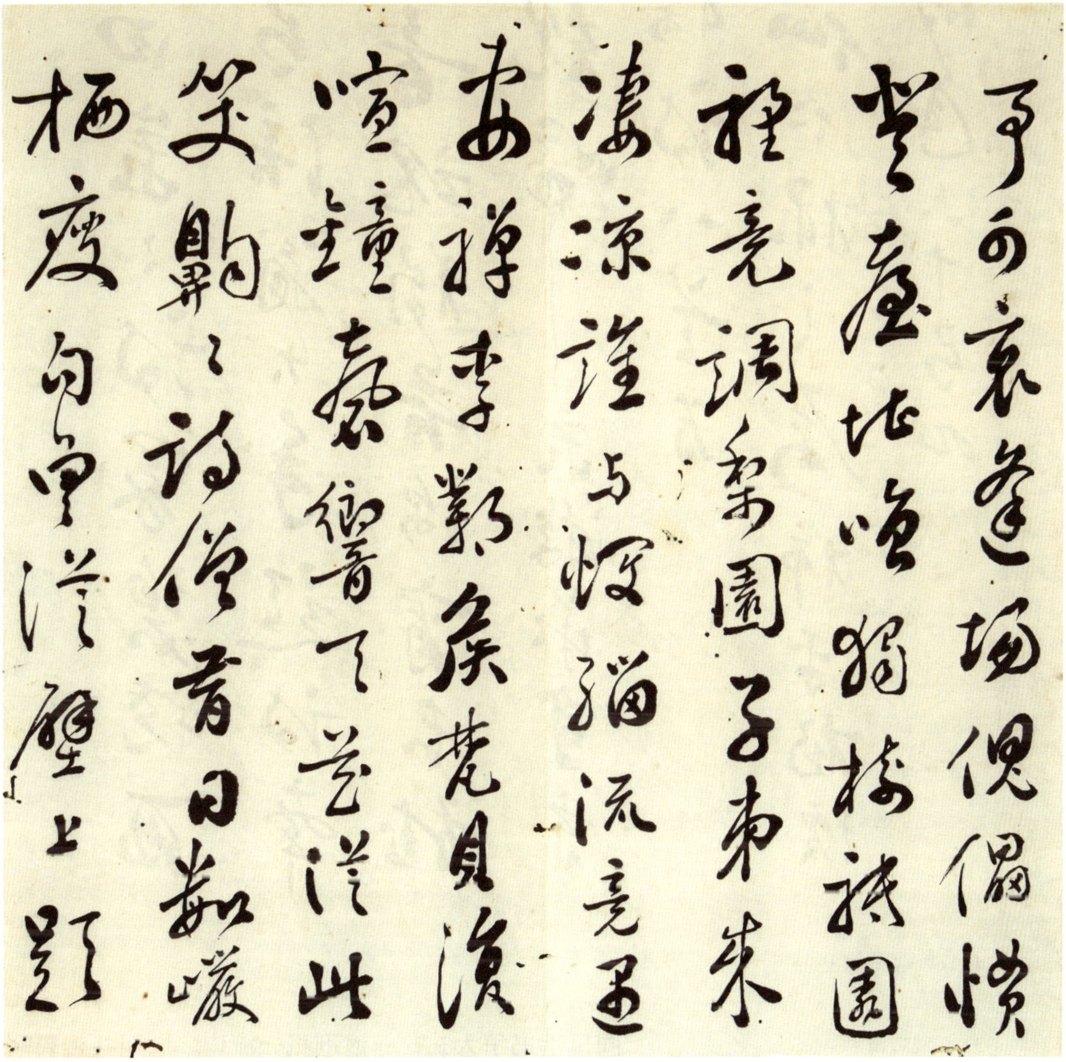

N04（4-2）G35.7cm×33cm

里，竞调梨园子弟来。

凄凉谁与悯骝流，竞遇安禅李邺侯[③]。梵贝复喧钟声响，天花从此笑鼱鼱。

诗僧昔日数岩栖，瘦句曾从壁上题。我也栖岩领清趣，一庭空翠莫烟低。

能甲来参玉版禅，寄居题作小闲轩。可人最是楼头树，万影攒岩涌翠烟。

③李邺侯：即李泌（七二二～七八九），字长源。唐陕西京兆（今陕西西安）人。历仕玄宗、肃宗、代宗、德宗四朝，德宗时，官至宰相，封邺县侯，世人因称李邺侯。

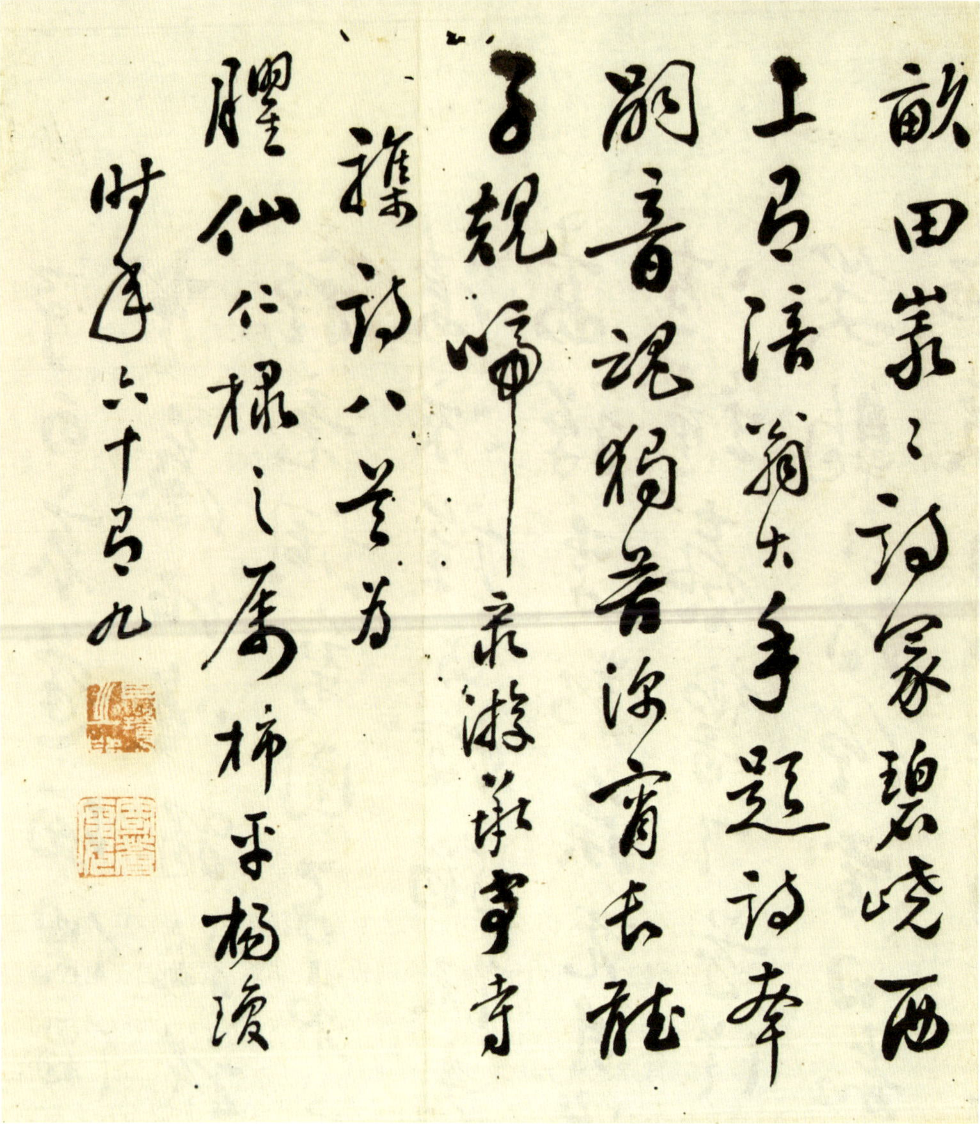

N04（4-4） G35.7cm×33cm

同日手书争大礼，一遭刑戮一流边。岂期共祀碧峣宅，犹有锦山数亩田。

崇崇诗冢碧峣西，上有涪翁大手题。诗夸嗣音魂独苦，深宵长听子规[4]啼。

录游华亭寺[5]杂诗八首，为臞仙仁棣之属。

柿平杨琼　时年六十有九

〔钤印：臣琼之印、一榻梅花鹤梦间、寄苍赓〕

〔笺纸：宣纸〕

④子规：杜鹃鸟的别名。传说为蜀帝杜宇的魂魄所化。常夜鸣，声音凄切，故借以抒悲苦哀怨之情。

⑤华亭寺：在昆明市西郊的西山中，是我国元朝时建造的古寺。昆明西山，是昆明附近的太华山、华亭山、罗汉山和碧峣山的总称。华亭寺因山取名，寺庙规模宏大，为昆明众寺庙之冠。

# 陈度　一通

陈度（一八七一～一九四一），字古逸（又称古抑），号琴禅。云南泸西人，祖籍江西临川。一九〇四年甲辰科二甲七十六名进士。历官吏部文选司主事、议选处总办兼派办处详复官、云南造币厂总办。光绪末年，他在云南省倡导戒烟及妇女放足，对改变社会风气做过努力。民国时，任云南外交司副司长、政务厅第一曹参事、都督府秘书官。精于金石，工书画篆刻，长于指画。著述今尚存《泡影集》十卷、《陈古逸先生书画集》一卷、与友人合著诗集《湖月集》一卷。并参加过《云南行政纪实》和《新纂云南通志长编》的编写工作。

## 《不冷堂遗集》序

〖录文〗

### 《不冷堂遗集》序

历代之亡，以有清为最善，其帝号犹在也，帝室犹存也。不过变统驭之权与政治之体，执国政者既非杀吾君而君，吾民岂易姓受命者之可比哉，古者五运递迁，家天下之局，无数百年而不革者。有异代无异民，必谓食毛践土[①]于一姓，国亡而与之偕亡焉，其亦可以不必矣。即谓受国厚恩当以身殉，亦必世禄之家膺，鼎铉疆圻之寄者乃尔，余则为遗老、为逸民，以至皇冠缁衣遁世，无闷亦何不可之有，虽然人生天地间，以气节为立身之本，义之所在，身且不恤持，是以与家国事，尚何有于诚之不至，忠之不尽者，此其义事家天下之国宜然，事公天下之国亦何莫不然。否则朝秦暮楚，叛国悖本，人心亡而国亦不振矣。辛亥鼎革，滇中殉难者固不乏人，求其从容就义、行其所安则石屏张竹轩先生一人而已。先生起家寒素，非世禄之家可比也，广文冷官非有疆圻之寄也。况国仅政体之变，更与历朝异，而先生竟仰药以殉，亦可谓皭然不欺其志者矣。先生之为人正大而和易，不事事于绨章绘句[②]之学，而兴之所至，有时亦发为诗文，顾不自爱惜，散佚者夥，所存者仅此三卷。呜呼，先生之行，乡里式之，清史传之，

①食毛践土：原意是吃的食物和居住的土地都是国君所有。封建官吏用以表示感戴君主的恩德。其中，“毛”指地面所生之谷物，“践”指踩。

②绨［chī］章绘句：雕琢文辞，修饰章句。

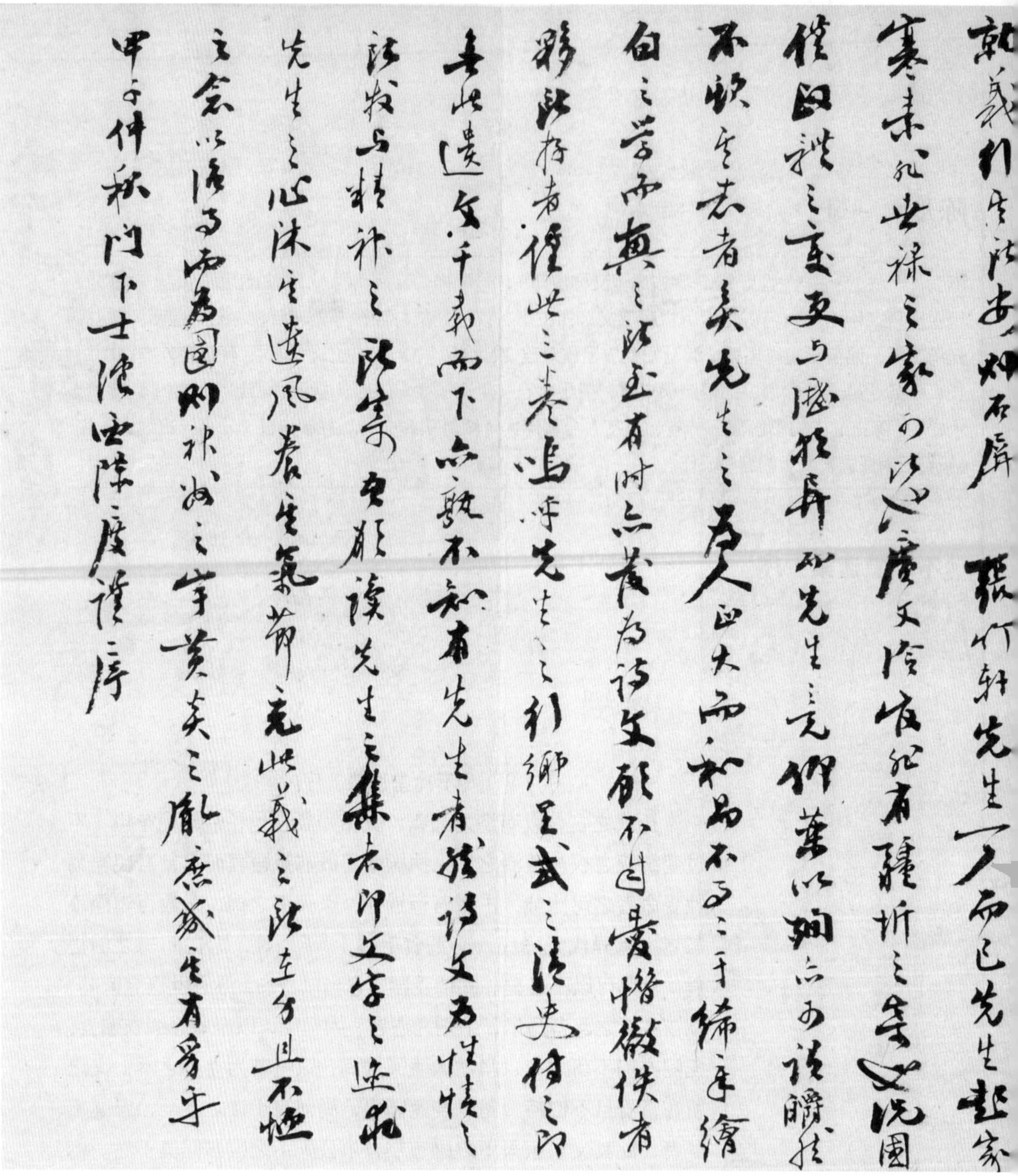

N05（2-2） G23.5cm×25.7cm

即无此遗文，千载而下亦孰不知有先生者。然诗文为性情之所发与，精神之所寄。吾愿读先生之集者即文字之迹，求先生之心沐其遗风，养其气节，充此义之所在，身且不恤之念以治事而为国。则神州之宇，黄炎之胤，庶几其有豸乎。

甲子［一九二四］仲秋　门下士泸西陈度谨序

〔笺纸：宣纸〕

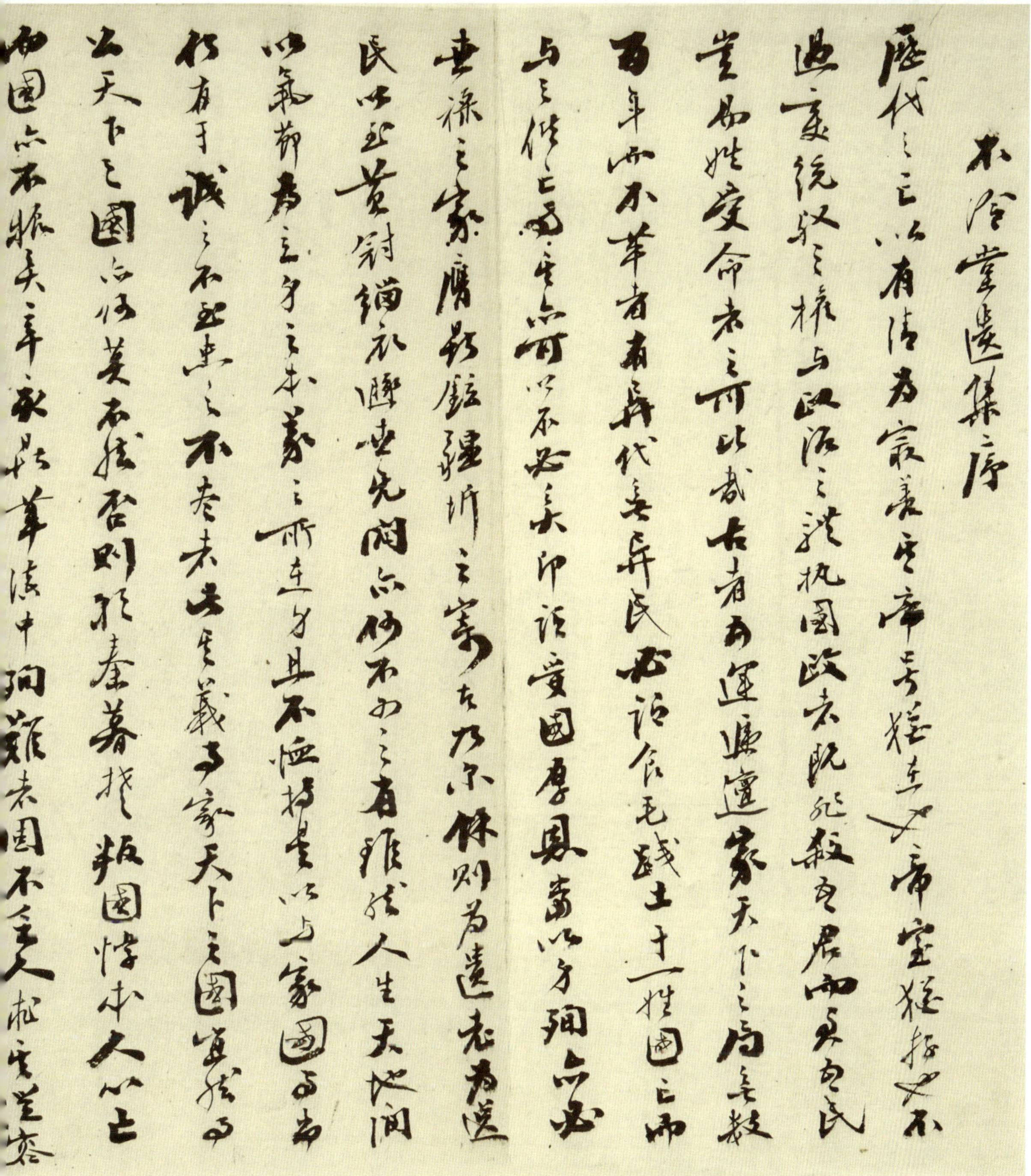

N05（2-1） G23.5cm×25.7cm

〖解读〗

陈度受袁嘉谷所托，为其岳父张舜琴的《不冷堂遗集》作序。此手札为陈度亲笔。

陈度文中“家天下之局，无数百年而不革者”，意思是说中国历史上的世袭君主制度王朝，没有哪一个是数百年后还不灭亡的。

## 【0册：徐元礼楷书册】

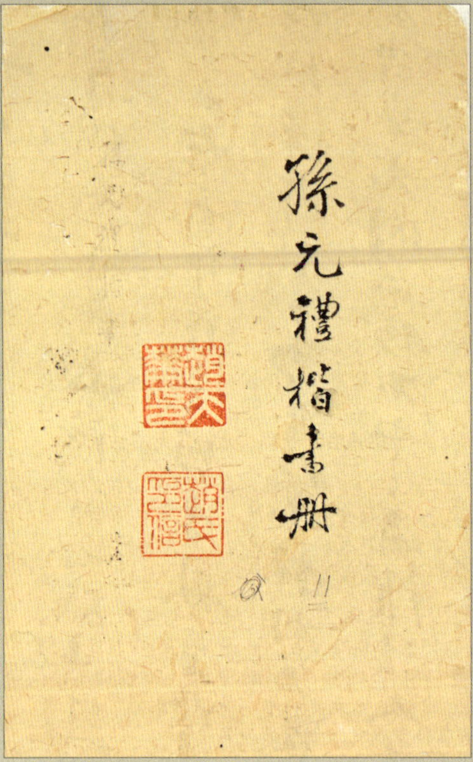


〖录文〗

孙元礼楷书册。

〖解读〗

该封面题为孙元礼楷书册，实为徐元礼［徐淞桥］楷书册，属笔误。未知何人所题签，至少不是方树梅。

# 徐元礼　一通

徐元礼，字淞桥。浙江桐庐人。淳谨朴实，口无雌黄，嘉庆十八年（一八二二）拔贡，官河南知县。书法直造晋、唐，其灵俊处，实出天赋，观其字气厚而味醇。时与郭兰石（尚先）齐名，小楷或胜之。书声远播，曾有高丽人登门求笔法。姚椿赠诗云："徐侯作书风雨快，平淡从容出奇怪。"淞桥卒，无子，其妾韩小亭，家婢也，竟矢志守节。

## 评唐宋元书画

〖录文〗

元人书当以吴兴①为第一。巴西②近粗，渔阳③近俗，皆未足言抗衡也。康里子山④天骨遒俊，惜出笔太快，颇少含蓄。饶介⑤之结体多疏，郭天锡⑥行草茂美，俞紫芝⑦小楷绵丽，铁崖⑧之生峭，丹邱⑨之隽颖，云林⑩之寒削亦时有可观。

①吴兴：即赵孟頫。

②巴西：即邓文原（一二五八～一三二八），字善之，一字匪石，人称素履先生。绵州（今四川绵阳）人，迁寓浙江杭州。又因绵州古属巴西郡，人称邓文原为"邓巴西"。官翰林侍讲学士，卒谥文肃。堪称元初文坛泰斗，擅行、草书。元代的邓文原与赵孟頫、鲜于枢齐名，号称"元初三大书法家"。

③渔阳：即鲜于枢（一二四六～一三〇二），字伯机，自号困学山民，又号寄直老人，晚年营室名"困学之斋"。祖籍金代德兴府（今张家口涿鹿县），生于汴梁（今河南开封）。大都（今北京）人，一说渔阳（今北京蓟县）人，先后寓居扬州、杭州。晚年任太常典簿。元代著名书法家。

④康里子山：即康里巎（一二九五～一三四五），字子山，号正斋，恕叟，又号蓬恕叟。元代颇有影响的人物，既是朝廷重臣，也是罕见的少数民族汉学名流和书法家。但其名字是"巎［kuí］"还是"巎［náo］"，后世模糊不清，在当代具有权威性的中华书局校点出版的《元史》中，特将原来的"巙"改为"巎"，并注明读音"挠"，学术界多从之，似乎成为定论。

⑤饶介（一三〇〇～一三六七）：字介之，号芥叟，自号醉樵、醒樵、醒翁、醉翁、华盖山樵、华盖山著书者、华盖浮丘先生童子、紫玄洞樵。江西临川（今抚州）人。元末明初著名诗人、书法家。

⑥郭天锡（一二二七～一三〇二）：字佑之，号北山。今山西大同（云中）人或作天水人，侨寓杭州。曾为御史。元著名书法家、收藏家。因藏有王羲之《快雪时晴帖》（非以后清内府的三希堂墨本），遂自署所居曰"快雪斋"。

⑦俞紫芝（？～一〇八六）：字秀老。浙江金华人，寓居扬州。少有高行，笃信佛教，得其心法，终身不娶不仕。南宋元初书画家。有《俞紫芝兰亭序图卷》等传世。

⑧铁崖：指杨维桢（一二九六～一三七〇），字廉夫，号铁崖、铁笛道人，又号铁心道人、铁冠道人、铁龙道人、梅花道人等，晚年自号老铁、抱遗老人、东维子。浙江会稽人。元末明初著名文学家。

⑨丹邱：即柯九思。

⑩云林：似指倪瓒（一三〇一～一三七四），初名珽，字泰宇，后字元镇，号云林子、荆蛮民、幻霞子等。江苏无锡人。元代画家、诗人。与黄公望、王蒙、吴镇合称"元四家"。

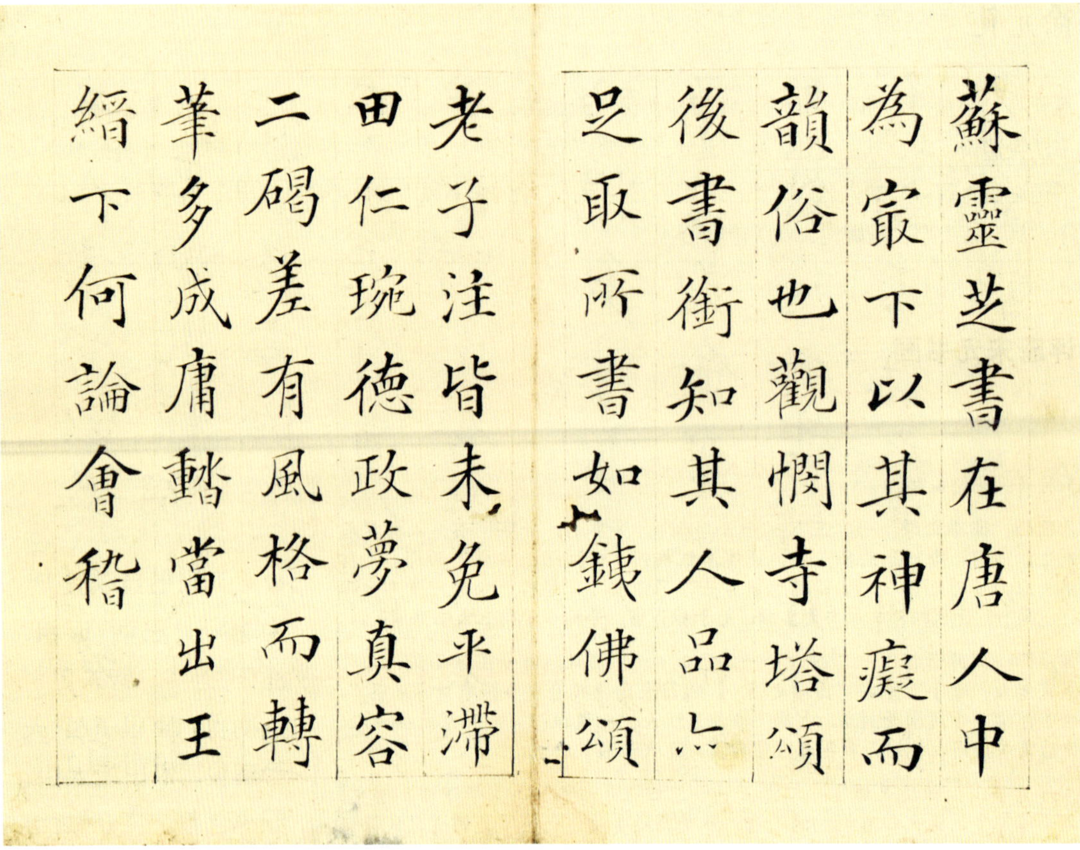
蘇靈芝書在唐人中
為最下以其神癡而
韻俗也觀惘寺塔頌
後書衙知其人品亦
足取所書如鐵佛頌
老子注皆未免平滯
田仁琬德政夢真容
二碣差有風格而轉
筆多成庸踏當出王
縉下何論會稽

O01（4-2） G23.5cm×17.5cm

苏灵芝[11]书在唐人中为最下。以其神痴而韵俗也，观悯寺塔颂后书，衙知其人品亦足取。所书如《铁佛颂》《老子注》皆未免平滞，《田仁琬德政》《梦真容》二碣差有风格，而转笔多成庸踏，当出王缙[12]下，何论会稽。

钱唐吴传朋[13]游丝字前无古人，黄给事仲素尝称蜀士仲明举诗云：“春吞一缕来不断，石钧笔力归豪芒。”[14]佳句也。东坡云：唐

⑪苏灵芝（七一三～七五五前后）：唐开元、天宝年间武功人。天宝中任易州（今河北省易县）录事参军。著名书法家，其笔力遒劲端庄。

⑫王缙（七〇〇～七八一）：字夏卿。太原祁（今山西祁县）人。两次出任宰相。善草隶书。

⑬吴传朋：即吴说，字传朋，号练唐。居钱塘（今浙江杭州）之紫溪，人称吴紫溪。南宋书法家，善杂书、游丝书。

⑭“春吞一缕来不断，石钧笔力归豪芒”：“吞”疑为“蚕”之误。“石”疑为“万”之误；“豪”疑为“毫”之误。或诗云：“春蚕一缕来不断，万钧笔力归毫芒。”南宋楼钥在《玫瑰集》借用他人诗句赞誉：“春蚕一缕来不断，万钧笔力归毫芒。”

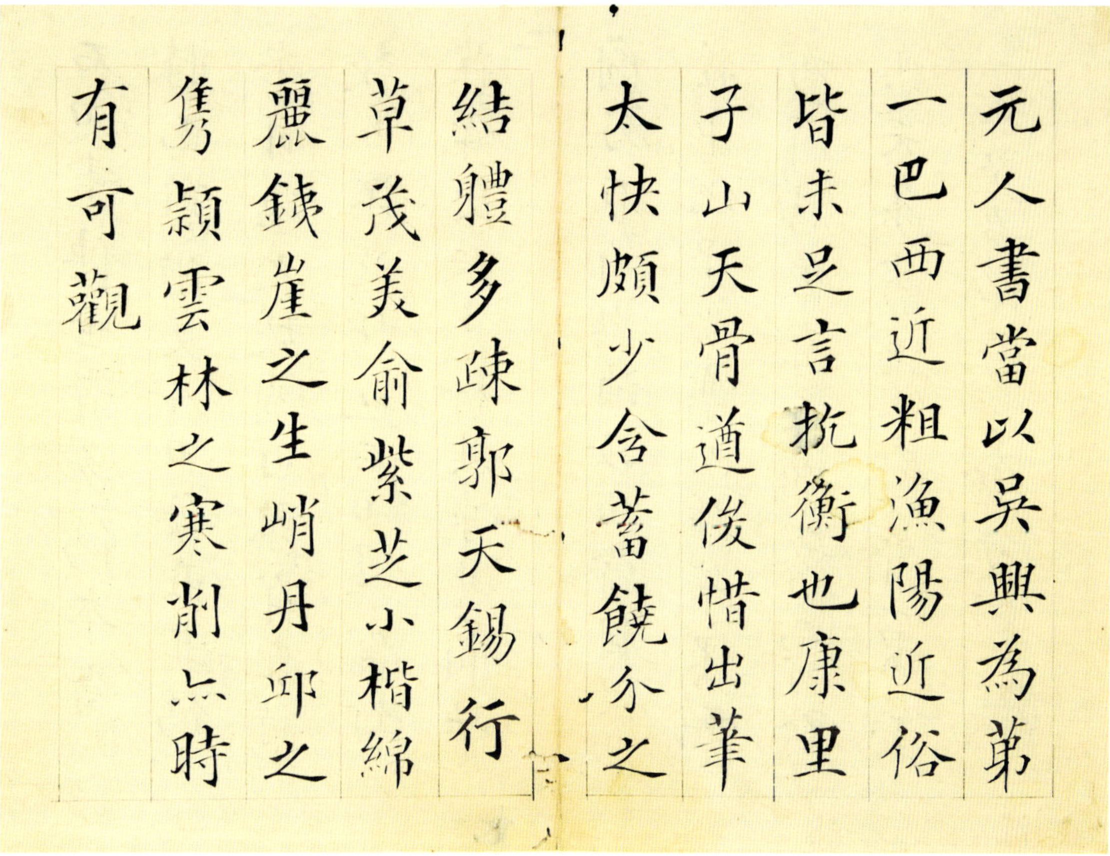

元人書當以吳興為第
一巴西近粗漁陽近俗
皆未足言抗衡也康里
子山天骨遒俊惜出筆
太快頗少含蓄饒介之
結體多疏郭天錫行
草茂美俞紫芝小楷綿
麗錢崖之生峭丹邱之
雋穎雲林之寒削亦時
有可觀

O01（4-1） G23.5cm×17.5cm

太宗评萧子云[15]书“行行若萦春蚓，字字如绾秋蛇”，信虚得名耳。东坡取其比象之类，特表出之。余于游丝亦云。

石田[16]画传世者多伪本。当时已难辨。又，石田每取其伪本自题之，故图内虽有真诗款亦不足据也。石田置《有竹庄》[17]，尝出疏募竹，其事甚韵，此图乃石翁与浦汝正[18]赏月于庄中之平安亭而作，笔墨尤为清胜，后有长歌一首亦可入《乐天集》中。

道光元年二月十四五日　孟坚吾弟元礼

〔钤印：徐元礼印、淞桥、方臞仙〕

⑮萧子云（四八七～五四九）：字景齐。今江苏常州西北人。南朝梁史学家、文学家。善于草隶书法。

⑯石田：指沈周（一四二七～一五〇九），字启南，号石田、白石翁、玉田生、有居竹居主人等。江苏长洲（今苏州）人。明代杰出书画家。

⑰《有竹庄》：指沈周的一幅画，全称应为《有竹庄中秋赏月图》。画即赠送给浦汝正。

⑱浦汝正：即浦正，字汝正，号舒庵。其先河南人，宋南渡到苏居娄门，世家巨族。

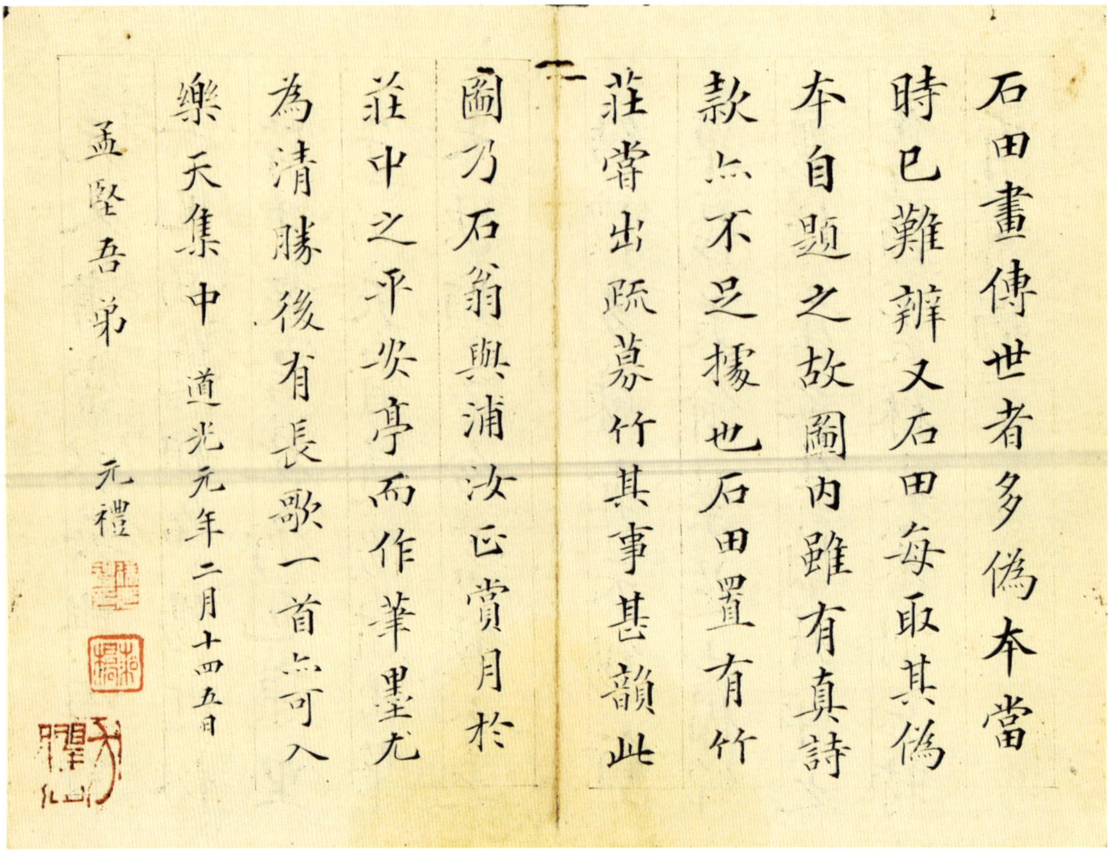
石田畫傳世者多偽本當
時已難辨又石田每取其偽
本自題之故圖內雖有真詩
款亦不足據也石田置有竹
莊嘗出疏募竹其事甚韻此
圖乃石翁與浦汝正賞月於
莊中之平安亭而作筆墨尤
為清勝後有長歌一首亦可入
樂天集中　道光元年二月十四五日
孟堅吾弟　元禮

O01（4-4） G23.5cm×17.5cm

〔笺纸：宣纸〕

〖解读〗

赵汝珍《古玩指南》说：“册页以八开为足数，愈多愈妙。”今观该册和《江川万华、晋宁苏鳌两解元书心经合册》，亦为八开。

该札不但本身书法精妙，其内容对于书画鉴赏和研究颇有益处，资料价值较高。正文分为四个部分（注意：每个部分都是用两页完成的，这也是追求一种格式美），其第一部分仅以百字即勾画了元代书法的概貌，将重要书家及特点逐一列举，除赵孟頫算是十全十美外，道出某某书法家的局限性与特点；第二部分评价了唐代书法家苏灵芝的书法，苏灵芝应该还

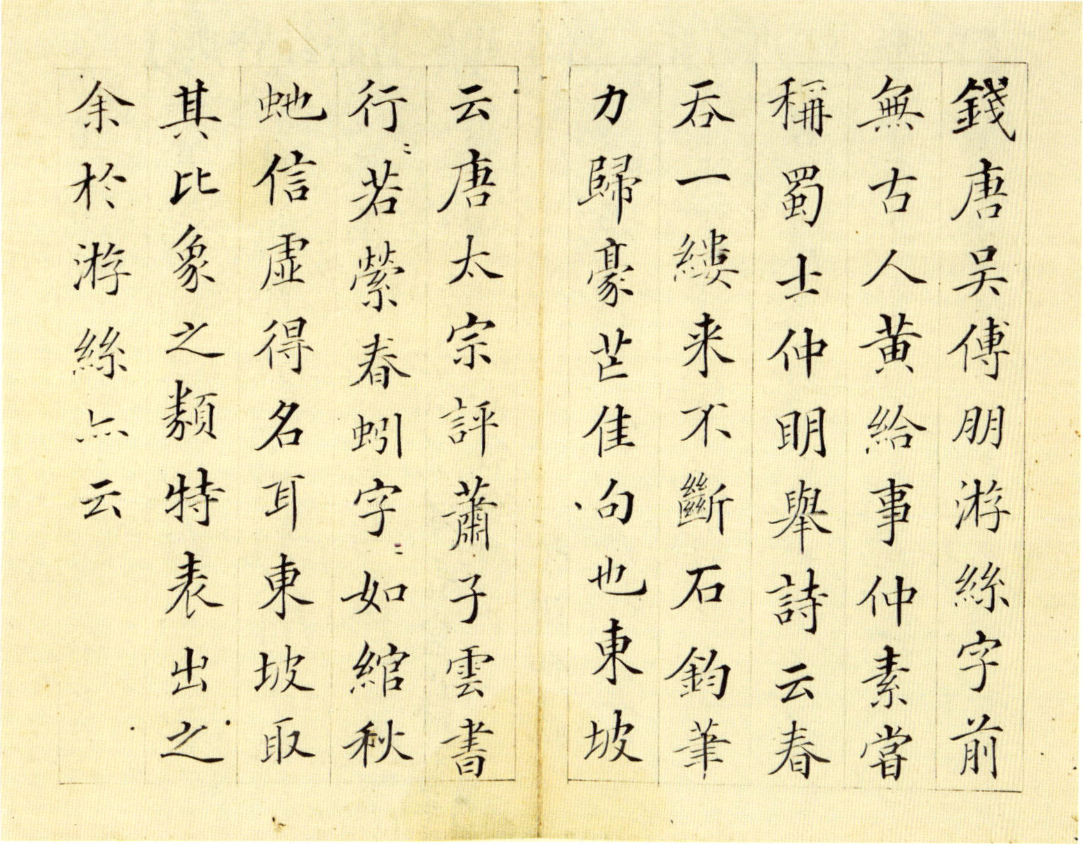

錢唐吴傅朋游絲字前
無古人黄給事仲素嘗
稱蜀士仲明舉詩云春
吞一縷来不斷石鈎筆
力歸豪芒佳句也東坡
云唐太宗評蕭子雲書
行〻若縈春蚓字〻如綰秋
蚓信虚得名耳東坡取
其比象之類特表出之
余於游絲亦云

O01（4-3）G23.5cm×17.5cm

是人们可以知道的唐代书法家，大概是要通过其人书法“在唐人中为最下”来说明唐人书法的高妙吧；第三部分介绍了南宋书法家吴说的游丝字；第四部介绍了分元代画家沈周画作的伪品情况，给大家提个醒，好意。

## 【P 册：江川万华、晋宁苏鏊书心经合册】

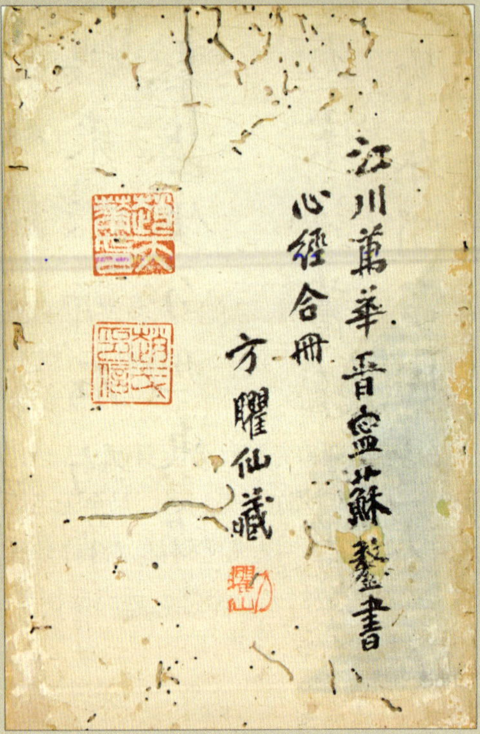


〖录文〗

江川万华［万实斋］、晋宁苏鏊［苏钜山］书心经合册。方臛仙藏。（加盖方臛仙印章）

〖解读〗

此为方树梅在所收藏的旧本上题签。从所书“鏊”字纸面看，方树梅题签时，该册页虫蛀程度应与目前相似。

## 万华　一通

万华，号实斋。云南江川人。乡试第一名举人（解元），嘉庆十四年己巳恩科（一八〇九）第三甲一百零六名进士。任浙江知县，陕西南郑知县，以廉明称。重修汉南书院，新建中梁书院，捐俸置田以作膏火。修堰塘长数百里，资民灌溉，兴利除弊，深洽舆情。年五十，卒官。

### 心经

〖录文〗

观自在菩萨，行深般若波罗蜜多时，照见五蕴皆空，度一切苦厄。舍利子，色不异空，空不异色，色即是空，空即是色，受想行识，亦故[①]如是。舍利子，是诸法空相，不生不灭，不垢不净，不增不减。是故空中无色，无受想行识，无眼耳鼻舌身意，无色声香味触法，无眼界，乃至无意识界。无无明，亦无无明尽，乃至无老死，亦无老死尽。无苦集灭道，无智亦无所得。以无所得故，菩提萨倕[②]，依般若波罗蜜多故，心无挂碍，无挂碍故，无有恐怖，远离颠倒梦想，究竟涅槃。三世诸佛，依般若波罗蜜多故，得阿耨多罗三藐三菩提。故知般若波罗蜜多，是大神咒，是大明咒，是无上咒，是无等等咒，能除一切苦，真实不虚。故说般若波罗蜜多，即说咒曰：揭帝[③]揭帝，波罗揭帝，波罗僧揭帝，菩提萨婆诃。般若波罗蜜多心经。

初园四兄以《心经》属书，字里行间劣甚愧极。

实斋愚弟万华

〔钤印：万华之印〕

〔笺纸：宣纸〕

①故：《心经》通行本中为“复”。

②倕：《心经》通行本中为“埵”。

③帝：《心经》通行本中一般作“谛”。

〖解读〗

小说《西游记》中，写到唐僧遇难无法脱身，乌巢禅师授以《心经》，唐僧诵读后方得解脱。

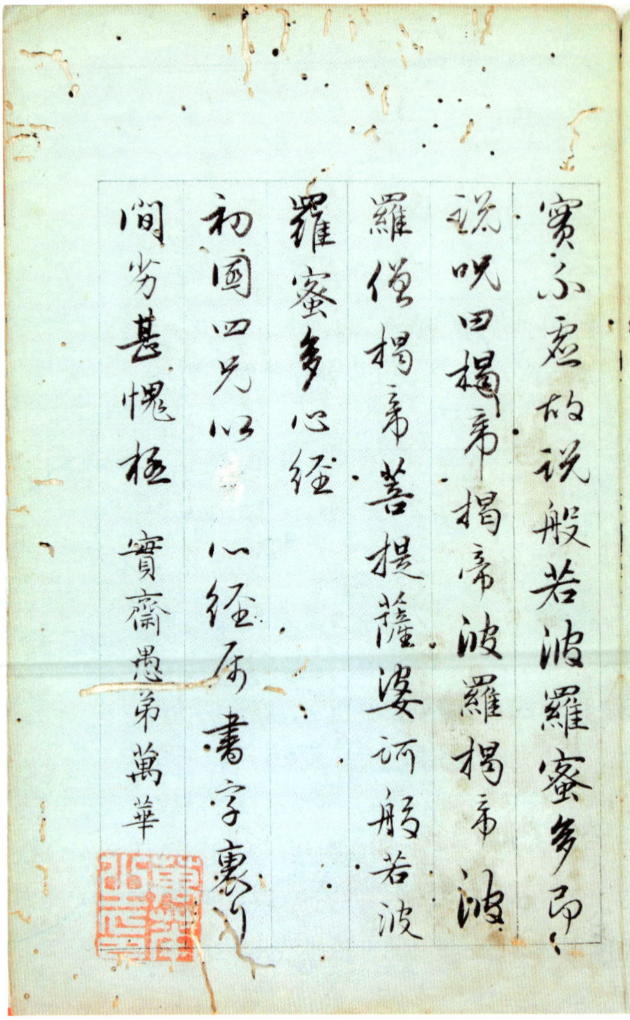

P01（4-4） G17.3cm×27.7cm

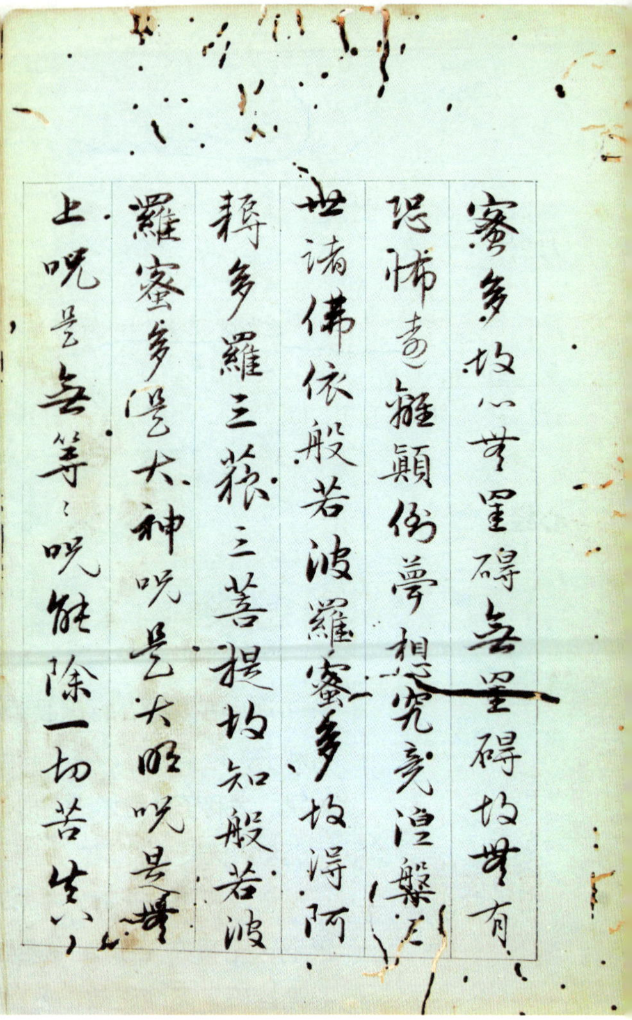

P01（4-3） G17.3cm×27.7cm

《般若波罗蜜多心经》又称《摩诃般若波罗蜜多心经》，简称《般若心经》或《心经》，共二百六十字，是般若经系列中一部言简义丰、博大精深、提纲挈领的极为重要的经典，为大乘佛教出家及在家佛教徒日常背诵的佛经。现以唐代三藏法师玄奘译本为最流行。该札内容即为三藏法师玄奘译本。

自唐朝玄奘法师译得此经后，《心经》广为流传，在文人士大夫中普遍传诵，通过抄经、讼经修炼自身的心境。历代书法家写《心经》者亦颇多。

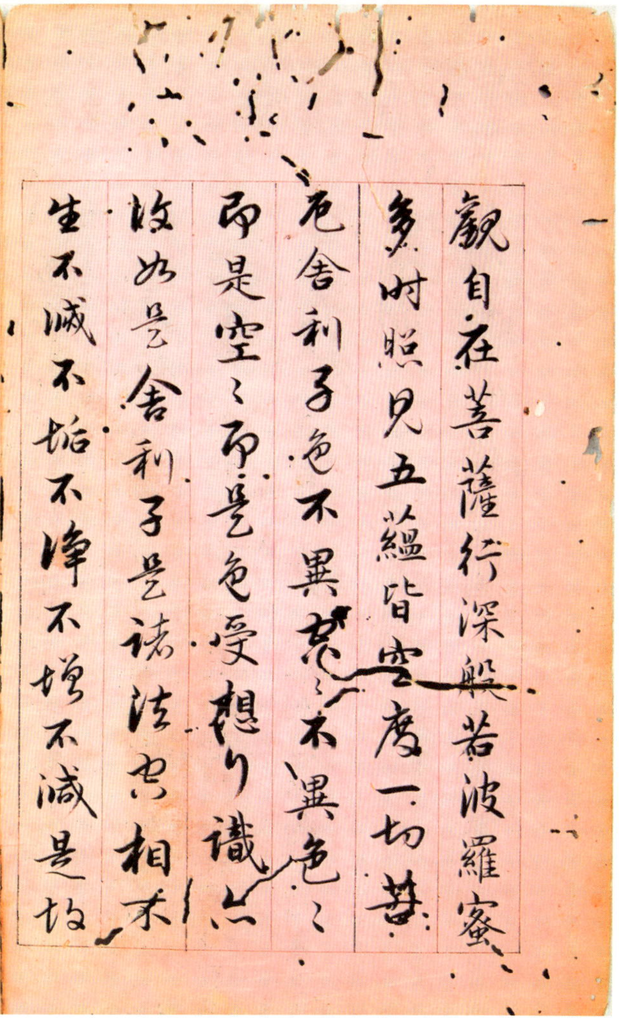
觀自在菩薩行深般若波羅蜜
多時照見五蘊皆空度一切苦
厄舍利子色不異空空不異色色
即是空空即是色受想行識亦
復如是舍利子是諸法空相不
生不滅不垢不淨不增不減是故

P01（4-1） G17.3cm×27.7cm

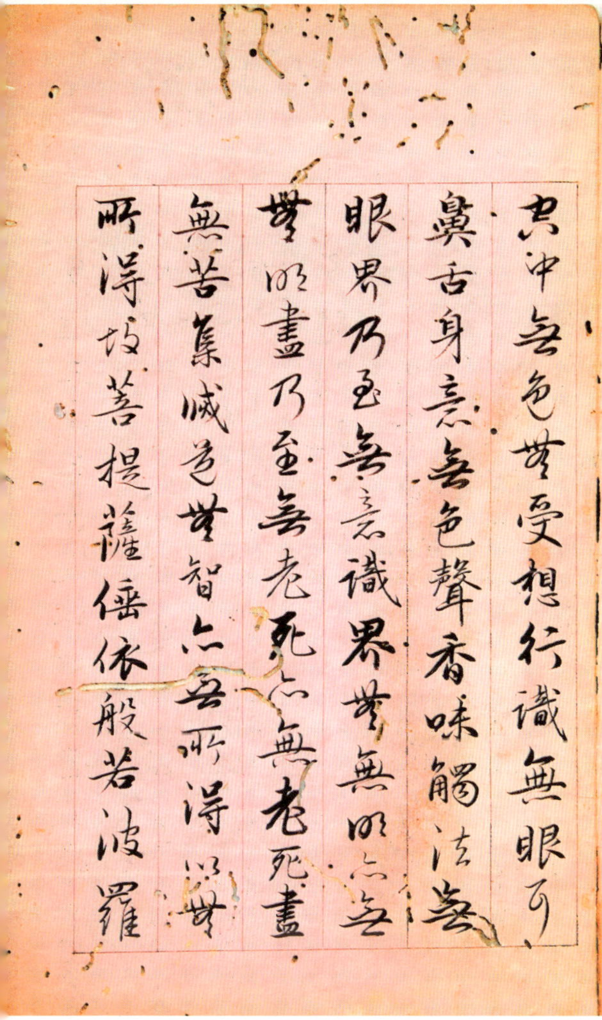
空中無色無受想行識無眼耳
鼻舌身意無色聲香味觸法無
眼界乃至無意識界無無明亦無
無明盡乃至無老死亦無老死盡
無苦集滅道無智亦無所得以無
所得故菩提薩埵依般若波羅

P01（4-2） G17.3cm×27.7cm

## 苏鏊　一通

苏鏊，字钜山。云南晋宁人。嘉庆五年（一八〇〇）庚申恩科第一名举人（解元），嘉庆十九年（一八一四）甲戌科第三甲第一百一十七名进士，即赴浙江湖州府长兴县知县。道光六年（一八二六）接替李振青，担任台湾府淡水抚民同知。台湾府淡水抚民同知又称淡水同知，为台湾清治时期的重要地方官员，官职品级为正五品，专司负责北台湾内政。

### 心经

〖录文〗

…………［《心经》略］

若夫觞酌凌波于前，箫笳发声于后，足下鹰扬其体凤，观虎视谓萧曹不足，俦卫霍不

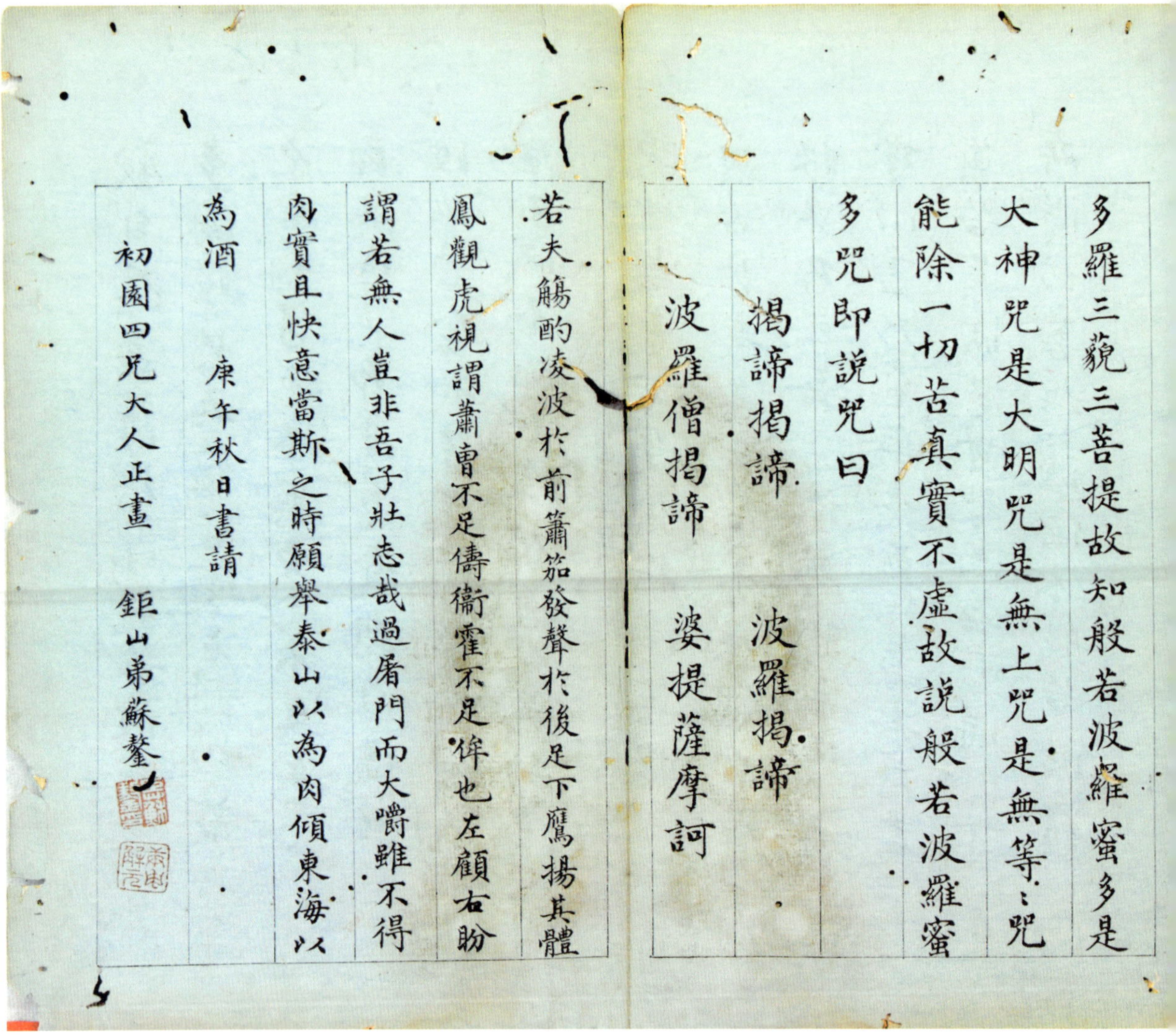


P02（4-4） G17.3cm×27.7cm　　P02（4-3） G17.3cm×27.7cm

足侔也。左顾右盼谓若无人，岂非吾子壮志哉，过屠门而大嚼，虽不得肉实且快意。当斯之时，愿举泰山以为肉，倾东海以为酒。

庚午［一八一〇］秋日书。请初园四兄大人正画。

钜山　弟　苏鏊

〔钤印：臣苏鏊印、庚申解元〕

〔笺纸：宣纸〕

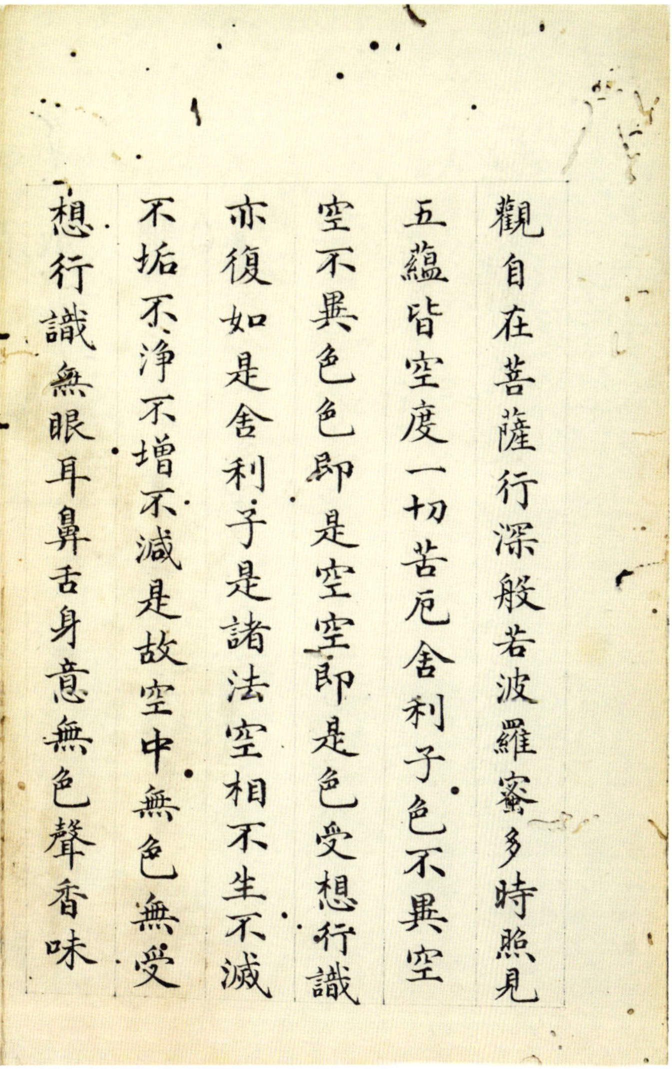
觀自在菩薩行深般若波羅蜜多時照見
五蘊皆空度一切苦厄舍利子色不異空
空不異色色即是空空即是色受想行識
亦復如是舍利子是諸法空相不生不滅
不垢不淨不增不減是故空中無色無受
想行識無眼耳鼻舌身意無色聲香味

P02（4-1） G17.3cm×27.7cm

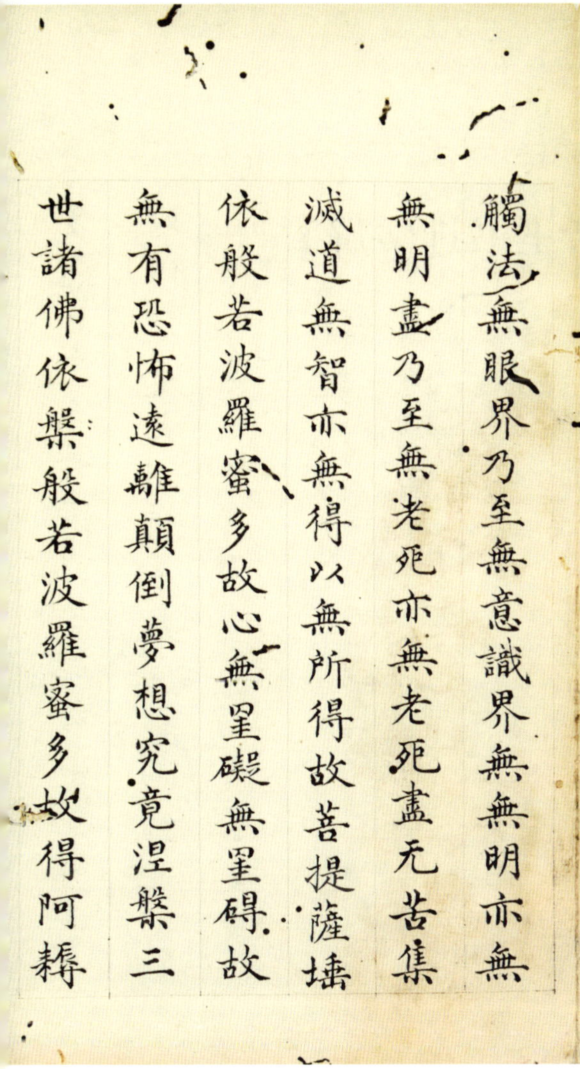
觸法無眼界乃至無意識界無無明亦無
無明盡乃至無老死亦無老死盡无苦集
滅道無智亦無得以無所得故菩提薩埵
依般若波羅蜜多故心無罣礙無罣碍故
無有恐怖遠離顛倒夢想究竟涅槃三
世諸佛依般若波羅蜜多故得阿耨

P02（4-2） G17.3cm×27.7cm

### 〖解读〗

此札前面是《心经》，尾附是三国曹植《与吴季重书》节选，两文看上去不相搭。

《心经》被认为是大乘佛教第一经典和核心，抄写或诵读应沐浴焚香，抄写《心经》产生的废纸也不能乱仍，要择良辰吉日，毕恭毕敬火化超度。大乘佛教戒酒、色、荤。而曹植《与吴季重书》，是一篇肆意喝酒欢宴的精美短文。两文虽均为经典，但共书一札，似乎有对《心经》不敬。请苏解元将两篇极端的经典同书于一纸，目的是要表达自己入世与出世的心境，面对现实和世俗以立身，诵读《心经》求得心情的平静与理想的放飞，穿梭于理想和世俗之间。

## 【Q 册：成亲王书进学解】

〖录文〗

成亲王书。

〖解读〗

册页装裱，外夹板装，夹板上有方树梅题签“成亲王［爱新觉罗·永瑆］书”。内件原似整张书法作品，经剪贴改为册页，共计 42 页，页间折痕处多有断裂。原为张溟洲所藏。

# 成亲王　一通

成亲王（一七五二～一八二三），乃清朝皇族爵位，即爱新觉罗·永瑆。乾隆帝的第十一个儿子，嘉庆皇帝的哥哥，在嘉庆年间担任军机处行走。开始学赵孟頫的书法，后来也学习欧阳询书法的特点，并广泛临摹晋、唐、宋、明各家书法，因而形成了端正清丽、劲俏流畅的风格。成亲王以楷书、行书著称于世，是清代著名的书法家。

## 进学解

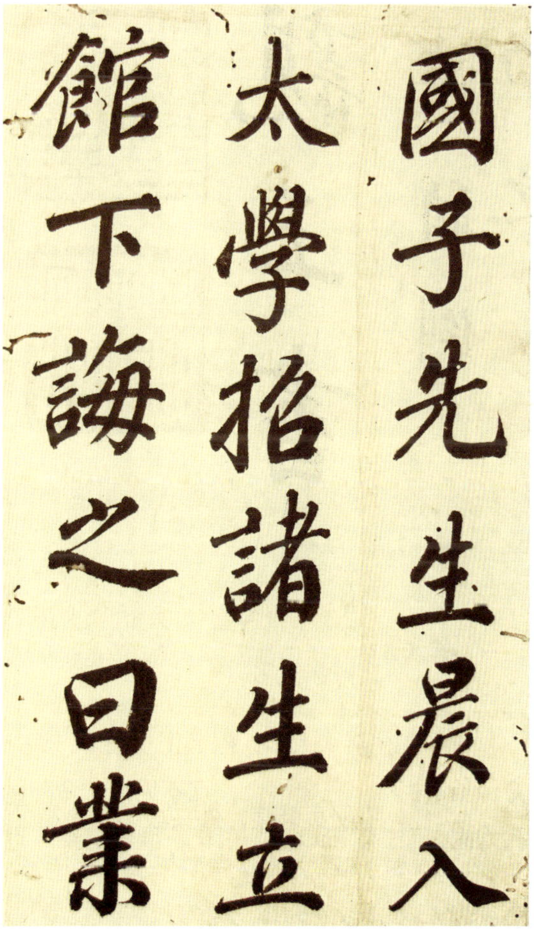
國子先生晨入
太學招諸生立
館下誨之曰業

Q01（42-1）G15.7cm×27.4cm

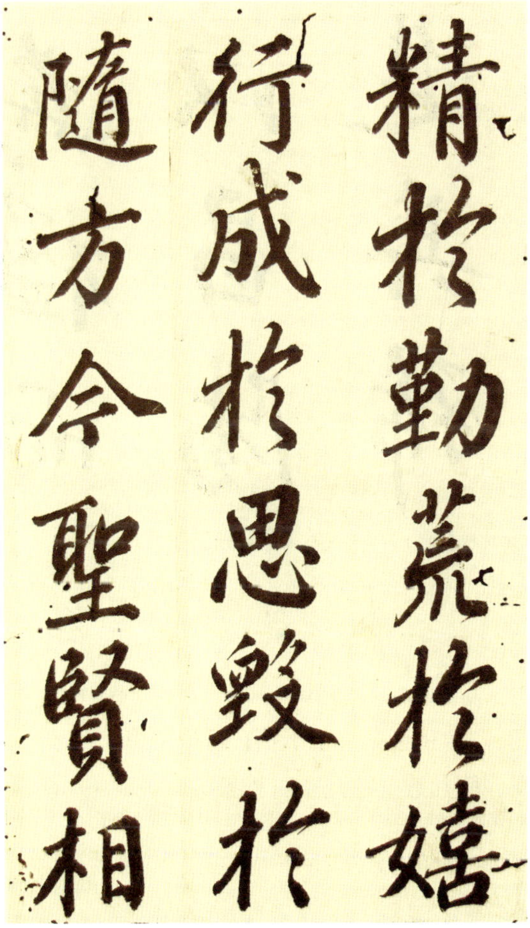
精於勤荒於嬉
行成於思毀於
隨方今聖賢相

Q01（42-2）G15.7cm×27.4cm

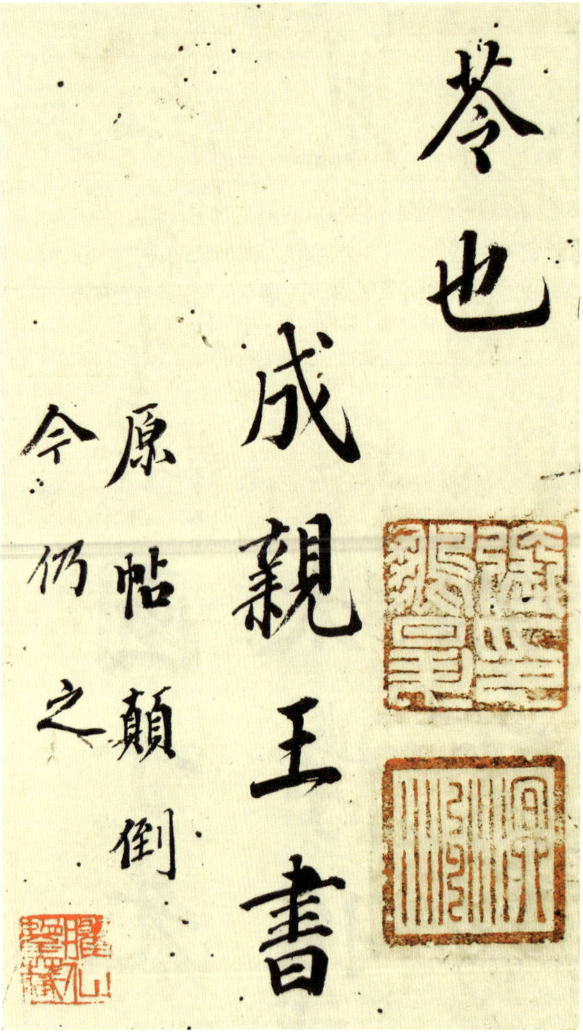


Q01（42-42） G15.7cm×27.4cm

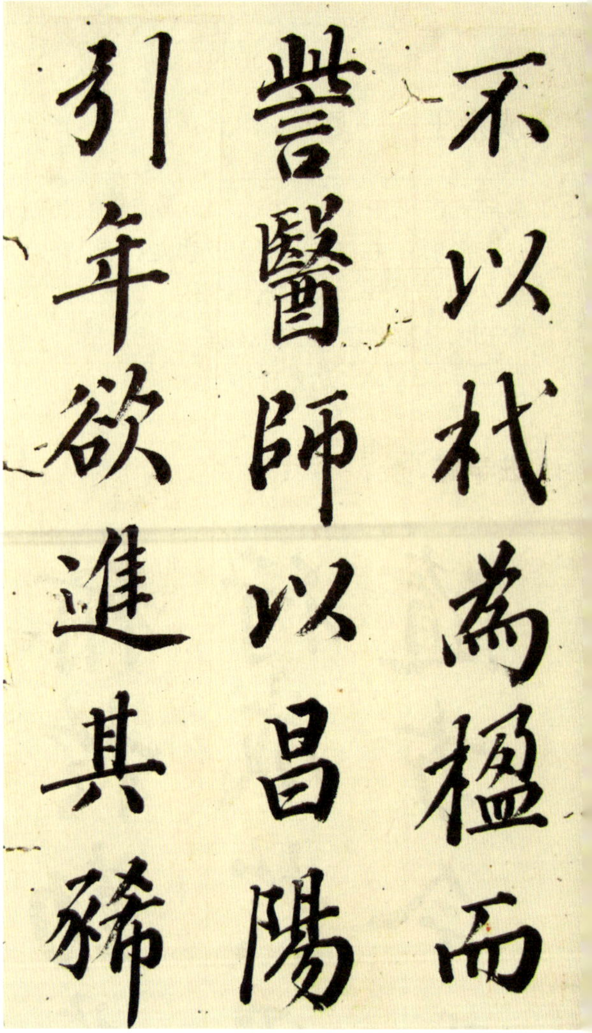


Q01（42-41） G15.7cm×27.4cm

〖录文〗

国子先生晨入太学，招诸生立馆下，诲之曰：“业精于勤，荒于嬉；行成于思，毁于随。方今圣贤相……三年博士，冗不见治。命与仇谋，取几败［败几］时！冬暖……”……不以杙为楹，而訾医师以昌阳引年，欲进其豨苓也。

成亲王书

（原帖颠倒，今仍之）

〔钤印：张鹏升、溟洲、方臞仙鉴藏〕

〔笺纸：宣纸〕

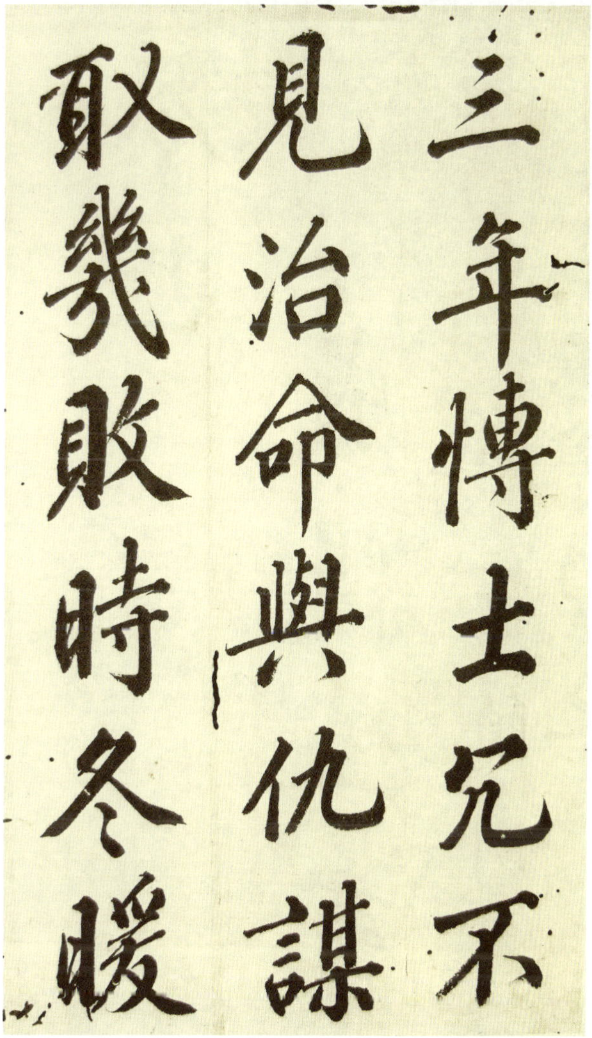

三年博士冗不
見治命與仇謀
取幾敗時冬暖

Q01（42-22） G15.7cm×27.4cm

〖解读〗

该帖全文书《进学解》，共九百余字。署“成亲王书”；钤“张鹏升”“溟洲”“方臞仙鉴藏”。张鹏升在朝廷为官，与成亲王时常得见，又均爱书法。此作得黄庭坚之雄健，参以赵孟頫之精华，有棉里裹铁之态。原应为整幅作品，被方树梅收藏后剪贴装裱为目前册页。“原帖颠倒，今仍之”，应为方树梅署，因二十二页“取几败时”与原著“取败几时”有异，造成“败”与“几”颠倒。另有数字亦与原著有出入。

成亲王《进学解》有拓本，原石曾被溥心畬购得。但从字形上看，另有原作，非出自方树梅藏本。

# 第三部分

# 【Z 册：其他 】

# 褚遂良　一通

褚遂良（五九六~六五九），字登善，封河南郡公，故又称褚河南。阳翟（今河南禹州）人。在唐朝任谏议大夫，中书令等职，六四九年与长孙无忌同受太宗遗诏辅政。褚遂良工书法，初学虞世南，后取法王羲之，与欧阳询、虞世南、薛稷并称“初唐四大家”。

## 《枯树赋》

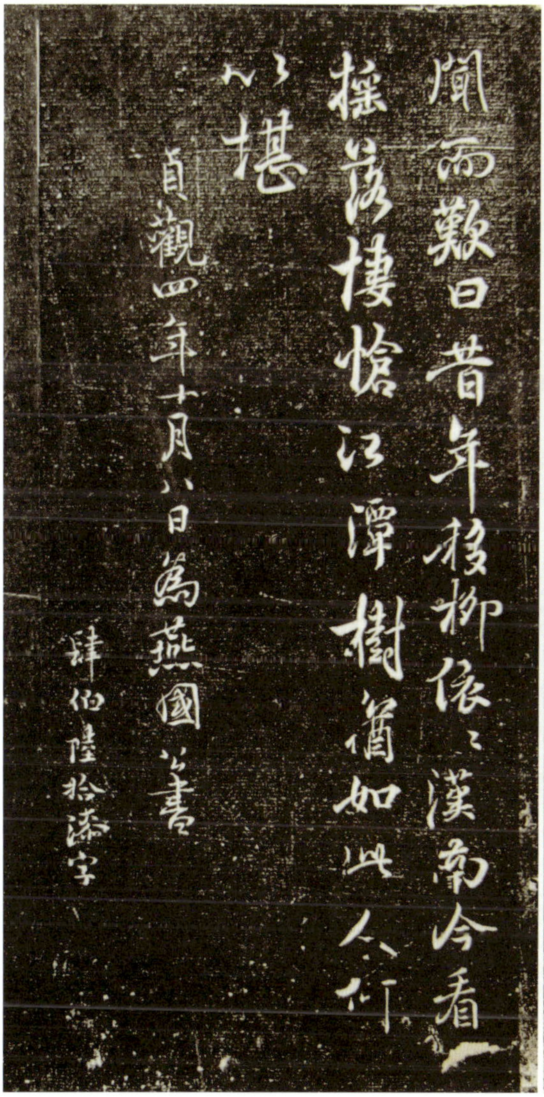
聞而歎曰昔年移柳依依漢南今看
搖落悽愴江潭樹猶如此人何
以堪
貞觀四年十月八日為燕國公書
肆伯陸拾添字

Z08（8-8） G14.5cm×29.5cm

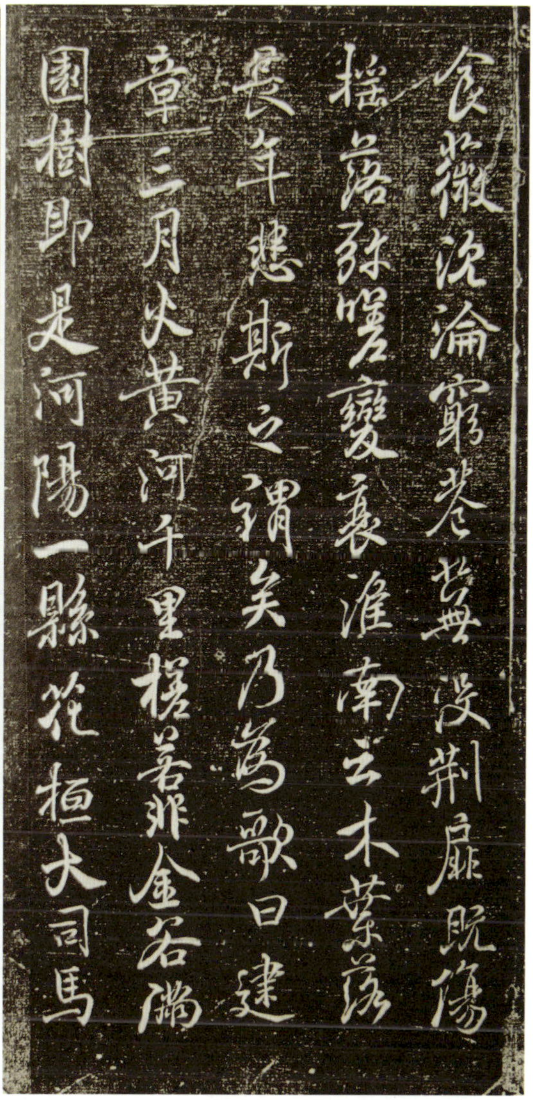
食薇沈淪窮巷蕪沒荊扉既傷
搖落彌嗟變衰淮南云木葉落
長年悲斯之謂矣乃為歌曰建
章三月火黃河千里槎若非金谷滿
園樹即是河陽一縣花桓大司馬

Z08（8-7） G14.5cm×29.5cm

〖录文〗

……食薇①。沉沦穷巷，芜没荆扉，既伤摇落，弥嗟变衰。《淮南》②云“木叶落，长年悲”③，斯之谓矣。乃为歌曰：建章④三月火⑤，黄河千里槎。若非金谷⑥满园树，即是河阳⑦一县花。桓大司马⑧闻而叹曰：“昔年移柳，依依⑨汉南⑩。今看摇落，凄怆江潭⑪。树犹如此，人何以堪！”

贞观四年十月八日　为燕国公书

（肆佰陆拾柒字）

〔笺纸：宣纸〕

〖解读〗

此帖为方树梅藏《褚河南、颜鲁公、米南宫三家合册》原拓之一。

《枯树赋》仅有刻本传世。款题贞观四年书。共三十九行，计四百六十七字。字为行书，书法遒劲，顾盼多姿，有兰亭笔意，倚正纵横，错综变化，为历来书家所推崇。明王世贞评称：“掩映斐叠，极有好致，……有美女婵娟，不胜罗绮之态。”明周天球称“整密秀润”。《听雨楼帖》《玉烟堂帖》《戏鸿堂帖》《邻苏园帖》等均收入，而以《听雨楼帖》所刻为精。《听雨楼帖》是清嘉庆年间云南嶍峨收藏家周于礼撰集所藏唐、宋、元各代书法家褚遂良、颜真卿、蔡襄、苏轼、苏辙、黄庭坚、米芾、赵孟頫等人的真迹钩刻入石，镌刻者为当时的刻石高手穆文、刘宏智。所刻原石早佚。刻本诚实稀少，非常珍贵。《听雨楼帖》中最有代表性的就是《枯树赋》，该《枯树赋》还附有晁补之、刘辰翁跋。

方树梅此《枯树赋》原拓藏本即是《听雨楼帖》，该版本的特点是第四行末尾“意尽”二字明显靠左，偏

①食薇：薇是野豌豆。相传商臣伯夷、叔齐在武王伐纣灭商后，隐居首阳山，耻食周粟，采薇而食。后知薇亦周之草木，不再采食，饿死山中。

②《淮南》：西汉淮南王刘安及其门客所撰。

③“木叶落，长年悲”：引自《淮南子·说山训》，原文为“桑叶落而长年悲也”。

④建章：西汉宫殿名，汉武帝时修建。

⑤三月火：指东汉建武二年时被焚。语用《史记·项羽本纪》中项羽引兵“烧秦宫室，火三月不灭”。

⑥金谷：金谷园。在今河南洛阳市东北。晋石崇所筑。园中有清泉，遍植竹柏，树木十分繁茂。

⑦河阳：在今河南孟县西。晋潘岳任河阳令时，全县到处都种桃树。这二句是说，黄河里漂流的灰烬，都是昔日的绿树红花。

⑧桓大司马：指东晋桓温，简文帝时任大司马。

⑨依依：繁盛貌，又指杨柳随风飘扬，似有眷恋之意。

⑩汉南：汉水之南。

⑪江潭：江水深处。此指江汉一带。

移该行中轴线，原因可能是为了避开石头上的瑕疵。方树梅藏本亦附有晁补之、刘辰翁的跋。

在某旧书网曾见一珂罗版《枯树赋》，该《枯树赋》及所附晁补之、刘辰翁跋，经查对均与方树梅藏本出自同一原石。木壳夹板装，无印刷厂商，此大致是清末民初时收藏家为馈赠亲友所印。另，坊间见有晁补之《枯树赋跋》者，字形损折颇多，多是以珂罗版或其他印刷品通过电脑处理翻版而成。

## 晁补之　一通

晁补之（一〇五三~一一一〇），字无咎，号归来子。济州巨野（今山东巨野）人。工书画，能诗词，善属文。与张耒、黄庭坚、秦观并称苏门四学士，与张耒并称"晁张"北宋时期著名文学家。晁补之通判扬州时，适逢苏轼知扬州，两人有不少唱和之作，博于诗词书画。著有《七述》《鸡肋集》《晁氏琴趣外篇》等。

### 跋《枯树赋》

〖录文〗

……遒劲，甚得逸少［王羲之］体质。此本皆兰亭笔法，识者寡云。开封丁禹锡、毗陵胡承之以勒石。

大野晁无咎记　己丑中冬丙午　松菊堂

〔笺纸：宣纸〕

〖解读〗

此晁补之《枯树赋跋》，见录于明汪珂玉《珊瑚网》卷一《褚河南书枯树赋真迹》。

此文于明祝允明《怀星堂集》卷二五《跋褚摹右军枯树赋》中亦有记载："后有晁补之跋，却是真手笔，辞气笔势皆极超拔，矫然游龙。金陵人家蓄之，请予鉴玩，因书云尔。予见晁书，前此止一小犊，不知其精绝如此也。"此外，这篇跋文在清卞永誉《式古堂书画备

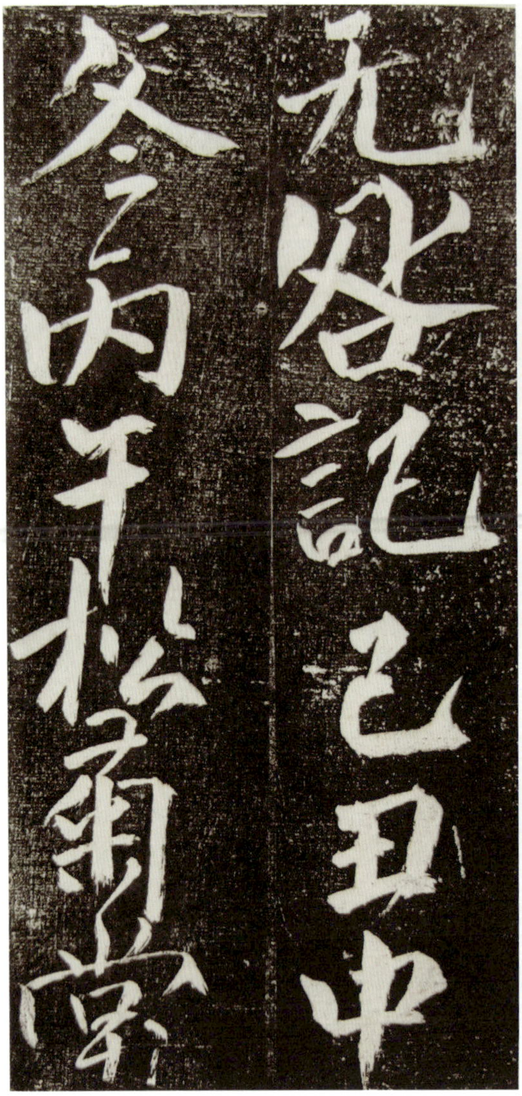
Z09（12-12）G14.5cm×29.5cm

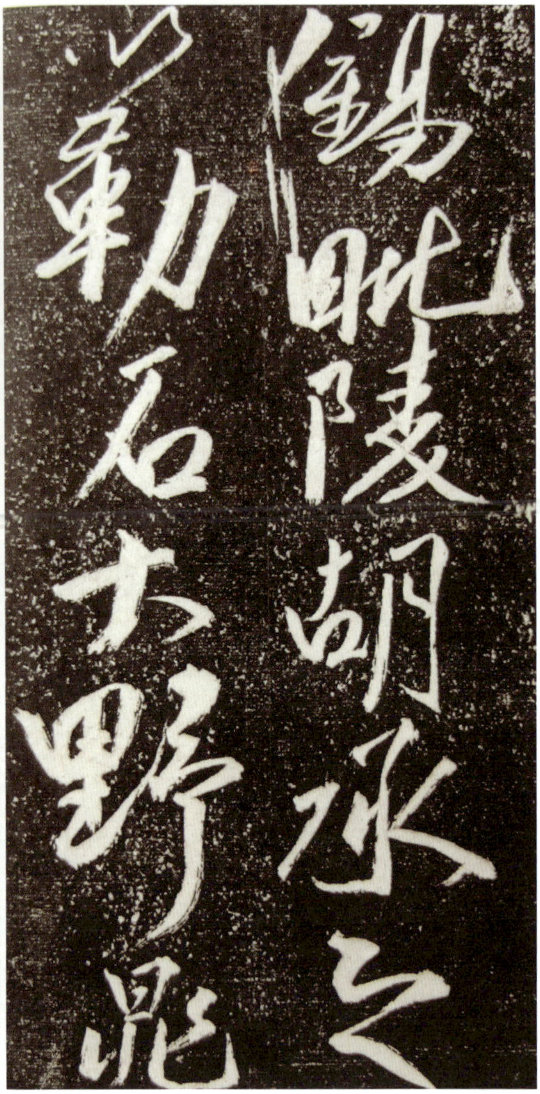
Z09（12-11）G14.5cm×29.5cm

考》卷七、倪涛《六艺之一录》卷八七、李光暎《金石文考略》卷八及孙岳颁《御定佩文斋书画谱》卷七二中亦均有辑录。

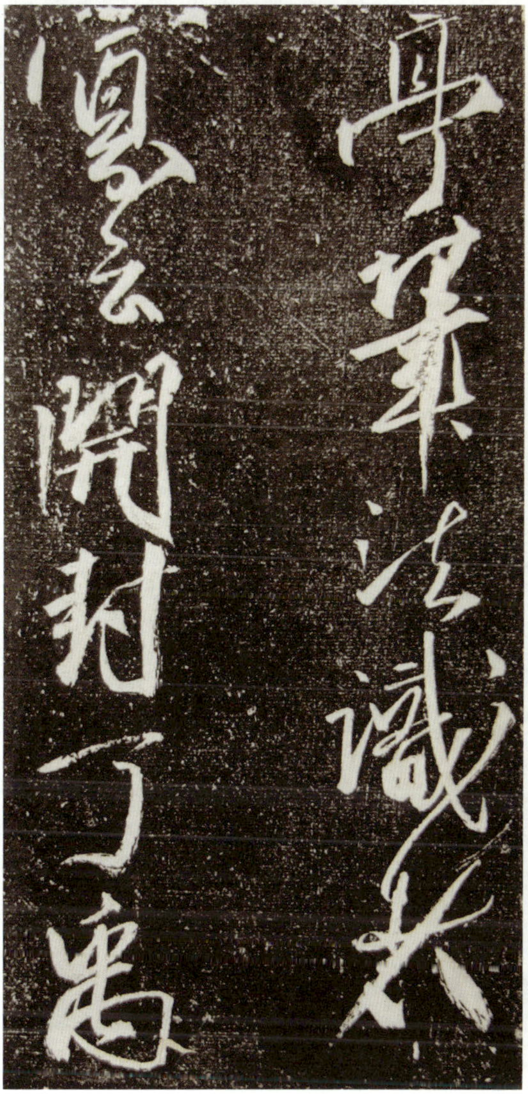

Z09（12-10） G14.5cm×29.5cm

Z09（12-9） G14.5cm×29.5cm

## 刘辰翁 一通

刘辰翁（一二三三～一二九七），字会孟，别号须溪。庐陵灌溪（今江西吉安）人。南宋末年著名的爱国诗人。刘为官时间短，政治抱负难以实现，正气在身，是他创作爱国主义诗篇的坚实基础。一生写了大量的诗文。遗著由子刘将孙编为《须溪先生全集》，《宋史·艺文志》著录为一百卷，已佚。

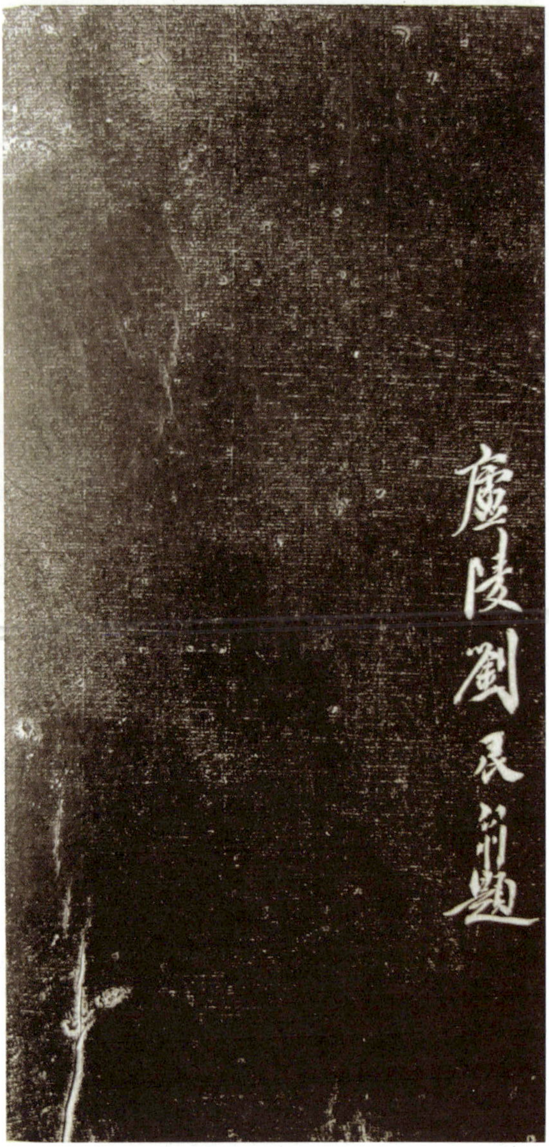


Z10（3-3） G14.5cm×29.5cm

## 跋《枯树赋》

〖录文〗

旧见陈了翁笔法清劲，尝疑其创自为家，今乃知仿佛出《枯树赋》耳。豫章、金陵所刻何曾有毫发似哉。晁补之字仅见此，跌宕亦自有意。既经前辈鉴定，重以省印，郡记累累，无不可考。胡氏世家在东南为盛，世将摹刻又不一，所此真迹尤其所宝，故所在用意识之。历官大略备焉。

庐陵　刘辰翁题

〔笺纸：宣纸〕

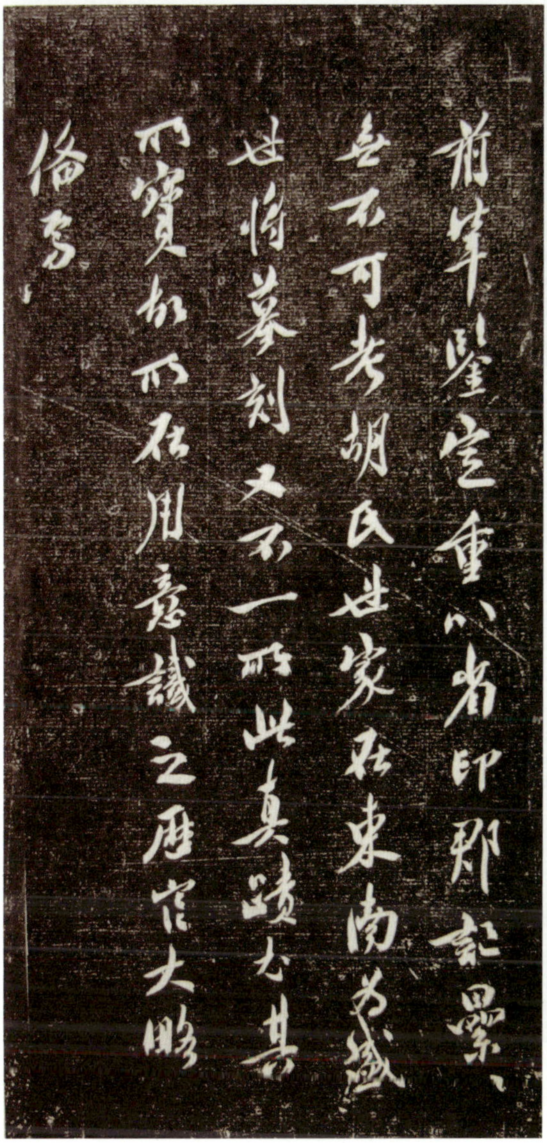

Z10（3-2） G14.5cm×29.5cm

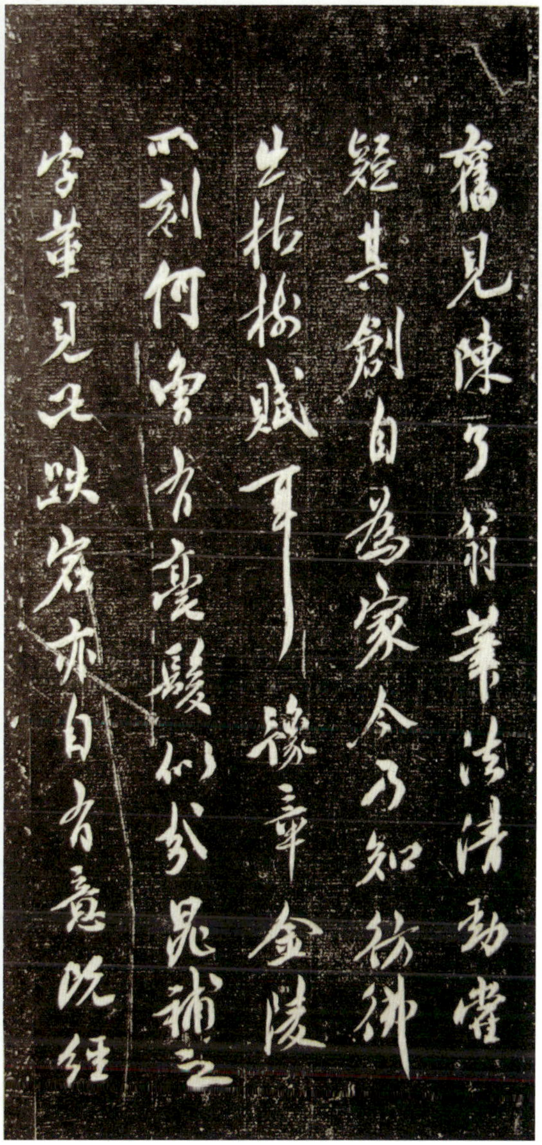

Z10（3-1） G14.5cm×29.5cm

〖解读〗

此札是刘辰翁所作的《枯树赋》跋。虽有文献记载刘辰翁曾跋《枯树赋》，但其内容及墨迹未见著录。

## 颜真卿 一通

颜真卿（七〇九～七八四），字清臣，封鲁郡公，世称颜鲁公。唐京兆万年（今陕西西安）人，祖籍唐琅琊临沂（今山东临沂）。唐代中期杰出书法家。他创立的“颜体”楷书与赵孟頫、柳公权、欧阳询并称“楷书四大家”。

### 《述张长史笔法十二意》

〖录文〗

“……尝欲使其透过纸背。真草字用笔，悉如画沙、印泥则其道至矣。是乃其迹久之，自然齐古人矣。但思此理，务以专精工用，凡其点画不得妄动，子其书绅。”予遂铭谢，再拜逡巡而退。自此得工墨之术。于兹七载，真草自知可成矣。

平直均密，锋力转决，补损巧称为十二意。

天宝五年丙戌九月　颜真卿述

〔笺纸：宣纸〕

〖解读〗

此帖为方树梅藏《褚河南、颜鲁公、米南宫三家合册》原拓之一。

方树梅人称“方古董”（翻古董），年轻时即开始搜购古董、字画、古籍，遍迹于昆明书肆斋堂，后历大半年北游访书，常与各路收藏名家交流，又得益于李广平、赵藩等鉴赏家的把关，眼界当不低。这批手札、拓片旧藏是方树梅不舍得捐出的心爱之物，而其中方树梅标明“极精”的只有该册拓本。即《褚河南、颜鲁公、米南宫三家合册》，亲笔题签“皆极精，不易得。学山楼珍奔。臞仙识，时癸卯［一九六三］立秋日［八月八日］，八十有三书”。三家合册共六十页，内容具体为：褚遂良《枯树赋》（Z08），附晁补之跋（Z09）、刘辰翁跋（Z10）；颜真卿《述张长史笔法十二意》；米芾《蜀素帖》（缺尾部）。

该三家合册的共同特点是拓面上均无拓片收藏者色印。其中《枯树赋》（附晁补之、刘辰翁跋）和《述张长史笔法十二意》保存品相较好。

该方树梅藏《述张长史笔法十二意》拓本十分罕见。

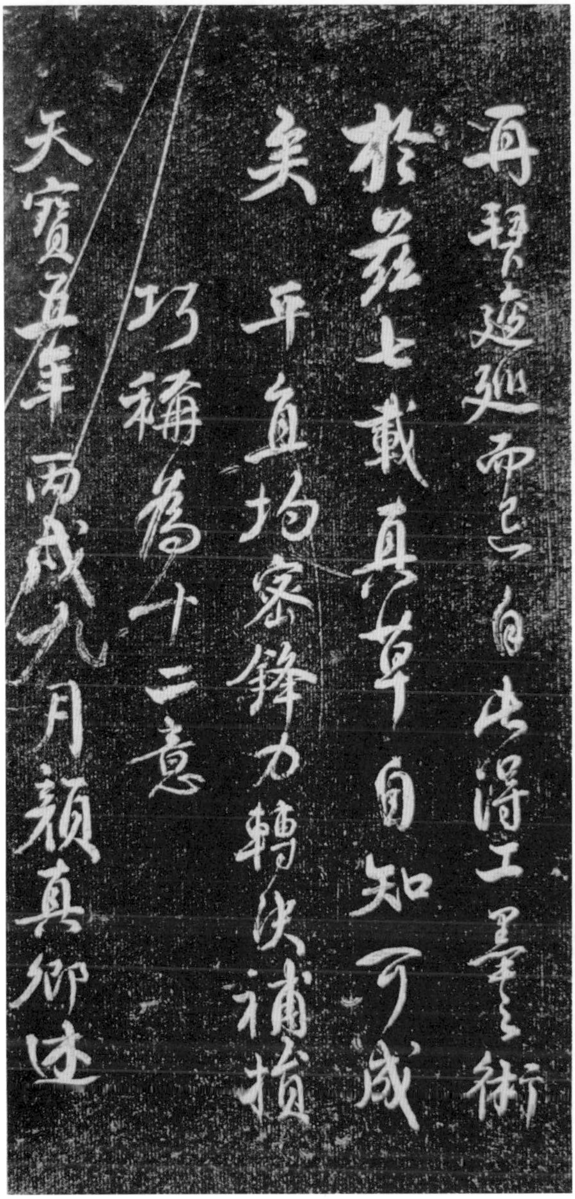

Z11（19-19） G14.5cm×29.5cm

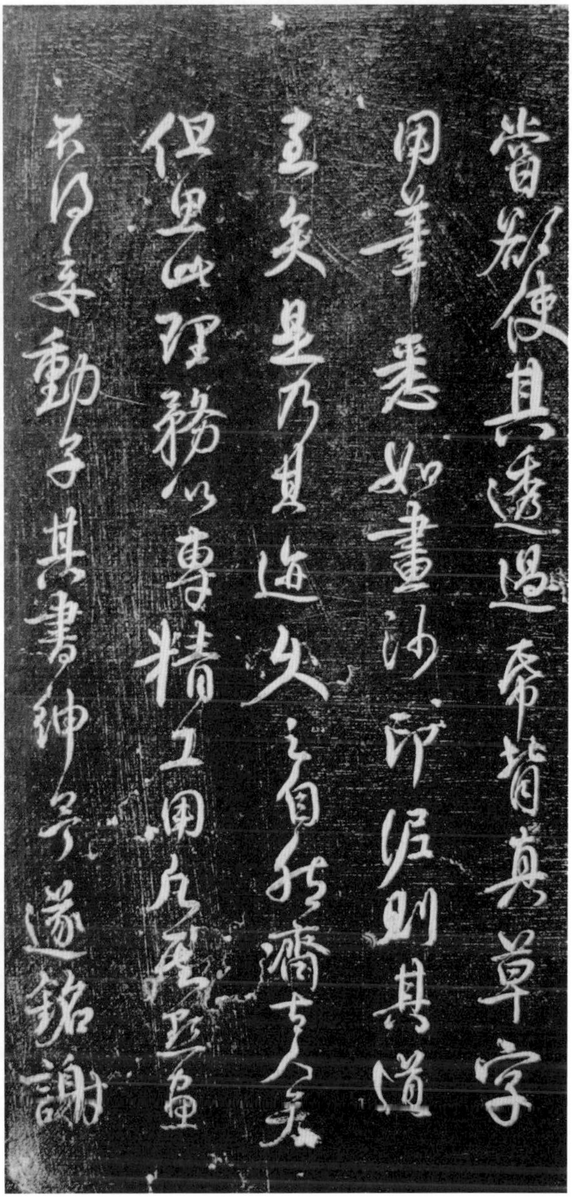

Z11（19-18） G14.5cm×29.5cm

《述张长史笔法十二意》原见文献有上海朵云轩藏明拓本。王壮弘《颜书〈述长史笔法十二意〉明拓本》（见《书法文库名家讲堂》第二五九页）中说："一九六五年秋，见一古拓，精旧佳好，运笔如龙腾蛇行，与《争坐帖》极为相似。察之，乃鲁公《述长史笔法十二意》也。验诸纸墨，当是四百年前物。欣喜不可名状。即与传世之文相校，互有得失。遂视为珍异，藏之朵云轩库中。"

方树梅藏本与朵云轩藏明拓本相校，文字内容完全相同，但并非出自同一拓石。方树梅藏本字势更为灵动，笔画更为准确，牵丝更为完整。再是，按方树梅一九六三年八月八日题签《述张长史笔法十二意》，方树梅发现此本比朵云轩藏明拓本早两年以上。

## 米芾　一通

米芾（一〇五一～一一〇七），初名黻，后改芾，字元章，自署姓名米或为芊，时人号海岳外史，又号鬻熊后人、火正后人。祖籍山西，迁居湖北襄阳，后曾定居润州（今江苏镇江）。北宋书法家、画家、书画理论家，与蔡襄、苏轼、黄庭坚合称“宋四家”。曾任校书郎、书画博士、礼部员外郎。能诗文，擅书画，精鉴别，书画自成一家，创立了“米点山水”。其个性怪异，举止癫狂，遇石称“兄”，膜拜不已，因而人称“米颠”。宋徽宗诏为书画学博士，又称“米襄阳”“米南宫”。

### 《蜀素帖》

#### 〖录文〗

**拟古**

青松劲挺姿，凌霄耻屈盘。种种出枝叶，牵连上松端。秋花起绛烟……列仙长。学与千年对。幽操久独处。迢迢愿招类。金飔带秋威。欻逐云樯至。朝济舆驭飙。

〔笺纸：宣纸〕

#### 〖解读〗

此帖为方树梅藏《褚河南、颜鲁公、米南宫三家合册》原拓之一。唯该《蜀素帖》拓工最佳，黝黑发亮，这是因为使用了松烟桐油合香料制成的墨。墨层堆积明显，局部出现跳壳现象。经与台北故宫《蜀素帖》墨本比对，摹刻极为精良，颇见神采。至少与《渤海藏真帖》收录者也不是一个版本。惜缺尾部（即倒数第二首诗的“暮返光浮袂”之后部分）。册页装裱前，拓片已有局部蛀孔存在。

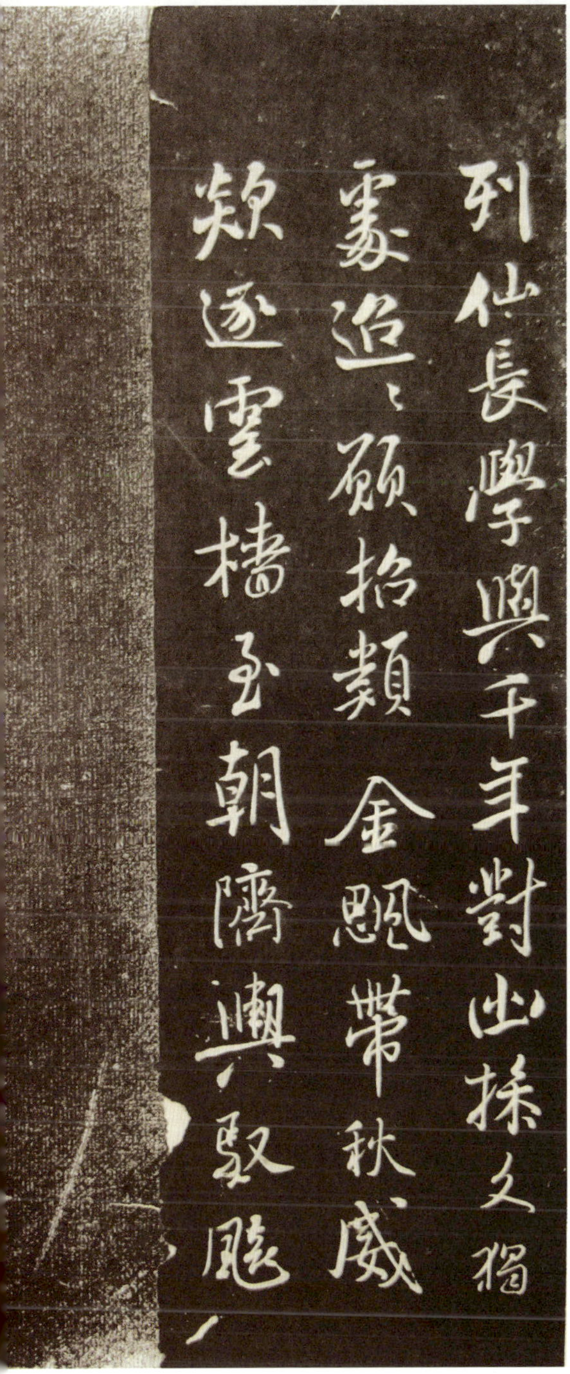

Z33（10-10）G14.5cm×29.5cm

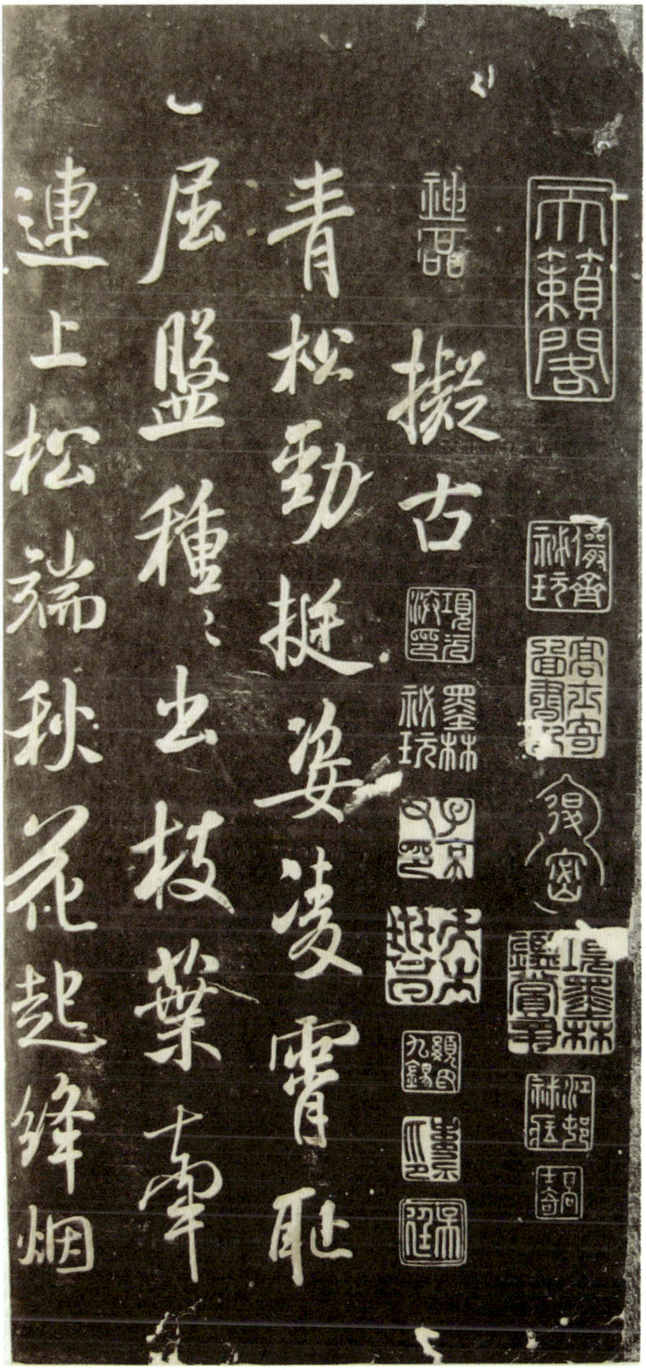


Z33（10-1）G14.5cm×29.5cm

## 杨一清　一通

杨一清（一四五四～一五三〇），字应宁，号邃庵、石淙。祖籍云南安宁，生于安宁，长于湖南巴陵，老于江苏镇江。明代重臣。幼聪颖，七岁能文，以奇童蜚声四乡。成化进士。杨一清历侍成化、弘治、正德、嘉靖四朝，官至兵部、户部、吏部尚书，武英殿、谨身殿、华盖殿大学士，左柱国，太子太傅，太子太师，两次入阁预机务，后为首辅，官居一品，位极人臣。一生历官五十余年，当时就有人称其为"四朝元老，三边总戎，出将入相，文德武功"。他熟知边务，用兵如神，算无遗策，灵机应变，动合时宜，学识博雅，名扬天下。著有《关中奏议》《石淙诗钞》。

### 误蒙敕使存问志感

〖录文〗

老朽误蒙勅使存问，有念旧尊贤之谕。志感一首。

老归林下已华颠，又见新皇御极年①。特勅远颁劳问旧，误恩非分愧尊贤。心如野藿②忠犹在，身是疲驽③力不前。浅薄未能歌帝德，衹④随击壤庆尧天。

一清录

〔钤印：应宁、三南居士〕

〔笺纸：宣纸〕

〖解读〗

此札原拓被方树梅收入册页《南荔草堂石刻》（三卷本）卷一，一至七页。

杨一清历侍四朝，成化（英宗在位二十三年），元年为一四六五年；弘治（孝宗在位十八年），元年为一四八八年；正德（宪宗在位十六年），元年为一五〇六年；嘉靖（世宗在位四十五年），元年为一五二二年。此次新皇帝登基派敕使存问杨一清，应发生在明世宗朱厚熜的一五二二年。当时杨一清赋闲归

①新皇御极年：即新皇帝登极、即位之年。

②野藿：代指野草。藿：藿香的简称。

③疲驽：衰老的劣等马。常用以自谦，言愚钝无能。

④衹［zhī］：敬，恭敬。

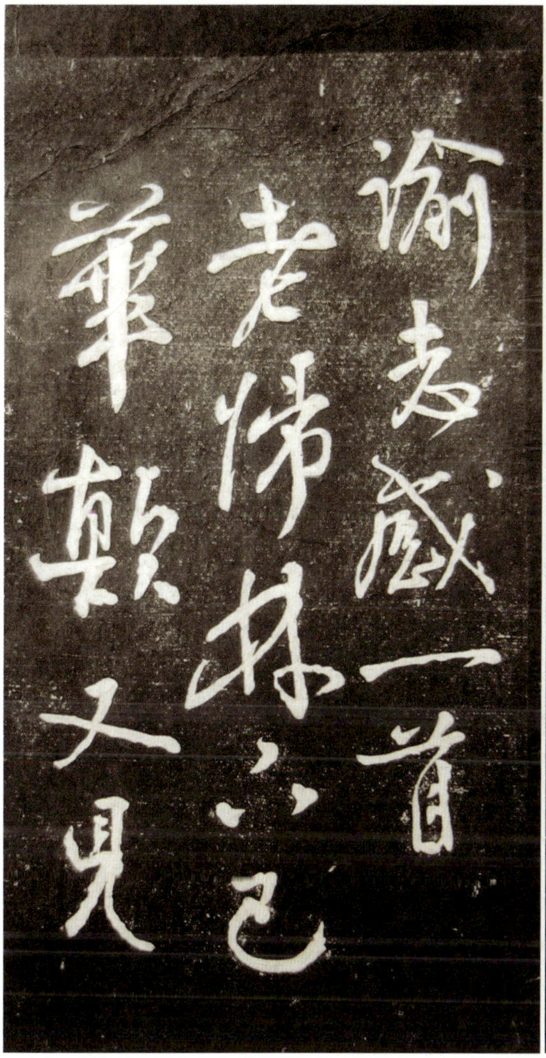

Z01（7-2） G15cm×29cm

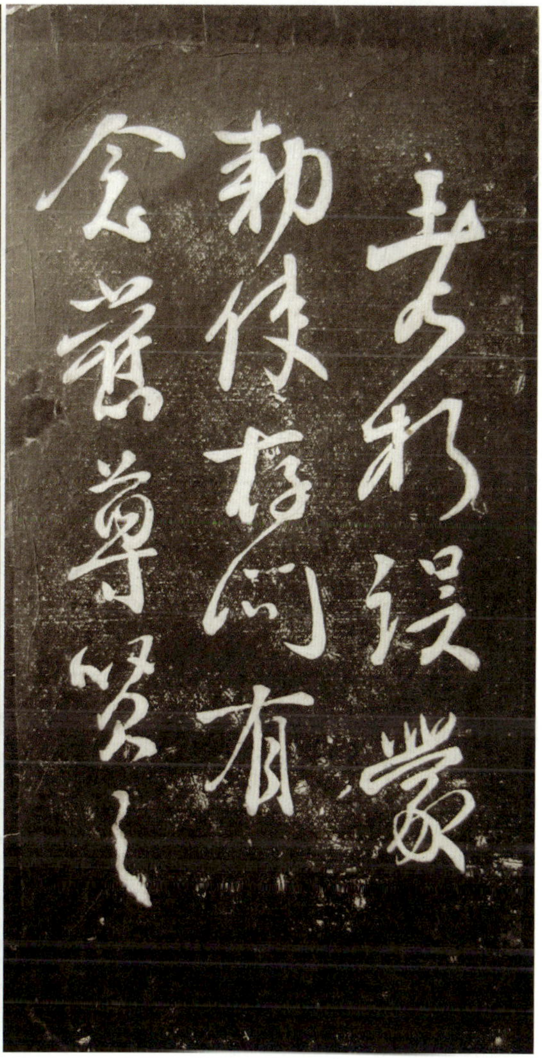

Z01（7-1） G15cm×29cm

林，敕使送上礼物和慰问信。此札的内容就是杨一清请敕使带回去的表态信。

杨一清此札的主旋律，一是感谢；二是示弱；三是敬仰加祝贺。

杨一清的宦海生涯也有起落，对于官场的种种险恶，自是了然于胸。正德年间，因未巴结专权的大太监刘瑾，被诬陷以至称病辞职。但刘瑾仍不罢休，以“靡费库银”修边防为名，将杨一清抓入锦衣卫狱中。幸得大学士李东阳等援救，以“罚米六百石”的代价，去官出狱。

其实，明世宗朱厚熜还是世子的时候，就知道楚地有三杰，分别是刘大夏、李东阳和杨

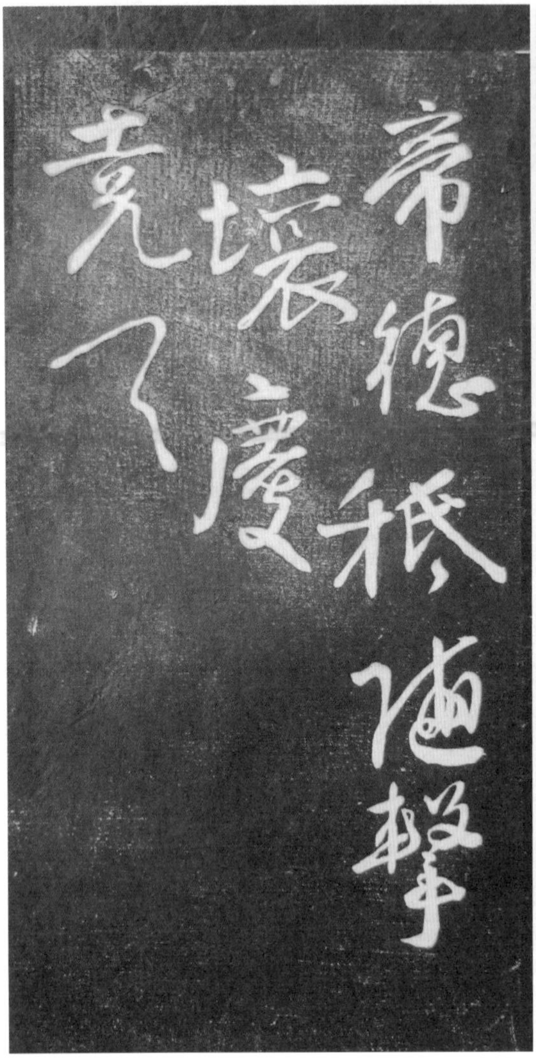

Z01（7-6） G15cm×29cm

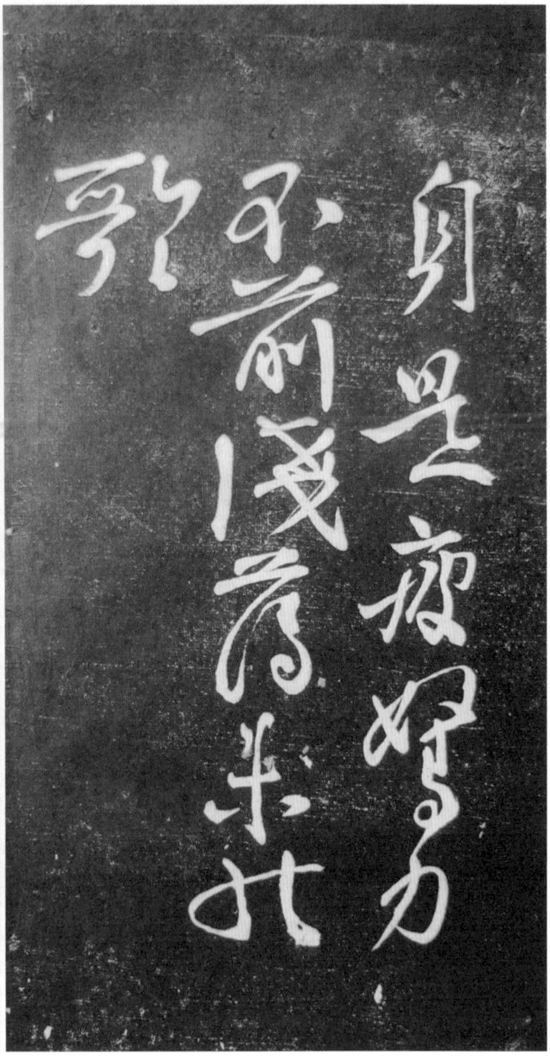

Z01（7-5） G15cm×29cm

一清，明世宗记住了他们。他即位后，廷臣纷纷交相举荐杨一清，于是明世宗派遣官员赐金币存问，杨一清婉言谢绝，明世宗特予杨一清一子官至中书舍人。嘉靖三年，明世宗诏杨一清以少傅、太子太傅，改任兵部尚书、左都御史，总制陕西三边军务。

嘉靖八年（一五二七），时任首辅的杨一清又因内阁同僚张璁、桂萼等人的攻讦被迫辞职。次年，七十七岁的杨一清满怀愤懑，患痈疽逝世。四年以后，朝廷恢复杨一清的官衔；十五年后，朝廷追赠太保荣衔，并赐谥文襄。

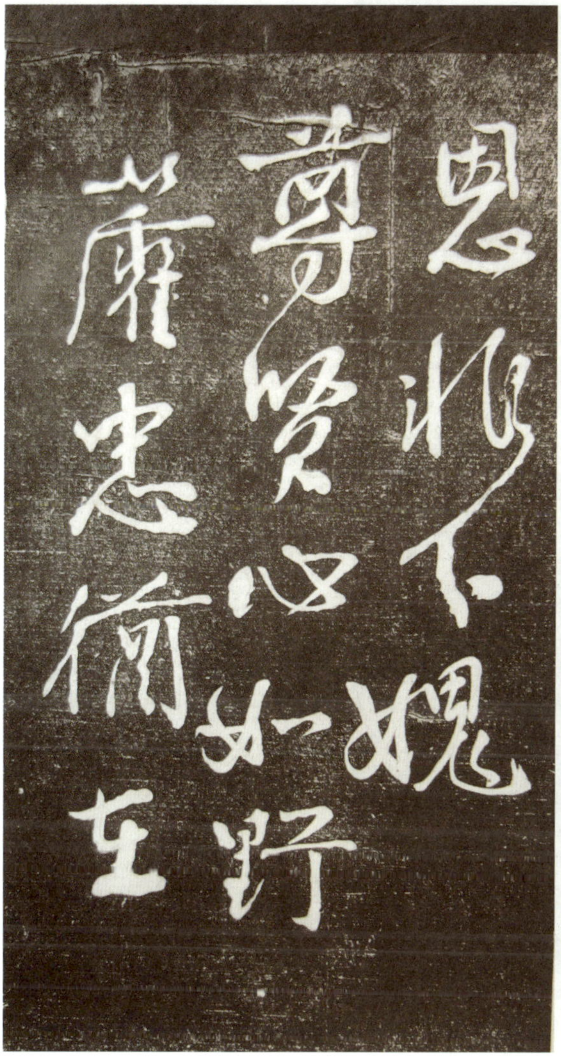

Z01（7-4） G15cm×29cm

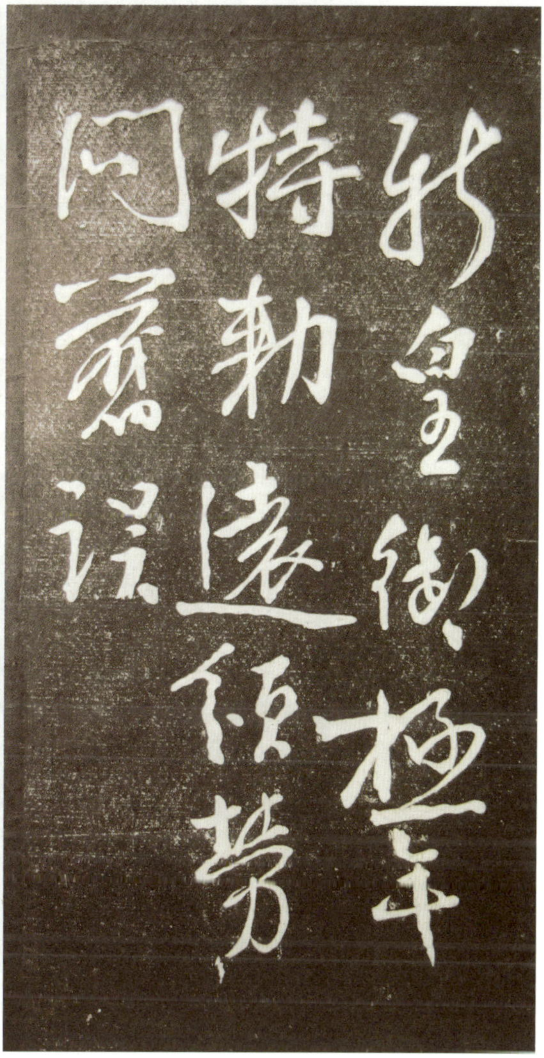

Z01（7-3） G15cm×29cm

Z01（7-7） G15cm×29cm

## 担当　二通

担当（一五九三～一六七三），俗姓唐，名泰，字大来。法名普荷，晚年又名通荷，号担当，意为能荷佛家之担。其先祖原籍浙江淳安，明初从戎来滇，世居晋宁。出世弘法，住鸡足山石钟寺。曾学诗书画于董其昌、陈眉公、李本宁诸大家门下，有诗、书、画“三绝”之誉。著有诗集《翛园集》《橛庵草》《罔措斋联语》《杂偈》《拈花颂》等。

## 一、诗二首

〖录文〗

避影①年深已绝尘，一亭小结在湖滨。《太玄》②有稿终存笥③，尚白④休传问字人。

怀友。

担当

世尘虽脱尽，去路更茫然。欲访仙人迹，云生海外天。

担当

〔笺纸：宣纸〕

〖解读〗

此札原拓被方树梅收入册页《南荔草堂石刻》（三卷本）卷一，十二页。

此两首诗均收入在《担当诗文全集》中，前一首在三二三页；后一首在二四五页。但此墨迹未见《担当书画全集》收录。

①避影：避开身影。《庄子·天道》："士成绮雁行避影，履行遂进，而问修身若何？"曹础基注："避影，像要避开自己的影子一样侧着身体。"

②《太玄》：又称《太玄经》《扬子太玄经》或《玄经》，是西汉学者扬雄的一部著作，用来阐述他的哲学体系和宇宙论。"四库全书"中为避康熙皇帝的名讳，改称其为《太元经》。

③笥［sì］：盛书的方形竹器。

④尚白：是指对白色的推崇的习俗。主要见于中国古代的北方的各个少数民族里面。也有古时以白色动物纷纷出现为不祥之征兆，称为"白祥"。

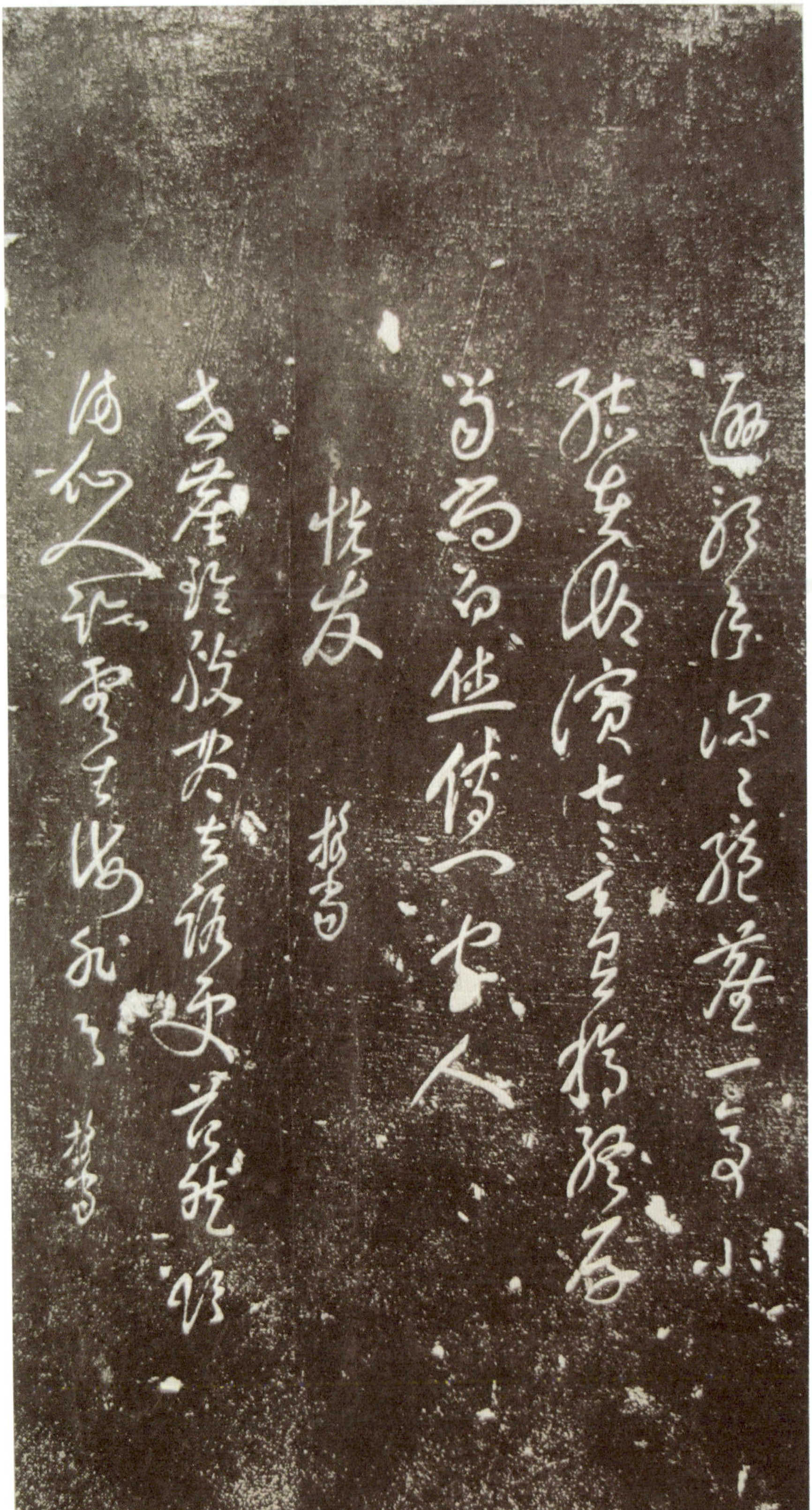

Z02 G16cm×30.5cm

## 二、高士书来

〖录文〗

高士书来。

〔笺纸：宣纸〕

〖解读〗

此原拓被方树梅收入册页《南荔草堂石刻》（三卷本）卷一，十至十一页。

此拓无担当落款，观之为担当手笔，且《南荔草堂石刻汇抄》中注明作书者为担当。但此墨迹未见《担当书画全集》收录。

Z24（2-2） G14.5cm×29.5cm

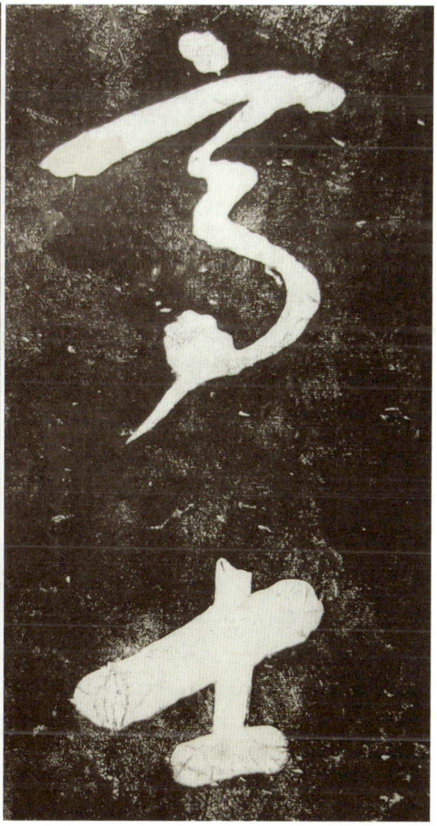

Z24（2-1） G14.5cm×29.5cm

## 李治民　一通

李治民，字维时，号稜翁。云南晋宁人。一七一三年举人，雍正年间出宰广东博罗、清远二县。工书，行、草最妙。治民文有逸气，尤得力于蒙庄。诗古朴，存稿极多。著《稜翁诗钞》等。

### 观三拓跋

〖录文〗

详观三拓烂，拓得字不全，且笔意散缓，恐非大令[①]真迹。董文敏［董其昌］所跋一拓，体态丰腴而少神骨，疑亦松雪辈所临摹耳。独谢司业[②]刻本形势结构儁逸[③]清健，虽非祖本，尚可想见执笔人风韵。故并存之，知书者当自辨矣。

李治民跋

稜翁［李治民］先生书翰流传剧少，余得其旧弆[④]玉版[⑤]三拓本一册，末有此跋，因钩抚上石以永其传跋云。谢司业，昆明人，名履忠，康熙癸未词林。此亦滇中掌故也。

树梅识

〖解读〗

此札原拓被方树梅收入册页《南荔草堂石刻》（三卷本）卷一，二十一至二十三页。

①大令：即王献之（三四四～三八六），字子敬，小名官奴。祖籍山东临沂，生于会稽山阴，书圣王羲之第七子。东晋书法家、诗人，晋简文帝司马昱之婿。官至中书令，为与族弟王珉区分，人称“大令”，与其父王羲之并称为“二王”。

②谢司业：即谢履忠，字昆皋，一字一俟。云南昆明人。云南解元，康熙癸未（一六六三）进士，历官翰林院检讨、左春坊左谕德。同弟履厚皆以文学名。墓在昆明城东云山村后。著有《碧梧堂藏稿》等。

③儁逸：卓异，不同凡俗。“儁”古同“俊”。

④弆［jǔ］：收藏；保藏。

⑤玉版：指制作精良或珍贵的印版。亦泛指珍贵的典籍。

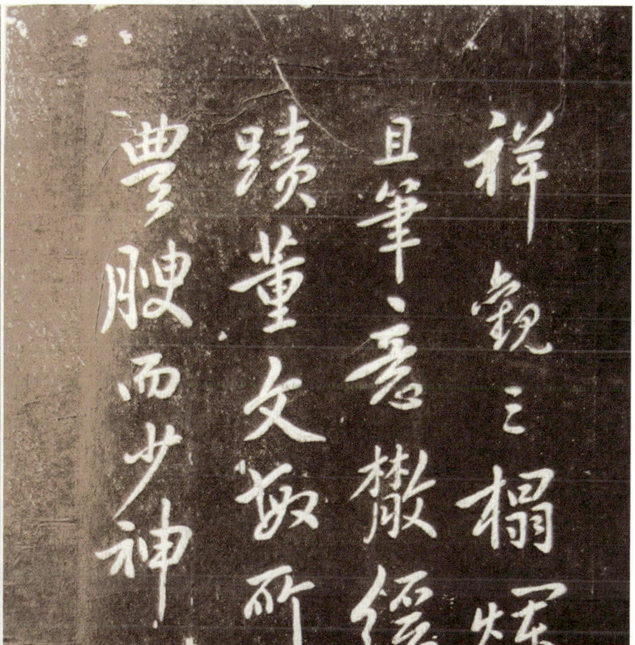
祥觀之搨煤搨得字不全
且筆意撇緩恐犯大令真
蹟董文敏所跋一搨[illegible][illegible]
豐腴而少神骨疑爲松雪

Z23（3-1） G14.5cm×29.5cm

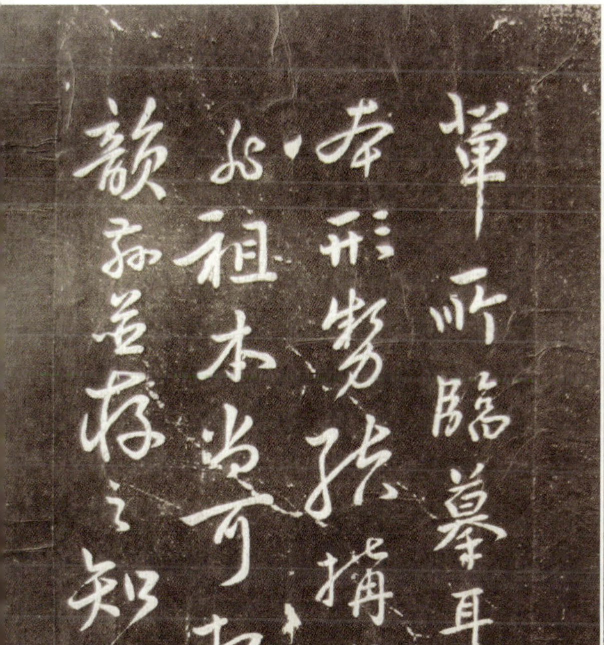
筆所臨摹耳獨謝司業刻
本形勢張橫僞逸清建[illegible]
於祖本尚可想見執筆人風
韻殊爲存之知書者當自辨

Z23（3-2） G14.5cm×29.5cm

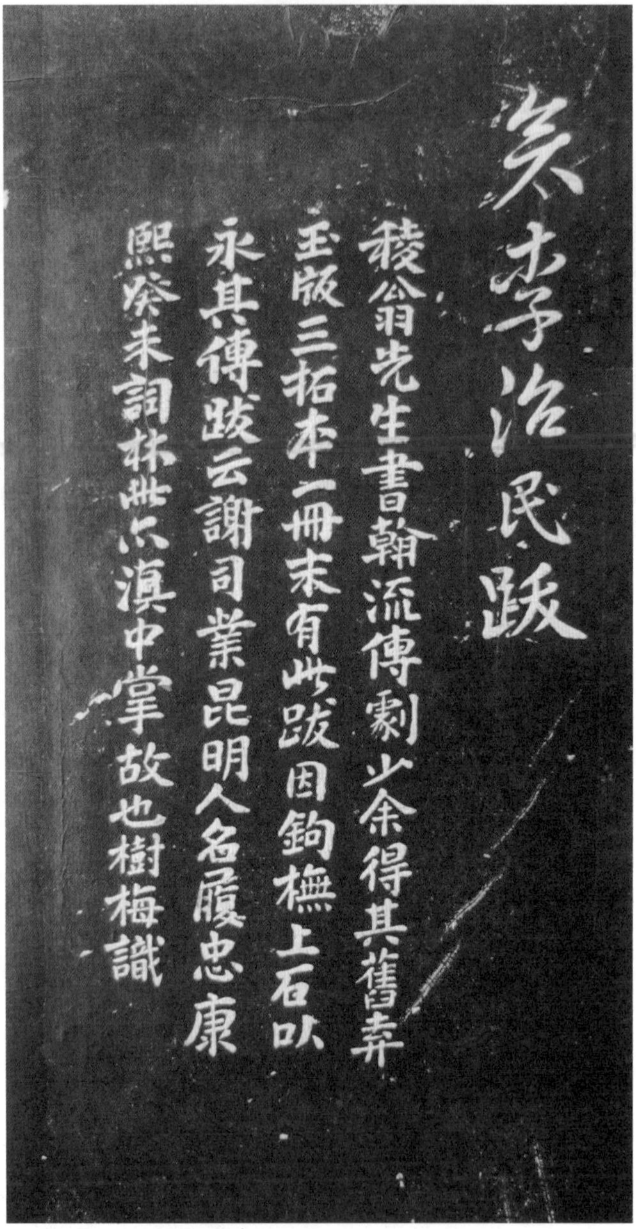


Z23（3-4） G14.5cm×29.5cm

# 张鹏升　一通

张鹏升（一七六一～一八一九），字培南，号溟洲。云南晋宁人。乾隆乙卯（一七九五）进士，官刑部郎中，熟练刑名，充律例馆纂修，沂州知府。调济南，建济南书院。多善政，寻挂吏议，谪戍吉林，山东省士民赴京代请赎罪，格于例不准。丁母艰，上命免缴赎锾，回籍守制。服阕，大学士董诰奏请留刑部。师范卒于四川望江任所，榇不能归，鹏升归其榇于凤仪老家。鹏升能文工诗，擅书能画。著有《山东吟草》等。

## 读书为官联

〖录文〗

读书志在圣贤，为官心存君国。

张鹏升

〔笺纸：宣纸〕

〖解读〗

此原拓被方树梅收入册页《南荔草堂石刻》（三卷本）卷一，六十二至六十三页。

“读书志在圣贤，为官心存君国”，出自《朱子治家格言》中的“读书志在圣贤，非徒科第；为官心存君国，岂计身家？”《朱子治家格言》又称《治家格言》《朱子家训》，为清代学者朱用纯[1]著。

①朱用纯（一六二七～一六九八）：字致一，号柏庐。明末清初江苏昆山县人。著名理学家、教育家。

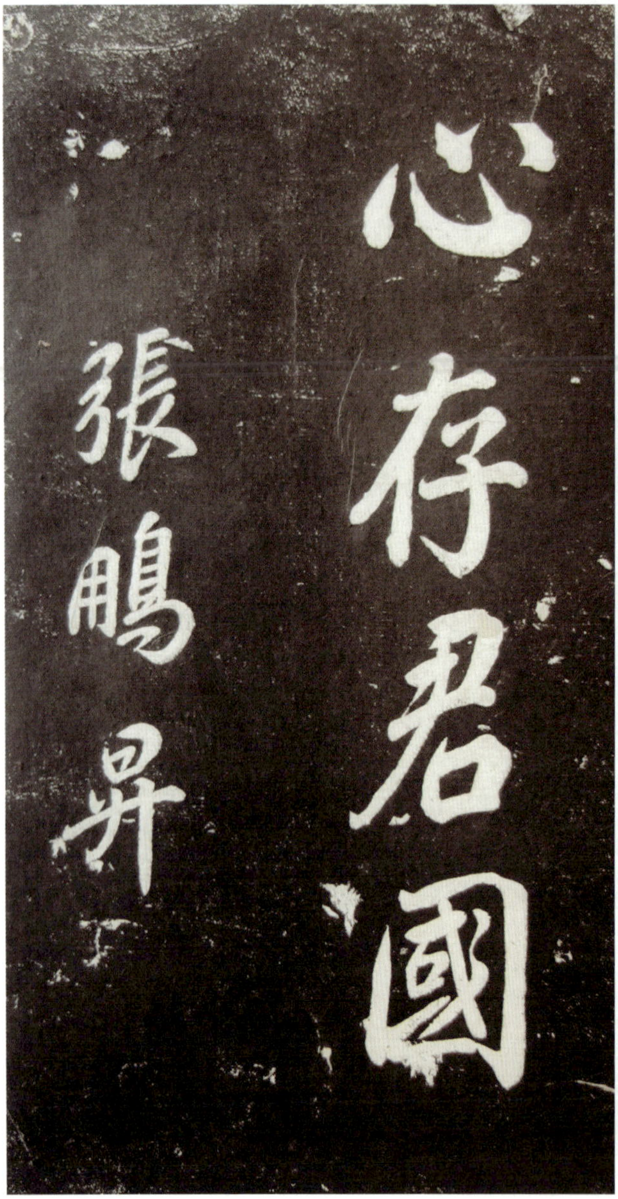

Z03（2-2） G15cm×29cm

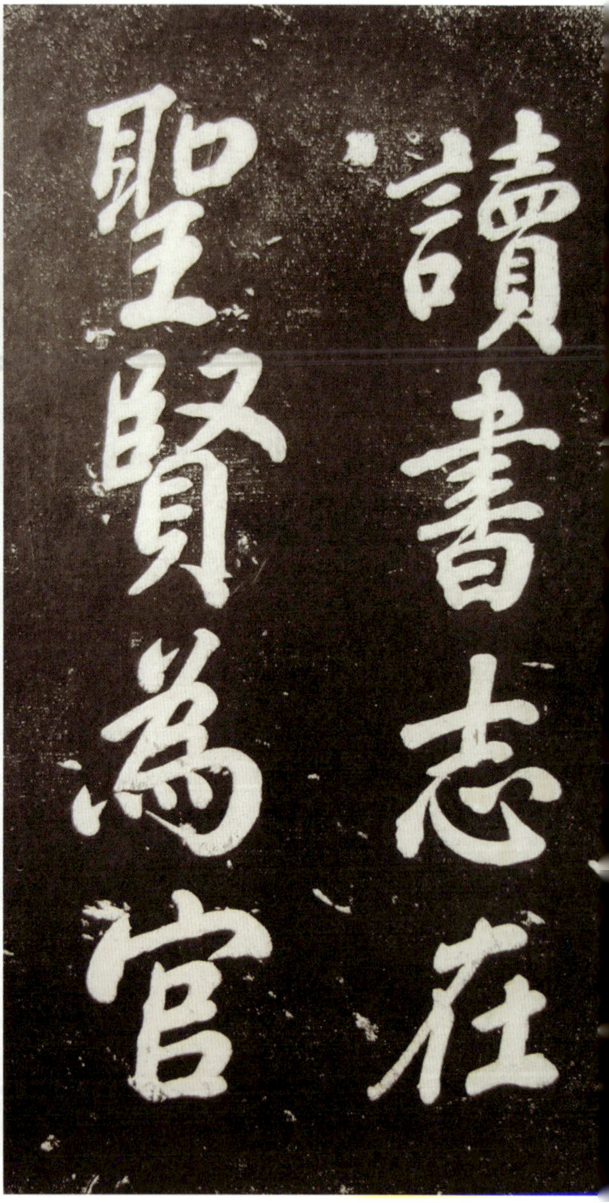

Z03（2-1） G15cm×29cm

## 王树相　一通

王树相（一八四九～一九三六），字晋卿，号陶庐老人。河北新城人。近代学者。光绪丙戌（一八八六）进士，官至新疆布政使。入民国后，曾参加编修《清史稿》。著有《陶庐文集》《文莫室诗集》等。

### 题《龙池校书图》

〖录文〗

书楼高峙翠湖隈，夜夜然藜手自裁。秘籍流传征汉略，残编零落出秦灰。东都疏录皆搜遍，南鄙文明已大开。试展龙池图上望，长波一碧接天来。

乙亥［一九三五］春仲。臞仙先生出《龙池校书图》属题谨呈兹句。祈正之。

陶庐老人王树相　时年八十有五

〔笺纸：宣纸〕

〖解读〗

方树梅《笔记二种》记载：一九三五年三月二十五日中午饭后，同张希鲁到北京西直门北草厂"访王晋卿［王树相］先生，问清史列传出谁氏手笔？先生云：马其昶、姚永概等，中兴名臣传多己所撰者，现所印行之稿，不知何人改窜。儒林一门，先生不大满意；艺文亦云遗漏太多。蒙自杨鼎臣[①]被害后为作家传、神道碑、墓志铭三篇，检稿示余选抄一二，可据以作通志列传"。王晋卿先生为方树梅题《龙池校书图》。

此札即为《龙池校书图》所题的诗。原件未见，幸有原拓被方树梅收入册页《南荔草堂石刻》（三卷本）卷三，三十二页。

①杨鼎臣：即杨增新（一八五九～一九二八），字鼎臣。云南蒙自人。清光绪十五年进士。历任甘肃天水县知事，河州知州，陆军学堂总办，新疆督军、省长，新疆省主席兼总司令。被其下属樊耀南刺杀身亡。

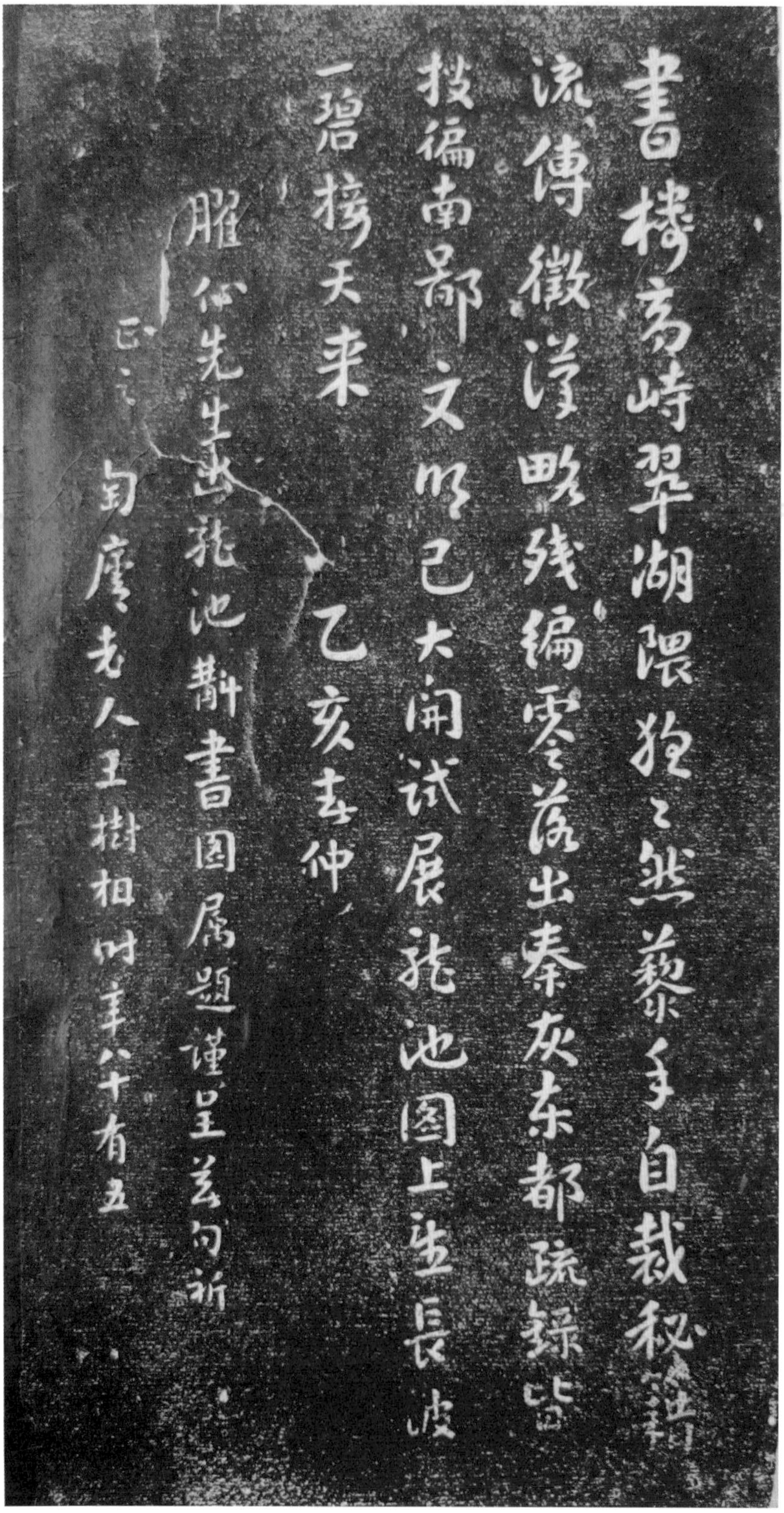

Z05 G16cm×30.5cm

# 高步瀛　一通

## 为题《龙池校书图》

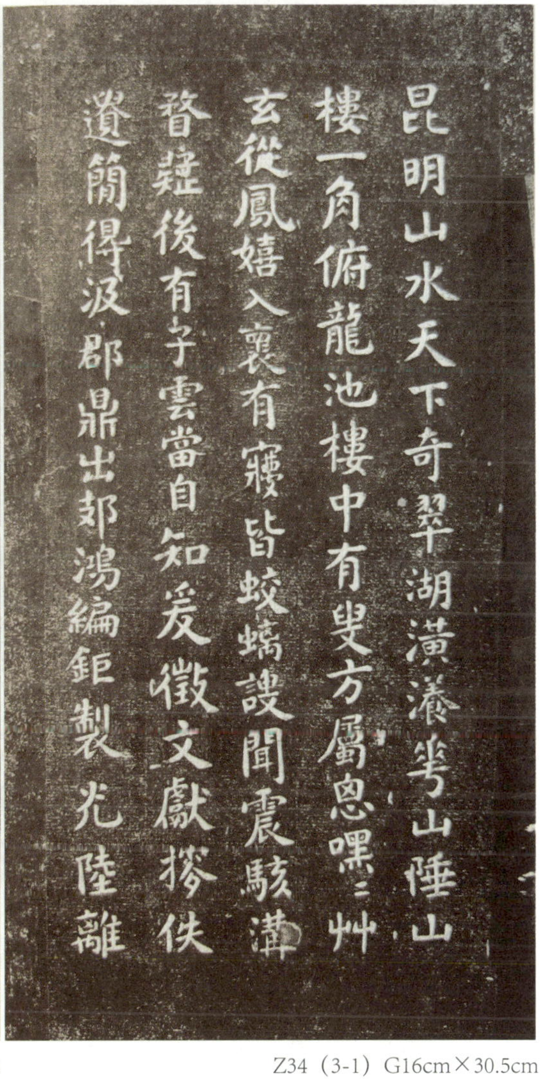

昆明山水天下奇翠湖潢瀁華山陲山
樓一角俯龍池樓中有叟方屬恖嘿〻艸
玄從鳳嬉入褱有寢皆蛟螭謏聞震駭溝
瞀疑後有子雲當自知爰徵文獻搜佚
遺簡得汲郡鼎出郝鴻編鉅製光陸離

Z34（3-1）G16cm×30.5cm

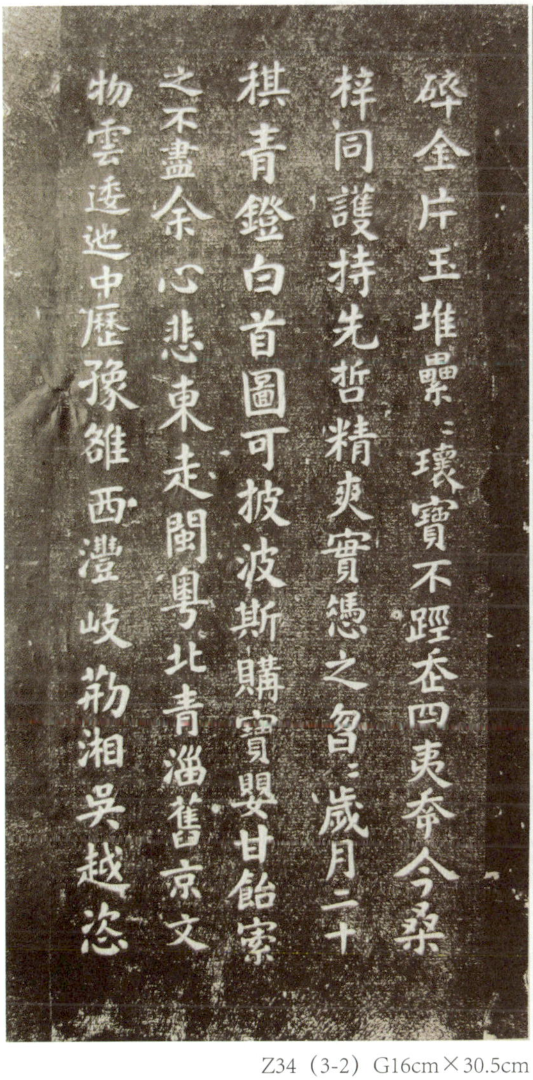

碎金片玉堆纍〻瓌寶不踁吞四夷奪今桑
梓同護持先哲精爽實憑之魯〻歲月二十
棋青鐙白首圖可披波斯購寶嬰甘飴家
之不盡余心悲東走閩粵北青淄舊京文
物雲逶迤中歷豫雒西灃岐荊湘吳越恣

Z34（3-2）G16cm×30.5cm

〔录文〕

昆明山水天下奇，翠湖潢漾华山陲。山楼一角俯龙池，楼中有叟方属恖。嘿嘿草玄[①]从凤嬉，入怀有寢[②]皆蛟螭。謏闻震骇沟瞀疑，

①草玄：典出《汉书》，指淡于势利，潜心著述。

②寢［mèng］：同夢（梦）。

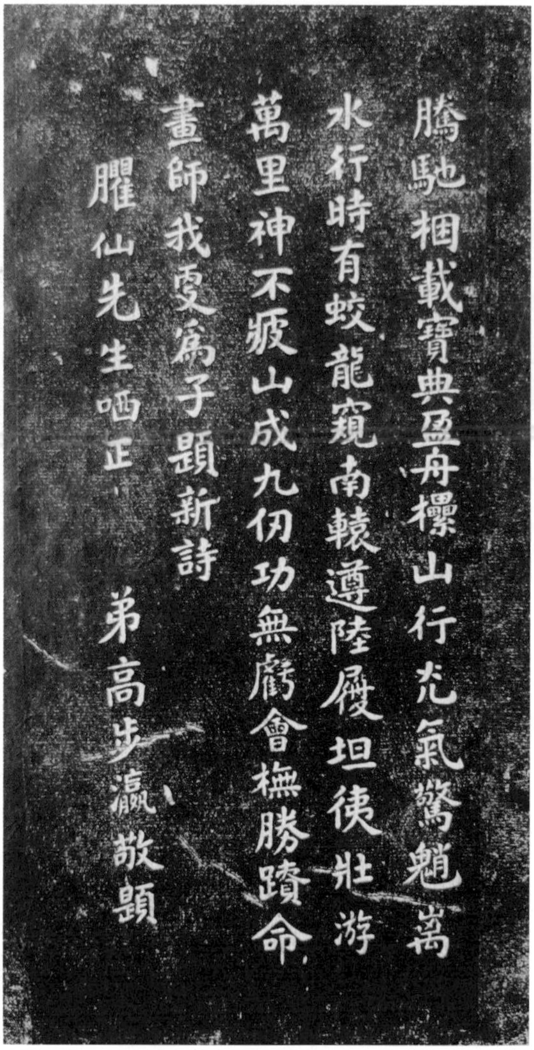


Z34（3-3）G16cm×30.5cm

后有子云当自知。爰征文献搜佚遗，简得汲郡鼎出郏。鸿编巨制光陆离，碎金片玉堆累累。瑰宝不胫走四夷，幸今桑梓同护持。先哲精爽实凭之，匆匆岁月二十祺。青镫白首图可披，波斯购宝婴甘饴。索之不尽余心悲，东走闽粤北青淄。旧京文物云逶迤，中历豫雒西沣岐。荆湘吴越恣腾驰，捆载宝典盈舟欙。山行光气惊魈离，水行时有蛟龙窥。南辕遵陆履坦徕，壮游万里神不疲。山成九仞功无亏，会抚胜迹命画师，我更为子题新诗。

臞仙先生哂正。

弟　高步瀛　敬题

〔笺纸：宣纸〕

〖解读〗

《笔记二种》载，一九三五年二月十二日，高步瀛先生为题龙池校书图。原件未见，《南荔草堂石刻》（三卷本）有收录。

## 金天羽　二通

### 一、上元前一日致方树梅

〖录文〗

臞仙先生阁下：

神交万里，尺素远颁，并附赠书籍，至深惭感。弟幼习雕虫涂抹，自惪不敢自信，何期见赏于介老［赵藩］，而执事复以太夫人志铭相属，重承藻饰溢金，悚惕奚似。游滇之愿，梦寐不忘，岂独点苍、鸡足，即蟠龙一山为珂乡名迹，腰脚健在，誓将来游。俾拙著诗文中有六西风景，摹写林壑，传之东南，并与三迤俊彦杯酒唱和，增艺林之佳话，惟今岁则恐未能耳。

专此布臆，谨订息壤之盟。肃候著安，唯照不備。

弟　金天翮　顿首　上元前一日

〖解读〗

《笔记二种》载，一九二九年“同学王孟怀，为先母撰墓表，吴江金松岑（天羽）先生

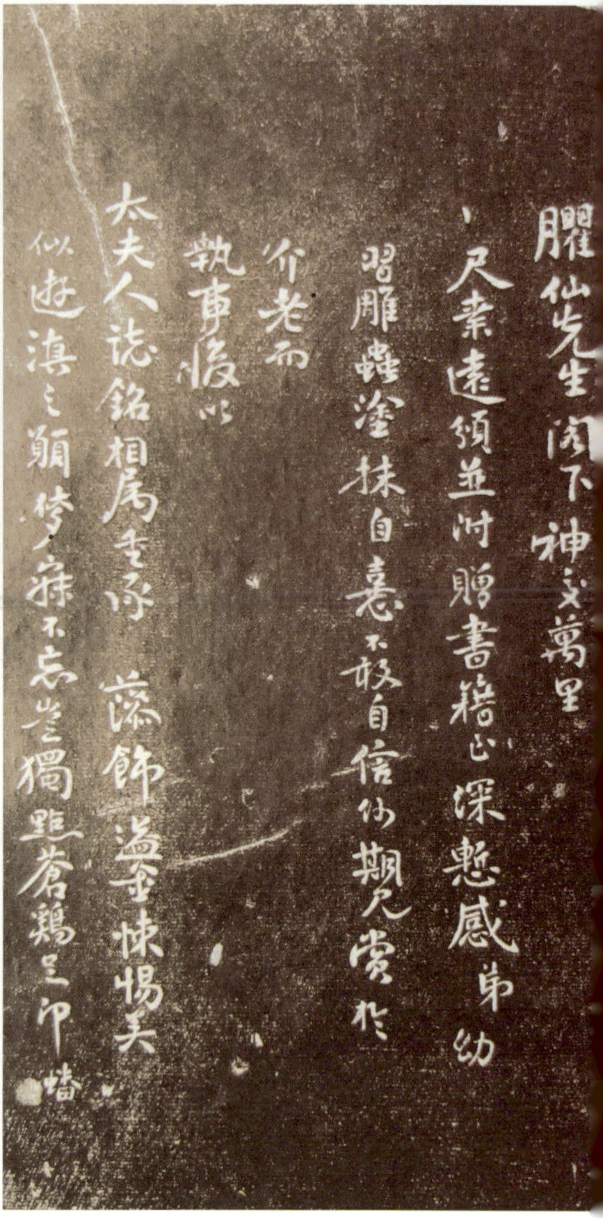

耀仙先生閣下：神交萬里，尺素遠頒，並附贈書籍，[illegible]深懸感。弟幼習雕蟲，塗抹自喜，不敢自信，何期賞於介老，而執事復以太夫人誌銘相屬，垂示藻飾逾量，悚惕奚似。遊滇之願，[illegible]不忘，[illegible]點蒼雞足之[illegible]

Z36（2-1） G16cm×30.5cm

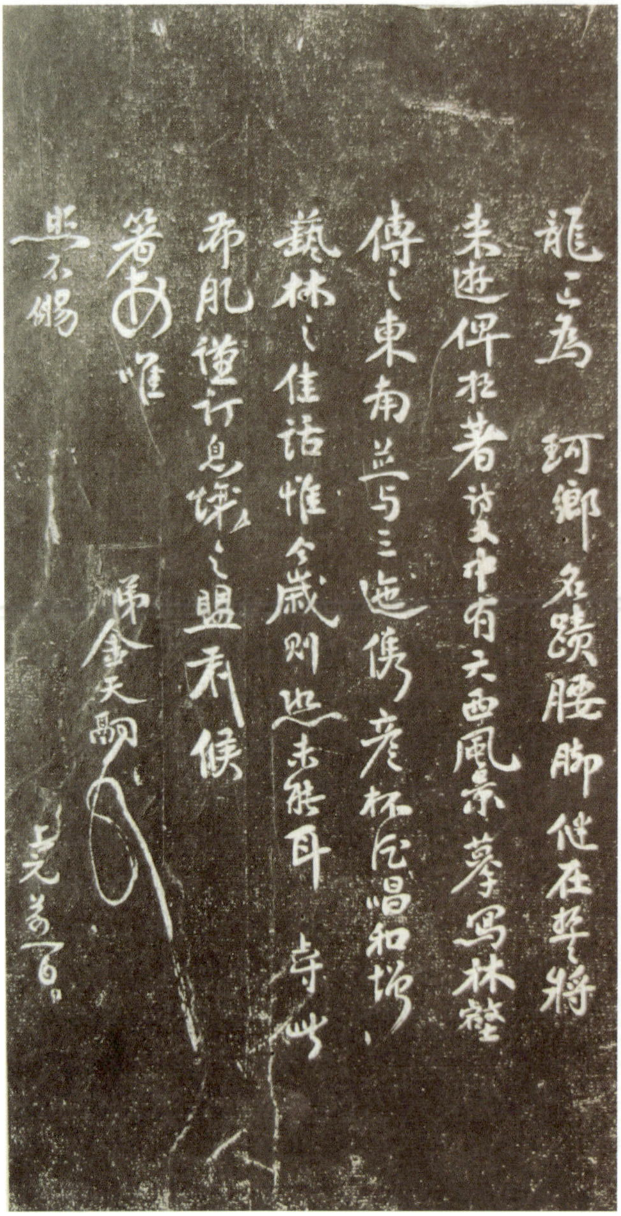

[illegible]龍之為[illegible]鄉名蹟，腰腳健在，幸將來遊，俾於著詩文中有大西風景，摹寫林壑，傳之東南，並與三迤雋彥林[illegible]唱和，[illegible]藝林之佳話。惟今歲則忙於[illegible]，未能耳。專此布臆，[illegible]之盟。敬候著安，惟照不備。

弟金天翮 上元前[illegible]日

Z36（2-2） G16cm×30.5cm

为撰墓志铭”，故此件应成于一九二九年以前。此札未见原件，《晋宁方氏家藏手札》、《南荔草堂石刻》（三卷本）及《南荔草堂石刻汇抄》均有收录。

## 二、一九三三年莫春小住翠湖为臞仙先生题

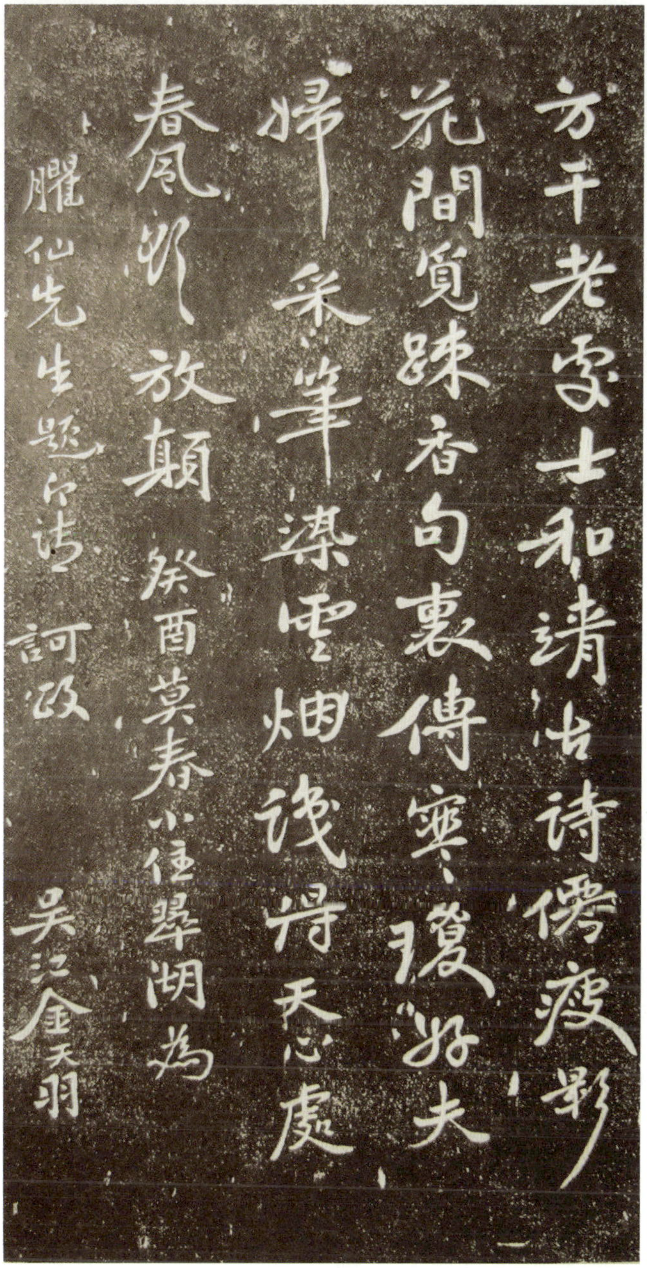

Z37 G16cm×30.5cm

〖录文〗

方干老处士，和靖古诗仙。瘦影花间觅，疏香句里传。寒琼［蔡哲夫］好夫妇，采笔染云烟。识得天心处，春风欲放颠。

癸酉［一九三三］莫春，小住翠湖，为臞仙先生题。即请诃政。

吴江金天羽

〔笺纸：宣纸〕

〖解读〗

《笔记二种》载，一九三三年三月，“金松岑先生，应撰通志人物列传聘，来游滇垣”。原件未见，《南荔草堂石刻》（三卷本）有收录。

## 李根源　一通

### 学山楼题匾

〖录文〗

学山楼
臞仙先生

李根源

〔钤印：松海老人、景邃堂印〕

〔笺纸：宣纸〕

〖解读〗

此乃李根源为方树梅学山楼所题的匾额。实际所用的匾额为民国教育总长傅增湘题写，

Z12 G79.4cm×36.7cm

此或拟备更换，待考。

上钤“景邃堂印”。“景邃堂”的由来是李根源在陕西省省长任上，他仰慕做过陕西省省长的大明宰相杨一清在治理陕西时期的历史功绩，后来特地寓居杨一清故里安宁，杨一清的别号叫“邃庵”，李根源就将堂屋题名“景邃堂”，并制成匾额表达自己对杨一清的景仰。

## 柳诒徵 一通

### 一九三五年夏五敬为臞仙先生题

〖录文〗

蜡屐从容编禹州，异书饱载翠湖舟。碧鸡金马腾奇彩，肯让陈农[1]摭九流。

乙亥［一九三五］夏五，敬为臞仙先生题。

柳诒徵

〔笺纸：宣纸〕

①陈农：《汉书·艺文志》载：“至成帝时，以书颇散、亡，使谒者陈农，求遗书于天下。”后以“陈农”指代搜求遗书者。

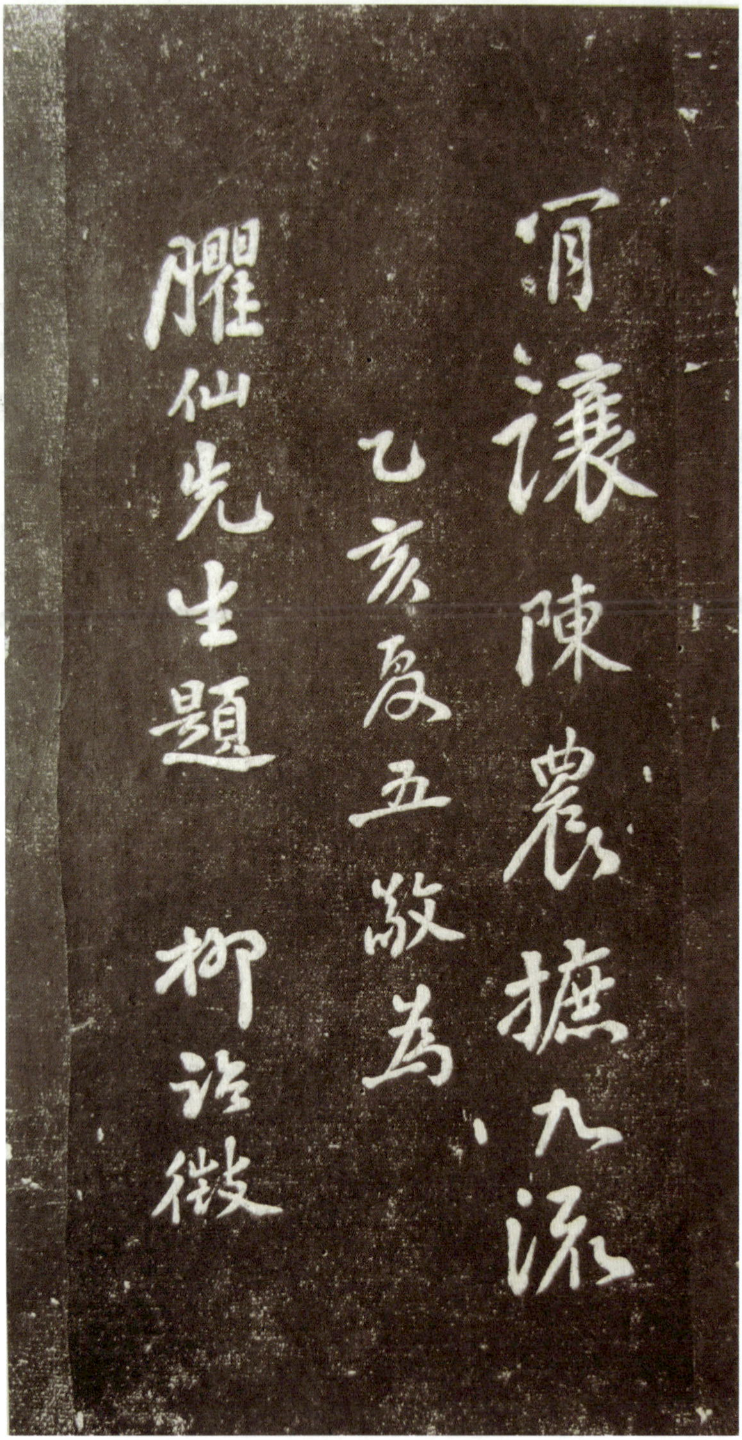


Z35（2-2） G16cm×30.5cm

〖解读〗

原件未见，《南荔草堂石刻》（三卷本）有收录。

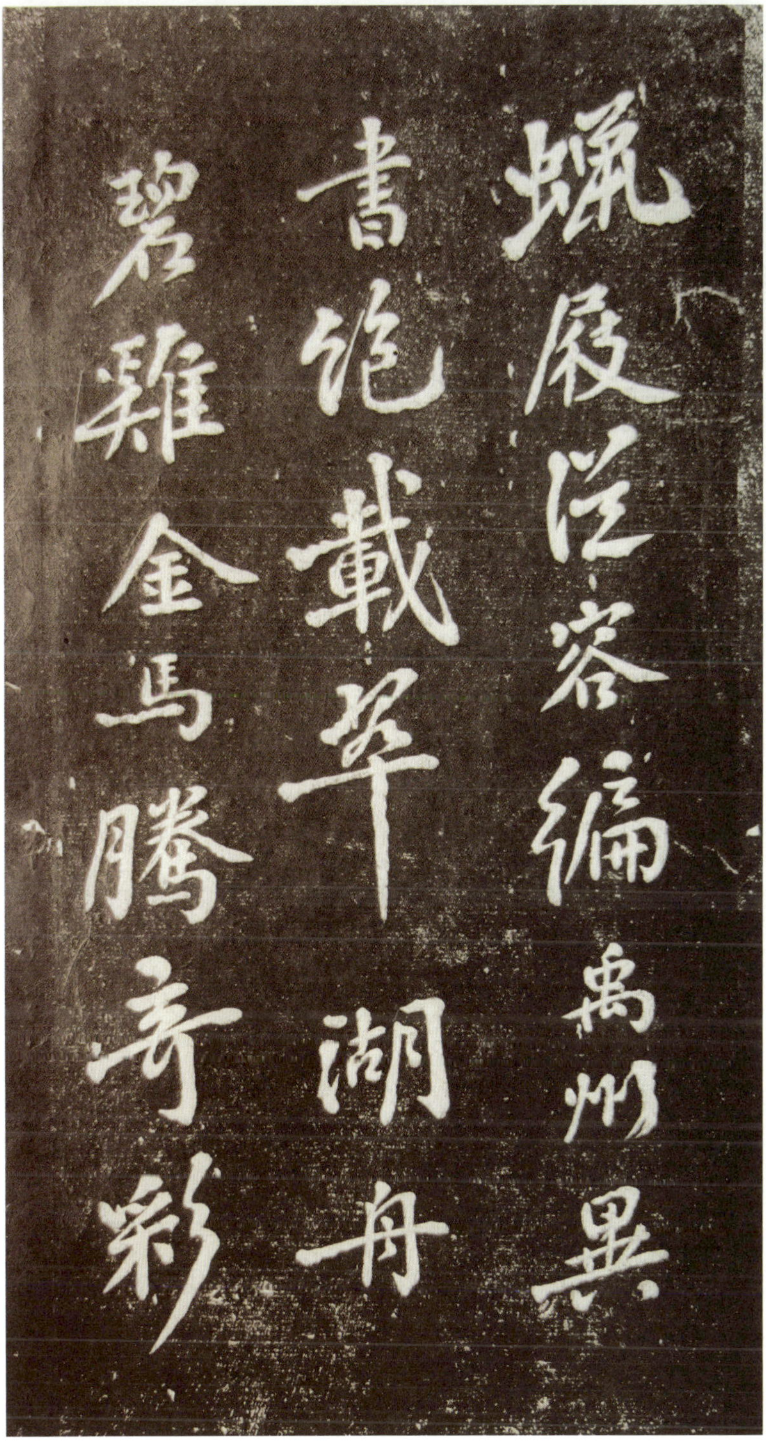
蠟屐從容徧禹州異
書絶載翠湖舟
碧雞金馬騰奇彩

Z35（2-1） G16cm×30.5cm

# 李广平　一通

## 设计图说明

〖录文〗

此幅直径四公尺，花鸟浓设色，汀[①]石浅设色，其中有钩勒、有写意、有细描、有没骨，拟相杂用之。此图轮廓设计，仅作参考。

李广平设计于抱月楼　一九五九年八月五日

〔笺纸：牛皮纸〕

〖解读〗

此是李广平画稿的局部，当是整幅画稿中的精华部分。虽是画稿，却不失精致，于率意中尽吐笔墨性情，生动传神。

此画得自《宋拓大观帖第七卷》封皮。此帖是李广平之舅固始张效彬的得意藏品，张以珂罗版宣纸印刷（规格 27 厘米 ×42.5 厘米）。一九六〇年，值方树梅八十寿，张于一册书内亲笔题祝“臞仙先生八十大庆，固始张效彬敬祝”，并钤“固始张玮效彬”等印两方赠方树梅。该书又有李广平重题签“宋拓大观帖第七卷，镜菡榭藏本，广平”，钤印“小宋”，内首页钤印“广平玩赏”，并重制书皮。书皮为李广平画稿翻转利用，利用的画稿约占整个画稿的三分之一（规格 42.5 厘米 ×54 厘米），内容为汀石花鸟，并题款。抱月楼是李广平当年在昆明的书斋名，面积十六七平方米，四壁是李广平自绘的梅花、茶花、竹、兰等。

①汀：水边平地，小洲。

Z04 G16cm×30.5cm

# 第四部分

臞仙

## 【ZC 册：晋宁方氏家藏手札（三卷）】

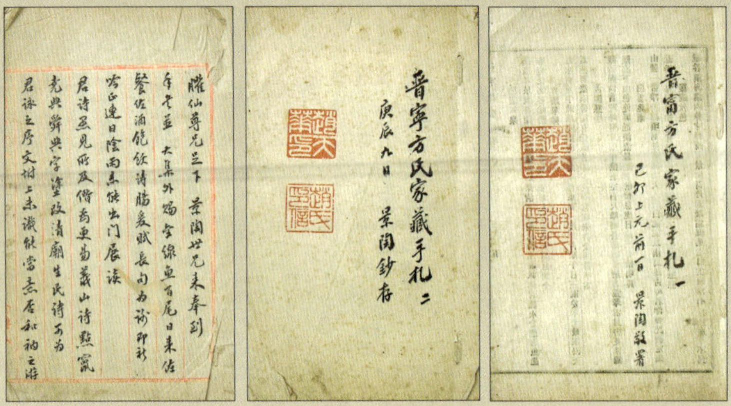

〖录文〗

晋宁方氏家藏手札一，己卯上元前一日［一九三九年四月四日］，景陶敬署。

晋宁方氏家藏手札二，庚辰［一九四〇］九日，景陶抄存。（第三卷封面已失）

〖解读〗

晋宁方氏家藏手札，是方树梅抄存的事务性信札，主要目的是在以后与师友通信联系时，方便查阅过往的事务状况。目前所收藏的三册晋宁方氏家藏手札，命名为卷一、卷二、卷三。卷一，为一九三九年四月四日景陶所抄写并题签；卷二，为一九四〇年景陶所抄写并题签；前两卷均有景陶编号，现卷三因封面缺失，从内页笔迹看虽仍为景陶抄写，但景陶未必编号为卷三，因为该卷中能够确定最晚的为第一一七通手札，落款时间为一九四七年，抄录完成时间大致为一九四七年，那么，一九四〇年至一九四七年的七年间，很可能有其他抄本存在，并且一九四七年之后还可能有其他抄本存在。

晋宁方氏家藏手札（三卷）共计抄录一百四十九通手札，对无原件的手札中，选取三十五通抄件入集。

# 赵藩　六通

## 一、修谱合族事　（ZC01）

①万香海：即万本龄（一七六五～？），字松如，号香海，一号铁峰。云南昆明人。福建按察使钟杰子。入赀为中书科中改县丞，寻告归，竟以穷死。生平好古博学。

〖录文〗

修谱合族，古人所最重。世衰俗漓，谁复知从事于此。吾贤是举，洵孝子仁人之用心。虽愧无文要，当竭其谫劣，敬为叙之。承惠万香海[①]先生书轴，拜百朋之赐矣。

函复。即颂矔仙学兄道履。

弟　藩　顿首

## 二、退庵、完白题跋事　（ZC02）

① 退庵：疑为赵光（一七九七～一八六五），字退庵，号蓉舫。谥号文恪。云南永昌人。嘉庆二十五年（一八二〇）进士，历任编修、刑部尚书、侍郎。工诗文，书法董其昌。或为张端亮（一六四五～一七四二），字寅楷，号退庵。云南蒙化人。康熙八年（一六六九）举人，十二年（一六七三）吴三桂迫授以官，逃入水目山为僧。滇平，始返初服。雍正二年（一七二四）官潍县知县。善画工诗。

〖录文〗

矔仙学长兄道鉴：

退庵[①]、完白二册均题跋；贵族谱谨撰序一通，另纸钞录，统呈褆正。学荒才尽，兹足愧也。

此颂文祺。不儩。

藩白　三月二日

## 三、寺榜事 （ZC03）

〖录文〗

耀仙老弟吟几：

寺榜二分，请择用。堂榜一分并拙跋，请鉴正。

此颂纂祺。

愚兄　藩　顿首

## 四、先德行状、盘龙山纪要事 （ZC04）

〖录文〗

耀仙老弟左右：

接手书并《先德行状》《盘龙山纪要》均阅讫。藩将有岭海之行，百忙中草表一序，一不足副显扬之托也。尊公诗附纪要，后亦可将来采入诗丛，尤不朽矣。盘龙游约，期之异日。陔南馨膳，以时读书，昆季怡怡，曷胜企羡。留此笺及来件于允三处代呈。

即颂潭福。不备。

愚兄　藩　顿首　七月初七日

## 五、十一月望致方树梅　（ZC05）

〖录文〗

臞仙世仁兄阁下：

航海归来，晤小泉［何秉智］、允三［华世尧］诸君，询知道履清嘉，潭府绥吉，至以为慰。藩衰年远役，家国两无，所裨触目伤心，即应逃世。以平生夙志，阐扬吾滇文献，所事未完，一息尚存，犹当尽力，姑蒇此役，而后褰裳。吾兄雅尚相同，知必有以匡我不逮也，何时得遂良晤心焉。企之。

此颂吟祺。不备。

弟　藩　顿首　十一月望

再，近来风日妍和，似可出游，以图良晤，此间同人皆跂望文旌之莅止于馆中，扫以待。希早贲临也。再启速驾。

藩　又顿首

〖解读〗

此札被方树梅收入册页《南荔草堂石刻》（三卷本）。

## 六、唐碑二通事致方树梅　（ZC06）

〖录文〗

臞仙老弟侍史：

唐碑二通、笔二款、墨二笏[1]、书三种、拙刻墨拓一纸，聊以将意，希哂存。

借叩高堂曼福。

愚兄　藩　顿首

①笏：这里作量词用，指成锭的东西。温睿临《南疆逸史》中有“禧乃检箧中，得笔二管、墨一笏赠之”句。

# 陈荣昌　二通

## 一、一九二八年《南园年谱》事致方树梅　（ZC23）

〖录文〗

臞仙老友足下：

属为《南园［钱沣］年谱》序，今脱稿，录呈乞察收。谱甚详实，得此，足弥吾缺憾，忻慰何极。惟载万荔村[①]之死与南园同在乙卯年，出自先德学周公手跋，当不至误。但敝处钞有南园手札，似荔村之死，南园正居忧在家，为之任举挂及窀事，则非同在乙卯年矣。今将所钞南园手札附呈青览，以便斟酌更定。又，从书处《稻香诗钞》一本、《半园吟草》一本、《关中集》一本、《雨农文钞》一本、《诗钞》二本、《杂记》一本、《五华诗存》二本均核讫奉缴，希检收为荷。

戊辰［一九二八］十月廿六日　困叟　谨言

①万荔村：即万钟杰，字汝兴，号荔村。云南昆明人。一七六五年贡生。一七八八年，从福建省兴泉被派至台湾担任台湾道，并加授按察使官衔。一七九一年离台。

## 二、一九二八年杨文襄公书游松隐诗拓本事致方树梅　（ZC24）

〖录文〗

偶检得杨文襄［杨一清］公书游松隐诗拓本，送呈左右。乞为费神购一片石，钩摹而刻之，置诸文襄祠中。文襄楷书不多得，得此聊胜于无也。其费即以丛书处送我之笔墨费充之。

手此奉托，惟照不尽。臞仙老友青鉴。

戊辰［一九二八］六月廿四日　困叟　顿首

## 蔡哲夫　一通

### 一九三二年《梅林觅句图》手卷事　（ZC57）

〖录文〗

臞仙道兄侍右：

六月廿四号挂号付上《梅林觅句图》手卷一幅，此乃愚夫妇精心竭力之作，颇称得意也。又小泉［何秉智］款梅花一幅、钱南园书《正气歌》一册，《小公报》六种。又转澄甫［赵宗瀚］、弢父［赵式铭］二书。计必可早到也。大树观音像、砂拓[①]旧本洵属可贵，惜未详其事略，因此无《永平县志》也。大作之滇南书征略，已刊入《艺彀》。《昭通梁堆发掘记》[②]亦付北平《艺林》月刊刊出，忻望再以好纸精拓寄我，畀[③]得制版刊入《艺彀》二集是幸。另纸请问三事乞详示，以快信寄我，幸勿稍延是叩。

此请，道安。

弟守顿首　壬申［一九三二］六月朔即七月四号

①砂拓：以朱砂替代墨所制作的拓本。

②《昭通梁堆发掘记》：大致指方树梅好友张希鲁的《昭通后海子梁堆发掘记》。张希鲁（一九〇〇～一九七九），名连懋，号西楼。云南昭通人。出身书香世家，东陆大学第一班文史专业毕业，教书为生，曾兼职昭通民众教育馆，发现、收藏和整理了若干重要历史文物。"梁堆"为昭通方言，指东汉至唐代中期地面隆起的封土堆。后海子梁堆最初发掘于一九三一年。

③畀［bì］：给与。

## 陈槃　一通

陈槃（一九〇五～一九九九），字槃庵，号涧庄。广东五华人。著名历史学家。广州中山大学文学院国文系毕业，旋入"中央研究院"历史语言研究所，累升至研究员。一九四九年去台后，任台湾大学文学院教授、"中央研究院"院士、史语所第一组主任。其研治古史，思从旧籍阐发新识，并从事古谶纬之学、两周史地的研究，撰著颇丰。

## 向读所偏群书事致方树梅　（ZC64）

〖录文〗

臞仙先生著席：

向读所编群书，倾迟[1]不已。旋得于颉刚师寓，畐[2]亲聆大教，可云有幸。属寄拙诗，勉呈二纸。尚有游西山及翠湖截句数事，暇日再读耳。大句尚望赐示一读。滇客诗抄体例如何？可得闻否？

匆上。顺候国瑜兄著祺！

陈槃　拜上

〖解读〗

由于抗战，“中央研究院”历史语言研究所一九三八年至一九四〇年迁至昆明，陈槃或在其中。史语所的工作人员及图书资料仪器设备，一部分经贵州转至昆明；另一部分搭汽车先到桂林，再到龙州，镇南关到越南谅山，然后搭米轨火车到昆明。到达昆明后，选定拓东路和青云街靛花巷三号为所址。十月，为躲避敌机空袭，将史语所迁至昆明郊外，安置于龙泉镇的响应寺和龙头书场。

① 倾迟：殷切期待。

② 畐［fú］：满。有充分之意。

# 熊庆来 二通

熊庆来（一八九三～一九六九），字迪之。云南弥勒人。中国现代数学先驱，函数论的主要开拓者之一，以"熊氏无穷数"理论载入世界数学史册。一九〇七年，考入昆明方言学堂。一九〇九年，升入云南英法文专修科。一九一一年进入云南省高等学堂学习，一九一三年赴比利时学习采矿公费生。因第一次世界大战爆发，转赴法国，在格诺大学、巴黎大学等攻读数学，获理科硕士学位。一九一五～一九二〇年先后就读于法国格伦诺布尔大学、蒙彼利埃大学获得理学硕士学位。一九二一～一九二三年任东南大学算学系教授兼系主任（其中一九二五年秋季学期在西北大学）。一九二六～一九三二年夏任清华大学算学系教授兼系主任（其中一九三〇年代理理学院院长）。一九三二～一九三四年赴瑞士苏黎世出席国际数学家大会后转赴巴黎深造，获法国国家博士学位。一九三四～一九三七年任清华大学算学系教授兼系主任。一九三七～一九四九年任云南大学校长。一九四九～一九五七年赴巴黎出席联合国教科文组织大会后留法国作研究工作。一九五七年由巴黎回国，在中国科学院数学研究所工作。

## 一、十月九日致方树梅 （ZC87）

〖录文〗

矐仙先生道席：

敬启者，窃以先生学术文章久所钦迟，而于桑梓文化尤研究有素，更深向往。敝校为吾滇最高学府，关系未来乡邦文化至巨，故于文史系方面特予注重吾滇学术之发扬。先生学术渊萃，拟请暂屈教席，恳先生乐育为怀，慨然俯允，是则敝校学子幸入绛帷，同被春风，亦获益匪浅也。聘书早已备就，以未悉尊址以致稍迟，兹随函附奉，敬希察收，台诺是幸。再，敝校时奉教育部代电，饬将本校对于国学有研究之名宿人数、姓名、年龄、略历、著作及现在从事之研究工作呈报。查先生对于国学研究精深，拟即以先生呈报教部。烦将年龄、略历、著作及现在从事之研究工作详为开示，以凭呈报，无任翘企。

专此。敬颂道祺。（附聘书、应聘书各一份）

弟　熊庆来　拜启　十月九日

〖解读〗

此札应成于一九四一年。

## 二、十一月三日致方树梅 （ZC88）

〖录文〗

臞仙先生道鉴：

大函奉悉。先生对于吾滇文化著作宏富，研究深刻，素所钦仰。本学期未荷俞允莅校赐教，深为惋惜，下学期敬希惠临。俾承教益，无任翘企。履历、著作单已以滇省宿儒名义转呈教育部并以奉闻。

专复。敬颂道祺。

弟　熊庆来　拜启　十一月三日

〖解读〗

此札应成于一九四一年。

## 向达　一通

向达（一九〇〇～一九六六），字觉明，笔名方回、佛陀耶舍。湖南溆浦人。中国著名的敦煌学家、中外交通史家、版本目录学家、翻译家。一九一九年考入南京高等师范学校。一九二四年后任商务印书馆编译员、北平图书馆编纂委员会委员兼北京大学讲师；一九三五年秋到牛津大学鲍德利图书馆工作，在英国博物馆检索敦煌写卷和汉文典籍。一九三七年赴德国考察劫自中国的壁画写卷。一九三八年回国后任浙江大学、西南联合大学教授。一九四一年，国立“中央研究院”组织西北史地考察团，向达代表北京大学于一九四二年春到达敦煌，考察了莫高窟（千佛洞）、万佛峡等。抗战胜利后，任北京大学历史系教授兼北大图书馆馆长。著有《唐代长安与西域文明》《中西交通史》等。

### 五月二日致方树梅　（ZC95）

〖录文〗

臞仙前辈先生函丈：

日前承假尊藏钞本《景泰云南图经志书》五册，兹托于伯安兄代为缴还，伏祈察收。稽迟至今还，乞谅恕。附呈拙著《唐代俗讲考》一本，并希教正。达不日离滇入川，转赴敦煌，万里孤征，一年为期，六月以后如荷赐教，请迳寄甘肃敦煌县邮局留转，当可收到也。率闻。

不尽一一。即叩道安。

晚　向达　拜启　五月二日

## 李根源　六通

### 一、一九四一年四月二十二日桂家宫里雁吴尚贤事　（ZC98）

〖录文〗

臞仙学长兄道鉴：

别后想已驾返闾闬，闭门著述为乐如何。兄所撰定桂家[①]、宫

①桂家：明朝抗清名将李定国率领义军在中缅边境抗击清军，因清军势大，李定国壮志未酬身先死，但部下仍有数千人不降，聚于阿瓦河东百里，称为“桂家”。

里雁②、吴尚贤③三传，希即迻录赐下。印本《西事汇略》④、刻本《东斋诗文钞续》⑤、刻本《九保金石文存》⑥、刻本《滇西兵要界务图注》⑦（二册）、《宙载》⑧亦希检出赐借。重五⑨来省极盼下榻源处，俾共朝夕研讨，得参定各稿。无任期盼。

敬请道安。

弟　根源上　卅年四月廿二日

**〔解读〕**

李根源老家在滇西，又曾负责调停辛亥滇西局势，对滇西历史文化和当时滇西边境的情形有特别关注和深入研究，甚至曾化装深入至英人控制区调查。一九三六年中英第二次会勘滇缅南段未定界时，包括方国瑜在内的不少中方组成人员都是李根源向政府推介的。此时李根源向方树梅借阅这些书，收集滇西历史、地理资料，是为了研究滇西抗战方略。

自英国殖民缅甸后，又野心勃勃地向云南渗透。值中方国弱民贫，边事不问，边防久荒，加之垂涎于茂隆富矿，中方边境线受到英人剧烈挤压（一九三四年爆发班洪事件），大片国土陆续流失，实在令人痛惜。

②宫里雁：（清），传其先人为江宁人。先辈随永明王入缅，入缅遗族号曰桂家（又曰贵家）。宫里雁为当时桂家头目，在当地极有影响。雁貌伟而怪，满面皆须，每斗，矢石不能及身，为蛮所畏。乾隆间宫里雁开波龙银厂（俗名老银厂）。云南总督吴达善听说宫里雁有一件七宝鞍，向其索要，不允，遭吴达善找借口杀害。桂家的族属及其事迹是一个牵涉到西南边疆史、华侨史和中缅关系史的重要问题。

③吴尚贤（？～一七五一）：云南石屏人。家贫走夷方，至葫芦国、富银矿，乃与酋长蜂筑立约开茂隆银厂，集众至万人，产银最丰，曾大利于中国。乾隆十六年（一七五一），吴尚贤组织了一个拥有十头大象的庞大商队上京进贡。归途中，被“滇吏借故毙于狱”。“尚贤死而厂徒散。群蛮自是轻汉人也。”吴尚贤开办茂隆厂，出银大旺，声播边境，主动要求向清廷纳税，云南都督张允随请减半收纳，仍以所收课银之半给赏该酋长，以慰远人归顺之意，上从之。

④《西事汇略》：八册十一卷。民国初版。内容为滇西辛亥革命情况。

⑤《东斋诗文钞续》：孙光庭著，一九二四年李氏曲石精庐红印。录诗四十七首。孙光庭，字少元，号拙安老人。云南名士，老同盟会员，曾任云南省图书馆，博物馆总编纂、馆长，国会参议院议员。

⑥《九保金石文存》：李根源著。收入“曲石丛书”（二十七），一九二八年腾冲李氏曲石精庐刊本。

⑦《滇西兵要界务图注》：李根源撰，李根沄编。分甲、乙、丙、丁、戊五线，依次对勘绘所得路线图进行描绘及注解，重点提出片马防务三策。

⑧《宙载》：（明）张合著。张合为刑部主事，将刑部审讯口供的回奏原文抄录下来写成。审讯笔录十分详细，从商量起事到具体的经过，描述得十分清楚。

⑨重五：即端午节，又称重午。

## 二、一九四一年八月九日借《师竹斋集》等书事 （ZC99）

〖录文〗

臞仙老兄道鉴：

匝月为别，寤思为劳，坐对书城为乐何如。《师竹斋集》[1]（刘景韩），刘坊[2]《朝天阁集》[3]，姚子樑《天南唱和集》三书，昆华图书馆[4]无有，倘邺架[5]有其书者恳即日赐寄下。无任延企之至。

专肃，敬请道安。

弟 根源上 卅年［一九四一］八月九日

〖解读〗

想刘坊其家八十余人殉明，令人叹息。中国历代王朝，在其画上句号时，总有遗老孤忠、文人学士等为之身殉，演出一番壮烈。

明崇祯十七年（一六四四）三月，李自成攻陷北京，朱由检在煤山自缢身亡。随之而痛哭失声者，悲愤莫名者，仓皇出逃者，以死殉国者无数，偌大的京城一幅末日景象。

①《师竹斋集》：应为《师竹斋诗集》，清刘树堂著。

②刘坊（一六五八～一七一三）：原名琅，字季英，别号鳌石。祖籍福建，生于云南永昌县。著有《三才指掌》二十四卷、《八家翼》四卷、《前八家》十二卷、《古诗盼》十八卷等，均已失传，仅存《天潮阁集》七卷。

③《朝天阁集》：应为《天潮阁集》之误。

④昆华图书馆：即云南省图书馆的前身。创建于一九〇九年，由当时的经正书院、育才书院、五华学院和学务公所图书科藏书组合而成。原馆址位于昆明市翠湖公园北侧，经正书院旧址，前四十年曾数易馆名（“云南省图书博物馆”“省立国学图书馆”“省立昆华图书馆”）。

⑤邺架：指藏书处。

## 三、一九四一年九月一日借书奉到事 （ZC100）

〖录文〗

臞仙老兄先生道鉴：

奉闰六月廿一日手书，欣知起居清胜，弥以为慰。《师竹斋集》、《二吴诗钞》、盛西楼、吴陶庵诸书均已奉到。披览之暇，拟从事《晋宁州志》，甚善甚善。伫望临莅，柳榻以待。

专复，顺颂道安。

弟 根源上 卅年［一九四一］九月一日

## 四、一九四一年九月二十九日体已恢复事 （ZC101）

〖录文〗

臞仙老兄道鉴：

辱寄苏亭、寄庵［缪尔纾］、和甫［赵宗煦］诸文，敬已收到。顷奉大笺，并李、徐二公诗六首，亦已收入诗录。源体已恢复。希泌[1]病亦早痊可矣。八月节后尚望台驾再临。

专肃，敬颂道安。

弟 根源上 卅年［一九四一］九月廿九日

①希泌：指李希泌（一九一八～二〇〇六），其为李根源第五子，中国国家图书馆研究馆员。

## 五、一九四一年十一月十六日主持付印事 （ZC102）

〖录文〗

臞仙老兄道鉴：

昨日由国瑜［方国瑜］弟奉上一札，想达尊览。源以正德、万历两志急需择一付印。小圃［陈荣昌］师稿亦经取来，尚请尊驾临莅普平，主持其事。

临书，不胜盼切之至。敬颂起居康胜。

弟　根源上　卅年［一九四一］十一月十六日

## 六、五月十八日得纪事诗凤里杂咏各百余首事 （ZC104）

〖录文〗

臞仙学长兄道鉴：

所赐诗拜读，佩甚。兄之目疾幸善调治，且加珍摄为祷。源在腾终日无事，得纪事诗、凤里杂咏各百余首，要皆关于此次战役者为多，俟稍加整埋再寄请阅正。暑阳可畏，诸希珍摄。

专颂道安。

弟　根源上　五月十八日

〖解读〗

从“源在腾”和“关于此次战役者为多”可知，此札大致成于一九四四年至一九四六年的腾冲。

一九四三年，画家徐悲鸿先生在重庆读到李根源所作的抗战烈士悼亡诗，深为感动，当即补绘《国殇图》画卷。图中绘李根源执绋走在送葬队伍的前列，满怀悲愤，栩栩如生。徐悲鸿先生在图上题：“三二年六月十六日，在化龙桥为李印泉先生造像，国殇中执绋者像。”

在抗战中，这位身材魁梧、声音洪亮、美髯垂胸、出生入死、一身英雄气概的李根源，被郭沫若撰文誉为当代关云长。笔者曾看到过昆明收藏家杨兄收藏的一张老照片，为中年李根源双手抱胸便装半身照，一派威风凛凛、正气冲天的形象，深深刻在笔者脑海，难以忘记。

## 张学智　一通

### 镜澄同年逝世事致方树梅　（ZC107）

〖录文〗

臞仙先生道鉴：

奉惠书，惊悉镜澄［宋嘉俊］同年逝世，至为悲痛。闻临终情状甚好，又为之稍慰，并得先生料理一切，古道热肠，更为钦感。智入冬以来，患胃病，近始稍痊，以镜澄四十年老友一朝永别，又感不快。人生如梦幻泡影，本无足异，况年过八旬，已尊上寿，其道德文章，服官处世均无遗憾，特朋友交情终觉难忘耳，昨与镜澄互作预挽，今略易数字，交其世兄寄去，又有哭镜澄诗五首，录请斧正后代交追悼会为荷。

复请道安，并叩春禧。

弟　张学智　顿首　二月二日

## 陈兴廉　一通

陈兴廉，云南昆明人。一九〇四年入京师大学堂学习。一九二一年任龙陵县知事。

### 一九四四年二月初五日致方树梅　（ZC116）

〖录文〗

臞仙亲家大人赐鉴：

违久念念。昨小女归宁，道及台爱，嘱到尊寓，盘桓数日，实深感激，徒以久游初归，诸务纷集，加以身体不适，未能如命，只有期诸异日耳。此次由沦陷区逃出，虽幸保全人格，然历年经营又付流水，殊为不值。想弟初赴龙陵之时，固以为后方极安全地，不啻桃源耳。孰料风云变幻，不惟化作前方，且陷敌网。人世祸福之不可料不能避亦犹是耳。兹一切交由儿辈处置，弟只带次女一人到犁烟村养疴。尊驾若到省，当望过我一谈为盼。

特肃，敬候道安。不备。

弟　陈兴廉　顿首　卅三年［一九四四］旧历二月初五日

## 何作楫　一通

### 承惠红豆并佐佳章事　（ZC117）

〖录文〗

臞仙四兄道席：

前日承惠红豆并佐佳章，极感雅意。国事蜩螗[1]，朝市[2]骚然，文教乘事谁复留意及之。乃我兄竟能有负发扬滇南文化重任，

①蜩螗［tiáotáng］：比喻喧闹、纷扰不宁。

②朝市：泛指名利之场。

数十年不稍懈倦，兹以一微物细故发愿为刊专册，此种精神至为佩仰。爰不揣荒陋，赋红豆诗五律二章并祈教政，倘有可采，赐刊编末，借副雅望。

谨具函并附稿一纸。并颂著祺。

弟　何作楫　顿首　丁亥［一九四七］腊月十二日

〖解读〗

所赋红豆诗，即应是 I58 中的二章。

## 梁之相　一通

### 昨叩枉顾不遇事　（ZC118）

〖录文〗

臞仙尊兄史席：

数月未觌，驰系弥殷。昨叩枉顾不遇，耿耿。拜登红豆，附披新句，浣薇哦诵[①]，欣赏无已。谨依原韵，率成四章，聊伸谢忱，借赎失迎之愆[②]也。尚乞郢政为荷。

专笺奉谢，敬颂撰祺。

弟　梁之相　顿首　古历六月一日

〖解读〗

依原韵率成四章，即应是 I53。

①哦诵：吟咏朗诵。

②愆［qiān］：罪过，过失。

# 李文汉　五通

李文汉（一八九〇～一九七三），字星槎，号素庵。云南嵩明县人。云南讲武堂毕业，任清新军第十九镇马标骑兵排长，参加昆明“重九起义”及护国首义，以骁勇著名，后历任云南讲武堂教官，滇军第八团团长，广州大元帅府卫戍司令部参谋长，第二军独立旅旅长。中华人民共和国成立后，任云南省人民政府委员，省文史研究馆副馆长。著辑有《杨林二隐君集》《蔡邵阳年谱》等。

## 一、残腊初七日夜致方树梅　（ZC120）

〖录文〗

臞仙老兄道鉴：

来示并书二册均奉悉，台驾于腊月中旬到省，又可畅叙数日。是日滇省文献预展[①]，名书画虽多，要以杨君竹庵所藏杨文襄［杨一清］公《泛舟焦山题诗》为压卷。据竹庵谈，系张大千所赠。此于滇中文献有间，特驰书以报。并附蕴华[②]献词一份。

此请著安！

小弟　李文汉　顿首　残腊初七日夜

①滇省文献预展：参见本书第八百一十九页注②“展览会”注释。

②蕴华：指高荫槐（一八八九～一九七六），号蕴华，又号问华。云南昆明人。抗日爱国将领，民国时期滇军将领，国民党陆军中将。喜藏书画、陶瓷，尤其对担当的作品情有独钟，所得逾百件，因言其居曰“百担斋”。

## 二、四月二十一日致方树梅　（ZC121）

〖录文〗

臞仙先生台鉴：

昨在嵩明复一信。谅邀请贤弟到省开会已廿日，廿五日将闭会，即拟回嵩将眷属移居昆明，以节开支，然亦非得已也。今晨唐主任建侯［唐继鳞］过谈云，张溟洲先生象已寻获，俟兄到省即当奉还。弟意兄来时请携一物与之相易。

此候道安。

弟　李文汉　顿首　四月廿一日

## 三、五月三十一日昨上一函事致方树梅　（ZC122）

〖录文〗

臞仙先生惠鉴：

昨上一函谅达。渴望多日之《欣遇图》已于昨日由唐主任建侯［唐继鳞］，于上星期三飞南京派倪秘书送至舍间，并附有长函，其意盖欲兄将此一段因缘序述卷中。信中未明言健侯曾对弟谈及，谈次弟将兄昔年所赠虚斋藏《峤雅》转赠倪君。

此候著安。

弟　李文汉　顿首　五月卅一日

## 四、五月二十一日来示奉悉事致方树梅　（ZC123）

〖录文〗

臞仙先生道鉴：

来示奉悉。弟到省后，即将兄留赠唐主任［唐继鳞］之桂未谷[1]八分联及尊著三种亲送至唐府。唐主任曾出溟洲［张鹏升］先生《欣遇图》

①桂未谷：即桂馥（一七三六～一八〇五），字冬卉，号未谷，另外还有雩门、肃然山小史等号。山东曲阜人。乾隆五十五年（一七九〇）进士，曾任云南永平县知县。桂馥精于金石碑版的考证。著有《说文义旺》《缪篆分韵》《续三十五举》《后四声猿杂剧》等作品。桂馥善隶书，以至有“百余年来，论天下八分书，推桂未谷第一”之说。

共赏之，俟唐主任将此图送来时，当代保存候缴。唐主任秘书某君，欲得尊著数种拜读，请兄来时各携一份赠之。

此候台安。

弟　李文汉　顿首　五·廿一

（此函应移前）

〖解读〗

“此函应移前”是方树梅批注，意思大致是指此札在抄本中的位置顺序。如此看来，《晋宁方氏家藏手札》其前后顺序和分类是有自己思路的。

## 五、手示奉悉事致方树梅　（ZC124）

〖录文〗

臞仙先生惠鉴：

手示奉悉。《欣谓图》并唐主任［唐继鳞］函已交。令嗣君携呈赠倪秘书三册，弟日内当送达。近日读《滇文丛录》跋语，欣悉先生尚有续编之集。弟业师谢佩青先生当时亦颇有文名，惜早年逝世，文集未能流布，庾枫渔[①]之《普防巡阅管见录》闻出其手，不知《永郡文征》[②]有其文否？尚祈注意及之。

专此奉恳。敬候著安。

弟　李文汉　顿首

再问：令嗣君云，《滇南碑传集》已寄到一部，以后如续有寄到。祈先赐一部为祷。

弟　汉又及

①庾枫渔：指庾恩旸（一八八四～一九一八），字泽普，一字執右，别号墨江枫渔。云南墨江人。民国陆军中将，滇军将领。一九一一年武昌起义爆发，参与策划“重九起义”。

②《永郡文征》：指《永昌府文征》。李根源编纂，聘请著名文人学者王灿、诸祖耿、方国瑜协助其事。于乃仁、于乃义采集资料。共二十六册，一百三十六卷。包括诗录、文录、记载、列传四部分。

# 解永季　一通

解永季，简介待考。

## 澄江府志事致方树梅　（ZC126）

〖录文〗

臞仙先生史席：

大示读悉。邺架《澄江府志》承惠假，公私均极感激。刻已转交刘星伯君，俟其日内赴澄携去，交办者采择并托代告。对此瑰宝须随时注意保护，将来采择蒇事即交弟归赵，以副雅意。承赐令曾伯祖梦亭遗稿乙册，谢谢。关于令曾伯祖在敝邑造就人材，嘉惠士林暨有关各题咏诸端，已商刘君于将来编志稿时分别记载，以志景仰，而垂永久。

专肃布复，并致谢忱，敬颂道祺。

弟　解永季　顿首　九月七日

# 方国瑜　二通

## 一、十一月八日致方树梅　（ZC131）

〖录文〗

臞仙宗叔史席：

月前在方鹏［楚图南］兄处获读大札，知已填寄云大应聘书并请假一学期，望明春能聚首昆明，时得请益矣。昨日印公［李根源］谈及将校印正德、天启两志及邃庵、虚斋诸集，纸已定购，望尊驾速来，且曰已备霜镜，当为下榻之所，希多携书供讨论，嘱瑜转陈此意，想早日惠然肯来也。闻同事王逊君言晋宁石将军像虽无雕造年月，然必为元代以前故迹，不识能毡拓或拍照，可供诸世人研究否？王君已写跋，未见。惟为瑜言证数事，甚精博，盖王君留心宗教艺术且屡至石刻下摩挲也。又闻曾与滕固讨论，亦谓元以前物。冬寒，希千万珍重。

敬请道安。

方国瑜　谨上　十一月八日

## 二、五月二十四日致方树梅　（ZC132）

〖录文〗

臞仙宗叔史席：

月初奉书并大作。艺文考不日可付排印。上年度计划出版专刊五种，因印刷局迟延，已在排版之三种尚未印竣。而今年度经费至今犹未确定，印刷费则较之半年前涨高一倍有余，将来印书当更困难，故原计划上年度应付印之二种暂时抽回，先将大作排印，恐今后不能印书也。至于云南艺文考，瑜拟分作四编：一、元代以前云南书目。此时期图籍多已佚，凡可考者，宜辑录以求其全。二、明清滇人著述书日。三、明清滇事书目。四、云南方志书目。盖方志大都官修，且历次传钞不能视为私人著述也。大作拟改题《明清滇人著述书目》，其中有一二为明以前之著作，拟删去。又，所载志书拟删去，收入他编。至于民国部分，例生存人亦应录，容待后人编撰也。不识尊意以为如何？祈示为祷。

草此。敬请尊安！

侄　国瑜　谨上　五月廿四日

# 张问德　四通

## 一、二月二十二日致方树梅　（ZC144）

### 〖录文〗

臞仙我兄有道：

奉手教诵悉，喜极。担当诗当随时注意搜寻，如获寄上。近半年来，在反攻时间，拙作亦不少，多是记事，然蛙鸣牛铎耳。少暇钞请郢正。弟俟俗务摒挡后，拟赴昆一游，与吾兄、寄庵、小泉诸君一话离绪。念自家毁，片瓦无存，先辈留存书籍、骨董及己身平生收存字画、金石均散失无遗，仅一身外无一物。现全眷大小十八口漂寓苍洱，欲归不得，欲不归不得。正与兄欲逃不能，欲避不能相同也。晤小泉、寄庵希为致意。衰年老友或有再见之日也。

手复，即颂道祺。

弟　张问德　顿首　旧二月二十二日

### 〖解读〗

此札或成于一九四五年农历二月二十二日。“衰年老友或有再见之日”，这里隐含的悲凉之意是：我或许与你们几个老哥们无缘再相见。

## 二、一九四六年二月二十九日致方树梅　（ZC145）

### 〖录文〗

臞仙我兄道鉴：

弟春正初三友人约游盘龙，寺值会期，归时已宴[①]，不得到方村一登我兄书楼，殊为缺点（因同游太多，有不便处。故爽约）。弟后委顺

①宴：指太阳下山而月亮尚未升起的时段。

宁，以环境论，不能不一行，行有日矣。小诗十二首送呈笑正。前寄上抗战统计概要表一张，想入典签。

倚装肃此，即颂道绥。

弟　问德　二月廿九日

〖解读〗

以赴任顺宁县长的时间对照，此札应成于一九四六年二月二十九日。

## 三、一九四七年六月二十五日致方树梅　（ZC148）

〖录文〗

臞仙老兄阁下：

顷奉手书，慰极。近不得书，至为悬系。日昨虽函寄安兄探问起居，恐吾兄他出或不在省也。《红豆考》读至再，不惟为红豆生色，为顺宁亦生色，仍附入县志，传之永久。前颂句经易尤为锤炼，老手斫轮非虚誉也。

手复，即颂道祈。

弟　张问德　顿首　六月廿五日

〖解读〗

此札应成于一九四七年六月二十五日。

一九四七年，张问德修成《顺宁县志初稿》，收录了方树梅所作红豆诗四首及《红豆考》（此应为上，因后来又作《红豆考》定为下，才将原《红豆考》追为上）。现抄录于下：

讱庵先生宰顺宁，托访红豆，得数十粒邮来，珠光夺目，欣玩不已。

以双粒种余学圃，余分贻遐迩知交征题。

方臞仙

满县桃花手种之，政成身暇寄相思。深情多谢张平子，自笑痴人情更痴。

千秋绝唱王摩诘，佳话钱家（牧斋）[1]与惠家（定宇）[2]。谁识顺宁锡腊产，珠光夺目剧堪夸。

根深道远那能移，插种鹄睢（方村古名鹄睢厂）学圃宜。他日开花新结子，张筵邀赏古滇池。

骚人分赠为情长，附柬征题重表扬。裒刻《滇南红豆集》，相思艳说彩云乡。

## 红豆考

晋宁　方树梅

红豆一名相思子，属豆科植物，木本，果色纯红，形扁圆，较黄豆大，李善谓其实如珊瑚是也，粤、闽、滇、蜀等省，皆天然乔木；若吴若越，多人工培植。李时珍《本草纲目》曰：“相思子生岭南，树高丈余，白色，其叶似槐，其花似皂荚，其荚似扁豆，其子大如小豆，半截红色，半截黑色，被人以嵌首饰，此红豆之别种，今岭南产甚多，医家名为赤小豆。”段公路《北户录》云：“有蔓生者，用子取龙脑香相宜，能令香不散。”李匡义《资暇录》云：“豆有圆而红，其首乌者，举世呼为相思子，此红豆之异名也。夫木本纯红而大者，为真红豆，半红半黑而小者，乃红豆之别种，或以南天烛铁树果为红豆，则大谬矣！”相思之称，干宝《搜神记》云：“大夫韩冯妻美，宋康王夺之，冯自杀！妻投台下死，王怒，令冢相望，宿昔有文梓木，生一冢之端，根交于下，枝错其上，宋王哀之！因号其木曰：‘相思树’。”此明明文梓，非红豆树也。

钮锈《孤剩》云：“昔有怨妇，日望其夫归，洒泪树下，血染其枝，旋结成子。”此物相思之由来，即实有其事，亦未可一概论。红豆名相思子，余以为自王摩洁咏：“红豆生南国，春来发几枝？愿君多采撷，此物最相思。”一诗后，名因之而大著，自后文人词客，托物起兴，辄引以寄所思，生南国人多云岭南，恐不止此，文王化行南国，指江汉以南诸国言，是滇亦在其内矣。

① 钱家（牧斋）：即钱谦益（一五八二～一六六四），钱谦益，字受之，号牧斋，晚号蒙叟、东涧老人，学者称虞山先生。常熟人。清初诗坛的盟主之一。《明史》说他“至启、祯时，准北宋之矩矱”。明万历三十八年（一六一〇）一甲三名进士，为东林党的领袖之一，官至礼部侍郎，因与温体仁争权失败而被革职。在明末他作为东林党首领，已颇具影响。马士英、阮大铖在南京拥立福王，钱谦益依附之，为礼部尚书。后降清，为礼部侍郎。有山庄名红豆山庄。

② 惠家（定宇）：即惠栋（一六九七～一七五八），字定宇，号松崖，学者称小红豆先生。江苏元和（今江苏吴县）人。清代汉学家。汉学中吴派的代表人物。祖周惕，父士奇，皆治《易》学，三世传经，赞为一代佳话。早年，随其父至广东提督学政任所，父卒归里，课徒著述，终身不仕。其学沿顾炎武，一生治经以汉儒为宗，以昌明汉学为己任，尤精于汉代《易》学。家有红豆山房，红豆书斋。

东莞蔡寒琼以三绝著，多情好事，向余征滇南红豆，于时不知何许有。静生生物研究员喻君德浚［俞德浚］，游滇缴殆遍，语以顺宁产，大且夥[③]！适友人腾冲张讱庵出宰顺宁，托代访，下车不数月，邮来数十粒，色如珊瑚，扁圆，大逾黄豆，爱不忍释手。附来书曰：“产距县城百二十里之锡腊，树高四五丈，叶如槐，常绿，对生，秋开蝶形花，有红淡两种，冬结子如皂荚，不计其数。”由是观之，较牧斋钱氏，定宇惠氏之两树，若干年始花一次，结子不过数粒者，真天渊之别矣，钱、惠两树，皆前人所植，非天然产，特钱以文学著，惠以经学称，故大显于国中，顺宁处滇边，未邀名人之题咏，致埋没于空山，不识几何年，兹始出而夸耀之，一树之显晦，殆亦有其时欤。讱庵曾长昌宁，又代访得其湾甸所产半红半黑者，草本，羽状复叶，秋后即落，高约二三尺，其子与岭南之赤小豆无异，二者于滇中或不仅顺宁、昌宁也。余喜而以大者二粒，种于学圃中，以余粒分赠遐迩名流，征诗表扬，裒刻《滇南红豆集》，考其崖略如此云。

③夥：众多。

## 四、一九四七年四月一日致方树梅　（ZC149）

### 〖录文〗

臞仙老兄道席：

兹寄来大小红豆各一色，虽与前不同，然皆是一类。大红豆之树状系长绿树，高约四五丈，其叶系对生，蝶形，秋季开花，有红、淡种类，产于顺宁之锡腊地方；小红豆系草本，落叶，高二三尺，叶形羽状，产于昌宁之湾甸地方，半红半黑。大约此三种，都是红豆之称，此均是红豆当无错误。特采办前来以供吾兄赏鉴，不审以为何也。

百忙草草。即颂道安。

弟　张问德　顿首　四月一日

### 〖解读〗

此札应成于一九四七年四月一日。

# 附录

# 吴稚晖　四通

吴稚晖（一八六五～一九五三），原名吴朓，学名吴纪灵（又称寄蛉），后改名吴敬恒，字稚晖，笔名燃、燃料、夷等。江苏武进县人。二十五岁入江阴南菁书院。一八九一年辛卯科举人。一九〇一年春留学日本，入东京高等师范。一九〇二年五月任上海爱国学社教员。一九〇三年利用《苏报》鼓吹革命，因“《苏报》案”发生，与蔡元培被迫去英国。一九〇五年冬加入中国同盟会。中央研究院院士，中央陆军军官学校校务委员，国民革命军总政治部主任。近代著名无政府主义者，政治家、教育家、篆书名家。联合国教科文组织认定的二十世纪“世界一百个文化名人”之一。著有《上下古今谈》《二百兆平民大问题》《荒古原人史》《吴稚晖近著》《吴稚晖先生全集》等。

## 一、一九三五年五月致马光辰

〖录文〗

昆明马街子邮局三号信箱，付马光辰[①]先生台启

航快

上清寺[②]七十三号　吴稚晖寄

〔笺纸：土纸信封〕

〖解读〗

该封是吴稚晖亲笔寄马光辰的实寄封，重庆（一九三五年五月七日）至昆明马街子（一九三五年五月九日）。封正贴伦敦一版孙中山像邮票二元 × 五 = 十元 = 国内信函二十克内资费二元（执行一九四四年三月一日邮资表）+ 各省互寄平快费二元（执行一九四四年三月一日邮资表）+ 国内航空二十克邮资六元（执行一九四四年三月十六日邮资表）。

①马光辰（一九〇五～一九九八）：字仲枢。江苏无锡人。自幼受到家庭的良好教育，早年留学法国、比利时等国十余年，攻读钢铁、机械、冶金等专业。回国后在中央研究院工程所工作。抗战爆发，工程研究所从上海迁到了昆明，随研究所到云南。一九四五年，马光辰被云南大学熊庆来校长聘为矿业系教授，一九四七年任该校机械系第一任系主任。

②上清寺：明嘉靖年间，一位乡绅在今天重庆的天坛新村和口腔医院的位置建起一座三清庙，占地四百多平方米。庙内建筑雄伟，内有三清大殿、祖师殿、玉皇殿、灵官殿、雷祖殿、财神殿等多座殿堂。因三清庙香火旺盛，也因为地处嘉陵江边，得舟楫之便，许多商人开始在此销售石灰、柴草、家畜等生活物资，这里逐渐形成了一个交易场所，日益繁盛起来。后来，三清庙改名为上清寺。

Z29（2-2） G8.7cm×19cm

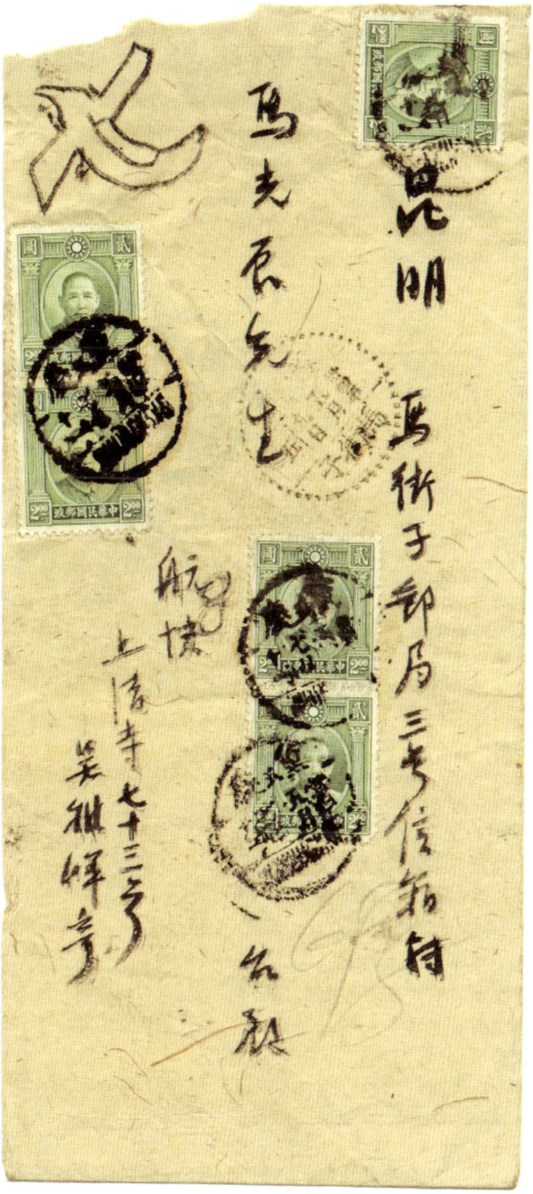

Z29（2-1） G8.7cm×19cm

## 二、一九三三年二月致马光辰

Z30（2-2） G10cm×21cm

Z30（2-1） G10cm×21cm

〖录文〗

上海兆丰花园[1]对面柏利南路中央研究院工程研究所[2]马仲枢先生台启

（建设委员会）稚（缄）

〔笺纸：土纸信封〕

①兆丰花园：位于上海长宁路七八〇号，为上海市大型公共园林，原称极司非而花园，现称中山公园。是上海近代最著名的租界公园之一，有近百年的历史。

②中央研究院工程研究所：一九二八年，蔡元培、李石曾等人筹建。下设十四个研究所，其中工程研究所在上海成立，周仁任工程研究所所长兼研究员，设有陶瓷试验场（一九二八）和钢铁试验场（一九二九），后来又与棉业统制委员会合办了棉纺织染实验馆（一九三三），并接管了化学所的玻璃研究工作（一九三四）。一九三七年抗日战争全面爆发，工程研究所内迁昆明。

〖解读〗

该封是吴稚晖亲笔寄马光辰的实寄封，南京（一九三三年二月十四日）至上海（一九三三年二月十五日）。封正贴北京二版帆船邮票四分 + 北京二版帆船邮票三分暂作一分 = 五分 = 国内信函二十克内资费五分（执行一九三二年五月二十日邮资表）。

## 三、一九三五年九月致马光辰

〖录文〗

上海兆丰花园对门北平研究院工程研究所马光辰先生台启

稚槭[1]

〔笺纸：土纸信封〕

①槭［jiān］：古同“缄”。

Z31（2-2） G9.4cm×19.4cm

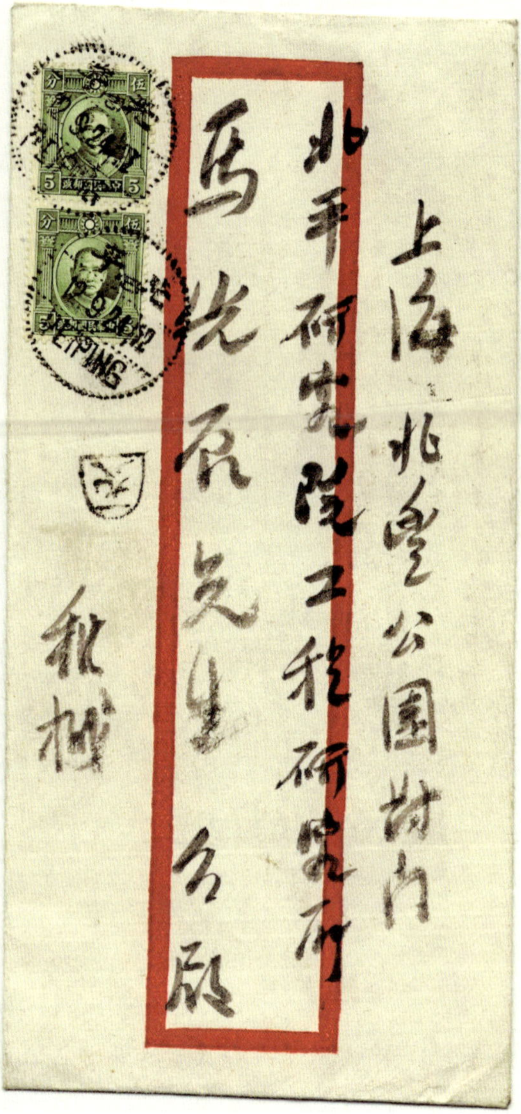


Z31（2-1） G9.4cm×19.4cm

〖解读〗

该封是吴稚晖亲笔寄马光辰的实寄封，北平（一九三五年九月十二日）至上海（一九三五年九月十四日）。封正贴伦敦一版孙中山像邮票五分 × 二 = 十分 = 国内信函二十克内资费五分（执行一九三五年二月十二日邮资表）+ 国内航空邮资五分。

## 四、一九三二年十二月致马光辰

〖录文〗

南京复成桥东中央研究院陶瓷试验所[①]马仲枢先生台启

志丰十吴

〔笺纸：土纸信封〕

〖解读〗

该封是吴稚晖亲笔寄马光辰的实寄封，上海至南京（一九三二年十二月九日）。封正贴北京二版帆船邮票四分＋北京二版一分＝五分＝国内信函二十克内资费五分（执行一九三二年五月二十日邮资表）。

抗日战争以前，吴稚晖曾在上海工作和生活过较长一段时间。在环龙路志丰里十号（今南昌路一四八号）租住一幢三层里弄式的楼房。

他辞职后的一段时间，住在路志丰里十号三楼。房间里一边是大量的外文书籍，一边是台钳、小车床、小钻床等机械设备，在家计划搞全自动电钟。后因患睾丸炎，久治不愈，听信日本医生的话，割除左睾丸，结果病根未除，反而根绝了生育孩子的机能。吴稚晖为此非常恼火，大骂日本医生黑良心，搞阴谋，绝了他的后代。

①中央研究院陶瓷试验所：即中央研究院陶瓷试验场。一九二八年工程研究所在南京复成桥东，中央研究院与中央大学工学院合办设陶瓷试验工场。从湖南、江苏等处请来八名技工，筑窑烧瓷，开始了中国传统陶瓷工艺技术的研究。在仿制古瓷和艺术陶瓷、研制工业用瓷和机制日用瓷方面都取得了突出成就。

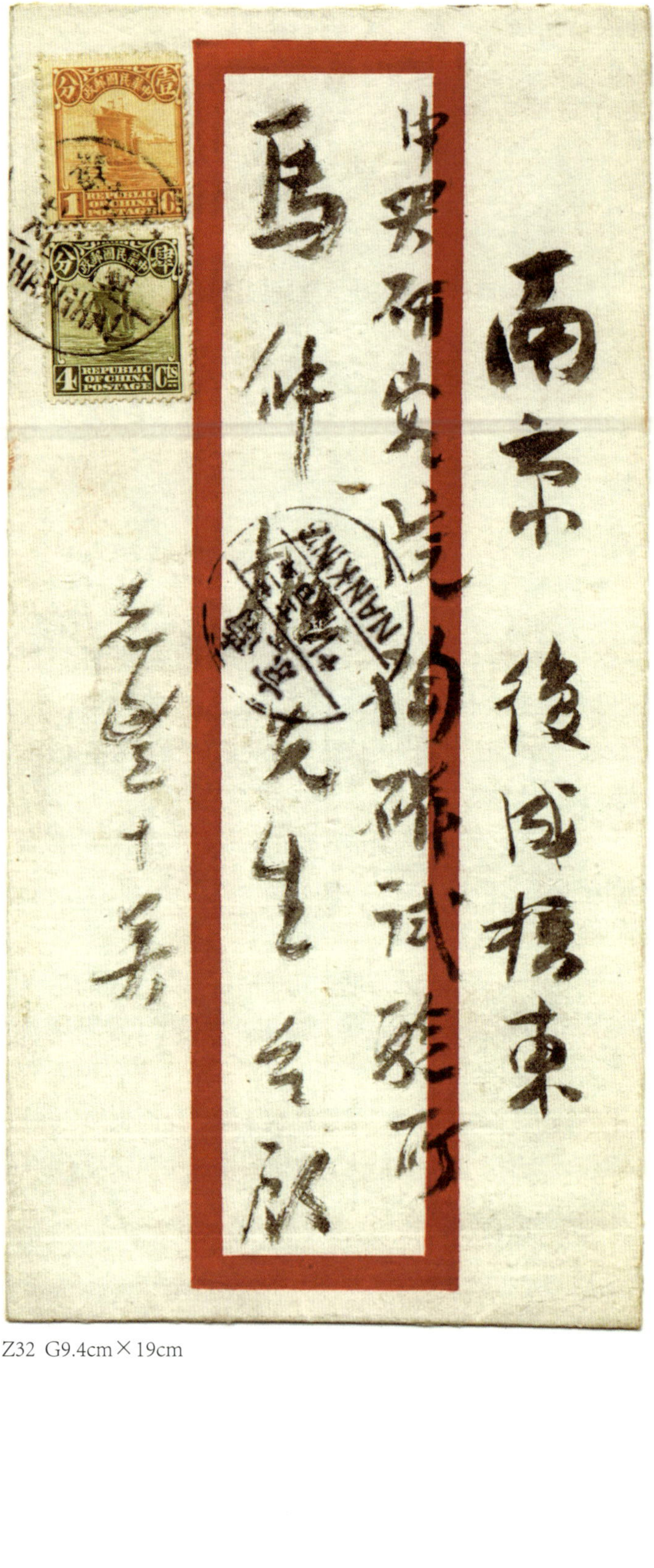


Z32 G9.4cm×19cm

## 章太炎　一通

章太炎（一八六九～一九三六），初名学乘，字枚叔，后更名绛，号太炎，后又改名炳麟。浙江余杭人。出身于一个书香门第而后又遭败落的家庭，一生经历了戊戌维新改良运动和资产阶级民主革命两个历史时期，走过曲折的道路，是我国近代杰出的资产阶级革命家和著名的学者，为一代儒宗，对中国社会产生了深远影响。在学术上，他涉猎甚广，经学、哲学、文学、语言学、文字学、音韵学、逻辑学等方面都有所建树。一生著述颇丰。主要著作由后人编入《章氏丛书》《章氏丛书续编》和《章氏丛书三编》。

### 一九二一年三月十四日致顾品珍

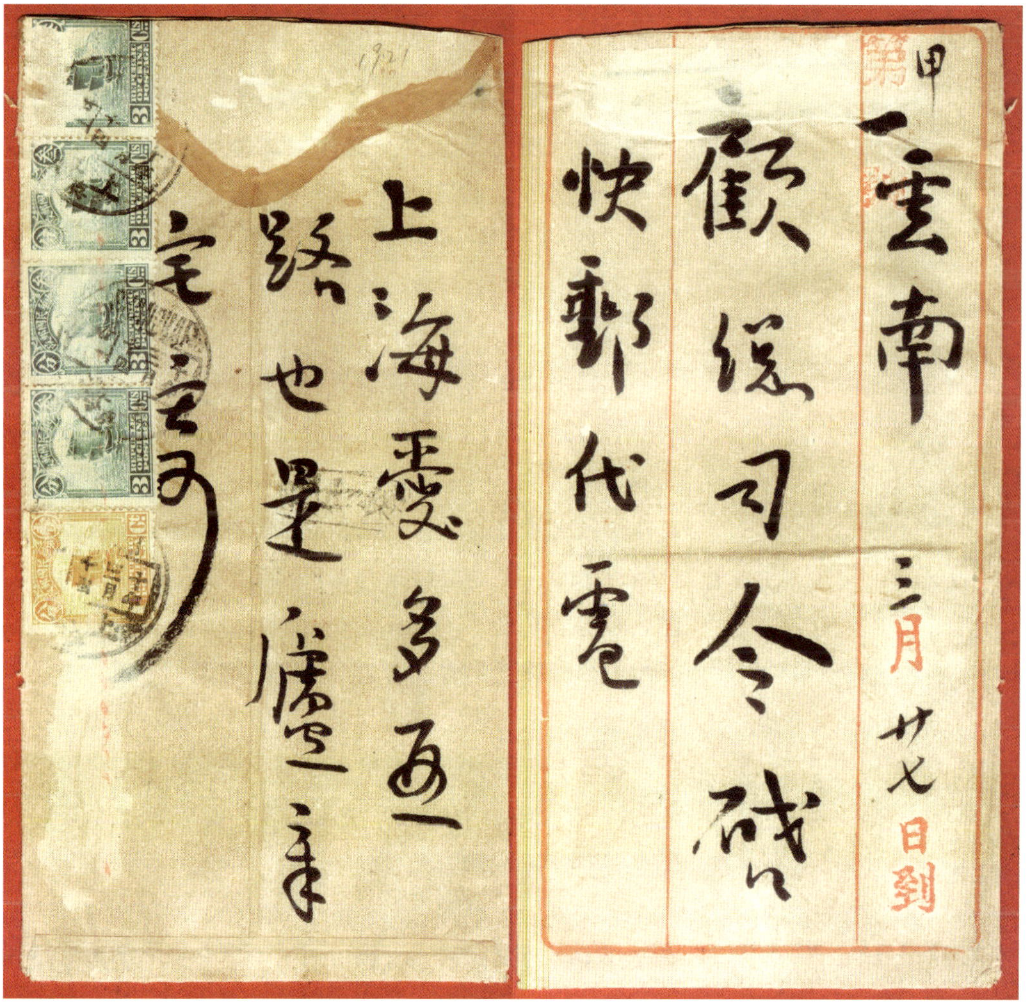


Z06（2-2）G9cm×17cm　　Z06（2-1）G9cm×17cm

〖录文〗

云南顾总司令[①]启

快邮代电[②]

上海爱多亚路也是庐章宅寄

（甲第一号，三月廿七日到）

〔笺纸：牛皮纸信封〕

〖解读〗

该封是章太炎亲笔寄云南顾品珍的实寄封。封背贴北京一版帆船邮票一分＋三分 × 四＝十三分＝各省互寄挂号费十分＋信函二十克内资费三分，盖（民国）十年（一九二一）三月十四日上海戳。正面有挂号签条痕。另有收件单位收件编号及收件日期“甲第一号，三月廿七日到”。

二〇一二年八月，笔者见一收藏网站天津店主拍卖该封，书写笔力精到，颇出神采，收件人云南顾总司令自然知道是顾品珍，但未署寄件人之名。快邮代电一般为重要文件，名人写寄的信封一般是不落款或落简款，极少书写全名，上海又是地位特殊的城市，故当时初步判断为云南住上海的某位大员。反正是一元底价，而且除文物价值外，作为一个较早的帆船实寄封，其集邮意义也不低，于是放心参拍！卖家商店出售的邮品特别丰富，但在其民国邮品中，唯云南实寄封最具数量和体系，时间大约自民国早期至抗日战争结束，收信部门主要涉及云南都督府、省政府、云南高等法院、民政厅、财政厅等。

从拍卖历史档案上看，一百一十一元拍得此封，一是卖家并未研究到该封的文物价值，拍品名称的表述亦极简约——“民国实寄封”；二是说明拍友们并未关注到其文物

①顾总司令：即顾品珍（一八八三～一九二二），字筱斋。云南昆明人。清末附生。一九〇九年从日本宏文书院和日本陆军士官学校第六期骑兵科毕业回云南。一九二一年二月九日，率所部进入昆明，被省议会公推为滇军总司令官，四月二十日再兼任云南省省长。一九二二年三月二十四日，在与唐继尧部队作战时，顾品珍司令部遭到敌军突然袭击，被乱军击毙。

②快邮代电：旧时公文形式之一。内容简要如电报文稿，用快邮寄递，称“快邮代电”，省称“代电”。

价值。笔者收到拍品后经多方查找资料，结果比预想好得多，数日内都沉浸在捡漏的喜悦中，此封确系章太炎亲笔书写。理由有四：

第一，上海爱多亚路也是庐章宅是章太炎当时的住宅。马叙伦在他《石屋余渖》一书“章太炎”篇中，记述了他一九二〇年去上海见太炎，“访之于也是庐”，即太炎当年之住处。太炎在那里生活了近五年，他的大儿子章导即降生于此。一九二一年的“也是庐章宅”自然就是章太炎的住宅。

第二，经查对章太炎诸多手札墨迹，该封所书写的文字，正是章太炎手书。

第三，与一九二一年三月中旬章太炎致电顾品珍的历史记录相吻合。该信封“快邮代电”所邮寄内容为章太炎致川湘粤滇关于“联省自治”通电。通过该封也可以佐证，史料中章太炎的此次“通电”，并非通过无线电报方式传递，而是采用邮政挂号快邮代电方式。其好处一是成本低；二是避免了无线电报译文的歧义，即使把标点符号搞错了，也会造成严重的混乱。所以，传统一点的方式，有时更稳妥可靠；三是邮寄纸质文本防伪性高。

第四，此次“通电”内容约四百七十字，其文稿重量所需邮资，与该封邮资相符。该文稿应为铅字排版印刷，确保川、湘、粤、滇四省所收到的内容完全一致，避免笔误，页数当在两页以内，无超重可能。当然，即使是手抄件，连同一个九 × 十七厘米的牛皮信封，重量完全可以在二十克以内。当时各省互寄挂号费十分 + 信函二十克内资费一分，与该封所贴十三分邮资完全相符。

查《章太炎年谱长编》（中华书局，一九七九）六一一页载，一九二一年二月七日，四川军阀以“自治”名义驱逐在川滇军，顾品珍率师回滇，逐唐继尧，占领昆明。章氏于三月十一日致电熊克武、刘湘、但懋辛、赵恒惕、陈炯明、顾品珍：

重庆熊锦帆先生，刘、但两军长，长沙赵总司令，广州陈总司令，云南顾总司令均鉴：自西南各省恢复旧疆，顽愚之见，即以联省自治相勖，幸协同情，各守多地。其间步骤，本分三期，有省自治而后有联省自治，有联省自治而后有联省政府，节次稍差，便为躐等。广州欲亟设联省政府，鄙人已斥其非矣。今者，根本法律虽未形成，而客军退于境外，长官出于土著，已定自治之式，互相联络，理亦宜之。夫既以联省自治宣布，所联者不必问其属于南北，而不得不以省民为限。今西南自治，各省之所联者，又阑及于东南，东南各省，本无自治，其督军有一出于土著者乎？其省长有一出于推选者乎？以客军之威力，制在籍之人民，此与唐继尧、陆荣廷所为原无大异，在内则深嫉自治之名，而代表之赴川、赴湘、赴粤者，又仿托联省自治以为号，碔砆混玉，紫色乱朱，诸公岂应听其簧鼓？就中如反对选举一件，心伪事真，无妨嘉许，即西南各省与之连界者，互防盗寇，恤以简书，此亦不足深怪。至“联省自治”四字，名器所在，岂可假人。若近知本省人民之复业，而远忘他省人民之陷隍，听其奸欺，加之粉饰，不已甚乎？此鄙人所为诸公儆告者也。章炳麟。真[3]。（《申报》，一九二一年三月十五日《本埠新闻》《章太炎最近致川湘粤滇通电》。）

二〇一五年二月五日，笔者参加云南省集邮协会邮展委员会第一次会议，晚与好友孔东明先生拜访了集邮家那先生，得先生惠赠精装《“限滇省贴用”邮票与“限滇省发寄”邮资片笺》力作，我谈到天津云南封，那先生回答了此批封的来源，并说自己曾出让数枚梅兰芳小型张邮票，专门购得此批信封中的一部分。第二天上午十点，笔者又拜访了昆明小龙四方街翡翠大楼的杨兄，杨兄是德行出众的古玩商，杨兄主动向笔者讲述天津云南封的来龙去脉，描述内容和那先生所说基本一致，只是杨兄描述更具体和全面些。据说这批信封出自大理，约于二〇〇九年，一位大妈在大理某村民办事处收得废纸一批，内有各类证书、信封等等，其中两件名人纸品被大理一教师购得，信封七千余枚一次性卖给天津邮商谢某，谢某通过仔细分类，认为是普通者在网站分批拍卖，珍奇者上专门拍卖公司。这批数量巨大、质量较高的信封，在中国邮坛也不是小事，但收件地为昆明的信封为何转移到大理，至今还是一个谜。

③真：即11日。为当时函电代日字。好处是减少字数，提高收发效率，同时有密码之效。具体规定是：1日东、先、董、送、屋；2日冬、萧、肿、宋、沃；3日江、肴、讲、绛、觉；4日支、豪、纸、寘、质；5日微、歌、尾、未、物；6日鱼、麻、麌、御、月；7日虞、阳、麟、遇、曷；8日齐、庚、荠、霁、点；9日佳、青、蟹、泰、属；10日灰、蒸、贿、卦、药；11日真、尤、轸、队、陌；12日文、侵、吻、震、锡；13日元、覃、阮、问、职；14日寒、盐、旱、愿、缉；15日删、咸、潸、翰、合；16日铣、谏、叶；17日篠、霰、洽；18日巧、啸；19日皓、效；20日哿、号；21日马、个；22日养、祃；23日梗、漾；24日回、敬；25日有、径；26日寝、宥；27日俭、勘；28日感、沁；29日赚、艳；30日陷、卅；31日世、引。

## 汪定执　一通

汪定执（约一八七〇～一九五五），字允中，一字慕云，别署旷公。安徽歙县人。教育家汪己文之父，收藏家汪聪（孝文）之祖父，书画家、收藏家汪迎之宗祖。早年受业于宿儒李嘉会先生，光绪庚子入庠。后拜大儒俞樾门下，皈依高僧印光，故诗境禅理均有造诣。清末民初著名诗人，著有《慕云诗存》《慕云文存》等。寒山寺俞樾书张继《枫桥夜泊》诗碑，有“乙丑重阳，汪定执敬观”字样。抗战期间，日本人垂涎三尺，欲盗走此碑而未果。

### 信笔涂抹

〖录文〗

侃叔。星期。可以。快事。敏于。慎。……汪允中。

（歙南王村第三区署汪己文先生，收呈汪允中先生。歙汪寄。十二月十五日。父亲：侃叔于昨日抵里，有一星期勾留。父可来城谈☐，亦快事也。此请。金安。男锦叩。）

〔笺纸：民国孙中山像邮资明信片〕

〖解读〗

此札因“侃叔”的到来，由“锦”寄汪己文先生，并请汪己文先生转交汪定执先生，情况较为复杂。不得不求助于汪氏后人书画家汪迎先生解读。

二〇一四年十月三十日，笔者致汪迎先生：“有请汪迎先生：这是我收藏的一张明信片，请帮助解读。如‘锦’是谁？”

二〇一四年十一月十五日，汪迎先生复函：“刚见此帖，谢谢你。抗战时期我祖父汪己文曾任歙县第三区区长，王村正是区署所在地，我二十岁第一次回故乡程啸天先生特地领我去王村一游。祖父是宗祖允中先生第三子。读此片，你的译文无误，疑问字是谈字，不知兄认可否。片上有若干隶字，从字的风格辨认应是宗祖允中手迹。落款锦该是宗祖允中第二子。侃叔据母亲说是允中先生老友。可惜我父亲三年前过世，此中故事已无人叙述了。哀哉。”

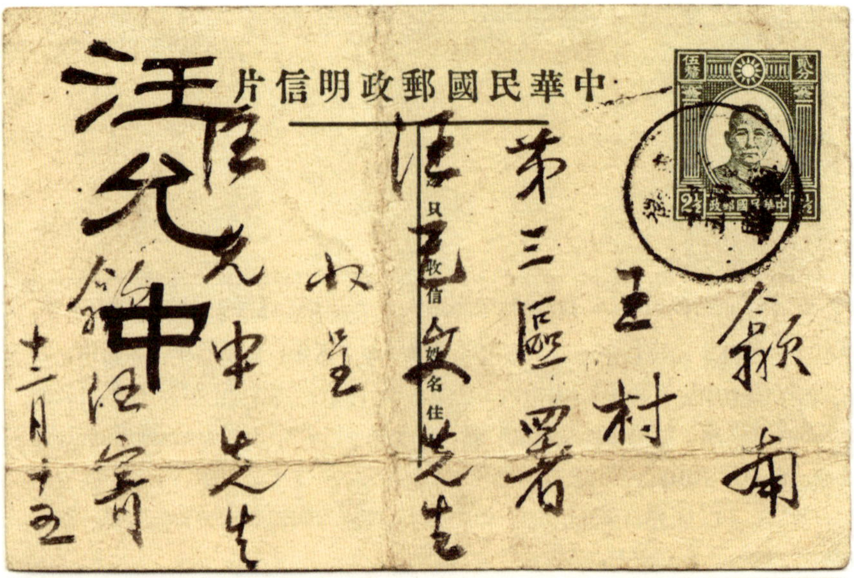


Z28（2-1） G13.7cm×8.9cm

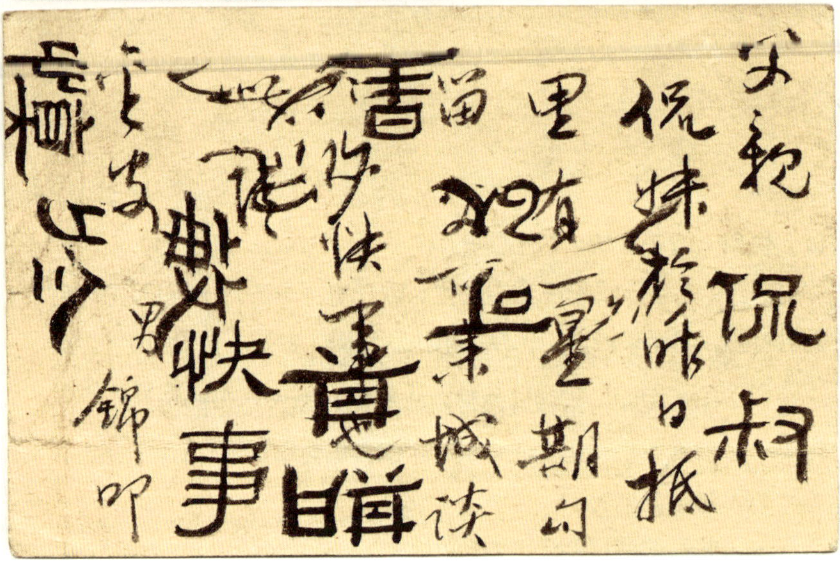

Z28（2-2） G13.7cm×8.9cm

汪氏一门，真的是书香门第，师出名门，谦谦君子，风雅倜傥，与著名书画家黄宾虹、书法家林散之等世交，汪迎先生收藏书画、手札宏富，传承极好。

汪迎先生虽已尽力帮助开解此札信息，但允中第二子“锦”的名字仍未解决。事实上，这样看似简单的问题，如果没有族谱的帮助，自然就变成难题了。著名的汪氏一门如此，其他家族更何以堪？由于人群的迁徙、社会的激荡、加之对谱牒的蔑视，一些家庭甚至连自己爷爷（祖父）的名字都无可考，成了无源之水、无根之木。不知小家，怎知大家？不爱小家，怎爱国家？民族之精神文化何以传承？

品鉴此札，我们可以看到，定执先生与侃叔之间的关系大致类似于伯牙与钟子期。知道侃叔到来的消息，定执先生十分兴奋，思绪瞬间列队集合，在一片欢迎欢迎热烈欢迎的氛围中，信手在明信片上写下了当时大脑中跳跃出的主题词。

# 蔡锷　一通

蔡锷（一八八二～一九一六），原名艮寅，字松坡。湖南邵阳人。十三岁即通经史，十四岁中秀才，十六岁入湖南时务学堂，一八九九年留学日本。次年回国谋划汉口起事未果，重返日本，改名锷，以示投笔从戎之决心。一九〇四年回国不久，在云南任新军协统。领导昆明“重九起义”，被举为云南都督。袁世凯窃国后，借故调他入京。他机智逃脱袁的监视，由天津乘日船东渡，再经越南返回云南。蔡锷回到云南即通电讨袁，宣布云南独立，组织护国军，并亲率第一军入川大破袁军。于是，各省相继独立，袁世凯被迫取消帝制，不久死去。黎元洪继任大总统后，任蔡为四川督军兼署民政长。蔡锷长期奔波转战，又患有喉疾，终致心力交瘁而逝。

## 一九一三年三月二十二日批示

〖录文〗

教育司核办迳复。三月廿二号到阅。

（中华民国云南省城都督府蔡都督［蔡锷］先生钧启）

（日本东京神田匹北神保町中国青年会李全本[1]再拜）

（督字第二号）

（此件俟商量办法再为核办）

〔钤印：蔡锷之章、云南留日同乡会之印〕

〔笺纸：信封〕

〖解读〗

这是一枚蔡锷将军签批的实寄封。正贴日本菊花图三钱邮票一枚（平信邮资），销大正二年（一九一三）三月二日戳，日本中转戳，背盖二年（一九一三）三月二十一日云南府落地戳。由日本东京神田匹北神保町中国青年会李全本寄云南省城都督府蔡都督府蔡锷先生。可能李全本要求蔡锷办理某事，蔡锷阅信后亲笔批示：“教

①李全本：云南留日学生，在日本加入同盟会，曾创办云南基督教青年会（会址在昆明市鼎新街四号）。

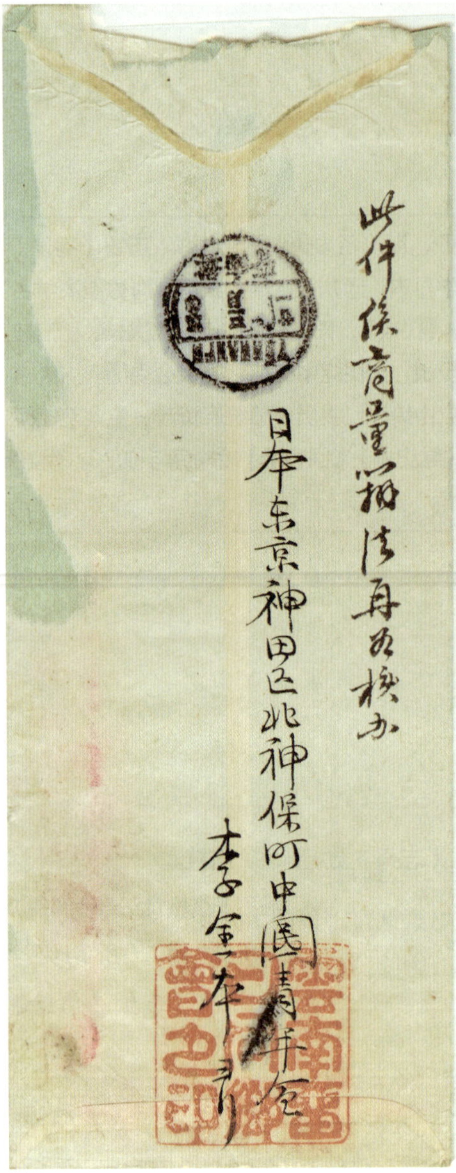


Z07（2-2） G7cm×16.9cm

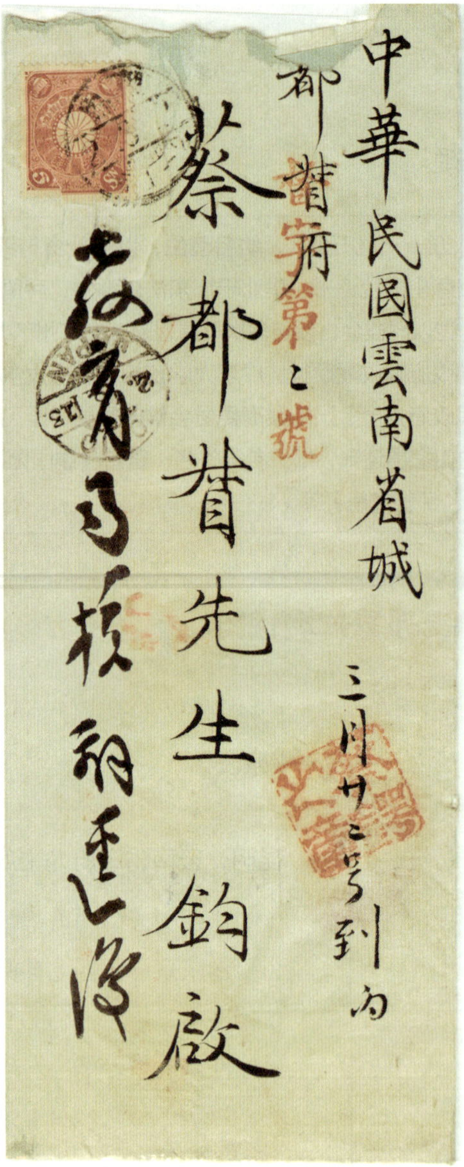


Z07（2-1） G7cm×16.9cm

育司核办迳复”及“三月二十二号到阅”，并盖“蔡锷之章”。教育司收到后认为“此件俟商量办法再为核办”。有都督府收件编号“督字第二号”，封口处盖“云南留日同乡会之印”。

蔡锷将军忧国忧民，英年早逝，任云南都督时间短暂，该信处理时，已是一九一三年的三月下旬，但以督府编号的信件才到第二号，可见经蔡锷将军签批的信件少之又少，能留存至今，尤为难得。

此封为北京马寅生先生藏品。

## 邹鲁　一通

邹鲁（一八八五～一九五四），幼名澄生，以"天资鲁钝"，自改名为鲁，别号海滨。广东客家人。十九岁赴潮州韩山书院读书。毕业于广东法政学堂，后留学日本。一九三六年，获德国海德堡大学名誉法学博士。曾入同盟会，参与多次反清起义，在广州创办《民报》，任广东军政府财政次长、两广盐运使、广东省政府财政厅厅长、广东大学校长、中山大学校长、国民党中央特别委员会委员、中央常务委员、国民政府委员、国防最高委员会常务委员、国民党中央评议委员、总统府资政、监察院监察委员等。孙中山家事遗嘱，邹鲁参与签名。著有《中国国民党史稿》《回顾录》《教育与和平》《环游二十九国记》《邹鲁文集》等。

### 一九四〇年三月致龙云

〖录文〗

昆明，云南省政府龙主席（志舟）勋启[①]。（航挂）

渝枣子岚垭廿三号　邹鲁械

（收发所廿九四二，所字卅四）

〔笺纸：信封〕

〖解读〗

这是一枚邹鲁先生亲笔寄给云南省政府主席龙云（志舟）的实寄封。一九三二年二月至一九四〇年四月邹鲁任中山大学校长，此封为辞去校长前夕所写寄。一九三七年十二月四日邹鲁随中山大学转移至重庆，长期住枣子岚垭。据《邹鲁年谱》（下卷）：邹永回忆，离开北温泉的家前，先生找一位从前四川籍的老同志罗伟章帮忙。罗伟章在四川做生意，赚了很多钱，买了很多房产。"父亲找到罗伟章先生后，他非常慷慨地把他在枣子岚垭的一所大房子借给我们，作为我们在重庆的家，我们在那里差不多居住了六年。"

①勋启：当时给政府大员或军队首长写信，信封上一般使用"勋启"或"钧启"。习惯称为启封词。

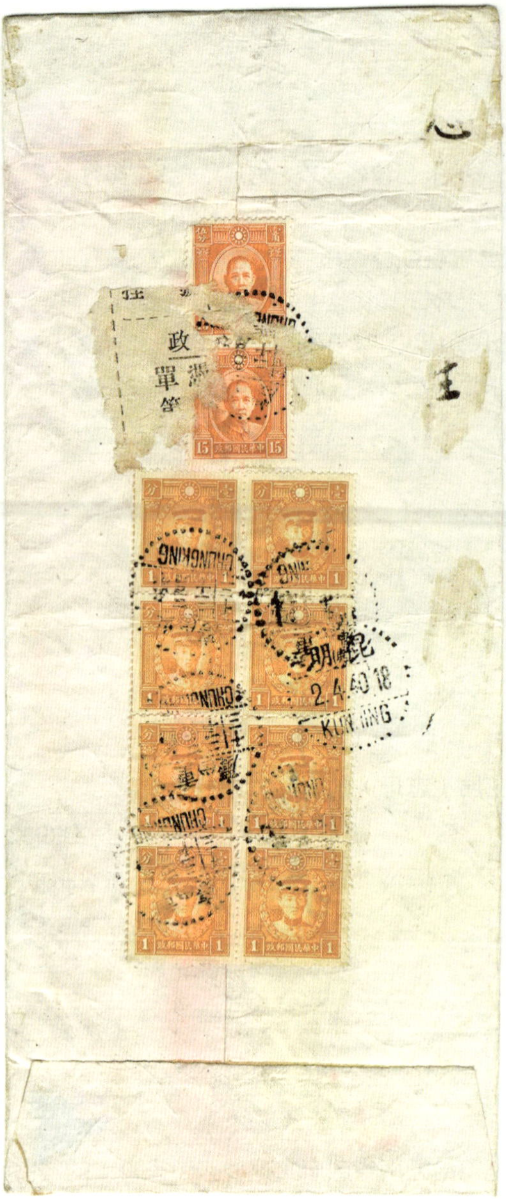

Z14（2-2） G10.5cm×24cm

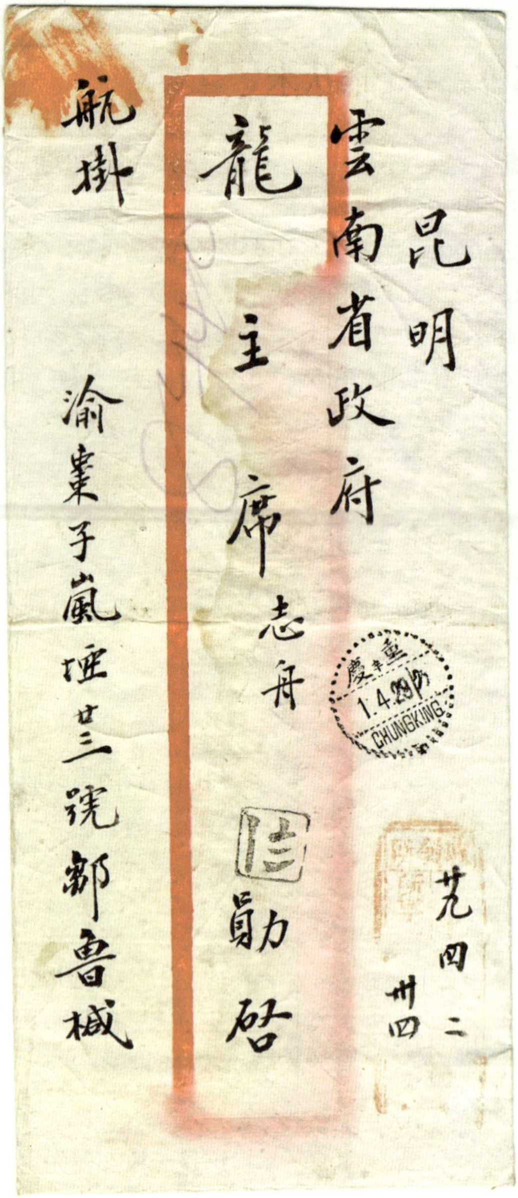


Z14（2-1） G10.5cm×24cm

该实寄封背贴两枚伦敦一版，面值为十五分的孙中山像邮票和八枚面值为一分的北平版烈士像邮票，面值共计三十八分，其中包含二十克内信函资费五分、挂号费八分、航空费二十五分。销一九四〇年三月三十日重庆戳，正盖一九四〇年四月一日重庆中转戳，背盖一九四〇年四月二日昆明落地戳。背面贴挂号签条。

## 熊庆来　二通

### 一、一九四五年三月一日致总务处

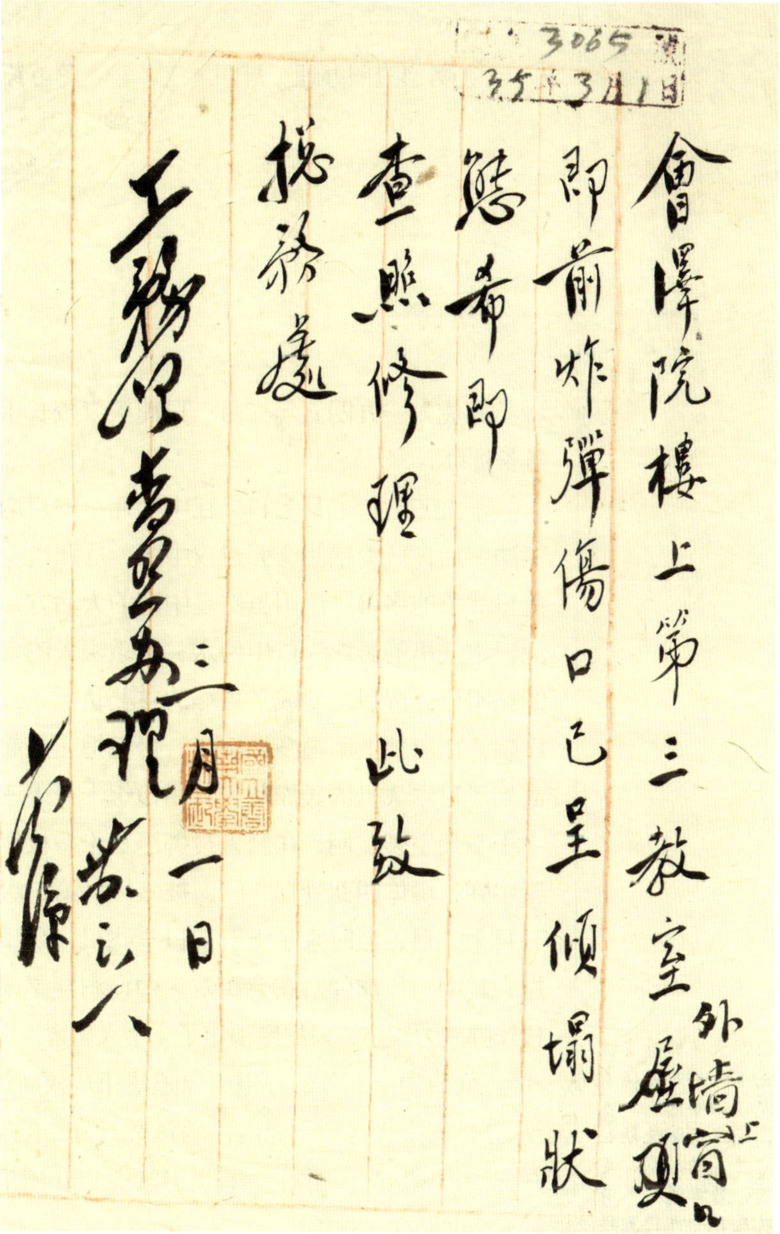
3065
35年3月1日

會澤院樓上第三教室屋頂外墻窗上已
即前炸彈傷口已呈傾塌狀
懇希即
查照修理　此致
總務處
工務組黃君
三月一日
熊慶來

Z26　G16.5cm×25.5cm

〖录文〗

会泽院[1]楼上第三教室外墙上窗口，即前炸弹伤口已呈倾塌状态。希即查照修理。此致总务处。

三月一日

（工务组查照办理。卅四·三·一　蒋蕙荪）

〔钤印：国立云南大学校长〕

〔笺纸：竖行信笺〕

〖解读〗

此札为一九四五年三月一日熊庆来校长手谕，蒋蕙荪总务长批办。

一九三七年七月七日，在中国北平的卢沟桥发生中日军事冲突后，日本就此全面进攻中国。从此也拉开了中国全面抗日战争的序幕。昆明虽然是中国的大后方，但依然没能幸免日本飞机的轰炸。依山傍水、巍峨宏大的会泽院，在当时的昆明格外醒目，便成了轰炸的主要目标。云大为了保护会泽院，在屋顶上用很多松树叶、松毛把它遮起来，但是仍然遭到了日本飞机的轰炸。一九四〇年十月十三日，日本飞机三十多架空袭昆明，在云大投掷了三十多枚炸弹，会泽院房屋中弹，墙体四面受损，门窗被破坏。第二次是一九四一年五月十二日，当时来了十五架日本飞机，会泽院再次遭到轰炸，其中一枚炸弹落在会泽院正中，洞穿屋顶。所幸的是这枚炸弹威力较小，只把屋顶炸了一个大窟窿。

①会泽院：云南大学的标志性建筑，于一九二三年四月二十日奠基，一九二四年落成。董泽、熊庆来、李广田等长期在此办公，冯友兰、顾颉刚、姜亮夫、刘文典、费孝通、严济慈等曾在此执教。一九三五年蒋介石夫妇曾在此楼二楼住过十二天。

## 二、一九四五年五月十六日致总务处

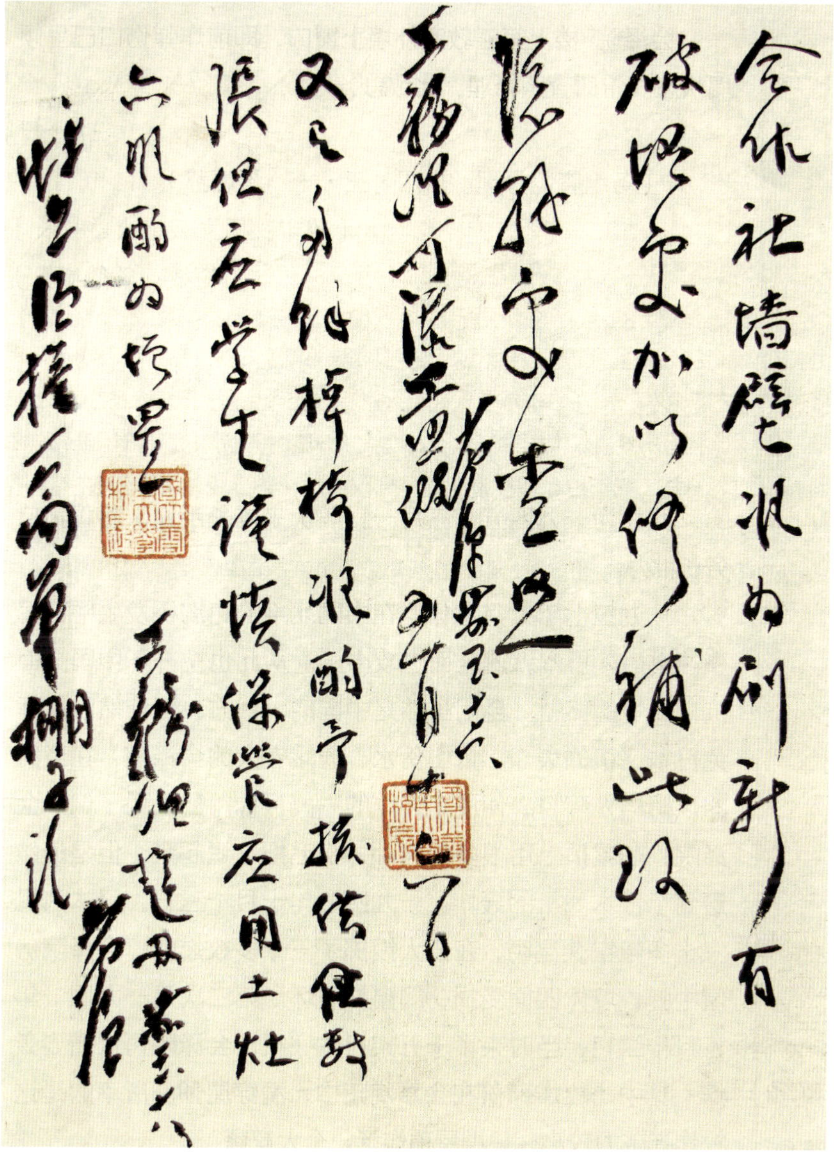

Z13 G17.5cm×23.3cm

〔录文〕

合作社墙壁准为刷新，有破坏处加以修补。此致。总务处查照。
（工务组可派工照做！蒋蕙荪[①]。三十四年［一九四五］五月十六日。）

①蒋蕙荪：江苏涟水人。时任国立云南大学总务长兼教授。

又，有多余桌椅准酌予拨借数张，但应学生谨慎保管应用。土灶亦准酌为增置。

（工务组赶办！蒋蕙荪。三十四年［一九四五］五月十八日。灶上须搭一简单棚子。托。）

〔钤印：国立云南大学校长、国立云南大学校长〕

〔笺纸：普通土纸〕

## 王德三　一通

王德三（一八九八～一九三〇），又名懋廷、茂廷，字正麟，化名材登，笔名正零、齐人。云南祥云县人。先后就读于大理中学、昆明成德中学。一九二一年考入北京大学，参加学生爱国运动，加入北大马克思学说研究会。一九二二年经邓中夏介绍加入中国共产党。在北大上学期间，因家庭经济困难，与哥哥王复生以轮换教书来维持学业。一九二三年夏，他接替王复生到陕西，在华县咸林中学任数学教员。一九二五年，王德三从陕北重返北京大学，转入哲学系，继续完成学业。一九二六年调任广州黄埔军官学校政治宣传科科长兼政治教官，主编《黄埔日刊》。一九二八年夏赴苏联莫斯科，六七月出席中国共产党第六次全国代表大会，曾被选入大会组织、宣传、军事等委员会并在大会上发言。一九二九年成立中共云南省委，被选为省委书记。因叛徒出卖被捕，一九三〇年十二月三十一日在昆明英勇就义。

### 北京大学收据

〖录文〗

（今领到），云南（省）十四（年）度上期（津贴）银洋陆拾元（实收 59.8）。

（此据）。

（民国）十五（年）［一九二六］五（月）六（日）

〔钤印：王懋廷〕

〔笺纸：北京大学收据〕

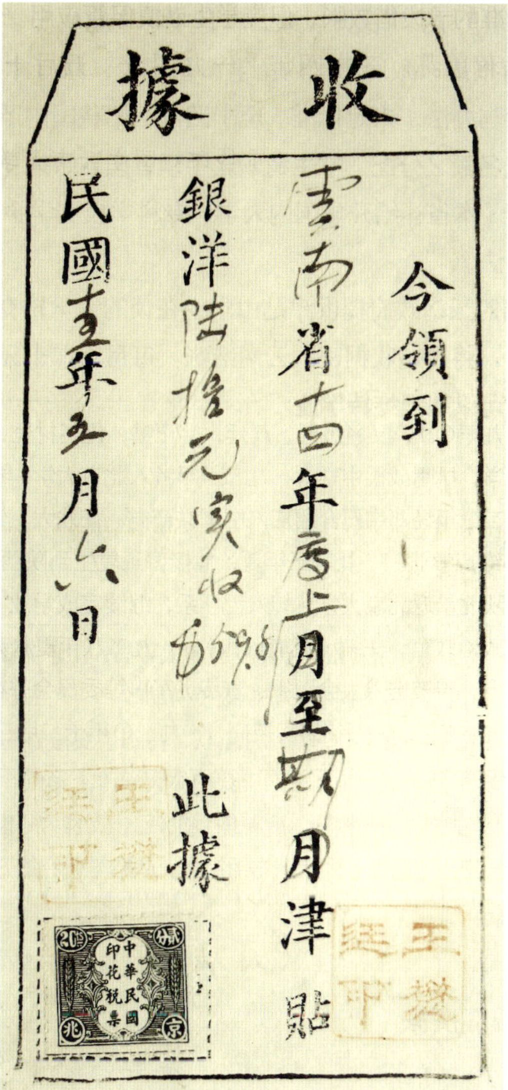
收據

今領到

雲南省十四年度上月至期月津貼

銀洋陆拾元實收五九八

此據

民國十五年五月六日

Z15  G11.3cm×21.5cm

〖解读〗

此为王德三向北京大学领取一九二五年上半年津贴时所开的收据。应给六十元，实收59.8元，其中的0.2元可能是扣除印花税、汇费等。

按照当时印花税法规定，“银钱收据”“票面价值在银圆十元以上的，贴印花二分”，故该收据正贴嘉禾图京兆印花税票二分一枚。

《续云南通志长编》录："民元以来，本省中学毕业生升学国内各公、私立大学及专科学校者，其人数年有增进。政府于国内留学滇籍学生，原有津贴之给与，惟以国内大学为限，其名额数量及给与办法，未定标准。至十四年，始将国内留学滇籍学生之津贴名额，定为一百名。又将学校名额之分配，学生请领之手续，出缺、递补之方法，明白规定，公布实行。十九年，复核定《本省补给升学国内大学、专科学校奖学金规程》《优待升学国内大学、专科滇生汇款贴水办法》。"

从此收据看，当时云南政府提供津贴由学生在读的大学转交，每月大洋十元，每年分两次支付。校方付款后，将原始收据寄回云南结账。每月大洋十元，这在当时是相当于初级公务员的薪水，估计是可以勉强维持学业。

## 崔之兰　一通

崔之兰（一九〇二～一九七一），字友松。原籍安徽省太平县，生于芜湖县。一九二六年毕业于南京东南大学生物系后留校，随中国著名生物学家陈桢教授做助教。一九二七年秋，应聘到南京中国科学社生物研究所，师从著名生物学家秉志。一九二九年秋，得到了安徽省的半官费去德国留学，在德国柏林大学哲学科动物系攻读博士学位。一九三四年获柏林大学博士学位。一九三四年，学成回国来到北平。抗战期间，在云南大学生物系任教授，后兼任系主任。一九四八年，应聘北上到清华大学生物系任教授。中国动物形态学家，教育家，现代动物组织学、胚胎学研究的开拓者之一。

### 十一月二十五日致熊庆来

〖录文〗

本系动物饲养室需要室温较高，今□气候渐冷，而该室又四面通风，实影响动物健康甚巨。兹拟将与汽车房相隔之隔墙加高至与屋顶齐，房前短墙上面之木格则用木板钉闭。庶可稍减冷气之侵入。为特签请核夺转知总务处。须速派工整理，不胜企祷。

谨呈校长熊。

生物系崔之兰谨签　十一·廿五

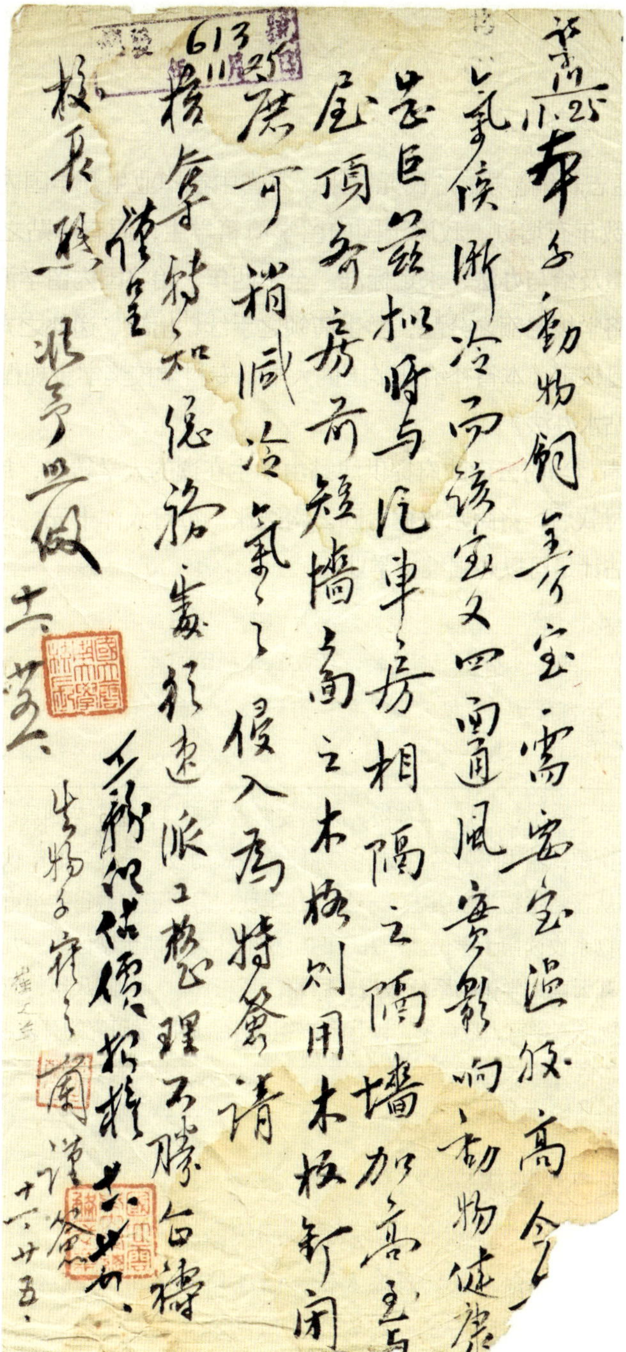

秘书 11.25

本系动物饲养室需室温较高，今已气候渐冷，而该室又四面通风，实影响动物健康。是以兹拟将与汽车房相隔之隔墙加高至屋顶，并于房前短墙之上木板则用木板钉闭，庶可稍减冷气之侵入。为特签请核夺，转知总务处转速派工整理，不胜企祷。谨呈

校长熊

准予照做。十一·廿五

生物系主任崔之兰谨签 十一·廿五

工务组估价报核。十一·廿五

Z25 G13.5cm×29cm

（准予照做。十一·廿五）

（工务组估价报核。十一·廿五）

〔钤印：崔之兰印、国立云南大学校长、国立云南大学总务长章〕

〔笺纸：普通土纸〕

〖解读〗

熊庆来校长、蒋蕙荪总务长均于当天批示，可见当时云南大学的管理效率。

## 姚瞻　一通

姚瞻（一九〇八～一九七八），曾用名姚克刚、姚士哲。广东平远人。九岁时父亲去世。一九三四毕业于“国立北洋大学”工学院土木系。一九三四年九月至一九三八年九月，先后在国民革命军第三军工程测量队、湘黔铁路、广梅铁路、广西合山煤矿公司担任铁路、公路、工程桥梁的测量设计工作。一九三八年九月至一九四二年八月，抗日战争期间，赴一平浪担任滇缅铁路测量及设计工程师。一九四二年九月至一九五四年八月，在云南大学工学院土木系任副教授、教授兼主任；同时在一九四五年九月至一九五〇年二月，在昆明市西郊黑林铺第四区公路工程局兼任工程师，一九五三年任昆明工学院基本建设设计室主任。一九六一年，任昆明工学院基础部金工制图教研室主任。著有《铁路测量》《土木建筑》等。

### 一九四二年十一月二十三日致总务处

〖录文〗

兹查七、八教室间隔做法，若依现况进行，则将来之批荡[1]必易脱落，盖其直柱太长，而柱与柱之间，无联络故也。兹特至请作速改善。否则板条一经钉上，欲改亦不可能矣。改善办法，可以短木每行二三根，用钉钉固（如图示），然后再钉板条，继续进行可也。再者，最好请即到七、八教室一会。

［送致］大学部总务处工务组邵书明先生。

民国三十一年［一九四二］十一月廿三日

〔钤印：姚瞻〕

〔笺纸：国立云南大学便笺〕

①批荡：即“抹灰”，指用石灰砂浆、混合砂浆、水泥砂浆、聚合物水泥砂浆等在建筑物的面层抹上二十厘米厚左右的一层物质。

〖解读〗

一九三八年八月底通车的滇缅公路运来了源源不断的军事物资，在抗战中发挥了重要的作用。为了提高运输效率，一九三八年十二月又动工修筑滇缅铁路。滇缅铁路由中央政府主持，东起昆明，西经安宁、一平浪、禄丰、广通、楚雄、姚安、祥云、弥渡、南涧、云县、耿马等县，直达缅甸。东段由昆明至祥云县的清华洞，长四百一十公里；西段由清华洞抵缅甸，长四百七十公里。全线为米轨，以便于同缅甸的铁路接轨，拟连通缅甸密支那铁路线上的腊戍站。

一九三九年一代铁路巨擘杜镇远先生亲任滇缅铁路局局长兼总工程师，杜延聘了一批一流的工程技术人员，其中就包括姚瞻。滇西三十万百姓夜以继日地投入到了艰苦卓绝的修筑工作中，工期争分夺秒，施工条件艰苦，工伤事故不断，加之疾病流行，“瘴毒”肆虐，又缺医少药，死去者无数。为了赶工程进度，有的还未断气的民工就被工友含泪抛入了南汀河。前面的倒下去，新的民工又招补进来。民工们依靠双手及简陋的工具，一寸寸地快速掘进，在崇山峻岭间，像蚂蚁一样的民工们组成了一条黑线，随后又逐步变成了一条黄线，这将是一条带去给日本人噩耗的绞索。

日本侵略者害怕了。一九四二年五六月间，正当铁路全线贯通正待铺轨时，日军侵占了缅甸。之后又陆续攻陷了滇西重镇腾冲、龙陵、畹町等地，为防止日军利用滇缅铁路，国民政府在“以免资敌”的战略思考下，只好下决心自建自毁，于是精心组织，忍痛将滇缅铁路西部已建好的全部工程在爆破声中完成了一次漂亮的“人工流产”。

滇缅铁路给侵略者带去的恐惧，终于让侵略者找到了自己的坟场。

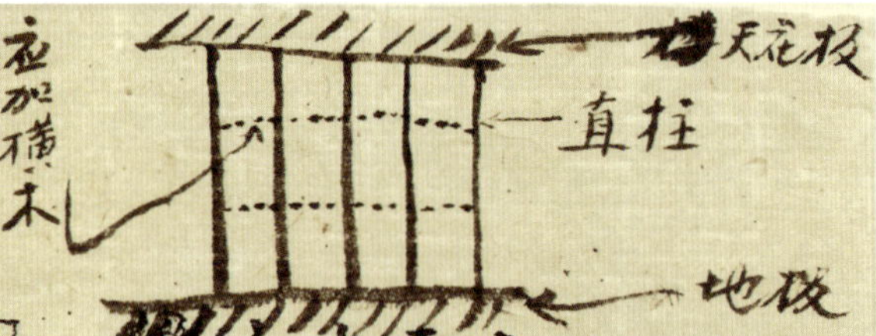


國立雲南大學

便箋

頃查一七八教室間隔做法，若依現況進行，則將來之批盪必易脫落，蓋其直柱太長，而自柱與柱之間無聯絡故也。茲特予轉作速改善，否則板條一經釘上，欲改亦不可能矣。改善辦法，可以短木每行二三根，用釘釘固，（如圖示）然後再釘板條，然後進行可也。

再者，最好請即來七八教室一看。

大學部總務處 送致

工務組部書明先生

民國三十年十一月廿二日

姚瞻

方一

Z27 G11.5cm×23.5cm

# 后　记

本书的出版得到云南人民出版社赵石定社长和张波副社长的亲切关怀和具体指导，令在下受宠若惊；若干位编辑老师及工作人员的悉心指正和精细打磨，使我感受到他们硬朗的作风。好友穆文德于文字学和行草书法颇有心得、知识涉猎面广，他利用业余时间，不但帮助我辨识疑难文字，还具体完成了C01至C14和M05释文。女儿赵先亚帮助完成了D06至D16释文。又得友罗如瀚相助一校。

该书得中国农业大学原副校长马寅生先生欣然赐序，予我鼓励尤甚。书中参考了不少前人资料，因篇幅所限，难以一一标注。在此一并致谢！

我虽追求科学精神，以对先贤的尊重和对读者负责任的态度，静心整理解读，但由于本人水平有限，错谬之处在所难免。诚望读者予以批评指正。解读手札，编著本书，也是我修身的过程。诚感：藏品只有读懂，方为真正拥有，其他大致如是。

云州伯杰赵天华

二〇一八年六月记于凤翔红豆书房